LE TEMPS OÙ NOUS CHANTIONS

DU MÊME AUTEUR
DANS LOT 49

Trois fermiers s'en vont au bal, traduit de l'anglais (États-Unis) par Jean-Yves Pellegrin

RICHARD POWERS

LE TEMPS OÙ NOUS CHANTIONS

Traduit de l'anglais (États-Unis) par
Nicolas Richard

COLLECTION

LOT49

le cherche midi

COLLECTION LOT 49 DIRIGÉE PAR CLARO & HOFMARCHER

L'éditeur et le traducteur tiennent
à remercier Henri Marcel
pour sa relecture pertinente.

Ouvrage publié avec le concours
du Centre national du Livre.

Titre original : *The Time of our Singing*
Publié aux États-Unis par Farrar, Straus and Giroux, New York.

23, rue du Cherche-Midi, 75006 Paris.

Vous pouvez consulter notre catalogue général et l'annonce
de nos prochaines parutions sur notre site Internet :
cherche-midi.com

I

Décembre 1961

Quelque part dans une salle vide, mon frère continue de chanter. Sa voix ne s'est pas encore estompée. Pas complètement. Les salles où il a chanté en conservent encore l'écho, les murs en retiennent le son, dans l'attente d'un futur phonographe capable de les restituer.

Mon frère Jonah se tient immobile, appuyé contre le piano. Il a juste vingt ans. Les années soixante ne font que commencer. Le pays finit de somnoler dans sa feinte innocence. Personne n'a entendu parler de Jonah Strom en dehors de notre famille – du moins ce qu'il en reste. Nous sommes venus à Durham, en Caroline du Nord, nous voilà dans le vieux bâtiment de musique de l'université de Duke. Il est arrivé en finale d'un concours vocal national auquel il niera par la suite s'être jamais inscrit. Jonah se tient seul à droite du centre de la scène. Il se dresse sur place, il tremble un peu, se replie dans le renfoncement du piano à queue, c'est le seul endroit où il soit à l'abri. Il se penche en avant, telle la volute réticente d'un violoncelle. De la main gauche, il assure son équilibre en s'appuyant sur le bord du piano, tout en ramenant la droite devant lui, comme pour tenir une lettre étrangement égarée. Il sourit : sa présence ici est hautement improbable, il prend une inspiration et chante.

Pendant un moment, le Roi des Aulnes est penché sur l'épaule de mon frère, il lui murmure une bénédiction mortelle. L'instant d'après, une trappe s'ouvre dans les airs et mon frère est ailleurs, il fait naître Dowland du néant, un zeste de culot enchanteur pour ce public amateur de *lieder*, abasourdi, sur lequel glissent des rets invisibles :

Le temps s'immobilise et contemple cette jeune femme au beau visage,
Ni les heures, ni les minutes ni les ans n'ont de prise sur son âge.
Tout le reste changera, mais elle demeure semblable,
Jusqu'à ce que le temps perde son nom, et les cieux reprennent leur cours inévitable.

Deux couplets, et son morceau est terminé. Le silence plane dans la salle, il flotte au-dessus des sièges comme un ballon à l'horizon. L'espace de deux mesures, même respirer est un crime. On ne saurait survivre à cette surprise, sauf en la chassant à coups d'applaudissements. La bruyante reconnaissance des mains relance le temps, la flèche file vers sa cible, et mon frère vers ce qui l'achèvera.

C'est ainsi que je le vois, même s'il a encore un tiers de siècle à vivre. C'est le moment où le monde extérieur le découvre pour la première fois, le soir où j'entends la direction que sa voix prendra. Je suis sur scène, moi aussi, assis au Steinway patiné à la sonorité caramel. Je l'accompagne, en essayant d'être à la hauteur, en essayant de ne pas écouter cette voix de sirène qui me dit : « Ne bouge plus tes doigts, viens échouer ton bateau sur le récif des touches et meurs en paix. »

Bien que je n'aie commis aucune maladresse fatale, ce soir, je n'ai pas été particulièrement brillant. Après le concert, je redemanderai à mon frère de me laisser partir, qu'il se trouve un accompagnateur digne de lui. Et à nouveau il refusera. « J'en ai déjà un, Joey. »

Je suis là, sur la scène avec lui. Mais en même temps, je suis en bas dans la salle, à ma place habituelle : au huitième rang, à gauche, le siège au bord de la travée. De là je peux voir mes propres doigts en mouvement, examiner le visage de mon frère – assez proche pour tout voir, mais assez loin pour survivre à ce que je vois.

Nous devrions être paralysés par le trac. Les coulisses sont une plaie à vif. Des musiciens qui ont consacré toute leur enfance à s'exercer en vue de ce moment s'apprêtent à consacrer le reste de leur vie à expliquer pourquoi cela ne s'est pas passé comme prévu. La salle s'emplit de venin et de jalousie, des familles ont parcouru des centaines de kilomètres pour voir leur fière progéniture reléguée au second plan. Seul mon frère n'a pas peur. Lui, il a déjà payé. Ce concours public n'a rien à voir avec la musique. La musique, ce sont les années passées à harmoniser ensemble dans le cocon de notre famille, avant que ledit cocon n'explose et ne brûle. Jonah traverse les coulisses rongées par le trac, les loges où sévit une nausée distinguée ; il est sur un nuage, comme à la répétition générale d'une représentation déjà annulée. Sur scène, en contraste avec cet océan de panique, son calme a un effet galvanisant. Cette manière qu'il a de poser sa main sur le laqué noir du piano ravit ses auditeurs, c'est l'essence de son style, avant même qu'il produise un son.

Je le vois lors de cette soirée : son premier triomphe public, avec quatre décennies de recul. Il a encore cette tendresse autour des yeux, que la vie ne tardera pas à marquer et à rider. Sa mâchoire frémit un peu sur les noires de Dowland, mais les notes, elles, ne frémissent pas. Il incline la tête vers l'épaule droite en montant au contre-ut, tout en se dérobant devant le ravissement de ses auditeurs. Le visage frissonne – de mon perchoir, derrière le piano, je suis le seul à pouvoir saisir cette expression. L'arête du nez saillante, les lèvres brunes, comme contusionnées, les deux bosses osseuses au-dessus des yeux : presque mon propre visage, mais en plus aigu, d'un an plus âgé, d'un ton plus clair. Cette nuance distinctive, c'est le casier judiciaire où est consigné le crime intime de notre famille.

Mon frère chante pour sauver les bons et faire que les méchants se suicident. À l'âge de vingt ans, il est déjà intime avec les uns et les autres. C'est ce qui explique sa qualité vibratoire, cette sonorité qui pétrifie le public pendant quelques secondes, avant que les applaudissements retentissent enfin. Dans l'envol de cette voix, ils sentent la faille au-dessus de laquelle elle flotte.

Cette année-là, c'est un signal noir et blanc neigeux qui parvient sur notre téléviseur à l'antenne en V. Le monde de notre enfance – un monde abreuvé de radio, qui a connu les rationnements de la guerre et s'engage dans la bataille finale contre le mal – se dissipe en une composition Kodak. Un homme est allé dans l'espace. À l'échelon mondial, les États-Unis vont tenter la quinte. La poudrière de Berlin ne demande qu'à s'enflammer du jour au lendemain. Le feu couve en Asie du Sud-Est, on ne distingue pour l'instant qu'une volute de fumée au-dessus des feuilles de bananiers. Au pays, de Bar Harbor à San Diego, les bébés s'entassent derrière les vitres des maternités. Notre jeune président qui ne porte pas de képi joue au *touch football* sur le gazon de la Maison-Blanche. Le continent regorge d'espions, de beatniks et de gros appareils électroménagers. Au bout de cinq ans, Montgomery est dans une impasse – et il m'en faudra cinq de plus pour m'en rendre compte. Et à Durham, en Caroline du Nord, sept cents personnes qui ne se doutaient de rien disparaissent, happées dans la faille que la voix de Jonah a ouverte dans le granit de la montagne.

Jusqu'à ce soir, personne à part nous n'a encore entendu chanter Jonah. Le secret est maintenant dévoilé. Pendant le tonnerre d'applaudissements, j'observe ce visage couleur rouille hésitant derrière la barricade improvisée de son sourire. Il cherche du regard une ombre en coulisse, dans laquelle il pourrait se retrancher, mais il est trop tard. Il laisse échapper des sourires et, saluant une seule fois le public, accepte sa malédiction.

On nous rappelle deux fois ; la seconde, il faut que Jonah me traîne. Puis le jury annonce les vainqueurs dans chaque tessiture – numéro trois, deux, un – comme si Duke était Cap Canaveral, comme si ce concours de musique était un autre lancement de la fusée *Mercury*, comme si le lauréat de l'America's Next Voices était un autre Shepard ou un autre Grissom. Nous sommes en coulisse, les autres ténors forment un cercle autour de Jonah. Déjà ils le détestent et le couvrent de louanges. Je lutte contre l'envie d'aller parler à ce groupe, je veux les assurer que mon frère n'a rien de plus, que chacun des candidats a chanté aussi bien que les autres. Ils lancent à Jonah des regards furtifs, ils étudient sa posture spontanée. Ils repensent à la stratégie qu'il a adoptée, pour la prochaine fois : le panache de Schubert. Puis le crochet du gauche avec Dowland, ce legato soutenu flottant au-dessus du contre-la. Ce phénomène qu'ils ne pourront jamais voir, faute de recul, a déjà englouti mon frère tout entier.

Mon frère, en habit noir de concert, reste en retrait contre les fils de la cage, pour apprécier les meilleures sopranes. *S'immobilise et contemple.* Il leur chante en douce un ultime morceau intime. Tout le monde sait qu'il a gagné, mais Jonah s'efforce d'en minimiser l'importance. Le jury prononce son nom. Des gens invisibles l'acclament et sifflent. Il incarne pour eux la victoire de la démocratie, voire pire. Jonah se tourne vers moi, il fait durer cet instant. « Joey. Mon frère. Il doit bien exister un moyen plus honnête de gagner sa vie. » En me faisant revenir sur scène avec lui pour recueillir le trophée, il enfreint une loi de plus. Et son premier triomphe public rejoint précipitamment le passé.

Ensuite, nous traversons un océan de menus délices et de déceptions épiques. Des files se forment, on vient féliciter les vainqueurs. Dans la nôtre, une femme voûtée par l'âge touche l'épaule de Jonah, la larme à l'œil. Mon frère m'étonne, il continue à se donner en spectacle, comme s'il était réellement la créature éthérée avec qui elle le confond. « Ne t'arrête jamais de chanter », lui dit-elle, jusqu'à ce que son infirmière l'emmène. Derrière elle, quelques personnes venues le féliciter, dont un colonel pète-sec, aux gestes saccadés. Son visage est un chaos hostile, dont le dérèglement lui échappe. Je sens son indignation bien avant qu'il arrive jusqu'à nous, cette rage que nous provoquons continuellement parmi les gens de son espèce à chacune de nos apparitions en public. Il attend son moment, il ne tient plus en place. Lorsque son tour arrive, il charge. Je sais ce qu'il va dire avant qu'il n'ouvre la bouche. Il étudie le visage de mon frère comme un anthropologue contrarié. « Mais vous êtes *quoi*, exactement, les gars ? »

La question qui s'est posée toute notre enfance. La question qu'aucun Strom n'a jamais su décrypter ; la question à laquelle, *a fortiori*, aucun Strom n'a jamais su répondre. J'ai beau l'avoir entendue souvent, je me crispe quand même. Jonah et moi n'échangeons pas même un regard. L'annihilation, ça nous connaît. Je fais un geste, prêt à passer l'éponge sur ce malentendu. Mais l'homme me repousse d'un regard qui me fait sortir de l'adolescence une bonne fois pour toutes.

Jonah a sa réponse ; j'ai la mienne. Mais les projecteurs sont braqués sur lui. Mon frère prend une inspiration, comme si nous étions encore sur scène, cette respiration aussi infime qu'une note d'agrément, c'est habituellement le signe du départ sur le premier temps. Le temps d'une double croche, il s'apprête à se lancer dans *« Fremd bin ich eingezogen »*. Au lieu de quoi, il prend une voix de tête comique, et lui répond, façon opéra bouffe :

> Je soye le mignard à ma môman,
> Avé les gens estranges, j'perds patience, msieu...

Sa première grande soirée d'adulte, et pourtant c'est encore un enfant, tout étourdi d'avoir remporté le concours de l'*America's Next Voice*. Ce rappel *a cappela* attire l'attention autour de nous. Jonah ignore tout le monde. Nous sommes en 1961. Nous sommes dans une ville universitaire importante. On ne peut pas pendre haut et court un gars juste parce qu'il est de bonne humeur. Ça ne se fait plus depuis au moins une demi-douzaine d'années, par ici. Mon frère achève le couplet de Burns en rigolant, envisage de planter là le colonel penaud au bout de huit mesures avec un culot bon enfant. L'homme devient livide. Il se crispe et se renfrogne, prêt à jeter Jonah au sol. Mais derrière, les gens s'impatientent, on le conduit vers la porte, on le pousse vers l'attaque d'apoplexie qui l'attend, mon frère le sait, c'est visible dans l'expression prophétique qui envahit son visage.

Notre père et notre sœur attendent au bout de la file indienne. C'est aussi comme ça que je les vois, de mon observatoire, à l'autre extrémité de ma vie. Ils sont encore avec nous, nous sommes encore une famille. Da sourit comme l'immigrant égaré qu'il est. Il est dans ce pays depuis un quart de siècle et il se déplace encore comme s'il craignait à chaque instant d'être jeté en prison. « Tu prononces l'allemand comme un Polak. Bon sang, qui t'a appris les voyelles ? Une honte. *Eine Schande !* »

Jonah le fait taire en lui appuyant la main sur la bouche. « Chut. Da. Je t'en prie. Rappelle-moi de ne plus jamais te sortir en public. Traiter quelqu'un de "Polak" c'est insultant.

– "Polak" ? Tu es fou. C'est comme ça qu'ils s'appellent, mon petit vieux.

– Ouais, mon petit vieux. » Ruth, notre imitatrice, ne le loupe pas. Elle n'a que seize ans, mais elle s'est déjà fait passer plus d'une fois pour lui au téléphone. « Sinon, comment tu appelles les gens de Polakie ? »

Le public tressaille à nouveau – ce regard qui fait semblant de ne rien voir. Nous sommes un affront ambulant à toutes leurs croyances. Mais par ici, dans le public classique, on garde le sourire, et en majeur s'il vous plaît. On passe aux autres lauréats, nous laissant pour la dernière fois à l'abri au sein de notre propre nation. Le père et le fils aîné vibrent sur les rémanences de Schubert qui secouent encore les murs de la salle désormais vide. Ils s'appuient sur les épaules l'un de l'autre. « Fais-moi confiance, dit le plus âgé au plus jeune. J'ai connu des Polaks, en mon temps. J'ai même failli en épouser une.

– Tu veux dire que j'aurais pu être un Polak ?

– Un presque Polak. Un Polak manqué.

– Un Polak dans l'un des nombreux univers alternatifs ? »

Ils échangent les plaisanteries obscures qui ont cours dans la profession du père. Font les pitres pour celle que personne ne nommera ce soir, celle à qui nous offrons chaque note du concours que nous venons de remporter. Sous les feux de la rampe, Ruth est presque auburn ; hormis cela, elle est la seule en ce monde à conserver les traits de notre mère. Ma mère, la femme que mon père a failli ne pas épouser, une femme plus américaine et depuis plus longtemps que quiconque ici présent ce soir.

« Toi aussi, c'était bien, Joey, s'empresse de me dire ma petite sœur. Tu sais. Parfait, tout ça. » Je l'étreins pour la remercier de son mensonge. Elle scintille dans mes bras, un vrai joyau. Nous rejoignons Da et Jonah. Rassemblés à nouveau : les quatre cinquièmes de la chorale familiale Strom qui ont survécu.

Mais Da et Jonah n'ont pas besoin de notre accompagnement. Da est parti sur le thème du *Roi des Aulnes*, et Jonah le suit sur un piano imaginaire, sa voix d'une tessiture de trois octaves et demi descend dans les basses et chante la partie de la main gauche. Il chante comme il aurait voulu que je joue. Comme cela devrait être joué, idéalement, au paradis des prodiges. Nous nous approchons, malgré nous, Ruth et moi, pour ajouter les voix moyennes. Les gens sourient en passant, de pitié ou de honte, comme s'il y avait une différence. Mais Jonah est l'étoile montante de la soirée, le mépris ne peut l'atteindre pour l'instant.

Le public de ce soir se vantera de l'avoir entendu. Les gens raconteront à leurs enfants qu'un abîme s'est ouvert, que le plancher de la vieille salle de l'université de Duke a disparu sous leurs pieds, pour les laisser suspendus dans le vide, ce vide que la musique, pensaient-ils, était destinée à combler. Mais la personne que les gens se rappelleront ne sera pas mon frère. Ils raconteront s'être redressés sur leur siège en entendant les premières notes de cette voix transmuée. Mais la voix dont ils se souviendront ne sera pas la sienne.

Ses auditeurs en nombre croissant vont guetter les apparitions de Jonah, se ruer sur les places de concert, suivre sa carrière, y compris jusqu'à ses dernières années atypiques. Les amateurs traqueront ses disques, ils commettront l'erreur de prendre la voix du disque pour la sienne. Le timbre de mon frère n'a jamais pu être enregistré. La notion de permanence ne lui plaisait pas, l'idée d'être figé lui faisait horreur, et cette horreur était audible dans chaque note qu'il ait jamais enregistrée. Il était Orphée à l'envers : Regarde devant toi, et tout ce que tu aimes disparaîtra.

Nous sommes en 1961. Jonah Strom, la Nouvelle Voix de l'Amérique, a vingt ans. Voilà comment je le vois avec quarante ans de recul : j'ai maintenant huit ans de plus que l'âge que mon frère atteindra jamais. La salle s'est vidée ; mon frère chante encore. Il continue de chanter jusqu'à la barre finale, et le tempo va *diminuendo* jusqu'à disparaître dans l'obscurité de la *fermata*. Un garçon chante pour sa mère qui ne peut plus l'entendre.

Cette voix était si pure qu'elle aurait inspiré du repentir aux chefs d'État. Mais cette voix connaissait exactement l'ombre qui l'accompagnait, en retrait, juste derrière. Et s'il avait existé une voix pour envoyer un message dans le passé afin de corriger le futur, c'eût été celle de mon frère.

2

Hiver 1950

Mais personne ne connaissait réellement cette voix, hormis les membres de sa famille qui, en ces soirées d'hiver de l'après-guerre, chantaient ensemble, la musique étant leur dernier rempart contre l'extérieur et le froid mordant. Ils occupaient la moitié d'une bâtisse de deux étages en pierres de taille du New Jersey qu'un demi-siècle d'intempéries avait colorée d'un brun chocolat, retirée dans la pointe nord-ouest de Manhattan, une enclave négligée, composée d'une mosaïque de pâtés de maisons hétérogènes où Hamilton Heights se fondait dans Washington Heights. Ils étaient locataires, car l'immigrant David Strom n'avait pas suffisamment confiance en l'avenir pour posséder quelque chose qui ne tînt pas dans une valise. Même son poste au département de physique de Columbia semblait trop beau pour ne pas lui être un jour confisqué par l'antisémitisme, l'anti-intellectualisme, la montée de l'aléatoire, ou l'inévitable retour des nazis. Le fait de pouvoir louer la moitié d'une maison, même dans ce bassin exposé aux marées, semblait à David un coup de chance des plus improbables, compte tenu de ce qu'avait été sa vie jusqu'alors.

Pour Delia, sa femme de Philadelphie, louer semblait aussi durablement étrange que les théories insipides de son mari. Elle n'avait jamais vécu ailleurs que dans la maison dont ses parents étaient propriétaires. Néanmoins, Delia savait aussi que les implacables purificateurs du monde exploiteraient la moindre faille pour entraver leur bonheur. Aussi se rangea-t-elle du côté de son réfugié de mari pour transformer leur moitié de bâtisse en forteresse. Or, pour jouir d'une sécurité absolue, rien ne vaut la musique. Les trois enfants auraient tous le même premier souvenir : leurs parents en train de chanter. La musique était leur bail, leur acte de propriété, leur domaine sacré. À chaque voix de mettre en échec le silence selon sa propre vocation. Et chaque soir les Strom mettaient le silence en échec à leur manière, ensemble, à grandes bouffées d'accords improvisés.

Des bribes éparses de chansons se faisaient entendre avant même que les enfants ne fussent éveillés. Des notes de Barber en provenance de la salle de bain entraient en collision avec *Carmen*, échappée de la cuisine. Au petit déjeuner, chacun entonnait un air qui venait percuter d'autres airs, en un tapage polytonal. Même lorsque l'école à la maison commença – Delia enseignait la lecture et l'écriture, David se chargeait de l'arithmétique, avant de filer à Morningside pour donner ses conférences sur la relativité générale – les leçons se faisaient en chansons. En marquant la mesure, on apprenait les fractions. Chaque poème avait sa mélodie.

L'après-midi, lorsque Jonah et Joey revenaient à la maison en courant, après leurs escapades forcées au terrain de jeux qui jouxtait St. Luke, ils retrouvaient leur mère installée à l'épinette avec bébé Ruth, occupée à transformer le salon étriqué en campement sur les berges du Jourdain. La demi-heure de musique à trois aboutissait aux chamailleries rituelles entre les garçons, pour savoir qui serait seul le premier avec sa mère. Le vainqueur avait droit à une heure de glorieux quatre mains, tandis que le perdant emmenait la petite Ruth à l'étage pour des séances de lecture à voix haute ou des jeux de cartes sans règles véritables.

Les leçons avec Delia passaient en quelques minutes pour l'élève élu, tandis que le même laps de temps s'étirait à perpétuité pour celui qui attendait son tour. Quand le garçon exclu commençait à relever les erreurs de placements de doigts de son frère depuis l'étage, Delia reprenait de manière ludique ces sifflets. Elle demandait aux garçons de nommer des accords ou de tenir des intervalles du haut de l'escalier. Elle les faisait chanter *By the Waters of Babylon* en canon, chacun à une extrémité de la maison, l'un tissant sa propre ligne de chant autour de l'autre. Lorsque les garçons étaient à bout de patience, elle les prenait tous les deux, en faisait chanter un, pendant que l'autre jouait, et que la petite Ruth inventait des harmonies balbutiantes qui trouvaient leur place au sein du langage secret de la famille.

Les sons que produisaient les garçons faisaient tellement plaisir à Delia qu'ils en étaient effrayés. « Oh, mon JoJo ! Vous avez de ces voix ! J'ai envie que vous chantiez à mon mariage.

– Mais tu es déjà mariée, s'écriait Joey, le plus jeune. Avec Da !

– Je sais, mon chéri. Mais je peux quand même avoir envie que vous chantiez à mon mariage, non ? »

Ils aimaient tant la musique. Les garçons délaissaient les terrains de sport, les histoires de détectives et les comiques de la radio, les créatures tentaculaires de la dixième dimension, ainsi que les reconstitutions dans le quartier des massacres d'Okinawa et de Bastogne, pour s'installer à l'épinette, chacun d'un côté de sa mère. Même juste avant le retour de leur père, quand Delia arrêtait les leçons pour préparer le dîner, elle devait les obliger à sortir pour aller se faire une fois de plus torturer par des garçons cruellement doués dans leur domaine ; ils s'abattaient sur les deux Strom avec toute la brutalité générée par la perplexité collective.

Dans le quartier, les deux camps qui s'affrontaient traditionnellement s'unissaient pour s'en prendre à ces deux mômes qui faisaient bande à part. Ils faisaient feu de tout bois et les rouaient à coups de mots, de poings et de pierres – et même, une fois, à coup de batte de soft-ball dans le dos. Quand les mômes du coin ne se servaient pas d'eux comme pieux au jeu du fer à cheval ou comme poteau de base-ball, ils martyrisaient ces Strom monstrueux pour l'exemple. Ils se moquaient de Joey la chochotte, tartinaient de boue le visage vindicatif de Jonah. Les jeunes Strom appréciaient modérément ces cours de rattrapage quotidiens sur le thème de la différence. Souvent, ils n'allaient pas jusqu'au terrain de jeu, mais se cachaient dans une ruelle à proximité, où ils s'apaisaient mutuellement en chantonnant en tierces et quintes, jusqu'à ce que suffisamment de temps se soit écoulé et qu'ils puissent rentrer en courant à la maison.

Les dîners étaient un tohu-bohu de discussions taquines, le prolongement vespéral du dialogue amoureux qu'échangeaient Strom et Delia depuis des années. Quand elle était occupée à la cuisine, Delia interdisait à son mari l'accès aux fourneaux. Sa manie de piocher dans les marmites était une offense à Dieu et à la nature, estimait-elle. Elle le tenait à distance jusqu'à ce que le mets succulent – un ragoût de poulet aux carottes caramélisées, ou un rôti aux patates douces, de petits miracles préparés entre ses autres emplois à temps plein – soit présentable. La tâche de David consistait à agrémenter le repas d'anecdotes les plus bizarres en rapport avec son métier improbable. Professeur de mécanique fantôme, le taquinait Delia. Da, plus emporté que tous ses enfants réunis, se lançait dans les détails les plus extravagants : la découverte par son camarade Kurt Gödel de boucles temporelles dissimulées dans les équations de champ établies par Einstein. Ou bien les intuitions de Hoyle, Bondi ou Gold, selon lesquelles de nouvelles galaxies filtraient à travers les interstices entre les anciennes, comme de l'herbe poussant dans le béton fendillé de l'univers. Pour les garçons qui écoutaient, le monde était truffé de réfugiés de langue allemande occupés à percer le secret de l'espace-temps.

Delia secouait la tête en entendant les aberrations qui, sous son toit, faisaient office de conversation. La petite Ruth imitait son gloussement.

Mais les deux préadolescents n'étaient jamais à court de questions. Est-ce que l'univers s'intéressait au sens dans lequel le temps s'écoulait ? Est-ce que les heures tombaient comme de l'eau ? N'y avait-il qu'une seule sorte de temps ? Est-ce qu'il lui arrivait de changer de vitesse ? S'il faisait des boucles, est-ce que le futur pouvait revenir sur le passé ? Leur père était plus fort que les *Astounding Stories* et autres *Forbidden Tales*, ces illustrés pleins de science délirante. Il venait d'un endroit plus étrange encore, et les images qu'il racontait étaient encore plus fantastiques.

Après dîner, ils se retrouvaient en chansons. Rossini pour laver la vaisselle, W. C. Handy pour l'essuyer. Dans la soirée, ils se glissaient dans d'étranges failles temporelles, cinq lignes tressées dans l'espace, chacune bouclant sur sa voisine et tournant sur place. Ils passaient en revue les chorals de Bach, Jonah leur donnait le *la*, ce garçon à l'oreille magique. Ou alors ils se réunissaient autour de l'épinette, s'attaquaient à des madrigaux, mettant de temps en temps le clavier à contribution pour vérifier un intervalle. Un beau jour, après s'être réparti les voix, ils vinrent à bout de tout un Gilbert et Sullivan en une seule soirée. Par la suite, les soirées ne seraient plus jamais aussi longues.

Lors de ces veillées, les enfants semblaient presque avoir été conçus dans le seul but de divertir leurs parents. La voix de soprane de Delia fusait dans le registre suraigu, comme un éclair dans le ciel de l'ouest. La basse de David compensait par sa musicalité allemande ce qui lui manquait en beauté. Le mari servait de point d'ancrage lorsque son épouse se lançait dans ses envolées. Mais chacun savait ce que le mariage exigeait, et ensemble, sans vergogne, ils confiaient aux garçons les voix moyennes. Pendant ce temps, bébé Ruth crapahutait parmi eux, attrapant au vol une ligne de chant, ici ou là, debout sur la pointe des pieds pour voir les pages que sa famille étudiait. C'est ainsi que le troisième enfant en vint à lire la musique sans que quiconque le lui eût appris.

Delia chantait avec tout son corps, comme elle avait appris à Philadelphie, de générations de mères ayant fréquenté l'église en Caroline. Quand elle se laissait aller, sa poitrine se gonflait comme le soufflet d'un harmonium tout empli de splendeur. Un sourd eût pu poser les mains sur ses épaules et sentir la résonance de chaque son vibrer dans ses doigts comme un diapason. Au cours des années qui avaient suivi leur mariage, en 1940, David Strom avait appris cette liberté de sa femme américaine. Ce juif allemand non religieux se trémoussait au gré de ses propres rythmes intérieurs, et se dandinait avec autant d'abandon que jadis ses ancêtres les chantres.

Le chant captivait les enfants, et ils étaient aussi attachés à ces soirées musicales que leurs voisins l'étaient aux postes de radio. Chanter c'était leur sport d'équipe, leur jeu de puces, leur jeu de l'oie. Voir leurs parents *danser* – mus par des forces cachées, telles les créatures d'une ballade folk – fut le premier des terribles mystères de l'enfance. Les enfants Strom faisaient comme leurs parents, ils entraient à leur tour dans la danse, et tanguaient d'avant en arrière sur l'*« Ave verum corpus »* de Mozart comme ils le faisaient sur *« Zip-a-dee-doo-dah »*.

Au demeurant, les parents n'étaient pas sourds à ce qui se passait à l'époque dans le domaine musical. Ils ne purent rester insensibles à l'excitation ambiante – la moitié du PNB mondial en quête d'un refrain encore plus brutal. Le swing se produisait depuis belle lurette au Carnegie, mais cet impétueux élixir avait déjà été récupéré. Au fin fond d'étouffants clubs be-bop, Gillespie et Parker gondolaient chaque soir le continuum espace-temps. Là-bas, dans un Mississippi bourdonnant de mouches, dans une demeure destinée aux Blancs, au cœur d'un quartier noir, un blanc-bec s'apprêtait à livrer le secret du rythme de la musique des Noirs, et à méduser à jamais un public élevé à la farine blanche et aux petits pas de côté. Les changements en cours ne pouvaient échapper à aucun individu vivant à cette époque, pas même à deux personnes aussi farouchement imperméables à l'air du temps que ce physicien réfugié et la fille du médecin de Philadelphie, sa femme, chanteuse de formation. Ils se nourrissaient aussi du présent. Lui avait un faible pour l'accent d'Ella ; elle s'extasiait sur le timbre si riche d'Ellington. Le samedi, jamais ils n'auraient manqué une retransmission radio du Metropolitan. Et tous les dimanches matin, la radio allait à la pêche au jazz, tandis que David concoctait ses omelettes champignons tomates de trente centimètres de diamètre. À l'école de chant Strom, les nouveautés trouvaient leur place au sein d'un cortège d'harmonies et d'inventions vieux de mille ans. Cette euphorie au tempo emballé, vibrant de claquements de doigts, ne donnait que davantage de vitalité aux veillées de Palestrina. Car Palestrina aussi, en son temps, avait pris par surprise un monde qui ne se doutait de rien.

Chaque fois que les Strom emplissaient leurs poumons, ils reprenaient cette longue conversation qu'entretenaient les notes dans le temps. Dans la musique ancienne, leurs voix trouvaient un sens. Dès l'instant où ils chantaient, ils cessaient d'être des parias. Chaque fois qu'ils s'adonnaient à cette généreuse musique vocale – cette musique qui nourrissait David Strom et Delia Daley en cette vie –, ils remontaient à contre-courant vers la source, se rapprochant d'un lieu qui devenait bientôt moins insensé.

Pas un mois ne passait sans que Delia et David s'adonnent à leur parade amoureuse préférée : les Citations folles. La femme s'installait au piano, un enfant contre chaque cuisse. Une fois assise, elle ne divulguait pas le moindre indice ; sa noire chevelure ondulée formait la capuche idéale. Ses longs doigts brun roux appuyaient sur plusieurs touches en même temps, donnant naissance à une mélodie simple – disons la lente et subtilement spirituelle *Symphonie du Nouveau Monde* de Dvorák. Le mari avait alors droit à deux redites pour trouver une réponse. Les enfants regardaient, captivés, tandis que Delia développait la mélodie. Da serait-il dans les temps pour ajouter une contre-mélodie avant que leur mère atteigne la double barre ? S'il échouait, ses enfants se moqueraient de lui dans un allemand burlesque, et sa femme déciderait du gage à lui infliger.

Il était rare qu'il échoue. Le temps que la chanson populaire pillée par Dvorák effectue une boucle sur elle-même, le bonhomme trouvait un moyen d'y faire nager *La Truite* de Schubert à contre-courant. La balle était à nouveau dans le camp de Delia. Elle avait un couplet pour trouver une autre citation qui collerait avec le nouveau motif, à présent modifié. Les méandres d'un bref laps de temps lui suffisaient pour trouver un lit où faire couler la « Swanee River » autour de *La Truite*.

Le jeu autorisait quelques libertés. Les thèmes pouvaient être ralentis jusqu'à atteindre un point de presque immobilité, leurs modulations retardées jusqu'au moment opportun. Ou il était possible de faire défiler des mélodies à si vive allure que les changements d'accord s'effondraient pour n'être plus que des notes de passage. Les lignes mélodiques pouvaient se scinder en préludes de choral, saupoudrés d'accidents, ou la phrase revenir à son point de départ à une cadence différente, du moment que les modifications conservaient le sens de la mélodie. Quant aux paroles, ce pouvait être aussi bien les textes originaux, la notation *fa-la-si-do* d'un madrigal que des bribes de vers de mirliton issus de réclames, du moment que chaque chanteur, à un moment donné de la soirée, y glissait la traditionnelle et absurde question : « Mais où donc construiront-ils leur nid ? »

Le jeu donnait lieu aux mariages mixtes les plus improbables, à des accouplements que même le paradis des métis regardait avec perplexité. Delia initiait une *Rhapsodie pour alto* de Brahms qui se crêpait le chignon avec le grognement dixieland de David. Cherubini venait percuter Cole Porter. Debussy, Tallis et Mendelssohn se côtoyaient en un très profane mariage à trois. Au bout de quelques tours, le jeu devenait incontrôlable et les accords coagulés cédaient sous leur propre poids. Les appels et les réponses se terminaient en tête-à-queue hilarants, celui qui se faisait éjecter du manège ne manquant jamais d'accuser l'autre de falsification harmonique déloyale.

C'est au cours de l'un de ces jeux des Citations folles, par une froide soirée de décembre de l'année 1950, que David et Delia Strom se rendirent compte pour la première fois de ce qu'ils avaient engendré. La soprane débuta avec un air lent et épais : la *Danse allemande* n° 1 en *ré*, de Haydn. La basse y greffa en toute précarité du Verdi, « *La donna è mobile* ». L'effet fut si joliment bizarre que les deux, sur la simple impulsion d'un rictus échangé, firent faire un tour supplémentaire à cet air monstrueux. Mais, au cours de la reprise, quelque chose s'éleva de l'embrouillamini : une phrase qui n'émanait d'aucun des deux parents. Le premier son parut si limpide et si concentré qu'il fallut un moment aux adultes pour se rendre compte que ce n'était pas le fantôme d'une résonance sympathique. Ils échangèrent un regard, paniqués, puis baissèrent la tête pour constater que leur fils aîné, Jonah, s'était lancé dans une version impeccable de l'*Absalon, fili mi*, de Josquin.

Les Strom avaient déchiffré l'œuvre des mois auparavant, avant de laisser tomber, la considérant trop difficile pour les enfants. Que Jonah s'en fût souvenu, c'était déjà miraculeux. Quand Jonah eut modelé la mélodie de manière à ce qu'elle soit compatible avec les deux déjà lancées, David Strom éprouva le même sentiment que lorsqu'il avait entendu pour la première fois la chorale de jeunes garçons s'élever au dessus du double chœur d'ouverture de *La Passion selon saint Matthieu* de Bach. Les deux parents s'interrompirent au milieu de leur phrase pour dévisager le garçon. L'enfant, mortifié, leur renvoya leur regard.

« Qu'est-ce qui cloche ? J'ai fait quelque chose de mal ? » Il n'avait pas encore dix ans. Ce jour-là, David et Delia surent qu'on leur retirerait bientôt leur aîné.

Jonah montra la combine à son petit frère. Un mois plus tard, Joseph se mettait à ajouter ses propres citations folles. La famille prit pour habitude d'improviser des quatuors hybrides. La petite Ruth pleurnichait, elle aussi voulait jouer. « Oh, ma chérie, disait sa mère, ne pleure pas ! Tu t'envoleras dans les airs bien plus tôt que quiconque. D'ici peu, tu traverseras le ciel. » Elle donnait à Ruth de petites babioles – le jingle radio de Texaco ou « *You Are My Sunshine* » – pendant que les autres déployaient tranquillement autour d'eux des ragtimes de Joplin et des fragments d'arias de Puccini.

Ils chantaient ensemble pratiquement tous les soirs, avec en bruit de fond la circulation assourdie d'Amsterdam Avenue. C'était tout ce dont les parents disposaient pour leur rappeler le foyer que chacun avait laissé derrière lui. Personne ne les entendait, à l'exception de leur logeuse, Verna Washington, une imposante veuve sans enfant, qui habitait l'autre moitié de la maison en grès brun, et qui aimait à poser l'oreille contre le mur mitoyen, pour écouter en cachette cette joie funambulesque.

Les Strom chantaient avec un art ancré dans leur corps, c'était une constante qu'ils possédaient en eux, un trait de caractère immuable, comme la couleur de l'âme. Mari et femme avaient tous deux fourni les gènes musicaux : le sens de la proportion et du rythme du mathématicien ; la justesse de la chanteuse qui atteint chaque note, comme le pigeon toujours retrouve le pigeonnier, au nuancier aussi fourni que les ailes d'un oiseau-mouche. Aucun des deux garçons ne soupçonnait qu'il fût inhabituel à neuf ans de déchiffrer comme on respire. Ils aidaient à dénouer les filaments du son avec la même aisance que leurs cousins germains perdus grimpaient sans doute aux arbres. La voix n'avait qu'à s'ouvrir et laisser faire, emmener les notes jusqu'à Riverside Park, comme quand leur père les y accompagnait parfois, en fin de semaine, lorsqu'il faisait beau : ça monte, ça descend, dièse, bémol, long, court, East Side, West Side, une grande ballade dans toute la ville. Pour entendre les intervalles, Jonah et Joseph n'avaient qu'à regarder les accords imprimés, les empilages de figures de notes comme autant de totems minuscules.

Des gens venaient à la maison, mais toujours pour faire de la musique. Tous les deux mois, le quintette se transformait en une chorale de chambre que venaient étoffer les élèves des cours particuliers de Delia, ou bien ses camarades solistes des églises locales. Des instrumentistes à cordes amateurs des départements de physique de Columbia et de City College transformaient la maison Strom en une petite Vienne. C'est lors d'une de ces soirées musicales qu'un violoniste d'un certain âge, venu du New Jersey, crinière blanche et pull mangé aux mites, qui parlait allemand avec David et effrayait Ruth avec ses plaisanteries incompréhensibles, entendit Jonah chanter. Il réprimanda Delia jusqu'à la faire pleurer. « Cet enfant a un don. Vous ne vous rendez pas compte. Vous êtes trop proches. C'est impardonnable de ne rien faire pour lui. » Le vieux physicien insista pour que le garçon bénéficie du meilleur enseignement musical possible. Pas juste un bon professeur pour des cours particuliers, mais une immersion qui permettrait à ce formidable talent en puissance de devenir ce qu'il était déjà. Le grand homme menaça d'organiser une collecte si le problème était d'ordre pécuniaire.

Le problème n'était pas d'ordre pécuniaire. David protesta : aucun enseignement musical ne serait à la hauteur de celui que Jonah suivait déjà sous la houlette de sa mère. Delia refusait de confier le garçon à un professeur qui risquait de ne pas saisir la particularité de Jonah. La chorale de la famille Strom avait ses raisons personnelles de protéger sa voix d'ange haut perchée. Néanmoins, ils n'osèrent pas s'opposer à un homme qui avait arraché au temps son étrange secret, ce secret enterré depuis le début du temps. Il avait beau jouer du violon façon gitan, Einstein était Einstein. Les paroles qu'il prononça firent honte aux Strom, et ils finirent par accepter l'inévitable. Et tandis que la nouvelle décennie s'ouvrait sur le monde de demain, promis de si longue date, les parents de Jonah se mirent en quête d'une école de musique qui permettrait à cet effrayant talent de s'épanouir.

Entre-temps, l'instruction des enfants se poursuivait à la faveur de soirées de chant à plusieurs voix, où le grand jeu consistait à s'attraper en musique. Delia acheta un phonographe de la taille d'une machine à coudre pour la chambre des garçons. Les deux frères s'endormaient chaque soir au son des meilleurs enregistrement 33 tours de Caruso, Gigli et Gobbi. De minuscules voix métalliques couleur craie se glissaient dans la chambre des garçons par ce portail électrique, qui les encourageait : *plus loin, plus large, plus clair – comme ça.*

C'est ainsi qu'un soir, en sombrant dans le sommeil, bercé par ce chœur de fantômes bienveillants, Jonah raconta à son frère ce qui allait se passer. Il prédit exactement ce qu'il allait devenir. Il savait ce que ses parents faisaient. Il serait envoyé loin d'ici, tout ça parce qu'il faisait magnifiquement ce que sa famille avait plus que tout souhaité pour lui. Exclu à jamais, juste pour chanter.

3

Le visage de mon frère

Le visage de mon frère était un banc de poissons. Ce n'était pas un sourire qu'il avait, mais une centaine de sourires, vifs et étincelants. J'ai une photographie – l'une des rares de mon enfance qui ait échappé aux flammes. On nous voit tous les deux en train d'ouvrir nos cadeaux de Noël, sur le canapé bosselé à motif floral imprimé qui se trouvait dans la pièce de devant. Son regard se porte dans toutes les directions en même temps : il observe son cadeau à lui, un télescope escamotable en trois parties ; le mien, un métronome ; Rootie, qui empoigne le genou de son frère aîné, parce qu'elle aussi voudrait regarder ; notre père en train de prendre la photo, totalement absorbé dans cet acte qui consiste à arrêter le temps ; Maman, juste à l'extérieur du cadre de la photo ; les observateurs futurs qui, eux-mêmes, un siècle plus tard, regardent cette paisible crèche de Noël, longtemps après notre mort à tous.

Mon frère a peur de rater quelque chose. Il a peur que le père Noël n'ait interverti les étiquettes sur les cadeaux. Peur que mon cadeau ne soit plus chouette que le sien. D'une main il attrape Ruth, qui menace de tomber et de se fendre le crâne sur la table basse en noyer. L'autre main s'envole pour aplatir la mèche qui rebique sur le devant – ces cheveux que ma mère aimait tant brosser – pour que l'appareil photo ne l'immortalise pas dressée en l'air, comme un leurre bricolé. Son sourire rassure notre père : oui, il fait tout ce qu'il faut pour que la photo soit réussie. Il adresse un bref regard compatissant à notre mère, à jamais exclue de cette scène.

C'est l'un des premiers Polaroids. Notre père adorait les inventions ingénieuses, et notre mère adorait tout ce qui pouvait fixer le souvenir. Les tons noirs et blancs sont devenus granuleux, c'est ainsi que nous apparaît aujourd'hui la fin des années quarante. Je ne peux pas faire confiance à la photographie pour retrouver avec exactitude la couleur de peau de mon frère, savoir comment les autres devaient alors le voir. Ma mère avait le teint clair pour sa famille, et mon père était l'Européen d'origine sémite le plus pâle qui fût. Jonah se situait à mi-chemin de l'un et de l'autre. Il a déjà le cheveu plus ondulé que bouclé, trop foncé pour être poil de carotte. Il a les yeux noisette ; cela ne changera pas. Il a un nez fin, ses joues ont la largeur d'un livre de poche. Mon frère ressemble surtout à un Arabe au teint diaphane et lumineux.

Son visage est la clé de *mi*, la clé de la *beauté*, c'est le visage que je connais le mieux au monde. On dirait un des croquis scientifiques de mon père, élaboré à partir d'un ovale, sur lequel on a incrusté des amandes fendues pour représenter une paire d'yeux confiants : un visage qui pour moi, à jamais, signifiera *visage*. Il irradie la séduction de celui qui goûte au plaisir, une certaine surprise s'en dégage. La peau est soyeuse sur l'arrondi de la pommette. J'aimais ce visage. Il me faisait toujours penser au mien, mais détendu.

Déjà on voit poindre la méfiance de celui dont l'innocence est mise à l'épreuve. Les traits s'affineront au fil des mois à venir. Les lèvres se pinceront et les sourcils fermeront les écoutilles. Le nez en demi-poire s'amenuisera à hauteur de l'arête ; le bombé des pommettes se tassera. Mais même à l'âge adulte, il arrivera parfois que le front s'éclaircisse comme ici, et que les lèvres se retroussent, lorsqu'il s'apprêtera à plaisanter, même avec ses assassins. Moi, pour Noël, j'ai eu un télescope qui s'emboîte. Et toi ?

Un soir, après les prières, il a demandé à notre mère : « On vient d'où, nous ? » Il ne devait même pas avoir dix ans, et pourtant il était troublé par Ruth, ça l'effrayait de voir à quel point elle était différente de nous deux. Même moi, je l'inquiétais déjà. Les infirmières de la maternité avaient peut-être été aussi négligentes que le Père Noël. Il était arrivé à l'âge où la différence de couleur de peau entre Da et Maman était devenue trop importante pour être mise sur le compte du hasard. Il considéra les preuves indiscutables et se bidonna. Moi, j'étais allongé dans mon lit, à côté du sien, à me gaver, avant l'extinction des feux, de *Sciences Comics*, ces illustrés dont Cosmic Carson était le héros. Mais je me suis arrêté pour écouter la réponse de Maman à cette question que je n'avais jamais pensé à poser.

« D'où vous venez ? Vous, les enfants ? » Chaque fois qu'une question la mettait dans l'embarras, Maman la répétait. Elle gagnait ainsi une dizaine de secondes. Lorsque c'était du sérieux, sa voix devenait piano, pour se stabiliser dans un registre *mezzo* caramel. Elle s'assit au coin du lit et caressa tendrement son fils aîné. « Eh bien, je suis contente que tu me demandes ça. Vous nous avez été remis tous les trois par Frère Merveille. »

Le visage de mon frère se plissa, il était sceptique. « C'est qui ?

– C'est qui… ? Comment se fait-il que tu sois si curieux ? Tu tiens ça de moi ou de ton père ? Le Frère Merv s'appelle Joie. Monsieur Joie I. Yeux.

– Le I correspond à quoi ? s'enquit Jonah, en essayant de la coincer à son propre jeu.

– À quoi correspond le I ? Ça alors, tu ne sais pas ? Ivan. »

Et Jonah d'enchaîner presto : « C'est quoi, le deuxième prénom de Merv ?

– Weil, répondit mon père sur le temps suivant, depuis l'encadrement de la porte.

– Merv *Weil* Yeux ?

– Oui, absolument. Pourquoi pas ? La famille Yeux a plus d'un secret dans le placard.

– Allez, Da. Sérieux. On vient d'où ?

– Ta mère et moi, nous vous avons trouvés au rayon surgelés de la supérette. Qui sait depuis combien de temps vous y étiez. Ce fameux monsieur Yeux prétend être votre propriétaire, mais il n'a jamais pu nous montrer le certificat de propriété.

– S'il te plaît, Da, la vérité. »

Da n'avait jamais pris ce mot à la légère. « Vous sortez du ventre de votre mère. »

Une telle ineptie provoqua chez nous un rire irrépressible. Ma mère leva les bras au ciel. Je vois les muscles se tendre, aujourd'hui encore, moi qui suis à présent deux fois plus âgé qu'elle ne l'était à l'époque. Les mains en l'air, elle dit : « Nous y voilà. »

Mon père s'assit. « Il faut bien en passer par là, à un moment ou à un autre. »

Mais nous ne passâmes nulle part. Jonah cessa de s'intéresser à la question. Son sourire se dissipa et il regarda dans le vide, en grimaçant. Il accepta cette idée folle – tout ce qu'ils voulaient bien lui dire. Il posa le bras sur l'avant-bras de Maman. « C'est bon. Je me fiche de savoir d'où on vient. Du moment qu'on vient tous du même endroit. »

La première école musicale qui entendit mon frère l'adora. Je sus que ça arriverait avant même que ça arrive, en dépit de ce que mon père pensait de la divination. L'école, l'un des deux meilleurs établissement préparatoires au conservatoire de New York, se trouvait dans l'East Side. Je revois Jonah, dans son blazer bordeaux trop grand, demander à Maman. « Comment ça, tu ne veux pas venir ?

– Oh, Jo ! Bien sûr que j'ai envie de t'accompagner. Mais qui va rester à la maison s'occuper de bébé Ruth ?

– Elle n'a qu'à venir avec nous », dit Jonah qui savait déjà qui pouvait ou pas se rendre à tel ou tel endroit.

Maman ne répondit pas. Dans l'entrée, elle nous serra dans ses bras. « Au revoir, JoJo. » C'était le nom qu'elle nous donnait à tous les deux. « Faites de belles choses pour moi. »

Nous trois, les hommes, nous nous entassâmes dans le premier taxi qui accepta de nous prendre, direction l'école. Là, mon frère disparut au milieu d'une foule de gamins, puis vint nous retrouver dans l'auditorium juste avant de chanter. « Joey, tu vas pas le croire. » Son visage était proprement horrifié. « Y a tout un tas de gamins là-bas, on dirait que l'Impitoyable Ming est en train de leur mordiller les fesses. » Il essaya de rigoler. « Il y a un grand gaillard, là-bas, il est au moins en quatrième, il crache ses boyaux dans le lavabo. » Son regard vagabonda au-delà de l'orbite de Pluton, dont la découverte était récente. Personne ne lui avait jamais dit que la musique pouvait rendre malade.

Vingt mesures de la version *a cappella* de *Down by the Salley Gardens* par mon frère suffirent à conquérir les membres du jury. Après coup, dans le couloir aux murs d'un vert tendre, deux d'entre eux abordèrent même mon père pour lui vanter les mérites de l'établissement. Pendant que les adultes passaient le programme en revue, Jonah m'attira en coulisse, dans la salle d'échauffement, où le grand dadais avait vomi. Il devait en rester dans le tuyau du lavabo, l'odeur était encore bien présente, suave et âcre, à mi-chemin entre nourriture et selles.

Le résultat officiel nous arriva par la poste deux semaines plus tard. Nos parents remirent à Jonah l'enveloppe oblongue sur laquelle l'adresse était tapée à la machine, pour qu'il ait le plaisir de l'ouvrir lui-même. Mais comme mon frère butait sur les deux premières phrases, Da lui prit la lettre des mains. « Nous sommes au regret de vous annoncer que malgré toutes les qualités de cette voix, nous ne pouvons vous proposer une place pour cet automne. En effet, nos effectifs sont déjà complets, et la charge de travail qui pèse sur les professeurs rend impossible... »

Da émit un petit jappement consterné et lança un regard fugace à Maman. Je les avais déjà vus s'échanger ce type de coup d'œil en public. Maintenant, je savais ce que ça signifiait, mais je me gardais bien de le leur faire savoir. Nos parents se regardaient, chacun essayant de modérer le désarroi de l'autre.

« Les chanteurs ne décrochent pas toujours les rôles qu'ils veulent », dit Da à Jonah. Maman, quant à elle, se contenta de baisser les yeux – en musique, c'était la première leçon qu'elle avait apprise.

Da mena son enquête, par l'intermédiaire d'un collègue du département de musique de Columbia. Un soir, il rentra à la maison, en proie à un sentiment mêlé d'abattement et d'étonnement. Il essaya d'en parler à Maman. Maman écouta, mais n'en continua pas moins de préparer le ragoût d'agneau du dîner. Mon frère et moi étions accroupis à l'extérieur de la cuisine, cachés comme des espions infiltrés, chacun d'un côté de la porte, à écouter ce qui se disait. Des adultes avaient été envoyés à la chaise électrique pour moins que ça.

« Ils ont un nouveau directeur », dit Da.

Maman expira par le nez. « Un nouveau directeur qui applique une politique pas si nouvelle. » Elle secoua la tête ; tout ce que le monde avait à lui apprendre, elle le savait déjà. Le son de sa voix n'était pas le même. Plus pauvre, en un sens. Plus vieux. Rural.

« Ce n'est pas ce que tu penses.

– Pas ce que...

– Ce n'est pas toi qui es en cause. C'est moi ! » Il en rit presque, mais sa gorge ne laissa pas passer le son.

Da était assis à la table de la cuisine. Il émit un râle hideux à force de lassitude, qu'il n'aurait jamais laissé échapper s'il avait su que nous écoutions. Ça se transforma en quelque chose proche du gloussement. « Un cursus musical sans juifs ! Quel fou ! Comment concevoir la musique classique sans les juifs ?

– Facile. On a bien fait du base-ball sans les gens de couleur. »

Il était arrivé quelque chose à la voix de mon père, aussi. Une sorte de gravité ancestrale. « Quelle bêtise. Autant refuser un élève parce qu'il sait lire les notes. »

Maman posa son couteau. D'un geste du poignet, elle écarta les cheveux qui lui tombaient sur les yeux. Le coude vint se jucher aux creux de l'autre main. « On a mené cette guerre pour rien. Pire que rien. On n'aurait même pas dû s'en donner la peine.

– Qu'est-ce qu'il reste pour un endroit comme ça ? » Da laissa échapper un cri. Jonah et moi tressaillîmes, comme s'il nous avait frappés. « Quel genre de chorale peuvent-ils créer ? »

Ce soir-là, mon père qui, de toute sa vie, n'avait jamais pris la peine de faire figurer la mention « juif » sur le moindre formulaire, qui avait dédié sa vie entière à prouver que l'univers n'avait besoin d'aucune religion hormis les maths, nous fit chanter toutes les chansons populaires phrygiennes dont il se souvenait, vestiges d'une vie consacrée à oublier. Il remplaça ma mère au clavier, et ses doigts trouvèrent ce chagrin modal plaintif enfoui dans les accords. Nous chantâmes dans cette langue secrète que Da parlait parfois, dans les rues situées au nord de la nôtre, ce proche cousin de l'anglais originaire d'un lointain village, ces mots de guingois que j'arrivais presque à reconnaître. Même en fox-trot, ces gammes, étincelantes de secondes et de sixtes diminuées, transformaient les chansons d'amour les plus légères en un haussement d'épaules face à l'histoire aveugle. Mon père se métamorphosa en une clarinette agile, nasale, et nous le suivîmes. Y compris Ruth, avec son sidérant talent d'imitatrice.

Nos parents se remirent à chercher une école pour Jonah. Désormais, Maman militait pour que son aîné reste à New York ou dans la région, aussi près que possible de la maison. Il n'y avait guère que la musique, et cette urgence nouvelle, pour justifier qu'il s'en aille si loin. Da, en empiriste, se cuirassa contre toute considération autre que le niveau de l'établissement scolaire. Entre les exigences de l'un et le souhait de l'autre, ils aboutirent à un compromis atroce : la Boylston Academy, à Boston, une pension préparatoire au conservatoire.

L'école commençait à faire parler d'elle grâce à son directeur, le grand baryton hongrois János Reményi. Mes parents avaient lu un article sur lui dans le *New York Times*. L'enseignement du chant était une véritable mascarade dans ce pays, avait déclaré Reményi. C'était exactement ce qu'une nation luttant pour la domination culturelle, et encore sous la chape de l'après-guerre, craignait le plus de s'entendre dire, aussi récompensa-t-elle celui qui l'accusait en lui apportant son soutien généreux. Da et Maman durent se dire qu'un Hongrois se ficherait bien de nos origines. Un tel choix semblait ne présenter quasiment aucun danger.

Cette fois-ci, pour l'audition de sélection de Jonah, la famille au grand complet fut du voyage. Nous fîmes le trajet dans une superbe Hudson de location au pare-chocs incrusté dans la carrosserie. Ma mère s'installa avec Ruth et moi sur la banquette arrière. Chaque fois que nous montions en voiture ensemble, elle s'installait à l'arrière, et Da prenait toujours le volant. Prétendument pour la sécurité de Ruthie. Selon Jonah, c'était pour éviter de se faire arrêter par la police.

Pour l'examen, Jonah avait préparé « Wer hat dies Liedlein erdacht ? », extrait de *Des Knaben Wunderhorn*. Maman l'accompagnait, elle avait passé des semaines à travailler à la réduction pour piano, jusqu'à ce que ça scintille. Elle portait une robe plissée en soie noire aux épaules couvertes, qui amincissait sa silhouette tout en la grandissant. Jamais les membres du jury n'auraient le loisir de voir femme aussi superbe. János Reményi lui-même était l'un des trois examinateurs. Mon père nous l'indiqua quand nous entrâmes dans la pièce.

« Lui ? dit Jonah. On dirait pas qu'il est hongrois !

– À quoi ressemblent les Hongrois ? »

Jonah haussa les épaules. « Plus chauves, non ? »

Il y eut peu de candidats, ce jour-là, uniquement ceux qui avaient réussi à passer la rigoureuse présélection. M. Reményi appela Strom, dont le nom figurait sur sa liste. Maman et Jonah s'avancèrent dans la travée jusqu'à la scène. Une femme les intercepta avant qu'ils arrivent jusqu'aux marches. Elle demanda à Maman où était l'accompagnateur. Ma mère prit une inspiration et sourit. « C'est moi qui accompagne. » Elle paraissait lasse, mais certainement pas prise au dépourvu.

Cet échange avait dû la troubler. Une fois sur scène, elle partit sur un tempo plus rapide que la version la plus rapide qu'elle eût jamais jouée avec Jonah à la maison et ils avaient dû le jouer un bon millier de fois. Je l'avais tellement entendu que j'aurais pu le chanter à l'envers. Mais vu le tempo auquel Maman attaqua ce jour-là, j'aurais manqué l'entrée. Jonah, évidemment, entra parfaitement. Il n'avait attendu que cet instant, tout excité à l'idée de faire décoller cette chanson.

Je vis les membres du jury échanger un regard au moment où Jonah réussit sa première montée. Mais ils le laissèrent terminer. En moins de deux minutes, le morceau entra dans l'histoire. Dans la bouche de mon frère, c'était devenu un mythe malicieux, qui évoquait un monde sans poids ni effort. *Le Cor magique de l'enfant*, enfin interprété par un garçon encore enchanté.

Une femme du jury commença à applaudir, mais un regard de Reményi suffit à la figer sur place. Le directeur griffonna quelques notes, enleva ses lunettes, haussa les sourcils et contempla mon frère. « M. Strom. » Pris de confusion, je regardai mon père. Il avait les yeux fixés sur Reményi. « Pouvez-vous me dire ce que signifie cet air ? »

Da se pencha et se mit à donner des coups de tête contre le siège de devant.

Sur la scène, Maman croisa les mains sur sa superbe robe noire et se mit à étudier scrupuleusement son giron. Mes parents avaient une confiance absolue dans la voix de Jonah, lorsqu'il chantait. En revanche, l'expression orale n'était pas son fort.

Mais Jonah était tout à fait disposé à aider ce Hongrois, si certaines choses lui échappaient. Il leva la tête et observa les projecteurs, guettant la réponse dans les hauteurs. « Euh, qui a conçu cette petite chanson ? » Il poussa un soupir ennuyé, il se défaussait sur le poète.

« Oui, oui. C'est le *titre*. Mais que signifient les paroles ? »

Le visage de mon frère s'éclaira. « Ah ! Okay, voyons voir. » Le tempo des coups de tête paternels augmenta. De l'autre côté, Ruthie, six ans, se tortilla sur son siège et commença à chantonner. Da la fit taire, ce qui ne lui était encore jamais arrivé. « Il y a une maison, là-haut dans la montagne, expliqua Jonah. Et une fille à la fenêtre.

– Quel genre de fille ?

– Allemande ? »

Les trois membres du jury se raclèrent la gorge.

« Une gentille fille, dit Reményi. Un petit amour de fille. Continuez.

– Elle n'habite pas là. Et elle a cette bouche, là... Et c'est, euh, magique ? Elle ressuscite les morts. » Cette notion lui inspira des images : des goules, des suceurs d'âmes, des zombies. « Et puis il y a ces trois oies qui transportent la chanson dans leur bec.

– Ça suffit. » Reményi se tourna vers ma mère. « Vous voyez ? Pas un air pour les jeunes garçons.

– Mais *si* », laissa échapper mon père du fond de la salle.

Reményi se retourna, chercha d'où venait l'intervention, mais son regard se perdit dans la pénombre sans s'arrêter sur nous. Il fit de nouveau face à Maman. « Il faut une voix mûre pour cet air. Il ne devrait pas le chanter. Il ne peut pas bien le faire, et ça pourrait même être mauvais pour ses cordes vocales. »

Ma mère s'affaissa sur son banc de piano, croulant sous le poids des erreurs qu'elle avait accumulées. Elle avait cru charmer le grand homme par la lumineuse excellence de son fils. Et le grand homme avait, d'un souffle, éteint cette faible lueur. Elle avait envie de se glisser à l'intérieur du piano, de se lacérer sur les cordes les plus fines, les plus aiguës.

« Dans vingt ans peut-être, nous apprendrons Mahler correctement. Cet enfant et moi. Si nous sommes encore tous deux de ce monde. »

Mon père toussa de soulagement. Maman, sur scène, se redressa et décida de vivre. Root se mit à bavarder – plus moyen de la faire taire. Mon frère, au beau milieu de la scène, se gratta le coude ; l'ensemble du drame lui avait, semblait-il, échappé.

Dehors, dans le couloir, Jonah me rejoignit d'un bond. « C'est peut-être juste que ce gars n'aime pas la musique. » Une bouffée de compassion brilla dans ses yeux. Il avait envie de travailler avec cet homme, de lui faire découvrir les plaisirs de la musique.

Nous nous promenâmes dans l'enceinte de l'établissement, ce faux *palazzo* italien enfoui entre Back Bay et les Fens. Da discuta avec quelques étudiants, dont le fils d'un diplomate qui parlait allemand. Tous dirent le plus grand bien de l'académie et de son programme vocal. Les meilleurs parmi les plus âgés obtenaient déjà des résultats dans les concours, ici et en Europe.

Jonah me traîna pour une visite du bâtiment, et nous explorâmes les moindres recoins, insensibles aux têtes qui se retournaient sur notre passage. Notre mère arpenta les lieux d'un pas de plomb, on aurait dit qu'elle se rendait à son propre enterrement. Elle vieillissait à vue d'œil au fur et à mesure que cet endroit s'imposait comme étant l'inévitable étape suivante dans la vie de son fils.

Da et Maman discutèrent avec les responsables de l'école pendant que Jonah et moi nous occupions de Ruth, qui lançait des miettes de pain aux moineaux, et du gravier aux écureuils en maraude. Quand nos parents réapparurent, ils étaient préoccupés par quelque chose, mais nous ne demandâmes pas quoi. Nous retournions tous les cinq à la Hudson de location, nous préparant au long trajet du retour, lorsqu'une voix nous rappela.

« Excusez-moi, s'il vous plaît. » Maestro Reményi se tenait dans l'entrée de l'académie. « Puis-je vous demander un instant ? » Son regard ne se posa pas sur Da mais glissa au-delà, comme à l'audition. « Vous êtes la mère du garçon ? » Il étudia le visage de Maman, puis celui de Jonah, cherchant la clé d'un mystère plus grand que Mahler. Maman opina, tout en regardant le grand homme dans les yeux. János Reményi secoua la tête lentement, l'évidence s'imposa à lui. « Bravo, madame. »

Ces deux mots furent la grande récompense musicale de la vie de ma mère. Pendant quinze secondes, elle goûta le triomphe auquel elle avait renoncé en épousant mon père et en nous élevant. Pendant tout le retour, alors que Jonah assis à l'avant chantonnait doucement, et que l'obscurité se faisait de plus en plus épaisse, elle fit cette prédiction : « Cet homme va t'ouvrir de nouveaux univers. »

Jonah intégra la Boylston Academy of Music avec une bourse intégrale. Mais de retour dans le cocon de Hamilton Heights, il commença à regimber. « Tu peux m'apprendre encore tellement de choses, dit-il à Maman, lui portant le coup de grâce. Je pourrai mieux me concentrer ici, sans tous les autres élèves. »

Maman lui répondit en psalmodiant de sa voix de professeur d'histoire. « JoJo, mon chéri. Tu es doué. Particulièrement doué. Il n'y en a peut-être qu'un sur mille...

– Moins, intervint Da tout en faisant le calcul.

– Il n'y en a qu'un sur un million qui peut rêver de faire ce que tu vas faire.

– Tout le monde s'en fiche », dit Jonah.

Il sut qu'il venait de passer les bornes. Maman le prit par les épaules, lui remonta le menton. Elle aurait pu l'achever d'un mot. « Personne ne s'en fiche.

– C'est un devoir qui t'incombe, expliqua Da, dont les consonnes accrochaient. Il faut que tu développes ce don, pour le rendre ensuite à la création.

– Et Joey ? Il joue du piano mieux que moi. Il déchiffre plus vite que moi. » Sur le ton de la délation enfantine : *c'est lui qui a commencé.* « Vous ne pouvez pas m'envoyer là-bas sans Joey. Moi j'vais dans aucune école si Joey vient pas avec moi !

– On ne dit pas "j'vais" », dit Maman. Elle dut ressentir une authentique terreur. « Tu prépares le terrain. Tu n'auras pas eu le temps de dire ouf qu'il t'emboîtera le pas. »

Nos parents se rendaient compte, mais trop tard, qu'ils nous avaient fait passer trop de temps à l'intérieur. L'expérience qu'ils avaient tentée – l'école à la maison – avait donné naissance à deux fleurs de serre. Le soir, en se déshabillant dans leur chambre, ils parlèrent à voix basse, persuadés que nous ne pouvions les entendre.

« Peut-être que nous les avons trop protégés ? » La voix de Da ne trouvait pas le ton juste.

« On ne peut pas laisser un enfant comme lui en roue libre dans un endroit comme ça. » Le vieil accord tacite : c'était ce qui les liait l'un à l'autre, l'œuvre sans fin qui consistait à élever un être vulnérable.

« Mais même. Nous aurions peut-être dû... À eux deux, ils n'ont pas un seul véritable ami... »

La voix de ma mère monta dans le registre supérieur. « Ils connaissent d'autres garçons. Ils apprécient ceux qui sont appréciables. » Mais je l'entendais bien, elle aurait préféré qu'il en soit autrement. D'une certaine manière, nous avions fait capoter leur plan. J'avais envie de leur parler des morceaux de briques qu'on nous avait jetés à la figure, des mots qu'on avait appris, des menaces essuyées, tout ce que nous avions épargné à nos parents. *Espèces de métèques. Demi-sang.* J'entendis Maman, devant sa coiffeuse, qui lâcha sa brosse à cheveux en écaille de tortue et étouffa un sanglot.

Et j'entendis Da la protéger en s'excusant. « Chacun peut au moins compter sur l'autre, quand même. Ils en rencontreront d'autres, des comme eux. Ils se feront des amis, quand ils en trouveront. »

Un hautboïste que connaissait Da au département de mathématiques de Columbia harcelait mes parents depuis longtemps pour qu'ils acceptent que nous chantions pour les luthériens du campus. Jusqu'alors, mes parents avaient toujours refusé. Maman nous emmenait dans les églises du quartier, où nos voix se joignaient à la sienne dans la liesse générale. Mais au-delà de cela, ils avaient voulu nous éviter la compromission des prestations publiques. « Mes garçons sont des chanteurs, disait-elle, pas des phoques apprivoisés. » Ce qui immanquablement amenait Jonah à aboyer et à applaudir avec le dos de ses pattes.

À présent, nos parents pensaient que les luthériens pourraient préparer Jonah pour le cap important de cet automne. Les récitals à l'église pourraient nous inoculer l'antidote contre la virulence du monde extérieur. Nos premières escapades à Morningside Heights pour participer aux répétitions du chœur eurent un goût d'aventure. Le jeudi soir, Da, Jonah et moi prenions le métro omnibus de la Septième Avenue, pour revenir ensuite en taxi – c'était la bagarre entre mon frère et moi, pour savoir lequel des deux monterait à l'avant, avec le chauffeur, et mettrait en pratique son italien d'opérette. Aux premières répétitions, tout le monde regarda. Jonah était la sensation. Le chef de chœur interrompait les répétitions, saisissant le moindre prétexte pour écouter mon frère chanter seul tel ou tel passage.

Il y avait dans la chorale plusieurs amateurs doués, des universitaires cultivés qui appréciaient de s'immerger deux fois par semaine dans la musique. Quelques voix puissantes et même quelques pros, à titre généreux, apportaient également leur obole. Pendant deux semaines, nous chantâmes des cantiques inoffensifs dans la grande tradition protestante du Nord. Mais nous avions beau être encore jeunes, Jonah et moi n'éprouvions que dédain pour ces modulations tartignoles et prévisibles. Revenus à Hamilton Heights, nous passions les paroles à la moulinette – « Oh mon

Baigneur, mon Sauveur ; oui toi, mon Baigneur Jésus ». Mais le dimanche, les facéties étaient oubliées, et nous chantions les mélodies les plus banales comme si notre salut en dépendait.

L'une des authentiques contraltos du groupe, une pro du nom de Lois Helmer, eut des projets pour mon frère dès l'instant où elle entendit sa voix fuser à travers l'odeur de renfermé de la tribune du chœur. Elle le traita comme l'enfant qu'elle avait sacrifié pour poursuivre sa modeste carrière de chanteuse classique. Dans la voix cristalline de Jonah, elle vit l'occasion de récolter les honneurs qui lui avaient jusqu'alors été refusés.

Mlle Helmer avait un organe plus perçant que l'orgue de l'église. Mais elle devait avoir atteint un âge – 101 ans, selon l'estimation sans appel de Jonah – où ledit organe, justement, n'allait pas tarder à rouiller. Avant que sa voix ne se tarisse, et que le silence ne l'emporte, elle avait l'intention d'interpréter une de ses œuvres préférées. Une œuvre qui, selon elle, n'avait jamais bénéficié d'un traitement digne de ce nom. Dans le potentiel vibratoire de ce jeune soprano, elle trouva enfin l'instrument de sa libération.

Je ne pouvais pas le savoir à l'époque, mais Mlle Helmer avait deux bonnes décennies d'avance sur son temps. Bien avant que l'explosion des enregistrements ne donne naissance à la musique ancienne, elle et quelques voix à faible vibrato – dans un océan de voix au vibrato excessif – se mirent à insister sur le fait que, pour la musique antérieure à 1750, la précision importait davantage que la « chaleur ». À cette période, le gigantisme était à la mode en toutes choses. Bethlehem, en Pennsylvanie, montait encore ses colossales représentations annuelles des Passions de Bach, avec mille intervenants : de la musique religieuse à l'âge atomique, où le plus grand nombre dégageait une pesante énergie spirituelle. Mlle Helmer, par contraste, avait le sentiment qu'avec une polyphonie complexe Dieu apprécierait certainement d'entendre la justesse. Plus la ligne mélodique serait précise, plus grand serait le sentiment d'élévation. Car l'énergie était aussi proportionnelle au carré de la lumière.

Toute sa vie, elle avait voulu tenter ce duo brillant de la *Cantate* 78, prouver que ce qui était petit était beau, et que la clarté était essentielle. Mais elle n'avait jamais trouvé de soprane dont le vibrato fût inférieur à un quart de ton. C'est alors qu'elle entendit ce garçon admirable, peut-être le premier depuis la Thomasschule de Bach, à Leipzig, susceptible de réellement chanter l'euphorie. Elle s'adressa à M. Peirson, le chef du chœur. Cet homme au teint blême respectait l'*andante* à la lettre, et pensait pouvoir rallier les zones les plus calmes du purgatoire luthérien à condition de respecter toutes les variations et de n'offenser aucun auditeur. M. Peirson se montra réticent, et ne capitula que lorsque Lois Helmer menaça d'aller proposer ses services aux épiscopaliens. M. Peirson céda l'estrade pour l'occasion, et Lois chercha aussitôt un violoncelliste confirmé pour la pétulante ligne de *violone*.

Mlle Helmer avait une autre folle idée derrière la tête : il fallait que la musique fût en adéquation avec les paroles. Cela faisait des décennies que Schweitzer travaillait là-dessus : l'année où Einstein – le violoniste qui avait fait dévier le cours de la vie de mon frère – avait mis en pièces le temps universel, Schweitzer insistait déjà pour que la musique de Bach ne trahisse pas les paroles. Mais dans la pratique, la musique de Bach, quel qu'en soit le texte, se voyait recouverte d'une couche de ce même éclat caramel qui masquait les peintures des maîtres anciens, ce crépuscule doré que les amateurs de musées prenaient pour de la spiritualité mais qui n'était, en fait, que de la crasse.

Le Bach de Mlle Helmer serait donc attentif aux paroles. Si le duo commençait par « *Wir eilen mit schwachen, doch emsigen Schritten* » – « Nous nous hâtons de nos pas faibles mais empressés » –, alors le satané machin presserait le pas. Elle harcela les musiciens de la basse continue jusqu'à ce que leur interprétation se calque sur le tempo qu'elle avait en tête, un tiers plus rapide que le tempo auquel le morceau était joué d'ordinaire. En répétition, elle se montrait parfois grossière avec les musiciens effarouchés, et Jonah se délectait de chacun de ses jurons.

Lui, bien entendu, était tout disposé à interpréter l'air en quatrième vitesse, si nécessaire. Quand Jonah chantait, même en répétition, pour des gens autres que nous, j'avais honte, comme si nous trahissions un secret de famille. Il calqua son phrasé sur celui de cette femme, tel un mainate répétant tous les trucs de son maître. Le phénomène d'imitation spontanée aboutit finalement à une synchronisation parfaite, comme si chacun avait trouvé le moyen de rattraper ses propres vertigineux échos et de leur répondre.

Le dimanche venu, Jonah et moi restâmes accrochés à la balustrade de la tribune du chœur, chacun en blazer noir et nœud papillon rouge ; il avait fallu tout le savoir de Da en matière de topologie élémentaire pour les attacher. Nous restâmes en hauteur et observâmes les fidèles fourmiller autour des bancs d'église, comme autant d'insectes chatoyants dans un jardin, découverts en soulevant une pierre. Da, Maman et Ruth arrivèrent au dernier moment et s'assirent au fond, là où on ne pouvait les voir, et où, donc, ils ne gêneraient personne.

Le cantique venait juste après l'évangile. Habituellement, le moment passait vite, comme un échantillonnage de papier peint spirituel que les consommateurs de grâce feuilletaient puis reposaient. Mais cette fois-ci, l'obbligato fougueux du violoncelle déclencha une telle ardeur que même ceux qui somnolaient sur leurs bancs se redressèrent, saisis d'un sentiment de délectation.

Des huit vives mesures, la voix de soprano s'élève, comme un crocus poussé dans la nuit sur un gazon encore frappé par l'hiver. L'air progresse de la manière la plus simple : un *do* stable entre sur le temps faible, tandis que le temps fort se rétablit sur le *ré* instable de la gamme. À partir de cette impulsion légère, le morceau se met en mouvement, jusqu'à se chevaucher lui-même, se livrant à une sorte de catch à quatre avec son propre double alto. Puis, en une improvisation commandée par la partition, les deux lignes de chant se replient sur le même inévitable sentier de surprise, moucheté de taches mineures et d'une lumière soudain vive. Les lignes imbriquées l'une dans l'autre débordent de leur lit pour donner naissance aux suivantes, la joie l'emporte, l'ingénuité se répand partout.

Huit mesures de violoncelle et, au fond de l'église, la voix de Jonah prit le large. Il chanta aussi facilement que ses semblables bavardaient. Sa voix pourfendit les ténèbres de la guerre froide pour retomber sans crier gare sur la messe matinale. Sur ce, Lois fit son entrée, bien décidée à se montrer aussi irréprochablement juste que le garçon, et elle chanta avec une brillance inégalée depuis sa propre confirmation. Nous nous hâtons de nos pas faibles mais empressés. *Ach, höre.* Ah, écoute !

Mais dans quelle direction nous hâtions-nous ? Ce mystère, alors que j'avais neuf ans, me dépassait. Nous nous hâtions pour venir en aide à ce Jésus. Mais ensuite nous chantâmes plus fort pour lui demander de l'aide. J'entendis le morceau se retourner, aussi partagé que l'était mon frère, incapable de dire qui aidait qui. Quelqu'un avait dû caviarder la traduction anglaise, et moi je n'arrivais pas à suivre l'original. Maman ne parlait que l'allemand des *lieder*, et Da, qui s'était enfui juste avant la guerre, n'avait jamais pris la peine de nous enseigner de sa langue autre chose que ce que nous chantions ensemble autour du piano.

Mais l'allemand se perdait dans ce rayon de lumière suspendu au-dessus de la congrégation. La voix de mon frère balayait les bancs d'église des gens riches, et les années de pâle culture nordique se dissolvaient dans la musique. Les gens se retournaient pour regarder, en dépit de la prescription de Jésus qui enjoignait de croire sans voir. Lois et mon frère filaient de concert, arrimés l'un à l'autre, et leurs ornements délicatement ouvragés plongeaient jusqu'au cœur de la mélodie en vrille. Ils firent des bonds l'un par-dessus l'autre, se doublèrent, en une allusion mélancolique aux *souffrants* et aux *égarés*, avant de revenir dans la clarté de la tonique, déplaçant, pendant tout ce temps, l'idée même de tonique, s'enfonçant de trois modulations de plus dans un espace qui se déroulait. *Zu dir. Zu dir. Zu dir.* Même M. Peirson eut du mal à empêcher sa lèvre inférieure de trembler. Après le premier couplet, il abandonna.

Lorsque le violoncelle exécuta son *da capo* final, et que la double dégringolade des sopranos négocia son dernier virage relevé, le morceau s'acheva là où tous les morceaux s'achèvent : dans la perfection du silence. Quelques auditeurs déboussolés commirent alors le pire des péchés luthériens : applaudir à l'église. La communion, ce jour-là, ne fut pas le moment fort.

Dans le chaos d'après la messe, je cherchai mon frère. Lois Helmer était en train de l'embrasser. Il me regarda droit dans les yeux, coupant tout ricanement de ma part. Il laissait faire Mlle Helmer qui le serrait dans ses bras, puis le relâcha. Elle semblait être aux anges. Déjà morte.

Notre famille se faufila jusqu'à la rue, se livrant à son traditionnel exercice de disparition subreptice. Mais la foule retrouva mon frère. Des inconnus s'approchèrent et le pressèrent contre eux. Un vieil homme – de sortie pour son dernier dimanche sur terre – fixa Jonah avec le regard de celui qui sait, et lui tint la main comme si c'était une bouée. « C'est le Händel le plus magnifique que j'aie jamais entendu. »

Nous nous échappions en jacassant quand deux dames nous alpaguèrent au vol. Elles avaient quelque chose d'important à dire, un secret qu'elles n'étaient pas censées révéler mais que, à l'instar des fillettes de notre âge, elles ne pouvaient garder pour elles. « Jeune homme, dit la plus grande. Nous voulons juste que tu saches combien c'est un honneur pour nous d'avoir... une voix comme la tienne au service de notre église. » *Comme la tienne.* Un œuf de Pâques que nous étions censés honteusement découvrir. « Et tu ne peux pas savoir à quel point... » Les mots restèrent coincés dans sa gorge. Pour l'encourager, son amie lui posa une main gantée de blanc sur le bras. « Tu ne peux pas savoir ce que cela signifie pour moi, personnellement, d'avoir un petit Noir qui chante comme ça. Dans notre église. Pour nous. »

Sa voix dérailla tant elle éprouvait de fierté, elle en eut les larmes aux yeux. Nous échangeâmes un sourire narquois, mon frère et moi. Jonah sourit à l'attention de ces femmes, leur pardonnant leur ignorance. « Oh, m'dame, on n'est pas des vrais Noirs. Mais notre mère, elle, c'en est une vraie ! »

Un regard passa alors entre les deux adultes. Celle aux gants blancs tapota le crâne couleur ambre de Jonah. Elles reculèrent et se firent face, sourcils dressés, à la recherche de la meilleure façon de nous annoncer la nouvelle. Mais c'est à ce moment-là que notre père revint nous chercher dans la nef, il en avait assez des foules de chrétiens, fussent-ils universitaires.

« Allez, vous deux. Votre vieux papa meurt de faim. » Il avait chipé l'expression à l'un de ces feuilletons radiophoniques – *Baby Snooks* ou *The Aldrich Family* – mettant en scène la vie de familles mixtes *intégrées*, qui le plongeaient dans un état d'hébétude interplanétaire. « Il faut que vous rameniez votre vieux Da à la maison, s'il ne mange pas, il va y avoir une catastrophe. »

Les dames eurent un mouvement de recul en voyant surgir ce fantôme. Leur monde s'effritait plus vite qu'elles ne pouvaient le reconstruire. Moi, je me contentai de détourner le regard, je comprenais leur honte. D'un geste, Da présenta ses excuses aux admiratrices de Jonah. Et la campagne de tolérance libérale de ces dames, remportée de si haute lutte, s'effondra autour d'elles, emportée par le mouvement de poignet désinvolte du physicien.

Sur Broadway, les trois premiers taxis que nous hélâmes ne voulurent pas nous prendre. Dans le taxi, Maman ne pouvait plus s'arrêter de fredonner le petit air triomphant de Bach. Jonah et moi étions assis à ses côtés, avec Ruth sur ses genoux et Da installé à l'avant. Elle portait une robe de soie noire en tissu imprimé, avec des petits agneaux tellement minuscules qu'il eût pu s'agir d'un tissu à pois. Elle avait sur la tête un petit chapeau couleur terre cuite enfoncé de guingois – « la kippa de votre mère », comme disait Da – avec un filet noir qu'elle tirait comme un demi-voile devant son visage. Elle était plus splendide que n'importe quelle star du cinéma, elle resplendissait d'une beauté que Joan Fontaine n'a jamais tout à fait atteinte. À chanter ainsi dans un taxi sur Broadway, entourée de sa famille triomphale, elle était noire, encore jeune, et, pendant cinq minutes, libre.

Mais mon frère était ailleurs. « Maman, fit-il. Tu es noire, d'accord ? Et Da… c'est une sorte de type juif. Du coup, moi, Joey et Root, on est quoi ? »

Ma mère s'arrêta de chanter. Sans savoir pourquoi, j'eus envie de tabasser mon frère. Maman regarda au loin, observant un endroit situé au-delà du son. Da, lui aussi, remuait sur son siège. Ils s'attendaient à cette question, ainsi qu'à toutes celles qui allaient suivre, dans les années à venir. « À vous de défendre vos propres couleurs », déclara notre père. J'eus le sentiment qu'il nous propulsait au plus froid de l'espace.

Ruth, sur les genoux de notre mère, riait en cette glorieuse journée. « Joey est un Noi-rreuh. Et Jonah est un Reuh-noi. »

Maman regarda sa fillette avec un sourire piteux. Elle releva son voile et attira Ruth contre elle. Elle frotta le nez contre le ventre de Ruth, tout en entonnant le morceau de Bach. À l'aide de ses deux grands bras de maman ourse, elle attira nos têtes dans l'embrassade. « Tu es ce que tu es en toi, à l'intérieur. Ce que tu as besoin d'être. À chacun de servir Dieu à sa façon. »

Elle ne nous disait pas tout. Jonah, lui aussi, l'entendit. « Mais qu'est-ce que nous *sommes* ? Pour de vrai, je veux dire. Faut ben qu'on soit quelque chose, hein ?

– *Il faut bien.* »

Elle soupira. « Il *faut bien* qu'on soit quelque chose.

– Alors ? »

Mon frère se contorsionna pour dégager ses épaules. « C'est quoi, ce quelque chose ? »

Elle nous libéra.

« Vous deux, les garçons – les mots sortirent du coin de sa bouche, plus lents que le glacial sermon du matin –, vous deux, les garçons, vous êtes d'un genre à part. »

Le chauffeur de taxi était sans doute un Noir. Il nous emmena jusqu'à la maison.

Jusqu'à la fin de l'été, nos parents n'en dirent pas davantage sur le sujet. Nous accompagnâmes de nouveau notre mère dans les églises locales, où nos voix ne constituaient qu'une infime partie de la puissante voix d'ensemble. Août touchait à sa fin, et Jonah s'apprêtait à quitter la maison. Nos soirées de chant s'effilochaient. Nos accords n'avaient plus la même précision, et personne n'avait plus goût au contrepoint.

Parfois, le soir, derrière la porte de nos parents, nous entendions Maman pleurer devant son miroir, et Da mettre le monde entier à contribution pour répondre à ses questions. Jonah faisait de son mieux pour les consoler tous les deux. Boston serait parfait pour lui, leur disait-il. Il chanterait si bien à son retour, qu'ils seraient contents de l'y avoir envoyé. Il serait heureux là-bas. Il leur disait tout ce qu'ils voulaient entendre, d'une voix qui dut certainement les démolir.

4

Pâques 1939

En ce jour, une nation se présente à sa propre veillée mortuaire. L'air est âpre, mais nettoyé par la pluie de la veille au soir. En ce dimanche, le jour se lève, rouge et protestant, sur le Potomac. Une lumière pâle effleure les monuments de la capitale, lèche les bâtiments gouvernementaux du Triangle fédéral, transforme le grès en marbre, le marbre en granit, le granit en ardoise, se pose sur le Grand Bassin comme une eau devenue étale. La palette de cette aube évoque la pure tradition de l'école Ashcan. Le petit matin pare chaque corniche d'une variété de magenta qui fonce au fur et à mesure que l'heure avance. Mais le souvenir repassera éternellement cette journée en noir et blanc, avec le lent panoramique commenté des actualités Movietone.

Des ouvriers traversent le Mall jonché de lambeaux de pages comiques balayés par le vent d'avril. Des barrières et des cônes de police circonscrivent le périmètre non contrôlé de l'espace public. Des équipes d'employés fédéraux – répartis selon la couleur de peau – finissent de monter une grande scène sur les marches du Lincoln Memorial. Une poignée d'organisateurs contemplent le bassin miroitant, faisant des pronostics sur le nombre de gens qui assisteront à ces funérailles transformées en grande célébration. Le public qui déferlera dans trois heures dépassera en nombre leurs estimations les plus hardies.

Des grappes de curieux se forment pour assister aux préparatifs de dernière minute. La polémique concernant ce concert interdit va bon train depuis un certain temps. Le rêve américain et la réalité américaine vont se rencontrer – les courbes de leurs trajectoires respectives conduisant à une inexorable collision en plein vol. Le navire déjà ancien de l'État, qui a trop longtemps navigué sans la moindre égratignure à la coque, a gémi hier soir sur son ancre, au chantier naval de Washington, en amont sur l'Anacostia, et maintenant, des quartiers entiers de la ville, en ce matin de Pâques 1939 – les foules s'assemblent déjà à l'est de Scott Circle et au nord de la rue Q, jusqu'aux banlieues du Maryland ; des communautés entières, encore à l'église, qui répondent à la fable séculaire de la résurrection –

commencent à se demander s'ils ne vont pas assister aujourd'hui au sabordage du vieux rafiot qui prend l'eau, une grandiose cérémonie mortuaire en mer.

« Combien de temps ? » interroge le cantique. « Combien de temps avant que ce Jour n'arrive ? » Jusqu'à vendredi dernier, personne n'osait répondre mieux que *bientôt*, et tout chanteur savait que ce *bientôt* était un synonyme de *jamais*. Et pourtant, ce matin, en vertu d'un miracle qui a échappé à tout le monde, la pierre a été déplacée, l'élite impériale romaine gît les bras en croix autour du tombeau, et l'ange annonciateur flotte devant, au centre, battant des ailes au-dessus du Jefferson Memorial, disant *maintenant*, chantant la libération en *do*.

Du côté de Pennsylvania Avenue, des enfants roses arborant gilets et tabliers cherchent les œufs de Pâques sur la pelouse de la Maison-Blanche. À l'intérieur du bureau Ovale, le Président si éloquent, secondé par ses rédacteurs, concocte la prochaine « causerie au coin du feu » qu'il délivrera à un pays espérant encore échapper aux flammes. Chaque nouvelle allocution à la radio, prononcée avec paternalisme, apporte son lot de certitudes de plus en plus contraintes. « La brutalité, dit le vieil homme à sa famille au coin du feu, est un cauchemar qui doit se dissiper au contact de la démocratie. » Un mensonge suffisamment tendre, voire crédible, à l'attention de ceux qui ne se sont jamais aventurés au nord de la Quatorzième Rue. Mais, en ce dimanche de Pâques, le discours de Roosevelt sur l'ampleur nouvelle de la crise peine à trouver son public. Aujourd'hui, les postes de radio de la nation captent une autre émission, une plus large fréquence. Aujourd'hui, Radio America diffuse un chant nouveau.

La démocratie n'est pas au programme, cet après-midi. Ce n'est pas à Constitution Hall que « le carillon de la liberté » se fera entendre. Les Daughters of the American Revolution se sont chargées de régler la question. Les Filles de la Révolution américaine ont fermé leurs portes à Marian Anderson, la plus grande contralto du pays, récemment revenue d'une tournée triomphale en Europe. Elle a fait sensation en Autriche, le roi de Norvège a porté un toast en son honneur. Sibelius l'a prise dans ses bras en s'exclamant : « Le toit est trop bas pour vous, madame ! » Même Berlin l'a engagée pour plusieurs représentations, jusqu'à ce que son agent européen avoue aux autorités que non, Mlle Anderson n'était pas aryenne à 100 %. Le grand Sol Hurok l'a intégrée à son équipe de vedettes internationales, assuré qu'elle récolterait au pays le même succès que dans le Vieux Monde blasé. L'année dernière, il a organisé pour Mlle Anderson une tournée américaine de soixante-dix concerts. Jamais encore une cantatrice n'avait effectué un tel programme. Or, cette même contralto vient juste de se voir interdire la meilleure scène de la capitale.

Qui sait quelle révolution les Filles de la Révolution américaine entendent empêcher, en se repliant derrière leur portique roman d'un blanc aveuglant ? « Réservé tous les soirs jusqu'à la fin de l'hiver, annonce le directeur de la programmation à Hurok. Pareil au printemps. » Les associés de l'agence appellent pour proposer un autre artiste – 100 % aryen, cette fois-ci. On leur propose une demi-douzaine de dates.

Hurok en parle à la presse, mais cette nouvelle n'en est pas vraiment une. Dans ce pays, c'est même la rubrique la plus ancienne. La presse demande aux FRA un commentaire : politique permanente ou provisoire ? Les Filles de la Révolution américaine répondent que, par tradition, certaines salles de concert de la ville sont réservées aux spectacles des gens tels que Mlle Anderson. Constitution Hall n'en fait pas partie. Or, il n'entre pas dans la politique des FRA d'aller à l'encontre des us et coutumes de la communauté. Que ce sentiment général vienne à changer, et Mlle Anderson pourra alors peut-être chanter ici. Un jour futur. Ou juste après.

Le *Daily Worker* s'empare de l'affaire. Des artistes expriment leur désarroi et leur colère – Heifetz, Flagstad, Farrar, Stokowski, mais l'Amérique ignore ces interventions étrangères. Une pétition signée par des milliers de gens n'aboutit à rien. Jusqu'à ce que tombe la véritable bombe. Eleanor Roosevelt, grande patronne, mère de toutes les Filles, démissionne des FRA. La femme du président renie ses racines du jour au lendemain, en déclarant que jamais aucun de ses ancêtres ne s'est battu pour fonder une telle république. L'histoire fait les gros titres, ici et dans les capitales étrangères. Mlle Anderson passe *attacca* du *lied* au grand opéra. Mais son contralto demeure la seule source de calme au milieu du tollé national. Aux journalistes, elle dit être moins informée sur la situation que n'importe lequel d'entre eux. Elle répond dans un souffle léger, mais cette bouffée suffit à raviver les vieilles braises qui s'enflamment.

Sur la question de la ségrégation, la présidence est restée silencieuse depuis la Reconstruction. À présent, un récital de chant classique devient un véritable champ de bataille : quelle est la position officielle du gouvernement ? Dans les hautes sphères culturelles, on s'engage non seulement pour lutter contre l'affront fait aux Noirs opprimés, mais aussi contre celui essuyé par Schubert et Brahms. La First Lady, qui a jadis travaillé comme assistante sociale, est furieuse. Admiratrice de longue date d'Anderson, elle avait engagé la contralto trois ans plus tôt pour une représentation. Et maintenant, la femme qui a chanté à la Maison-Blanche ne peut pas monter sur la scène louée. Le Comité de protestation, créé par Eleanor spécialement pour l'occasion, cherche une autre scène, mais le ministère de l'Éducation refuse de mettre à disposition la salle de la Central High School. Le lycée n'est pas disponible pour celle que *Variety* a classé troisième plus grande artiste de scène de l'année. « Si un précédent de la sorte est établi, le ministère de l'Éducation perdra le respect et la confiance des gens, ce qui ne manquera pas à terme de causer son discrédit. »

Walter White, président du NAACP, met le cap sur le Capitole avec la seule solution possible, un projet ayant suffisamment d'envergure pour éviter la catastrophe. Le conseiller présidentiel Harold Ickes est immédiatement d'accord. Il dispose du lieu de concert idéal. L'acoustique est atroce, et le confort pire encore. Mais alors, quelle capacité d'accueil ! Mlle Anderson chantera en extérieur, aux pieds de l'Émancipateur. Il n'y a pas d'endroit pour se cacher, là-bas.

La nouvelle se répand, des tonnes de lettres haineuses se déversent. Des croix de fortune, faites avec des branches de cerisiers du Japon, surgissent comme des jonquilles sur la pelouse de la Maison-Blanche. Et pourtant, l'âme humaine ne peut être appréhendée qu'individuellement. Les Filles du Texas commandent par télégraphe deux cents places. Mais Ickes et Eleanor ont encore un atout dans leur jeu. Les tickets de ce concert dominical improvisé seront gratuits. Entrée libre, voilà un prix que la nation comprend, de quoi attirer une audience à faire pâlir les FRA. Même ceux qui ne distinguent pas un *meno* d'un *molto*, et ceux qui ne font pas la différence entre les chœurs d'*Aïda* de ceux d'*Otello*, ont l'intention de passer Pâques sur le Mall.

Des dizaines de milliers de personnes font le pèlerinage, et chacune a ses raisons. Des amoureux d'imprévu et de danger. Des gens qui auraient payé des fortunes pour entendre le phénomène qui a ravi l'Europe. Des convaincus qui admiraient la voix de cette femme bien avant que la force de la destinée ne s'y glissât. Des gens qui souhaitent seulement voir un visage comme le leur, là-haut, sur les marches de marbre, pour tenir tête au pire de ce que le monde des Blancs a à lui offrir, et répondre en beauté.

Du côté de Philadelphie, à l'Église baptiste unie, ce temple qui s'élève à l'angle des rues Fitzwater et Martin, c'est le grand jour, la revanche de toute une congrégation, même si personne ici n'a jamais recherché la moindre rétribution. En ce matin de grand rassemblement pascal, lors de la messe spécialement célébrée à l'aube, le pasteur fait référence à Mlle Anderson dans son sermon. Il évoque une voix vivante qui ne cesse de s'élever, et sort du tombeau, malgré la pugnacité avec laquelle le vaste empire la veut morte et enterrée. Les paroissiens sur leurs bancs polis disposés en arc de cercle s'inclinent devant ce message qu'ils accueillent avec des *amen*. Depuis l'apogée de la petite Marian, la chorale enfantine n'avait pas chanté avec une telle ferveur, et la musique s'élève jusqu'à se percher sur les voûtes en chevrons sculptés.

L'évangile est bon, et l'église se vide de ses fidèles, comme l'ancestral tombeau pascal s'est vidé de son contenu. Dans leurs plus beaux habits du dimanche, ils s'amassent sur le perron de l'église et attendent les bus. On discute joyeusement, on se remémore les récitals et les concerts caritatifs, les pièces jaunes amassées « Pour les cours de Marian, la voix pure, l'avenir de son peuple ».

Dans le bus, les chants franchissent allègrement les registres, on jette des ponts audacieux entre le désert et Canaan. On reprend des hymnes fulgurants, on tape dans les mains au rythme du gospel, pour embrayer sur d'impassibles cantiques à quatre voix. On chante une bonne poignée de *spirituals*, dont *Trampin'*, le préféré de Marian. « Je déambule, je déambule, essayant de faire du paradis ma maison. » Les plus pragmatiques chantent : « essayant de faire un paradis de ma maison ». Pour cette seule fois, parmi la liste interminable des schismes de ce bas monde, les deux acceptions antagonistes coexistent, et forment les parties distinctes d'un même chœur.

La paroisse d'adoption de Delia Daley file sans elle vers la terre promise. Dans son angoisse solitaire, Delia les sent partir, ils l'abandonnent seule du mauvais côté de la ligne de démarcation. Elle a même été obligée de manquer la messe spéciale du matin, en raison de son travail à l'hôpital, auquel elle ne peut se soustraire. Elle se tient dans la salle des infirmières, quémandant encore quelques miettes charitables, juste une heure, un peu de pitié, ne serait-ce qu'une demi-heure. Feena Sundstrom, avec son teint de brique, ne cligne même pas des yeux. « Tout le monde, Mlle Daley, aimerait avoir son dimanche de Pâques, y compris nos patients. »

Elle envisage quand même de partir plus tôt, mais l'intraitable Suédoise est prête à la limoger, uniquement pour un regard de travers. Sans l'argent des heures à l'hôpital, elle peut dire adieu à ses cours de chant. Il faudrait ensuite qu'elle supplie son père, pour avoir juste de quoi décrocher le diplôme, ce qui sans doute ne déplairait pas à celui-ci. Ces quatre dernières années, elle a eu droit, chaque semestre, à son petit discours : « Permets-moi de te rappeler quelques considérations relatives à la réalité économique. Tu as entendu parler de cette réjouissance que les grands et les puissants ont concoctée, cette petite chose qui s'appelle la Dépression ? La moitié de notre peuple sans travail. La Dépression a rayé de la carte tous les Noirs que ce pays n'avait pas encore rayés de la carte. Tu veux apprendre à chanter ? Alors intéresse-toi plutôt à ce qu'on a à chanter, nous autres. »

Quand elle annonça à son père qu'elle n'irait pas à Washington avec l'Église baptiste unie, c'est tout juste si le médecin eut du mal à cacher sa joie. Lorsqu'elle ajouta qu'elle irait plus tard, en train, à ses propres frais, il se métamorphosa à nouveau en patriarche de l'Ancien Testament. « Et en quoi cette excursion d'agrément est-elle censée t'aider à gagner ta vie ? Encore une des propriétés magiques de la grande musique ? »

Inutile de lui dire qu'*elle*, elle y arrive, à joindre les deux bouts. Mlle Anderson gagne mieux sa vie que quatre-vingt-dix-neuf pour cent de *nous autres*, sans parler de la quasi-totalité des Blancs vivants. Son père ne ferait que répéter ce qu'il a sans cesse répété depuis qu'elle a intégré l'école : la boxe professionnelle, c'est de la rigolade, comparée au monde de la musique classique. Un combat de gladiateurs jusqu'à ce que mort s'ensuive. Seuls les plus impitoyables survivent.

Et pourtant, Delia Daley a survécu jusqu'à aujourd'hui – impitoyable à sa façon. Elle ne s'est rien épargné, a mis son corps à rude épreuve, n'a pas compté les heures. Un marathon long de quatre ans, courant tout le temps après la montre, d'un endroit à un autre, et elle est prête à continuer de courir, aussi longtemps qu'il le faudra. Un plein-temps à l'hôpital, deux autres pleins-temps avec ses études. De manière à ce que son père apprécie un peu le pouvoir de la grande musique.

Mais aujourd'hui, ce fameux pouvoir lui fait défaut, menace de s'écrouler. Le service de fin de nuit est pire que tout, il n'y a rien à y faire. Les faibles et les infirmes – qui toujours nous accompagnent, comme dit Jésus, mais en ce dimanche de Pâques, ils semblent plus nombreux que d'habitude – sont allongés dans leurs déjections, ils attendent qu'elle vienne les laver. Deux fois elle a besoin d'aide pour déplacer les patients, afin de nettoyer leurs draps souillés. C'est alors que la Nightingale au teint de brique lui colle une corvée de toilettes supplémentaire, dans l'aile ouest du premier étage, uniquement parce qu'elle sait qu'aujourd'hui est un jour particulier. Feena la fasciste ne la lâche pas d'un pouce. Ah, les gens de couleur et le temps ! soupire-t-elle. « Vous autres êtes si lents à vous mettre au boulot et si rapides à raccrocher le tablier. »

Pour ajouter à son calvaire, trois patients lui crient dessus, parce qu'elle a débarrassé leur petit déjeuner avant qu'ils aient terminé leurs œufs carbonisés. Delia sort avec presque une heure de retard – non payée – en comptant les dix minutes de réprimande que Feena ne lui a pas épargnées. Elle court à la maison se laver et enfiler une robe correcte, avant de foncer attraper le train – le billet lui coûtera une semaine de repas subventionnés à la cantine de l'hôpital.

À la maison, son cauchemar ne fait qu'empirer. Sa mère insiste pour qu'elle assiste au repas solennel. « Tu vas goûter un morceau de mon jambon de Pâques. Et puis il faut que tu manges un peu de verdure, que ça te tienne au ventre. Surtout si tu dois voyager.

– Maman. S'il te plaît. Juste cette fois. Je vais la manquer. Il faut que j'attrape le premier train, sinon elle aura fini de chanter avant même que j'...

– Balivernes. » Son père refuse de prendre cette requête au sérieux. « Tu seras en retard pour rien du tout. Elle est censée commencer à quelle heure ? Depuis quand une chanteuse de chez nous commence à l'heure ? » Il répète la même litanie chaque semaine en l'accompagnant à la chorale de l'Église baptiste unie. La gaieté dont il fait preuve dit toute l'amertume qu'il ressent : elle a anéanti tous les espoirs qu'il avait mis en elle.

Noire ou pas, là n'est pas le problème. Elle, l'aînée de William Daley – *le bébé le plus intelligent jamais né, que ce soit chez nous ou chez les Blancs* –, incarnait les ambitions paternelles les plus hautes, bien au-delà des sommets improbables que lui avait déjà atteints dans sa vie. Il fallait qu'elle fasse médecine. Comme lui. Pédiatrie, l'internat, peut-être. Elle pouvait tout faire, si seulement elle n'était pas si têtue. Qu'elle aille plus loin que lui. Qu'elle fasse son droit, qu'elle soit la première Noire à faire son droit. Qu'elle les oblige à être des leurs, uniquement grâce à son talent. Qu'elle devienne membre du Congrès, que diable.

Le Congrès, papa ?

Pourquoi pas ? Regarde notre voisine, Crystal Bird Faucet. Elle a réécrit toutes les règles... Et à côté d'elle tu as un teint de savonnette. Ensuite, c'est Washington. Faudra bien que ça arrive un jour. Qui donc ira de l'avant, hormis les meilleurs ? Or, la meilleure, insistait-il, c'était elle. Il faut bien qu'il y ait un premier. Pourquoi pas sa fillette ? *Entrer dans l'Histoire. Et puis, de toute façon, qu'est-ce que c'est que l'Histoire, si ce n'est réaliser l'irréalisable ?*

C'est cette confiance démesurée qui l'a égarée. Sa faute à lui, si elle chante. Trop gâtée quand elle était petite. Tu seras qui tu veux. Tu feras ce que tu as envie de faire. Qu'ils osent se mettre en travers de ton chemin. Lorsqu'elle trouva sa voix : *On dirait les anges revenus d'entre les morts, s'ils se souciaient encore des gens comme nous ici-bas. Une voix comme ça pourrait réparer notre monde brisé.* À force d'entendre ça, comment ne pas s'égarer ?

Mais lorsqu'il apprit qu'elle avait l'intention de consacrer sa vie au chant, il changea de tonalité. *Chanter, ce n'est qu'un prix de consolation. Juste un joli colifichet pour le jour où on aura des habits corrects à se mettre. Personne n'a jamais libéré qui que ce soit avec une chanson.*

Dans la maison de son père, devant la table sur laquelle sa mère a déjà disposé la nappe, Delia sent ses épaules toutes courbaturées. Elle observe son petit frère et ses sœurs qui disposent les assiettes pour le repas de fête. Les pauvres, il leur faudra livrer un terrible combat, uniquement pour arriver à l'âge adulte. La pression interne est aussi forte que celle de l'extérieur.

Sa mère surprend son regard. « C'est Pâques, dit Nettie Ellen. Où que tu vas manger, si c'est pas en famille ? Faut que tu donnes l'exemple pour ces jeunes gens. Ils grandissent sans rien respecter, Dee. Ils sont persuadés qu'ils peuvent tout se permettre, sans règle ni rien, comme toi.

– J'en ai des règles, mère. Je n'ai même que ça. » Elle n'insiste pas. Elle connaît la véritable terreur de sa mère. L'infatigable persévérance du médecin aura raison de sa progéniture. Il y a une leçon à apprendre hors de cette maison, une vérité trop imposante pour qu'on puisse la réprimer. Il devrait préparer ses enfants, modérer leurs illusions, au lieu de les envoyer au casse-pipe.

La Delia qui-ne-respecte-rien s'assoit à table. Elle manque de s'étouffer en avalant un morceau de jambon caramélisé. « C'est bon, maman. Délicieux. Les légumes verts, les betteraves : tout est parfait. Jamais été aussi bon. Il faut que j'y aille.

– Du calme. C'est Pâques. Tu as le temps. Il y a tout un concert. Tu n'es pas forcée d'entendre tous les morceaux. Il y a encore de la tarte aux fruits secs, ton dessert préféré.

– Mon train préféré pour Washington passe avant.

– Déjà parti depuis longtemps, chante son frère Charles façon blues, une complainte psalmodiée d'une belle voix de ténor qu'il a depuis l'année dernière. Déjà parti depuis longtemps. Ce train qui t'sauvera ? Déjà parti depuis longtemps. » Michael se joint aux railleries et gazouille sa parodie de diva. Lucille se met à pleurer, persuadée qu'en dépit de ce qu'on lui dit, Delia prend des risques en allant toute seule à Washington. Lorene ne tarde pas à l'imiter, car elle termine toujours ce que commence sa sœur jumelle.

Le docteur prend son air des grands jours, le regard furieux de la tranquillité domestique. « Qui donc est cette femme à tes yeux, pour que tu écourtes le déjeuner de Pâques en famille ?

– Papa, espèce d'hypocrite. » Elle s'essuie la bouche avec sa serviette et le regarde droit dans les yeux. Il sait mieux que quiconque qui est cette femme. Il sait ce que cette fille de Philadelphie a accompli sans l'aide de personne. C'est lui qui a ouvert les yeux de Delia, il y a des années, en lui disant : *Cette femme, c'est notre avant-garde. Notre dernier espoir, la meilleure façon d'attirer l'attention du monde blanc. Tu veux faire des études de chant ? Voilà ton premier professeur, le meilleur.*

« Hypocrite ? » Son père s'immobilise, fourchette en l'air. Elle a passé la limite, elle est allée un cran trop loin. Le docteur va se lever, en pilier de droiture, et lui interdire d'y aller. Mais elle ne baisse pas les yeux ; il n'y a pas d'autre issue. Alors, un coin de la bouche de son père se retrousse en un petit sourire satisfait. « Qui donc t'a appris ces grands mots à deux dollars, mon bébé ? N'oublie jamais qui te les a appris ! »

Delia s'avance jusqu'au bout de la table et lui plante un baiser sur le dessus de sa couronne de cheveux dégarnis. Ce faisant, elle chantonne : « Que chaque voix s'élève et chante », juste assez fort pour qu'il entende. Elle étreint sa mère à la mine renfrognée, et la voilà partie, direction la gare, pour un autre pèlerinage musical. Elle fait cela depuis des années, depuis le récital entendu par hasard à la radio qui a changé sa vie. Elle s'est rendue à plusieurs reprises à Colorado Street, là où Mlle Anderson a grandi, et à Martin Street, sa deuxième maison. Elle a arpenté les couloirs de la South Philly High School, en pensant à la fillette qui les avait arpentés avant elle. S'est fait passer pour baptiste, à la grande consternation de son père agnostique, horrifiant sa mère, de l'Église épiscopale méthodiste d'Afrique, uniquement dans le but de fréquenter chaque semaine l'église de son idole, l'église de la femme qui lui a appris ce qu'elle ferait peut-être de sa vie.

Depuis deux ans, une photo de ce noble visage, découpée dans un magazine, se trouve encadrée sur le bureau, et fixe Delia ; elle lui rappelle en silence le pouvoir de la voix. Elle a entendu ça il y cinq ans, dans le flot musical profond qui sortait du haut-parleur de sa radio ; et elle l'a de nouveau entendu l'année dernière, au cœur de la colonne de lumière dans laquelle elle a baigné durant le trop bref récital de Mlle Anderson. Elle a façonné sa propre voix de *mezzo* sur celle de la cantatrice, immortalisée dans sa mémoire. Aujourd'hui, elle va revoir en chair et en os celle qui possède ces sons. Marian Anderson n'a même pas besoin de chanter sur scène, pour que ce voyage à D.C. vaille le coup. Il lui suffira d'*être*.

Delia vocalise tout bas dans le train, elle donne forme mentalement aux lignes de chant. « Le son ne commence pas dans la gorge, la rabroue chaque semaine Lugati. Le son commence dans la pensée. » Elle pense les notes de l'*Ave Maria* de Schubert, ce standard d'Anderson qui, promet-on, sera au programme d'aujourd'hui. On dit que l'archevêque de Salzbourg lui a fait chanter deux fois Schubert. On dit que lorsqu'elle a interprété un *spiritual* qui ne pouvait qu'échapper à un public composé des meilleurs musiciens d'Europe, rien ne leur a échappé. Et personne n'a osé applaudir lorsque la dernière note s'est évanouie.

Que peut-on ressentir, en équilibre sur une colonne d'air, vulnérable à la moindre fantaisie de l'esprit ? Ouverture de la voix, placement – toutes les techniques que Lugati, son patient professeur, lui a rabâchées ces dernières années – ne lui apprendront jamais autant que ce trajet en train. Mlle Anderson est sa liberté. Tout ce que les gens de sa race veulent faire, ils le feront.

Delia descend du train, elle débarque dans une capitale qui se cramponne sous les bourrasques d'un ciel d'avril. Elle s'attend presque à voir des cerisiers dans le hall d'Union Station. Les voûtes en alcôves se déploient au-dessus d'elle, une cathédrale néo-classique patinée, dédiée aux transports, qu'elle traverse en se faisant toute petite, invisible. Elle se déplace à pas menus, effacés, parmi la foule, s'attendant à tout instant à ce qu'on lui demande ce qu'elle fait ici.

Washington : l'excursion typique de toute écolière de Philadelphie, et pourtant il aura fallu que Delia atteigne l'âge de vingt ans pour saisir l'intérêt d'une telle visite. Elle sort de la gare et prend la direction sud-ouest. Elle passe devant Howard, l'école de son père, où il lui avait suggéré de s'inscrire afin de faire quelque chose d'elle-même. Le Capitole se dresse sur sa gauche, plus irréel en vrai que sur les milliers d'images argentées qui lui ont toujours paru douteuses, quand elle était petite. Le bâtiment, de nouveau accessible aux gens de sa couleur, après une génération, est si imposant qu'il semble infléchir l'atmosphère alentour. Elle ne peut plus détourner le regard. Elle avance dans le printemps en éveil, prend place dans le flot des corps en mouvement, et rit sous cape tout en se forçant à se taire.

La ville entière est un panorama de carte postale. On se croirait dans un manuel d'instruction civique pour les Blancs de l'école primaire. Aujourd'hui, au moins, les avenues qui flanquent le monument débordent de gens de toutes couleurs. Elle est censée retrouver le groupe de sa paroisse à proximité des marches du Lincoln Memorial, devant, sur la gauche. Il lui suffit de prendre à droite sur Constitution Avenue pour se rendre compte à quel point ce plan était naïf. Il n'y aura pas de retrouvailles aujourd'hui. À l'ouest, une foule se rassemble, trop dense et trop enthousiaste pour qu'elle puisse s'y glisser.

Delia Daley regarde par-dessus le parterre de gens, elle ignorait qu'il en existât tant. Son père a raison : le monde est méchant, trop gigantesque pour se soucier ne serait-ce que de sa propre survie. Elle ralentit le pas et se glisse en queue de ce cortège de près de deux kilomètres. Devant elle, la Grande Migration qui a duré des décennies revient à son point de départ. Delia sent le danger jusque dans ses os. Une foule d'une telle ampleur pourrait l'écraser, personne ne s'en rendrait compte. Mais la récompense se trouve à l'autre extrémité de cette multitude en mouvement. Elle prend une inspiration, force son diaphragme à descendre plus bas – appuie, *appoggio* ! – et plonge dedans.

Elle s'attendait à autre chose. À un public amateur de *lieder*, juste un peu plus nombreux. Le programme d'aujourd'hui n'est pas vraiment celui du Cotton Club. Ce n'est même pas Rudy Vallee. Depuis quand est-ce que la grande musique italienne attire de telles cohortes ? Au pas majestueux de la foule, elle traverse une Quatorzième Rue bloquée de part et d'autre par des barrières, se glisse dans l'ombre du Washington Monument, le plus grand cadran solaire du monde, une ombre trop longue pour être lue. Puis la voilà dans le ventre de la baleine et elle n'entend plus que l'énorme cœur battant de la créature échouée.

Il y a quelque chose ici, pas seulement la musique, qui s'apprête à naître. Quelque chose que personne n'aurait pu nommer deux mois plus tôt, qui se dresse à présent et avale ses premières bouffées d'air stupéfaites. Juste derrière Delia, parmi les corps agglutinés, une fille de la couleur de son frère Charles – une lycéenne, encore qu'à la voir, manifestement, le lycée ne soit plus qu'un rêve lointain – tourne sur elle-même, resplendit, avide d'attirer l'attention de qui voudra bien se donner la peine, avec dans les yeux un air de liberté qui a attendu une éternité pour se révéler.

Delia s'enfonce plus avant dans cette mer, sa gorge se déploie telle une banderole. Son larynx descend tout seul – cette libération naturelle du son que Lugati lui demande depuis dix mois. Il y a comme un déclic, et un sentiment s'impose à elle – la confirmation de sa vocation. La peur se dissipe, ces vieilles chaînes qu'elle traînait aux pieds et dont elle ignorait l'existence. Elle est sur la bonne voie, et son peuple aussi. Chacun trouvera le moyen d'avancer. Elle a envie d'exploser et de hurler, comme le font déjà beaucoup de gens autour d'elle, et peu importe s'il y a des Blancs à portée de voix. Ceci n'est pas un concert. Ce sont des retrouvailles dans la foi, c'est un baptême national, les berges de la rivière sont inondées par des vagues d'espoir.

Au milieu de la foule, elle éprouve un délicieux sentiment d'invisibilité. La robe en soie peignée couleur ardoise qui convient si bien aux concerts de Philadelphie est ici tout à fait déplacée, bien trop chic, et l'ourlet est trop bas de cinq bons centimètres. Personne ne la remarque, sinon avec plaisir. Elle passe devant des gens tout juste descendus de carrioles de champs de tabac tirées par des mulets, d'autres dont les portefeuilles sont matelassés de titres General Motors. Sur sa droite, une convention de salopettes se forme, sans se mêler aux autres. Un couple voûté en costume noir strict, encore impeccable depuis la dernière fête de l'Armistice, la frôle, décidé à s'approcher suffisamment pour voir la scène. Delia observe les pardessus, les capes, les raglans, les pèlerines, toute la gamme, du miteux à l'élégant, les encolures à capuchon, drapées, en carré ou en bateau. Tout ce beau monde au coude à coude, impatient.

Ses lèvres forment les mots, et la trachée mime les notes : chaque vallée est exaltée. À trois mètres d'elle, un type blanc comme un fantôme, cheveux clairsemés, les deux dents de devant espacées, tout frêle dans son fin costume gris, chemise bleue amidonnée et cravate imprimée à l'effigie de Washington, l'entend chanter à voix haute ce qu'elle était persuadée de chanter dans sa tête. « Sois bénie, frangine ! » lui dit le fantôme. Elle incline juste la tête et accepte la bénédiction.

La foule devient plus dense. Pas de places assises, les gens se pressent le long du bassin jusqu'au West Potomac Park. Le sol de cette église, c'est l'herbe. Les colonnes de sa nef se composent d'arbres en bourgeons. Sa voûte : un ciel pascal. Plus Delia s'avance en direction du grain de poussière qu'est le piano à queue, et des têtes d'épingles que sont les microphones où son idole va bientôt se tenir, plus la ferveur s'intensifie. Sous la poussée du désir collectif, elle se retrouve soulevée malgré elle et atterrit cent mètres plus loin en amont, face au Grand Bassin. Les fameux cerisiers des manuels scolaires lui sautent aux yeux avec leurs bourgeons pétillants. Ils secouent le strass de leurs pièges à pollen et, dans un blizzard de pétales, se mêlent à toutes les Pâques où ils ont révélé leur prometteuse couleur.

Et cette foule immense, de quelle couleur est-elle ? Delia a même oublié de regarder. Elle ne sort jamais dans un lieu public sans en étudier la couleur moyenne, c'est ainsi qu'elle évalue sa sécurité relative. Mais cette cohue oscille comme un rouleau de velours froissé occupant tout l'horizon. Ses tons se modifient à chaque changement de lumière et à chaque nouvelle inclinaison de la tête. Une foule mélangée, la première qu'elle ait jamais pénétrée, américaine, trop importante pour que son pays puisse espérer lui survivre, une foule venue célébrer la mort des *places assises réservées*, et du *paradis nègre*, ces notions qui auraient dû être abolies depuis une éternité. Les deux peuples sont présents en grand nombre, chacun utilise l'autre, chacun attend la musique qui comblera ses propres lacunes manifestes. On ne peut interdire à personne l'accès au parterre infini.

Plus loin vers le nord-ouest, à deux kilomètres en direction de Foggy Bottom, un homme marche dans sa direction. Vingt-huit ans, mais avec son visage bien en chair on lui en donne dix de plus. Il tourne la tête en tous sens, et les yeux derrière les montures écaillées noires observent méthodiquement la vie alentour. Le simple fait qu'il soit vivant pour prendre la mesure de cet événement inattendu défie les probabilités.

Il vient à pied de Georgetown, où deux vieux amis de son époque berlinoise l'ont logé, lui évitant ainsi d'avoir à chercher une chambre, une démarche d'ordre pratique qui eût été au-dessus de ses forces. Il est arrivé en train la veille au soir de New York, où il habitait l'année passée, hébergé par Columbia. Hier, David Strom était à Flushing Meadows, où il a eu un aperçu du Monde de Demain. Aujourd'hui, il s'est réveillé au milieu de la parade ancienne de Georgetown. Mais, désormais, il n'y a plus que *maintenant*, et pour toujours ; chaque variable infinitésimale, dans le delta de ses pas, est un *à jamais* théorique implicite.

Il est venu sur invitation de George Gamow, pour parler à l'université George-Washington des interprétations possibles des échelles de temps dual de Milne et Dirac : probablement imaginaires, conclut-il, mais d'une beauté aussi renversante que la réalité. Il est venu trois mois auparavant, pour la conférence sur la physique théorique, où Bohr a parlé de l'existence de la fission devant un parterre de sommités. À présent, David Strom est de retour, pour ajouter ses notes personnelles à la pile sans cesse croissante des choses infiniment étranges.

Mais il effectue le voyage pour une raison plus importante encore : entendre à nouveau la seule cantatrice américaine susceptible de rivaliser avec les plus grandes d'Europe, en vue de déchirer l'étoffe de l'espace-temps. Tout le reste – la visite à ses amis de Georgetown, le discours à l'université, la visite de la bibliothèque du Congrès – n'est que prétexte. Ses pensées le ramènent en arrière. Chaque pas en direction du Mall le renvoie aux quatre années écoulées, jusqu'au jour où il a entendu pour la première fois le phénomène. Ce son flotte encore dans son esprit, comme s'il lisait la partition du chef d'orchestre : 1935, le Konzerthaus de Vienne, le concert où Toscanini a déclaré qu'une voix comme celle de cette femme ne revenait qu'une fois tous les cent ans. Strom ne connaît pas l'échelle temporelle du maestro, mais les « cent ans » de Toscanini sont bien courts, quelle que soit l'unité de mesure. La contralto avait chanté du Bach – *« Komm, süsser Tod »* (« Viens, douce mort »). Quand elle avait atteint le deuxième couplet, Strom était prêt.

Aujourd'hui, c'est Pâques, le jour où, selon les chrétiens, la mort a disparu. Jusqu'à présent, Strom a vu peu de preuves pour étayer cette théorie. La mort, peut-il raisonnablement affirmer, est appelée à faire un retour tonitruant. Pour des raisons que Strom ne peut saisir, l'ange est déjà passé trois fois au-dessus de sa tête. Même le défenseur du déterminisme le plus farouche est bien obligé d'appeler cela du caprice. D'abord, quand il a suivi son mentor, Hanscher, à Vienne, après la proclamation de la loi contre les juifs dans la fonction publique, s'échappant de Berlin juste avant l'incendie du Reichstag. Ensuite, en obtenant l'habilitation. Grand succès à la conférence de Bâle sur les interprétations quantiques et invitation à rencontrer Bohr à Copenhague, quelques mois seulement avant que Vienne expulse ses juifs – pratiquants ou non – de l'université. Il a fui avec une lettre de recommandation de Hanscher – la plus courte et la plus chaleureuse que cet homme ait jamais écrite : « David Strom est un physicien. » Enfin, il a obtenu l'asile politique aux États-Unis, à peine un an auparavant, sur la foi d'un seul article théorique publié, dont la confirmation est arrivée une décennie plus tôt que la probabilité, pressée par une confluence cosmologique d'éléments qui n'arrivent qu'une vie sur deux. Trois fois, selon le décompte de David : sauvé par une chance plus aveugle encore que la théorie.

Tout tend à prouver qu'il existe une fissure temporelle qu'aucune théorie ne peut colmater. Quatre ans auparavant, il assistait joyeusement aux concerts européens, comme s'il était encore possible que l'Europe fût à l'abri d'un changement de tonalité. Tout paraît différent lors de cette deuxième écoute, de la musique ancienne dans un pays récemment découvert. Entre le thème et sa reprise, une seule poignante section est développée, déchiquetée, atonale, inaudible. Ses parents, cachés près de Rotterdam. Sa sœur, Hannah, et son mari, Vihar, qui essayent de gagner la capitale de son pays, Sofia. Et David lui-même, résident étranger au pays du lait et du miel.

Il est possible que le temps obéisse à la loi des quanta, qu'il soit aussi discontinu que les notes d'une mélodie. Il est possible qu'on puisse le dépasser dans un sens ou dans l'autre, grâce à des chronons subatomiques aussi distincts que le tissu de la matière. Les tachyons, cantonnés aux vitesses supérieures à celle de la lumière – fantaisies autorisées par les prohibitions les plus draconiennes d'Einstein – peuvent bombarder cette vie en annonçant tout ce qui l'attend, mais la vie en deçà de la vitesse de la lumière ne peut ni les voir ni les décrypter. David Strom ne devrait pas être ici, libre, vivant. Pourtant il est ici et traverse Washington à pied pour entendre une déesse chanter, en direct, et en plein air.

Strom s'engage dans Virginia Avenue et voit la foule. Il n'a encore jamais été si près d'un si grand nombre de gens. Il en a vu en Europe, mais seulement aux actualités – la folie des finales de la Coupe du monde, les foules venues trois ans plus tôt voir Hitler refuser de remettre les médailles d'or à l'*Übermensch* non aryen. Ici la multitude est plus importante encore, plus joyeusement anarchique. Et puis la musique n'est pas la cause unique d'un tel rassemblement. Un mouvement de cette ampleur ne peut être que la conséquence d'un *libretto* plus vaste. Jusqu'alors, Strom n'avait pas la moindre idée du genre de concert auquel il était venu assister. L'enjeu lui échappait jusqu'à ce qu'il passe le coin de la rue et contemple l'immensité.

Un mur de chair à hauteur d'homme. Il en a le souffle coupé. Le chatoiement de dizaines de milliers de corps, l'humanité ramenée à des atomes, à un problème d'électrostatique à n-corps que les mathématiques ne peuvent résoudre, cette physique dénuée de fondement le fait paniquer et il fait demi-tour pour détaler. Il remonte Virginia, cap sur le paisible quartier de Georgetown. Mais il ne parcourt pas plus de quelques dizaines de mètres avant d'entendre cette voix : *Komm, süsser Tod*. Il s'arrête sur le trottoir pour écouter. Qu'est-ce que l'oubli pourrait lui faire de pire ? Quel plus bel air pour annoncer la fin ?

Il rebrousse chemin vers cette cohue bouillonnante, se sert de la terreur tapie dans sa poitrine comme un musicien habitué à la scène. Il inspire par la bouche et pénètre dans la déferlante grouillante. Le poing dans sa poitrine se détend et libère des vagues de plaisir. Personne ne l'arrête ni ne lui demande ses papiers. Personne ne sait qu'il est étranger, allemand, juif. Personne ne se soucie de sa présence. *Ein Fremder unter lauter Fremden*.

Un rayon de soleil apparaît une minute, pour briller sur le pays le plus changeant qui soit. David Strom erre à l'intérieur d'un dessin réaliste socialiste, au sein d'une croisade qu'il ne peut identifier, attendant une nouvelle fois cette année que le mythe devienne réalité. Où en ce monde, si ce n'est ici, trouve-t-on tant de gens qui croient depuis aussi longtemps que des choses aussi bonnes soient si proches de se réaliser ? Mais aujourd'hui, il est bien possible que ces habitants du Nouveau Monde aient raison. Il secoue la tête, il avance vers la scène montée pour l'occasion. La prophétie peut encore se réaliser, s'il reste quelqu'un pour l'entendre. Déjà l'Europe a sombré dans les flammes. Déjà les cheminées fonctionnent à plein. Mais c'est le feu de demain. Aujourd'hui luit d'un éclat différent, et sa chaleur et sa lumière attirent Strom.

Il dérive au rythme des corps alentour, il cherche un endroit d'où il pourra voir. Cette immense salle de concert est délimitée par des monuments – Département d'État, Réserve fédérale –, linteaux blancs et piliers, les marques du pouvoir indifférent. Il n'est pas le seul à les contempler. Strom s'étonne, cela ne fait même pas un an qu'il est en Amérique et déjà il se laisserait à dire *mon pays* plus facilement que la moitié des gens qu'il croise, des gens arrivés ici douze générations plus tôt, obéissant à une feuille de route décidée par d'autres.

Cent mille pieds battent le pavé d'avril comme un interminable troupeau. Il voit passer un prédicateur en train d'agiter une bible reliée cuir, trois petits enfants debout sur un cageot d'oranges, une escouade de police bleu et cuivre, aussi hébétée que la masse grouillante sur laquelle elle est censée veiller, et trois types en costumes foncés, larges épaules et chapeaux de feutre, des gangsters menaçants, trahis seulement par les bicyclettes délabrées qu'ils poussent à leurs côtés.

Un cri s'élève des rangs de devant. La tête de Strom se redresse. Mais le temps que l'onde arrive jusqu'à lui, l'incident est clos. Le son se déplace lentement, il pourrait être aussi bien arrêté, comparé à l'immédiateté du *maintenant* de la lumière. Mlle Anderson est sur les planches, son accompagnateur finlandais à ses côtés. Les dignitaires installés sur les gradins improvisés se lèvent lorsqu'elle apparaît. Une demi-douzaine de sénateurs, des membres du Congrès par vingtaines, dont un Noir solitaire, trois ou quatre membres de cabinet, et un juge de la Cour suprême, tous l'applaudissent, chacun pour des raisons qui leur sont propres.

Le secrétaire de l'Intérieur s'adresse à la grappe de micros. La foule autour de Strom s'ébroue, fière et impatiente. « Il y a ceux » – la voix de l'homme d'État rebondit dans l'immensité de l'amphithéâtre et génère trois ou quatre copies d'elle-même avant de mourir – « trop timides ou trop indifférents » – seul l'écho donne une idée de l'étendue de la cathédrale dans laquelle ils se trouvent – « pour reprendre le flambeau... que Jefferson et Lincoln ont porté... ».

Doux Seigneur, laisse cette femme chanter. Dans la langue idiomatique qu'il a entendue dans le train, à l'aller, *boucle-la et fiche le camp*. Là où est né Strom, l'intérêt du chant est de rendre caduc le bavardage. Mais le secrétaire continue son baratin de politicard. Strom avance de quelques pouces en direction du Memorial, le mur humain devant lui a beau être compact, il laisse toujours un petit espace à combler.

Mlle Anderson est là, reine modeste dans son long manteau de fourrure qui la protège de l'air frais d'avril. Sa coupe de cheveux est une merveilleuse coquille Saint-Jacques qui s'ouvre à la hauteur des deux joues. Elle est plus irréelle encore que dans le souvenir de Strom. Elle semble sereine, échappant déjà à l'attraction de la vie. Néanmoins, sa sérénité n'est pas absolue. Strom s'en rend compte, en l'observant par-dessus les têtes innombrables. Ce frémissement, il l'a déjà remarqué auparavant, près de la fosse du Staatsoper de Vienne, ou, à la jumelle, du fond de l'opéra de Hambourg et de Berlin. Mais un tremblement dans un tel monument est si improbable que Strom n'arrive pas tout de suite à mettre un nom dessus.

Il se retourne et contemple la foule, en suivant son regard à elle. L'humanité s'étend si loin sur le Mall que sa voix mettra des battements de cœurs entiers pour atteindre les rangs les plus éloignés. Une telle multitude le sidère, un public aussi innombrable que les chemins détournés par lesquels ces gens sont arrivés ici. Le regard de Strom se pose de nouveau sur la cantatrice, seule sur les marches du calvaire, et c'est alors qu'il arrive enfin à mettre un nom dessus, sur le frémissement qui enveloppe cette femme. La voix du siècle a *peur*.

La peur qui s'abat sur elle n'a rien à voir avec le trac. Elle a trop travaillé tout au long de sa vie pour douter de son propre talent. Sa voix lui permettra de venir à bout de cette épreuve sans le moindre faux pas. La musique sera impeccable. Mais comment sera-t-elle entendue ? Des corps piaffent devant elle, des armées d'esprits, qui s'étendent à perte de vue. Ils se pressent tout le long du bassin chatoyant et s'étirent dans le sens de la largeur jusqu'au Washington Monument. Leur espérance est si forte que la cantatrice en sera engloutie. La voilà prise au piège au fond d'un océan d'espoir, elle suffoque, elle a besoin d'air.

Depuis le jour où le projet a été lancé, elle s'est opposée à ce concert prestigieux. Mais l'histoire ne lui laisse pas le choix. Une fois que le monde a fait d'elle un emblème, elle a perdu le privilège de ne représenter qu'elle-même. Elle n'a jamais été une grande championne de la cause, sauf en vivant sa vie au quotidien. C'est la cause qui est venue la chercher, et qui l'a obligée à changer de tonalité.

Le seul conservatoire où elle a voulu s'inscrire il y a fort longtemps l'a rejetée sans même l'auditionner. Leur unique jugement artistique : « Nous ne prenons pas les gens de couleur. » Pas une semaine ne passe sans qu'elle ne choque les auditeurs en s'appropriant Strauss ou Saint-Saëns. Elle travaille le chant depuis l'âge de six ans, pour se forger une voix qui résistera à la définition de « contralto de couleur ». À présent, en vertu de l'interdit, c'est toute l'Amérique qui est venue l'entendre. Désormais, la couleur sera à jamais le thème du moment fort de sa vie, la raison pour laquelle on se souviendra d'elle, lorsque sa voix se sera éteinte. Elle ne dispose d'aucune parade face à ce destin, hormis sa voix, justement. Elle laisse tomber le larynx, ses lèvres tremblotantes s'ouvrent, et elle s'apprête à chanter de cette voix trempée dans la couleur, la seule chose qui mérite d'être chantée.

Mais le temps que sa bouche forme cette première note, ses yeux balayent le public, sans parvenir à en voir le bout. Elle le contemple comme les actualités le feront : 75 000 mélomanes venus assister au concert, le plus grand rassemblement à Washington depuis Lindbergh, le public le plus nombreux jamais mobilisé pour un récital. Ils seront des millions à l'entendre à la radio. Des dizaines de millions grâce aux enregistrements et aux films. Les ex-Filles de la République, les officielles et les officieuses. Ceux qui, de par leur naissance, appartiennent à quelqu'un d'autre, et ceux à qui ils appartiennent. Chaque clan, chacun agitant son drapeau, tout ceux qui ont des oreilles entendront.

LA NATION PREND DES LEÇONS DE TOLÉRANCE, diront les actualités. Mais les nations ne retiennent jamais la leçon. De quelque nature qu'elle soit, la tolérance qui illumine cette journée ne tiendra pas le printemps.

Dans l'éternité qui projette sa première note, elle sent cette multitude de vies se presser vers elle. Toutes celles et ceux qui, un jour ou l'autre, lui ont donné l'envie de chanter sont ici présents. Roland Hayes est dans la cohue, quelque part. Harry Burleigh, Sissieretta Jones, Elizabeth Taylor-Greenfield – tous les fantômes de ceux qui l'ont précédée reviennent arpenter le Mall, en ce frisquet jour de Pâques. Blind Tom est ici, lui qui, aveugle, au piano, a fait gagner une fortune à ses maîtres, en jouant à l'oreille, pour des publics ébahis, le répertoire le plus ardu qui soit. Joplin est venu, le Fisk Jubilee et le Hampton Jubilee, Waller, Rainey, King Oliver et l'impératrice Bessie, des chœurs entiers d'évangélistes gospel, d'orchestres de jug, de joueurs de guitares rafistolées, de braillards des champs de coton et de brailleurs à tous vents – tous les génies sans nom que les ancêtres de la cantatrice ont mis au monde.

Les membres de sa famille sont là, aussi, elle les voit. Sa mère observe Lincoln, ce titan muet et menaçant, effrayée par la responsabilité de sa fille vis-à-vis du pays rassemblé, maintenant et à jamais. Son père est assis encore plus près, en elle, dans ses cordes vocales, où vibre encore la basse veloutée de cet homme, réduite au silence avant qu'elle n'ait pu réellement faire sa connaissance. Elle l'entend chanter *Asleep in the Deep* en s'habillant avant de partir au travail, toujours la première ligne de la chanson, infiniment caressante, sans jamais parvenir à atteindre la fin de la phrase.

Les dimensions de la foule et sa gravité font voler en éclats le premier temps de la mesure. Le temps usuel se dédouble, passe de l'*allegro* à l'*andante*, puis de l'*andante* à la lente majesté du *largo*. Dans l'introduction de son premier morceau, son cerveau emballé fige le tempo, une croche se transforme en noire, la noire devient blanche, la blanche, ronde, et la ronde se développe à l'infini. Elle s'entend inspirer et le son se répercute en direction de la foule en arrêt. Tandis qu'elle dessine par anticipation la trajectoire de la note, le temps s'arrête et la cloue sur place, immobile.

La mélodie que le minuscule piano à queue entame ouvre une brèche devant elle. Elle regarde et y entrevoit les années à venir, comme sur un horaire de chemin de fer. Au bout de cette bande étroite de terrain appartenant à l'État fédéral, elle aperçoit la longue tournée qui l'attend. Cette journée ne change rien. Dans quatre ans, elle attendra à l'extérieur de la gare de Birmingham, en Alabama, que son accompagnateur, un réfugié allemand, lui rapporte un sandwich, tandis que des prisonniers allemands d'Afrique du Nord occuperont la salle d'attente où elle n'est pas autorisée à entrer. On lui remettra les clés d'Atlantic City, où elle se produira dans des salles combles, mais où elle ne pourra réserver une chambre en ville. Elle chantera à la première de *Young Mr Lincoln*, à Springfield, Illinois, mais se verra interdite d'entrée au Lincoln Hotel. Toutes les humiliations à venir sont portées à sa connaissance, maintenant et pour toujours, elles rôdent au-dessus de cette foule incommensurable qui la vénère, tandis que le piano annonce que ça va être à elle.

Les Filles de la Révolution se repentiront de leur erreur, mais le repentir viendra trop tard. Aucune justice ne pourra après coup effacer cette journée. Il faut qu'elle tienne jusqu'au bout, pour l'éternité, debout en plein air, chantant en manteau ce récital gratuit. Sa voix sera associée à ce monument. Elle sera à jamais un emblème, malgré elle, mais pas un emblème à la gloire de la musique qu'elle a faite sienne.

Ces visages – ils sont quatre fois vingt mille – se penchent en avant pour arriver à distinguer le sien, comme autant de bulbes de Pâques tournés vers un pâle rayon de soleil. Ceux qui, jusqu'à cet après-midi, étaient englués dans un espoir désespéré : il y en a trop parmi eux, agglutinés sur les rives du Jourdain, à vouloir traverser le fleuve d'une traite. Leurs rangs continuent de gonfler, alors même qu'elle en cherche la lointaine lisière. Dans le miroir convexe de 75 000 paires d'yeux, elle se voit, transformée en naine sous les colonnes monstrueuses, petite suppliante sombre entre les genoux d'un géant de pierre blanc. Le cadre est familier, une destinée dont elle se souvient avant même de l'avoir vécue. Un quart de siècle plus tard, elle sera de nouveau ici, à chanter son répertoire, à l'occasion d'un rassemblement trois fois plus grand que celui-ci. Et cette même espérance désespérée déferlera sur elle comme un raz-de-marée, toujours cette même blessure inguérissable.

En suivant la ligne de l'un de ces avenirs possibles, elle se voit morte écrasée, d'ici vingt minutes, quand le public se précipitera en avant, 75 000 vies éveillées qui essaieront de faire quelques pas de plus vers le salut. Ceux qui ont passé une vie entière relégués au balcon pousseront en avant vers une scène qui est à présent complètement à eux ; libérés, ils seront poussés vers eux-mêmes, vers une voix pleinement libre, jusqu'à la piétiner. Elle voit le concert tourner à la catastrophe, la nécessité transformée en accident collectif. En suivant un autre scénario, en cette journée des possibles, elle voit Walter White venir aux micros et implorer le public de revenir au calme. Sa voix refragmente la foule, jusqu'à ce qu'elle ne soit plus constituée que d'unités qui s'additionnent, un plus un plus un, chacun ne pouvant rien faire de plus dommageable que d'aimer la cantatrice.

De l'autre côté de l'Océan, des foules plus importantes se rassemblent. En remontant de six heures, six fuseaux plus à l'est, la nuit tombe déjà. Des voix s'élèvent sur les places des villes, sur les marchés, dans les vieux quartiers des théâtres où elle s'est produite, dans les *Schauplatzen* qui refusaient de la programmer. Elle visualise le seul futur possible pour le monde, et la certitude à venir l'engloutit. Elle ne chantera pas. Elle ne peut pas. Elle restera suspendue à l'amorce de cette première note, défaite. Les multiples choix qui s'offraient à elle s'éliminent l'un après l'autre, jusqu'à ce que le seul chemin possible soit de faire demi-tour et de s'enfuir en courant. Elle jette un regard paniqué derrière elle, en direction du pont sur le Potomac, de l'autre côté du fleuve, vers la Virginie, la seule issue. Mais elle n'a nulle part où se cacher. Nulle cachette ici-bas.

La soprano *spinto* de fillette qu'elle a en elle se lance dans le morceau qu'elle est sûre d'interpréter à la perfection. *When you see the world on fire, fare ye well, fare ye well.* Elle fait appel au bon vieux remède éprouvé. Se concentrer sur un visage, un seul, réduire la multitude à une personne, à une âme qui se trouve avec elle. Le chant suivra.

Dans la foule, à quatre cents mètres, elle trouve sa marque, celle pour qui elle va chanter. Une jeune fille, elle-même en plus jeune, Marian le jour où elle a quitté Philadelphie. La jeune fille la regarde aussi, elle est d'ailleurs déjà en train de chanter *sotto voce*. La jeune fille l'apaise. Dans la *fermata* figée qui précède son premier temps, elle passe en revue le programme du jour. *Gospel Train, Trampin'* et *My Soul Is Anchored in the Lord*. Mais avant cela, l'*Ave Maria* de Schubert. Et avant Schubert, *O mio Fernando*. Ce répertoire hétéroclite, elle ne se souviendra pas de l'avoir chanté. Un fantôme sera reparti avec l'expérience, et il ne lui restera rien. Bien plus tard, elle lira des comptes rendus de sa prestation, où elle apprendra comment s'est déroulé chacun des airs, longtemps après, bien après que les dés auront été jetés et oubliés.

Mais avant que l'amnésie ne la frappe, il faut qu'elle vienne à bout de *America*. Le temps se remet en marche. Le piano se réveille, le dernier de ces simples accords plaqués se déroule, une séquence que quiconque né par ici a dans la peau, une cadence parfaite, aussi familière que la respiration. Tout ce qu'elle entend, alors que la brève introduction relance le tempo, c'est le souffle de ses propres poumons. L'espace d'une brève mesure qui s'étire jusqu'à l'horizon occupé par tous ces gens, elle oublie les paroles. À force d'avoir été rabâchées, elles sont devenues si familières qu'elles ont disparu. C'est comme oublier son nom. Oublier les nombres de un à dix. On les connaît trop pour s'en souvenir.

De nouveau la foule surgit devant elle, vague grandiose qui ne demande qu'à déferler sur elle et l'engloutir. Cette fois-ci, elle la laisse faire. Peut-être oubliera-t-elle. Mais le temps remet tout en ordre. Une lumière s'élève, un point de cheminement dans cette mer ténébreuse qui s'est formée – ténèbres rendues possibles par la communauté elle-même. Pendant un moment, ici, maintenant, s'étirant le long du bassin aux mille reflets, selon une courbe qui va de l'obélisque du Washington Monument à la base du Lincoln Memorial, puis s'enroule derrière la cantatrice jusqu'aux rives du Potomac, un État impromptu prend forme, improvisé, révolutionnaire, libre – une notion, une nation qui, pendant quelques mesures, par le chant tout du moins, est exactement ce qu'elle prétend être. C'est le lieu créé par sa voix. Elle l'entend dans les paroles qui, enfin, lui reviennent. Ce *thee*, doux et insaisissable. Ô toi. C'est toi – *thee* – que je chante.

5

Mon frère en prince étudiant

Jonah s'installa à la Boylston Academy of Music à l'automne 1952. Avant de partir, il me confia le bonheur de notre famille. Cette année-là, je restai à la maison, le poste le plus difficile, faisant la vaisselle du soir pour soulager ma mère, jouant avec Ruth, feignant joyeusement de comprendre les diagrammes de Minkowski que mon père griffonnait à table. Maman accepta davantage d'élèves en cours privés, et elle parla de reprendre elle-même des études. Nous chantâmes encore ensemble, mais moins souvent. Et lorsque cela arrivait, nous nous gardions bien d'élargir notre répertoire. C'eût été inconvenant. Maman, en particulier, ne voulait pas apprendre quoi que ce soit sans Jonah.

Cette année-là, Jonah rentra trois fois à Hamilton Heights, d'abord pour les vacances de Noël. Pour mes parents, il restait sans doute le garçon qu'il avait été, comme s'il n'était jamais parti. Dès l'instant où il gravit les marches de l'entrée, Maman voulut l'avaler tout entier. Elle l'attrapa dans l'embrasure de la porte et le serra dans ses bras au point de l'étouffer. Et Jonah se laissa faire. « Dis-nous tout », demanda-t-elle lorsqu'elle relâcha son étreinte pour qu'il reprenne sa respiration. « À quoi ressemble la vie, là-haut ? » Même moi, qui me tenais derrière dans l'entrée, j'entendis le ton prudent dont elle usa, anticipant la réponse.

Mais Jonah savait ce dont elle avait besoin. « Ça va, je dirai. Ils t'apprennent un paquet de trucs. N'empêche, pas autant qu'ici. »

Maman se remit à respirer et le fit entrer dans une pièce qui sentait bon les biscuits au gingembre. « Accorde-leur un peu de temps, mon fils, ils s'amélioreront. » Elle et mon père échangèrent un *rien à signaler*, un regard à la dérobée qui n'échappa ni à Jonah ni à moi.

Les quelques jours qu'il passa à la maison furent les plus joyeux de toute l'année. Maman fit des pommes de terre braisées au jambon et Ruth lui montra les portraits qu'elle avait crayonnés de mémoire pendant des semaines. C'était le retour du héros. Il nous fallut rattraper tout notre ancien répertoire. Pendant que nous chantions, il était difficile de ne pas s'arrêter pour écouter les changements dans sa voix.

À Noël, nous déchiffrâmes en son entier la première partie du *Messie*. Pendant les vacances de printemps, nous fîmes la seconde partie. Je vis Jonah scruter Da tandis qu'il parcourait le texte. Même Da remarqua qu'il le regardait de travers. « Quoi ? Tu crois que je ne peux pas être chrétien, moi aussi, pendant la durée du morceau ? Ignores-tu que les bègues ne bégayent jamais quand ils chantent ? On ne t'a donc pas appris ça, là-bas, à ton école ? »

Jonah insista pour que je le rejoigne à Boylston. Maman dit que c'était à moi de décider ; personne ne voulait m'imposer quoi que ce soit. À l'âge de dix ans, prendre une décision était pire que la mort. Maintenant que Jonah était parti, j'avais les leçons de Maman presque pour moi tout seul, je ne la partageais qu'avec Ruthie. Au piano, mes progrès étaient considérables. Le tourne-disque et la collection de ténors italiens m'étaient réservés. En trio, c'est moi qui chantais la mélodie aiguë. J'étais l'étoile montante de nos soirées de Citations folles. En outre, j'étais persuadé que je ne réussirais jamais le concours d'entrée à Boylston. Maman se moquait de mes doutes. « Comment peux-tu savoir, si tu n'essayes pas ? » Si j'échouais, au moins, les choses seraient claires. Je n'aurais plus constamment le sentiment pesant – autrement plus lourd que mon propre corps – que, quoi que je fasse, il y aurait *quelqu'un* que je décevrais.

Aux auditions, je chantai trop haut. Les examinateurs écoutèrent probablement avec une grande indulgence, car ils tenaient à ce que mon frère reste dans l'établissement. Peut-être pensaient-ils qu'avec l'âge, je prendrais le même chemin que lui, que c'était juste une question d'années de pratique. Peu importe. Toujours est-il que je fus reçu. Ils proposèrent même à mes parents une bourse de scolarité, mais pas aussi importante que celle de Jonah, bien entendu.

Je fis part de ma décision à Maman et Da de la manière la plus calme possible. Ils parurent ravis. Comme ils me félicitaient, je fondis en larmes. Maman m'attira contre elle. « Oh, mon chéri. Je suis si contente à l'idée que mon JoJo soit de nouveau réuni. Vous deux, vous pourrez veiller l'un sur l'autre, à cinq cents kilomètres d'ici. » Un espoir honnête et plein de bon sens, je suppose. Pourtant, elle aurait dû savoir.

Ils avaient dû penser que nous scolariser à la maison serait notre première et meilleure forteresse, que ce serait la préparation idéale. Mais déjà, à New York, avant même que Jonah s'en aille, nous avions commencé à repérer des fissures dans leur enseignement. À six rues de notre maison d'Hamilton Heights, le moindre exercice pratique dans le quartier contredisait les leçons apprises à la maison. Le monde n'était pas un madrigal. Le monde était un hurlement. Mais, depuis tout petits, Jonah et moi dissimulions nos ecchymoses. Nous nous gardions bien de faire part à nos parents de nos examens extrascolaires, et nous chantions comme si la musique constituait la seule armure dont nous aurions jamais besoin.

« C'est mieux à Boylston », me promit Jonah, un soir, derrière la porte close de notre chambre où, imaginions-nous, nos parents ne pouvaient nous entendre. « Là-haut, ils ne cassent la figure qu'à ceux qui ne savent pas chanter. » À l'entendre, nous étions aux avant-postes du paradis, et l'oreille absolue était la clé pour entrer dans ce royaume. « Une centaine de gamins qui adorent les mélodies compliquées et mouvantes. » Mon petit doigt me disait que c'était un leurre, qu'il n'aurait pas tant besoin de moi, si l'endroit était tel qu'il le décrivait. Mais mes parents avaient moins besoin de moi, semblait-il, et mon frère était là, à me chanter *Allez viens*.

« Vous deux, mes garçons – Maman essayait de sourire en nous disant au revoir –, vous deux, les garçons, vous êtes d'un genre à part. »

Rien de ce que Jonah m'avait raconté ne m'avait préparé à l'endroit. Boylston était un des derniers bastions de la culture européenne. Cette culture qui, dix ans plus tôt, s'était une nouvelle fois immolée. Elle s'inspirait des manécanteries, et entretenait des liens privilégiés avec le conservatoire, à l'autre bout des Fens. Les élèves étaient logés dans un bâtiment de quatre étages avec une cour au milieu. L'édifice, tout comme la fantaisie de Mme Gardner située un peu plus loin dans le virage de Fenway, se rêvait en petit *palazzo* à l'italienne.

Tout ce qui, de près ou de loin, avait trait à Boylston était blanc. À la minute où ma malle fut installée dans le dortoir des plus petits, je vis de quoi j'avais l'air aux yeux de ceux qui avaient assisté bouche bée à mon arrivée. Mes nouveaux coturnes ne bronchèrent pas ; la plupart avaient côtoyé mon frère pendant un an. Mais le teint blé-miel de mon frère ne les avait pas préparés au lait boueux de ma peau. Ils en savaient déjà long sur mon compte, tous autant qu'ils étaient, ils formaient comme un mur en plâtre luisant, tandis qu'au bras de mon père je pénétrai dans le dortoir tout en longueur, façon hôpital. Jusqu'au moment où je défis mes bagages, sous les yeux d'une dizaine de gars curieux de savoir quel genre de fétiches j'allais sortir, j'avais ignoré ce qu'était la blancheur de peau – à quel point cela pouvait être concentré et dense, impassible, assuré de son bon droit. C'est seulement lorsque Da nous dit au revoir et reprit le chemin de South Station que je compris où mon frère avait vécu.

Et c'est seulement lorsque que, d'un pas mal assuré, je quittai le dortoir pour rejoindre Jonah, que je vis l'effet que cette année loin de la maison, en ce lieu mythique, avait réellement eu sur lui. En une année, seul et sans protection, il avait plongé l'ensemble de la communauté des élèves dans une peur panique de l'infection. Comme il arpentait ces couloirs, penaud maintenant que je voyais comment c'était, je remarquai la claudication contractée l'année précédente, que je n'avais pas vue à la maison. Il ne me parla jamais de ces mois où il s'était trouvé livré à lui-même, pas même des années plus tard. Il faut dire que je n'ai jamais pu me résoudre à aborder le sujet. Il tenait à ce que je voie seulement ceci : les autres n'avaient aucune importance pour nous. Ils n'en auraient jamais. Il avait trouvé sa voix. Il n'avait besoin de rien d'autre.

Mon frère me fit visiter le bâtiment et ses mystères – les couloirs aux teintes de noix, avec les casiers individuels dans un état de décrépitude avancée, les colonnes des monte-plats, les salles de chant aux échos fantomatiques, les plaques d'interrupteurs branlantes qu'on déplaçait pour regarder à l'intérieur d'une pièce plongée dans l'obscurité totale, dont il jurait que c'était le dortoir des filles de cinquième. Il avait gardé le meilleur pour la fin. Avec une solennité précautionneuse, nous montâmes jusqu'à une porte secrète qu'il avait découverte à l'occasion de ses jeux en solo. Nous accédâmes au toit, avec vue sur les terrains de Victory Gardens, ces espaces réquisitionnés sur le front domestique, et qui avaient survécu à la guerre qui les avait engendrés. Mon frère se métamorphosa en professeur Sarastre. « Joseph Strom, au regard de votre grand talent, et compte tenu de votre comportement irréprochable, nous faisons de vous notre Égal, et vous autorisons par conséquent à nous rejoindre lors de tous nos rendez-vous au Sanctuaire. Si vous voulez bien vous donner la peine d'entrer ! »

La question que je lui posai l'accabla. « Entrer où ? » Le château où j'étais accueilli en si grande pompe se révéla un débarras de concierge aux murs dépouillés. Nous nous y entassâmes tant bien que mal. Nous, les deux gars de trop, blottis pour un rendez-vous urgent sans ordre du jour. Et là, donc, nous nous assîmes, Égaux en ce Sanctuaire. Jusqu'à ce qu'il faille à nouveau émerger, nous mêler de nouveau à la plèbe des non-initiés.

Au réfectoire, cette première semaine, un blondinet récemment arrivé lâcha : « Vous avez du sang noir, tous les deux, hein ? Moi j'ai pas le droit de manger avec des gens qui ont du sang noir. »

Jonah se planta une fourchette à cornichons dans le doigt. Il tendit le bout ensanglanté, et le fit pivoter en un mouvement qui suggérait quelque rituel que Blondinet était censé ignorer. « Mange avec ça », dit-il, en étalant du sang sur la serviette du pauvre gars. Cela ne manqua pas de faire son petit effet. Lorsque le surveillant arriva, la tablée au grand complet, subjuguée, jura qu'il s'agissait d'un accident.

Je ne comprenais rien à cet endroit. Ni les noms interchangeables de ces garçons, ni leur dégoût ébahi, ni leurs dégaines de lin mou, ni le labyrinthe de ce bâtiment rempli d'élèves, ni le fait majeur, étrange, de mon existence nouvelle : mon frère – le gars le plus solitaire et le plus autonome au monde – avait appris à survivre à la compagnie d'autrui.

J'étais monté à Boston dans l'idée de venir en aide à Jonah. Il avait réussi à faire croire à nos parents que tout se passait à merveille là-bas, et nos parents avaient eu besoin de croire cela. Moi, je savais que la situation était tout autre et je m'étais sacrifié pour lui éviter la solitude. Quelques jours suffirent pour que la vérité m'apparaisse : mon frère avait consacré toute l'année précédente à planifier mon sauvetage.

Le soir, en allant me coucher, je me sentais plus coupable que jamais. Cet acte de trahison, je ne l'avais pas prémédité, mais cela importait peu ; je l'avais quand même commis. Au bout de quelques semaines, pourtant, je me mis à soupçonner que, pour un exil, il existait sur terre des endroits pires que Boylston. J'arpentai le bâtiment et le quartier des Fens, je participai aux rendez-vous d'urgence des Égaux du Sanctuaire et, avec le temps, j'en vins à me considérer plus comme exempté de la société qu'exclu. Au cours de cette phase de transition des derniers jours de l'enfance, j'appris quelle était ma place dans le monde.

Da et Maman nous avaient élevés pour que nous ayons davantage confiance dans les sons que dans les mots. Toute mon enfance, j'avais imaginé que les pièces vocales polyphoniques étaient le rituel intime de ma famille. Mais ici, dans les quatre étages de ce Parnasse sis au creux d'un méandre de la rivière Charles, Jonah et moi nous trouvâmes, pour la première fois, en compagnie d'autres enfants qui avaient eux aussi suivi une formation musicale classique. Il fallait que je fasse de gros efforts pour ne pas être distancé par mes camarades de classe, que je me dépêche d'acquérir toutes les phrases qu'ils savaient déjà dire, dans cette langue secrète que nous avions en commun.

Les élèves de Boylston avaient d'autres raisons de détester mon frère que la crainte d'une « contamination raciale ». Ils venaient des quatre coins de l'Amérique, ils se trouvaient coupés de leurs familles pour suivre une formation musicale qui faisait d'eux des gens à part et leur donnait une identité. Là-dessus, Jonah débarquait et leurs sublimes envolées étaient rabattues au sol – ils battaient nerveusement des ailes, blessés. La plupart avaient sans doute envie de le coincer dans le dortoir des moyens, et de lui coller un oreiller sur sa bouche de soprano. Entraver ces poumons jusqu'à ce que sa monstrueuse capacité respiratoire soit réduite à néant. Mais mon frère décollait de telle manière, s'étonnant lui-même des sons qu'il émettait, que même ses ennemis jugeaient préférable de devenir ses complices.

Ils craignaient ce qu'ils croyaient être son intrépidité. Personne n'était à ce point indifférent aux conséquences, à ce point incapable de faire la distinction entre le ressentiment et l'admiration. Il donna sur le toit une version scat de *La Création* de Haydn, qui attira une foule de badauds sur le trottoir, et lui eût assurément valu une punition, si ce concert impromptu n'avait été joyeusement chroniqué dans le *Boston Globe*. Pendant les récréations des répétitions de chœur, il se lançait dans l'hymne national en mode mineur, ou bien organisait un canon dément sur « Il était un petit navire » où chaque voix entrait de manière échelonnée, un cran au-dessus de la précédente. Son truc, c'était la dissonance dingue, il s'entraînait à conserver toute sa justesse pour les intervalles plus délicats qui l'attendaient.

Lui et ceux qui arrivaient à rester à son niveau se disputaient pendant des heures sur les mérites comparés de différents ténors. Jonah tenait Caruso en la plus haute estime parmi les vivants. Selon mon frère, l'art vocal n'avait fait que se détériorer depuis l'âge d'or, juste avant notre naissance. Les camarades discutaient jusqu'à finalement laisser tomber, le traitant de pervers, de taré, voire pire.

János Reményi, le directeur de Boylston, croyait dissimuler son favoritisme. Mais pas un seul élève n'était dupe. Jonah était le seul que Reményi appelait par son prénom. Bien vite, Jonah domina les récitals mensuels de l'école. En répétition, Reményi répartissait toujours démocratiquement les solos les plus importants mais, pour ce qui était des représentations publiques, il avait coutume d'invoquer quelque raison artistique pour que la pièce soit interprétée par une voix de la couleur exacte de celle de Jonah.

Nombreux étaient ceux qui auraient pu emmener mon frère sur le terrain de jeux pour le suspendre tête en bas aux barres d'escalade, jusqu'à ce qu'il vomisse ses poumons. Et si la voix de Jonah avait été simplement extraordinaire, ils seraient peut-être passés à l'acte. Mais finalement la fleur n'a rien à craindre de l'éclat du soleil. Ne nous contrarie que ce qui semble à portée de main. Sa voix le plaçait au-delà de la haine de ses camarades de classe, et ils écoutaient, pétrifiés, cette chose venue d'ailleurs, silencieux quand cet oiseau de feu venait becqueter leur mangeoire.

Quand Jonah chantait, la tristesse colonisait le visage de János Reményi. Le chagrin emplissait cet homme, comme s'il en était avide. En Jonah, Reményi entendait tout ce que plus jeune il avait failli être. Au son de la voix de mon frère, la pièce se remplissait de possibilités, chacun des auditeurs se rappelant tous ces endroits auxquels jamais ils n'accéderaient.

Avec le temps, les autres élèves m'acceptèrent comme le frère de Jonah. Mais jamais ils ne se départirent de cet air incrédule. J'ignore ce qui les ennuyait le plus : mon teint plus mat, mes cheveux plus bouclés, mes traits plus ambigus, ou bien ma voix appartenant obstinément à ce bas monde. Je parvins tout de même à provoquer quelque impression. Comparé à n'importe quel élève jusqu'en quatrième, j'étais capable de déchiffrer une partition les doigts dans le nez. Et puis j'avais un sens certain de l'harmonie, appris lors des longs après-midi au clavier avec Maman, ce qui me valut une sorte de sanctuaire, concédé à contrecœur.

L'école avait beau être officiellement accréditée, elle accordait peu d'attention aux matières autres que les arts de la scène. La plupart des cours que je pris cette année-là, je les avais déjà approfondis avec mes parents. Mais je dus pourtant tout refaire. L'horloge de la salle où je devais subir les leçons de grammaire était un instrument de torture. Ce n'était que lorsque l'aiguille des secondes avait parcouru une circonférence complète que l'aiguille récalcitrante des minutes, dans un déclic mat et granuleux, daignait avancer d'un cran unique en direction du salut. Dans l'intervalle qui précédait ce mouvement saccadé, tout se figeait, et tout changement était alors exclu. L'ennui fossilisait le temps jusqu'à en faire de l'ambre. L'aiguille des minutes restait en suspens, à la lisière du mouvement, refusant d'avancer en dépit de toute la force mentale que je déployais pour la faire bouger. L'heure d'anglais s'aplatissait, fine comme du papier, et s'étalait sur toute la surface du globe ; j'avais le temps de passer en revue les soixante prochaines années de ma vie, de mémoriser les visages de mes petits-enfants, tout cela avant que Mlle Bitner n'arrive à décortiquer jusqu'au bout la structure grammaticale de plus en plus atomisée de sa phrase.

Maintenant que notre père n'était plus là pour transformer le monde en puzzle, Jonah et moi désertâmes tous les terrains de jeux mentaux, à l'exception de la musique. Au bout de quelques mois, nous peinions à résoudre les devinettes qui avaient pourtant constitué jusque-là notre lot quotidien, à l'heure du repas. Notre professeur de sciences, M. Wiggins, connaissait le travail de notre père, et il nous traitait avec un respect aussi effrayant qu'immérité. Il fallait que je travaille pour deux, que je fasse les devoirs de Jonah en plus des miens, juste pour ne pas ternir le nom de la famille.

Les élèves de Boylston auraient sacré roi mon frère, si seulement il avait eu l'heur de leur ressembler un tout petit peu plus. L'élite des plus jeunes élèves tenta de lui faire découvrir Sinatra. Ils se retrouvaient dans le plus grand secret pour écouter le crooner, goûtant ce plaisir illicite à l'insu des professeurs. Après un bref sourire, Jonah gloussa de dégoût en écoutant ces insouciantes bluettes. « Il n'y a vraiment rien à tirer d'une chanson comme ça. Vous appelez ça une progression d'accords, vous ? Je peux vous dire où va la mélodie avant même qu'elle commence !

– Et la voix, qu'est-ce que tu en dis ? C'est bath, hein ?

– Le bonhomme se gargarise au sirop pour la toux, je suis sûr. »

Les enfants de chœur rebelles des banlieues résidentielles se figèrent entre deux claquements de doigts. L'un des plus âgés rétorqua d'un ton hargneux : « C'est quoi, ton problème, mec ? Moi, j'aime l'effet que ça me fait.

– Les harmonies sont faciles et bébêtes.

– Mais le groupe. Les arrangements. Le *rythme*...

– Les arrangements, on dirait qu'ils ont été écrits dans une usine de feux d'artifice. Le rythme ? Ma foi, ça sautille. Je te l'accorde. »

Ainsi parlait le jeune homme âgé de douze ans, implacable comme la mort. Les aînés essayèrent de lui faire découvrir Eartha Kitt. « C'est une Noire, non ? demandai-je.

– Qu'est-ce que tu racontes ? Ça va pas ? C'est quoi, toi, ton problème ? » Et tous de me dévisager, y compris Jonah. « À t'entendre, tout le monde est noir. »

Ils essayèrent de lui faire écouter des chanteurs encore plus dans le vent que Sinatra. Ils voulurent l'initier au *rhythm and blues*, au folk *hillbilly*, aux ballades larmoyantes. Mais aucun des morceaux qui ravissait le grand public n'échappait à ses verdicts expéditifs. Jonah se bouchait les oreilles de douleur. « La batterie me fait mal aux oreilles. C'est pire que les canons des Boston Pops dans l'*Ouverture 1812.* »

Pour quelqu'un dont les muscles vocaux relevaient du miracle, il n'était pas habile de son corps. Il ne se sentait jamais à l'aise à bicyclette, même sur un large boulevard. Lorsque l'école nous obligeait à rester sur le terrain de soft-ball, moi, je me tenais désespérément dans le champ gauche, ramassant les balles perdues en essayant d'éviter de me faire mal aux doigts. Jonah, quant à lui, partait tout au fond à droite, pour observer les balles en cloche faire ploc par terre, autour de ses chevilles. Il aimait écouter les matchs à la radio ; voilà ce que ses camarades de classe avaient réussi à obtenir de lui. Souvent, quand il vocalisait, il laissait la radio allumée. « Ça m'aide à tenir ma ligne de chant dans le chœur, quand tout le monde s'agite. » Lorsqu'on passait l'hymne national, il y ajoutait de folles harmonies à la Stravinski.

Ces héritiers de la culture sans effort, ces garçons sous le charme qui n'avaient jamais *parlé* à quelqu'un d'une autre race, voulaient bien nous tendre la main, à condition que ce soient eux qui choisissent les termes de l'échange. Nous incarnions auprès de nos camarades l'espoir petit-bourgeois insensé que ce qu'ils craignaient le plus (les cohortes de gens différents, juste au bout de la ligne orange du métro, cette civilisation à part qui se moquait de tout ce qu'ils pouvaient bien raconter) se révélerait exactement identique à eux, après tout, prêts à être convertis en gentils petits chanteurs à la croix de bois si on leur donnait un solide enseignement et un tout petit peu leur chance. Nous étions des chanteurs prodiges, des ambassadeurs culturels insensibles à la question de la couleur. Des héritiers d'un long passé, porteur de l'avenir éternel. Même pas des adolescents. Nous ne savions rien.

Il refusait de regarder le football américain. « Les gladiateurs et les lions. Pourquoi est-ce que les gens aiment regarder d'autres gens se faire tuer ? » Mais le plus grand tueur de tous, c'était lui. Il adorait les jeux de société et les jeux de cartes, du moment qu'il y avait moyen de gagner au détriment de l'autre. Lors de sessions marathon de Monopoly, il écrasait ses camarades avec un zèle qui eût fait rougir Carnegie. Il ne nous achevait pas ; il continuait à nous prêter plus d'argent, avec intérêt, uniquement pour le plaisir de nous dépouiller davantage. Il devint si bon aux échecs que plus personne ne voulut jouer avec lui. Je le retrouvais souvent dans les salles de répétition du sous-sol, à faire ses vocalises sur d'interminables gammes chromatiques, tout en tirant des cartes d'un jeu de Solitaire sur le dessus d'un piano droit.

Il y eut une fille. La semaine de mon arrivée, il me montra Kimberly Monera. « Qu'est-ce que tu en penses ? » me demanda-t-il avec une note de dédain tellement évidente que c'était une invitation à y ajouter mon propre mépris. C'était une fille anémique, pâle à faire peur. Je n'avais jamais rien vu de tel, à l'exception de souris aux yeux rouges. « On dirait un glaçage pour pâtisserie », dis-je. Je fis en sorte que la blague soit juste assez cruelle pour lui plaire.

Kimberly Monera s'habillait comme une enfant souffreteuse de la noblesse Belle Époque. Crème de menthe et terre cuite étaient ses couleurs de prédilection. Tout ce qui était plus foncé transformait sa chevelure en ouate. Elle marchait avec une pile de dictionnaires invisibles sur la tête. En public, elle semblait se sentir nue si elle ne se coiffait pas d'un chapeau à large bord. Je me souviens de minuscules boutons sur une paire de gants, mais j'ai certainement dû les inventer.

Son père n'était autre que Frederico Monera, le vigoureux chef d'orchestre pour l'opéra, et compositeur encore plus vigoureux. Il faisait régulièrement la navette entre Milan, Berlin et l'est des États-Unis. Sa mère, Maria Cerri, avait été l'une des meilleures Madame Butterfly du continent avant que Monera ne l'accapare pour procréer. La présence de Kimberly à Boylston conférait à l'établissement un lustre dont chacun profitait. Mais Kimberly Monera souffrait de son statut. On ne pouvait même pas la considérer comme une paria. La majeure partie des élèves qui auraient pu se sentir menacés la trouvaient trop bizarre pour seulement se moquer d'elle. Dans les couloirs de l'école, Kimberly s'effaçait d'elle-même, s'éloignant avant qu'on ne l'approche à moins de six mètres. Je l'aimais rien que pour ce tressaillement perpétuel. Mon frère, lui, dut avoir des raisons bien différentes.

Elle chantait avec une conscience rare de ce qu'était la musique. Mais sa voix était gâtée par trop de culture prématurée. À commencer par cette *coloratura* truquée qui, chez une fille de sa taille et de son âge, paraissait tout simplement monstrueuse. Tout en elle était l'opposé de la joie bon enfant dans laquelle nos parents nous avaient élevés. Pendant fort longtemps, je craignis que cette voix seule ne fasse fuir Jonah.

Un dimanche après-midi, je les croisai par hasard, devant l'entrée principale. Mon frère et une fille blême, assis sur les marches : une image tout aussi surannée que n'importe quelle photo couleurs des années cinquante. Kimberly Monera ressemblait à une boule de crème glacée napolitaine. J'eus envie de glisser sous elle un bout de carton, pour éviter que son taffetas ne fonde sur le béton.

Épouvanté, j'observai cette fille bannie en train d'énumérer pour Jonah les opéras de Verdi, les vingt-sept sans en oublier un, d'*Oberto* à *Falstaff*. Elle connaissait même les dates de composition. Dans sa bouche, cette liste semblait être le but de toute civilisation. Son accent, à l'entendre rouler les syllabes sur la langue, était plus italien que tout ce que j'avais pu entendre sur disque. Au début, je crus qu'elle crânait, juste pour épater la galerie. Mais mon frère l'avait poussée dans ses retranchements. En fait, elle avait commencé par dire qu'elle ne savait rien sur Verdi. Elle avait laissé mon frère faire son petit topo, et souri de ses approximations, jusqu'à ce qu'elle se dise qu'avec Jonah, ses connaissances ne constitueraient peut-être pas le même handicap qu'avec le reste du monde étudiant. Et alors, elle n'y était pas allée de main morte.

Quand Kimberly Monera se lança dans sa récitation, Jonah tendit le cou et me fusilla du regard : nous n'étions tous deux que des amateurs provinciaux. Nous ne savions rien de rien. Les cours timorés que nous avions suivis à la maison nous laissaient terriblement démunis face aux hautes sphères musicales. Je ne l'avais pas vu aussi impressionné par une découverte depuis la fois où nos parents nous avaient offert l'électrophone. Kimberly maîtrisait si bien le répertoire que Jonah fut plongé dans un état d'alerte maximum. Pendant tout l'après-midi, il cribla la pauvrette de questions, tirant d'un coup sec sur sa main pâlichonne chaque fois qu'elle essayait de se lever pour s'en aller. Le plus triste, c'est que Kimberly Monera resta docilement assise pour endurer le terrible traitement qu'il lui infligea. Il était le meilleur soprano de l'école, celui que le directeur de Boylston appelait par son prénom. Ce dut être très important, pour elle, cette trace infime de gentillesse égoïste.

J'étais assis deux marches au-dessus d'eux, assistant à leur échange d'otages. Ils tenaient tous les deux à ce que je sois là, pour faire le guet, donner l'alerte si un des élèves bien intégrés de l'établissement se montrait. Lorsque le florilège de son érudition verbale vint à se tarir, nous jouâmes tous trois à Trouvez le titre ! C'était la première fois que quelqu'un de notre âge nous battait à ce jeu. Jonah et moi dûmes racler les fonds de tiroirs de nos soirées en famille pour trouver quelque chose que la Monera au teint pastel n'identifierait pas au bout de deux mesures. Même lorsqu'elle n'avait jamais entendu un air, elle parvenait presque systématiquement à en situer, par déduction, l'origine et le compositeur.

Son talent me fendit le cœur et rendit mon frère furieux. « C'est pas du jeu, si tu te contentes de répondre au hasard, sans être certaine.

– Je ne réponds pas juste au hasard », rétorquait-elle. Mais déjà, pour lui, elle était prête à renoncer à son érudition.

Il claqua la main sur les marches, un geste à mi-chemin entre l'outrage et le ravissement. « Moi aussi je pourrais faire ça, si mes parents étaient des musiciens connus dans le monde entier. »

Je le dévisageai, atterré. Il ne savait plus ce qu'il disait. Je me penchai pour lui toucher l'épaule et l'arrêter avant que ses propos empirent. Ses mots étaient une insulte à la nature – comme des arbres poussant à l'envers ou du feu sous l'eau. Quelque chose de terrible allait nous arriver, son manque de loyauté allait déclencher contre nous la colère de l'enfer. Une Studebaker allait faire une embardée sur le trottoir et nous écraser, nous faire disparaître à jamais de l'endroit où nous étions assis à jouer.

Mais la punition de Jonah se limita à la lèvre inférieure de Kimberly Monera. Celle-ci fut prise d'un tremblement, elle se mit à blanchir, jusqu'à devenir exsangue, tel un asticot sur la glace. J'eus envie de tendre la main pour faire cesser ce tressaillement. Jonah, indifférent, continuait de la presser de questions. Il ne s'arrêterait pas tant qu'il n'aurait pas percé le secret de ses pouvoirs de sorcière. « Comment peux-tu dire qui a composé un morceau si tu l'as jamais entendu ? »

Le visage de Kimberly se fit taquin. Elle allait pouvoir encore lui être utile, se dit-elle. « Eh bien, d'abord, le style va t'indiquer la période à laquelle l'œuvre a été écrite. »

Ses paroles étaient comme un navire pointant à l'horizon. L'idée n'était jamais vraiment venue à Jonah. Gravée dans le flux des notes, accumulée dans les banques de l'harmonie, chaque compositeur laissait derrière lui une date-clé. Mon frère fit glisser la main le long de la balustrade en fer qui flanquait les marches en béton. Il était sidéré par l'ampleur de sa propre naïveté. La musique elle-même, tous les rythmes auxquels elle répondait, s'inscrivait dans la course du temps. Une œuvre était ce qu'elle était uniquement en fonction de toutes les œuvres qui l'avaient précédée, et de toutes celles qui lui étaient postérieures. Chaque chant proclamait le moment qui lui avait fait accéder à l'existence. La musique se parlait interminablement à elle-même.

Nous n'aurions jamais appris cela de nos parents, même si nous avions passé une vie entière à harmoniser. Notre père connaissait mieux que quiconque le secret du temps. Un seul aspect lui échappait : comment vivre dedans. Son temps à lui ne voyageait guère ; c'était un bloc composé de *maintenant* persistants. Pour lui, les mille années de musique occidentale auraient pu tout aussi bien avoir été composées ce matin. Maman partageait cette croyance ; c'était peut-être pour cela qu'ils s'étaient retrouvés ensemble. Le jeu des Citations folles de nos parents se fondait sur la notion selon laquelle un morceau de n'importe quelle période avait pour contrepoint la boîte à musique de toute l'histoire. À Hamilton Heights, n'importe quel soir, nous pouvions sauter d'un organum à l'atonalité, sans faire la moindre référence aux siècles morts de leur belle mort qui se situaient entre les deux. Nos parents nous avaient élevés dans l'amour de la pulsation, sans nécessairement un début ou une fin. Mais à présent, cette fille au teint pastel, fondante comme une crème glacée, venait d'activer un commutateur ; désormais la musique obéissait à un mouvement.

Si Jonah avait une qualité, c'était sa capacité à apprendre vite. Cet après-midi-là, assis sur les marches en béton de la Boylston Academy, en pantalon de coutil et chemise de flanelle rouge, aux côtés de la pâle Kimberly à l'élégance taffetas impeccablement repassée, il apprit autant sur la musique que pendant toute sa première année dans l'établissement. En un instant, il saisit la signification de ces mesures impaires que nous connaissions déjà d'oreille. Jonah s'empara de tout ce que cette jeune fille avait à offrir, et néanmoins continua de lui faire cracher ce qu'elle savait. Elle répondit à ses questions aussi longtemps que possible. Ce que Kimberly savait sur le plan théorique eût été déjà impressionnant chez quelqu'un de bien plus âgé. Elle avait des noms pour tout, des noms dont mon frère avait besoin, et que Boylston distillait trop lentement à son goût. Il voulait essorer cette fille jusqu'à la dernière goutte de musique.

Lorsqu'elle chantait pour que nous devinions un morceau, mon frère se montrait impitoyable. « Chante naturellement. Comment veux-tu qu'on dise ce que tu chantes, si ton vibrato déborde de partout ? On dirait que tu as avalé un hors-bord. »

Sa mâchoire fit son épouvantable trémolo. « Mais je *chante* naturellement. C'est toi qui n'écoutes pas *naturellement* ! »

Je me relevai tant bien que mal, prêt à foncer à l'intérieur du bâtiment. Déjà j'aimais cette fille surannée, mais j'étais au service mon frère. Je ne voyais rien dans leurs manigances qui signifiât pour moi autre chose qu'une mort prématurée. Je n'avais pas le courage d'attendre le désastre. Mais un regard de mon frère suffit à me couper les jambes et me faire rasseoir. Il attrapa Kimberly par les deux épaules et se lança dans une de ses meilleures imitations de Caruso, incarnant Canio dans I *Pagliacci*, jusqu'au fameux éclat de rire affolé sur scène. Elle ne put s'empêcher de lui répondre par un pauvre sourire apeuré.

« Ah, Chimère ! On plaisantait, pas vrai, Joey ? » Je fis oui si vivement que ma tête se mit à bourdonner.

Le visage de Kimberly s'éclaira en entendant le surnom spontané dont elle venait d'être affublée. Une éclaircie aussi rapide qu'une tempête explosant chez Beethoven sur la modulation d'un seul accord. Elle lui pardonnerait toujours tout. Déjà, il le savait.

« Chimère. Ça te plaît ? »

Elle se fendit d'un sourire si ténu qu'il pouvait facilement se transformer en un refus. J'ignorais ce qu'était une chimère. Tout comme Jonah et Kimberly.

« Bien. À partir de maintenant, c'est comme ça que tout le monde t'appellera.

– Non ! dit-elle, paniquée. Pas tout le monde.

– Uniquement Joey et moi ? »

Elle acquiesça de nouveau, d'un mouvement plus ténu encore. Je ne l'ai jamais appelée comme ça. Pas une seule fois. Mon frère était le seul dépositaire de ce nom.

Kimberly Monera se tourna et nous dévisagea en plissant les yeux, un peu grisée par son nouveau titre. « Est-ce que vous êtes des Maures, tous les deux ? » D'une créature mythique, l'autre.

Jonah vérifia auprès de moi. Je brandis mes paumes désarmées en l'air. « Ça dépend, dit-il, de ce que ça peut bien vouloir dire.

– Je ne suis pas sûre. Il me semble qu'ils vivaient en Espagne et se sont installés à Venise. »

Jonah prit un air pincé et me regarda. Son index se mit à dessiner de rapides petits cercles autour de l'oreille, ce qui, cette année-là, était le geste consacré pour désigner les étranges géométries de la pensée qui, pour nos camarades, signifiaient « débile mental ».

« Ce sont des gens plus foncés, expliqua-t-elle. Comme Othello.

– Il va bientôt être l'heure d'aller manger », dis-je.

Jonah se replia sur lui-même. « Chimère ? Ça fait une éternité que je voulais te demander. Est-ce que tu es albinos ? »

Son teint vira au saumon blafard.

« Tu sais ce que c'est ? poursuivit mon frère. Ce sont des gens moins foncés. »

Kimberly devint plus livide encore, perdant le peu de couleur que l'Italie lui avait apportée. « Ma mère était comme ça, elle aussi. Mais ensuite elle est devenue plus mate ! » Sa voix, qui ne faisait que répéter ce que ses parents lui avaient rabâché depuis la naissance, savait déjà que ce mensonge ne se réaliserait jamais. Son corps fut de nouveau pris d'étranges convulsions et, une fois de plus, mon frère la tira des flammes qu'il avait allumées sous elle.

Lorsque enfin nous nous relevâmes pour rentrer, Kimberly Monera s'interrompit entre deux marches, la main en l'air. « Un jour, vous saurez tout ce que je sais en musique, et même bien plus. » Cette prophétie la plongea dans une infinie tristesse, comme si elle était déjà arrivée à ce moment où leurs deux existences se sépareraient, elle, sacrifiée à la croissance dévorante de Jonah, la première d'une longue série de femmes qui, pour l'amour de mon frère, iraient à la tombe vidées de leur substance.

« Tu parles, dit-il. Le temps que Joey et moi on te rattrape, tu seras déjà loin. »

Ils devinrent d'étranges camarades, unis par la seule faculté de comprendre. Notre cité des enfants détestait jusqu'au lien tacite qui existait entre eux. Le camp des garçons, c'était la loi, ne fraternisait guère avec celui incompréhensible et lointain des filles, à l'exception d'inévitables négociations précipitées avec une sœur ou une partenaire de chant. La meilleure voix de l'école, indépendamment de son sang suspect, n'était pas autorisée à frayer avec la princesse furtive du bizarre. Les copains de classe de Jonah étaient persuadés que secrètement il se fichait d'elle, qu'il lui tendait un piège pour un beau jour l'achever en public. Comme l'humiliation rituelle tardait à se matérialiser, les moyens essayèrent de le ramener à la décence en lui faisant honte. « Tu travailles pour la SPA? »

Mon frère se contenta de sourire. Sa propre solitude était trop profondément ancrée en lui pour qu'il comprenne ce qu'il risquait. L'indifférence totale comptait pour moitié dans la progression spectaculaire de sa voix de soprano. Lorsqu'il n'y avait pas d'autre public à séduire que la musique elle-même, la voix ne connaissait plus de limites.

Nous étions les Maures de Kimberly, ce qui, à Boylston, constituait une offense aux yeux de tous. Il reçut un message griffonné. « Trouve-toi une noiraude. » Nous rîmes tous deux de ce bout de papier et le jetâmes à la poubelle.

Quand nos parents vinrent nous chercher pour Noël dans une autre voiture de location rutilante – ma mère, comme toujours, installée à l'arrière, pour éviter une arrestation, voire pire –, Jackie Lartz est venu nous prévenir dans le foyer des premières où il ne restait plus grand monde. « Votre père, votre gouvernante et sa petite fille viennent d'arriver. » Il y avait dans sa voix cet accent typique de l'enfance : moitié défi, moitié timidité, genre *vous me dites si je me trompe*. J'ai passé ma vie entière à me demander pourquoi je ne l'ai pas repris ce jour-là. Pourquoi je n'ai rien dit. Quant aux raisons de mon frère, elles l'ont accompagné dans sa tombe. Certes, nous étions toujours en quête de sécurité, certes, nous cherchions encore à éviter les confusions, il n'en reste pas moins qu'à ces vacances de Noël, nous partîmes en en sachant bien plus qu'à notre arrivée.

Pendant toutes les vacances, Maman fut aux petits soins pour nous. Rootie nous grimpa dessus, elle ne cessa de parler, essayant de nous raconter ses quatre derniers mois d'aventure, avant que nous repartions. Elle m'imitait : ma façon de marcher, la folie de mes nouveaux acquis en chant. Da voulait savoir tout ce que Boylston m'avait appris, tout ce que j'avais fait pendant cette absence. J'essayai de ne rien oublier, et pourtant, j'avais l'impression de mentir par omission.

En retournant à Boylston, au moins nous savions ce qui nous attendait. Et si nous étions tous deux sujets à quelque contamination mauresque, la fille du célèbre chef d'orchestre était, elle, infectée par quelque chose de presque aussi terrible. Elle représentait tout ce qui clochait chez les albinos. Elle était l'Empire atteint d'hémophilie et de crétinisme. Elle dégoûtait même ses camarades précoces. Tous les opéras de Verdi, par ordre chronologique, à l'âge de treize ans : même l'élève le plus acharné était bien obligé de considérer cela comme monstrueux.

Mon frère aimait le monstre en elle. Kimberly Monera confirmait ses soupçons, à savoir que la vie était plus étrange que n'importe quel livret la décrivant. Lors de cet hiver, après la rentrée, elle lui montra comment lire les partitions d'orchestre, comment différencier les grandes masses sonores. Le jour de la Saint-Valentin, elle lui offrit sa première édition de poche, un cadeau timidement empaqueté dans du papier doré : *Un Requiem allemand* de Brahms. Il le conserva sur sa table de nuit. Le soir, après l'extinction des feux, il passait les doigts sur les portées imprimées, essayant de lire au toucher le relief de l'encre.

« C'est tout décidé », me dit Jonah par un froid matin du mois de mars, alors que j'avais accompli les trois quarts de ma première année à

Boylston. Nos parents venaient juste d'empêcher János Reményi de faire passer à Jonah une audition pour Amahl avec Menotti, pour les émissions d'opéra de NBC ; ils croyaient pouvoir encore offrir une vie à moitié normale à leur enfant totalement anormal. « On a tout goupillé. » Il sortit de son portefeuille une photo que Kimberly lui avait donnée : une minuscule fillette en blouse devant La Scala. La preuve irréversible d'un pacte pour toute la vie. « Chimère et moi on va se marier. Dès qu'elle aura l'âge de se passer de la permission de son père. »

À partir de ce moment-là, je n'ai plus jamais regardé Kimberly Monera sans éprouver de la honte. J'ai essayé de ne plus du tout la regarder. Et lorsque cela se produisait, toujours elle détournait le regard. Je ne pouvais plus l'aimer, ni espérer désespérément que le monde, ou l'un d'entre nous, fût différent. Cette nouvelle affinité secrète m'inspirait néanmoins une étincelle de fierté. Elle appartenait désormais à notre petite nation. Un jour, elle chanterait avec notre famille. Nous l'emmènerions à la maison chez Maman et Da, et nous lui montrerions, à partir d'exemples faciles, comment chanter en toute décontraction.

Jonah et Kimberly se fiancèrent avec le sentiment de sérieux et d'éternité que seuls possèdent les adolescents la première fois. Leur pacte nous faisait passer tous trois dans la clandestinité. Personne d'autre ne devait savoir, hormis nous trois, et le secret nous conférait une gravité grisante. Mais après que Jonah m'eut informé de leurs fiançailles, lui et Kimberly eurent encore moins de contacts qu'auparavant. Il revint à notre fortin solitaire sur les toits, et Kimberly retourna à son étude solitaire des partitions. L'école fit de son mieux pour les gommer tous deux. Leurs grandioses et secrètes fiançailles secrètes restèrent confidentielles. Elle était sa promise, et voilà tout, car lorsque deux jeunes adolescents se promettent un amour éternel, qu'est-ce qu'il leur reste à faire ?

6

Mon frère en Hänsel

Le jeune soprano crut-il qu'il était blanc, lui aussi ? Il ne disposait pas encore du nom, ni de la notion. Appartenir à un groupe, faire partie : quel besoin Jonah avait-il de choses qui n'avaient pas besoin de lui ? Son moi n'avait pas besoin d'une mer plus vaste dans laquelle se jeter, pas besoin d'un bassin plus large. Il était le garçon à la voix magique, libre de grimper dans son esquif et de voguer, aussi changeant que la lumière, s'imaginant toujours que l'éclat de son talent lui offrait tous les privilèges diplomatiques nécessaires à la traversée. La race n'était pas un lieu qu'il pût reconnaître, ni un répertoire utile ni une boussole. Son peuple, c'était sa famille, sa caste, c'était lui. Étincelant et ambigu Jonah Strom : la première de toutes les hypothétiques nations du monde à venir composées d'une seule personne.

« Geh weg von mir, geh weg von mir. Ich bin der stolze Hans ! » Il est le seul à ne pas voir la dégaine qu'il a, là, sur scène, dans son costume montagnard en polyester – *Lederhosen*, chaussettes montantes, chapeau d'elfe en feutre vert –, le fantasme qu'une costumière de l'université de Radcliffe pouvait avoir d'un Grimm antérieur à l'Holocauste. Un môme du Sud de l'Égypte au teint miel ambré, un Portoricain à peine débarqué, balancé brutalement dans ce chef-d'œuvre rhénan sur le thème de l'enfance interrompue. Un gitan juif noir, aux cheveux brun roux bouclés, au fond de la scène à gauche, dans une cabane en contre-plaqué aussi impeccable qu'elle est censée être misérable, en train de chanter : *« Arbeiten ? Brr. Wo denkst du hin ? »* Mais lorsqu'il chante : lorsque le malin Hänsel chante ! Personne ne voit les coutures, dissimulées dans le son souverain.

Il voit ses bras et ses jambes sortir de ce déguisement d'une Schwarzwald fantaisiste. Mais il ne peut saisir combien l'ensemble manque d'harmonie – ce que le public, lui, ne manque pas de remarquer. Il se sent bien dans ce costume ; les bretelles lui remontent le caleçon dans l'entrejambe. Le frottement du tissu se combine à l'effet qu'exerce Gretel sur lui, en lui apprenant patiemment les pas de danse. Sa partenaire, lors de ces représentations, est Kimberly Monera, le premier objet sur lequel s'est porté le désir de mon frère. « *Mit den Füsschen tapp tapp tapp.* » Sa blondeur l'attire. « *Mit den Händchen tapp tapp tapp. Einmal hin. Einmal hin, einmal her, rund herum, es ist nicht schwer !* »

L'emprise de sa sœur-partenaire, la chaleur qui alimente son souffle, tout cela palpite en lui pendant les trois actes, et forme le socle qui soutient sa respiration. *Blinder Eifer* : un frisson aveugle à si haute dose qu'il arrive à échapper à toutes les catastrophes éventuelles de la représentation. Il se nourrit de ce que sait sa sœur : cette graine qui fera naître son goût de la sobriété et de la légèreté pour la vie entière. Lorsque sa Gretel, son doux professeur de danse, en un moment d'égarement scénique, se met à bafouiller, il est là pour lui redonner le courage qu'elle lui a prêté.

N'importe quelle blondinette eût fait l'affaire. Mais c'est avec Chimère qu'il est allongé dans cette forêt nocturne, dans le cercle protégé où le charme prend effet pour la première fois. Elle est la *Waldkönigin*, la reine de ses bois, dont il tient les mains pâles, celle qui le conforte sur la scène obscure où l'enfance s'aveugle elle-même.

Il y a un esprit malin dans les bois. C'est ce que les parents oublieux doivent découvrir à chaque nouvelle représentation, après avoir envoyé leurs enfants candides dans cet endroit ensorcelé pour qu'ils fassent leurs propres découvertes. *Eine Knusperhexe*, une sorcière qui met les enfants au four, est tapie dans un taillis, elle attend. C'est le sinistre destin que les parents, sur scène, réservent à leurs deux enfants, soir après soir, tout en faisant semblant de ne s'en rendre compte qu'après coup.

« Les enfants, les enfants ? demande la forêt. N'avez-vous point peur ? » Certains soirs, quand le coucou les tourmente dans les échos d'un espace infini, le malin Hänsel sent la peur palpiter dans les flancs de Gretel. Le duvet de ses bras devient humide de peur, une peur si délicieuse que, sa vie durant, il n'en connaîtra d'aussi intense. En effleurant simplement les poils des bras humides de sa sœur, le garçon sent la peur remonter dans ses doigts. La terreur de Gretel oblige Hänsel à se recroqueviller sur lui-même, comme la lentille d'une longue-vue. Comme il leur faut se blottir l'un contre l'autre, perdus sous les arbres, maintenant que toutes les baies de leur panier sont mangées, que l'obscurité tombe sur leur négligence enfantine, maintenant qu'il n'y a d'autre issue que de continuer à avancer dans le noir. Elle détourne les yeux, elle regarde droit devant elle, dans la pénombre de la salle, elle respire fort, gênée dans sa jupe tyrolienne et son haut blanc à fleurs brodées, ce soir encore elle attend la douleur merveilleuse, chaque forme nouvelle que prendront ces caresses accidentelles.

Dans le charme de la pénombre – une gélatine bleue a été disposée devant le puissant projecteur –, le petit Arabe en *Lederhosen* devient plus crédible. Le garçon au teint ambré et sa sœur blonde anémique finissent par se ressembler dans l'enchantement de la représentation, leurs différences s'estompent dans le crépuscule. Ils s'agenouillent dans le noir, recourent à la prière, cette forme de magie déjà recouverte d'antiques protocoles, bien avant que la moindre parole du Sauveur sémite n'ait atteint ces forêts nordiques. Toute frissonnante, Gretel replie les mains devant elle, elle les ramène contre les menus boutons de sa poitrine. Son frère, agenouillé à ses côtés, passe les doigts dans la ravine qui se creuse au bas du dos de Gretel. Caché à la vue d'un public qui pourtant ne les quitte pas des yeux, il laisse glisser sa main plus au sud, certains soirs, au-delà du drumlin qui pointe à sa rencontre. « Le soir, avant de m'endormir, quatorze anges m'entourent. » Voilà comment, lors d'une série de représentations, mon frère met un terme à son enfance. Endormi dans les bois, pelotonné contre cette blondeur, entouré d'anges protecteurs. « Deux se tiennent ici au-dessus de moi. Deux se tiennent là, au-dessous de moi. » De quelle couleur sont les anges ? Personne ne peut le dire, ici, dans le clair-obscur. Des années plus tard, au musée des Beaux-Arts d'Anvers, en tuant le temps avant un récital, il apercevra les créatures qui l'ont protégé, leurs ailes battant de toutes les couleurs de l'existence, arrachées à l'air incolore.

Il n'y a qu'à l'opéra que les anges ont besoin d'une peau. À l'opéra et dans l'imaginaire. Parmi les quatorze chanteurs de cet éventail que forment les anges, il y a le frère de Hänsel, qui contribue à tisser un halo rassurant autour des innocents jumeaux. Je suis le plus mat, l'ange calamiteux, aussi peu à ma place dans cet accoutrement blanc que mon frère en *Lederhosen*. Je ne vois pas mon propre visage, et pourtant je sais l'effet qu'il provoque. Je vois son immoralité dans les yeux de mon hôte séraphin : un intrus burlesque, le gardien d'une tribu abandonnée.

Le garçon que nous, les anges, encerclons afin de le protéger, se blottit sous ce bouclier, comme si c'était la garantie universelle de l'enfance : une promenade dans les bois sous la surveillance d'un chœur, qui reprend ce duo capricieux et le propage avec des harmonies riches et pleines, même lorsque lui et sa Gretel sont allongés dans l'excitation d'un sommeil simulé. La forêt et les baies volées lui appartiennent ; lui et la fille peuvent impunément se perdre dans l'obscurité, chaque soir. Mais ça barde au dernier acte. La mère de l'acte I, l'âpre *mezzo* qui portait les stigmates de la pauvreté et avait dû punir ses enfants danseurs en les chassant de la maison, revient dans un autre rôle, celui de la sorcière dévoreuse d'enfants.

Le malin Hans fait tout son possible pour dissuader nos parents de venir assister à nos débuts à l'opéra. Il veut leur épargner les chausse-trapes de cette production. Peut-être a-t-il honte de son allure, de son rôle. « Ce n'est pas terrible, leur dit-il. C'est plus pour les enfants, en fait. » Mais nos parents ne manqueraient la première pour rien au monde. Évidemment, il faut qu'ils viennent voir dans quels draps leurs rejetons sont allés se fourrer. Da apporte l'appareil photo. Maman se pare de sa majestueuse robe cobalt et met son chapeau à plume préféré avec le voile. Elle se pomponne, presque comme si elle aussi se maquillait pour la scène. Elle sent le bébé.

Le soir où ils viennent, la maison en pain d'épice scintille comme rarement : une profusion d'offrandes sucrées, un avant-goût enfantin du paradis. Mais de savoir que ses parents sont ce soir dans la salle, le petit Hans perd l'appétit. Il les voit en ombres chinoises malgré les spots aveuglants, ce couple qui ne peut pas se toucher en public. Il voit sa véritable sœur, à la chevelure pelucheuse, ébahie devant cette beauté gourmande, les yeux écarquillés, envoûtée par la forêt maléfique, elle tend la main, elle a faim, ou elle cherche à se défendre.

La vraie mère de Hänsel est obligée de rester assise et de regarder l'histoire métamorphoser toutes les mères en sorcières. Son père est obligé de regarder sans mot dire cette *Hexe* qui chante en allemand et essaye de prendre au piège son enfant bistre pour le mettre au four. Le garçon cherche du réconfort auprès de sa Gretel mais, ce soir, la jupe tyrolienne lui fait honte. Néanmoins, il lui faut rester à côté d'elle, à côté de sa sœur scénique, de sa collègue albinos des bois, même si son tourment déconcentre la pauvre Kimberly. Lorsque la détresse du garçon submerge la fillette et qu'elle chante une tierce majeure au-dessous de sa note, le malin Hans est là pour lui susurrer la note juste.

Une fois tous les enfants de pain d'épice à nouveau délivrés de leur cauchemar à répétition, une fois que la sorcière brûle, prise à son propre piège, et que la famille devenue pieuse se retrouve autour de ses cendres, il s'affranchit du rôle maudit enfin. Pour la première fois, il fait sa révérence tête nue. Ainsi tout le monde peut voir ses cheveux bouclés aux reflets de feuilles mortes. Quelque chose s'assombrit dans son visage, ses yeux. Mais il s'incline devant une salle à l'enthousiasme généreux, acceptant le poids de cet amour aux idées larges.

Après, je cherche mon frère. Il est terriblement indigné et traverse le vestiaire des garçons au pas de course. Il délaisse les admirateurs qui l'attendaient en coulisse. Il n'attend pas que je le rattrape. Mon frère Hänsel jaillit du foyer, il fonce jusqu'à l'alcôve de nos parents, ses bras esquissent des gestes d'excuse, il voudrait corriger, expliquer : ce qu'il voudrait retirer, ce qu'il voudrait refaire. Mais ma mère, recroquevillée sur place, nous accueille tous les deux dans ses bras. « Oh, mes garçons. Mon JoJo ! » Les sourires d'apaisement que mon père lance à la cantonade visent à rassurer les badauds : inutile d'intervenir. « Oh, mes petits prodiges ! Je veux que vous chantiez à mon mariage. Vous chanterez à mon mariage. » Elle nous serre dans ses bras, elle ne peut plus nous lâcher. C'est son concert triomphal, même si ce n'est pas celui pour lequel elle s'était préparée. « Oh mes garçons, mon JoJo ! Vous étiez si beaux, tous les deux ! »

7

« In trutina »

Aux grandes vacances suivantes, Jonah dit à Da qu'ils n'étaient pas obligés de venir nous chercher à Boston, pour nous ramener à New York. Il dit qu'il voulait rentrer à la maison en train. Nous étions assez grands ; ce serait plus facile et moins cher. Dieu seul sait quel effet eut cette requête sur nos parents, et comment ils l'entendirent. Tout ce dont je me souviens, c'est que Maman était aux anges quand nous avons débarqué sur le quai de Grand Central. Elle n'arrêta pas de me faire tourner dans la salle d'attente, de me toiser, comme s'il m'était arrivé quelque chose que je ne pouvais voir.

Rootie voulut grimper sur mes épaules. Mais elle grandissait plus vite que moi, je ne pus la porter plus de quelques pas. « Comment se fait-il que tu t'affaiblisses, Joey ? Le monde t'a esquinté ou quoi ? » J'éclatai d'un rire moqueur, et elle se fâcha. « Sérieux ! C'est Maman qui le dit. Elle veut savoir de quelle manière le monde va t'esquinter. »

Je cherchai mes parents du regard, pour qu'on m'explique, mais ils se pressaient autour de Jonah, tâchant de le consoler, car il avait oublié dans le train l'édition reliée toile des *Meilleurs Livrets d'opéra du monde*.

« Te moque pas de moi, fit Rootie, la mine renfrognée. Sinon je te vire, t'es plus mon frère. »

Nous chantâmes ensemble, cet été-là, pour la première fois depuis six mois. Nous nous étions tous améliorés, particulièrement Ruth. Elle était capable de tenir des mélodies subtiles en suivant la partition, retenant, après une ou deux tentatives seulement, à la fois la mélodie et le rythme. Elle avait réussi à décoder le secret des hiéroglyphes musicaux plus tôt qu'aucun d'entre nous. Je la trouvai changée ; elle était devenue une sorte de créature enchantée. Elle ne tenait pas en place, répétant à la cantonade combien elle était contente que ses frères fussent revenus. Mais elle n'avait plus besoin de nous, et ne songea pas à m'énumérer le million de découvertes qu'elle avait pu faire en mon absence. Je me sentais intimidé en sa présence. Une année de séparation nous avait fait oublier comment on s'y prend pour être frère et sœur. J'eus droit à un petit spectacle, où elle mima tous les gens qui me venaient à l'esprit, des anciens collègues les plus fous de Da jusqu'à sa Vee chérie, notre propriétaire. Elle se retournait, se cachait le visage dans les mains, et réapparaissait plus vieille d'un siècle. « Ne fais pas ça ! lui intimait Maman, toute frémissante. Ce n'est pas naturel ! » Alors, évidemment, Rootie remettait ça. Chaque fois ça me faisait rire.

La famille Strom réunie exhuma tous ses morceaux préférés d'un répertoire presque oublié. Maintenant que Ruth était devenue membre à part entière du quintette, nous peaufinâmes la *Messe à cinq voix* de Byrd, en suspendant éternellement les notes du délicat Agnus Dei, comme pour le protéger du parjure que serait son achèvement. Tout ce que ma famille désirait, c'était que chacun, selon ses capacités, participe à l'œuvre collective. Désormais, c'était Jonah qui nous donnait le tempo. Il avait chaque fois une dizaine de manières d'expliquer qu'un morceau devait être joué plus vite ou plus lentement. Tel passage devait être amplifié, ou élargi. Il relativisait les indications écrites du compositeur. « Qu'est-ce que ça peut faire de savoir ce qu'un pauvre type pensait il y a des centaines d'années ? Pourquoi l'écouter, *lui*, tout ça parce qu'il a écrit le truc ? » Da était d'accord : les notes étaient au service de la soirée, et non l'inverse. À la demande de Jonah, nous transformâmes des gigues en chants funèbres, et des chants funèbres en gigues, seulement parce que c'était plus conforme à ce que lui entendait en son for intérieur.

Il nous fit chanter plusieurs des trésors de Kimberly. Mes parents étaient partants pour n'importe quelle excursion, aussi improbable fût-elle, du moment que, d'une manière ou d'une autre, ça swingue. Mais Jonah ne se contentait pas de simplement dicter le programme de la soirée. Il voulait diriger. Il corrigeait la technique de Da – des corrections qui sortaient en droite ligne de la bouche de János. Da désamorçait ces remarques en riant, puis continuait de fabriquer au mieux du plaisir.

Un soir, vers la fin de l'été, juste avant que nous retournions à Boylston, Jonah interrompit Maman au milieu d'une phrase.

« Tu pourrais obtenir un son plus doux et moins t'embêter avec le *passaggio* si tu arrêtais de bouger la tête. »

Maman posa sa partition sur l'épinette et le dévisagea, tout simplement. Le mouvement, c'était ce pour quoi nous avions toujours chanté. Chanter signifiait être libre de danser. Sinon, à quoi bon ? Ma mère se contenta de regarder mon frère, et il essaya de soutenir son regard. La petite Root gémit en agitant sa partition, gesticulant comme un derviche pour détourner l'attention. Mon père blêmit, comme si son fils avait proféré une insulte.

La solitude traversa l'esprit de ma mère. Durant la bonace, même Jonah vacilla. Mais la chance qu'il avait de se rétracter se perdit dans le silence. Ma mère se contenta de le dévisager, tout en se demandant quelle espèce elle avait mise au monde. Finalement, elle laissa échapper un rire du coin des lèvres.

« *Passaggio* ? Qu'est-ce que tu y connais, au *passaggio* ? Un garçon dont la voix n'a pas encore mué ! »

Il n'avait aucune idée de ce que le mot pouvait bien signifier. Ce n'était qu'une babiole de plus qu'il avait dérobée à la fille Monera. Maman le regarda, il était loin, séparé d'elle par cet antagonisme immense qu'il venait de créer ; elle considéra ce rejeton étranger jusqu'à ce que Jonah flanche et incline la tête. Elle tendit alors la main pour ébouriffer sa chevelure amande. Lorsqu'elle reprit la parole, ce fut d'une voix basse, hantée. « Toi, tu t'occupes de ton chant, mon enfant. Et moi, du mien. »

Pendant le madrigal suivant, toutes nos têtes bougèrent, et celle de Jonah plus vigoureusement que les autres. Mais jamais plus nous ne dansâmes avec le même abandon. Jamais plus sans un certain embarras, maintenant que nous savions de quoi nous avions l'air aux yeux du conservatoire.

En août, de retour à Boylston, le proviseur décréta que Jonah et moi devions partager une chambre avec deux gars du Midwest un peu plus âgés que nous. Le règlement stipulait que les élèves les plus jeunes devaient dormir dans les grandes chambrées du dernier étage, tandis que les dortoirs de taille plus modeste étaient réservés aux étudiants en fin de cursus. Mais à nous deux, nous avions chamboulé cet Éden musical bien ordonné. Les parents d'un camarade de classe avaient déjà retiré leur enfant de l'école, et deux autres menaçaient de le faire si leurs enfants étaient obligés de dormir dans la même pièce que nous. C'est l'année où, dit-on, Brown remporta son procès contre l'administration scolaire de Topeka, la ségrégation raciale dans les écoles publiques étant jugée anticonstitutionnelle. Mais il n'y avait pas vraiment de cours d'instruction civique, dans notre établissement.

En tout cas, Boylston ne nous expulsa pas. Sans doute en raison de l'immense talent de Jonah. Ils se disaient certainement qu'à terme, ils avaient beaucoup à y gagner, à condition de survivre à ce défi. Personne ne vint jamais dire à Jonah ou à moi que nous mettions l'établissement en péril. Ce n'était pas nécessaire. Nos vies dans leur ensemble étaient une infraction aux lois en vigueur. Dès que nous fûmes quelque chose, ce fut cela : une infraction.

Ils nous placèrent dans un box en parpaings en compagnie d'Earl Huber et de Thad West, deux étudiants de première année, plus prompts à désobéir au règlement que nous ne le serions jamais. Aucun des deux n'aurait eu la moindre chance de se retrouver dans une école aussi prestigieuse sans des parents pourvus d'un sens aiguisé de l'intrigue, et ayant un pied dans le milieu. Les parents de Thad et d'Earl donnèrent leur accord pour les nouveaux coturnes de leurs garçons : au moins, grâce à nous, leurs enfants resteraient à proximité des feux de la rampe. Pour Thad et Earl eux-mêmes, les gars Strom étaient des outsiders en or, de la boue dans l'œil de Boylston l'apostolique, la porte ouverte à une rébellion déclarée.

Notre nouveau dortoir était une boîte à chaussures, mais il me fit l'effet d'un continent vierge. Les deux lits gigognes en bois laissaient tout juste assez de place pour deux bureaux demi-portion, deux chaises et deux placards en cèdre dotés chacun de deux tiroirs. Le jour où nous emménageâmes, Thad et Earl étaient étendus sur leurs lits superposés, tels des forçats ravis, attendant l'arrivée de leurs coturnes noirs. Dès l'instant où les premiers mots sortirent de ma bouche, je ne fus plus pour eux qu'une déception perpétuelle.

Ils étaient tous deux originaires de l'une de ces villes moyennes de l'Ohio dont le nom commence par la lettre C. Pour moi, c'était des créatures mythiques, comme des Assyriens ou des Samaritains : des gars comme dans les publicités des magazines et dans les dramatiques radio, le teint clair comme sable, toujours impeccables, droits, parlant avec un débit monotone, comme ces tracteurs qui tracent des sillons bien alignés jusqu'à l'horizon. Leur moitié de chambre croulait sous des maquettes de P-47 Thunderbolts, des collections de capsules de bouteilles, des fanions de l'équipe de football de Buckeye, ainsi qu'une pin-up dessinée par Vargas qui, au premier coup frappé à la porte, pouvait se retourner pour se transformer immédiatement en Bob Feller, le grand joueur de base-ball.

Dans la partie de la cellule que Jonah et moi occupions, il n'y avait qu'une étagère murale occupée par des partitions de poche et un assortiment de brochures illustrées de la collection *Vies des grands compositeurs*.

« C'est tout ? fit Earl. Hé, les mecs, vous appelez ça de la déco d'intérieur, vous ? » Honteux, nous accrochâmes une photo que Da nous avait donnée, une gravure floue en noir et blanc de l'observatoire de Palomar, montrant la nébuleuse nord-américaine. En guise de pendaison de crémaillère, et pour fêter la rentrée, Thad mit sur sa platine le finale de la *Neuvième* de Beethoven. Ils eurent sur nous une influence néfaste, mais pas au sens où ils l'entendaient. Jonah s'empara d'un stylo rouge et gribouilla, sous le nuage d'étoiles, les lignes d'harmonisation complète du choral. Nous vérifiâmes sur la partition. Il n'avait fait que deux erreurs dans les voix moyennes.

Earl et Thad rêvaient de devenir musiciens de jazz, poussés autant par le besoin de contrarier leurs parents que par un amour irrépressible du rythme. Ils se voyaient membres d'une Cinquième Colonne, ayant pénétré loin dans les lignes ennemies du classique. « Jure, disait toujours Earl. Si un jour tu m'entends entonner quelque chose en français, l'heure de l'euthanasie aura sonné. »

Earl et Thad parlaient un jargon qu'ils prenaient pour l'argot ultime du Village, sauf qu'à l'arrivée, leur baratin était tellement réchauffé qu'il fleurait davantage le bizuth qui-n'a-pas-encore-l'âge que Greenwich Village. « Sûr, Strom Un, tu rugis féroce, rien à redire, lançait Earl à Jonah. Au poil, pour l'instant. Mais d'ici une minute, tu vas valdinguer au-dessus du Niagara, mon pote. Et là, on va t'entendre bramer, et pas qu'un peu.

– C'est vrai, confirmait Thad.

– Qu'est-ce que tu dis de ça, Strom Deux ? »

Earl ne me regardait jamais lorsqu'il s'adressait à moi. Si bien qu'il me fallut une bonne partie de ce mois de septembre pour comprendre qui était Strom Deux. Allongé sur son lit, Earl jouait de la batterie sur ses cuisses ; il faisait retentir des cymbales imaginaires et sifflait une imitation saisissante des balais en pressant sa langue sur les dents de devant. « Hé, baby ? Tu crois que notre gus survivra à la Grande Mue ? » Earl était fier d'être la voix la plus basse de l'école, il descendait deux tons plus bas que tout le monde. « Regarde autour de toi. Combien des treize piges de l'année dernière sont encore avec nous ? Beaucoup d'appelés, peu d'élus, c'est moi qui vous le dis, les gamins. Beaucoup d'appelés, peu d'élus.

– C'est vrai », renchérissait Thad de sa voix récente de ténor, éternellement fidèle au poste.

Jonah secoua la tête. « Vous débloquez à pleins tubes, tous les deux, et un de ces jours, la canalisation va exploser.

– C'est pas faux non plus », concéda Thad.

Jonah adorait nos coturnes, avec cet engouement adolescent pour la différence, qui disparaît le jour où le contact est rompu. Il se fichait de leurs prédictions de beatniks ploucs. Mais il savait mieux que quiconque que sa voix n'allait pas tarder à muer. Lors des premières poussées de la puberté, elle était restée limpide, inaltérée, sans laisser présager la catastrophe qui se profilait. Mais la mue imminente le terrorisait sans relâche. Il évitait le soleil, refusait l'exercice physique, ne se nourrissait que de poires et de flocons d'avoine en quantités minuscules, inventant chaque jour de nouveaux remèdes pour tenter d'empêcher l'inexorable.

Un soir, il me tira d'un sommeil profond. Dérangé après minuit, je crus que quelqu'un était mort.

« Joey, réveille-toi. » Il avait parlé dans un murmure, pour ne pas réveiller Earl et Thad. Il ne cessait de me secouer l'épaule. Quelque chose d'affreux avait fait irruption dans nos vies. « Joey. Tu ne vas pas le croire. J'ai deux petits poils qui me poussent sur les roupettes ! »

Il m'emmena dans la salle de bains pour me montrer l'ampleur du désastre. Plus que ses poils je me rappelle sa terreur. « C'est en train d'arriver, Joey. » Sa voix était assourdie, presque pétrifiée. Il ne lui restait plus que ces quelques instants de voix limpide avant de se transformer en loup-garou.

« Tu devrais peut-être les arracher ? »

Il fit non de la tête. « Ça sert à rien. J'ai lu des trucs là-dessus. Ils ne feront que repousser plus vite. » Il me regarda, suppliant. « Qui sait combien de jours il me reste. »

Nous connaissions tous deux la vérité. La voix d'un garçon avant la mue ne permet pas de dire ce qu'elle deviendra par la suite. La chenille la plus spectaculaire peut ne donner naissance qu'à une mite. De médiocres braillards se transformaient parfois en ténors sublimes. Mais des garçons qui étaient des sopranos accomplis finissaient souvent moyens. Le programme controversé de János Reményi voulait que les garçons chantent pendant toute la période de mue, en insistant sur une pratique régulière, suivie par le professeur, jusqu'à ce que la voix soit stabilisée. Je tâchai de le rassurer. « Ils te garderont au moins une année de plus, quoi qu'il arrive. »

Jonah se contenta de secouer la tête en me regardant. Il était condamné. Il ne voulait vivre nulle part ailleurs que dans la perfection.

Chaque jour je l'interrogeais du regard, et chaque jour il haussait les épaules, résigné. Il continua de chanter, atteignant son zénith, alors que déjà son éclat commençait à décroître. Chaque fois que Jonah ouvrait la bouche, les profs à portée de voix soupiraient, ils savaient que fatalement la fin approchait.

La fin arriva au festival de Berkshire. Serge Koussevitzky était mort quelques années plus tôt, et un des amis de longue date du chef d'orchestre convia la Boylston Academy à chanter pour un concert commémoratif de grande ampleur. Afin de rendre hommage au héraut défunt de la musique nouvelle, Reményi nous fit interpréter quelques passages des *Carmina burana* d'Orff. À cette époque de haute moralité proclamée lors de procès arrangés, faire chanter à de jeunes élèves des paroles de moines débauchés aurait pu lui valoir de sérieux ennuis. Mais Boylston avait pendant des années été un bastion des techniques pédagogiques d'Orff. Et personne, insistait Reményi, n'était mieux placé pour chanter les pièces musicales d'Orff mettant en scène la déesse romaine Fortuna que ceux dont le sort était encore en devenir. Reményi engagea plusieurs instrumentistes de Cambridge et quelques choristes adultes supplémentaires, et nous partîmes pour Tanglewood.

Je fus moi aussi sélectionné pour ce voyage. On m'avait pris, supposai-je, pour faire plaisir à Jonah. Reményi avait composé un casting de maître. Il confia l'abbé soûlard de Cocagne à Earl Huber, qui chanta avec la superbe d'un plouc de l'Ohio devenu poète beatnik. Il attribua le chant de la fille en robe rouge serrée qui ressemble à un bouton de rose à Suzanne Palter, une élève de cinquième de Batesville, en Virginie, qui conservait toujours une bible sous son oreiller, de manière à pouvoir l'embrasser chaque soir après l'extinction des feux. Le latin était du latin, et Suzanne chanta l'impudique invite avec une telle chasteté que même les joues de Reményi se colorèrent.

Quant à Jonah, János, en toute simplicité, lui réserva « In trutina », ce summum d'indécision ambiguë :

In trutina mentis dubia	Dans l'équilibre incertain de mon esprit
Fluctuant contraria	L'amour lascif et la pudeur
Lascivus amor et pudicitia.	S'affrontent en des courants contraires.
Sed eligo quod video,	Mais je choisis ce que je vois,
Collum jugo prebeo ;	Et cependant je soumets ma nuque au joug ;
Ad jugum tamen suave transeo.	Au joug délicieux, je me rends.

En répétition, János poussa Jonah à s'élever comme un nimbus sonore. Il prit le morceau deux fois plus lentement que le tempo prévu. Jonah entra dans la phrase, planant au-dessus de l'orchestre comme un martin-pêcheur figé. C'était deux ans avant le Spoutnik, mais la tournure lente et arrondie qu'il donna à l'ensemble fut assurément spatiale. N'importe quel chanteur vous le dira : plus le son est doux, plus il est difficile à rendre. Il est plus difficile de retenir les notes que de les lâcher. Mais depuis son plus jeune âge, mon frère savait rendre l'« étroitesse » de manière plus ample que la plupart des chanteurs rendent l'« ampleur ». Et il mit sa bouleversante maîtrise du *piano* au service de « In trutina ».

Jonah fit mouche à chaque fois, excepté à la générale, quand les instrumentistes pros, qui n'avaient pas été prévenus, restèrent estomaqués en l'entendant. Les autres choristes savaient que si on arrivait sans encombre jusqu'à l'intervention de Jonah, c'était gagné. « In trutina » était l'un des moments sûrs de notre programme démesurément ambitieux, l'apogée proche de l'immobilité totale que seule la musique pouvait procurer.

À l'occasion de la cérémonie, les Berkshires grouillaient de musiciens célèbres, plus que nous n'en avions jamais vu. La plupart des membres du Boston Symphony étaient là, ainsi que plusieurs compositeurs et solistes à qui Koussevitzky – *via* un poste honorifique de complaisance ou un autre – avait évité la famine. Avant le concert, Earl Hubert accourut et attrapa Jonah. « C'est Stravinski ! Stravinski est là ! » Mais le type qu'il montrait ressemblait plus au plombier que nos parents payaient pour réparer les fuites qu'au plus grand compositeur du siècle.

Même les pros aguerris qui participaient avec nous au spectacle étaient impressionnés par la qualité du public. Jonah resta avec moi derrière la scène, avant que vienne notre tour. Il ne comprenait pas qu'on puisse avoir le trac. Le sentir en moi l'effrayait. Lui-même ne se sentait jamais plus en sécurité que lorsqu'il avait la bouche ouverte, et que des notes en sortaient. Mais là, sur la scène du festival de Berkshire, il allait apprendre ce qu'était un désastre.

Reményi lança « In trutina » sur le tempo généreux qu'il avait toujours pris en répétition. Jonah commença sa partie comme s'il venait à l'instant d'en avoir eu l'idée. Il termina le premier couplet sur une crête d'émerveillement – le désir et la lubricité se disputaient pour prendre le dessus.

C'est ce moment précis que sa voix choisit pour se briser comme une vague. Aucun de nous n'entendit ne fût-ce qu'une faille dans son premier couplet. Mais lorsqu'il s'apprêta à chanter « *sed eligo quod video* », la note suivante n'était pas au rendez-vous. Sans se poser de question, il reprit les paroles une octave plus bas, avec tout juste une infime hésitation. Il avait commencé le premier couplet soprano et s'était changé dans le second couplet en ténor novice.

L'effet fut galvanisant. Pour les rares personnes du public qui connaissaient le latin, les paroles prirent une profondeur qu'elles n'auraient plus jamais, dans aucune représentation. Après coup, quelques musiciens demandèrent même à Reményi comment il avait bien pu concevoir un coup si magistral.

Plus jamais Jonah ne déclencherait ce contre-ré, qui avait pourtant été son signe distinctif, il était maintenant hors de portée. Fini, les montées aériennes et chastes jusqu'à des hauteurs vertigineuses, fini, l'ignorance nonchalante, la première montée acide de l'extase, l'auréole de la félicité béate, comme si, juste à ce moment, il avait découvert ce que l'orgasme pouvait être, et comment il pouvait y arriver chaque fois qu'il en avait envie. Dans le bus, pendant le long trajet du retour, Jonah me confia dans le noir : « Eh bien, Dieu merci, c'est enfin terminé. » Pendant très longtemps, je crus qu'il avait voulu parler du concert.

8

Fin 1843-début 1935

Delia Daley était claire de peau. Dans le regard de ce pays : pas tout à fait claire. L'Amérique dit « clair » pour signifier « foncé, mais pas complètement ». Aux dires de tous, sa mère était encore plus claire. Aucun Daley n'abordait jamais la question de savoir d'où l'on tenait ce teint clair dans la famille. Ça venait de l'endroit habituel. Les trois quarts de tous les Noirs américains ont du sang blanc – et la plupart d'entre eux ne l'ont pas choisi. C'était le cas de la mère de Delia, Nettie Ellen Alexander, l'éblouissant trophée conjugal du Dr William Daley, la perle raffinée de sa vie. Il fit sa connaissance à Southwark, ce secteur de la ville où sa famille aussi avait vécu, à l'origine. « À l'origine » est un terme un peu exagéré. Mais les Daley y avaient vécu suffisamment longtemps, en remontant l'échelle des souvenirs, pour que l'endroit soit peu ou prou considéré comme l'origine.

William lui-même était l'arrière-petit-fils de James, un esclave domestique affranchi. La propriétaire de James, l'héritière Elizabeth Daley, de Jackson, Mississippi, après la mort en 1843 de son mari millionnaire, eut une révélation à peine moins décisive que celle de Saül le persécuteur sur la route de Damas. Une fois le choc passé, Elizabeth découvrit qu'elle était devenue quaker. La vérité, elle l'apprit de première main de la Société des Amis : posséder des êtres humains ruinerait son âme aussi sûrement que le corps de ceux qu'elle avait possédés avait été ruiné en ces temps de grande confusion.

Elizabeth Daley se mit à disperser les biens de la plantation de son mari avec la même férocité qu'il avait déployée pour les accumuler. Elle répartit l'essentiel de la fortune de cet homme entre les dizaines d'actionnaires involontaires qui, en définitive, par leur labeur, avaient fait sa fortune. Tous les esclaves Daley affranchis, à l'exception d'un seul, prirent leur part de cette manne et partirent *via* l'American Colonization Society pour le cap Mesurado – Christopolis, Monrovia – cette diaspora dans la diaspora. La réimplantation en Afrique promettait de résoudre tous les problèmes – ceux des maîtres, comme ceux des esclaves – en les exportant chez les Krus et les Mandingues, dont les terres devinrent le théâtre d'une série de déplacements de populations en succession rapide.

L'unique esclave domestique Daley à rester à la traîne était *clair*. Presque aussi clair que son ancienne propriétaire. James Daley n'avait guère l'âme voyageuse. Il soupçonnait que *presque noir* au Liberia ne serait pas un sort plus enviable que *presque blanc* en cette patrie qui lui avait été imposée. Aussi choisit-il le périple le plus court : il accompagna Elizabeth à Philadelphie, fruit de la tentative malheureuse de William Penn en matière d'amour fraternel.

Elizabeth accorda à James une modeste rente. À presque tous les égards elle le traita comme s'il était son fils – douce contrariété, compte tenu de l'identité du père de cet homme. James avait sans doute hérité du sens des affaires de la famille ; il utilisa en effet sa part de la fortune Daley comme capital de base pour faire affaire. James n'aurait jamais abandonné Elizabeth, mais elle n'eut de cesse de l'implorer en ce sens. Elle insista pour qu'il apprenne un métier. Il fit un apprentissage chez un coiffeur noir qui avait une clientèle blanche, non loin du cœur de la vieille ville. Les journées de travail étaient terriblement longues et atrocement sous-payées, mais James les trouva formidablement lucratives, au regard de son passé professionnel. Elizabeth accueillit par des larmes l'annonce de la fin de son apprentissage. Elle mourut peu après que James eut monté son propre salon. Il se mit à couper les cheveux des Blancs aisés des beaux quartiers.

Il y avait encore trop peu de Noirs en ville pour susciter une panique blanche. Et depuis sa plus tendre enfance, James savait comment dissiper la frousse des Blancs. Ses clients se montraient loyaux avec lui et le gratifiaient même de pourboires. Il ne retourna jamais dans le Sud, pas plus qu'il ne conserva une seule trace de l'esclavage qu'il avait enduré. Si ce n'est chaque nuit, dans le noir, quand le travail ne l'aidait plus à contenir ses souvenirs. Toute la nuit, les rivières pleuraient dans ses rêves.

Tandis que la plupart de ceux de son espèce constituaient encore une main-d'œuvre corvéable à merci, James Daley, lui, était à son compte. C'était son unique revanche sur ceux pour qui il avait jadis travaillé. Il coupait les cheveux de sept heures du matin à neuf heures du soir. Lorsque la boutique fermait, il faisait des livraisons, traînant son fardier parfois jusqu'au lever du soleil. Il se contentait de peu, de sorte que ses fils disposeraient d'un peu plus. Il forgea le tempérament de ses fils dans le fourneau de sa volonté. *Libre de se faire cracher dessus*, leur enseigna-t-il.

Libre de se faire légalement escroquer. Libre de se faire tabasser. Libre d'être pris au piège et de se faire avoir à chaque tournant. Libre de décider comment réagir face à une telle liberté. Habité d'une volonté inflexible, James-de-fer et ses fistons en acier repoussèrent les assauts, ils trimèrent, se ménagèrent un petit espace de vie et développèrent l'affaire. Après un démarrage délicat, celle-ci dégagea un bénéfice modeste chaque année de la vie de James.

Le salon de coiffure et soins Daley continua sur sa lancée, non loin des rives du Delaware. D'un fauteuil, on passa à deux. Les fils fourbirent leurs ciseaux sur des chevelures lisses et claires comme le sable. Ils ne pouvaient pas couper les cheveux de leurs amis ou des gens de leur famille dans leur propre salon, ni même se couper les cheveux entre eux, hormis à la nuit tombée, une fois le store tiré. Ils pouvaient parler à l'homme blanc, même le toucher, du moment qu'ils avaient les ciseaux à la main. Mais dès qu'ils posaient les ciseaux et que la journée était terminée, le simple fait de frôler une épaule devenait une agression caractérisée.

Le deuxième fils de James, Frederick, fit des journées encore plus longues que son père. Il releva suffisamment la tête pour envoyer son propre fils Nathaniel faire des études à l'Ashmun Institute – ce qui revenait à forcer les portes du paradis – dans la ville voisine d'Oxford, à la nouvelle université pour gens de couleur, qui serait bientôt rebaptisée université Lincoln. Nathaniel finança ses frais de scolarité en chantant au sein d'une chorale noire. À son retour, il marchait d'un pas inimaginable pour son père, et tout simplement inconcevable pour son grand-père esclave.

L'université ne permit pas de résoudre le problème de la double filiation des Daley ; les deux pôles n'en furent que plus écartelés. Nathaniel obtint tambour battant son diplôme, parlant de la médecine, de l'art de soigner – qui pendant des siècles avait été le lot des coupeurs de cheveux, à l'époque où les coiffeurs étaient en même temps dentistes, et parfois même chirurgiens. « Docteurs en robe courte », dit-il à ses frères, déclenchant brutalement leur hilarité. Mais l'idée fit son chemin, et ils se turent. « C'est ce qu'on faisait, avant. C'est ce qu'on était. C'est ce qu'on va être à nouveau. »

James-de-fer mourut, éberlué par la distance parcourue en une vie. Mais, avant de passer de vie à trépas, il put voir son petit-fils échanger l'enseigne familiale du coiffeur contre celle d'une petite pharmacie. Cela se passait plusieurs décennies avant la Grande Migration, à l'époque où les Daley pouvaient encore s'asseoir n'importe où dans les trains, faire leurs courses dans les grands magasins qui acceptaient de bon cœur leur argent, voire envoyer leurs enfants dans les écoles privées blanches. La question raciale n'était pas encore ce qu'elle allait devenir. La pharmacie Daley était ouverte aux Noirs comme aux Blancs, chacun sachant apprécier les décoctions de qualité au bon prix. C'est seulement après le raz-de-marée venu du Sud que la clientèle se scinda de manière irrémédiable.

Nathaniel Daley apporta à sa famille une forme de légitimité qu'aucun Daley noir n'avait jamais connue. Il consolida l'affaire avec les mêmes astuces légales qu'utilisaient les Blancs rusés – des gens qui de temps en temps lui mettaient des bâtons dans les roues. Le temps passa, et la pharmacie survécut à tous les coups fourrés des Blancs. Les Daley commencèrent à penser qu'ils allaient peut-être pouvoir tirer leur épingle du jeu.

William, l'arrière-petit-fils, alla jusqu'à surpasser les espoirs les plus optimistes de Nathaniel. Il s'aventura jusqu'à Washington, la tour de guet à la frontière du Vieux Sud, où il suivit les cours de l'université Howard. Il revint au pays presque une décennie plus tard, avec en poche un diplôme de docteur en médecine, devenu membre émérite de l'élite intellectuelle noire. Jamais il n'évoqua ces années qui, à deux reprises, le firent plonger dans un état d'effondrement mental. La faculté de médecine était capable de briser ceux qui avaient survécu à la politique de ségrégation raciale. Mais William tint bon jusqu'à la fin du cursus. Il apprit la nature de chaque muscle, de chaque artère, de chaque nerf composant l'anatomie divine de chaque humain.

Le Dr William Daley finit son internat dans l'hôpital réservé aux Noirs que les membres de sa propre famille avait longtemps fréquenté en tant que patients modèles. Médecin noir : il accueillait avec un grand calme toutes les expressions de surprise et de panique. Plus encore : aux côtés de dizaines d'individus de son rang, il participa à la lutte, dans toute la ville, visant à accéder à des postes à responsabilité dans les institutions où ils n'étaient que de simples pions. Le progrès, insistait-il, n'était qu'une question de persévérance. Mais certains soirs, lorsqu'il se mettait à gamberger, William trouvait l'air difficilement respirable, à ces altitudes nouvelles, et la tête lui en tournait.

Si James avait rejoint le pays où toutes les âmes ont la même couleur, Frederick, lui, vécut suffisamment longtemps pour voir son petit-fils s'établir comme modeste médecin de famille dans un quartier résidentiel, où la population était mélangée, dans la septième circonscription, au sud du centre-ville. C'est là qu'une certaine Nettie Ellen Alexander engloutit William, telle l'inondation de Johnstown faite femme. Il n'eut pas à lui courir après, pas plus qu'il ne s'était préparé à cette irruption inopinée dans sa vie. Elle apparut et se mit à le hanter, cette jeune femme de tout juste vingt ans, aux traits plus fins que toutes les créatures qu'il lui avait été donné d'ausculter, toutes couleurs confondues. Pendant ses huit longues années d'études à l'école de médecine, hormis dans les manuels d'anatomie il n'avait pas accordé le moindre regard aux femmes. Maintenant que le hasard lui amenait cette jeune fille, il voulait rattraper toutes ces années perdues, tout concentrer en ce premier après-midi où il posa les yeux sur elle.

Nettie lui sourit avant même de le connaître vraiment. Elle lui adressa un étincelant sourire ivoire, comme pour dire : *Tu as pris ton temps, pas vrai ?* Elle lui sourit justement parce qu'elle ne le connaissait pas, tout en sachant qu'elle allait faire sa connaissance. Sur le visage de la jeune femme, le fouillis de muscles se contracta pour exprimer un tel plaisir de le voir, que la bouche exaltée de cet homme en fit de même. Le sourire de Mlle Alexander libéra en lui un banc de poissons d'argent. Des muscles qui ne figuraient sur aucune planche d'anatomie se mirent à tressaillir, pire que les fléchisseurs des cadavres sur la table de dissection, ramenés à la vie grâce à une pile électrique, ce gag bien connu des étudiants en médecine du monde entier.

La médecine ne lui fut d'aucun recours pour expliquer son état. Tapotant le thorax de ses patients, il se surprit à penser à celui de la jeune femme. Dans son dos, le plat de l'omoplate était d'une perfection telle qu'un sculpteur aurait pu s'escrimer trente années durant, à biseauter, sabler et polir, sans jamais la reproduire aussi fidèlement. En haut de sa colonne vertébrale, la sixième cervicale saillait à la base de la nuque tel un bourgeon annonçant l'éclosion prochaine d'une paire d'ailes. Chaque fois qu'elle respirait, William humait un parfum de liqueur de framboise, bien qu'elle se défendît d'en avoir jamais bu une goutte.

L'air pétillait autour d'elle, y compris dans le petit salon des Alexander, où le couple se retrouvait, toutes lumières éteintes – mesure d'économie que le père de Nettie imposait pour arriver à tenir d'un mois sur l'autre. Les yeux de Nettie faisaient éclore des lucioles dans l'esprit de William, ou des poissons lumineux des grands fonds, ayant vécu si longtemps dans l'obscurité la plus totale qu'il leur fallait diffuser leur propre lumière afin de pouvoir pratiquer un peu leur pêche de subsistance. Pour le docteur, cette incandescence était insondable. Comment faisait-elle ? C'était un mystère.

Nettie était *claire*. Certains jours, il était intimidé par cette pâleur. Il en était ébranlé et en perdait son sang-froid. Il sentait que les gens se retournaient sur eux – *Ces deux-là ? Un couple ?* Chaque fois qu'ils se montraient ensemble au grand jour. La clarté de Nettie amena William à se lancer dans des prouesses d'érudition : chaque fois qu'il lui rendait visite, il se parait de l'armure du savoir. La perspective d'éclaircir sa lignée ne l'enchantait guère. Café au lait, se dit-il, cela n'avait aucun sens. Il se dit qu'il fallait voir au-delà de sa couleur, appréhender les teintes de son esprit. Oui, cette femme était claire, mais cela provenait de la lumière qui brillait en elle partout où elle allait.

Il n'empêche, cette splendeur dorée l'aveuglait. Que ce soit le cuivre de sa peau ou les ondulations de sa chevelure, son port, ses courbes ou son maintien, ou quelque chose de plus fantomatique, de plus subtil, Nettie Ellen était celle que William avait reconnue, c'était le joyau qu'il avait recherché sans le savoir, jusqu'à ce qu'elle se tienne rayonnante devant lui, à portée de ses doigts tremblants.

Mais les mois passèrent et les mains de William paniquaient, apeurées à l'idée de se refermer sur un objet si précieux. Et s'il commettait une erreur ? Et si les étincelles de la dame se diffusaient sur tout un chacun de manière indifférenciée ? Et si la chaleur que lui témoignait Nettie était davantage de l'amusement que du désir ? La graine de joie qu'elle avait déposée en lui était bien réelle, il le sentait. Mais cette femme clouait sûrement sur place tous les gaillards sur qui elle posait son rayon double.

En sa compagnie, William se montrait excessivement sérieux. Il l'adorait avec une gravité qui frisait le deuil. La dignité, s'imaginait-il, était le seul cadeau qu'il pourrait lui offrir et qu'aucun autre homme ne penserait à lui offrir. Lui seul dans tout Philly était conscient de la valeur de cette femme, lui seul connaissait le prix de cette perle rare. Ses visites étaient révérencieuses, sa figure se creusait de rides tant il la vénérait.

Nettie trouvait le bonhomme gai comme un nuage de pluie menaçant, le tonnerre et l'éclair en moins. Il lui fit la cour pendant quatre mois, quatre mois aussi stériles qu'une clinique. Il la traîna à des conférences, dans des musées, ne manquant jamais d'adjoindre son commentaire éclairé. Il lui fit sillonner Fairmont Park de long en large, arpenter les berges dans un sens puis dans l'autre, l'étouffant sous les projets de progrès personnels, jusqu'à ce qu'elle le supplie d'apprendre à jouer aux cartes, et là, elle se mit gaiement à le battre à plates coutures.

Mais William voyait en cette reine du jeu de cartes un être authentiquement royal. Il trouva de la dignité jusque dans sa manière de hennir en regardant les petits films de Bill Foster. Il lui décrivit son cabinet, le travail qu'il faisait, l'avenir plus sain que la médecine moderne pouvait apporter aux gens en difficulté de Southwark et de Society Hill, une fois que les pauvres et les ignorants n'en auraient plus peur et la laisseraient entrer chez eux.

Qui dit vénération dit chapelle, et celle de William était le petit salon des parents de Nettie. La pièce débordait de chintz, de coupes en verre taillé et de fauteuils à oreillettes, pour lesquels il fallait des têtières en si grand nombre que William finit par saisir l'allusion et diminuer les quantités de brillantine. Lors de ses visites, les parents de Nettie disparaissaient au fond de la maison, laissant juste pour les chaperonner le plus jeune fils, que William soudoyait avec des friandises et autres bâtons de réglisse. Puis la pièce devint leur théâtre, leur salle de conférence, leur Oldsmobile spirituelle. William y pérorait en rhéteur solennel, et Nettie Ellen souriait aux paroles de cet homme, comme s'il était possible que tout cela eût un sens.

Un soir qu'il discourait sur la récente description clinique de la drépanocytose du Dr James Herrick – encore un fléau qui provoquait chez ce Noir un excès d'enthousiasme –, Nettie enfin se pencha au-dessus du jeu de backgammon qui leur servait de barrière et susurra à l'attention du bon docteur : « Z'allez donc jamais poser la main sur moi ? » Sa voix traduisait simplement une considération d'ordre pratique ; la nuit était froide, et les parents de Nettie faisaient à nouveau des économies sur le chauffage. À quoi bon avoir un homme qui vous faisait la cour s'il ne vous tenait même pas chaud ?

Le docteur resta interloqué, sa bouche se mit à ressembler à son épingle de cravate opale. William Daley, l'apôtre de l'élévation, en fut pétrifié, déconcerté. Alors la jeune femme fit ce que la situation imposait, elle se pencha plus en avant encore et colla le M de sa lèvre supérieure sur le O étonné que dessinaient celles de cet homme.

Une fois que Nettie eut enseigné au gaillard ce qu'il cherchait, le rythme de croisière de leur aventure galante s'accéléra un tantinet. Le Dr William Daley et Nettie Ellen Alexander se marièrent dans l'année. Après quoi la charge des leçons de morale se répartit entre eux de manière plus équitable. À coups d'encouragements stratégiques, elle l'aida à avancer dans ses discours. La portée et la variété des enseignements qu'elle dispensait ne manquèrent jamais d'étonner le médecin.

À partir du moment où elle fut sienne, William chérit encore davantage son spécimen sublime. Sa nouvelle femme choisit le mobilier de la maison de Catherine Street, avec sa tourelle percée d'une baie vitrée. En génie de l'efficacité, elle s'installa au centre de la maisonnée. À la fin de la guerre en Europe, elle se mit à tenir la comptabilité. Animée d'une efficacité altruiste, elle s'employa à peupler le foyer. Elle perdit son premier-né, James, abandonné trop vite à Dieu qui, après l'armistice et pour des raisons impénétrables, répandit la grippe de par le monde, frappant le quartier des Daley avec une vigueur toute particulière.

Mari et femme firent front pour résister à cette perte, ils se cramponnèrent l'un à l'autre. Mais la mort de James leur coûta une partie d'eux-mêmes. À défaut de se durcir, Nettie devint plus réservée. Puis arriva Delia, dotée de puissants poumons, formidable consolation pour sa mère, et chacun de ses gémissements était source de joie. Après une longue période d'inquiétude, interprétée de manière si différente par William et Nettie qu'ils cessèrent d'en parler, vint la série des jeunots : Charles, Michael et, pour finir, les jumelles, Lucille et Lorene.

En dépit des objections de son mari, Nettie s'arrangea pour que les enfants fréquentent assidûment l'église. Tous les dimanches, elle leur mettait leurs beaux habits et les traînait au catéchisme. Bien avant le mariage, elle avait su que, de l'esprit libre-penseur de William, jailliraient de temps en temps des bêtises au sujet de la foi, et qu'il lui faudrait les contourner en manœuvrant habilement. Il n'était pas question qu'elle élève ses enfants dans l'ignorance, en sauvages sans foi ni loi. La mère et sa couvée partaient donc assister à l'office, tandis que le docteur restait travailler à la maison. Mais à l'occasion des fêtes, même lui n'y coupait pas, il était sommé de venir. Il se tenait parmi les croyants, chantant goulûment, allant même jusqu'à réciter le Credo, même s'il toussait chaque fois qu'il y avait une référence à la divinité.

Nettie travailla comme réceptionniste au cabinet de William, accueillant les interminables processions de souffrants et d'infirmes qui y défilaient. Femme d'un homme prospère, *et* de peau claire de surcroît : avec cette combinaison, elle avait peu de chances de se faire apprécier dans ces quartiers où la vie était si dure. Pourtant, cette femme n'avait qu'à ouvrir la bouche et chuchoter un mot onctueux pour que ceux qui l'approchaient tombent sous le charme.

Elle cuisinait pour les patients de son mari. Elle faisait les visites avec lui dans ce voisinage aux abois, distribuant de généreuses doses de son remède à elle, l'écoute du malade, dans les quatre districts adjacents. Elle faisait en sorte que son mari reste attaché à ses patients, qu'il se montre impliqué et demeure compréhensible. Elle se rappelait tous les noms pour lui. « Faites ce que le Dr Daley vous dit, leur disait-elle quand celui-ci avait le dos tourné. Mais appliquez-vous donc en plus ce petit cataplasme. Seigneur, vous n'en mourrez pas, et ça pourrait bien vous soulager. » Comme la réputation du docteur croissait, il en attribuait les mérites à ses efforts constants pour se tenir au courant des plus récentes avancées en matière médicale. Mais ce prudent diagnostic n'appartenait qu'à lui seul.

Elle vénérait son mari, mais ne manquait pas de le titiller parfois aussi. Tous deux en revenaient toujours à la même question. « Tu m'émerveilles, William C. Daley, lui déclara-t-elle, un soir tard, en apportant du bromure à son cabinet. Et maintenant, qu'est-ce que tu es en train d'étudier ? *La Nature humaine et le Comportement. Des variétés de l'expérience religieuse. La Patati-et-Patata-ologie de la vie quotidienne. Oh-hisse*, de James Joyce. Hou la la ! Un joli bateau noir qui croise au milieu de cette glace bien blanche, bien froide. Mais fais attention de ne rien heurter, tu partirais par le fond, et tout ton équipage avec. »

Il se leva, droit comme un i, sérieux comme la justice. « Je ne suis pas plus *noir* que tu ne l'es. La semelle de mes chaussures est *noire*, ça, d'accord. Le charbon qu'on achète tous les mois, et qu'on paie trop cher, est *noir*. Regarde-moi, femme. Regarde-toi. Regarde n'importe lequel de nos frères dans toute cette race bannie. Tu vois du *noir*, toi ?

– Je vois que certains prennent de grands airs. Voilà ce que je vois.

– C'est le camp d'en face qui fait que nous sommes *noirs*. Le camp d'en face veut savoir ce que ça fait d'être un *problème*. » Car au milieu de toute cette littérature blanche perfide comme un matin de givre, il avait aussi lu Du Bois, ce sang-mêlé au teint clair. « Noir, c'est ce que le monde veut qu'on soit. Comment pouvons-nous seulement exister si nous n'arrivons même pas à nous voir ? »

D'un geste, elle le fit taire. Comme toujours quand ils abordaient des sujets de ce genre, Nettie se contenta de secouer la tête en entendant ces théories fumeuses. « On est ce qu'on veut bien être, je suppose. Et je ne sais pas ce que c'est, Dr Daley, mais en tout cas tu es mon homme à moi, d'un genre à part. »

Dans le long crescendo qui vit devenir folles les années vingt, tout ce que le Dr Daley touchait se levait et marchait. La clinique prospéra grâce au bouche-à-oreille. Les nouveaux patients se présentèrent dans de telles proportions que, malgré l'avis défavorable de Nettie, il se mit à consulter le dimanche. Il eut la chance de réinvestir dans la maison juste au bon moment. Il avait beau avoir cinq enfants, il avait beau refuser que ses clients les plus misérables le payent, il se trouva à la tête d'un capital en augmentation. Les dettes contractées pendant ses années d'études et les frais engagés pour s'installer furent remboursés. Il acheta des bons de l'État. Sa collaboratrice tenait la comptabilité et gérait la maison avec toute la parcimonie des Alexander. Le seul cadeau que William s'offrit fut une Chrysler Six tout juste sortie de l'usine.

Pourtant, dans sa course folle, le reste du pays conservait son avance. C'est que le Blanc connaissait un passage secret qu'il n'avait même pas besoin d'interdire aux gens de couleur. Le Dr Daley étudia le racket de la prospérité – le jeu des vrais riches, et non pas l'avancement laborieux obtenu à la sueur de son front, qui jusqu'alors avait été son lot. La réponse était là, à portée de quiconque se donnait la peine de regarder : les actions. Le pays en engloutissait comme autant de fortifiants. N'importe quel fils d'immigrant irlandais un tant soit peu gangster le savait : achetez américain. Et finalement, c'est exactement ce que fit le Dr Daley. Tout d'abord en dépit des cris scandalisés de Nettie, puis par la suite, à son insu. Choisir des actions cotées en Bourse était autrement plus facile qu'exercer la profession de médecin. Pas de quoi en faire un plat, vraiment. Vous achetiez. Le prix montait. Vous vendiez. Vous trouviez un autre investissement, un petit peu plus cher, pour mettre à l'abri l'argent ainsi accumulé. Le processus s'entretenait de lui-même, aussi longtemps que vous vouliez jouer.

Le combat quotidien pour une existence décente se transforma graduellement en une lutte d'un autre genre. En 1928, il envisagea d'acheter le tout dernier modèle de De Soto et puis, pourquoi pas, une petite résidence secondaire à la campagne, quelque part.

« Une maison de campagne ? s'exclama Nellie Ellen en riant. Une maison de *campagne* ? Alors qu'il y a des dizaines de milliers de gens de couleur qui essayent de quitter la campagne pour venir là où nous habitons ? »

Sa femme lui reprocha ses richesses mal acquises, qui continuaient de s'accroître. L'année suivante, par une chaude soirée du début du printemps, alors qu'il faisait sa petite promenade vespérale dans le quartier, il réalisa soudain que tremper dans la Bourse – ou plutôt, s'immerger jusqu'au cou dans la Bourse, puisque telle était devenue sa pratique –, ce n'était pas bien. Non pas, comme le pensait sa femme, parce que le Seigneur abhorrait les jeux d'argent. Son Seigneur à elle, après tout, s'était bien risqué au lancer de dés le plus ancien et le plus important qui soit. Non : gagner de l'argent uniquement en spéculant, c'est cela qui était mal, William s'en rendait compte à présent, et ce pour deux raisons indiscutables. D'une part, chaque gagnant à ce jeu l'était au détriment d'un perdant. Or, le Dr Daley n'avait plus l'intention de dérober quoi que ce soit à un autre homme, fût-il blanc. Et même si la seule chose qu'il avait volé était une chance, il n'était pas question d'en profiter. Car voler une chance, c'était bien ça, le péché originel.

En outre : aucun homme égaré dans la loterie divine n'avait le droit de tirer profit d'autre chose que de la sueur de son front. Le travail était l'unique activité humaine capable de créer de la richesse. Toute autre accumulation n'était qu'une variante déguisée du système des plantations. En cette soirée de printemps où il prenait l'air, en saluant les voisins qui se prélassaient dans leurs fauteuils à bascule, sur les vérandas, William jura non seulement de ne plus jamais toucher à la Bourse, mais également de ne plus faire appel aux banques et autres caisses d'épargne, ni à toute autre institution qui promettait quelque chose contre rien.

Dans la semaine, il revendit tous ses titres, et acheta un coffre-fort Remington ignifugé pour y placer toutes ses liquidités. À l'automne de cette année-là, lorsque la pyramide nationale de la spéculation s'effondra, il se retrouva seul assis au milieu d'une cité dévastée.

En cas de coup dur, l'homme de couleur est toujours aux premières loges. En l'espace de deux ans, la moitié de la population noire de Philadelphie se retrouva sans moyens de subsistance. L'Agence pour l'amélioration de l'emploi, quand elle fut mise sur pied, payait aux gens de couleur seulement une fraction des salaires versés aux Blancs, et encore, quand elle employait des gens de couleur. À présent au chômage, l'Amérique blanche se révélait encore plus vicieuse que lorsque la vie avait été clémente. Les lynchages triplèrent. Herndon fut pendu et les Scottsboro Boys eurent droit à un procès expéditif. Harlem s'enflamma ; bientôt ce serait Philly. Catherine Street fut ébranlée, et menaça de prendre le même chemin que tout Southwark.

La médecine, au moins, résista à la Dépression, même si les patients n'étaient plus solvables. Les gens payaient en légumes frais, en conserves de fruits, en faisant des courses et en petits boulots. Dans cette économie de troc en chute libre, le liquide du coffre-fort Remington se réduisait un peu plus au fil des mois vides. William et sa Nettie abasourdie regardaient autour d'eux, pour se retrouver sur un promontoire protégé qui surplombait tout le quartier dévasté.

Leurs enfants iraient à l'université. Depuis deux générations, c'était le privilège des Daley. Nettie Alexander, elle, s'était contentée d'en rêver, sans le moindre espoir de voir ce rêve se réaliser. Ils transmirent à leurs enfants l'idée d'ascension sociale des opprimés : *Tout ce qu'on a déjà fait, en étant à l'intérieur du tombeau. Tout ce qu'on pourrait encore faire, avec juste un peu d'espace pour vivre.*

Tel fut l'espoir bridé dont hérita Delia à la naissance. Le premier enfant de William à avoir survécu était sa fierté et sa religion. « Tu es ma pionnière, mon trésor. Une fille de couleur, qui apprendra tout ce qu'il y a à apprendre, une fille de couleur qui ira à l'université, qui aura une profession, qui changera les lois de ce pays. Qu'est-ce qui cloche dans cette idée ?

– Rien ne cloche, Papa.

– Bien sûr que rien ne cloche. Qui empêchera ça ?

– Personne », répondait Delia en soupirant.

Ils pouvaient l'empêcher d'aller découvrir Mickey dans *Steamboat Willie* et *Skeleton Dance* au cinéma Franklin. Ils pouvaient la cantonner aux films de la Colored Players Film Corporation, ou lui demander de dégager. Ils pouvaient l'empêcher d'acheter un soda à la glace, au drugstore, à dix rues de chez elle. Ils pouvaient l'arrêter si elle franchissait la frontière invisible du quartier. Mais ils ne pouvaient pas l'empêcher de faire plaisir à son père.

Il lui exposa la marche à suivre. « Il faut que tu travailles au miracle. Comment ce miracle ne se produirait-il pas ?

– Aucun risque que le miracle ne se produise pas.

– Je reconnais là ma fille. Maintenant réponds-moi, ma talentueuse progéniture. Qu'est-ce qu'il y a que ton peuple ne peut pas faire ? »

Son peuple pouvait tout faire. La semaine ne se terminait jamais sans qu'une nouvelle preuve soit fournie. En faisant exactement le même travail qu'un Européen, le Noir le surpassait déjà, car si l'un aménageait sa maison de haut en bas, en commençant par le grenier, l'autre installait ses meubles de bas en haut, en partant de la cave. Les Noirs n'avaient pas encore atteint leur plein potentiel. Le temps jouait pour eux. Tous ensemble, ils allaient provoquer des secousses.

« Qu'est-ce que tu feras quand tu seras grande, ma fille ?

– Tout ce que je veux.

– Tu le sais bien, beauté. T'a-t-on déjà dit que tu ressembles beaucoup à ton paternel ?

– Berk, papa. Jamais. »

Mais cinq bonnes réponses sur six, ce n'était pas mal du tout.

À l'âge de treize ans, le destin de son peuple pesait sur ses épaules. Seule sa mère consola Delia. « Prends ton temps, ma chérie. T'en fais donc pas, de pas tout savoir. Jusqu'à maintenant, personne a jamais tout su, et ça risque pas d'arriver avant le Jour dernier, quand les machins que personne peut imaginer seront étalés sur la table. Y aura même quelques surprises pour ton père. »

La fillette avait la musique en elle. Tant de musique que ses parents en étaient effrayés. À la naissance de Delia, le Dr Daley avait installé un piano dans le petit salon, c'était une façon de dire merci à la prospérité, et aux ancêtres, auxquels on rendait hommage, façon ragtime, en toute discrétion, une fois que tous les patients avaient regagné leurs pénates. Sa petite perle noire se hissait sur le banc et attrapa des mélodies avant même de savoir lire l'alphabet.

Il fallait qu'elle prenne des leçons. Ses parents trouvèrent une professeur de musique qui avait fréquenté l'université, et qui donnait des cours chez les meilleures familles du quartier. La professeur de musique s'émerveilla devant le docteur des dispositions de sa fille qui avait des chances d'être meilleure que n'importe quelle fillette blanche de son âge. Avait même des chances, d'ici quelques années, d'être meilleure que la professeur de musique qui avait fréquenté l'université, soupçonnait William.

Une fois par semaine, la mère de Delia emmenait les cinq enfants, qui s'escaladaient les uns les autres, à l'Alliance Béthel. Dans l'allégresse hebdomadaire de la foi et de la parole divine, Delia se mit à adorer le chant. Le chant pouvait donner un sens à la vie. Le chant pouvait donner un sens peut-être plus profond à la vie que la vie elle-même.

Delia chantait sans retenue. Elle balançait la tête en arrière et trouvait la note juste avec la précision d'un tireur d'élite au ball-trap. Elle chantait avec un tel abandon que la congrégation ne pouvait s'empêcher de se retourner pour regarder l'adolescente, au lieu de regarder vers le ciel.

Le chef de chœur lui demanda de chanter pour la première fois en soliste. Delia hésita. « Maman, qu'est-ce que je dois faire ? Ça ne se fait pas vraiment, si ? De se mettre en avant, comme ça ? »

Nettie Ellen secoua la tête et sourit. « Si les gens te le demandent, ton choix est déjà fait. Tout ce qu'il te reste à faire, c'est laisser monter la lumière que Dieu a placée entre tes mains. Cette lumière ne t'appartient pas, de toute façon. Tu n'as donc pas à la cacher. »

C'était exactement la réponse que Delia escomptait. En guise de répétition, elle chanta à la réunion des classes de catéchisme. Elle prépara l'une des *New Songs of Paradise*, de M. Charles Tindley, le fameux compositeur de l'Église méthodiste épiscopale d'East Calvary : « We'll Understand it Better by and by ». Elle se lança franchement, sans complexe. Ici et là, des mains s'envolaient – à moitié pour retenir la vague glorieuse qui gonflait, à moitié cédant au charme, succombant aux louanges. Après ce témoignage de splendeur, Delia chercha quelque chose de plus grave. M. Sampson, le chef de la chorale junior, lui trouva un morceau intitulé *Ave Maria*, d'un Blanc mort depuis longtemps, un certain Schubert.

En chantant, Delia sentit que les cœurs de la congrégation exultaient et s'envolaient avec elle, tandis qu'elle savourait la progression du morceau. Par sa voix, elle protégeait ces âmes et les maintenait dans la même immobilité que les notes elles-mêmes, à l'abri, si près de la grâce. Le public respirait avec elle, les cœurs battaient à sa mesure. Elle avait assez de souffle pour arriver au bout de la phrase la plus longue. Ses auditeurs étaient en elle, et elle en eux, aussi longtemps que duraient les notes.

Quand elle eut fini, les membres de la congrégation relâchèrent leur respiration comme un seul homme. Les poumons se vidèrent en un soupir collectif, réticents à quitter le sanctuaire de la musique. L'exaltation que ressentit Delia quand la dernière mesure s'éteignit surpassa tous les plaisirs qu'elle avait jusqu'alors pu connaître. Son cœur battait à l'unisson des applaudissements terrestres qui ne faisaient qu'imiter ce battement.

Ensuite, elle se tint à côté du pasteur pour recevoir les compliments des gens qui faisaient la queue, encore secouée, encore en train de chantonner. Des gens qu'elle ne connaissait que de vue la prirent dans leurs bras et l'étreignirent, lui serrèrent énergiquement la main, comme si elle leur avait rendu leur propre cœur. Delia en parla à sa mère sur le chemin du retour. « Trois personnes différentes ont dit que je serais notre prochaine Marian.

– Écoute-moi bien, petite demoiselle. L'orgueil précède... N'oublie jamais ça. L'orgueil précède la chute, toutes les chutes que tu peux imaginer. Et crois-moi, toutes les chances que tu penses avoir de t'élever sont dérisoires par rapport aux occasions de chuter. »

Delia ne demanda pas d'explications. Il en fallait beaucoup pour exaspérer sa mère, mais une fois que la coupe était pleine, il n'y avait plus de négociation possible. « Tu n'es pas notre prochaine je ne sais qui, marmonna Nettie Ellen, qui voulait éviter le mauvais œil, tandis qu'elles arrivaient sur la route. Tu es notre première Delia Daley. »

Delia interrogea son père sur le nom magique.

« Cette femme est notre pionnière culturelle. La lumière la plus brillante qu'on ait eue depuis bien longtemps. Les Blancs disent qu'il nous manque le talent ou la volonté pour reprendre le meilleur de leur musique. Cette femme leur prouve le contraire. Ils n'ont pas une seule chanteuse de ce côté-ci de l'Enfer, *a fortiori* sûrement pas dans le Mississippi, qui lui arrive à la cheville. Tu m'entends, ma fille ? Il est important que tu le saches. »

Sa fille voulait plus que *savoir*. Mais déjà elle était à des kilomètres au-dessus du discours de son père. Des années. Elle se construisit une image de cette voix avant même de l'entendre. Quand elle l'entendit finalement pour de bon, à la radio, ce n'est pas tant que la voix de la vraie Mlle Anderson correspondît à celle qu'elle avait imaginée. C'*était* précisément cette voix.

« Tu veux chanter ? lui dit son père après cette diffusion. Eh bien, voilà ton professeur. Étudie donc cette femme. »

Et c'est ce que fit Delia. Elle étudia tout, elle dévora tout, chaque fragment de musique qu'elle pouvait trouver. Elle épuisa un professeur de chant du quartier et en réclama un autre. Elle intégra la Société chorale populaire de Philadelphie, la meilleure chorale noire de la ville. Elle se mit à fréquenter l'Église baptise unie, qui était le véritable aimant musical du Philadelphie noir, où elle chanta tous les dimanches, baignant dans le ravissement même qui avait donné des ailes à Mlle Anderson.

Sa mère en fut ébranlée. « Tu t'acoquines avec les baptistes ? Et ta véritable Église, tu en fais quoi ? Nous, on a toujours été affiliés à l'Église épiscopale méthodiste d'Afrique.

– C'est le même Dieu, Maman. » Suffisamment proche, en tout cas, pour les oreilles humaines.

William Daley prit conscience de la flamme qu'il avait déclenchée chez sa fille, mais trop tard. Il tenta futilement d'éteindre cet embrasement. « Tu as un devoir, ma fille. Un potentiel que tu n'as même pas encore découvert. Il faut que tu fasses de ton avenir quelque chose de digne.

– Chanter, ce n'est pas indigne.

– Certes chanter a son utilité. Mais bon sang, c'est ce qu'on fait pour clore une bonne journée de travail.

– Mais *c'est* le travail de toute une journée, Papa. Ma journée. Mon travail.

– Ce n'est pas comme ça qu'on gagne sa vie. Tu peux prétendre à mieux. » La longue et prudente ascension des Daley menaçait de s'effondrer. « Ce n'est pas une vie. Tu ne peux pas gagner ta vie en *chantant*, pas plus que tu ne le peux en jouant aux dominos.

– Je peux gagner ma vie en faisant tout ce que je veux, Papa. » Elle passa les doigts dans la chevelure paternelle dégarnie. C'était un taureau, prêt à charger. Néanmoins, elle le caressa. « Mon papa à moi m'a appris que personne n'empêcherait mon miracle de se produire. »

Leur bataille prit une tournure féroce. Il annonça qu'il ne lui donnerait plus d'argent pour les cours de chant. Si bien qu'en entrant au lycée, elle dut prendre un travail : changer les draps à l'hôpital. « Femme de chambre ! dit Williams. Moi qui espérais ne jamais voir aucun de mes enfants faire ce genre de travail. »

Il recourut à toutes les prouesses rhétoriques possibles. Il n'alla pas toutefois jusqu'à lui interdire la voie qu'elle avait choisie. Aucun Daley n'aurait plus jamais de maître, même à la maison. La vie de sa fille n'appartenait qu'à elle, elle était libre de progresser ou de s'éparpiller. Cependant, une partie de lui-même – grosse comme un grain de sable, irritante – était interloquée ; il était impressionné que la chair de sa chair coure si gaiement à sa ruine, avec autant de détermination que le Blanc opulent le plus têtu.

Elle postula au grand conservatoire de la ville. On la convoqua pour passer une audition. Les professeurs de Delia et ses chefs de chœur firent de leur mieux pour la préparer. Elle révisa les chants sacrés qui mettaient le mieux en valeur sa maîtrise calme et soutenue. En guise de complément plus spectaculaire, elle travailla une aria – « Sempre libera », extraite de *La Traviata*. Elle l'apprit à l'oreille sur un vieux 78 tours, en s'efforçant de deviner les syllabes les plus exubérantes.

Delia choisit de chanter *a cappella*, plutôt que de risquer d'être compromise par la maladresse du premier accompagnateur venu, sans doute fervent, mais dont la maîtrise risquait d'être approximative. Ce pouvait être considéré comme un excès de confiance en soi, un risque calculé. Les professionnels secoueraient sans doute la tête face à son manque de pratique. Mais Delia le compenserait par la pureté de sa voix. Sa botte secrète était son excellence à tenir les notes du registre aigu. Elle se laissait alors emporter, ce qui ne manquait jamais de conquérir tout public un tant soit peu chauffé, à l'exception toutefois de ses sauvages de petits frères. Elle se sentait prête à affronter n'importe quelle épreuve, y compris le déchiffrage, qui était son point faible.

Elle choisit puis élimina une demi-douzaine de tenues – trop normale, trop simple, celle-ci était trop sexy, celle-là ressemblait à un sac. Elle opta finalement pour une robe à manches bouffantes avec des motifs blancs aux poignées et au col : classique, avec un soupçon de fantaisie. Elle avait si belle allure que Nettie Ellen, un peu anxieuse, la prit en photo. Delia arriva une demi-heure en avance au conservatoire, offrant un sourire radieux à quiconque traversait le foyer, persuadée que le premier venu pouvait être Leopold Stokowski. Elle se présenta à l'accueil en se composant un sourire confiant. « Je m'appelle Delia Daley. Je viens pour une audition de chant à quatorze heures quinze... »

Aussi bien, elle aurait pu être la statue de pierre du Commandeur faisant irruption chez Don Juan. La réceptionniste tressaillit. « Quatorze heures... quinze ? » Elle consulta vaguement, au hasard, les papiers qu'elle avait sous la main. « Est-ce que vous avez une lettre de confirmation ? »

Delia montra la lettre, une sensation de froid lui monta dans les bras. *Pas ça. Pas ici. Pas dans le temple de la musique.* Ses explications fusaient loin devant, tandis que sa raison restait à la traîne, coupable, arrêtée.

Elle tendit la lettre, et dut forcer ses doigts gourds à lâcher prise. La réceptionniste parcourut un épais dossier, impeccablement polie, un modèle d'efficacité. « Ça ne vous ennuie pas de vous asseoir ? Je reviens vous voir dans un instant. » Elle disparut, ses talons hauts cliquetant un tempo à la croche dans les couloirs où la musique jaillissait de toutes parts. Elle revint avec un petit homme courtaud, à la calvitie avancée, aux lunettes à monture d'écaille.

« Mlle Daley ? dit-il tout sourire. Je suis Lawrence Grosbeck, doyen et professeur de chant. » Il ne lui tendit pas la main. « Veuillez nous excuser. Une lettre aurait dû vous parvenir. Dans votre tessiture toutes les places ont déjà été attribuées. Il semble également que nous soyons sur le point de perdre l'un de nos professeurs sopranos. Vous êtes... Vous... »

Elle devint écarlate, ça monta de l'abdomen et se répandit par vagues. Une sensation de brûlure qui lui monta aux joues, aux paupières, jusqu'à la pointe des oreilles. De futiles bonnes manières et un vain instinct de conservation l'empêchèrent de réagir à cet affront par la violence. Au bout du couloir, la soprano qui l'avait précédée avançait laborieusement dans le morceau qu'elle avait préparé. À l'accueil, la soprano qui la suivait présentait sa convocation. Delia continuait d'adresser un regard radieux à cet homme, ce pouvoir épais, énorme, impénétrable. Elle sourit, tâchant encore de le conquérir, tout en sentant sa tête s'abaisser sous le poids de la honte. Le doyen, lui aussi, entendait les preuves affluer de toutes parts. « Bien entendu, si vous... voulez néanmoins... chanter pour nous, vous êtes la bienvenue. Si vous... le désirez. »

Elle résista à la tentation de l'envoyer se faire voir pour toujours, lui et ceux de son espèce. « Oui. Oui. J'aimerais chanter. Pour vous. »

Son bourreau la conduisit dans le couloir. Elle suivit d'un pas mal assuré, incrédule. Discrètement elle fit courir un doigt le long des murs lambrissés dont elle avait rêvé. Elle ne les toucherait plus jamais de sa vie. Ses chevilles s'amollirent ; elle tendit la main pour ne pas perdre l'équilibre. Elle baissa la tête, regarda son corps, tout le torse tremblait. Elle était prise sous une congère dans la nuit de janvier, son corps frissonnait, bêtement elle ne se rendait pas compte qu'elle était déjà morte. Tout ce pour quoi elle avait travaillé était perdu. Et elle venait juste de donner son accord pour que ses destructeurs aient une chance supplémentaire de se moquer d'elle.

En arrivant dans la salle où devait avoir lieu son audition inutile, truquée, elle fut prise de tremblements. Quatre visages blancs la fixaient, installés derrière une longue table encombrée de papiers, des visages remontés comme des montres, comme autant de masques passifs exprimant une perplexité policée. Le doyen était en train de lui dire quelque chose. Elle ne l'entendit pas. Son champ de vision se réduisit à un nuage d'à peine trente centimètres de large. Elle perdit pied, rechercha le morceau qu'elle avait préparé, incapable de s'en souvenir.

Puis un son. Sa voix d'abord hésitante reprit de son autorité initiale. Son chant arrêta ses auditeurs, les bruissements se turent. Sa justesse lui fit défaut. Elle s'entendit perdre le ton assuré qui avait été le sien à chaque répétition. Pourtant cela sortait d'elle comme un déchirement, c'était la performance de sa vie. Elle chanta malgré leur pouvoir de lui faire honte, elle obligea les membres du jury à se souvenir. *Ce morceau ; celui-ci.*

L'aria de Verdi, pour une fois, sonna comme l'acte d'accusation qu'elle était, la condamnation cachée sous un hymne affolé au plaisir. Quand elle eut fini, le jury répondit par le silence. Ils poursuivirent leur mascarade en lui donnant une aria de Händel à chanter en déchiffrant : « Comme la colombe se lamente sur son amour », tirée d'*Acis et Galatée.* Delia s'en sortit à la perfection, elle espérait encore prendre la réalité à rebrousse-poil. Elle sourit jusqu'à la double barre.

Le doyen Grosbeck prit finalement la parole. « Merci, mademoiselle Daley. Y a-t-il autre chose que vous souhaiteriez ajouter ? »

Vidée, elle n'avait pas droit à un rappel. « *I've Been 'Buked* » – « J'ai été rejetée » – monta en elle jusque dans sa bouche, mais elle se tut. Pas de vengeance, juste le refus. En quittant la salle d'audition, les places de soprano étant toujours toutes pourvues, elle vit les yeux de l'une de ses examinatrices, une frêle dame blanche de l'âge de sa mère, émue aux larmes par la musique et la honte.

Elle retraversa la ville tant bien que mal, rentra à la maison. Son père était assis dans son bureau, il lisait dans son fauteuil en maroquin rouge.

« Ils m'ont recalée avant même que j'ouvre la bouche. »

Tous les vains recours défilèrent sur le visage paternel comme une bande d'ouvriers agricoles saisonniers : les pétitions bloquées, les procès disqualifiés, l'humiliante persévérance. Il se leva de son fauteuil et s'approcha d'elle. Il la prit par les épaules et la regarda au plus profond d'elle-même, la dernière leçon de l'enfance : le dernier passage au four, pour que la couche extérieure soit bien dure. Dans ce vieux fourneau qu'ils partageaient désormais.

« Tu es chanteuse. Tu vas monter en puissance. Tu finiras par être tellement bonne qu'ils ne pourront pas ne pas t'entendre. »

Delia avait tenu bon pendant le supplice de l'après-midi. À présent, sous le regard affectueux de son père, elle s'effondra. « Comment ça, papa ? Où ? » Et elle s'écroula dans ce feu qui l'achevait.

Il l'aida à trouver une école de musique qui accepterait de l'écouter. Une école au moins correcte. Il assista à l'audition d'admission et se tint immobile, les mains crispées dans le vide, tandis qu'elle était admise avec une bourse. Il paya le reste de ses frais de scolarité. Elle conserva quand même son travail pour payer les leçons supplémentaires dont il ne voyait pas l'intérêt. Il assista à la totalité de ses récitals. Debout à applaudir avant que la dernière tonique tenue ne se soit entièrement évaporée. Mais le père et la fille savaient tous deux, sans pour autant l'admettre l'un à l'autre, qu'elle ne suivrait jamais un enseignement à la hauteur de son talent, et encore moins à la mesure de ses rêves.

9

Un tempo

La voix du malin Hänsel a mué, elle s'est cassée et ne redeviendra plus jamais comme avant. « La cassure, lui dit Da, c'est la flèche du temps. C'est comme ça qu'on peut savoir dans quel sens va la mélodie. La cassure, c'est ce qui transforme hier en demain. Soprano avant ; ténor après. Un principe physique fondamental ! »

C'est le credo de notre Da. Tout le reste peut changer, mais le temps, lui, demeure identique. « Un désordre croissant : c'est comme ça qu'on voit le temps qui passe. Non seulement manger n'est jamais gratuit ; mais en plus, c'est chaque jour un peu plus cher. C'est l'unique règle certaine du cosmos. Toute autre certitude pourra un jour ou l'autre être échangée contre une autre. Mais si tu mises contre le Second Principe, tu es fichu. Le nom n'est pas assez fort. Ce n'est pas le second je ne sais pas quoi. Pas une loi de la nature. C'*est* la nature. »

Ils nous élèvent avec cette théorie. « Les choses tombent et se brisent encore plus. On va vers davantage de métissage. Le métissage nous indique le sens du temps. Ce n'est pas une conséquence de la matière ou de l'espace. C'est ce qui donne forme au temps et à l'espace. » Qui sait ce qu'il entend par là ? Notre Da est un pays indépendant à lui tout seul. Tout ce qu'on sait, c'est que quiconque enfreint le Second Principe ne s'en sort pas vivant. Au même titre qu'on n'accepte pas les bonbons offerts par un inconnu. Comme on regarde dans la rue avant de traverser. Ou comme le proverbe qui prétend qu'on peut tuer avec des mots, une loi que je ne comprendrai que longtemps après que tous les mots auront été prononcés.

Et pourtant, il y a un hic dans le credo inébranlable de notre père. Il cache derrière sa science un embarras qui l'absorbe jour et nuit, comme s'il était le comptable de Dieu et ne pourra dormir tant que les colonnes débit et crédit ne seront pas équilibrées. « Au cœur de ce système magnifique, une petite crise cardiaque. *Eine Schande.* Au secours, fiston ! » Mais je ne peux rien pour lui. Le décalage le rend chaque jour un peu plus dingue. Ce scandale est sa flèche, elle lui indique dans quel sens il avance.

Je le surprends un soir à travailler là-dessus, alors que je suis de retour à la maison pour Noël. Il est dans sa grotte, penché sur une ramette de papier quadrillé griffé de carrés bleus. Des dessins partout, comme un illustré. « Tu travailles sur quoi ?

– Travailles ? » Il lui faut toujours un moment pour remonter à la surface. « Je ne travaille sur rien. C'est ce satané truc qui me travaille ! » Il aime dire ce mot quand maman est hors de portée. « Tu sais ce qu'est un "paradoxe" ? Eh bien, c'est le plus grand satané paradoxe que les êtres humains aient jamais construits. » Je me sens coupable, responsable. « La mécanique, en laquelle je crois absolument, dit que le temps peut s'écouler dans n'importe quel sens. Mais la thermodynamique, en laquelle je crois encore plus... » Il fait claquer sa langue et agite un doigt en l'air, tel un flic chargé de la circulation. « Einstein veut tuer l'horloge. Le quantum en a besoin. Comment est-il possible que ces deux belles théories soient justes en même temps ? Et maintenant – d'ailleurs, va savoir ce que signifie *maintenant* ! – la notion de *temps* n'est même plus identique pour l'un et pour l'autre. C'est pas bon, ça, Yoseph. Tu imagines. Un conflit de famille en public. Le sale petit secret de la physique. Personne n'en parle, mais tout le monde sait ! »

Il se tient la tête, penché au-dessus de son papier millimétré, il a honte. Il fait le clown pour moi, mais il n'en souffre pas moins. Le monde est plein de pièges. Les Russes ont la bombe. Nous sommes en guerre avec la Chine. Des juifs sont exécutés pour espionnage. Des universités refusent mon père en tant que conférencier. Son mariage fait de lui un criminel sur les deux tiers du territoire américain. Mais là, le *Zeitgeist* paternel est en crise ; ce hic, cette tache qui souille tout le clan des scientifiques, dans toute la création, dont ils font le ménage, ça le chamboule complètement.

Notre famille aussi est toute retournée. La voix de Jonah a baissé d'une octave. Elle a mué, elle gît, brisée au fond d'un puits. La mienne vacille, sur le point elle aussi de suivre le même chemin. Nous sommes de nouveau à la maison, ce sont sans doute mes deuxièmes vacances d'été. Da traverse une phase de profonde mélancolie joviale. Ma petite sœur est assise dans son bureau avec lui, elle partage sa misère frénétique, son papier quadrillé, ses ustensiles à dessin. Elle se frotte le menton, le visage, fait semblant de réfléchir. Maman le titille, ce qui me fend le cœur, compte tenu de l'évidente détresse de Da. Il y a quelque chose dans ses preuves qui cloche horriblement.

« Pourquoi continuer à y croire si ça te contrarie ?

– C'est des mathématiques, tonne-t-il. La croyance n'a rien à voir avec les nombres.

– Corrige les nombres, alors. Fais en sorte qu'ils t'écoutent. »

Da pousse un soupir. « C'est exactement ce qu'ils ne feront pas. »

Je suis en enfer. Mes parents ne se disputent même pas. Pire. Pour se disputer, il faudrait qu'ils se comprennent. Notre Da ne peut plus rien comprendre. Il en est arrivé à la conclusion qu'il n'y a pas de temps.

« Pas de temps pour quoi ? » je demande.

Il secoue la tête, accablé. « Pour tout. Du tout.

– Oh mince, s'exclame ma mère en rigolant, et Da tressaille en l'entendant. Où est passé le temps ? Il était là il y a une minute ! »

Il n'existe pas, dit Da. Pas plus, apparemment, que le mouvement. Il n'y a que du plus probable et du moins probable, des choses dans leurs configurations, des milliers, voire des millions de dimensions, figées et inamovibles. Nous les classons.

« On a l'impression que c'est un fleuve. En réalité, il n'y a que l'océan. » Et mon père sombre tout au fond. « On ne devient pas. On *est*, et c'est tout. »

D'un geste de la main, maman réfute tout cela et file faire le ménage dans la pièce de devant. « Excuse-moi. Ma poussière m'attend. Appelle-moi quand tu auras redémarré l'univers. » Elle glousse au bout du couloir, son rire se perd dans le grondement de l'aspirateur-balai.

Je reste seul avec Da dans son bureau, mais je ne lui suis d'aucun réconfort. Il me montre les calculs indiscutables. Tout coïncide jusque dans les moindres détails, comme la réduction d'orchestre d'une symphonie évidente. Il s'adresse moins à cet amphithéâtre composé d'un seul étudiant désemparé qu'à quelque examinateur caché. « En mécanique, le film peut défiler à l'envers. En thermodynamique, c'est impossible. Toi, tu le saurais immédiatement, rien qu'en sentant la force du courant, si tu nageais ou pas à contre-courant du temps. Mais Newton, lui, ne pourrait pas le dire. Einstein non plus !

– Faut pas les laisser dans l'eau », je suggère.

Il indique une minuscule équation enterrée dans la pagaïe orchestrée de ses notes. « C'est la fonction ondulatoire atemporelle de Schrödinger. »

Ce n'est pas *atemporel* qu'il veut dire. Qui sait ce qu'il veut dire ?

« C'est le seul moyen qu'on ait. La seule chose qui permette de rattacher l'univers à ses particules subatomiques. La seule qui permette de satisfaire aux contraintes de Mach. La fonction censée connecter l'infiniment grand à l'infiniment petit. »

Il semble important à ses yeux que la chose soit mobile. Mais la fonction ondulatoire de l'univers reste immobile. La partition est en suspension dans l'éternité, incapable de progresser du début à la fin, hormis en une représentation imaginée. Le morceau, partout, toujours existe déjà. Nos soirées musicales en famille l'ont conduit à cette certitude. La musique, ainsi que le dit son héros Leibniz, est un exercice de mathématiques occultes, exécuté par une âme qui ignore qu'elle est en train de compter.

« C'est nous qui faisons le processus. Nous nous rappelons le passé et nous prédisons l'avenir. Nous sentons que les choses vont de l'avant. On ordonne l'avant et l'après. Mais dans l'autre côté...

– *D'un* autre côté, Da. » Toujours en train de lui enseigner.

« D'un autre côté, les nombres ne savent pas... » Il s'interrompt, déconcerté. Mais, fidèle aux feuilles couvertes de symboles, il reprend : « Les lois du mouvement planétaire ne nous disent pas si ça tourne dans le sens des aiguilles d'une montre ou dans le sens inverse. Aussi bien l'année pourrait tourner dans le sens été, printemps, hiver, automne, et nous ne verrions pas la différence ! La batte qui envoie la balle en avant revient au même que la balle envoyant la batte en arrière. C'est ce qu'on entend quand on dit d'un système qu'il est prévisible. Selon un monde déterministe. On peut faire l'impasse sur le temps, comme une variable non nécessaire. Avec Einstein, aussi. Il y a un ensemble d'équations réversibles qui fixe pour nous à l'avance toute la série du temps non accompli. Tu introduis une valeur à n'importe quel instant donné, et tu connais les valeurs à tous les autres instants, avant et *après*. On dit que le présent est totalement la cause de l'avenir. Mais c'est une drôle de chausse.

– *Chose*, Da. Une drôle de *chose*.

– C'est ce que j'ai dit ! Une drôle de chausse, du point de vue mathématique ? On peut dire aussi que le présent détermine le passé. C'est un chemin qu'on prend dans un sens ou dans l'autre. » Les doigts de sa main droite font le geste de se frayer un chemin dans la paume gauche. Puis il inverse le mouvement. « Ce n'est même pas que le destin a déjà été décidé. Cette idée en elle-même est encore trop prise au piège dans la notion d'un flux qui s'écoule. »

Il travaille encore sur d'autres questions plus mouvantes. Il résout un millier de problèmes impossibles, des travaux où son nom n'apparaît nulle part, si ce n'est dans les remerciements. Grâce à lui, ses collègues continueront de publier longtemps après que son flux à lui aura cessé. Ses collègues sont en extase devant lui, ils lui doivent tellement que jamais ils ne seront quittes. Ils affirment qu'il ne travaille pas à partir des problèmes qu'ils lui soumettent. Il se projette dans le futur, où il entrevoit les réponses. Puis de là, il revient comme il peut vers l'ici et maintenant.

« Vous pourriez faire fortune, lui disent-ils.

– Ha ! Si je pouvais recevoir des messages du futur, l'argent serait bien la dernière chose avec laquelle je perdrais mon temps ! »

Maman dit qu'il résout seulement les problèmes de ses collègues, pas les siens. « Oh, mon amour ! Tu n'arrives pas à percer le mystère des problèmes qui te tiennent à cœur. Ou peut-être que tu t'intéresses exclusivement à ceux que même toi tu n'arrives pas à saisir ? »

Pas une seule fois il n'a essayé de résoudre la question de l'impact que le temps a sur nous, sur notre famille. Il bataille, dans son bureau, pour évacuer le temps. Mais avant que cela ne se produise, le temps nous aura évacués tous les cinq, s'il le peut. La partition gribouillée de Da l'afflige plus que n'importe quelle insulte qu'on lui ait jamais lancée à la figure. Il étudie sa pile de griffonnages de la même manière qu'il lit ces lettres envoyées d'Europe, ces éternelles réponses qui ne sont pas des réponses aux questions qu'il pose, dans ces missives qu'il réécrit et renvoie, chaque année, à des adresses différentes, à l'étranger. Il a perdu sa famille. Sa mère et son père, sa sœur, Hannah, et son mari, qui n'était même pas juif. Personne n'est en mesure de dire à Da qu'ils sont encore en vie. Mais personne ne lui dira qu'ils sont morts.

Maman dit qu'ils nous auraient retrouvés, à l'heure qu'il est. Si les officiels allemands à qui Da écrit ne peuvent pas dire où ils sont, alors tout est dit. « On ne peut pas parler de ce qu'on ne connaît pas », rétorque Da. Moyennant quoi il n'en dit pas davantage.

En Europe, me dit-il, les courses de chevaux se déroulent à l'envers sur la piste. J'imagine qu'on commence par donner ses gains, qu'ensuite on attend que la course arrive au point de départ pour voir combien on parie. J'adore cette idée : Jonah et moi, déjà avec lui, en Europe, avant même que Da n'ait débarqué en Amérique et rencontré Maman. Pour elle, ce serait une belle surprise. Je ris à l'idée de rencontrer tous les gens de la famille de Da qui ne répondent pas à l'appel ; à l'idée qu'ils fassent notre connaissance, avant même notre naissance, avant qu'ils aillent tous là où Maman nous dit qu'ils sont presque certainement allés.

Mais pour les réponses dont il a besoin, il n'y a pas de certitude. Da reçoit une autre lettre purement administrative. Il secoue la tête puis, sans espoir, en renvoie une autre. « C'est là qu'est né Heisenberg, dit-il. Et le chat de Schrödinger. » Dans ce même bureau, un an plus tard, il me dit : « On n'a pas accès au passé. Tout notre passé est contenu dans le présent. Nous n'avons rien d'autre que des documents. Rien d'autre que l'échantillon suivant avec toutes ses archives. »

Il se tient la tête en regardant les schémas qu'il a dessinés, ces schémas qui tuent le temps. Il cherche la faille dans ce qu'il vient juste, craint-il, de démontrer. Il marmonne dans sa barbe, évoque la récurrence de Poincaré, selon laquelle tout système isolé revient à son état initial un nombre infini de fois. Il parle d'Everett et Wheeler, de l'univers entier qui génère des copies de lui-même à chaque observation. Parfois il en oublie que je suis là. Une demi-décennie plus tard, il est toujours à son bureau. Moi, je suis à l'université. Maman a fini de passer l'aspirateur pour de bon, elle en a fini pour de bon avec tout le nettoyage. Je suis debout derrière Da, à masser ses épaules voûtées. Il chantonne avec une gratitude préoccupée, mais en mineur. Il est possible que le temps existe à nouveau, si on en croit les nombres. Il n'en est pas persuadé. Il est encore moins persuadé qu'il faille s'en réjouir.

De plus en plus – la flèche du temps – il ne fait pas la distinction entre l'absurde et le profond. Son univers a commencé à se rétracter, le temps défile à l'envers vers un jour antérieur au Big Crunch. Il y a des secrets enterrés dans la relativité gravitationnelle que même son découvreur n'avait pas anticipés. Des secrets que d'autres ne perceront pas au grand jour avant des années. Or, lui les anticipe. Il dessine ce à quoi la gravité quantique devra ressembler. Il décompte toutes les dimensions enroulées dont nous aurons besoin, uniquement pour survivre aux quatre dimensions dans lesquelles nous sommes déjà enfermés.

La cassure, c'est ce qui donne son sens au courant. Les voix cassées. Les promesses cassées, le blanc cassé, le casse-tête, le casse-pipe. Qu'il existe ou pas, le temps a fait des heures supplémentaires.

Il planche sur son système à lui, dans un état proche de la transe, égaré aux confins de quelque nulle part temporel. Il introduit des variables dans un tableau de distribution qu'il ne prend plus la peine de m'expliquer. « Saint Augustin disait qu'il savait ce qu'était le temps tant qu'il n'y réfléchissait pas. Mais dès l'instant où il se posait la question, il ne savait plus. »

Il se tourne vers moi. Il a des traits de plus en plus épais, un air de deuil jovial, ses yeux sont au fond d'un tunnel creusé par tous les moments examinés. Il me toise, juché sur l'autre rive de son paradoxe insoluble. Les quatre doigts noueux de la main droite s'élèvent pour essuyer son front, suivant le même sentier réflexe emprunté cent fois par jour, chaque jour de cette vie. Ses yeux brillent du plaisir de l'étrangeté irréfutable que chaque jour lui apporte. En fait, si le temps existe encore, ce doit être un bloc, une résonance créée par cette équation d'onde constante. Les vies qu'il lui reste à vivre sont déjà en lui, aussi réelles que celles qu'il a menées jusqu'à maintenant.

« Un espace courbe », dit-il. Je ne sais pas s'il en a trouvé un, perdu un, ou s'il est en train de négocier la courbe. « Le temps doit être analogue aux accords. Même pas une série d'accords. Une énorme grappe polytonale à l'intérieur de laquelle s'entasse toute la mélodie horizontale. »

Le temps ne s'est pas du tout écoulé – pour ainsi dire. Je considère son profil, son menton dressé comme un bouclier, la proue de son nez, ce menton déterminé qui m'est aussi familier que le mien. Les cheveux ont pratiquement disparu à présent, les yeux se logent dans un renfoncement cireux. Mais je vois la foi qui subsiste encore dans les replis de ses paupières : les temps – passé, présent, futur – sont une illusion bornée. Aucun élément de ce trio impie ne possède d'existence mathématique distincte. Le passé et le futur se trouvent tous deux repliés dans cette fausse piste qu'est le présent. Ce sont juste trois coupes différentes tranchées dans la même carte. *Était* et *sera* : tous sont des coordonnées fixes, perceptibles, sur la surface plane où figurent tous les *maintenant* en mouvement.

J'arrive à la trentaine. Je ne sais pas où est ma sœur. Mon frère m'a abandonné. Toutes les grandes villes d'Amérique ont brûlé. La maison est maintenant une sorte de hideux pavillon de banlieue dans le New Jersey où aucun d'entre nous n'a jamais vécu. Da est dans son bureau, penché sur encore davantage de schémas. Il besogne furieusement sur l'unique problème que j'ai besoin qu'il résolve. Mais comme toujours, il ne peut pas résoudre ceux qui lui tiennent à cœur. Il me dit : « La race, la couleur de peau, ça n'existe pas. La race n'existe que si tu arrêtes le temps, si tu inventes un point zéro pour ta tribu. Si tu fais du passé une origine, alors tu figes l'avenir. La couleur de peau est variable dans le temps. C'est un chemin, un processus en mouvement. Nous nous déplaçons tous selon une courbe qui se brisera comme une vague et nous reconstruira tous. »

Il est impossible que lui et moi soyons de la même famille. Personne, me connaissant, moi ou ma famille, ne peut raisonnablement penser ça. Mais tous ceux qui auraient pu le lui dire sont morts. Maman est morte, Jonah a émigré, et Ruth se cache. C'est à moi, et à moi seul, qu'il échoit de rappeler à mon père tout ce qu'il a oublié depuis l'époque où il avait mon âge, tout ce qui était clair et évident et dont il s'est écarté, emporté par le temps mathématique. Sa famille perdue. Ce qui a causé sa perte. La femme qu'il a épousée. La raison pour laquelle il l'a épousée. L'expérience qu'ils ont tentée. Les chances qu'il a de survivre à sa propre expérience.

Mais je n'arrive pas à comprendre ce qu'il essaye de me dire. Je me penche en avant et pose ma tête sur son épaule. Ma main remonte sur sa poitrine pour l'empêcher de tomber dans cet endroit qu'il habite déjà à moitié.

Il est sur son lit de mort, juste avant le grand voyage. À l'hôpital, revenu à Manhattan, à dix minutes de taxi du bureau où il ne retravaillera plus jamais. Il est en train de me parler des mondes multiples. « L'univers est un orchestre qui, à chaque intervalle, se sépare en deux formations, chacune jouant un morceau différent. Autant d'univers complets qu'il y a de notes dans l'univers que nous connaissons ! »

J'ai besoin de savoir s'il n'a pas complètement perdu la boule, à l'intérieur de cette carapace souriante, diminuée. Savoir s'il n'a pas sacrifié tout notre avenir – pire, nos passés – pour quelque chose d'aussi ténu que l'arithmétique.

« Ha ! » vocifère-t-il en faisant sauter ma tête de son épaule, et ma main vient se reposer par réflexe sur mon giron. Il a trouvé quelque chose, une disparité que personne n'avait repérée. Un terme caché qui aplanit toutes les asymétries. Ou bien simplement une douleur abdominale insupportable.

J'attends une journée où il ne souffre pas trop, et je demande : « Finalement, est-ce que tu as décidé qui l'emportait ? »

Il sait immédiatement à quoi je fais allusion : la mécanique ou la thermodynamique ? La relativité ou la physique quantique. L'infiniment grand ou l'infiniment petit. Le fleuve ou l'océan. Le flux ou l'immobilité. Le seul problème sur lequel il ait jamais travaillé. Celui qui l'occupe, y compris en ses dernières heures. Il essaye de me sourire, doit économiser ses forces pour articuler la monosyllabe : « Quand ?

– À la fin.

– *Ach* ! Mon Yoseph. » Son bras affaibli, jaunâtre, essaye de saisir ma nuque pour me rassurer. « S'il n'y a pas de début, comment peut-il y avoir une fin ? » Je vais devenir dingue. Les muscles de son épaule se chevauchent et dessinent un nœud que même l'équation la plus subtile ne saurait définir.

Jamais je ne serai plus proche de lui que maintenant. Il considère sans détour ma question pressante, mais refuse d'acquiescer ou de nier. Quelle que soit l'issue, il est prêt. Ravi, même, de la confusion qu'il a créée. Les jeux sont faits. Les résultats commencent à apparaître. Quelque part, notre avenir est déjà réalité, même si nous ne pouvons savoir à quel point, coincés que nous sommes dans le miroir aux alouettes du présent. Il hausse à nouveau les épaules, main en l'air, en chef d'orchestre. Ses yeux rient du monde qui se dévide. Son air veut dire : *Comment veux-tu que les choses se terminent ? Que feras-tu s'il n'y a pas de fin ?*

« Dans un mouchoir de poche, dit-il. Photo à l'arrivée. Sur la ligne d'arrivée. »

Nous laissons passer une succession de moments aussi figés que cette photo. Il ne va pas mieux. Une nuée de médecins nous tourne autour, en quête de données, des cliniciens qui usent de tous les sortilèges qui sont en leur pouvoir, tâchant d'influer sur le résultat couru d'avance. Da va s'en aller et je serai à jamais dans le noir. C'est l'unique prédiction que je formule avec certitude. Le monde me fera endurer toutes les ignorances possibles.

« Sais-tu ce qu'est le temps ? » Sa voix est si douce que je crois l'avoir inventée. « Le temps est notre manière d'empêcher que tout se produise d'un coup. »

Je lui réponds ainsi qu'il me l'a appris, il y a longtemps, l'année où ma voix a mué. « L'heure qu'il est ? Tu sais ce qu'est le temps ? Le temps, c'est juste une chose après l'autre. »

10

Août 1955

L'interminable été tire à sa fin. Le garçon a quatorze ans, c'est un enfant radieux au visage rond et plein. Dans toute la création, personne ne respire une si belle assurance. Il arpente l'allée centrale d'un long train filant vers le sud. Il y a dans sa démarche une vitalité que, pense-t-il, tout le monde a le droit d'afficher. Il regarde par la vitre le paysage découpé en tranches : le monde entier défile dans l'autre sens et s'estompe. Il a grandi en respirant l'air d'une grande ville du Nord. Il s'imagine libre.

Dans la poche de son pantalon très chic, une photo du Noël dernier : un tout jeune adolescent pose avec sa mère radieuse. Sur la photo il a les cheveux en brosse, comme tous les garçons de son âge. Sa chouette chemise de Noël blanche, impeccable, a encore les plis du grand magasin où elle a été achetée. Sous les pointes en flèche du col jaillit une cravate toute neuve, parcourue en son milieu d'une bande dorée verticale. Son visage resplendit : une lune aux trois quarts, avec l'ombre de la terre qui lui gomme le côté droit. Ses yeux brillent de confiance, on dirait qu'il porte la bague à un grand mariage d'amour. Il a toute la vie devant lui. Sa beauté le rend heureux, ou peut-être est-ce sa joie qui le rend très beau.

Sa mère, sur la photo noir et blanc, est en bleu. Elle porte une robe à col et manchettes en dentelle blanche. Un collier de fête brille sur sa gorge. Sa chevelure se répand en un essaim de boucles. La main droite repose sur l'épaule de son fils. Le garçon regarde franchement l'appareil photo, mais la femme sourit ailleurs, hors cadre, au-delà de son fils, du rouge sur ses lèvres langoureuses un peu retroussées, les yeux pétillent, elle pense à la surprise qu'elle a prévue pour plus tard, dans l'après-midi.

C'est la photo qui remue dans le portefeuille de la poche de pantalon du garçon, tandis qu'il fonce dans l'allée centrale du train filant vers le sud. Il en existe un autre tirage, dans un cadre argenté, sur le buffet de sa mère, à la maison, en ville, qu'elle garde en souvenir de ce Noël magique, huit mois plus tôt. Elle a envoyé le petit gars rendre visite à sa famille dans le Mississippi, un séjour à la campagne juste avant la rentrée des classes.

Quand le train arrive à destination, le gamin a conquis tout le wagon. Des inconnus tombés sous le charme lui souhaitent plein de bonnes choses lorsqu'il descend à Money, une toute petite bourgade du Delta. Il quitte le quai pour rejoindre un attroupement de garçons. Immédiatement ils sont copains. Il leur apparaît comme d'une autre espèce, une créature venue d'une autre planète. Ses vêtements, sa démarche, son accent : il avance parmi eux la bouche pleine de plaisanteries et de fanfaronnades. Il déborde de confiance en lui, il n'a rien en commun avec ceux à qui il est lié par le sang. Hormis le sang.

Sa mère lui a dit de faire attention à ses manières, si loin de la maison. Mais si loin de la maison, il ne sait plus ce que signifie « faire attention à ses manières ». Dans ce trou perdu, tout est plus lent, les gens sont faciles à épater. Où qu'il aille, sur ces routes au goudron fondant, il est le centre d'attraction, au milieu de garçons curieux de ces simagrées, pour eux inédites. Ils l'appellent « Bobo ». Il faut qu'il amuse la galerie. Il faut que Bobo chante pour eux les ritournelles du moment, ces airs urbains, cousins de leur musique à eux, qu'ils reconnaissent à peine.

Ils veulent des légendes de la ville, plus ce sera étrange, mieux ce sera. *Là où je vis,* dit Bobo, *tout est différent. On peut faire tout ce qu'on veut. Dans mon école ? Les Noirs et les Blancs sont dans la même salle de classe. Se parlent entre eux, sont amis. C'est pas des conneries.*

Les cousins du Sud rigolent en entendant les sottises de ce baratineur.

Tenez ! Regardez ! Bobo leur montre la photo de ses copains de classe, sortie de son portefeuille, elle était à côté de la photo de Noël. Le rire du Delta se fige en confusion. L'image les pétrifie. Ils ne peuvent pas savoir que ce printemps, la Cour suprême a déclaré qu'une telle folie devait – *et dans les meilleurs délais* – devenir partout réalité. Ils n'ont pas non plus entendu les hommes qui gouvernent Jackson, la capitale de l'État, déclarer, cet été même, qu'ils étaient fiers d'être des criminels. Ces garçons de Money qui marchent dans la rue poussiéreuse, envahie de mauvaises herbes, sont plus près de la lune que de ces nouvelles.

Regardez ça ! dit le gars Bobo. De l'ongle du pouce, il indique une fille. Fluette, blonde, anémique – à sa manière maladive, presque sublime. Pour les garçons qui s'agglutinent autour de la photo, le visage est animal, étranger. Impossible d'adresser la parole à quelqu'un comme ça, ce serait comme marcher dans le feu. *Cette fille-là ?* dit Bobo à ses disciples de la campagne. *Eh ben, c'est ma petite chérie.*

L'a perdu la tête, le Nègre. Il les a peut-être déjà plusieurs fois obligé à réviser leur vision du monde, mais là, ils ne peuvent pas le croire. Bobo et cette fille aux cheveux de chaume : quel toupet, c'est une insulte à Dieu. Le monde à l'envers. Quelle sorte de ville – même dans le Nord – laisserait un garçon noir s'approcher d'une fille comme ça assez longtemps, pour qu'il lui marmonne autre chose qu'une excuse ?

T'es qu'un satané menteur. Tu te fiches de nous, là. Tu crois peut-être qu'on sait rien.

Bobo se contente de rigoler. *Je vous dis, c'est ma chérie. Pourquoi je mentirais à propos d'une petiote aussi chouette ?*

Ses auditeurs ne ricanent même pas. À quoi bon laisser des fariboles de ce genre vous entrer dans les oreilles. La photo, la fille, le mot *petite chérie*, tout cela évoque immédiatement le rituel des insultes rimées. Ça a beau être le Nord, on peut pas se moquer du monde comme ça. Ce gars a une allumette dans une main et un gros bâton de poudre à canon dans la bouche. Il veut leur balancer quelque chose de vraiment moche. Les autres s'écartent de la photo, comme si c'était de la drogue, de la pornographie ou de la marchandise de contrebande. Ensuite, comme si c'était tout cela à la fois, ils refont cercle et regardent à nouveau un bon coup.

Ils sont dans la rue devant la boutique de brique décrépie de l'épicerie-boucherie Bryant's. Une vingtaine, entre douze et seize ans. C'est un dimanche aride de la fin août, ça cogne pire que sous un crâne, et l'air est plus sec qu'un mulet crevé dans la poussière. Le garçon et son cousin germain sont venus au bourg grignoter un morceau, se reposer de la longue journée d'église où prêche le grand-oncle du garçon. La foule qu'il attire veut zyeuter encore une fois. La photographie de la fille blanche passe de main en main. Et si une part d'eux-mêmes craint que ce ne soit vrai, ils savent bien que ce ne sont que des simagrées d'un gars de la ville.

T'es qu'un baratineur.

Hin, hin. Le garçon rigole. *Puisque je vous dis que c'est pas du baratin. Vous la trouvez belle, sur la photo ? Eh ben, elle est encore plus belle en vrai.*

Bon, allez, maintenant, arrête. Dis, pour de vrai. Qu'est-ce tu fabriques avec la photo d'une blanchette dans ton portefeuille ?

Et la bouille ronde du chérubin sûr de lui – il a encore tout de la vie devant lui – se contente de sourire.

Ce qui rend les autres dingues. *Tu te crois fortiche, à parler comme ça aux femmes blanches ? Tiens, on va voir, entre donc dans le magasin, cause à la dame Bryant qui tient la boutique. Demande-lui donc, à la Blanche, ce qu'elle fait ce soir.*

Le garçon du Nord se contente de sourire de son sourire irrésistible. De toute façon, c'est précisément là qu'il allait. Il adresse un signe de tête à ces péquenots, ouvre la porte-moustiquaire de l'épicerie et disparaît sous les panneaux DRINK COCA-COLA de l'auvent en pin blanc.

Le garçon a quatorze ans. Nous sommes en 1955. La moustiquaire claque en se refermant derrière lui – typiquement le môme qui veut faire son malin. Il achète pour quelques sous de chewing-gum à la femme blanche. En sortant, il lui lance deux mots, « Salut, *baby* ». Ou peut-être siffle-t-il : un trophée à rapporter aux copains qui attendent à l'extérieur, pour montrer qu'il a relevé le défi, pour prouver qu'on ne la lui fait pas, à lui. Il sort en trombe, mais là, l'hilarité qu'il croyait provoquer dehors vire à l'horreur. Les autres se contentent de le dévisager, le suppliant de défaire ce qu'il vient de faire. Le groupe se disperse, sans un mot, dans toutes les directions.

Ils viennent chercher le garçon quatre jours plus tard, après minuit, à l'heure où le temps se retourne comme un gant, à l'heure où les forces toutes-puissantes agissent comme en rêve. Ils débarquent chez le prédicateur Mose Wright, le grand-oncle de cet Emmet. Ils sont deux. Brusques, costauds. L'un est chauve, il fume une cigarette. L'autre a un visage émacié, nerveux, qui ne se nourrit que de rage. Ils réveillent le vieux prêcheur et sa femme. Ils réclament le garçon, le petit nègre de Chicago qui a fait tout son baratin. Ces hommes sont armés. Le gamin est pour eux. Rien au monde n'empêchera qu'ils s'emparent de lui. Ils sont sûrs d'eux, leurs gestes sont saccadés, au-delà de l'autorité des États. On n'y coupe pas. C'est la méthode froide, poisseuse, d'après minuit.

La grand-tante du garçon s'interpose pour le défendre. *C'est qu'un môme. L'est pas d'ici. Ce p'tit gars, y sait rien de rien. Y veut du mal à personne.*

Le chauve lui assène un coup de crosse en pleine tempe. Les deux Blancs maîtrisent le vieil homme. Ils emmènent le garçon. C'est comme ça que ça se passe. Le gamin leur appartient.

Bobo – Emmett – est le seul à rester calme. Il est de Chicago, la grande ville, là-bas, au nord Il n'a rien fait de mal. Il ne se laisse pas impressionner par ce numéro d'intimidation, ces deux blancs-becs et leur théâtre amateur, qui se cognent partout avec leur pauvre lampe. Ils ne peuvent pas lui faire de mal. Il a quatorze ans ; l'éternité devant lui.

Les Blancs font avancer Emmett sur l'herbe, en pleine nuit, en lui retournant le bras dans le dos. Il essaye de se tenir droit, de marcher normalement. Celui au nez retroussé lui donne un coup de genou dans l'aine, et le gamin se plie en deux. Il pousse un cri, et celui au nez retroussé le frappe à coups de pistolet en plein visage. Au-dessus de l'œil, la peau d'Emmet se déchire et se retrousse. Il y met la main, le sang coule à bouillon. Ils le ligotent comme un veau et le jettent à l'arrière du pick-up. Celui au nez retroussé prend le volant, le chauve s'installe à l'arrière, écrasant le crâne du garçon sous sa botte.

Ils roulent pendant des heures sur les routes cabossées. Il a la tête qui cogne contre la tôle du pick-up. Le gamin ne pourra pas être proprement corrigé tant qu'il ne se sera pas rendu compte de la gravité de ses actes. Ils s'arrêtent pour le rosser à coups de crosse, des jambes aux épaules, il faut réparer le mal qui a été fait.

Mais t'as cru que tu parlais à qui comme ça ? Il y a de la fascination dans la question. Les questionneurs prennent de l'assurance au fur et à mesure que la nuit avance, et que le garçon se désagrège, pour ne plus être qu'une boule de sang gémissante. *T'es aveugle ? T'as pris cette femme pour une putain noire ?* Les yeux de celui au nez retroussé s'animent sous les rabats de sa peau de tortue. *C'est ma femme, espèce de nègre. Ma femme. Sûrement pas une saloperie de petite pute noire.*

Il savoure les mots – *pute, saloperie, putain, nègre, blanc, femme* –, ponctuant chaque point de la leçon d'un coup de crosse. Il procède méticuleusement, comme pour une tache qui refuserait de s'en aller. Il déshabille le garçon, tabasse le torse nu, les épaules, les pieds, les cuisses, la bite, et les couilles. Il va falloir que chaque bout de cette chair qui a désobéi apprenne le respect.

On n'a jamais eu le moindre problème avec nos nègres jusqu'à ce tu viennes les exciter, espèce de vermine de Chicago. Tu sais donc que dalle ? Personne t'a jamais appris ce que tu peux faire et ce que tu peux pas faire ?

Le garçon a cessé de répondre. Mais même son silence les défie. Les deux hommes – le mari de la femme souillée et son demi-frère – s'acharnent sur le corps nu : dans le pick-up, hors du pick-up, l'interrogent, le dérouillent, en professeurs patients qui ont commencé leur leçon trop tard.

Tu regrettes ce que t'as fait, gars ? Rien. *Tu ref'ras un truc aussi con, de tout le restant de ta vie ?* Toujours rien. Ils scrutent son visage en quête d'une trace de repentir. À présent, il ne reste plus grand-chose de la bonne bouille ovale malicieuse de la photo de Noël. Le silence du garçon plonge les Blancs dans une furie froide au-delà de la folie. Ils lui fourrent leurs canons dans les oreilles, dans la bouche, dans les yeux.

Ils raconteront tout plus tard au magazine *Look*, à qui ils vendront leur confession pour un peu d'argent. Ils avaient seulement l'intention de lui flanquer la trouille. Mais comme le garçon refusait d'admettre son tort, ils ont été obligés de faire ce qu'ils avaient à faire. Ils le remettent à l'arrière du camion et l'emmènent à la ferme de Milam. Ils fouillent dans la remise et trouvent un lourd tarare d'égreneuse à coton. Bryant, le mari au nez retroussé, se met à hisser le tarare dans le pick-up. Son demi-frère Milam l'arrête.

Roy, bon sang, qu'est-ce tu fabriques ?

Roy Bryant baisse la tête et rigole. *T'as raison, J.W. Je perds la boule. C'est que j'ai pas eu ma bonne nuit de sommeil.*

Ils obligent le gamin à ramasser le tarare. Bobo, lui qui pèse à peine plus lourd que ce qu'il est censé soulever. Emmett, que les Blancs ont passé à tabac jusqu'à ce qu'il perde connaissance. Il croule sous le poids mort en métal, mais réussit à le charger, sans l'aide de personne, dans le camion.

Tu sais pour quoi c'est faire, hein, gars ?

Et pourtant le garçon n'arrive toujours pas à y croire. C'est trop théâtral ; le tarare de l'égreneuse à coton, du Grand Guignol. Ils ont l'intention de torturer uniquement son imagination, de le faire céder par la peur. Pourtant, hisser la lourde machine est pire que tout ce qu'il a enduré jusqu'à maintenant.

Bryant et Milam l'obligent à s'allonger dans le pick-up, nu, contre le morceau de ferraille. Ils le reconduisent dans la forêt, vers les berges de la Tallahatchie. Sur ces trois derniers kilomètres, le garçon revit mentalement tout ce que le monde a vécu depuis sa création. Ses pensées s'effondrent ; il ne peut prononcer aucun message pour pardonner aux vivants. Toutes les lois se liguent contre lui. Quatorze ans, et condamné au néant. Même Dieu le laisse tomber.

La nuit est d'encre et emplie d'étoiles. Ils garent le pick-up loin de la route, dans un fourré près de la rivière. Même à ce moment-là – diront les Blancs au magazine qui achètera leur confession –, même à ce moment-là, ils veulent juste lui donner une bonne correction. Ils menacent d'attacher le tarare au cou du garçon avec une boucle de fil de fer barbelé. Bryant lui parle, lentement. *Tu piges maintenant, mon gars ? Tu vois ce que tu nous obliges à faire ?*

Emmet Till ne dit rien. Il s'en est allé en un endroit au-delà de tout besoin humain.

Milam montre du doigt les eaux noires. *On te met là-dedans, gars. Sauf si tu nous dis que tu as compris comment on traite une femme blanche.*

Le garçon n'a pas convenablement exprimé de remords, diront-ils au magazine. Il refusait d'admettre qu'il avait fait quelque chose de mal.

Pendant que son demi-frère assène son sermon, Milam joue avec les vêtements en sang. Il veut savoir quel genre de sous-vêtements ça porte, un petit Noir. Il fouille dans les poches de Till. Il en sort le portefeuille et trouve la photo.

Roy, dit Milam d'une voix métallique. *Regarde-moi ça.*

Les hommes se repassent plusieurs fois la photo, à la lumière de la lampe de poche. Un objet sans signification. Un changement dans les lois fondamentales. Bryant emporte la photo au bord de la rivière et la presse sur le visage ravagé du gamin. *T'as trouvé ça où, mon gars ?*

Le garçon est trop esquinté pour répondre. Le silence déclenche une autre salve de tabassage.

À qui t'es allé piquer ça ? T'as intérêt à tout nous raconter. Et que ça saute.

Ils pourraient aussi bien exiger une réponse de la terre elle-même, dans laquelle ils sont en train de le faire pénétrer, à force de le marteler. Le temps fond comme le goudron de la route en août. Les questions enflent, chaque mot libère sa graine d'éternité violente. Ils le frappent avec une clé à molette. Chaque coup s'abat pour toujours.

C'est qui, cette fille ? Bordel, qu'est-ce que tu lui as fait, Nègre ?

Emmett revient de là où il n'aurait pas dû s'échapper. Sa carcasse est démolie. Elle ne lui servira plus à rien maintenant, même s'ils le laissent en vie. La vie dont ils se sont emparés n'aurait plus aucun sens pour lui. Le sens est au point mort. Mais pourtant il revient à lui, réussit à se servir de son cerveau commotionné, de sa gorge défoncée.

C'est ma petite chérie.

Son crime est pire qu'un viol, pire qu'un meurtre. Un crachat à la face de la création. Alors les Blancs font ce qu'ils ont à faire – aucune colère dans leurs gestes, pas d'hystérie, pas de leçon. Ils exterminent par réflexe, la plus immédiate des impulsions. Ils logent une balle de pistolet dans la cervelle du gamin de quatorze ans, comme ils auraient tué un animal enragé. Un acte désespéré pour se protéger, pour sauvegarder leurs proches.

Ils attachent le tarare au cou du cadavre avec l'écheveau de fil de fer barbelé. Ils lâchent le corps dans le courant. Là, il ne menacera plus personne. Puis ils rentrent chez eux, auprès de leurs familles. Retour à la sécurité du foyer – cette sécurité à laquelle ils ont œuvré cette nuit.

Comme le garçon ne rentre pas à la maison, Mose Wright appelle les autorités indifférentes. Mais il appelle aussi la mère du garçon, qui appelle la police de Chicago. Sous la pression de l'extérieur, les autorités de

Money s'activent. La police locale arrête les deux hommes, qui disent juste avoir emmené le garçon, mais l'ont laissé repartir après avoir fait entrer en lui la crainte du Seigneur.

Le troisième jour, le corps lesté remonte à la surface de la rivière. Il s'accroche à l'hameçon d'un garçon blanc qui pêchait, et a cru avoir attrapé une créature aquatique primitive. Après avoir ramené à terre la carcasse, l'enfant pêcheur met un certain temps avant de se rendre compte que sa prise est humaine. Chaque centimètre a été matraqué jusqu'à être méconnaissable. Même Mose Wright n'arrive pas à identifier son petit-neveu, jusqu'à ce qu'il reconnaisse la chevalière qui appartenait au père mort d'Emmett, un souvenir que le garçon portait toujours à son doigt fluet.

Le shérif essaye de précipiter l'enterrement. Mais la mère d'Emmett lutte auprès de la police pour que le corps de son fils soit rapatrié à Chicago. Contre toute probabilité, elle obtient gain de cause. Le corps est remonté au Nord par voie ferrée. Les autorités ont beau ordonner que le cercueil soit définitivement scellé, la mère d'Emmett insiste pour le regarder une dernière fois, même si ce doit être en gare de Chicago. Elle désobéit à la loi, jette un coup d'œil dans le cercueil, et s'évanouit, comme morte. Quand elle revient à elle, elle décide qu'il faut que le monde entier voie ce que son fils a subi.

Le monde a envie de regarder ailleurs, mais c'est impossible. Une photo est publiée dans le magazine *Jet*, avant d'être réimprimée dans toute la presse noire et ailleurs. Le garçon porte à nouveau la chemise blanche qu'il avait à Noël, doucement amidonnée, avec une veste noire par-dessus. Ces vêtements sont le seul élément indiquant qu'il s'agit bien d'un être humain. Que l'employé des pompes funèbres ait survécu à l'habillage du cadavre est en soi miraculeux. Le visage est un morceau de caoutchouc fondu, un légume en état avancé de putréfaction, boursouflé, rétamé. Au-dessus de l'arcade sourcilière, ce n'est qu'une seule plaie ratatinée. L'oreille est carbonisée. Le nez et les yeux ont été reconstitués sans guère de conviction.

C'est la photo à propos de laquelle mes parents finissent par se disputer, eux qui ne se sont jamais disputés. Pour un enfant qui a été élevé dans la concorde, chaque mot de travers est une sainte terreur. Un garçon de notre âge est mort. Le fait, tout au plus, me déconcerte. Mais nos parents sont en train de se quereller. Les entendre se battre me plonge dans l'abîme.

« Je suis navré, chuchote l'un. On ne devrait permettre à aucun garçon de leur âge de voir une chose comme ça.

– Permettre ? dit l'autre. *Permettre ?* Mais il faut qu'on leur montre. »

Leurs voix claquent dans un sens puis dans l'autre comme des faucilles silencieuses. Ce ne sont pas mes parents, ces deux personnes qui ont du mal à ne serait-ce que prononcer le mot *haine* en chanson.

Jonah entend, lui aussi, la violence dans leurs échanges. Même s'il restera encore un an et demi un enfant docile, cette crise l'ébranle jusqu'au désespoir. Il met un terme à leurs chuchotements de la seule manière qu'il connaisse. Tandis que nos parents se querellent à propos de la photo, il s'approche du magazine et regarde.

Alors, lestée de ce fardeau, la bataille prend l'eau. Nous formons de nouveau une famille, et nous regardons ensemble, du moins quatre d'entre nous. Mes parents s'accordent pour dire que Ruth est trop petite pour regarder. Nous sommes tous trop petits, y compris mon père. Mais nous regardons quand même, ensemble. C'est ce que la mère du garçon – le garçon de la photo – a souhaité.

« C'est pour de vrai ? je demande. Vraiment vrai ? » Je préférerais qu'ils se querellent à nouveau, tout plutôt que ça. « Un vrai être humain ? » Je ne vois qu'un masque caoutchouteux macabre, en avance de deux mois pour Halloween. Ma mère refuse de répondre. Elle fixe l'image, elle implore l'invisible, posant la même question. Mais sa question ne concerne pas le garçon.

Ma mère ne répond pas. Il n'y a rien que je puisse dire, mais il faut que je dise quelque chose. J'ai besoin qu'elle reste avec nous. « C'est quelqu'un de ta famille ? » je lui demande. C'est possible. Il y a toute une partie de la famille, dont elle et Da disent qu'un jour je les rencontrerai. Mais Maman ne me répond pas. J'essaye encore : « Est-ce que tu es amie avec... »

Elle me congédie d'un geste, muette, brisée, avant que je trouve moyen de l'atteindre.

Je demande à mon père. « Est-ce qu'on connaît ce garçon, ou... ? »

Mais lui aussi ne m'accorde qu'un distrait : *« Sha. Sei still, Junge. »*

Elle vient me rendre visite le soir, cette chose qui, dit-on, est un garçon. Cela se reproduit tant de soirs à la suite que je ne peux pas les compter. Il est allongé, endimanché, dans ce costume noir, cette chemise parfaitement amidonnée, avec en haut ce champignon grotesque qui devrait être sa figure. Puis il se redresse. Son corps se plie au milieu, il se penche brutalement en avant, son visage s'approche tout près du mien. Il jaillit comme un ressort pour m'attraper, sa bouche réduite en purée sourit, il tente de sympathiser avec moi, de parler. J'essaye de hurler, mais ma propre bouche fond pour devenir un autre masque caoutchouteux, aussi ratatiné que le sien. Je me réveille en nage, un gémissement s'échappe de moi, qui ressemble davantage à un meuglement qu'à une voix humaine. Le gémissement réveille mon frère sur le lit au-dessus de moi. « Rendors-toi », me lance-t-il sur un ton sec. Il ne prend même pas la peine de me demander ce qui cloche.

À Chicago, les funérailles de l'enfant se transforment en événement national. Da demande à Maman si elle veut y aller. « Nous pourrions y aller ensemble. Je ne suis pas retourné à l'université de Chicago depuis la mort de Fermi. Je pourrais me faire inviter. Nous serions sur place, à South Side. »

Ma mère dit non. Les funérailles d'un inconnu ? Elle a ses élèves et puis il faut penser à faire la classe à Ruth. J'ai beau avoir seulement treize ans, je sais : elle ne peut pas assister à ces funérailles, pas à celles-ci en tout cas, au bras d'un homme de la couleur de mon père.

Dix mille personnes viendront pleurer un garçon que seulement une centaine d'entre eux connaissaient. Chacun arrive enfermé dans un panégyrique personnel, fredonnant tout un recueil d'explications. *Un garçon malchanceux*, un coup de folie chez les ploucs du Sud, les derniers soubresauts d'une histoire cauchemardesque : voici les funérailles auxquelles l'Amérique blanche croit assister. Mais le Chicago noir, le Mississippi noir, les amis de la mère du garçon, ou de la mère de la semaine dernière, ou de la semaine prochaine, sortent l'habit de deuil du placard – même pas eu le temps de le repasser – et affrontent à nouveau leur calvaire.

Le cercueil reste ouvert pendant toute la cérémonie. Les gens font la queue pour voir une dernière fois, ou une avant-dernière fois, ou une avant-avant-dernière fois. La foule se présente à nouveau, là-bas dans le Mississippi, pour le procès de Bryant et Milam. Les trois grandes chaînes de télévision tout juste nées sont là, ainsi que les actualités filmées ; le public est révulsé mais galvanisé.

Un membre noir de la Chambre des représentants descend du Nord en personne au tribunal du comté, à Sumner. L'huissier refuse de le laisser entrer. *Le Nègre dit qu'il est membre du Congrès.* Ils finissent quand même par l'admettre dans la salle, mais le cantonnent dans le fond, avec la presse et la poignée de gens de couleur requis par la procédure.

La salle du tribunal est une étuve. Même le juge est en bras de chemise. Le procès s'instruit tout seul. Les rainures dans une égreneuse à coton sont reconnaissables, creusées par un seul tarare. Le tarare attaché à l'aide du fil de fer barbelé au cou d'Emmett Till est bien celui de l'égreneuse qui se trouve encore dans la grange de J. W. Milam. Le procureur demande à Mose Wright s'il pense que quelqu'un dans la salle du tribunal est impliqué dans l'enlèvement de son petit-neveu. Le prédicateur âgé de soixante-quatre ans se lève, seul contre le pouvoir assemblé et montre Milam du doigt. Son doigt décrit une courbe ascendante et s'avance, comme la main de Dieu dont l'acte d'accusation créa le premier homme. « *C'est lui.* » Deux mots qui vont mettre en branle le futur irréversible.

Là où l'accusation est directe, la défense se montre ingénieuse. Le corps qui flottait dans la rivière est trop défiguré pour être identifié, trop décomposé pour avoir été immergé trois jours seulement. La chevalière a peut-être été placée sur le garçon mutilé par un groupe du Nord aimant les gens de couleur, toujours prompts à semer la zizanie, du moment que ce n'est pas chez eux. Le garçon est peut-être encore en vie, caché à Chicago, complice d'une conspiration contre deux hommes qui voulaient seulement protéger leurs femmes. Pendant tout ce temps, les prévenus sont assis avec leurs familles, fumant des cigares, leurs visages arborant des sourires de défi.

Si Bryant et Milam sont déclarés coupables, lance l'avocat de la défense aux jurés, *que reste-t-il, je vous le demande, du pays de la liberté, de la patrie des hommes courageux ?*

Les jurés se retirent pour délibérer pendant une heure et sept minutes. Ils n'auraient pas pris si longtemps, raconte l'entre d'entre eux à un reporter, si les douze Blancs ne s'étaient attardés à boire un soda. Le verdict tombe : innocent à l'unanimité. Milam et Bryant n'ont rien fait de mal. Ils sortent libres, sont de retour auprès de leurs femmes et de leurs familles. Le procès dans son intégralité est bouclé en quatre jours. Les magazines diffusent une autre photo : les assassins et leurs amis en train de célébrer leur victoire dans la salle du tribunal.

Jonah et moi n'entendons pas parler de ce verdict. Nous sommes de retour dans notre conservatoire privé, nous modelons nos voix nouvelles, nous apprenons les voix graves d'un vaste fantasme choral dans lequel tous les hommes sont frères. Nous sommes absorbés dans l'improvisation de nos propres vies, avec nos propres instantanés dans nos portefeuilles. Nous oublions le garçon de cauchemar, l'inoubliable photo, trop défiguré pour être autre chose qu'un mannequin ravagé en terre glaise. Nous ne demanderons jamais à nos parents quelle a été l'issue du procès, et jamais ils ne nous le diront. Car s'il est une chose dont nous avons besoin d'être protégés, plus encore que de ce crime, c'est de son verdict.

Je n'apprends le verdict final qu'à l'âge adulte ; Emmett Till, lui, n'arrivera jamais à l'âge adulte. Un enfant meurt, un autre survit uniquement en détournant les yeux. Quelle autre protection pourraient-ils nous offrir, nos parents, eux qui nous ont privés de toute protection quand ils ont choisi de nous faire ? Car, après avoir connu ce pays, on ne peut plus vivre en sécurité.

Mais voici la chose dont je n'arrive pas à me remettre. Ça se passe douze ans plus tard, en 1967. Jonah et moi sommes dans une chambre, au dixième étage du Drake, à Chicago, arrivés en ville une douzaine d'années trop tard pour assister aux funérailles. Posté à la fenêtre, j'essaye de voir, au-delà des échelles d'incendie, quelque chose que la carte appelle le « Magnificent Mile ». Mon frère est allongé sur un des lits doubles, paralysé par le stress. Nous sommes ici ce soir pour ses débuts à l'Orchestra Hall.

Nous avons enfin quitté les paysages désolés du Saskatchewan et les concerts dans les granges aux toits fuyards du Kansas. Jonah sillonne, tel un météore, le ciel de la musique classique, du moins ce qu'il en reste. *High Fidelity* l'a cité comme étant l'un des « dix chanteurs de moins de trente ans qui vont changer notre manière d'écouter des *lieder* ». Et dans le *Detroit Free Press*, on dit de lui que c'est « un ténor qui chante comme un ange découvreur de planètes, il rapporte des nouvelles d'un endroit riche et étrange ». Il a enregistré pour un petit label un disque qui a remporté un certain succès, et il est sur le point d'en faire un autre. Il est question de signer un contrat à long terme avec une maison plus importante, Columbia peut-être. S'il ne se met pas soudain à fumer, la voie pour lui est toute tracée.

Mais avec le triomphe vient la première fausse note. Un intellectuel en vue, dont Jonah n'a jamais entendu parler, vient de l'égratigner dans un de ses papiers. Ce n'est qu'une ligne en passant, dans *Harper's*, qui n'est pas une publication susceptible de nuire durablement à sa carrière. Jonah me relit le passage à voix haute jusqu'à ce que nous l'ayons tous deux mémorisé. « Pourtant il y a des jeunes hommes noirs extraordinairement talentueux qui essayent encore de jouer le jeu de la culture blanche, quand bien même leurs frères meurent dans la rue. » Et l'intellectuel de citer un danseur moderne de renom, un pianiste acclamé au plan international, et Jonah Strom. L'article, bien entendu, ne fait aucune allusion à moi, ni à aucun des milliers de petits frères loyaux et moins doués.

Chaque terme de l'accusation est vrai. Des gens meurent, et les rues sont en feu. Newark est un enfer. Une rivière de flammes traverse le centre-ville de Detroit. Du dixième étage du Drake, on n'a pas encore la sensation d'être entré en guerre civile. Mais les preuves s'accumulent, et mon frère incriminé en fait une obsession. Dans chaque nouvelle ville où nous nous produisons, dans chaque chambre d'hôtel pastel, nous observons abasourdis le résumé des informations – des émeutes en sourdine – tandis que Jonah fait ses vocalises et que je m'échauffe les doigts sur la table.

Nous sommes en août. Till aussi, c'était en août, douze ans plus tôt. La nation de nouveau regarde droit devant, elle veut croire que le pire est passé. Tout a changé mais rien n'est différent. Un Noir siège à la Cour suprême. Les autres sont en prison, pris au piège dans des villes en feu ou bien à l'agonie dans les jungles d'Asie. Au Drake, à la télévision, une caméra descend une avenue commerçante, rue après rue de murs de brique en ruines. Mon frère s'interrompt au milieu d'un arpège, trois tons au-dessous de ses aigus habituels.

« Tu te rappelles ce gars ? »

Nous sommes presque deux fois plus âgés qu'à l'époque. Depuis mes cauchemars, nous n'avons pas reparlé une seule fois de la photo. Pas plus que je ne peux me souvenir y avoir repensé. Mais la cause des disputes entre mes parents, le faux espoir de nous protéger, tout cela nous a travaillés de l'intérieur. Je sais immédiatement à qui il fait allusion.

« Till », dit mon frère au moment où je dis « Emmett ». Mon frère se tait, il calcule. Il ne peut avoir qu'une chose en tête. *Il y a eu un temps où j'avais le même âge que ce gars. Mais maintenant j'ai vingt-six ans, et lui en a encore quatorze.*

Les douze années depuis la mort du garçon s'ouvrent devant nous, comme une salle de concert vide, dix minutes avant le lever de rideau. Je considère cette année-là, celle que je ne pouvais pas voir quand j'y étais. Douze années trop tard, j'entends ce pour quoi nos parents se sont disputés ce soir-là. J'entends notre mère pleurer ce garçon qu'elle ne connaissait pas. À la télévision de l'hôtel, dont le son est baissé, la caméra fait un panoramique sur des types tout tremblants devant leurs portes, le long d'une avenue qui pourrait bien être Lenox, à une poignée de rues de là où nous avons grandi.

« Elle ne voulait pas qu'on voie. Elle ne voulait pas qu'on sache. »

Mon frère me regarde droit dans les yeux. C'est la première fois depuis plus d'une semaine. « Qu'est-ce que tu veux dire par là ?

– La photo. » Je fais un geste en direction de l'écran : des policiers accompagnés de leurs bergers allemands aux crocs blancs foncent à coups de matraque dans la foule qui hurle. « Elle pensait que ça risquerait de nous faire du mal, de voir ce que... ce qu'ils lui ont fait. » Je pousse un grognement. « Faut croire que ç'a été le cas. » Jonah me regarde comme si j'étais d'une autre espèce. Je n'arrive pas à croire que l'idée ne lui soit jamais venue. « C'était d'abord une mère, avant... toute chose. Nous étions ses bébés. » Mon frère secoue la tête, il ne veut pas entendre cela. Je commence à flancher, alors je continue, en appuyant plus fort. « Mais ton père, le scientifique : "Comment ça, trop jeune ? Si c'est un fait physique, il faut qu'ils sachent."

– Ta mémoire te joue des tours, tu déconnes complètement. »

Mon visage se met à gonfler. Je suis prêt à me rabibocher avec lui, à lui demander pardon. Dans le même temps, mes poings se crispent. Je lui suis entièrement dévoué, je suis son accompagnateur exclusif, j'ai passé ma vie entière à faire en sorte que le monde réel ne l'engloutisse pas. Ça fait un quart de siècle que je porte mon frère à bout de bras. Je n'ai que vingt-cinq ans. « Moi ? Ma mémoire ? C'est toi qui déconnes, Jonah. Tu ne te souviens pas d'eux...

– N'essaye pas de jurer, Mule. C'est encore moins convaincant que ton Chopin.

– Qu'est-ce que tu racontes ? Tu crois qu'elle avait d'autres raisons ? Tu crois qu'elle était...

– Tu prends les choses à l'envers. Tout ça, c'est Da. C'est lui qui ne voulait pas qu'on les entende se disputer. Il voulait que nos rêves restent musicaux et proprets. Il voulait croire que ce qui était arrivé au gars avait été un coup du sort ; une erreur de l'histoire. Que ça ne se reproduirait plus jamais. Que toi, moi, Rootie, notre génération... Nous étions censés incarner un nouveau départ. Il ne nous dirait rien et il n'y aura pas de cicatrices. »

Je secoue vivement la tête en signe de dénégation. C'est comme s'il m'annonçait qu'on avait été adoptés.

« Je vais te dire. Maman était furieuse. Elle disait qu'il ne se rendait pas compte de ce qui arrivait. Je la revois en train de pleurer. "Quoi que tu penses de ces enfants, le monde les verra comme deux garçons noirs."

Il fallait qu'on se prépare. Qu'on sache ce que les gens voulaient nous faire. » Jonah jette un coup d'œil à la télé, à l'article de *Harper's*, qui est là, comme toujours, sur sa table de chevet, à portée de main. « Da a essayé de lui dire que c'était juste le Sud, juste une paire d'animaux qui méritaient la mort. C'est lui qui a dit que ça ne ferait que nous foutre en l'air, de regarder. »

Je n'arrive pas à saisir. Les gens qu'il décrit, je ne les connais pas. Ma mère n'aurait pas pu dire des choses comme ça à mon père. Mon père n'aurait pas pu avoir une pensée d'une telle ineptie.

« Tu sais ce qui s'est passé ? Tu sais comment ça s'est terminé ? » Jonah lève la tête, me sourit, et agite ses mains en l'air. « Je veux dire, pour les assassins ? »

Mon frère, lui qui est presque illettré, s'est renseigné sans m'en parler. Ou alors il l'a appris dans un documentaire sur les droits civiques, le genre d'émissions programmées sur les chaînes éducatives si tard le soir qu'elles en deviennent inoffensives, à l'heure où tous les bons citoyens, comme moi, sont à l'abri, au lit.

« Les Blancs. Les meurtriers. Ils ont vendu leur confession à un magazine quelques mois après avoir été acquittés. L'enterrement est à peine terminé qu'ils vont raconter à tout le pays comment ils ont tué le môme. Pour encaisser trois piécettes. Le môme les a obligés à faire ça, apparemment. Bien sûr, ils ne peuvent pas être rejugés pour le même crime. » Avec l'éclairage de la chambre d'hôtel, le visage de Jonah paraît presque blanc. « Est-ce qu'elle t'a fait quelque chose ? Cette photo ?

– Des cauchemars pendant des semaines. Tu ne te souviens pas ? Je te réveillais en pleurnichant. Et toi, tu me criais de me taire.

– Vraiment ? » Il hausse les épaules et fait un geste de la main, il ne m'en veut pas de l'avoir jadis mis en colère. « Des semaines seulement ? Moi, je l'ai vu pendant des années. À quatorze ans, tu vois les choses. C'est ce qui allait m'arriver. Ils venaient me chercher. J'allais être le suivant. »

Je le regarde et je n'arrive pas à voir. Mon frère intrépide, lui qui s'est mis le monde entier dans la poche. Mon frère s'allonge sur le lit. Il écarte ses doigts comme pour amortir sa chute. Il ferme les yeux. Le lit lui arrive dessus. « J'ai un peu de mal à respirer, là, Mule. Possible que je sois en train d'avoir une attaque.

– Jonah ! Non. Pas ce soir. Relève-toi. » Je lui parle comme à un petit garçon, un chiot sur un meuble. Je lui fais faire quelques pas lents en rond, doucement, tout en lui massant le dos. « Respire normalement. Voilà, tranquille. »

Je l'accompagne jusqu'à la fenêtre. Le brouhaha des rues de Chicago et l'activité paisible des commerces, en bas, l'aident à se décontracter un peu. Jonah se reprend. Ses épaules s'affaissent. Il se remet à respirer. Il tente de m'adresser un petit sourire narquois, en basculant la tête en arrière : « Mais, bon sang, c'est quoi ton problème, mon vieux ? C'est quoi, ce contact physique, là, d'un seul coup ? »

Il attrape ma main et la retire de son épaule, me tourne le poignet pour voir l'heure qu'il est à ma montre. Lui, bien sûr, n'en porte pas. Rien ne doit le distraire ou l'alourdir. « Nom de Dieu. On est en retard », dit-il, comme si le malade imaginaire, c'était moi. « C'est notre grand soir, tu te souviens ? »

Il m'adresse un bref sourire amer de comédien et se dirige vers la salle de bains où son smoking est suspendu dans la vapeur. Il se livre au rituel complet : serviettes chaudes autour du cou, friction d'eucalyptus, zestes de citron, vocalises tout en nouant sa cravate blanche. Je tire les rideaux et me déshabille dans la chambre, entre les deux lits. Jonah appelle en bas pour qu'on lui monte ses chaussures de concert, lesquelles arrivent dans la chambre, réfléchissant la lumière comme une paire de glaces d'obsidienne. Il laisse au chasseur un pourboire obscène, et l'homme bat en retraite en s'excusant, plein de rancœur.

Nous faisons notre vrai début à l'Orchestra Hall avec des œuvres de Schumann, de Hugo Wolf et de Brahms. Le grand jeu de la culture blanche. Nous passons au culot, grâce à un rabâchage intensif, dans un grand éclat de couleurs. Il y a ce soir en Jonah une tension particulière, l'incandescence du patient tuberculeux au seuil de la mort. Le public de Chicago – uniquement des habitants du North Side et des banlieues aisées – a le sentiment d'assister à la naissance d'un nouveau prodige.

Après coup, après Schubert en rappel, quand il apparaît que nous avons fait mieux que survivre, nous nous donnons la main et nous quittons la scène sous un tonnerre d'applaudissements, deux frères s'engageant sur des routes différentes, alors que, jusqu'à aujourd'hui, notre passé était strictement identique.

11

Mon frère en Énée

À mes oreilles, quand il avait quatorze ans, son rire n'avait pas encore de trace d'amertume. J'aurais juré qu'il était encore heureux à Boston, entre les murs de notre école de musique. Heureux, ou du moins occupé à prouver qu'il était capable de séduire les gens, quelle que soit leur couleur de peau. Et il fallait en priorité qu'il séduise János Reményi. Durant ses années de lycée, l'approbation du Hongrois importait même davantage à ses yeux que l'aval de Da ou de Maman. Et mon frère devait aussi sacrément importer aux yeux de Reményi. Une fois que Jonah eut mué, le principal passe-temps de János fut de transformer le soprano virginal en ténor confirmé.

À partir du moment où la mue a commencé, la plupart des adolescents traversent une période de plusieurs mois pendant laquelle la voix déraille et se tord comme un tuyau de pompiers que personne n'a la force de maîtriser. Jonah entra dans ce purgatoire vocal. Il fit d'énormes efforts pour s'installer dans son nouveau registre et reprendre le contrôle de ses cordes vocales épaissies par les hormones. Mais au terme d'un délai remarquablement court, on put entendre que le minerai, passé dans le chaudron de l'adolescence, s'était transmué en un éclatant fragment d'or.

La carrière personnelle de Reményi n'était alors plus qu'une relique, à l'exception de galas nostalgiques où il se produisait occasionnellement. Pendant toutes les années trente, il avait été un habitué de Bayreuth, enchaînant sans effort les trois soirées consécutives de Wotan. Il était un grand patron adulé du Walhalla, tyrannique avec les nains opprimés. Mais après la crise des Sudètes, il cessa de voyager en Allemagne. Par la suite, il refusa toujours de commenter cette décision, et la presse musicale conclut qu'il avait choisi de se sacrifier. À la vérité, en 1938, il était bien trop tard pour faire preuve de courage politique.

Pendant toute la guerre, Reményi travailla à Budapest, interprétant des rôles dans des œuvres sans risque, telles que *Bánk Bán* de Ferenc Erkel et *La Tour du voïvode* de Dohnányi. Lorsque les salles de concert du pays furent bombardées, il passa à l'enseignement. Il tenta un retour à l'opéra en voyageant dans une Italie décimée, mais son tempérament – trop impassible pour *le bel canto*, trop sombre pour l'opéra bouffe – lui valut une descente en flammes dans la presse de Naples et de Milan. Il resta en Europe centrale suffisamment longtemps pour voir les soldats de toutes races de l'infanterie alliée défiler dans Bayreuth, coiffés des casques de Walkyrie et parés de toges de Brunehilde qu'ils avaient pillés. Il en vit même dans son vieux costume de Wotan. Il s'enfuit en toute hâte aux États-Unis dans le raz de marée de la fin des années quarante. Il y monta la Boylston Academy, et s'attira les bonnes grâces de riches Américains en jouant sur leur infériorité culturelle. Ses discours, lors des banquets qu'il donnait, rapportaient à l'école des dollars par milliers, en suggérant qu'aux jeux olympiques culturels du monde, la musique vocale était une discipline où les États-Unis ne pouvaient même pas prétendre rapporter une médaille de bronze.

À Boylston, Reményi était dans son élément, totalement redevenu Wotan. Les élèves faisaient tous grand cas de lui. *János m'a demandé de passer une audition pour l'ensemble vocal à la session de printemps. János m'a fait des compliments aujourd'hui sur ma gamme de* do *majeur.* Personne n'aurait osé lui donner autre chose que du Monsieur. Mais dans le bruissement des conversations de la cafétéria, nous l'appelions tous par son prénom.

Il donnait ses cours dans le studio le plus somptueux, en retrait, tout au bout du premier étage. Le sol était recouvert de tapis de Tabriz et des kilims d'Anatolie étaient suspendus aux murs, pour être sûr qu'aucun élève ne compte sur la résonance. Pendant les leçons, il était assis derrière un bureau Biedermeier, dans son fauteuil à oreillettes. S'il avait besoin de faire une mise au point musicale, il s'avançait dans le coin où se trouvaient les deux Bechstein, chacun emboîté dans la courbe de l'autre.

Pendant mes leçons, il brassait de la paperasse et signait des documents. Il arrivait que je termine une étude et qu'il continue à travailler pendant quelques minutes avant de s'en rendre compte. Il relevait la tête pour reprendre sa respiration. « Continue, continue », ordonnait-il, comme si c'était par pure facétie que je m'étais arrêté. Il ne se souciait que de ceux dont les voix permettaient d'envisager une carrière. Moi, je ne l'intéressais pas, sauf dans la mesure où je contribuais au bien-être de mon frère. Sans doute voyait-il en moi une énigme clinique : comment les mêmes gènes pouvaient-ils produire d'un côté tant de brio et de l'autre un niveau simplement suffisant ? Il se posait un instant la question, puis me faisait signe de continuer et retournait à ses paperasses.

Avec Reményi, seules les leçons de Jonah dépassaient les cinquante minutes officielles. Mon frère disparaissait dans la tanière de Reményi et des heures s'écoulaient avant qu'il n'en sorte. Je me faisais un sang d'encre. La porte du studio de Reményi était percée d'un panneau de verre armé (c'était désormais la politique de l'école depuis un incident qui avait impliqué un ancien membre du corps enseignant et une jeune pousse de quinze ans). En me mettant à bonne distance sur la pointe des pieds, dans le couloir, j'arrivais à percevoir, sans me faire repérer, une fine tranche de ce qui se passait à l'intérieur.

Le professeur, de l'autre côté, était méconnaissable. János, debout, paumes au ciel, faisait de grands mouvements de bras, la bouche occupée à produire un flot de triolets staccato, dirigeant tout l'orchestre du Metropolitan. Jonah l'imitait, le torse bombé comme un héros de guerre. À travers la vitre j'apercevais un théâtre de poupées grandeur nature, Papageno et Papagena.

János, transporté, faisait travailler mon frère dans sa nouvelle tessiture. Il montrait à l'adolescent comment ouvrir son instrument, de manière à ce que cette nouvelle puissance s'installe en lui. Tout ce que Jonah avait perdu en justesse, il le récupérait largement en couleur et en amplitude. La mue était comme une de ces rénovations heureuses, quand le plâtre effrité révèle le marbre splendide qui se cachait dessous. L'innocence émouvante de ses aigus de jadis, ces aigus qui donnaient aux auditeurs, honteux, l'envie de mourir, avait à présent cédé la place aux trésors de l'éveil adulte.

Certes, des années entières de dur labeur l'attendaient. Mais de tous les élèves de János en phase de maturation, Jonah, disait-il, était celui qui avait le moins besoin de désapprendre. Le Hongrois disait avoir pris le garçon au moment où la musique était en lui, avant que quiconque ne le sabote. La vérité, c'est que la musique et nous ne formons jamais un tout. Rien de notre passé animal ne nous prédestine à quelque chose d'aussi gratuit que le chant. Nous devons nous en revêtir, nous y enrouler comme dans un firmament froid, sombre. La sonorité de Jonah était en partie due à ses poumons formidables, à l'onctuosité de son larynx, au flûté de ses cordes vocales, aux qualités vibratoires de sa boîte crânienne. Mais l'essentiel de son don avait été le fruit d'un apprentissage. Et seul un couple violant les lois en vigueur avait pu lui dispenser un enseignement aussi approfondi.

Jonah se serait sans doute épanoui sous la houlette de n'importe quel professeur. Une fois qu'il eut quitté le charme des motets familiaux, il se transforma en éponge, absorbant tout ce que les gens pouvaient lui apporter et se réservant le droit, tout en faisant montre d'une joyeuse docilité, de deviner à l'avance tout ce qu'on lui donnait en pâture. Jonah dérobait ce qu'il y avait de meilleur en chacun – l'expérience de Reményi, la précocité de Kimberly Monera, l'avant-gardisme de Thad et Earl, mon sens de l'harmonie – jusqu'à ce que tous ces domaines annexés lui appartiennent. Mais dans l'histoire qu'il s'inventait pour lui-même, Jonah voyageait en solitaire, indépendamment des généreux donateurs dont il croisait la route.

La voix de l'adolescent surgit de la dépouille de l'enfance. En l'espace de quelques mois, János perçut les premiers indices qui laissaient présager les merveilles de l'âge adulte. Le matériau brut de ce garçon, formé grâce à une immersion précoce, aspirait à des zones que Reményi lui-même n'avait jamais abordées. La seule question était de savoir jusqu'où un professeur pouvait enseigner au-delà de sa propre compétence. Tant que Jonah restait obéissant, tout allait bien. Ses cours avec Reményi progressaient, le maître projetant d'une main mon frère vers l'extérieur, tout en le retenant inconsciemment de l'autre.

Jonah n'était pas insensible au ravissement de son professeur, et il arrivait même qu'il lui rende la pareille. En me hissant sur la pointe des pieds, devant la salle, je les apercevais dans leurs rituels, se livrant à des exercices mis en scène par un professeur que je n'avais jamais rien vu faire de plus vigoureux que de manipuler de la paperasse. Et là, je voyais János se laisser tomber à genoux pour figurer la chute du larynx, orientant les mains avec la précision d'un gant de base-ball, pour que les notes de Jonah atteignent leur cible, plaçant les bras de manière à figurer un tube dans lequel Jonah enfilait ses pianissimi de trente secondes.

En matière de justesse de la note, le maître de Boylston était un monstre. Seul Jonah avait une idée de ce que Reményi entendait par ce terme. Une fois, en classe d'histoire-géo, à cinquante mètres de là où mon frère travaillait dans l'antre de Reményi, au bout du couloir, j'entendis le maître aboyer : « Mais, nom de Dieu ! Laisse donc porter la note sur ton souffle comme un ballon sur un jet d'eau. » Plus proche de l'invective que de la consigne donnée à l'élève. Mes camarades de classe se tournèrent vers moi en m'adressant des regards compatissants, la tête basse, comme si la défaillance de Jonah était un châtiment à nous tous adressé. Puis nous entendîmes une note aiguë *forte* comme aucun adolescent n'en avait jamais sorti. « Voilà ! C'est ça ! » glapit le Hongrois encore plus fort.

Même quand il était enchanté, le maître gardait sa réserve. La plupart du temps, il affectait une bienveillante neutralité. Sa méthode pédagogique était tout à la fois archaïque et iconoclaste. Il gavait mon frère de buffets entiers de vocalises de Concone et d'exercices tortueux de García : des triolets, des gammes de quatre notes, des arpèges. Il lui faisait chanter avec deux doigts dans la bouche des passages rapides saturés de paroles. Désormais Jonah ne négligeait plus sa propre langue. János lui imposait des *legato melismata* à débiter à la mitraillette *sforzando*. Il fallait que Jonah place chaque note avec une précision parfaite, sinon Reményi lui faisait reprendre la séquence entière. Le professeur et l'élève faisaient équipe pour donner naissance à des bouquets de sensations, emportés par le plaisir de la chasse.

Pour notre Wotan, aucun élève ne pouvait exceller dans la technique vocale si celle-ci n'était pas liée à des connaissances culturelles plus larges. C'est ce qu'il nous annonça à l'hiver 1955, à l'occasion du rassemblement des élèves. « Le chant est une forme raffinée de la parole, une langue qui transcende toutes les langues humaines. Mais si vous voulez parler avec les mots du cosmos, vous devez vous entraîner à utiliser des mots terrestres. Pour vous préparer à l'interprétation de la *Missa solemnis* ou de la *Messe en ré mineur* – ces sommets de l'art occidental – vous devez commencer par lire toute la poésie européenne et toute la philosophie que vous pourrez trouver. » L'humanisme transcendantal de Reményi éclaira nos cieux telle une nova. Nous ne pouvions pas savoir que, telle une nova, l'étoile qui diffusait cette splendeur était déjà morte.

L'approche radicale de János Reményi fit moins de dégâts chez Jonah que ne l'eût fait n'importe quelle méthode artificielle pour améliorer la technique. Il avait beau s'époumoner en parlant de justesse, Reményi savait qu'il ne pouvait rien faire de mieux pour la voix de mon frère que de la libérer. Le garçon était le golem de cet homme vieillissant, son Adam américain, sa *tabula rasa* hantée par l'Illumination, une graine susceptible d'être améliorée dans des conditions de serre. L'Europe venait à nouveau de se retirer de la course, ses opéras rococo soufflés par la déflagration finale de la grande culture. Mais c'est en ce lieu reclus, au charme monastique, dont le meilleur novice surpassait tous ceux avec qui Reményi avait pu travailler dans l'Ancien Monde, que la basse-baryton âgée vit l'occasion de tenter une dernière fois *Erhabenheit*, et peu importe la couleur de peau de son disciple.

C'est l'année où János organisa le premier concours de chant de l'école. Il y inscrivit Jonah avec les élèves de terminale. Il choisit le morceau que mon frère interpréterait – « *Süsse Stille* », de Händel – et voulut également désigner le pianiste qui l'accompagnerait. Mais Jonah refusait de chanter sans moi. À la fin du premier round, même les gladiateurs descendus dans l'arène avec les plus farouches ambitions baissèrent les bras.

Une semaine plus tard, notre porte fut peinturlurée. Un raid nocturne prémédité, sinon les peintres n'auraient jamais pu réaliser cela. L'œuvre était un portrait grotesque : des lèvres visqueuses, une chevelure gominée. Un fils bâtard à qui la famille Smith, sous le coup de la culpabilité, envoyait une pension. Les artistes durent se flanquer la frousse eux-mêmes avec leur cérémonie vaudoue, car la légende sous la peinture n'était pas allée plus loin qu'un N, un I et un G déchiqueté. Le tout réalisé avec du vernis à ongles rouge.

C'est Thad qui découvrit le portrait en revenant du petit déjeuner. « Nom d'un petit bonhomme ! »

Earl marmonna un « Ouahou ! » stupéfait.

Jonah et moi vîmes l'œuvre en même temps. Jonah reprit ses esprits plus vite. Il éclata d'un rire dément. « Qu'en dites-vous, les gars ? Réalisme ? Impressionnisme ? Cubisme ? »

Lui et Thad achevèrent l'œuvre à la main : ils peignirent un béret, une paire de lunettes noires, et une cigarette roulée accrochée aux lèvres copieuses. Ils baptisèrent leur beatnik Nigel. Rien n'aurait pu enchanter davantage Earl et Thad : eux aussi se trouvaient discriminés, à coups de vernis à ongles, avec en plus un peu de dégradation de matériel.

Des adultes impassibles vinrent retirer la porte de ses gonds, et la remplacer par une autre, immaculée. Jonah fit un petit numéro pour montrer combien il était déçu. « Nigel nous quitte. Nigel a obtenu son diplôme.

– Nigel va faire péter la baraque, ajouta Thad. Nigel change de *scène*. » La scène à laquelle nos coturnes rêvaient de se frotter.

Pendant longtemps, ensuite, je me réveillais une heure après m'être endormi, j'entendais frotter à la porte.

D'une certaine manière, János semblait apprécier le fait que son élève prodige ne fût pas blanc. La dissonance ne faisait qu'ajouter au frisson qu'il éprouvait à présenter au monde un phénomène aussi rare et aussi novateur. Comme la plupart des champions de la culture occidentale, Reményi prétendait qu'il n'existait pas vraiment de races – géants, nains et Walkyries mis à part. Il saisissait les obscures subtilités d'un Parsifal plus facilement qu'il ne pouvait imaginer les humiliations qu'avait endurées notre mère, simplement parce qu'elle voulait chanter de la musique européenne. János Reményi n'avait pas plus d'idées sur son pays d'adoption que le reste du corps enseignant blanc de Boylston. Il pensait que la musique – sa musique – appartenait à toutes les races, à tous les temps, à tous les lieux. Qu'elle s'adressait à tous les peuples et apaisait toutes les âmes. C'était le même homme qui avait chanté Wotan jusqu'en 1938, sans jamais soupçonner l'avènement du crépuscule des dieux.

Il s'en tenait à son idée impériale : on ne faisait progresser une voix singulière qu'en libérant l'esprit universel. Reményi faisait travailler mon frère à partir des ruines de cet acte de foi. Mais, à l'automne 1955, l'esprit de mon frère se mit à évoluer dans une direction que son professeur aurait immédiatement réprouvée s'il avait pu déceler le phénomène à temps.

Lorsque la voix de Jonah mua, les barrières entre lui et Kimberly Monera cédèrent. Une fois qu'il fut devenu ténor, la déroutante question « *Et maintenant ?* » qui divisait les deux prépubères les assaillit, à la différence qu'à présent, ils avaient la réponse. Un été avait suffi pour que Kimberly change elle aussi, à en devenir méconnaissable. À la rentrée des classes, elle était éclatante. Elle avait passé les vacances à Spoleto, le camp de base estival de son père. Là-bas, elle avait d'une certaine manière appris à chanter. Au deuxième acte, l'albinos vaguement monstrueuse s'était transformée en cygne.

À son retour, sa silhouette s'était tellement épanouie qu'elle-même dut en être apeurée. Son corps, encore malingre et en retard au printemps dernier, était à présent fuselé, une puissance nouvelle s'en dégageait. J'étais assis derrière elle en histoire de la musique, me demandant pourquoi sa mère ne lui achetait pas des vêtements plus confortables. Sous la matière extensible, comme étonnée, la surface de peau nouvelle se préparait à l'usage. À travers le citron vert ou les motifs ancolie de ses chemisiers tendus, je regardais pendant des éternités les petites bandes de son soutien-gorge, les trois zébrures en relief des attaches métalliques : des miracles d'ingénierie. Chaque fois qu'elle croisait ses jambes de Nylon j'entendais des doigts monter et descendre sur les cordes d'un violon.

En sa présence, Jonah se montrait protecteur, galant, stupide. La solidarité solitaire de notre club sur le toit se dissolvait à jamais. Earl et Thad le poussaient à jouer au Jeu de la vérité. Mais loyal à sa Chimère, et devenu sage du jour au lendemain, Jonah ne disait rien. Et l'absence d'indices était exactement ce dont nous avions besoin pour parvenir aux conclusions les plus folles.

Thad le cuisinait. Dans la pénombre, il s'en léchait les babines par procuration. « Bon sang, Strom Un, qu'est-ce que tu fabriques, ces temps-ci ?

– Rien. On répète, c'est tout. » Le chat avait des plumes dans la gueule et jurait ignorer où était passé le canari.

– *On répète*, Strom Un ? Pigé. »

Jonah poussa un hennissement. « On répète le chant.

– Pas d'observation ? » Earl se réveillait parfois de son coma, prêt à tailler une bavette pendant toute la nuit.

« Pas d'observation ? » La question choquait Thad. « Huber, t'es maboul. Est-ce qu'il ressemble à un gus qui reste en fond de terrain ? Débordement dans la surface de réparation, position de tir...

– C'est vous qui avez tous perdu la boule. » Jonah intercepta mon regard. Avertissement de me taire. « Vous êtes tous complètement tarés.

– C'est cool », décida Earl.

Jonah nous faussa compagnie pendant toute la soirée d'Halloween. Il ne réapparut qu'après minuit. J'ignore comment il échappa à l'appel du soir sans se faire repérer. Longtemps après le couvre-feu, il gratta à la porte pour qu'on le fasse entrer. Il était comme sonné mais ne pipa mot. Earl Huber entreprit de lui remonter les bretelles. « Fais gaffe à pas mettre ta nana dans le pétrin, Strom. »

Jonah soutint son regard. « Tu ne sais même pas de quoi tu parles. »

Thad intervint : « Strom Un, mec, nous sommes de loyaux sujets, tes humbles vassaux. Toujours nous exécuterons tes ordres. Je t'en supplie. C'est comment ? »

Mon frère s'arrêta d'enlever son pantalon bleu noir de l'école, s'interrompit. « *Qu'est-ce qui* est comment ?

– Strom, mec. Joue pas à ça. Tu nous tortures.

– C'est... comme rien de ce que tu peux connaître. »

Thad se rallongea sur son lit et donna des coups de pied dans le vide en hurlant.

Mon frère leva la main pour obtenir le silence. « C'est quelque chose d'absolu, de continu... C'est comme du Wagner. »

Un nom que jusqu'alors nous n'avions pas osé citer.

« Nom de Dieu ! s'écria Thad. Dans ce cas je n'ai rien loupé. Je déteste ce truc.

– C'est comme se branler sur quelqu'un, expliqua Earl, quelqu'un qui justement se branle sur toi. »

Jonah s'assombrit tellement que son teint parut se fixer définitivement. S'il faisait du mal à Kimberly, je le tuerais. Je refermerais les doigts sur son cou doré et on serait débarrassé de sa voix une fois pour toutes.

Quoi qu'ils fissent lors des rares moments qu'ils passaient ensemble, leurs rendez-vous amoureux rendaient Kimberly lumineuse. Thad lui-même remarqua la transfiguration. « Est-ce une sorte d'opérette légère, Strom Un ? Je veux dire, nom de Dieu, regarde-la. Elle n'était pas comme ça, avant Halloween. »

Jonah ne tomberait pas dans le panneau. Dorénavant, la Chimère n'était plus un sujet qui dût souffrir nos commentaires interminables. Lui et celle qu'il avait choisie se faisaient invisibles, fomentant quelque intrigue secondaire et secrète, en attendant qu'une modulation ensoleillée en *mi* majeur les transforme de hors-la-loi en héritiers.

Jusqu'à ce qu'un professeur les surprenne, assis sur l'herbe derrière les treillages, dans le jardin des roses des Fens. Ils étaient penchés sur une partition – le *Werther* de Massenet. Mais la posture exacte dans laquelle ils se trouvaient au moment où ils furent découverts fut l'objet d'interminables spéculations. Des élèves vinrent me voir pendant des jours pour que je mette un terme à leurs spéculations enfiévrées.

À la suite du scandale, Kimberly retomba dans son anémie congénitale, persuadée qu'ils se feraient tous deux renvoyer de l'établissement. Mais même le corps enseignant ne pouvait les imaginer tous deux commettant une telle transgression. Ils s'en tirèrent sans blâme.

Kimberly était tellement effrayée que, par anticipation, elle griffonna en vitesse une note à l'attention de son père, à Salzbourg, lui expliquant son point de vue des choses. Le grand homme accueillit la nouvelle avec bonhomie. « *Sempre libera* », lui dit-il en traçant quelques notes de l'aria sur une portée griffonnée dans la marge de sa lettre. « Choisis avec discernement tes camarades du moment, et fais en sorte qu'ils méritent les quelques faveurs que tu choisiras de leur accorder. "*Di gioia in gioia, sempre lieta !*"» Elle montra la lettre à Jonah, lui faisant solennellement jurer de garder le secret. Jonah me le dit néanmoins, parce que moi, je ne comptais pas.

János réprimanda mon frère pour s'être penché sur du Massenet alors qu'il ne figurait pas au programme. Le savon qu'il lui passa fut sec et dédaigneux ; Jonah ne sut probablement jamais à quel point János avait voulu se montrer sévère. Il commença à emmener Jonah avec lui, lorsqu'il était engagé en ville comme chef d'orchestre. Il voulait que mon frère soit tout le temps occupé.

Peu après l'incident du jardin des roses, ce fut à mon tour d'être sur la sellette. Sous l'impulsion de Thad West. « Cette Malalai Gilani en pince pour toi, Strom Deux.

– C'est vrai, mon pote, ajouta le fidèle Earl. C'est vrai. »

L'accusation était sans fondement. Un raid de police contre des passants innocents. « Je n'ai strictement rien fait. Je ne lui ai même jamais dit bonjour.

– Oh si, tu lui fais quelque chose, Strom Deux. Ça on le sait. Y a pas à discutailler. »

J'ignorais tout de cette fille, à part les détails évidents. C'était l'élève la plus foncée de l'école, elle avait la peau plus noire que Jonah et moi réunis. Je ne sus jamais d'où elle venait – de l'un de ces pays mythiques entre Suez et Cathay. Toute l'école avait envie de nous accoupler : deux ethnies qui posaient problème, et qui perdaient leur nocivité en s'appariant.

C'était une contralto d'un bon niveau, aussi cristalline qu'un carillon en hiver. Elle avait un sens ahurissant de la mesure, elle entrait toujours dans le temps, même dans les œuvres compliquées du XXe siècle. Elle avait ce genre de voix que les ensembles de qualité cherchent à s'attirer. Et, effectivement, elle m'avait remarqué. Le matin, il m'arrivait de rester au lit, paralysé par le poids qui pesait sur mes épaules.

À partir du moment où nos coturnes m'ouvrirent les yeux, une reconnaissance mutuelle s'établit entre Malalai Gilani et moi. Aux répétitions de la chorale, lors des concerts que nous donnions et dans la grande classe où nous nous retrouvions ensemble, un pacte se scella entre nous, sans que nous ayons eu jamais à échanger plus d'un seul coup d'œil, et encore. Mais avec ce seul regard, je contresignai ce pacte en lettres de sang.

Le jour où je m'assis à côté d'elle à la cafétéria, poussé par mes camarades, elle sembla ne pas avoir remarqué. « Tu n'es pas obligé », furent ses premiers mots. Elle avait quatorze ans. Cela me lia à elle, pire que des chaînes.

Nous ne fîmes jamais rien ensemble. Elle ne faisait rien avec personne. Une fois, en allant donner un concert à Brookline, nous partageâmes une banquette dans le bus scolaire. Mais cela nous valut tant d'insultes pendant ce court trajet que nous ne refîmes jamais cette erreur. Nous ne nous adressions pas la parole. Elle semblait ne pas avoir très confiance en l'anglais, hormis dans les films et les chansons. Il nous fallut des semaines avant que nos mains moites ne se frôlent furtivement. Et pourtant nous faisions la paire, assurément.

Une fois, elle me regarda et me confia en s'excusant : « Je ne suis pas vraiment africaine, tu sais.

– Moi non plus », dis-je. Ce qui pouvait facilement être compris de travers. Tout ce que voulait l'école, c'était éviter les ennuis.

Je lui demandai d'où elle venait. Elle ne voulut pas me le dire. Elle ne me posa jamais la question – ne m'interrogea pas sur ma patrie, ni ma famille, ni mes cheveux. Pas plus qu'elle ne chercha à savoir comment il se faisait que je sois à Boylston. C'était inutile. Elle le savait déjà mieux que moi.

Ses lectures portaient sur les sujets les plus étranges – la Maison des Windsor, Maureen Connolly, les Sept Sœurs. Elle adorait les magazines de mode, les magazines pour la maison, les magazines sur le cinéma. Elle les étudiait furtivement, en penchant la tête avec étonnement, élucidant les mystères d'une civilisation fabuleuse. Elle savait tout sur la Cuisine du futur. Elle adorait la façon dont Gary Cooper commençait à trembler un peu dans *Le train sifflera trois fois*. Elle suggéra que ça m'irait bien de me laisser pousser les cheveux en me les lissant à la brillantine.

Ava Gardner la fascinait. « Elle est en partie noire », expliquait Malalai. C'était à l'époque où Hollywood pouvait monter une comédie musicale parlant de Noirs et de Blancs mais sans acteur noirs. Mon père croyait que le temps ne passait pas. Il devait avoir raison.

Thad et Earl étaient intenables. « Qu'est-ce qu'elle te veut, Strom Deux ?

– Veut ?

– Tu sais bien. Vous avez discuté des conditions ? Qu'est-ce qu'elle attend ?

– De quoi tu parles ? Elle pique vaguement un fard quand on se croise dans le couloir, c'est tout.

– Oh oh, fit Thad. C'est du sérieux.

– L'heure de l'emprunt logement a sonné, confirma Earl, en scandant les syllabes façon be-bop.

– T'as intérêt à te dégoter un bon boulot, Strom Deux. Chef de famille, tout ça. »

Juste avant les fêtes de Thanksgiving, j'achetai dans un drugstore de Massachusetts Avenue un bracelet pour Malalai Gilani. Je pris le temps d'étudier les options et me décidai finalement pour une gourmette en argent toute simple. Le prix – quatre dollars et onze *cents* – était plus que ce que j'avais jamais dépensé de ma vie, hormis pour mes partitions de poche chéries et un recueil des cinq concertos pour piano de Beethoven.

Mes mains tremblaient tellement au moment de payer que la caissière en rigola. « Ne t'en fais pas, mon grand. Dès que tu auras passé le pas de la porte, j'aurai oublié que tu as acheté ça. » Un demi-siècle plus tard, je l'entends encore.

Je repoussai le moment d'offrir son cadeau à Malalai. J'avais besoin d'en parler d'abord à mon frère. Le simple fait d'aborder le sujet de Malalai Gilani paraissait déloyal. J'attendis un soir que Thad et Earl soient sortis écouter du jazz dans la salle commune. Jonah et moi étions seuls dans notre cellule. « Est-ce que tu as acheté quelque chose à Kimberly pour Noël ? »

Jonah sursauta. « Noël ? Quel mois sommes-nous ? Bon sang, Joey. Me fiche pas la trouille comme ça.

– Je viens d'acheter une gourmette... pour Malalai. » Je relevai la tête et attendis ma pénitence. Personne d'autre ne pouvait comprendre l'ampleur de ma traîtrise.

« Malalai ? » Je vis dans ses yeux le reflet de mon visage se décomposer. Il haussa les épaules. « Qu'est-ce que tu lui as acheté ? »

Je lui tendis le petit boîtier de la bijouterie, qui faisait penser à un œuf blanc, carré. Il regarda à l'intérieur, tout en contrôlant l'expression de son visage. « C'est chouette, Joey. Ça va lui plaire, c'est sûr.

– Tu crois ? Ce n'est pas trop... ?

– C'est parfait. C'est tout à fait elle. Assure-toi juste que personne ne te voie lui donner. »

Il me fallut des jours avant d'arriver à lui offrir mon cadeau. J'avais l'objet sur moi, dans ma poche, c'était ma pénitence plombée. Bien avant les vacances, je la croisai par hasard dans la cour – c'était, de loin, la meilleure occasion qui se présenterait jamais. La gorge me remonta dans le crâne. J'eus soudain un trac terrible, pire que ce que j'avais pu ressentir en montant sur scène. « Je t'ai acheté... ça. »

Elle prit le cadeau que je lui offrais d'une main tremblante, le visage figé entre plaisir et souffrance. « Personne ne m'avait encore jamais offert quelque chose de ce genre.

– Quel genre ? Tu ne l'as pas encore ouvert ? »

Malalai ouvrit le boîtier, son plaisir silencieux était insoutenable. Elle laissa échapper un cri d'animal en voyant l'éclair argenté. « Mais c'est magnifique, Joseph. » C'était la première fois qu'elle prononçait mon nom. J'hésitai entre fierté et annihilation. Elle prit le bracelet. « Oh ! » fit-elle. Et là, je sus que j'avais commis une bourde.

Je pris la breloque. Elle était impeccable, comme au magasin.

« Il n'y a rien marqué dessus. » Elle baissa les yeux, ma leçon éclair en matière d'intimité. « C'est une gourmette. Normalement il y a un nom dessus. »

L'idée de faire graver un nom ne m'avait tout simplement pas effleuré. La vendeuse n'avait rien dit. Mon frère n'avait rien dit. J'étais un lamentable imbécile. « Je… Je voulais d'abord savoir si ça te plaisait avant de faire mettre ton nom dessus. »

Elle sourit, tressaillant en entendant ce que je venais de lui dire. « Pas *mon* nom. » Elle avait dû apprendre ça dans les magazines. Elle en savait plus que ce que je n'en saurais jamais sur les us et coutumes de mon pays. C'est mon nom à moi qu'il fallait. C'est mon nom qui devait être enchaîné à son poignet, jusqu'au jour où l'écriture serait détrônée. Et moi, je n'avais rien fait. Rien fait de mal.

Malalai plaça la gourmette scintillante sur son poignet presque noir. Elle joua avec la plaque immaculée, dont la fonction était à présent tellement évidente, même à mes yeux.

« Je vais faire graver le nom. » Je pouvais emprunter du liquide à Jonah. Au moins de quoi faire inscrire J-O-E.

Elle fit non de la tête. « Je l'aime bien comme ça, Joseph. C'est chouette. »

Elle arbora la gourmette vierge comme un prix qu'elle aurait remporté. Les filles avaient maintenant de quoi se moquer encore plus d'elle : une gourmette sans nom ! Malalai dut se dire que je ne voulais pas qu'on la voie avec mon nom au poignet. Mais le simple fait d'avoir cette gourmette constituait déjà un contact plus intime que ce qu'elle avait jamais espéré, dans un endroit comme ici. Notre relation changea peu. Nous parvînmes à nous asseoir côte à côte à un rassemblement d'élèves, et à la faveur d'un repas de fête. Notre lien silencieux lui plaisait. Lorsque nous discutions, le seul sujet que j'étais capable d'aborder était la musique de concert. Elle aimait la musique, comme n'importe quel élève de Boylston. Mais cela ne la médusait pas autant que les films, les magazines ou la Cuisine du futur. Bien avant moi elle avait compris que la musique classique ne permettait pas de faire de vous un Américain. Bien au contraire.

Ça m'échappa un beau jour, après une de ses paisibles confidences – quelque chose en rapport avec son admiration pour la Nash Rambler décapotable de 1950. J'éclatai d'un rire moqueur. « Comment est-ce que tu as fait pour atterrir dans un endroit comme Boylston ? »

Elle porta la main à la bouche, tâchant d'effacer, d'annuler. Mais elle ne pouvait pas faire disparaître ma question. Pas plus qu'elle ne pouvait l'entendre comme autre chose qu'une agression. Elle ne pleura pas tout de suite ; d'abord, elle disparut de ma vue. Elle réussit tout de même à m'éviter jusqu'à la fin du trimestre. Je ne fis rien pour l'en empêcher. Fin décembre, avant les vacances, elle me renvoya le boîtier blanc comme un mausolée, avec le bracelet vierge dans son tombeau. Un disque, également, « Musique d'Asie centrale », avec une note : « J'avais l'intention de t'offrir ça. »

L'école proposait une série de concerts annuels au moment des fêtes. C'était à Boylston l'équivalent des examens de fin d'année dans les écoles ordinaires. Jonah et Kimberly figuraient en tête d'affiche des récitals, comme solistes. Moi, je ramais parmi les galériens. János Reményi nous emmena en autocar dans les écoles de la région – Cambridge, Newton, Watertown, et même Southie et Roxbury. Des gamins de notre âge étaient assis dans des gymnases obscurs, aussi stupéfaits par notre musique qu'ils l'eussent été par un orchestre de singes jouant de l'orgue de Barbarie et saluant avec le chapeau. Une fois la musique terminée, dans leurs discours, un ou deux proviseurs locaux semblèrent vouloir adresser une mention spéciale à Jonah, le citant comme une illustration de tolérance ou d'opportunité qu'il fallait savoir saisir. Mais notre nom de famille, combiné à l'inexplicable visage pâle de Jonah, les faisait bafouiller ou les coupait dans leur élan.

Avant notre spectacle à Charlestown – c'était la première fois que nous tous, nous trouvions du mauvais côté de Boston Harbor –, notre chorale était prise de la frousse caractéristique d'avant les concerts, quand János vint me chercher. Je crus qu'il venait me réprimander pour les deux notes que j'avais loupées au concert de Watertown, la veille. Je m'apprêtai à assurer à M. Reményi que l'inexcusable ne se reproduirait pas.

Mais Reményi se fichait pas mal de ma dernière performance. « Où est ton frère ? »

Il se renfrogna quand je lui dis que je n'en avais pas la moindre idée. Kimberly Monera était absente, elle aussi. János sortit en trombe, comme il était entré, le visage aussi fermé que quand il dirigeait des triples *forte*. Il était résolu à arrêter la catastrophe avant qu'elle ne se produise. Mais cela nécessitait une célérité que János ne posséderait jamais.

La déchéance de mon frère : il en existe plus de versions que d'opéras inspirés de l'œuvre de Dumas. János trouva son élève prodige et la fille du grand chef d'orchestre enfermés dans un cagibi, derrière la scène, en train de se tripoter. Il intervint au moment où le pelotage atteignait un seuil critique. Nus, debout, ils s'apprêtaient à commettre un acte irréparable.

Concernant l'*acte* lui-même, il ne s'agissait pour moi que d'une supposition, déduite des allées et venues en coulisse pendant les matinées Puccini. Lorsque Jonah réapparut, un regard suffit à me signifier que ce n'était pas la peine de l'interroger à ce sujet. Je savais seulement que les trois personnages principaux avaient fui la scène à la manière des trios explosifs du troisième acte : János furieux, Kimberly brisée, et mon pauvre frère humilié.

« Ce salaud », murmura Jonah à un mètre du groupe bruissant de nos camarades enchantés. Je fus pétrifié en entendant les mots qui sortirent ensuite de sa bouche. « Je vais l'achever. »

Il ne m'a jamais révélé ce que le bonhomme lui avait dit, et jamais je ne le lui ai demandé. Je ne savais même pas en quoi consistait le crime de mon frère. Tout ce que je savais, c'est que je n'avais pas été là pour le protéger. Notre vie durant, nous nous étions mutuellement protégés. Maintenant, moi aussi, j'étais à découvert.

Le concert de Charlestown ne laissa pas un souvenir impérissable. Néanmoins, il est possible que les élèves se soient mépris, qu'ils aient cru que notre musique était joyeuse. János s'inclina, rayonnant, et de ce geste ample des mains, invita la chorale à faire de même. Kimberly réussit à arriver au bout de sa partie. Au moment où Jonah se leva pour faire les prouesses que nous avions entendues des centaines de fois, il me vint à l'esprit, en une sorte de vision au ralenti qui s'impose à ceux sur le point d'avoir un accident, qu'il allait se venger. Tout ce qu'il avait à faire était de retenir sa respiration. Résistance non violente. Ce petit *ritardando* qu'il aimait prendre juste avant de se lancer, la pause brève qui éveillait l'attention du public, et que même notre chef d'orchestre savait respecter, s'étira dans le temps. Le silence – l'urgence vide qui précède tout rythme – menaça de durer éternellement, comme un sort jeté sur le royaume entier des auditeurs.

Pris de panique devant le tour que Jonah nous jouait, mon cerveau se mit à diviser et subdiviser les temps. János se contenta d'attendre que l'interminable hésitation prenne fin, les mains en l'air, refusant même de blêmir. Jonah ne lui accorda pas un regard, pas plus qu'il ne détourna les yeux. Il resta à l'intérieur de son silence parfait, figé, suspendu à la lisière de nulle part.

Et puis... le son. La toile se déchira, et mon frère était en train de chanter. Une mélodie familière me rappela du bout du monde. Personne dans le public ne ressentit autre chose qu'un suspense accru. János était là, aux côtés de Jonah, pour faire entrer le chœur juste sur le premier temps de la mesure à la fin de la cadence silencieuse de mon frère.

Vers la fin du morceau – un de ces pots-pourris composés de titres issus de la musique populaire anglaise, qui incarnait pour l'Amérique des années 1950 le summum de la nostalgie saisonnière –, c'est tout le chœur qui s'enflamma. L'étincelle rebelle de Jonah éveilla leur sens de la performance et l'accord final acheva de méduser la salle.

János passa le bras autour des épaules de son prodige et l'étreignit devant tout le monde, ce garçon, son protégé ; l'idée d'une brouille entre eux semblait aussi inepte que le père Fouettard.

Jonah sourit et s'inclina, tolérant l'étreinte du maître. Mais quand il se détourna des applaudissements du public, ses yeux cherchèrent les miens. Il me lança un regard sans la moindre ambiguïté : *Tu as entendu, c'était moins une. Il n'y a pas plus facile au monde... Un jour...*

Dans le tohu-bohu qui suivit le concert, je tâchai de le retrouver. Les mômes de Charlestown venaient voir s'il était bien réel, lui toucher les cheveux, sympathiser avec lui. Jonah les ignora superbement. Il m'attrapa par le poignet. « Est-ce que tu l'as vue ?

– Qui ? » dis-je. Il claqua la langue de dégoût et détala. Je le pourchassai au milieu de la foule. Il fonça sur le parking des bus, puis rentra en rafale dans l'enceinte de l'établissement, comme un pompier courant après la médaille, ou bien au-devant de sa propre immolation. Un des élèves de Boylston finit par nous dire qu'il avait vu Kimberly emmenée de force dans la voiture de János.

De retour à l'école, Jonah continua de la chercher. Il y était encore lorsque le surveillant de nuit vint annoncer l'extinction des feux. Allongé dans l'obscurité, Jonah maudit János, maudit Boylston, avec des mots que je n'avais jamais entendus dans sa bouche, ni dans celle de personne d'autre. Il continua de s'agiter jusqu'au moment où je me dis qu'il allait falloir l'attacher avec les draps.

« Ça va la tuer, répétait-il sans cesse. Elle va mourir de honte.

– Elle survivra, lança Thad de l'autre bout de la pièce plongée dans l'obscurité. Elle va vouloir terminer ce que vous deux avez commencé. »

Les jazzeux se délectaient du drame. Le scandale de Jonah, c'était leur *scène*. C'était maintenant. Un opéra pour l'âge nouveau – belles bouilles, papouilles, dérouille. Nigel et la blonde. Quel autre spectacle pouvait-on demander ?

Au matin, Jonah était une pelote de nerfs. « Elle va se faire du mal. Les adultes n'ont même pas remarqué qu'elle était absente !

– Se faire du mal ? Comment ça ?

– Joey, marmonna-t-il. Tu es absolument irrécupérable. »

Elle réapparut l'après-midi suivant. Nous étions à la cafétéria quand elle fit son entrée. Jonah était dans un sale état, prêt à bondir vers elle. Elle, l'étoile polaire de son enfance. Tous les yeux de l'école étaient braqués sur eux. Kimberly n'accorda même pas une œillade à notre table. Elle traversa la salle et s'assit aussi loin de nous que possible.

Mon frère ne put le supporter. Il s'approcha de la table où elle s'était installée, indifférent aux conséquences de ses actes. Elle tressaillit et se recroquevilla, alors qu'il était encore à plusieurs mètres d'elle. Il s'assit et essaya de parler. Mais ce qui avait pu exister entre eux deux jours auparavant appartenait désormais à un autre livret.

Il retraversa la cafétéria dans l'autre sens, comme un enragé. « On dégage », lança-t-il, plus pour lui-même que pour moi. Il se précipita à l'étage. Je tâchai tant bien que mal de le suivre. « Je vais le tuer, ce salaud. Je le jure. » Sa menace n'était qu'un artifice d'opérette, un canif en fer-blanc à lame escamotable. Mais, de mon fauteuil au deuxième balcon, je suffoquai déjà en imaginant l'objet d'argent s'enfonçant jusqu'à la garde dans la poitrine du mentor.

Mon frère ne poignarda pas János Reményi. Pas plus que János ne refit allusion à l'incident. Un désastre avait été évité, la décence préservée, mon frère souffleté. Reményi se contenta de lui imposer davantage d'exercices de phrasé du Concone.

Jonah se mit en quête de Kimberly. Il la trouva une fin d'après-midi, pelotonnée dans un fauteuil du salon des deuxièmes années, en train de lire E. T. A. Hoffmann. Elle se crispa en l'apercevant, sur le point de détaler, mais en voyant l'urgence qui habitait Jonah, elle se retint. Il s'assit à côté d'elle et lui demanda de sa voix la plus fluette : « Tu te souviens de notre promesse ? »

Elle ferma les yeux de toutes ses forces et respira avec le bas du ventre, comme János le leur avait appris à tous les deux. « Jonah. On est encore des enfants. »

Et, en cet instant, ils ne l'étaient plus.

Il aurait renoncé à tous ses dons pour revenir en arrière : au puéril engagement secret, à l'écoute et au déchiffrage ensemble, les instants blottis au-dessus des partitions, les projets de tournées mondiales à deux. Mais elle l'avait rejeté à cause de ce que les adultes lui avaient dit. Quelque chose à quoi elle n'avait jusqu'alors pas pensé. Elle l'écouta encore une fois, mais uniquement pour faire pénitence. Elle lui permit même de prendre sa main de marbre, mais la sienne resta inerte. Pour la pâle Chimère européenne blanche, toute la douceur de ce premier amour, toutes les découvertes partagées, étaient souillées par la maturité.

« Qu'est-ce que tu racontes ? lui demanda-t-il. On ne peut pas être ensemble ? On ne peut pas s'adresser la parole, pas se toucher ? »

Elle ne voulut pas répondre. Et il ne voulut pas entendre ce qu'elle ne voulait pas dire.

Il insista. « Si nous avons tort, alors, la musique a tort. L'art a tort. Tout ce que tu aimes a tort. »

Les mots qu'il prononçait la tueraient avant de la convaincre. Quelque chose en Kimberly s'était brisé. Quelque chose avait souillé le duo secret qu'ils avaient créé devant une salle vide. Deux semaines auparavant, elle s'imaginait faire son entrée dans la vie. À présent, elle était au fond de l'auditorium, comme le public, et elle voyait la faiblesse de sa propre prestation.

Jonah errait dans l'établissement comme un animal domestique puni pour avoir fait le numéro pour lequel il avait été dressé. Ses gestes se firent plus lents et plus réfléchis, comme si ce qui venait de se décider ici, à la faveur de la répétition générale, scellait le reste de sa vie. Si cela pouvait lui être ôté, alors rien ne lui appartenait réellement. Et surtout pas la musique.

En fin de semaine, Kimberly Monera était partie. Elle avait récupéré ses affaires et s'était éclipsée. Ses parents la retirèrent de Boylston en milieu d'année scolaire, quelques jours seulement avant la fin du premier trimestre. Mon frère me l'annonça dans un gloussement *falsetto* affolé. « Elle est partie, Joey. Pour de bon. »

Il resta éveillé pendant trois jours, pensant à chaque minute avoir de ses nouvelles. Puis il conclut qu'elle avait déjà dû écrire, que les troupes de choc de l'école interceptaient ses lettres et les détruisaient. Il retourna les preuves inexistantes dans tous les sens et elles finirent par se désintégrer au toucher. Ses explications se saturèrent d'appoggiatures. Et moi, j'étais censé écouter chaque ornement.

« János a dû lui raconter je ne sais quel bobard à mon sujet. L'école a dû écrire à son père. Qui sait quelle calomnie ils sont allés lui raconter, Joey ? C'est une conspiration. Les maestros et les maîtres ont dû s'associer pour la faire fuir avant que je l'empoisonne. » Jonah se tortura en envisageant même la possibilité que Kimberly elle-même ait demandé à être expulsée. Il s'enfonça dans une brume de théories. Je lui rapportai toutes les bribes de potins de troisième main que je pouvais trouver. Il rejeta toutes mes propositions ; tout cela, disait-il, était inutile. Et pourtant, plus je devenais inutile, plus il avait besoin que je sois près de lui. Moi, l'auditeur silencieux de ses élucubrations toujours plus élaborées.

Vers la fin décembre, il signa pour nous deux une déclaration de sortie, sous prétexte que nous allions au musée des Beaux-Arts voir une exposition de photographies européennes. Il faisait froid, ce jour-là. Il avait son manteau en velours côtelé vert et une toque russe dont la fourrure noire lui retombait sur les yeux. Je n'arrive pas à me rappeler ce que moi, je portais. Je ne me souviens que du froid glacial. Il marchait à mes côtés, silencieux. Nous nous retrouvâmes à Kenmore Square. Il me fit asseoir sur le bord du trottoir à l'entrée de la ligne T. Un courant d'air glacial remontait par la bouche de métro.

Jonah ne ressentait rien, Jonah était enflammé. « Tu sais ce qui s'est passé, en fait, Joey ? Tu sais pourquoi ils l'ont éloignée de moi ? » *Tu le sais.* Je le savais. « La seule question, c'est... la seule question, c'est : est-ce que c'est elle qui l'a décidé ? »

Mais ça aussi, je le savais. Elle avait été à lui. Ils avaient appris des partitions ensemble, ils s'étaient épanouis ensemble. Rien n'avait changé si ce n'est qu'ils avaient été surpris dans un cagibi. « Jonah. Elle savait... qui tu es. Dès l'instant où elle a fait ta connaissance. Elle avait des yeux pour voir.

– Un Maure, tu veux dire ? Elle a pu voir que j'étais un Maure ? »

Je n'arrivais pas à savoir à qui il s'en prenait : à Kimberly, à moi ou à lui-même. « Je le dis juste. Ce n'est pas comme... si elle ne savait pas. » La plaque de glace sur laquelle j'étais assis me brûlait.

« Son père ne savait pas. Tant que son père a cru que le lauréat de la Boylston Academy of Music était un petit Blanc inoffensif, l'amourette de sa fille ne posait pas de problème. Il lui a dit d'en profiter. *Sempre...* »

Il parlait comme un vieux. La connaissance, telle une maladie, s'était abattue sur lui du jour au lendemain, pendant mon sommeil. Je posai un bras sur son épaule. Il ne réagit pas, alors je l'enlevai. Je ne savais plus quelle sensation lui procurait mon contact. Toutes les certitudes basculaient dans le cauchemar de la croissance. « Jonah. Tu n'en sais rien. Tu ne peux pas être certain que ça s'est passé comme ça.

– Évidemment, que ça s'est passé comme ça. Que veux-tu que ce soit d'autre ?

– Son père ne voulait pas qu'elle... ne voulait pas que vous deux... » Je n'arrivais pas à formuler ce que son père ne voulait pas. C'est que moi non plus, je ne l'avais pas voulu.

« Il lui a écrit une lettre qui lui disait d'y aller. De vivre sa vie à fond.

– Il pensait peut-être... Il ne savait peut-être pas vraiment... » Je voulais dire *jusqu'où*.

« Joey. Finies les bêtises. »

Je regardai ailleurs, vers l'embranchement de deux avenues, le kiosque à journaux miteux adossé aux grilles du métro, la gargote de l'autre côté de Beacon Street avec ses guirlandes criardes de Noël en travers de la devanture. Il avait commencé à neiger. Peut-être neigeait-il déjà depuis un certain temps.

« Elle est partie trop vite pour que ça puisse être quoi que ce soit d'autre. Il n'y a qu'une chose au monde qui rende les gens dingues à ce point. János a dû appeler Monera. Il lui a raconté ce qui s'était passé. Le chef d'orchestre de réputation internationale ne peut pas laisser sa petite fille chérie batifoler avec un petit métis. »

Mon frère avait toujours incarné ma liberté intime, un refuge essentiel où l'insouciance était possible. Les gens et leur aveuglement avaient été placés sur terre strictement pour son divertissement. C'est toujours lui qui avait décidé comment les gens le considéreraient. Jusqu'à ce jour, les humiliations ambiguës et les lynchages voilés lui avaient glissé dessus. Maintenant il y avait de la fièvre sur le visage de mon frère : le vaccin de notre enfance avait provoqué une inflammation.

« Regarde-nous, Joey ! » Cette voix émanait d'une gorge qui s'était tue bien avant que la sienne ne s'ouvre. « Qu'est-ce qu'on fabrique ici ? Une paire de monstres. Tu sais ce qu'on aurait dû être ? »

Ses paroles m'éparpillaient sous les pieds de la cohue qui sortait en masse du métro. Nous étions sans domicile. Nous nous étions installés sur ce bord de trottoir, sans chaleur, sans aucun foyer où retourner. Tout ce que j'avais pris pour des certitudes se dissolvait aussi rapidement que les onctueux flocons de neige qui se posaient sur le visage de mon frère.

« Nous aurions dû être de vrais Nègres. Vraiment noirs. » Ses lèvres étaient gelées ; les mots s'écoulaient de sa bouche comme de l'œuf baveux. « Noir comme poix. Noir comme les dièses et les bémols. Noir comme ce type là-bas. » Son pouce mima le mouvement d'une petite détente de pistolet et il braqua le doigt sur un homme qui coupait à travers Brookline en diagonale. Je lui saisis la main. Il se retourna, tout sourire. « Tu crois pas, Joe ? On aurait dû être complètement, simplement noirs. Comme l'Éthiopie pendant une panne de courant. » Il regarda autour de lui, il cherchait des noises à tout Kenmore Square, indifférent. « Au moins, on saurait à quoi s'en tenir. Nos petits camarades gosses de riches égoïstes nous auraient lapidés à mort. János ne nous aurait même pas acceptés dans sa putain d'école. Personne n'aurait pris la peine de faire appel à moi. Je n'aurais pas à chanter.

– Jonah ! grondai-je en relevant la tête. Qu'est-ce que tu racontes ? Qu'ils n'attendraient pas d'un Noir qu'il *chante* ? »

Jonah éclata d'un rire dément. « Je vois ce que tu veux dire. Pas sans *danser*. Et pas les conneries qu'ils me font chanter actuellement.

– *Conneries*, Jonah ? *Conneries ?* » Tout ce que nous adorions, tout ce que nous avions toujours adoré depuis notre plus tendre enfance.

Jonah se contenta de ricaner. Il leva les mains en l'air, en victime innocente. « Tu sais bien ce que je veux dire. Nous ne serions pas... là où nous en sommes. »

Nous restâmes assis dans notre repaire irréel, pelotonnés en pleine cohue. La neige s'entassait à nos pieds. Mon esprit tournait à cent à l'heure. Je devais faire en sorte que nous restions ici. La musique classique était la seule chose que je savais faire. « Les vrais Noirs... les gens très noirs, ils chantent ce que nous chantons.

– C'est ça, Joey, c'est ça.

– Regarde Robeson.

– Regarde Robeson toi-même, Joey. Moi, j'en ai assez de regarder.

– Et Marian Anderson ? » La femme qui, selon nos parents, les avaient réunis. « Elle a chanté au Met il n'y a pas si longtemps. Maintenant la brèche est ouverte. Le temps que nous... »

Jonah haussa les épaules. « La plus grande contralto du XXe siècle. Et ils lui jettent un petit os à ronger, une scène de second plan, quinze ans après qu'elle a atteint son apogée. »

Je fonçai tête baissée, m'engageant sur un sentier sans grande visibilité. « Et Dorothy Maynor, qu'est-ce que tu en fais ? Mattiwilda Dobbs ?

– Tu as fini ?

– Il y en a d'autres. Beaucoup d'autres.

– Beaucoup, ça fait combien ?

– Plein, dis-je en m'enfonçant. Camilla Williams. Jules Bledsoe. Robert McFerrin. » Je n'avais pas besoin de les énumérer. Lui aussi les avait tous en tête. Tous ceux qui nous avaient constamment fourni des raisons de ne pas renoncer.

« Continue.

– Jonah. Les Noirs se lancent tout le temps dans la musique classique. Cette femme qui vient juste d'interpréter *Tosca* à la télévision nationale.

– Price. » Il ne put réprimer un sourire de plaisir. « Eh bien, quoi ? » Il leva les bras dans ma direction. « Regarde-nous. Deux moitiés de rien. À mi-chemin de nulle part. Toi et moi, Joey. Ici, perdus au milieu de... » Il balaya de la main la place en angle délimitée par les bâtiments. Les gens pressaient le pas sous la neige. « On aurait mieux fait de rester en dehors de tout ça. Personne ne voudra de ce qu'ils ne peuvent même pas...

– Elle avait envie de toi. » Je ne pouvais me résoudre à prononcer le nom de cette fille pâlichonne. « Elle savait qui tu étais. Elle savait que tu... n'étais pas blanc.

– Ah bon ? Ah bon ? Alors, dans ce cas, elle a vingt-cinq coups d'avance sur moi.

– Ne te torture pas, Jonah. Tu ne sais pas. Ils ont aussi bien pu la retirer de l'école pour n'importe...

– Elle aurait *écrit*. » Il était furieux de me voir afficher une telle confiance, un tel aveuglement. « Joey. Est-ce que tu sais comment ils ont trouvé le terme "mulâtre" ? »

Je mis du temps à répondre. « Tu me prends pour un idiot ou quoi ? Tu me prends pour un crétin toujours à la traîne ? » J'essayai de me relever, mais je n'y parvins pas. J'avais des jambes de statue. Mes fesses étaient scellées au trottoir. Lorsque je réussis par un mouvement de balancier à commencer à me redresser, il me retint d'un geste de la main. Son visage était émerveillé, il se rendait compte de tout ce que j'avais engrangé en silence, pendant des années.

« Je ne pense pas du tout cela, Joseph. Je pense juste que tes parents t'ont élevé dans un rêve.

– C'est drôle. Moi je me disais ça de *tes* parents. Alors, dis-moi. D'où vient le mot ? » Ce mot que je détestais, quelle que soit son origine.

« *Mulatto* est le terme espagnol pour dire "mule". Tu sais pourquoi on nous appelle comme ça ?

– Un croisement entre un cheval et... je ne sais plus quoi.

– Tu es vraiment un gars de la ville. » Il tendit la main et me rabattit mon couvre-chef sur les yeux. « Ils nous traitent de mules parce que nous ne pouvons pas nous reproduire. Réfléchis-y. Peu importe qui tu épouses...

– Tu ne l'aurais jamais épousée, Jonah. C'était juste un jeu. Aucun de vous deux n'a jamais cru que vous alliez... Juste une petite opérette à laquelle vous vous êtes tous les deux essayés. » Avec toutefois une fin écrite par quelqu'un d'autre.

C'était la première fois que j'osais lui répondre. Je restai tranquillement assis en attendant la mort. Mais il ne m'avait même pas entendu. Il recommença, résigné. « Toi et moi, Mule. Nous deux : on est d'un genre à part. » Elle nous avait toujours dit ça, notre mère. Ce lien secret dont nous avions été si fiers, pendant toute notre enfance. « Un couple d'ours à la noix sur patins à roulettes, voilà ce qu'on est. »

Une paire de chevilles apparut à ma gauche. Je levai la tête et aperçus un policier, il nous dévisageait. Le nom sur son badge semblait italien. Il était aussi mat de peau que l'un et l'autre d'entre nous. La couleur de la peau n'a jamais été la vraie question.

L'Italien à la peau mate grogna. « Les gars, vous gênez le passage. »

Jonah leva la tête, parfaitement attentif, attendant juste que la baguette s'agite pour se relever et chanter une aria.

« Vous m'entendez ? »

J'opinai bêtement, pour nous deux.

« Alors, fichez le camp, *pronto*. Avant que je vous embarque au poste. »

Avec une main et les deux pieds au sol, Jonah se redressa. « Je n'arrive pas à bouger », fis-je d'une voix chevrotante. J'étais littéralement pris dans la glace. J'étais condamné à rester assis, à geler jusqu'à ce que mort s'ensuive, comme un héros maudit de Jack London.

« Tu m'entends ? dit l'agent. Tu es sourd ? » Un teint olivâtre. Peut-être avait-il un ancêtre turc embusqué dans les feuillages de son arbre généalogique. Il m'attrapa par l'épaule et me tira jusqu'à ce que je me rétablisse sur mes pieds. Il me tordit le bras tellement fort que, si j'avais été mon petit-fils, j'aurais eu matière à lui intenter un procès.

Jonah s'en prit à l'agent. « Je suis un *mulatto castrato* de *bel canto* avec un *legato smorzato*. » Je le poussai. Il me poussa à son tour et se pencha vers le flic en agitant le doigt. « C'est mon dernier mot *obbligato*, Otto.

– Bon, eh bien, *Gesundheit*, alors. » L'homme se désintéressa de Jonah *illico*. Il en avait vu d'autres, et des plus fous. À chaque heure, dans ce travail, il avait affaire à la lie de la maladie humaine, à chaque rue, chaque jour. Il nous adressa une vague menace en levant le dos de la main.

« Tirez-vous, bande de voyous. » Nous nous éloignâmes en clopinant, j'avais encore les membres engourdis. Nous étions à une centaine de mètres quand il s'écria : « Joyeux Noël ! » Soucieux de le remercier pour son indulgence, je lui retournai la politesse.

L'une de mes jambes était totalement ankylosée. Je criai à Jonah de marcher moins vite. Nous remontâmes par Yawkey Way, en passant devant le stade de base-ball. Parfois, au début de l'automne, nous entendions de notre chambre les cris des tribunes en délire. Le Fenway était à présent abandonné, un taudis décrépit en plein hiver.

Jonah marchait deux pas devant moi, les mains dans les poches. Les mots qu'il prononçait formaient dans l'air des bulles de vapeur glacée. « Je me fais du mouron pour elle, Joey. Ses parents... Son père a peut-être... »

Je voulais lui dire. Mais j'étais son frère, avant tout.

Le temps que nous retournions au conservatoire, la neige nous avait recouverts tous les deux d'une croûte blanche. Les routes qui entouraient les Fens baignaient dans la lumière basse, grise, rasante, brumeuse typique des exercices de défense civile. Sur la ouate étalée, les voitures se déplaçaient deux fois moins vite qu'à l'accoutumée. Nous ne pûmes distinguer l'école avant d'y avoir pénétré.

Nous entrâmes dans une atmosphère d'excitation silencieuse. Dans le couloir, les élèves eurent un mouvement de recul. Pendant un moment, nous fûmes cette espèce croisée et stérile que mon frère avait évoquée. Un gars que nous ne connaissions pas s'adressa à nous. « Vous êtes dans la mouise. Ils vous cherchent partout.

– Qui ? » fit Jonah sur un ton de défi. Mais le gars haussa juste les épaules en indiquant le bureau de l'administration. Ses yeux brillaient un peu à l'idée que ce Jonah Strom à la voix d'ange soit déchu.

Nous nous ébrouâmes pour faire tomber la croûte blanche, et nous dirigeâmes vers le bureau de l'administration. J'avais envie de courir ; plus vite nous passerions aux aveux, plus légère serait la sentence. Mais rien ne pouvait affecter la démarche de Jonah lorsqu'il déambulait dans les couloirs. Une fois dans le bureau, les adultes eux-mêmes parurent effrayés par notre présence. Lors de notre brève promenade, nous étions sans doute allés trop loin pour eux, voyageant jusqu'à un endroit qu'ils n'étaient pas prêts à atteindre. Le surveillant général attaqua bille en tête. « Où étiez-vous ? On a passé tout l'établissement au peigne fin.

– On était de sortie, on a signé le papier », répondit Jonah.

Son affolement était disproportionné par rapport à notre forfait. « Votre père vous attend. Il est à l'étage, dans votre chambre. »

Nous échangeons un regard qui nous cloue tous deux sur place. Un regard que nous échangerons à jamais. Nous grimpons les marches au pas de course, deux par deux. Mon frère file en tête, sans s'essouffler le moins du monde, alors que moi, je tire déjà la langue. Il pourrait s'arrêter et sortir un contre-la de quinze secondes sans le moindre effort.

J'atteins le sommet à bout de souffle. Mon frère court déjà dans le couloir. Je suis Jonah jusque dans notre chambre, et j'arrive à temps pour l'entendre demander à Da : « Que se passe-t-il ? Qu'est-ce que tu fais ici ? » Il a déjà différentes idées sur la question. Il paraît plus excité qu'essoufflé.

L'homme assis sur le lit d'Earl Huber n'est pas notre père. Cet homme est voûté, ratatiné, il ressemble plus à un vagabond qu'à un physicien mathématicien. Sa peau est exsangue. Sous son gilet de laine détonnant, sa poitrine tressaille. Il tourne le visage vers moi, il cherche désespérément le lien de parenté. Mais c'est une figure qu'il ne m'a encore jamais été donné de voir. Derrière ses lunettes à monture d'écaille, sous le front cubique, les muscles s'affaissent. Notre père croit être en train de nous adresser un sourire. Un sourire implorant, qui se transforme en supplication. Un sourire qui s'élargit et s'installe en moi et me chasse de l'enfance.

« Comment allez-vous, les garçons ? Comment allez-vous tous les deux ? » L'accent allemand est épais comme du gruau, le *comment* s'évase pour sonner comme *gomment*. Dieu merci, nous sommes seuls, nous n'avons pas d'explication à donner aux coturnes de l'Ohio.

« Da ? fait Jonah. Qu'est-ce qui ne va pas ? Tout est okay ?

– Okay ? » répète notre père en écho. L'empiriste ramène tout aux données de base. *Okay* ne se mesure pas. *Okay* est un mètre pliant qui se réduit suivant la vitesse de celui qui mesure. Il inspire. Ses mâchoires tombent pour former un mot. Mais le souffle de la consonne se cramponne au fin rebord de sa gorge, le saut du suicide, le son refuse de sortir. « Il y a eu *ein Feuer*. Une explosion. Tout... a brûlé. Elle est... » Tous les mots qu'il passe en revue, et rejette, restent suspendus dans l'air entre nous. Et mon père sourit encore, comme si, d'une certaine manière, il était capable d'accepter ce qu'il ne peut même pas nommer.

« Que lui est-il arrivé ? hurle Jonah. Où est-ce que tu as entendu ça ? »

Mon père se tourne vers son fils aîné et penche la tête, tel le clebs perplexe en entendant la voix de son maître sortant du phonographe. Il tend la main pour transpercer la confusion ambiante. La main, trop petite pour être d'une quelconque utilité, retombe sur son giron. Il sourit toujours. Tout partout *est* déjà. Il opine. « Votre mère est morte.

– Oh », dit mon frère. Et, un instant trop tard, son soulagement se métamorphose en horreur.

12

Avril-mai 1939

Elle rentra de Philly par le train de deux heures du matin. Le soir même. Pas assez de temps pour qu'il ait pu se passer quoi que ce fût pendant qu'elle était à DC. Pourtant elle se glissa sur la pointe des pieds dans la maison endormie comme une criminelle portant en elle un secret plus gros que le Potomac. Et elle était à nouveau debout après quatre heures passées à faire semblant de dormir, à se traîner hors du lit pour assister aux cours du matin, puis, après ça, aller travailler à l'hôpital, sauf si elle mourait avant.

Sa mère la croisa dans la cuisine, la question sur le bout des lèvres, quand bien même tout Philadelphie connaissait déjà la réponse. Le récital de la veille avait été retransmis par tellement de radios en ville que c'était un miracle que la ville n'ait pas épuisé la totalité des fréquences. Chaque auditeur avait bu les paroles de sa propre Marian intime, qui avait chanté sur les marches de ce Mall des plus publics.

« Comment c'était, ton concert ? » demanda Nettie Ellen, comme si Delia elle-même avait été la chanteuse. Quelque chose chez cette femme savait déjà. Comme si ce chapitre appartenait déjà à l'histoire : sa fille n'était pas sur scène, la veille, mais en ce lundi matin, elle jouait un rôle très composé.

« Oh, maman. Le plus grand récital de l'histoire du chant. Le pays entier était là – dix fois plus de gens que lorsque Jésus a fait son truc de multiplication avec les petits pains et les poissons. Et Mlle Anderson a nourri tout le monde avec encore moins que lui.

– Hon-hon. Bien, alors ? » Nettie Ellen avait entendu chaque note du bouleversant récital, courbée au-dessus du poste à galène du séjour, cette voix précise et claire voguant par-dessus les craquements des parasites. Elle aussi avait ravalé la blessure qui lui remontait dans la gorge, au goût de bile bouillante : l'espoir – *de nouveau* l'espoir, quelle folie, après tous les cadavres qui avaient jalonné le chemin jusqu'à aujourd'hui. Avant que sa fille ne sorte du lit, elle avait lu les gros titres du matin (envoyés en cloche par le livreur par-dessus la véranda dans le buisson ardent) : LA VOIX

DE COULEUR ENCHANTE L'AMÉRIQUE. Nettie n'avait pas le temps de s'occuper de l'Amérique. Elle avait les mains dans la levure jusqu'aux poignets, occupée à écraser les grumeaux de farine mouillés et d'œuf dans un bol en grès. Elle malaxait la pâte avec une énergie que sa fille ne manqua pas de décrypter. Rien hormis le jour du Jugement dernier ne justifiait qu'une femme adulte rentre à la maison à deux heures du matin, en valsant comme si le monde entier était tombé sur la tête, et en braillant à tue-tête.

Mais la renégate se montrait bien étrange avec elle, docile et respectueuse. « Maman. Maman. Je n'ai pas le temps pour les biscuits. » Nettie se contenta de la toiser, et Delia ne put faire autrement que se mettre à la tâche et l'aider. Malgré le manque de sommeil, Delia alla même réveiller les petits frères et sœurs et leur sortit leurs vêtements pour l'école, pendant que sa mère pétrissait et punissait la pâte rétive.

Une bulle de mystère se forma entre elles, trop consistante pour être nommée au-dessus des biscuits à la sauce. Non pas que Nettie Ellen eût besoin qu'on lui donne des noms. Soixante-quinze mille amateurs d'un chant raffiné, tous réunis au même endroit ; inéluctablement sa Delia en croiserait un qui la retiendrait dehors jusqu'à pas d'heure. Limpide, ça se lisait sur son visage : sa fille était une zombie de l'amour. À soupirer comme un poulet sur un feu de camp. À flotter sur son petit nuage. À disposer les couverts comme on dépose des fleurs sur une tombe.

Cela faisait déjà un certain temps que Nettie Ellen s'y attendait, qu'elle se préparait au sortilège qui transformerait sa fille aînée en une créature différente. Elle savait que cela finirait par se produire, vif comme l'arrivée du printemps – le gazon nu et pelé se couvrait soudain d'aconits jaunes comme du concentré de soleil. Ce serait à coup sûr la dernière grande épreuve pour une mère toujours au service des autres : se mettre en retrait, que la chair de sa chair s'éloigne et lui devienne étrangère.

Depuis le début, Nettie s'était promis de mener à bien cet ultime sacrifice parental avant que sa fille ne l'y oblige. Mais elle n'avait pas anticipé cette pure folie, sa propre fille, soudain pudique, comme si Nettie n'avait pas passé des années à s'occuper de ce corps – malade, nu, sans défense – comme si la *mère* d'une fille ne savait pas déjà tout sur les besoins de la chair. Elle s'était attendue à un peu de timidité bébête. Mais sa fille effrayée par son épanouissement intime, ça dépassait l'entendement.

Charles et Michael firent irruption dans la cuisine, les yeux encore emplis d'une bonne nuit de sommeil, ce que Delia désormais ne connaîtrait plus. Ils déclenchèrent l'ouragan du petit déjeuner, gazouillant, levant les mains, le visage vers elle. La grande sœur se contenta d'attirer à elle leurs têtes aux cheveux coupés en brosse, une dans chaque paume. Elle les dévisagea, comme pour mémoriser leur expression, avant de quitter le quai du souvenir et de s'embarquer vers l'oubli. Ce qui leur ficha une trouille terrible ; les garçons s'installèrent sur leurs chaises sans un mot.

Lucille et Lorene firent une entrée remarquée, une débauche jumelle de rubans et de souliers luisants. Face à tant de coquetterie, Delia sentit les larmes lui monter aux yeux. Au-dessus des assiettes et des verres alignés, les enfants de Nettie inclinèrent la tête pour le bénédicité. Quand son tour fut venu, Delia déclara : « Merci mon Dieu pour toutes les bonnes choses. » Les syllabes grondèrent dans la cuisine, chacune lourde d'un mauvais pressentiment, comme des wagons de marchandises. Pendant toute la prière de sa fille, Nettie bougea les lèvres, articulant ses propres incantations silencieuses. Un concert, et sa fille serait à jamais une étrangère pour elle ? Cela dit, avant même d'avoir quoi que ce soit à cacher, Delia avait toujours refusé de se laisser saisir.

Une fois le bénédicité prononcé, Nettie leva la tête et jaugea sa sainte zombie. Et devant les monticules fumants de biscuits, un mouvement fantôme attira son regard. Cela ne dura qu'une fraction de seconde, si tant est que cela eût lieu. Une famille entière paraissait assise autour de la table, dans le bref éclair avant que sa vue ne s'ajuste. Des visages, qui lui étaient étrangers, et néanmoins aussi familiers que ceux assis à ce petit déjeuner, *celui-ci*. Ces visages spectraux, elle ne pouvait les nommer ou les reconnaître, et pourtant ils semblaient être de la même famille, en ligne directe avec elle. Il y en eut deux ou trois, tout d'abord. Puis, quand Nettie tourna la tête pour les observer, les visages se multiplièrent. Avant que la vision fugace ne s'étiole et disparaisse : il y en avait plus qu'elle n'en pouvait compter. Plus qu'elle n'en pouvait loger dans sa cuisine assaillie.

Ma descendance. Cette notion la frappa avec l'évidence d'une preuve prévue d'avance. *Mes petits-enfants, revenus me voir*. Mais quelque chose d'aussi épais et d'aussi impénétrable que les années les tenait à l'écart, comme enveloppés dans la brume, inaudibles, tout au bout d'un espace impénétrable.

« Maman ? » demanda quelqu'un. Et elle retomba dans le présent. « Maman ? » Cette question première, celle du nouveau-né, qui ne veut d'autre réponse que : « J'arrive. » Elle sentit des gouttes sur ses mains, de la chaleur. La soucoupe sous sa tasse tremblante s'emplit d'un liquide de la couleur de la peau. Elle en avait renversé à force de trembler, comme la vieille femme qu'un bref instant elle avait été.

« Dépêchez-vous de manger, maintenant ! » dit-elle, ignorant la panique de son aînée. Delia lui avait copieusement fichu la frousse, ce matin. Ça ne lui ferait pas de mal d'en prendre un peu pour elle. « Mangez, vous tous. L'école va pas vous attendre, juste parce que vous lambinez. »

Les enfants se dispersèrent en entendant les pas de leur père dans l'escalier. Le docteur apparut, resplendissant dans ses habits de serge, la blancheur de sa chemise repassée brillait sous son costume comme une parure antique. De sa belle voix de bronze, une tessiture qui chaque fois émouvait désespérément Delia – *Sonnez, trompettes !* – il annonça « On dirait qu'elle a été à la hauteur. Notre Mlle Anderson.

– Elle a été parfaite, papa. On aurait dit la voix de Dieu en personne, chantant tout seul, le soir avant le premier jour.

– Silence, intervint Nettie. Blasphème donc pas. »

William opina. « Bon concert, alors ? À la hauteur de ce qu'on pouvait espérer ? »

Bien au-delà de toute espérance. Jamais elle n'aurait osé espérer cela. « Bon concert. » Delia gloussa en secouant la tête. « Bon concert. » Elle était loin, aussi loin que les salles de concert d'Europe. Vienne. Berlin. Plus loin encore. « Je pense que ça a changé ma vie. »

La mine rayonnante du médecin se renfrogna. Il prit sa place en tête de table, où des couverts et une assiette se matérialisèrent comme par magie. « Comment ça, tu "penses", ma fille ? Si cela avait changé ta vie, ne crois-tu pas que tu le "saurais" ?

– Oh, elle le sait très bien. » Nettie Ellen avait tiré sa salve depuis l'évier, tout en récurant les assiettes sauvagement salies par les enfants, leur tournant le dos à tous les deux. Le regard du Dr Daley passa de sa femme à sa fille. Delia ne put que hausser les épaules et se dissimuler derrière le maigre bouclier que ses parents lui laissaient pour se protéger.

Le médecin dévora son petit déjeuner. Il appréciait le fumet qui se dégageait de la croûte brune des biscuits, l'odeur capiteuse de la sauce à base de graisse, de beurre roux et de farine. Il étala le journal devant lui, son rituel quotidien. Il parcourut l'imposant gros titre, le visage impassible. Il entreprit de découper les biscuits imbibés de sauce et les nouvelles du jour en portions nettes et digestes. Il débita et consomma le compte rendu du concert historique avec le même appétit qu'il consacra à la réinterprétation du pacte de Munich par Hitler et à sa revendication sur Dantzig. Il démantela la première section du journal, aplatit soigneusement chaque page, et survola les articles jusqu'au dernier paragraphe.

« On dirait que la capitale de notre nation ne s'attendait pas à ce qui lui est arrivé hier soir. » Il ne s'adressait à personne en particulier, ou bien à tous ceux qui se trouvaient à portée de voix. « Ce concert, c'est le début de quelque chose, tu crois ? » Il releva la tête et regarda sa fille. Delia baissa les yeux, trop rapidement. « Imaginons un instant qu'ils aient enfin *entendu* ? »

Le regard de Delia croisa celui de son père. Elle attendit la question. Mais apparemment il l'avait déjà posée. Elle essaya d'opiner, de quelques millimètres seulement, comme si elle le suivait.

Il secoua la tête et commença à replier soigneusement la première section du journal. « Qui peut dire ce qu'il faudra, à la fin ? Rien d'autre n'a marché. Pourquoi ne pas essayer le chant, comme au bon vieux temps ? Encore qu'on ne puisse pas dire qu'on ait été avares là-dessus. »

En entendant les paroles du médecin, Nettie Ellen, toujours devant l'évier, commença à chantonner. Le signe pour son mari qu'il était temps d'aller gagner le pain quotidien. En sortant, William lança un dernier regard à sa fille : un grand moment, il le lui concédait, et la félicitait, comme si le triomphe de la veille avait été le sien.

Le médecin partit pour la clinique, retrouver les premiers patients de la journée. Ce qui laissait le champ libre au plus ancien des jeux : la mère et la fille, chacune lisant les pensées de l'autre en silence, se défilant, échangeant, sachant avant de savoir. Nettie fit la vaisselle, et Delia essuya à côté. Une vraie vaisselle. Parce que, quand on laissait sécher sur l'égouttoir, ça laissait des traces. Il fallait essuyer immédiatement, avec un torchon et de l'huile de coude.

Elles terminèrent. Puis continuèrent à s'activer, à ranger. « Il faut que j'y aille, dit Delia. Je vais être en retard pour mes cours.

– Personne ne te retient. »

Delia remit le torchon à sa place. *Ah, tu veux jouer à ça,* dirent ses mains. Elle commença à se diriger vers la sortie, mais ne dépassa pas le four. « Maman ! Oh, Maman. » Quel soulagement ! Les mots venaient plus aisément qu'elle ne l'eût cru.

Sa mère s'avança, tendit la main et écarta la mèche de cheveux ondulés qui barrait le visage de Delia. Une chevelure dont les boucles à présent n'étaient plus les mêmes pour l'une et l'autre.

« Maman ? Combien de temps avant... À quel moment est-ce que tu as su ? »

La mère tendit le bras pour que Delia tienne correctement ses épaules. « Prends ton temps, ma fille. Plus elle mijote, meilleure est la compote.

– Oui, Maman. Je sais. Mais quand ? Est-ce que, à un moment donné, il y a eu quelque chose d'évident... qui a fait que tu t'es rendu compte ? »

La fille risqua un sourire de guingois, plein de frayeur. En la regardant, la mère vit à nouveau sa cuisine pleine d'envahisseurs. Des petits-enfants. Des arrière-petits-enfants partout dans les pattes, qui se multipliaient sans cesse. Ils pullulaient autour de Nettie Ellen Daley, devenue soudain la plus vieille femme américaine encore debout.

« Moi, avec ton père ? Écoute, ma fille. J'en suis *encore* à me demander ce qu'il y a entre cet homme et moi. »

Delia eut de la peine à reprendre son souffle. Elle n'avait rien fait de mal. Il ne s'était rien passé. Rien qui eût la moindre signification. Elle s'emballait pour rien. Elle se tourmentait dans le vide, tout cela n'était que pure invention. Pourtant, entre l'aspect exceptionnel de la veille au soir, la pression de la foule, le record d'affluence, le fait d'avoir approché l'histoire de trop près, quelque chose s'était déclenché en elle. Une loi très ancienne avait volé en éclats. Enivrée par la divine Mlle Anderson, la voix du siècle, une plume flottant sur une colonne d'air, Delia avait entrepris un voyage distinct, engouffrée dans une mince fissure taillée dans le flanc du son. Une brèche était apparue dans l'air devant elle et l'avait attirée, elle et son étranger allemand. Ils avaient voyagé ensemble, ils s'étaient engouffrés dans le temps, parcourant un couloir sans dimensions, pour atteindre un point si lointain qu'on ne pouvait pas appeler ça l'avenir, pas encore.

Et maintenant, dans la cuisine maternelle, elle avait honte de cette épopée qu'elle avait dû inventer. Il ne s'était rien passé. Elle n'avait voyagé nulle part. Pourtant, cet homme avait parcouru ce nulle part avec elle. Ça, elle n'avait pas pu l'inventer. Quand ils s'étaient dit au revoir, il avait des yeux qui se souvenaient déjà en détail de l'endroit.

En faisant les lits à l'hôpital, cet après-midi-là, Delia parvint à laisser ce rêve derrière elle. Le lendemain, au cours de chant, elle avait réussi à le repousser tellement loin derrière elle qu'elle l'avait sous le nez. Lugati réexpliquait encore l'*appoggio*, cette combinaison abdominale consistant à maintenir une activité des muscles inspirateurs pendant l'expiration, seul un étudiant en médecine pouvait comprendre cela. « Une chanteuse n'a pas une réserve illimitée, disait Lugati. Si tu t'y prends mal, en dix ans tu n'auras plus de voix. Utilisée convenablement, ta voix peut durer aussi longtemps que tu dureras toi-même. »

À ces mots, l'Allemand fut là de nouveau. Ensemble, comme ils l'avaient été à Washington, sur le Mall. En « s'utilisant convenablement » l'un l'autre. Pour durer aussi longtemps que nécessaire.

En fin de semaine, Delia reçut une lettre de lui. Il demandait s'il pouvait venir à Philadelphie. Elle rédigea une dizaine de réponses, elle n'en envoya qu'une. Elle le retrouva devant Independence Hall – en terrain neutre. Comme à Washington, ils se perdirent dans une foule bigarrée, indifférente.

Des gens qui leur étaient étrangers se retournaient pour regarder. Mais aucun n'était aussi étranger que lui. De nouveau, cet avenir intouchable s'ouvrit à eux par une fissure dans l'air ambiant. De nouveau, ils s'approchèrent pour y pénétrer. Plus ses sentiments s'affirmaient, plus elle doutait. La visite de l'Allemand fut brève, heureuse, folle. Mais il serait impossible d'obtenir plus qu'un après-midi volé devant Independence Hall. Il en était certainement conscient.

« Quand pouvons-nous refaire ça ? demanda-t-il.

– On ne peut pas », répondit-elle en lui serrant le bras comme l'écheveau d'une corde de secours.

Quand il fut parti, elle se sentit de nouveau vidée, criminelle. C'était encourageant de voir à quelle vitesse son accent se dissipait, combien il était difficile de recréer cet homme dans le silence. Son visage étranger devenait plus mat, moins pâle, lorsqu'il se diluait dans le souvenir de Delia. Elle ne le reverrait pas. Pour elle, la vie allait redevenir comme avant, simple, évidente, tournée vers son unique but.

Elle le retrouva à New York. Elle dit à ses parents qu'elle avait une audition – son premier mensonge, toutes catégories confondues. En un mois, elle en inventa de plus gros. Elle avait beau l'arroser avec du poison, son secret grandissait. Il allait falloir qu'elle se confesse, ou bien qu'elle s'abîme dans la duplicité. Il fallait qu'elle s'arrange pour que cette chose mauvaise redevienne bonne, aussi bonne qu'elle l'imaginait parfois quand ils étaient ensemble, seuls, les uniques curateurs de ce long passage sans dimension, les premiers visiteurs de ce monde qu'ils étaient parvenus à atteindre en empruntant un raccourci, à la diagonale, en traversant le champ du temps. Il connaissait toute sa musique. Il adorait la façon dont elle chantait. Avec lui, elle était elle-même.

Elle essaya d'en parler à sa mère. La honte et l'incrédulité l'en dissuadèrent. Une fois ou deux, elle commença, mais bifurqua finalement sur un autre sujet. Quels que fussent les mots qu'elle choisissait, cela prenait une tournure diabolique. Comme un fruit parfaitement mûr sur sa branche, ça pourrissait une fois tombé. Au bout de quelques semaines, Delia cessa de regarder sa mère dans les yeux. Le mensonge se propageait à ses faits et gestes quotidiens, infectant des occupations routinières qui n'avaient rien à voir avec cet homme. Ses allées et venues les plus innocentes glissaient sous le voile grandissant de la dissimulation. Même ses petits frères et sœurs commencèrent à prendre leurs distances avec elle.

Sa mère maintint le cap avec calme, en attendant qu'elle revienne dans son orbite. Delia la sentait patiente, gentille, atrocement avisée, confiante jusqu'aux tripes, le berceau du sentiment maternel. Et dans sa confiance, elle repoussait sa fille.

Sa mère continua de se montrer bonne jusqu'à ce que la bonté commence à étrangler aussi bien la mère que la fille. Et puis, un soir, Nettie monta à l'étage, sous les combles, dans le petit grenier qui, à titre provisoire, servait à Delia de studio. Delia resta dans sa position de confort forcé, elle était en train de travailler sur une portion de gamme chromatique le plus haut des deux points de passage de sa voix. Elle s'interrompit en entendant les coups frappés à la porte. Sa mère était là, les mains jointes comme autour d'une tasse de café ou un livre de prière. Un quart de minute s'écoula sans que ni l'une ni l'autre prenne la parole.

« Continue donc à chanter. Je me ferai toute petite, je vais juste écouter. »

Elle se courba en avant, déjà vieille, ses épaules pesaient comme un point d'interrogation resté sans réponse sous le poids de cent ans d'un besoin jamais satisfait.

« Maman. » Ce fut tout ce que la fille put dire.

Nettie Ellen entra dans le grenier et s'assit. « Laisse-moi deviner. Il est pauvre. » Le secret bien gardé de Delia s'envola, quittant le sous-bois où il s'était tapi. Elle commença à s'emporter, la vertu des coupables. Puis la colère disparut dans les larmes, lui apportant un soulagement qu'elle n'avait pas éprouvé depuis des semaines. Elle pouvait parler à sa mère. Toutes les distances pouvaient de nouveau être réduites, par la parole.

« Non, Maman. Il... n'est pas exactement pauvre. C'est... pire que ça.

– Il ne va pas à l'église. »

Delia courba la tête. Le sol se remplissait d'un océan, elle allait pouvoir s'y noyer. « Non. » Sa tête entama un lent et pesant mouvement de dénégation. « Non. Il ne va pas à l'église.

– Ma foi, c'est pas la fin du monde. » Nettie Ellen claqua la langue au fond de sa bouche. Le son de tout ce qu'il fallait endurer. « Tu sais qu'on a toujours été en bisbille avec ton père, là-dessus. Et apparemment il a pas l'intention de changer de sitôt. »

Nettie sourit à sa fille, se moquant de son propre chemin de croix. Mais elle n'obtint aucun sourire en retour. Delia resta muette, tout son corps suppliait : *Pose-moi encore des questions. Je t'en prie, je t'en prie, continue à poser des questions.*

« Il est pas d'ici, c'est ça ? Alors, y vient d'où ? »

Le regard animal dans les yeux de sa mère anéantit toute velléité que Delia eût pu avoir de parvenir à la vérité. « New York », dit-elle. Et elle s'affaissa encore davantage.

« New York ! » Un éclat d'espoir fou chez sa mère accueillit ce sursis. « Doux Seigneur. New York, c'est rien. New York, ma fille, on peut y aller à pied. Moi qui croyais que tu allais dire Mississippi. »

Delia se força à rire, elle accumulait mensonge sur mensonge.

Sa mère entendit immédiatement la fausse note. L'ouïe si fine de sa mère, dont Delia avait hérité. « Par pitié. Faut me dire. Jamais je devinerai. Qu'est-ce qui peut clocher à ce point chez cet homme ? L'a trois jambes, c'est ça ? L'a déjà été marié cinq fois ? Y cause pas anglais ? »

Un gloussement s'échappa de Delia, creux, affreux. « Eh bien, oui, il y a ça. »

Nettie Ellen redressa le menton d'un geste brutal. « Y cause pas anglais ? Ma foi, y cause quoi, alors ? »

Puis un regard. Les yeux écarquillés, elle comprit enfin. Du chagrin, de la peur, de l'incrédulité, de la fierté : toutes les couleurs de l'arc-en-ciel réfractées à partir de la blanche lumière de l'incompréhension. La question qu'elle avait voulu poser, et pour laquelle elle était montée dans son studio au grenier, mourut sur ses lèvres, ayant perdu toute pertinence : *Au moins, est-ce que tu l'aimes ?*

« Tu veux dire qu'il est pas comme nous ? »

L'impact de cette simplicité folle. Les épaules de Delia s'allégèrent d'un poids de plusieurs centaines d'années. Des siècles diaboliques, voire pire, attendaient une réponse. Elle sentit l'*appoggio*, si longtemps guetté, former comme un puits d'air dans sa gorge. L'histoire était un mauvais rêve dont les vivants devaient se réveiller. À partir de maintenant, le monde – convenablement utilisé – pouvait commencer.

« C'est exact, maman. Il n'est pas... entièrement comme nous. »

Parmi les siècles qui se dressèrent entre elles, désormais, Delia aussi n'était plus comme eux.

13

Bist du bei mir

Nous rentrâmes à la maison avec Da. Je dis « la maison » mais l'endroit avait disparu. Nous restâmes devant le bâtiment dont il ne restait plus que les quatre murs, à regarder le givre qui recouvrait la pierre de taille noircie. Je me juchai sur un monticule de gravats, à la recherche de l'endroit où j'avais passé mon enfance.

Je persistai à penser que nous étions une rue trop au sud. Le feu avait carbonisé les deux entrées de part et d'autre de la nôtre. Notre bâtiment semblait avoir été la cible d'un obus d'artillerie égaré. Du bois, de la brique, de la pierre et du métal – autant de matériaux qui ne pouvaient pas provenir de notre maison – s'amoncelaient en un tas inextricable. Mais tout le monde – nos voisins, notre propriétaire invalide, Mme Washington, et même le terrier de Mme Washington – s'en était tiré indemne. Toutes les créatures vivantes, sauf ma mère.

Nous restâmes si longtemps devant la ruine que nous faillîmes geler sur pied. Je n'arrivais pas à détourner le regard. Je cherchai la petite épinette autour de laquelle nous avions coutume de nous réunir pour chanter, mais rien, dans ce monceau crasseux, n'y ressemblait, et de loin. Blottis l'un contre l'autre, Jonah et moi tapions des pieds, soufflant de la vapeur. Nous restâmes jusqu'à ce que le froid et un sentiment de futilité l'emportent. Da finit par nous obliger à nous détourner pour de bon de cette vision.

Ruth ne nous accompagna pas pour cet ultime coup d'œil. Elle avait déjà bien assez regardé. Rootie avait été la première à voir la maison en flammes. Le bus de ramassage scolaire, n'ayant pu s'engager dans notre rue barricadée, l'avait déposée au coin. Elle ignorait quel bâtiment était en feu jusqu'à ce qu'elle fût arrivée auprès des pompiers attroupés. Ils durent forcer la fillette de dix ans qui hurlait à s'éloigner du brasier. Elle mordit un des hommes à la main jusqu'au sang en essayant de se libérer.

Elle me hurla dessus également, dès que nous la vîmes. « J'ai essayé de la retrouver, Joey, j'ai essayé d'aller à l'intérieur. Ils ont pas voulu me laisser y aller. Ils l'ont laissée mourir. Je les ai regardés.

– Du calme, *Kind*. Ta mère était déjà morte depuis longtemps bien avant que tu arrives. » Da dit cela pour la consoler, j'en suis sûr.

« Elle brûlait, dit Ruthie. Elle était en feu. » Ma sœur était devenue quelqu'un d'autre. Le plus vieil enfant sur terre. L'air entrait et sortait d'elle en une sorte de râle. Elle tremblait devant quelque chose qu'aucun d'entre nous ne pouvait percevoir. Je posai mon bras sur elle, elle ne réagit même pas.

« Chut. Personne ne pouvait être à l'intérieur d'un brasier comme ça et ressentir encore quoi que ce soit. » Da avait trop longtemps vécu dans l'univers de la mesure. Pour lui, même une fillette de dix ans n'avait besoin de rien de plus que la vérité.

« Je l'ai entendue, dit Ruthie, à personne en particulier. Ils m'ont empêchée. Ils n'ont pas voulu que j'aille jusqu'à elle.

– Le *Heizkörper* a explosé, expliqua Da.

– Le quoi ? Le corps bouillant ?

– Le bouillir, dit Da. Le chauffage. » Il ne savait plus parler la langue. Il ne savait plus parler aucune langue.

« La chaudière, traduisis-je.

– Il y a eu une fuite, très probablement. La chaudière a explosé. C'est pour ça qu'elle n'a pas pu échapper au feu, même si c'est arrivé en milieu de journée. »

C'était la théorie qui coïncidait le mieux avec toutes les preuves. Pendant des semaines, dans mes rêves, les choses explosèrent. Et en plein jour, aussi. Des choses que je ne pouvais nommer, et auxquelles je ne pouvais échapper.

Nous emménageâmes dans un minuscule appartement de Morningside Heights qu'un collègue loua à mon père en attendant qu'il se retourne. Nous vécûmes comme des réfugiés, tributaires des dons d'autrui. Même nos camarades de classe de Boylston nous envoyèrent des cartons de vieilles nippes, ne sachant trop quoi faire d'autre.

Mon père arrangea un service funèbre. De sa vie, c'est le premier et le dernier événement social complexe qu'il ait jamais réussi à organiser sans l'aide de ma mère. Il n'y avait pas de cercueil à regarder, pas de corps à enterrer. Ma mère avait déjà été incinérée, quelqu'un d'autre en avait donné l'ordre. Toutes les photos d'elle que nous avions avaient disparu dans l'incendie. Les amis apportèrent les objets qu'ils avaient conservés pour dresser une table du souvenir. Ils furent disposés sur un buffet, près de la porte : des coupures de presse, des programmes de concert, des bulletins paroissiaux – plus de traces de ma mère que je n'en reverrais jamais.

Je ne pensais pas que la petite salle que nous avions louée serait remplie. Mais les gens se mirent à affluer jusqu'à ne plus pouvoir entrer. Même mon père avait sous-estimé cela, et il dut faire chercher d'autres chaises pliantes. Je fus abasourdi de découvrir que ma mère avait *connu* tant de gens, et qu'en plus elle arrivait à les faire sortir de chez eux par un dimanche après-midi maussade en plein hiver. « Jonah ? ne cessai-je de demander à mon frère à mi-voix. D'où viennent tous ces gens ? » Il regarda en secouant la tête.

Certaines personnes vinrent pour mon père. Je reconnus plusieurs de ses collègues de l'université. Ici et là des kippas noires cramponnées aux couronnes des crânes dégarnis. Da en arbora une brièvement. D'autres vinrent pour Ruth, des élèves de son école, des voisins que nous n'avions jamais vraiment connus, mais avec qui elle était devenue copine. La plupart toutefois étaient des gens que ma mère avait connus personnellement : des élèves, des collègues du circuit des églises avec qui elle chantait, son improbable assortiment d'amis. Dans mon esprit enfantin, j'avais toujours considéré Maman comme en exil, interdite d'accès dans un pays qui aurait dû être le sien. Mais elle avait aménagé cet exil, elle l'avait suffisamment aéré pour y faire sa vie.

Installé au premier rang, je me retournai pour observer en douce les gens. Je notai toutes les nuances de couleur. Toutes les teintes que j'avais pu voir auparavant étaient quelque part dans cette pièce. Les visages derrière moi offraient une palette de dégradés, des coloris fragmentés se reflétant telles les incrustations d'une mosaïque éclaboussée de lumière. Chacune insistant sur sa propre spécificité. Des éclats de chair en tous sens, acajou par ici, noix ou pin par là. Des bouquets de bronze et de cuivre, des étendues pêche, ivoire et nacre. De temps en temps, des extrêmes : la pâte décolorée des pâtisseries danoises, ou bien la cendre nuit noire de la salle des machines d'un paquebot de l'histoire. Mais dans le milieu du spectre, majoritaire, toutes les traces et les nuances imaginables de marron s'entassaient sur les chaises pliantes. Ils se révélaient mutuellement, par contraste. Le brun gris taupe révélant l'ambre, l'ocre révélant le fauve, les roses, les roux et les teks faisant mentir tous les noms dont on les avait toujours affublés. Toutes les proportions de miel, de thé, de café, de crème – fauve, renard, ivoire, chamois, beige, baie : j'étais incapable de distinguer un marron d'un autre. Marron comme les épines de pin. Marron comme le tabac séché. Des tons qu'il aurait sans doute été impossible de distinguer à la lumière du jour – châtaigne, roux, rouan – devenaient perceptibles grâce à ceux à côté desquels ils se trouvaient, sous les lampes basses.

L'Afrique, l'Asie, l'Europe et l'Amérique se percutaient et ces nuances éclatées constituaient les incrustations de cet impact. Jadis, il y avait eu autant de couleurs de peau qu'il y avait de coins isolés sur terre. À présent, les combinaisons s'étaient multipliées. Combien de gradations un être humain pouvait-il percevoir ? Ce morceau polytonal et polyharmonique joué pour un public sourd comme un pot, qui n'entendait que les toniques et les dominantes, et tremblait même à l'idée de distinguer entre les deux. Il n'empêche, pour ma mère, toutes les notes de la gamme chromatique étaient présentes, et bon nombre de microtons intermédiaires.

Voilà pour le regard furtif que je lançai à la dérobade. À mes côtés, Jonah ne cessait de se tordre le cou, de gigoter sur sa chaise, de scruter le public à la recherche de quelqu'un en particulier. Da finit par lui dire, plus sèchement qu'il ne nous avait jamais parlé : « Arrête, maintenant. Reste tranquille.

– Où est la famille de Maman ? » La voix de Jonah était repassée soprano. Il avait le visage zébré de marques, vestiges de sa tentative de rasage. « C'est eux ? Ils sont ici ? Normalement ils devraient venir pour *ça*, quand même, non ? »

Da lui redemanda de se taire, en allemand cette fois-ci. Ses mots flottèrent dans le vide sans point d'appui, ils se répandirent à travers tous les endroits où il avait vécu. Il parla rapidement, oubliant que sa langue maternelle n'était pas la même que celle de ses garçons. Je crus comprendre que ceux de Philadelphie auraient leur propre cérémonie, afin que tout le monde pût y assister. Jonah n'en comprit pas davantage que moi.

Mon père portait le même genre de complet croisé gris, passé de mode de plusieurs années, qu'à son mariage. Il fixa ses genoux avec ce sourire ahuri qu'il avait eu pour nous annoncer la mort de notre mère. Ruth était assise à côté de Da, elle tirait sur le velours noir de sa robe en marmonnant toute seule, les cheveux en bataille.

Un pasteur plein de bonne volonté, quoique désorienté, raconta l'histoire de la vie de ma mère, dont il ne savait rien. Puis des amis tentèrent de réparer le panégyrique catastrophique qui venait d'être prononcé. Ils racontèrent des histoires sur son enfance – un mystère pour moi. Ils nommèrent ses parents et leur donnèrent un passé. Ils évoquèrent ses frères et sœurs, et se rappelèrent la maison à deux étages de Philadelphie, une forteresse familiale que je m'imaginais comme une version plus ancienne en bois de notre bâtisse de grès brun, disparue avec elle dans les flammes. Ceux qui prirent la parole semblaient presque sur le point d'en venir aux mains pour savoir ce qu'ils avaient le plus apprécié en elle. La grâce, dit un premier ; l'humour, dit un deuxième. Sa conviction folle que le pire en chacun de nous pouvait être amélioré, dit un troisième. Aucun ne dit ce qu'il avait sur le cœur. Aucune allusion aux gens qui vous crachaient dessus dans les ascenseurs. On ne parla pas des lettres de menaces, ni des humiliations quotidiennes. Pas d'allusion au feu, à l'explosion, ni au fait qu'elle avait brûlé vive. Les gens dans le public venaient à la rescousse à chaque pause, se joignant aux refrains, comme dans ces congrégations où ma mère avait chanté naguère. J'étais assis devant, à opiner à chaque témoignage, à sourire lorsque je pensais qu'il le fallait. Si cela avait été en mon pouvoir, j'aurais dit à tout le monde de ne pas se fatiguer, à chaque orateur de s'asseoir, j'aurais dit qu'ils n'étaient pas obligés de dire quelque chose.

Un élève de ma mère, une basse-baryton du nom de M. Winter, raconta qu'elle avait été refusée à la première école où elle avait voulu faire ses études. « Pas un cours n'a passé pour moi sans que je bénisse ces malheureux bâtards d'avoir placé Mme Strom sur une autre voie. Mais si j'étais juge fédéral, je les condamnerais à un après-midi. Juste un. À écouter la voix de cette femme. »

Puis ce fut au tour de mon père de parler. Personne n'en attendait tant, mais il insista. Il se leva, son costume partait dans tous les sens. Je tâchai d'arranger un peu sa tenue pendant qu'il se levait, ce qui déclencha un rire nerveux dans toute la salle. J'avais envie de mourir. J'aurais donné toutes nos vies pour qu'elle vive, et je serais volontiers parti en tête.

Mon père s'avança derrière le pupitre. Il inclina la tête. Il adressa un sourire au public, un rayon pâle visant d'autres galaxies. Il ôta ses lunettes et les essuya avec son mouchoir, comme il le faisait toujours lorsqu'il ne maîtrisait pas la situation. Comme toujours, il ne réussit qu'à étaler la saleté sur ses verres. Pendant un moment, il cligna de l'œil, incapable de voir, on aurait dit un poisson blanc bouffi, poché, perdu dans cette mer bigarrée. Comment ma mère avait-elle pu voir au-delà d'une telle peau ?

Da remit ses lunettes, et redevint notre Da. L'épaisseur de ses lunettes lui fit pencher la tête de côté. La partie relevée de sa tête se tordit en un épouvantable sourire. Il brandit la main droite et l'agita en l'air, sur le point de commencer une de ses conférences sur la relativité en racontant une histoire drôle de montres dans des trains en mouvement, ou de jumeaux dans des fusées voyageant presque à la vitesse de la lumière. Il secoua de nouveau la main, la mâchoire inférieure tomba, se préparant pour le premier mot. Un claquement sec sortit de sa gorge. Sa voix envisagea des milliers d'attaques possibles, tous les chants à plusieurs voix qu'il avait entamés avec elle. Il se figea sur la levée du temps.

Enfin, le premier mot passa le larynx obstrué. « Il y a un vieux proverbe juif. » Ce n'était pas mon père. Mon père était dehors face à un vent formidablement violent. « Un proverbe qui dit "Le poisson et l'oiseau peuvent tomber amoureux..." »

La mâchoire retomba et le claquement réapparut – le frisson de roseaux secs en bord de rivière. Il demeura muet pendant si longtemps que même mon embarras, comparé à ce claquement sec, se dispersa dans le silence, tout comme la gêne ressentie par chacun dans la pièce. Mon père releva le menton et sourit. Sur ce, dans un froissement en guise d'excuses, il se rassit.

Nous chantâmes : le seul moment de la journée qui aurait pu plaire à ma mère. M. Winter interpréta « Lord God of Abraham », extrait du *Elias* de Mendelssohn. La meilleure élève de ma mère se risqua à l'*Ave Maria* de Schubert, le morceau emblématique de Mlle Anderson, que ma mère aimait tant qu'elle ne l'avait pas chanté depuis sa jeunesse. L'élève ne contrôla pas une seule note au-dessus du deuxième *mi*. Le chagrin déchira son vibrato et, néanmoins, elle n'avait jamais été si proche de l'interprétation parfaite.

L'une après l'autre, puis en groupe, les voix avec lesquelles ma mère avait chanté se mirent à chanter à tour de rôle, sans elle. La pièce fut jonchée de bribes d'*Aïda*. Ils chantèrent des mélodies russes dont les paroles étaient une aquarelle phonétique. Ils chantèrent des *spirituals*, la seule musique folk qui s'harmonisait toujours, qu'il y ait quatre, cinq, ou six voix séparées. Debout, ils chantèrent des fragments spontanés de gospel, toutes les bribes disponibles de salut improvisé.

Pendant un bref et fugitif instant, je l'entendis à nouveau, le jeu des Citations folles – l'éternel rituel séducteur de mes parents, et la première école de chant de leurs enfants. Si ce n'est que là, le contrepoint ralentit pour ne former qu'une seule voix. La profondeur devint largeur, les accords se changèrent en lignes de chant. Il n'empêche, il demeurait quelque chose de ce vieil empilement mélodique. Et ce quelque chose qui demeurait, c'était ma mère. Elle comptait dans ses origines plus de territoires que même ses enfants hybrides ne pourraient en connaître, et chacun de ces lieux discordants avait sa chanson attitrée. Jadis, ces accents avaient lutté pour entrer simultanément dans l'oreille. À présent, ils avaient abandonné et attendaient leur tour, enfin polis, dans la mort, chacun faisant de la place pour l'autre, s'étirant en longueur, au fil du testament du temps.

Mon père n'essaya pas de chanter. Il était trop avisé pour ça. Mais il ne resta pas non plus silencieux. Il avait composé un pot-pourri de trois minutes, réminiscence de nos séances en famille, ces soirées qui avaient jadis paru interminables, à présent disparues. En l'espace de trois minutes, il y fit entrer toutes les citations susceptibles de s'intégrer à la progression harmonique initiale. Il était impossible, ce n'était tout simplement pas concevable, qu'il ait composé ce morceau dans les quelques jours qui avaient suivi la mort de notre mère. Et pourtant, s'il avait composé cette œuvre à l'avance, ce ne pouvait être qu'avec cette occasion en tête.

Il avait écrit la partition à cinq voix, comme si nous étions encore les chanteurs. Aussi bien, il aurait pu composer une aria que Maman en personne aurait interprétée. Un quintette *ad hoc* composé d'amis à elle et d'élèves se leva à notre place, tandis que nous restions assis au-devant du public muet. Pour une pièce préparée en si peu de temps, ce fut un véritable miracle. Ils interprétèrent tous les pastiches dingues de Da, donnant à l'ensemble la virtuosité d'un au revoir éthéré. S'ils avaient compris ce dont il s'agissait réellement, ils n'en seraient jamais venus à bout : c'était l'offrande musicale de nos veillées familiales, le merci que nous scandions pour un don qui, pensions-nous alors, serait nôtre à jamais.

Da avait réussi une véritable prouesse de reconstruction musicale. Tous nos anciens jeux de citations étaient morts, engloutis dans les flammes, aussi sûrement que n'importe quel album de famille. Et pourtant, il y en avait un, ici, qui restait intact, le collage exact que nous avions chanté un soir, fidèle à tout, sauf à ses détails. Da, d'une certaine manière, avait retrouvé ce nom, trop familier pour qu'il s'en souvînt. Il était le transcripteur, mais jamais il n'aurait pu composer ce morceau seul. Elle était là en contrepoint de chaque voix. Note pour note, il l'avait ramenée d'entre les morts. Le *Baume à Gilhead* de Maman caréné dans son Cherubini à lui. La *Rhapsodie pour alto* de Brahms, de Maman, se mêlant au grognement *klezmer* de Da. Debussy, Tallis, Basie : pendant la durée du collage, ils créèrent un État souverain où aucune loi n'empêchait ce type d'amalgame, ces harmonies si profanes. C'est la seule composition que Da consigna jamais sur papier, son unique réponse à la question assassine. À quel endroit le poisson et l'oiseau pouvaient-ils construire leur impossible nid ?

Il était prévu qu'après le morceau de Da, ce serait au tour de mon frère et moi. Je risquai un coup d'œil à Jonah, tandis que le groupe mettait le cap vers l'inévitable conclusion de l'œuvre surprise. Son visage était un nid de guêpes. Il n'avait pas envie de se lever pour chanter devant ce public. Il ne voulait pas chanter pour eux. Ni maintenant, ni jamais. Mais nous étions obligés.

Le piano de cette salle de location avait un son étouffé et rétif. La voix de mon frère était minée par le refus. Il avait choisi un morceau qu'il n'était plus capable de chanter, un morceau de son enfance bien trop aigu pour sa tessiture actuelle. J'avais tenté par tous les moyens possibles de l'en dissuader. Mais Jonah n'avait pas voulu en démordre. Il voulait absolument chanter ce Mahler que Maman et lui avaient jadis interprété en audition. « *Wer hat dies Liedlein erdacht ?* » « Qui a conçu cette chansonnette ? »

C'est ainsi qu'il voulait se souvenir d'elle. Deux ans après que leur performance conjointe lui avait permis d'intégrer le prestigieux établissement, Jonah lui avait demandé de ne pas venir le chercher pour les vacances. À présent, la source de tout son amour et de toute sa honte était morte avant que Jonah n'ait pu délivrer sa mère de ce bannissement. Cela, il le porterait avec lui toute sa vie. Même le chant ne pourrait l'évacuer.

Deux soirs plus tôt, il avait eu l'idée monstrueuse de chanter tout le morceau *falsetto* dans la tonalité soprane d'origine du *Cor magique de l'enfant*, à la manière d'un contre-ténor grotesque tendu vers un impossible retour en arrière. Je lui en fis entendre l'absurdité. Nous attaquâmes une octave plus bas et, à part la dissonance – les paroles innocentes chantées dans l'exil de ce registre –, nous en vînmes à bout. Les amis de la défunte ne comprirent sans doute pas l'hommage qui venait de lui être rendu. Qu'est-ce que cette fillette chérie dans son chalet de montagne avait à voir avec cette femme noire impertinente et vigoureuse de Philadelphie, brûlée vive avant d'atteindre l'âge de quarante ans ? Pourtant la fillette de la chanson était ma mère. Qui pouvait juger de la façon dont ses fils la voyaient ? La mort brouille les pistes. Maintenant, plus que jamais, elle était cette fillette, guettant pour toujours la verte prairie originelle.

Notre maison avait brûlé et notre mère était morte. Mais nous n'avions pas de corps pour le prouver. Je n'étais pas assez âgé pour croire sans avoir vu. Pour moi, tous ces gens s'étaient rassemblés pour chanter. Ils répétaient pour le premier anniversaire à venir du retour de l'absente. Qui avait conçu cette chansonnette ? C'est seulement lorsque la fillette cachée de la montagne prit le visage de ma mère qu'elle m'apparut enfin. Et il n'y avait guère que dans la langue torturée de conte de fées de mon père que *wund* rimait avec *gesund* :

Mon cœur saigne
Viens, Trésor, et soigne-le !
Tes yeux marron foncé
M'ont blessé.

Ta bouche vermeille
Réconforte les cœurs
Assagit les garçons
Réveille les morts...

Qui, alors, a conçu cette jolie chansonnette ?
Trois oies l'ont portée sur l'eau,
Deux grises et une blanche.
Et pour ceux qui ne savent chanter cette chansonnette,
Les oies la siffleront.

Je pressai les touches que ses doigts avaient jadis pressées, dans le même ordre qu'elle. Jonah parcourut la chansonnette en sifflotant les notes, la réinventant au fur et à mesure. Je l'accompagnai, à la mesure près. L'octave supplémentaire dans ses cordes vocales épaissies s'était effacée. Il chanta aussi facilement que d'autres pensent. Sa voix venait aux notes comme une abeille à la fleur, étonnée par la précision de sa propre envolée : légère, authentique, spontanée, condamnée. Tout fut bouclé en une minute et demie.

Tu as une si belle voix. Je veux que tu chantes à mon mariage. Elle ne sut jamais combien la plaisanterie me terrifiait. *Bon, je suis déjà mariée. Ça ne m'empêche pas de vouloir que tu chantes à mon mariage.* Même morte, peut-être ne cesserait-elle pas de vouloir. Peut-être était-ce là le mariage auquel elle voulait qu'on chante.

Ses yeux marron foncé auraient peut-être réconforté nos cœurs, et nous auraient assagis. Nous auraient peut-être fait revenir d'entre les morts, si elle n'était pas morte la première. Qui peut dire pourquoi elle aimait tant cette chansonnette ? Elle n'était pas pour elle. Elle était d'un autre monde. Cette vie ne lui avait pas permis de la chanter. Les trois oies de Maman – deux grises et une blanche – lui rapportaient la chanson au-dessus de l'eau, là où il ne lui avait jamais été donné de vivre.

Je jouai encore une fois ce jour-là, un accompagnement final pour clore la cérémonie. Pendant tous les discours et toutes les chansons, Rootie resta assise sur la chaise en bois, à côté de Da, à tripoter les genoux de ses bas, à éplucher les semelles de ses souliers, ses mains rétives suppliant sa mère de sortir de la maison en feu pour venir les frapper. Pendant des nuits et des nuits après l'incendie, Ruth était allée se coucher en larmes, se réveillait dans les cris. Elle s'étouffait en demandant où était Maman. Elle n'arrêta pas de pleurer jusqu'à ce que je lui dise que personne n'en savait rien. Au bout d'une semaine, ma sœur se transforma en un kyste dur et solidement refermé sur lui-même, occupé à retourner son secret dans tous les sens. Le monde lui mentait. Pour des raisons inconnues, personne ne lui disait ce qui s'était réellement passé. Les adultes la mettaient à l'épreuve, et pour cela, elle était totalement seule.

Déjà, à la cérémonie, Ruth travaillait sur ce mystère. Elle était assise sur sa chaise, à tripoter son ourlet jusqu'à en faire des rubans, à retourner la preuve en tous sens. En plein jour, à la maison, et tout le monde s'en était sorti, sauf une personne. Ruth connaissait sa Maman. Maman ne se serait jamais laissé surprendre comme ça. Tout au long de la commémoration, Rootie poursuivit un dialogue inaudible avec ses poupées désormais volatilisées, les questionnant tout en jouant à la dînette. De temps en temps, elle griffonnait avec l'index des notes indélébiles dans sa paume, à même la peau : tout ce qu'il ne faudrait jamais oublier. Je me penchai pour écouter ce qu'elle se murmurait. D'une toute petite voix, elle répétait : « Je ferai en sorte qu'ils te trouvent. »

Aussi impardonnable que cela fût, nous gardâmes ma sœur pour la fin. Ruth était la meilleure mémoire de notre mère, l'être au monde qui ressemblait le plus à Maman. À l'âge de dix ans, elle commençait déjà à avoir la voix de Maman. Ruth avait toutes les qualités : une justesse qui valait celle de Jonah, la richesse de timbre de Maman, un phrasé bien supérieur à tout ce que moi je pouvais produire. Dans un autre monde, elle aurait pu aller bien plus loin que nous tous.

Elle chantait cette chanson de débutant, de Bach sans être de Bach, l'air le plus simple au monde, trop simple pour que Bach lui-même l'ait composé tout seul. Il figurait dans le carnet de notes de la femme de Bach, où elle griffonnait toutes ses leçons. Ruth le tenait de Maman, sans avoir eu besoin de l'apprendre.

> *Bist du bei mir, geh' ich mit Freuden*
> *zum Sterben und zu meiner Ruh'.*
> *Ach, wie vergnügt wär' so mein Ende,*
> *es drückten deine lieben Hände*
> *mir dir getreuen Augen zu !*
>
> Si tu es à mes côtés, j'irai joyeux
> rejoindre ma mort et mon repos.
> Ah, comme ma fin sera plaisante,
> avec tes mains chéries fermant
> mes yeux fidèles !

Root chanta comme si elle et moi étions les deux seuls survivants. Sa voix était menue mais aussi limpide qu'une boîte à musique. Je ne me servis pas de la pédale du milieu, de sorte que chaque accord sonnât de manière presque timide, en utilisant non pas la pression des doigts sur la touche mais leur relâcher. Les notes qu'elle tenait flottaient au-dessus de mes modulations prudentes, comme un clair de lune sur un petit esquif perdu. J'essayai de ne pas écouter, hormis pour rester dans son faisceau lumineux.

L'air le plus simple au monde, aussi simple et étrange que la respiration. Qui sait ce que la salle entendit ? Je ne suis même pas sûr que Rootie comprenait les paroles. À l'origine elles avaient peut-être été destinées à Dieu. Mais ce n'est pas à Lui que Ruth les adressa.

Nous restâmes assis dans la pièce silencieuse. Ruth ne chanta plus jamais dans la langue de son père. Plus jamais elle ne chanta en public la musique européenne adorée de sa mère. Plus jamais, jusqu'au moment où elle y serait obligée.

La pièce elle-même se mit à résonner au son de *On That Great Gettin' Up Morning*. Le morceau ne figurait pas au programme, mais il s'imposa presque comme par enchantement. Les amis de ma mère se laissèrent aller dans le majeur syncopé le plus ensoleillé. Un regard échangé suffit pour s'entendre sur le tempo de départ. Les voix s'entremêlèrent et s'enroulèrent, sachant que cette version serait unique. Les improvisations se firent vertigineuses, et je consultai Jonah pour voir si nous ne pourrions pas ajouter quelques ornements à l'ensemble. Il se contenta de me regarder les yeux gonflés et dit : « Vas-y si tu veux. »

Après cela, les gens se réunirent autour du buffet et se ruèrent sur les petits sandwichs avec un appétit qui me les rendit tous détestables. Les quelques enfants présents tournèrent autour de Ruth, laquelle ne pouvait se décider entre jouer avec eux et se tenir à l'écart. Jonah et moi étions appuyés contre le mur, à regarder les gens sourire et s'apprécier. Lorsqu'une personne arrivait pour présenter ses condoléances et dire combien elle était navrée, Jonah remerciait mécaniquement, et je leur disais que ce n'était pas leur faute.

Un type s'approcha. Je ne l'avais pas vu pendant la cérémonie. Il semblait d'un âge aussi indéterminé que n'importe quel autre adulte. La trentaine, autrement dit, dix ans de trop, un âge indécent. À mes yeux, il était d'une couleur parfaite, le côté cannelle du clou de girofle, juste comme il fallait. Il s'avança, timide, résolu, curieux, les yeux cerclés de rouge. « Les gars, vous dépotez », dit-il. Sa voix était sur le point de vaciller. « Vous assurez vraiment, les gars. »

Il n'arrivait pas à sourire. Il regardait sans cesse autour de lui, prêt à déguerpir. Je n'arrivais pas à comprendre comment quelqu'un que je ne connaissais pas pouvait ressentir tant de chagrin pour ma mère.

« C'est bien ou mal ? demanda Jonah.

– Vraiment bien. Y a pas mieux. Vous vous souviendrez que je vous l'ai dit. » Il pencha ses yeux injectés de sang à notre hauteur. Il nous regarda en fouillant dans ses souvenirs. « Toi, fit-il en tendant sur Jonah un index accusateur. Toi, ta voix ressemble à la sienne. Mais toi – sa main décrivit un lent quart de cercle –, toi, tu *es* comme elle. Et je parle pas de la couleur. »

L'homme se redressa et nous dévisagea. Je sentis Jonah reprendre du poil de la bête avant même qu'il ne parle. « Comment vous pouvez savoir ? D'abord, est-ce que vous nous connaissez ? »

L'homme brandit ses paumes nues. Elles ressemblaient aux miennes. Ses paumes n'auraient pas été différentes s'il avait été blanc.

« Hé, hé. Relax, camarade. » Thad et Earl auraient adoré pouvoir adopter une intonation comme la sienne. « Je sais, c'est tout, je sais. »

Jonah entendit, lui aussi. « Vous étiez proche d'elle ou quelque chose dans le genre ? »

L'homme se contenta de nous regarder, inclinant la tête d'un côté, puis de l'autre. Nous le surprenions, mais j'étais incapable de dire en quoi. Il ne pouvait pas accepter notre existence, mais il trouvait cela merveilleux, voire comique. Il posa les mains sur chacune de nos têtes. Je le laissai faire. Jonah, lui, se dégagea.

L'homme recula, sans avoir cessé de secouer la tête, pris d'un triste émerveillement. « Vous dépotez vraiment, tous les deux. Rappelez-vous ça. » Il lança un nouveau regard dans la pièce, de peur de se faire prendre, ou peut-être parce qu'il voulait se faire prendre. « Vous direz bonjour à votre Da, là. De la part de Michael, d'ac ? » Puis il fit volte-face et quitta la pièce.

Nous retrouvâmes notre père en train de tracer des diagrammes de Feynman sur l'envers d'une serviette de table pour deux de ses collègues de Columbia. Ils discutaient de la réversibilité dans le temps des interactions entre particules élémentaires. Cela semblait obscène qu'ils parlent d'autre chose que de la mort ou de Maman. Peut-être, pour Da, étaient-ils en train de parler des deux.

Jonah interrompit la session. « Da, c'est qui, Michael ? »

Notre père se détourna de ses collègues, une expression vide lui barrait le visage. Nous étions juste les suivants dans la file de ceux qui lui soumettaient un problème à résoudre. « Michael ? » Il n'arrivait pas à situer le nom de cette nouvelle particule élémentaire. Il nous dévisagea, nous identifia. Un processus se mit en branle. Il prit peur et se montra excité. « Ici ? » Jonah opina. « Un homme grand ? Environ cent quatre-vingt-dix centimètres ? » Nous nous regardâmes, pris de peur. Jonah haussa les épaules. « Un homme de belle allure ? Visage étroit ? Une de ses oreilles fait ça ? »

Da rabattit le haut de son oreille droite pour imiter le pli que nous avions tous deux remarqué. Il ne fit pas allusion au teint cannelle. La première chose que quiconque aurait mentionnée. Notre père n'avait même pas demandé

« Oui ? demanda-t-il. C'est lui ? » Toujours heureux, toujours apeuré. Il chercha dans la salle, le même regard furtif que Michael précédemment. « Où est-il ? »

Jonah haussa une nouvelle fois les épaules. « Il est parti.

– Parti ? » Le visage de Da devint aussi livide que le jour où il était monté à Boston nous annoncer ce qui était arrivé à Maman. « Vraiment ? »

Je répondis par un hochement de tête à cette question idiote. Quelque chose s'était mal passé et c'était la faute de Jonah et la mienne. Je fis oui de la tête, tâchant de rattraper le coup. Mais Da ne me vit pas. Notre père n'était jamais chez lui dans son corps. C'était une chose courtaude, et son âme était déliée. Quand il se déplaçait, il déambulait cahin-caha à côté de lui-même, comme une valise trop remplie. Mais, cette fois-ci, il courut. Il traversa les pièces si vite que les conversations alentour en furent soufflées. Jonah et moi lui emboîtâmes le pas en nous bousculant.

Da se précipita dehors, dans la rue, prêt à fendre les passants. Il alla jusqu'à la première intersection. Je l'observai, un demi-pâté de maisons derrière lui. Il faisait tache dans ce quartier. Dans le large spectre de cette rue, il n'avait même pas sa place.

Le brouhaha des conversations continuait de se répandre depuis la petite pièce de location derrière nous. Da se retourna et nous rejoignit, abattu. Nous rentrâmes tous trois. Les discussions cessèrent. Da regarda autour de lui, s'efforçant toujours de sourire.

Jonah demanda : « C'était quelqu'un qu'on connaissait ou quoi ?

– Il a dit que je ressemblais à Maman. » Je parlais comme un môme.

« Vous ressemblez tous les deux à votre mère. » Da refusait de nous regarder. « Vous trois. » Il enleva ses lunettes et appuya sur ses yeux. Il remit ses lunettes en place. Le sourire, le rictus incrédule, sa façon de secouer lentement la tête : tout cela disparut. « Mes garçons. » Il voulut ajouter : « Mon JoJo », mais en fut incapable. « Mes fistons. C'était votre oncle. »

14

Printemps 1949

J'ai sept ans quand notre père me révèle le secret du temps. Nous avons monté la moitié des marches qui partent de la Cent Quatre-Vingt-Neuvième Rue, nous nous acheminons vers notre prochaine étape, la boulangerie Chez Frisch, sur Overlook Terrace. Choisissez un dimanche aux alentours de Pâques, au printemps 1949.

Mon frère Jonah a huit ans. Il crapahute comme un char, progresse de deux marches quand moi j'en monte péniblement une. Cette année-là, les hanches de Jonah m'arrivent encore au sternum. Il grimpe comme s'il voulait me reléguer dans un passé lointain. Ce qu'il ferait sans doute, d'ailleurs, si Da ne nous retenait pas, un gars dans chacune de ses mains blanches.

Notre père travaille sur le temps depuis que le temps a commencé. Il travaillait déjà dessus avant même la naissance de mon frère. Je ne me lasse pas de cette idée : Jonah alors n'était rien, pas même un grain de poussière, et mon père était déjà au travail. Nous ne lui manquions même pas, il ne savait même pas qu'il allait avoir de la compagnie.

Mais maintenant, cette année, nous sommes avec lui. Nous faisons ce long pèlerinage ensemble jusqu'à Chez Frisch, nous nous arrêtons pour reprendre notre respiration. « Pour récupérer », dit Da. Jonah a déjà récupéré, il tire le bras de notre père comme sur une laisse, sentant que l'aventure est au coin de cette colline pavée. Moi, je suis essoufflé et j'ai besoin de me reposer. Tout cela remonte à un demi-siècle. Entre-temps, cette journée est devenue toute friable, comme un carton de vieilles cartes postales du Yellowstone ou du Yosemite resté ouvert à l'occasion d'une grande purge de printemps. Tout ce que je me rappelle aujourd'hui doit pour moitié être inventé.

Nous croisons des gens qui reconnaissent mon père, de l'époque où il habitait ici. « Avant que je rencontre votre mère. » Ces mots m'effraient. Mon père en salue certains par leur nom. Il dit bonjour comme s'il avait vu ces inconnus la veille. Avec lui, ces gens – plus vieux que la lune et les étoiles – sont réservés, distants, mais Da ne s'en rend pas compte. Ils nous adressent un bref coup d'œil à la dérobée, et nous sommes toute l'explication dont ils avaient besoin. Déjà, j'ai pris l'habitude de voir tout ce qui échappe à Da.

Notre Da regarde ses anciens voisins arpenter Bennett Avenue avec une obstination stupéfaite. La guerre est finie depuis quatre ans. Mais même maintenant, Da n'arrive pas à comprendre comment nous avons pu tous être épargnés. Au printemps 1949, lui et ses garçons stationnent au milieu de l'escalier qui mène à Overlook. Il secoue la tête, il sait quelque chose qu'aucun de ses anciens voisins de Washington Heights ne croira jamais, que ce soit maintenant ou après une infinité de dimanches. Tout le monde est mort. Tous ces noms, qui ne sont pour moi que des mythes – Bubbie et Zadie, *Tante* – tous ceux que nous n'avons jamais connus. Tous ont péri. Mais tous sont encore présents dans le hochement de tête de notre Da.

« Mes fistons. » Dans sa bouche, ça sonne comme « Méphiston ». Il sourit, affligé d'avance par ce qu'il a à dire. « *Maintenant* n'est rien d'autre qu'un mensonge très malin. » Nous n'aurions jamais dû y croire, dit-il. Deux jumeaux ont révélé la supercherie. Je ne sais comment, mais les jumeaux s'appellent comme nous, alors que Jonah et moi sommes tout sauf des jumeaux. « Un jumeau, appelons-le Jonah, quitte la terre quarante ans avant, dans une fusée qui circule presque à la vitesse de la lumière. Joey, l'autre jumeau, lui, reste à la maison sur terre. Jonah revient, et là, je vous le donne en mille : les jumeaux n'ont plus le même âge ! Leurs horloges ont tourné à des vitesses différentes. Joey, le garçon resté à la maison, est assez vieux pour être le grand-père de son frère. Mais notre Jonah, le garçon dans la fusée : lui a sauté dans l'avenir de son frère, sans avoir quitté son propre présent. Je vous le dis : c'est la stricte vérité. »

Da opine et je vois bien qu'il est sérieux. C'est le secret du temps que personne ne peut deviner, que personne ne peut accepter, si ce n'est qu'il faut l'accepter. « Chacun des deux jumeaux a son propre tempo. Il y a dans l'univers autant de métronomes que d'objets en mouvement. »

La journée en question est sans doute une belle journée, car je n'en conserve aujourd'hui aucune sensation précise. Lorsque la météo est bonne, on finit par l'oublier. Même sur le moment, le monde paraît déjà vieillot. La guerre est terminée ; tous ceux qui ne sont pas morts sont libres de faire ce qu'ils veulent. Mon frère et moi attendons les cascades de découvertes qui ranimeront la planète et feront que nous nous y sentirons finalement chez nous. Des escaliers mécaniques pour arriver à Overlook sans avoir à bouger. Des visiophones à nos poignets. Des immeubles flottants. Des comprimés qui se transformeront en n'importe quelle nourriture – il suffira d'ajouter de l'eau. De la musique par téléphone, partout, à la demande. Quand je serai vieux, je me remémorerai cette cité de brique et de fer avec un sourire perplexe, en dodelinant de la tête, comme mon père, ici, dans ce pays étranger, dans ce maintenant factice.

Je vois mon impatience se refléter dans les yeux de Jonah. Tout ce coin est obsolète, démodé. Il n'y a même pas encore de fusées, à part celles qu'utilisent les jumeaux pour couper le temps en deux. Nous savons déjà à quoi ils ressembleront, et sur quelles planètes nous les emmènerons. La seule chose que nous ignorons, c'est combien de temps il leur faudra pour finalement arriver.

Je regarde Da et je me demande s'il vivra pour les voir, ces vaisseaux se déplaçant à la vitesse de la lumière dont il nous parle. Notre père est vieux, c'en est obscène. Il vient juste d'avoir trente-huit ans. Je n'arrive pas à imaginer par quel coup de chance il a pu vivre si longtemps. Dieu a dû entendre parler de ses travaux, de toutes les horloges qui tournent à des vitesses différentes, il a dû donner à Da une horloge avec un mécanisme robuste, rien que pour lui.

Nous arrivons tout en haut de l'escalier, sur le trottoir d'Overlook Terrace. Nous prenons sur la gauche en direction de la boulangerie Chez Frisch, et passons devant une poubelle en métal grillagé, je la revois avec plus de netteté que si c'était hier. Devant cette poubelle se trouve un oiseau mort. Nous ne pouvons pas dire quel genre d'oiseau, car il est recouvert d'une colonie de fourmis, on dirait un nappage de chocolat. Nous passons devant un banc à la peinture écaillée où, un soir, un quart de siècle plus tard, de retour dans un Washington Heights que je ne reconnaîtrai pas, j'annoncerai à la personne la plus gentille qu'il me sera donné de rencontrer que je ne peux pas l'épouser. Aujourd'hui, un vieil homme – vingt ans peut-être – s'est approprié le banc. Il balance un bras par-dessus le dossier, les épaules tendues vers l'éternité. Il porte un chapeau à ruban et un épais costume qui peluche. Je regarde cet homme, et je me souviens de lui. Il nous regarde lui aussi, passant des garçons au père, revenant aux garçons, déconcerté – cette confusion que nous produisons partout sauf à la maison. Avant qu'il se retourne et nous adresse un salut hostile, Jonah tire sèchement sur le bras de Da, à la façon d'un chien, pour lui faire traverser la rue vers Chez Frisch et obtenir de plus amples explications.

À chaque pas qu'il met entre lui et moi, Jonah ralentit son horloge. Mais si son horloge ralentit, il n'en est que plus impatient. Jonah court et ralentit ; Da lambine et accélère. Il est encore en train de parler, comme si nous pouvions le suivre. « La lumière, tu vois, circule autour de toi toujours à la même vitesse. Que tu coures vers elle ou que tu t'en éloignes. Donc, il y a certaines mesures qui doivent rapetisser, pour que cette vitesse soit toujours la même. Ce qui signifie que tu ne peux pas dire quand une chose se produit sans dire où, dans quel cadre de mouvement. »

C'est comme ça qu'il parle. Il est devenu un peu fou. C'est comme ça que nous savons que c'est Da. Il peut regarder cette rue du dimanche sur toute sa longueur et ne pas voir une seule chose au repos. Tout point mobile est le centre d'un univers lancé à toute vitesse. Les mètres pliants rapetissent ; le poids devient plus lourd ; le temps s'envole par la fenêtre. Il se déplace à son propre rythme. J'essaye de garder nos trois mains ensemble. Mais il y a trop de différence. Jonah s'envole et Da est à la traîne, et bientôt le temps de Da filera tellement vite que nous l'aurons perdu dans le passé. Il n'a pas vraiment besoin de nous. Il n'a pas du tout besoin de public. Il est avec Bubbie et Zadie, avec sa sœur et son mari, il travaille à un moyen de les faire revenir.

Je tâche de le faire rire, de l'amuser. « Plus tu vas vite, plus ton temps est lent ? »

Mais le visage de Da s'éclaire seulement, il approuve mes bêtises.

Une voiture nous dépasse, elle va plus vite que Jonah. « L'horloge de cette voiture ne marche pas ? Trop lente ? »

Notre père glousse. C'est sa façon à lui, empreinte d'affection, de ne pas donner suite. Il ne dit pas : *La différence, à petite vitesse, est insignifiante.* La différence, pour lui, est monumentale. « Pas trop lente. Plus lente que la tienne. Mais assez rapide pour lui-même ! »

Je n'ai pas de montre. Mais je ne prends pas la peine de le lui rappeler. Il m'en offrira une pour Noël, plus tard dans l'année. Et il me préviendra, avec une telle gravité que je ne saurai dire s'il plaisante ou pas, de ne jamais la régler à l'envers.

« Le conducteur de cette voiture, dit-il, bien que la voiture ait depuis longtemps disparu, vieillit plus lentement que toi.

– Alors si on roulait tous très vite... », je commence. Mon père m'observe en train de me dépatouiller avec le raisonnement, chaque trait de son visage m'encourage. « On vivrait plus longtemps ?

– Plus longtemps, selon qui ? »

Il me pose la question. Il me demande vraiment. Mais ce doit être une question piège. Déjà je suis en train de chercher le piège.

« Souviens-toi bien que pour nous, dans notre dimension, nos propres montres ne retardent pas du tout ! » Il parle comme s'il savait qu'il me faudra des années avant de saisir ce message. Je suis tout à la fois le récepteur et le messager, dont on attend qu'il m'apporte le message à moi-même, quelque part dans l'avenir. « Nous ne pouvons pas sauter dans nos propres futurs, dit-il au futur moi. Uniquement dans celui de quelqu'un d'autre. »

Je considère la rue qui s'enfonce dans cette bouillie de temps en mouvement, et c'est trop dingue. Des horloges et des mètres plus mous que du caramel mou. Du temps tout cassé. Qui fond et glisse selon des rythmes différents, comme une chorale indisciplinée qui n'arriverait pas à convenir d'un tempo. Si *maintenant* est à ce point fluide et fou, comment pouvons-nous nous retrouver suffisamment longtemps, Da et moi, pour discuter ?

Jonah est parti, il est entré dans la boutique qui doit être Chez Frisch. Comme un cauchemar en plein jour, je me vois passer le coin et entrer dans la boutique, j'ai cinquante ans, cent ans, je suis plus vieux que Da, même, mais j'ignore à quel point je suis vieux jusqu'à ce que Jonah me regarde, horrifié.

« Plus tu vas vite, plus les mesures deviennent bizarres. » Da chante les paroles. Sa tête tangue pendant qu'il marche, comme un chef d'orchestre. « Quand on s'approche de la vitesse de la lumière, très très bizarre. Parce que la lumière te double encore à la vitesse de la lumière ! » Sa main fouette le vide à présent gondolé.

« Si tu dépasses la vitesse de la lumière..., je commence, tout content à l'idée de revenir en arrière.

– Tu ne peux pas dépasser la vitesse de la lumière. » Sa voix est désagréablement cinglante. J'ai fait quelque chose de mal, je l'ai offensé. Je me renfrogne. Mais Da ne s'en rend pas compte. Il est ailleurs, en train de prendre des mesures avec un mètre pliant qui se réduit à zéro.

Jonah nous attend chez Frisch. Il a provoqué une clameur qui se transforme en silence au moment où nous entrons. Dans la boulangerie, Da se métamorphose en étranger. Lui et M. Frisch parlent dans une langue qui n'est pas tout à fait de l'allemand, une langue que je ne saisis que vaguement.

« Pourquoi est-ce qu'ils sont numérotés ? je chuchote.

– Numérotés ? » demande Da, le spécialiste des nombres. Je lui tapote le bras pour lui montrer où. Da me fait taire, ce qui ne lui arrive jamais. « *Sha*. Repose-moi la question l'année prochaine, à la même période. »

Or, il vient juste de dire que cela n'existe pas, *l'année prochaine à la même période*.

M. Frisch me demande quelque chose que je n'arrive pas à comprendre.

« Le garçon ne parle pas », dit Da. Pourtant je parle bien.

« Parle pas ! Comment ça, ils parlent pas ? Ça m'est égal, qui ils sont. À quoi ils ressemblent. Comment élèves-tu ces enfants ?

– Nous les élevons de notre mieux.

– Professeur. Nous sommes en train de disparaître, dit le boulanger. Partout ils veulent qu'on disparaisse. Ils ont presque réussi. Notre peuple a besoin de chaque vie. Alors comme ça, ils ne parlent pas ! »

Nous prenons congé, en faisant oui de la tête, en saluant de la main, nous faisons la paix avec M. Frisch, c'est Da qui porte notre substance magique étrangère, *Mandelbrot*, sous le bras. C'est un aliment que Maman ne sait pas faire. Il n'y a que Frisch qui vende le vrai *Mandelbrot* que Da avait coutume de manger avant d'arriver aux États-Unis. Pour Jonah et moi, ça ressemble à du bon pain, mais qui ne mérite tout de même pas ce long périple au nord. Pour Da, ça vient d'une autre dimension. Une machine à remonter le temps.

Nous plaçons notre trésor dans un sac de papier gras, nous l'emportons jusqu'à Fort Tryon. Mon père a bien du mal à se retenir. Le temps qu'on s'asseye sur l'un des bancs en bordure du chemin tortueux du parc, il a déjà chipé deux bouchées. Il y a d'autres gens assis dans les parages, mais personne ne vient à côté de nous. Ça, Da ne le remarque pas. Il est occupé. Son visage, au moment où il met la substance magique dans sa bouche, est comme la lumière qui jaillit puis s'immobilise.

« C'est *ça*, s'écrie-t-il, propulsant autour de lui des miettes qui s'éparpillent en l'air comme autant de nouvelles galaxies naissantes. C'est le même pain *Mandel* que je mange à votre âge. »

L'idée de mon père à mon âge me rend malade.

« Le même ! » Mon père se régale tellement qu'il ne peut en dire davantage. *Mandelbrot*, cette substance rare, uniquement disponible en Allemagne, en Autriche et à la boulangerie Chez Frisch sur Overlook, entre dans sa bouche et le transforme. « Oh. Oh ! Quand j'étais toi... », commence Da, mais les souvenirs le submergent. Il pose une main sur son ventre, ferme les yeux, et secoue la tête, ravi, incrédule. Je vois un petit enfant, moi, qui dévore ce pain en train de pénétrer dans sa bouche. Le même.

Da est encore cet enfant, celui que je commence déjà à ne plus être. Son esprit file si vite que sa montre s'est pratiquement arrêtée. Pas une journée ne passe sans qu'il nous pose davantage de questions que nous n'avons de réponses. C'est épuisant. *Est-ce que le temps pourrait être de la matière, littéralement ? Est-ce qu'il pourrait avoir des joints, comme les cannelures d'un mur en briques ? Est-ce qu'il viendra un temps où l'eau s'écoulera en remontant et non pas en descendant ?* Avec des pensées comme ça, il pourrait facilement se dissoudre comme un morceau de sucre dans le thé bouillant de ses propres idées.

« Toute personne qui se déplace possède sa propre horloge ? » je lui demande, tout en connaissant la réponse. Mais la question le maintient immobile. Lui permet de continuer à manger son *Mandelbrot*, à l'abri du danger.

Da acquiesce, et le mouvement de la tête lui fait louper la bouchée suivante.

« Et personne ne voit que son horloge tourne bizarrement ? »

Il fait non de la tête. « Personne n'a une horloge qui tourne bizarrement. Quand tu doubles quelqu'un, il pense que c'est ton horloge qui tourne au ralenti. » Il fait un geste de tire-bouchon pour dire *fou*. Un geste que la plupart des gens feraient à propos de lui.

« Chacun pense que l'autre tourne au ralenti ? » Cette pensée est trop extravagante pour qu'on se donne la peine de la réfuter.

Jonah adore cette idée. Il ricane et jongle avec trois boules de mie de pain *Mandel*, un petit système solaire. Da applaudit, et du coup éparpille des miettes en tous sens. Les pigeons de toute la communauté urbaine de New York s'agglutinent sur nous. Jonah lâche un contre-si, le cri strident enchanté de l'enfance. Les pigeons se dispersent.

Si Da est sérieux, l'univers est impossible. Chaque élément fonce au petit bonheur, toutes les mesures sont fluctuantes, secrètes. Je prends le bras de mon père. Le sol est spongieux sous mes pieds comme du pudding. J'en aurai des cauchemars pendant des semaines – des gens se liquéfient, ils passent à toute vitesse et se ratatinent sous mes yeux. Ils déraillent comme les voix caramel mou de notre tourne-disque, quand Jonah et moi faisons tomber des pièces dessus. Je sens que je commence à perdre les pédales, et tout cela à cause des expériences fétiches de mon père : Peut-on libérer un esprit pour qu'il pense en temps relatif, avant qu'il n'adopte des valeurs absolues ?

« Mais si chacun a sa propre horloge… ? » Ma voix s'éparpille. Mon courage, aussi, comme les pigeons après le cri strident de mon frère. « Quelle heure est-il vraiment, quel est le vrai temps ? » J'ai la voix qu'aurait mon propre enfant, un petit garçon emporté dans la tourmente, qui n'arrive pas à dépasser son éternelle première question : *est-ce qu'on est déjà demain ?*

Da est aux anges. « Ah, nous y voilà, fiston. Je le savais. Il n'y a pas un *maintenant* unique, maintenant. Et il n'y en a jamais eu ! »

Comme pour prouver le ridicule de cette affirmation, il nous emmène tout au bout de l'île, à la pointe, dans une vallée cachée des Heights. Derrière un rideau d'arbres se trouve un ancien monastère. « Les Cloîtres », dit Da. Derrière, le fleuve plus ancien encore, qu'il ne prend pas la peine de nommer. Nous nous glissons par un trou dérobé et nous voilà six cents ans en arrière.

« Ici, c'est le XVe siècle. Mais si on entre ici, c'est le XIVe. » Da montre les siècles du doigt comme s'il s'agissait de lieux. Je suis tout désorienté, comme Maman parfois lorsqu'on descend dans le métro et qu'on se retrouve sur le mauvais quai. Si le passé est plus vieux que le présent, alors le futur doit être plus jeune. Et nous allons tous à reculons avec chaque année qui passe.

« Ce bâtiment n'est pas un authentique bâtiment. C'est un épatant, grand… hmm ? » Da entrecroise les doigts, à la recherche du mot. « Une image de puzzle mélangée. Des petits bouts d'ici et de là, en provenance d'endroits et de périodes différentes. Récupérés dans l'Ancien Monde et envoyés par bateau au Nouveau pour être reconstruits. Rassemblés en un musée, comme un petit répertoire. Un lexique *versammele* de notre passé ! »

Il dit « notre », mais ça c'est la salade qu'il fait de l'anglais. Il faut toujours qu'on réfléchisse à ce qu'il veut vraiment dire. Ce n'est pas *notre* passé. Aucun Américain, je le sais, n'a jamais mis les pieds ici, ou alors parce qu'il s'était égaré. J'ai l'impression que chaque endroit sur terre doit être un diorama, du genre que Jonah et moi faisons avec Maman : Apollon remettant à Orphée sa première lyre, ou Händel assis à sa table en train d'écrire le *Messie* en vingt et un jours. Chaque endroit est son propre *maintenant*, son propre *jamais*.

« Ça rassemble, ici, cinq abbayes différentes de France », dit Da. Il les nomme, et les noms s'enfoncent dans un futur vide.

« Comment ils ont fait venir les monuments jusqu'ici ? » je demande.

Mon frère me pousse. « Pierre par pierre, ballot.

– *Comment ils les ont fait venir ?* » Da est ravi. « De riches Américains les ont *volés* ! »

Un gardien nous dévisage. Jonah et moi éloignons Da en le poussant dans la coursive, pour lui éviter des ennuis. Nous tournons dans une cour jalonnée d'arches qui abrite un jardin. Ça me rappelle un endroit, l'école où j'habiterai, des années plus tard. Chaque arche s'appuie sur deux colonnes en pierre. Sur chaque colonne pousse une couronne de plantes grimpantes en pierre, d'étranges anneaux et rouleaux, pareils à des serpents, d'antiques créatures dans les sous-bois. Certains de ces personnages font des choses que les petits garçons ne devraient pas voir, et que les adultes ne voient pas. Jonah et moi faisons la course au milieu de la cour, talon pointe, talon pointe, nous moquant des messages tabous envoyés par des tailleurs de pierre morts depuis sept cents ans. Nous sommes entourés d'une forêt de peintures sur bois. Nous sommes dans un conte pour enfants sculpté dans la pierre, l'âpre enfance masculine du monde.

Da nous arrête en posant les paumes sur nos épaules, il nous empêche de renverser les petites images précieuses d'Europe. Dans combien de musées serons-nous traînés, ou traverserons-nous en quatrième vitesse – Art moderne, indien, juif, le Met, Cooper-Hewitt, Hall of Fame for Great Americans –, combien d'expositions absorberons-nous, captivés, dociles ou mortifiés, à la rencontre de nos moi futurs. Mais allez savoir pourquoi, ce musée en particulier attire l'attention de Jonah, plus que le toboggan géant en os de dinosaure de la Quatre-Vingt-Unième Rue. Il se tient devant une armure, prêt à la défier en combat singulier. J'ignore ce qu'il voit – quelque fantaisie à base de rois et de catapultes, des chevaliers, des dragons équarrisseurs, une légende pour petit garçon au moment de se coucher. Il pouffe, prêt à se retirer dans une aile secrète de l'édifice, perdue dans le temps, que personne n'a encore découverte.

Da nous guide. Toujours j'obéirai à cette main. Nous pénétrons dans une salle, sombre, grise et froide, le cœur de pierre d'un château fantastique, découpé et transplanté ici, caché à la pointe de notre île. « Vous voulez voir cette image ? » demande Da. Il indique une épaisse tenture qui fait tout le mur, une immense pièce d'étoffe verte couverte de fleurs. Je cherche une image parmi cette œuvre monstrueuse. Il y en a des millions, tapies dans la végétation.

« Il y a quoi, là ? Qu'est-ce vous voyez ? » Da attend gaiement ma réponse. « Un *Einhorn*, oui ?

– Une licorne », dit Jonah. Le mot est affiché partout, sur tous les panneaux. Da ne les lit pas.

« Licorne ? Li-corne ! » Ce mot le réjouit.

La bête est énorme et blanche, elle emplit tout le cadre. Da recule pour mieux voir. Il transperce du regard la licorne, fixe un point derrière la tapisserie, au-delà du mur auquel elle est accrochée. Il enlève ses lunettes et se penche en avant. Il marmonne quelque chose en allemand, que je n'arrive pas à saisir. Il demande : « C'est une image de quoi ? »

Jonah regarde aussi. Mais il ne montre pas le même empressement que moi à répondre. Moi, j'ai les yeux qui se mettent à tournoyer. La tapisserie est trop grande pour tout voir en même temps. Je n'arrive pas à faire coïncider les différentes parties ; vu ma taille, je n'arrive même pas à tout voir. La licorne se trouve dans une prison sommaire, une barrière circulaire constituée de trois barreaux, par-dessus laquelle elle pourrait tranquillement sauter si elle le voulait. Elle a un bel anneau vert autour du cou, comme Maman pourrait en mettre pour aller à l'église. Ce que je prends tout d'abord pour une fontaine est en fait la queue de la licorne. Le fantôme qui danse en l'air, c'est la barbe de la bête. Elle est assise ou allongée ou peut-être se cabre-t-elle ; je n'arrive pas à savoir. Sa corne paraît aussi longue que l'ensemble de son corps. Derrière elle, il y a un arbre avec des lettres qui flottent dedans – A et D, ou A et un E à l'envers. Ce sont peut-être les initiales de la licorne.

Puis je la vois : la chaîne. Une extrémité de la chaîne est fixée à l'arbre, l'autre au collier de la licorne. Le collier est une entrave, la licorne a été capturée, prisonnière à jamais. Il y a des traces de blessures sur tout son corps, des marques de coups que je n'avais pas remarquées. Du sang jaillit de son flanc.

« Elle a été prise. Les humains l'ont eue. C'est une esclave. » Je dis à Da ce que signifie l'image, mais il n'est pas satisfait.

« Oui, oui. Elle a été capturée. Ils l'ont maîtrisée. Mais c'est une image de *quoi* ? »

Je sens que je vais me mettre à pleurer. Je tape des pieds, mais un coup d'œil à Jonah m'interrompt. « Je ne sais pas. Qu'est-ce que tu veux dire ? Qu'est-ce que tu essayes de dire ?

– Regarde de plus près. » Il me donne un petit coup de coude. Je m'avance. « Plus près.

– Da ! » J'ai de nouveau envie de pleurer. « Je vais me faire attraper par le gardien.

– Le gardien ne t'attrapera pas. Tu n'es pas l'esclave du gardien ! Si ce gardien essaye de t'attraper, moi, j'attraperai ce gardien ! »

Je m'avance encore un peu, timidement, prêt à chaque seconde à me faire gronder et punir. Nous serons tous trois enchaînés à jamais, emprisonnés dans de la vieille pierre grise.

« Bien, alors, mon Yoseph. C'est une image de quoi ? » Je n'ai toujours pas la réponse, et je saisis encore moins la question. Alors Da me dit : « De nœuds, fiston. C'est une image faite de nœuds, comme toute image dans laquelle nous vivons. De petits nœuds, attachés dans le tissu du temps. »

Ce n'est pas « tissu » qu'il veut dire, j'en suis presque sûr. Mais sur le moment je vois ce qu'il voit. Chaque *instant*, constitué de tous les mouvements sur terre, est un petit fil de couleur. Et si on trouve un endroit pour observer l'ensemble, tous les fils se combinent, attachés dans le temps, pour constituer un tableau : l'animal entravé, sanguinolent, dans un jardin.

Jonah se désintéresse des leçons de Da. Horloges, nœuds, temps, *Einhorns* : mon frère a dépassé tout ça. Il est déjà en train de sauter à pieds joints vers son futur à lui. Il se promène dans une autre salle, où Da et moi finissons par le retrouver. Il se trémousse devant un lutrin doré en forme d'aigle. Il y a un livre dessus et, dans le livre, de la musique ancienne. Ça ne ressemble pas à la musique que je sais lire depuis que je sais lire les mots. C'est différent de tout ce que nous avons pu voir jusqu'à maintenant en musique. Il n'y a pas de mesures, et pas suffisamment de lignes par portée. Jonah essaye de déchiffrer les notes, il fredonne furieusement. Mais il ne sort rien qui ressemble à un air. « Je n'y comprends rien. C'est complètement fou. »

Da nous laisse patauger un moment avant de nous donner la clé. Pas la clé, d'ailleurs, puisqu'il s'agit d'une musique antérieure à ces notions. Il nous révèle le secret des notes dans le temps. La façon de compter, à l'époque où le monde vibrait sur un autre rythme. La forme de la durée avant que n'existent les mesures.

Nous nous tenons tous trois dans cette salle en pierre froide, à psalmodier. Je ne connais pas encore le mot, mais j'y arrive comme je respire. Nous nous blottissons dans ce pastiche de monastère assemblé au petit bonheur, ce butin américain subtilisé, nous voilà pris au piège à l'intérieur d'un nœud dans l'étoffe du temps, une étoffe aussi intriquée qu'un pull effiloché, un juif et ses deux fils noirs à la peau claire, qui chantent « *Veni, veni* », le morceau avec lequel l'Europe s'éveillera, le morceau qu'elle se chantera à elle-même avant de s'éveiller et de s'emparer de la terre entière. Nous psalmodions doucement mais de manière audible, même quand les gens commencent à se couler dans la pièce autour de nous. Je sens leur désapprobation. Nous sommes trop libres, dans ce musée bien élevé. Mais je me fiche de savoir ce qu'ils pensent de nous, tant que ce fil de musique continue à se dérouler, tant que nous trois continuons à le tirer vers l'extérieur et à nous enrouler dedans.

Arrivés à la fin du parchemin, nous nous arrêtons pour regarder. Des gens sont assis sur des bancs de bois qui ont été installés pour un concert. Certains d'entre eux se retournent pour nous observer. Mais Da est rayonnant, il nous ébouriffe les cheveux. « Mes fistons ! Vous savez comment la pratiquer, maintenant. La langue du temps. »

Il nous fait asseoir sur les chaises de devant. C'est pour ça que nous sommes venus. Le *Mandelbrot* magique n'était qu'une halte, du carburant pour tenir jusqu'ici. Depuis le début, nous nous dirigions vers ce concert ouvert à tous, vers cette histoire en ruine, volée puis reconstruite.

Dimanche, printemps 1949. Le monde est plus vieux que je ne l'avais jamais imaginé. Et pourtant, chaque année traversée se cache quelque part dans une cour encadrée d'une galerie à colonnes. La salle sent la mousse et la moisissure, le vernis et l'enduit, les choses entreposées trop longtemps dans des poches peluchées, le papier friable qui redevient roseau. Je ne partage pas le *présent* de cette salle, bien que j'y sois assis. C'est seulement grâce à un miracle que Da ne m'explique pas que j'arrive à percevoir tout cela. Chaque endroit sur terre a sa propre horloge. Certains ont déjà atteint l'avenir. D'autres pas encore. Chaque endroit rajeunit à son propre rythme. Il n'y a pas de *maintenant*, il n'y en aura jamais.

Maintenant qu'il va y avoir un concert, mon frère cesse de gigoter. Il prend de l'âge à vue d'œil, et bientôt le voilà assis plus calmement, plus droit, plus attentif que n'importe quel adulte. Mais il bondit de sa chaise et applaudit comme un fou à la minute où les chanteurs apparaissent. Les chanteurs sont tous en noir. Leur scène est trop petite, ils s'agglutinent presque au-dessus de nos têtes. Jonah se penche en avant, de joie, pour toucher l'une des femmes, et la chanteuse l'effleure en retour. Tout le public rit avec elle, jusqu'à ce que le bras de Da ramène Jonah sur sa chaise.

Le silence se fait, gommant les disparités. Puis le silence cède à la seule réponse possible. C'est le premier concert en public que je me rappellerai avoir jamais entendu. Rien de ce que j'ai déjà vécu ne m'avait préparé à ça. Ça me traverse et me réordonne. Je suis assis au centre d'une masse sonore qui me fait me concentrer sur moi-même.

Je ne me rends pas compte, à l'âge de sept ans, que dans une vie, on ne tombe pas deux fois sur une œuvre comme ça, ou alors ça n'arrive jamais. Je sais distinguer un dièse d'un bémol, un bon chant d'un mauvais. Mais je n'en ai pas encore suffisamment entendu pour distinguer la beauté ordinaire de ces apparitions uniques. Je rechercherai ce groupe toute ma vie durant – en vinyle, en cassette, puis en laser. J'assisterai à des concerts dans l'espoir d'une résurrection, et j'en retournerai bredouille. Toute ma vie je rechercherai ces chanteuses et ces chanteurs, et je ne trouverai jamais mieux qu'un souvenir douteux.

Je pourrais traquer le nom du groupe dans les archives du musée, retrouver ce dimanche d'il y a cinquante ans, vingt ans avant que quiconque ait eu l'idée de faire revivre le premier millénaire de musique européenne, hormis une poignée de conservateurs de musée. Je pourrais rechercher le nom de tous les chanteurs : chaque année que nous traversons est emportée, cachée – peut-être pas dans un scriptorium de cloître, mais dans une rangée de classeurs métalliques et de puces de silicium. Mais tout ce que je pourrais trouver ne ferait que tuer cette journée. Pour ce que je crois avoir entendu ce jour-là, il n'y a pas de nom. Qui sait si ces chanteurs étaient tellement bons ? Pour moi, ils ont empli le ciel.

Un son comme un soleil embrasé. Un son comme la déferlante de sang qui afflue dans mes oreilles. Les femmes commencent, leurs notes se diffusent, tout aussi dépourvues de dimension que le présent décrit par mon père. Kiiii, le son s'échappe par les fentes de boîte aux lettres que forment leurs bouches – juste la syllabe de joie que produisait la petite Ruth avant que nous la persuadions d'apprendre à parler. Le son d'une créature simple qui éclate en louanges avant de se préparer pour la nuit. Elles chantent ensemble, intimement unies un dernier instant, avant l'ouverture et la naissance.

Puis riii. La note se scinde pour devenir son propre accompagnement. La femme la plus grande semble descendre en restant sur la même note, tandis que la plus petite, à côté d'elle, s'élève. Monte d'une tierce majeure, le premier intervalle que n'importe quel enfant de n'importe quelle couleur, n'importe où dans le monde, apprend à chanter. Quatre lèvres enveloppent la voyelle, une poche d'air plus ancienne que l'auteur qui l'a mise au monde.

Je sais dans mon corps quelles notes viennent ensuite, même si je n'ai pour l'instant rien pour les nommer. La voix aiguë monte d'une quinte parfaite, s'appuyant sur la note la plus basse. Les lignes bougent comme ma poitrine, du cartilage mou, comme mes côtes qui se déploient sur *aaay* pour atteindre à une clarté plus élevée, puis se replient et fusionnent à l'unisson.

J'entends ces deux lignes courber l'espace tandis qu'elles s'éloignent l'une de l'autre, se précipitant vers l'extérieur, chacune restant immobile pendant que l'autre est en mouvement. Long, court-court, long, long : elles tournent et reprennent leur place initiale, comme une branche soufflée par le vent se soumet de nouveau à son ombre. Elles retournent à leur hauteur initiale en arrivant chacune du côté opposé, visant l'impossible endroit où elles doivent se rejoindre. Mais juste avant qu'elles se synchronisent pour mesurer leur parcours, juste au moment où elles effleurent des lèvres ce foyer retrouvé, les voix des hommes arrivent de nulle part, s'unissent, et répètent ce jeu du partage, une quarte parfaite au-dessous.

D'autres lignes se scindent, se copient et prennent leur propre envol. *Aaay-laay. Aaay-laay-eee* ! Six voix à présent, qui se répètent et œuvrent à nouveau, chacune s'effeuillant selon son propre objectif syncopé, hésitant, tout en gardant un œil sur l'autre, des acrobates dans le vide, pas une seule n'hésite, pas une seule ne s'écrase sur les autres cibles mouvantes. Cette simple ritournelle dépouillée s'épanouit comme une pivoine aux couleurs de feu d'artifice. Partout dans l'air éveillé, en une pluie d'entrées oscillantes, j'entends la première phrase, tendue, défaite et reconstruite. Les harmonies s'empilent, se désintègrent et se rassemblent ailleurs, chaque mélodie louant Dieu à sa manière, et partout donnant naissance à quelque chose qui, à mes oreilles, ressemble à la liberté.

Tout autour de moi, dans la salle, les auditeurs s'envolent vers leur passé. Je ne comprendrai pas, avant d'être bien plus âgé, à quel point ils sont ramenés, jusqu'à une époque antérieure à la crise de Berlin, blottis dans leurs lits avant la bombe A, ils se cachent avant d'être inventoriés par les autorités soucieuses de comptage, ils se retrouvent en un temps où tout le monde n'était pas encore mort, avant que la licorne ne se retrouve enchaînée dans son enclos de fleurs, bien avant ce *présent* qui jamais ne fut, même avec tant d'auditeurs ayant besoin de le fuir. Mais moi, je ne suis pas ramené en arrière. C'est tout le contraire qui m'arrive. Cette musique me propulse en avant, proche de la vitesse de la lumière, je me rétrécis et ralentis jusqu'à m'arrêter à ce point précis où tous mes moi futurs atterrissent.

Cela fait maintenant des années que je ne suis pas retourné à la pointe nord de Manhattan. Je dis *maintenant*, bien que mon père m'ait appris, il y a longtemps, lorsque mon esprit était encore malléable, de ne pas me faire avoir par des choses comme ça. La boulangerie Chez Frisch a disparu, elle a été expulsée, remplacée par un magasin de location de vidéos avec une section jeux, ou une de ces boutiques de quartier scellées derrière une grille en accordéon depuis si longtemps que personne ne peut s'en souvenir. La dernière fois que j'y suis allé, il y a cinq ans, les rues du quartier étaient encore en plein bouleversement – cette fois-ci, les juifs laissaient la place aux Dominicains – la marée tournante de l'immigration avance éternellement vers un rivage qu'elle ne peut jamais atteindre. Quarante mille insulaires s'installaient dans leur nouvelle nation, désemparés, avec Fort Tryon sur les hauteurs anciennes de la colonie pour les protéger du New Jersey aisé et du Bronx ravagé.

Et sous la forteresse, à l'extrémité de l'île : cet immuable jardin factice. Je ne suis retourné aux Cloîtres qu'une seule fois depuis que Jonah y a chanté à la fin des années soixante. Cette vision me rend malade : un paradis reconstitué de pauvres fragments romans et gothiques, à un jet de pierre de quarante mille Dominicains tâchant de survivre dans l'enfer de New York. L'antique travail de collage doit paraître plus antique encore maintenant que le monde s'enfonce dans une jeunesse sans fin. Le public doit sans doute s'y rendre encore – les déroutés et les agonisants, ceux qui traversent commotionnés le cauchemar urbain pour jeter un œil à un monde d'avant la collision des continents, à une époque où l'art nous imaginait encore unis.

Nous remontons à pied vers la Cent Quatre-Vingt-Onzième Rue, pour prendre le métro et rentrer à la maison. J'ignore comment nous sommes passés des Cloîtres à ici. Il manque un bout, des images ont été retirées de la version finale. Le concert est terminé, mais les voix continuent à prendre de l'ampleur dans mes oreilles. Elles se déplient à nouveau comme le chant s'est déployé. À peine les voix aiguës et limpides ont-elles introduit le thème que les voix graves le reprennent et le multiplient.

Au retour, nous n'empruntons pas le même chemin qu'à l'aller. Pendant un instant, je panique. Puis je suis surpris de constater qu'un itinéraire sud-est puisse si parfaitement défaire un itinéraire nord-ouest.

Jonah se moque de moi, mais pas Da. Lui aussi trouve cela stupéfiant. « L'espace est commutatif. Peu importe l'ordre dans lequel on considère les axes. Pourquoi c'est comme ça ? Je n'ai aucune bonne raison à te fournir ! »

Nous passons devant un bâtiment décati. « Qu'est-ce que c'est que ça, Da ? » Je suis content que ce soit Jonah qui pose la question. Je n'aurais pas osé.

Da s'arrête, regarde. « C'est une *shul*. Une synagogue. Comme celle où je vous ai emmenés sur la Cent... »

Da ne remarquera pas. Mais ce n'est pas comme celle où il nous a emmenés. J'essaye de lire les mots griffonnés en travers de la porte de devant, mais ils ont été effacés, on n'arrive presque plus à lire. Da ne m'aidera pas à compléter les parties manquantes. Tout ce qu'il dit, c'est : « Le Christian Front. Qui pouvait imaginer que des gens comme ça réapparaîtraient maintenant ?

– Da a dit *maintenant* », dis-je en me moquant, et Jonah renchérit. Mais Da ne nous accorde qu'une amorce de sourire. Il nous prend chacun par la main et se remet en marche. Il examine le trottoir où nous marchons, comme si les fissures qu'il prétend toujours sans danger pouvaient être plus dangereuses qu'il ne le pensait.

Nous sommes une rue plus loin quand il dit : « Hitler a appelé ça la conspiration juive.

– Quoi ? demande Jonah. C'est quoi, une conspiration ?

– La relativité.

– C'est quoi, la relativité ? je demande.

– Fiston ! Ce dont nous sommes justement en train de parler ! Toutes ces horloges à des rythmes différents. »

Pour moi, une vie entière s'est passée entre-temps. Mais j'ai envie qu'il continue de parler, si possible qu'il ne s'arrête jamais. Alors je lui demande : « Pourquoi ?

– Quoi, pourquoi ? répond-il.

– Da ! Pourquoi ce que tu viens juste de dire. » *Juste* ne signifie pas juste, pour mon père, le professeur en temps liquide. « Pourquoi est-ce que Hitler a dit que les horloges étaient juives ?

– Parce qu'elles l'*étaient* ! » Une étincelle de fierté rigolarde brille dans ses yeux, ce qui n'arrive presque jamais. « Les juifs ont été les seuls à avoir compris que tout ce qu'on croit vrai concernant le temps et l'espace ne l'est pas ! Les juifs étaient partout, à regarder le monde tel qu'il est vraiment. Hitler a détesté ça. Il détestait quiconque était plus intelligent que lui.

– Da a conspiré contre Hitler ! » s'écrie Jonah. Da le fait taire.

Je ne peux pas encore dire – je ne peux *plus* dire – si Da est sérieux. Je ne peux même pas dire de quoi il parle, hormis la partie sur Hitler. Hitler, je connais. Lors de ces très pénibles après-midi où Jonah et moi sommes bannis de la maison, lorsqu'il faut qu'on joue avec les garçons du quartier, c'est toujours la guerre – la Normandie, la bataille de Bastogne, la traversée du Rhin. La guerre mondiale continue de vivre chez les petits garçons joyeusement vicieux, quatre ans après que les adultes ont laissé tomber. Il faut bien que quelqu'un soit Hitler, et ce quelqu'un, c'est toujours les garçons Strom. L'un de nous deux doit être oncle Adolf, et l'autre ses officiers déments. C'est nous qui faisons les meilleurs Hitler, parce que nous avons une drôle de façon de parler, parce que nous mourons facilement et restons allongés immobiles tellement longtemps que ça fait peur à tout le monde. Nous restons allongés jusqu'au jour où nos camarades de jeu recréent la chute de Berlin en nous incendiant. Après cela, pendant longtemps, nous avons le droit de rester à la maison.

Nous marchons dans Overlook, mon père salue d'un mouvement de tête tous les passants. À vingt rues et seize ans de là – cela dépend de votre horloge –, il y a l'Audubon Ballroom, où mourra Malcom X. Déjà, un million de personnes convergent vers ce point. Déjà, ce meurtre est en train de se produire – dans ce pâté de maisons, dans le suivant, à un kilomètre et demi, dans des prisons plus éloignées. Les brins de la tuerie se nouent depuis des décennies, et mes propres fils s'entrelacent autour.

Nous plongeons vers le centre fétide de la terre en empruntant les marches du métro, l'odeur de vomi, le papier journal, les mégots de cigarettes, et le pipi. Da parle à nouveau, de miroirs et de rayons lumineux et des gens aux bouts des trains qui arrivent, des trains qui pourraient nous amener à Berlin en quelques secondes. Il y a une bagarre sur le quai. Da nous emmène à l'écart, sans cesser de parler.

« J'étais déjà né depuis quatre ans, dit-il, quatre années complètes, avant qu'on se mette à considérer l'espace-temps comme une seule et même chose. J'avais déjà vécu *quatre années complètes* avant qu'on perçoive que la gravité pouvait courber le temps. Il a fallu que ce soit les juifs ! » La famille dont il nous a si peu parlé. Tous morts.

Des années passent. Plus de trente. Je suis dans une gare ferroviaire à Francfort. Nous sommes en tournée avec Voces Antiquæ. Jonah me demande de lui acheter quelque chose à grignoter au stand de restauration rapide. « Prends-moi des amandes. » Je suis surpris, étant à moitié allemand, de ne jamais avoir appris comment on dit en allemand un mot si commun. Puis je suis encore plus surpris : de fait, je l'ai appris. Cette substance magique, je n'ai connu que ça toute ma vie. On en trouve partout, c'est aussi commun et bon marché que les années qui passent.

S'il n'y a pas un seul *maintenant*, alors il ne peut pas y avoir eu un seul *jadis*. Et pourtant, il y a ce dimanche du printemps 1949. J'ai sept ans. Tous ceux que j'aime sont encore en vie, à part ceux qui sont morts avant que je fasse leur connaissance. Nous sommes assis ensemble sur les sièges durs du métro, Jonah et moi, avec Da entre nous.

« Avez-vous eu du plaisir, mes gars ? » Dans sa bouche, ça sonne comme « méga ». « Ça vous a plu ?

– Da ? » Je n'ai jamais vu Jonah à ce point rêveur, si lointain. Il est sur une fusée, laissant derrière lui cette pauvre planète arriérée. Mais lorsqu'il revient, le monde est mort de vieillesse et il ne reste plus que lui. « Da ? Quand je serai grand ? » Il ne demande pas vraiment la permission. Il veut juste s'assurer que nous soyons prévenus bien à l'avance. « Quand je serai adulte ? » Il fait un geste qui se perd derrière nous, en direction des Cloîtres, il s'éloigne de nous aussi vite que nous filons en avant. « Je veux faire ce que ces gens font. »

La réponse de mon père me fait sursauter, quoique pas tant que cela, sur le moment. Mais là où je suis maintenant, un demi-siècle plus tard, je n'arrive pas à démêler le sac de nœuds. À part nous, tous ses proches ont été assassinés, tués pour avoir divulgué la conspiration de la relativité. Lui aussi devrait être mort, mais il est encore ici. Immigré depuis une dizaine d'années, et en moins de temps qu'il n'en faut pour le dire, il est devenu un pur Américain. « Vous deux, nous dit-il dans un sourire. Vous deux, vous serez qui vous voudrez. »

15

Mon frère en Orphée

« Le feu ne l'a pas tuée, dit Da.

« Elle aura perdu connaissance bien avant. Pensez à la vitesse d'oxydation, pour un incendie aussi important. » Le feu aurait aspiré tout l'air de la maison bien longtemps avant que les flammes ne la touchent. « Et puis, il y a eu l'explosion. » La chaudière, cette bombe à retardement. « Elle aura perdu connaissance. » Voilà pourquoi elle n'est jamais ressortie. En milieu de journée, Maman preste et en bonne santé, et personne d'autre n'est tué.

Elle n'a rien senti. C'est ce que Da voulait dire, pour essayer de nous consoler. Le feu l'a quand même brûlée. Il a fait d'elle du charbon, ne laissant que des cendres, des os, et sa bague de mariage. La consolation de Da était infiniment plus ténue : le feu ne l'a pas *tuée*. Au moment d'être exposée aux flammes, elle était déjà morte.

Néanmoins, il nous le rappela à chaque fois qu'il le jugea nécessaire. *Le feu ne l'a pas tuée*. Jonah entendit : morte avant l'arrivée des pompiers. Moi, j'entendis : morte par suffocation, les poumons privés d'air, guère mieux que les flammes. Ruthie entendit : brûlée vive.

Pendant longtemps, on ne fit rien, nous quatre. Le temps, pour nous, était un autre cadavre, le visage contre terre, mis K.-O. par l'explosion. Nous avons dû vivre cinq mois dans le petit appartement que nous louait le collègue de mon père. Je ne sentis pas les semaines passer, même si, la plupart du temps, j'étais sûr que je mourrais de vieillesse avant que l'horloge ne passe de l'heure du dîner à celle du coucher. Nous ne chantions jamais, du moins pas tous ensemble. Ruth fredonnait dans son coin, réprimandait ses poupées et leur disait de se taire. De temps en temps, Da mettait un disque. Jonah et moi passâmes de longs après-midi à écouter la radio. D'une certaine manière, ces musique subies plutôt que choisies nous paraissaient moins sacrilèges.

Au bout d'un certain temps, Ruth retourna à l'école de notre quartier. Elle protesta bruyamment le premier jour, refusant de quitter l'appartement. Mais nous, les trois hommes, nous nous montrâmes intraitables.

« Il le faut, Ruthie. Ça t'aidera à aller mieux. » Nous aurions dû savoir que c'était la dernière chose au monde qu'elle souhaitait.

Jonah refusait de retourner à Boston. « Je n'y retournerai jamais. Même pas contre toutes les leçons privées du monde. » Da haussa seulement les épaules en signe d'acquiescement. Si bien qu'évidemment moi non plus je n'y retournai pas. L'éventualité d'y aller seul ne fut même pas envisagée.

Da reprit ses cours à Columbia, après ce qui dut lui paraître une éternité. Jonah enrageait. « C'est tout ? Retour à la normale ? Un petit tour de piste et il retourne au boulot, comme si rien n'avait changé ? »

Mais je voyais bien, à la manière dont les épaules de Da s'affaissaient désormais quand il marchait, à quel point tout avait changé. Il ne lui restait plus que le travail. Et après la mort de Maman, même son travail en pâtit. Le temps, ce bloc de *toujours* permanents, cette variable réversible, s'était retourné contre lui. Il ne savait plus de combien il en disposait encore. À partir de l'incendie, et jusqu'à sa propre mort, il s'abandonna entièrement à sa quête : trouver le temps et percer son secret.

Nous vécûmes à l'étroit dans cet appartement jusqu'à ce que son propriétaire soit obligé de le réclamer. Alors nous l'évacuâmes, sans projet précis, pour un autre, légèrement plus spacieux, également dans Morningside Heights. Nous n'aurions pu être plus invisibles, dans cette rue située près de la ligne de démarcation entre Blancs et Noirs. Une ligne, ou plutôt une série d'ondulations. Car l'université se dressait comme un énorme rocher dans le ressac de quartiers en pleine évolution et le brassage des populations alentour était d'une complexité échappant au calcul mathématique. Avec l'argent de l'assurance, Da acheta des meubles neufs, de la vaisselle bleu clair que Maman aurait appréciée, et une nouvelle épinette. Il commença même à reconstituer les partitions de notre bibliothèque musicale, mais c'était un projet voué à l'échec. À nous quatre, nous ne pouvions déjà plus nous souvenir de toute la musique que nous avions possédée.

Ruthie changea d'école – pour en fréquenter une qui, comme elle, était coupée en deux, presque à la moitié. Elle se fit de nouvelles amies, chaque semaine de nouvelles nationalités. Mais elle ne ramena jamais personne à la maison. Elle avait honte de ses hommes, de nous trois, qui vivions sans lendemain et sans passé non plus.

Au début, Da rentrait à la maison presque tous les après-midi. Mais son besoin de se plonger dans ses recherches l'emporta bientôt sur son besoin d'assister à notre deuil. Les équations l'engloutirent. Il y avait une femme, Mme Samuels, qui passait s'occuper de la maison, et surveiller Ruth quand elle rentrait, à trois heures et demie. Da devait la payer correctement pour le temps qu'elle passait, mais elle le faisait, je pense, par amour. Elle aurait aimé être l'amie des enfants de cet homme.

Jonah passait le plus clair de ses journées à griffonner dans ses carnets. Parfois des textes, parfois des notes sur des lignes supplémentaires tracées à l'extérieur des portées. Il écrivit une longue lettre sur toutes sortes de papiers différents et l'envoya à l'étranger, en Italie, avec plein de timbres *airmail* exotiques. « Comme ça, elle ne pourra pas dire qu'elle ne savait pas comment me joindre », dit-il. Les lettres que moi j'ai écrites, elles sont restées dans ma tête. Je n'avais personne à qui les envoyer.

Lorsqu'il n'était pas occupé à griffonner, Jonah écoutait les Dodgers, « Dragnet », « Guerre et paix au FBI », toutes ces émissions pour les éternels enfants. Il avait même sa station préférée pour les *big bands*, lorsqu'il avait vraiment besoin de s'empêcher de penser. Il me laissait écouter les retransmissions du Met, le samedi, tendant l'oreille tout en faisant semblant de ne pas y prêter attention.

Quand Ruthie revenait de l'école en milieu d'après-midi, je lui faisais la lecture ou bien je l'emmenais se promener, dans un coin du parc où l'on ne craignait rien. En deux ans, je n'avais pas passé plus de quelques semaines avec ma sœur. C'était une inconnue, une fillette déphasée qui parlait toute seule et s'endormait le soir en pleurant parce que nous n'arrivions pas à lui faire exactement la coiffure que Maman lui faisait. Ce n'était pas faute d'essayer. La coiffure que nous lui faisions était exactement conforme à notre souvenir à tous, mais ça ne convenait pas à Ruth.

Il y avait des jours où je m'asseyais avec elle au piano, comme Maman avait coutume de faire avec moi. Ruth apprenait tout ce que je lui demandais plus vite que moi je ne l'avais appris. Mais elle ne plaçait jamais les doigts deux fois de la même façon. « Essaye d'être cohérente, disais-je.

– Pourquoi ? » Elle avait perdu toute patience avec cet instrument, et la plupart du temps, ça se terminait en bagarre. « C'est bête, Joey.

– Qu'est-ce qui est bête ?

– La musique, c'est bête. » Et elle se lançait dans une parodie de sonatine de Mozart, un summum de burlesque improvisé. Elle prenait un air sarcastique en jouant, tournait en dérision la musique avec laquelle nous avions grandi. La musique qui avait tué sa mère.

« Qu'est-ce qu'il y a de si bête ?

– C'est *ofay*. »

« Qu'est-ce que ça veut dire, *ofay* ? » demandai-je à Jonah ce soir-là, quand Ruth ne pouvait pas nous entendre.

Quand mon frère était pris au dépourvu, cela ne durait guère plus qu'une croche. « C'est du français. Au fait, ça veut dire être à la mode. Ça veut dire que tu sais comment on fait les choses. »

Je posai la question à Da. Son visage s'assombrit : « Où as-tu entendu ça ?

– Dans le quartier. » Je biaisai, avec mon propre père. Tout ce qu'il y avait d'honnête dans notre maison avait disparu le jour où notre mère était morte.

Mon père enleva ses lunettes. Sans elles, il était aveugle. Il cligna des yeux, tel un carrelet égaré sur la glace. « Ça se dit encore ?

– Parfois, répondis-je en bluffant.

– Ce n'est pas bien. C'est du latin de bassine. »

J'éclatai de rire. Il aurait dû me gifler. « Du latin de cuisine !

– Si tu veux, du latin de cuisine. Pour désigner les Blancs. » *Ofay*. L'ennemi.

Je ne fis pas part des résultats de mon enquête à Ruth. Mais nous ne revînmes pas non plus à Mozart. Ma sœur n'avait pas encore onze ans, mais déjà elle n'était plus une enfant. Elle avait changé. Il me fallut toutes ces semaines passées ensemble pour que je comprenne que la petite Root avait disparu en même temps que Maman.

« Que veux-tu apprendre ? lui demandai-je. Je peux t'apprendre tout ce que tu veux. » L'offre que je lui faisais révélait l'étendue de mon ignorance. Si j'avais eu la moindre idée de toutes les façons de jouer du piano – le swing et la secousse, la brisure et le bop, la frappe et la caresse, les galopades échevelées jusqu'à la clôture, les tournures hybrides, les tonalités tordues, les citations, les vols, les arrestations et les restitutions, tous les modes et les gammes arrachés aux deux seuls dont se contentait ma musique à moi – si j'avais seulement pris conscience de l'inventivité sans borne qui régnait autour de nous, j'aurais été incapable d'enseigner à ma petite sœur un accord parfait de *do* majeur.

« Je ne sais pas, Joey. » La gauche de Ruth se baladait au trot, façon boogie-woogie. « Qu'est-ce que Maman aimait jouer ? »

Cela ne faisait que quelques mois. Elle ne pouvait pas avoir déjà oublié. Elle ne pouvait pas penser que sa mémoire lui mentait.

« Elle aimait tout, Ruth. Tu le sais.

– Je veux dire, à part... tu sais – avant que vous vous mettiez tous à... »

Pour ma part, je répétais au moins quatre heures par jour, et je revins vite à des cours formels. La musique n'était plus un jeu, et ne redeviendrait jamais plus un plaisir pur. Mais c'était tout ce que je connaissais. Un des élèves de ma mère, M. Green, me prit en cours. Toutes les deux ou trois semaines, il me donnait un nouveau mouvement extrait d'une sonate de Beethoven, puis me laissait dans mon coin. Chaque semaine, je m'efforçais de ne pas progresser trop vite pour lui.

J'appris à faire la cuisine. Sinon, nous nous serions exposés au rachitisme et au scorbut – des fléaux du siècle précédent, qui néanmoins sévissaient à quelques rues au nord et à l'est. J'avais lu quelque part que des pommes de terre et des épinards, servis avec du bœuf haché, comportaient tous les éléments nutritifs dont le corps avait besoin. Toutes les recettes de Maman, rédigées au stylo sur des fiches cartonnées conservées dans la cuisine, dans une boîte verte en métal, sur le rebord de la fenêtre, avaient brûlé. Rien de ce que je pus jamais préparer n'arrivait à la cheville de ce qui jadis était sorti de son four. Mais mon public savait que c'était ça ou les flocons d'avoine.

Le mois où notre mère mourut, Rosa Parks refusa de quitter sa place dans le bus. Tandis que je préparais à manger pour ma famille et que ma petite sœur allait à son école « d'intégration », à Montgomery cinquante mille personnes entamaient un siège qui allait durer un an. Le mouvement avait commencé. Le pays où j'étais né entamait l'épreuve de force. Mais je n'en avais pas entendu parler. Da devait suivre l'histoire en détail. Mais, au cours de ses radotages du dîner, il n'aborda jamais le sujet.

Jonah passait ses journées dans une passivité fébrile. Il écoutait la radio. Il faisait des promenades ou, les jours où il allait sur le campus avec notre père, s'asseyait sans bouger dans la bibliothèque musicale de Columbia. Il essayait de revenir au temps d'avant juste en restant immobile. Une décennie plus tard, il déclarerait, dans le cadre d'une interview, que ce furent ces mois-là qui firent de lui un chanteur adulte. « J'ai plus appris sur la manière de chanter en restant silencieux pendant six mois qu'avec aucun professeur, avant ou après. » À l'exception du professeur qui lui avait enseigné le silence même.

Da ne pouvait pas nous laisser éternellement croupir à la maison. « Allons, mes fistons. Le monde n'a pas disparu, enfin pas encore. Si vous ne voulez pas étudier la physique avec moi, il vous faut choisir une autre école. »

Ce fut la dernière fois que Jonah obéit à notre père. « Bon, écoute, Mule. Robinson va prendre sa retraite. On n'entend plus *The Shadow* à la radio. Autant retourner au turbin. »

Il opta pour Juilliard – c'était le plus simple compromis entre se bouger et rester à la maison. À Juilliard, nous pourrions à nouveau tenter de disparaître en nous absorbant dans la seule chose que nous savions faire. Da trouva à Jonah un professeur de chant du département de musique de Columbia, et Jonah se remit à bûcher un mois avant les auditions. Il avait peut-être raison concernant tout ce que le silence lui avait appris. Juilliard le prit en classe préparatoire sans lui faire passer d'examen.

C'était l'école de musique la plus prestigieuse de tout le pays, et il était hors de question qu'un chanteur, fût-il du calibre de Jonah, bénéficie du moindre passe-droit. Il aurait été aberrant qu'il fasse dépendre son admission de la mienne. Concernant ma propre admission, je ne pouvais compter que sur moi. « Si t'y vas pas, j'y vais pas », m'annonça Jonah juste avant que je joue. Je suis sûr que c'était sa façon à lui de me soutenir moralement.

Quand je passai mon audition, l'avenir de mon frère pesait tellement sur mes épaules que mon visage touchait presque le clavier. J'eus le hoquet pendant le premier mouvement de l'opus 27, n° 1, mes phrases tournant au beurre rance. Je m'entendis nous condamner, mon frère et moi, à une vie de lassitude dans l'appartement suffocant de mon père. Après avoir joué, je me glissai dans les toilettes à côté de la salle de répétition et je vomis, exactement comme les garçons qui, des années auparavant, avaient émerveillé Jonah. Notre éducation musicale avait été plus rapide et plus complète que nos parents auraient pu s'y attendre. J'étais content que Maman n'ait pas été là pour voir où j'avais atterri.

Mon formulaire d'admission arriva, avec deux feuilles de remarques à l'encre rouge. Le dernier commentaire sur la liste était un mot souligné deux fois : « La position ! » Jonah fit en sorte que je n'oublie jamais. Il aboyait le mot avec un accent allemand chaque fois que nous étions assis à table. Quand nous marchions dans la rue, il m'attrapait et m'obligeait à redresser les épaules. « La position, Herr Strom ! Pas ! D'épaules ! Tombantes ! » Il ne devina jamais que le poids qui pesait sur mes épaules, c'était lui.

Marqué à l'encre rouge de mon admission, je suivis mon frère en section préparatoire de Juilliard. Si Boylston avait été le bastion provincial avancé de la musique, alors Juilliard était Rome. En parcourant un couloir, je traversais trois cents ans de musique occidentale qui filtraient à travers les portes en une fantastique cacophonie. Jonah et moi étions redevenus des enfants, à l'échelon le plus bas sur une échelle d'expérience qui s'élevait à perte de vue.

Nous n'étions qu'à quelques minutes à pied du bâtiment sur Claremont. Nous n'étions pas obligés de cohabiter avec un étranger ; ce sursis me procura un soulagement indicible. Dans cette nation musicale indépendante, tout le monde se fichait éperdument de nous, nous n'étions un scandale pour personne, les figures de proue de personne. Personne ne nous accordait le moindre regard, en fait. La vue ne comptait pas, là-bas. Là-bas, tout le monde était *tout ouïe*.

Nos camarades firent entrer en nous la crainte de Dieu. Jonah avait peut-être plus appris sur le chant en sept mois de silence qu'avec n'importe quel professeur après notre mère. Mais en deux semaines il en apprit plus sur la musique professionnelle, ici, dans sa capitale nord-américaine, qu'il n'avait jamais voulu en savoir. La partie non musicale de l'enseignement était encore plus sommaire qu'à Boston. Ce qui nous convenait tout à fait. Nous étions là pour une chose. La seule chose pour laquelle nous avions encore du goût.

Jonah ne resta pas longtemps en classe préparatoire. Dès que ce fut possible, ses professeurs s'empressèrent de le faire passer en section supérieure. Il était loin d'être le plus jeune à commencer ainsi l'université. L'établissement était pourri de prodiges qui avaient terminé le cursus à l'âge de seize ans, âge auquel Jonah, lui, y était entré. Mais il était sans doute le moins préparé à devenir adulte prématurément.

Il commença l'année de Little Rock, trois ans après que le verdict de *Brown* fut devenu la loi pour tout le pays. Jonah vit les mêmes images que moi : neuf mômes en file indienne au milieu des parachutistes de la 101e aéroportée, juste pour aller apprendre des choses sur Thomas Jefferson et Jefferson Davis, pendant que nous franchissions allègrement la porte de notre conservatoire pour étudier la forme sonate *allegro*. Chaque jour, je filais en salle de bibliothèque pour lire les journaux. Des mômes de notre âge allaient à l'école malgré les émeutes, à deux doigts de se faire pendre haut et court par la foule enragée, ils gravissaient les escaliers sous protection rapprochée de l'armée, entre les M1 à baïonnettes de leurs protecteurs blancs, qui leur donnaient des ordres sous la menace des armes. Les hélicoptères de l'armée se posèrent sur le terrain de football de l'école pour établir un périmètre de sécurité. Le gouverneur

Faubus convoqua la Garde nationale et déclara caduques les décisions de justice ; il affronta les forces armées fédérales et propagea l'insurrection par voie télévisée : « Nous sommes maintenant un pays occupé. » Et le général Walker de répondre : « Plus la résistance cessera tôt, plus tôt le secteur scolaire reviendra à la normale. » Cent ans après, le pays entier était prêt à reprendre la guerre de Sécession pour neuf mômes de mon âge, pendant que je me bagarrais avec des études de Chopin et que Jonah potassait Britten sans s'essouffler.

Le conservatoire était mon pays. L'Arkansas n'était guère qu'un lointain cauchemar. J'ignore ce que Jonah pensa de Little Rock. Nous n'en parlâmes qu'une fois, assis devant le premier téléviseur noir et blanc de Da. Nous regardions les nouvelles, en attendant un feuilleton à suspense qui ne tint pas jusqu'à l'été suivant. À l'écran, un ado blanc maigrichon, cheveux en brosse genre bouledogue, se pressait à deux millimètres d'une fille somptueuse à lunettes de soleil, lui marmonnant une menace à voix basse. Dans la pénombre à côté de moi, Jonah déclara : « Qu'il la touche et ça va lui coûter cher. »

Dans notre monde, nous vivions comme des princes. Chaque après-midi, il y avait un récital gratuit, un plaisir du plus haut calibre, pour des salles essentiellement vides. Régulièrement – aussi souvent que nous arrivions à convaincre Da de nous laisser sortir – nous avions droit, moyennant une somme modique, à une symphonie, voire un opéra.

J'étudiais et je répétais, il m'aurait fallu huit heures de plus chaque jour. Je me frottais à un répertoire si mythique que j'osais à peine effleurer les notes. Avec mon professeur George Bateman je repris et réappris l'opus 27, n° 1, correctement cette fois-ci. Le *Clavier bien tempéré* était mon pain quotidien. Je déchiffrai un bon bout du livre premier, en restant sur des *tempi* raisonnables pour les fugues les plus coriaces.

M. Bateman était un pianiste d'accompagnement accompli. Il continuait de se produire régulièrement et annulait autant de leçons qu'il en maintenait. Pendant mes séances, je le sentais ailleurs, dans son monde. Mais il avait une oreille digne d'une sentinelle de l'enfer, et il faisait avec deux doigts de la main gauche ce que je n'arrivais pas à faire avec les cinq doigts de la main droite. Ses miettes d'éloges suffisaient à me nourrir pendant des semaines.

Ses critiques étaient si profondément enfouies au milieu des éloges que souvent leur morsure m'échappait. Je lui jouai la *Mazurka en la mineur* de Chopin. Ce qui est délicat, c'est le petit rythme en pointillé : comment trouver la cadence convenable sans déraper. Je passai la première répétition sans incident. Puis j'arrivai à la transposition en *do*, l'explosion en relative majeure – la surprise la plus prévisible au monde. M. Bateman, les yeux clos, peut-être même en train de piquer un roupillon, fit un bond en avant. « Stop ! »

Je retirai précipitamment les mains du clavier, tel un chien frappé avec le journal qu'on lui a appris à rapporter.

« Qu'est-ce que tu viens de faire, là ? »

J'avais trop peur pour lever les yeux. Quand je m'y résolus finalement, M. Bateman fit un geste. « Refais-moi ça ! » J'obéis, paralysé par l'embarras. « Non, non, dit-il, chaque dénégation bizarrement encourageante. Joue-le comme la première fois. »

Je repris exactement comme je le jouais toujours. M. Bateman enchaîna les mines orageuses. Finalement, son visage s'illumina. « Voilà ! C'est superbe ! Qui t'a appris ça ? » Il agita les bras, repoussant joyeusement l'essaim des réponses que je m'apprêtais à lui donner. « Ne me dis pas. Je ne veux pas savoir. Continue seulement à jouer comme ça, quoi que je te dise de faire ! »

Pendant les jours qui suivirent, je me demandai si, après tout, je n'avais pas un don insoupçonné. Je savais ce que M. Bateman essayait de faire : déplacer mon attention des doigts à la sensation, me faire passer de la mécanique à l'esprit. Il qualifia de « brillante » une petite fantaisie de Schumann que j'avais jouée, et tout l'après-midi je crus que j'allais pouvoir changer le monde. Je voulus raconter à Maman ce que M. Bateman avait dit, dès que je serais rentré à la maison. Puis je me souvins, et le plaisir d'avoir réussi quelque chose se transforma en une amertume plus cuisante que celle que j'avais ressentie à sa mort. Rien n'avait de sens. Il y avait encore tellement de passages approximatifs dans mon morceau estropié que jamais je ne m'en sortirais vivant. J'étais l'adolescent le plus méprisable qui soit, pour ressentir ainsi une telle exaltation ; ce sentiment aurait dû m'abandonner une bonne fois pour toutes. Comment pouvais-je, sans honte, continuer à évoluer, alors que Maman ne le pouvait plus.

Lorsque je répétais, la pesante sensation d'inutilité se dissipait. Pourtant, je m'en voulais de me laisser aller, même une minute. J'ignore comment Jonah survécut. À partir du moment où il fut dans le cursus universitaire, nous nous vîmes très peu. Il avait moins besoin de moi. Toutefois, quand nous rentrions à pied à Morningside Heights, en fin de journée, il récapitulait les heures écoulées, irrité que je n'aie pas été à ses côtés pour en faire moi-même directement l'expérience. Les week-ends, lors de nos vadrouilles au magasin de musique de la Cent Dixième, il était capable de s'emballer pour un rien, se lançant dans la partie de trompette du troisième mouvement de la *Cinquième* de Beethoven, s'attendant à ce que je sois immédiatement là, dans le tempo, une tierce en dessous de lui pour la deuxième trompette, conformément à l'entrée indiquée sur la partition, comme si personne n'était mort.

Juilliard était si vaste que même Jonah rapetissait, à l'intérieur. Les cafés autour de l'école bruissaient d'un brouhaha digne d'une version musicale des Nations unies. Jusqu'à Juilliard, nous n'avions improvisé que de petits duos de Dittersdorf. Ici, nous avions atterri dans la partie moyenne d'une espèce de *Symphonie des Mille* internationale.

Il y avait même un ou deux étudiants noirs. Des vrais. La première fois où j'en vis un – un type baraqué, qui arborait un air préoccupé et des lunettes noires, une gerbe de partitions sous le bras –, je dus me retenir de ne pas le saluer comme un cousin perdu de vue de longue date. Il m'aperçut du coin de l'œil et me donna du « Hé, soldat », tout en m'adressant un salut deux doigts tendus, un improbable signe d'appartenance à une même communauté. Les Blancs n'étaient jamais tout à fait sûrs. Ils nous prenaient pour des Indiens, ou des Portoricains. Ils ne nous regardaient jamais. Les Noirs, eux, savaient toujours, pour la simple raison que je ne détournais pas le regard.

Lorsque je croisai le gars pour la deuxième fois, il s'arrêta. « Tu es Jonah Strom. » Je le repris. « Grand Dieu. Y en a deux, des comme vous ? » Il venait du Sud, et était encore plus difficile à comprendre que János Reményi. Il avait une voix de basse et s'appelait Wilson Hart. Il avait fréquenté une université noire en Géorgie, un État dont j'avais jusqu'alors quasi ignoré l'existence, et dont il était sorti avec un diplôme de professeur. « Seule chose à faire, je me suis dit, quand on est noir et qu'on a une voix de basse. » Un professeur en visite l'avait entendu chanter et l'avait persuadé de reconsidérer ce point de vue. Wilson Hart n'était pas encore tout à fait convaincu.

Lorsqu'il parlait, on devinait quels niveaux de résonance sa voix pouvait atteindre. Mais, au-delà du chant, Wilson Hart avait un rêve. « Tu veux que je te dise, ce que je ferais si le monde tournait rond ? » Il ouvrit le porte-documents qu'il avait toujours sous le bras, là, dans le couloir, et étala devant moi les portées couleur crème remplies au crayon. Je chantai en silence les notes, les notes que ce gars avaient écrites. Ce n'était pas d'une originalité folle, mais ce n'était pas dépourvu de qualités.

Il voulait *composer*. Cela m'emplit d'émerveillement, et j'en conçus une honte durable. Oui, parce qu'il avait la même couleur de peau que ma mère. Mais plus encore parce qu'il était *vivant*, ici, et qu'il me parlait. Je considérai ma propre vie. L'idée de composer ne m'était jamais venue à l'esprit. La musique nouvelle affluait à chaque minute en ce monde. Des quatre coins de la planète. Nous pouvions faire mieux qu'être de simples récepteurs transmetteurs. Nous pouvions écrire notre propre musique.

Wilson Hart me dévisagea comme l'espion de Dieu. « On vous demande aussi comment ça se fait qu'un Noir s'intéresse à cette musique ?

– En fait, nous, on est de sang mêlé », dis-je.

Mes paroles me revinrent en pleine figure, reflétées par l'expression sur son visage. « Mêlé ? Tu veux dire comme s'emmêler les pinceaux ? » Il me vit dépérir sur pied. « C'est pas grave, frangin. Y a pas un cheval vivant qui soit un pur-sang. »

Wilson Hart fut le premier ami que je me sois fait par moi-même. Il me souriait à un bout des longs couloirs et s'asseyait avec moi dans les salles de concert bondées. « Bon, maintenant, t'arrêtes de me faire tourner en bourrique avec tes histoires de "Mr. Hart". Il n'y a que Mrs. Hart qui aura le droit de me donner du "Mr. Hart", une fois que je l'aurai trouvée. Toi, Mr. Mêlé, tu m'appelles Will. » Lorsque nous nous croisions dans les couloirs, il tapotait son portfolio rempli de musique fraîchement tracée au crayon. C'était notre conspiration secrète, ce flux de notes. *Toi et moi, Mêl. Ils entendront notre musique avant qu'on ait fichu le camp d'ici.* L'empressement qu'il avait mis à me singulariser pour que je sois à ses côtés m'opprimait davantage que n'importe quel racisme.

Will et Jonah firent finalement connaissance, bien que je ne fusse guère impatient de les présenter l'un à l'autre. Ils n'avaient pas beaucoup d'atomes crochus. L'avant-garde avait été pour Jonah une révélation explosive : une liberté nouvelle à faire et défaire. La première fois que Jonah avait entendu la Deuxième École viennoise, il avait eu envie d'encercler ces agitateurs et de les exécuter. La deuxième fois, il se contenta d'un sourire narquois. À la troisième écoute, cette menace larvée contre la civilisation occidentale se changea en une étoile étincelante au levant. La flèche du temps, pour Jonah, était maintenant impitoyablement dirigée vers l'avant, vers le sérialisme total, et son jumeau paradoxal, l'aléatoire pur.

Jonah jeta un œil aux partitions de Wilson Hart, il chanta les parties avec autant de vigueur que les instruments pour lesquels elles avaient été composées. Rien que pour cela, Will lui aurait montré tout ce qu'il avait écrit. Mais à la fin d'un déchiffrage qui constitua à lui tout seul un morceau de bravoure, Jonah brandit les mains en l'air. « Will, Will ! C'est quoi, toute cette *beauté* ? Tu vas nous tuer à force de douceur, mon pote. Ça nous ramène direct au XIXe siècle. Qu'est-ce que le XIXe siècle t'a fait, à part te coller des chaînes aux pieds ? »

Assis entre eux deux, j'attendis la fin du monde. Mais tous deux adoraient croiser le fer.

« Ça n'a rien à voir avec le XIXe siècle, répondait Will, en rassemblant ses troupes blessées. C'est au contraire ton premier aperçu du *vingt et unième*. C'est juste que vous autres, savez pas encore comment l'entendre.

– Je l'ai *déjà* entendu. Je connais tous ces airs par cœur. On dirait un ballet de Copland.

– Je donnerais tout ce que j'ai de plus cher au monde pour écrire un ballet de Copland. Ce type est un grand compositeur. Il a commencé en se compromettant avec votre musique qui valait pas un pet de lapin. Puis il en a eu marre et a laissé tomber.

– Copland, c'est bien, si tu aimes les trucs grand public. »

Je priai pour que le fantôme de Maman vienne lui tirer les oreilles, comme elle aurait dû le faire si souvent de son vivant.

« Zut, alors, moi qui croyais que la musique avait quelque chose à voir avec le plaisir.

– Regarde autour de toi, mec. Le monde est *à feu et à sang*.

– C'est vrai. Et on ne demande qu'à trouver un océan pour l'éteindre.

– Tu étudies avec Persichetti ?

– M. Persichetti a étudié avec Roy Harris, exactement comme notre M. Schuman.

– Sauf que Persichetti a *dépassé* tout ça. Fini, le folk et le jazz recyclés. Il est passé à des trucs plus fructueux. Et tu devrais faire pareil. Allons, Wilson ! Tu devrais écouter Boulez. Babbitt. Dallapiccola.

– Tu crois peut-être que j'ai pas gâché des heures à écouter ça ? Si j'ai des envies de boucan, j'ai qu'à aller me planter au milieu de Times Square, je serai servi. Si je veux du hasard, je peux aller miser sur des canassons. Dieu nous a dit de *construire* cet endroit. De l'améliorer, pas de le démolir et de le donner en pâture aux clébards.

– Mais c'est *ça*, construire. Écoute Stockhausen. Varèse.

– Si je veux des sirènes de police, il y en a sous ma fenêtre toutes les nuits.

– Ne sois pas esclave de la mélodie, mec. »

Jonah ne s'était même pas entendu prononcer le mot.

– Si on a inventé la mélodie, c'est pas par hasard. Tu sais la meilleure chose que Varèse ait jamais faite ? Apprendre à William Grant Still à trouver sa voie. Voilà un compositeur qui a trouvé un son. Tu t'es jamais demandé pourquoi personne ne jouait jamais la musique de ce type ? Pourquoi t'as même jamais *entendu parler* d'un seul compositeur noir avant de venir renifler autour de moi ? »

Jonah m'adressa un rictus complice. Je me tenais entre eux, coupé en deux dans le sens de la longueur.

Quand Jonah n'était pas dans les parages, Will ne me lâchait pas. « J'ai passé des années à écouter les gentlemen sourds de ton frère. Rien de nouveau dans cette direction, Mêl. Certainement pas la liberté que le frangin Jon espère trouver. Écoute-moi. Ton frérot, là, il va revenir la queue entre les jambes en se bouchant les oreilles, dès qu'il aura eu sa dose de couics et de couacs. »

Will me montrait chaque nouvelle œuvre dont il accouchait – des cadences de concert chic flirtant avec le *swing* et le *cool*, de respectueuses citations de gospel enfouies dans des cuivres graves à la Dvorák. Il me fit jurer de ne jamais renoncer à la mélodie à cause d'un pernicieux rêve de progrès. « Promets-moi un truc, Mêl. Promets-moi qu'un jour tu coucheras sur le papier toutes les notes que tu as en toi. » En prononçant un tel vœu, je ne m'avançai pas trop. C'était l'affaire d'une ou deux mesures de blanches, tout compris, pas plus, j'en étais sûr.

Et puis il avait cette tocade pour l'Espagne. J'ignore comment il l'avait contractée. Sancho et le Don à cheval. Des collines basses, arides. Will s'y rendrait dès qu'il pourrait se payer le voyage. Si ce n'était pas l'Espagne, alors le Mexique, le Guatemala – n'importe quel endroit qui faisait des étincelles après minuit et dormait en pleine journée.

« J'ai dû y vivre un jour, frangin Joe. Dans une autre vie. » Non qu'il connût quoi que ce soit de l'endroit, ni ne parlât un mot d'espagnol. « Mon peuple a dû rendre une petite visite à ce pays, y a longtemps. Passer un ou deux siècles sur place... Les Espagnols sont les Noirs les plus au poil qu'on trouve au nord de l'Afrique. Toute cette *soul*, les Allemands sauraient pas quoi en faire, à part l'enfermer à double tour. » Ses mains filèrent se poser sur ses lèvres pécheresses. « M'en veux pas, Mêl ! Chaque peuple a son idée de ce que le monde recherche. »

Wilson Hart voulait lancer une passerelle au-dessus de Gibraltar, réunir l'Afrique et l'Ibérie, ces jumeaux séparés à la naissance. Il entendait l'un lové dans l'autre, là où moi je n'entendais pas la moindre similitude. Le peu que j'avais appris de la musique africaine à Juilliard confirmait que c'était un art à part. Mais Will Hart ne renonçait jamais à essayer de me faire entendre la parenté, la rythmique qui reliait des rythmes si dissemblables.

Je trouvais souvent Will dans l'un des box, du côté de la bibliothèque, penché sur un tourne-disque des années 1950 au manche gros comme une patte de singe, à écouter Albéniz ou de Falla. Il m'attrapa lors d'une de mes visites et ne voulut plus me lâcher. « Voilà exactement la paire d'oreilles dont cette œuvre avait besoin. » Il me fit asseoir et m'obligea à écouter tout un concerto pour guitare d'un type du nom de Rodrigo.

« Alors ? demanda-t-il, tandis que le troisième mouvement, après avoir vogué en haute mer, rentrait triomphalement au port. Qu'est-ce que tu entends, frère Joe ? »

J'entendais un archaïsme tonal poussiéreux, qui essayait de se faire passer pour plus vieux encore que ce dont il avait l'air. Qui faisait fi du long déclin historique de la consonance. Les séquences étaient d'un tel formalisme que je les achevais avant de les entendre. « Sûr, ça balance. » Je ne pouvais pas faire mieux.

Son visage se décomposa. Il voulait que j'écoute *un truc* en particulier. « Et le type qui fait se balancer tout ça, tu en dis quoi ?

– Outre le fait qu'il vient d'Afrique du Nord ?

– Vas-y, fous-toi de moi tant que tu veux. Mais dis-moi ce que tu sais de lui, maintenant qu'il t'a tout dit. »

Je haussai les épaules.

« Je donne ma langue au chat.

– Aveugle depuis l'âge de trois ans. Vraiment, tu n'as pas entendu ? »

Je fis non de la tête, récoltant sa déception.

« Il n'y a qu'un aveugle pour faire ça. » Will plaça la main droite sur son portfolio fermé. « Et si Dieu voulait bien me laisser faire quelque chose un dixième aussi beau, je serais heureux comme un...

– Will ! Non. Même pour rire. » Je crois que je lui fis peur.

Je demandai à Jonah s'il avait déjà entendu cette œuvre. *Concerto de Aranjuez*. Il se moqua avant que j'aie fini de prononcer le titre. « Régression totale. Écrit en 1939 ! Berg était déjà mort depuis quatre ans. » Comme si les authentiques pionniers étaient toujours en avance, même dans la mort. « Qu'est-ce qu'il est en train de te faire, ce Will, mon vieux ? Le temps qu'on sorte de cette taule, il se sera débrouillé pour que tu sifflotes les bluettes de la radio. La musique et le vin, Joseph. Moins tu en sais, plus tu en a besoin.

– Qu'est-ce que tu connais au vin ?

– Absolument que dalle. Mais je sais ce que je n'aime pas. »

Jonah avait raison. Will Hart évoluait dans la frange douteuse de l'école. Juilliard faisait toujours partie de ce secteur minuscule situé entre Londres, Paris, Rome et Berlin. Ici, la musique, c'était les grands Teutons dont le nom commençait par B, ces noms ciselés dans le fronton en marbre : le vieux rêve impérial de cohérence qui hantait le continent dont Da s'était enfui. La musique de concert nord-américaine – même Copland et Still, que Will adorait – n'était ici guère plus qu'une simple greffe européenne. Le fait que l'Amérique ait une musique qui lui soit propre – qui se réinventait tous les trois ans de manière spectaculaire, une forme bâtarde issue des cantiques psalmodiés, du cri des *spirituals*, des airs repris d'une cabane à l'autre, des appels qu'on se lance à travers les champs de la plantation, et de plans d'évasion codés, du chant des funérailles transitant par La Nouvelle-Orléans, joué au *gutbucket* et à la casserole, remontant le fleuve dans les caisses de coton jusqu'à Memphis et Saint Louis, tordu en intervalles *blues* que le pouvoir jamais ne reconnaîtra, pour célébrer des retrouvailles dans le Nord, et s'essaimer au terminus de la voie de chemin de fer, à Chicago, en un *ragtime* irrésistible, pour enfanter dans la nuit – la nuit la plus longue et la plus sombre de l'âme de toute l'histoire improvisée – le jazz et ses innombrables descendants métissés, tout un Savoy Ballroom scintillant, plein de rejetons qui *scattent*, et se répandent partout, qui dansent à pleines bottes sur tout ce que la blancheur a jamais fait, américain, *american*, pour ce que ça pouvait bien vouloir dire, une musique qui avait conquis le monde pendant que les maîtres classiques regardaient dans l'autre direction –, le fait que l'Amérique ait une musique à elle nous échappait complètement, dans ces couloirs où l'on vénérait l'Europe.

Les amis de Jonah étaient blancs, et mes amis, à l'exception de Will, étaient ceux de Jonah. Non que mon frère recherchât la compagnie d'amis blancs. Ce n'était pas nécessaire. Le mouvement du Dr Susuki n'avait que dix ans d'âge ; plusieurs années passeraient avant que le tsunami asiatique n'atteigne les États-Unis. La poignée d'étudiants du Moyen-Orient ici présents étaient arrivés *via* l'Angleterre et la France. La mer cosmopolite de Juilliard était encore plus ou moins une baignade réservée.

Mon frère traînait au Sammy's, un café qui se trouvait juste en face de l'école, côté nord. C'est Jonah qui avait choisi le lieu, sachant, contrairement à ses nouveaux amis, où il lui était permis de s'asseoir avec ses copains, et de se faire servir. Il y avait dans le troquet un juke-box Seeburg dernier cri. Moyennant un nickel, la patte attrapait les disques verticaux et les posait à plat. Les intellectuels du chant prétendaient détester cette machine, même s'ils ingurgitaient toute la culture pop qu'elle leur servait. Après les heures de répétition, la moitié de la chorale venait s'entasser au Sammy's, s'encanailler sur une banquette du fond. Jonah pérorait devant une tablée de chanteurs, et ses camarades trouvaient toujours une place pour son petit frère.

Au Sammy's, les chanteurs angéliques passaient des heures à jouer au grand jeu du classement musical. Celui qui montait le plus haut dans les aigus. Celui qui avait les basses les plus moelleuses. Celui qui avait les *passaggios* les plus nets. C'était pire que les jeux télévisés qu'ils regardaient tous en secret, et tout aussi truqué. Les arbitres chargés des appréciations ne poussaient pas l'injustice jusqu'à se donner des notes les uns aux autres et ils n'évaluaient que les chanteurs absents. Mais au fil de ces indexations et de ces arrangements incessants, chacun devinait sa position dans le classement.

Le rigolo de la bande était un baryton doué d'une oreille exceptionnelle du nom de Brian O'Malley. Avec ses trémolos en doubles croches, il arrivait à faire bidonner tout le monde. Il pouvait tout imiter, de la basse à la colorature, sans même avoir besoin de dire de qui il se moquait. Ses auditeurs rigolaient, même s'ils savaient que dès qu'ils auraient le dos tourné, ils seraient les prochains sur la liste. Les mains jointes précieusement sur la poitrine, Brian se lançait dans un Don Carlos ou une Lucrèce Borgia cauchemardesques, s'emparant d'un petit défaut vocal familier d'un ami et l'exagérant dans de terribles proportions. Après quoi, nous n'entendrions plus jamais l'infortunée victime de la même oreille.

J'étais mystifié par le talent d'O'Malley. J'interrogeai Jonah un soir, dans la relative sécurité de la Cent Seizième Rue. « Je ne pige pas. S'il arrive à imiter n'importe qui jusqu'aux boutons sur la figure, pourquoi... »

Jonah éclata de rire. « Pourquoi est-ce qu'il ne peut pas avoir sa voix à lui ? » De tous ceux qui étudiaient le chant à Juilliard, O'Malley était assurément celui qui avait la voix la plus insipide, au-delà de toute parodie. « Il se fait le plus petit possible pour ne pas être pris pour cible. Il fera carrière, tu sais. Il ferait un Fra Melitone grandiose. Ou un truc genre Don Pasquale.

– Pas pour la voix, fis-je horrifié.

– Bien sûr que non. »

Jonah pouvait rester des heures à écouter les jugements de la clique. Leur besoin d'évaluation était aussi important que leur besoin de musique. Pour ces athlètes du travail musical, les deux étaient équivalents. Le chant comme compétition : plus vite, plus haut, plus dur – les Jeux olympiques de l'âme. Les entendre me donnait envie de m'enfermer dans une salle de répétition et de refuser d'en sortir avant d'avoir apprivoisé quelque Rachmaninov tonitruant. Mais je restai auprès de mon frère, parmi ses amis, nous nous balancions tous deux dans le souffle mortel du vent. Jonah apprit leur idiome jusqu'à le maîtriser comme une langue maternelle. « Chez Haynes les cinq notes moyennes sont plus que parfaites », ou bien « Thomas a une fille dans chaque *portamento* ». Il y avait toujours un émerveillement innocent dans ses verdicts. Il ne semblait jamais calomnier qui que ce fût.

Quant à la réputation vocale de Jonah, même ses détracteurs savaient que s'il étaient assez fous pour le flinguer, ils avaient intérêt à dégainer les premiers et vider leurs deux chargeurs. Je surpris des conversations dans les derniers rangs sombres de l'auditorium : Jonah avait une voix trop pure, trop facile, trop limpide, il lui manquait la tension musculaire des plus grands ténors. Les soirs d'hiver, une fois que nous étions rentrés à la maison, la bande du Sammy's le débinait sans doute plus férocement. Mais tant que nous étions assis avec les autres à boire des sodas, ils le gratifiaient d'un hochement de tête résigné. Ils passaient un après-midi entier à dresser la liste des meilleurs, des plus brillants, des plus limpides. « Et puis il y a Strom, déclarait O'Malley. Un genre à lui tout seul. »

Nous étions au Sammy's, un après-midi, vers la fin de ma prépa, juste avant que j'entame le cursus universitaire proprement dit. La discussion en vint à Jonah, qui faisait ses premières tentatives sur *La Belle Meunière*, de Schubert, une agression sur la femme blanche qui impressionnait beaucoup O'Malley. « Strom, voilà notre passeport pour la célébrité. Nous ferions bien de l'admettre. Le garçon ira fort loin. Nous devrions nous accrocher à ses basques, si toutefois il y consent. Sinon, de loin son ascension nous contemplerons. Ne riez point ! Regardez, voilà le hé-hé-hé-hé-héros conquérant ! »

Mon frère se fourra dans le nez l'emballage en accordéon de sa paille et le souffla sur le beau parleur.

« Croyez-vous que je galèje ? poursuivit O'Malley. Sauf accident, notre jeune homme deviendra le métis le plus fameux de ce monde. Le prochain Leontyne Price de notre illustre établissement. »

La nouvelle voix la plus saisissante du pays venait juste de se voir offrir sa première scène à San Francisco. Toute l'école ne parlait que de ça, cette ancienne élève parvenue à peine cinq ans après sa sortie tout en haut de l'affiche. Mais quand O'Malley invoqua son nom, un nuage passa sur la banquette au fond du Sammy's, des éclats de rire timides comme un feu de bois humide. Jonah fronça les sourcils. Il ouvrit la bouche et émit un *falsetto* absurde. « Faut que je révise mon *spinto*, l'ignorais-tu, mon chou ? » Un hoquet silencieux traversa le groupe. Puis une hilarité forcée.

En rentrant à la maison, je mis une éternité avant de lui adresser la parole. Il entendit mon silence et ne fit rien pour y mettre un terme. Nous étions arrivés à mi-chemin de la cathédrale St John the Divine et pas un mot n'avait été prononcé.

« Métis, Jonah ? »

Il ne haussa même pas les épaules. « C'est ce qu'on est, Mule. Ce que moi, en tout cas, je suis. Toi, sois ce que tu veux. »

À Juilliard, les plus talentueux se considéraient comme daltoniens ; un « plaider coupable » auquel recourt la grande culture pour que les chefs d'inculpation ne soient pas retenus. Moi, je ne savais pas encore, à l'âge de quinze ans, tout ce qu'impliquait ce soi-disant daltonisme. À Juilliard, la couleur était trop bien circonscrite pour représenter la moindre menace. À part quelques folles exceptions comme les adorables garçons Strom, la scène noire était ailleurs. La question raciale, c'était une crise du Sud. O'Malley nous prenait à partie en imitant à la perfection le gouverneur Faubus : « Grand Dieu, qu'est-ce qui arrive aux États-Unis d'Amérique ? » Les amis de mon frère s'offusquaient vertueusement de chaque crime commis contre l'humanité, chacun se déroulant, comme la chanson populaire, « à cent lieues de la maison ».

« Jeunes gens, jeunes gens, poursuivait O'Malley. Qui suis-je ? » Il se couvrit une oreille de sa main en cornet, laissa tomber le menton vers le sternum, et chanta en faux russe au nadir absolu de sa tessiture. Il nous fallut quelques mesures pour reconnaître *Ol' Man River*. Le coup d'œil inquisiteur d'O'Malley n'excédait jamais la durée d'une croche. L'un des plus grands hommes de ce pays, Robeson, était assigné à résidence sur ordre du gouvernement, obligé de chanter par téléphone pour un public européen, et voilà que O'Malley se fichait de lui en en faisant tout un sketch. Robeson s'exprimant avec son meilleur accent prétentieux de l'université Rutgers. « Très cher M. Hammerstein II. Loin de moi l'idée de critiquer mais, dans vos paroles, il me semble avoir relevé des erreurs d'accord entre le sujet et le verbe. »

La veine sur la tempe de mon frère se mit à trembler, il envisagea de renverser la table pour ne jamais remettre les pieds ici. Pas tant pour la question de la race ; mais pour Robeson. Personne n'avait le droit de toucher à une telle voix. L'espace d'un instant, il parut prêt à envoyer cette bande au diable, et retourner à la solitude de la musique. Au lieu de cela, alors que tous les regards luttaient pour ne pas se poser sur lui, Jonah se contenta de rigoler. Un rire rêche, mais il ne se désolidarisait pas du groupe. Toute autre réaction était vouée à l'échec.

La question de la race n'était que bagatelle. Les gardiens du temple en matière de chant économisaient leur force de frappe pour un danger plus clair et plus immédiat : la classe sociale. Il me fallut des années pour décoder le système de classement du Sammy's. Je ne suis pas sûr que Jonah l'ait jamais percé à jour. Je me rappelle qu'il avait contesté une décision prise à l'unanimité, et qui m'avait moi aussi abasourdi. « Attendez. Vous voulez dire que vous préféreriez engager Paula Squires pour chanter Mélisande plutôt qu'embaucher Ginger Kittle pour chanter Mimi ? »

Le chœur fut sans pitié. « Peut-être que si la Ginger acceptait de procéder à un tout petit changement de nom... » « Ça ne l'empêche pas d'avoir des diphtongues charmantes. Ses fameux *aeyah* ! Au moins tu es sûr que ça passera à Peoria, au fin fond de l'Illinois. » « Et les nippes qu'elle se met sur le dos ? À chaque fois qu'elle monte au-dessus du si bémol, j'ai peur que son corsage prenne feu. » « Mlle Kittle *incarne littéralement* la Mimi de sa génération. Toujours radieusement morte, au quatrième acte. »

Jonah secouait la tête. « Vous êtes tous devenus sourds ou quoi ? D'accord, elle pourrait peut-être encore peaufiner un peu. Mais Kittle l'emporte sur Squires haut la main.

– Peut-être justement si elle ne restait pas la main en l'air...

– Mais enfin, *Paula Squires* ?

– Jonah, mon garçon, tu comprendras en mûrissant, n'est-ce pas ? »

La maturité fut bientôt notre lot à tous deux. Je me mis à passer mes journées dans un état de perpétuelle excitation que je pris à tort pour de l'impatience. Toute forme incurvée m'excitait, toute rondeur, toute teinte allant du citron au cacao. Les vibrations du piano qui remontaient de la pédale le long de ma jambe pouvaient mettre le feu aux poudres. Des étincelles partaient d'une lueur innocente, d'un mot chaleureux prononcé par n'importe quelle représentante du sexe féminin, déclenchant une cascade de sauvetages fantasmés d'un grand raffinement, sacrifice ultime suivi d'une mort heureuse, la seule récompense possible. Je me contenais une semaine ou deux en me concentrant exclusivement sur la pureté des choses – le deuxième mouvement de *L'Empereur*, ma mère nous serrant dans ses bras dans la Huitième Avenue balayée par le vent, Malalai Gilani, nos soirées familiales de contrepoint, dix ans plus tôt. J'avais beau lutter contre la tentation, je savais pertinemment que je finirais par succomber. J'attendais dans une irritation patiente d'être seul dans l'appartement. Chaque fois que je repiquais au truc, le dégoût ne faisait qu'en accroître l'intensité. Chaque fois que je cédais au plaisir, j'avais l'impression à nouveau de condamner ma mère à mort, de trahir chaque chose bonne qu'elle avait vantée ou qu'elle m'avait prédite. Chaque fois, je jurais que ce serait la dernière.

Jonah, lui, s'en sortait peut-être mieux avec le désir charnel – une énergie de plus à ajouter à celles qui le poussaient en avant. Peut-être trouva-t-il quelque nymphe consentante qui le caressait quand il en avait besoin. Je n'en sus rien. Il ne me faisait plus part des étapes de l'évolution de son corps. Néanmoins, il me faisait partager ses récents enthousiasmes. « Mule, il faut que tu voies cette fille. Du jamais vu. Marguerite ! Carmen ! » Mais les objets de son désir étaient toujours l'ordinaire personnifié. Je pensais qu'il se fichait de moi. La beauté qu'il voyait en elles se situait au-delà du visible. « Alors ? C'est pas l'être le plus grandiose que tu aies jamais vu ? » Je m'en tirais toujours avec un hochement de tête vigoureux.

Son corps était un sismographe. Le simple fait d'être assis dans un auditorium devenait une occasion de faire du repérage à vue. Il avait un faible pour les contraltos. Chaque fois qu'il en apercevait une à trente mètres, sa tête se dressait comme un périscope de sous-marin. Pour la première fois de sa vie, chanter devint un moyen et pas seulement une fin. Il chantait comme un lévrier débarrassé de sa laisse, arpentant Morningside, pissant sur toutes les bouches d'incendie qui feraient désormais partie de son territoire.

Je lui en voulus de trahir Kimberly. Je savais que c'était de la folie. Voilà où j'en étais, pris dans mon propre orage hormonal solitaire, à me palucher sur tout ce qui bougeait. Mais je voulais que mon frère respecte le souvenir de notre passé – lequel comprenait la beauté albinos. Vu de New York, la fausse cour à l'italienne de Boylston ressemblait à la scène d'une opérette de pacotille. J'avais passé mon enfance comme ces mômes des magazines photo atteints de polio, pris au piège d'un poumon d'acier, maintenus en vie par l'artifice et le mensonge. Tout cela avait explosé avec la chaudière de notre maison. Pour survivre, j'avais besoin de quelque chose issu de notre passé dépouillé, fût-ce ce fantôme anémique.

Jonah flirtait avec toutes les chanteuses de Juilliard. Et chacune d'elles, sans crainte, du fait de l'absurdité de cet appétit, répondait à ses avances. Sa voix pouvait faire tourner les têtes des plus timides. Aux yeux d'une jeune fille de vingt ans appartenant à l'élite de la fin des années 1950, il offrait toute la saveur de la transgression, d'autant plus excitante qu'elle était inoffensive, bien entendu. Impensable.

Je trouvais quelque chose à célébrer chez chacune de ses insignifiantes déesses, exprimant le même enthousiasme qu'en entendant ses récitals, dont le répertoire à présent me laissait perplexe. Jonah s'était lassé du simple passage de la tonique à la dominante, dans un sens puis dans l'autre. Seule la musique la plus déchiquetée présentait pour lui un véritable défi. Les tritons et autres intervalles du diable, les nouveaux étranges systèmes de notation, les polyrythmies et les microtons. Il voulait juste continuer à s'épanouir – ce que le monde pardonnait rarement.

Jonah sombra davantage dans l'avant-garde, un groupe que les chanteurs conventionnels baptisèrent les « Sériels Killers ». Ceux-ci arboraient ce badge avec fierté, vénérant le tombeau du saint de rigueur Schoenberg, canonisé à l'instant même de sa mort à l'université de Californie quelques années plus tôt. En dehors de la dodécaphonie, point de salut, décrétèrent-ils, tout n'était qu'ornements, une malédiction encore pire que *joli*.

Les « Sériels Killers » parlaient nonchalamment d'aller voir la première de *Moïse et Aaron* au Stadttheater de Zurich. Lorsque ce rêve chimérique tomba à l'eau, ils firent vœu d'en donner leur propre version. Jonah était Aaron, détenteur du Verbe, et porte-parole de son frère inexpressif. Il n'avait pas encore vingt ans, mais il était capable, après l'avoir brièvement étudiée, d'assimiler la musique la plus retorse. Il appréhendait les systèmes complexes de la même manière qu'il avait appris les plaisirs diatoniques de la préadolescence. Avec lui, l'atonalité semblait aussi légère que du Offenbach.

Jonah réussit à convaincre Da de quitter l'appartement pour venir écouter. « *Moïse et Aaron* ? Des histoires de patriarches ? J'élève mes enfants pour qu'ils soient de bons athées vivant dans la crainte de Dieu, et voilà comment on me remercie ? » Il n'empêche, Da se délecta. Toute la soirée il opina en savourant la nouvelle version d'une histoire qu'il n'avait jamais eu l'idée de nous transmettre. Il fut ravi d'entendre l'extraordinaire talent de son fils à garder sa justesse au milieu d'une cacophonie de signes et de merveilles.

Moi, je n'ai jamais compris Schoenberg. Je ne parle pas seulement de ce livret d'opéra inachevé, de l'énigme non résolue de la volonté divine. Je veux dire sa musique. Elle ne me parlait pas. Du côté de Da, ce n'était pas beaucoup mieux. Il taquina Jonah sur tout le chemin du retour à la maison. « Sais-tu ce que Stravinski a dit à la première du *Pierrot* ?

– Je connais l'histoire, Da.

– "J'aimerais que cette femme arrête de causer, que je puisse entendre la musique !" Hé. Tu devrais rigoler, fiston. C'est drôle.

– J'ai ri la première fois, Da. Il y a cent ans. Ruth n'est pas venue, ajouta Jonah sur un ton de décontraction forcée.

– Elle a atteint l'âge bête », expliqua Da.

Jonah poussa un grognement. « Ça commence quand, "l'âge bête" ?

– À peu près aux alentour de 1905, dis-je.

– Je la mets mal à l'aise. Elle a honte de moi. Veut pas voir son frère grimé pour le spectacle. Un pantin à la solde de l'élite. »

Il y avait dans sa voix une note que je n'avais jamais entendue. Da balaya ces paroles d'un geste de la main. « Elle n'a que douze ans. » Mais Jonah avait raison. Ruth préférait maintenant ses copines à sa famille. Elle tendait l'oreille dans une autre direction – vers d'autres voix, d'autres airs.

Peu après Schoenberg, Da, Jonah et moi captâmes par hasard à la radio un faible signal en provenance de l'espace. Le signal était émis par le premier être humain à avoir quitté la surface de la Terre. Je songeai à cette carte du ciel qui avait été l'unique décoration que Jonah et moi avions accrochée à Boylston, dans la chambre hermétiquement close de notre enfance. Nous nous assîmes tous ensemble autour du poste de radio familial, à écouter les bips réguliers, les premiers mots en provenance de *là-bas*, du futur.

Jonah, lui, entendit exactement le contraire. Ses oreilles étaient à l'écoute de fréquences plus lointaines, des fréquences d'un passé innovant vers lequel tous les signaux convergeaient. « Joey ? Tu entends ça ? Le

Deuxième Quatuor à cordes de Schoenberg. C'est en train d'arriver, petit frère. Et de notre vivant ! "Je sens l'air d'une autre planète."

– "*Ich fühle Luft von anderem Planeten.*" » Da s'était parlé à lui-même, le souvenir lui revenait, d'une lointaine orbite.

Ce métronome à base de bips éthérés fit sortir Ruth de sa chambre, où désormais elle se retranchait. « Un signal en provenance de l'espace ? » Le visage de ma sœur s'emplit d'un espoir terrible. Je savais à quoi elle pensait. « Ça vient d'ailleurs ? »

Da souriait. « Le premier satellite de l'espace. »

Ruth agita la main, irritée par sa bêtise. « Mais il y a quelqu'un là-bas ? Qui envoie des... »

Da rectifia à nouveau : « Non, *Kind*. Nous seulement. Tout seuls, et on se parle à nous-mêmes. »

Ruth se retira dans sa chambre. Je tentai de la suivre, mais elle me ferma la porte au nez.

Ces bips cycliques de l'espace confortèrent Jonah dans son iconoclasme. Le soir, il étudiait les nouveaux systèmes de notation, me demandant de l'aider à décoder leurs hiéroglyphes, alors même que ses professeurs lui donnaient des chansons de salon de la Belle Époque. Dans le futur que sa musique évolutive était en train de concevoir, tous les objets baignaient dans la même lumière aveuglante. Le moment venu, il serait libre, lâché en orbite, il enverrait des signaux à la Terre depuis le vide infini.

À l'école, je l'entendais flotter avec légèreté sur ses gammes chromatiques, à quelques salles de la mienne. Mes propres heures de cours étaient plus pesantes. M. Bateman m'avait donné les *Pièces lyriques* de Grieg. Chaque fois que je jouais pour mon professeur, il me reprenait, me faisait modifier la position des doigts, des poignets, des coudes. Je sentais mon corps devenir une extension du piano, ces petits marteaux percutants rejouant leur mouvement sur chacun de mes muscles.

Je travaillais l'ensemble de ces *Pièces lyriques*, à raison d'une toutes les deux semaines, une douzaine de mesures par après-midi. Je répétais les phrases jusqu'à ce que les notes se dissolvent sous mes doigts, à la manière d'un mot retournant à sa pureté insignifiante, lorsqu'on le psalmodie suffisamment longtemps. Je décomposais les douze mesures en six, puis je continuais à fractionner jusqu'à ce qu'il n'y en ait plus qu'une. Une mesure et je faisais halte, je renouais, je reprenais, en douceur, puis *mezzo*, puis une note après l'autre, péniblement. J'essayais différents types d'attaques, ma main se transformait en baguette et frappait chaque note. Je me relâchais en déroulant l'accord comme s'il était écrit en arpège. Je répétais l'exercice, en appuyant tellement lentement sur les touches qu'elles ne dégageaient plus le moindre son, jouant le passage entier uniquement en relâchant les touches. J'insistais sur la basse ou me concentrais sur la sensation dans les mains, comme un apprenti illusionniste extrayant les harmonies intérieures cachées dans le tumulte.

Il s'agissait de jouer sur la puissance, la maîtrise. La vitesse et l'écartement des doigts, comment briser l'étroitesse des intervalles, les élargir depuis le haut, que le point crucial passe des doigts aux bras, que le bras s'allonge comme un faucon en plein vol. J'enrobais d'une couche de *rubato* ou je nouais chaque note dans un courant *legato*. J'arrondissais la phrase ou bien je la hachais menu, puis je jouais de la pédale pour donner de l'ampleur. Je transformais le demi-queue en clavecin à double clavier. Joue, arrête, relève les doigts, reviens en arrière, recommence, arrête, la ligne d'avant, la phrase d'avant, les deux mesures précédentes, la demi-mesure, le passage, la transition, la note, l'attaque la plus aiguisée possible. Mon cerveau sombrait dans des états de parfait ennui, soudain parcouru d'une intense excitation. J'étais une plante extrayant ses pétales de la lumière du soleil, j'étais l'eau érodant la côte de tout un continent.

Je m'obstinais sur les touches pendant des heures, ma colonne vertébrale ne bougeait pas de plus de dix centimètres. Puis je me relevais, je faisais les cent pas dans mon box comme un loup tournant dans sa cage au zoo, je filais dans le couloir, je me passais la tête sous le robinet. Les couloirs s'emplissaient d'un boucan superbe. Tout autour de moi, des éclats de mélodies brisées se mêlaient en une symphonie de Ives. Des miettes de Chopin entraient en collision avec une invention démembrée de Bach. Du Stravinski joué *ostinato* s'attachait à des fragments de Scarlatti. Un labeur sérieux, d'ampleur industrielle, faisait jaillir ici et là des fulgurances plus somptueuses que tout ce que j'avais pu entendre en concert, des éclats si sublimes que je plongeais en dépression lorsqu'elles s'interrompaient en milieu de phrase. Tout le long du couloir de ce pavillon monacal se jouait une vaste version du jeu des Citations folles de mes parents : des cantiques venaient caramboler du bastringue ; des philtres romantiques jouaient des coudes avec des fugues rigides ; des marches funèbres, des mariages, des baptêmes, des sanglots, des chuchotements, des cris : tout le monde à cette fête parlait en même temps, au-delà des capacités de l'oreille à démêler l'écheveau.

Et moi, je retournais à ma cage pour deux heures supplémentaires de décomposition et de reconstruction. Mon corps menaçait de s'effondrer, et mon cerveau tentait de se réfugier dans un coma permanent. Les exercices me rendaient fou, mou, c'était éreintant, enivrant, dévorant, j'en étais sonné, assommé, consommé. C'était les sensations de l'amour, le feu d'une raffinerie. J'étais un enfant à la plage avec son tamis, s'efforçant d'améliorer l'étendue infinie de sable. Par le truchement de ma volonté, par la simple répétition martelée, je pouvais brûler toutes les impuretés du monde, tout ce qui était laid et hors de propos, et ne laisser derrière moi qu'une exactitude raffinée, suspendue dans l'espace. Je m'approchais à pas minuscules de quelque chose que je ne pouvais voir, quelque chose d'impeccable et d'immuable, une forme pure et un plaisir plus pur encore, un souvenir salvateur, la musique, l'aperçu d'un moi non encore constitué.

Mais même une flamme aussi précise n'arrivait pas à brûler toute l'énergie du corps adolescent qui l'alimentait. Je restais assis pendant une demi-heure à hisser ma pierre à flanc de colline avant d'admettre que la pierre me retombait dessus. Lorsque chaque touche enfoncée semblait de la boue, je traquais quelqu'un d'autre à distraire – Jonah, ou, plus souvent, Wilson Hart.

Quand il n'était pas en vadrouille dans l'Espagne poussiéreuse de ses pensées, Will, lui aussi, passait ses journées en salle de répétition. Mais il ne répétait jamais autant qu'il aurait dû. Il avait une voix de basse splendidement musclée, qui débordait des caisses de résonance de la tête et de la poitrine. Qu'il contrôlait parfois, et qui parfois lui échappait quand il faisait ses gammes. Sa capacité à descendre dans les graves aurait pu lui garantir un poste d'enseignant dans une école comme celle qu'il avait quittée pour intégrer Juilliard. Au mieux de sa forme, il aurait pu occuper n'importe quelle scène de part et d'autre de la ligne Mason-Dixon. Sauf qu'il n'était au mieux de sa forme que la moitié du temps.

Le vice de Will était de vouloir *produire* de la musique, et non pas d'être seulement le messager d'un autre. Il commençait à échauffer ses admirables cordes vocales, mais le piano dans le coin de la salle de répétition était une tentation trop grande. Je le surpris un jour en train de travailler sur ce projet parallèle. Il était assis au piano, la pièce à conviction étalée devant lui : une partition nouvelle. « Tu devrais être dans le cursus de composition. Tu sais ça ? »

Quelque chose dans ma plaisanterie tourna au vinaigre. « Oui, je sais. » Sur ce, me pardonnant mon ignorance, ses doigts se lancèrent dans une citation du deuxième mouvement du concerto pour guitare de Rodrigo, un air suffisamment triste pour dévier le cours de ma stupidité. Il fila s'installer sur le banc. « Assieds-toi. On va se faire un truc en direct. »

Je m'assis à sa gauche et attendis les instructions. Aucune ne vint. Will se mit à jouer avec la phrase de l'Espagnol, il n'y avait rien à savoir de plus sur l'art de l'abandon. Ses mains trouvèrent leurs marques, pure prescience. Je me tins tranquille pendant quelques mesures, jusqu'à ce que d'un hochement de tête Will me confirme l'évidence : à moi d'assurer ma partie en me concentrant sur l'original de Rodrigo.

Je suis affligé d'une mémoire musicale presque parfaite. Il me suffit d'une écoute, ajoutez à cela mon sens des règles de l'harmonie, et j'arrive à retrouver à peu près n'importe quel accord. Le Rodrigo, je ne l'avais entendu qu'une fois, la fois où Will me l'avait fait écouter. Mais il était encore intact en moi. Avec les éléments mélodiques que Will me soufflait, je parvins à recapter l'esprit de la chose, à défaut de tout refaire à la lettre.

Will éclata de rire lorsque nous retombâmes sur nos pattes. « Je savais que tu y arriverais, frangin Joe. Je savais que t'avais ça en toi. » Tant qu'il n'attendait pas de moi que je lui fasse la conversation en retour, nous pouvions faire affaire. Nous nous lançâmes dans des modulations vagabondes, puis commençâmes à retourner vers le point de départ, et la reprise du thème. Will hocha sèchement la tête et dit : « Maintenant, c'est parti, Mêl. » Avant que je comprenne ce qui se passait, ses doigts s'évanouirent en des abîmes sans fond, dénouant la longue et mélancolique mélodie pour en dégager ce qui se cachait à l'intérieur.

Je vis les mouvements et entendis chaque son qu'il s'employait à bâtir : des grappes qui n'étaient pas dans la partition, et néanmoins auraient pu y figurer, dans un monde sans Méditerranée. Le cœur des accords de Will provenait de Rodrigo. Pourtant le romantique aveugle n'aurait jamais pu les écrire. La ligne que Will déroulait avait un évident rapport de parenté avec la mélodie originelle, mais ses mains faisaient ployer la triste mélodie du troubadour en un arc différent, loin de l'Ibérie, lui faisant traverser de force le vieil Atlantique. Il défiait cet air faussement ancien, tel un demi-frère inconnu frappant à la porte d'entrée, un après-midi, arborant votre nez, votre mâchoire, vos yeux. Tu ne me connais pas, mais... Mêlé. *Tout* emmêlé. Pas un cheval vivant qui soit un véritable pur-sang.

Mes doigts étaient des gourdins. J'entendais chaque chose avant que Will ne l'exécute. Mais je restais à la traîne à chaque changement, ne les assimilant qu'après que Will m'eut laissé dans son sillage harmonique. Je connaissais la forme de la musique qu'il jouait. On ne pouvait pas vivre dans ce pays sans en en respirer l'air. Mais je n'avais jamais appris les règles, les principes de liberté qui permettaient à ces improvisations de s'envoler, hors de portée de la mort aseptisée du conservatoire.

Je me sentis tracer de pitoyables clichés. Ma main gauche se cramponnait à des schémas éprouvés, aussi proches des épanchements de Will qu'un spectacle de *minstrels* peut l'être d'un *spiritual*. Il ouvrait les portes de l'Ibérie et libérait chaque Maure s'y étant jamais aventuré. Moi, je tanguais dans le détroit de Gibraltar, à la recherche d'un banc de sable ou d'un morceau de bois flottant. Le choc de ses intervalles esquissait des espaces sombres et complexes. Les miens n'étaient que des dissonances gratuites. Des erreurs.

Will se moqua de moi du haut de ses vagues improvisées. « Un témoin ? Je ne pourrais pas avoir un témoin, là ? » Il pensait qu'au bout de quelques mesures, j'aurais trouvé ma place. Constatant que cela ne se produisait pas, il se renfrogna. Il ralentit, surpris. Le sachant déçu, je n'en eus que plus de difficulté à trouver ce chaloupé insaisissable.

Je me repris et plongeai en avant, me raccrochant à tous les lambeaux de théorie que j'avais toujours laissés de côté. À force de me creuser les méninges, je me frayai un chemin vers les modulations. Pendant quelques phrases, je revins à la vie. Will s'installa dans une séquence dont je m'emparai, j'abandonnai alors mon petit suivisme syncopé de tricheur pour filer à sa rencontre, en haute mer. Je calquai ma croisière sur ses errances et nous nous retrouvâmes, à filer de conserve, à quelques dizaines de centimètres au-dessus de la houle. J'ignore combien de temps nous voguâmes ensemble – sans doute pas plus d'une douzaine de mesures. Mais nous y étions. Will émit un grondement du fond de la gorge. Pardessus la tristesse étourdissante des notes il lâcha un rire étouffé de chamois : « Tu tiens le bon bout, Mêl. Continue, dis-moi ! »

D'un coup de coude, Will me fit signe de continuer loin du littoral, vers les courants les plus froids. Ses modulations restèrent en retrait, il attendait que je prenne la relève. Il me tendait le gouvernail. Tel un pilote novice venant de passer les hauts-fonds les plus dangereux et qui découvre l'horizon dégagé dans toutes les directions, je passai de l'euphorie à la panique. Je restai là, à patauger dans l'eau, jusqu'à ce que Will prenne à nouveau la barre. Mais il n'en avait pas encore fini avec moi. Il poursuivit sur sa lancée et, en trente secondes de notes explosives, j'entendis à quel point il s'était retenu, pour que je reste en vie. Des bulles d'airs familiers remontèrent à la surface de sa bouillabaisse, des airs que je reconnus par réflexe, des ombres d'hymnes dont je savais tout hormis le nom. À pas de géant, il nous fit faire un tour éclair de l'Amérique souterraine, c'était seulement maintenant que les rivières s'immisçaient dans le fleuve principal – la musique que j'avais évitée toute ma vie, moi qui avais toujours changé de trottoir pour échapper à la menace de cette ombre qui approchait.

De temps en temps, Aranjuez lui-même revenait à la surface au détour des trouvailles de Will, guettant la lumière du soleil. Tout ce que nous venions de faire – les citations libres, les errances aléatoires – n'était que de gigantesques préparatifs au voyage harmonique caché dans ce matériau original. Mais l'Espagne que nous fabriquâmes fut secouée par cette même guerre civile que Rodrigo avait fuie pour écrire son œuvre. Will empila les accords, élargissant sa palette d'intervalles surprises. Il était sûr que je pouvais m'affranchir, trouver ma voie vers un chant nouveau, il suffisait que je me reconstruise en pensée, que j'effectue un retour aux ancêtres qui avaient découvert le secret de cette envolée. Will m'ouvrit un passage, note par note, certain que je pourrais le rejoindre. La foi qu'il avait en moi était pire que la mort.

Je trébuchai pour retomber sur des banalités faciles, je m'entendis étaler un son décoratif, tel un médiocre pianiste de bar de Bourbon Street qui débite ses accords de septième sur des grilles de blues pour faire plaisir aux touristes. Chaque lambeau de technique que je maîtrisais me maintenait enchaîné au sol. J'étais un boulet pour lui. Il pouvait faire davantage avec ses deux mains que nous deux à quatre. Je retournai à un remplissage squelettique. Ma contribution s'amenuisa. Je me recroquevillai en un long *diminuendo* et m'arrêtai.

Will termina en solo et, avec une ingénuosité encore supérieure à celle dont il avait fait preuve lors de la virée au large, il ramena la tonalité à la tonique, et ses doigts retrouvèrent le chemin d'Aranjuez. Il me regarda. « Tu peux pas laisser le truc partir de lui-même ? Il faut tout le temps que tu aies ta partition en tête ? » Il avait dit ça gentiment, mais chaque mot ne fit qu'empirer les choses. Mon visage s'empourpra. J'étais incapable de le regarder. « Ça change rien, frère Joe. Y a des gens qui ont besoin des notes. Y en a d'autres qui se fichent même de savoir le nom des notes. »

Il tripota de nouveau les touches : ces accords étaient son ultime commentaire, de minces filets sous la pression des doigts, ses dernières réflexions sur le sujet.

Je voulais qu'il s'arrête. « Où as-tu appris à faire ça ? »

Will adressa un sourire autant à ses mains qu'à moi. Ses doigts gigotaient sur les touches comme des chiots dans un panier en osier. Il était tout aussi étonné que quiconque de leur liberté. « Comme ça, Mêl. Comme tu apprendras toi-même. »

Comme j'aurais pu apprendre. Comme j'aurais dû.

Il plaqua une série d'accords *staccato*, une parodie du début de la *Waldstein*, ma Némésis d'alors. J'étonnais Will Hart. J'avais perdu mon héritage. Si je pouvais faire tout ce que Beethoven exigeait de moi, je devais être capable de me faire plaisir. Je ne savais même pas ce que cela pouvait signifier. Mais j'entendais les sons qu'il venait juste de libérer, ils roulaient dans mes oreilles et n'avaient rien à envier au matériau dont ils étaient issus. « Pourquoi... n'écris-tu pas de la musique comme ça ? »

Il s'interrompit et me dévisagea. « Tu crois qu'on vient de *faire* quoi, à l'instant ?

– Je veux dire, coucher ça sur le papier. Le composer, au lieu de... Je veux dire, pas au lieu de... Les deux à la fois ? » La musique académique qu'il écrivait paraissait surannée et empotée, comparée à la musique qu'il venait juste de déployer spontanément. S'il était capable de faire ce qu'il venait de faire, à savoir lancer des potentialités brutes à partir de rien, pourquoi perdre une minute à écrire de la musique de conservatoire bien élevée, qui avait de toute façon peu de chances d'être jouée, même une fois ?

« Il y a des morceaux qui sont faits pour être écrits. D'autres pour se libérer de l'écriture.

– Ce que tu viens de faire. C'était meilleur que l'œuvre originale. »

Il se contenta de grimacer en entendant un tel blasphème. Personne n'était meilleur que cet Espagnol aveugle. Il s'en tira par une séquence sophistiquée d'accords que je mis un moment à reconnaître, un cercle de quintes à la fois surchauffées et glaçantes. Il leva les mains et m'offrit le clavier. J'approchai mes pattes des touches, sachant, avant même que le contact se produise, que ça ne donnerait rien. Je n'avais rien d'autre au bout des doigts que les *Pièces lyriques*. Un portrait studio à l'aérographe de l'Europe du Nord au XIXe siècle.

« Je ne peux pas. » Il m'avait pris au piège. Mis à nu. Mes mains tombèrent sur les touches mais sans appuyer dessus.

Sa main gauche attrapa ma nuque, comme si elle était la note fondamentale de son prochain accord dingue. « C'est pas grave, frère Joe. Chacun loue le Seigneur à sa façon. »

Je sursautai en entendant ces mots. Mais j'étais assez âgé pour ne pas lui demander où il les avait appris. Il les avait appris comme ma mère les avait appris : *comme ça*.

Je me réservai quelques minutes par jour, à la fin de mes exercices, lorsqu'il paraissait clair qu'une reprise supplémentaire du passage du jour n'apporterait rien de plus. Dix minutes – une prière à moi-même, un exercice pour me remémorer la musique que faisait Wilson Hart au pied levé, à partir de rien. Mes doigts commencèrent à s'activer sans la moindre note pour les propulser. Mais j'avais davantage de facilités avec les partitions les plus ardues qu'avec l'accord indigo le plus élémentaire.

J'en parlai à Jonah. « Il faut que tu entendes Will Hart improviser. Fabuleux. » Ces faibles mots étaient une condamnation. Quelque chose en moi cherchait à protéger les deux hommes, je me terrais dans une cache où ni l'un ni l'autre ne pouvait exiger davantage de moi.

« M'étonne pas. Comment se fait-il qu'il ne traîne pas avec les jazzeux ? »

Jonah, à l'époque, n'aurait pu l'entendre, même s'il était venu l'écouter. Il était préoccupé par les changements radicaux qui s'opéraient en lui. Il vint me voir un jour, tout gonflé d'une nonchalance suspecte. « Ils sont en train d'organiser les cours du prochain trimestre. William Schuman veut que je travaille avec Roberto Agnese. Tu te rends compte ? *Schuman*. Le président de l'école, Mule. Moi qui croyais qu'il ne soupçonnait même pas l'existence des étudiants au-dessous de la maîtrise. »

Le ténor Agnese était un vieux de la vieille, il faisait partie des personnages les plus vénérables parmi les professeurs de chant. « C'est fantastique, Jonah. Tu es sur la voie royale. » Je n'avais aucune idée des paysages que cette voie pouvait bien traverser.

« Petit problème, honorable frangibus. Frangin numéro un aussi requis pour étudier avec M. Peter Grau. » Grau, la vedette du Met, qui ne prenait jamais plus que quelques élèves triés sur le volet parmi les diplômés les plus prometteurs.

« Tu plaisantes ? Comment ça ?

– Il est *venu me voir, et m'a demandé !* » annonça-t-il comme il aurait raconté la chute d'une blague salace. Nous ricanâmes devant tant d'inanité, retrouvant les accents de notre ancienne complicité. « Il doit imaginer qu'il y a encore moyen de m'apprendre des choses ! » Ainsi parlait mon frère qui, à dix-sept ans, en savait plus qu'il n'en saurait jamais.

« Qu'est-ce que tu vas faire ?

– Qu'est-ce que je *peux* faire, bon sang ? Je ne peux quand même pas dire non à l'un ni à l'autre !

– Tu vas suivre les cours des deux ? »

Jonah émit un gloussement théâtral de condamné.

Il passa une saison en enfer. Il prit une leçon par semaine avec chacun des deux grands hommes, redoublant de travail, se débattant pour se souvenir quel professeur avait demandé quoi. Il se garda bien de parler à chacun de son rival. L'ensemble se déroula comme une sordide farce de boulevard. Jonah filait d'un studio à l'autre, dissimulait les preuves, changeait d'approche du jour au lendemain, jurant fidélité à des méthodes antinomiques. « Ça va, Mule. Il faut juste que je tienne jusqu'à la fin du trimestre. Encore quelques semaines. Ensuite je trouverai une solution.

– Personne ne peut tenir comme ça, Jonah. Tu vas t'effondrer. »

Il rayonnait. « Tu crois ? Un sanatorium de rêve au sommet d'une montagne enneigée ? »

Dans leurs méthodes, les deux mentors étaient à l'opposé. Agnese était tout en toucher, le sentiment à fleur de peau, la mécanique corporelle du son, les mains perpétuellement en train de sculpter les mâchoires de mon frère, lui faisant pratiquement bouger les lèvres. Sa corpulence napolitaine explosait en vastes sémaphores de chagrin ou d'extase. « Ce type m'appuie sur les boyaux quand je chante. “Allons, Strom. Tout vient du tréfonds.” Pervers. L'impression de faire mes classes à l'armée, ou je sais pas quoi. »

Grau, en revanche, lors de ses antileçons, faisait disparaître le corps dans le nuage de la pensée. Jamais il ne lui serait venu à l'idée d'établir un contact physique avec Jonah. Il se tenait aussi loin de lui que son studio le lui permettait, et s'exprimait en restant absolument immobile. « Il faut que tu sentes la tête remonter tout en la laissant partir en arrière. Non ! Ne force pas. Par *la pensée*. Pense au larynx qui se relâche. Ne le bouge pas ! N'utilise pas tes muscles. Les muscles doivent disparaître. Il faut que tu deviennes un fantôme pour toi-même, que tu te sentes comme rempli du pouvoir de ne pas agir. »

Les musiciens parlent de béatitude, mais c'est uniquement pour égarer les non-initiés. Il n'y a pas de béatitude ; il n'y a que du contrôle. Toutes les gymnastiques orphiques que chaque professeur demandait à Jonah pénétraient son système nerveux, s'agrippaient aux traces de toutes les émotions que Jonah avait jamais éprouvées. Les deux professeurs pensaient qu'il existait une posture musculaire donnée permettant d'exprimer l'émotion, tout en *étant* ladite émotion. Le symbole produisait la chose, et inversement, parvenir à créer par le mouvement musculaire toute la gamme des sentiments humains constituait la puissance artistique ultime.

Ses mentors avaient des vues fortement divergentes quant à la manière de produire cette puissance. Agnese parcourait tout le studio, il faisait claquer ses ailes massives et s'écriait : « Déplace ta voix. Au-dessus de la lèvre supérieure. Dehors, devant la dent. Laisse de côté la cervelle. Que ce soit la justesse qui corrige la voyelle. Ah, hé, ii, oh, ou. Il faut qu'on entende la joie ! L'amour ! La désolation ! La ma-jes-té ! » Grau restait impavide, un pilier de transcendance en pleine réflexion. « Il faut que la respiration parte des cuisses. Laisse tomber en même temps que tu montes. Chante sur l'air, pas avec l'air. Il faut que tu penses le son avant de le faire. La voix commence avant la gorge, dans ton esprit ! »

Roberto Agnese offrit à Jonah sa première chance d'interpréter un rôle célèbre. Quitte à tenter une expérience, il lui confia *L'Élixir d'amour* de Donizetti – le pauvre Nemorino basané, en particulier la dévastatrice cavatine, cette grosse et fameuse larme secrète qui glisse dans le noir sur la joue du personnage principal. Jonah se lança dans le rôle, noircissant d'indications au crayon la coûteuse édition étrangère.

C'est alors que Peter Grau décida de lui confier le même rôle. Jonah vint me voir, paniqué. « Il *existe* un Être suprême, Joey. Et il en veut à mes fesses de mulâtre ! »

Il n'avait pas assez d'argent pour s'acheter un autre exemplaire de la partition. Si bien que chaque semaine, avant chaque cours, il effaçait toutes les indications notées au crayon par le professeur d'avant, pour les remplacer par celles, précieusement archivées, de l'autre, et ce jusqu'au moindre gribouillis. Tel un plagiaire, il trébuchait constamment, espérant de tout cœur que le pot aux roses soit dévoilé. Son labeur était herculéen. Chaque séance de recopiage lui prenait une bonne partie de la nuit.

La « larme furtive » de chaque professeur était l'opposée de l'autre. Agnese la voulait humide, généreuse, abondante. Grau la voulait sèche comme le Sahara en hiver. Agnese demandait à Jonah d'asséner la première note de chaque phrase puis de descendre en piqué d'une quinte pour faucher dans ses griffes le reste de la mélodie. Grau voulait qu'il se cramponne sur l'attaque, puis s'élève à partir de rien. L'Italien voulait le chagrin de toute l'humanité. L'Allemand voulait un rejet stoïque de l'absurdité humaine. Jonah voulait juste s'en tirer vivant.

Ils le firent devenir comme Joanne Woodward dans *Les Trois Visages d'Ève*, qui avait remporté un oscar l'année précédente pour son interprétation d'un personnalité multiple. Jonah ne se rappelait plus qui lui avait demandé quoi. Il en arriva au point de pouvoir changer d'interprétation au milieu d'une note, s'il repérait le moindre début de froncement dans le sourcil du professeur. Et puis, un beau jour, M. Grau se pencha pour examiner les indications au crayon. « Qu'est-ce que c'est ? *Sostenuto*, ici ? Je ne t'ai certainement jamais demandé une chose pareille. »

Jonah marmonna que c'était une plaisanterie d'un camarade, et se mit à l'effacer furieusement.

« Qui donc peut rêver de *sostenuto* à ce moment-là ? »

Jonah secoua la tête, consterné par un tel outrage.

« *Toi*, tu ne crois quand même pas que c'est comme ça qu'il faut aborder ce passage ? »

Jonah prit un air scandalisé.

« Ma foi, pourquoi pas. Vas-y, essaye comme ça. »

Mon frère ne manquait pas de souplesse, aussi s'exécuta-t-il, en essayant de faire comme s'il ne l'avait pas répété de cette façon, une séance sur deux, depuis trois semaines.

« Hmm, grogna Grau. Pas inintéressant. »

Lorsque Agnese le fit arrêter au même endroit – comme ça, juste une idée qui lui passait par la tête – pour essayer *staccato*, Jonah sut que la gigue était terminée. Pendant une semaine, ses deux professeurs le bombardèrent d'un silence d'antienne. Mon frère présenta ses excuses aux deux.

Grau secoua la tête. « Qui croyais-tu duper ? »

Agnese gloussa. « Tu crois que cette "larme furtive" stéréophonique était ce que vous autres Américains appelez une *coïncidence* ? »

Mon frère ne demanda pas quand ils avaient découvert son subterfuge. Mais, aussi servilement que possible, il posa tout de même une autre question : « Pourquoi ? »

« Considère ça comme ton éducation en matière de politique de la scène », dit Grau.

« Tu peux nous croire : dorénavant, ce genre de chose t'attirera bien plus de larmes que n'importe quel passage de Donizetti. »

C'est ainsi que s'acheva la tentative de mon frère pour suivre les cours de deux des meilleurs professeurs de l'école. L'escapade de Jonah fit brièvement de lui le Brando du conservatoire. En dehors de l'école, toute une jeunesse à cran s'apprêtait à chambouler le monde. Mais derrière les murs de nos salles de répétition insonorisées, les erreurs de tempo étaient encore le pire crime imaginable. Nous n'avions tout simplement aucune idée de l'endroit où nous vivions. Au Sammy's, on s'échangeait d'obscures histoire de « pétards » et de « poudre », de puissantes substances qui de l'avis de tous rendaient schizophrènes les jazzmen du Village, et transformaient le sous-prolétariat de Harlem en assassins. Des heures durant, le sujet faisait l'objet de spéculations. « Supposons que ça te fasse mieux jouer pendant un certain temps, et qu'ensuite tu en meures. Est-ce que tu en prendrais, au nom de l'art ? »

Le sexe était la transgression la plus accessible. Les rumeurs abondaient de gâteries prodiguées manuellement, voire buccalement, dans la pénombre des salles de répétition, sur des bénéficiaires en position verticale. Une flûtiste blonde – la chouchoute de tout le monde – dut quitter l'établissement dans des circonstances qui suscitèrent moult explications cocasses. Le stupre envahissait les couloirs, c'était un parfum répandu qu'aucun ammoniac ne pouvait dissiper. Les amis de mon frère se lançaient dans d'interminables discussions pour savoir quelle étudiante en chant, avec ses diverses techniques, servirait au mieux leurs besoins – celles qui travaillaient le changement de registre aigu, le placement de la bouche sur le bec... Nous étions des enfants tels que ce pays n'en reproduirait plus. Passé l'âge où nos anciens bourreaux de Hamilton Heights étaient envoyés en prison purger leurs premières peines, Jonah et moi nous cramponnions à une naïveté que nous confondions avec le péché. Mais lorsque sonna l'heure du péché véritable, nous eûmes tous les avantages de ceux qui commencent tard.

Maintenant que sa voix était stabilisée, Jonah récupérait la plupart des rôles de choix qu'il désirait. Il n'avait fait que ses deux premières années et déjà il chantait dans des productions de troisième cycle. Lorsqu'un rôle exigeait une précision infinie, toute velléité d'auditions démocratiques passait à la trappe. Il faisait preuve d'une élégance toute particulière pour le comique – le petit page du XVIIIe siècle dont l'étourderie et la frivolité ne sont surpassées que par un zèle à fendre le cœur. Il interprétait un Évangéliste de Bach qui était une véritable invitation à la conversion pour la moitié des agnostiques présents dans la salle, du moins pour la soirée. Il apprit à jouer la comédie. À l'âge de dix-neuf ans, il maîtrisait ce redoutable talent consistant à assoupir le public en lui faisant croire qu'il assistait au quotidien ennuyeux d'un de leurs semblables, tout ça pour soudain, en appuyant sur un commutateur invisible, leur faire comprendre de quelle histoire il était réellement question.

Il acceptait toutes sortes de rôles. Il ne refusait jamais une œuvre ayant été composée après la guerre. Il avait le choix parmi les premières, car peu nombreux étaient les autres étudiants prêts à se tuer à la tâche en apprenant à fond de nouvelles techniques pour une unique représentation. Mais il chantait également des petites œuvres façon fanfreluches françaises qu'il eût interprétées les doigts dans le nez dès l'âge de six ans. À Claremont Avenue, il chantait de tout, de la chanson populaire celtique à la monodie liturgique russe, en passant par le *Sturm und Drang*, l'opéra bouffe et l'amour courtois de la haute Renaissance. Il ne faisait pas la différence ente une messe funèbre et un rappel désinvolte. Il chantait chaque œuvre comme si c'était son chant du cygne. Il était capable de faire pleurer les pierres, de faire mourir de honte d'innocents animaux : l'Orphée que Peri, Monteverdi, Gluck, Offenbach, Krenek et Auric avaient en tête.

Au cours des premières années de la vie, tout ce qu'on entend, on l'entend pour la première fois. Au bout d'un certain temps, l'oreille sature, et l'écoute se détourne de l'avenir pour replonger dans le passé. Ce qu'on n'a pas encore entendu ne peut surpasser ce qu'on a déjà entendu. La beauté de la voix de Jonah tenait à ce mouvement de retour en arrière. À chaque nouvelle phrase qui émanait de lui, les notes d'hier accédaient à une nouvelle jeunesse.

Des gens vinrent tout exprès pour assister au récital de son examen. Il insista pour que ce soit moi qui l'accompagne. Nous travaillâmes pendant des semaines, essentiellement sur des *lieder* grand public du XIXe siècle. Il se moquait de ce répertoire mélodramatique, qui caressait le public dans le sens du poil : « De la novocaïne sonore. » Lors de la générale, nous mîmes la dernière touche désespérée au « Feu follet » du *Winterreise* de Schubert. J'en étais à la moitié du deuxième couplet, le presque nihiliste

Bin gewohnt das Irregehen,
's führt ja jeder Weg zum Ziel :
Uns're Freuden, uns're Leiden,
Alles eines Irrlichts Spiel !

Un feu follet cristallisant toutes nos joies et nos chagrins, quand j'entendis Jonah chanter :

Pepsi-Cola c'est du tout bon-on,
Deux fois plus pour le même prix.
Deux pleins litres par bidon-on,
Pepsi-Cola à boire à tout prix !

Je refermai le couvercle d'un geste sec et hurlai par-dessus ses derniers mots : « Bon sang, Jonah. Mais qu'est-ce qui te prend ? »

En voyant la tête que je faisais, il partit dans un interminable ricanement. « Joey, c'est un récital scolaire, putain. Ils vont pas nous casser les noisettes avec ça. »

J'étais sûr qu'il allait refaire le coup au récital, peut-être pas délibérément, mais par inadvertance, à force de l'avoir chanté comme ça en répétition. Mais il chanta les mots de la partition, en vieillard deux fois plus âgé que Da, qui d'après son amère expérience savait que chaque chemin mène au même océan, et que chaque joie et chaque chagrin pressants ne sont que des lumières fantômes sur la rive lointaine d'un canal infranchissable. Il obtint son diplôme avec les félicitations du jury.

La bande du Sammy's organisa une petite fête en son honneur quelques jours après notre prestation. Mon frère continuait de traîner avec eux, sans doute pour le sentiment de liberté qu'ils lui procuraient. Moi, j'avais pris mes distances, par dégoût. Je préférais revoir encore mille fois la coda de ma sonate de Beethoven du moment plutôt que d'entendre mes concurrents se faire juger à nouveau.

Mais Jonah insista pour que j'y fasse une apparition. À mon arrivée, Brian O'Malley tenait le crachoir, comme ce fut le cas pendant pratiquement tout notre parcours universitaire. Lorsque j'entrai, son numéro s'orienta sur des histoires de Noirs, comme c'était souvent le cas quand j'étais dans les parages. Preuve des lumières d'O'Malley. Pour faire rire la galerie, il se lança dans une parodie du bouseux au comptoir du Woolworth de Greensboro : « Je vous voye assis depuis d'ta leur. Voulez une boisson fraîche ? Faudra aller me boire ça dehors, pour sûr, mais vous pourrez revenir dès que vous aurez terminé ! »

Je regardai par la fenêtre en souriant pour détourner l'assaut, faisant de mon mieux pour survivre à cet humour. Sur le trottoir d'en face, une femme apparut de derrière un camion de livraison, elle remontait l'avenue.

Elle portait une robe bleu marine qui lui arrivait à mi-mollet, avec de larges épaulettes pointues, passées de mode depuis plusieurs décennies. Sa chevelure était un nid de souples et fines brindilles noires. Je ne vis son visage qu'un bref instant. Sa peau était d'une couleur dont j'avais longtemps rêvé. De la voir ainsi remonter gaillarde l'avenue, libre d'être ce qu'elle voulait, je sus que c'était pour moi qu'elle avait été placée là.

Je trébuchai en me levant, sapant du même coup la chute d'O'Malley. Invoquant un prétexte quelconque, je me précipitai dehors. Je la retrouvai dans la rue. Elle naviguait vers le nord, superbe voilier bleu marine remontant l'après-midi à contre-courant. À sa suite, je m'engageai dans Broadway. Elle prit à droite dans LaSalle. Elle reprit à nouveau vers le nord par Amsterdam, à cent mètres devant moi. Je tentai de réduire la distance qui nous séparait, mais elle marchait si vite que j'eus peur qu'elle ne me sème.

J'étais toujours derrière elle à hauteur du City College lorsque je sentis que je commençais à me dissoudre. En prenant un peu de distance, je vis un adolescent qui poursuivait une parfaite inconnue. Chaque pas ajoutait à mon avilissement. Ce n'était pas le désir qui me poussait, mais un besoin plus simple que tout ce que j'avais pu ressentir dans ma vie. Une femme que je connaissais mieux que je ne me connaissais moi-même avait déambulé dans Claremont, dans les rues autour de mon école, à ma recherche. Elle n'avait pas pu savoir que j'étais assis dans un café, tout près, prisonnier d'une bande de ringards. Elle avait renoncé à me trouver. Il fallait que je me rachète.

Les immeubles qui défilaient se refermèrent comme un tunnel. Je ne ressentis plus l'air sur ma peau. Posté en hauteur à des kilomètres au-dessus de moi-même, je pressai le pas. J'étais ma propre marionnette, le personnage central de ma propre vie, une histoire dont l'intrigue venait juste de se révéler à moi. Je ne m'étais pas senti aussi concentré sur mon objectif, aussi vivant, depuis les soirées musicales de ma prime enfance. Tout allait bien. Toutes les mélodies s'envoleraient finalement et trouveraient la cadence. Chaque personne dans cette rue bondée détenait une note qui contribuait à l'accord.

Pendant tout ce temps, elle caracola devant moi d'une démarche élégante et décidée. Tant que je l'avais en vue, je n'avais d'autre besoin. Je m'approchai suffisamment pour distinguer sa nuque sous l'impeccable chute de cheveux. Un court instant, dans la lumière déclinante de l'après-midi, je paniquai. La couleur de sa peau avait viré, comme pour se protéger, à la façon d'un caméléon. La vitre teintée du Sammy's m'avait induit en erreur. Le sentiment que j'avais eu de la reconnaître s'évanouit. C'est alors qu'elle se retourna et qu'elle regarda dans ma direction. Je fus soudain empli d'une telle certitude que je faillis l'appeler. Son visage hantait l'endroit où je croyais vivre seul.

Elle prit à droite et je la suivis, tellement absorbé que je ne vis pas quelle rue c'était. Des types, en pleine guerre des gangs, se crispèrent sur mon passage. Deux hommes au physique épais me lancèrent un regard mauvais depuis leurs postes d'observation, devant leurs portes. Tous les yeux d'un bout à l'autre de la rue m'avaient identifié comme un intrus. Devant, le manteau bleu marine s'enfonçait davantage dans le quartier amoché, tel un fantôme sur un champ de bataille.

Par deux fois encore, elle changea de direction, et je continuai de suivre ses pas. Mon attention fut distraite un bref instant. Lorsque je regardai de nouveau devant, la femme en bleu marine avait disparu. Elle s'était éclipsée par une porte que je cherchai mais ne pus trouver. Je restai au coin de la rue, et attendis stupidement que la destinée me tende à nouveau la main. Les gens me bousculèrent sur leur passage, impatients, indifférents. Une trentaine de mètres plus loin, des bus déversaient leurs lots de passagers. Le quartier devenait malveillant, on sentait ma peur, on pressentait que je n'avais pas ma place ici. L'intersection se referma sur moi, et je m'enfuis.

Les rues que je repris dans l'autre sens semblèrent plus hostiles au retour qu'à l'aller. Je pris à l'ouest trop tôt, dans une artère qui, après un pâté de maisons, partait en diagonale à travers un filet de petites rues, et remontait vers le nord. Je m'arrêtai, fis demi-tour, avançai de quelques pas, fis de nouveau demi-tour, ne sachant plus. Je pressai le pas à la lisière d'une longue avenue dévastée. Mon corps s'affola, et je piquai un sprint en direction de ce qui, je l'espérais, était Amsterdam.

Soudain, je n'étais plus dans New York. J'eus l'impression d'être au milieu d'une foule de gens qui n'étaient pas du coin, des gens qui se déplaçaient trop lentement pour 1960. Je ne peux dire combien de temps je restai là. Cette question n'a pas de mesure. J'étais dans les rues d'une ville que je ne reconnaissais pas, parmi un peuple qui n'était pas le mien, vivant une expérience que je ne partageais avec personne.

Je m'en voulais d'avoir tout perdu. La femme me paraissait encore tellement présente que j'avais la conviction que je la retrouverais le moment venu. Je connaissais son quartier, je savais où elle allait, comment elle se déplaçait. J'étais tombé sur elle, ça ne pouvait pas être un hasard unique. J'avais dix-huit ans. Et j'avais attendu jusqu'à ce moment pour tomber amoureux d'une image encore plus fugace que la musique.

À la maison, Jonah me réprimanda sévèrement. « Qu'est-ce que tu as foutu, tout à l'heure ? » Il me fallut un certain temps pour me souvenir : la scène au Sammy's. Jonah fut sans pitié. « Mais qu'est-ce que c'est que cette histoire ? Tu as délibérément essayé de m'humilier auprès de ces gens, c'est ça ? » Il exigeait une réponse. Je n'en avais pas.

« Jonah. Écoute bien. J'ai vu la femme avec qui je vais passer le restant de mes jours.

– Oh ? » Trop de leçons de présence scénique. « Le restant de tes jours ? Et à partir de quand ?

– Je suis sérieux.

– Évidemment que tu l'es. Le petit Joe n'est pas un plaisantin. Assure-toi quand même d'en informer la dame, hein ? »

Le lendemain, je retournai au Sammy's, et tous les après-midi à la même heure, pendant quinze jours. Je dus endurer ce que la « grande culture » avait de pire à offrir. Jonah pensa que je faisais pénitence, aussi distribua-t-il au compte-gouttes d'infimes récompenses verbales. Mais je restai vigilant, avec la même régularité et la même nécessité que le sommeil ou l'alimentation. Elle finirait bien par repasser. On ne pouvait pas me l'avoir agitée sous le nez pour ensuite me l'enlever à jamais. Cet après-midi, ou le suivant, au plus tard à la fin du mois...

Ne la voyant pas réapparaître, je commençai à perdre mon sang-froid. L'impatience se transforma en confusion. La confusion se mua malgré moi en désespoir. Au bout d'une semaine, je tâchai de réitérer mon itinéraire vers le nord, incapable de retrouver les immeubles. Je cessai d'aller au Sammy's, cessai de faire quoi que ce soit d'autre que de rester dans une salle de répétition, paralysé : le dernier cas répertorié de polio, contractée en apercevant une jeune fille dont il n'y avait aucune chance que je découvre le nom.

Après m'avoir vu pendant un mois dans cet état, Jonah commença à me croire. Un soir, de but en blanc, il me demanda : « Elle était comment ? »

Je secouai la tête. « Tu saurais tout de suite. À la minute où tu l'apercevrais, tu saurais tout de suite. »

C'est ainsi que s'acheva pour moi le rêve des années 1950, avant que je ne puisse m'en réveiller. Autour de nous, à New York et plus loin, on changea de tonalité en l'espace d'une mesure, comme si le changement de chiffres signifiait réellement quelque chose. L'année de la décennie nouvelle, je devins adulte. La révolution jaillissait de toutes parts, hormis chez mon frère et chez moi. D'une chiquenaude, en vertu d'une modification arbitraire du calendrier, le monde passa du noir et blanc à la couleur. Et en vertu de je ne sais quelle loi physique de conservation, Jonah, Ruth et moi, qui étions « de couleur », passâmes au noir et blanc.

Le général chauve céda la place à un chevelu sans casquette. Les superpuissances étaient au bord de la catastrophe nucléaire, chacune prête à courir à sa perte sans sourciller. La course aux armements emménagea dans l'espace. Des étudiants noirs investirent des établissements blancs. Je passai moins de temps sous terre, dans l'abri antiatomique de ma salle de répétition et plus d'heures à l'air libre, à attendre que la femme au teint parfait et à la robe bleu marine vienne me chercher, avant que le monde ne parte en fumée sous des nuages en forme de champignon.

La nation – du moins sa partie blanche – « chantait avec Mitch », en suivant les paroles grâce à la balle qui sautillait au bas de l'écran de télévision. Les gens ont vraiment fait ça. Peut-être pas les New-Yorkais, mais là-bas, au-delà de l'Hudson, partout vers l'ouest : le pays entier en train de chanter à tue-tête devant la télé, une chorale éparpillée à travers des millions de salles de séjour reprenant en chœur une immense et ultime chanson, et si les gens ne pouvaient s'entendre les uns les autres, ce fut la dernière fois que tout le monde resta peu ou prou dans la même tonalité.

Lenny Bruce se produisit au Carnegie Hall, où il interpréta ses sketches que mon frère adorait par-dessus tout. Jonah acheta le disque, c'était la première fois qu'il achetait le disque d'un humoriste, et il l'écouta jusqu'à en user le vinyle. Il étudia les inflexions avec son oreille parfaite, et il eut beau écouter un nombre infini de fois, les cadences le faisaient toujours autant glousser :

> Je vais te donner le choix, c'est toi qui décides, entre épouser une Noire et une Blanche, deux nanas à peu près du même âge, même niveau de revenus... Avec tout ce que le mariage signifie pour toi – s'embrasser, se prendre dans les bras, coucher ensemble dans le même lit par des nuits torrides... quinze ans... à embrasser et à prendre dans tes bras cette Noire très noire. Ou à embrasser et à prendre dans les bras cette Blanche très blanche... Faut pas que tu te goures. Parce que tu vois, la Blanche, c'est Kate Smith. Et la Noire, c'est Lena Horne.

Jonah me fit écouter le sketch en doublant la chute à voix haute. « Tu piges, mon pote ? Tout ça, c'est pas vraiment une question de race, finalement. C'est une question de laideur ! Alors, allons pendre haut et court tous les gens *laids*, d'ac ? » Mais Jonah ne répéta le sketch qu'en privé. Pendant la majeure partie des trente années qui suivirent – la partie mineure aussi, d'ailleurs – il n'y eut que pour moi qu'il se rappela la blague.

Dans le Village, la musique accouchait de quintuplés. L'insidieux juke-box Seeburg du Sammy's, les clameurs de la radio qui filtraient lorsqu'on se rendait aux diffusions du Met, et dans la rue tout autour de nous : nous finîmes par entendre. Cela faisait des années que quelque chose se passait. Et enfin Jonah eut envie d'y prêter une oreille. Nous descendîmes *downtown*, assistâmes à deux sets de jazz progressif, nous en fûmes littéralement décoiffés, puis nous rentrâmes à la maison. Jonah rejeta en bloc toute cette scène. Puis, un mois plus tard, il voulut y retourner.

Nous adoptâmes un rituel bihebdomadaire, nous faufilant dans les endroits les plus sulfureux où officiellement je n'avais pas l'âge d'entrer. Le videur savait apprécier le regard avide du musicien ; il détournait les yeux. Une semaine, nous nous rendions au Village Gate, la semaine suivante, au Vanguard. Tandis que les géants du jazz se rassemblaient au Gate, les folkeux faisaient main basse sur le Bitter End, trottoir d'en face : deux scènes en furie qui n'auraient pu être plus éloignées l'une de l'autre, la proximité géographique mise à part. Le son sidérant du Vanguard avait mijoté depuis des années, le vieux blues de l'intérieur des terres qui avait débordé et qui, à l'est, s'était fait urbain et *cool*. Les vieux habitués du club nous dirent que nous avions manqué l'apogée. Les dieux véritables, prétendaient-ils, n'étaient plus de ce monde. 1960, selon eux, n'était déjà plus qu'un écho. Mais, pour Jonah et moi, c'était le souffle d'une planète plus neuve que Schoenberg, avec une atmosphère bien plus respirable.

Je ne pouvais pas l'entendre, à l'époque, cette recréation à l'œuvre dans nos récréations. Pourtant, cette musique avait jadis empli la maison, *via* la radio du dimanche matin. Jamais nous n'avions dégusté une des omelettes expérimentales sophistiquées de Da sans écouter de jazz. Mais ce n'était pas vraiment notre musique, contrairement à celle que nous chantions un jour sur deux. Nous n'étions jamais en terrain familier ; c'était plus une drôle de location estivale sur le Strip de Las Vegas. Si nos parents avaient écouté, Jonah et moi avions déserté. Nous ne considérions pas nos excursions dans le Village comme un retour au pays. Nous pensions avoir atterri dans un endroit où nous n'avions jamais mis les pieds.

Da ne voulait pas que nous restions en ville toute la nuit. Il avait perdu notre trace, se laissait engloutir par son travail, ne remontait à la surface que pour assumer à tâtons son rôle de père. Il restait juste assez longtemps parmi nous pour dire qu'il voulait que nous soyons revenus à la maison à minuit. Trop tôt pour entendre ce dont les habitués parlaient à voix basse – les sets qui ne débutaient qu'au petit matin, les poids lourds carburant à des stimulants dont je n'avais jamais entendu parler –, à cette heure matinale où Jonah et moi nous traînions de nouveau jusqu'au conservatoire. Nous aurions pu sécher le couvre-feu imposé par Da, il ne s'en serait pas rendu compte. Mais pour une raison ou une autre, nous obéissions à cette loi, tout en en profitant jusqu'à la toute dernière minute. Jonah sifflait une bière ou deux, ce qui ne l'empêchait pas de siroter mes sodas. Quand nous remettions le cap vers le nord, nous titubions comme des ivrognes invétérés, Jonah pâle à force d'être resté dans la pénombre, dans la fumée, émerveillé par tout cela, aussi pâle que n'importe lequel de ces juifs errants qui se perdaient avec nous. Et la bouche pleine d'explications et de commentaires enfiévrés.

« Ils sont en train de voler le feu sacré à l'avant-garde des années trente. Paris, tu sais. Berlin. » Ça le rassurait, en un sens. Mais d'après ce que j'avais lu, les Européens avaient volé leurs meilleurs morceaux à La Nouvelle-Orléans et à Chicago. La musique, ce vampire flottant à travers les siècles, éternel, suçait sans faire de chichis la première jugulaire qui se présentait. N'importe quel sang étanchait sa soif, n'importe quelle transfusion lui permettait de tenir encore un an de plus.

J'adorais la façon que les jazzmen avaient de déambuler dans les rues avec leur instrument, en quête du prochain endroit où s'installer, scrutant les alentours pour trouver des types sur la même longueur d'onde qu'eux, sans projet à long terme, hormis celui de se poser quelque part pour jouer. Leur moteur, c'était la satisfaction personnelle, la jubilation de créer et de s'inventer soi-même. Pas de début, pas de fin, pas de but, leur son n'avait d'autre motif que les notes, et encore, mêmes les notes, ils n'y jetaient un coup d'œil que pour regarder au-delà. Le corps n'aspirait qu'à une chose : jouer.

Nous vîmes Coltrane, un soir, faire un tabac dans ce qu'on aurait dit être la salle de séjour d'un particulier, dans une ruelle obscure, sur une scène grande comme un mille-feuille. Il s'était trouvé dans une ruelle du quartier, appuyé sur son étui de sax, quand le batteur et le pianiste de la session étaient sortis fumer une cigarette. Ils avaient attrapé Trane au passage – ou alors il n'avait rien eu de mieux à faire. Les sources divergeaient. Toujours est-il que Jonah et moi nous assîmes devant cette énorme cloche retournée, pour entendre le cliquetis des clés de son instrument, conviés à un jeu des Citations folles qui nous dépassait.

Malgré ma formation en théorie et en harmonie, je n'entendis pas un tiers de ce que fit ce quartette improvisé ce soir-là. Mais ce fut de la musique telle qu'elle avait été, jadis, au début, quand ma famille me l'avait donnée. De la musique pour le simple plaisir d'en faire. De la musique vouée à l'instant.

J'adorais observer Jonah quand les meilleurs chanteurs du Village s'aventuraient sur scène. Il avait un faible pour une femme du Sud du nom de Simone, qui avait commencé par étudier le piano à Juilliard avec Carl Friedburg. Sa voix était rauque, mais elle l'amenait dans des zones inconnues. Son autre déesse était une femme au teint mat originaire de Philadelphie qu'avait connue Maman, capable de se lancer dans des *scats* plus débridés qu'un *pizzicato* de Paganini. Jonah se tenait assis comme un épagneul devant un élevage de lapins, penché en avant, la bouche ouverte, le corps prêt à foncer sur scène pour se mêler à la bataille. Je dus parfois le retenir par le col. Heureusement, car sur le trajet pour rentrer à la maison – nous deux, au nord de la Cinquante-Neuvième, en train de chanter l'incontournable *Take the A Train* – j'entendis combien sa précision vocale classique aurait manqué de virilité sur une scène au sud de la Quatorzième.

Ses tuteurs à Juilliard ignoraient tout de ses flirts nocturnes avec les régions inférieures de l'île. Après son récital de quatrième année, l'école s'apprêta à remettre son diplôme à mon frère. Ses professeurs divergeaient néanmoins quant à la voie à suivre après. Agnese voulait qu'il s'inscrive *attacca* en troisième cycle, sans reprendre sa respiration. Grau, qui aimait mon frère de manière plus impitoyable, voulait le lâcher dans le vaste monde, afin qu'il goûte brutalement au cycle des auditions, le moyen le plus rapide d'endurcir cette voix encore empreinte d'une innocence artificielle.

L'axe Rome-Berlin aboutit au compromis d'un voyage en Europe. Ils firent part de leur plan à Jonah. Moyennant une participation financière symbolique de la part de Jonah, ils pouvaient lui dégoter une bourse, la gratuité de l'hébergement et de la restauration, ainsi qu'un professeur de tout premier plan à Milan. L'Italie était le berceau de l'art vocal, le *hadj* de tout chanteur, le monde de rêve dont Kimberly Monera avait naguère abreuvé l'imagination enfantine de Jonah. Quant à la langue, il l'avait étudiée pendant quatre ans, et était capable de dire des choses comme « S'aimer l'un l'autre éternellement / est la malédiction qui court dans nos veines ! » et « Même l'indifférence des dieux ne saurait avoir raison de moi » avec toute l'aisance d'un autochtone. L'affaire était entendue : il ferait le pèlerinage sur la terre promise de la musique vocale. La seule question était de savoir quand.

Mon frère avait intégré Juilliard uniquement parce que c'était une alternative au chagrin. Et à présent, il commençait à envisager Milan uniquement comme alternative à la perspective de traîner sans fin ses guêtres du côté de Claremont. Da était persuadé qu'en toute logique, c'était l'étape suivante : « Mon garçon, comme j'aimerais voyager avec toi. » Ruthie utilisa l'argent de ses gardes d'enfants pour acheter les disques d'une méthode de conversation italienne, de manière à pouvoir baragouiner avec lui, au petit déjeuner, pendant les semaines précédant son départ. Mais après que Jonah eut systématiquement corrigé sa prononciation, elle mit un terme à sa tentative et condamna les disques à venir grossir notre pile de microsillons d'opéra.

Il était prévu que Jonah parte juste après la remise des diplômes. Le soir qui précéda la cérémonie, il me rejoignit dans la cuisine pour m'aider à faire la vaisselle. Il était transfiguré, plus léger qu'il ne l'avait été depuis des semaines. Je crus que c'était l'approche du départ.

« Mule, tu y vas. Moi, je vais rester un peu au chaud. » J'éclatai de rire. « Sérieux. » Je demeurai bouche bée, attendant des explications. « Sérieux, Joey. Je ne pars pas. Tu sais pourquoi. Tu sais tout, frangin. Ces dernières années ont été un calvaire, pas vrai ? Pour nous deux. Tu l'as toujours su dès le début, pendant que moi, je faisais le mariole, à faire semblant...

– Jonah. Il faut que tu y ailles. Tout est organisé. Ils se sont saignés aux quatre veines pour toi.

– Aider un garçon de couleur à voir le Vatican.

– Jonah. Ne fais pas ça. Ne balance pas tout par la fenêtre.

– Balancer quoi par la fenêtre ? C'est *eux* qui me balancent par la fenêtre, bon sang. Tout le monde a des projets pour moi, à part moi. Imagine ce que je serai au bout de six mois en Europe. Leur œuvre de charité. Leur bonne action, marque déposée. À vie redevable à mes parrains. Navré. Peux pas faire ça, Joey. »

Il détourna le regard, évitant de croiser le mien. Un muscle de sa joue se mit à tressaillir à cent battements la minute. Pour la première fois de sa vie, mon frangin avait la frousse. Peut-être pas peur d'échouer : échouer eût été un soulagement. Peur de qui il serait, si l'on réglait à sa place le problème de savoir qui il était.

Ses professeurs le prirent très mal. Ils avaient fait des pieds et des mains pour lui, et tout ce qu'il trouvait à faire, c'était jeter leur assistance aux orties. Agnese n'avait pas l'habitude qu'on refuse sa générosité. Il expulsa mon frère de son studio et refusa de lui adresser la parole. Grau, l'architecte du plus long terme, le fit asseoir sous sa coupe pendant encore quelques minutes, et lui demanda ce qu'il voulait faire à la place.

Jonah fit un grand geste. Il était à l'orée de l'âge adulte, à cette période où la chrysalide de l'adolescence colle encore. « Je me disais que je pourrais chanter un peu ? »

Grau rit. « Et qu'as-tu fait ces quatre dernières années ?

– Je veux dire... chanter pour des humains. »

Le rire se fit plus incisif. « Humains, par opposition à professeurs ?

– Humains par opposition à, vous savez, des gens qui sont *payés* pour écouter ? »

M. Grau se sourit à lui-même. Il joignit les mains à hauteur du visage et déclara avec une neutralité théâtrale : « Mais certainement, trouve donc tes humains. » Ni bénédiction, ni malédiction. Juste : va voir.

Quant à Da, je ne l'avais encore jamais vu dans un tel état de confusion. Il ne cessait de secouer la tête, en attendant que la réalité se décante. Puis la déception apparut. « Si tu veux rester dans cet appartement une fois que tu auras ton diplôme en poche, alors il faudra que tu cherches du travail. » Jonah n'avait pas la moindre idée de ce que cela pouvait bien signifier. Il tapa un *curriculum vitæ* ridicule, qu'il présenta à des employeurs sans grand prestige – grands magasins de *midtown*, restaurants d'*uptown*, et même le service nettoyage et entretien de Columbia. Il dressa une liste de ses acquis culturels juste suffisante pour saboter tout intérêt qu'on aurait pu lui témoigner.

Il décida de se présenter à des auditions. Mais aucune proposition ordinaire ne lui convenait. Il passa au crible la presse musicale spécialisée, à la recherche de l'occasion idéale pour faire ses débuts. Il trouva un concours taillé sur mesure pour faire ses preuves. Il vint me voir avec l'annonce. « C'est celui-là qu'on fait, Mule. »

Il me colla le journal sous le nez. America's Next Voices : une compétition nationale pour chanteurs sans antécédents professionnels. Avec une vraie fortune à la clé. Se présenter à ce concours ne semblait pas déraisonnable. Les éliminatoires avaient lieu dans plusieurs mois, juste avant mon propre récital de fin de cursus.

« Je suis avec toi, frérot. Dis-moi juste quand tu veux qu'on commence.

– Quand ? Sur-le-champ. »

C'est alors que je compris qu'il avait des projets pour moi. « Jonah. » Je lui fis signe de calmer le jeu. « Mes cours. Mon récital. » Mon diplôme. Ma vie.

« Allons, Mule. On a déjà passé en revue tout le programme, pour mon récital. Tu es le seul pianiste qui me connaisse, le seul capable de lire dans mes pensées.

– Qui est-ce qui va nous encadrer ? »

Jonah eut au fond de l'œil cet éclat malicieux qu'il réservait habituellement à la scène. « Personne pour nous encadrer. C'est toi qui m'encadreras, Joey. Quoi de mieux qu'un frère ? Sur qui d'autre puis-je compter pour être absolument sans pitié ? Réfléchis à l'enjeu. Si on déboule de nulle part et qu'on remporte le trophée ?

– Jonah, il faut que je décroche mon diplôme.

– Doux Jésus. Tu me prends pour qui ? Je ne vais pas saper tes études, nom de Dieu. »

Je n'ai jamais décroché mon diplôme. Et j'imagine qu'au sens strict du terme, Jonah n'a jamais sapé mes études.

Il annonça à Da que nous avions besoin d'un endroit pour répéter. « Et ici, ça ne va pas ? Il n'y a que votre sœur et moi. Vous n'avez aucun secret pour nous.

– Justement, Da.

– Qu'est-ce qui ne va pas ici, chez nous ? Depuis que vous êtes tout petits, c'est toujours à la maison que vous avez fait votre musique.

– Nous ne sommes plus tout petits, Da. » Da me dévisagea, comme si j'étais passé à l'ennemi.

Jonah renchérit. « Ici, ce n'est pas chez nous, Da. » Notre maison était partie en cendres.

« Pourquoi ne pas répéter à l'école ? »

Jonah n'avait pas jugé bon d'informer Da des détails de sa rupture avec Juilliard. « On a besoin d'intimité, Da. Il faut qu'on le remporte, ce concours.

– Ce n'est qu'une audition de plus. Vous êtes déjà passés par là. »

Mais ce n'était pas juste une audition de plus. C'était notre entrée dans le monde impitoyable de la musique professionnelle. Jonah n'avait pas seulement l'intention de participer à ce concours. Il voulait en ressortir vainqueur.

Da ne comprenait rien, mais quand Jonah avait besoin de quelque chose, il était là. Une fois Ruth endormie, il nous fit asseoir à la table de la cuisine. « Un peu d'argent nous est arrivé lorsque votre mère... » Il nous montra des papiers. Jonah fit mine de les décrypter. « Ce n'est pas une fortune. Mais il y a assez pour vous mettre le pied à l'étrier. C'est ce que votre mère aurait voulu, ce en quoi elle a toujours cru pour vous. Mais il faut que vous sachiez : quand cette somme sera épuisée, il n'y aura plus rien. Il faut que vous soyez sûrs de ne pas vous tromper. »

La certitude fut toujours le vice préféré de Jonah. Il trouva un studio à dix rues de notre appartement, à la lisière de Harlem. Moyennant une somme considérable, il loua un piano et le fit installer. Cela me convenait : la pièce se trouvait à quelques rues de là où j'avais vu la femme avec qui j'allais passer le restant de mes jours. Pendant les pauses, je pouvais me poster au coin où elle avait disparu et attendre qu'elle se matérialise à nouveau.

Non que Jonah eût prévu beaucoup de pauses. Il s'était dit que dès l'instant où nous aurions organisé cet espace, nous camperions plus ou moins sur place. Il dégotta un miniréfrigérateur et des sacs de couchage achetés à bas prix à deux authentiques scouts. Il avait l'intention de travailler sans interruption jusqu'aux éliminatoires de l'automne.

Je prenais des leçons de mon côté, avec M. Bateman. Pour Jonah, le fait que je continue à étudier avec le même professeur était la preuve que je n'apprenais rien. On en vint à ce choix : Jonah ou les études. M. Bateman était le meilleur professeur que j'aurais jamais. Mais Jonah était mon frère, et l'individu musicalement le plus talentueux avec qui il me serait donné de travailler. S'il ne pouvait pas ramener Maman à la vie, quel espoir me restait-il ?

Je fis une demande de congé exceptionnel. Je dis à M. Bateman qu'il s'agissait d'une urgence familiale. Il signa ma dérogation sans me poser la moindre question. Wilson Hart fut le seul que je mis au courant. Mon ami se contenta de secouer la tête en entendant le projet. « Il sait le sacrifice qu'il te demande de faire ?

– Je pense qu'il y voit une chance. »

Il dut prendre sur lui pour ne pas me juger, pour ne pas dire ce qu'il aurait dû dire. « Plutôt un coup de poker, à ce que je vois. »

Pire qu'un coup de poker. Will et moi savions tous deux une chose : en misant tout comme ça sur un seul lancer de dés, il était clair que je ne reviendrais plus à l'école, quel que soit le résultat.

« Écoute-moi bien, Mêl. La plupart des hommes, tu sais quoi ?... » Wilson Hart prit mon menton au creux de sa paume. Je le laissai me redresser la tête. Ses doigts effleurèrent ma pomme d'Adam. Je me demandai s'il était possible pour un aveugle de deviner uniquement au toucher s'il avait affaire à un Noir ou à un Blanc. « La plupart des hommes tueraient pour avoir un frangin comme toi. »

Puisque j'étais dans le quartier, il proposa qu'on joue. Qui savait quand je reviendrais ? Nous jouâmes une version à quatre mains d'une fantaisie de chambre à laquelle il travaillait, un morceau désespérément consonant, de tonalité sépia, truffé d'airs que j'aurais dû reconnaître, mais que je ne reconnaissais pas. Jonah aurait qualifié le morceau de réactionnaire. Mais Jonah n'était pas censé savoir.

Cette fois-ci, Will me laissa la partie droite du clavier. Pendant les pauses, j'observai le visage de mon ami. Nous nous interrompîmes comme c'était indiqué, à l'introduction d'un nouveau thème, un sujet vigoureux qui n'était pas tout à fait *Motherless Child*, l'enfant sans mère, mais aurait pu en être un descendant, quelques générations orphelines plus tard. Sous l'impulsion de nos doigts, le morceau s'arrêta, inachevé. Nous restâmes suspendus dans le vide, au-dessus des touches, nous tendîmes l'oreille, écoutant après coup tous les airs qui avaient été évoqués, tandis que nous étions trop emportés pour entendre.

Après un silence aussi bruyant que n'importe quel silence, je me remis à jouer. Je ranimai le premier thème qu'il avait exposé. Je mis un point d'honneur à ne pas suivre la partition. De toute façon, une fois le motif déroulé, je n'aurais pas pu revenir à l'ordonnancement de la page. L'air de Will Hart me glissait le long du bras, me traversait les poignets, la main, et me sortait par le bout des doigts. Puis il décolla, avec moi derrière, juste à portée de voix. Je sentis qu'il prenait une inspiration, à côté, sur le banc, tandis que je me mis à tricoter son tricotage. Puis ce souffle fut expiré sous la forme d'un profond rire de basse, un rire qui avait voyagé le long des doigts de Will pour prendre le chemin de la liberté. Will courut à mes côtés et sauta sur le train de marchandises dont je m'étais emparé, secouant la tête, étonné de découvrir à quoi j'avais occupé mes week-ends.

L'instant de surprise passé, nous voguâmes côte à côte. Nous commençâmes à projeter nos âmes sur des *tempi* où la partition n'avait osé s'aventurer. Will mugit en constatant les changements depuis notre dernière virée. Il voulut s'arrêter pour se moquer de moi, mais nos mains l'en empêchèrent. Je lui lançai de menus défis, des appels qui suggéraient des réponses qu'il ne pouvait s'empêcher d'attraper au vol, avant de me les renvoyer. Il me mit à l'épreuve, également, m'attirant plus profondément dans l'ombre de chacune des idées que j'avais lancées. Là où je ne pouvais être à la hauteur de ses inventions, je me contentais de les orner de volutes de contrepoint chipées dans mes *études*, de pleines brassées de floraisons pour orner le vase qu'il me tendait.

Ses accords établirent une fondation solide sur laquelle je fis de mon mieux pour déployer des mélodies qui n'avaient encore jamais existé. Pendant un moment, aussi longtemps que nos quatre mains continuèrent à se mouvoir, la musique de la page et la musique volage trouvèrent un moyen de partager le même nid.

Je nous emmenai façon be-bop jusqu'à un atterrissage sur trois pattes, chipant un riff grandiose de saxo alto que j'avais entendu flotter un soir au Gate. Will rigolait tellement de mon baptême adulte que sa main gauche dut tâtonner pour trouver la tonique. Il ne nous manquait plus que le finale à la batterie, genre caisse claire, tom, cymbale. Qu'à cela ne tienne : nous nous redressâmes d'un bond et l'exécutâmes sur le couvercle du piano.

« Ne m'intente pas de procès, Wilson, dis-je quand nous eûmes repris notre souffle. Je n'ai vu aucun symbole de copyright sur ta partition.

– Nom de Dieu de nom de Dieu, où est-ce que tu as appris à faire ça, Mêl ?

– Oh, tu sais. Ici et là. *Comme ça.*

– Fous le camp ! Ouste ! » Il me fit signe de débarrasser le plancher. Comme si seul ce geste m'invitant à décamper garantissait que je reviendrais. De loin, il lança : « Et n'oublie pas : tu m'as promis. » Je regardai, j'avais soudain un blanc. Oublié déjà. Il griffonna dans le vide. Composer. « Couche tout ça sur partition, un jour. »

À la fin de l'été, Jonah nous avait composé un programme drastique. Nous quittions l'appartement chaque matin à l'heure où Ruthie partait à l'école, et rentrions trop tard pour lui souhaiter bonne nuit. Elle se plaignait que nous ne soyons pas là, et Jonah se moquait d'elle. Il arrivait régulièrement qu'il m'envoie à la maison pour dire à Da que nous restions à l'appartement pour la nuit, afin de démêler un passage particulièrement retors.

Nous trouvâmes notre rythme. L'appétit de travail de Jonah engloutissait toutes nos journées. « Quand monsieur a une idée en tête... le charriais-je.

– Qu'est-ce que tu veux qu'on fasse d'autre, toute la journée ?

– Tu n'as jamais bossé aussi dur de ta vie.

– J'aime travailler pour moi, Joey. C'est là qu'il y a le plus d'avenir. »

Nous allâmes au fond des choses – la musique doit toujours aller au fond des choses. Nous nous enfonçâmes dans des lieux où personne n'était allé. Nous y consacrions tant d'heures qu'étrangement les journées commencèrent à se dissoudre. Jonah s'opposait à ce que je porte une montre. Tout tic-tac fut banni, s'il était doté de plus de mémoire qu'un métronome. Pas de radio, pas de disques, pas de journaux, aucune nouvelle provenant de l'extérieur. Seule la liste, qui s'allongeait, des notes que nous prenions sur un calepin jaune canari, la trajectoire des rayons de soleil laminés qui striaient le plancher, les sirènes fréquentes, et le boucan étouffé des appartements du dessous prouvaient que les saisons défilaient encore.

Harlem nous enveloppait. Dehors, la rue noyait le bruit que nous faisions dans l'indifférence de ses cris de survie. Parfois, des voisins tapaient au mur ou cognaient à la porte pour que nous arrêtions. Alors nous passions au pianissimo. Nous étions absents au monde pour un temps plus long que ce que le métronome pouvait mesurer.

Jonah était obsédé par le placement de la voix, les espaces infimes autour de la note que la minuscule pièce de location rendait audibles. Il fit disparaître les approximations aux extrêmes de sa tessiture. Nous nous parlions sous formes d'explosions sonores, en peaufinant, en affinant, en imitant. Sous mes yeux, Jonah obtint une agilité dans les aigus qui rivalisait avec la justesse de mes touches.

Nous étions trop jeunes pour voyager seuls. Surexercés à divers égards, nous ne savions pourtant vraiment pas grand-chose. Les grands chanteurs chantent toute leur vie et veulent néanmoins qu'un professeur les entende et les guide. Mais Jonah, qui avait rarement chanté en public, se préparait au premier concours crucial de sa vie, sans personne pour le corriger, à part moi.

Nous nous tapions mutuellement sur les nerfs. Il voulait que je sois son critique le plus impitoyable, mais si je trouvais des défauts à son exécution, il sifflait entre ses dents : « Toi, écoute donc le pianiste, tu veux bien ? » Trois jours plus tard, il faisait ce que j'avais suggéré, comme si l'idée venait juste de lui venir. Si une fausse note m'échappait, ou si je me débattais dans un passage, il faisait preuve d'une patience à toute épreuve, à tel point que je commençais à bloquer sur la moindre note pointée.

Parfois je n'arrivais pas à compter jusqu'à quatre deux fois de la même manière. Mais de temps en temps, je tendais à son interprétation un miroir, ou bien j'apportais une ondulation intérieure qu'il n'avait jamais entendue. Alors Jonah faisait le tour du banc et passait les bras autour de mes épaules, en m'étreignant à la manière d'un anaconda. « Qui d'autre que toi, frangin ? Qui d'autre pourrait me donner tout ce que tu me donnes ? »

Les heures s'étiraient, immobiles. Certains jours, nous avions l'impression que des semaines passaient avant que l'obscurité nous renvoie à la maison. D'autres journées filaient en une demi-heure. Les soirs, nous nous sentions gonflés à bloc par l'effort produit, et Jonah se montrait expansif. « Regarde-nous, Joseph. Chez nous, sur nos vingt hectares. Et la paire de mules est libre. »

Nous n'étions pas les seuls à chanter. Juste les seuls enfermés à chanter pour nous-mêmes. En sus de notre *Roi des Aulnes* et de Dowland, des chansons nous parvenaient de toutes parts. N'oublie pas qui te ramène à la maison. Qui vient te chercher, maintenant, quand tu es toute seule. Doux et lumineux comme le clair de lune à travers les pins. Sec et léger, comme tu aimes ton vin. Chérie, je t'en prie. Toi seule au monde. Le truc que tu sais et le truc que tu fais. Viens, bébé, dansons le twist. Prends-moi par la main, ça commence comme ça ; il faut plus qu'un merle pour faire disparaître l'hiver. Tu as tout ce qu'il faut. Seigneur, je le sais bien. Viens, bébé, tout de suite, j'ai besoin de toi. Juste une vieille chanson douce pendant toute la nuit.

J'écoutais ces chansons en douce, parfois même pendant que Jonah propulsait ses infatigables colonnes d'air. Chaque note de l'extérieur qui filtrait jusqu'à notre appartement nous mettait à nu. Nous étions cet oiseau coureur en voie d'extinction, ou ce poisson fossile hissé des profondeurs primordiales au large de Madagascar. Une fois l'argent de l'assurance dépensé, nous avait dit Da, il ne resterait plus rien. L'argent liquide, comme le temps, filait dans un seul sens : il s'en allait. Si nous passions les premiers tours de ce concours pour finalement échouer, nous serions finis. Si nous revenions bredouilles, il nous faudrait alors changer de refrain. Comme tout le monde.

Notre fantasme était pire que le fantasme juvénile le plus fou, le môme de dix ans sur son terrain vague jonché de morceaux de verre, derrière l'immeuble condamné, qui peaufine son coup de batte imparable. Pire qu'un crooner préadolescent qui chante devant un horodateur scié en guise de pied de micro, le prochain Sam Cooke, ses amis les Drifters ou les prochains Platters. Jonah ne savait pas faire la différence entre un coup très risqué et un coup presque sûr. Ici-bas, chanter était ce qu'il faisait de mieux. Chanter, c'était mieux que ce que le monde avait de mieux à offrir, mieux que n'importe quelle drogue, mieux que n'importe quel tranquillisant. Le chant était dans son corps. Sa chimie sanguine le sécrétait comme de l'insuline. Faire autre chose ne lui traversa jamais l'esprit. Le plaisir de l'envolée était trop intense pour lui.

Notre préparation fut parfaitement pénible, pire que tout ce que j'avais pu endurer auparavant. Parfois, je restais assis sans un mot, immobile comme une pierre, pendant vingt minutes, le temps que Jonah vienne à bout d'une anfractuosité dans une appoggiature. Parfois je sortais tuer le temps à un coin de rue, je parcourais quelques pâtés de maisons, dans l'espoir de croiser la femme aux épaules bleu marine. Alors Jonah venait me chercher, furieux que j'aie déserté.

Il sombrait parfois au fond d'un puits d'abattement et refusait d'en ressortir, persuadé que toute note émanant de lui sonnait comme de la bouse séchée. Il se mettait face à un coin de la pièce pour chanter. Il s'allongeait sur le parquet et chantait au plafond. Tout était bon pour s'attirer les bonnes grâces des quelque deux cents groupes de muscles sollicités pour le chant. Il restait ainsi sur le dos, après que j'avais fini de jouer, noyé dans l'air ambiant comme au fond d'un océan. « Mule. Au secours. Redis-moi.

– "Vous deux, les garçons, pourrez devenir ce que vous voulez." »

Il commença à souffrir d'essoufflement occasionnel. Lui ! La paire de poumons d'Éole ! Au milieu d'une gamme de *mi* bémol majeur, sa gorge se serra, comme s'il était victime d'une crise d'anaphylaxie. Il me fallut trois temps avant de me rendre compte qu'il ne faisait pas l'idiot. Je m'interrompis sur la sensible et me levai, je lui fis faire quelques pas dans la pièce, lui frictionnai le dos, tâchant de savoir si ça allait mieux. « Est-ce qu'il faut que j'aille chercher de l'aide ? Veux-tu que j'appelle un médecin ? » Mais nous n'avions pas de téléphone, et pas de médecin à appeler.

Il tendit le bras et battit la mesure comme le chef d'un orchestre amateur. « Ça va. » Sa voix me parvint de sous la calotte glaciaire des pôles. Quelques pas encore, et il respirait à nouveau. Il s'approcha du piano et improvisa une petite cadence pour revenir à la sensible où je m'étais arrêté. « Bon sang, qu'est-ce qui s'est passé ? » demandai-je. Mais il refusa de parler de ce qui venait de lui arriver.

Cela se reproduisit dix jours plus tard. Les deux fois, il se remit rapidement de ces attaques, sa voix redevint plus nette que jamais. Une sorte de pellicule avait été comme retirée, que je n'avais pas immédiatement remarquée. Il possédait après coup une sorte de limpidité nouvelle. J'eus même une pensée coupable : *si seulement on pouvait prévoir ça...*

Un soir, en rentrant à la maison, il s'arrêta et m'attrapa le bras. Il se tenait à l'angle mal famé de la Cent Vingt-Deuxième en attendant de se faire agresser : « Tu sais ? Joseph. Il n'y a rien au monde – *rien*...

– Qui vaut une nana ?

– ... de plus blanc que de chanter du Schubert devant les cinq membres constipés et impotents d'un jury.

– Chut. Doux Jésus ! Tu vas nous faire tuer.

– Rien de plus blanc au monde.

– Comment sais-tu qu'ils sont constipés ?

– Rien.

– Oh, je ne sais pas, Jonah.

– Vas-y, dis-m'en davantage.

– Que dirais-tu de cinq membres constipés et impotents d'un jury notant des jeunes gens en train de chanter du Schubert ?

– D'accord. Autre chose maintenant. »

J'avais hâte qu'on se remette en marche, que la rue retrouve son calme. Mais Jonah s'était embringué dans un type de questionnement que je ne lui connaissais pas. « Tu sais, le plus drôle dans tout ça ? Si on gagne...

– *Quand* on gagnera... » Il fallait bien que l'un d'entre nous joue ce rôle.

« Dis-toi bien qu'on paraîtra plus noirs encore aux yeux des membres du jury. Aux yeux de tous hormis nous-mêmes. Si on remporte leur prix. »

Le règlement du concours arriva par la poste des semaines à l'avance. Le jury donnerait des gammes et un exercice de déchiffrage de difficulté moyenne. En outre, nous devions préparer trois morceaux dans des registres différents, parmi lesquels le jury en choisirait un. Jonah finit par choisir un programme que n'importe qui d'autre aurait considéré comme excentrique. Tout d'abord nous révisâmes un morceau de

Dallapicolla sur un texte de Machado ; Jonah croyait encore ferme en l'idiome dodécaphonique, et il s'imaginait que les membres du jury en tomberaient amoureux à la première note. Ensuite, nous révisâmes *Le Roi des Aulnes*, ce vieux cheval de bataille que Jonah transforma en Pégase. Et, pour finir, nous peaufinâmes *Time Stands Still* de Dowland, jusqu'à ce que le morceau s'évapore. Il savait que peu de candidats, voire aucun, ne remonteraient si loin dans le temps. Avec juste cette œuvre, il avait l'intention de ramener les pierres à la vie et de transformer les vies en pierres muettes.

Les éliminatoires locales avaient lieu à la Manhattan School of Music. Le jour venu, nous traversâmes l'île à pied, Jonah marmonnant de rigoureux encouragements à mon attention. L'audition était ouverte à tous, et effectivement bon nombre de débutants étaient venus interpréter leur chanson préférée de *Guys and Dolls*. Heureusement, les professeurs de Juilliard avaient été désignés pour les jurys du New Jersey et du Connecticut.

Nous étions trop bien préparés. Pour la première fois de sa vie, Jonah se retint sur scène. Il sembla presque se brider, comparé à toute la voix qu'il donnait aux répétitions. Néanmoins nous parvînmes au deuxième stade des qualifications. Mais, dès que nous fûmes seuls, je lui rentrai dedans :

« Où tu avais la tête ? Ça fait des mois qu'on est là-dessus, et c'est la pire interprétation que tu m'aies jamais faite.

– Décision de dernière minute, Joey. Pour l'instant, inutile de trop se démarquer. Ça diminue la probabilité qu'un membre du jury déclenche une vendetta. » Le conservatoire lui avait beaucoup appris.

« La prochaine fois, préviens-moi un peu à l'avance, si tu changes le plan d'attaque.

– Mille pardons, Mule. Tu as joué à merveille. Allons ! On est au deuxième tour, non ? »

Nous avions deux semaines pour procéder à quelques ajustements, et nous abattîmes le travail de deux mois complets. Nous avions entendu de bons chanteurs aux éliminatoires, à commencer par les meilleures de nos connaissances de Juilliard, et quelques inconnus impressionnants du nord de Manhattan. La plupart avaient une demi-douzaine d'années d'expérience de plus que Jonah. Nous n'étions pas non plus tout à fait dépourvus d'atouts : outre une voix capable de pousser les pires fugitifs à se rendre, nous avions du temps devant nous.

Dans le Queens, pour les éliminatoires à l'échelon de la ville, il faillit nous disqualifier. Jonah, ivre de son talent exceptionnel pour un jeune homme de vingt ans, se laissa porter et dépassa le temps imparti. Nous leur fîmes Dallapicolla, qui impressionna mais ne ravit guère. Puis l'un des membres du jury réclama un vers de Dowland pour nettoyer le palais avant de nous donner congé. Nous interprétâmes la première strophe mais, arrivé à la double barre, Jonah me lança un regard mutin et poursuivit jusqu'à la fin du morceau. La seconde strophe est terriblement dure à articuler, quasi impossible, en suivant la mélodie qui fonctionne pourtant si brillamment à la première. Mais dans la version surprenante de Jonah, les mots étaient grands ouverts, comme une prison politique après la chute du dictateur.

Nous avions incontestablement enfreint le protocole du concours. Les membres du jury auraient pu nous expulser de la scène mais, après un murmure initial, ils ne bronchèrent pas. Lorsque nous eûmes fini, on les entendit souffrir en silence. S'il y avait eu un troisième couplet, ils auraient tendu l'oreille.

D'un geste de la main, ils nous permirent d'accéder aux phases régionales. Nombre de nos connaissances de Juilliard n'allèrent guère plus loin, y compris certains dont les voix auraient pu satisfaire les esthètes les plus blasés. Les concours, comme les photos, ne montrent pas toujours le sujet sous son meilleur jour. Ils découpent le temps en tranches trop fines. Vous vous préparez à raison de dix heures par jour, pendant des mois, dans l'espoir que quelques secondes sur scène se passent à peu près comme pendant une année de répétition. C'est rarement le cas. Il se trouve que cela se passa bien pour nous, au cours de cette éphémère tranche de temps. Nous fûmes ceux que le jury choisit, du moins pour quelques jours de plus. De retour dans notre studio, nous consacrâmes deux minutes à l'autopsie.

« Pourquoi nous aiment-ils, selon toi, Joey ? Est-il possible qu'on soit à ce point meilleurs que les autres ? Ou bien le jury nous est-il reconnaissant de ne pas être le genre de Nègres qui leur casseront la gueule dans la rue ? »

Je jouai quelques notes de notre Dowland en le saupoudrant de Parker. « Ça, ils n'en sont pas tout à fait sûrs, si ?

– Là, tu as *raison*, frangin. Ce n'est pas parce qu'on leur pond du *Roi des Aulnes* qu'on ne va pas violer leurs nanas. On ne sait jamais. »

On ne savait jamais ce qui nous était donné et ce qui nous était enlevé. On ne savait pas qui les pur-sang voyaient quand ils nous regardaient. Même moi, je ne savais plus qui je voyais quand je nous voyais tous les deux.

« C'est l'histoire de trois types dans le couloir de la mort, dit Jonah pour nous ramener à notre répertoire. Un Italien de l'avant-garde, un Allemand romantique, et un Anglais élisabéthain... »

Pour les qualifications régionales, nous fîmes le voyage jusqu'à Washington. Nous avions atteint le stade où même une élimination nous vaudrait quelque compensation financière. Jonah était le plus jeune chanteur encore en lice. Mais Jonah avait le regard rivé sur l'unique prix à remporter, là-bas, au loin. Et le concours de l'America's Next Voices n'était qu'une étape au sein de cette campagne de plus grande envergure.

Les demi-finales eurent lieu à l'auditorium de Georgetown. Nous descendîmes dans un hôtel bon marché qui se trouvait à une bonne trotte au nord-est. Rien que dormir à l'hôtel, c'était une nouveauté. À la réception, on nous demanda si nous voulions le tarif réduit pour seulement l'après-midi.

Ce soir-là, sans nous être passé le mot, nous fîmes une escapade qui nous conduisit sur le Mall. Nous avions entendu la légende fondatrice de notre famille si souvent et de tant de façons qu'il fallait que nous allions voir où nos parents s'étaient rencontrés. *Le même endroit, mais plus tard* : nous pensions encore, malgré les leçons paternelles assénées pendant une vie entière, que le « où » et le « quand », le lieu et le temps, étaient des variables indépendantes.

Jamais je n'aurais imaginé qu'un espace chargé d'une telle histoire pourrait paraître si vide. Même à cette heure, des centaines de gens foulaient la pelouse de la Nation. Néanmoins cela paraissait désert. J'avais imaginé des foules – des dizaines de milliers de gens. Mais cette immense surface de verdure semblait avoir été évacuée pour une manœuvre de défense civile. Nous traversâmes le long rectangle, sans trop parler, tous deux en quête de quelque chose que nous ne trouvions pas : ce qui avait fait que nos parents avaient continué à se voir, après ce jour où chacun aurait dû continuer dans sa direction.

Nous nous produisîmes le lendemain devant un public composé de plus de fantômes que de bien portants. Pour la première fois de ma vie, le trac me paralysa les bras. Je savais que le mal avait toujours été là, tapi comme un anévrisme : une bombe à retardement prête à se déclencher, avec le tic-tac de la terreur. Nous deux, en cravate noire, avançâmes jusqu'au centre de la scène, située à une dizaine de stades de football des coulisses. Nous y allâmes de nos futiles courbettes synchrones, tels deux oiseaux mécaniques à la mangeoire. Je me dirigeai vers mon banc, et

Jonah se mit en place, il effleura la courbe du piano. Je levai la tête vers le public qui curieusement applaudit sur la foi de rumeurs favorables. Soudain, je n'entendis plus rien. Pas même un écho.

J'étais assis devant un pupitre vide – je jouais toujours de mémoire. Je me frottai les articulations pour rétablir d'urgence la circulation du sang. Le jury réclama *Le Roi des Aulnes*. Une dizaine d'autres compositeurs que Schubert ont mis en musique la fausse ballade médiévale de Goethe, mais toutes leurs adaptations sont mortes. Seule, celle de Schubert est éternelle.

Nous partîmes à notre allure coutumière. Une fois que Jonah et moi étions convenus d'un tempo, il était rare que nous variions de plus de deux temps la minute. On aurait pu régler sur nous n'importe quelle montre suisse, à l'exception peut-être de celle de l'employé de bureau à l'Office des brevets de Berne qui nous avait mis dans cette cadence. L'oreille absolue de Jonah lui avait été fort utile au fil des ans. Mais son sens métronomique de la mesure s'était révélé plus utile encore. Nous nous lançâmes sur les chapeaux de roue dans l'obscurité sur laquelle nous avions tant misé :

> Qui chevauche si tard dans la nuit et le vent ?
> C'est le père et son enfant...

À la moitié du deuxième vers, j'eus un trou de mémoire. Je me heurtai à un roc, et mon corps partit si loin à la dérive que je ne pus même pas le voir s'échouer. Les riches harmonies sous mes doigts s'effritèrent en un horrible accord à la Tristan. Je m'arrêtai, laissant mon frère poursuivre son galop au cœur de la nuit, au-dessus du vide.

Lorsqu'il se rendit compte que je ne reviendrais pas dans la course, plus jamais de la vie, Jonah serra la bride jusqu'à revenir au pas, même s'il envisagea un instant, au cours de ce trot aérien, de poursuivre *a cappella* jusqu'à la fin du morceau. Dans la salle, on ne se remettait pas du choc de sa voix et de son mutisme soudain. Jonah ne se retourna pas une seule fois pour me regarder. Il contempla ses chaussures, une sale blague passa sur son visage. Il s'avança d'un pas brusque et déclara : « Nous allons reprendre depuis le début. On reprend, avec du sentiment ! »

La salle gloussa, dans un crépitement d'applaudissements mortifiés. Même en cet instant, Jonah ne pivota pas pour voir si je m'étais remis. Il reposa la main droite sur le piano, exactement comme avant que nous mordions la poussière. Puis il prit une inspiration et se remit à flotter dans l'espace, absolument persuadé que je le rejoindrais. Son assurance me crucifia littéralement. Le paysage sous mes doigts se transforma en marais. Lorsque les touches redevinrent solides, je les vis se métamorphoser en une folle ligne de chœur, avec des trous là où il n'aurait pas dû y en avoir.

Il ne restait rien du morceau. Ni la tonalité, ni la mélodie, ni la première note, ni le nom. Ce devait être un morceau à choisir parmi trois, mais quels étaient-ils ? Je n'en avais aucune idée. Tout ce à quoi je pouvais m'accrocher, c'était le fait que j'avais oublié. La panique me bouscula, les notes cessèrent soudain d'être repères, elles déambulaient, folles, sans cesse à l'extrême droite de mon regard.

Je vis la salle se vider, le légendaire crochet géant des Vaudeville arrivait de la gauche de la scène, prêt à nous emporter. Assis sur mon banc, je désappris tous les morceaux que j'avais mémorisés jusqu'alors, le film défila à l'envers, Juilliard en sens inverse, défaisant Boylston, effaçant Hamilton Heights, jusqu'à ce que je touche le fond de mon tout premier souvenir : la voix de ma mère en train de chanter.

Puis la voix de ma mère se transforma en celle de mon frère. Jonah était à nouveau en l'air. Tout ce que j'avais à faire, c'était de rester tranquillement assis à l'écouter. J'avais certainement continué à jouer dans la nuit et le vent, car j'entendis le piano, derrière. Mais je faisais absolument partie du public. Sous mes doigts oublieux, la mélodie galopait comme jamais. La cause étant perdue, Jonah chantait avec l'incarnation de la mort assise sur son épaule, la chevauchée devenue plus haletante encore en raison du faux pas qui avait interrompu le battement de nos cœurs. Nous atteignîmes cet état pour lequel vivent les gens de scène : une éternité implacable, et plus rien entre les notes et le passé instantané vers lequel elles se précipitaient.

Les fleuves ne quittèrent pas leur lit pour suivre sa voix. Les animaux ne tombèrent pas raides morts, les pierres ne ressuscitèrent pas. Le son qui sortait de lui ne changeait rien au monde connu. Mais quelque chose dans la salle s'arrêta, les spectateurs soudain furent débusqués de leur cachette, exposés nus dans un courant d'air au grand jour, avant de se précipiter en quête d'un abri.

Après coup, un membre du jury rompit la règle de confidentialité et déclara à Jonah qu'ils avaient fait une croix sur nous. « Et puis vous êtes revenus pour le deuxième round et vous les avez annihilés. » C'était le mot qu'il avait utilisé : annihilés. Plus la musique était mortelle, mieux c'était.

Sur le trajet du retour, dans le train qui nous ramenait vers le nord, je prononçai mon ultimatum. Nous avions en poche une plaque gravée et une convocation pour les finales nationales, à Durham, à Noël. Nous étions assis côte à côte, sans nous toucher. Les mains de Jonah gigotaient : animées d'une énergie libérée, elles dirigeaient une symphonie silencieuse dans le noir.

« Débarrasse-toi de moi, Jonah.

– Tu es dingue ? Tu es ma patte de lapin. Ma poupée vaudoue à la tête ratatinée. » Il tendit la main pour m'ébouriffer, moi son gri-gri, aux cheveux juste un peu plus crépus que les siens. Il savait que j'avais horreur de ça.

« J'ai été dans les choux. L'amnésie totale. J'aurais pu être allongé, immobile, ç'aurait été pareil.

– *Ach*. Je savais que tu te reprendrais.

– Alors tu en savais plus que moi.

– J'en sais toujours plus que toi, Joey.

– Je suis un poids mort pour toi. Même quand je suis au point, je te leste.

– C'est bien, le lest. Ça assure la stabilité du navire.

– Il te faut quelqu'un de ton niveau.

– Ça, je l'ai. »

Il parla jusqu'à ce que je sois apaisé, exactement comme en répétition : ressasser les mêmes passages, calmer le jeu, interroger, déconstruire, reconstruire. Mais, dans ma honte, j'avais besoin de tout brûler et de faire de ma démission quelque chose de noble.

En désespoir de cause, Jonah finit par recourir à un argument vicieux : « On est en finale. J'ai mis toutes mes billes là-dedans. D'ici décembre je n'ai aucune chance de trouver un autre accompagnateur.

– Je jouerai pour la finale. Que Dieu me vienne en aide, je ferai tout ce que je peux pour toi. Mais après ça...

– Après ça, on en reparlera. »

Mon frère se tient seul comme à la naissance, légèrement à droite du centre de la scène, dans le vieil édifice de musique de l'université Duke, à Durham, en Caroline du Nord. Il se dresse sur place, gîte un peu vers tribord, se replie dans le renfoncement du piano à queue, le seul endroit où il soit à l'abri. Il se penche en avant, telle la volute réticente d'un violoncelle. Sa main gauche se stabilise sur le piano tandis que sa main droite se met en coupe devant lui, tenant une lettre aujourd'hui égarée. Il sourit à l'impossibilité d'être ici, il prend une inspiration et chante.

Si nous nous sommes enterrés pendant si longtemps, c'est uniquement pour ces quelques minutes. Nous avons passé notre adolescence sous terre juste pour ça, pour cette *victoire*, pour remporter le prix et le remonter à la lumière du jour. La voix sort en douceur de sa bouche, comme s'il venait juste de la découvrir. Mais son souffle – cette fontaine d'air sur laquelle flotte la victoire comme une balle sur un jet d'eau – est affûté, poli, lustré. Sa voix est automatique, autonome, tellement en place que nous pourrions quitter la scène et la laisser continuer seule : de la musique parfaite au point d'être absente, exubérante, et qui convoque toute la musculature du plaisir sans le moindre effort visible.

C'est ainsi que je vois mon frère, pour l'éternité. Il a vingt ans ; nous sommes au mois de décembre 1961. Le Roi des Aulnes est penché sur son épaule, lui soufflant la promesse d'une délivrance bénie. Le moment d'après, une trappe s'ouvre dans le vide et mon frère est ailleurs, il fait naître Dowland du néant, un zeste de culot ravissant pour ce public amateur de *lieder*, abasourdi, qui ne peut saisir le voile qui lui tombe dessus. Sa langue vient contre la voûte du palais, fait pression sur le cylindre d'air qui se trouve derrière, jusqu'à buter contre les dents de devant en une explosion naine, une bouffée infiniment subtile, « te », qui se déploie, tirant la voyelle derrière elle, se répandant comme un nuage filmé au ralenti, qui devient « tant », puis « temps » et transcende tout l'horizon de l'oreille, jusqu'à ce que la phrase devienne tout ce qu'il décrit :

> Le temps s'immobilise et contemple cette jeune femme au beau visage,
> Ni les heures, ni les minutes ni les ans n'ont de prise sur son âge.
> Tout le reste changera, mais elle demeure semblable,
> Jusqu'à ce que le temps perde son nom, et les cieux reprennent leur cours inévitable.

Il chante ce regard, auquel le cœur a essayé de s'accrocher, mais en vain. Ses yeux brillent de l'éclat de ceux qui se sont affranchis pour accomplir leur destinée. Ceux qui comprennent lui renvoient cette lumière, ils s'immobilisent en cet instant, se figent, innocents. Tandis qu'il chante, les navires d'Élisabeth voguent vers des continents inédits. Tandis qu'il chante, dans l'État voisin, les combattants pour les droits civiques sont parqués et emprisonnés. Mais, dans cette salle, le temps s'immobilise et n'ose même pas reprendre sa respiration.

Jonah est le vainqueur. Une demi-douzaine d'années trop jeune pour remporter un prix aussi important, mon frère endosse cet héritage dont il a toujours su qu'il était le sien. Dans le chaos qui s'ensuit – les autres chanteurs le détestent, le public encore sous le charme se presse autour de lui –, il semble comblé. Il ne distingue pas assez bien notre sœur pour voir l'étendue de son désarroi ; c'est le dernier concert public qu'il donne auquel elle assistera. Lui et mon père se livrent à une petite danse autour du passé proche, leur gêne va en grandissant. Da critique l'allemand de Jonah, le traite de Polack. Dit qu'il a failli en être un, dans une autre vie.

« J'aurais pu être un Polack ? demande mon frère.

– Tu es un presque-Polack. Un Polack manqué.

– Un Polak dans l'un des nombreux univers alternatifs ? »

Ma sœur et moi essayons de les faire taire. Mais personne ne fera taire mon frère, il est si loin qu'il n'entend pas les gens comme nous. Pendant un moment, il a tout ce que le chant peut apporter. Nous nous éloignons de la foule, je le supplie à nouveau de me virer, de se trouver un pianiste d'accompagnement qui soit à sa hauteur. À nouveau il refuse.

Un vieux *gentleman farmer* de cette campagne où pousse le tabac nous interroge. Je sens de l'affront dans son haleine. « Vous *êtes* quoi exactement, les gars ? » Et mon frère insolent lui rétorque en chantant, son prix à la main, lequel lui garantit la liberté de pouvoir ignorer comment le monde extérieur le perçoit :

> Je soye le mignard à ma moman,
> Avé les gensses estranges, j'perds patience, msieu...

Les paroles qu'il chante sur le mode parodique me ramènent en arrière, vers ce final auquel nous sommes parvenus seulement quelques instants plus tôt. Nous sommes à nouveau sur scène, concentrés sur cette immobilité qu'il crée uniquement en la chantant. Au piano, j'oblige mes doigts à se mettre en place, à imiter les fioritures du luth de la Renaissance. Je suis attentif, j'essaye de ne pas écouter, de rester à bonne distance des récifs qu'il a disposés pour moi. Mais je navigue assez près de ce lieu immobile pour entendre quelle victoire mon frère a l'intention de remporter. Toute musique n'est pour lui qu'un moyen d'atteindre ce but unique. Dans ce temps hors du temps qu'il lui faut pour arriver à la cadence, le chant commence à produire ses effets. Elle s'élève derrière lui et le suit, exactement comme les dieux l'ont promis. Mais, grisé par la victoire de son chant, Jonah en oublie l'interdit et regarde derrière lui. Et c'est alors que sur son visage empli de joie, comme il se retourne, je le vois regarder Maman disparaître.

16

Pas tout à fait comme nous

Nettie Ellen apprend la nouvelle en silence, c'est ainsi qu'elle réagit à tout ce que le monde blanc a infligé depuis la captivité. Ce n'est pas un silence haineux, juste un silence mort. Un aut' chagrin qu'arrive. Un aut' bout de chair arrachée.

Toutes les questions qu'elle était venue poser à sa fille dans le grenier n'ont plus de sens à présent. Elle n'aiguise pas son silence pour le coup de grâce. Mais le silence, même émoussé, fait son œuvre. Elle reste assise, elle ne bouge plus. Elle ne bouge plus, comme en dehors du temps.

Sa fille, trop tard, se repent, regrette ce sentiment qu'elle n'a jamais demandé à éprouver. Mais trois fois sur cinq, l'amour dure plus longtemps que le repentir. Quelque chose travaille Delia Daley de l'intérieur, qui réclame l'ancienne absolution, la première. *Maman, ne me laisse pas. Je suis toujours ta fille.* Elle sait que ça aussi, c'est un mensonge : un mensonge avant tout sur la question de savoir laquelle quitte l'autre.

Delia, elle aussi, reste tranquille. Mais debout dans ce calme, elle tend la main pour recouvrir le bras de sa mère. Le bras ne ressent rien, si ce n'est un surcroît de poids. Sa mère envisage cette nouvelle épreuve qu'elle n'aurait jamais dû avoir à envisager. Le revoilà, le vieux père Fouettard, auquel ils avaient presque échappé, il a fait le tour, il est entré par la porte de derrière.

La femme, Nettie, contemple la chair de sa chair. Elle ne peut plus exiger qu'on enlève la tasse, maintenant qu'elle l'a renversée sur sa belle robe du dimanche. Ne peut même pas demander pourquoi Delia a fait cela. Sa fille a déjà fourni des tonnes d'explications. Dès que Nettie Ellen peut à nouveau parler, elle se contente de dire : « Tu ferais mieux d'aller le dire à ton père. »

En apprenant la nouvelle, le père se lève, solennel. Il fait les cent pas, se retourne, le danger est là, dans la pièce, avec eux, si près de là où se tient sa fille, qui a du mal à lui parler. « Quelle sorte d'autosatisfaction tu... Seigneur Dieu Tout-Puissant, qu'est-ce qui te prend ?

– Papa, réplique-t-elle. Tu crois en Dieu, maintenant ?

– Ne joue pas à la maligne avec moi, ma fille. Sinon tu regretteras toute ta vie d'être si maligne. »

Elle s'effondre comme une chiffe molle, son « oui, père » disparaît dans l'obscurité. La veille, elle aurait vu son père sourire comme un diablotin devant son impudence. Aujourd'hui, il reste de marbre. À cause d'elle.

Il arpente le bureau rempli de livres, il réfléchit. Elle l'a déjà vu comme ça, avec des patients au corps et à l'esprit si délabrés que celui qui devait les soigner se voit métamorphosé en héraut meurtrier. « Faut-il que tu sois possédée pour te mettre du côté de ceux qui ont provoqué ta propre...

– Papa. Je ne me mets du côté de personne. »

Il tourne sur lui-même. « Que fais-tu exactement ? »

Elle ne sait pas. Elle avait espéré que lui saurait, peut-être.

« Tu es une femme de couleur. De couleur. Je me fiche de savoir à quel point tu as le teint clair. J'ignore à quoi l'univers de cette musique blanche t'a conduite...

– Papa, tu m'as toujours dit que c'était la blancheur qui faisait qu'on était noirs. Que c'était la blancheur qui faisait de nous un problème. »

La semelle de ma chaussure est noire. *Le charbon qu'on consomme en excès est* noir. « Comment oses-tu utiliser mes propres paroles contre moi ? Comment oses-tu prétendre que tu ne sais pas ce que tu es en train de faire ? Une affirmation publique qu'aucun des hommes accomplis de ta race n'est digne de t'épouser...

– Ce n'est pas une histoire de race. »

Il cesse de faire les cent pas et se laisse couler dans le fauteuil en maroquin rouge. Il la regarde droit dans les yeux, comme il dévisagerait une patiente simulatrice. « Pas... ? Va dire ça aux Blancs. Et il le faudra bien, ma jeune dame. À chaque minute de ta vie. Tu ne peux même pas imaginer. »

Elle essaye de soutenir son regard, mais il la met à nu. Il faut qu'elle détourne les yeux, sinon elle va se désintégrer. Ses yeux qui viennent de faire baisser ceux de sa fille renferment quatre cents ans de violence venue de tous les horizons.

« Pas une histoire de race ? Mais alors, c'est une histoire de quoi ? »

Elle veut dire *d'amour*. Deux personnes, aucune n'a cherché cela. Ni l'une ni l'autre ne sait quoi faire, ni comment bâtir un foyer assez grand pour contenir la peur qu'ils éprouvent à présent.

Il tourne la tête du côté de ses livres. Il ouvre violemment son agenda sur le bureau et s'empare de son stylo, comme s'il s'apprêtait à entériner une rupture définitive. Sa main voltige un instant en l'air et s'abat sur le buvard. Il se retourne pour à nouveau lui faire face. Il parle à voix basse, et son ton de confiance et d'intimité accroît la menace. « Mais alors, c'est une histoire de *quoi* ? Dis-moi, puisque c'est toi l'experte. Tu imagines essayer de prouver *quoi* ? »

Quoi qu'elle ait voulu prouver, il l'a déjà réfuté. Pourtant, il la dévisage, terriblement déstabilisé, il la supplie de faire quelque chose. *Tu n'as donc aucune fierté ? Pendant toutes ces années, je ne t'ai donc rien appris ?*

« Une fille de couleur », dit-elle en oubliant tout ce qu'elle a appris en cours de chant – le placement, la justesse, le soutien –, et sa voix s'effondre. « Une fille de couleur qui grandit, qui va à l'université, qui apprend ce qu'elle veut, qui prend ce dont elle a besoin, qui devient ce qu'elle veut, qui change les lois de ce pays... » Sa voix devient presque inaudible. Mais elle ne se brise pas. « Qu'est-ce qui va l'arrêter ? Qu'est-ce qu'il y a de mal à ça ? »

Les mots de son père lui reviennent, portés par sa voix à elle. Il entend ce que cela coûte à sa fille de risquer cet écho. Elle a une volonté qu'elle ne tient pas de lui. Il observe un moment de silence, attentif. Il est au premier rang, il passe sa vie en revue, des événements étranges mais familiers, écrits à l'avance, et pourtant à l'issue incertaine. La voix de sa fille reste suspendue en l'air. Toute la musique que cette voix pourra encore créer. Tout le travail que cette musique pourra encore accomplir. Ses épaules s'affaissent. La prise qu'il avait sur l'Histoire lui échappe. Il ne s'incline pas pour quémander le pardon, pas plus que le Blanc lui pardonnera de se souvenir. « Rien, dit-il, et il détourne le regard. Il n'y a rien de mal à ça. »

Le pire n'est pas terminé ; rien de ce cauchemar ne sera jamais *terminé*. Elle aura toujours ce poids sur les épaules, autant le poids des preuves que de leur contraire. Mais elle n'en mourra pas. La chair de sa chair ne la reniera pas. Le sang de son sang ne la désavouera pas. Tant de gratitude cherche à s'échapper d'elle d'un seul coup. Sa bouche se confond en mercis muets, glacés, et elle s'effondre sous le fardeau de son appartenance.

Il lui propose un mouchoir, mais pas son épaule. Ce n'est qu'une accalmie, la menace rôde toujours, elle sera toujours là. Lorsque les pleurs de sa fille se sont dissipés, il demande : « Que fait cet homme ? »

Elle grogne. Elle ne peut pas s'en empêcher. « Papa, j'aimerais bien le savoir. »

La colère revient à l'assaut.

« Dois-je comprendre que c'est une sorte de parasite ? Ou un play-boy des grandes écoles qui n'a jamais eu à travailler ? »

Elle étouffe un petit gloussement. « Non, papa. Il est professeur à Columbia. C'est un scientifique. Il gagne sa vie en étudiant le temps. » Elle s'efforce de garder un visage présentable, que ces courbes qui s'absorbent elles-mêmes et qui, selon son David, se logent dans les lignes les plus droites, ne viennent pas envahir ses traits. « Il travaille sur la théorie générale de la relativité. »

Son père trahit le même genre d'incrédulité qu'elle-même lorsqu'elle a entendu que cela pouvait être un métier. Le doute et l'effroi, les deux vieux frères métis, se mêlent sur le visage du Dr Daley. Les secrets qui l'obsèdent sont aussi subtils que ceux qu'il ignore. « Je croyais qu'une demi-douzaine d'hommes au monde seulement étaient capables de comprendre ça.

– Oh, probablement. » Elle lutte pour cacher son espoir. La rencontre aura lieu. Son père l'autodidacte a quelques questions à poser à l'autorité. « Peu importe leur nombre, en tout cas, David en fait partie.

– David ? » Le père se bagarre avec la physique. Avec l'optique. Cela fait maintenant des générations que c'est ce qui compte en secret pour eux, et c'est ce qui l'a attiré chez la future mère de Delia. Avoir la peau aussi *claire* que possible, au plus près de la lisière visible, mais sans jamais franchir la limite. *Franchir la limite*, c'est une trahison impensable, bien que la loyauté n'ait jamais été mise en question durant ces années. Les yeux de son père trahissent sa réflexion : supposons que ce soit n'importe qui d'autre qui ait à se prononcer, qui décide d'imposer sa loi et d'empêcher une telle union. N'importe qui d'autre qui déclare que les échelons supérieurs de la blancheur, ses mystères métaphysiques sont hors de portée de ses enfants. Alors il serait prêt à donner sa vie pour que sa fille ait le droit d'avoir cet étranger, manifestement inapte à tenir sa main. « Que dit sa famille ? » D'une voix crispée, craignant la réponse, l'éternelle déconvenue.

« À propos de quoi ? » bluffe-t-elle. Mais elle baisse les yeux.

L'homme ignore où se trouve sa famille. Ils ont fui la vallée du Rhin pour rallier la Zélande, et gagner du temps, quelques mois tout au plus. Il a écrit en Europe plusieurs fois, il n'a pas obtenu de réponse satisfaisante. Si la famille de David entend un jour parler de sa compagne, ce sera comme une nouvelle d'une autre galaxie : glaçante, étouffée, non pertinente.

« Il est juif, papa. »

Son père digère l'information. « Est-ce que ta mère est au courant ? »

Delia marmonne à voix basse. « Un étranger juif athée.

– Tant qu'on y est, hein. Mais où donc as-tu rencontré cet homme ? »

C'est ce qu'elle aimerait se rappeler. À un moment elle était toute seule en train de chanter, en admiration devant la déesse, Mlle Anderson, et l'instant d'après, elle et l'Allemand se connaissaient depuis des décennies. Non : un moment était passé entre les deux, un de ces fragments géométriques dont il avait le secret, et qu'elle n'arrivait pas à saisir – fini, mais divisible à l'infini.

Il est arrivé quelque chose. À elle. À son pays. En chantant, la contralto l'a fait naître. La foule l'avait absorbée, une créature vibrante qui retenait son souffle, formée de 75 000 cellules individuelles que cette voix avait fait fusionner. L'homme était resté tout le temps à côté d'elle, et elle ne l'avait pas vu. N'avait pas vu la moindre trace de pigment différent dans cette étendue longue d'un kilomètre et demi jusqu'à ce qu'il lui effleure l'épaule.

Vous êtes professionnelle ?

Delia avait cru qu'il parlait allemand. Les inflexions, la cadence caractéristique de cette langue qui lui avait donné du fil à retordre, ces trois dernières années.

Professionnelle... Le premier mot qu'elle lui ait dit.

Sa prononciation avait dû être à peu près passable, car il avait répondu : *Sängerin ?*

Elle exultait. *Pas encore.* Elle avait baissé les yeux, cherché ses mots : *Noch nicht.*

Mais vous aimeriez être ? Dans le futur ?

Elle comprit alors. *Comment... Oh, non ! Vous m'avez entendue ? Pendant tout ce temps ?*

Il essaya de résister, mais finit par sourire. *Pas... tout le temps. Je n'ai pas pu entendre « O mio Fernando ». Noch nicht, vorläufig.*

J'ai chanté tout haut ?

Il avance le menton : ne te laisse jamais inquiéter par le monde. *Sotto voce. J'ai été obligé de me pencher pour entendre.*

Mon Dieu ! Tous ces gens autour !

Très peu ont pu entendre.

Pourquoi vous ne m'avez pas dit de me taire ?

Il haussa les épaules, ressentant cette paix que seule la musique peut apporter. *La voix de Mlle Anderson... est celle du paradis. Mais elle était loin, et vous... étiez juste à côté.*

Il se présenta. Elle ressentit une telle honte qu'elle se présenta à son tour. Personne parmi la foule qui se dispersait ne leur prêta attention.

Les milliers de gens qui passaient devant étaient encore possédés par la musique qui les avait unis. L'humanité formait une matière hétérogène, un précipité qui ne s'était pas encore sédimenté.

La pression de la foule les obligea à bouger. D'un geste de la main, elle dit au revoir à la conversation la plus intime qu'elle eût jamais eue avec un Blanc. Mais cet homme, David Strom, pressé par la cohue, resta à ses côtés. Elle l'entendit dire : *J'ai déjà entendu Mlle Anderson chanter. À Vienne, quelques années en arrière.*

Vous l'avez entendue ? Dans l'excitation du moment, Delia en oublia qu'elle-même venait juste de goûter ce plaisir inoubliable. Dans un élan tellement spontané qu'elle en était encore mystifiée, ils se mirent à parler des cantatrices. Est-ce que Flagstad était une Sieglinde aussi bonne que le prétendaient les revues ? Qui était sa Norma préférée, son choix de prédilection pour Manon ? Elle semblait faire du rentre-dedans, mais elle ne pouvait pas s'en empêcher. Les questions qu'elle posait ouvraient des parenthèses plus rapidement qu'il ne pouvait les fermer. Quels disques conseiller à quelqu'un qui ne pourrait cette année en acheter que deux ? Quelle puissance de voix fallait-il avoir pour emplir, disons, la Scala ? Avait-il déjà entendu la légendaire Farrar ?

Il la reprit. *Farrar a arrêté de chanter en 1922. Je suis un peu plus jeune que j'en ai l'air.*

Elle s'arrêta pour examiner son visage. Il n'avait pas du tout l'âge de son père ; au maximum dix ans de plus qu'elle. Il portait un costume gris, une chemise blanche et une étroite cravate bordeaux, mal nouée. Il tenait à la main son feutre bleu-gris, aplati comme une tourte. Chaussettes et chaussures marron, le pauvre bougre. Il avait dû enfiler tout ça dans l'obscurité. Il n'était pas bel homme, quels que fussent les critères. À la lisière d'un front bombé, l'implantation de cheveux en dents de scie annonçait un début de calvitie. L'arrête du nez était trop haute, comme à la suite d'une fracture.

Il avait des yeux trop grands, qui lui donnaient l'air d'être en permanence dérouté. Elle se passa deux doigts dans les cheveux et effleura prestement ses joues. Les muscles de ses lèvres se contractèrent, de cette manière qui énervait toujours M. Lugati, son professeur. Avec ses yeux trop grands, l'homme la contemplait. *Elle* : rien de plus vaste. Rien d'autre qu'elle. Elle qui avait à peine dix ans de moins que lui.

Elle se laissa regarder. Le besoin de s'échapper s'était dissipé. Elle avait baissé sa garde à un moment donné, dans la foule, dans cet espace public, elle avait cessé de se surveiller. La faute à Mlle Anderson. *Sotto voce*, avait dit l'homme. Mais clairement pas assez *sotto*. Chanter à tue-tête, le pire crime imaginable. Tandis qu'il l'observait toujours, prenait trop son temps avant de dire quelque chose, elle articula : *Verzeihen Sie mir.*

Était-il possible qu'il existât des Blancs qui, finalement, ne la détestent pas d'emblée pour l'impossible pardon qu'ils attendaient d'elle ? Manifestement cet homme ne savait rien de son pays à elle, si ce n'est ce qu'il ressentait à être ici. Ici, sur le Mall, à Pâques cette année, pas pour l'Histoire, ni pour voir le résultat de plusieurs siècles passés à faire du pire enfer un paradis. Ici juste pour entendre Mlle Anderson, la voix qu'il avait entendue à Vienne, une voix qu'avec de la chance on entend une fois tous les cent ans.

Il la regarda à nouveau, et elle se perdit. Quel point de repère pouvait-elle avoir sur son territoire à lui ? Il avait un regard qui semblait libéré de tout, hormis de lui-même. Elle s'y sentait libre de toute attache. Lui, il ne l'avait vue qu'ici, là où Mlle Anderson avait chanté à peine plus d'une heure auparavant. *My country. Sweet land.*

Ils suivaient le mouvement. La nation des auditeurs rentrait à contrecœur à la maison, comme eux deux, maintenant, allaient devoir le faire. Mais d'abord, l'Allemand avait cent questions à lui poser. Quelle était la meilleure façon d'élargir les notes du haut de la tessiture ? Qui étaient les meilleurs compositeurs américains actuels ? C'était quoi, exactement, ce *Gospel Train*, et s'arrêtait-il quelque part dans les environs ?

Elle lui demanda s'il était musicien. *Peut-être, dans une autre vie.* Elle lui demanda ce qu'il faisait dans celle-ci. Il le lui dit, et elle se mit à rigoler. Quelle absurdité, gagner sa vie à étudier quelque chose d'aussi insaisissable.

D'un accord tacite, ils longèrent le bassin chatoyant, en direction du monument où la foule se pressait encore, cet endroit tout récemment touché par la grâce. Ils discutèrent de Vienne et de Philadelphie, comme si chacun avait été envoyé de son côté afin d'assister à tous les concerts auquel l'autre n'avait pas pu se rendre. Elle se dit de ne pas oublier cette coda à une journée au demeurant inoubliable. Leur discussion s'alimenta tout naturellement jusqu'au monument, la destination qu'ils s'étaient fixée, la lisière du monde qu'ils avaient en commun.

Elle regarda de nouveau cet homme. Elle sentit qu'il lui retournait le même regard, vide de toute histoire. *Merci pour cette conversation sur la musique,* dit-elle. *Ce n'est pas souvent...*

C'est moins que pas souvent, renchérit-il.

Wiedersehen, dit-elle. *Lebewohl.*

Yes, répondit-il. *Good-bye.*

C'est alors qu'ils aperçurent l'enfant. Un garçon qui ne pouvait avoir plus de onze ans, il s'était perdu, pleurnichait, courait dans un sens, puis dans l'autre au milieu d'une foule indifférente, selon le parcours panique des égarés. Il se lança d'un côté, appela des noms inintelligibles, scruta les visages de ces adultes qui passaient devant lui. Puis, la terreur montant, il repartit en courant dans l'autre sens, pour chercher à nouveau.

Un garçon de couleur. L'un des miens, se dit-elle, et elle se demanda si ce monsieur allemand pensait la même chose. Mais ce fut David Strom qui s'adressa à l'enfant. *Quelque chose ne va pas ?*

L'enfant leva la tête. En voyant cette figure blanche, en entendant les intonations hachées de l'Allemand, le garçon détala, puis il regarda pardessus son épaule ses poursuivants immobiles. Tout aussi instinctivement, Delia lança : *C'est bon, t'inquiète pas. On va pas te faire de mal.* Elle fut alors happée dans une brèche du passé de sa mère, en Caroline, juste à cause du front bombé du garçon. Le garçon aurait pu être de South Chicago, Detroit, Harlem, Collingwood au Canada – le terminus de l'Underground Railroad. Il aurait pu être issu d'un milieu bien plus aisé qu'elle. Mais c'est ainsi qu'elle le vit.

Le garçon s'arrêta et la regarda du coin de l'œil. Il se rapprocha, en créature capricieuse et affamée observant l'appât censé l'attirer dans le piège. Fasciné et soupçonneux, il jaugeait le Blanc à côté d'elle. Son regard se posa sur Delia. *Vous êtes du coin ?*

Elle fut surprise par son accent ; un accent qu'elle ne put identifier. *Pas loin*, répondit Delia, en esquissant un geste vague. David Strom eut l'intelligence de demeurer silencieux. *Et toi ?*

À ces mots, la voix du garçon s'emballa. Delia pensa *Californie*, mais entre l'aspect improbable de la chose et les sanglots du garçon, elle n'en était pas certaine.

Tout va bien se passer. On va t'aider à retrouver tes parents.

Le visage du garçon s'illumina. *Mon frère a disparu*, lui dit-il.

Delia glissa un coup d'œil à David Strom. Elle dut faire un effort terrible pour que les muscles de ses joues ne forment pas un sourire. Mais sur le visage du scientifique, pas la moindre trace d'amusement parasite. Seul signe lisible : résolution d'un problème. Et c'est à cet instant qu'elle décida : elle ne partagerait peut-être rien d'autre avec cet homme dans cette existence inventée, si ce n'est la confiance.

Je sais, mon grand. Mais on va t'aider à le retrouver.

Il fallut parler un certain temps au garçon avant qu'il se calme. Enfin, la panique qui s'était abattue sur lui commença à se dissiper. Il arriva à leur raconter, sans trop se contredire, comment la catastrophe s'était produite. Il n'y avait pas de repère, ici, et puis avec la foule qui se dispersait, il était tout désorienté. *On était là-bas !* s'écria-t-il. Mais lorsqu'ils s'approchèrent, la joie s'évanouit. *C'est pas là.*

Delia continua de parler, pour endiguer la terreur du petit gars. Elle lui tendit la main, et le garçon, dans toute l'inconstance de son jeune âge, la lui prit, comme s'il l'avait tenue toute sa vie. *Comment tu t'appelles ?* demanda-t-elle.

Ode.

Jody ?

Ode.

Vraiment ! Elle tâcha de ne pas paraître trop étonnée.

Ça veut dire que je suis né sur la route.

Ça vient d'où ?

Il haussa les épaules. *Mon oncle.*

Ils rebroussèrent chemin en longeant le bassin. La distance jouait des tours à Ode, l'obligeant tous les cinquante pas à réviser sa géographie, tandis que l'horizon s'éloignait en se courbant. Mais au fur et à mesure qu'ils marchaient tous trois, la peur du garçon diminuait. Le Blanc le fascinait. Ode ne cessait de lancer à David Strom des regards à la dérobée, et Delia y ajoutait ses propres coups d'œil furtifs. Elle regardait l'enfant lutter pour essayer de cerner cet homme. Chaque fois que l'Allemand parlait, le garçon faisait un pas de côté, dérouté.

T'es d'où ? demanda-t-il.

New York, répondit Strom.

Ode rayonna. *New York ? Ma maman est de New York. Tu connais ma maman ?*

Ça ne fait pas très longtemps que j'y suis, s'excusa Strom.

Delia se cacha derrière une quinte de toux qui se termina en vocalise. Ode sourit, désireux d'être la cible des moqueries amusées de la dame. Il leva la tête pour observer le Blanc. *Tu es pas obligé de la supporter, tu sais.* Il avait entendu les adultes dire ça.

Strom lui répondit par un sourire timide. *Oh, mais je la supporte !*

Sans réfléchir, le garçon tendit à l'homme sa main libre. Ils marchèrent ainsi – deux adultes dans un état de grande agitation, tenant chacun une main d'enfant apeuré.

Ode jacassa avec tant de nervosité que Delia dut lui demander de se calmer pour se concentrer sur leur recherche. Elle ne comprenait pas plus de la moitié de l'argot paniqué du garçon. Ils flottèrent dans un sens puis dans l'autre sur le Mall, tel un navire encalminé.

J'aimerais beaucoup vous revoir, déclara David Strom par-dessus la tête d'Ode. Sa voix tremblait d'une peur unique. Par l'intermédiaire du bras du garçon, Delia sentit les frissons de l'homme, comme une branche frémissante annonçant l'hiver.

Il ne savait pas. Il ne pouvait pas savoir. *Pardonnez-moi*, dit-elle. Impardonnable : deux fois depuis qu'elle l'avait rencontrée. *C'est impossible.*

Ils marchèrent le long des arbres qui formaient une enfilade de piliers dans cette église sans toit, une nef trop large pour être traversée. Son *impossible* s'épaississait dans l'air autour d'eux. Chaque pas plus difficile que le précédent. Elle ne pouvait pas lui dire. Elle n'avait aucun désir de lui prouver cette impossibilité, ni maintenant ni plus tard.

Quelle que fût la signification que le mot pouvait avoir pour un physicien, le physicien se tut. David Strom montra du doigt le monument. La foule qui s'était attardée à l'endroit où avait eu lieu le miracle commençait à se dissiper. *C'est là qu'il faut aller. Où nous pouvons voir tout le monde, et où tout le monde peut nous voir. Sous la statue de cet homme.*

Delia rit à nouveau ; cette fois-ci, le poids sur ses épaules la fit suffoquer. Ode se moqua avec elle de cet étranger. *Vous savez pas qui est Lincoln ?* Le garçon tourna franchement la tête de côté. *Vous avez été où, toute votre vie ?*

Ah, fit Strom, tâchant de rassembler tout ce qu'il savait de l'histoire américaine.

Lincoln détestait les Nègres, leur dit le garçon.

Strom lança un regard à Delia Daley. *Ein Rassist ?* Delia fit oui et non de la tête en même temps. L'Allemand leva les yeux pour observer le monument, embarrassé. Pourquoi un pays quel qu'il soit voudrait immortaliser ?...

C'est ça, un raciste.

C'est faux ! le réprimanda Delia. *Qui donc t'a appris ça ?*

Tout le monde le sait.

Qu'est-ce que tu racontes ? Il a libéré les esclaves.

Jamais de la vie !

Delia dévisagea l'homme blanc qui faisait de gros efforts pour comprendre. Le trio joint par les mains continuait d'avancer en direction de ce monument, qui était le plus proche. Ils firent le tour de la scène qui avait été montée pour l'occasion, et s'approchèrent de la masse de marbre. C'est à ce moment-là qu'ils durent sortir du temps, par un tour de physique que le scientifique avait déclenché, sans doute de la magie noire de laboratoire qu'une élève de conservatoire ne pourrait jamais comprendre. Le temps se dilata et les emporta avec lui. Ils grimpèrent les marches pour se trouver le plus près possible de l'énorme statue. Ils firent des marches en pierre blanche un avant-poste d'observation, installant le garçon le plus en hauteur, de manière à ce qu'il puisse voir la totalité du monde visible, tout en étant lui-même bien repérable.

C'est là qu'ils se heurtèrent à la gravité de cet « impossible », une force à laquelle même le temps ne pouvait échapper. Delia ne sentit pas son horloge se modifier. Ils discutèrent – des minutes, des heures, des années – mais ils ne reparlèrent plus de musique. Ils parlèrent en contournant l'impossible, dans un code improvisé, afin d'éviter que le garçon ne les comprenne. Mais le garçon comprenait. Il comprenait même mieux qu'eux. Assis sur les marches de marbre, le garçon et l'homme discutèrent alors planètes, étoiles, les lois de l'univers en expansion. Elle fut bouleversée par la vue de ces deux silhouettes assises côte à côte. Et lorsque le garçon égaré bondit et appela, le temps s'étant remis en marche au son de sa voix, des vies entières s'étaient écoulées.

Le garçon vit son frère avant que son frère ne le voie. Puis Ode fut en train de courir, c'était indéniablement le message de la journée. Delia et David hélèrent le garçon, mais il était en de bonnes mains à présent, trop loin. Ils s'avancèrent jusqu'au bord du monument, tendant le cou pour voir l'enfant retrouver les siens, mais ils n'assistèrent pas aux retrouvailles dans la foule. Ils restèrent sur les marches blanches, abandonnés, sans un merci ni la garantie que tout était rentré dans l'ordre.

Tous deux, seuls, alors. Elle ne pouvait pas le regarder. Elle ne pouvait se résoudre à voir si son visage confirmait ce futur fluide qu'ils venaient juste de traverser. Déjà cet endroit se fermait à elle, et elle n'avait plus le cœur de le retrouver. Elle eut la sensation qu'il la dévisageait, et elle regarda au loin.

Il se fait tard, dit Delia. *Il faut que je rentre, sinon je vais me faire enguirlander.*

Ce n'est pas bien ?

Non. Pas bien du tout. Elle jeta un œil à sa montre. *Oh, mon Dieu. Ce n'est pas possible !*

Elle secoua sa montre, la colla contre son oreille pour écouter le mouvement qui lui avait échappé. Ils n'étaient pas restés avec l'enfant plus d'un quart d'heure, entre le moment où ils l'avaient trouvé et le moment où son frère avait reparu. Elle aurait dit des heures. Ces heures, elle les avait ressenties dans son corps. Rien que sur les marches du monument, ils étaient restés bien plus longtemps.

Oui, dit-il de très loin. *Ça fait ça parfois.*

Comment ça se fait ? Elle leva les yeux pour le regarder, malgré elle. Oui, il avait ressenti la même chose. La trace de ce long passage. Elle vit cela encore en lui : la preuve objective qu'elle n'avait pas rêvé.

Il tourna les paumes au ciel. *Nous, physiciens, parlons de dilatation du temps. Une courbure. Dirac suggère même deux échelles de temps différentes. Mais là* – il baissa la tête, ce poids fragile –, *c'est davantage une question pour les psychologues.*

Mon Dieu. Je n'y crois pas.

Il rit un peu, mais il était tout aussi déconcerté. *Puisqu'il est plus tôt que vous ne le pensiez, on pourrait trouver un café où s'asseoir.*

Je suis navrée. C'est le premier des impossibles.

Ils descendirent les dernières marches, chacune plus dure que la précédente, quittant ensemble cet endroit qui s'était volatilisé.

Pardonnez-moi, dit-elle pour la troisième et dernière fois. *Il faut que je rentre à la maison.*

Où est la maison ? Votre nid ?

À ce mot qui lui évoqua l'endroit qu'ils quittaient, elle ressentit à nouveau une bouffée de chaleur. *La maison, c'est là où il faut que je retourne.*

La maison, c'est là où il faut qu'il la suive, si elle veut survivre.

Qu'ils soient arrivés jusque-là, c'est un miracle. Elle ne peut expliquer à son père ce qu'elle ne peut s'expliquer à elle-même. Bon sang, où a-t-elle rencontré cet homme ? Où, en effet ?

« Je l'ai rencontré à... un récital vocal, papa.

– Et comment as-tu réussi à passer à côté de l'évidence même ? »

Elle fait la sotte. « Nous aimons les mêmes choses. » Cela, également, un mensonge tissé de vérité littérale.

« Oh ? Et de quelles choses s'agit-il ?

– La musique, papa. Elle n'appartient à personne.

– Ah bon ? Et tu mangeras de la musique quand tu auras faim ?

– Il est professeur dans l'une des meilleures...

– La musique vous protégera quand on commencera à vous jeter des pierres ? Tu chanteras quand le monde te lynchera ? »

Elle baisse la tête. La haine du monde n'est rien. Alors que la moindre réprimande de cet homme la tuera.

Son père s'appuie de tout son poids sur les accoudoirs du fauteuil en cuir rouge. Sa main droite explore la première avancée que la calvitie a dessinée dans sa couronne de cheveux en brosse. Il se laisse retomber au fond du fauteuil. Elle sait qu'il s'agit pour lui du dernier stade de résistance, quand il n'y a plus rien à faire contre l'amertume, hormis la nommer. Il observe sa fille, avec dans le regard un manque d'éclat pire que la plus froide de ses colères.

Elle lui fait mal, de manière irréversible. La douleur qu'elle cause à son père est pire que la haine. La défaite se mire dans les replis de son regard qui porte au loin. Elle lui fait plus mal que le fameux conservatoire de Philadelphie lui avait fait mal jadis. Pour couronner le tout, elle s'est approprié ses mots et les a retournés contre lui.

William Daley lève la main à la hauteur de son propre visage et la fait tourner. Devant, derrière. Devant, derrière. Il forme une boucle avec ses doigts, presque un geste de prière. « Tu penses que ton physicien mélomane se sentira à l'aise en entrant dans une maison de Nègres ? »

Son physicien mélomane n'a jamais été à l'aise nulle part dans le champ gravitationnel terrestre. « Il ne voit pas les différences entre les races, papa.

– Alors il faut qu'il aille chez l'oculiste. Moi, je suis médecin de famille. Je ne m'occupe pas des yeux. » Il se lève et quitte la pièce. La première fois que c'est lui qui quitte la pièce.

Elle annonce le repas trois semaines à l'avance. Trois semaines : un délai suffisant pour que ceux qui sont impliqués remettent leurs pendules à l'heure. Le grand soir venu, les parents gesticulent dans la maison, raides et accablés. Ils sont tous les deux habillés des heures avant l'arrivée prévue de David Strom.

« Il... il n'accorde pas beaucoup d'importance à sa tenue vestimentaire », essaye d'expliquer Delia. Mais cela ne change rien. Par-dessus son bel habit du dimanche, Nettie Ellen attache deux tabliers, un devant et un derrière. Elle file à la cuisine où elle a passé la journée à concocter des plats d'après le trésor des vieilles recettes ancestrales d'Alexander : porc aux légumes verts sauce piquante, comme on en faisait autrefois en Caroline.

Le frère Michael retrousse le nez. « Qu'est-ce que tu *fais* ? C'est censé être un plat *juif* ? »

À la vérité, c'est un de ces plats que William Daley autorise rarement à sa table. Mais aujourd'hui, le médecin de Philadelphie est justement là, dans la cuisine, à ajouter des épices, à surveiller le fond de sauce aux côtés de son épouse. Et, pour une fois, la femme ne chasse pas le mari de la cuisine.

Charles inspecte les casseroles. « Le monsieur a droit aux petits plats dans les grands, hein ? » Sa mère essaie de lui donner une petite tape, sans l'atteindre. Charles passe les bras autour des épaules de sa sœur, en un geste à la fois de consolation et de torture. « Ça t'embête pas si je joue un peu de banjo avant le repas ?

– Ouais, s'enthousiasme Michael. On veut le show de Charbon ! »

Delia le tape, elle ne loupe pas sa cible. « On a besoin du show de Charbon autant que de la peste. Que je t'entende l'appeler Charbon quand M. Strom est là, et je te ligote, et je t'enferme dans le buffet en cèdre.

– Pourquoi il peut pas m'appeler Charbon ? C'est mon nom, ma petite fille. »

Nettie Ellen braque la cuiller en bois sur son fils aîné. « Ton nom, c'est ce qui est marqué sur ton certificat de naissance !

– Dis-lui, maman. » Delia essaie à nouveau de taper Michael, qui évite le coup de justesse et répète : Char-*bon*, Char-*bon*. Elle s'approche de lui, menaçante.

Michael se défile. « *Achtung, Achtung*. Voilà les Boches ! »

Lucille et Lorene suivent Delia d'une pièce à l'autre. « Est-ce qu'il est grand ? Ses cheveux sont comment ? Cause anglais ?

– Et vous ? » s'écrie-t-elle. Elle les fait déguerpir puis se prend la tête dans les mains de peur qu'elle n'explose.

Elle va chercher Strom à la gare. Elle ne peut pas s'attarder ; Nettie Ellen veut qu'ils reviennent directement à la maison, ou bien qu'ils appellent s'il y a un problème. Le problème commence maintenant et durera jusqu'à leur mort. Le premier chauffeur de taxi leur fait un bras d'honneur. Le deuxième les ignore sans un mot. Le troisième, un Noir, ne perd pas l'occasion de contempler Delia dans le rétroviseur en levant les yeux au ciel. David ne le remarque pas. Comme c'est le cas la moitié du temps depuis quatre mois, Delia sent ses nerfs flancher.

Dans le taxi, elle essaye de l'avertir de ce qui l'attend à la maison. Elle se reprend plusieurs fois. Chaque tentative paraît plus déloyale que la précédente. « Ma famille... ils sont un peu spéciaux.

– Pas de soucis, la rassure-t-il. La vie est spéciale. » Il lui presse la main discrètement, sous le siège, le chauffeur de taxi ne peut pas voir. Il siffle un air qu'elle seule pourra entendre, il sait qu'elle reconnaîtra sans poser de question. Le *Didon et Énée* de Purcell : « Du danger n'aie crainte ; l'amour du héros pour toi n'est feinte. » La mélodie la met de bonne humeur et elle sourit, jusqu'au moment où elle se souvient comment cette histoire se termine.

Lorsqu'ils arrivent dans Catherine Street, la famille de Delia n'est plus composée que de saints. Son père accueille l'invité un peu verbeusement, mais le presse d'entrer au salon. Ses frères tendent la main, en opinant du chef, un peu gênés, mais toute velléité de spectacle impromptu a disparu : ni *minstrel* ni défilé au pas de l'oie. Seules les jumelles semblent intimidées. Elles dévisagent leur sœur, elles se sentent trahies. Elles avaient imaginé un Blanc d'un genre différent, Tarzan, peut-être, Flash Gordon, ou Dick Tracy. N'importe qui, mais pas ce souriant Dagwood Bumstead binoclard avec déjà un pneu au-dessus de la taille.

Nettie Ellen file ici et là comme un éclair de chaleur. Elle s'empare du manteau du monsieur, le fait asseoir sur le divan le plus présentable, celui de la pièce de devant, sort le grand jeu. « Voici donc l'homme dont on a tant entendu parler. On se rencontre enfin, msieur ! C'est-y pas une chouette cravate que vous avez là ! Ça vous plaît, la région ? C'est un *bien grand* pays, n'est-ce pas ? Écoutez, j'aimerais rien de plus que de m'asseoir et causer, mais nous avons un beau rôti qu'attend au four à deux pièces d'ici, et si je l'ai pas à l'œil, ce soir on va manger des cendres ! »

Nettie Ellen rit, et David Strom rit une croche pointée après elle. Quelque chose dans ce décalage et dans le regard qu'il adresse à Delia lui met la puce à l'oreille : il ne comprend pas un traître mot de ce que sa mère raconte.

Heureusement, son père compense en exagérant dans l'autre sens. Tandis que les paroles de Nettie Ellen sentent bon le terroir, William articule chaque syllabe. Il fait tout un numéro pour faire asseoir sa fille sur le divan à côté de David. Puis il s'installe dans le fauteuil face à eux.

« Alors, dites-moi, professeur Strom. Comment trouvez-vous la vie dans la Grosse Pomme ? »

À présent, le visiteur comprend chaque mot. Mais quand il les met ensemble, il se retrouve avec une image bizarre de fruit en décomposition. Delia cherche un moyen de jouer les interprètes sans froisser personne. Mais son père embraye avant qu'elle ne réagisse.

« Ma fille me dit que vous êtes proche de Sugar Hill. C'est la disette, pas de sucre de canne pour les fils d'Abraham, hein ? »

David Strom comprend que le sujet général tourne autour de l'alimentaire, mais au-delà de ça, *nichts*. Il lance à Delia un regard joyeusement perplexe. Mais elle est sous le choc de sa propre surprise, car son père a enfreint la sacro-sainte règle. Toute conversation à table effleure le sujet, mais cela doit rester dans la famille. Et le voilà maintenant qui discourt sur cette question censée rester confidentielle. Delia reste assise, muette, en attendant les signaux de fumée et, à ce stade, il ne sera plus possible de venir à la rescousse de son invité.

« Désespoir dans tous les quartiers, je comprends bien. Mais une nouvelle fois, nous autres sommes en première ligne. Ici, la moitié des nôtres sont aux allocations. Attention, comprenez-moi bien. » Cela, Delia le sait, ne risque pas d'arriver. « Je ne suis pas communiste. Je suis plus proche de M. Randolph sur ces questions-là. Mais lorsque la moitié d'un peuple n'a rien à mettre sur la table, eh bien, on commence à tenir compte des émeutiers, vous ne pensez pas ? Où habitez-vous exactement, M. Strom ? »

Le visage de David s'illumine. « New York. J'aime là-bas, beaucoup. »

William adresse un bref regard à sa fille. Delia envisage de se retirer pour aller se donner la mort. Son père mesure l'ampleur des dégâts. Il est plus aisé d'abandonner le navire et de prendre un nouveau départ sur un autre bateau. « Et chez vous, au pays, qu'est-ce qu'on pense de ce soi-disant pacte de non-agression ?

– Je ne... Je ne suis pas sûr de ce que vous...

– Entre M. Hitler et M. Staline. »

Le visage de Strom se rembrunit, et lui et le Dr Daley sont tous deux, brièvement, sur la même longueur d'onde. Après la question des Noirs et la politique, Delia espère qu'ils vont descendre dans la troisième grande arène : le sport. Elle accorde cinq minutes aux deux hommes les moins athlétiques qu'elle connaisse pour en arriver aux derniers Jeux olympiques, à Berlin. Trois minutes leur suffisent. Chacun pour une raison bien à lui est prêt à baiser le sol où s'illustre Jesse Owens. Elle se met à espérer, contre toute raison, que les deux hommes trouveront un terrain d'entente suffisamment étendu pour qu'elle puisse y vivre.

Sa mère l'appelle de la cuisine. Delia y voit immédiatement un plan prémédité. « Goûte-moi ce glaçage, dit Nettie Ellen. Je n'arrive pas à voir ce qui manque ! »

Après avoir rejeté toutes ses suggestions, la mère laisse enfin sa fille la convaincre que son glaçage est parfait comme il est. Nettie laisse alors Delia retourner dans la pièce de devant, voir ce qu'il reste du carnage de l'interrogatoire. Si les deux hommes ont abordé des sujets délicats qui nécessitaient qu'elle s'absente, rien n'y paraît. Son père est en train de demander à l'homme qu'elle, eh bien, oui, l'homme qu'elle *aime* : « Avez-vous lu *Ulysse*, de James Joyce ? »

Le scientifique répond : « Je crois que l'écrivain était Homère, non ? »

Delia retourne *illico* à la cuisine. Plus tôt les plats seront sur la table, plus tôt la torture s'achèvera. En se dirigeant vers le sanctuaire de sa mère, une pensée lui vient à l'esprit. Ces monuments de la culture blanche auxquels son père s'attaque ne sont pas des lieux de pèlerinage mais des blockhaus, des emplacements stratégiques en vue d'une bataille prolongée contre un envahisseur étranger qui ignore complètement l'enjeu du conflit.

Elle franchit le seuil de la cuisine pour assister à un nouveau désastre. Sa mère se tient à côté du four, en larmes. Charles fait signe à Delia de venir inspecter les dégâts. Comme Delia s'approche, son frère se tourne vers elle. « Comment est-ce que *toi*, tu n'y as pas pensé plus tôt ?

– Pensé à quoi ? »

Nettie Ellen frappe la cuiller en bois contre le bord du plat de cuisson. « Personne m'a prévenue. Personne m'a prévenue de ne pas faire ça.

– Enfin, maman, insiste Charles. Tu sais bien que les juifs ne mangent pas de porc. C'est écrit partout dans la Bible.

– Pas dans *ma* Bible. » Quelles que soient les provocations qu'elle ait pu intégrer à sa recette, celle-ci n'était pas au programme.

« Tu aurais dû lui dire, reproche Charles à sa sœur. Comment se fait-il que tu ne lui aies pas dit ? »

Delia sent qu'elle va partir en miettes. Elle ne sait rien de cet homme qu'elle a traîné ici. Il ne mange pas de porc : est-ce possible ? Ce mets du dimanche, un poison pour lui. Quoi d'autre ? L'homme qu'elle ramène à la maison évoque ruelles et caves voûtées, odeurs étranges et rituels secrets en robe qui lui sont interdits, à elle, des rites qui la tiendront toujours à l'écart, qui toujours l'excluront de la connaissance, calottes et papillotes, sculptures en argent suspendues au-dessus des portes, des lettres qui se déploient à l'envers, cinq mille ans de formules transmises de père en fils, de codes et de cabales dont, depuis toujours, le principal objectif est de l'effrayer, elle, et de l'exclure. Jusqu'à quel point peut-elle changer sa vie ? Jusqu'à quel point le veut-elle ? L'oiseau et le poisson peuvent tomber amoureux l'un de l'autre, mais ils n'ont pas de mot en commun pour désigner de près ou de loin le *nid*.

C'est alors qu'elle entend sa voix grave provenant de l'autre pièce : *David*. Son David à elle. Nous ne sommes pas intimes de naissance. Au mieux, nous le deviendrons au fil des ans. Mais, quand elle pense à lui, l'intimité est déjà là.

De l'étrangeté et de l'inconnu, il y en aura. Ils se rendront en des lieux bien plus étrangers, il y aura des gouffres qu'ils ne pourront combler. Mais celui-là, au moins, n'est pas fatal. Elle frictionne le dos de sa mère, entre les omoplates fines comme des ailes. « Ça va, maman. » Sabotage dissimulé et évident, délibéré et secret : il y a un peu de tout cela, certes. La sauce de la viande sera pour l'invité une épreuve plus difficile que la viande elle-même. Ce plat n'en reste pas moins une offrande, riche de toutes les saveurs issues d'une différence impossible à digérer. « Ça va, répète-t-elle, apaisante, en lui tapotant le dos. Tu sais, là où il travaille, il y a plein de gens qui mangent vraiment tout et n'importe quoi. »

Sur le terrain de la différence, ils se comprennent toujours ; là, au moins, jamais ils ne seront étrangers. Elle et cet homme, tous les deux : des nations au sein de nations. Ils ne partageront peut-être rien d'autre que ça, et la musique. Mais c'est déjà suffisant. Déjà ils ont essayé ensemble de mettre l'idée en pratique. Et cet essai seul est déjà un fait, il est trop tard pour revenir dessus : une nation au sein d'une nation.

Au dîner, David est impeccable. Rapidement – trop rapidement –, il connaît assez de dialecte local pour suivre chacun des Daley, du moins en donne-t-il l'impression. Déjà il arrive à faire la différence entre les plaisanteries du Dr Daley et ses pronostics prophétiques. Il captive Charles en lui racontant sa fuite depuis Vienne. Il subjugue les jumelles, qui froncent joyeusement les sourcils en voyant comment il se sert de son couteau et de sa fourchette, il coupe et ramasse en même temps, sans jamais lâcher ni l'un ni l'autre. Il mange avec un si bel appétit que la circonspection de Nettie Ellen se dissipe.

« C'est incroyable, dit David en pointant son couteau sur la viande. Je n'ai jamais rien mangé qui avait ce goût ! »

Delia manque de recracher toute sa bouchée sur la table. Elle s'étouffe, les mains en l'air. David est le premier debout à lui taper dans le dos et à la sauver. Le simple contact, même dans cette urgence, sidère tout le monde. Il l'a *touchée*. Mais David Strom est le premier, également, à revenir au sacrement du repas, comme si personne à cette table n'avait failli s'étouffer.

Delia tient le coup jusqu'à la fin du repas. En prenant un peu de distance, elle entend la petite musique caractéristique de sa famille, comme elle ne l'avait jamais entendue. Ce soir, les paroles des sept membres de la congrégation sont réfrénées, contrôlées, plus raffinées. Elle y décèle tous les réflexes d'un clan, un clan dans un pays où on vous préfère mort. Sa peau noire l'enveloppe comme un vêtement moulant, elle ne l'avait jamais remarqué, prise à l'intérieur comme elle l'est. Comment cet homme la voit-il ?

Et pourtant, le repas se passe mieux qu'elle ne pouvait l'espérer. La décontraction serait trop demander. Mais au moins il n'y a pas de bain de sang. Les efforts de chacun épuisent Delia. Elle serait incapable de survivre à la collision de ces deux mondes s'il n'y avait pas le souvenir du garçon égaré, leur Ode. Sans la grâce de ces mots échangés sur les marches du monument, sans cet aperçu d'un temps plus long, ce repas serait au-delà de ses forces.

Après le repas, David amuse Michael avec des tours de magie à base de pièces de monnaie. Il montre au garçon comment faire tenir une cuiller sur son nez. Il improvise un ludion, spectacle qui séduit même Charles et les jumelles.

Nettie Ellen fait de son mieux : c'est ce que sa religion exige d'elle. « Vous êtes musicien, également, M. Strom ?

– Oh, non ! Pas un vrai. Juste un – hmm ? – amoureur.

– Un amateur, dit Delia. Et il se débrouille drôlement bien. »

L'amateur proteste. « Je ne suis pas à la hauteur de votre fille. Elle, c'est une vraie. »

Nettie secoue la tête, exprimant ainsi cette ancestrale perplexité dont elle est issue. « Eh bien, le piano est pas là pour rien. Installez-vous tous les deux. Faites donc de la musique pendant que les filles et moi, on s'occupe de la vaisselle. »

Delia s'y oppose. « C'est nous qui allons faire la vaisselle, maman. Tu as préparé le repas, repose-toi.

– Pas question. Que chacun serve Dieu à sa façon. »

Pas moyen d'en démordre. Les deux musiciens s'installent donc, « amoureurs » chacun à sa façon. Ils se partagent le banc, prenant soin d'éviter tout contact physique. Ils se lancent dans un extrait du livre des cantiques de Nettie, *He Leadeth Me*, le psaume ancien, joué à quatre mains, SATB, laborieusement déchiffré sur la partition, jusqu'à ce que David comprenne ce qu'il est en train de jouer. Petit à petit, se réchauffant à la flamme de cet héritage séculaire, Delia le pousse vers les confins graves du clavier, pour absorber d'abord le ténor, puis la basse, puis toutes sortes de lignes mélodiques dont Strom ignorait l'existence. Elle se lâche, s'élève, consolide et embellit, donne de plus en plus de voix, et passe en gospel en sachant que c'est un test : *Es-tu sûre ?* Delia le teste pour voir exactement comment il la perçoit et, oui, pour voir s'il est capable de tenir les accords pendant qu'elle déploie ses ailes et s'envole.

Son père arpente la pièce, il fait semblant de chercher quelque chose. À un moment donné, Delia jurerait l'entendre chantonner. Ça pourrait peut-être marcher, en définitive, cet acte de folie totale. Peut-être pourraient-ils faire une Amérique plus américaine que ce mensonge que ce pays prétend incarner depuis des siècles.

Sa mère arrive de la cuisine, le torchon à la main, sa belle robe du dimanche à nouveau protégée par deux tabliers. « Dites, c'est magnifique. » Delia entend : *Je reconnais cette sonorité. Ça, c'est encore ma fille.*

Une fois « He Leadeth Me » entraîné dans tous les prés où le morceau est disposé à gambader, ils négocient une cadence finale et se retournent pour s'observer mutuellement. David Strom rayonne comme un phare, et elle sait qu'il lui demanderait sur-le-champ de passer le restant de ses jours avec lui si, en retour, ses yeux à elle ne lui avaient dardé un avertissement.

« Est-ce que vous avez celui-ci ? » demande-t-il. Et en pointillé mais avec une musicalité certaine, il pose les jalons d'une chanson qu'elle a apprise en première année, un air suffisamment simple pour faire partie des morceaux les plus durs qu'elle ait jamais tentés. Les doigts de Strom jouent seulement les accords de la basse continue.

« Vous connaissez aussi celui-ci ? » demande-t-elle. Elle a immédiatement honte en s'entendant. Quelle communauté serait suffisamment fermée sur elle-même pour les empêcher de partager cet air-là ? La propriété, c'est le vol, et la mélodie par-dessus tout.

Il arrive tant bien que mal à la fin de la première phrase. Sans se concerter, ils reviennent au début. Elle se pose pile sur la première note, sachant qu'il est là et la soutient. Elle n'utilise pas du tout sa voix de poitrine. Les doigts de Strom se font plus précis sur le clavier, dans la lumière qu'elle lui envoie. On dirait une parfaite caisse de résonance, un tube impeccable en cuivre ou en bois. Le vibrato de Delia s'affine jusqu'à ne plus être qu'une pointe, suffisamment effilée pour s'enfiler dans le chas des cieux. Elle flotte en un *piano* aérien, immobile au-dessus de la ligne mouvante :

> *Bist du bei mir, geh' ich mit Freuden*
> *zum Sterben und zu meiner Ruh'.*
> *Ach, wie vergnügt wär' so mein Ende,*
> *es drückten deine lieben Hände*
> *mir die getreuen Augen zu !*

Si tu es à mes côtés, j'irai joyeux rejoindre ma mort et mon repos. Ensemble ils reviennent à la tonique, tombant dans un silence soutenu, le dernier élément de toute partition. Mais avant que le calme ne meure de sa mort naturelle, une troisième voix le perce. Charlie, assis sur l'accoudoir du divan, son propre balcon improvisé, secoue la tête, admiratif.

« C'est pas ça que les Blancs chantaient après avoir passé la journée à nous fouetter ?

– Tais-toi, dit Delia, sinon c'est moi qui vais te fouetter.

– Tu as l'intention de dériver jusqu'où, frangine ?

– Je ne dérive pas, frérot. Je souque ferme, aussi ferme que je sais souquer. »

Charlie opine. « Quand tu seras au large, loin des côtes, tu crois qu'on viendra te repêcher ?

– J'ai pas besoin qu'on vienne me repêcher. Je gagnerai la terre ferme et je continuerai d'avancer.

– Jusqu'à être en sécurité ?

– Ce n'est pas de sécurité qu'on parle, Char.

– Hin-hin. Ferais mieux d'écouter ta mère. M'appelle pas Char.

– C'est sérieux ? dit David, deux mesures à la traîne, quelle que soit la cadence. Les gens chantaient cette chanson pendant que... Est-ce possible ? Ce morceau a été écrit...

– Ne vous occupez pas de ce type. » Première fois de sa vie qu'elle traite son frère de type.

Son père revient, et les sauve d'eux-mêmes. « Dr Strom ? dit le Dr Daley. Puis-je vous poser une question un peu naïve ? Ça me gêne presque de vous... » Delia passe d'une menace à l'autre. Son père déteste gêner à peu près autant qu'un lapin déteste s'ébattre dans la bruyère !

Elle se prépare mentalement. Nous y voilà : le soufflet puissant des choses-telles-qu'elles-sont, faisant voler en éclats le rêve dans lequel elle et cet étranger se sont réfugiés. Même l'amour ne peut survivre aux faits. Elle reste immobile et attend. Quelle folie d'avoir pu penser qu'un ange passerait au-dessus d'eux, d'imaginer qu'ils pourraient échapper à ça : la petite question de son père. La question est dans l'air, elle court dans les rues de la Septième Circonscription, elle rôde à Harlem, elle hante toute la Ceinture noire qui borde South Chicago. La question que la moitié des gens de sa race veulent poser, tous ceux qui sont sans emploi, annihilés à la première occasion. La question à laquelle ni David ni aucun des siens ne peut répondre, la question que personne ne peut entendre. Elle baisse la tête et forme d'avance ces mots qu'elle connaît déjà – cette petite chose que son père n'arrive pas à saisir.

« Supposons que je vous double en volant à une vitesse proche de la vitesse de la lumière... »

Delia relève brusquement la tête. Son père est devenu dingue. Tous les deux : plus dingues que dingues, rien dans toute la pharmacopée toxique de ce pays ne pourrait les rendre plus dingues. David Strom se penche en avant, pour la première fois de la soirée, il est dans son élément. « Oui. » Il sourit. « Allez-y. Je vous suis.

– Alors, selon les lois de la relativité, c'est *vous* qui êtes en train de *me* doubler à la même vitesse.

– Oui », dit Strom avec le même délice qu'il a eu en jouant du piano. Enfin, quelque chose dont il peut parler. « Oui, ceci est exactement correct !

– Mais c'est ce que je n'arrive pas à comprendre. Si nous sommes tous les deux en mouvement, alors nous croyons tous les deux que le temps de l'autre ralentit, relativement au nôtre.

– C'est bien ! » La joie de David est spontanée. « Vous avez étudié ce sujet ! »

William Daley serre les dents. Du regard il teste son interlocuteur pour y déceler une quelconque trace de condescendance, un coup d'œil franc qui confondrait quiconque essaierait de le prendre de haut. Mais il ne voit que du plaisir, un esprit transperçant sa carapace solitaire pour une rencontre surprise.

« Votre temps est plus lent que le mien. Le mien est plus lent que le vôtre. La raison en perd la raison.

– Oui ! » L'homme s'esclaffe. « Ça, aussi, est vrai ! Mais seulement parce que notre raison a été créée à des vitesses très lentes.

– Ça semble une pure absurdité. » Le Dr Daley se retient de parler à ce propos de *parasitisme inutile* ou de *complot juif*. Mais il est scandalisé, c'est manifeste. « Lequel de nous deux a raison ? Lequel de nous deux vieillit réellement le plus vite ?

– Ah ! opine David. Je comprends. Ça, c'est une autre question. »

Pour Delia, cette conversation ressemble à une causerie à l'heure du thé entre aliénés. Plus facile de croire au ralentissement du temps à proximité de la vitesse de la lumière qu'en ces deux hommes. La pièce se liquéfie. Il faut qu'elle se mette au diapason soit du discours soit des discoureurs, bien qu'il n'y en ait pas un pour rattraper l'autre. Son père s'est effectivement livré à une recherche approfondie, mais l'homme qu'elle a ramené à la maison ne saura jamais pourquoi. Nonobstant, David est lui aussi pris en tenailles dans un combat qu'elle ne peut comprendre. Le travail de David, en cet instant, lui est plus étranger que le rituel tribal le plus abscons. Ça sent les onguents et l'encens. C'est posé sur les épaules de l'homme comme un châle de prière.

Elle étudie le Blanc, et ensuite le Noir. Cette joute animée, c'en est trop pour elle. L'incrédulité de son père est sans limites. « Les lois de la physique sont identiques, insiste l'étranger, dans n'importe quel système uniformément en mouvement. » Son père est assis, immobile, renonçant à la raison, tâchant d'embrasser l'impossible.

Ils observent une trêve faite de respect mutuel mêlé de crainte, une trêve qui alarme Delia plus qu'un état de guerre ouverte. Oubliée de l'un et l'autre, elle bat en retraite sur le seul terrain où règne encore le bon sens dans cette maison. Peut-être a-t-elle perdu le droit de se poser là, également. Peut-être sa mère lui barrera-t-elle l'entrée.

Mais Nettie Ellen se tient devant le four, comme avant le dîner, lorsque Charlie l'a fait fondre en larmes. Elle ne pleure plus, à présent. Elle a un torchon à la main, bien que toute la vaisselle soit faite. Elle regarde un espace qui se trouve droit devant elle. Elle semble ne pas entendre sa fille entrer. Quand elle parle, c'est à l'abîme devant elle qu'elle s'adresse. « Vous avez l'air forts, ensemble. Comme si personne ne pouvait vous faire de mal. Comme si vous aviez déjà affronté beaucoup d'épreuves ensemble, bien plus que vous en avez affronté. »

Sa mère est tombée sur l'incroyable vérité de Delia. Les notions absconses de cet homme, son espace courbe et son temps qui s'écoule lentement, l'après-midi de Pâques sur le Mall, tout cela leur a d'une certaine manière donné du temps pour se trouver l'un l'autre. L'oiseau peut aimer le poisson uniquement pour l'étonnement qu'ils éprouvent en filant de concert vers l'inconnu.

« C'est ça qui est fou, maman. C'est ça que je n'arrive pas à comprendre. Plus de temps que nous...

– C'est bien, dit Nettie, en se détournant pour faire face à l'évier. Va falloir que tu prennes tout le temps pour t'y faire. »

Si elle a dit cela comme une réprimande, c'est bénin comparé aux souffrances que Delia pressent déjà. Elle a envie de prendre sa mère dans ses bras pour la remercier d'avoir prononcé cette bénédiction, même si elle n'est pas dépourvue d'arrière-pensées. Mais cet encouragement est tissé de tant de désespoir que ce n'est pas la peine d'en rajouter.

Sa mère lève la tête, et regarde Delia droit dans les yeux. Avec dix ans de décalage et dans une autre ville, la fille dit : *Elle est si petite. Fine comme un morceau de savon à la fin de la semaine.* « Tu sais ce que dit la Bible. » Nettie Ellen essaye d'articuler la citation. « Tu sais... » Mais pas un son ne franchit le seuil de ses lèvres hormis « jurer » et la moitié de « fidélité ».

Ce n'est pas la dernière fois qu'elles échangent des choses trop graves pour être exprimées. Delia enlève le torchon inutile des mains de sa mère et le repose à sa place. Elle fait pivoter les épaules de sa mère, et ensemble elles se dirigent vers la pièce de devant pour reprendre possession de l'homme étrange qui a été assigné à chacune d'elles. Elles ne se prennent pas par le bras comme elles auraient pu le faire, naguère. Il n'empêche, elles marchent ensemble. Delia ne fait pas le moindre effort pour embellir sa mère, car ce serait leur faire insulte à tous. Chacun doit regarder les autres le doubler, chacun selon sa propre horloge.

Les hommes sont passés du combat au pacte absolu. William et David sont penchés l'un vers l'autre, les mains sur les genoux, comme s'ils jouaient à lancer des petites pièces dans une ruelle. Ils ont formé une alliance face à la loi fondamentale de l'univers. Ni l'un ni l'autre ne lève la tête au moment où les femmes pénètrent dans la pièce. Le docteur en médecine a toujours une mine renfrognée, mais une mine presque domptée par l'ange de la compréhension. « Alors, vous dites que mon présent a lieu avant votre présent ?

– Je dis que toute l'idée de présent ne peut pas se déplacer de mon cadre de référence au vôtre. On ne peut pas parler d'instantané. »

Nettie adresse à sa fille un regard apeuré : quelle langue il parle, ce bonhomme ? Delia se contente de hausser les épaules : la vaste futilité des hommes. Elle se réfugie dans une posture consacrée par le temps : le renoncement, et du coup, imite sa mère en train de secouer la tête, complicité d'épouses qui, de fait, la fait se sentir plus proche encore de son futur mari.

« Messieurs, au cas où vous auriez pas remarqué, il se fait tard. » Nettie Ellen agite le doigt en direction de la fenêtre, vers cet extérieur incontestable. Dire l'heure qu'il est d'après l'obscurité : ce n'est pas sorcier.

« C'est ce qu'on appelle notre légendaire hospitalité. » William lance un clin d'œil à David.

Strom se relève. « Je dois partir ! »

Nettie Ellen lève les mains en l'air. « Ce n'est pas ce que je veux dire. Au contraire. Est-ce que vous êtes sûr de vouloir sauter dans un train à cette heure-ci ? »

Delia voit à quel point sa mère s'efforce de paraître spontanée. L'offre qu'elle ferait sans réfléchir, si elle vivait dans n'importe quel autre pays que celui-ci, effleure sa gorge et reste coincée en travers. Au demeurant, Delia n'est pas tout à fait prête à entendre sa mère lancer l'invitation. Héberger l'homme sous le même toit que ses parents... Elle se tient au garde-à-vous, crispée. Son étranger aussi attend poliment, tâchant de freiner le train emballé de ses pensées, de ralentir suffisamment le moment pour voir ce qui se passe. Les trois hôtes sont debout à opiner devant l'invité, chacun attendant que l'autre dise : *Il y a un lit d'ami dans la pièce du bas.*

Ils restent ainsi debout pour l'éternité. Puis l'éternité s'arrête. Michael et Charles font irruption dans la pièce, trop excités pour parler. C'est le petit qui arrive à parler le premier. « Les Allemands ont envahi la Pologne. Des chars, des avions...

– C'est vrai, dit Charles. Ils parlent que de ça à la radio. »

Tous les yeux se tournent vers l'Allemand qui se trouve parmi eux. Mais ses yeux à lui cherchent la femme qui l'a amené ici. Celle-ci, en une fraction de seconde, lit sur le visage de l'Allemand une peur qui le rend dépendant d'elle. Tout ce qu'exprime la culture de cet homme finit dans les flammes. Sa science et sa musique tentent de comprendre cette guerre qu'elles n'ont pas empêchée, occupées qu'elles étaient à leurs libres envolées ludiques. Une seule *Blietzkrieg* suffit pour que brûle tout ce qui a toujours compté pour lui.

Elle perçoit, en un éclair, ce que signifie cette nouvelle. Et, pas un instant, elle ne doute. Sa famille est morte, son pays impossible à rallier. Il n'a personne, pas d'endroit à lui, plus de maison, désormais il n'a plus qu'elle. Il n'a plus d'autre nation que cet État souverain à deux.

17

Mon frère en Othello

La Caroline demande : « Vous êtes *quoi*, exactement, les garçons ? » Et notre réponse nous tombe dessus du jour au lendemain : « *America's next voice* », la nouvelle voix de l'Amérique. Pas l'actuelle ; seulement celle de l'avenir. Pas tout à fait la gloire, mais c'en est fini de l'obscurité et de sa liberté.

Nous quittons Durham avec toute une collection de cartes de visite : les gens veulent que nous les appelions. Ruth dit : « Regardez moi ça. Est-ce que ça veut dire que vous êtes des gens importants ? » Jonah ignore la question. Mais les paroles qu'elle vient de prononcer constituent la plus grosse pression professionnelle que je subirai jamais.

Jonah se retrouve dans une position de rêve : des gens des grandes villes dans tout le pays lui demandent de venir chanter, lui proposent même parfois de le payer suffisamment pour couvrir les frais. Soudain, il doit décider d'un avenir. Mais d'abord, il doit se trouver un nouveau professeur. Il a réussi sa sortie de Juilliard sur un beau pied de nez, remportant une compétition à l'échelon national contre d'innombrables chanteurs plus âgés et plus expérimentés, tout cela sans *coach*. Mais Jonah lui-même n'est pas fou au point de penser qu'il peut continuer à progresser seul. Dans sa branche, les gens continuent à étudier jusqu'à la mort. Prennent même encore des cours du soir, après ça.

Ce prix lui permet d'envisager de travailler avec les meilleurs ténors de la ville. Il pense à Tucker, à Baum, à Peerce. Mais, finalement, n'en retient aucun. Selon lui, son plus gros atout est la justesse, cette flèche d'argent aiguisée. Il a peur que des hommes si réputés, fassent de lui un pantin grotesque, et brisent cette force qu'il sent en lui. Il tient à rester clair, vif, léger. Il veut s'engager sur la voie des récitals, fourbir ses armes dans les salles de concert, revenir à son rêve d'opéra contrarié, quand il aura trouvé le moyen de s'étoffer tout en gardant intacte sa pureté.

Il choisit une femme comme professeur. Il la choisit pour toutes sortes de raisons, entre autres ses cheveux d'un roux flamboyant. Son visage est une proue de bateau qui fend les mers déchaînées. Sa peau, un rideau de lumière.

« Pourquoi pas, Joey ? J'ai besoin d'un professeur qui m'apporte ce que je n'ai pas encore. »

Ce dont il a besoin, ce que Lisette Soer peut lui apporter, ce sont des indications de jeu. C'est une soprano lyrique très prisée à San Francisco, Chicago et New York, et cependant elle n'est pas encore définitivement sur orbite. Mais la mise à feu de la fusée a commencé. Elle n'a que quelques années de moins que Maman à sa mort. Elle n'a qu'une douzaine d'années de plus que Jonah.

Si sa voix n'est pas à la hauteur des plus grandes divas, elle commence à obtenir des rôles dont l'attrait se limite d'ordinaire aux notes de programmes dithyrambiques. C'est plus une comédienne qui sait chanter qu'une chanteuse qui s'essaye à la comédie. Elle traverse les pièces comme une statue tout juste incarnée. Jonah revient de sa première leçon les poings sur les yeux, en grognant d'un bonheur suprême. Il trouve chez son nouveau professeur à la chevelure rousse l'intensité qu'il recherchait. Quelqu'un qui puisse lui enseigner tout ce qu'il a besoin de savoir sur la scène.

Mlle Soer approuve le projet de son nouvel élève. « L'expérience, c'est absolument essentiel, lui dit-elle. Va sur toutes les scènes possibles. East Lansing. Carbondale. Saskatoon dans le Saskatchewan. Partout où la culture est mise aux enchères pièce par pièce sur le marché au comptant. Qu'ils te voient nu. Le chagrin et la peur, tu apprendras cela *in situ*, et ce que tu n'auras pas acquis sur la route, ton professeur se chargera de te l'enseigner à ton retour. »

Elle le lui dit de but en blanc : « Quitte la maison. » Il me transmet l'ordre, comme si c'était lui qui l'avait inventé. On ne peut espérer progresser dans le chant si l'on vit encore avec sa famille. On ne peut accéder au futur en vivant encore dans le passé. La flèche du progrès pointe dans un sens, elle est impitoyable.

Elle se débarrasserait bien de moi, aussi, j'en suis certain. Mais Lisette se garde bien de semer cette idée dans l'esprit de Jonah. Ensemble, ils décident qu'il faut que je parte avec lui, qu'on se trouve un endroit où mûrir et concrétiser nos espoirs. Ruth est assise dans la cuisine, elle tire sur ses nattes. « C'est idiot, Joey. Vous installer dans le centre alors que vous pouvez loger ici gratuitement ? » Da se contente d'opiner, comme si on le déportait et qu'il l'avait vu venir depuis le début. « Est-ce que c'est parce que je ramène des fois des copines à la maison ? demande Ruth. Vous essayez de vous éloigner de moi ? »

« Et notre studio ? » je demande à Jonah. Mais il est bien trop exigu pour qu'on y habite. « Que dirais-tu d'un appartement plus grand dans cet immeuble ?

– Pas bien situé, dit-il. C'est dans le Village que ça se passe. » Et c'est là que nous installons nos nouveaux quartiers. Le Village, c'est du pur théâtre, le meilleur entraînement, selon la formule préférée de Mlle Soer, à « vivre au niveau de désir maximum ».

Le désir maximum, voilà ce que Lisette est douée pour enseigner. Elle garde cela profondément ancré dans son corps. Sa voix est un rayon qui transperce le brouillard orchestral le plus profond. Mais ce n'est pas uniquement à sa voix qu'elle doit son succès. Le corps de danseuse ne nuit en rien. Elle rayonne de sensualité, même quand elle interprète des rôles masculins, et que sa chevelure irradiante est ramassée en boule sous une perruque poudrée, lourde, à portée de main, ambiguë. Sur scène, sa déambulation la plus banale est une hypnose satinée. Ses mouvements sont ceux d'un léopard. Voilà ce qu'elle a l'intention de transmettre à mon frère : une certaine intensité pour tremper sa justesse vocale si naturelle.

À la troisième leçon de Jonah, elle quitte la pièce sans un mot. Il reste perché devant son pupitre noir, à essayer de deviner le péché qu'il a commis. Il attend vingt minutes, mais elle ne réapparaît pas. Il revient à notre nouveau deux pièces de Bleecker Street dans un nuage d'innocence bafouée. Pendant tout le week-end, mon boulot consiste à lui dire : « Vous vous êtes mal compris, c'est tout. Elle est peut-être malade. » Jonah est allongé sur le lit, le ventre noué. Jamais je ne l'ai vu aussi contrarié par son corps.

Lisette se présente à la leçon suivante comme si de rien n'était, toute joviale. Elle traverse la pièce et lui dépose un baiser sur le front, ni pour lui demander pardon ni pour présenter ses excuses. Juste la vie dans son insaisissable plénitude, et : « Pouvons-nous reprendre le Gounod à ta deuxième scène, je te prie ? » Ce soir-là, il reste allongé au lit, en proie à une autre tornade de sentiments, cela fait longtemps que ses muscles n'avaient été sollicités de la sorte.

Chanter, lui dit Soer, n'est rien d'autre que tirer les bonnes cordes au bon moment. Mais *jouer la comédie* – c'est prendre part à la catastrophe humaine qui se poursuit sans discontinuer depuis un million d'années. Imaginons, par exemple, que les dieux ont conspiré contre toi. Te voilà seul, au milieu de la scène, face à cinq cents personnes qui te mettent au défi de leur prouver quelque chose. Attaquer les notes, ce n'est rien. Tenir un contre-ut, net, sur quatre mesures n'ira pas changer la *Weltanschauung* de quiconque. « Va là où le chagrin est réel », lui dit-elle. De la main droite, elle se griffe la clavicule en se remémorant l'horreur. *Existe-t-il déjà un endroit, dans ta jeune vie, où tu l'as connue ?*

Il connaît déjà l'endroit, sa résidence permanente. Bien plus qu'elle ne le croit. Il a passé des années à essayer d'échapper à la moindre bribe de ce souvenir. Mais à présent, sous l'impulsion de Lisette, il apprend à revisiter cette mémoire sur commande, à retourner le feu contre lui-même, et à la façonner à sa guise pour en faire la seule chose qu'il puisse en faire. Sous les doigts de cette femme, sa voix s'ouvre. Elle le prépare pour le Naumburg Award, pour Paris, pour tout concours où il se donnera la peine de s'inscrire.

Elle nous présente à un agent, Milton Weisman, un imprésario de la vieille école qui a signé avec son premier artiste avant la Première Guerre mondiale, et qui est toujours en activité, sans doute parce que c'est l'alternative la moins déplaisante à la mort. Il exige de nous rencontrer dans le capharnaüm de sa tanière située sur la Trente-Quatrième. Les photographies 20 × 25, sur papier glacé, que Lisette prend de Jonah, ne sont pas assez bonnes ; il veut nous voir en chair et en os. J'ai vécu toute ma vie dans l'illusion que la musique était une question de son. Mais Milton Weisman n'est pas de cet avis. Il a besoin d'un face-à-face avant de commencer à nous programmer.

M. Weisman porte un costume rayé croisé avec des épaulettes, quasi période Prohibition. Il nous fait entrer dans son bureau et nous demande : « Vous voulez un soda, les garçons ? *Root beer, ginger ale ?* » Jonah et moi portons des vestes noires légères et de fines cravates qui paraîtraient vieux jeu à quiconque de notre âge, mais qui, aux yeux de M. Weisman, nous cataloguent comme beatniks ou pire encore. Lisette Soer porte un ensemble diaphane à la Diaghilev, un fantasme de l'Inde des nababs. Un de ses amants, croyons-nous, est Herbert Gember, le styliste très en vue au City Center, même s'il n'est pas exclu que cette aventure relève du pur opportunisme. Elle est de ces personnalités d'opéra qui, par la force des choses, sont vêtues plus sobrement sur scène que dans la vie.

Nous discutons avec M. Weisman de la liste des clients qu'il a eus depuis l'âge d'or. Il a travaillé avec une demi-douzaine de ténors parmi les plus grands. Jonah veut en savoir davantage sur ces hommes : ce qu'ils mangeaient, combien d'heures ils dormaient, s'ils restaient muets, le matin, avant un concert. Il recherche la formule secrète, le petit détail significatif. M. Weisman est capable de continuer sur le sujet aussi longtemps qu'il aura des auditeurs. Moi, tout ce que j'ai envie de savoir, c'est si ces hommes célèbres étaient gentils, s'ils s'occupaient de leur famille, s'ils semblaient heureux. Ces mots ne viennent pas une seule fois dans la conversation.

Tout en parlant, Milton Weisman marche de long en large dans son bureau décrépit, il tripote les stores, nous scrute sous tous les angles. Il nous regarde rarement de face, mais il multiplie les coups d'œil obliques qui font mouche. Le vieil agent nous jauge pour savoir comment nous serons sous les feux de la rampe, il esquisse mentalement une carte géographique en y faisant figurer les limites de notre itinéraire : Chicago, *certainement*. Louisville, *peut-être*. Memphis, *aucune chance*.

Au bout d'une demi-heure, il nous serre la main et dit qu'il peut nous trouver du travail. Voilà qui me rend perplexe ; les propositions affluent déjà. Mais Lisette est aux anges. Pendant tout le trajet, elle ne cesse de pincer la joue de Jonah. « Tu sais ce que ça signifie ? Cet homme est une autorité. Les gens l'écoutent. » Tout juste si elle ne dit pas : *Avec lui, ta carrière est faite.*

Ils nous envoient en tournée donner des récitals dans les endroits les plus improbables. « Les *lieder*, insiste Lisette, c'est plus dur que l'opéra. Il faut transmettre les émotions au public sans autre accessoire que la voix. Chacun de tes gestes est menotté. Les paroles emplissent ta bouche, tu dois sentir ton corps bouger, et pourtant il ne peut pas bouger. Il faut que tu modèles le mouvement invisible, de manière à ce que ton public le voie. »

C'est sur ces belles paroles qu'elle nous lâche dans la nature, et ça marche. Comparé à l'habituel public collet monté des concerts classiques, dans les petites villes où nous nous produisons les spectateurs réagissent un peu comme des supporters à un match. Les gens viennent dans les loges. Ils veulent nous connaître, nous raconter les tragédies qui ont ruiné leurs vies. Jonah n'est pas insensible à l'attention qu'on lui porte.

M. Weisman a l'art de nous faire entrer et sortir des bourgades sans incident. Parfois, dans les villes plus importantes, il trouve des sommités culturelles locales, qu'il sait mettre en compétition pour savoir qui aura l'honneur de nous recevoir sous son toit. Dans les agglomérations plus petites, nous excellons bientôt dans l'art de choisir les hôtels qui n'importuneront pas de jeunes messieurs bien sous tous rapports et à la diction châtiée. Quand nous arrivons dans un hôtel, c'est Jonah qui s'adresse à la réception, et moi j'attends à l'écart. Quand nous sentons que ça risque de coincer, nous battons rapidement en retraite et nous installons alors un peu plus loin de la salle de concert où nous serons acclamés pour nos *Dichterliebe* de Schumann.

Nous nous produisons à Tucson, en Arizona – une salle d'adobe rose dont le balcon pourrait tout aussi bien faire office de chambre de passe au-dessus d'un saloon – le soir où nous apprenons que James Meredith a essayé d'entrer sur le campus d'Ole Miss. L'armée s'en mêle à nouveau, du moins cette partie de l'armée qui n'est pas déjà occupée à jouer les béquilles pour les dictateurs en difficulté de la terre entière. Vingt-trois mille soldats dépêchés, des centaines de blessés et deux tués, tout cela pour qu'un homme intègre l'université.

Nous sommes dans la loge – en l'occurrence, des parpaings peints en un vert absurde – au moment où Jonah me tend une partition en disant : « Laisse tomber le Ives. Voilà notre rappel. » Sans douter un seul instant qu'il y aura un rappel. Sans douter un seul instant que je serai capable de jouer le morceau de remplacement au débotté. De fait, comparé au délicat et polytonal Ives – une œuvre qui satisfait l'appétit de Jonah en matière d'avant-garde, tout en livrant au public des fragments nostalgiques de la chanson folklorique *Turkey in the Straw* –, ce nouveau morceau est d'une grande simplicité.

« Tu plaisantes, dis-je.

– Quoi ? Tu ne connais pas ? »

Je connais, évidemment. Un arrangement, signé du grand Harry Burleigh, de *Oh Wasn't Dat a Wide Ribber ?*. Jonah a dû trimballer ça dans sa valise. L'arrangement est sans fioritures, et très pianistique. Il reste proche de la mélodie familière, mais il est parsemé de notes de transition inspirées qui réussissent à faire basculer la chanson sur un autre territoire. Un coup d'œil, et je pourrais la jouer sans partition.

« Bon sang, je connais le morceau, Jonah. C'est juste que je ne vois pas ce que tu as l'intention de faire avec.

– Je vais te dire ce que je pense. Sur-le-champ. » Il reprend la partition et la saupoudre d'annotations.

« On ne va pas se pointer et faire ça à froid.

– On est à Tucson, Arizona, frangin. Wyatt Earp. O.K. Corral. » Il prononce *choral*. Il continue d'annoter la partition. « C'est le Far West, ici. Faut pas qu'on se fasse choper en train de répéter. »

Je reprends la partition, désormais couverte de ses gribouillis. En filigrane de ses annotations, je lis les gros titres du jour. « Tu passes aux aveux, Jonah ? » Un coup bas, certes. Il n'a jamais essayé de dissimuler quoi que ce soit. Jamais essayé de passer pour autre chose que ce qu'il est : un bronzé, vaguement sémite, aux boucles amples, un môme métissé qui chante de la musique européenne sérieuse. Je me dégoûte moi-même à l'instant où les mots sortent de ma bouche. C'est le stress de la tournée, le long trajet depuis Denver, la veille au soir. Il lui faut un pianiste d'accompagnement qui ait le goût du spectacle, qui éprouve réellement du plaisir à se faire aimer de salles pleines d'inconnus.

Mais Jonah se contente d'un petit sourire narquois. « Je ne parlerais pas tout à fait d'*aveux*, Mule. Ce n'est qu'un rappel. »

Je sais ce qu'il veut sans avoir besoin qu'il me fasse un exposé. Après l'ovation debout et notre deuxième rappel, mon frère m'adresse un regard tandis que nous achevons notre révérence. *T'es prêt ?* Je suis la partition, je ne veux pas tenter le diable, mais je tiens aussi à ce que le public sache qu'on n'est plus dans l'ordre habituel des choses. Je sais ce que veut Jonah : que toutes ces douces dissonances jaillissent allègrement au grand jour. Il veut que je marque toutes les nuances tapies derrière cette joyeuse insouciance, que le côté enjoué prenne tout son relief. Peut-être même que j'y apporte quelques initiatives percutantes de mon cru. Il veut que le morceau soit limpide, joyeux, en majeur, et inondé d'un désastre discordant.

La salle de ce soir est trop petite pour que Lisette Soer s'y produise, trop petite, trop dure et trop lustrée pour que quiconque, hormis mon frère et moi, se rende compte de quoi que ce soit. Hurlez, hurlez : Satan s'approche. Encore une rivière à traverser. Fermez la porte, qu'il reste dehors. Encore un fleuve à traverser. Il y a ce type, Meredith, qui essaye de faire ses études, et puis il y a l'armée américaine, et des morts, comme l'année dernière, comme l'année prochaine. On n'y arrivera jamais. Encore un fleuve ; encore un Jourdain en temps de guerre. Et encore un après ça.

Dans le public, personne ne devine à quelle source il puise son chant. Les choses qui se passent dans le monde ce soir se déroulent ailleurs, toujours dans un autre État. Satan est proche, mais personne ne le voit. Encore un fleuve à traverser. Et pourtant le public entend la chanson : quelque chose de brutalement américain, après tout l'italien et l'allemand indéchiffrable que nous leur avons servis pendant le concert. Brûlant dans ce désert par quarante degrés, où même les ocotillos, les saguaros, crèvent de soif, où les rivières sont à sec depuis si longtemps qu'il y a deux mètres de ronciers sauvages dans leurs lits, les gens rentrent à la maison avec ce message ancien, dans leurs haciendas en stuc avec les gazons transplantés du Kentucky, dans leur ville qui s'est développée au détriment des réserves indiennes alentour : une terre doublement volée. Ils sont allongés chez eux, et cet artefact culturel les maintient éveillés. Encore un fleuve à traverser.

Le chant de Jonah ne résout pas le problème de l'université du Mississippi. Ne contribue pas à faire l'Amérique, ou la défaire. Meredith aurait sans doute détesté notre version. Mais le *spiritual* pourtant a un effet invisible sur une nation infiniment plus réduite. « Qu'est-ce que tu en as pensé ? », me demande Jonah en coulisses.

Et je lui réponds : « Ample comme le fleuve. »

À notre retour, il s'empresse de raconter l'histoire à Lisette Soer. Son visage devient de la couleur de ses cheveux quand elle apprend que nous avons modifié le programme sans la consulter. Elle s'adoucit, bien que toujours fâchée, en entendant les détails. Il existe des forces auxquelles même le *method acting* n'osera puiser. Des forces dont elle sait qu'il ne faut pas se mêler.

Ils deviennent de plus en plus dépendants l'un de l'autre, mon frère et madame Soer, liés comme ce n'était pas arrivé à Jonah depuis Reményi. Proches comme il ne l'a été de personne depuis l'incendie. Elle lui demande de chanter dans une *master class*, aux côtés de quatre cantatrices prometteuses. Elle tient à ce qu'il soit exposé aux oreilles agressives de la côte Est. Ils écoutent ensemble de vieux enregistrements, de grands ténors défunts – Fleta, Lindi – tard le soir jusqu'à ce que l'un de ses célèbres collègues et concurrents arrive chez elle et renvoie le garçon chez lui.

Ils ont une chaîne stéréo cinquante fois plus chère que celle que nos parents nous ont achetée il y a des années. Mon frère revient de ses séances d'écoute en secouant la tête, émerveillé. « Mule, on ne les a tout simplement jamais entendus, ces bâtards. Ce qu'ils font réellement, tu y croirais pas ! »

Au cours de ces séances, Lisette ne bronche pas, contrairement à ce que Jonah et moi avions coutume de faire, lorsque nous écoutions dans le noir. Elle interdit qu'on parle pendant la musique et pendant les quelques minutes qui suivent. Elle réduit tout commentaire à des pincements sur le bras de Jonah. Ses longs ongles lyriques s'enfoncent dans la chair, proportionnellement à la puissance et à la pure intensité dramatique du moment, revécu dans la tension électrique de l'appareil.

Elle connaît des vies entières de musique, car elle en a vécu plusieurs au fil de son tiers de siècle. Elle développe la voix de mon frère sans beaucoup la transformer. Mais les changements qu'elle provoque chez lui sont spectaculaires. Elle lui ouvre la voix, l'aide à colorer ses voyelles, les égalisant tout au long de sa tessiture. C'est le premier professeur à lui apprendre la forme de sa propre langue et de ses propres lèvres. La première à lui apprendre que trop de perfection tue. Mais la leçon principale est bien plus rude. Mlle Soer enseigne à mon frère ce qu'est l'appétit.

Je l'entends avant de le voir. Dans le Village, il s'agite en tous sens. Les choses n'arrivent pas assez vite. Les beatniks, c'est fini. La scène jazz, décrète-t-il, tombe dans le recyclage. Il épuise sa fascination pour l'avant-garde classique. « Ces plaisantins n'ont rien inventé de nouveau depuis Henry Cowell. » Cage et le public zen l'ennuient, et même en quadruplant l'ennui, cela ne change rien. Lorsque nous ne sommes pas sur la route, il erre dans les rues, à l'écoute d'autres voix, s'introduisant par effraction dans d'autres salles.

L'appétit qu'elle sème en lui est perceptible sur scène. Nous sommes à Camden, dans le Maine, sur une scène montée pour l'occasion qui tremble un peu au gré du ressac. Il est en train de chanter *When I Am One and Twenty* en y mettant tout ce qu'il peut, comme si la diction à elle seule pouvait transformer des paroles tourbeuses en diamant. Il exige quelque chose des paroles, des notes, du public, de moi. Lisette lui a appris la règle pour empêcher toute tension dramatique de verser dans la sentimentalité excessive. Au sommet de la phrase, au plus fort de la chanson, se rétracter. Ne pas devenir grandiloquent et embrouillé ; rentrer, contourner l'insupportable, jusqu'à ce que l'insupportable luise de sa plus petite lueur.

Son appétit se précise. Il lit à nouveau – Mann, Hesse –, ces œuvres que János Reményi lui avait fait lire, des siècles avant que Jonah ne puisse espérer les comprendre. Même à présent, il est encore bien trop jeune pour en saisir toute la portée. Mais il les a avec lui quand il part assister à ses cours, en se disant que cela fera plaisir à Soer. Elle en est horrifiée. Elle les trouve répugnantes, germaniques. Elle veut qu'il se mette à Dumas, au moins à Hugo.

« Savais-tu que Dumas était noir ? » Jonah l'ignorait. Il se demande pourquoi elle éprouve le besoin de le lui dire.

Il sait certainement ce qui va se produire. L'iceberg blanc ne va plus tarder à se consumer pour lui, même si un brouillard plus blanc encore le protège encore – pour combien de temps ? Mais je ne dis rien ; cette bonne femme en fait trop pour nous. Avec elle, j'en apprends des tonnes et des tonnes, des mondes entiers sur la musique, et plus encore sur le monde musical.

Nous sommes à un stand de pizzas sur Houston Street, nous nous faisons passer pour des étudiants, nous apprécions la soirée, cette manière qu'a la nuit de se dissoudre parmi les passants. « Mule ? Tu as couché avec une fille quand on était à la fac ? »

L'espace d'un instant, il prend l'intonation de la vieille épouse qui s'adresse à son mari en fin de soirée, le soupçon est trop ancien pour être soucieux, à présent, cela n'a plus guère d'importance.

« En dehors des actrices, des Gitanes, des phtisiques et des courtisanes au cœur d'or, tu veux dire ? »

Il relève la tête d'un mouvement brusque, puis me fait un doigt. « Je veux dire en vrai. Je ne parle pas de ton imagination de malade.

– Oh. En *vrai*. » Je me demande si j'en ai jamais eu envie, avec quiconque en *vrai*. Mon unique moment d'amour – la femme à la robe bleu marine, suivie sur vingt pâtés de maisons – ne risque pas de me compromettre. « Tu crois peut-être que j'aurais pu seulement y *penser* sans que tu le saches ? »

Ses lèvres se retroussent un peu, il les cache derrière une part de pizza. Il mâche, avale. « Ça t'est déjà arrivé d'être *tout près* ? »

Je fais semblant de délibérer, le sang tambourine dans mes tempes. « Non.

– Et depuis ?

– Non. » Tu ne m'as jamais quitté de l'œil. « Mais puisqu'on en parle...

– Combien... d'hommes elle a, selon toi ? » Une seule *elle* possible dans nos vies, actuellement. Il n'a pas vraiment envie que je fasse le décompte, et moi non plus.

Les difficultés respiratoires dont il a souffert pendant notre préparation au concours de l'America's Next Voices refont leur apparition. Cela se produit avant un récital du dimanche après-midi à Boston, la première fois que nous y retournons depuis Boylston. Dix minutes avant notre tour, il se met à suffoquer, il manque de s'évanouir. Je demande à l'organisateur d'annuler et d'appeler un médecin. Jonah refuse, bien qu'il soit à deux doigts d'étouffer. Nous montons sur scène avec vingt minutes de retard. Le récital a lieu, inégal. Mais Jonah chante avec un désir maximum. Après coup, le public se rue dans les coulisses. Pas le moindre signe de

Reményi, ni d'un seul professeur de Boylston, ni d'aucun de ceux qui jadis avaient été nos amis.

À notre retour à New York, Lisette l'oblige à passer une visite médicale. Elle propose même de lui avancer de l'argent. Je bénis cette femme d'arriver à lui faire faire ce que moi, je ne peux pas. Rien à signaler, dit le médecin. « Rien à signaler, Mule », répète Jonah en lançant des regards affolés aux quatre coins de la salle d'attente, comme si les murs se refermaient sur nous.

Je réagis mieux à ses crises de panique maintenant que je sais qu'elles sont passagères. En gardant mon calme, j'arrive à l'en faire sortir plus rapidement. Lui, il gère, il semble parfois presque les planifier de manière à éviter un désastre total : tôt dans l'après-midi, avant un concert, ou bien à la réception, juste après.

Rien qu'au mois de janvier 1963, nous jouons dans huit lieux différents : des grandes villes en quête de sang neuf, des villes de taille moyenne qui essayent de se faire aussi grosses que des grandes villes, des petites villes en quête de culture à un prix abordable, des petits bourgs qui, au hasard de quelque accident historique, s'accrochent à leurs racines européennes. Leurs grands-parents ont peut-être jadis acheté des places au poulailler du Stadtschauplatz, ou adoré les concerts gratuits du Rathaus, les jours de congé. Ainsi les descendants conservent les usages en dehors de tout contexte, comme les gens transforment les énormes consoles radio en placards à bibelots.

Nous ne savons rien du *Project Confrontation* jusqu'à en entendre parler à la télévision, dans le hall d'un hôtel deux étoiles de Minneapolis. Un commissaire de police du nom de Bull Conner accueille les manifestants à coups de lance d'incendie et de bergers allemands dressés à l'attaque, pour avoir chanté *Marching to Freedom Land* sans autorisation. La plupart des manifestants sont beaucoup plus jeunes que nous. Jonah suit cela depuis Minneapolis en chantonnant « Là-bas au sud à Birmingham, j'veux dire au sud en Alabam' », il n'entend même pas.

Le pays qu'on nous présente à la télévision n'est pas le nôtre. Les images montrent la cohue dans les rues, comme dans une Europe de l'Est sous le joug d'un régime autoritaire. Les mômes matraqués sont embarqués dans les paniers à salade. Les corps roulent sous la pression des jets d'eau, écrasés à coups de canons à eau contre les murs de brique. Partout, ce ne sont que jets d'eau et chaos, membres entaillés et contusionnés, deux policiers blancs frappent un garçon au visage à coups de matraque, jusqu'à ce que le chasseur de Minneapolis, salarié à l'heure, noir, reçoive l'ordre de la direction de changer de chaîne, et Jonah et moi filons faire une balance de dernière minute avant de charmer les Villes jumelles.

Ce soir, nous faisons un autre rappel. Jonah me le chuchote tandis que nous nous inclinons sous les acclamations du public. *Go Down Moses* en *ré* mineur. Cette fois-ci, il n'a même pas la partition. Nous n'en avons pas besoin. Un vieil ami m'a appris à improviser, à saisir les notes au vol, avec un résultat aussi convaincant que lorsque tout est écrit. Jonah ne connaît pas tout à fait les paroles, mais il s'en sort fort bien, lui aussi. Il les chante au moment même où les enfants des cellules de la prison de Birmingham entonnent : « Je laisserai personne me marcher sur les pieds... »

Le public aussi a vu Birmingham, avec les commentaires du présentateur Walter Cronkite, plus tôt dans la soirée. Les gens savent ce qui se passe au loin, là-bas en Égypte. Ils se taisent au moment où Jonah termine, dur, lumineux, et *piano*. Mais ils ne savent comment appréhender ce mélange, cette *cause* qui se glisse jusque dans les confins de la beauté. Même les applaudissements enthousiastes semblent déplacés.

Nos engagements se font plus nombreux, les manifestations aussi. Elles déchirent des centaines de villes, au Nord comme au Sud, et éclatent même dans les villes de notre tournée. Pourtant nous manquons toujours les rassemblements, décampant un jour trop tôt, ou débarquant deux jours trop tard. Nous peaufinons notre nouveau rappel et l'ajoutons au répertoire fixe. Jonah n'en parle pas à Lisette.

Elle accorde une importance croissante à notre allure en public. « Jonie (eh oui, il accepte ce surnom), on commence à te remarquer. Ton nom devient synonyme de légèreté et de finesse. Il faut que tu te méfies de tout ce qui est lugubre. Trouve des œuvres qui te laissent *voguer.* » Elle s'oppose à toute velléité de chanter quoi que ce soit ayant été composé après 1930. Elle lui fournit un arsenal d'œuvrettes scintillantes, aucune n'excédant les deux minutes. Elle le nourrit de Fauré. Elle s'entiche de Delius – *Maude* et *A Late Lark*. Quand il les chante sur scène, Jonah semble porter un collant pastel.

Lisette élimine les petites tricheries auxquelles il a recours pour dissimuler les notes qui lui posent des difficultés. Elle le pousse à se forger un seul arc poli à partir des trois régions de sa voix. Personne n'a jamais entendu en lui ce qu'elle y entend. Personne n'a jamais osé le pousser à ce point. Pendant les leçons, elle lui répond en chantant. Lorsqu'elle le fait asseoir pour le reprendre, on dirait du cuivre après le bronze. L'instrument de Jonah est plus somptueux que celui de son professeur. Mais elle a une présence qui sidère mon frère. Elle a juste à *penser* les notes, et elles s'égrènent, comme un souvenir intérieur revenu sans effort. Elle chante, et Jonah entend son destin qui l'appelle. Même moi, je ne peux pas m'en détourner.

Elle se blottit contre lui quand il chante, se presse contre ses côtes, lui tapote les flancs, pose ses paumes fraîches sur son cou. C'est d'une cruauté affectueuse, elle le torture en le touchant. Mais c'est ainsi qu'ils apprennent le mieux, maintenant, accrochés l'un à l'autre, emboîtés en permanence, se transmettant les informations *via* la texture de la peau.

« Il faut que tu prennes de l'ampleur, lui dit-elle. Je ne parle pas de masse, ni même de volume. » Il doit apprendre à placer non seulement sa voix, mais aussi son âme dans les recoins obscurs des salles de concert les plus caverneuses. Elle le prépare : un jour, il se précipitera dans les arènes du lyrique et exigera qu'on l'écoute. Mais, en attendant, il lui faut parfaire la force claire et limpide des *lieder*, ce qui est une tout autre affaire.

Elle veut que nous entendions ce qu'est vraiment l'opéra, dans les tranchées, sous le feu. Elle nous offre deux billets pour son spectacle du moment – Fiordiligi dans *Così*, pour M. Bing. « Mozart ? s'étonne Jonah d'un air moqueur. Rappelle-moi, de quelle nationalité était-il, déjà ? »

Elle lui donne une petite tape sous le menton, comme Marie-Thérèse le faisait jadis au compositeur encore petit garçon. « Une chose est sûre, mon chéri, il n'était pas allemand. Il adorait les livrets italiens, tu remarqueras. Et s'il avait pu choisir, il aurait toujours vécu à Paris. »

Le flegme dont elle fait preuve trahit tout ce qui est en jeu. Un rôle dans *Così*, au Met. Elle semble, tout au plus, modérément crispée. « Les vies ne se réduisent pas à un moment », prétend-elle. Nous savons qu'elle ment.

Elle nous remet ces billets qui valent une fortune et nous fait signe de disparaître. « Amusez-vous bien, les garçons. Je serai celle avec une grande perruque et des jupons blancs. »

Nous sommes en tenue de concert pour l'événement. Un peu endimanchés, mais ça évite les ennuis à l'entrée. Nous nous dirigeons vers Broadway et la Trente-Neuvième, espérant pouvoir pénétrer sans esclandre. Les fauteuils que Lisette nous a réservés sont somptueux, à quelques rangs seulement de ceux qu'elle a offerts à sa famille. Jonah attend le lever de rideau, il se ronge les ongles jusqu'au sang. Il a un trac terrible, pire que tout ce qu'il a pu ressentir avant de monter lui-même sur scène. Ici, à hauteur des yeux, il peut voir ce que son professeur ne peut pas voir, là-haut, derrière les spots aveuglants.

« Tu sens ça ? » demande-t-il. J'opine, en pensant qu'il fait allusion à l'électricité ambiante. « Ils veulent sa peau, ils veulent que ça saigne. Ils veulent qu'elle explose en mille morceaux. »

C'est dingue. Il s'agit d'un rôle moyen dans un opéra « difficile » de Mozart, qui pose problème à tout le monde. Une catastrophe, au pire, la renverra à San Francisco pour quelques saisons. Un triomphe lui vaudra, au mieux, une autre chance de faire ses preuves auprès de Bing.

« C'est de la paranoïa, Jonah. Pourquoi est-ce que quiconque voudrait qu'elle échoue ?

– Qu'est-ce que tu crois ? Pour l'excitation ! La tension dramatique absente de leurs vies à eux. Regarde autour de toi. Ces gens adoreraient un bon lynchage. Ça, ce serait de l'opéra authentique. »

Dès l'instant où le rideau se lève, Jonah cesse de se demander si son professeur va mourir et se met à se tourmenter pour savoir si elle restera fidèle à son amant inepte. Dès le premier thème de l'ouverture, il est dans les choux. N'est-elle pas amoureuse de son officier ? Pourquoi n'est-elle pas anéantie par le départ de cet homme ? Comment ne peut-elle y voir clair dans le jeu de ces Albanais enturbannés, attifés comme des Turcs à deux sous ?

Pendant l'entracte, il est trop laminé pour parler. Il est en rogne contre Despina et Alfonso. Il faut faire preuve d'une concentration pure et fidèle pour déjouer leur intrigue tortueuse. Mais tout autour de nous, les gens sont occupés à juger. Ils évaluent l'orchestre, le chef d'orchestre, les principaux personnages, Mozart – ils décident de ceux qui pourront survivre, et de ceux qui devront mourir pour racheter les péchés de l'humanité. Je sais d'expérience qu'il ne faut pas que je tousse, de crainte de me faire expulser à coups de lance à incendie. La matrone à côté de moi parcourt son programme en le froissant bruyamment. « Qui est cette créature sublime qui joue le rôle de la fidèle ? »

Le cadavre qui l'accompagne tousse. « Soer, tu veux dire ? Elle a déjà quelques heures de vol. Une valeur montante. Genre deuxièmes rôles. Risque d'aller loin.

– Elle est bien, tu ne trouves pas ? » Je regarde Jonah, mais il est trop occupé à déjouer les dangers du premier acte, protégeant la chasteté de son professeur. « Le livret n'indique pas d'où elle vient. Est-elle française ou quelque chose comme ça ? »

Le cadavre se contente de grogner. « Lisa Sawyer. Originaire de Milwaukee, où, si j'ai bien compris, son père fabrique un breuvage qui passe pour de la bière. J'insiste sur *passe.* » Il cherche dans son propre programme, en faisant la moue. « Tiens. Ils n'en parlent pas ? »

La femme lui assène un petit coup sec sur l'épaule. « Méchant. C'est sa vraie couleur ?

– Alors ? Se teint les cheveux ou pas ? D'après ce qu'on dit, il n'y a que la moitié de la ville qui le sait avec certitude. »

Elle fait un rouleau de son programme et lui tape le poignet.

Jonah sort de sa transe. « Que penses-tu des *tempi* ? » lui demandé-je. Il les rectifie tous, de mémoire.

Le rideau se lève, deuxième acte, nous replongeons, c'est la vie ou la mort. Jonah s'agrippe à l'accoudoir pendant toute la deuxième aria de Lisette, anticipant les descentes en piqué d'une octave et demie, certain qu'elle va céder et s'envoyer en l'air avec ce pseudo-Albanais, le fiancé de sa sœur, le meilleur ami de son propre fiancé. *Elles font toutes comme ça.* Aime-t-elle cet *autre* homme ? Pourquoi sa chute est-elle bien plus exquise que son vœu ancien de chasteté ? Cet avilissement poignant fait frémir tout le corps de Jonah.

Lisette n'est pas toujours au summum. Dans les aigus, son souffle manque parfois de soutien, et elle escamote un peu ses brefs passages en plongée. Néanmoins, elle est surnaturelle. Elle habite la scène, n'a jamais vécu ailleurs que dans cette histoire, n'a jamais vécu autre chose que cette nuit de renouveau. Fiordiligi a attendu patiemment qu'un corps aussi souple se réveille après une longue hibernation. Jamais chanteur n'a éprouvé aussi effrontément un tel plaisir physique dans un rôle. Lisette est déchaînée, consumée, consommée par la chance improbable de pouvoir tenir ce rôle. Au moment de son « Per pietà », Jonah est absolument conquis, et même moi je lui pardonne tout.

« C'est vrai qu'elle est marrante à regarder, concède l'homme cadavérique pendant la salve prolongée d'applaudissements. Sacré châssis. Enfin, sacré chassé-croisé, j'entends. » Sa compagne le tape à nouveau, avec le bout des phalanges, cette fois-ci.

À partir du célèbre quatuor et jusqu'au dénouement trébuchant, Lisette irradie, divinement humaine. Elle est proprement charismatique, incapable d'exister autrement que pour ceux qui se trouvent devant elle, de la fosse au poulailler. Elle a besoin de la société, se nourrit des autres, et pourtant son art se déploie dans un espace complètement hermétique. La lutte de 1963 n'est rien pour elle, elle n'est même pas irréelle. Ce pourrait être le Burgtheater, à Vienne, en 1790 : une répétition générale au paradis, le matin après la dernière révolution.

Ce soir, elle est la chérie du monde privilégié. Les applaudissements ne cessent de faire revenir toute la distribution. Des gerbes de roses flottent jusqu'à elle sur la scène, plus que pour Dorabella et Despina réunies. Tout en se livrant à ses révérences, elle nous repère et ne nous quitte plus des yeux : *Vous voyez, maintenant ? Le maximum du désir ?* Un vieux truc auquel recourent tous ceux qui vivent de l'amour du public : elle sait regarder de telle manière que chacun dans la salle a le sentiment que c'est à lui qu'elle s'adresse.

Nous n'envisageons même pas de faire la queue pour la féliciter. Lisette Soer est célébrée par le tout-New York, ce soir, jusqu'à ce que demain la remplace. Elle ne nous reconnaîtrait même pas, au milieu de la cohue des adorateurs. Le couple à côté de moi y renonce également, mais ils sont encore en train de parler d'elle en sortant, devant nous, prêts à se livrer à l'autopsie de la première, comme le font les gens de leur acabit.

Dans le couloir, la voix de Jonah change d'intonation. « Elle va s'en choisir un, ce soir, pas vrai, Mule ? » Il n'attend pas de réponse. Il attend juste que je le ramène à la maison, sur Bleecker. « Prenons un taxi.

– Entendu », dis-je, mais je le conduis jusqu'à la bouche de métro.

Lorsque Jonah se présente pour sa leçon du mercredi, elle est en rage. « Je t'offre des billets pour la première, le plus grand rôle de ma carrière, et monsieur ne daigne même pas venir en coulisse me dire ce qu'il en a pensé ? Allez. Va-t'en. Fiche le camp ! » Elle lui ferme la porte du studio au nez et refuse d'ouvrir.

En rentrant à la maison, il est au supplice. Il me fait asseoir et me dicte une chronique de la prestation de Lisette, à la note près, jusqu'au moindre tressaillement musculaire. Sa lettre est un chef-d'œuvre d'exactitude musicologique. Ses observations vont au-delà de ce que les chroniqueurs patentés peuvent même avoir entendu. Ses appréciations s'appuient sur des connaissances musicales d'une telle pertinence qu'elles prennent une allure de vérité universelle.

« J'avais peur de venir vous voir après coup, me fait-il écrire. J'avais juste envie de ressentir votre transcendance un peu plus longtemps, avant de retomber sur terre. »

Elle lui répond par écrit. « Ta lettre figurera dans mon précieux album, aux côtés du message de Bernstein. Tu as raison : nous devons faire durer l'aura aussi longtemps que possible. Je regrette de ne pas l'avoir fait durer plus longtemps, avec toi. Le meilleur de mes élèves acceptera-t-il une leçon particulière – ma façon à moi de lui présenter mes plus sincères excuses ? »

La dignité n'a jamais signifié grand-chose pour Jonah. À présent, elle n'est même pas un obstacle. « Dis-moi qu'elle est diabolique, Mule. » Nous essayons de répéter. Il est incapable de se concentrer. Son esprit vagabonde, il se contente de marquer les notes sur quelques mesures, avant de se rappeler où nous en sommes. J'ai appris à faire avec ses absences. Mais lorsqu'il parle, je m'arrête. « Dis-moi que cette bonne femme est malsaine.

– Elle n'est pas diabolique. Seulement manipulatrice. Elle connaît toutes les ficelles de... la scène. Mais elle ne sait pas grand-chose des gens.

– Qu'est-ce que tu veux dire par là ? » Il paraît blessé, prêt, au coup de gong, à jaillir de son coin de ring.

« Elle veut que tu l'adores. Elle fera tout ce qui est en son pouvoir pour que tu restes à genoux devant elle. »

Il m'observe par-dessus le pupitre. Son visage est un masque. Encore une chose qu'elle lui a apprise : ne jamais télégraphier ses émotions. « Putain, mais qu'est-ce que tu en sais, toi ?

– Rien, Jonah. Je sais que dalle. »

Je regarde les touches du piano, Jonah me regarde fixement. Nous restons assis un long moment, donnant une version assez honorable du 4'33'' de John Cage. Je regrette seulement que nous n'ayons pas de magnétophone ; notre première prise aurait été la bonne. Je ne parlerai pas le premier. J'ai l'impression qu'il me dévisage. Avant de me rendre compte qu'il est juste ailleurs. Enfin, il murmure : « Ça me déplairait pas d'être à genoux devant elle, maintenant que j'y pense. »

Je me lance à brûle-pourpoint dans du Scriabine, *Le Poème de l'extase*. Il n'a pas besoin des notes du livret. Il hoche la tête, il se fend d'un sourire secret. « Tu sais où est le problème, Mule ?

– Où est le problème, Jonah ?

– Le problème, puisque tu me poses la question, c'est qu'elle est manipulatrice. »

J'entame une « Danse des sept voiles » langoureuse, aguichante, prêt à jeter l'éteignoir à la première amorce d'un froncement de sourcils.

« Je sais, je sais, il faut que je prenne ma vie en main. Sinon... » Il tapote sur le pupitre ; notre répétition en pointillé est terminée. « Sinon, on risque de ne plus jamais pouvoir rejouer du Schubert en toute bonne foi ! » Il glousse comme un dément. Pendant un moment terrible, je crois que je vais devoir appeler Da, ou l'hôpital psychiatrique de Bellevue. Ma panique n'arrange pas les choses. « Ouais, je suis fichu, dit-il lorsqu'il revient sur terre. Il faut que j'arrête de penser à cette bonne femme.

– Il y a un moyen. Elle bluffe, à toi de ne pas tomber dans le panneau.

– Oh », dit-il *pianissimo*. « Il se trouve... que ce n'est pas du bluff. » Il pose une main sur mon épaule, penaud à présent, prenant la mesure des dégâts. « Je suis navré, Mule. Je voulais te le dire. J'ai essayé il y a déjà un moment. Je ne savais pas comment m'y prendre.

– Est-ce que vous... Depuis combien de temps ?

– Je ne sais pas. Des semaines ? Écoute. Je t'ai dit que je suis navré. Inutile d'essayer, Mule. Tu ne peux pas me rendre plus mal que je ne le suis déjà. »

Mais je ne suis pas en colère. Je ne me sens même pas trahi. Me voilà en apesanteur, lâché dans l'inconcevable. Mon frère a appris la comédie. Il voulait me le dire. A essayé mais n'a pas pu. Il a couché avec une créature sortie tout droit d'un conte de fées sinistre, une créature plus proche de l'âge de notre mère que du nôtre. Et moi, je n'ai rien voulu voir : ni sa distraction maniaque, ni la tension croissante entre nous depuis quelques semaines. Il me fournit les détails, que j'aurais dû deviner voici des semaines. J'écoute en flottant dans un nuage d'incrédulité.

La première fois, c'est comme si cela faisait partie de la leçon. Elle lui montre *The Floral Bandit* de Holst, comme toujours, avec les mains. Elle appuie d'un côté, pousse de l'autre. Que chaque muscle soit au service des paroles. Eh bien, ces paroles sont au mieux moisies et suspectes. Elle sait qu'il n'y croit pas. « M. Strom. » Elle lui pince le flanc, une moue agressive lui tord les lèvres. « Si tu ne crois pas à la chanson, comment peux-tu demander à toute une salle entière d'y croire ? Oui, je sais. Ce sont des bêtises sentimentales, déjà dépassées à l'époque où cet homme les a écrites, il y a cinq mille ans. Mais que dirais-tu si ce n'était pas le cas ? Et si cette poésie était le centre du monde, et si le soleil se mettait à tourner autour ?

– Vous appelez ça de la poésie ?

– Tu ne comprends pas. » Elle se tient à quinze centimètres de lui, l'attrape par les aisselles, et le secoue comme une mère terrifiée secouerait son enfant qui vient juste d'échapper à la mort. « Et tu ne seras rien de plus qu'un garçon avec un beau brin de voix tant que tu n'auras pas compris. Ton goût personnel ne signifie rien. Ce que tu penses de ces balivernes à fanfreluches ne compte pas. Tu dois devenir le porte-parole, l'instrument d'un autre. Un autre avec ses peurs, ses besoins, différents des tiens. Si tu te renfermes sur toi-même, alors l'art peut aller se faire foutre. Si tu n'es pas capable d'être quelqu'un d'autre en plus de toi-même, ce n'est même pas la peine d'envisager de monter sur scène. »

Elle l'attire à elle, pose les deux paumes sur la poitrine de Jonah. Elle l'a déjà fait auparavant, mais jamais aussi tendrement que maintenant. « La musique, ce n'est pas toi. Ça vient de l'extérieur et ça doit y retourner. Ton boulot, c'est de l'oublier. » Elle le pousse, puis le rattrape par le col, chancelant. « Voilà pourquoi nous nous donnons la peine de chanter. Quatre-vingt-dix-neuf virgule neuf-cent-quatre-vingt-dix-neuf (elle laboure son torse avec l'extrémité de chaque doigt) pour cent de ce qui s'est passé ici-bas est arrivé à quelqu'un qui n'est pas toi et qui est mort depuis des siècles. Mais tout revit en toi, à condition que tu arrives à libérer suffisamment d'espace pour le supporter. » Elle lui assène un direct au sternum, et il lui attrape la main. « Ah ! » dit-elle, ravie, tordant le bras pour échapper à son étreinte. « Ah ! Tu veux te battre avec moi ? »

Il lui lâche le poignet, surpris.

« Oh ! Pas cette fois-ci ? » Elle reprend la main de Jonah, redresse la tête, et regarde dans la pièce d'un air distrait. « L'avez-vous vue ? Comment s'appelle-t-elle ? »

Il pense qu'elle a perdu la tête, encore une Ophélie tarée, qui s'est brisée sur les récifs capricieux de la grande culture occidentale. C'est alors qu'il y revient, à ce satané Bandit floral. Le pâle, misérable et mièvre voleur de printemps.

Elle pose la main de Jonah sur son coussin moelleux. Le parfum de jasmin, c'est sa sueur. Elle prend au piège le regard de Jonah. Ses yeux incroyables sont de jade sur le fond ambre de sa chevelure, verts comme les paroles de la chanson avec laquelle elle l'avilit à présent. « Qui est cette dame ? Que fait-elle ? La Sylvie que tous nos soupirants adorent ? » Juchée sur la pointe des pieds, elle lui sourit, fait glisser un doigt sur sa gorge, le long de la falaise. Elle lui pince la pointe du menton, balance la main de Jonah dans la sienne, comme une fillette, celle anémique et innocente à qui il s'est jadis uni.

C'est un boulot d'esclavagiste. Cet art ne s'épanouit qu'en niant le désespoir. Mais il sent sur lui le souffle de cette femme et reste silencieux, comme le condamné. Elle pose ce doigt qui dit non sur les lèvres de

Jonah. « Car la langue humaine s'efforcerait en vain de dire les bourgeons qui s'y défroissent. »

Un sourire éclaire de rides chaque coin de son visage. Elle remonte jusqu'à être à la hauteur de ses yeux. Il l'entend ajouter : « Tu as envie de moi ? » Elle niera avoir jamais dit cela, pourtant il n'a pu le confondre avec aucun vers du poème.

La voici, sa leçon pour que les chansons deviennent réalité. Et ce qui se passe ensuite est une autre leçon. Lorsqu'il se pelotonne dans ses bras, il se croit audacieux. Elle va se retirer, offusquée. Mais elle ne se retire pas. Sa bouche attend, elle a l'habitude. Il colle sa peau contre la sienne. La goûter une seule fois l'aurait marqué pour l'éternité, or il en obtient le double. Lorsqu'ils s'arrêtent, il détourne la tête. Elle l'oblige à la regarder. C'est elle. Toujours elle. Toujours en train de sourire. Tu vois ?

Il est trop petit pour vivre cela. Il peut la regarder. Toutes les rides soulevées par son sourire lui renvoient son regard, saluent sa victoire, le provoquent, lui demandent, *Tu veux en voir plus ?* Tout est pour toi, pour le plaisir du regard et du toucher. S'il avait un peu moins peur, il mourrait de joie. Les cours ont ensuite lieu sur le divan, une sorte de vieille fougère viennoise qui se déplie, et dont la fonction dans ce studio a toujours fait rêver Jonah. Elle lui montre comment la dévêtir. Pendant ce temps, elle raconte des choses insensées, des phonèmes à demi chantés, des gouttelettes de mots extraits de ce satané poème. « Car personne ne connaît son registre, ni ne peut deviner la moitié des phrases de son babil. »

La perfection de cette femme va au-delà de ce qu'il avait pu imaginer dans ses rêves les plus fous. Une peau aussi claire que la première fille anémique sur laquelle il a posé les yeux. Le profil de cette femme le surprend, le contour de ses seins, les fossettes derrière le haut des cuisses. C'est ainsi qu'on doit l'examiner, en plein soleil, au milieu de son studio. Il ne se sent pas à la hauteur, ses bras trop maigres, son torse imberbe, c'est un petit garçon entre les mains d'une femme. À peine le prend-elle, le corps ondulant un premier grognement, qu'il se répand sur elle. Même cela l'émerveille, si bien que le ravissement qu'elle éprouve dissout la honte qu'il ressent. « Deuxième leçon la prochaine fois », promet-elle. Elle pose un doigt sur les lèvres du garçon, le fait taire et le rhabille, elle a un autre étudiant qui arrive. *Cette dame qui pour chaque homme interrompt sa musique en plein milieu.*

Elle l'invite chez elle, pour un rendez-vous en soirée dont il ne doit parler à personne d'autre qu'à moi. Il veut me le dire mais ne me le dit pas. C'est la musique. C'est son boulot. D'être quelqu'un d'autre, quelqu'un qui ne soit pas lui. Si tu ne peux pas être quelqu'un d'autre que toi, ce n'est même pas la peine d'envisager de monter sur scène. L'antre de cette femme est plein de secrets musicaux. Les murs sont couverts de documents précieux – son triomphe à Paris, une page manuscrite de Verdi, une photo de Gian Carlo Menotti passant le bras autour de sa taille juvénile. Le mobilier évoque quelque musée où Da aurait pu le traîner, voici une éternité. Elle lui montre le virginal du XVIIIe siècle, avec l'intérieur du couvercle qui arbore encore la peinture d'origine, et tapote une cadence langoureuse et trompeuse.

Il entend l'invitation timide que murmurent ces accords et s'approche d'elle, debout en train de jouer. Elle recule, les mains en l'air. « Tu n'as même pas encore chanté pour moi ! » Elle renverse la tête en arrière, le défiant du menton. « Comment puis-je savoir ce que tu vaux ? »

Il chante le Holst à nouveau. Mais, cette fois, il chante comme si sa vie en dépendait. Elle le récompense en se récompensant elle-même, semble-t-il. Elle veut quelque chose qu'il a en lui : cette chose qui passe en lui et qui chez elle fait résonner les notes les plus hautes du désir.

Elle est sa première. J'en suis abasourdi. Pendant des années, je l'ai imaginé multipliant les aventures. Mais il se réservait, fidèle à cette femme avant même de l'avoir rencontrée. Ils s'améliorent, cours après cours. Ils s'y emploient, en partant des premiers braillements à gorge déployée jusqu'aux murmures les plus subtils. Il leur faut toujours étudier davantage. Elle fait preuve d'une générosité inespérée : tout ce que la vie peut offrir de sublime s'offre à lui. Ils découvrent de nouvelles terres. Elle le fabrique, le façonne, le familiarise avec cet art nouveau. Lui apprend de quelle manière la toucher, elle se tend et vocalise intérieurement, s'attendrit dans ses mains, *sforzando*, comme si, toute sa vie, elle avait attendu que quelqu'un la fasse vibrer exactement ainsi.

Sa première : elle ne peut pas se rappeler ce que cela signifie. Elle est trop loin sur le chemin de l'expérience. À force de raffiner ses plaisirs, elle en avait oublié la fraîcheur et c'est cette sensation qui réapparaît lorsqu'elle voit le visage en sueur de ce garçon, étincelant au-dessus du sien. Le corps du jeune homme sur le sien est comme figé, bouleversé par ce qu'il découvre. Cet émerveillement qu'elle fait naître la ramène, une nouvelle fois, à cet instant où les choses semblent enfin pouvoir être différentes, comme si un nouveau départ était possible. Comme si tout n'était pas irrémédiablement figé.

« Tu entends ? lui demande-t-elle un soir avant de se rhabiller et de le renvoyer chez lui. Tu entends à quel point elle devient plus grosse, plus ample ? »

Il ricane, un vrai gamin. « J'ignorais que tu pouvais *entendre* ça. »

Elle lui donne une tape sur les fesses. « Je parle de ta voix. Nous sommes en train de la faire grandir. »

Il balance entre l'impossible et l'insupportable. Trop, trop peu : les quelques minutes de jeu auxquelles elle le cantonne après chaque cours. Jonah ne parvient pas à maintenir son regard sur elle. Sa blancheur arctique l'aveugle. Il est son chiot, il renifle ses cuisses, il hume le jasmin de sa chevelure jusqu'à ce qu'elle pouffe – « Arrête, tu chatouilles ! » – et le repousse d'une petite tape. Les mains de Jonah explorent les lieux les plus improbables de sa peau : le cou-de-pied, la pliure derrière le genou, le creux sous les fesses, les fines plaques des clavicules, saillant du continent de son dos. Il n'a de cesse d'inspecter chaque pouce d'elle. Elle en vient à tamiser les lumières, un frêle bouclier pour se protéger du feu de son regard.

Dans la pénombre, il allonge les bras à côté des siens. Il voit par contraste comment il apparaît aux yeux de cette femme. Et pourtant, en comparant l'intérieur des poignets, il y a moins de différence qu'entre un frère et une sœur. Là où leurs hanches se rejoignent dans l'obscurité, pas la moindre différence. La seule différence est l'itinéraire qui les a menés jusqu'ici.

Elle le surprend en train de pratiquer ses mesures et, tout à sa joie, se juche sur lui. « Toi ! Comment puis-je te montrer ? » Elle est comme une enfant avec lui. Elle le lèche comme un chaton, éperdue, convaincue qu'il ne remarquera pas, ou comme s'il n'était pas là. Puis tout son corps se tend, frissonne et s'abandonne à nouveau. Cela se produit si aisément maintenant, qu'il n'a qu'à l'effleurer. Elle est allongée la figure dans l'oreiller, elle parle, ses mots s'effacent. Impossible de dire à quel public elle s'adresse. Il l'entend dire : « J'adore ton peuple. »

Il s'immobilise. Il a envie de dire : *Répète ça* ! Mais il n'ose pas.

Elle parle comme bâillonnée, en sourdine, ivre, elle apprécie le flou des mots. Le bras de Jonah, enroulé sur la nuque de cette femme, se relâche tandis que se déverse ce flot incohérent de paroles. Elle se retourne, prête à jouer encore, appuie de la paume sur le frêle torse nu de Jonah. « Comment puis-je te garder ainsi ?

– Avec des potions, lui dit-il. Des sorts et des élixirs.

– Peux-tu m'emmener chez toi, un jour ? » La main de Jonah, qui flâne entre ses jambes, se raidit à nouveau. « Pas en tant que... Personne n'aura à... Je suis ton professeur, après tout. » Il retire la main, comme un fil électrique se déconnecte soudain de la batterie. Le courant ne passe plus. Elle ne remarque pas, ou elle ne veut pas l'admettre. « Vous possédez quelque chose à quoi... nous n'avons pas accès. Quelque chose de si riche, de si plein. J'aimerais juste m'asseoir et savourer cela un moment. »

Quelque chose ? Des richesses ? C'est qui, *vous* ? Il la détaille dans un reflet de lumière : une touriste au pays de la famine. Un vampire venu s'encanailler dans les taudis, se nourrissant de la douleur de ses victimes. Il s'écarte d'elle, mais pas avec suffisamment de force pour se libérer. Au moment où il se dégage, il réalise combien la fuite est difficile, un couloir glacé, irrespirable. Où pourrait-il aller s'il s'en allait maintenant, tout habillé, s'il quittait cet appartement au mobilier baroque ? La folie de cette femme est aussi celle de l'opéra, l'univers auquel il aspire. Fuir tout cela, oui, mais pour aller où ?

Pour cette femme, il est un joujou basané, excitant, une aventure à laquelle elle n'a pas accès. Il ne peut pas lui dire à quel point son analyse est erronée. Le *peuple* qu'elle *adore* n'est pas son peuple à lui. Il la déteste déjà d'aimer en lui un peuple et non de l'aimer pour lui-même. Mais il n'arrive pas à s'élever à la hauteur de sa détestation, à incarner cette nation composée d'un seul individu qu'il sait être.

Il attend un autre soir, alors qu'elle est nue et satisfaite, dans ses bras. « Tu as dit que tu aimerais venir à la maison un jour. »

Elle se retourne, lui effleure les lèvres. Elle ne se souvient pas. Puis : « Oh. Cette maison-là. » Elle ne dit rien. Elle joue un rôle différent, elle est maintenant une lointaine beauté asiatique, une frêle chinoiserie.

« On peut. Si tu veux.

– Mon Jonie. » Il sent son cœur battre la chamade. « C'est où, la maison ?

– En haut de Manhattan », répond-il d'un air vague. Elle opine, elle sait. Il sent qu'elle se prépare à lui demander dans quel quartier. Dans quelles rues hautes en couleur la conduira-t-il ? « Il n'y a... plus que mon père, maintenant. Et il faut que je te prévienne. Il n'est... pas d'ici.

– Vraiment ? » Son enthousiasme est ravivé.

« Il est allemand. »

Elle est frappée de plein fouet. Même la comédienne est prise de court. « Ah bon ? Quelle ville ? »

Il sent qu'elle lui échappe, comme un public venu pour du Canteloube à qui l'on sert du Chostakovitch. Elle demande ce qui a amené son père ici. « Les nazis », dit-il. Maintenant, le visage de Lisette est un masque de cire.

« Tu n'es pas juif ? »

C'est ce qui le poussera à me raconter, finalement. Il retourne à un lien plus vital que n'importe quelle alliance secrète qu'eux deux auraient pu développer. « Dis-moi qu'elle est diabolique, Mule. Dis-moi que cette femme ne vaut rien. »

Je le lui dis. Et il m'ignore.

« Elle va me poignarder, dit-il. Je vais me traîner pendant une demi-heure au quatrième acte, à cracher tout le sang de mes tripes.

– L'important, c'est le soutien du souffle. » Je ne sais pas ce que je peux lui apporter d'autre. Il en a les larmes aux yeux. Il s'efforce de rire et de m'envoyer paître en même temps. On se remet au travail. Sur la musique de quelqu'un d'autre. D'un autre peuple.

Cela a un effet galvanisant sur sa voix. Il parvient à vous déchirer le cœur à présent, à vous laisser pour mort. Son *passaggio* est plus limpide que jamais. Mais ses phrases le poussent vers de nouvelles régions terribles. En tournée, il chante les mêmes airs, pour tomber chaque fois sur des extases plus fortes. Il ne se pose plus avec une voix délicate sur les longues et sombres suspensions de Brahms. Il tranche dans le vif et les laisse dans le vide, abasourdies.

Nous faisons *The Floral Bandit* – une œuvre légère qui n'a pas laissé un souvenir impérissable – juste avant l'entracte. Un soir, dans une petite salle de campus nichée au fin fond des boyaux de l'Ohio, nous quittons discrètement la scène pour aller ouvrir les veines de ce bandit. Je suis pourtant toujours installé au piano, à enfoncer les touches. Des sons sortent sans doute de l'instrument, mais je ne les entends pas. Il n'y a plus que Jonah, cette voix dépouillée capable de faire ressentir du remords au plus irrécupérable des multirécidivistes. Ses notes flottent dans l'éther, et restent en suspens au cœur même du son, là où tout est immobile.

« Bon sang, mais qu'est-ce que c'était ? » demandé-je après coup, me cachant sur le côté de la scène pour échapper aux applaudissements. Il secoue juste la tête, puis retourne sur scène en titubant, et s'incline à nouveau.

Les chroniqueurs qui, un an auparavant, stigmatisaient sa froide précision, louent désormais la passion qui l'anime. Parfois un article fait allusion à moi : « Une synchronie qui ne peut exister qu'entre membres d'une même famille. » Mais la plupart du temps, ils écrivent comme si Jonah pouvait chanter des *lieder* accompagné d'un vulgaire orgue de foire. « Que d'émotion, quelle profondeur ! dit le *Hartford Courant*, un aperçu des profondeurs et des sommets qui sont en chacun de nous. » Tout cela, c'est à Lisette qu'il le doit. Aucun professeur ne lui a jamais autant apporté.

Mais son instruction n'est pas encore terminée. De nouveau les cours ont lieu au studio, l'appartement est réservé pour les leçons particulières. Celles-ci prennent un rythme nouveau. Il peut encore venir danser mais c'est elle qui donne le *la*. Et elle continue de danser avec lui. Quelque chose en lui la stimule encore. Elle a besoin de lui, ce garçon grâce auquel elle se remémore ce qu'*exclusivement* signifie, ce que *toujours* fut. La force du désespoir de Jonah, voilà ce qui émeut encore son professeur.

Elle continue de lui toucher le corps quand il chante, elle l'aide à localiser des muscles dont il ignorait l'existence. Elle lui fait miroiter de nouveaux rôles : Don Carlos, Pelléas, de savoureux rôles de ténors que des hommes de dix ans ses aînés craignent d'aborder. Un après-midi, elle lui dit : « Il faut que nous te trouvions quelqu'un.

– Quelqu'un pour quoi ?

– Quelqu'un pour *toi*, Jonie. »

Sa voix l'abandonne. « Un autre professeur, tu veux dire ? »

Elle émet un miaulement qui reste dans sa gorge, et pose une main sur la sienne. « Tu auras probablement un truc ou deux à enseigner à cette brave femme.

– Je ne comprends pas. Qu'est-ce que tu racontes ?

– Oh, *caro* ! Ne t'en fais pas. » Elle se penche en avant et lui chuchote à l'oreille : « Tout ce que tu apprendras d'elle, tu viendras me le montrer. »

Pendant une semaine, il est en dessous de tout. Je n'arrive pas à le faire sortir du lit avant midi, puis il faut encore deux bonnes heures pour qu'il daigne se traîner jusqu'à la table du petit déjeuner. Je suis obligé d'appeler M. Weisman pour annuler deux concerts. Je lui dis que Jonah a une bronchite. Weisman est furieux.

Soer appelle. Je suis à deux doigts de refuser de lui passer Jonah. Mais Jonah sait, avant même que je puisse dire deux mots à son professeur. Il est sur pied et m'envoie bouler pour attraper le combiné. Il est habillé et à la porte en quelques minutes.

« Il faut qu'on répète, dis-je. On est à Pittsburgh la semaine prochaine.

– Mais on répète. Qu'est-ce que tu crois que je suis en train de faire ? »

À son retour, après minuit, il est à nouveau remonté à bloc. À la répétition du lendemain, sa voix semble assez forte pour guérir le monde de tous ses péchés.

Mais le monde ne tient pas à être guéri. Au mois de juin, alors que nous tâtonnons sur le transistor pour capter la diffusion du Philharmonique, nous entendons Kennedy faire un discours en faveur des droits civiques. Quatre heures plus tard, le secrétaire général du NAACP du Mississippi est assassiné devant chez lui d'une balle dans le dos, par un tireur embusqué. Il travaillait à une campagne de sensibilisation en faveur du vote. L'assassin est libéré. En cours de procès, le gouverneur de l'État pénètre dans la salle du tribunal et lui serre la main.

Cette fois-ci, Jonah et moi ne chantons aucun rappel particulier. « Dis-moi ce que nous sommes censés faire, Mule. Cite-moi un titre, et je le chanterai. » J'ignore ce que nous sommes censés faire. Nous continuons de faire ce pour quoi nous avons été préparés. Holst et Brahms.

Jonah et Lisette se disputent sur la question de savoir s'il doit faire des auditions pour des rôles à l'opéra. L'argent de l'assurance de notre mère, qui venait en complément de nos maigres cachets et nous aidait à payer le loyer, se tarit. Jonah commence à avoir le sentiment de tourner en rond avec les récitals de *lieder* du XIXe siècle.

« Pas encore, *caro*. Tu es en bon chemin. Pour l'instant ta voix est parfaite pour les *lieder*.

– Mais elle commence à être plus pleine, plus charpentée. Tu l'as dit toi-même.

– Tu es en train de te constituer un public. Tu récoltes de bonnes critiques. Prends ton temps. Apprécie. On ne fait ses débuts qu'une fois.

– Ma voix s'épanouit.

– Et elle continuera de s'épanouir pendant encore une trentaine d'années, si tu en prends soin. Tu es presque prêt.

– Je suis prêt maintenant. Tellement prêt, tu ne peux pas savoir. J'ai besoin de passer des auditions. Je me fiche de l'endroit. Je peux décrocher un petit rôle d'opéra.

– Pas question que tu chantes un "petit rôle d'opéra", comme tu dis. Pas tant que je serai ton professeur. Le jour où tu te lanceras, ce ne sera pas pour un "petit rôle d'opéra".

– Tu as peur que je décroche un rôle en or, c'est ça ?

– Mais tu es un type en or, doré sur tranche. Jonie ? Sois patient. »

Il regimbe, mais finit par suivre les conseils de son professeur. Malgré tout ce qui s'est passé, il a confiance en cette femme. « C'est ma seule amie véritable, me dit-il.

– Je vois », dis-je.

Nous deux qui sommes constamment en transit, à parader devant des salles pleines de monde, sommes à la merci des moindres caprices de Lisette. Les vieux compères de Juilliard – ceux qui sont restés en ville, ceux qui n'ont pas bifurqué vers l'enseignement ou les assurances – essayent de le faire revenir au Sammy's pour des retrouvailles. Brian O'Malley, qui chante dans les chœurs du City Center, préside toujours. De la bande, Jonah est le seul billet de loterie susceptible de mener à la gloire. Mais eux aussi sentent le changement : il s'est assombri. Nous ne côtoyons personne, hormis Da et Ruth, uniquement des salles bondées d'inconnus qui nous admirent. Les seuls appels téléphoniques que nous recevons sont de M. Weisman et de Lisette Soer.

Néanmoins nous sortons beaucoup. Lisette nous traîne à des soirées – des fêtes hautement culturelles où plusieurs systèmes solaires mondains se répartissent dans les différentes pièces, avec leurs diverses planètes en orbite, depuis le soleil du moment, au centre, jusqu'aux astéroïdes glacés les plus éloignés. Jonah et moi sommes habituellement en retrait, bannis quelque part entre Neptune et Pluton. À l'une de ces soirées, un invité s'adresse à nous dans un espagnol hésitant, supposant que nous sommes deux Portoricains décidés à gravir les échelons.

Nous sommes en train de nous habiller pour l'une de ces vaines sauteries, une réception en l'honneur de *The Ballad of Baby Doe*, lorsque je m'interromps. « Qu'est-ce qu'on va encore foutre dans ce genre de sauterie, Jonah ? Ça va nous prendre trois heures, au bas mot. C'est trois heures pendant lesquelles on pourrait travailler un nouveau répertoire.

– Mule, on décroche des boulots, dans ces soirées.

– On décroche des boulots quand les gens nous entendent.

– Ces soirées grouillent de personnalités du monde de la musique parmi les plus influentes de tout le pays. » Ce pourrait être Lisette qui parle. « Ils ont besoin de nous voir de près.

– Pourquoi ?

– Pour être sûrs qu'on n'est pas des sauvages. Ils n'ont pas envie qu'on se glisse en douce derrière la civilisation occidentale pour la braquer avec un flingue.

– Ceux qui me voient de près remarquent surtout à quel point je suis basané. »

Mon frère, en veston noir, tripote sa cravate. Il aplatit les revers et étudie le résultat. Il se retourne et s'approche de moi jusqu'à presque coller son visage au mien. Il me dévisage, mesure l'ampleur du problème. « Ça alors ! Pourquoi tu me l'as pas dit avant, Joey ?

– Tu as sacrément confiance en certaines personnes pas très recommandables, mon vieux.

– Allons, frangin. Nous incarnons l'avenir. Nous sommes le *progrès moral*. La nouvelle coqueluche.

– Pas envie d'être la nouvelle coqueluche, Jonah. »

Il bascule la tête en arrière. « Mais alors, qu'est-ce que tu veux ?

– Je veux juste jouer la musique que je sais jouer.

– Allons, Joey. » Il me prend la cravate des mains, me l'enroule autour du cou, et se met à serrer. « On leur dira que tu es mon chauffeur, je sais pas. »

À l'une de ces soirées, fin juin, je me tiens dans un coin, barricadé derrière un sourire, à détailler ce qui reste du buffet, en attendant que Jonah soit prêt à partir. Par-dessus le grasseyement des conversations, quelque chose me frappe, comme la plainte d'une station radio à travers la friture. La bande-son de la soirée, reléguée en bruit de fond, soudain je n'entend plus que ça. Le jazz qui sort des haut-parleurs dernier cri de notre hôte est du *made in Greenwich Village*, cette musique neuve à laquelle Jonah et moi avons succombé il y a quelques mois.

J'écoute la mélodie qui se dérobe comme un nom trop connu pour me revenir. Je ferme les yeux, à la merci de ce sentiment angoissant d'inconnu familier. Je suis certain d'avoir déjà entendu ce morceau, j'anticipe chaque modulation, mais je suis tout aussi certain de n'avoir rien écouté de tel auparavant. Je m'approche de la platine. La perspective d'avoir la réponse en trichant tue toute chance de deviner le titre du morceau.

Un grand type à veste verte et lunettes à monture d'écaille, maigre et pâle, même selon les critères en vigueur dans ces soirées, se tient à côté de la chaîne stéréo, opinant en rythme avec la musique. « C'est quoi, ça ? » L'urgence de mon ton nous surprend tous les deux.

« Ah ! C'est le gars Miles.

– Davis ? » Le trompettiste qui a abandonné Juilliard dix ans avant notre arrivée pour transformer le be-bop en cool. Celui qui, à peine quelques années plus tôt, a été roué de coups par la police et jeté en prison pour s'être trouvé devant un club dans lequel il était programmé. Un homme tellement noir que même moi je traverserais la rue si je le voyais.

« Qui d'autre ? répond Veste Verte.

– Un ami à vous ? » Il l'a appelé par son prénom. Après tout, ce n'est pas improbable dans cette soirée où se presse l'élite musicale.

Mais le visage derrière les lunettes à monture d'écaille devient hostile. « Sa musique me branche, mon pote. Ça te pose un problème ? »

Je recule, mains en l'air, tout en jetant un regard circulaire alentour à la recherche de mon frère. Pour qui se prend-il, ce pâlot maigrichon ? Même moi, je pourrais lui coller une dérouillée. Je sens la colère monter en moi, une colère sans issue. Ce tocard me doit des excuses, excuses qu'il se croit en droit d'attendre de moi. Mais pendant tout ce temps, autre chose me turlupine : quelque chose de plus irritant que l'humiliation que je viens d'essuyer de la part ce Nègre blanc. Cette musique. J'ai besoin de savoir pourquoi je la connais. Du Miles Davis, j'en ai entendu beaucoup, mais jamais ce truc. Pourtant, ces grappes d'accords décharnés, modaux, ataviques, défilent dans ma tête comme si je les avais composés. Et c'est alors que ça me revient : la *transcription*. Ce n'est pas un morceau pour trompette ; c'est pour guitare. Ce n'est pas *Miles* que je reconnais. C'est Rodrigo.

Je prends la pochette de disque des mains du pâlot. L'excitation qui m'anime le dissuade de me balancer un coup de poing. Je veux en savoir plus, savoir s'il est possible que deux individus sans aucun lien tombent chacun de son côté sur la même chose, un peu à la façon de ces âmes qui errent dans les grands espaces scientifiques dont Da avait coutume de nous parler, le soir, à table. D'après la pochette, la musique s'intitule *Sketches of Spain*. Je suis le dernier sur terre à en entendre parler. *Aranjuez* adapté par un type qui a abandonné Juilliard. La musique, il faut qu'elle ait reposé au moins une centaine d'années avant que je la comprenne. J'ai l'impression que c'est précisément le temps qui s'est écoulé depuis la fois où je me suis assis avec Wilson Hart pour voir ce qui se cachait dans cette œuvre, que plus d'un siècle s'est écoulé depuis que nous avons joué à quatre mains, le jour où j'ai appris à improviser.

Will avait raison à propos de la Reconquista, il avait raison à propos de la façon dont cette musique demandait à être métamorphosée. Mais tout, dans ces croquis conduits par la trompette, est différent de ce que Will et moi avions fait ce jour-là – tout hormis le thème. Les lignes mélodiques font l'aller-retour entre l'Andalousie et le Sahara, voire plus au sud, toutes les cultures piquent dans les poches les unes des autres, y compris dans les poches de ceux qui se contentent d'écouter.

J'écoute, en larmes, je me fiche bien de savoir si ce Nègre blanc me voit. J'entends l'homme le plus solitaire qu'il m'ait été donné d'approcher, planté seul à la lisière de deux mondes, faisant l'amour à une musique apatride, replié dans une salle de répétition, à écrire des suites pour orchestre qui, il le savait, seraient tournées en ridicule par n'importe quelle formation à qui il les montrerait. Et il me les avait montrées. Un type qui m'avait fait promettre de coucher sur papier la musique qu'il y avait en moi. Et à ce jour, je n'ai pas écrit une seule note – c'est exactement ce qu'il y a en moi.

J'entends cela dans chaque note espagnole retravaillée : je n'ai pas su devenir l'ami de mon ami. J'ignore pourquoi. Je n'ai pas essayé de le contacter depuis notre au revoir, et je sais que je ne le ferai pas, même pas ce soir, quand nous serons rentrés à la maison, alors que cet homme a une place dans mon cœur. J'ignore pourquoi. Je sais exactement pourquoi. *C'est pas grave, frangin Joe. À chacun de louer Dieu à sa façon.* Ma façon à moi, ce sont des récitals de *lieder* à Hartford et à Pittsburgh, et des soirées guindées dans l'Upper East Side que fréquente le gratin de la musique. La pochette cartonnée du disque tremble dans mes mains. L'Andalousie *via* East Saint Louis se déverse par les enceintes, inexorablement la trompette découvre sa voie, et moi, tout ce que je fais, c'est rester droit comme un i, à secouer la tête en sanglotant. « Ça va, dis-je à Veste Verte, dont le regard furieux est maintenant traversé par la peur. C'est cool. Il n'existe pas un seul cheval vivant qui soit pur-sang. »

Nous voyons Da et Ruth au moins une fois par semaine, là-haut, à Morningside, pour le dîner du vendredi, lorsque nous ne sommes pas sur la route pour un concert. Ruth grandit vite, sous la houlette de notre père et de sa femme de ménage, Mme Samuels, contre qui Ruthie est désormais constamment en guerre. Elle a une horde innombrable de copines qui essayent de coiffer sa chevelure désespérément hybride pour en faire une sorte de globe légèrement avachi, et l'habillent façon vinyle brillant, ce que Mme Samuels qualifie de « criminel ».

Ruth est prête à intégrer à l'automne l'université de NYU Uptown, où elle a l'intention de faire des études d'histoire. « L'histoire ? demande Jonah surpris. À quoi est-ce que ça peut bien servir d'étudier ça ?

– Nous ne pouvons pas tous être aussi utiles que toi, Jonah », rétorque-t-elle en imitant de sa plus belle voix le ton d'un animateur de radio FM.

Nous faisons la connaissance de ses plus proches camarades, un soir qu'elles passent à la maison pour emmener notre sœur au cinéma : trois filles de noir vêtues. La plus claire d'entre elles donne à Ruthie un air vaguement latino. Elles ont du mal à contenir leur hilarité en nous voyant, Jonah et moi, et elles se mettent à pousser des gloussements aigus dès l'instant où Ruth les suit en dehors de l'appartement et referme la porte. Ruth est de plus en plus proche d'elles, les sorties du week-end, malgré les objections de Da, deviennent régulières et il est rare, alors, qu'elle soit encore là quand Jonah et moi revenons pour les dîners du vendredi. De tout l'été, nous n'arrivons à nous retrouver tous ensemble que trois fois. Néanmoins, nous sommes tous les quatre assis à la même table, avec Mme Samuels, début août, lorsque Da annonce : « Nous allons à Washington ! »

Jonah est en train de grignoter du *latke* avec le bout de son couteau. « Comment ça, "nous", Da ?

– Nous. Toute cette famille.

– Première nouvelle.

– Qu'est-ce qu'il y a, à Washington ? demandé-je.

– Plein de marbre blanc, répond Ruth.

– Il va y avoir un grand mouvement de contestation. »

Jonah et moi échangeons un haussement d'épaules. Mme Samuels glousse. « Les garçons, vous n'avez pas entendu parler de la grande marche ? Où est-ce que vous vous êtes terrés pendant tout ce temps ? »

Il s'avère qu'à part nous, le monde entier est au courant. « Dites donc, vous deux. Il y a des tracts partout en ville ! » Ruthie exhibe un petit badge en métal, qui lui a coûté vingt-cinq *cents*, et dont l'argent sert à financer l'opération. Elle en a acheté un pour chacun d'entre nous. J'accroche le mien. Jonah tripote le sien, et fait des tours de magie avec, comme s'il s'agissait d'une pièce de monnaie.

Da tend les dix doigts. « Les cent ans de l'Émancipation.

– Qui n'a libéré personne, évidemment », dit notre sœur. Da baisse les yeux.

Jonah fronce les sourcils, son regard va des uns aux autres. « Est-ce que quelqu'un peut nous en dire un peu plus ? Non ? Personne ? S'il vous plaît ! »

Ruthie se dévoue. « La Marche sur Washington pour le Travail et pour la Liberté. M. A. Philip Randolph a organisé...

– Je vois, dit Jonah. Et y a-t-il quelqu'un qui sache quand exactement cette manifestation est prévue ? »

Le visage de Da s'éclaire à nouveau. « Nous descendons le 28. Vous venez à la maison la veille, pour qu'on attrape le bus qui part tôt le matin de Columbia. »

Jonah me lance un regard. Le mien confirme le sien. « Pas possible, Da. »

Notre père, spécialiste de la résolution de puzzles cosmiques, paraît plus déconcerté que jamais. « Qu'est-ce que vous voulez dire ?

– Ils sont occupés, décrète Ruth d'un air méprisant.

– On est pris, dit Jonah.

– Vous avez un concert ? Il n'y a pas de concert le 28 août sur la liste que vous m'avez donnée.

– Pas vraiment un concert. Juste une obligation musicale. »

Da fait la grimace. Il ressemble au fameux buste de Beethoven, mais encore plus en colère. « Quel genre d'obligation ? »

Jonah ne le dit pas. Je pourrais me désolidariser, dire que moi, je n'ai pas d'obligation. Moi, je veux bien défiler pour le travail et pour la liberté. L'instant s'éternise, comme figé par la fidélité que j'éprouve envers les uns et les autres. Puis l'instant passe, et je manque l'occasion de dire quelque chose.

« Vous devriez laisser tomber cette obligation musicale. Vous devriez venir avec nous pour cette Marche sur Washington.

– Pourquoi ? demande Jonah. Je ne comprends pas.

– Il n'y a rien à comprendre, dit Ruthie. Tout le monde y va.

– Ce sont les droits civiques, lui dit Da. Ça te concerne.

– Moi ? » Jonah pointe le doigt sur sa poitrine. « Comment ça ? » Il essaye de faire dire à Da ce qu'il ne s'est jamais résolu à nous dire.

« Cette marche, il faut la faire. Moi, j'y vais. Votre sœur y va. » Ruth, prise à partie, tripote son badge à vingt-cinq *cents* pour la Marche de la Liberté.

« Da ! » dit Jonah. Je me lève et commence à empiler les assiettes sales. « À ton âge, tu te lances dans la politique ? »

Le regard de Da nous échappe, il se pose un quart de siècle plus tôt. « Ce n'est pas de la politique.

– Et puis votre père n'est pas vieux », dit Mme Samuels.

Ruth lance un regard noir à cette femme. « Qu'est-ce qui vous gêne avec la politique ? »

Une semaine après le désastreux dîner, Jonah revient tard de chez Lisette Soer. Il s'est passé quelque chose. Il se tient dans l'encadrement de la porte, tout tremblant. Tout d'abord, je crois qu'il lui a dit que, finalement, nous n'irons pas à sa petite réception, que nous devons aller à Washington avec notre famille pour une manifestation qui nous concerne. Peut-être se sont-ils disputés à ce sujet, voire séparés. J'ai envie de le soutenir, de lui dire à quel point il a toujours été bon. Aussi bon que sa voix. Peut-être même meilleur. Mais son regard me coupe dans mon élan.

« Ma foi. » Sa voix est tremblotante, elle paraît indomptée. « Ce qui devait arriver... Elle attend un gamin. »

Sur le coup, je pense : *Elle a séduit quelqu'un d'encore plus jeune que lui*. Puis je comprends. « Elle est enceinte ? » Jonah ne prend même pas la peine d'acquiescer. « Est-ce que tu es certain d'être... »

Il m'interrompt d'un froncement de sourcils. « Tu essayes de sauver ma réputation, Mule ? »

Je lui prépare un jus de citron vert dans de l'eau bouillante, et je m'assois par terre, face à lui. Ce n'est pas ce que je pense.

« Un *bébé*, Mule. Tu imagines ! » Il a la voix du garçon qui jadis avait griffonné « L'Hymne à la joie » sous une photo remplie d'étoiles. « Je lui ai dit : si tu m'épouses, je pourrai passer pour le père, quelle que soit la couleur de l'enfant. » Ses yeux étincellent comme lorsqu'il est sur scène. Ses narines s'enflent de cette intensité affolée qu'elle lui a enseignée. « On ne peut pas dire ça de tout le monde, Joey ! » Il ricane et fait tomber la tasse, qui se brise. Il rigole de plus belle. Je ramasse les morceaux et je balaye, pendant que Jonah continue de parler. « Elle est devenue folle. Elle a perdu la boule. Elle n'a pas arrêté de hurler, "Tu sais ce que ça va faire à ma voix ?" »

Les jours suivants, il n'arrête pas de l'appeler, en vain. « Elle refait *Così*. Je vais aller l'attendre à la sortie.

– Jonah. Ne fais pas l'idiot. Un Noir qui attend dans la rue à la sortie des artistes du Met ? On n'a pas de quoi payer la caution, si tu te fais coffrer. »

Je le convainc d'attendre la réception de Lisette, cette soirée intime d'une centaine de personnes, quelques-uns de ses amis les plus proches, cette sauterie qui nous empêche d'aller avec Da et Ruth à la manifestation de Washington. À l'heure où nous nous présentons au cauchemar verdien, la soirée bat son plein. Lisette se déplace dans la pièce ceinte d'un fourreau violet sans bretelles qui tient sur elle en vertu de quelque magie animale. Elle semble n'avoir jamais été touchée par l'homme. Elle papillonne d'un convive à l'autre, répand auprès des uns et des autres un sentiment de liberté et de joie – clamant presque l'aria qui fatalement brisera son cœur affaibli.

Un regard dans la pièce me suffit pour savoir que nous n'aurions jamais dû venir. Nous filons furtivement vers le buffet, nous ne nous quittons pas. Un Noir impeccablement vêtu, cravate noire, se tient derrière la table. Il prend nos commandes, nous évitons tous trois de nous regarder dans les yeux. Jonah ne cesse de jeter des coups d'œil en direction de son secret ambulant, en attendant une occasion de la coincer. Elle marque une pause dans sa ronde. Alors, il traverse le brouhaha vaporeux des cocktails et se matérialise à côté d'elle. La main de Lisette s'appuie sur la poitrine de Jonah pour le repousser, mais je n'arrive pas à décrypter le sens de ce geste. La pièce est striée de conversations parallèles : une dizaine de thèmes survoltés se chevauchent. Mais la mélodie de sa voix de ténor se dégage en contrepoint du chœur bruyant.

« Est-ce que ça va ?

– Magnifiquement. Pourquoi demandes-tu ?

– Est-ce que tu crois que tu devrais...

– C'est Regina Resnik là-bas. Adorable, n'est-ce pas ? Je suis tellement contente qu'elle soit passée *mezzo*. C'est tellement bien pour elle. Viens, mon grand. Je vais te présenter.

– Lisette. Stop. Je vais te tuer. Je le jure.

– Oh oh. Où as-tu appris toute cette fougue ? »

Ils prennent tous deux appui contre le mur, chacun faisant semblant d'être à l'aise. Ils se parlent en chuchotant, mais la voix d'un chanteur porte loin, même lorsqu'elle est chuchotée. Il lui attrape le poignet. Derrière Lisette, une photo d'elle en Didon est accrochée au mur, en train de chanter « Quand on me mettra en terre ». « Parle-moi, lui ordonne-t-il.

– Du calme. Il n'y a pas de quoi s'inquiéter. Prends un verre. Amuse-toi.

– Lisette. Tu ne resteras pas toute seule. Je peux m'occuper de l'enfant tant que tu es à ton apogée. Ensuite, moi, j'arriverai en vitesse de croisière au moment où...

– Au moment où quoi ? Au moment où moi je commencerai à décliner ?

– Tu me l'as dit toi-même : je vais aller loin, très loin. Je suis un bon cheval, Lisette. Avec moi tu seras à l'abri du besoin.

– Tu me protégeras – c'est ce que tu es en train de dire ? Tu t'occuperas de moi et veilleras sur ma pauvre petite progéniture quand je serai vieille ?

– Je sais que tu me prends encore pour un môme. Mais un jour, nous aurons le même âge.

– Un jour, tu auras l'âge que moi j'ai aujourd'hui. Et alors, tu entendras à quel point ce que tu dis est puéril.

– Épouse-moi, Lisette. Je peux être un bon mari. Je peux être un bon père pour cet enfant.

– Mari ? Père ? » Ces mots lui restent en travers de la gorge.

Un trio de voix aiguës turbulentes s'approche, tout le monde parle en même temps. « Que se passe-t-il ici ? Un cours particulier ? Un tête-à-tête ? On dirait que vous êtes sur le point de faire quelque chose d'illégal, tous les deux. »

Lisette en profite pour s'esquiver, le trio devient quatuor. Je traverse la pièce et rejoins Jonah. « Allons-nous-en. »

Sa tête vacille. Pourtant il n'est pas encore prêt à partir. Il la traque à travers l'appartement bondé, il s'y prend maladroitement, il va contre le vent, chaque fois il effraie sa proie sans pouvoir l'aborder. Je me tiens à la lisière des gens agglutinés, je me noie dans l'hilarité générale. Il n'y a pas moyen de venir à sa rescousse. Il l'attrape enfin, par accident, alors qu'elle repartait dans la mauvaise direction. Il lui saisit le haut du bras. « On peut faire ça comme tu veux. Mais je t'ai dit, Lisette. Je ne te laisserai pas te débrouiller toute seule.

– Et je vous ai dit, Mr. Strom. Tout va bien. Il n'y a pas de problème. Me comprends-tu ? *Pas de problème !* »

Je ne suis plus le seul à les écouter. Le tapage des conversations alentour s'estompe. Lisette tapote la tête de Jonah d'une manière comique, ce qui lui vaut des rires en cascade. Jonah fait de son mieux pour sourire. Nous décampons dès que c'est possible sans que l'humiliation soit trop cuisante. Il la couvre d'injures sur tout le trajet du retour.

Le lendemain matin, il n'a qu'une idée en tête, l'appeler. J'arrive à le faire patienter trois heures durant, jusqu'à neuf heures du matin. Elle lui répète au téléphone ce qu'elle lui a déjà dit la veille : il n'y a pas de problème. Il faut qu'elle le lui dise plusieurs fois et de plusieurs manières pour qu'il comprenne. Pas de problème : pas de bébé.

Il prend plus de temps pour raccrocher qu'il n'en faut à Mahler pour résoudre un accord. Il m'appelle par mon nom, pourtant je suis juste à côté de lui. « Joey. Je ne comprends pas.

– Fausse alerte. Vous devriez être tous les deux soulagés.

– Ce n'est pas ça. Sinon elle l'aurait dit. »

Je ne suis pas lent. Juste idiot. « Elle l'a perdu. » J'entends les mots. Elle l'a perdu, dans sa négligence.

« Quand ? Une demi-heure avant la soirée ? C'est ce qui lui donnait cet éclat incandescent ? » Il veut que je la boucle, que je me taise à jamais. Mais le silence va l'achever. « Elle trouvera quelqu'un pour le faire, Joey. Si elle n'est pas déjà en route à l'heure qu'il est. Elle adore mon peuple. Mais elle préfère tuer mon bébé plutôt que...

– Jonah. Écoute. Même si c'est le tien...

– C'est le mien.

– Même si c'est le cas... Pour autant, tu ne sais pas si... »

Il sait tout. Il sait où nous avons vécu nos vies.

Da appelle pour nous raconter ce que nous avons loupé à Washington. « Le monde entier d'un coup, qui descendait Independence Avenue ! » Jonah écoute jusque dans les moindres détails, indifférent, avide de distraction.

Le temps confirme les dires de Lisette Soer. Pas de problème : pas de bébé. « C'est réglé », me dit Jonah. Il y a quelque chose en lui qui est réglé, aussi. La différence d'âge entre eux s'est atténuée, plus rapidement qu'il ne l'avait prédit. Il est assis sur le banc du piano, le menton sur les genoux, en position fœtale. Mais désormais plus âgé qu'elle.

« Elle ne voulait pas gâcher les plus belles années de sa carrière », dis-je. Chaque mot que je prononce le pousse à me détester un peu plus. « Elle ne voulait pas que les hormones détruisent sa voix. » Ne voulait pas de bébé. Ne voulait pas de mari de douze ans son cadet. Ne voulait pas de mari. Ne voulait pas de lui.

Il hoche la tête, et refuse chacune de mes tentatives pour lui remonter le moral. « Elle ne veut pas de Noir. Elle ne veut pas d'un môme lippu. Pourquoi prendre des risques avec ta vie ? Une fois qu'il y a du noir dans ton sang, c'est la roulette russe. »

Le soir, il brise tout ce qui lui tombe sous la main. Il jette violemment par la fenêtre une assiette de spaghettis que je venais de préparer. Elle éclate dans la rue, manquant de peu un piéton. Maintenant que nous aurions besoin de voyager, il n'y a pas un seul récital de prévu. De toute façon, il serait bien incapable de chanter. Sa tessiture s'en ressent, il perd deux notes dans les aigus. Il sort seul et revient empestant la marijuana. Je bavarde avec lui de tout et de rien jusqu'à ce qu'il soit l'heure de se coucher. Jonah, le visage affaissé, méconnaissable, reste assis à ricaner. Je parle à un type incapable de répondre, terrifié pendant tout ce temps à l'idée que la fumée qu'il a inhalée ait déjà ravagé ses cordes vocales.

Une semaine plus tard, L'église baptiste de la Seizième Rue de Birmingham explose. Nous voyons la scène à la télévision, puis dans les deux journaux que nous achetons le lendemain. L'église n'est plus qu'une vomissure de briques, de verre et de métal tordu. Je me tiens sur le trottoir calciné, gelé devant chez nous, ce jour-là, huit ans plus tôt, pendant que la voiture attend, j'essaye de reconnaître ma vie. J'observe cette photo, j'essaye de ravaler ce goût qui me monte à la gorge, mi-souvenir, mi-prédiction.

Les poseurs de bombe ont attendu la Journée de la jeunesse que l'église organise chaque année. L'explosion souffle la cave de l'église où les enfants répétaient leur spectacle. Quatre fillettes sont tuées, trois de quatorze ans et une de onze ans. Mon frère ne peut plus détacher son regard de leurs photos, il fait glisser les doigts sur leurs visages rayonnants jusqu'à faire déteindre le papier. C'est un garçon de dix ans, qui chante un duo euphorique pour les gens à l'église, trop contents d'avoir un petit Noir qui leur chante du Bach. Il voit sa propre petite fille, dans dix ans, celle qui vient juste de lui être enlevée. En voyant ces quatre fillettes mortes : Denise, Cynthia, Carole et Addie Mae.

Sept bombes en six mois. Des batailles sanglantes éclatent dans les rues de Birmingham, cela ressemble à ce que les États-Unis exportent ordinairement à l'étranger. Le révérend Connie Lynch déclare au monde entier : « S'il y a quatre Nègres de moins ce soir, alors moi, je dis : "Merci à ceux qui ont posé la bombe !" » Deux autres enfants noirs sont tués, un de treize ans tué par balle par deux miliciens, et un de seize ans assassiné par un agent de la circulation.

La nation où j'ai vécu est morte. Le Président parle de loi et d'ordre, de justice et de tranquillité. Il appelle les Blancs et les Noirs à laisser de côté la passion et les préjugés. Deux mois plus tard, lui aussi est mort. Malcom déclare : *Qui sème le vent récolte la tempête.*

Lisette Soer appelle mon frère mais tombe sur moi. Elle veut savoir pourquoi il a manqué trois leçons. Elle veut qu'il la rappelle. La première fois, je dis que Jonah est au lit à cause d'un virus. Elle lui fait porter des marguerites. La deuxième fois, je lui dis qu'il est parti en Europe et ne reviendra pas avant longtemps. Mon frère est assis à trois mètres, tout juste capable de hocher la tête. Mlle Soer encaisse la nouvelle avec une rage stupéfaite. Lisa Sawyer, la fille d'un brasseur de Milwaukee, me traite de singe menteur.

« Je ne vois pas ce que vous voulez dire », lui dis-je. Mais, désormais, ce singe en a une idée assez claire.

18

Août 1963

Ils se rassemblent au pied du Washington Monument. Les gens arrivent de partout où subsiste l'espoir d'un pays nouveau. Ils viennent des champs de Géorgie sur des camions à céréales. À raison d'une centaine d'autocars à l'heure, ils débouchent du tunnel de Baltimore. Ils arrivent dans de longues voitures argentées en provenance des faubourgs de la côte atlantique. Deux dizaines de trains affrétés de Pittsburgh et Detroit convergent vers ce point de ralliement. Ils viennent en avion depuis Los Angeles, Phoenix et Dallas. Un homme de quatre-vingt-deux ans fait le voyage en bicyclette depuis l'Ohio ; un autre, deux fois plus jeune que lui, depuis le Dakota du Sud. Un homme met une semaine à parcourir en patins à roulettes les mille trois cent soixante kilomètres depuis Chicago, arborant une écharpe de couleur vive sur laquelle on peut lire LIBERTÉ.

En milieu de matinée, on atteint le quart de million de personnes : des étudiants, des cadres moyens, des pasteurs, des médecins, des coiffeurs, des vendeurs, des syndicalistes du secteur automobile, de futurs gestionnaires, des intellectuels de New York, des agriculteurs du Kansas, des pêcheurs de crevettes du Golfe. Un « avion des célébrités » transporte des vedettes de cinéma – Harry Belafonte, James Gardner, Diahann Carroll, Marlon Brando. Des *Freedom Riders* de longue date, des anciens combattants de Birmingham, de Montgomery et d'Albany prêtent main-forte aux timides pour qui c'est la première fois, à ceux qui veulent une autre nation mais, jusqu'à aujourd'hui, ne savaient pas comment l'obtenir. Ils poussent des landaus et des chaises roulantes, ils agitent banderoles et drapeaux. Ils sortent tout juste de réunion de conseil d'administration ou de prison. Ils viennent pour un quart de million de raisons. Ils viennent pour une seule chose.

L'itinéraire de la manifestation va du monument effilé de Washington jusqu'aux marches du Lincoln Memorial. Mais comme toujours, en faisant des tours et des détours. Quelque part sur Constitution Avenue, on réclame du travail ; quelque part sur Independence Avenue, la liberté. Et même ce circuit tortueux est le fruit de fragiles compromis. Six groupes séparés ferment les yeux sur les différends qui les opposent et unissent leurs revendications, ne serait-ce que pour atteindre ce niveau record d'affluence.

La veille au soir, le Président signe un ordre de mobilisation de l'armée en cas d'émeute. Au petit matin, les vagues humaines débordent toutes les digues et les barrages que la police aux effectifs trop peu nombreux a pu ériger. La marche s'ébroue spontanément et le service d'ordre doit ouvrir la route aux personnalités, dans ce flot que rien ne peut arrêter, afin de les installer en tête de cortège. Pendant vingt-quatre heures il y a des perturbations devant le ministère de la Justice. Mais pas une goutte de sang n'est versée, face à la violence perpétrée depuis quatre cents ans.

Les caméras de télévision juchées dans le nid de corbeau de l'obélisque de Washington balayent le rassemblement sur huit cents mètres de large, de part et d'autre du bassin aux mille reflets. Sur ces huit cents mètres, toutes les nuances imaginables : la colère, l'espoir, la douleur, une confiance nouvelle et, par-dessus tout, l'impatience.

De la musique se déverse sur tout le Mall – d'approximatives fanfares lycéennes, des chorales d'église, des groupes de gospel familiaux, des combos installés à l'arrière de pick-up qui improvisent en scat une euphorie stoïque, une jubilation de funérailles à la taille de la mégalopole. Des chants se répercutent sur les façades des bâtiments administratifs. Sur la scène, un assortiment hétéroclite d'artistes se côtoient – Odetta et Baez, Josh White et Dylan, les Freedom Singers, vétérans du SNCC et d'Albany. Mais les manifestants sont portés vers l'Émancipateur par une déferlante de musique bien à eux. Des paroles tourbillonnent et s'élèvent : *Nous triompherons. Nous ne céderons pas.* Des gens qui n'avaient jamais posé un regard les uns sur les autres jusqu'à cet instant se lancent spontanément dans des harmonies maîtrisées. *La seule chose bien qu'on ait faite, c'est de refuser la défaite.* La chanson déroule ses propres contrepoints. *La seule chaîne qu'on supportera aujourd'hui comme demain, c'est la chaîne humaine main dans la main.* Tout le passé rejaillit dans le présent. *M'suis réveillé ce matin avec un mot en tête : liberté. Alléluia.*

David Strom entend comme dans un rêve le chœur qui enfle. Le son le ramène à son propre passé, à ce jour où il est venu ici pour la première fois, ce jour qui a rendu celui-ci possible. Ce premier jour est ici complété, propulsé jusqu'à ce moment-ci, ce moment qu'il annonçait déjà un quart de siècle plus tôt. Le temps n'est pas une trace qui se déplace à travers une collection d'instants. Le temps est un instant qui recueille toutes les traces en mouvement.

Sa fille marche à côté de lui, dix-huit ans, juste deux ans de moins que sa mère à l'époque. Le message de cette première journée se rapproche peu à peu d'elle, également. Mais il faudra plus de temps, il faudra une autre courbure, un autre détour, pour que ce message lui arrive. Sa fille marche deux pas devant lui, elle fait semblant de ne pas connaître cette figure blême qui se traîne derrière. Il est pour elle source d'humiliation, du simple fait de son existence. Il trottine et trébuche pour ne pas se faire distancer, mais elle presse encore le pas. « Ruth, appelle-t-il. Tu dois attendre ton vieux père. » Mais elle ne peut pas. Il lui faut renier le jour qu'il porte en lui. Elle a besoin de désavouer cet homme, si elle veut avoir une chance d'atteindre son moi ultérieur, ou de se remémorer comment elle en est arrivée là, lorsqu'elle se trouvera ici la prochaine fois.

Il ne comprend pas pourquoi il lui fait tant honte. Il est loin d'être le seul Blanc. Les Blancs ont afflué par dizaines de milliers. Il se déplace à travers la foule, cette même foule qu'il avait aperçue lorsqu'il avait débouché de Virginia Avenue le jour où il était arrivé de Georgetown, mais beaucoup plus imposante. La foule a plus que triplé depuis cette première manifestation. Strom regarde vers l'ouest et se voit lui-même : un jeune homme avec encore toute la fraîche ignorance d'un immigrant de vingt-huit ans, sur le point de rencontrer son destin. D'où arrivait-elle, ce jour-là, la mère de Ruth ? Il regarde vers le nord-est, il reconstitue les pièces du puzzle, les coordonnées évaporées de cette femme, tandis qu'elle descend prestement du train en provenance de Philadelphie. À peine plus âgée que cette fille qui marche devant lui, elle tâche de garder à l'esprit l'avenir menaçant qui l'attend, et qu'elle ne sait pas décrypter, la vie que le sort lui réserve. « Impossible », lui dit-elle plusieurs fois. Déjà elle savait. *Impossible.*

La foule pousse vers l'avant, comme la foule de la première fois. Il ne devrait pas penser *première*. Strom reste sur le trottoir tandis que passe ce défilé. Puis, prenant un raccourci *via* le rayon caché du temps, le même défilé passe à nouveau devant lui et poursuit son itinéraire circulaire. Il y aura une autre marche, qui, avec le temps, renverra ce jour-ci dans le passé. La foule continuera de pousser vers l'aval, et il la rejoindra à cet endroit-là.

Ils chantent : « Nous ne céderons pas. » Il connaît l'air, à défaut de connaître les paroles. Mais les paroles aussi, il se les rappelle dès qu'il les entend. Elles étaient là, déjà, avant toute mélodie, depuis toujours. *Tout comme un arbre au bord de l'eau. Nous. Nous ne. Nous ne céderons pas.*

Le rythme, Strom l'entend, est une boucle temporelle fermée sur elle-même. Le chœur s'éteint et s'élève à nouveau au-dessus des têtes de ceux qui le composent. Il tourne en rond et entre à nouveau en canon, identique à chaque fois : une broderie qui à chaque fois aboutit à une forme originale. Tout comme un arbre. Un arbre au bord de l'eau. Il accélère le pas jusqu'à dépasser le tempo de la chanson. Il gagne du terrain au sein de la procession, il rattrape sa fille. C'est le profil de sa mère, et davantage : le même bronze sous un éclairage plus clair. Il regarde sa fille, et le choc du souvenir le projette brutalement en avant. Chaque souvenir est une prophétie inversée. Sa Ruth bouge les lèvres, elle chante en même temps que tout le monde, elle chante sa propre mélodie. Le temps demeure immuable ; c'est nous qui passons.

Il le comprend enfin, au bout d'un quart de siècle : c'est pour ça que cette femme chantait ce jour-là. C'est pour ça qu'elle était à côté de lui, à chanter à voix basse. C'est pour ça qu'il s'était penché : pour entendre quel son sortait d'entre ces lèvres. « Êtes-vous professionnelle ? » lui avait-il demandé. « *Noch nicht* », avait-elle répondu. Pas encore. Elle bougeait les lèvres pendant qu'une autre femme chantait : c'est pour ça qu'il lui avait adressé la parole, alors que le monde entier les aurait empêchés d'échanger ne fût-ce qu'un mot. C'est pour ça qu'ils avaient essayé de vivre ensemble. Pour ça que cette fille, par la suite – la chair de leur chair, le sang de leur sang – qui marche à côté de lui tout en faisant semblant de ne pas être avec lui, bouge les lèvres en une chanson silencieuse.

Cela fait deux ans maintenant qu'elle n'a plus rien chanté avec lui. Depuis que ses frères sont partis, elle a refusé tous les duos. Elle, la plus vive des trois, la fillette qui a su lire les partitions avant de savoir lire les mots. Jadis, lui et sa mère ne pouvaient pas la mettre au lit s'il y avait encore quelque part, au nord de la Cinquante-Neuvième Rue, une seule voix qui chantait. Maintenant, si elle chante encore, c'est loin de la maison, avec des amies qui lui apprennent d'autres airs, hors de portée de son père.

Ruth était leur bébé de la paix, née trois mois après la fin de cette guerre éternelle. Dès la naissance, elle avait eu cette âme qui accueillait toutes choses comme dignes d'être aimées. Elle aimait le facteur de tout cœur pour ses générosités quotidiennes. Elle voulait l'inviter à l'anniversaire de ses quatre ans, et elle avait pleuré jusqu'à ce qu'ils promettent de lui demander. Elle aimait leur logeuse, Mme Washington, qui leur donnait une maison où habiter. Elle aimait le fox-terrier de Mme Washington, comme elle aurait aimé l'ange de Dieu. Elle chantait dans la rue pour des inconnus. Elle pensait que tout le monde faisait ainsi.

Quand elle avait huit ans, un garçon plus âgé l'avait traitée de Négresse. Elle avait couru jusqu'au banc de sa mère, lui demander ce que ça signifiait. « Oh, ma chérie ! lui avait dit Delia. Ça veut dire que ce garçon est complètement déboussolé. »

Elle était retournée voir le petit garçon. « Comment ça se fait que t'es complètement déboussolé ?

– Sale Négresse, avait marmonné le garçon. Espèce de guenon. »

Ruth, le bébé de la paix, la fillette si sûre d'elle, avait été toute contente de le reprendre : « Je ne suis pas une guenon ! Une guenon, c'est ça ! » Et elle avait improvisé pour lui une danse simiesque, tirée de son propre *Carnaval des animaux*, la langue glissée sous la lèvre inférieure, singeant une joie de primate. Le garçon avait éclaté d'un rire nerveux, il était resté là, ravi, prêt à reconnaître qu'il avait eu tort, prêt à se joindre à elle, jusqu'au moment où sa mère était intervenue et, d'un geste sec, l'avait emmené.

« Est-ce que Joey est un Nègre ? avait demandé Ruth en rentrant à la maison. Et Jonah ? » Dans son esprit, elle avait constitué trois catégories. Et la sienne était la plus petite et la plus dangereuse.

« Personne n'est nègre », avait répondu Delia, privant sa fille aimante de toutes ses défenses.

Ruth se faisait des camarades quand ses parents avaient le dos tourné. Elle les trouvait à l'école mixte où David et Delia l'avait envoyée, après avoir admis à retardement que la scolarisation à la maison avait été fort peu bénéfique aux garçons. Ruth ramenait des petites copines à la maison, avant la mort de sa mère, des camarades de toutes couleurs de peau. Parfois, même, elles revenaient, passé le choc de la première visite. Et ces camarades lui avaient appris toutes ces mélodies que ses parents n'avaient pas réussi à lui apprendre, les mélodies qui l'avaient conduite, un soir, dans le bureau de son père, pour lui demander :

« Je suis quoi ?

– Tu es ma fille, lui dit-il.

– Non, Da. Je *suis* quoi ?

– Tu es intelligente et bonne dans tout ce que tu fais.

– Non. Je veux dire, si toi tu es blanc et Maman est noire... »

La réponse qu'il lui fit alors : erronée également. « Tu as de la chance. Tu es les deux à la fois. » Erronée à tant d'égards.

Ruth se contenta de le dévisager, en ressentant une honte qui frisait le mépris. « C'est ce que Maman a dit, aussi. » Comme si elle ne pourrait jamais plus leur faire confiance ni à l'un ni à l'autre.

Leurs enfants étaient censés être les premiers au-delà de tout cela, les premiers à enjamber directement le gouffre. Les premiers à accéder à l'avenir que cette haine fossile avait tant besoin de rappeler. Mais leurs enfants ne font pas directement le saut. Le signal du passé est trop fort pour le leur permettre. Strom et sa femme se sont tellement égarés dans le temps qu'ils se sont trompés – c'était trop tôt, leur espoir était de plusieurs décennies prématuré. Dans chaque avenir que les lèvres de sa Delia ont dessiné ce jour-là, elle meurt trop tôt, et laisse à sa fille seulement le loisir d'entendre combien leur musique à eux était erronée. Mais ils ont raison en ce qui concerne la musique, une fois la double barre atteinte, Strom veut encore le croire. Raison dans le sens où le monde entendra un jour ce que doit être sa cadence. Comme un arbre au bord de l'eau. Les lèvres de sa fille bougent en silence. Deux cents mètres et vingt-quatre années plus tôt, à un endroit hors de portée de sa Ruth, les lèvres silencieuses de sa mère lui répondent.

La foule les emporte au gré de ses remous. Lui et Ruth flottent sur ce fleuve humain, puis sont déposés comme du limon devant le Lincoln Memorial. Chaque chose est atrocement identique : même jour, même statue, le même espoir euphorique dans l'air, la même vérité brutale qui attend, juste à la sortie du Mall. Davantage d'affiches, davantage de banderoles, davantage de protestations. Les gens ont maintenant davantage de mots pour dire ce qu'ils n'ont pas. Le son de ces milliers de voix monte en volutes, se réverbère étrangement, c'est le chant d'un continent qui n'existait pas la dernière fois. Mais c'est le même tapis humain qui s'étire jusqu'à la courbure de l'horizon. Strom essaye de situer l'endroit où lui et sa fille se trouvent. Il estime approximativement l'endroit où lui et sa femme se tenaient. Au jugé, comme en haute mer.

Il est débordé par l'allégresse de la foule. Sa vue se voile et ses genoux commencent à céder. Un homme entre deux âges en train de perdre connaissance sous l'influence combinée de la chaleur et de l'excitation. Il trébuche, essaye de se raccrocher à sa fille. Elle l'aide à se redresser, aussi inquiète pour lui qu'humiliée. Il pointe le doigt vers le sol. « Nous étions ici. Ta mère et moi. »

Elle connaît la rengaine : comment Strom a fait la connaissance de Daley, comment elle est venue au monde. Elle le fait taire, souriant timidement à la cantonade. Tout le monde s'en fiche. Un demi-million d'yeux se portent sur la tribune des discours, à quatre cents mètres.

« Ici, répète-t-il. Exactement *ici*. » Elle regarde par terre. Elle est ébranlée par son assurance.

On s'agite sur la scène, le public cesse de chanter. C'est uniquement quand les chants se sont tus qu'ils se rendent compte du nombre de mélodies simultanées qu'il y a eu. Le grondement de la sono met une bonne seconde pour arriver jusqu'à eux. La foule se calme, et on se retrouve soudain à un rassemblement religieux de la taille d'une ville. L'un après l'autre, les orateurs se succèdent à la tribune, chacun a une couleur de peau différente, chacun indique à cette foule irréelle vers quoi elle s'achemine. Le premier invite au compromis ; le deuxième assène des faits. La congrégation immense lance : *« Continue, dis la vérité ! »* Les caméras et les micros enregistrent tout dans les moindres détails. Même ABC déprogramme ses feuilletons habituels afin que la nation, pour la première fois, se regarde droit dans les yeux.

Ruth baisse les épaules, ou au contraire se redresse, selon les discours. Son corps réagit de différentes façons que Strom a bien du mal à interpréter. Elle peste pendant les allocutions des prédicateurs blancs qui prennent le train en marche. Elle s'enthousiasme lorsque John Lewis, le porte-parole du SNCC, la coordination des étudiants non-violents, de cinq ans son aîné, profère des accusations qui se répercutent le long du bassin chatoyant. Il parle de vies rongées par la peur, d'un État policier, et Ruth applaudit. Il demande « Que fait le gouvernement ? » et elle se joint à la réponse tranchante : *« Rien ! »* Il parle d'un compromis immoral, du mal et de la seule réponse possible face au mal : la révolution. Sur plus d'un kilomètre et demi, les gens l'incitent à continuer, et la fille de Strom est avec eux, elle l'encourage de ses cris.

Strom se sent à nouveau sur le point de suffoquer. Si la foule se laisse aller à la colère, il est mort. Mort comme ses propres parents et sa sœur, tués pour ne pas avoir été dans le bon camp. Mort comme sa femme, qui est morte pour avoir fait sa vie avec lui. Mort comme il le sera de toute façon, quand le signal du passé enfin se rappellera à lui.

Le soleil se met à cogner et les discours commencent à se faire longs. Quelqu'un – ce doit être Randolph – présente les femmes du mouvement. Sur l'estrade, une femme assez âgée s'avance pour chanter, et Strom est bouleversé. Il continue de regarder, et il s'en veut de croire à l'hallucination. Il y a une certaine ressemblance, mais il faut toute la crédulité d'un vieil homme pour entretenir la confusion. Les différences sont plus nombreuses que les ressemblances. L'âge, tout d'abord : cette femme a une génération de plus que celle avec qui il la confond.

Puis le passé l'engloutit, comme le sol remonte pour frapper un homme qui s'écroule. « Mon Dieu. Oh, mon Dieu. C'est elle. »

Sa fille sursaute en l'entendant. « Qui ? De qui tu parles ?

– Là. Celle-là, debout. C'est elle. » Le chapeau est plus grand, la robe plus bigarrée, le corps alourdi par vingt-quatre années de plus. Mais intimement, c'est la même voix.

« Mais qui, papa ?

– La femme qui nous a mariés, ta mère et moi. »

Ruth laisse échapper un rire triste, et ils se taisent en écoutant la musique. La fille n'entend qu'une vieille femme qui n'a plus de voix, en pleine décadence, roucoulant. « He's Got the Whole World in His Hands ». Un air ordinaire, avec des paroles plus tristes encore : *Il a le monde entier entre ses mains*. Ruth voit ce qu'elle a vu quand on lui a appris la chanson au cours élémentaire : des mains de la taille d'un système solaire placées autour du globe terrestre, comme s'il s'agissait d'une précieuse bille « œil-de-chat ». De quelle couleur, ces mains ? S'Il a jamais eu la planète en main, l'essentiel a depuis longtemps échappé à ses doigts gourds. Le vent et la pluie. La lune et les étoiles. Toi et moi, ma sœur. Ça fait huit ans, depuis le moment où elle a hurlé pour échapper à l'étreinte mortelle du pompier, que Ruth sait ce que cette vieille femme n'a pas encore admis.

Strom est perdu dans d'autres chants – *O mio Fernando. Ave Maria. America.* La voix qu'on n'entend qu'une fois par siècle – c'est ce que Toscanini avait dit d'elle, à Vienne, dans un autre univers, avant que cette métropole malade ne soit emportée. Et il avait raison. Car Strom a entendu cette voix il y a un siècle, il y a une heure. Et il y a bien plus longtemps encore, à l'époque où ils l'écoutaient *ensemble*.

L'instant passe, le père et la fille sont figés dans deux éternités séparées, en attendant que le chant se termine. Ruth regarde son père, le passé la perturbe. C'est cette femme – le mythe puissant qu'on lui a inculqué quand elle était petite. Strom comprend sa déception. Il reste coi dans cette coda dédiée au chant écourté de son épouse. Il n'aurait pas dû vivre suffisamment longtemps pour entendre à nouveau cette voix, alors que sa Delia, elle, ne peut plus l'entendre.

D'autres chanteuses viennent ensuite, porteuses de souvenirs plus durs. Mahalia Jackson livre un vigoureux *I've Been 'Buked*, sa voix sans accompagnement roule sur le kilomètre et demi de gens présents, fendant le grand bassin comme s'il s'agissait de la mer Rouge. Puis d'autres viennent parler au micro. Puis d'autres encore. La journée ne se terminera jamais, mais ne reviendra pas non plus. La foule s'impatiente, elle déplore une promesse non tenue. Trop de discours, et Ruth somnole. En rêve, elle rencontre sa mère dans une gare bondée. Les gens les bousculent, et les empêchent d'arriver l'une à l'autre. Les enfants de Ruth ont disparu quelque part dans la gare grouillante de monde. Sa mère la réprimande : *Il ne faut jamais quitter les petits des yeux.* Mais Delia chante sa réprimande d'une voix très aiguë, à la limite de sa tessiture, avec un accent fantomatique.

Puis la chanson laisse la place au discours, et l'accent devient de l'allemand. Quelqu'un la secoue, et ce quelqu'un, c'est son père. « Réveille-toi. Il faut que tu entendes ça. C'est historique. » Elle lève les yeux vers lui, furibarde, car une fois de plus il lui a enlevé sa mère. Puis elle se réveille tout à fait. Elle entend une voix ample de baryton, une voix qu'elle a déjà entendue, mais jamais de cette manière. *Nous sommes aussi venus en ce lieu sacré pour rappeler à l'Amérique la terrible urgence de l'instant présent.*

L'instant présent : c'est pour cela que son père la réveille. Mais une pensée la turlupine pendant le grondement roulant du baryton : en la réveillant, son père ne pouvait pas savoir que ces mots allaient être prononcés. Puis elle oublie, expédiant cette question à plus tard. Quelque chose se produit dans la foule, une alchimie déclenchée par la pure puissance de cette voix. Par trois fois, les mots reviennent sous forme d'échos bouleversants. Son père a raison : c'est historique. Déjà elle ne peut plus faire la distinction entre ces mots et toutes les fois à venir où de nouveau elle les entendra.

Le prédicateur se met à improviser, il mélange Amos et Isaïe avec des fragments de cantiques dont Ruth se souvient, de vieux hymnes jadis chantés en famille. *La souffrance non méritée conduira à la rédemption.* Elle aimerait de tout cœur le croire. *Un jour cette nation se soulèvera et vivra dans la vérité de sa foi. Je fais ce rêve qu'un jour mes quatre enfants vivront dans une nation...* Elle se voit avec des enfants à elle, et pourtant toujours sans nation.

Chaque vallée sera rehaussée et chaque montagne sera aplanie. Dieu, viens-lui en aide : elle ne peut s'empêcher d'entendre Händel. La faute à ses parents ; ça lui colle à la peau comme une marque de naissance. Elle pourrait chanter le texte entier de mémoire. *Les aspérités seront adoucies... – alors sera révélée la gloire du Seigneur.*

Avec cette foi, nous transformerons la cacophonie de notre nation discordante en une symphonie. Elle lève la tête et regarde autour d'elle – une mer brune, tout du long, jusqu'aux confins de son champ de vision. Une musique imposante, sans aucun doute, mais rien qui ressemble à une symphonie. Ruth pose à nouveau le regard sur son père, à côté d'elle. Cette peau blanche lui paraît maladive, celle d'un étranger. Ses cheveux gris clairsemés, ébouriffés par le vent, n'ont rien de commun avec elle. Les paroles du discours dévalent sur les joues paternelles comme des eaux. Elle ne se rappelle pas avoir déjà vu son père pleurer, même aux funérailles de sa mère. À l'époque, il n'était que sourires perplexes, tout à sa théorie du temps atemporel. À présent, ces mots le font pleurer, cet espoir abstrait, si désespéré et si évident, si loin de se réaliser. Et elle le déteste pour avoir attendu si longtemps. Pour avoir refusé de la regarder.

Strom sent le regard de sa fille posé sur lui, mais il ne se tournera pas. Tant qu'il ne se tournera pas franchement pour faire face à ce visage, sa Delia sera encore un peu là, à ce concert où ils avaient vibré ensemble. Lorsque le prédicateur s'apprête à prononcer ces paroles, les paroles que la voix du siècle chanta en ce jour premier, Strom les attend. Il sait d'avance le moment où elles doivent arriver, et à l'instant où ces paroles arrivent, c'est parce que lui en a décidé ainsi.

L'air, il le connaît depuis toujours. Un genre d'hymne impérial anglais. Beethoven en a composé une série de variations. Une demi-douzaine de pays européens ont leur propre version étendard, y compris son Allemagne déchue. Pourtant, jusqu'à ce jour, il n'avait jamais saisi les paroles américaines. La première fois, il ne les avait pas comprises, mais à présent il les comprend, un quart de siècle plus tard, au même endroit. *La terre où mes aïeux sont morts.* Ce pays est mille fois plus celui de cet homme en prêche que celui de Strom. Et pourtant, il a été offert à Strom au port de New York avec tellement moins de difficulté.

Que la liberté retentisse. Des collines prodigieuses du New Hampshire. Des imposantes montagnes de New York, du sommet des majestueuses Alleghenies de Pennsylvanie, des pics couronnés de neige des Rocheuses, des versants mamelonnés de la Californie, du haut de Stone Mountain en Géorgie, du haut de Lookout Mountain au Tennessee, jusqu'au moindre monticule dans le Mississippi. Du flanc de chaque montagne.

Les mots étincellent comme au premier jour de la création. Maintenant ils pourraient s'unir pour agir : maintenant cette foule pourrait dévaler cet espace verdoyant, une armée que nul ne pourrait arrêter, et s'emparer de leur Capitole, de leur Cour suprême, de leur Maison-Blanche uniquement par la force de l'âme. Mais ils sont trop joyeux à présent pour recourir à la force, trop exaltés.

Enfin libre, la parole se dissipe peu à peu. Puis la foule, également, se libère. La voici libre de retourner à ses villes en décomposition, à ses vies en cage. La multitude se disperse, comme ç'avait été le cas la première fois. Strom a peur de bouger, il sait que l'urgence de la révélation doit être encore là, tout près, attendant qu'il franchisse la ligne. Les gens les contournent, gênés par ces deux obstacles, ces deux branches d'arbre qui flottent au milieu du courant. Ruth fulmine contre cet homme. Ses rêveries la rendent folle. Elle le voit passer à côté de l'évidence. L'alliance entre Noirs et juifs s'effrite tout autour d'eux. Elle ne survivra même pas au retour en bus à la maison.

Ruth commence à marcher, seule. Cela fait trop longtemps qu'elle est seule. Ses frères sont trop occupés pour s'intéresser au présent. Son père trop pris au piège du passé. Elle s'éloigne à grandes enjambées, sûre de son allure, tournant dans sa tête une phrase prononcée par le pasteur à la voix de baryton : « L'esprit militant, nouveau et merveilleux. » Elle a le sentiment que c'est le seul avenir constructif, le seul chemin qui lui évitera d'être éternellement isolée. Elle se dirige vers le parking où le bus de Columbia les a déposés. Même son père devinera que c'est le point de ralliement.

David Strom se dissout sur place, il peuple chaque endroit de cet immense espace. C'est ici que sa femme se fige de honte en se rendant compte qu'elle était en train de chanter à haute voix. Ici qu'elle lui demande s'il a déjà entendu la légendaire Farrar. Ici qu'elle lui demande pardon, et ici qu'ils se disent au revoir à jamais. Ici qu'ils trouvent le petit garçon égaré. Là, juste là, qu'elle lui explique que tout cela est impossible : se revoir un jour. Une erreur, de penser que toute histoire a une fin.

Lorsqu'il lève la tête pour retrouver sa fille, elle a disparu. Son corps se glace. Il s'y était attendu. Une fascination terrible s'empare de lui, et cet homme de cinquante-deux ans presse le pas, se met à trotter, il fonce dans une direction, puis s'arrête et file dans une autre. C'est la répétition qui déclenche cette panique, plus que la peur que sa fille soit réellement en danger. Elle court moins de risques sur le Mall, avec tous ces gens rassemblés, qu'à New York, lorsqu'elle rentre à pied de l'école. Elle a dix-huit ans ; la capitale grouille de policiers. Mais il sait que la menace est infinie, aussi étendue que le temps. Elle a disparu : nulle part, n'importe où. Il court sur l'esplanade devant le monument, il appelle, poussé par un pressentiment.

Il trottine jusqu'à l'endroit où ils avaient trouvé le petit garçon perdu. Sa fille n'y est pas. Il refait le parcours dans l'autre sens – pas son parcours avec Ruth, mais son parcours avec Delia et l'enfant. Il se dirige vers la statue géante. Il considère Lincoln, le personnage qu'il n'avait pas reconnu, à l'époque, celui qui, selon le garçon, n'avait jamais libéré les esclaves. Tous ceux qui ont parlé aujourd'hui ont confirmé les dires du garçon. Strom s'approche le plus possible des marches, malgré la foule. Elle doit être ici. Elle n'y est pas. Elle y a été, mais maintenant elle est partie. Elle repassera d'ici une minute. D'ici dix minutes. Comment l'intersection de deux chemins dans le temps est-elle possible ? Le champ est trop étendu, et le sillage que nous traçons trop étroit.

Il calcule mentalement les probabilités : deux itinéraires aléatoires, avec des départs différés. La probabilité de la retrouver est plus grande s'il reste à une faible distance de cet endroit. Car c'est là qu'ils avaient amené le garçon, dans le passé, avant la guerre, à l'époque où l'amour entre lui et sa femme était encore impossible.

C'est là que sa fille le retrouve, une demi-heure plus tard. Le plus facile à identifier de tout le Mall : un homme blanc, isolé, errant dans le reflux d'une mer brune. Elle l'aurait retrouvé depuis longtemps, si elle n'avait pas cru que même ce brillant scientifique saurait se rendre à l'évidence. Elle s'approche de lui à grands pas, en secouant la tête : il n'y a rien à faire, c'est sans espoir.

Il est survolté en l'apercevant. « Je savais que je te trouverais ici ! » Il est tout tremblotant, maintenant que tout s'explique. « Où étais-tu ? Avec qui étais-tu ? »

Son besoin est tellement grand qu'elle ne peut même pas le réprimander. « Nom de Dieu, Da. J'étais installée dans le car, je t'attendais. Ils vont partir sans nous. »

Elle traîne son père jusqu'au parking, aussi vite que ses jambes le lui permettent. Une fois seulement il s'arrête pour jeter un coup d'œil en arrière. Aucune révélation. Rien à voir. Un homme sur patins à roulettes affublé d'une écharpe rouge mal nouée. Des équipes de volontaires qui balaient les ordures. Il sent le signal du passé s'amenuiser et lui échapper : enfin libre.

19

Printemps 1940-hiver 1941

David Strom épousa Delia Daley à Philadelphie le 9 avril 1940. Tandis qu'ils se juraient amour et fidélité dans la piteuse salle de la mairie de la Septième Circonscription, les nazis déferlaient sur le Danemark et la Norvège.

La cérémonie fut modeste, sans éclat. Les jumelles arboraient des vestes tricotées assorties par-dessus de fines robes lie-de-vin. Charles s'était mis sur son trente et un. Michael avait les jambes et les bras qui dépassaient de deux bons centimètres du costume bleu qui lui allait pourtant encore à Noël, à peine quatre mois plus tôt. Le smoking majestueux du Dr Daley était encore plus beau que le costume du marié, qui néanmoins s'était surpassé avec son complet gris croisé. La mère de la mariée portait la robe en soie verte étincelante dans laquelle elle voulait être enterrée. La mariée était radieuse en blanc.

Indépendamment de ce qu'elle pensait de ce mariage, Nettie Ellen avait toujours cru qu'il se déroulerait à l'Alliance Béthel, où elle et Williams s'étaient mariés. L'église où elle avait élevé ses enfants. L'église où Delia avait appris à chanter.

« Ils ne voudront pas, dit Delia.

– Le révérend Frederick ? Un peu qu'il le fera. Cet homme t'a baptisée.

– Oui, maman. Mais il n'a pas baptisé David. »

Nettie Ellen réfléchit à cette considération technique. « Il peut d'abord faire ça, et ensuite s'occuper de vous deux. »

« Ma mère veut que tu te convertisses. » Delia marmonna cet avertissement de dernière minute, en le serrant contre elle, dans la pénombre du minuscule appartement de Washington Heights. Elle s'efforça d'en rire, mais n'y parvint guère. « Pour qu'on puisse se marier dans son église à elle. »

La réponse de David, lorsqu'elle vint, décontenança Delia. « Une fois, j'ai failli me convertir. Quand j'étais petit. Mon père enseignait les mathématiques au lycée. Ma mère travaillait à la maison, elle était couturière. Avant la guerre, ils étaient heureux de tout simplement pouvoir travailler.

Mais sous Weimar, pendant une période brève, les temps ont été meilleurs pour les juifs. Rathenau est devenu ministre des Affaires étrangères. Les israélites plaçaient la voie.

– Traçaient.

– Oui, traçaient. Puis, de nouveau, les temps ont changé. Les gens ont raconté que les juifs avaient fait perdre la guerre à l'Allemagne. Ils avaient "vendu" le pays : on dit comme ça ? Sinon, comment les Allemands auraient-ils pu perdre un tel conflit ? Même mon père devenait antijuif. Il perdait patience avec les traditions. Pour lui, tout était question de raison et d'équations. Sa famille était allemande depuis deux cents ans. Cela faisait longtemps déjà qu'ils étudiaient le réel et la logique, et non pas la religion. Et puis, quand j'ai eu onze ans, les antijuifs ont forcé l'auto de Rathenau à quitter la route, et ils l'ont criblé de balles. Ils ont même bombardé l'auto, pour être sûr. »

Delia serra plus fort ses poignets. Il la serra à son tour : elle était tout ce qu'il avait dans la vie, hors du monde des idées.

« Après cela, le chemin est bloqué pour la plupart des gens qui sont juifs, y compris les juifs pas juifs, comme mon père. Ils n'ont plus que des boulots sans intérêt et sans valeur. Comme la physique théorique ! Et même là, la voie est souvent barrée. Mon père voulait nous donner toutes les chances pour l'avenir. Ma sœur est devenue employée de bureau. Il espérait que moi, je terminerais le Gymnasium. Même un rêve comme cela, c'était tenter le diable. J'ai terminé le Gymnasium deux ans en avance, et regarde où j'en suis : encore à l'école. Et Max Strom, qui avait définitivement renoncé au judaïsme, et sa Rebecca, ils sont tous deux... »

Il se replia en un endroit sombre, se tapit dans un pays neutre, où Delia le suivit. Ce chemin, elle le connaissait, elle n'avait qu'à remonter le cours de sa mémoire.

« Toujours il en a été ainsi, pour nous ! Une chose amusante, pourtant. Quand j'étais encore petit, eh bien, mon père m'a dit : va de l'avant. Convertis-toi. Devient quelqu'un. J'ai lu vos Évangiles. J'y ai trouvé beaucoup de vérité. "Rien ne sert d'amasser les trésors du monde terrestre, mieux vaut amasser les trésors du monde céleste." Ces paroles m'ont profondément ému. Mais elles m'ont laissé dans un paradoxe. »

Elle secoua la tête, qu'elle avait posée contre la poitrine de David. « Je ne comprends pas.

– Si je veux aller de l'avant, je dois devenir chrétien. Mais si je me sers de ma chrétienté pour aller de l'avant, alors je perds mon âme ! »

Elle rit un peu avec lui, tout en se moquant. « Un gain léger entraîne de lourdes pertes.

– *Un gain léger ?* C'est de toi, ça ? » Il se redressa en position assise et griffonna la phrase dans un carnet aux pages cornées, accompagné d'un diagramme. Pour montrer à son père, un jour, de l'autre côté de la lumière.

Elle l'observa, fascinée. « L'industrie du calepin va exploser, une fois que vous m'aurez épousée, Mr. Strom.

– Toi, tu es chrétienne ? demanda-t-il. Tu crois aux Évangiles ? »

Personne ne lui avait jamais demandé cela de but en blanc. Jamais il ne lui était venu l'idée de se poser ainsi la question. « Je crois... qu'il doit y avoir quelque chose de plus grand et de meilleur que nous.

– Oui ! » David exultait. « Oui. C'est ce que je crois.

– Mais toi, tu ne l'appelles pas Dieu. »

Les yeux de David la vénéraient. « C'est tellement grand, il n'y a pas de nom. C'est mieux. »

Elle lui caressa le front du dos de la main, titilla ses paupières de l'extrémité du doigt, et le regarda droit dans les yeux. « Je croyais que c'étaient les mathématiques qui régissaient tout, pour ton peuple.

– Mon peuple ? Mon peuple ! Oui, certainement. Mais qu'est-ce qui régit les mathématiques ? »

Plus tard, juste avant qu'elle s'en aille passer la nuit chez sa cousine de la Cent Trente-Sixième, à la hauteur de Lenox, il demanda : « Comment allons-nous élever nos enfants ? »

Désormais plus rien ne serait jamais acquis. À partir de maintenant, tout ne serait que lenteur, hésitation, expérimentation, avec au mieux une heure d'avance sur leurs certitudes. L'oiseau et le poisson pouvaient tomber amoureux. Mais la construction du nid durerait éternellement. Chaque réponse était une mort, semblait-il. Enfin elle dit : « Faisons en sorte qu'ils puissent choisir. »

Il opina. « Je peux devenir chrétien.

– Pourquoi ? » Elle remit les lunettes de David en place et lui ramena sa mèche folle sur le dessus du crâne. « Pour qu'on puisse se marier dans une église ? Ça, c'est un gain bien léger, si tant est que c'en soit un !

– Pas pour l'église. Ni pour ta mère. »

Pour elle, c'était plus puissant que les Évangiles. Elle voulut lui dire : *Tu es plus chrétien que les chrétiens*. Mais cette année-là le compliment eût été pour lui une damnation. « Non. Faisons un mariage civil. Nous réglerons d'abord l'aspect terrestre. Nous aurons tout le temps ensuite pour les cieux. »

Ils se marièrent à la mairie pendant que l'Europe brûlait. Il ne savait pas combien de Strom seraient venus, s'il avait pu les joindre. Quelques années auparavant, alors qu'il était à l'université, sa sœur Hannah avait épousé un intellectuel bulgare. Il avait fallu traîner sa mère au mariage. *Un socialiste slave athée : ce n'est pas rien ! Où vivront-ils ? Qui seront-ils ?*

Les Daley, eux, se présentèrent en nombre, y compris les cousins de Delia. La salle bruissait d'une allégresse forcée que l'adjoint, un vieil Espagnol à la peau plus mate que celle de Delia, accueillit d'une moue réprobatrice. Le couple était-il sûr ? demanda-t-il. Mais c'était la question qu'il lui fallait poser à tout le monde. Et tout le monde, les épaules affaissées et vaincues de l'adjoint l'attestaient, était toujours sûr.

Trois collègues de Strom, des physiciens de Columbia – trois émigrés d'Europe centrale, qui partageaient sa passion pour la musique –, arrivèrent ensemble. « Pour consoler la pauvre jeune mariée. » Le joyeux sorcier griffonneur de serviettes de table avait aidé chacun d'eux à résoudre quelque problème retors à dimensions multiples, et ils lui en étaient redevables. Une journée à Philadelphie, voilà qui ressemblait presque à des vacances. Mais en les voyant arriver, Strom sentit monter des larmes de gratitude. Ils s'assirent au fond de la salle pendant la cérémonie éclair, communiquant entre eux en une langue qui ressemblait à du grec, ne se taisant que quand l'adjoint leur adressa un regard furieux.

Franco Lugati, le professeur de chant de Delia, était le seul autre Blanc, si tant est que juifs et autres nomades des sciences eussent droit à cette qualification. Il suivit les Daley chez eux pour la réception. En guise de cadeau aux jeunes mariés, il fit venir un orchestre de chambre – hautbois, basson, deux violons, alto et basse continue – pour accompagner l'air nuptial de Bach qu'il chanta, *O Du angenehmes Paar*. La bienheureuse paire était bien trop surexcitée pour entendre la musique. Le Dr Daley se tint au garde-à-vous devant les instrumentistes. Les musiciens ne firent pas de vieux os. Un verre de punch en vitesse après la cadence finale, et ils s'éclipsèrent. Lugati, mêlant allègrement excuses et vœux de bonheur, prit congé peu après.

Une fois les musiciens partis, la vraie musique commença. Les jumelles se lancèrent dans une revue burlesque à moitié improvisée de l'art de prédilection de leur sœur, sans omettre les nombreux changements de costumes : une parodie si évidente que même David sut à quel moment il devait rire. Puis, sachant que leur père pouvait difficilement l'interdire face à un tel public, elles se lancèrent au piano dans une grille de blues chatoyante et sombre, tandis que Michael improvisait sur le thème des chagrins matrimoniaux et de la fin de la liberté. Charles courut à l'étage et redescendit avec son sax ténor. Delia Daley Strom était alors trop ravie pour faire mine de s'y opposer. Elle alla même jusqu'à reléguer ses sœurs dans les tons plus graves pour pouvoir elle-même improviser gaiement dans les aigus.

Un fredonnement commença quelque part au sein de l'assemblée. Personne en particulier n'en fut à l'origine, mais tout le monde, collectivement, le reprit. Strom saisit quelques mots – des bribes éparses du Cantique des cantiques, transportées aussi loin que possible de Canaan. Mais au milieu du plus vieux chant nuptial du monde, vinrent des paroles qu'il n'avait encore jamais entendues. « Mon frère, es-tu là pour l'aider ? Donne-moi la main et prions. Ma sœur, es-tu là pour l'aider ? Donne-moi la main et prions. »

Sans concertation préliminaire, ceux qui étaient venus souhaiter les vœux de bonheur formèrent en chœur un crescendo *soul* à cinq voix, bordé néanmoins d'une réminiscence en septième mineure qui, même dans la plus grande liesse, jamais ne disparaîtrait. Pour la première fois de sa vie, Strom se sentit entouré d'un halo de bien-être. Avant de s'achever le morceau s'éleva en une pure pulsion rythmique, étage après étage, chaque ornement étant unique en son genre.

Pendant tout le temps où on chanta, les collègues de Strom restèrent en groupe sur le canapé des Daley, leurs petites assiettes de charcuterie en équilibre instable sur les genoux. « Vous êtes impolis, leur dit David. C'est un mariage. *Kommen Sie*. Allez immédiatement parler aux autres avant que je vous fiche dehors par la peau des fesses. »

Mais ils se tournèrent vers lui, émerveillés, et lui racontèrent les évolutions toutes récentes du cyclotron de Berkeley et les derniers essais en date – les traces d'un élément, l'uranium, qui emportait la matière au-delà du terminus de la nature. La jeune épouse de Strom dut venir l'extraire de la surchauffe spéculative qui s'ensuivit pour le ramener à sa propre fête.

Le Dr Daley, les yeux sur le groupuscule de Blancs, entendit subrepticement la nouvelle. « Êtes-vous en train de dire, messieurs, que nous avons réussi la transmutation de la matière ? L'homme arrive-t-il enfin à fabriquer de nouveaux éléments ? »

Oui, lui répondirent les Européens. Tout avait été réécrit. L'espèce humaine venait d'entrer dans une phase de création absolument nouvelle. Ils firent une place au docteur sur le canapé, lui dessinèrent des diagrammes, ébauchèrent les tables des poids et de numéros atomiques. Et c'est ainsi que la pièce se scinda en deux. Non pas Blancs d'un côté et Noirs de l'autre, ni indigènes et immigrés, ni même les femmes d'un côté, les hommes de l'autre, mais les chanteurs contre les sculpteurs, personne ne sachant quel était l'art le plus dangereux des deux, ni lequel était le plus à même d'inverser enfin le cours des souffrances infligées au monde.

Les vivres vinrent à manquer et les convives commencèrent à se disperser. Le calme enveloppa les invités qui étaient restés, un calme qui fut rompu quand Nettie Ellen poussa un cri d'outre-tombe. Elle disparut dans la cuisine et en rapporta un balai richement décoré. « On était censés le faire au moment où vous entriez tous les deux dans la maison ! »

Elle disposa les invités en cercle, ne manquant pas d'inclure les amis prométhéens du jeune marié. Elle attrapa son mari. « Rends-toi utile, pour une fois. » Et lui mit d'autorité le balai entre les mains.

Tout le monde rigola, à l'exception de la mariée étonnée. Le balai – un vague cimeterre en paille, de fabrication maison – était orné de fleurs et de rubans multicolores, c'était l'œuvre de Lorene et Lucille, sous la haute autorité de leur mère. Aux rubans étaient accrochés des dizaines de breloques magiques : la cuiller de Delia bébé, une boucle de ses cheveux quand elle avait dix ans, la bague qu'elle avait portée pendant toute l'école primaire, une photo d'elle en train de pousser le landau des jumelles, une croche en papier aluminium, le programme roulé de son premier récital à l'église. Il y avait aussi sur le balai quelques éléments concernant son mari : les aiguilles d'une montre-bracelet cassée, arrêtée sur trois heures pile, un bouton de manchette solitaire estampillé Columbia University lui ayant été dérobé par un tour de passe-passe, et une minuscule étoile de David telle qu'il n'en avait jamais porté, récupérée dans une brocante de Southwark.

Le Dr Daley commença l'invocation d'une voix large et froide comme un fleuve. « Chaque couple a besoin de ses amis et de sa famille pour arriver ensemble au bout du voyage. Ce couple-ci... » Il attendit en silence que sa voix revienne. « Ce couple-ci aura besoin de chacun d'entre eux. »

Pendant le discours du docteur, mari et femme furent invités à attraper le manche du balai et parcourir le cercle complet. Ils firent deux fois le tour, après avoir balayé les heures d'une journée complète. Les poils du balai décoré faisaient de chaque personne présente un témoin solennel.

« Pour rester un couple, il ne suffit pas de le vouloir. »

Quelqu'un dans le cercle lança : « Continue.

– Un couple, doit être à la fois moins que deux et beaucoup plus que deux.

– C'est vrai, dit Nettie Ellen, tandis que le balai passait devant elle.

– C'est une étrange mathématique – une géométrie non euclidienne de l'amour ! »

David Strom leva les yeux vers son beau-père, le sourire jusqu'aux oreilles. Delia aussi scruta son père, la tête penchée comme une porte moustiquaire qui aurait perdu son ressort. Son médecin de père, homme de raison s'il en fut, se révélait prédicateur en chambre.

« Ces deux-là pourraient être emprisonnés pour ce qu'ils font. Mais pas dans cet État !

– Que non !

– Ni dans l'État dans lequel ils ont choisi de vivre.

– L'État de grâce, lança quelqu'un.

– Allez en paix, longue route à vous », conclut William Daley, si calmement qu'aucun des deux jeunes mariés ne se rendit compte qu'il avait fini. Il fut demandé au mari fraîchement adoubé de poser le balai par terre devant sa femme, dans le sens de la longueur. On compta jusqu'à trois, et ils sautèrent par-dessus pour atterrir de l'autre côté.

Des rires et des applaudissements éclatèrent. « Qu'est-ce que ça signifie ? » s'enquit le jeune marié.

C'est la mère de la mariée qui répondit. « Ça signifie que tout a été nettoyé. Ça signifie que la maison dans laquelle vous allez emménager est propre, de fond en comble. Toutes les mauvaises choses du passé : ouste, du balai ! »

Sa fille secoua la tête, faisant acte de désobéissance pour la première fois de sa vie. Elle avait les yeux humides ; *non*, imploraient-ils. « Ça signifie… Ça signifie qu'on n'aurait… qu'on n'aurait même pas… »

David Strom avait le regard rivé au sol, il fixait le balai en paille. Les mots de sa femme lui parurent soudain clairs. Des siècles en dehors des lois, exclus de la vue de Dieu, dépouillés du droit humain le plus élémentaire : *se marier*. Il regardait par terre, cette cérémonie civile, cette église, ce balai, cette promesse sommaire, cet accord secret, illégal, cette clause sacrée plus forte que n'importe quel contrat signé, plus durable que le pacte le plus officiel, le vœu de se montrer à la hauteur de l'âme purifiée...

Les derniers invités s'en allèrent, ne laissant derrière eux que leurs bons vœux. Les enfants Daley se montrèrent soudain timides et renfrognés, ils comprenaient seulement maintenant l'ampleur de l'acte que venait d'accomplir leur sœur. Le Dr Daley et Nettie Ellen firent asseoir le couple sur le canapé du salon, dans la pièce de devant. Ils firent apparaître une enveloppe décorée que Delia ouvrit. À l'intérieur se trouvait la photo d'une épinette.

« On va vous la faire livrer », dit le Dr Daley. Et sa fille éclata en sanglots.

Ils prirent congé après de sobres embrassades. Le nouveau couple quitta la maison des parents. David portait les bagages, et Delia se cramponnait au balai. Ils regagnèrent New York dans une voiture de location. Pour leur lune de miel, ils ne pouvaient aller nulle part ailleurs que dans l'appartement de célibataire de David. Nulle part ailleurs on ne les accepterait. Mais dans l'horizon qu'ils partageaient ce premier soir, leur joie était plus forte que les chutes du Niagara.

Ils évoluèrent avec une perplexité prudente – un petit duo plein de sollicitude, mené *allegro*. La vie ensemble était quelque chose que ni l'un ni l'autre n'aurait pu anticiper. Cela les fascinait, toutes leurs hypothèses si erronées, c'en était comique. Ils s'observaient à table, par-dessus les plats, dans la salle de bains, dans la chambre à coucher, dans l'entrée de l'appartement, toutes leurs habitudes bouleversées. Ils leur arrivait parfois de rire, parfois ils étaient incrédules, prenant de temps à autre du recul pour goûter une révélation tardive. Dans l'âpre négociation de l'amour, ils étaient chanceux, car ce qui était règle d'or pour l'un des deux, souvent n'avait aucune importance pour l'autre.

Apprendre et comprendre l'autre était une entreprise de longue haleine, mais pas plus difficile, après tout, que le métier de vivre. Les malentendus semblaient laisser toujours assez de force à celui qui avait été lésé pour réconforter le coupable. Le dégoût que l'extérieur leur renvoyait ne faisait que rendre plus solide l'abri qu'ils se fabriquaient. En chantant, ils parlaient le même langage. En musique, ils trouvaient toujours la tonalité juste. Personne dans leur cercle d'amis musicaux ne les entendit jamais se quereller. Et pourtant, ils ne s'appelaient jamais autrement que par leurs prénoms. Le simple fait de s'identifier, c'était ce que l'amour pouvait réserver de mieux. Ils pouvaient être facétieux l'un avec l'autre, faire preuve d'insolence et de railleries, feindre le chagrin. Mais leurs paroles les plus affectueuses n'étaient pas faites de mots.

Au bout de deux mois de vie commune, ils furent évincés de leur appartement. Ce soufflet, ils s'y étaient attendus. Delia prit son courage à deux mains, elle enfila sa plus belle robe, la bleue aux épaules évasées, et arpenta le quartier de City College à la recherche d'un endroit où on les laisserait vivre. Elle dut élargir sa quête plus au nord, traversant des quartiers aux frontières floues. Son mari avait entrevu quelque chose. « L'oiseau et le poisson construiront leur nid à partir de rien ! » Pendant encore un certain temps, cette pensée la réconforta.

Le nid apparut par magie. Une femme que Delia avait rencontrée dans une chorale qui payait mal les guida jusqu'à une sainte parmi les saintes, toutes espèces confondues : Mme Washington possédait une maison en pierre de taille du New Jersey, dans le quartier de Hamilton Heights. Reconnaissante, Delia tomba aux pieds de la femme et lui offrit gratuitement ses services – décapage du sol, replâtrage des murs – jusqu'au jour où même la logeuse ravie ne put en toute bonne foi la laisser trimer plus longtemps.

Pendant des mois, ils vécurent dans un présent bienheureux et paisible. Puis, un beau jour, Delia rentra de chez le médecin en arborant un sourire terrifié. « Nous allons être trois, David. Comment allons-nous faire ?

– Tu sais bien, comment ! Tu l'as déjà vu », dit-il. Effectivement, elle l'avait déjà vu.

Elle chanta pour son premier enfant alors qu'il était encore dans son ventre. Elle inventa des opéras entiers constitués de syllabes dénuées de sens. Le soir, installés à l'épinette que les parents de Delia leur avaient offerte, ils chantaient des morceaux à deux voix. Elle appuyait l'abdomen contre le bois vibrant, laissant les ondes des harmonies se diffuser en elle.

David posait l'oreille sur sa rondeur et écoutait pendant des minutes entières. « Il y a déjà du monde, là-dedans ! » Il entendait des fréquences inaudibles à l'oreille, tout en se livrant à des calculs de projection dans le temps. « Ténor, prédit-il.

– Seigneur, j'espère. C'est toujours eux qui ont les meilleurs rôles. »

Au lit, sous la couverture en laine grise, dans une pénombre telle que même Dieu ne pouvait les épier, elle lui dit ses peurs. Elle parla à son mari de son doute permanent, de cette circonspection quotidienne tellement enracinée en elle. Elle parla des fois où elle devait se détourner face aux provocations, ses sourires face aux humiliations mesquines, ne sachant jamais sur quel pied danser, épuisée à force d'être obligée, à chaque minute de sa vie, d'incarner tout sauf elle-même. Son effroi, comme elle l'appelait, était plus gonflé que son ventre. « Comment pouvons-nous espérer les élever ?

– Femme. Ma superbe épouse. Personne ne sait comment élever des enfants. Pourtant il semble que les gens le font depuis la nuit des temps.

– Non. Je veux dire, que vont-ils *être* ? » Et ensuite : que ne seront-ils pas ?

« Je ne comprends pas. » Évidemment. Comment aurait-il pu ?

« Oiseau ou poisson ? »

Il opina et lui ouvrit ses bras. Et comme désormais elle n'avait plus d'autre endroit, elle se laissa prendre dans ses bras.

« Est-ce qu'on a vraiment notre mot à dire ? » demanda-t-il. Elle rit contre sa clavicule. « L'enfant aura quatre choix. » Elle se dégagea d'une secousse et l'observa, étonnée. « Je veux dire, c'est juste une question mathématique ! Ils peuvent être A et pas B. Ils peuvent être B et pas A. Ils peuvent être A et B. Ou bien ils peuvent être ni A ni B. »

Trois choix de plus que ce qu'aurait jamais cet enfant. Le choix et la couleur de peau étaient deux notions mortellement opposées, plus éloignées l'une de l'autre que Delia et l'homme qu'elle avait épousé ne l'étaient. Une autre mathématique lui vint à l'esprit : qu'il ait ou non le choix, leur enfant serait différent de l'un de ses parents au moins.

Delia retourna à Philadelphie pour accoucher. La maison de son père était vaste, et l'expérience de sa mère plus vaste encore. Son mari suivit, dès que ses obligations à l'université le lui permirent. Coup de chance, David arriva à temps pour la naissance. C'était la fin du mois de janvier 1941, à l'hôpital où William exerçait, à un kilomètre de l'hôpital de meilleur standing où Delia avait naguère travaillé.

« Qu'est-ce qu'il est clair, chuchota la mère ébahie, lorsqu'on lui laissa prendre le bébé dans ses bras.

– Il foncera avec le temps, lui dit Nettie Ellen. Attends un peu, tu verras. » Mais l'aîné de Delia ne fit jamais ce qu'il était censé faire.

David annonça par courrier la nouvelle à ses parents, comme pour le mariage. Il leur raconta tout sur leur nouvelle belle-fille et sur leur petit-fils, ou presque tout. Il lui tardait que vienne le jour où, enfin, ils se retrouveraient tous. Puis il envoya la lettre vers ce vide, qui chaque jour semblait plus vaste encore. La forteresse de Hollande était tombée. Rotterdam, où ses parents s'étaient réfugiés, avait été détruite. Il écrivit à Bremer, le vieux proviseur de son père, à Essen, lui posa toutes les questions en phrases codées, ne citant aucun nom. Mais il n'eut aucune nouvelle en retour, de nulle part.

Les nazis s'emparèrent du continent, de la Norvège aux Pyrénées. La France et les Pays-Bas avaient disparu. Chaque semaine, le silence s'abattait sur un nouveau théâtre – la Hongrie, les Balkans, l'Afrique du Nord. Enfin un mot arriva – une note gribouillée de la main de Bremer, qui avait échappé aux censeurs *via* l'Espagne :

> J'ai perdu leur trace, David – Max et Rachael. S'ils sont quelque part, ils sont revenus en Allemagne. Un voisin du NSB à Schiedam, où ils étaient partis se cacher, les a dénoncés au *Arbeiteinsatz*. Je ne peux pas non plus joindre ta sœur ; elle et son Vihar se sont peut-être échappés. Mais, où qu'ils soient, ce n'est qu'une question de temps... C'est la fin, David. Peu importe ce que tu écris, ça n'a plus d'importance. Vous serez bientôt tous rassemblés et simplifiés. Ne restera personne, vous n'aurez même pas eu votre grand moment au sommet du mont Masada.

David montra le message à sa femme – tout cela, il s'en doutait depuis longtemps. Chacun maintenant savait combien la vie de l'autre n'était que ruines. Sous cet auspice – *Ta famille, disparue* – chacun devint la raison d'être de l'autre.

Et le garçon, à son tour, devint la raison d'être de ses parents. Terrifiés par les menaces contenues dans chaque rafale de vent, minuscules, innombrables, réchauffant son lait au demi-degré près, ils apprirent au fil des semaines que les enfants survivent même aux meilleures intentions des parents.

« Il a déjà sa personnalité, s'émerveillait Delia. C'est déjà un petit homme ! Quelqu'un d'entier, indépendamment de notre volonté. Tout ce comportement de bébé, c'est juste pour nous faire plaisir. Pas vrai ? Oh oui, c'est vrai. »

Face à toutes les craintes de ses parents, le bébé gazouilla. Ils le ramenèrent à Philly à l'âge de trois mois. Le garçon chanta pour ses grands-parents, il babillait avec une telle justesse que le grand-père se transforma en une boule de fierté anxieuse. Le vieux médecin de famille faisait les cent pas tout en se rongeant les sangs. « Attention ! Attention à sa tête !

– Vous devriez penser à le faire baptiser, dit Nettie Ellen. Il grandit terriblement vite. Oh, oui, c'est que tu grandis vite, hein ! »

Delia répondit en toute simplicité ; cela faisait des semaines qu'elle s'y préparait. « Il pourra se faire baptiser quand il sera plus vieux, maman. S'il en a envie. »

Nettie leva la main, repoussant d'emblée d'improbables credo. « Mais alors vous allez l'élever selon quelle confession ? La confession juive ?

– Non, maman. Non. »

Nettie Ellen tenait son petit-fils contre son épaule et regardait alentour, prête à s'enfuir avec lui. « Il faut qu'il entende parler de Dieu. »

Delia adressa un sourire à son mari, à l'autre bout de la pièce. « Oh, il entend parler de Dieu pratiquement chaque soir. » Elle ne précisa pas : *en lydien, en dorien, en allemand et en latin.*

Le médecin s'abstint de poser la question que Delia savait imminente. Question qu'elle réussit à éviter, à force de volonté, jusqu'à ce qu'elle ait enfin trouvé une réponse. Le jour où l'étrange mathématique de sa famille serait en mesure d'inventer un cinquième choix.

20

Décembre 1964

Nous sommes tous les quatre à la maison pour Noël, les deuxièmes vacances d'hiver de Ruth depuis qu'elle est entrée à l'université. C'était il y a un tiers de siècle. Les années soixante commencent juste à swinguer. Les classements du *Billboard* sont trustés par des Anglo-Saxons hirsutes en costumes edwardiens qui viennent juste de découvrir tous les accords tabous avec lesquels les Noirs américains jonglent depuis déjà plusieurs décennies. Un poète noir parvient en dansant à décrocher le titre mondial des poids lourds. Pour Noël, Ruth m'offre un magazine consacré au boxeur poète, et elle rigole comme une démente quand je l'ouvre. Ensuite, elle me donne mon vrai cadeau : un livre illustré sur l'histoire du blues. Moi je lui offre le pull-over qu'elle m'avait demandé, qu'elle ne quittera pas pendant deux jours, même pas pour dormir.

Elle passe les doigts dans mes cheveux « Quand tu te peignes, pourquoi tu les aplatis comme ça ? demande-t-elle.

– Peigne ? » reprend Jonah d'un ton narquois.

Je ne sais pas quoi dire. « C'est comme ça qu'ils poussent.

– Tu devrais les redresser. Ça t'irait beaucoup mieux. »

Jonah pouffe. « Tu as un autre boulot en tête pour lui ?

Quelque chose a été détruit entre mon frère et ma sœur. Je mets ça sur le compte de l'époque. Celui qui succède à l'homme à la casquette, à la tête du pays, est mort – tous ses atermoiements et ses explications ont éclaboussé la banquette d'une décapotable. Un an plus tard, notre père le pleure encore. Celui qui le remplace a signé les droits civiques, ils sont désormais garantis par la loi, mais c'est déjà trop tard pour empêcher l'été de s'embraser, le premier d'une longue série.

C'est Harlem qui a donné le coup d'envoi, et ma sœur était là. Il y a cinq mois, un agent de police a tué un garçon noir de deux ans plus jeune que Ruth, à une dizaine de rues de là où notre famille habitait naguère. Le CORE – le Congrès pour l'égalité raciale – a organisé une manifestation, et un groupe d'étudiants de NYU Uptown étaient présents, dont ma sœur, dans sa panoplie nouvelle d'activiste. Ils ont commencé à défiler dans Lenox, un modèle de manifestation pacifique. Mais ça a déraillé lorsque les manifestants ont croisé les forces de police. Le défilé s'est disloqué et la folie s'est répandue partout, avant que Ruth ou qui que ce soit comprenne ce qui se passait.

Comme elle nous le raconte, au dîner du réveillon de Noël, il a suffi de quelques secondes pour que tout le monde se disperse dans les cris. La foule s'est éparpillée. Ruth a essayé de retourner en courant là où les cars étaient garés mais, dans le chaos, elle est partie dans le mauvais sens. « Quelqu'un m'a poussée. Complètement prise de panique, j'ai heurté un policier qui était sur le trottoir et qui tabassait tout ce qui bougeait. Il est arrivé avec sa matraque, et m'a frappée exactement là. » Elle me montre, en m'attrapant le haut du bras.

Plus terrifiée que blessée, elle a plongé dans un océan de jeunes gens qui tous couraient pour sauver leur peau. Elle a réussi à traverser ce capharnaüm et à retrouver son chemin jusqu'à la maison. Cinq mois plus tard, elle ne sait toujours pas comment elle s'en est sortie. Encore un enfant de Harlem mort, et des centaines de manifestants blessés. Pendant deux journées et deux nuits, tout le monde est descendu dans la rue. Ensuite le feu s'est propagé à Bedford-Stuyvesant, puis, au cours des semaines suivantes de ce sale été, a gagné Jersey City et Philadelphie. Tout cela juste un an après qu'un quart de million de personnes – dont Da et Ruth – soient descendues sur le Mall pour entendre le plus beau discours improvisé de toute l'histoire de ce pays. « *"I have a dream"*, dit ma sœur en secouant la tête. Tu parles, plutôt un cauchemar, si tu veux mon avis. »

Après que l'émeute se fut calmée toute seule, Ruth et son bras amoché retournèrent à University Heights, où elle s'empressa de changer de filière : elle laissa tomber l'histoire et choisit le droit. « Il n'y a que le droit qui puisse avoir prise sur ce qui est en train de se passer, Joey. » À ses yeux, l'histoire n'était plus en mesure de prédire ce qui allait lui arriver.

L'histoire, aujourd'hui, c'est uniquement nous quatre. Da fait les cent pas dans son bureau. Jonah est allongé par terre, il fait un nouveau puzzle que Da lui a offert pour Noël. Moi, je suis assis sur le canapé à côté de Ruth, qui a manœuvré toute la journée pour en arriver à une question précise. « Qu'est-ce que tu te rappelles de Maman ? » me demande-t-elle, en essayant encore d'arranger ma coupe de cheveux. Comme si elle réclamait un vieux numéro de danse. *Qu'est-ce que tu te rappelles ?* Elle veut vraiment savoir, même si elle a déjà décidé de la réponse.

Jonah et moi avons ménagé cette pause au milieu de notre tournée des petites villes – dix-huit concerts dans tous les auditoriums pleins de courants d'air de la côte nord du Pacifique – afin de renouer le contact avec notre famille. Cela fait des mois que je ne me suis pas assis pour discuter avec Ruth. Elle a vécu une émeute, ne met plus que des vêtements noirs serrés, a changé de filière à la fac, déborde d'idées entendues là-bas. Elle lit des livres écrits par des sociologues de renom dont je n'ai jamais entendu parler. Elle m'a dépassé dans tous les domaines, hormis la musique. Elle me fait l'impression d'être une cousine exotique, inconnue, qui aurait beaucoup voyagé. Jadis, elle avait presque mon âge. À présent, elle s'amuse de ma sénilité gâteuse.

« De Maman ? » je réponds. Un vieux truc de Maman, ça : toujours répéter la question, pour gagner du temps. « Tu sais bien. La même chose que toi : rien de plus. »

Ruth arrête de me tripoter les cheveux. Elle ramasse le livre sur le blues, le cadeau qu'elle m'a fait, et le feuillette. « Je veux dire, avant que je naisse.

– Tu devrais demander au bonhomme. » D'un geste du pouce j'indique notre père qui, dans un état de perturbation quantique, fait les cent pas, tout excité, en traçant un ovale délimité par la salle à manger d'une propreté d'hôpital et son bureau rongé par le chaos. Ruth se contente de lever les yeux au ciel. Da est déjà hors d'atteinte, à mi-chemin entre ici et la dimension que Maman occupe à présent, quelle qu'elle soit. Il sait tous les messages que Maman, au-delà du souvenir, pourrait nous communiquer, mais il ne peut pas nous les transmettre. De temps en temps, tout en faisant les cent pas, il grommelle une vague syllabe à l'attention de personne en particulier, puis s'effondre devant son bureau et consigne sur le papier une cavalcade de symboles. Récemment, le mystère de la très ancienne énigme qui se pose à lui s'est épaissi. Fitch et Cronin, deux collègues basés à Princeton, qui travaillent à Brookhaven sur une problématique identique, viennent de briser la carapace du passé : la symétrie temporelle est violée au niveau subatomique. Les équations du monde ne sont plus nettement réversibles. Da tourne en boucle dans les pièces du rez-de-chaussée de cette nouvelle maison, il secoue la tête en chantonnant : « Ah, le doux mystère de la vie ! » Cet air commence à tous nous taper sur le système.

Nous ne sommes plus que quatre dans une maison qui n'appartient à personne. L'ancienne maison de Hamilton Heights est bannie sur quelque planète du souvenir qu'aucun de nous ne peut plus atteindre. Notre père a acheté celle-ci, juste après le Washington Bridge, à Fort Lee, dans le New Jersey, sur un coup de folie, celui de croire que nous, les enfants, aurions à cœur ce nid transplanté. Il ne nous voit plus. Ce quartier fait passer ses trois rejetons pour les élèves d'un programme d'échanges culturels étrangers. Ruth en particulier fait penser à une déléguée à l'ONU de l'un de ces pays nouvellement décolonisés dont personne n'a entendu parler.

Même ces retrouvailles à la faveur des vacances de Noël sont tristement artificielles. Ruth a trouvé une guirlande et quelques loupiotes, mais personne n'était d'humeur à se lancer dans de la décoration. La première soirée d'Hanouka s'est terminée en plateaux télé. Pour Noël, nous avons commandé des plats chinois à emporter. Les anges messagers du jour sont partis sous d'autres cieux, sur un autre flanc de colline, à des kilomètres des Palisades, où ils annoncent le mystère de la naissance à d'autres bergers, plus enclins à apprécier les bonnes nouvelles.

C'est la dernière fois que nous serons ensemble comme ça. C'est à chaque fois la fin de quelque chose, mais cette fois, même moi, je sens la fin d'un monde. Ruth est assise sur le canapé, à bichonner son bras – six mois plus tard, l'ecchymose est encore tendre. Quelque chose que je n'arrive pas à nommer lui est arrivé depuis qu'elle est partie à l'université. Quelque chose à l'œuvre dans tout le pays, et qui déjà se déplace trop vite pour que je le voie. L'horloge du pays s'est arrêtée, et la mienne poursuit sa course. Maman a toujours dit que, dès la naissance, j'étais très vieux. « Celui-ci aura été un patriarche dès la naissance, a-t-elle murmuré un jour à Da, croyant que je m'étais endormi. Et il sera de plus en plus vieux à chaque fois que l'humanité lui fera rentrer du plomb dans la cervelle. »

À présent, je suis devenu le grand-père de Ruth. Elle me regarde et quémande des souvenirs que je suis le seul à pouvoir évoquer, en raison de mon grand âge. Je suis pour elle le seul lien fiable lui permettant de retrouver une pièce que les murs coulissants du temps ont hermétiquement fermée, à laquelle elle n'a plus accès. Elle a changé, pendant que nous étions en tournée. Ruthie, Root, tout ça, c'est terminé. Elle porte des jeans noirs serrés et ce pull-over noir au col en V. Elle essaye de se coiffer en relevant ses cheveux, mais ils sont trop fins. On dirait qu'elle a voulu traverser à la nage les courants puissants de la mode, avant de paniquer et de faire demi-tour. Son corps est devenu parfait depuis la dernière fois que je l'ai vue. Je détourne les yeux quand elle se penche vers moi pour me demander : « Comment on était, tous, quand j'étais petite ?

– Tu étais capable de déchiffrer une partition avant même d'ouvrir les yeux. Tu étais la meilleure, Ruth. Tu étais inégalable. »

Nous n'avons pas chanté ensemble, en famille, de toutes les vacances. Chacun de nous n'a pensé qu'à ça, mais personne ne l'a proposé. Jonah et moi répétons quotidiennement, mais cela ne compte pas. Les seules autres notes viennent de Da : ses millions de refrains en boucle de « Ah, doux mystère ». « Ah, doux mystère... de la vie... Enfin je t'ai trouvé ! » Ce à quoi nous autres, les enfants, n'ajoutons aucune harmonie.

« Joey, espèce d'andouille ! » L'accent de Ruth a traversé le fleuve vers Brooklyn, comme si nous n'avions pas eu la même éducation. Ce qui est le cas, je suppose. « Je n'ai pas besoin de savoir des choses sur moi ! »

Nous nous tournons tous les deux vers Jonah, le seul à être vraiment assez âgé pour disposer de données solides. Il est allongé par terre, il est occupé par son puzzle et chantonne dans sa barbe l'aperçu arpégé du paradis à la fin du *Requiem* de Fauré. Ses sourcils se froncent tandis que nous focalisons notre silence sur lui – *Hmm ?* – comme s'il ne nous avait pas entendus. Il a enregistré chaque mot. « Une contralto ! explose-t-il. Nous affons besoin d'une contralto en plusse ! » La caricature de Da, consacrée par l'usage, et qui date de nos toutes premières années. L'accent est tellement juste que même Da cesse de faire les cent pas dans la salle à manger pour nous sourire en utilisant ce qui, jadis, a été son corps.

« Une contralto ! » J'y vais, à mon tour, de ma consciencieuse imitation. « Femmeu, quand me feuras-tu uneu condralto ? »

Ruth sourit en entendant ce gag canonique. Mais elle n'ajoute pas de tirade de son cru. Ruth, la contralto, n'a pas chanté une seule note depuis qu'elle est partie pour l'université. Elle se pince les joues en signe de frustration. « Non ! Non, bande de blancs-becs imbéciles. » Elle gifle le canapé de sa paume ouverte. Elle m'attrape l'avant-bras et le mord. « De quoi vous souvenez-vous à propos de *Maman* ? »

Durant toutes les vacances, c'est la seule question de ma sœur – ma sœur qui avait à peine dix ans quand le monde qu'elle veut retrouver s'est prématurément achevé. Elle fut la première à découvrir le feu dans lequel brûlèrent toutes nos photos. À présent, tous ses souvenirs se sont étiolés, ils ne sont pas fiables, à l'exception du souvenir de l'incendie proprement dit. Elle pense que Jonah et moi y avons encore accès. Notre sœur veut retrouver un lieu sans dimension, clos, sans même aucun rapport avec celui qu'elle nous demande maintenant d'inventer pour elle.

J'attends que Jonah réponde. Ruth le pousse de la pointe de l'orteil. Mais il s'est remis à chantonner la messe funèbre douceâtre de Fauré, tout en faisant glisser les pièces de son puzzle. C'est à moi qu'il échoit, dans cette vie, de m'assurer que tous ceux que j'aime ne repartent pas sans réponses à leurs questions. Ce Noël-ci, plus que jamais, c'est une situation sans issue. Il faut que je commence à chercher un meilleur boulot. « Tu veux des histoires qui remontent à l'époque d'avant ta naissance ?

– Avant. Après. Je ne suis pas en position de faire la difficile. » Ma sœur parle à ses mains occupées à déplumer un coussin à pompons qu'elle a choisi comme cadeau de Noël pour Da. Lie-de-vin et or, des coloris qui jamais ne franchiraient le seuil de son appartement à elle. « Nom de Dieu, Joey ! Donne-moi ce que tu as ! » Sa voix est un halètement rauque de contralto. « Maman est floue, elle m'échappe. Je n'arrive pas à la retenir. »

Ce que je sais avec certitude, ma sœur n'en a pas besoin. Les choses dont elle a besoin, je n'en suis plus sûr. Je fouille dans le désordre de la boîte à chaussures du passé, toutes mes propres photos ont brûlé. Une ombre de milieu de journée tombe en travers du canapé, entre nous. Maman est ici. Je la vois : son visage, que jadis je pris pour mon propre reflet, sa bouche, l'idée de toutes les bouches, ses yeux, tous les yeux. Mais pour moi aussi elle est floue, à présent. Je ne suis plus sûr des traits de son visage. Comme je n'ai plus aucun élément pour vérifier, je ne peux pas savoir le traitement que je lui ai infligé. « Elle te ressemblait, Ruth. Toi en légèrement plus grande, légèrement plus pleine. »

Jonah se contente de grogner. Ruth baisse les yeux, troublée et sceptique. « Sa voix était comment ? »

Le timbre de sa voix vibre dans les os de mon crâne. Il est là, si proche, que je n'arrive pas à l'atteindre. Le son de sa voix est une seconde nature, mais essayer de le décrire serait pire qu'un enregistrement médiocre. Pas ceci ; pas cela. Je suis incapable de dire à quoi ressemblait la voix de ma mère, tout comme je suis incapable de m'entendre chanter. Même Jonah ne saurait pas la reproduire.

« Elle... Je ne sais pas. Elle avait l'habitude de nous appeler "JoJo". Nous deux. » Je donne un coup de pied à mon frère immobile. « Comme si nous étions un seul enfant avec deux corps.

– Je me souviens. » Ruth se tortille sur place. Ce n'est pas ce qu'elle veut.

« C'était un professeur fantastique. Elle arrivait à nous féliciter et à nous corriger dans le même souffle. "JoJo, c'est magnifique. C'était presque parfait. Essaye deux ou trois fois et je suis sûr que tu maîtriseras le saut d'octave." »

Jonah hoche juste la tête. Il n'a jamais été chaud pour les rôles de *comprimario*. S'il n'occupe pas le centre de la scène, ces temps-ci, il ne prend même pas la peine de faire son entrée.

« Est-ce qu'elle avait des élèves ?

– Tout le temps. Des adultes doués, qui revenaient à la musique. Des adolescents et des gamins plus âgés du quartier.

– Noirs ou blancs ? » Tout ce que demande ma sœur, c'est ce que lui demandent les gens. C'est la seule question intéressante, dans le Bronx, à NYU Uptown. Dans les rues survoltées de Harlem. L'ancien quartier.

Je me retourne sur le canapé, en amazone, pour regarder par la baie vitrée. On ne peut faire une rue plus blanche. Je m'imagine gamin dans ce quartier, un petit banlieusard, qui se serait baladé en vélo dans ces rues proprettes, à jouer au ballon sur sa parcelle de terrain, participant à l'exode, loin des centres-ville. Même s'ils l'avaient voulu, nos parents n'auraient pas pu vivre ici. Gamin, je n'aurais pas pu déambuler dans ces rues sans me faire trucider. Même maintenant, à l'occasion de cette brève visite familiale, il y a déjà un voisin au téléphone en train d'appeler la police. Ce soir, si je fais un tour à pied dans le coin, ils m'arrêteront pour interrogatoire.

Je me rends soudain compte à quel point Jonah et moi quittions rarement la maison, même en ville. Nous restions chez nous, blottis contre le piano, autour de la radio ou bien de l'électrophone. Il fallait que Maman nous oblige à sortir. Je fais le compte : combien parmi les tortionnaires de notre enfance étaient noirs, combien étaient blancs, combien étaient aussi ambigus que nous l'étions. Toute la gamme était représentée. « Les deux, je crois. Surtout des Noirs, peut-être ? »

Je jette un coup d'œil à Jonah, la seule véritable autorité en la matière. Cette différence d'un an entre nous était alors presque comme un siècle. Jonah laisse son puzzle et d'une profonde voix de gospel entonne : « Rouge et jaune, noir et blanc, ils sont égaux à Ses yeux. Jésus aime tous les petits élèves de ce monde. »

Ruth rit malgré elle. Elle se penche au-dessus de lui et le frappe dans le bas-ventre. « Tu es un vrai connard. Tu le sais, ça ? »

C'est censé être taquin. Il lève les yeux sur elle, impassible. Je me jette à l'eau avant qu'un incident se produise. « Elle-même prenait encore des leçons, tu sais. À Columbia, quand on était petits. Elle a même brièvement suivi des cours avec Lotte Lehmann.

– C'est censé être un truc spécial ? »

Je retombe en arrière, bouche bée. « Lotte Lehmann ? » Je ne trouve rien d'autre à dire. Un nom que je connais mieux que les gens de ma famille. « Tu ne...

– Nan, dit Jonah qui se relève et s'étire. Rien de spécial. Juste une salope de diva. »

Ruth l'ignore. C'est le mieux qu'elle puisse faire avec lui, ces temps-ci. « Qu'est-ce qui a fait que Maman s'est intéressée au classique ? Est-ce que tu vois une quelconque raison pour laquelle elle aurait choisi... » Ruth tourne autour de la question, hésitant à livrer bataille sur un terrain où elle n'est pas certaine de l'emporter. « Et d'ailleurs, est-ce qu'elle était vraiment douée ? »

J'ai envie de lui dire : *Comment oses-tu demander ?* « Enfin, tu ne sais donc pas ? Tu as dû l'entendre à peu près tous les soirs pendant dix ans ! » Les mots sortent de ma bouche plus crûment que je n'en avais l'intention. Ruth les prend en pleine figure. Je recommence, avec plus de douceur. « Elle était... » La voix à l'aune de laquelle j'évalue toutes les autres. Une musique qui a toujours été mon modèle. Une richesse de timbre que même Jonah n'a jamais eue, et qu'elle possédait du fait d'avoir tout abandonné. « Sa voix était chaleureuse. Haute et claire, mais pleine de vie. Jamais une once de servilité. » J'entends le mot avant de pouvoir le réprimer.

« Le soleil qui se lève sur un champ de lavande », dit Jonah. Et là, je me souviens pourquoi je ferai toujours tout pour lui.

Voilà qui donne presque satisfaction à Ruth. Mais elle nourrit en son sein un démon plus avide, un démon dont l'appétit augmente quand les plus petits démons sont repus. « Comment était-elle ? »

Même Jonah lève la tête en entendant la pointe de détresse dans sa voix. Je sais exactement ce que Ruth veut nous entendre dire. Mais je ne peux pas lui donner la Maman dont elle a besoin. « Quand on était petits, elle nous faisait faire des tours, les pieds posés sur les siens. À chaque pas il y avait une mesure d'un de nos airs préférés. Comme si ce qu'elle chantait était le moteur de cette grande machine ambulante. »

La figure de ma sœur est une aquarelle détrempée. « Je me souviens. "I'm *Tram-pin'*. I'm *Tram-pin'*".

– Elle découpait des petites étoiles dans du papier alu et les collait au plafond de notre chambre en forme de constellations. Avec elle on faisait pousser des pommes de terre et des haricots de Lima dans des verres d'eau. Elle sauvait tout le temps des moineaux. On avait un compte-gouttes toujours rempli de lait stérilisé, prêt pour toute créature estropiée entre Broadway et Amsterdam.

– Nous, les garçons, elle nous tapait avec des planches hérissées de clous, confie Jonah. Au moment où toi, tu es arrivée, elle s'est drôlement adoucie.

– Ce n'est pas vrai, dis-je. Jamais rien de plus long que des pointes à moquette. »

Ruth lève les bras en l'air en signe de dégoût et se met debout, prête à partir. Je la retiens et la fais rasseoir. Elle obtempère. À des kilomètres à la ronde, elle n'a nulle part où aller.

Je caresse son bras contusionné. « Elle se faisait de la bile pendant deux jours si le préposé du métro la regardait de travers quand elle introduisait sa pièce dans la fente du portillon. Elle était plus robuste que Jésus. Elle était incapable d'en vouloir à quelqu'un plus de quelques instants. Elle adorait avoir des gens à la maison. Du moins pour chanter. »

Rien de tout cela ne présente la moindre utilité pour Ruth. « Elle était très *black* ? » finit-elle par demander. Elle scrute mon visage, pour y guetter la moindre tricherie, en examinatrice indépendante et impitoyable.

Black est le terme que l'on utilise à présent. Ruth s'est mise à l'utiliser peu de temps après avoir entendu le jeune John Lewis à la manifestation de Washington. Le terme *Negro* est réservé à ceux qui prônent un changement en douceur, aux partisans de l'apaisement, et aux prêtres baptistes. *Black*, c'est du sérieux. Et le terme s'impose après ce qui s'est passé cette année à Harlem, à Jersey City et à Philadelphie. Le pays continue de changer le nom du problème tous les dix ans, tel un menteur élaborant son excuse. Je ne suis pas sûr de savoir quel est le mot pour « mulâtre » en ce moment. Ça aura changé d'ici l'année prochaine, ou la suivante.

Je ne risque même pas un regard du côté de Jonah. Je connais sa réponse. « Très noire ? » *Une goutte suffit*, ai-je envie de lui répondre. C'est la règle en vigueur. Pas d'échelle, pas de fractions, pas de *combien*. Dans ce pays, ce n'est pas une chose que l'on vous laisse facilement graduer. Le seul langage que reconnaissent les Américains, c'est celui de la taille unique, de l'oppression unique. Cela, Ruth le sait depuis qu'elle a dix ans. Mais maintenant elle a décidé qu'il fallait qu'elle en sache davantage. Elle a besoin d'une autre échelle, d'une échelle qui permette de mesurer les degrés. Je la regarde dans les yeux. « Qu'est-ce que tu demandes, exactement ?

– À ton avis ? Ne sois pas idiot, Joe.

– *Idiot ?* » Je retire mon bras. « Tu es tranquillement assise à me poser des questions sur ta propre mère, tout en me traitant, moi, d'... »

Ruth tourne la tête. Son cou a la couleur superbe d'une noix polie. De la main, elle me tend une perche imaginaire. « Entendu. Je m'excuse. » Elle ne se battra pas contre moi. Je suis le pacificateur, le conciliateur, la passerelle entre deux mondes, autant de termes qu'elle n'est pas encore prête à utiliser à mon sujet. Je tends la main et prends ses longs doigts fins. Elle se retourne pour me regarder fixement, elle secoue un peu la tête, blessée, perplexe. Elle a besoin que je sois avec elle sur ce coup. *Comme avant*, dit-elle en silence.

Jonah cesse de chantonner, mais ses mots sont presque scandés. « Tu veux savoir si elle parlait p'tit nèg', avant ta naissance ? Si elle se nourrissait de tripailles et de croûtons de maïs ? »

Elle ne se retourne même pas. « Qui t'a sonné, msieu Smoking ? Y a quelque chose là-dedans qui te défrise ? Ça te complexe, que je pose des questions ? »

Défrise, complexe : les expressions du moment. Ma sœur est, comme toujours, en avance sur son temps. Du moins en avance sur moi. Il y a une partie de moi, la partie blanche, simplificatrice, qui voudrait que Da n'entende pas. Mais je ne demanderai pas à ma sœur de chuchoter ; je ne parlerai pas moins fort moi non plus. Nous sommes morts en même temps que Maman ; il n'y a plus personne à protéger.

Il suffit d'un air suppliant sur le visage de ma sœur, et je redeviens son frère. Ruth attend de moi quelque chose que personne d'autre au monde ne peut lui donner. Grâce à ces quelques années supplémentaires vécues avec ma mère, elle croit qu'il est possible que je détienne le secret de l'essence *black*. Elle sait que ce n'est pas Jonah qui le lui révélera. Mais moi, elle imagine que je peux lui montrer comment se glisser dedans, comme s'il s'agissait d'une vieille combinaison de Maman que Ruth aurait trouvée suspendue dans le placard de ses rêves. Mon refus de le lui dire relève de la simple perversité.

« Qu'est-ce que je peux te dire, Ruth ? Son père était médecin. Il n'y en avait qu'une vingtaine dans tout Philadelphie. Encore plus cultivé que

Da. Sa famille à elle était plus aisée que sa famille à lui. Tu sais bien ce qu'ils ont dû endurer, Ruth. Pas la peine de chercher une appartenance à je ne sais quelle société secrète ! Qu'est-ce que tu veux que je te dise d'autre ? »

Je suis déjà en train de le lui dire, avec tout ce que je n'arrive pas à exprimer. Elle était très noire. D'un noir tellement noir qu'il n'a rien à voir avec la couleur de ses mulets de fils. D'un noir imposé, d'un noir comme un refuge. Noire par la mémoire et noire par l'invention. Chaque jour sur la défensive, à esquiver avec le sourire. Le fruit de vingt générations de violence intégrée, à ployer sous les coups, même quand on croyait ne pas ployer. Pas une journée ne passait sans qu'elle ait à ravaler sa salive, sans qu'elle soit obligée de se remémorer ce joyau intérieur qui la protégeait. Et pourtant, elle était claire de peau, de chevelure, de traits, d'aspect extérieur... comme sa fille métis qui se déteste de n'être pas plus simple.

« Noire, Ruth. Elle était noire.

– Noir, c'est cool, dit Jonah. Certains de mes meilleurs gènes sont noirs. »

Ruth ne bronche pas. Elle envisage cette possibilité : la vérité est trop monochrome et trop bête pour pouvoir être appréhendée. Elle s'engage dans un vaste retour vers l'Afrique de ses origines, n'allant pas plus loin dans le futur que nos parents avaient imaginé. Que ce pavillon pour jeune couple dans le désert de la banlieue résidentielle du New Jersey, où aucun de nous ne peut habiter.

« Tu te rends pas compte, Joey. Un an et demi à faire la navette, à traverser la Harlem River pour aller à University Heights... Mes cours sont pleins d'étudiants blancs en économie et commerce, les cheveux coupés en brosse, tous prêts à ramener leur fiancée à la maison, dans leurs banlieues aseptisées. Ceux qui sont gentils me regardent comme si j'étais asexuée, et les imbéciles viennent me voir comme si j'étais une sorte de machine à plaisir exotique à culbuter dans la grange. Ou alors ils veulent savoir comment ça se fait que je parle comme ça. Ils me demandent si je suis adoptée. Si je suis perse, pakistanaise, indonésienne. Ou alors ils ont peur de me demander, peur de m'offenser.

– Dis-leur que tu es maure, dit Jonah. Ça marche à tous les coups. »

Elle me regarde, les yeux en larmes, comme si je pouvais la sauver. La sauver de l'Amérique, ou du moins de son frère aîné. « À la fac, personne ne sait sur quel pied danser avec moi. Il y a les bandes de petites boulottes, les Irlando-Italiano-Suédoises, qui me parlent tout doucement, avec des sourires d'un kilomètre de large, et me jurent qu'elles ont toujours été tellement proches de leurs domestiques. Mais dans les meetings afro, il y a toujours une frangine qui se plaint à voix haute de l'infiltration d'espionnes au faciès suspect qui causent comme des Blanches. » Elle hoche la tête pour s'assurer que j'ai bien compris : *C'est pas vrai ? C'est pas vrai ?* Jamais nos parents ne nous ont clairement dit de quel côté de la barrière nous étions.

Voilà ce qu'elle apprend en cours. Chaque jour elle brave un quartier qui fuit devant cette fille à l'origine inconnue. Ceux qui habitaient la résidence l'année dernière sont déjà en route vers White Plains. L'université a essayé de sauver le campus *uptown*, en engageant Marcel Breuer pour apporter le sceau de l'ultramodernisme européen. Mais les plaques de béton brut greffées sur les arcades à l'italienne de McKim, Mead & White, ne font que confirmer aux yeux de tous que la partie est jouée. Bientôt University Heights bradera ses bâtiments à un collège communautaire dit « de transition ».

Et ma sœur sait qu'elle ne peut s'en prendre qu'à elle-même. Je pose la main sur son épaule, sur le nœud supérieur de la clavicule. À quinze centimètres de là où l'agent de police l'a frappée. « Ruthie. Ne les laisse pas faire. Ce n'est pas ta faute.

– Garde ta condescendance pour toi, Joey. Qu'est-ce que tu en sais, d'abord ?

– Joey ? dit Jonah. Joey est une autorité en la matière. C'est lui qui a écrit ce satané bouquin, *L'Enfant gris*. »

Ruth se contente de grogner. Ma sœur estime que je suis de l'autre côté de la barrière, aussi pâle que Jonah, tout ça parce que je trottine avec lui sur scène soir après soir, sous les applaudissements d'octogénaires presque aveugles. Il ne lui vient pas à l'esprit qu'à côté de Jonah, je parais plus mat, qu'il y a plus de différence qu'entre elle et moi.

« Qu'est-ce que tu veux que j'en sache ? Je n'en sais rien, Ruth. Rien de rien.

– Eh bien, bon sang, où étiez-vous tous les deux, alors, quand moi j'étais petite ? Vous auriez pu intervenir. Vous auriez pu me dire ce que… »

Je suis incapable de répondre. Tant d'eau a coulé sous les ponts.

« Portez vos propres couleurs, dit Jonah. Portez vos propres couleurs. » Je me redresse brusquement et le fais taire, espérant que Da ne l'a pas entendu pousser le bouchon si loin. Ma famille se défait plus vite qu'elle ne s'est défaite la première fois. Les paroles de Ruth restent en suspens. Elle a passé le stade de l'accusation première, elle en est à la suivante : sous la peau maintenant. Où *étions*-nous quand elle était petite ? Quelque part dans les limbes, en train de chanter. Qui a décidé que nous passerions notre enfance loin de chez nous ? Pourquoi est-ce que je n'arrive pas à me souvenir de ma sœur quand elle avait entre huit et dix-huit ans ? Elle est en train de disparaître dans un gouffre, celui-là même dans lequel je suis tombé il y a quelques années, à ceci près qu'il est aujourd'hui bien plus profond qu'il ne l'a jamais été.

Ma sœur ouvre la bouche, mais rien n'en sort. Elle essaye à nouveau. Enfin, elle articule d'une voix râpeuse : « Doux Jésus. C'est de l'histoire ancienne.

– C'était déjà de l'histoire ancienne quand Maman était petite.

– À quoi est-ce qu'ils *pensaient* ? »

Jonah dit : « Je ne suis pas certain que *penser* soit le terme adéquat. »

Je prends une inspiration. « Il voulaient qu'on grandisse en croyant... » Mais ce n'est pas tout à fait exact. « Ils voulaient pouvoir nous élever au-delà... »

La bile qui lui obstruait la gorge jaillit en un rire acide. « *Au-delà ?* Là, on peut dire qu'ils ont eu ce qu'ils voulaient, non ? »

Je fronce les sourcils. « Moi, je devais avoir sept ans quand je me suis rendu compte que Da et Maman n'avaient pas la même couleur de peau.

– Oui, mais toi, Joey, tu es *au-delà* de l'au-delà. » Ma sœur secoue la tête, elle me plaint. Mais, dans les plis autour de ses yeux, je lis comme une reconnaissance.

« Ils voulaient que nous incarnions l'étape suivante. La transcendance. Ils ne voulaient pas qu'on remarque les différences entre les races. Ne voulaient même pas qu'on utilise le mot.

– C'est *Da* qui ne voulait pas », dit Ruth.

Jonah se remet à son puzzle, et à Fauré. Alors Ruth se couvre les oreilles et pousse un cri perçant. J'attends qu'elle s'arrête pour ajouter : « Ils croyaient à fond en l'avenir. Ils pensaient que si on ne sautait pas dedans à pieds joints, le futur n'arriverait jamais.

– Ah, on a sauté dans quelque chose, ça c'est sûr. » Ruth retrousse le nez. « Quelque chose de mou, de tiède, de nauséabond ? C'est ça, l'avenir dont on parlait ?

– Il y a des parents qui ont fait pire, dis-je.

– Qu'est-ce qu'elle a fait de ses racines noires ? Après s'être mariée ? Après nous avoir eus tous les trois ? »

Ses *racines noires* : une breloque égarée, un trousseau de clés, un message gribouillé. Jonah entend mes ruminations. « Elles sont encore sûrement par ici, quelque part. »

Ruth se prend la tête entre les mains. « On dirait que vous les avez enfouies tellement profond tous les deux que vous n'arrivez plus à les retrouver. »

Je ne peux pas tout lui dire, et c'est ma faute. Mais elle est ma sœur, et où qu'elle aille, je la retrouverai. Je tourne autour de la seule chose essentielle qu'il faudrait que je lui dise – même si elle risque de l'interpréter complètement de travers. Et pourtant, quoi que Ruth puisse en penser, il faut que je lui transmette cela. Car cela lui appartient déjà.

« C'est vrai. Elle riait plus, au début. Elle dansait. Comme s'il y avait tout le temps eu de la musique, même quand il n'y en avait pas. »

Ruth acquiesce d'un mouvement de la tête, elle enregistre ce que je lui concède, elle m'en sait gré. Aucun d'entre nous n'est le propriétaire exclusif du souvenir de cette femme. Mais, à la manière dont Ruth exécute ce sobre hochement, je revois exactement Maman. Elle entre dans la peau de notre mère sans le savoir, elle la réincarne, corps pour corps, hochement de tête pour hochement de tête. Elle se meut de la manière dont Maman se mouvait, les soirs où notre famille chantait, à l'époque où cinq voix s'envolaient dans toutes les directions.

Ensuite, Ruth reste immobile. « Qu'est-ce qui lui est arrivé ? » Sa voix s'éteint. L'espace d'un instant, je comprends de travers. C'est une question que j'ai rêvé, moi, de lui poser *à elle*, cent fois par an depuis la mort de notre mère. J'ai rêvé de poser la question à Ruth, elle qui a vu, de près, avec les yeux d'une enfant de dix ans, qui s'est tenue devant la maison tandis que Maman brûlait. Puis je reprends mes esprits. Elle veut dire : que lui est-il arrivé, *avant* ce qui lui est arrivé.

« Je pense... » Au bout de deux notes, je dois m'arrêter. La respiration, ça a toujours été mon point faible. Jonah, lui, est capable de partir dans des phrases interminables sans avoir besoin de reprendre son souffle. Moi, une mesure et demie de *moderato*, et je suis déjà en train de suffoquer. « Je pense que ça l'a usée. Éreintée de toutes parts, à chaque minute, même lorsque personne ne disait rien. Son crime était pire que d'être noire. En se mariant, elle a fait tomber les barrières : la pire chose que deux individus puissent faire. Une fois, en allant chez le dentiste, on sortait de l'ascenseur, et une bonne femme lui a craché dessus. Maman a essayé de nous faire croire que c'était un accident. Tu te rends compte ?

– Moi, je pense que c'en était un, Joey, dit Jonah. Je crois que c'est toi qu'elle visait, la bonne femme.

– Elle se fait cracher dessus, et il faut encore qu'elle nous empêche de penser qu'il y a quelque chose qui cloche. Ça a fini par l'user complètement. Même quelqu'un comme elle ne pouvait pas survivre face à toute cette merde.

– Joey a dit "me-erde", na na nère ! » lance Ruth. Le plus beau cadeau de Noël que je pouvais lui faire. Et cet éclat de joie : c'est le plus beau cadeau qu'elle pouvait m'offrir, et m'offrira jamais.

« Son visage a changé, avec l'âge. Comment dirais-tu, Jonah ? Groggy. Comme si elle ne s'était jamais douté que ce serait si difficile. Elle ne pouvait même pas nous emmener dans un magasin nous acheter des vêtements pour l'école sans qu'un agent de sécurité vienne nous coincer. Pas eu d'autre solution que de nous envoyer loin de la maison. »

Le visage de Ruth s'empourpre en entendant cela, comme si ces horreurs apportaient de l'eau à son moulin. Elle s'adosse à nouveau au canapé, tout son corps se détend à l'écoute de cette confirmation. Elle savoure cette preuve irréfutable des racines noires de notre mère, cette identité fondamentale où elle retrouve sa mère. Elle me fixe de ses yeux bruns ronds comme des billes. « Combien de frères et sœurs avait-elle ? »

Je consulte Jonah. Ses mains se lèvent et ses paupières tombent, façon Pagliaccio, il mime l'ignorance innocente.

« Où habitent-ils ? »

Jonah est debout. Pour se dégourdir les jambes, il file dans la cuisine, en quête des restes du poulet au sésame du réveillon de Noël. Ruth se retourne en le voyant soudain décamper et, pendant une seconde, je lis sur son visage : *Ne me laissez pas toute seule. Qu'est-ce que j'ai fait ?*

« La plupart sont encore à Philadelphie, je suppose. Elle nous a emmenés voir sa mère, une fois. Juste après la guerre. On s'est retrouvés dans une gargote. On n'était pas censés aller dans ce genre d'endroit. C'est tout ce dont je me souviens. »

Jonah revient de la cuisine, la bouche pleine de poulet qu'il mange à même le carton de livraison. Ruth ne lui accorde même pas un regard. Elle ne s'adresse maintenant plus qu'à moi. « Ç'a été la seule fois ?

– Son frère est venu aux funérailles. Tu te rappelles.

– Nom de Dieu. Regarde-nous ! Comment se fait-il qu'on ne connaisse pas nos grands-parents ? »

La tonalité de sa voix brise le sourire de Bouddha qui s'étale sur le visage de Jonah. « Ça, il faudrait demander à Da, dis-je.

– Ça fait dix ans que je lui demande. Je lui demande tous les trois mois et, chaque fois, il se contente de m'adresser un sourire niais. Bon sang, je lui ai demandé de toutes les manières possibles, et en retour je n'ai jamais rien entendu d'autre que des conneries évasives prononcées sur un ton détaché. "Tu les as déjà rencontrés, tes grands-parents. Tu les reverras un jour." Ce mec est en orbite au-delà de la nébuleuse du Crabe. Si on disparaissait tous les trois pendant vingt ans, il ne s'en rendrait compte que le jour de notre retour. Ce mec se fiche de ce qui nous arrive et de là où nous allons. Il est perdu dans son charabia. "Le temps ne s'écoule pas. Les instants ne se succèdent pas ; ils sont, tout simplement." Espèce d'intellectuel arrogant, autosatisfait... »

Jonah pose l'emballage carton du poulet au sésame. Peut-être a-t-il besoin de ses deux mains pour lui parler. Peut-être a-t-il juste fini de manger. « Hé, Rootie. » C'est au tour de ma sœur de sursauter en entendant un mot tabou. « Hé, l'écureuil. » Jonah aussi, en un sens, croit que les instants *sont*, tout simplement. Il se rassoit sur le canapé, à côté de Ruth. Il lui frôle l'épaule droite, c'est l'un de nos anciens jeux, on se l'envoie en la faisant pencher d'un côté puis de l'autre, comme un métronome. Jadis, ce jeu nous a occupés pendant d'interminables moments : on augmente légèrement la vitesse, Jonah indique les *tempi*, moi, je tiens le rythme, Ruthie pouffe, prise dans cet *accelerando* à taille humaine, jusqu'à ce qu'on atteigne un : *« Prestissimo ! »* affolé. Jonah la pousse à présent et, prise par surprise, Ruth se laisse un peu aller. Alors je la pousse à mon tour mais, malgré ce départ plutôt prometteur, nous la sentons se raidir. Elle ne joue plus. Jonah a déjà augmenté le tempo *andante* quand il se rend compte que c'en est fini de ce petit jeu-là. Je vois aussi une expression de peur passer en un éclair sur le visage de mon frère : *Je te ferai du mal avant que tu réussisses à me filer entre les doigts.*

Ruth nous arrête tous les deux du plat de la main. Une dernière poignée de main secrète pour nous dire qu'elle ne fait plus partie de la bande. On a beau ne plus tellement se ressembler, ni même tellement se sentir frères et sœur, elle n'a pas le choix, elle doit compter avec nous. Car nous sommes les seuls sur cette terre à avoir, à l'intérieur, la même couleur qu'elle. Elle me tapote l'épaule : pas de message particulier, juste une brève tentative pour qu'on n'en reste pas là. Le tapotement se transforme en riff, à raison d'une mesure par syllabe – pour aboutir en pointillé à l'incontournable Motown, la seule musique qu'elle écoute ces temps-ci. « Comment s'est-elle mise à une musique qui, à cette musique qui...

– Qui n'était pas la sienne ? » La voix de Jonah lui lance un défi paresseux. Si elle y tient, il est prêt à s'y coller.

« Ouais. » Ce courage né de la terreur, lorsque vient l'épreuve de force. « Ouais. Qui n'était pas la sienne.

– Elle appartient à qui ? Qui en est propriétaire, jeune fille ?

– Des intellectuels juifs allemands blancs. Comme toi et Da. »

Notre père, qui est dans son bureau, croit qu'on l'appelle. Il répond sur le ton de la moquerie feinte. « Oui ? Qu'est-ce que c'est, cette fois ? »

Jonah jauge Ruth, il en tremble presque. Et dans un vibrato à la Brahms : « Tu as chanté avant de savoir parler. Tu as lu la musique avant de savoir lire. Et tu crois que parce que quelqu'un a mis contre son gré notre arrière-arrière-arrière-grand-père sur un bateau européen, on n'a pas le droit de toucher à mille ans de musique écrite ? »

Ruth l'arrête d'un geste de la main. « Okay. Du calme.

– Quelle musique crois-tu qu'elle aurait dû...

– J'ai dit : "Du calme." Ferme ta... » Elle s'interrompt. Elle n'ira pas jusqu'au point de rupture avec lui. Pas ces vacances-ci. Pas cette année. « Dis-moi juste... » Elle détourne les yeux de Jonah et, faute de mieux, se tourne vers moi. « Pourquoi a-t-elle arrêté de chanter ? »

Je sursaute. « Qu'est-ce que tu racontes ? Elle n'a jamais arrêté de chanter !

– Si elle s'était à ce point engagée sur cette voie, si elle était aussi bonne que vous voulez bien le dire tous les deux, si elle a continué à prendre des cours... Si elle a enduré tous ces malheurs, pourquoi s'est-elle arrêtée à mi-chemin ? Pourquoi n'a-t-elle pas fait carrière ?

– Elle a fait une carrière, dit Jonah.

– Églises. Mariages. » Des mots de dédain dans la bouche de ma sœur. J'ai envie de lui dire : *Si pour toi cela n'a aucun sens, alors tu ne connaîtras jamais cette femme.* « Moi, je parle d'une véritable carrière. Des récitals. Comme vous faites tous les deux.

– Je suppose que c'était à cause de nous. Elle nous a eus, et ç'a été la fin des récitals. » Je le ressens pour la première fois : nous avons été un frein pour elle. « Je ne suis pas certain qu'elle ait jamais ressenti cela comme un manque. La fierté, c'est ce que l'on fait. Elle disait toujours ça.

– Qu'est-ce que vous me racontez ? Évidemment qu'elle a dû ressentir un manque. » Mais avant que Ruth ne monte sur ses grands chevaux, Da sort de son bureau en vacillant, le sourire aux lèvres : le vacancier typique des Catskills, bedonnant et pâlichon, qui vient de terminer une joyeuse partie de palet. Son pantalon noir jadis repassé, ses chaussettes à losanges marron, ses mocassins gris, sa ceinture brune, sa chemise bleu clair, son tee-shirt blanc et le cardigan couleur rouille ne sont plus que le pâle fantôme des vêtements que Maman lui a achetés voilà quinze ans. De grandes boucles de fil se défont de son pull reprisé au petit bonheur. Il s'est bricolé un foyer dans un monde dénué de tout autre confort. Il fait une embardée dans notre direction dans un état de grande excitation, il s'attend – non, il *sait* – que ses enfants partageront le plaisir de cette révélation nouvelle. Da ne fait pas beaucoup d'erreurs de calcul. Mais quand il se trompe, c'est dans les grandes largeurs.

Ses mains parlent. De la gaieté jaillit du lutin joufflu, roi de l'empirisme. Il teste sur nous, ses trois derniers contacts avec le monde extérieur, la dernière histoire à s'arracher les cheveux que la physique a concoctée. « C'est incroyable ! » Sa joie et sa colère sont les enfants d'un mariage mixte. L'argenterie donne une représentation grandiose de *Faust*. Il songe au dernier tour que lui a joué le monde quantique, et il en a la larme à l'œil. « La nature n'est pas invariante au regard du temps. Le miroir du temps est brisé ! »

Jonah brandit les deux mains en l'air. « C'est pas nous, papounet. Nous, on n'a rien cassé. »

Da hoche la tête et la secoue en même temps. Il enlève ses lunettes et se frotte énergiquement les yeux. On dirait un futur jeune marié obligé d'endurer ses amis qui trinquent à sa santé, la veille de la cérémonie. « C'est inouï. » Il avance les deux mains pour empêcher les forces invisibles de la nature de lui faire révéler trop vite le fin mot de l'histoire. « Le kaon électriquement neutre. »

Jonah pince son petit sourire narquois entre le pouce et l'index. « Ah, oui ! Le Kaon Électriquement Neutre. Le nouveau groupe pop britannique à la mode, c'est ça ?

– Oui, bien sûr ! Un groupe rock ! » D'un geste de la main, notre père désamorce toute velléité de plaisanterie. Il enlève de nouveau ses lunettes et recommence. « Ce kaon passe de la particule à l'antiparticule d'une manière qui devrait être réversible avec le temps. Sauf que non. » L'accent s'épaissit au fur et à mesure que la terminologie se fait plus technique. « Imaginez ! Une étrange particule, une particule *antiétrange*, qui, d'une certaine manière, arrive à distinguer le mouvement en avant du mouvement en arrière. La seule chose dans l'univers qui connaisse la différence entre le *passé* et le *futur* !

– La seule chose dans *ton* univers.

– Ruth ! Qu'est-ce que tu dis ?

– Dans *mon* univers à moi, tout le monde connaît la différence entre le passé et le futur. À part toi. »

Da hoche la tête, essayant de l'amadouer. « Laisse-moi t'expliquer ça. »

Ruth est debout. Elle est Maman, juste un peu plus mat. Plus rapide. « C'est *moi* qui vais t'expliquer *ça*. J'en ai ras le bol de ce repli sur soi perpétuel. »

Da lance un regard à Jonah, le point de repère le plus stable du monde extérieur. « Quelle mouche l'a piquée ? » La tournure familière enveloppée dans l'accent teuton fait penser à un leader de *big band* affublé d'une perruque de Beatles.

« Ruthie veut savoir si elle est une *Schwarze*, une demi-*Schwarze*, une anti-*Schwarze* ou quoi.

– Connard ! »

Da n'entend pas, ou alors il fait semblant de ne pas entendre. Les particules se désintègrent, de manière irréversible, sur tout son visage. Mais il n'en reste pas moins un génie du calcul rapide. Il regarde sa fille, trop tard, et alors il voit. « De quoi s'agit-il, ma chérie ? »

Elle est désespérée, elle supplie, en larmes. « Pourquoi as-tu épousé une femme noire ? »

Leurs deux regards se rivent l'un à l'autre. Il déjoue cette attaque subreptice. « Je n'ai pas épousé une femme noire. J'ai épousé ta mère.

– Je ne sais pas qui tu crois avoir épousé. Mais ma mère était noire.

– Ta mère est qui elle est. D'abord. Elle-même, avant toute chose. »

Ruth a un mouvement de recul en entendant le présent qu'il a employé. Elle se précipiterait dans les bras de son père pour y trouver protection. « Il n'y a que les Blancs qui peuvent se payer le luxe d'ignorer la couleur de peau. »

Da fait marche arrière, cerné par le danger. Ce n'est pas l'itinéraire vers lequel son esprit incline spontanément. Son visage formule une objection. « Je ne suis pas un Blanc ; je suis un *juif*. » La main illustre le propos, elle commence à s'élever en une volée de significations. Mais il est suffisamment intelligent pour suspendre ce vol. Ses paroles s'avancent à petit pas dans le paysage, rampent à la recherche d'une cachette. « Abraham a épousé une concubine noire. Joseph... » Il me montre du doigt, comme si j'étais responsable de mon illustre homonyme. « Joseph a épousé une prêtresse égyptienne. Moïse a dit que l'étranger qui vient vivre avec toi, qui adoptera ta famille, sera comme quelqu'un né dans ton propre pays. Salomon, nom de Dieu ! Salomon a épousé la fille de Pharaon. »

Je ne connais pas cet homme. Des générations entières disparues, des ancêtres dont je n'avais jamais imaginé l'existence, sortent de leurs tombes jonchées de gravier. Mon père, lui qui n'a jamais été garant de la moindre doctrine, lui qui ne croit en rien hormis en la causalité, se transforme sous mes yeux en commentateur de la Torah. Je ne peux pas supporter le silence de Ruth. Je laisse échapper : « Goodman, Goodman et... Schwerner. » Je me surprends à me rappeler les noms de ces militants en faveur des droits civiques, pourtant c'est seulement l'été dernier qu'ils sont morts – l'Été de la Liberté, tandis que Jonah et moi donnions un concert dans le Wisconsin.

« Eh bien, quoi ? rétorque Ruth sur un air de défi.

– Deux hommes blancs. Deux juifs, comme Da. Comme nous. Deux hommes qui ne se sont pas permis le luxe... dont tu parlais.

– Tu ne connais rien du luxe, toi, hein, Joey ? Ces types n'étaient pas plus vieux que vous deux. Ils avaient votre âge, et ils étaient là-bas, aux premières lignes. Chaney est mort parce qu'il était noir. Les deux autres parce qu'ils étaient dans la ligne de mire. »

Ma gorge voudrait bien émettre des sons, mais je n'arrive pas à leur donner forme.

« Les juifs ne peuvent pas nous aider, dit Ruth. Ce n'est pas leur combat. » Sa voix trahit l'immensité de ce qu'elle exige de Da. L'immensité qu'il ne peut lui donner.

« Pas notre combat ? Pas *notre* combat ? » Notre père vacille, à la lisière de l'irréversible. « S'il suffit d'une goutte pour être un *Schwarze*, alors... nous sommes tous des *Schwarzen*.

– Pas tous. » Ma sœur soudain rend les armes. Elle a de nouveau dix ans. Elle s'effondre. « Pas tous, Da. Pas toi. »

C'est ainsi que ma famille passe le Noël de l'année 1964. J'allais dire notre *dernier*, mais le mot ne veut rien dire. Puisque chaque dernier en ébauche un suivant. Et puisque même les dernières choses durent éternellement.

21

Mon frère en Faust

Jonah connut la célébrité à l'âge de vingt-quatre ans. On avait l'impression qu'il chantait depuis une éternité. En fait, selon tous les critères en vigueur – le talent mis à part –, c'était encore un enfant.

Son talent s'était fortifié, chaque professeur ayant apporté un élément à l'édifice. Mais Jonah sut conserver la même fraîcheur que quinze ans auparavant, quand il avait impressionné mes parents en se joignant à leur jeu des citations. Il montait sur scène, ébahi, devant des publics de plus en plus nombreux qui avaient entendu dire, par le bouche-à-oreille, que quelque chose de remarquable était en train de se produire. Il regardait partout dans la salle, on l'eût dit sur le point de demander son chemin au premier placeur. Mes mains se posaient sur les touches, et il s'ouvrait comme une fleur, stupéfait.

Et Jonah arrivait à convaincre le public que lui aussi était précisément ce soir-là en train de découvrir la pureté de son timbre. Son visage s'illuminait, comme saisi par cet accident merveilleux. La salle retenait collectivement sa respiration, témoin de cette naissance. Il se livrait à une sorte de pieuse arnaque esthétique, le tout au service supérieur de la musique. *J'arrive à voler !* Cinquante fois par an, il réalisa ce tour de force, et chaque fois, j'en eus le souffle coupé.

Ses passages rapides restaient suspendus en l'air, immobiles, chaque note parfaitement audible, et l'on pensait à ces arrêts sur image qui saisissent un mouvement : la balle de pistolet en train de transpercer l'épaisseur d'une carte à jouer, le lait juste au moment où la gouttelette rebondit à la surface. Il avait davantage de puissance à présent, tout en ayant conservé sa justesse inouïe. Il avait résolu le mystère de la sonorité, dont tous ses professeurs lui avaient rebattu les oreilles, chacun d'eux entendant par là quelque chose de différent. Son chant était confiant. Jamais il ne défaillait, jamais ne vous donnait l'impression que c'était à vous de vous concentrer pour éviter le désastre. Même au plus haut de sa tessiture, il flottait d'une mesure à l'autre, sans effort. Sa chaleur se glissait dans votre oreille comme une confidence chuchotée, comme un ami retrouvé.

La splendeur n'est peut-être rien d'autre qu'une convention. Peut-être l'âme corrompue sait-elle encore imiter celle du saint. Qui sait comment nous entendons la sollicitude et comment nous appréhendons la consolation ? Mais toutes ces qualités, Jonah les possédait quand il chantait, même lorsqu'il le faisait dans des langues qu'il ne parlait pas. En chantant, il s'appropriait ce qui lui échappait quand il parlait. En l'espace d'une heure, sur quelques trois octaves, mon frère construisait la grâce.

En février 1965, trois hommes noirs tirèrent sur Malcolm X, à quelques rues de là où Da nous avait fait goûter au *Mandelbrot* et nous avait initié aux secrets du temps. Le soir de son assassinat, nous donnâmes un récital à Rochester, dans l'État de New York. Tandis que des milliers de personnes défilaient de Selma à Montgomery, nous roulions en voiture d'East Lansing à Dayton. Le soir où Rochester explosa, nous chantions à Saint Louis. Quand Jacksonville brûla, nous jouions à Baltimore.

Pour chacune de ces soirées, Jonah utilisa le secret du temps selon Da. *Quitte la terre à une vitesse impensable et tu pourras faire irruption dans le futur d'une autre planète.* La beauté de Jonah, cette année-là, tint à sa capacité à annuler tout ce qui n'était pas beau. Pendant qu'il chantait, rien d'autre n'importait.

J'aurais pu vivre cette vie éternellement – les villes universitaires payaient grâce aux subventions, les bourgades de taille moyenne se constituaient un capital culturel en faisant venir d'obscurs talents de premier plan à des tarifs de troisième zone. Cela me suffisait. La musique s'échappait de nous soir après soir, et cela satisfaisait tous mes besoins. Mais Jonah, lui, voulait davantage. Sur scène, il avait beau chanter :

> Hélas, combien maigre est mon trésor !
> Certes je ne m'en plaindrai jamais,
> Une seule brebis pour moi serait de l'or
> Au milieu de ces troupeaux tant aimés,

une fois qu'il avait quitté la scène, ses yeux étaient happés par tout ce que la musique professionnelle comptait de scintillant. Tout autour de lui, des carrières décollaient. L'adolescent André Watts se produisait en solo avec Bernstein et le Philharmonique de New York. « Bon sang, Mule. Qu'est-ce qu'il a que tu n'as pas ?

– Le feu, l'intensité, la passion, la célérité, la beauté, la puissance. À part ça, je joue exactement comme lui.

– C'est un sang-mêlé, lui aussi. Mère hongroise. Ne me raconte pas de sornettes. Tout ce que ce gars fait, tu peux le faire. »

Sauf voler de mes propres ailes. Mais Jonah était de ces gens qui considèrent que quiconque choisissait de sauter du haut de la falaise pouvait prendre son envol.

Grace Bumbry figurait en tête de la liste de ses obsessions en matière de carrière, notamment après que *Die schwarze Venus* avait fait scandale à Bayreuth. Nous l'entendîmes interviewée pour la télévision allemande à ce sujet. « Bon sang, Mule. Elle parle mieux allemand que toi et moi confondus. » Jonah épingla une sensationnelle photo d'elle sur la porte de son placard. « Pour une fois qu'une vedette de l'opéra est aussi sexy que les rôles qu'elle joue. Le Carnegie à vingt-cinq ans. Le Met à vingt-huit. Il me reste quatre ans, Joey. Quatre ans, sinon je suis fini. »

Mais cette créature fabuleuse était à des kilomètres du type de femme qui attirait Jonah dans la vraie vie. Elle était diamétralement opposée à la femme dont il convoquait chaque soir le souvenir pour conduire ses passages les plus âpres vers la dissonance. Depuis qu'il s'était séparé de Lisette, nous n'étions plus sur le circuit des soirées, et nous bûchions comme nous n'avions pas bûché depuis notre sacre à l'America's Next Voices. Jonah se recentrait sur lui-même, il se préparait, se concentrait, fomentant sa vengeance avec les seuls moyens dont il disposait.

En dépit de son appétit, Jonah était suffisamment malin pour ne jamais presser M. Weisman. Notre agent en savait plus sur le business de la musique que nous deux réunis n'en saurions jamais. Il savait lancer une rumeur, en l'alimentant au fil des semaines. Nos contrats se multipliaient. Nous chantions dans des villes où jamais je n'aurais pensé qu'on nous laisserait chanter. Nous chantâmes à Memphis – jamais nous n'étions descendus si au sud. Jusqu'au moment de monter sur scène, je fus persuadé qu'on nous annulerait. Je ne cessais de scruter la salle, attendant que mes yeux s'ajustent à la pénombre, pour voir la teinte dominante dans le public. Ils étaient de la même couleur que d'habitude.

Dans un brouillard indistinct Memphis se transforma en Kansas City, les Quad Cities, Saint Louis. Nous arpentâmes Beale Street, où le bébé blues avait été abandonné hurlant sous la pluie. C'était une petite rue, peu sûre d'elle-même – des bars à musique sur une centaine de mètres, on aurait dit un parc à thème, l'équivalent du quartier colonial de Williamsburg, dédié au seul art authentiquement américain.

À l'instar de l'Amérique, il fallait constamment qu'on nous « découvre ». M. Weisman, en chef d'orchestre avisé qui fait monter un long crescendo, nous fit nous rapprocher peu à peu de notre ville natale en vue d'une « révélation », mise en scène de main de maître. Au fil des mois, il posa les jalons pour notre percée. Il nous réserva Town Hall pour début juin. Nous payâmes les dépenses de notre poche. Les ventes de billets ne couvriraient qu'une partie des coûts. Nous grattâmes ce qui restait de l'argent de l'assurance de Maman pour le donner aux gérants de la salle. Il resta juste de quoi financer une bien modeste promotion. En tendant le chèque, Jonah arborait un mince sourire cinglé de joueur. « Si on foire notre entrée, cette fois, il faudra chercher un vrai boulot. »

Nous ne foirâmes aucunement notre entrée. Le Schubert était mieux passé dans l'Ouest, et le Wolf n'atteignit jamais l'intensité des plus grands soirs. Mais ce concert à Town Hall fut au-delà de tout ce que Jonah avait jusqu'alors accompli. Juste avant le lever de rideau, mon cerveau s'emballa sous l'effet de l'adrénaline. Mais Jonah, lui, ne paraissait jamais si calme et si démonstratif que lorsqu'il était à bout de nerfs. Pour moi, les projecteurs de la scène de Town Hall étaient comme les lampes d'un interrogatoire. Jonah s'avança, rayonnant, scrutant l'auditorium tel un jeune aventurier.

Pour le programme nous avions longuement tergiversé, hésitant entre sécurité et prise de risque. Nous débutâmes finalement avec *Le Roi des Aulnes*. Nous avions besoin de quelque chose de sûr, et nous avions fait ce morceau si souvent qu'une fois lancé, il aurait pu nous jeter bas et galoper tout seul. Puis, Goethe nous servant de pont, nous enchaînâmes avec les trois arrangements du *Harfenspieler* par Wolf. À chaque intonation de ces textures complexes, la catastrophe nous pendait au nez. Puis nous fîmes trois des opus 6 de Brahms.

« Quel est le rapport ? lui avais-je demandé pendant l'établissement du programme.

– Comment ça, “quel est le rapport ?” Wolf détestait Brahms. Ils sont siamois. »

Le rapprochement était pour lui bien suffisant. En fait, Jonah conçut tout le récital comme un gigantesque arc de la mort et de la transfiguration. La première partie était notre retraite du monde dans la solitude esthétique. La seconde partie était une course vigoureuse, un retour dans le tumulte de la vie. Brahms eut le dernier mot, à la fois sur la beauté du XIXe siècle et sur notre première partie. Après l'entracte, nous ressaisîmes le public en ressuscitant *Wachet auf*. Jonah avait dans l'idée que cet ancien prélude de choral – toujours interprété par un rang de choristes – ferait un solo parfait. Pour mon frère, l'évidence du morceau coulait de source. « Sion, entend le gardien chanter. »

Au plus profond de son oreille, Jonah entendit le gardien l'appeler si lentement que ça ressembla à une corne dans la nuit. À ce tempo, les quatre notes les plus aiguës de l'accord parfait, au début de l'œuvre, se mirent à ressembler au rayonnement fondamental de l'univers. La plupart des auditeurs ignorent combien il est plus difficile d'effleurer un son plutôt que de le marteler. Un démarrage sur les chapeaux de roue fera toujours plus d'effet, sur scène, qu'un *legato*, plus difficile à tenir. Ralenti au point de presque s'arrêter, le morceau de Bach, avec sa masse énorme en expansion, était le plus terrifiant de tout le concert. Jonah voulait que mon prélude se déploie si progressivement que le public en oublie la mélodie, jusqu'au choc du retour de la voix. Jonah et moi passâmes alternativement au premier plan, devenant tour à tour la mélodie et l'accompagnement, le ciel et la terre. Les neuf phrases nues de Jonah glissèrent sur mes élaborations comme une calotte glaciaire sur un continent oublié.

Après les glaciations de Bach, nous passâmes au succès assuré des trois œuvres de Charles Ives. Nous les interprétâmes tambour battant, avec toute l'âpreté qu'impose le Nouveau Monde. Jonah transforma le dernier, *Majority*, en une tonitruante facétie. Le public était trop absorbé dans le tumulte de l'Amérique, abasourdi, pour songer à nous le reprocher. Jonah campa si parfaitement les personnages, que nous allâmes jusqu'à déclencher des rires et des sifflets, lorsque nous conclûmes ce défilé ancien.

Puis nous piquâmes un sprint jusqu'à la ligne d'arrivée, après quoi chacun pourrait regagner ses pénates en chantonnant. Jonah voulait un morceau d'un registre différent, en partie pour montrer qu'il en était capable, en partie pour présenter au moins une œuvre que nous n'avions jamais interprétée en public. « C'est bon, ça vous trempe le caractère. Ça oblige à conserver la fraîcheur, Giuseppe. » Nous arrangeâmes tous deux *Fascinatin' Rhythm*, le saupoudrant de toutes les citations folles que nous pouvions nous rappeler, lorsque nos parents chantaient ce morceau usé jusqu'à la corde. Notre *gimmick* fut un *accelerando* régulier, suffisamment lent pour paraître capricieux au début, terminant à si vive allure, au dernier couplet, enchaînant les syncopes à une telle vitesse, que ce fut un miracle que Jonah arrive seulement à épouser des lèvres les formes successives des syllabes. Par pure nervosité, je poussai le bouchon encore plus loin que prévu. Mais Jonah, éberlué, me lança un sourire de remerciement pendant les applaudissements.

Nous finîmes avec le *Baume à Gilhead*. Le public voulait que Jonah termine sur un exploit aérien de ténor, quelque chose d'étrange, d'ardu, d'éblouissant. Il leur offrit la chanson la plus simple qu'il eût jamais chantée, dans le registre vocal qui lui posait le moins de difficulté. Ce choix me sidéra. Maman chantait cet air quand nous étions petits, mais pas plus souvent qu'un million d'autres. C'est seulement au concert que je fis le rapprochement. Il avait choisi cette chanson pour Ruth. Mais Ruth n'était pas là. Da était devant, au centre, à côté de la patiente Mme Samuels. Le siège de Ruth était vide, et j'étais le seul à savoir à quel point l'absence de sa sœur le blessait. « Il existe un baume à Gilead qui guérit les blessés. » Il chanta avec timidité, comme pour voir si cela était encore vrai. Au deuxième couplet, le verdict sembla se jouer à pile ou face. Il termina au-delà de tout jugement, son chant étant la seule chose qui s'approchât d'une preuve de cette promesse.

La fin la plus douce possible, le début le plus simple qui fût. La salle explosa avant que mon dernier accord ne se soit estompé. Nous n'avions pas prévu de rappel ; Jonah refusait de tenter le diable. C'est donc une fois seulement que les applaudissements se furent tus, et que nous nous retrouvâmes brutalement seuls sur scène, que Jonah murmura : « Dowland ? » J'opinai sans réfléchir. Heureusement, il annonça son choix au public. Et le temps s'immobilisa une nouvelle fois, comme chaque fois que mon frère en décidait ainsi.

Les débuts de Jonah furent incontestablement parmi les plus étranges que New York eût jamais connus. J'aurais dit que c'était du courage s'il avait su ce qu'il risquait. Il avait seulement choisi ce qu'il aimait chanter.

J'aperçus Lisette Soer au fond de la salle, tandis que nous saluions. Il est impossible de distinguer les visages quand vous avez les spots dans la figure. Mais c'était elle. Elle n'applaudissait pas. Elle avait une main sur la bouche, et l'autre sur la poitrine, un geste victorieux mêlant la crainte et l'admiration. Si Jonah la repéra, il n'en laissa rien paraître.

Dans les coulisses, ce fut vertigineux. Un film documentaire dont nous étions les sujets principaux. Chaque année de notre vie était représentée par tranches. À un moment donné, je me vis en train de serrer énergiquement la main d'un inconnu qui me félicita copieusement, jusqu'à ce que je me rende compte qu'il s'agissait de M. Bateman, celui qui avait pendant longtemps été mon professeur de piano à Juilliard. Jonah fit pire : une femme entre deux âges l'accula dans un coin en répétant : « Tu ne sais pas qui je suis, hein ? Tu ne me reconnais pas ! » Jonah séchait, gigotait sur place en souriant, jusqu'à ce qu'elle se mette à gazouiller. Sa voix usée laissait deviner une gloire passée, que seule l'accumulation des jours avait fini par saper. *« Wir eilen mit schwachen, doch emsigen Schritten »*, s'empressa-t-elle de déclamer. Nous nous hâtons de nos pas faibles mais empressés. Jonah ne se rappelait toujours pas le nom de Lois Helmer, même si l'empreinte de sa voix lui revenait soudain à l'esprit. Il se rappela cette première prestation publique mais ne put se souvenir du garçon qui avait chanté ce jour-là. La joie, la confiance, l'inconscience totale : rien de tout cela ne demeurait, avec la distance. Tout ce qui lui restait, c'étaient les lignes mélodiques de ce duo grandiose. Tous deux chantèrent de mémoire les quatre premières mesures, au milieu du brouhaha ambiant d'un public soudain gêné. L'une des deux voix piquait du nez, tandis que l'autre filait en haute mer, au-delà du point le plus élevé que la première avait jadis pu atteindre.

Un type mince doté d'un bouc peu fourni mais néanmoins luxuriant errait aux confins de la foule. Au milieu d'un océan de costumes sombres, il faisait tache avec son jean noir serré et sa chemise vert et bleu à fleurs, à vous coller le mal de mer. Profitant d'une accalmie, il traversa la pièce vers moi, souriant derrière la pilosité de son visage. « Strom Deux. Ça biche, vieux frère ?

– Mon Dieu. Thad West ! » On aurait dit un personnage d'opéra bouffe ayant quitté la scène en catimini pour venir me saluer dans la salle. Je le saisis par les coudes, qui étaient relâchés et souples. « Bon sang, Thad. Qu'est-ce que tu fabriques ici ?

– Fallait bien que je vous entende jouer, les gars. Vous avez assuré grave, tous les deux. Vraiment assuré.

– Tu habites où ?

– Oh, tu sais. Ici et là. Mount Morris Park. »

Soudain je réalisai : il voulait dire *dans* le parc. « Tu habites à New York ? Et tu n'as jamais... Qu'est-ce que tu fabriques ?

– Oh. Je fais de la musique. Qu'est-ce que tu veux que je fasse d'autre ?

– Vraiment ? Tu joues quoi ? »

Il me cita quelques noms dont je n'avais jamais entendu parler. Il fit référence à plusieurs clubs, me donna des adresses. Je ne savais comment réagir. J'observai mon ancien cothurne. L'âge adulte me tombait dessus comme un crapaud. « On viendra bientôt t'écouter. » Dans une autre vie, mieux interprétée.

« Entendu. Dépêchez-vous de venir. On vous jouera un truc cool.

– Est-ce que Jonah t'a vu ? Est-ce qu'il sait que tu es là ? » Je le cherchai dans la foule et l'aperçus, déjà entouré d'anciens camarades de Juilliard.

« Je tâcherai de causer au *master* quand il sera moins courtisé. » Il ne l'avait pas dit méchamment, mais je vis bien qu'il n'avait pas avalé mon bobard. Thad adorait toujours mon frère. Mais, simplement, ils étaient engagés dans des voies trop différentes.

Je sentis que mon sourire s'élargissait trop. « Bon, et où est Earl quand on a besoin de lui ?

– Earl est au Nam, mon pote.

– Au *Vietnam* ?

– Non, mec. L'autre. »

Là, je ne saisis pas. Earl l'irrévérencieux, l'invincible, pris dans quelque chose d'aussi stupidement réel. « La conscription ?

– Oh, non. Earl s'est engagé. Voulait voir le monde. Maintenant, il est aux premières loges, je suppose. »

La joie que j'éprouvais à replonger tête baissée dans mon propre passé se volatilisa totalement. « Thad, Thad, Thad. Je passerai entendre ce que tu goupilles. »

Il sourit, il n'était pas dupe. Puis, passant du coq à l'âne, il dit : « Tu te rappelles ce truc qu'ils avaient peint sur votre porte ? Au vernis à ongle rouge ? » Ce dessin était enfoui dans l'enfance, et pourtant il était encore présent, dix ans plus tard, défigurant la porte de notre chambre. « Tu te rappelles ? *Nigel*.» Je n'avais même pas besoin de faire oui de la tête. « C'était la première fois qu'un truc dans le genre vous arrivait ? »

Je haussai les épaules, tournai les paumes au ciel. C'est toujours la première fois. Pour lui, c'était encore le frisson, cette agression anonyme. Un honneur suprême. Opprimé par procuration. Il ne se rendait absolument pas compte. Il refusait l'idiotie humaine au quotidien. Il voulait une souffrance plus sombre, plus intérieure, une affliction grandiose pour racheter la futilité de son passé en Ohio. À présent, il avait tout cela : il vivait à Mount Morris Park, jouait du *cool*, tirait le diable par la queue. La seule chose, c'est que lui, une fois qu'il aurait eu son content, il pourrait s'en aller quand il voudrait.

Thad fit un geste circulaire pour désigner tous les vieux en costume. Il secoua la tête. « Regarde-toi, Strom Deux. Putain, ça rime à quoi ? Que dirait Nigel ? »

Je baissai la tête pour contempler l'éclat de mes chaussures italiennes. Je voulais qu'il soit fier de moi. Lui, il voulait que je sois de ma race. Lui aussi voulait que je laisse Town Hall à ses propriétaires.

« Fais-moi plaisir, Strom Deux. » Il regarda autour de lui dans la salle, souriant du coin des lèvres. « Fais en sorte que cette scène continue à groover, d'accord ? Tout ce truc est en train de pourrir sur pied.

– Groover !

– Exactement. » Thad claqua la main que je lui tendis et disparut.

Jonah et moi ne rentrâmes à la maison qu'à trois heures du matin passées, épuisés et pourtant encore sur les nerfs. Il n'y avait plus rien d'autre à faire que d'essayer de dormir, tout en espérant qu'on aurait droit à un entrefilet dans le journal. Pas nécessairement un bon. Juste une trace qui prouverait qu'il s'était passé quelque chose. Jonah avait pu chanter à en décrocher les étoiles, mais si le critique de la maison était mal luné, alors la ligne vitale qui se déroulait sous nos yeux s'effilocherait. Ma mission du lendemain consista à m'aventurer dehors pour acheter tous les journaux que je trouvai. Jonah, pendant ce temps, resterait au lit pour savoir comment nous allions faire pour gagner désormais notre vie. Gardiens de nuit, cette idée l'obnubilait.

Il était encore prostré, à fomenter ses plans d'avenir, lorsque je lui lançai le *New York Times* déjà déplié. « *Wachet auf*, espèce de saligaud. Section Culture, page quatre. Howard Silverman.

– Silverman ? » Il parut effrayé. *Non*, prétendrait-il par la suite. *Juste sonné*. Il tourna les pages avec précipitation et trouva la brève chronique. « “Une voix presque parfaite, et le ‘presque’ de M. Strom n'est nulle cause de regret.” » Il me regarda par-dessus le journal. « Nom d'une pipe, qu'est-ce que ça veut dire ?

– Je pense que c'est censé être positif. »

En fait, ça donnait l'impression que le type avait écrit avec un œil sur le baratin publicitaire figurant sur le premier enregistrement de Jonah. « “Quoique servie par une technique accomplie, la voix de ce jeune homme recèle quelque chose de plus profond et de plus précieux que la simple perfection.” » Les yeux de Jonah étincelaient comme s'il venait de commettre un larcin. « La vache !

– Poursuis ta lecture. Ça s'améliore. »

Silverman continuait en notant le parti pris aventureux de notre représentation. Il qualifiait la seconde partie de « bouffée d'air frais en provenance du Nouveau Monde, un refus convaincant de l'approche actuelle par trop prévisible de la musique ». Il émit quelques chicaneries prévisibles : un phrasé occasionnellement excentrique, un velours qui se perdait un peu dans les passages rapides. La principale réserve venait juste avant la fin. À en croire Silverman, la magie juvénile de Jonah avait besoin de plus amples incursions dans la vraie vie, de davantage se colleter avec l'expérience, pour mûrir et aboutir à une pleine complexité émotionnelle. «"M. Strom est jeune, et son charme un tantinet novice a besoin de mûrir. Les amoureux de la voix attendront avec impatiente de voir si la fraîcheur de cette sonorité remarquable survivra à la maturité des ans." »

Jonah arriva enfin à la conclusion. «"Cela étant dit, la clarté proprement picturale de M. Strom, sa justesse dans l'articulation et la pureté si brillante, quoique sombre, de son timbre, le placent incontestablement au rang des meilleurs chanteurs contemporains de *lieder* européens de son âge. Il est toujours hasardeux de se risquer à des prédictions, toutefois, il n'est pas difficile d'imaginer que M. Strom devienne l'un des plus grands solistes noirs que ce pays ait jamais produits." »

Jonah laissa tomber les pages sur le lit.

« Oublie ça, lui dis-je. Ça n'a pas d'importance. Le reste de l'article est une véritable lettre d'amour. Il te sert une carrière sur un plateau ! »

Il essaya de réfléchir à la généreuse insulte : « Il est toujours hasardeux de se risquer à des prédictions. » Il se gargarisa de chaque mot, transformant la promesse en menace. Mon frère n'avait jamais essayé de se faire passer pour un Blanc, mais il était ébranlé de découvrir que ce n'était pas possible. Je me préparai à recevoir tout le fiel que Jonah allait sûrement déverser.

Mais il était au-delà du mépris, obnubilé par ce mot, cet adjectif imposant qui figurait dans le « journal de référence » et qui décrivait quelque chose, quelque chose d'aussi réel que « lyrique », « *spinto* » ou « ténor ». Il mettait dans la balance ce qualificatif éminemment restrictif, et *plus grands jamais produits. Plus grands que ce pays ait jamais produits.* Il oscillait entre les temps, ressentant pour la première fois ce que cela signifiait d'ouvrir à coups de pied des portes qui ne cessaient de se refermer, indépendamment du nombre de héros qui les avaient déjà franchies. Il ressentait ce que cela signifiait d'être expulsé du moi que l'on s'était forgé soi-même, ce que cela signifiait d'être obligatoirement un emblème, un symbole de fierté, un traître à la cause. Il ressentit ce que cela signifiait d'être classé de force dans une catégorie, indépendamment de la façon dont il chantait.

« Da et Maman auraient dû m'appeler Heinrich.

– Ça n'aurait rien changé. »

Il avait été « négrifié » bien avant, et de manière plus brutale. Mais pas par l'un des critiques musicaux les plus en vue, dans le journal le plus sérieux du pays. Il était allongé sur le lit dans sa robe de chambre en tissu écossais rouge et vert, sous une masse de pages de journal, secouant la tête. Puis la perplexité se transforma en rage. « Toute cette condescendance... Non mais il se prend pour qui, ce saligaud...

– Jonah ! C'est un triomphe. Howard Silverman dit le plus grand bien de toi dans le *New York Times*. »

Il s'interrompit, surpris par ma virulence. Il se remit à contempler le plafond, à contempler tous les gens qui n'arriveraient pas même à franchir cette porte réservée à une catégorie bien spécifique. Il vit notre mère revenir à la maison après son audition au conservatoire. La meilleure vocaliste qu'il eût jamais connue. Il balança la tête avec une immense lassitude. Il me regarda, me fit son numéro de cabotin aux yeux noisette. Ils ne s'approchent pas assez pour voir la couleur de vos yeux, quand ils viennent mettre le feu à votre maison. « Tu fais partie de ces types comme Satchmo qui veulent y aller en douceur avec un grand sourire, c'est ça ?

– Dis donc, c'est toi qui as voulu terminer avec ce satané *spiritual*. »

Il y eut une pause embarrassée, durant laquelle nous recherchâmes un nouveau tempo. Il aurait pu me tuer en ne disant rien. Pendant un long moment, c'est ce qu'il fit. Lorsqu'il reprit la parole, ce fut dans le registre fleuri de Dowland : « Ne discute pas avec moi, misérable humain. Je suis l'un des plus grands solistes noirs que ce pays produira jamais.

– "Ait jamais produits." Grosse différence. Demande à ton père. » Nous nous réfugiâmes dans une salve de ricanements nerveux. « Finis l'article. Le saligaud condescendant t'as réservé un finale grandiose. »

Jonah lut les dernières phrases à voix haute de sa diction étudiée. «"Si cet excitant jeune ténor a une limite, c'est peut-être seulement celle de la taille. Tous les autres fondamentaux sont en place, et chacune de ses notes retentit d'une grisante liberté." »

Exactement le genre de louanges détournées que les critiques adoraient manier. Qui savait ce que cela voulait bien dire ? C'était plus que suffisant pour lancer une carrière.

« Je suis l'Aksel Schiotz noir. Je serai le Fischer-Dieskau noir.

– Fischer-Dieskau est un baryton.

– C'est pas grave. Je ne suis pas sectaire. Certains de mes meilleurs amis sont barytons.

– Oui, mais accepterais-tu que ta sœur en épouse un ? »

Jonah me scruta. « Tu sais qui tu es ? Tu es le Franz Rupp noir. » Il reprit l'article et le parcourut à nouveau. « Hé ! Il ne cite même pas l'accompagnement.

– Tant mieux. Quand on évoque l'accompagnement, c'est qu'il y a quelque chose qui cloche.

– Mule ! Je te dois tant. Je n'aurais même pas mis les pieds là-bas si... » Il réfléchit à ce qu'il allait dire et n'acheva pas sa phrase. « Comment puis-je te remercier ? Que veux-tu ? Ma paire de Red Ball Jets ? Mes vieux 78 tours ? Tout ça est à toi. Tout.

– Et si tu t'habillais et que tu me payais un petit déjeuner. Bon, disons un déjeuner. »

Il sortit tant bien que mal du lit, enleva sa robe de chambre et déambula dans la pièce aux rideaux ouverts, exhibant son corps poids welter à la vue de tous les passants. Tout en enfilant un caleçon, un pantalon en toile et une chemise de golf, il demanda : « Comment se fait-il que Ruth ne soit pas venue ?

– Jonah. Je n'en sais rien. Pourquoi tu ne l'appelles pas ? »

Il fit non de la tête. Estimait qu'il n'avait pas à le faire. Ne voulait pas savoir. Ne pourrait pas supporter la réponse. Il se rassit sur le lit défait. « La pureté foncée : *c'est moi**. La seule question qui subsiste maintenant, c'est de savoir qui sera le Jonah Strom blanc ?

– Enfile tes chaussures. On y va. »

Il n'enfila pas ses chaussures, et nous n'y allâmes pas. Tandis qu'il traînait, le téléphone commença à sonner. La détonation du *New York Times* retentissait dans un million de cuisines, atteignant tous les gens dont nous avions pu faire connaissance. Les premières félicitations enthousiastes, Jonah s'en chargea. La deuxième vague déferla dès qu'il eut raccroché. La troisième avant qu'il ait pu retraverser la pièce. C'était M. Weisman. Il avait reçu une proposition d'enregistrement. Le label Harmondial voulait presser notre récital sur vinyle, exactement tel que nous l'avions interprété.

---

* En français dans le texte.

Jonah me fournit les détails à mesure que M. Weisman les donnait. Mon frère mugit en entendant cette offre, il était prêt à signer et enregistrer l'après-midi même. M. Weisman conseilla de ne pas le faire. Il suggérait que nous fassions deux années supplémentaires de concerts, que nous donnions quelques récitals de prestige, puis que nous décrochions un contrat à plus long terme avec une meilleure maison de disques. Il cita RCA Victor comme étant du domaine du possible. Cela modéra un instant les ardeurs de Jonah.

Mais Jonah s'éloignait de la terre à une vitesse que le vieux M. Weisman ne pouvait soupçonner. Il était résolu à sauter à pieds joints dans le destin de ses contemporains, et l'enregistrement d'un disque lui offrait cette occasion. Rendre cet instant permanent, distendre ce *maintenant* à l'agonie afin qu'il devienne un *à jamais* : et Jonah se fichait de savoir qui faisait la proposition. Harmondial était une petite maison, jeune, ce qui motivait un avis doublement défavorable de la part de M. Weisman, alors que mon frère y voyait au contraire une chance. Ils pourraient monter en puissance ensemble. À vingt-quatre ans, Jonah était encore immortel. Il pouvait s'écraser et renaître à volonté, puisant dans un temps et un talent infinis.

« On ne débute qu'une seule fois », ne cessait de répéter M. Weisman. Mais Jonah n'était pas sensible à cet avertissement. La proposition de Harmondial se situait au-delà de tout ce qu'il avait imaginé. Aucune des objections de M. Weisman ne pouvait altérer son sentiment ; pour lui, cette proposition ne présentait aucun inconvénient. C'était un cadeau bonus, un prix gagné à la loterie, ça ne coûtait rien d'essayer.

Nous prîmes l'avion pour Los Angeles afin d'enregistrer. Harmondial utilisait son studio de Californie essentiellement pour le catalogue pop et les « petits classiques ». Jonah décréta que c'était exactement ce qu'il lui fallait. Nous partîmes début août, tels deux papes en classe économique, à ricaner comme des criminels pendant toute la traversée du continent.

Nous fîmes connaissance avec Los Angeles dans une brume éveillée, sillonnant Hollywood et Westwood au volant d'une Ford Mustang de location. Il y avait des mômes partout, l'oreille collée à leurs transistors, comme si on annonçait la nouvelle d'une invasion extra-terrestre. L'invasion, en fait, en était déjà à un stade avancé. Lors de nos tournées dans des lieux obscurs de la côte Est, nous n'avions pas vu les signes. À présent, nous roulions tranquillement dans Ventura, en victimes retardataires de l'épidémie, presque paralysés. Il y avait du son partout, bien plus que nous ne pouvions en absorber.

« Dis donc, Joey ! C'est pire que le choléra. Pire que le communisme. Le triomphe absolu de la chanson à trois accords ! » Pressé de goûter à ce frisson si longtemps tenu à distance, Jonah tournait le bouton de la radio et tombait sur les airs que nous entendions à tous les coins de rue. Certaines chansons s'aventuraient bien au-delà de la trilogie, tonique, sous-dominante, dominante. C'étaient ces chansons-là qui l'effrayaient. C'étaient ces chansons-là dont il ne se lassait pas.

Il me confia le volant, me guidant dans la ville au son des succès de l'année 1965 : « *Stop ! In the name of love. Turn ! Turn ! Turn ! Over and over !* » Et après avoir réussi à totalement nous égarer : « *Help ! I need somebody. Help !* » Le temps que nous trouvions le studio pour la première session, Jonah était déjà en train de broder sur de petits airs intégrés en une seule écoute. *All we need is music, sweet music.* À Chicago. À La Nouvelle-Orléans. À New York. *They're dancing in the streets.* En l'entendant, les ingénieurs du son en devinrent zinzins. Ils lui firent faire les équilibrages en chantant : « *My baby don't care* », dans toutes les nuances de son registre, du plus aigu que le haute-contre jusqu'au plus grave que le baryton.

« Pourquoi tu te prends le bourrichon à chanter du Schubert ? lui demanda l'un des gars. Avec une puissance vocale comme la tienne, tu pourrais vraiment te faire du pognon. »

Jonah ne leur dit pas que l'avance de douze cents dollars de Harmondial lui faisait l'effet d'une petite fortune. Et personne ne souleva ce problème : il avait rendu le *I Hear a Symphony* des Supremes... eh bien, symphonique. C'était la perle rare, mon frère, une merveille de justesse, un souffle sans pareil pour les *lieder* R&B et les motets de la Motown.

Nous en restâmes à Schubert et, à la quatrième prise, les ingénieurs du son changèrent d'avis : dans la bouche de Jonah, ces airs morts redevenaient chanson populaire. Sur ces enregistrements, il y a quelque chose d'insistant dans sa voix qui semble dire : *Nous sommes encore jeunes.* Dans cette session sur plusieurs jours, il y a quelque chose qui semble affirmer que les siècles ne sont que des notes de passage de retour vers la note initiale.

Je l'entends encore sur le disque. La voix de ma mère est là, à l'intérieur de la sienne, mais celle de mon père y est aussi. L'origine n'est jamais définie. Nous arpentons sans cesse notre lignée, d'une fracture l'autre, à travers tous les territoires dont nous avons été dépossédés. Mais nous nous dénouons à chaque moment, sans cesse. Arrête-toi et regarde :

tel est le message que, depuis la ligne d'arrivée, cette voix transmet vers le passé.

Quand il entendit ses premières prises, mon frère ne put s'empêcher de se fendre d'un petit rire moqueur. « Écoute ça ! C'est exactement comme un vrai disque. Allez, on le refait. À l'infini. »

Jonah percevait des choses sur la bande que les ingénieurs du son ne pouvaient entendre. Nous passâmes deux journées de plus en plus tendues, à batailler entre des considérations de coût et la recherche d'une perfection inaudible. Les producteurs furent estomaqués en entendant les premières prises, lesquelles ne provoquèrent chez Jonah qu'une moue de dégoût. Ils nous expliquèrent qu'ils pouvaient faire une épissure dans la bande pour rectifier un infime décalage de tempo. Jonah en fut outragé. « C'est comme si tu collais des plumes d'aigle sur le premier crétin venu et que tu appelais ça un ange. »

Jonah apprit à séduire le micro et à maîtriser la brutalité de ses attaques. Sous la pression du compromis, nos prises ressemblèrent à des concerts en *live*. Dans la pièce insonorisée où se trouvaient les baffles, Jonah devint incandescent. En chantant, il offrait sa voix à des gens qui se trouvaient à des siècles de l'instant présent.

Le troisième soir, après avoir mis dans la boîte le Wolf tel qu'il le voulait, à quelques vibrations près, nous fîmes la connaissance de l'attachée de presse de Harmondial. La jeune fille sortait tout juste du jardin d'enfants. « Je suis si contente que vous soyez frères ! »

Je gobai l'air ambiant, comme un poisson échoué sur l'embarcadère. Jonah réagit différemment : « Nous aussi, on est contents.

– Le coup des frères, c'est bien. Les gens aiment les frères. » Je crus qu'elle allait demander : *Et vous avez toujours été frères ? Comment êtes-vous devenus frères ?* Mais elle demanda : « Comment vous êtes-vous intéressés à la musique classique ? »

Nous restâmes muets. Comment as-tu appris à respirer ? Je compris. L'histoire que cette fille avait déjà imaginée allait être retranscrite dans les communiqués de presse et au dos de la pochette ; les informations que nous lui fournirions n'y changeraient rien. Nous aurions beau lui parler de nos soirées à chanter en famille, elle n'entendrait pas. Jonah me laissa le loisir de l'affranchir dans les grandes lignes. « Nos parents ont découvert notre aptitude musicale quand on était petits. Ils nous ont envoyés dans une école de musique privée à Boston.

– École privée ? » Voilà qui troublait notre attachée de presse.

« Une pension qui préparait au conservatoire. Oui.

– Est-ce que vous... vous avez eu des bourses ?

– Partiellement, dit Jonah. Nous lavions la vaisselle et faisions les lits pour payer le reste. Tout le monde s'est montré très généreux avec nous. » Je faillis m'étrangler. Jonah me lança un regard offensé, et la pauvre fille en perdit les pédales.

« Est-ce que la musique que vous avez étudiée dans cette école... était très différente de la musique que vous écoutiez étant petits ? »

Jonah ne put se retenir. « Eh bien, les *tempi* traînaient un peu à Boylston, parfois. Ce n'était pas la faute de l'établissement. Certains élèves étaient issus de milieux musicalement arriérés. Les choses se sont un peu améliorées une fois que nous sommes rentrés à Juilliard. »

Elle griffonnait dans un cahier jaune canari. Nous aurions pu lui raconter n'importe quoi, et Jonah ne s'en priva pas. « Y a-t-il eu des personnalités qui vous ont influencés ? Je veux dire, en ce qui concerne le chant... en musique classique ?

– Paul Robeson », répondit Jonah. La jeune fille nota le nom. « Pas tant pour sa voix. Sa voix était... disons potable, je dirais. Nous aimions ses prises de position politiques. »

Elle sembla étonnée d'entendre qu'un chanteur de renom puisse avoir des opinions politiques. M. Weisman avait raison. Ce n'était pas RCA Victor. On ne débute qu'une fois dans le métier. Je ne pus qu'observer en spectateur impuissant les réponses de Jonah se transformer en informations aussi immuables que les sons que nous venions d'enregistrer.

La jeune fille demanda des photos pour la promo. Nous lui remîmes la chemise avec tous les articles de presse. « Tout ça ! » Elle choisit la photo que je savais qu'elle choisirait, celle qui mettait l'accent sur l'étrange nouveauté que Harmondial venait juste d'acquérir. Quelque chose qui distinguerait leur catalogue de tous les autres labels bourgeonnants : des frères, noirs mais charmants. Elle chercha la pose correcte avec juste ce qu'il fallait d'aise et d'assurance, la pose qui disait : *Tous les Noirs n'aspirent pas à détruire les valeurs qui vous tiennent à cœur. Certains sont même des fantassins résolus de la culture.*

Dans la voiture, en route vers l'hôtel, Jonah chanta : « J'aimerais qu'elles soient toutes des *California girls*.

– *God only knows*... Dieu seul sait ce qu'elle aurait voulu qu'on soit. » En revanche, nous savions tous deux, à présent, quelle phrase du *New York Times* avait motivé notre contrat. Le nouveau label de disques qui montait voulait cette voix noire pleine de promesses : le prochain marché porteur, encore inexploité à ce jour. Les droits civiques nouvellement proclamés allaient contribuer à créer des marchés nouveaux. C'était la même réflexion qui avait conduit *Billboard* à combiner le classement R&B et leur classement rock and roll. Chacun finirait par chanter et écouter de tout, et Harmondial comptait bien capitaliser sur cette tendance lourde.

Nous achevâmes l'enregistrement deux jours plus tard, un mercredi soir. Le producteur voulait que le Dowland soit le dernier titre du disque. Je m'installai devant le piano de rechange du studio, une rare combinaison de sonorités étouffées et de touches raides, qui contribua à suggérer les frettes du luth. De nos jours, il serait impensable d'enregistrer du Dowland sur un piano. Il y a un tiers de siècle, l'authenticité était encore ce que vous vouliez qu'elle soit. *Time stands still*. Le temps s'immobilise. Mais jamais longtemps de la même façon.

La première prise de Jonah semblait impeccable, mais l'ingénieur aux manettes fut tellement subjugué en goûtant pour la première fois cette saveur d'éternité qu'il ne remarqua pas les vumètres dans le rouge. La deuxième prise fut lourde comme du plomb ; le temps que Jonah se remette de la première. Les cinq prises suivantes partirent à vau-l'eau. Nous arrivions à la fin d'une semaine difficile. Il réclama dix minutes. Je me levai pour aller faire quelques pas dans le couloir, afin de lui laisser un moment de solitude.

« Joey ! lança-t-il. Ne me laisse pas tout seul. » Comme s'il craignait que je le laisse tomber dans l'oubli. Il voulut que je demeure assis sans prononcer un mot. Il était pris de panique à l'idée d'envoyer un message au-delà de sa propre mort. Nous restâmes cinq minutes silencieux, et les cinq minutes devinrent dix. Ce fut la dernière année à nous laisser profiter d'un aussi long moment de calme. Les ingénieurs réapparurent, bavardant de la récente mission du programme *Gemini*. Je m'assis et Jonah ouvrit la bouche, libérant le son qui prédisait tout ce qui allait lui arriver.

« Le temps s'immobilise et contemple cette jeune femme au beau visage. » Pendant que mon frère chantait, à quelques minutes en voiture du studio, un policier blanc en moto arrêta un conducteur noir – un type de l'âge de notre sœur – et lui fit passer un alcootest. À l'angle d'Avalon et de la Cent Seizième Rue, un quartier composé de maisons de plain-pied et d'immeubles bas. Il faisait chaud, ce soir-là, et les gens étaient assis dehors. Alors que Jonah finissait d'immobiliser le temps sur le *mi*, *ré*, *do* du début, des gens se rassemblèrent autour du conducteur qui venait de se faire arrêter. Les cinquante badauds étaient trois cents quand apparurent les renforts de police.

La mère du jeune homme arriva et se mit à réprimander son fils. La cohue, les policiers, l'homme, sa mère, son frère, tous au coude à coude. Les policiers en plus grand nombre, la foule à cran du fait du contexte social, la température qui monte. Il y eut une échauffourée, le début le plus simple du monde. Un coup de matraque dans la figure, dont l'impact est ressenti par tous les badauds.

Il y eut bientôt un millier de personnes, et les policiers appelèrent des renforts. Il était aux environs de 19 h 30, nous étions alors en train d'écouter la bande : « Ni les heures, ni les minutes ni les ans n'ont de prise sur son âge. » Le producteur en avait les larmes aux yeux, tout en maudissant Jonah, qui se fichait de lui.

Du côté d'Avalon, toute musique avait cessé. Quelqu'un cracha sur les policiers qui emmenaient au poste le conducteur incriminé, sa mère et son frère. Deux agents s'avancèrent, pistolets en l'air, pour disperser la foule. Sur le coup de 19 h 40, heure à laquelle Jonah et moi étions sur le trottoir brûlant devant le studio, les policiers battirent en retraite sous une nuée de cailloux.

Dans la voiture, nous tombâmes par hasard sur les informations. Des flashs d'information sur l'émeute interrompirent le hit-parade. Jonah me regarda dans les yeux, pris de l'envie de se mettre au diapason. « Allons voir.

– Voir ? Tu plaisantes.

– Allez. De loin. De toute façon, c'est terminé, à l'heure qu'il est. » C'est moi qui étais au volant. Quelque chose en lui eut raison de mes réticences. Il tendit le doigt vers le sud, naviguant en combinant les flashes d'information et la rumeur de la rue. Il nous fit prendre South Broadway, puis Imperial Highway, en direction de l'est. Il m'obligea à m'arrêter sur le bas-côté, et à sortir de la voiture. Il resta là, sur le trottoir, à écouter. « Joey. Tu entends ça ? » Je n'entendais que la circulation, le brouhaha habituel de cris et de sirènes, la démence urbaine ordinaire. Mais mon frère captait des pans entiers de la gamme que je n'arrivais pas à distinguer, de même que, durant la semaine, il avait entendu sur bande des sons que nous autres n'avions pu saisir. « *Écoute* ! Tu es sourd ? »

Nous remontâmes dans la voiture et il me guida vers le nord-est. Nous fîmes un crochet à droite, et soudain la folie se matérialisa devant nous. Le quartier était prêt à exploser, les rues pleines de gens qui n'attendaient qu'une étincelle. Nous bifurquâmes vers l'est. Je m'arrêtai sur le bas-côté pour regarder le plan de la ville, comme s'il y avait une chance que l'émeute y figure. La Mustang était un piège mortel, nous n'aurions pu choisir automobile plus malvenue. Dans la rue en face de nous, juste de l'autre côté du pare-brise, une masse se condensait, dérivant de rue en rue, ils arrêtaient les voitures, les lapidaient : la seule alternative à la justice. Les rues étaient comme pratiquement partout à LA – des îlots de petites habitations familiales aux murs blancs. Si ce n'est que dans celle-ci, un monstre sorti d'un rêve cinématographique avançait à pas lourds. Les lois de la physique semblaient vouloir gondoler l'air autour de nous. C'était comme observer une volée de sansonnets tournoyant dans le ciel et obscurcissant le soleil. Comme regarder le rouleau d'un ouragan souffler une maison sur son chemin.

La foule rencontra un obstacle sur sa trajectoire et changea de direction. Jonah était hypnotisé par le mouvement, électrifié. Ils s'en prenaient à toutes les voitures en mouvement qu'ils bombardaient de pierres. D'un instant à l'autre, ils sentiraient les dernières notes de Dowland sur notre peau, et chargeraient. J'aurais dû faire demi-tour et partir en quatrième vitesse. Mais cette cohue qui progressait méthodiquement était tellement au-delà des lois de la vie ordinaire que je restai assis, paralysé, à attendre de voir ce qui allait se passer. On aurait dit un essaim d'abeilles énervées. Ils attaquèrent sans vergogne un cordon de policiers. Face à cette agression, les agents rompirent les rangs et se dispersèrent. Personne ne donnait d'ordre, mais la masse se déplaçait comme sous l'égide d'un commandement unique. L'aile avant s'engagea vers l'ouest, dans notre direction. C'est alors que je repris mes esprits, et fis faire un brusque demi-tour à la voiture en coupant à travers la maigre circulation des automobilistes stupéfaits.

« Qu'est-ce que tu fabriques ? s'écria Jonah. Où vas-tu comme ça ? » Pour la première fois de ma vie, je fus sourd à ses paroles. Je ne sais trop comment je réussis à nous faire revenir sur Harbor Highway, en direction du nord. Notre hôtel, près de View Park, parut plus irréel que la transe dont nous venions d'être témoins. Aucun de nous deux ne ferma l'œil de la nuit.

Les journaux du matin ne parlèrent que de ça. Mais ce dont ils parlaient n'était pas ce que nous avions vu. Les rapports officiels étaient truqués, trompeurs, irréels. Les radios rivalisèrent héroïquement en matière de déni. À l'hôtel, tout le monde avait son mot à dire. Les rues, ce jeudi matin, arboraient une gaieté claire forcée, qui avait de la peine à masquer toute l'excitation de l'attente. La ville avait beau prêcher l'apaisement, déjà elle se préparait mentalement à affronter la nuit.

Nous nous présentâmes au studio à midi pour les ultimes retouches. Mais tout était impeccable : les prises de la veille semblaient encore meilleures à la lumière du jour. Je me réjouissais de la chance que nous avions ; Jonah aurait été incapable de réenregistrer le morceau, après ce qui s'était passé la nuit précédente. Même les gens de Harmondial virent à quel point il était secoué. Personne n'arrivait à assimiler la nouvelle. Les ingénieurs du son plaisantaient nerveusement avec nous, comme s'ils craignaient que les troubadours élisabéthains qu'ils avaient sous leurs yeux ne se métamorphosent en pillards sans foi ni loi. À quatre heures de l'après-midi, les producteurs prirent congé à grand renfort d'accolades et de prédictions grandioses concernant notre premier disque. Nous étions prêts à repartir à l'aéroport LAX, pour un vol du soir. Nous avions deux heures devant nous.

« Joey ? » Sa voix était plus effrayée par elle-même que par toute autre chose. « J'ai besoin de retourner voir.

– Retourner... Oh, non, Jonah. Ne sois pas idiot.

– Juste un détour en allant à l'aéroport. Joey, je n'arrive pas à me sortir ça de la tête. Tu sais, ce qu'on a vu, hier soir... Ça ne ressemblait à rien de ce que j'ai pu approcher de ma vie.

– Et alors ? Une fois suffit. On a eu de la chance de s'en tirer sans incident.

– Sans incident ? »

Je baissai la tête. « Je veux dire pour nous. Quant au reste – qu'est-ce qu'on était censés... ? » Mais ma plaidoirie n'intéressait pas Jonah. Il était déjà en quête de l'élément qui manquait à son éducation, ce qu'aucun professeur ne lui avait encore apporté. Il sentait que les années à venir essayaient de lui envoyer des messages. Il avait besoin d'y retourner, pour entendre. Il ne faisait plus confiance à rien d'autre qu'à cette sensation qui finirait par le tuer.

Jonah prit le volant – j'étais tellement en rage qu'il me concéda au moins ça. Nous arrivâmes dans le quartier de la veille peu après cinq heures de l'après-midi. Les immeubles qui donnaient sur la voie rapide auraient dû lui suffire. Les rues étincelaient des éclats de vitrines brisées, un tapis de faux diamants. Ici et là, la suie des feux éteints recouvraient le stuc et le béton. Des grappes d'adolescents arpentaient les trottoirs. Les seuls Blancs visibles étaient armés et en uniforme. Jonah gara la Mustang sur un terrain vague désert. Il coupa le moteur et ouvrit sa portière. Je ne fis aucune objection ; il n'y a rien à objecter à une chose dont la réalité nous échappe totalement.

Il ne me regarda même pas. « Allons, frangin. » Il était déjà à l'autre bout du terrain vague jonché de détritus avant que j'aie eu le temps de lui crier après. Je verrouillai ma portière – ridicule jusqu'au bout – et courus pour le rattraper. La foule s'était rassemblée, ils étaient des milliers à nouveau, le double de la veille. Déjà l'esprit de groupe prenait le dessus. Les forces de police étaient perdues, pire encore que ce que racontèrent les journaux. Cela se voyait sur les visages : *On leur a tellement donné ; pourquoi est-ce qu'ils font ça ?* Leur stratégie consista à délimiter un périmètre, à contenir la violence dans les quartiers immédiatement limitrophes, et à attendre la Garde nationale. Jonah partit en éclaireur vers le cordon de police, repérant un interstice entre un magasin d'alcool et une gargote qui avait été incendiée. Après avoir passé vingt-quatre années caché, mon frère avait choisi ce soir-là pour faire sa sortie.

Nous nous engageâmes dans la ruelle, profitant de la brèche dans le cordon policier. La rue juste devant nous était une hallucination mouvante. Trois voitures retournées crachaient en l'air des flammes noircies. Les pompiers tentaient de s'approcher pour éteindre le feu, mais la foule les faisait reculer à coups de pierres, protégeant les foyers d'incendie et les entretenant.

Personne n'avait prémédité le chaos. Il se déployait simplement autour de nous en un ballet large comme l'horizon. Une trentaine de personnes se matérialisèrent devant nous, venues détruire un magasin de fruits et légumes. Les corps se mirent à l'œuvre sans excitation ni grand souci d'efficacité. La cohésion s'affirmait dans l'action : un groupe d'improvisateurs méticuleux se passaient le matériel – marteaux, haches, bonbonnes d'essence – comme dans une course de relais. La cadence était étrange, c'était une rage lente, résistante, sous-marine, qui se déployait à pas mesurés, laborieuse, comme si les projets de l'Apocalypse avaient été préparés depuis des générations.

Jonah hurla par-dessus les sirènes assourdissantes. « De la folie pure, Mule. *Dancing in the streets* ! » Son visage rayonnait, enfin il approchait ce qu'il avait recherché. Deux mille émeutiers passèrent devant nous. À quatre pas devant moi, Jonah ralentit l'allure pour se mettre à marcher. Tout ce qui me vint à l'esprit, tandis que l'enfer était en irruption autour de nous, fut : *Il a la peau trop claire pour être ici*. C'était un garçon frêle, vulnérable, qui écoutait les yeux grands ouverts les Walkyries chevauchantes que notre radio avait captées.

Jonah ralentit et se retourna pour observer les flammes qui montaient en flèche à cinq mètres sur sa gauche. Inconsciemment il replia les doigts et leva les mains sur les côtés, il s'adressait aux meutes errantes, commandant leurs entrées et leurs attaques. Il était le *chef d'orchestre*. Il marquait la mesure, articulait le chaos en phrases musicales, comme toujours lorsqu'il écoutait les compositions qui l'émouvaient le plus. J'arrivai à côté de lui ; il était en train de *fredonner*. Lorsqu'il en donna l'ordre, un bourdonnement monta derrière nous, au diapason mais modulé, en phase avec sa pulsation à lui, un mélange hybride de rythme et de mélodie. Le son se propagea à travers la masse humaine qui se déployait. Je me rappellerai ce son-là jusqu'à ma mort.

La police concentra ses forces de manière à ce que la violence ne déborde pas du côté des quartiers blancs. Les pompiers limitèrent la casse. Ils avaient renoncé à éteindre les voitures renversées et concentrèrent leurs efforts sur les magasins en feu, afin que les flammes ne se propagent pas davantage. Le rugissement des pompes à eau et les cris aigus de la foule se mêlèrent pour former un unique chœur. Jonah n'en manqua pas une miette, absorbé dans une quelconque interprétation que je ne pus deviner. La tension lui tournait la tête. C'était l'effondrement total : des vies passaient devant nous en ricochant, des bombes artisanales explosaient, les lois de la raison se liquéfiaient.

Il s'arrêta devant l'échoppe d'un prêteur sur gages ; une demi-douzaine d'enfants étaient en train de forcer le verre de la porte à l'aide d'une poubelle en fer. Ils jetèrent la ferraille et reculèrent en courant, revinrent, lancèrent de nouveau et reprirent leurs jambes à leur cou. Le verre s'effondra en mille morceaux. L'un après l'autre, les pillards disparurent à l'intérieur. Jonah resta immobile, attendant la révélation. Au bout d'un moment qui se prolongea comme une nausée, la troupe des excavateurs ressortit avec une télévision, une stéréo, une lampe en cuivre, des chapeaux neufs pour tous, et deux armes de poing. De quoi réparer trois siècles de souffrances.

Je restai dans mon coin, à deux boutiques de là. Jonah était plus loin devant, à cinq ou six mètres de la porte défoncée. Il se tenait les pieds écartés, aspiré par le chaos. Il regarda la ribambelle quitter le magasin en courant, comme si, ici, à l'heure du dénouement, toute l'Histoire dépendait de ces marchandises qui leur avaient été si longtemps refusées, et qu'ils embarquaient maintenant. Sortant de ce rêve synchronisé, l'un des gars nouvellement armés aperçut mon frère qui observait. Il courut vers Jonah, brandissant son arme à canon court comme une raquette de ping-pong. Toute force abandonna mon corps, j'étais à quinze mètres de là, un continent. J'essayai de crier, mais je n'avais plus de gorge. Le gars courut en hurlant. Ses paroles éclatèrent en l'air, brutes et incohérentes, comme une nuée incontrôlable de clous. Ses amis éparpillés se retournèrent pour voir qui était ce type qui osait les défier. L'autre gars armé braqua son arme sur Jonah. Le bras s'abaissa à cause du poids : trop lourd pour lui, pas le bon choix.

« Qu'est-ce tu veux, là ? » Le premier gars arriva devant Jonah, qui se tenait pétrifié, les bras écartés sur les côtés. « Casse-toi. C'est pas un coin pour les Blancs, ici. » Le canon balayait le vide devant lui, on aurait dit un charmeur de serpents. Il avait les mains qui tremblaient. Jonah adopta la même posture que sur scène, dans le renfoncement d'un piano à queue imaginaire, prêt à se lancer dans un gigantesque cycle de *lieder*. *Winterreise*. Comme si je me trouvais juste derrière lui, au piano.

Le deuxième gars les rejoignit en un clin d'œil. Il ne resta pas longtemps immobile, il cogna Jonah au flanc, le tabassa jusqu'à ce qu'il s'écroule sur la chaussée. La douleur força mon frère à se recroqueviller, puis il demeura allongé sur le béton, le bras entaillé.

« L'enculé, y t'a touché ? » hurla le second gars au premier. Ils étaient tous les deux au-dessus de lui, le canon braqué, tout tremblants, à sautiller sur place. « Retourne sur les Collines, enculé. Retourne à Bel Air ! » Comme si c'était la destination que la mort réservait à cet intrus.

Je retrouvai ma voix. « Il est noir. C'est un *Black*. » J'étais trop loin. Avec le bruit ambiant, ils ne pouvaient pas m'entendre. Ma voix se lézarda puis se brisa. Je n'avais jamais eu beaucoup de coffre. « C'est mon frère. »

Les deux gars armés me dévisagèrent. L'un des deux pointa son arme sur moi. « Ça ? C'est pas un frangin.

– C'est un Noir. »

Jonah choisit ce moment, comme si quelque chose en lui voulait vraiment mourir, pour relever la tête. Il regarda le ciel en fumée. Ses lèvres remuèrent. Peut-être les suppliait-il, ou disait-il une prière. Il n'émit aucun son, hormis un étrange gémissement monocorde.

Je sus alors que l'un des excités allait le tuer. Un meurtre ici, ce ne serait rien : un aléa de plus, maintenant qu'était arrivée la fin des temps.

Jonah bougea les lèvres, marmonna quelque chose, il préparait son final. Mais cet éclat monocorde qui provenait du corps étalé sur le trottoir déstabilisa ses assaillants. Les deux adolescents noirs reculèrent en entendant cette complainte vaudoue. Derrière eux, leurs camarades avec le téléviseur et la chaîne stéréo leur criaient de se disperser. Les flics étaient *là*, et ils tiraient sur la foule. Les deux gars armés me regardèrent, regardèrent Jonah, puis levèrent la tête, observant la volute de fumée funéraire pour laquelle mon frère chantait. Ils firent volte-face sans cesser de regarder et s'enfuirent en courant.

Je tombai à genoux sur le trottoir à côté de lui, je sanglotais en l'attrapant par sa chemise déchirée. Il hocha la tête. Mon soulagement se mua en rage. « Mais bon sang, qu'est-ce qu'on *fout* ici ? Il faut qu'on s'en aille. Maintenant. » Je me retins de ne pas rouer Jonah de coups de pied, tant qu'il était à terre.

Il leva les yeux et me dévisagea, choqué. « Quoi ? » Du sang imbibait sa manche et lui coulait le long du bras. Sa plaie s'emplissait de cendres. « Quoi ? On répète, Joey. Répétition. » Il amorça un petit rire moqueur puis grimaça de douleur.

Je le fis asseoir sur son séant, toujours en hurlant après lui. Je lui enroulai le bras dans un morceau de chemise. « Nom de Dieu. Ils allaient te tuer !

– J'ai vu. » Sa mâchoire tremblait, incontrôlable. « Ici même. Mais tu leur as dit, pas vrai ? » Sa voix se tut, sa respiration se bloqua. Il rit et essaya de s'excuser. Mais une quinte de toux l'en empêcha.

Je l'aidai à se relever et le forçai à marcher. À deux cents mètres sur notre gauche, un cordon de policiers avançait en direction d'une barricade de fortune derrière laquelle s'étaient postés des lanceurs de pierres. J'emmenai Jonah sur notre droite, et nous reprîmes vers l'ouest après avoir passé Albion, la rue que nous avions empruntée pour entrer dans l'*inferno*. L'air était suffocant, et le sol sous nos pieds se transformait en goudron fondu. Jonah respirait avec de plus en plus de difficulté. Nous dûmes ralentir le pas. Il s'arrêta à un coin de rue et tendit la main, me rassura, luttant contre la suffocation. « Continue à marcher, ne t'arrête pas. »

Je l'appuyai contre un mur, afin qu'il reprenne sa respiration. Comme nous étions ainsi, debout, Jonah penché en avant, et moi le retenant, un homme entre deux âges, clair de peau, passa tout près en nous effleurant le dos. Je me retournai : cet homme à la chevelure grise, un pot de peinture et un gros pinceau à la main, s'éloignait déjà d'un pas placide. Sur le dos nu de Jonah et sur les pans de ma chemise, il avait laissé une traînée marron tachetée. L'homme disparut dans la foule, laissant sa marque sur tout ce qui restait immobile assez longtemps.

Jonah vit ma chemise, mais pas son dos. « Moi non plus, il m'a pas loupé ?

– Non. Il ne t'a loupé. »

Sa respiration se fit plus légère. « Alors, c'est bon, Mule. Passeport tamponné. Visa. La voie est libre. » Il se remit à chantonner. Je pris son bras valide et nous nous remîmes en marche. Il semblait encore plus bancal que la réalité. Nous prîmes la Cent Douzième Rue vers l'ouest, où nous serions en sécurité. Sauf que nous ne serions jamais plus en sécurité. J'aperçus, à deux rues de là, le périmètre policier que nous avions franchi pour entrer. Il s'était étoffé. Trois rangées d'agents luttaient contre l'offensive des lanceurs de pierre. Des bouteilles enflammées décrivaient des arcs en l'air et s'écrasaient au sol dans des éclaboussures de flammes. Watts essayait de propager la douleur à Westmont, Inglewood, Culver City. Là où les flammes auraient quelque chose de cher à brûler.

« On y va, Mule. » Il paraissait ivre. « Continue. On va passer à travers, on leur expliquera. » Il avait du mal à articuler. Je savais ce que les policiers feraient si seulement nous nous approchions. Pas question de franchir cette limite. L'ensemble du quartier était bouclé par un millier d'agents de police, maîtrisant le troupeau au pistolet. Derrière le mur de policiers, il y avait la Garde nationale. Et derrière la Garde, la Quarantième Division blindée. Nous étions coincés, pris au piège, parqués à perpétuité. Mon frère avait la peau trop claire pour survivre à l'intérieur, et moi, j'étais trop foncé pour nous sortir d'ici.

Je tirai Jonah vers le sud, dans une ruelle parsemée de mauvaises herbes qui débouchait sur une rue longeant la voie ferrée. Des coups de feu dispersés se répercutèrent sur les bâtiments autour de nous, crépitant dans toutes les directions en même temps, irréels, avec ce bruit que font les plombs de carabine à air comprimé sur des poubelles. Je pris vers le sud-ouest jusqu'à me rendre compte que nous foncions droit sur Imperial Highway. Nous débouchâmes en plein capharnaüm.

Une bande d'émeutiers avait traversé la première ligne du cordon policier et se répandait dans les rues au-delà. En guise de représailles, les agents fondirent sur un groupe de passants comme des chiens lâchés parmi les écureuils et cognèrent tous ceux qu'ils purent attraper. Des gens furent projetés sur le trottoir, coincés contre les murs, des coups de feu retentirent, des vitres se brisèrent, et la foule, mise en déroute de toutes parts, courait dans les cris.

Jonah, suffocant, recula en titubant dans l'entrée couverte d'un bâtiment. Il se pencha en avant, pour réduire la pression sur sa poitrine. Son bras gauche soutenait son bras abîmé. D'un air effaré, il désigna ma jambe. Je baissai la tête. La jambe droite de mon pantalon était déchirée, du sang coulait de mon tibia. Nous restâmes sur place, tandis que des silhouettes passaient en trombe devant nous, comme des planètes prenant la tangente en quittant leur orbite, si près de nous qu'il aurait suffi de tendre la main pour les toucher.

Un cri retentit dans notre direction. Un agent de police blanc, matraque à la main, poursuivait deux Noirs entre deux âges, en sang, qui se dirigeaient vers notre porte. En nous apercevant, ils bifurquèrent. Le flic à leurs trousses resta une seconde interdit avant de nous repérer. Je nous vis tels qu'il nous voyait : moi et ma jambe blessée, Jonah plié en deux, la chemise à moitié arrachée, le bras entaillé, tous deux haletants, maculés d'une traînée de peinture. Il nous chargea, matraque en avant. Je levai les mains pour amortir le coup. Jonah, étouffant, délirant, eut une réaction purement instinctive : il se redressa et poussa une sorte de contre-si. Ce son aigu déstabilisa le flic. Sa voix nous évita la matraque en pleine figure.

Le flic recula comme il put, l'une de ses mains cherchant son revolver. Je fis en sorte que mon frère lève les mains. Encore plus abasourdi que nous ne l'étions nous-mêmes, le flic nous menotta ensemble. Il nous fit traverser deux rues jusqu'à une fourgonnette de police, en nous poussant avec sa matraque. Il maîtrisait la situation, nous obligeant à rester devant lui, nous étions ses prisonniers. Jonah retrouva l'usage de sa voix. « Attends un peu que ta sœur entende ça. C'est reparti, elle va nous adorer. Comme à la grande époque. »

L'agent nous faisait avancer à petits coups dans le dos, se demandant encore pourquoi il ne nous avait pas assommés pour de bon. Pourquoi la voix l'avait arrêté.

Nous fûmes emmenés en fourgonnette avec une douzaine d'autres dans une prison auxiliaire d'Athens Avenue. Toutes les autres prisons étaient bondées. Des milliers de gens avaient été arrêtés. Tous les Noirs de Los Angeles étaient sous les verrous. Pourtant, les émeutes continuaient. Nous passâmes la nuit dans une cellule exiguë en compagnie de vingt hommes. Jonah adora. Il cessa de se plaindre que son bras le lançait.

Il tendit l'oreille, écoutant chaque inflexion de voix, chaque mot séditieux, comme s'il s'agissait d'une répétition en vue d'un nouveau rôle lyrique.

Dans la cellule, ce que nous entendions était un mélange âpre de menaces et de prédictions. Ceux qui s'exprimaient le mieux au sein du groupe témoignaient : « Ils peuvent plus nous arrêter. Ils le savent. On a déjà gagné, même s'ils nous coffrent tous et jettent la clé. Ils ont été obligés de faire appel à *l'armée*, mon pote. Ils ont besoin de *l'armée* contre nous. Tout le monde sait, maintenant. Et personne n'oubliera. »

On nous garda jusqu'au lendemain en fin d'après-midi. Notre agent de police se présenta et reconnut que nous n'avions fait que nous retrancher dans l'entrée d'un bâtiment. La moitié de ceux qui étaient encore prisonniers n'avaient rien fait de pire. Notre histoire tenait debout – la compagnie discographique, la voiture de location, Juilliard, notre agent, America's Next Voices – tout, sauf la raison pour laquelle nous nous étions retrouvés sur les lieux de l'émeute. Nous étions nécessairement des incitateurs, appartenant à une conspiration de Noirs-presque-blancs, cultivés, infiltrés dans la poudrière, pour qu'elle s'enflamme. À la façon dont les policiers nous traitaient, il était clair que nous étions coupables de bien pire que pillage, incendie criminel et voies de fait combinés. Nous avions tout – les avantages, les chances, on nous avait fait confiance. Nous étions l'espoir, l'avenir, et nous avions trahi. Notre crime était d'être venus faire du tourisme, d'être venus voir la ville qui partait en flammes. Les policiers nous insultèrent, nous poussèrent dans nos retranchements et menacèrent de nous garder en vue de nous faire passer en jugement. Mais finalement, dégoûtés, ils nous relâchèrent.

La police n'avait pas de temps à perdre avec nous. Le vendredi soir, il sembla évident que la nuit du jeudi n'avait été qu'un prélude. C'est le vendredi que le véritable incendie éclata. Les violences commencèrent tôt le matin, et gagnèrent en intensité tout au long de la journée. Le vendredi soir, Los Angeles s'enfonça dans le tourbillon infernal.

Nous l'entendîmes à la radio en nous rendant à l'aéroport. Aucun avion ne s'envola ni ne décolla cette nuit-là. On craignait qu'ils ne se fassent canarder. Nous restâmes pétrifiés à suivre les reportages, à regarder le brasier se propager. Rien en Asie du Sud-Est ne pouvait égaler cela. Les affrontements se déplacèrent de Watts au sud-est de la ville. Des tireurs embusqués visaient les policiers. Les forces de police tiraient sur les civils. Les policiers se tiraient dessus et accusaient les émeutiers. Six cents bâtiments furent totalement dévastés ; deux cents furent littéralement rasés. Des dizaines de personnes périrent de blessures par arme à feu, de brûlures, ou sous des bâtiments écroulés. Des milliers de membres de la Garde nationale se déversèrent dans les rues, au coude à coude, engendrant encore davantage d'anarchie. Jonah écouta les reportages, les lèvres comme plombées.

Nous demeurâmes toute la nuit à l'aéroport, en dormant encore moins que la veille dans notre cellule. Ce n'est que le samedi soir que nous pûmes avoir un avion pour New York ; treize mille membres de la Garde nationale avaient alors pris possession des rues de Los Angeles. La rébellion allait durer encore deux jours.

Pendant le long trajet du retour, Jonah tripota l'entaille qu'il avait au bras. Il regardait fixement l'arrière du siège devant lui en tremblant. Nous étions au-dessus de l'Iowa quand je trouvai le cran de lui demander : « Quand tu étais allongé par terre, là-bas ? Tes lèvres remuaient. »

Il attendit que je termine, mais j'avais déjà terminé. « Tu veux savoir ce que j'ai chanté ? » Il regarda autour de lui. Il se pencha en avant et murmura : « Tu ne peux pas savoir. Toute la partition était là, juste devant moi. Je n'ai eu qu'à la lire. Ça rendait bien, Joey. *Vraiment* bien. Je n'ai jamais rien entendu de tel. »

Après cette nuit-là, il n'a plus jamais eu la même voix. J'ai les enregistrements pour le confirmer.

22

Été 1941-automne 1944

Elle a entendu cette chanson toute sa vie. Mais ce n'est qu'après avoir épousé cet homme que Delia Daley entend la pleine voix de la haine. Avec l'arrivée du premier enfant. C'est seulement alors que le chœur de la vertu s'abat sur elle et gifle les membres de sa famille pour le modeste crime d'amour qu'ils commettent au quotidien.

Elle est coupable de la plus grande des folies, et pour cela doit être punie. Pourtant elle se réveillera en sursaut au milieu de la nuit, se demandant qui sont ceux qu'elle a pu offenser à ce point, pour qu'ils la harcèlent ainsi. Qui sont ces accusateurs qui refusent de pardonner ? Chaque fois qu'elle pense à ses péchés, elle en revient toujours au même point. Elle sait que les reconnaître signifie davantage que le contraire. Que la race n'est en rien statistique. Que ce que feront nos enfants est notre seule valeur. Que le temps fait de nous une autre personne, un peu plus libre.

Le temps, comprend-elle, n'exerce aucun effet de ce genre. Le temps perd toujours face à l'histoire. Les blessures infligées ont seulement été recouvertes et continuent de suppurer. Il y a une part enfantine en elle, affranchie, qui a cru que leur mariage pourrait guérir le monde. Au lieu de cela, leur mariage ne fait qu'aggraver le crime en agressant toutes les parties blessées. Elle et David disent juste que la famille est plus importante que la culpabilité. Pour cela même, il faut que la culpabilité se soulève et les punisse.

De grands espaces de vie lui ont toujours été interdits. Mais ceux qui restent lui laissaient une marge de manœuvre bien suffisante. À présent, ses aspirations les plus simples sont hors de portée. Elle aimerait marcher dans la rue avec son mari sans avoir à jouer la domestique. Elle aimerait pouvoir lui prendre le bras en public. Elle aimerait qu'ils puissent aller au cinéma ensemble, ou aller dîner quelque part, sans se faire expulser comme des malotrus. Elle aimerait pouvoir asseoir son bébé sur ses épaules, l'emmener faire les courses sans pour autant que tout le magasin en soit pétrifié. Elle aimerait pouvoir rentrer à la maison sans être couverte de venin. Cela n'arrivera pas de son vivant. Mais il faudra bien que cela se produise du vivant de son fils. La rage l'agrippe chaque fois qu'elle quitte la maison. Il n'y a que l'instinct maternel pour contenir toute cette rage.

Naguère, elle avait estimé que le fanatisme était une aberration. Maintenant qu'elle a uni sa vie à celle d'un Blanc, elle se rend compte que c'est le fondement même de l'espèce. Toute haine revient à protéger les valeurs de la propriété. Une goutte de sang, et la propriété est garantie. La possession : c'est les neuf dixièmes de la loi.

Les Noirs, bien sûr, lui font de la place. Sa famille, sa tante à Harlem, le circuit des églises, ses amies de l'université. Mme Washington, cette sainte, grâce à qui ils ont un toit au-dessus de la tête. Cet arrangement n'enthousiasme personne, bien entendu. Mais si l'identité blanche se définit par rapport à ceux qu'elle exclut, l'identité noire est faite de tous ceux qu'elle doit inclure dans ses rangs. Son garçon n'a rien de spécial. Les trois quarts de ceux qu'on dit « noirs » ont du sang blanc. Les droits ancestraux de la plantation : le propriétaire nie, le père renie. La différence, cette fois-ci, c'est juste que le père de son enfant reste avec elle.

Tous les Blancs à qui ils ont affaire ne sont pas des cas désespérés. Le groupe de collègues émigrés de son mari ne la considère pas comme plus déplacée que n'importe quelle femme. Ils ont vu des alliances plus improbables, des couples plus disparates encore. Les musiciens parmi eux viennent volontiers passer une soirée à la maison, prêts à faire de la musique, sur n'importe quel ton. Avec eux, pas de souci. Finie, l'époque où ils l'épiaient en attendant de voir combien de temps elle arriverait à marcher sur ses pattes arrière sans perdre l'équilibre. Mais ces hommes ne font pas tout à fait partie de ce monde. Ils vivent reclus dans les interstices de l'atome, ou là-haut, sur la trace des galaxies. Les autres gens constituent à leurs yeux d'irréductibles complications. La plupart de ces hommes ont fui leur propre foyer. Avoir le droit de vivre est déjà pour eux quelque chose d'énorme. Un sur deux est un réfugié : Polonais, Tchèques, Danois, Russes, Allemands, Autrichiens, Hongrois. Jamais Delia ne se serait doutée qu'il existait autant de Hongrois. La grande nation unie, cosmopolite, des dépossédés, juifs pour la plupart. Où donc ce groupe d'infortunés vivrait-il, hormis là où vit son David à elle – dans l'État sans frontières qui ne reconnaît aucun passeport, le pays des particules et des nombres ?

Il y a M. Rabi, qui a engagé David, et dont David dit qu'il transformera Columbia en une banlieue de Stockholm. Il y a M. Bethe, M. Pauli,

M. von Neumann – un trio d'étrangers insensés. Et M. Leo Szillard, qui est peut-être réellement fou, qui travaille nulle part, et dont toute la vie tient dans une valise, au King's Crown, l'hôtel où David est descendu quand il a débarqué à New York. M. Teller, et ses sourcils en broussaille, qui joue Bach si merveilleusement que ce doit être quelqu'un de bien. M. Fermi et sa femme, la superbe et ténébreuse Laura : ils se sont perdus sur le chemin du retour dans l'Italie fasciste, après s'être rendus en Suède pour recevoir le prix Nobel ; ils se sont retrouvés à New York, à l'université de Columbia. Encore un des collègues révérés de son mari.

Delia a craint ces hommes pendant des mois, elle détestait même les rencontrer. Elle leur serrait la main et bredouillait des banalités idiotes, tandis qu'ils la scrutaient des pieds à la tête, et elle avait beau faire tous les efforts du monde, elle n'arrivait pas à saisir ce qu'ils lui marmonnaient. Lors de la première soirée musicale qu'elle et David organisèrent, elle passa des heures dans la cuisine, se cachant derrière la porte fermée, s'inventant des corvées, tandis que ces hommes causaient boutique en des termes que sa mère aurait attribués au diable. Elle fit tout un raffut avec les poêles et les casseroles – la domestique de la maison – jusqu'à ce qu'un quatuor fasse irruption, leurs vestes maculées de vin et de miettes de gâteaux secs, en disant : « Venez. La musique commence. »

Maintenant ils lui inspirent plutôt de la pitié, que ce soient ceux qui s'excusent lorsqu'ils traversent la pièce, ou ceux – comme M. Wigner de Princeton – dont chaque mouvement est handicapé par quelque mystère impénétrable. C'est ainsi que David lui dit, parfois, lorsqu'ils sont allongés l'un contre l'autre dans le noir : « Plus tu regardes en profondeur, plus le projet de Dieu s'éloigne. À la limite des mesures humaines, c'est l'étrangeté infinie. » Résider dans un endroit aussi étrange doit nécessairement émousser l'importance que l'homme accorde à la « tribu ».

Les scientifiques étrangers ne font pas de chichis en sa présence ; cette aisance naturelle tient plus de l'ignorance que d'autre chose. Ils ne sont pas entravés par ce crime ancien qui paralyse leur nouveau pays. Quand ils la regardent, ils n'ont pas le réflexe de sursauter. Ils n'ont pas besoin de se défendre vis-à-vis d'elle. Ils partagent un peu son statut tacite d'exilée. Et pourtant, même ces Européens déboussolés sont porteurs de la maladie. Ces esprits sceptiques, tous empiristes, ne s'en remettent pas moins à des règles statistiques bien ancrées en eux, règles certes invisibles mais induites par ce qu'ils voient. Une hypothèse universelle si profondément admise qu'ils en ont oublié que ce n'était qu'une hypothèse. Le fait est, tous sont sous le choc en l'entendant chanter la première fois.

Et s'ils avaient raison ? Raison de la considérer comme une truite à qui il pousse des ailes. Au bout de vingt générations, la différence devient réelle. Cela détruit l'âme, personne n'en réchappe. Pas une journée ne passe sans qu'elle soit obligée de rendre des comptes au sujet des airs qu'elle choisit de chanter.

Son mari ne peut absolument pas la comprendre. Elle sent bien à présent la distance qui existe entre elle et lui. Jamais elle ne l'aurait épousé s'il n'y avait eu le môme égaré, le futur dissimulé dans lequel ils avaient été aspirés tous les deux en entendant les mots du petit gars perdu, ce jour-là, à Washington. Elle savait ce qu'il en coûterait à cet homme d'endosser sa citoyenneté à elle, de partager ce dont elle avait hérité à la naissance. Elle ne pouvait pas espérer lui épargner la vengeance des Blancs. Aussi est-elle abasourdie, nuit après nuit, de redécouvrir ceci : plus la pression de leurs agresseurs est forte, plus ils se serrent les coudes.

Il l'aime avec une telle simplicité, il est tellement imperméable aux croyances et aux *a priori*. Elle a connu l'amour inconditionnel – l'attention sans faille de ses parents, plus âpre, compte tenu de ce qu'ils ont vécu, plus dure, compte tenu du chemin qu'elle prend. Avec David, il lui suffit d'*être*. Elle aime la femme qu'elle voit quand il la regarde – la perfection d'une constellation hivernale, l'alignement régulier d'étoiles qu'il sait toujours retrouver.

Elle aime l'étonnement dont il fait preuve avec elle, ses explorations attentives et sa reconnaissance surprise. La tendresse de David a mûri dans le fût de l'être. La fascination des doigts de David parcourant son ventre rond et résistant lorsqu'il contenait le fruit de leur union. Avec lui, elle ressent un calme pudique, la légèreté d'un jouet en fer-blanc. Quand ils sont allongés côte à côte, le garçon dans son berceau, au pied du lit, leur timidité accrue par cette compagnie inédite, cet hôte qui chantonne, alors ils ne sont rien de particulier. Ils sont ici et nulle part ailleurs. L'air qu'ils jouent ensemble est une modulation constante, des tonalités éloignées l'une de l'autre mais qui retombent toujours sur le *do*.

On ne peut pas dire que David excelle dans l'accomplissement des corvées quotidiennes. L'entretien de la maison, ce n'est pas son fort. Son sens de l'hygiène est plus aléatoire que ses verbes irréguliers. Ses habitudes la rendent folle. Il est capable de laisser un litre de crème glacée sur la table de la cuisine et de tomber des nues deux heures plus tard en la retrouvant collée à ses semelles toutes poisseuses. Mais il rit de bon cœur. Pour un homme de théorie, il est remarquablement patient. Et pour un homme tout court, elle n'a pas souvenir de tant de gentillesse

Ça aide qu'il soit plus âgé qu'elle, qu'il soit capable de distinguer les vrais soucis des broutilles. Ça les sauve cent fois par mois qu'il ait des idées si peu arrêtées sur la manière dont les choses devraient se passer. Leurs petites divergences de chaque instant sont pour lui un délice. Il a jeté son dévolu sur l'une des phrases préférées de Delia, celle qu'elle a dite en s'exclamant le jour où elle l'a vu écrire le nombre sept. Il est rare qu'une semaine passe – il peut être en train de la regarder cuisiner un ragoût, payer une facture ou bien accrocher une photo – sans qu'il s'exclame : « Non, mais regardez-moi ça ! »

Auraient-ils connu moins d'étonnements complices qu'ils n'auraient pas tenu ensemble jusqu'à la première fête du Travail. Le gigantesque creuset qu'est New York est un véritable haut-fourneau ; cinq minutes passées dehors sur le trottoir menacent de les réduire en cendres. Mais chez eux, à l'intérieur, toutes les richesses leur appartiennent. Ils sont capables de reprendre n'importe quelle chanson ; ils n'ont pas de mal à faire coïncider harmonieusement deux airs choisis au hasard. Ils en viennent à aimer les mêmes compositeurs, au terme d'itinéraires tellement différents que chacun confirme la divergence de l'autre. Leurs accords tirent leur beauté de la dissonance ambiante.

Ils firent l'amour pour la première fois juste avant de se marier. Elle en fut étonnée, après tous ces mois d'une abstinence éprouvante pour les nerfs et d'étourdissants pelotages réprimés. C'est lui qui choisit le moment – Dieu sait qu'elle n'attendait pas de se faire passer la bague au doigt. Une fois qu'elle se fut officiellement prononcée, elle était à lui corps et âme. Toutes ces soirées où elle lui avait rendu visite à New York. Toutes ces soirées où il l'avait renvoyée chez sa tante. Toutes ces soirées où elle s'était dit : *Est-il possible qu'il soit à ce point détaché des choses de ce monde ? Ou alors, se réserve-t-il pour moi ?*

La semaine précédant le mariage, ils n'avaient toujours pas succombé. Tout en la caressant au-delà des limites jusqu'alors atteintes, David lui susurra : « La semaine prochaine, c'est la promesse officielle. Mais, ce soir, je fais ma promesse juste pour toi. » Quand ils eurent terminé, alors qu'elle était allongée, recroquevillée en elle-même, se demandant si c'était bien ce à quoi elle s'était attendue, incapable de se rappeler ce que ç'avait été, il lui sourit d'un sourire tellement confus qu'elle crut, l'espace d'un terrible instant, que quelque chose clochait.

Il agita la main derrière lui, comme pour saluer le passé. « Je sens un petit garçon assis sur mon épaule. Il est lourd. Comme un vieillard. Il veut que j'aille quelque part !

– Où ? demanda-t-elle en lui effleurant les lèvres.

– Sur le chemin que nous prenons ! »

Et puis ce petit garçon fut là. Et, à présent, un autre est en route. Plus leur famille grandira, plus ils seront à l'abri. David est tout aussi stupéfait par la deuxième grossesse de sa femme que par la première. Ils sont tous deux surpris par les humeurs et les désirs insatiables de la future maman. Elle devient impérieuse, placide, animiste, attentive à chaque craquement du parquet. Tout ce qu'elle veut, c'est se pelotonner contre son aîné, son deuxième dans son ventre, et que son mari monte la garde dans l'appartement, comme il surveillerait une tanière souterraine, confortable et sombre.

Attendre est tellement différent, la deuxième fois. Jonah donnait des coups de pied et protestait dans le ventre à toute heure du jour et de la nuit. Celui-ci ne cause pas le moindre souci. La première fois, les deux adultes étaient seuls. Cette fois-ci, ils ont ce bambin en or pour leur tenir compagnie et commenter leur étonnement. « Maman grosse. Fait un nouveau Jonah. Bébé arrive. »

David est un ange avec le garçon déboussolé. En fin d'après-midi, ils s'assoient ensemble sur le tapis du séjour, et construisent des villes à l'aide de paquets de flocons d'avoine et de boîtes de conserve, ils s'expliquent mutuellement comment fonctionnent les choses. Elle pourrait rester indéfiniment à les observer. Le garçon a les yeux de son père, la bouche de son père, l'air amusé et perplexe de son père. David arrive à comprendre les pensées les plus inarticulées de Jonah. Il tient l'enfant en haleine avec deux pinces à linge en bois et un bout de ficelle. Mais lorsque son petit garçon a peur ou est énervé, rien ne vaut de rester blotti contre sa mère, l'oreille contre sa poitrine, pendant qu'elle chante.

La guerre est finalement arrivée jusqu'à eux. Pearl Harbor est presque une déception ; elle et David l'attendaient depuis longtemps. Ce cataclysme est aussi une ligne de démarcation nette entre les deux naissances. Delia se force chaque jour à se rappeler qu'ils ont rejoint la catastrophe mondiale, tant sa vie a peu changé depuis que le Président a fait sa déclaration. Son pays est en guerre contre le pays de son mari, quand bien même il a renoncé à sa nationalité d'origine pour adopter la sienne. David, qui a prêté serment aux côtés d'une salle entière d'immigrants, tous souriants, forts de leurs connaissances de l'exécutif, du législatif et du judiciaire, acquises de fraîche date. David a insisté pour qu'elle lui apprenne toutes les paroles de cet hymne national inchantable, des paroles qui la font rougir quand elle essaye de les lui expliquer. David, le logicien, bataillant pour obtenir un commentaire sur la Déclaration d'indépendance, pourtant limpide. « Mais est-ce que ça ne signifierait pas... ? » Elle l'avertit : qu'il n'essaye surtout pas d'aborder ce sujet avec le juge qui prononcera sa nouvelle nationalité.

Ils décident de parler uniquement anglais avec les enfants. Pour éviter toute confusion, disent-ils. D'autres leçons viendront plus tard. Pour l'instant, quel autre choix ? Charlie, le frère de Delia, s'engage. Son père et Michael feraient de même sans hésiter, si l'armée acceptait les vieillards et les enfants. La nuit, elle a peur que David ne soit appelé sous les drapeaux. Ils ne l'enverraient pas se battre contre l'Allemagne, mais ils pourraient l'affecter dans le Pacifique. Ils prennent des hommes avec une vue encore pire.

« Ne t'en fais pas, mon trésor », dit-il.

Ça la rend folle. « Ne me dis pas de ne pas m'en faire. Ils vont prendre tout le monde. C'est déjà assez terrible d'avoir un frère en Caroline du Nord. Alors pas question que je te laisse partir.

– Ne t'en fais pas. Ils ne me prendront pas. »

La manière dont il le dit apaise Delia. Quelque privilège lié à son rang ? Assurément les professeurs d'université ne seront pas exemptés. Ses collègues, ceux qui viennent aux soirées musicales, des hommes qui font la navette entre une dizaine d'universités, comme s'ils travaillaient tous pour le même employeur, ne partageant rien d'autre qu'un anglais chaotique, un amour pour les mystères, et leur haine de Hitler : eux, ne partiront-ils pas comme tout le monde ?

« On a besoin d'eux ici », lui dit David.

Comment donc ? Il lui a toujours dit qu'il n'y a pas de travail plus inutile, plus abstrait que le sien. À l'exception peut-être de la musique.

Les trois dernières semaines de la deuxième grossesse de Delia sont pénibles. Sa voix devient plus grave, elle passe ténor. Elle interrompt ses leçons et abandonne même ses activités au sein de la chorale de l'église. Elle ne peut plus rester assise, ni debout, ni allongée. Elle ne peut pas tenir son enfant sur ses genoux. Elle est énorme. « Ma femme, la titille

David, elle commence comme une bagatelle de Webern et devient une symphonie de Bruckner. » Delia essaye de sourire, mais la peau lui manque.

Dieu merci, il est là quand ça arrive. Les contractions commencent à deux heures du matin, le 16 juin, et le temps que David l'emmène à l'hôpital, à dix rues de la maison, elle a presque accouché dans le couloir. C'est un garçon, un autre magnifique garçon. « Ressemble à sa mère, fait remarquer l'infirmière.

– Ressemble à son frère, dit la mère, encore dans les limbes.

– Nous sommes quatre, répète le père, médusé. Nous sommes un quatuor. »

Une nouvelle fois, l'État indique « de couleur » sur le certificat de naissance. « Et si l'on mettait "mixte" cette fois-ci ? demande-t-elle. Pour ne pas privilégier l'une des deux parties. » Mais « mixte » n'est pas une catégorie.

« Discret et non continu. » C'est son mari le physicien qui parle.

« Et les deux ne sont pas symétriques ?

– Non », répond-elle.

Voilà qui rend son mari perplexe. « La blancheur est récessive. Le noir est dominant. »

Elle rit. « Je ne dirais pas tout à fait ça.

– Mais réfléchis. La blancheur est perdue. C'est la catégorie d'exception. Le *sogenannt* cas de la pureté. Le noir, c'est tout ce qui n'est pas blanc. Ce sont les Blancs qui décident de cela, oui ? »

Les Blancs, entend-elle dire à son frère Charlie, *décident de tout*.

« Les Blancs devraient comprendre qu'avec le temps, c'est une idée qui les conduit à leur perte. Ils s'éliminent eux-mêmes, même si c'est au rythme d'une fraction de un pour cent chaque année ! »

Elle est trop épuisée, trop anesthésiée, trop extasiée, pour poursuivre cette conversation. Son bébé est son bébé. Son propre cas unique. Race : Joseph. Nationalité : Joseph. Poids, taille, sexe : rien d'autre que son bébé, son nouveau JoJo.

Mais l'hôpital se trompe aussi sur la couleur de ses yeux. Elle leur dit de rectifier : vert, pour la sécurité de son fils. Juste au cas où l'erreur reviendrait le hanter par la suite. Mais ils ne veulent pas rectifier. Ils ne voient pas le vert. Pour eux, la feuille et l'écorce sont de la même couleur.

Le bébé arrive à la maison pour que Jonah procède à l'inspection. La déception du frère aîné est infinie. Cette nouvelle créature ne veut rien faire d'autre que dormir et téter, téter et dormir. Une perversité totale, et ce qui enrage le plus l'enfant de dix-sept mois, c'est que les deux parents se font totalement avoir. Ils prennent tous deux soin de venir à tour de rôle auprès de Jonah, pendant que l'autre prend la relève auprès du nouveau bébé.

C'est tout ce que Delia souhaite. Tout ce qu'elle peut imaginer désirer. S'ils pouvaient figer le temps exactement ici. Fredonner pour chacun des enfants, les entendre fredonner. Jouer la mélodie fondamentale des jours.

Le cadet devient un peu plus mat de peau, conformément aux prédictions de sa mère. Il est plus sombre que son frère, mais il s'arrête à crème, avec une goutte de café. Avant même de savoir marcher, il aime se rendre utile. Il ne veut pas déranger sa mère, même s'il a faim. Delia s'en émeut. Avant même de parler, le petit fait tout ce qu'on lui demande.

Tous les deux ou trois mois, ils emmènent les enfants à Philadelphie. Pour les parents de Delia, ce n'est pas assez. « Chaque fois que je les vois, ce ne sont plus les mêmes petits bonshommes », dit Nettie Ellen sur le ton de la réprimande. Les jumelles habillent les garçons et les emmènent faire le tour du pâté de maisons, elles en prennent chacune un, et les présentent à tous les voisins assez insensés pour s'arrêter. Même le Dr Daley – son propre fils Michael était encore en culottes courtes il n'y a pas si longtemps – se métamorphose en vieux grand-père gâteux, à roucouler et gazouiller avec ses descendants.

Delia et David font coïncider une visite avec la première permission de Charlie depuis son transfert. Le frère fait irruption en uniforme dans la pièce où tout le monde est assemblé et chacun en a le souffle coupé. Il est parti à Montford Point en tant que citoyen de seconde classe, il en revient marine. Tout du moins suit-il la formation pour le devenir. 51e bataillon de défense. Ce choix n'est pas motivé par quelque attachement romantique et enfantin à cette unité. Il y a quelques mois encore, on lui avait dit que ça lui serait impossible. Le Dr Daley se lève pour serrer la main de son fils. Ils restent un instant debout, les mains jointes, puis interrompent cette poignée sans un mot.

« Seigneur, oh *Seigneur* ! » Nettie Ellen tripote l'uniforme.

« Lui-même, en personne. Avec sur le dos les mêmes vieilles nippes qu'on était censés ne plus jamais remettre. Eh oui. Et voilà de retour le bon soldat noir à qui l'ami Roosevelt a donné le droit de se battre !

– Fais attention à ce que tu dis, dit sa mère. Je t'ai pas élevé pour que tu dises du mal du Président.

– Non, maman. » Pur acte de contrition, assorti d'un clin d'œil à Delia.

« Tu ne m'as pas élevé comme ça. »

Les jumelles se pâment autour de lui. « Qu'est-ce que tu es beau ! » « Tu es divin. » « C'est toi et personne d'autre. » « Y a pas plus chouette ! »

« Vous avez remarqué, on dirait que ça les étonne », dit Charbon à David.

Si ce n'est qu'il n'est plus Charbon. Cet homme a renié le garçon qu'il était en partant de la maison. Il est devenu plus âgé que David, maintenant il a facilement une décennie de plus. Il a vieilli du jour au lendemain, parce qu'il a vu des choses que même Philadelphie n'a jamais vues. Au dîner, il les tient en haleine en leur racontant l'enfer des classes. « Ensuite ils nous ont lâché au milieu d'un marécage en pleine nuit. Deux jours avec juste un canif et un bout de silex. » William Daley contemple son fils avec fierté, il éprouve pour lui une estime qui confine à la rivalité. Quant au petit Michael, il meurt de jalousie.

« Tu es passé voir ton oncle et ta tante ?

– Pas encore, maman. Ils ne nous laissent pas sortir beaucoup de la base. Mais j'irai. »

Après dîner, il sort s'asseoir sur la véranda avec sa sœur, fumer une cigarette.

« On apprend ça aussi, chez les marines ? demande-t-elle.

– M'ont appris à en rapporter à la maison, en tout cas. » Il fait une sale tête. Comme lorsque les Blancs changeaient de trottoir plutôt que d'avoir à les croiser.

« Alors, qu'est-ce qui se passe, Char ? Pourquoi tu leur dis pas ? »

Il lui jette un regard, prêt à tout nier, si elle n'arrive pas à le coincer. Mais elle y arrive. Il écrase le mégot contre le béton du trottoir. « C'est une plaisanterie, Dee. Une très mauvaise plaisanterie. On est déjà en guerre, et on n'a même pas quitté le terrain de manœuvre. »

Elle fait tanguer son aîné sur ses genoux. Le petit Joey est en de bonnes mains, à l'intérieur, avec sa grand-mère et ses tantes. Elle bouche les oreilles de Jonah, elle veut le protéger de la colère de son oncle. Elle regarde Charlie qui écrase sa cigarette, et écrase en même temps les espoirs que Delia avait pu nourrir au sujet de cette guerre.

Il prend une profonde inspiration. « Tu crois qu'à Philadelphie, c'est la merde ? Comparé à la Caroline du Nord, c'est le royaume de l'amour fraternel, ici. Comment est-ce que la famille de Maman a pu survivre là-bas toutes ces années ? Impossible de se faire servir à déjeuner ailleurs que sur la base. On peut même pas se déplacer à Camp Lejeune, même en uniforme, sans être accompagné d'un Blanc. Un général blanc vient à Montford Point pour s'adresser aux premiers marines noirs de l'histoire, et tu sais quoi ? Il finit par nous dire droit dans les yeux à quel point il est choqué de voir une bande de négros porter cet uniforme qui, jusqu'à ce jour, n'avait jamais été souillé. »

Charlie enlève son béret et frotte ses cheveux coupés en brosse. « Tu veux voir mon contrat d'engagé ? Dessus, ils ont tamponné DE COULEUR en grosses lettres majuscules. Au cas où on s'en rendrait pas compte. Tu sais à quoi ça revient, tout ça ? Ça veut dire que le Président peut les obliger à nous compter dans leurs rangs, mais qu'il ne peut pas les forcer à faire de nous des vrais marines. Devine ce qu'ils ont prévu pour le 51e ? Nous serons stewards. Vont nous envoyer dans le Pacifique pour qu'on joue les employés des wagons-lits des bataillons blancs. L'ennemi nous tirera dessus. Et nous, on se cachera derrière l'huile et le vinaigre, on se défendra en leur balançant des flageolets. »

Le petit Jonah se libère de l'emprise de Delia, il essaye d'attraper un écureuil gris. L'écureuil se précipite en haut d'un arbre. Dérouté et les mains vides, l'enfant s'échappe dans le jardin entouré d'une barrière. Charlie observe son neveu. Le garçon ne le distrait pas longtemps. « Même avec toutes les conneries qu'il a fallu endurer ici... Avec tout ce qu'on a dû subir, jamais je n'aurais cru ça possible. La vie dans ce pays est un cauchemar éveillé. Les États-Unis ont rien à envier à Hitler, Dee. Je suis même pas certain que tout le monde, de ce côté-ci de l'Océan, ait vraiment envie de faire tomber cet enculé.

– Chut, Charlie ! » Il se tait, mais uniquement parce qu'elle est sa sœur aînée. « Ne dis pas n'importe quoi. » Elle voudrait lui donner quelque chose, une vérité qui contrebalancerait tout ça. Mais à présent ils sont tous les deux trop âgés pour se bercer d'illusions. « C'est le même combat, Char. » Et, qui sait ? Peut-être qu'effectivement, c'est le même combat. « Tu es dedans. Tu te bats. C'est la guerre. »

Un sourire apparaît sur le visage de Charlie, qui n'a rien à voir avec elle. « À propos de guerre. Si ta petite terreur arrache encore une rose du jardin de Maman, on est tous morts. » Avant qu'elle puisse faire un pas en direction de Jonah, Charlie siffle. Le son perçant, d'une grande pureté, arrête immédiatement Jonah. « Hé, soldat. À vos rangs. Tout le monde au rapport ! » Le petit garçon sourit et, lentement, malicieusement, fait non de la tête. Charles Daley, 51e bataillon du corps des marines US, lui répond en faisant oui de la tête. « Il est vraiment clair de peau, ce môme, non ? »

Ils ne descendent pas à Philadelphie aussi souvent qu'ils le devraient. Elle compte les semaines d'après les poussées de croissance de ses garçons. Elle tâche de ralentir les changements qui s'opèrent en eux, mais en vain. Sa mère a raison : ce sont des petits bonshommes différents chaque fois qu'ils se présentent à la table du petit déjeuner. David aussi : c'est ça le plus effrayant. Il change trop vite, elle n'arrive pas à s'y faire. Ce n'est pas qu'il soit froid, il est seulement préoccupé. Chaque être humain dans le monde, lui dit-il, fonctionne selon sa propre horloge. Certains avec une heure ou deux de retard, certains avec des années d'avance. « Toi, lui dit-elle – à lui, une des sources de son amour –, toi, tu es ton propre méridien de Greenwich. »

À présent il est en avance sur elle – pas de beaucoup : cinq minutes, peut-être dix –, juste assez pour qu'elle le manque. Elle cherche au fond d'elle-même la raison. Le corps de Delia a un peu changé depuis qu'elle a eu les garçons. Mais ça ne peut pas être ça ; dans ces moments où ils se retrouvent, la paume de David se pose au creux de son dos. Le nez encore enfoui dans son cou, stupéfait, il remet sa pendule à l'heure de Delia, il se remet à son rythme, savourant la magie de l'instant d'après. Elle s'inquiète : et si, d'une certaine manière, c'étaient les garçons, avec leurs réclamations constantes ? Pourtant, il leur est plus dévoué que jamais, il relit interminablement à Jonah des comptines, il amuse Joey tout le dimanche avec le rayon lumineux dansant d'un miroir de poche.

Il voyage trop. Elle connaît par cœur les horaires des trains pour Chicago de la Broadway Limited. Son M. Fermi adoré a monté un labo là-bas, à l'université. David y va si souvent qu'il pourrait tout aussi bien être salarié de l'université de Chicago.

« On va déménager ? » demande-t-elle. Elle s'efforce d'être bienveillante, d'être une bonne épouse. Résultat : elle semble toujours se plaindre.

« Pas si tu ne le souhaites pas. » Ce qui, d'une certaine manière, effraie Delia encore davantage. Elle n'a jamais été du genre à laisser libre cours à son imagination. Mais son imagination n'a pas besoin de s'enfuir ; son imagination a tellement de temps libre désormais, qu'elle peut couvrir n'importe quelle distance au rythme tranquille de la promenade.

David est appelé à Chicago la veille du deuxième anniversaire de Jonah. Elle s'en étonne. « Comment peux-tu louper ça ? » Jamais elle ne s'est montrée aussi acide depuis qu'ils sont mariés.

Il baisse la tête. « Je leur ai dit. J'ai essayé de changer. Quatorze personnes ont besoin de moi ce jour-là.

– C'est qui, ces quatorze personnes ? »

Il ne le dit pas. Il ne veut pas parler de ce qui se trame. Il lui laisse imaginer le pire. Il fait un geste pour l'apaiser. « Ma Delia. C'est déjà demain, de l'autre côté du fuseau horaire. » Aussi font-ils une fête un jour plus tôt, avec des chapeaux en papier journal, et un orchestre de peignes et de papier ciré. Les enfants sont ravis, les adultes circonspects et malheureux.

Le lendemain, elle est seule avec les garçons. Ils sont au piano, Joey, sur ses genoux, essaye d'atteindre les touches, Jonah, assis sur le banc à côté d'elle, appuie sur les toniques pour accompagner le *Happy Birthday* qu'elle joue de la main droite. Elle fait plus de fausses notes que son fils. Elle sait ce qui se passe. C'est quelque chose de *blanc*. Aucun homme dans ce monde ne choisira de rester avec quelqu'un de foncé à moins d'y être obligé. Ce soir-là, elle s'endort sur cette pensée, et c'est cette même certitude qui la tire du sommeil à trois heures du matin. Il y a une femme blanche. Ce n'est peut-être pas sexuel. Juste une affinité. Quelque chose qui arrive simplement à David, quelque chose de confortable, de familier. Au bout de presque trois ans, il a découvert que le fait que sa femme soit noire est plus qu'une circonstance. Il ne suffit pas de nommer la distance pour la faire disparaître.

Ou bien ce n'est peut-être même pas une femme. Peut-être juste des simagrées de Blancs, des cachotteries de Blancs. Des choses qu'elle ne comprend pas, quelque chose dans la vie dont les Blancs l'ont toujours exclue. Ce monde-là, qu'a-t-il jamais fait d'autre que lui échapper ? Pourquoi cet homme serait-il différent ? Il aura repéré quelque défaut en elle, une imperfection qui confirme la règle. Quelle folie de la part de Delia d'avoir pensé qu'ils pouvaient sauter par-dessus le balai, de penser qu'ils pouvaient passer outre la loi du sang, tout ça au nom de quelque chose d'aussi fragile et d'aussi entravé que l'amour.

Ces pensées viennent se nicher en elle à cette heure indue, cette heure de la nuit où l'on a beau savoir qu'une pensée est folie pure, cela n'aide en rien à la bannir. La frousse est logée sous sa peau, elle la mutile. Le simple fait de ressentir cette mutilation prouve qu'ils ne devraient pas être ensemble, elle et lui, qu'ils n'auraient jamais dû essayer. Mais il y a aussi ses garçons, son JoJo. Eux aussi prouvent quelque chose, uniquement par leur physionomie : une preuve au-delà de toute preuve existant en ce monde. Elle se lève pour aller les regarder dans leur lit. Leur simple respiration pendant le sommeil aide Delia à tenir jusqu'au matin.

Maintenant qu'il fait jour, elle fait le vœu d'attendre que son mari aborde lui-même le sujet. Question de loyauté. Il finira par lui dire. Mais il ne lui a encore rien dit. Quand ils se sont mariés, ils ont fait vœu de ne laisser aucun mensonge s'immiscer entre eux. Maintenant, elle fait ce vœu plus modeste, uniquement pour qu'il trahisse ce vœu visiblement plus important qui l'oblige à garder le silence.

« Qu'est-ce que c'est ? » lui demande-t-elle. Il est à peine descendu du train qu'elle le coince. « Dis-moi ce qui se passe là-bas.

– Ma femme », dit-il. Il la fait asseoir. « J'ai un secret.

– Eh bien, tu as intérêt à me le raconter, sinon c'est avec saint Pierre que tu le partageras, ton secret. »

Il plisse le front, il essaye de savoir ce qu'elle a en tête. « J'ai prêté serment, je n'ai pas l'autorisation d'en parler. Pas même avec ton saint Pierre. »

Je croyais que c'était à moi que tu avais juré fidélité. Dans mon pays, on s'entraide pour échapper à la loi.

Dans le silence de sa femme, il entend ce qu'elle a à lui dire. Il lui dit ce qu'elle sait déjà. « Un travail en rapport avec la guerre. Un travail sous très haute sécurité.

– David, dit-elle, presque abattue. Je sais ce que tu étudies. Comment est-ce que ton travail pourrait avoir le moindre... ? »

Il rit avant même qu'elle ait formulé sa pensée. « Oui ! Inutile. Ma spécialité est absolument inutile. Mais ils ne se servent pas de moi pour ma spécialité. Ils se servent de moi pour que je les aide sur une idée qui en découle. »

Tout découle de sa spécialité. C'est comme ça qu'il a décroché son poste, pour commencer. Son aptitude légendaire à résoudre les problèmes des autres, à s'asseoir au déjeuner et à griffonner des pistes, des amorces de solution pour des questions sur lesquelles ses collègues séchaient depuis des mois.

« Laisse-moi deviner. L'armée est en train de te faire fabriquer une bombe à retardement. » Le visage de David se tord, pire que n'importe quelle angoisse de trois heures du matin. « Oh mon Dieu ! » Elle se couvre la bouche de la main. « Ce n'est pas possible. » Elle est prête à en rire, à condition qu'il veuille bien la laisser rire.

Il ne veut pas. Le serment les concerne maintenant tous les deux. Il lui raconte le secret qu'il n'a le droit de raconter à personne. Il ne laisse aucune preuve, ne dessine rien. Mais il lui dit. Oui, c'est une histoire de Blancs. Mais ça ne vient pas de lui. Il a été embarqué là-dedans, ainsi que des centaines d'autres gens. Une chose monstrueuse, une chose susceptible de mettre un terme au temps, construite dans le plus grand secret, ici, et puis là-bas, dans l'Ouest.

« Moi, je ne fais pas grand-chose. Juste les mathématiques.

– Est-ce que les Allemands sont au courant ? »

Il lui parle de ses vieux amis de Leipzig, Heisenberg et les autres, ceux qui n'ont pas émigré. « La physique – il hausse les épaules – est allemande. »

Il est obligé de faire le voyage chaque fois qu'on a besoin de lui. Sans discuter. Cela pourrait mettre fin à la guerre. Cela pourrait faire revenir Charlie, et tous les autres. Éviter le malheur à ses enfants.

« Maintenant, je suis ton prisonnier. Maintenant que je t'ai dit ça. Dès que tu voudras me faire... » Il se passe le doigt en travers de la gorge et émet un bruit d'étranglement. Elle lui arrête la main. *Ne plaisante pas avec ça.* Il reste avec elle un peu plus longtemps, ni l'un ni l'autre ne bougeront d'ici.

« Un beau jour, tu sais... dit-il. Il faudra que toi aussi tu me dises quelque chose. Quelque chose que tu ne peux raconter à personne.

– Je l'ai déjà fait. »

Joey fête son premier anniversaire. Cette fois-ci, David est à la maison. Toute la famille est assise au piano pour explorer *Happy Birthday*, chacun a une main sur les touches, et le jeune élu se joint aux autres en poussant des cris de joie.

Pendant tout l'été, David voyage beaucoup. Il est absent cette première soirée d'août, lorsque la police tire sur un soldat noir en uniforme, à l'hôtel Braddock. Delia a mis la radio, de la musique classique – c'est le rituel quand elle couche les garçons. Ils n'ont pas envie d'aller dormir avec cette chaleur. Il leur faut un ventilateur, de la musique et une fenêtre ouverte. Il est onze heures du soir passées, et elle dort, lorsque soudain on frappe à la porte. Elle se lève tant bien que mal et enfile une robe de chambre. Les coups sont de plus en plus frénétiques. De l'autre côté, elle entend une voix haletante. Terrorisée, elle s'approche à petits pas de la porte. « Qui est-ce ? » Son cerveau s'extirpe lentement du sommeil, comme on quitte un pays occupé. La porte s'entrouvre et elle pousse un cri. Les garçons se réveillent ; Joey se met à pleurer. « David ? » lance-t-elle dans le noir. « David ? C'est toi ? »

Son cœur se remet à battre, lorsqu'elle distingue Mme Washington, leur logeuse, encore plus paniquée que Delia. « Oh, Seigneur, Mme Strom. C'est partout. La ville est en feu ! »

Delia essaye de l'apaiser et la fait entrer dans le séjour. Mais Mme Washington refuse de s'asseoir. Si c'est la fin du monde, elle tient à rester debout. Les garçons se sont levés, ils s'agrippent à leur mère, pleurnichent. Ce qui a l'avantage de forcer Mme Washington à se reprendre pour aider à les consoler. Mais ensuite, à voix basse, comme pour s'assurer que les garçons ne l'entendent pas, elle confie à Delia : « Ils arrivent par ici. Je le sais. Ils vont s'en prendre aux belles maisons. Détruire ce qu'on a. »

Inutile de demander qui. La réponse la plus simple serait déjà démente. Les lois extérieures n'ont plus cours. C'est tout ce qu'ils ont le droit de savoir. Delia gagne la pièce qui donne sur la rue et tire les rideaux. Quelques personnes se retrouvent dehors, choquées, en peignoirs et robes de chambre. Delia commence à enfiler des vêtements à la hâte. Mme Washington s'écrie : « Surtout ne sortez pas ! Ne nous abandonnez pas ! » Les garçons se ressaisissent, prêts à la protéger. Mais un autre enfant l'appelle du dehors – une voix plus calme, plus effrayée. Quelqu'un qui a des ennuis, une fille dont elle connaît la voix, mais que pour l'instant elle n'arrive pas à reconnaître. Un son qui s'élève au-dessus du brouhaha, qui l'appelle par son nom, qui l'oblige à quitter son abri ; elle n'a pas le choix.

Delia sort de la maison, elle fait quelques pas sur le trottoir, comme tous les jours. Mais à l'extérieur, rien ne va plus. Elle s'enfonce dans une colonne d'air surchauffé, une chorale de sirènes proches et lointaines se déclenche, gémissant en vagues successives, telles des bêtes blessées. Au bout de la rue, vers l'est, elle voit un halo orange pâle collé au ciel. Derrière, une volute monte vers le sud. Elle entend un murmure, comme le ressac. Après avoir correctement tendu l'oreille, elle se rend compte que ce sont des gens qui hurlent.

Il y a de grands immeubles en feu. Le rougeoiement semble provenir de l'hôpital Sydenham. C'est un rugissement de sirènes, celles de la police, des pompiers et des dispositifs antiaériens : les premiers bruits de guerre qu'elle entend depuis ces vingt derniers mois. Harlem se soulève, bien décidé à faire subir au pays ce que celui-ci lui fait subir depuis toujours. Delia interroge tous ceux qui veulent bien s'arrêter, mais personne n'est au courant. Ou bien tout le monde est au courant, mais il n'y a pas deux récits qui concordent. La police a tué un soldat qui défendait sa mère, ils l'ont tué d'une balle dans le dos. Un groupe armé a encerclé le commissariat 28. Un millier de personnes. Trois mille. Dix mille. Une bataille rangée sur la Cent Trente-Sixième. La foule retourne des voitures, les saccage à coups de battes de base-ball. La vague de destruction se déplace d'une rue à l'autre en direction du sud. Non – du nord. Le fléau arrive par ici.

Elle regarde la foule devenir plus compacte. Même dans cette rue jusqu'à maintenant épargnée, des cercles se forment, les gens sont effrayés, électrisés. De jeunes gars se dirigent au pas de course vers les flammes. Des années de rage accumulée, refoulée les a métamorphosés en diamants : durs, incisifs. D'autres s'enfuient vers l'ouest, vers une ville en pleine dissolution. La plupart se tiennent immobiles, on a trahi leur confiance. Dans la fournaise de la nuit, l'air qui pénètre la bouche de Delia a un goût de brique incandescente, l'odeur des bâtiments incendiés. Elle se retourne et voit leur maison entièrement brûlée. L'image est tellement réelle qu'elle sait que c'est déjà arrivé. Elle pousse un cri qui vient s'ajouter au concert des voix de la rue, et part en courant, elle ne s'arrête qu'une fois barricadée à l'intérieur, les rideaux tirés.

« Écartez-vous des fenêtres », dit-elle aux enfants. Elle s'étonne de son propre calme. « Venez, tout le monde. Asseyons-nous dans la cuisine. On sera mieux là-bas.

– Ils arrivent par ici, s'écrie Mme Washington. Ils vont venir par ici et prendre les belles maisons. C'est ça qu'ils cherchent.

– Silence. C'est à des kilomètres. Ici, on ne craint rien. » Elle sait que c'est un mensonge au moment où elle le dit. Ce qu'elle a vu – sa maison incendiée dont il ne reste que les quatre murs – est maintenant aussi réel en elle que n'importe quel événement passé. Ils ne devraient pas se terrer ici, acculés, à attendre que la fin vienne les chercher. Mais où aller, sinon ? Harlem brûle.

Les garçons n'ont plus peur. La nuit est un jeu, on y enfreint clairement les règles. Ils veulent de la citronnade. Ils veulent de la glace au sirop. Elle leur apporte tout ce qu'ils réclament. Elle et Jonah montrent à Mme Washington comment ils chantent *My Country, 'tis of Thee*, en harmonie avec le petit Joseph qui marque la mesure en tapant sur une casserole retournée.

Elle tend discrètement l'oreille vers la pièce du devant, ses craintes se confirment : les cris se rapprochent dans la nuit. Elle maudit David d'avoir choisi ce soir pour s'absenter. Quand bien même elle saurait le joindre, elle ne le pourrait plus, maintenant. Et puis, soudain, elle se rappelle, et elle se rend compte de la chance qu'ils ont. S'il avait été là ce soir, c'eût été la fin pour eux tous.

« Rien ne changera jamais pour nous. » Mme Washington parle comme en prière. « Ça sera toujours comme ça.

– Je vous en prie, Mme Washington. Pas devant les garçons. »

Mais les garçons se sont pelotonnés, chacun sur son petit tapis ovale, comme deux îles juchées au milieu de la mer immense du plancher. Delia fait le guet, prête à les faire sortir en vitesse par-derrière si l'émeute arrive jusqu'à eux. Pendant toute la nuit, elle entend quelqu'un au-dehors, dans la fournaise, qui l'appelle. C'est ainsi qu'ils restent tous les quatre assis, tandis que la marée de violence vient lécher le coin de leur rue, culmine en une vague de furie impuissante pour refluer juste avant l'aube.

Le jour se lève, silencieux. La furie de la veille s'est dissoute et n'a strictement rien changé. Delia se lève, hébétée. Elle s'avance jusqu'à la pièce qui donne sur la rue. Surprise : tout est encore là. Pourtant, Delia a vu. La maison avait disparu. Or, elle est de nouveau là. Comment faire coïncider ces deux certitudes ?

Mme Washington attire Delia contre elle, elle l'étreint de toutes ses forces avant de retourner chez elle. « Mille fois merci. J'étais morte de peur, et vous avez été là. Je n'oublierai jamais ce que vous avez fait pour moi.

– Oui », répond Delia, encore confuse. Puis : « Non ! Je n'ai rien fait. » C'est d'ailleurs ce qui a dû leur sauver la vie. Rester tranquille, à attendre que le danger s'éloigne.

Quand David revient, deux soirs plus tard, elle essaye de lui raconter. « Est-ce que tu as eu peur ? » demande-t-il. Mais le poids de mots étrangers pèse tellement sur lui qu'il essaye à peine de comprendre ce que pourtant il faudrait qu'il sache.

« On est restés assis là, tous les quatre, à attendre. Je savais ce qui allait se passer. J'avais le sentiment que tout était décidé. Déjà fait. Et puis...

– Et puis il ne s'est rien passé.

– Et puis il ne s'est rien passé. » Elle secoue mollement la tête, refusant l'évidence. « La maison est encore là.

– Encore là. Et nous tous, encore là, aussi. » Il la prend dans ses bras, mais entre eux la confusion s'accroît. Il demande : « À cause de quoi, cette émeute ? » Elle répond : une arrestation dans un hôtel. Un soldat a essayé d'intervenir quand des policiers ont voulu arrêter une femme. « Six morts ? Des immeubles incendiés ? Tout ça pour une arrestation ?

– David. » Elle ferme les yeux, épuisée. « Tu ne peux pas comprendre. Tout simplement, tu ne peux pas comprendre. »

Elle voit que ça le pique au vif, que ça lui reste en travers de la gorge : c'est un jugement. Un reproche. En scientifique rationnel, il essaye de la suivre. Mais il ne peut pas. Il ne peut pas savoir la pression, les millions de vies entaillées, jusqu'à ne plus être qu'une fine pointe, la lame qui s'enfonce en vous chaque fois que vous essayez de faire un mouvement. Il ne peut même pas commencer à mettre cela en équation. C'est une histoire dans laquelle on fait irruption, qui a commencé bien des siècles avant notre naissance. Pour un Blanc, c'est juste une histoire de femme ivre qui n'a pas respecté la loi. Mais pour ceux que la loi efface, c'est à chaque fois la peine de mort qui prévaut, irrévocable.

David enlève ses lunettes et les essuie. « Tu dis que je ne peux pas comprendre. Mais est-ce que nos garçons pourront comprendre, eux ? »

Deux jours après l'émeute, les garçons ont déjà oublié. Mais il y a quelque chose en eux qui se rappellera cette nuit, cachés dans la cuisine, alors qu'ils étaient trop jeunes pour comprendre quoi que ce soit. Appréhenderont-ils l'émeute comme leur mère, ou bien comme leur père, lui qui ne peut pas comprendre ? « Oui, il le faudra. Quelque chose en eux le comprendra. » Comme s'ils avaient le choix, comme si ce sentiment n'était pas inscrit dans chacune des cellules de leur corps.

David lève les yeux, la supplie de l'admettre, lui. Ses fils ne seront pas les siens. Chaque recensement les séparera. Chaque inventaire. Elle voit le monde retirer à David ses enfants esclaves, ils se font enterrer vivants dans une tombe anonyme. Nous ne nous appartenons pas. Il faut toujours que d'autres nous gouvernent. David pince les lèvres jusqu'à ce qu'elles soient exsangues. « Folie. Toute l'espèce. » Elle écoute son diagnostic sans broncher, elle reste assise. Son homme souffre terriblement. La souffrance de sa famille, disparue à Rotterdam sous les bombardements. La souffrance de sa famille, qui se terre dans l'obscurité d'un Harlem en feu, pendant que lui est absent. « Rien ne change jamais. Le passé nous gouvernera toujours. Pas de pardon. On ne s'échappe jamais. »

Ces mots effraient Delia plus encore que les sirènes nocturnes. C'est la fin pour elle, cet homme vient de prononcer une condamnation globale, lui qui a tant besoin de croire que le temps est synonyme de rédemption pour tous. Et pourtant, elle ne peut pas le contredire. Ne peut pas lui offrir de refuge qui pourrait le protéger de l'éternité. Elle voit le mathématicien lutter contre la logique folle qui l'enferme : les gens de couleur ici, les Blancs là-bas. L'oiseau et le poisson peuvent construire leur nid. Mais l'endroit où ils s'installeront sera sapé à la base.

« Peut-être que nos garçons, ils n'ont pas quatre options. »

Elle lui effleure le bras. « S'ils pouvaient au moins en avoir une...

– L'appartenance nous tuera. »

Elle détourne la tête pour qu'il ne voie pas, et elle pleure. Il pose une main sur la nuque de sa femme, sur ses épaules, un roc. Il glisse la main en douceur, comme de l'eau sur ce rocher. Peut-être... si le temps des humains était celui de l'érosion... Si les humains pouvaient vivre à la vitesse des pierres. Elle ne lève pas la tête.

« Mon père en avait fini avec tout ça : "Notre peuple. Le peuple élu. Les enfants de Dieu." Ceux qui en étaient et ceux qui n'en étaient pas. Cinq mille ans, ça suffisait. Un juif, ce n'était pas de la géographie, pas une nation, pas une langue, pas même une culture. Des ancêtres en commun, c'est tout. Il ne pouvait pas être identique à un juif de Russie, d'Espagne ou de Palestine, qui est en tous points différent, si ce n'est qu'il est de "notre peuple". Il avait même convaincu ma mère, dont les grands-parents étaient morts dans les pogroms. Mais c'est là que c'est drôle. » Il se frotte les lèvres du bout des doigts, elles se contractent en un mouvement réflexe. Elle le sait ; elle le sait. Il n'a pas besoin de le dire. « Le plus drôle... »

C'est que ses parents sont quand même des élus.

Elle lève la tête pour le regarder. Elle a besoin de savoir s'il est encore là. « Delia, nous pouvons être notre propre peuple. » Et renouer avec leur vœu initial. Un vœu qui tout le temps se brise, tout le temps doit être régénéré. « Juste nous.

– Qu'est-ce qu'on dira à ces garçons ? »

Elle est unie à lui. Elle fera tout pour apporter de la joie à cet homme, à ce peuple solitaire fait d'une seule personne. Tout, y compris mentir. Aussi s'engage-t-elle en faveur de ce qui causera sa propre perte : l'amour. Elle pose la main sur la nuque de David, parachevant la symétrie qu'il a esquissée. « On leur parlera de l'avenir. » Le seul endroit supportable.

David laisse échapper un grognement. « Lequel ?

– Celui que nous avons entrevu. »

Puis il se rappelle. De nouveau il s'accroche à un rien, à un arbre sur une face de rocher, enraciné dans une maigre couche de terreau. « Oui. Là-bas. » L'avenir qui les a conduits jusqu'ici. L'avenir qu'ils initient. Le travail de toute sa vie doit leur permettre de trouver de tels points de jonction, de tels embranchements. Des dimensions inédites apparaîtront, parce que eux deux les auront parcourues. Ils peuvent en définir lentement la géographie, dessiner l'avenir le plus favorable. D'un mois sur l'autre, un enfant après l'autre. Leurs fils seront les premiers. Des enfants d'un nouvel âge. Les conquérants d'une nouvelle terre, au-delà des races, des deux races, d'aucune race, de l'espèce humaine simplement : un métissage uni, comme les notes qui se joignent pour former un accord.

L'Amérique doit elle aussi créer son propre avenir, s'y engager sans perdre une seconde. La transcendance nazie – l'ultime flambée de l'ordre mondial de la culture blanche – oblige le pays à procéder à un nettoyage général. Les troupes aéroportées de Tuskegee, la 758e division blindée, les 51e et 52e divisions de marines, et une flopée d'autres unités composées de Noirs sont envoyées sur tous les points sensibles. Quel que soit l'avenir sur lequel cette guerre débouchera, ce ne sera plus jamais l'avenir tel qu'on le concevait hier.

Delia reçoit une lettre de Charles en janvier de l'année 1944. Il a été affecté au groupe d'artillerie du littoral.

> Nous entamons notre première offensive majeure – une invasion des forces ennemies fortifiées de Géorgie, d'Alabama et du Mississippi. Si nous arrivons à former une tête de pont et à avancer, nous projetons d'investir de dangereux territoires – le Texas, le Nouveau-Mexique et l'Arizona. Nous établirons alors un périmètre de sécurité à San Diego. De là, nous nous embarquerons pour faire connaissance avec les Japonais, ce qui devrait être du gâteau, comparé aux peuplades qui vivent dans ce coin.

Il envoie un autre message à la mi-février de Camp Elliott, en Californie :

> Bons baisers de Tara West... On a ici une équipe spécialisée dans le quatre-vingt-dix millimètres, qui peut te dégommer une cible mouvante en moins d'une minute. Montre-moi une bande de Blancs qui sera capable d'en faire autant. Mais hier soir, figure-toi, quand

les gradés ont décidé de nous projeter un film en plein air, cette même équipe dont je te cause, ainsi que l'ensemble du 51e, a été reléguée tout au fond, derrière des milliers de petits Blancs qui, je suppose, ont pas dû en mener large, coincés entre nous et l'actrice Norma Shearer, ici on ne mélange pas les races. (Prends pas ça pour toi, frangine.) Ensuite, nous autres, les marines, on n'avait plus trop envie de rentrer au bercail. Bref, on s'est fait jeter comme un seul homme. L'endroit s'est transformé en foire d'empoigne, et quelques dizaines de gaillards ont fini derrière les barreaux. On s'embarque demain sur le *Meteor* – et je peux te dire, c'est pas trop tôt, en ce qui me concerne. Je suis impatient de quitter ces côtes pour tenter ma chance dans les îles sauvages et non civilisées, tu peux même pas imaginer. Garde un œil sur le front domestique, Dee. Je veux dire, sois sur tes gardes.

Delia parle à David, au lit, ce soir-là, avant sa prochaine escapade dans l'Ouest. « Dépêche-toi de finir ton travail. » Ce rapide petit saut dans le futur qui sauvera tous ceux à qui elle tient. L'idée prend forme en elle, en cet espace qui précède la pensée. Il faut qu'elle protège ses garçons du présent, il faut qu'elle préserve ce bonheur universel, qu'elle refuse de le réduire à ce qu'ils sont, qu'elle leur apprenne à chanter pour franchir toutes les barrières derrière lesquelles l'esprit humain s'est toujours dissimulé.

Si bien qu'elle a l'impression que c'est un message venu de l'espace ; ça se passe un soir, en début d'année, le printemps fait craqueler la croûte d'un hiver devenu insupportable. Elle baigne Joey dans sa petite baignoire, David écoute le Philharmonique de New York, installé dans son fauteuil, le bras passé autour de Jonah, quand un morceau pour orchestre, intitulé *Manhattan Nocturne*, se faufile par le poste à galène jusque dans leur maison de location. Le morceau est délicieux, d'une sonorité ample et grandiose, tout en comportant des nuances anachroniques. Chantable, aussi. Vers la fin, elle fredonne en même temps, elle souffle le thème contre le ventre d'un Joey qui glousse, comme si le corps de son bébé était un kazou.

Elle perçoit la musique sans vraiment y prêter attention. Mais ce que dit ensuite le présentateur de sa voix suave la frappe comme un présage. Le compositeur est une fillette de treize ans, elle s'appelle Phillipa Duke Schuyler. Et comme si cela n'était pas déjà suffisamment improbable, la fillette est métisse. Delia manque de piquer son fils avec une épingle à nourrice, mais Joey ne lui en veut pas. Elle croit avoir mal entendu, jusqu'à ce que David fasse irruption dans la pièce, la mâchoire pendante. Ses yeux se remplissent d'une sorte de frayeur satisfaite. « Une centaine de compositions au piano avant l'âge de douze ans ! »

Delia regarde son mari, elle a l'impression qu'ils viennent d'échapper à la prison à laquelle les lois de dizaines d'États américains les condamnent tous les jours. La fillette a un QI de 185. Jouait du piano à l'âge de trois ans, et a commencé le circuit des concerts à l'âge de onze ans. Ainsi, quelqu'un est parti en éclaireur, a défriché le terrain de ces contrées nouvellement découvertes. Le continent existe déjà, et il est habité.

Le père de la fillette est journaliste, sa mère est la fille d'un fermier du Texas. Le père a écrit un compte rendu méticuleux sur son prodige dans le *Courier*, que Delia s'empresse de se procurer. Les principes sont simples. Lait cru, germes de blé, et huile de foie de morue. Enseignement intensif – des cours à la maison, dispensés sans interruption par les parents. Mais le véritable secret, c'est ce vieux truc connu de tous les éleveurs de l'Ouest : la vigueur qui découle de l'hybridation. C'est le b.a.ba de la reproduction agricole. Les enfants issus de parents de races différentes – cette fille de génie en est la preuve – représentent une nouvelle « lignée » aux traits panachés plus robustes que ceux de l'un ou de l'autre de ses parents. M. George Schuyler va plus loin. Les vigoureux enfants métis constituent l'unique espoir de ce pays, le seul moyen de se sortir de siècles de divisions qui, sinon, iront en s'accentuant avec le temps. Le simple fait d'écrire cela enverrait M. Schuyler derrière les barreaux dans un État comme le Mississippi, en vertu d'une loi pas plus vieille que sa fille. Mais ces mots arrivent à Delia comme de la nourriture tombée du ciel en plein désert.

Du lait cru, des germes de blé, le sang mêlé, des doses quotidiennes de musique, et la fillette est devenue un ange. Son *Manhattan Nocturne* pour cent instruments sidère l'Amérique en guerre. Le maire de New York décide même d'instaurer une journée Phillipa Duke Schuyler. Dès que la fillette joue, les sons du passé se dissipent. Delia achète toutes les partitions d'elle qu'elle peut trouver. Elle laisse en évidence sur le pupitre les *Five Little Piano Pieces*, composées à l'âge de sept ans. Ses garçons observent, captivés, la photo de la petite Phillipa sur la couverture, ils voient en elle quelque chose qu'ils mettront des décennies à reconnaître. Ces morceaux comptent parmi les premiers que les garçons apprendront – ils seront le fondement de la nouvelle école Strom.

D'autres ont déjà ouvert la voie : ça change tout, dans ce monde sans pitié. On commence consciencieusement les cours à la maison. Les garçons ingurgitent toutes les petites mélodies que Delia leur soumet. David se roule par terre avec eux, et leur propose de jouer avec ces drôles de cubes que seul un enfant plus âgé, plus triste, soupçonnerait d'être la base de la théorie des ensembles. David et Delia essayent même le germe de blé et l'huile de foie de morue. Mais là, les garçons ne sont pas d'accord.

« *Kein Problem*, dit David. Nous n'avons pas besoin d'un QI de 185.

– Exact. N'importe quel chiffre au-dessus de 150 fera bien l'affaire. » En fait, Delia commence à comprendre que tout enfant qui apprend à marcher et à parler a en lui le génie de galaxies entières, avant que la haine ne se mette à l'abrutir.

Elle est florissante, cette école à quatre, sans même que quiconque pense *école*. À l'extérieur, le monde leur envoie un signe qui confirme leur foi en l'avenir. La Cour suprême porte un coup à la perspective d'élections exclusivement blanches. Les Alliés débarquent en France et s'enfoncent vers l'est. Cette guerre interminable va se terminer, et l'Amérique, creuset des peuples, sera la force qui y aura mis un terme. Ce n'est qu'une question de temps. Ce ne sera jamais assez tôt. Pendant quatre ans, ils n'ont pas eu de nouvelles des parents de David. Sa sœur et son mari ont disparu, eux aussi, probablement en Bulgarie, au moment où le pays s'est effondré. Au fil des mois, Delia soutient son mari coûte que coûte. Le silence ne prouve rien, lui dit-elle. Mais finalement, à force, le silence fait office de preuve. Tous les messages échappés d'Europe convergent vers la même conclusion.

De son côté, elle sent qu'il la protège. En l'absence de preuve pour étayer l'hypothèse contraire, il se doute déjà de ce qui est arrivé à sa famille. Mais il ne le dira pas à Delia. « Tu as raison. Tout doit rester possible. » Jusqu'à ce que ça ne le soit plus.

Son mari recycle sa douleur en œuvrant à une riposte d'une ampleur inimaginable. Quand les Américains débarquent dans le *bocage** français, David se crispe. Il laisse deviner à sa femme les craintes qu'il ressent, tout en essayant de tenir la promesse qu'il a faite au gouvernement. Elle sait qu'il éprouve une terrible appréhension. Ce fil de détente qui traverse la carte d'Europe – la Meuse, le Rhin – allait déclencher, côté allemand, un terrifiant feu atomique. La physique est chez elle en Allemagne. Une expérience quantique à l'échelon mondial : deux avenirs se présentent, chacun censé créer une situation dans laquelle l'autre n'existera plus.

L'automne tourne à l'amertume. L'avancée alliée atteint la Belgique. Les Britanniques et les Canadiens ouvrent Anvers à la navigation alliée, et toujours pas de représailles cosmiques. Pas le moindre indice laissant entendre que Heisenberg est près du but. Petit à petit, la conviction s'impose que la plus grande puissance scientifique sur terre – les collègues géniaux de David à Leipzig et Göttingen – a pris le mauvais virage à un moment donné.

Mais n'importe quel instant peut altérer tous les autres. Dès qu'elles commencent à se propager, les rumeurs se métamorphosent en faits. Certains jours, Delia sent que son mari devient fataliste ; il se replie sur lui-même et attend, en héritier passif d'événements dont la gestation a été trop longue pour qu'il puisse exercer dessus la moindre influence. D'autres jours, il est pris par l'urgence d'agir et alors il redouble d'efforts plus obscurs encore. C'est en ces instants que Delia l'aime le plus, lorsqu'il a tant besoin d'elle qu'il ne s'en rend même pas compte. Quelle consolation peut-elle lui apporter, lui qui est pris dans la course au salut ? Elle lui offre *ici et maintenant* la forteresse de leur maison en location.

Un soir qu'il fait lourd et chaud, que les garçons dorment d'un sommeil agité sur le canapé, devant la cage en métal du ventilateur posé par terre, le téléphone sonne. C'est un événement suffisamment rare en soi, et tellement surprenant à cette heure-là que Delia manque de se brûler avec le fer à défriser. David répond. « Oui ? Qui ? Mademoiselle ? Ah ! Bonsoir, William. »

Elle est debout. Son père ? Lui qui déteste le téléphone. Qui est persuadé que cet instrument rend les gens schizophrènes. Qui demande à sa femme de passer tous ses appels à sa place. Qui ne croit pas à l'interurbain. En deux enjambées, elle a rejoint David, elle tend la main pour attraper le combiné tandis que son mari s'abîme dans des marmonnements en allemand. Elle prend le téléphone, et de très loin, là-bas, tout petit dans son oreille, son père lui dit que Charlie est mort. Tué dans le Pacifique. « Sur un atoll de corail. » Son père s'égare. « Eniwetok. » Comme si le nom pouvait empêcher Delia de pousser un cri. « Ils étaient en train d'installer une garnison sur la base aérienne.

– Comment ça ? » Sa voix n'est pas la sienne. Elle a du mal à respirer, et la moindre pensée dure une éternité. Elle visualise la mort venant du ciel, l'ennemi vise son frère, son teint mat est une cible facile sur le fond de sable blanc du paradis.

La voix de son père attend qu'elle se reprenne, mais elle s'effondre davantage. « Tu n'as peut-être pas envie de...

– Papa, gémit-elle.

– Ils étaient en train de décharger d'un navire une batterie d'artillerie. Un câble a cédé. Il a été fauché… »

Elle ne l'interrompt pas, mais elle n'entend pas. Puis elle prend l'initiative, doucement, pour le ménager. Défaire en faisant. « Maman. Comment va Maman ?

– J'ai été obligé de lui donner un calmant. Elle ne me le pardonnera jamais.

– Et les petits ?

– Michael est… fier. Il croit qu'il est mort au combat. Les filles ne comprennent pas encore ce que ça signifie. »

Les filles ? Les filles ne comprennent pas ? Pas encore ? Tout en se cramponnant à ce mot, *comprennent*, elle s'écroule. Le sang lui monte au visage et ses yeux s'écarquillent. Des sanglots débordent. Pas possible qu'elle ait pu accumuler tant de larmes. Elle sent David qui prend le combiné, il discute brièvement de points d'organisation, et raccroche. Puis elle est dans ses bras, il essaye de la consoler. Les bras d'une blancheur fantomatique de cet homme qui ne sera jamais plus pour elle que quelqu'un d'à peine reconnaissable, un sang étranger, le père de ses enfants.

Ils se rendent à Philadelphie. Ils prennent le train tous les quatre, ce train qui jadis a emmené Delia en douce à New York, à l'insu de tout le monde, sauf de Charlie. Delia se tient devant la maison, sous cet arbre d'où Charlie était tombé à l'âge de huit ans. Il s'en était tiré avec le nez tordu et une clavicule mal remise. Sa mère sort de la maison et vient à sa rencontre. Elle se penche déjà, quelques mètres avant qu'elles soient dans les bras l'une de l'autre, et Delia doit la rattraper. Nettie Ellen porte la main à sa bouche, tremblotante, et étouffe mille prières. « Y peut pas s'en aller maintenant. Il a encore tant à faire ici-bas. »

Le médecin se tient derrière Nettie, aveuglé par la lumière du jour, ses cheveux sont devenus blancs du jour au lendemain. Ils se replient dans la maison, le Dr Daley soutient sa femme, Delia a son petit dans les bras, et l'homme blanc tient la main de son fils aîné, silencieux mais téméraire. Michael est à l'intérieur, il porte une veste marquée d'un blason des marines que son frère avait piquée pour lui en Caroline du Nord. Lucille et Lorene se chamaillent doucement sur le canapé, c'est tout juste si elles lèvent la tête quand leur sœur fait son entrée.

Son frère Charlie, à jamais stoppé dans son élan. Fini, les lettres à l'ironie amère, fini, les mises en boîte, fini, les shows improvisés de Charbon, fini, les sessions de musique et de tchatche, fini, les haussements d'épaules pour conjurer le sort. Le silence nouveau qui règne dans cette maison se referme sur Delia, absorbant tous les bruits.

Il n'y a pas de corps à enterrer. Ce qui reste de Charlie pourrit sur un atoll du Pacifique. « Ils ne veulent pas le renvoyer, dit le Dr Daley à Delia, à un moment où ils sont hors de portée des autres. Ils vont le laisser dans un trou dans le sable, sous vingt centimètres d'eau salée. De la pâtée pour les requins. Mon pays. J'étais ici avant les Pèlerins, et ils refusent de me renvoyer mon garçon. » Il montre du doigt l'étoile d'or que Nettie Ellen a fixée sur la fenêtre de devant. « Pour des babioles comme ça, par contre, ils payent. »

Ce soir-là, ils organisent une petite cérémonie. Uniquement la famille. Ils sont bien entourés. De nombreux voisins et amis sont déjà passés. On leur a apporté à manger, offert de l'aide, on leur a parlé, on est resté tranquille à leurs côtés. Mais ce soir, il n'y a que la famille, les seuls gens en qui le garçon avait confiance. Leur chagrin ne connaît d'autre remède que le souvenir. Chacun d'entre eux se rappelle quelque chose. Il y a des histoires qui n'ont besoin que de deux mots pour défiler à nouveau sous leurs yeux. Michael va chercher le vieux saxo de son frère et montre les riffs qu'il a appris de lui, rien qu'en l'observant. Le Dr Daley, assis au piano, commence un de ces *strides* de la main gauche pour lesquels il réprimandait son fils. Sur six mesures entières, il retrouve le même allant. Puis, en entendant ce que ses doigts veulent faire, il s'arrête.

Mais surtout, ils chantent – des airs larges et amples, aux accords riches, et dont les intervalles transcendent les générations. Des chansons de chagrin. Des chansons où l'on parle d'éternité, de s'en aller, de passer de l'autre côté. Puis des airs qui évoquent davantage le mariage que les funérailles. On remercie le garçon qui s'en est allé, pour le passé, pour la joie qu'il a apportée. Penser à cette joie les tuera. Chaque membre de la famille trouve sa ligne de chant sans que personne donne de directives. Même Nettie Ellen, qui n'a pas pu parler, trouve les harmonies qui lui conviennent, elle marque la mesure, elle donne le rythme de la délivrance, en frappant d'une main sur sa cuisse. *Faut que ça vienne. Faut que ça vienne. Je ne peux pas rester à la traîne.*

Jonah est assis, fasciné, sur les genoux de sa mère. Bouche bée, il essaye de se joindre aux autres. Joey s'agite, David le prend et l'emmène dehors, dans le jardin. C'est mieux ainsi, décide Delia. Grand Dieu, oui, c'est plus facile comme ça. Davantage de Canaan, de confort, sans avoir systématiquement à tout expliquer. Sans avoir à regarder la couleur dont

Charlie avait coutume de dire qu'elle était trop claire pour connaître la douleur.

« Les gens vont vouloir venir. Ils préparent déjà à manger. » C'est bien le moins que Nettie Ellen puisse demander à sa fille : reste quelques jours. Nous avons besoin d'être un peu ensemble, de chanter pour faire revenir ce garçon à la maison. *Reste, c'est tout* – la vieille certitude de la race, ce confort qu'on ne trouve qu'ici, dans le cocon du *nous*. Ailleurs, partout on nous trahit. Mais Delia ne supporte pas d'entendre ces mots que personne ne prononce. Pas un jour de plus. Le fait d'appartenir à cette communauté lui broie les épaules. Elle n'en peut plus. Elle croule sous le poids d'histoires qui ont eu lieu des siècles avant même que son propre passé ait la chance de s'écrire. Elle va étouffer, ici, dans la salle à manger de sa mère, avec ses odeurs de décapant et de mélasse, de travail et de sacrifice, de croyance et de résignation, et, désormais, d'enfants morts. Elle a besoin de s'en aller au plus vite, de rentrer à la maison, de revenir au projet de sa famille à elle, à la liberté que sa nation à quatre a inventée. Se libérer ce soir. Demain il sera trop tard.

Elle s'apprête à dire à sa mère qu'elle doit partir. Mais cette femme l'entend avant que Delia prononce le premier mot. Une mélopée funèbre s'échappe sombrement de la bouche de Nettie, une marée composée de ce qui précède les mots, de cette matière plus épaisse dans laquelle sont taillés les mots. Les sanglots de sa mère marquent un rythme, son étroite poitrine se transforme en tambour. Le barrage cède, la rivière du deuil s'échappe d'un monde dont Delia ne connaît que des ombres, des débris du passé remontant à la surface, une langue qui n'est pas encore de l'anglais, une langue plus ancienne que la Caroline, plus ancienne que le terrible Passage du Milieu de cette vie qui, une fois encore, les asservit. La mère de Delia se laisse aller comme jamais elle ne s'est autorisée à le faire, dans aucune église. Elle se laisse aller et revient au point de départ, et cette mort est déjà là.

Puis la voilà dans les bras de Delia, sa fille agite les bras pour la consoler. Terrible renversement, la nature défile à l'envers. Elle est la mère de sa mère, à présent. Les petits regardent, effrayés par ce retournement de situation. Même le visage de William implore, il voudrait que sa fille défasse ce qui vient d'être fait. Toute la famille se tourne vers Delia, et c'est alors seulement qu'elle comprend. Ils pleurent une mort qui ne s'est pas encore produite, en plus de celle qui s'est déjà produite. Cinq personnes supplient Delia d'inverser le processus qu'elle a mis en branle.

Dans les bras de sa fille, sa mère essaye de retrouver sa respiration. L'anglais revient, mais il est épais et lent, elle hésite sur les syllabes, maudit sa langue natale. « Pourquoi est-ce que mon garçon est mort ? Tout ce qu'ils ont toujours attendu de nous, c'est qu'on disparaisse. »

Le Dr Daley se cache le visage derrière un poing énorme. Ses enfants arrivent de toutes parts, ils se précipitent vers lui et il redresse la tête, horriblement exposé à la vue de tous. Il trouve en lui la force de refuser – cela passera pour de la dignité. Il se redresse et quitte la pièce. « Papa, lance Delia. Papa ? » Il ne se retourne pas.

La porte de derrière claque. Puis celle de devant s'ouvre. David et son bébé reviennent. Sa mère lui demande à nouveau : « Donne-moi une raison. Donne-m'en juste une. »

David embrasse du regard la famille chancelante. Joseph aussi : l'enfant solennel qui se retourne et observe. Delia voit la compréhension affleurer sur le visage de son mari, cette même expression qu'elle doit porter à chaque heure du jour. *Tout ça n'est pas à toi. Tu n'es pas le bienvenu ici.* Il la regarde dans l'espoir qu'elle lui fournisse un indice. Les yeux de Delia glissent brièvement sur la porte de derrière. Cet homme sans couleur, cet homme qu'elle a épousé, cet homme qui ne peut rien comprendre ici, il la comprend, elle. Il confie l'enfant aux jumelles et s'en va, comme le père de Delia vient de disparaître, et Delia lutte contre l'envie de lui dire de revenir.

Elle chantonne pour sa mère, elle lui berce la tête, comme si toutes ces années où elle avait reçu la même chose n'avaient été qu'une préparation pour le moment où elle donnerait en retour. Elle ne dit rien, elle parle avec ce vieil accent désuet qui lui revient si facilement. Elle rappelle à sa mère le ciel, le courage, et autres sottises, les grands desseins qu'une créature aussi insignifiante qu'un être humain ne peut saisir. Mais c'est aux hommes qu'elle pense. Dès qu'elle le peut, elle fait signe à Lorene d'aller voir ce qu'ils font. Sa petite sœur revient, en hochant la tête. Delia fronce les sourcils, mais n'obtient de la fillette d'autre éclaircissement qu'une grimace perplexe.

Delia tend le cou pour essayer de voir par la fenêtre du couloir de derrière. Rien. Elle saisit le premier prétexte – aller voir les tartes qui refroidissent – pour se glisser dans la cuisine. Elle jette un œil à travers la moustiquaire gondolée, la moustiquaire devant laquelle sa mère s'est tenue pendant des années, pour ne pas perdre de vue les enfants qui jouaient dehors. Delia s'approche et jette un regard en biais au-delà de la véranda en bois.

Les deux hommes sont assis par terre, immobiles, le dos appuyé contre l'érable rouge massif. De temps en temps, leurs lèvres bougent, formant des mots trop discrets pour être entendus à l'autre bout du jardin. L'un parle, et l'autre, après un long moment, répond. David ponctue ses paroles d'amples mouvements de la main, illustrant dans le vide quelque géométrie hésitante de la pensée. Le visage de son père se fripe, tant il lutte. Ses muscles disent toutes les feintes de l'animal acculé : d'abord la rage, puis il se barricade, puis il fait le mort.

Le visage de son mari aussi est piteux, en quête d'un éclaircissement inaccessible. Ses mains, en revanche, ne cessent de bouger, elles tracent des équations dans l'espace et aboutissent à une unique conclusion. Les doigts forment des boucles fermées, des lignes à l'intérieur d'elles-mêmes, qui retournent à leur point d'origine. Son père opine – ce sont des hochements de tête presque sans mouvement. Ni accord, ni acceptation. Il se contente d'acquiescer, il ploie comme la cime de l'érable au gré de la brise. Son visage se relâche. De si loin, à travers la moustiquaire, Delia pourrait se dire qu'il est calme.

Ils restent pour la nuit. Voilà ce que Delia accorde à sa mère, elle qui lui a tout donné. Qui a tout donné à Charlie, et dont la seule récompense est une étoile d'or sur la fenêtre de devant. Mais lorsque les gens commencent à arriver le lendemain matin – les tantes et les oncles courbés, les voisins avec de pleines casseroles de goûteuses volailles grillées ; les patients d'une vie entière du Dr Daley ; les enfants de ces patients, dont la moitié sont plus vieux que Charlie –, quand tous ceux qui n'ont jamais connu le garçon, et la moitié de ceux qui ne connaissaient de lui que son surnom, arrivent dans le séjour des Daley, et commencent à se regrouper telle la chorale d'une secte secrète, Delia rassemble ses ouailles et fiche le camp. Sa présence ici est une imposture, elle est une intruse à la veillée funèbre de son propre frère. Elle n'infligera pas ça aux autres, trop charitable pour nommer ce qui est déjà arrivé à leur petite Dee.

Ce jour-là, Nettie Ellen ne pleure pas. Ne proteste même pas contre la désertion de sa fille, si ce n'est pour lui dire, juste avant que les Strom ne partent pour la gare : « Tu es tout ce qui reste de lui, maintenant. » Elle embrasse ses petits-enfants et les regarde partir, calme comme une pierre, en attendant le prochain coup qu'il lui faudra encaisser.

Le Dr Daley plante un baiser sur la joue de sa fille et serre la main de ses petits-fils, intimidés. À David, il dit : « J'ai réfléchi à ce que vous m'avez dit. » Il marque une longue pause, coincé entre le doute et le besoin de s'exprimer. « C'est de la folie, bien sûr. » David opine et sourit, ses lunettes glissent sur l'arête de son nez. C'est suffisant, pour le médecin. Il n'insiste pas pour qu'on lui donne la raison. « Merci », ajoute-t-il seulement.

Ils sont tous les quatre dans le train, les garçons courent dans la travée centrale, à nouveau heureux, libérés de la mort, lorsque Delia pose la question à David. Tout le wagon les observe, comme toujours. On travestit sa curiosité, ou on fait savoir tout le dégoût qu'on ressent. Delia a le teint si clair que, dans le doute, les pur-sang apeurés laisseront sa famille rentrer tranquillement à la maison. Elle n'a pas le temps de considérer ces gens de l'extérieur. Les mots que son père a prononcés au moment de prendre congé de David l'obsèdent. *De la folie. C'est de la folie, bien sûr.* Il y a une partie d'elle qui veut laisser tomber ; après tout, son père et son mari peuvent bien au moins partager ce secret. Mais il y a une autre partie d'elle, plus importante, qui a besoin des mots de réconfort qu'ils ont échangés, aussi limités soient-ils. Son père n'a jamais accepté de bon cœur d'être consolé. Mais là, il semble avoir été touché. Elle se retient de demander pendant tout le trajet. Et puis, tandis que le train entre à Penn Station, Delia entend sa propre voix, tout là-haut dans l'atmosphère : « David ? Tu sais, hier ? » Elle n'arrive pas à regarder son mari en face, il est trop près, assis à côté, c'en est choquant. « Quand tu as parlé à mon père. Je vous ai vus tous les deux, à travers la porte de derrière. Assis sous l'arbre rouge.

– Oui », dit-il. Elle lui en veut de ne pas prendre l'initiative. Pourquoi ne lit-il pas dans ses pensées ? Pourquoi est-elle obligée de s'expliquer ?

« De quoi parliez-vous ? » Elle le sent tourner la tête vers elle. Mais elle est toujours incapable de le regarder.

« On a parlé de la raison pour laquelle il fallait arrêter mon peuple. »

Elle se retourne. « *Ton* peuple ? » Il se contente d'opiner. Elle va mourir. Sur les traces de son frère. Disparaître dans le néant.

« Oui. Il m'a demandé pourquoi je ne me... battais pas dans l'armée.

– Mon Dieu. Est-ce que tu lui as dit ? »

Son mari lève les mains. Pour dire : *Comment aurais-je pu ?* Pour dire aussi : *Pardonne-moi, oui.*

Le train s'arrête. Elle rassemble ses garçons, tout le wagon se retourne encore à la dérobée pour voir si ces enfants sont vraiment les siens. Son Jonah se met plaisamment à chanter, il ne veut pas donner la main à sa mère, il sort vivement du train et se retrouve sur le quai. Mais son Joey lève la tête, lui, au contraire, il cherche à être rassuré, comme s'il venait juste de comprendre ce qui s'était passé : le voyage à Philadelphie, son oncle mort. Ses yeux se plantent dans ceux de Delia, son regard fuse en diagonale, il est déjà prématurément vieux, il hoche la tête en la regardant, de ce même hochement de tête immense, immobile, auquel le père de Delia a succombé, pas plus tard qu'hier.

Il faut qu'elle sache. Elle attend qu'ils soient sur le quai, une île de quatre personnes au milieu d'un océan bouillonnant. « David ? Est-ce qu'il y a eu autre chose ? »

Il la scrute en se laissant porter par le flot des voyageurs. Autre chose. Il y a toujours autre chose. « Je lui ai dit ce que... pense mon peuple. » Ces mots malaisés s'échappent du coin de sa bouche. Elle se dit qu'il l'a trahie, qu'il est devenu cruel. Il guide les garçons à travers la cohue, jusque dans la rue, en route vers de nouvelles humiliations publiques, il parle en marchant. « Je lui ai dit ce que raconte Einstein. Minkowski. La "physique juive". Le temps en avant et le temps en arrière : toujours les deux en même temps. L'univers ne fait pas de différence entre l'un et l'autre. Il n'y a que nous qui faisons la différence. »

Elle lui attrape le coude, et le retient jusqu'à ce qu'il s'arrête. Les gens les dépassent. Elle n'entend pas leurs exclamations. Elle entend seulement ce qu'elle a entendu le jour où ils se sont rencontrés – le message de cet avenir promis il y a si longtemps et qu'elle a oublié.

« C'est vrai, dit son mari. Je lui ai dit que le passé continue. Je lui ai dit que ton frère existe encore. »

23

Mon frère en loge

J'écoute l'enregistrement de Jonah et l'année me revient, intacte. *Revient*, comme si cette année s'était échappée quelque part pendant que moi, je restais immobile. L'aiguille du saphir n'a qu'à se poser sur cette galette de vinyle noir pour qu'il soit là, devant moi. Hormis les rayures, les sautes et les poussières incrustées dans l'ambre, qui s'accumulent au fil des années d'écoute, nous sommes revenus au jour où nous avons enregistré les morceaux : deux garçons sur le point de connaître le succès, à la veille des émeutes de Watts.

Da aimait à dire que l'on peut envoyer un message « dans le tube du temps ». Mais qu'on ne peut pas en recevoir en retour. Il ne m'a jamais expliqué comment envoyer un quelconque message, dans une quelconque direction, en espérant qu'il atteigne son objectif. Car même si le message arrive intact, tout ce dont il traite aura déjà changé.

Le premier disque de mon frère, *Lifted Voice*, une voix en vol – titre qu'il détestait –, recueillit dès sa sortie plusieurs critiques favorables, et certaines même dithyrambiques. Les puristes jugèrent que la sélection musicale eût davantage convenu à un chanteur en milieu de carrière qu'à un débutant. Certains chroniqueurs qualifièrent l'approche de « légère », considérant que Jonah aurait dû faire un cycle entier de *lieder*, ou alors proposer un choix de morceaux d'un même compositeur. En essayant de prouver qu'il savait tout chanter, ce garçon, d'une certaine manière, en faisait trop. Pour la plupart des critiques, néanmoins, le projet était convaincant.

Le pochette du disque montrait un paysage menaçant de Caspar David Friedrich. Au dos de la pochette, des portraits de nous en noir et blanc et un plan américain de Jonah sur scène, en tenue de concert. Sur le devant de la pochette il y avait un médaillon argenté avec une citation extraite de l'article sur le récital de Town Hall, par Howard Silverman, du *New York Times* : « La voix de ce jeune homme recèle quelque chose de plus profond et de plus précieux que la simple perfection... Chacune de ses notes retentit d'une grisante liberté. »

Le disque se vendit tranquillement. Harmondial était satisfait et tablait sur un retour sur investissement à long terme. Le label considérait que

Jonah prendrait de la valeur avec le temps. Quant à nous, nous étions stupéfaits que quiconque se donne la peine d'écouter la chose. « Bon sang, Joey ! Des milliers de gens nous ont ajoutés à leur collection de disques, et nous ne les connaissons même pas. À l'heure où je te parle, ma photo est peut-être tout contre celle de Geraldine Farrar.

– Ça te plairait, hein ?

– Une de ses premières photos promo. Une chouette petite Cho-Cho-San.

– Et ailleurs, tu affrontes la pointe de la lance de Kirsten Flagstad. »

Jonah s'imaginait que maintenant que nous avions réalisé un bon enregistrement, nous n'avions plus qu'à attendre que les propositions de boulot affluent. Certes, M. Weisman nous plaça plus régulièrement dans des villes importantes, et nous pouvions quasiment vivre de notre musique. Mais pendant des semaines et des semaines, nous continuâmes à donner la même série de concerts dans les universités et à sillonner les festivals, comme à l'époque où le disque n'était pas encore sorti.

Je pose l'aiguille au début du premier morceau – *Le Roi des Aulnes* de Schubert, un classique de Marian Anderson – et je replonge dans cette boucle fermée. Le disque tourne, le galop du piano reprend. Jonah et moi réitérons le message naissant de la chanson, inchangé. Mais les gens à qui nous pensions l'adresser ont disparu.

Le même président qui fit voter la loi sur les droits civiques força le Congrès à lui délivrer un chèque en blanc pour intensifier la guerre en Asie. Jonah et moi, en bons citoyens, avions avec nous notre carte de conscription. Mais l'ombre de la mobilisation passa au-dessus de nous sans s'arrêter. Nous traversâmes le champ de mines et en sortîmes indemnes, trop âgés pour être incorporés. L'été d'après l'enregistrement, ce furent les émeutes de Chicago. Trois jours plus tard, c'était au tour de Cleveland. De nouveau en plein mois de juillet, comme l'année précédente, lorsque nous avions enregistré nos morceaux. Et une nouvelle fois, les reporters abasourdis incriminèrent la chaleur. Les droits civiques remontaient vers le nord. Comme l'avait dit Malcolm X, c'était le retour à l'envoyeur. La violence nous accompagna, le soir, *via* la télévision dans les hôtels. J'observai l'hallucination collective, sachant que, d'une certaine manière, j'en étais l'auteur. Chaque fois que je posais notre disque sur la platine pour entendre ce que nous avions fait tous les deux, une autre ville brûlait.

« Ils vont être obligés de déclarer la loi martiale pour toute la nation. » L'idée sembla séduire Jonah, lui qui était resté à terre sur le trottoir de

Watts, et dont les lèvres remuaient en déchiffrant quelque partition éthérée, en attendant de se faire tirer dessus. *High Fidelity* venait juste de publier un dossier intitulé « Dix chanteurs de moins de trente ans qui changeront votre manière d'écouter des *lieder* ». Jonah figurait en troisième position. Tout allait bien dans le pays de mon frère. La loi martiale pouvait même contribuer à nous assurer des cachets.

Depuis les étages élevés où se trouvaient nos chambres d'hôtel aseptisées, je contemplais une ronde de villes à feu et à sang dont les noms se confondaient, je guettais les prochaines volutes de fumée. La musique, cette année-là, était encore dans le déni – *I'm a Believer* ; *Good Vibrations* ; *We Can Work it out*. Si ce n'est que, cette fois-ci, des dizaines de millions de jeunes gens de vingt ans, à qui l'on avait menti depuis leur naissance, étaient dans la rue pour dire *no*, chanter *power*, et hurler *burn*. Je pose le saphir sur les plages de nos morceaux de Wolf et, pour la première fois, j'entends où nous nous trouvions tous les deux. Mon frère et moi, seuls, retournions dans cet immeuble en feu que le reste du pays évacuait en courant.

Nous appelâmes Da de San Francisco juste avant les fêtes juives. Non qu'il s'en souciât, d'ailleurs, le moins du monde. Les appels interurbains, à cette époque, relevaient encore des manœuvres de défense civile, trois minutes maximum que l'on réservait aux décès et aux vœux de bonheur débités à un rythme de mitraillette. Jonah se lança dans un récapitulatif *prestissimo* de nos récents concerts. Puis je pris l'appareil, et saluai Da en débitant les premières lignes de Kol Nidré en hébreu, que je venais d'apprendre en phonétique dans un livre. Mon accent était tellement mauvais qu'il ne me comprit pas. Je demandai à parler à Ruth. Da ne broncha pas. Je crus qu'il ne comprenait pas non plus mon anglais. Je répétai donc.

« Ta sœur a rompu avec moi.

– Elle quoi ? Qu'est-ce que tu racontes, Da ?

– Elle a déménagé. *Sie hat uns verlassen. Sie ist weg.*

– Quand est-ce arrivé ?

– À l'instant. » Pour Da, cela pouvait signifier n'importe quand.

« Où est-elle allée ? » Jonah, debout à côté, me questionnait du regard. Da n'en avait pas la moindre idée.

« Est-ce qu'il s'est passé quelque chose ? Est-ce que vous vous êtes... ?

– Il y a eu une dispute. » Je me surpris à prier pour qu'il ne me donne pas les détails. « Le pays entier est en rébellion. Tout est devenu révolution. Alors, évidemment, ça a fini par arriver jusqu'à nous.

– Tu ne peux pas obtenir son adresse en demandant à l'université ? Tu es son père. Ils seront obligés de te la donner. »

Sa voix s'emplit de honte. « Elle a laissé tomber la fac. » Son ton était plus douloureux que onze ans plus tôt, lorsqu'il nous avait annoncé, en ce jour de décembre, à Boylston, que notre mère était morte. Ce premier deuil avait encore sa place dans sa cosmologie. Mais cette nouvelle catastrophe le poussait vers un lieu qu'aucune théorie ne pouvait appréhender. Sa fille l'avait renié. Elle lui avait claqué la porte au nez, pour s'évaporer dans le repli d'une improbable discontinuité astrale que Da ne pouvait saisir, même s'il en était la victime.

« Da ? Que... que s'est-il passé ? Qu'est-ce que tu as fait ?

– Nous nous sommes disputés. Ta sœur pense... Nous nous sommes disputés à propos de ta mère. »

Je lançai un regard à Jonah, ne sachant que faire. Il tendit la main pour prendre le combiné. Je m'agrippai à l'appareil, prêt à l'emporter dans la tombe.

« C'est moi le méchant. » La voix de Da se cassa. Il avait vu l'avenir, et l'avenir, c'était ses enfants. Mais cette catastrophe avait réussi à détourner sa vision. « Je suis l'ennemi. Je n'y peux rien. » Pendant toute notre vie, il nous avait dit : « Défendez vos propres couleurs. » À présent, il se rendait compte de l'inanité d'un tel conseil. Personne ne possédait sa couleur. Personne ne pouvait créer sa propre race. « J'ai tué votre mère. Je vous ai détruits tous les trois. »

J'entendais le sang affluer dans mes oreilles. Ruth avait dit cela à notre père. Pire : il était arrivé à la même conclusion. Je sentis mes lèvres bouger. Toute objection que je pourrais formuler ne ferait que le conforter. Je finis par dire : « Ne dis pas de bêtises, Da.

– Comment en sommes-nous arrivés là ? » répondit-il.

Je tendis le téléphone à Jonah et me postai à la fenêtre de l'hôtel. En bas, sur la place, dans la nuit tombante, deux clochards se disputaient. Jonah aligna plusieurs phrases de suite à l'attention de Da. « Elle reviendra. Elle va revenir. Dans deux semaines, maximum. » Après une brève pause pendant laquelle il écouta ce que Da lui disait, il ajouta : « Toi aussi. » Et la conversation fut terminée.

Jonah ne voulut pas en parler. Si bien que pendant un long moment, nous n'en parlâmes pas. Il voulait que nous répétions. Mon jeu fut aussi élégant que de la merde coulant dans une passoire. Il finit par me sourire et laisser tomber. « Joey. Du calme. Ce n'est pas la fin du monde.

– Non. Juste de notre famille. »

Quelque chose lui disait que cela faisait déjà des années que sa famille était finie. « Mule. C'est fait. Ce n'est pas ta faute. Qu'est-ce que tu peux y faire, maintenant ? Ça fait des années que Ruth rumine ça. Elle a juste attendu le moment de pouvoir tous nous punir pour ce que nous sommes. Nous coincer tous pour tout ce qu'on lui a fait. Ou pas fait. Peu importe.

– Je croyais que tu avais dit à Da qu'elle allait revenir. Tu as dit deux semaines.

– Je voulais dire deux semaines en années de Da. » Il secoua la tête, essayant de contrôler la furie en lui. La rage de la confirmation. « Notre petite sœur à nous. Pendant des années, elle nous en a voulu. Elle déteste tout ce qui a trait à nous de près ou de loin. Tout ce qu'on représente, selon elle. » Jonah s'agitait sur place, essayant de respirer normalement. Il secoua les épaules et brandit le poing en l'air. « La nuance au pouvoir ! Vive le café au lait !

– Elle est bien plus claire que le café au lait. » Avant qu'il ne me rabatte mon caquet, je m'empressai d'ajouter : « Pauvre Rootie. »

Jonah me regarda, rejeté. Puis il posa les doigts sur l'arête de son nez et acquiesça. « Pauvres de nous tous. »

Dès notre retour à New York, nous rendîmes visite à Da, dans le New Jersey. Nous arrivâmes pour le dîner – dîner qu'il tint absolument à préparer. Je ne l'avais jamais vu à ce point ébranlé. Quelle que fût la raison invoquée par Ruth pour laisser tomber ses études et couper les ponts avec lui, Da avait été anéanti. Ses mains tremblaient en passant les assiettes à disposer sur la table. Il tournait en rond dans la cuisine, le dos voûté, il s'en voulait d'être vivant. Il essaya de faire le ragoût tomates-poulet que Maman adorait préparer. Le sien avait une odeur de torchon humide.

Jonah imita une série de ténors italiens pour accompagner le dîner. Comme cette distraction ne marchait guère, il fit de son mieux pour lancer des sujets de conversation. Mais Da voulait parler de Ruth. Il était dans un sale état. « Elle dit que je suis responsable.

– De quoi ? »

D'un geste de la main, Da envoya ma question dans l'éther.

Jonah y alla de son petit sermon : « Laisse-la aller où elle a besoin d'aller. Ne te mets pas en travers de son chemin, et elle cessera de t'en vouloir. C'est tout ce qu'elle veut. Tu te rappelles comment Maman nous a élevés ? "À toi de décider ce que tu veux devenir." » J'entendis au son de sa voix à quel point il se sentait trahi.

« Ce n'est pas ce que veut votre sœur. Elle m'a lancé à la figure que votre mère était morte... parce qu'elle m'avait épousé. »

Je posai brutalement ma fourchette dans l'assiette, en une gerbe d'éclaboussures. « Nom de Dieu ! Comment peut-elle oser... »

Da continua à parler, ne s'adressant à personne en particulier. « Ai-je fait une terrible erreur pendant tout ce temps ? Est-ce que votre mère et moi, nous nous sommes trompés en vous faisant, les enfants ? »

Jonah essaya de rire. « Tu veux qu'on te réponde franchement, Da ? Oui. Il aurait fallu que ce soit une autre paire de parents qui nous fassent.

– Peut-être, peut-être », se contenta de dire Da.

Nous expédiâmes la fin du dîner. Jonah et moi fîmes une rapide vaisselle, tandis que mon père restait à côté de nous, agitant les bras. Nous parlâmes un peu des concerts à venir. Jonah annonça à Da qu'il avait l'intention de passer une audition au Met au début du printemps. Première fois que j'en entendais parler. Mais, après tout, il avait pris l'habitude que son accompagnateur lise dans ses pensées.

Ruth ne revint dans la discussion qu'au moment du départ. « Fais-nous signe quand tu auras de ses nouvelles », dit Jonah. Il essaya de ne pas paraître trop empressé. « Fais-moi confiance. Elle refera surface. Les gens ne coupent pas les ponts comme ça avec leur famille, la chair de leur chair. » Jonah dut bien entendre ce qu'il était en train de dire. Mais il ne sourcilla même pas. Ses qualités d'acteur étaient à présent à la hauteur de ses qualités de chanteur. Mon frère était prêt pour toutes les auditions qu'il voudrait bien se donner la peine de passer.

Comme nous enfilions nos manteaux, Da s'effondra. « Fistons. Mes fistons. » Le mot, après toutes ces années, sonnait toujours comme « Méphiston ». « Je vous en prie. Restez ici cette nuit. Il y a tellement de place dans cette maison. Il doit être trop tard pour reprendre le métro. »

Je consultai ma montre. Neuf heures et quart. Jonah voulait s'en aller. Moi, j'étais pour rester. Nous avions deux programmes à peaufiner avant la semaine prochaine, que nous n'aurions jamais le temps de boucler. Mais je refusai de partir, et je savais que Jonah ne rentrerait pas seul. Da installa Jonah sur le canapé pliant du séjour et moi sur un matelas par terre, dans son bureau. Il ne voulait pas que l'un ou l'autre dorme dans la chambre de Ruth. On ne savait jamais, sa fille pouvait toujours revenir à la maison au beau milieu de la nuit.

Je m'éveillai en pleine nuit. Quelqu'un s'était introduit dans la maison. Dans mon état de semi-conscience, j'entendis la police perquisitionner à la suite d'une dénonciation : des fugitifs en situation illégale se cachaient dans le quartier. Puis ça prit la forme d'une discussion, des voix en sourdine, aux heures précédant l'aube. Ensuite, je crus que la radio était allumée, que c'était une émission avec un animateur doté d'un léger accent. L'accent était celui de mon père, et j'étais réveillé. Da parlait à quelqu'un, de l'autre côté du mur, dans la cuisine, à dix pas de moi. Un filet de lumière filtrait par la fente sous la porte. L'espace d'un instant, Jonah et moi étions en train d'espionner nos parents, ils chuchotaient dans la vieille cuisine de Hamilton Heights, le soir où la première demande d'inscription de Jonah en internat avait été refusée pour des raisons non précisées. À présent, mon père discutait à voix basse avec son fils aîné, et c'est moi qui écoutais aux portes, tout seul. Je m'imaginai Da et Jonah installés à la table du petit déjeuner en tête à tête. Mais ça clochait : mon frère avait toutes les peines du monde à se réveiller, le matin. Je jetai un œil par la fenêtre : l'aube ne pointait même pas. Ils ne venaient pas de se lever ; en fait, ils ne s'étaient pas encore couchés. Usant de quelque signe secret, ils s'étaient arrangés pour rester debout après que j'étais allé me coucher, afin de discuter en privé de choses qui ne me regardaient pas.

Je tendis l'oreille. Da s'expliquait. « Comment est-ce devenu plus important que la famille ? » Allongé dans le noir, j'attendis la réponse de Jonah, mais il n'y en eut pas. Après une pause, Da reprit la parole. « Ça ne peut pas être plus important que la famille. Ça ne peut pas être plus important que le temps. J'aurais pu lui dire ce qu'on a vu ce jour-là. Tu crois que j'aurais dû lui parler du petit gars ? » J'ignorais de quoi il parlait. À nouveau, j'attendis la réponse de Jonah, et à nouveau il ne répondit pas. Sans moi, il était complètement perdu.

Il y eut un son sinistre et discordant. À trois heures du matin, même « Joyeux anniversaire » est terrifiant. Il me fallut entendre encore quelques couinements pour décider : Da riait. Non, ce n'était pas un rire. Notre père délirait, et Jonah ne disait toujours rien. Je tendis encore davantage l'oreille avant de réaliser que Jonah n'était pas là. C'étaient les pas feutrés d'un homme seul, le tintement d'une seule petite cuillère dans une seule tasse, une seule respiration étouffée. Da était seul dans sa cuisine, au milieu de la nuit – une nuit parmi combien d'autres ? –, il se parlait à lui-même.

Il disait : « Je n'avais pas prévu ça. Ça, je ne l'ai jamais vu venir. » Puis il dit : « Est-ce qu'on a fait une erreur ? On a peut-être tout compris à l'envers ? »

Je me figeai sur mon matelas. Il ne pouvait s'adresser qu'à une seule personne. Quelqu'un qui ne pouvait pas répondre. Je luttai contre l'envie d'ouvrir la porte à toute volée. Tout ce qui se passait au-delà m'aurait tué. Tout ce que je pouvais faire, c'était resté allongé sur mon lit de fortune en osant à peine respirer ; tendre l'oreille pour entendre la réponse. Au bout d'un certain temps, j'entendis mon père changer de ton. À travers la porte, il semblait à présent d'humeur plus légère. Il dit : « Oui, effectivement. » D'une voix d'un calme terrible, il ajouta : « Oui, ça, je ne pourrai jamais l'oublier. » Je l'entendis se lever, se déplacer. Il posa la tasse dans l'évier. Il resta là un certain temps, regardant sans doute dehors dans la nuit, par la fenêtre au-dessus de l'évier. Un grognement lui échappa. « Mais notre petite fille, tout de même ! » Cette fois-ci, il n'attendit pas de réponse. Il sortit de la cuisine sur la pointe des pieds et remonta le couloir jusqu'à sa chambre.

Je fus incapable de retrouver le sommeil. À l'aube, je finis par m'habiller et aller dans la cuisine. Dans l'évier, tout était en double : deux tasses, deux soucoupes, deux petites cuillères.

Pendant tout le trajet du retour en bus, assis à côté de Jonah, je brûlai de lui demander s'il avait entendu quelque chose, tout en ne voulant pas le lui demander, au cas où il n'aurait rien entendu. Notre père parlait à un fantôme. Il avait servi une tasse de café à notre mère. Peut-être lui parlait-il tout le temps, la nuit, quand nous n'étions pas là, comme à l'époque où chacun racontait sa journée. Tant que Jonah et moi n'en parlions pas, je pouvais encore penser que tout cela était pure invention de ma part. En descendant du bus à Port Authority, Jonah dit : « Il n'aura plus jamais de nouvelles d'elle. » C'est seulement quand il ajouta : « Elle pourrait tout aussi bien être morte », que je me rendis compte qu'il parlait de Ruth.

Je me dis qu'elle allait nous appeler. Ce que Ruth pensait avoir subi, forcément nous l'avions subi aussi. Ce n'est qu'à ce moment que je me rendis compte à quel point nous nous étions éloignés d'elle au cours des trois dernières années, pendant que Jonah et moi étions sur la route. J'avais si peu appelé, juste pour les anniversaires et les fêtes. J'avais toujours eu la possibilité de contacter Ruth, même si je l'avais rarement fait. Je ne pouvais pas croire qu'elle voulût réellement faire du mal à l'un d'entre nous. Mais chaque jour qui passait, je commençais à voir davantage à quel point je l'avais niée, simplement en vivant comme j'avais vécu.

Les semaines passèrent, et nous n'eûmes pas de nouvelles. Je me dis qu'elle avait peut-être des ennuis. Chaque jour, les journaux rapportaient des incidents. Des gens se faisaient arrêter pour avoir tenu des discours, participé à des rassemblements, imprimé des tracts – toutes choses en quoi Ruth excellait, et auxquelles elle s'était consacrée depuis son entrée à l'université. Je fis des cauchemars, je la voyais enfermée dans une cellule souterraine, les gardiens refusaient de me laisser la voir, parce que le nom que je leur donnais ne correspondait pas à celui de leur liste.

Jonah passa son audition au Met. Je devais jouer pour lui les réductions du *tutti* d'orchestre. Je me fis l'impression d'être un joueur italien d'orgue de Barbarie. « Soyons clair. Je suis censé t'aider à me faire perdre mon job, c'est ça ?

– Je vais décrocher un contrat avec ces gens, Mule, et nous ferons de toi un honnête homme.

– Redis-moi pourquoi tu veux faire ça ? » Sa voix exprimait la lumière, l'air et les hautes altitudes, et non pas la puissance, la grandiloquence et l'histrionisme. Il chantait les *lieder* comme si Apollon lui susurrait à l'oreille en plein vol. L'opéra semblait pervers. C'était comme forcer un cheval de course magnifique à se parer d'une armure pour participer à un tournoi. Sans parler du fait que cela faisait des années qu'il n'avait pas étudié l'opéra.

« Pourquoi ? Tu plaisantes, j'espère. C'est l'Everest, Mule. »

Ce qui, pour lui, signifiait : élevé, blanc et froid. Ça signifiait aussi un travail régulier. Pendant des années, nous avions brisé des cœurs sur le circuit des récitals, et nous avions dépensé tout l'argent que Maman nous avait légué. Peut-être avait-il raison. Peut-être était-il temps que nous gagnions notre vie.

Jonah avait dû imaginer qu'il chanterait pour M. Bing en personne. Mais Sir Rudolph avait d'autres chats à fouetter le jour où Jonah fit son baptême du feu. Alertée par Peter Grau, l'ancien professeur de Jonah, l'équipe chargée de la sélection l'écouta néanmoins avec une attention particulière. Jonah passa la plus grande partie de l'après-midi à se trimbaler d'une paire d'oreilles à une autre, arpentant les boyaux du nouveau Lincoln Center, pour chanter dans des espaces dont l'acoustique allait de la salle de sport à l'os creux. Parfois, je jouai pour lui. Parfois, il chanta *a cappella*. Ils lui firent déchiffrer toute une série de morceaux. Installé au piano, je savais que si je jouais bien, ma récompense serait de ne plus jamais rejouer pour mon frère.

Je jouai bien. Mais pas aussi bien que mon frère chanta. Il donna tellement, cet après-midi-là, qu'on aurait dit qu'il s'était économisé au cours des six derniers mois sur la route. Pour séduire ses examinateurs, il en fit plus que devant des salles combles à Seattle et à San Francisco. Il éleva sa voix jusqu'aux sons les plus ronds qu'il fût capable de produire. Les membres blasés du staff de New York se trémoussèrent sur leur siège, s'ingéniant à faire comme s'il ne se passait rien de spécial. On ne cessa de lui demander où il avait chanté, quels rôles il avait interprétés, et sous la direction de qui. Tous furent abasourdis en entendant sa réponse. « Vous n'avez jamais été soliste dans une œuvre vocale ? Vous n'avez jamais chanté devant un orchestre ? »

Il eût probablement été astucieux de prendre quelque liberté avec la vérité. Mais c'était plus fort que Jonah : « Pas depuis mon enfance », reconnut-il.

On lui donna du Da Ponte-Mozart. Il s'en tira avec une aisance déconcertante. On lui donna du corpulent Puccini, qui exigeait un coffre énorme. Il n'en fit qu'une bouchée. On ne savait où le situer. Ils le confièrent à un responsable de la distribution, Crispin Linwell. Linwell se planta devant mon frère comme un type devant un présentoir de magazines, les talons de ses bottines en cuir noir bien écartées, ses lunettes à monture d'écaille remontées sur le front, les manches d'un cardigan nouées autour du cou. Il fit chanter à Jonah les premiers accords de « Auf Ewigkeit », dans *Parsifal*, pour l'interrompre au bout de quelques mesures. Il envoya son assistant à l'étage avec pour mission de ramener Gina Hills, l'une de ses sopranes préférées, alors en pleine répétition. Celle-ci fit irruption dans la pièce en jurant copieusement. Crispin Linwell la calma d'un geste. « Ma chère, nous avons besoin de vous pour procéder à une noble expérience. »

Mlle Hills se calma un peu en apprenant que ladite expérience impliquait le premier duo d'amour de l'acte deux de *Tristan*. Elle voulait absolument décrocher le rôle d'Isolde, et pensait que c'était pour elle qu'avait lieu cet examen impromptu. Linwell insista pour jouer la réduction pour piano. Il leur mitonna un tempo incandescent, puis les abandonna à leur sort.

Mon frère, bien entendu, avait souvent examiné la partition. Cela faisait dix ans qu'il connaissait la scène d'oreille. Mais il n'en avait jamais chanté la moindre note en dehors de ses leçons, ou alors sous la douche. Pire, cela faisait des lustres qu'il n'avait chanté quoi que ce soit avec quelqu'un. Lorsque Linwell annonça en quoi consistait sa fameuse expérience, je sus que c'était fichu. Jonah allait passer pour une de ces jolies voix, une de plus, incapable de fonctionner de conserve avec d'autres voix. Encore un soliste qui allait se prendre les pieds dans le tapis en voulant monter sur la grande scène.

Au bout de deux minutes environ, Mlle Hills commença à comprendre qu'elle était en train de jouer une scène d'amour avec un Noir. Elle s'en rendit compte progressivement, par ondes successives, au fil des accords flottants. Je vis l'incertitude se transformer en répugnance, tandis qu'elle essayait de comprendre pourquoi on lui avait tendu ce piège. Elle fit une entrée particulièrement pataude, et nous vécûmes un moment atroce où je fus persuadé qu'elle allait quitter la pièce en hurlant. Il fallut qu'elle pensât fort à sa carrière pour ne pas déguerpir.

C'est alors que le vieux philtre musical exerça une nouvelle fois son charme. Quelque chose s'envola de la bouche de mon frère, quelque chose que je n'avais jamais entendu. Huit mesures plus tard, Gina Hills fut frappée en milieu de phrase. Ce n'était pas une femme laide, mais elle était charpentée comme une chanteuse d'opéra. Son visage était comme sa voix : on l'appréciait mieux avec un peu de recul. Mon frère réussit à la transformer en Vénus. Il l'investit de toute sa puissance, et elle se nourrit de cette puissance. Avec la force d'attraction de ses phrases, mon frère attira cette femme dans son orbite. Ils commencèrent chacun à un bout du piano, à cinq mètres l'un de l'autre. Quatre minutes plus tard, leurs regards ne se quittaient plus, et ils commençaient à danser l'un autour de l'autre. Elle ne le touchait pas, mais tendait la main comme pour le faire. Il se gardait bien de faire ce dernier pas que leur duo pourtant franchissait allègrement. Faire fi du dernier grand tabou, au grand jour, et devant une poignée d'auditeurs, procura à cette femme un émerveillement qui ne fit qu'affiner sa voix de soprane.

Jonah commença en tenant la partition devant lui. Mais, tandis qu'ils galopaient à travers la scène, il en eut de moins en moins besoin, chantant par-dessus la page avant d'y renoncer totalement. Gina Hills arriva au point culminant d'une phrase soutenue, le sang lui montait au visage. Jonah continua à faire déferler vague sur vague, jusqu'à ce que la poignée d'auditeurs disparaisse et qu'il n'y ait plus que ce couple seul, nu, en apesanteur, portant le désir jusqu'au point le plus sublime que puisse supporter le corps humain. On était en 1967, l'année où la Cour suprême autorisa officiellement Jonah, y compris dans ce tiers du pays où c'était encore interdit, à épouser une femme de la couleur de cette Isolde, une femme blanche comme notre père.

Linwell termina avec un *glissando*, se leva du piano et fit un mouvement de vaguelettes du bout des doigts. « Bien, bien, messieurs dames. Fin du raid aérien. Retour à vos vies normales. » Il s'approcha de Gina Hills qui, obéissant aux règles d'un jeu secret de chaises musicales, refusa de regarder mon frère, une fois que la musique eut cessé. Linwell pinça les épaules de la soprane. « Vous étiez sur une autre planète, très chère. » Mlle Hills leva la tête, rayonnante et déconfite. Elle avait voulu ce rôle plus qu'elle n'avait voulu l'amour. Et puis, l'espace de dix minutes, elle l'avait habitée, cette légende antique du désastre provoqué par l'alchimie. Elle chancelait, encore sous le charme de cette drogue. Linwell eût pu lui promettre la soirée d'ouverture de la saison suivante, elle serait néanmoins sortie de cette salle de répétition dans un état second.

Lorsque la salle se fut vidée, Linwell se concentra sur nous. Il me fixa en plissant ses yeux d'Anglais, tout en se demandant s'il pouvait se permettre de me demander d'attendre dans le couloir. Mais il ne me demanda rien, se tournant vers mon frère pour ne plus s'intéresser exclusivement qu'à lui. « Qu'est-ce que nous allons faire de vous ? » Jonah avait une ou deux idées sur la question. Mais il les garda pour lui. Linwell secoua la tête et examina les notes et annotations prises tout l'après-midi. Je le vis faire son calcul : était-il encore trop tôt ? Est-ce que cela serait *toujours* trop tôt pour la scène d'un tel pays ?

Il posa les gribouillis et regarda mon frère droit dans les yeux. « J'ai entendu parler de vous, bien entendu. » On aurait dit un interrogatoire de police. *Raconte pas de bobards, mon gaillard. On sait que tu prépares un mauvais coup.* « Je croyais que vous chantiez des *lieder*. Ce n'est même pas tout à fait ça. J'ai entendu dire que vous faisiez du *Dowland*. » Il ne pouvait dissimuler son dégoût.

« Oui, je fais du Dowland », dit Jonah. Juste ça : *je*. Quant à moi, je serais confié à la première famille qui voudrait bien de moi.

Linwell resta assis en silence, en luttant contre l'embarras qu'il éprouvait. « Est-ce que vous... commença-t-il, comme pour réclamer quelque sordide faveur. Est-ce que ça vous ennuierait... » D'un geste, il indiqua le piano. Il me fallut un moment. Il ne nous croyait pas. Il lui fallait une preuve.

Nous nous mîmes à nos postes avec une telle nonchalance que je faillis saluer, par pure habitude. Jonah exécuta le virage à cent quatre-vingts degrés sans même y réfléchir. Il me regarda, prit une inspiration, se redressa imperceptiblement et, accrochés l'un à l'autre, nous partîmes sur le premier temps de *Time Stands Still*. Nous terminâmes dans ce silence que la musique exigeait. Je tapotai sur le couvercle du piano et regardai Crispin Linwell. Il avait les yeux humides. Cet homme, qui n'avait pas écouté de musique pour le plaisir depuis plus longtemps que j'étais en vie, se rappela, pendant trois minutes, d'où il venait.

« Pourquoi vouloir abandonner cela ? »

Jonah cligna de l'œil, tâchant de deviner le degré d'authenticité de la question. Il aurait volontiers répondu par un sourire, mais M. Linwell attendait une réponse. Un jeune homme se consacrant à sa vocation, un jeune homme capable d'apporter un fragment d'éternité sur terre, voulait tout laisser tomber pour participer à des spectacles artificiels et tapageurs. Moi, je ne voyais guère qu'une seule véritable raison. *Les garçons, vous pouvez devenir tout ce que vous voulez.*

Jonah prit appui sur le piano et porta la main à sa nuque. Ses sourcils jouèrent avec la question en toute innocence. « Oh, vous savez... » Je tressaillis et me ratatinai sur mon tabouret. « C'est plus marrant de chanter avec d'autres personnes. » Il passa en *basso profundo* : « Chuis *fatigué-ééé* de vivre seul. »

Crispin Linwell ne rit pas. Il ne sourit même pas. Il secoua seulement la tête. « Soyez bien sûr de ce que vous voulez. » Il fit descendre les lunettes de son front et tapa de la pointe de son stylo sur la pince de sa planchette – un rythme rapide et mécanique. Tout son corps se redressa sur son siège et il lâcha d'un ton détaché : « Nous pouvons trouver quelque chose pour vous. Vous chanterez avec nous. Avec... d'autres gens. Le numéro de votre agent figure sur le CV ?... Bien. Dites-lui que nous l'appellerons. » Il nous serra la main et nous donna congé. Mais avant que nous soyons partis, Linwell arrêta Jonah en lui posant une main sur l'épaule. Je sus ce qu'il allait dire avant qu'il ouvre la bouche. Je l'avais souvent entendu, dans une vie incroyablement lointaine, même si jusqu'alors la formule avait toujours été au pluriel. « Tu n'es pas comme les autres. »

Dehors sur Broadway, dans l'air de la fin de l'hiver, Jonah hurla comme une sorcière. « "Pas comme les autres", Mule. "Nous vous appellerons."

– Je suis bien content pour toi », lui dis-je.

Nous attendîmes l'appel pendant tout le printemps. M Weisman nous contacta pour des festivals, des concours et des séries de concerts – Wolf Trap, Blossom, Aspen – mais aucune nouvelle du Met. Lorsque Jonah demanda à M. Weisman de relancer le bureau de Linwell, notre agent se contenta de rire. « Les rouages de l'opéra se mettent en branle avec une extrême lenteur, et il arrive qu'il y ait des ratés. Vous aurez de leurs nouvelles quand vous en aurez. En attendant, souciez-vous plutôt de ce que vous êtes en train de faire. »

Weisman nous appela au début de l'été ; Harmondial s'était manifesté. Les ventes du premier enregistrement étaient lentes mais régulières, et Harmondial avait commencé à dégager des bénéfices. Le disque en était au quatrième pressage. Il allait y avoir un chèque de royalties, pas de quoi payer les notes de téléphone, mais ça faisait tout de même une somme. Harmondial voulait discuter d'un deuxième album. Deux jours après que Jonah eut accepté au téléphone le principe d'un nouveau contrat, le centre de Newark fut incendié. Cette ville industrieuse se trouvait à quelques minutes en métro de là où nous habitions : il ne restait plus que les murs, comme les quartiers de Hanoi que Johnson avait pris pour cibles. Nous étions en juillet. Le centre de Detroit connut le même sort la semaine suivante. Quarante et un morts, et quarante kilomètres carrés de ville en cendres.

Je fus pris de panique. « On ne peut pas faire ce disque. Dis-leur qu'on ne le fait pas.

– Mule ! Tu es cinglé ? Notre public a besoin de nous. » Il me secoua par les épaules, façon farce bouffonne. « Qu'est-ce qui te tracasse ? Ne me dis pas que tu perds ton sang-froid ! Ce n'est tout de même pas un brin d'éternité qui va te coller les chocottes ? Les gens t'écouteront après ta mort, et alors ? On peut tout corriger, en enregistrant.

– Ce n'est pas ça.

– Alors, c'est quoi ?

– Dis-leur qu'on ne peut pas. Dis-leur qu'on a juste besoin... d'un peu de temps. »

Il se contenta de rire. « Impossible, Joey. Déjà donné mon accord. Contrat oral. Tu es déjà légalement ligoté et bâillonné. Tu ne t'appartiens plus, frangin.

– Comme si je m'étais un jour appartenu. » Il était rare que ce soit lui qui détourne le premier le regard.

À peu près à la période où Jonah commença à préparer le deuxième album, nous commençâmes à recevoir des coups de téléphone anonymes : nous décrochions, et ça raccrochait à l'autre bout de la ligne. Il répondait, en pensant que c'était Weisman ou Harmondial, voire Crispin Linwell. Mais à l'instant où Jonah disait « allô », ça raccrochait. Il eut autant de théories qu'il y a de figurants dans *Aïda*. Il pensa même que ce pouvait être Gina Hills. J'étais seul à la maison, un après-midi du mois d'août lorsque le téléphone sonna. Jonah était sorti faire des vocalises dans une salle de répétition de NYU Downtown. Je répondis, et une voix plus familière que ma propre voix demanda : « Tu es seul ?

– Ruthie ! Oh mon Dieu, Ruthie, où es-tu ?

– Du calme, Joey. Je vais bien. Je vais très bien. Il est là ? Tu peux parler ?

– Qui ? Jonah ? Il est sorti. Qu'est-ce qui ne va pas ? Pourquoi est-ce que tu nous infliges ça ?

– Infliges ? Oh, Joey. Si tu ne comprends toujours pas... » Elle fit un effort pour contrôler sa voix. J'ignore lequel de nous deux était le plus mal à l'aise. « Joey, comment vas-tu ? Ça va ?

– Je vais bien. Nous allons tous bien. Da et Jonah. Tout... suit son cours. Si ce n'est qu'on se fait du souci pour toi, Ruth. On s'est énormément inquiétés...

– Arrête. M'oblige pas à te raccrocher au nez. » Je l'entendis éloigner le combiné, lutter pour ne pas éclater en sanglots. Elle se reprit. « J'aimerais te voir. » Elle demanda qu'on se retrouve dans un bar situé à l'angle nord-ouest d'Union Square. « Que toi, Joey. Je te jure, si tu viens pas seul, je fiche le camp. »

Je laissai un mot à Jonah, comme quoi je ne serais pas revenu pour le dîner. Je filai jusqu'à Union Square et cherchai fébrilement l'endroit qu'elle m'avait indiqué. Ruth était assise sur une banquette du fond. J'aurais sauté dans ses bras, si elle avait été seule. Elle avait amené un garde du corps. Elle partageait la banquette avec un type un peu plus âgé que Jonah, et nettement plus noir. Il arborait une coiffure afro de cinq centimètres de hauteur et une veste en jean, une chemise à fleurs, et une chaîne en argent au cou, à laquelle était suspendue un petit poing qui se refermait sur un symbole de paix.

« Joseph. » Ma sœur s'efforçait d'adopter un ton neutre et dégagé. « Je te présente Robert. Robert Rider.

– Enchanté. »

Robert Rider leva le menton, esquissant un demi-hochement de tête. « Pareillement », dit-il derrière un sourire dur. Je lui tendis la main, mais ses doigts enveloppèrent mon pouce, m'obligeant à en faire de même.

Je m'installai sur la banquette, face à eux. Ruth paraissait différente. Elle portait une minijupe vert vif et des bottes. J'essayai de me rappeler comment elle était habillée la dernière fois que je l'avais vue. Moi, cela faisait deux ans que j'avais la même chemise beige et le même pantalon noir. Il y avait quelque chose de bizarre dans sa coiffure. Je fis un signe de tête qui, je l'espérais, ressemblait à un assentiment. « Tu as changé. Qu'est-ce que tu as fait ? »

Elle grogna. « Merci, Joey. Ce n'est pas ce que j'ai fait. C'est ce que je ne fais pas. Fini le peigne à défriser. Finis les produits défrisants. Je suis ce que je suis, maintenant. »

À côté d'elle, Robert se fendit d'un large sourire. « Exact, *baby*. Nature, c'est pas dur. » Elle se blottit contre le type et colla sa paume dans la sienne.

Une serveuse vint prendre ma commande. Elle était noire, mignonne, devait avoir une vingtaine d'années. Elle et ma sœur avaient déjà sympathisé. « Mon frère », dit Ruth. La serveuse se mit à rire, comme si cela ne pouvait être qu'une plaisanterie. Je commandai un *ginger ale*, et la serveuse rit de plus belle.

« Tu es splendide, Ruth. » Je ne savais quoi dire d'autre. Effectivement, elle l'était. Elle semblait aller bien, en forme. Sauf qu'elle ne ressemblait pas à ma sœur.

« Faut pas que ça t'étonne à ce point. » Je le vis à sa façon de me dévisager : j'avais le teint pâle. Elle ne ferait aucune remarque.

« Ça va ? Où habites-tu ? Tu arrives à joindre les deux bouts ? »

Ruth me dévisageait, elle fit une grimace en secouant la tête. « Est-ce que *moi*, je vais bien ? Comment est-ce que *moi*, j'arrive à joindre les deux bouts ? Oh, Joey. Ce n'est pas pour moi que tu devrais te faire du mouron. Il y a vingt millions de gens dans ce pays dont les vies valent moins que ce que tu rapportes chaque fin de mois à la maison. » Elle lança un bref regard au type à côté d'elle. Robert Rider opina.

« Ce que je rapporte à la maison... » Je laissai tomber. Je me vis en agent double. Ma sœur voulait me parler. J'entendis dans sa voix tous les univers inédits qui s'ouvraient partout autour d'elle. Elle voulait me les donner. Il fallait que j'écoute en acquiesçant avec suffisamment d'enthousiasme, pour qu'elle continue. À force d'astuce, je lui ferais avouer son adresse actuelle et alors je préviendrais mon père et mon frère.

Elle se tourna vers Robert, qui examinait la bière posée devant lui. « Joey joue Grieg méchamment bien. Si les Noirs pouvaient voter, ils feraient de lui leur ambassadeur culturel. »

Robert cacha ses lèvres retroussées derrière son verre.

« Tu es encore à New York, Ruth ? » Je fis un geste de la main en direction de la baie vitrée. « Tu t'es installée en ville ?

– Oh, on habite ici et là. » J'adressai un bref regard à Robert. Mais ce « nous » semblait impliquer plus qu'eux deux. « De ville en ville. Exactement comme Jonah et toi. Peut-être pas le même standing. » Je sentis que je souriais trop. « Joey descend dans les hôtels », dit Ruth à Robert. « Z'ont-y parfois du mal à trouver une chambre pour vous, Joey ? Arrive-t'y qu'ils vous envoient voir ailleurs ? »

Je ne relevai pas. J'ignorais ce que je lui avais fait, hormis vivre. Par-dessus son regard de défi, les joues de Ruth tremblotaient. « Bon, quoi de neuf, Joseph ? Toi, ça va ? Tu t'en sors ? » Elle n'était pas venue pour se bagarrer. Si elle était ici, c'est qu'elle avait besoin de moi.

« Je vais bien. Si ce n'est que tu me manques. »

Elle détourna le regard. Sa figure était rongée de tics. Robert lui tendit un grand cartable noir en cuir. Ruth en tira une enveloppe en papier bulle. Elle la posa sur la table devant moi. « Robert m'a aidé à y voir un peu plus clair dans cette histoire d'incendie. »

J'envisageai différentes possibilités. Ma sœur était entrée dans une secte religieuse. Ou bien elle était passée dans l'illégalité. Mais en tendant la main pour attraper l'enveloppe, je sus de quel incendie elle parlait. À l'intérieur de l'enveloppe, il y avait tout un tas de photocopies de documents vieux d'une dizaine d'années. Ruth retint son souffle pendant que je les examinai. Il y avait du jugement dans l'air – tout le monde y passait, moi, eux deux, la nation, tout le passé et les erreurs cumulées. Je fis de mon mieux pour essayer de lire, mais j'avais du mal à me concentrer, avec ces yeux posés sur moi, qui me jaugeaient.

« On l'a eu tout le temps sous le nez. Je sais que tu t'es dit la même chose, souvent. Mais moi, il a fallu que je rencontre Robert, et que je lui raconte tout, à propos de Maman... C'est tellement évident, Joey. Tellement évident qu'il a fallu qu'on me mette le doigt dessus. »

J'avais entre les mains les copies des rapports de police concernant l'incendie de notre maison à Hamilton Heights. La maison dans laquelle nous avions grandi. La prose allait jusque dans les détails les plus pesants : mesures, heures, inventaire de ce qui avait été carbonisé. Je parcourus en diagonale la destruction de ma vie, telle que l'avaient rédigée un comité de serviteurs de l'État. La fillette de dix ans qui avait mordu la main du policier qui l'empêchait de passer, alors qu'elle voulait secourir sa mère, n'aurait pas survécu à la lecture d'un seul paragraphe sans le soutien de quelqu'un. Je survolai les deux dernières pages avant de lever la tête. Ruth me dévisagea, pleine d'espoir, apeurée. « Tu vois ? Tu piges ce que ça veut dire ? »

Elle fouilla dans la masse de papiers pour finalement retrouver celui qu'elle cherchait. Elle me le tendit, indiquant du bout de l'ongle l'acte d'accusation. Dans les romans, il y a tellement d'histoires de métis, dont les ongles les trahissent comme étant vraiment noirs. L'ongle de Ruth soulignait le terme « produits inflammables ». Présence de traces de produits inflammables au niveau des fondations.

« Tu sais de quoi il s'agit ?

– Des chiffons graisseux. Des bonbonnes d'essence à moitié vides. Le genre de trucs que Mme Washington conservait dans son sous-sol. »

Elle frémit, regarda Robert, puis se reprit : « Des trucs placés délibérément pour activer l'incendie. »

Robert opina. « *Quelqu'un* a activé l'incendie.

– Où est-ce que... Comment est-ce que vous... » Je baissai à nouveau la tête et me remis furieusement à lire. « Il n'y a rien là-dedans qui permette d'affirmer quoi que ce soit de ce genre. »

Robert dit d'un ton mordant : « Mais c'est un fait avéré !

– Produits inflammables, ça veut dire incendie criminel », ajouta Ruth.

Je secouai la tête. « C'est écrit nulle part. Ce rapport ne fait même pas état de... »

D'un rire d'une note, sans gaieté, Robert me coupa la parole. J'étais un naïf irrécupérable. Pire : un musicien classique. Avec des frangins comme moi, l'incendie serait à jamais resté un accident, c'était exactement ce que souhaitaient les autorités.

« Et s'il s'agit d'un incendie criminel... » Ruth attendait que je lui emboîte le pas. Mais c'était un combat perdu d'avance, ses yeux le savaient.

Robert fixa au loin un horizon menaçant. « Si c'est un incendie volontaire, c'est un meurtre. »

Je baissai les yeux sur les photocopies maculées d'encre, en quête d'un fait sur lequel m'appuyer. « Ruth. Écoute ce que tu es en train de dire. C'est impossible. C'est de la folie.

– C'est le moins qu'on puisse dire », m'accorda-t-elle. Robert Rider restait immobile.

C'est alors que le feu qui avait emporté ma mère embrasa ma colonne vertébrale et m'explosa au cerveau. Le sol se déroba sous mes pieds. Je me cramponnai à la table, mes mains étendues comme en un accord plaqué, silencieux. Les cauchemars, vieux d'une décennie, où je voyais Maman suffoquer, refluaient dans la pleine lumière de ma vie adulte. Je ne pouvais pas me laisser gagner par cette pensée. Cette pensée que j'avais en tête.

Je levai les yeux sur Ruth. Son visage se brouilla. Elle vit ma panique animale. « Oh, Da n'avait rien à voir avec ça ! » Il y avait dans sa voix une dose de pitié, derrière le dégoût. « Le bonhomme n'est pas assez malin pour comprendre ce qui a déclenché l'incendie. N'empêche, il est responsable de sa mort, comme si c'était lui qui avait craqué l'allumette. »

La folie de ses propos me fit redescendre sur terre. « Ruth. Tu as perdu la tête. » Son regard me dit qu'elle voulait se protéger à tout prix. Je baissai les yeux sur les preuves inexistantes. « Si le rapport de police a trouvé des éléments indiquant que c'était un incendie criminel, pourquoi est-ce qu'il n'y a pas marqué incendie criminel en toutes lettres ?

– Pourquoi se compliquer la vie ? » Ruth balaya du regard la salle bondée. « Personne n'a été blessé. Juste une Noire.

– Mais alors, pourquoi se donner la peine de mentionner les produits inflammables dans le rapport ? »

Ruth se contenta de hausser les épaules, les yeux dans le vide. Mais Robert se pencha en avant. « Il faut savoir comment travaillent ces gens-là. Ils font figurer le minimum de faits, de manière à ne pas se faire choper si le dossier est rouvert. Mais ils ne mettront jamais un seul mot qui laisse entendre qu'il y a matière à ouvrir une procédure. Tant qu'ils ne sont pas obligés.

– Je ne comprends pas. Comment est-ce que ça aurait pu être un acte délibéré ? Qui aurait pu vouloir... »

Ruth se tenait la tête. « Un Blanc marié à une Noire ? À New York, six millions d'habitants avaient cette bombe à la main.

– Ruth ! Il n'y a pas eu de bombe. La chaudière a explosé.

– Le feu s'est propagé parce que quelqu'un avait placé quelque chose dans la maison. »

Certes, il y avait eu de la violence. Une violence régulière, depuis toujours. Des mots, des menaces murmurées, des bousculades, des crachats : tous ces actes confus que j'avais vus au cours de mon enfance, et que j'avais refusé de nommer. Mais pas ce niveau de folie. « Écoute. Si c'était une attaque qui visait un couple mixte, alors c'était également une attaque contre Da. Comment peut-on dire que l'agresseur était...

– Joey. Joey. » Les yeux de Ruth s'embuaient. Elle avait du chagrin pour moi. « Pourquoi est-ce que tu nies l'évidence ? Tu ne vois donc pas ce qu'ils nous ont fait ? »

Robert posa le tranchant de sa main énorme sur la table. « Si la police avait eu un suspect noir sous la main, le type passait à la chaise électrique dans les six semaines. »

Je dévisageai cet inconnu. Depuis combien de temps travaillaient-ils ensemble à cette théorie ? Comment s'étaient-ils procuré ces photocopies ? Ma sœur en avait plus dit sur la mort de ma mère à ce type extérieur à la famille qu'elle ne m'en avait dit à moi. Je restai là, essuyant les gouttelettes qui avaient glissé à l'extérieur de mon verre. Nous étions nés au même endroit, à quelques années d'écart, des mêmes parents. À présent ma sœur vivait dans un autre pays.

« Da a touché l'argent de l'assurance-vie de Maman. » Tout en parlant, j'observai ma sœur. C'est seulement alors que je me rendis compte combien nous avions été criminels envers elle. L'essentiel de cet argent avait été utilisé pour mettre notre carrière sur orbite, à Jonah et moi. Ruth n'en avait perçu qu'une fraction, qui avait servi à payer ses frais de scolarité à l'université. Et maintenant, elle avait quitté la fac. « Si la compagnie d'assurances avait eu seulement l'ombre d'un doute... »

Ruth regarda Robert. Leurs preuves vacillaient. J'avais juste voulu la réconforter ; j'avais atteint exactement le but contraire. Robert haussa les épaules. « Je suis persuadé que la compagnie d'assurances s'est penchée là-dessus, dans la mesure de ses moyens. Ils n'ont pas pu prouver qu'il y avait fraude. Une fois cela acquis, ils se fichaient pas mal de savoir comment cette femme était morte.

– Ruth. Écoute-moi. Tu sais que Da n'aurait jamais laissé passer ça sans faire une enquête. S'il y avait eu le moindre doute. Le moindre soupçon. »

Ruth me rendit mon regard appuyé. Je ne l'aidais pas, j'attaquais. Mais elle avait encore besoin de moi, pour une raison que j'ignorais. « C'est un Blanc. Des notions de ce genre lui échappent complètement. Il avait besoin que ce soit un accident. Sinon, il aurait eu sa mort sur la conscience. »

Ruth, quant à elle, avait besoin du contraire. Pour elle, il fallait que Maman eût été assassinée, et par quelqu'un que nous ne connaîtrions jamais. Quelqu'un qui peut-être ne nous connaissait même pas. C'était la seule explication qui lui laisserait un petit espace pour vivre en ce monde. Je soulevai le paquet de photocopies, leur dossier à charge. « Qu'est-ce que tu as l'intention de faire avec ça ? »

Ils échangèrent un regard, trop fatigués pour m'éclairer. Ruth secoua la tête, et la baissa. Robert grimaça. « Un Noir n'arrivera jamais à faire rouvrir un dossier de ce genre. »

J'eus la sensation étrange qu'ils voulaient que je fasse appel à Da – un Blanc – pour entamer une procédure. « Bon sang, mais qu'est-ce que tu veux de moi ? » J'entendis les mots sortir de ma bouche sans pouvoir les retenir.

Ruth appuya les doigts de son poing fermé sur ses lèvres. « T'inquiète pas, Joey. On ne veut rien de toi. » Robert bougea sur sa banquette. Il regarda le siège, entre eux, comme s'il avait fait tomber quelque chose. Je ressentis une bouffée d'admiration pour cet homme, une admiration fondée sur rien d'autre que sa détermination à être présent. « On s'est juste dit que tu voudrais savoir comment ta mère... » La voix de Ruth se liquéfia. Elle me prit les photocopies des mains et les remit dans le cartable.

« Il faut le dire à Jonah. »

Un mélange d'espoir et de haine apparut dans les yeux de ma sœur. « Pourquoi ? Pour qu'il me traite de dingue, comme son petit frère vient de le faire ? » Sa lèvre tremblait, et elle se la mordit, juste pour arrêter le tremblement.

« Il a plus l'esprit à... Il voudra savoir ce que tu penses de ça.

– Pourquoi ? » répéta Ruth, totalement sur la défensive. « Pendant des années j'ai essayé de lui dire des choses comme ça. Je peux lui dire que dalle sans qu'il se foute de moi. Ce type me méprise. »

Sa bouche se froissa comme une voiture emboutie. Ses yeux se gonflèrent, et une rainure luisante apparut sur sa joue de noix. Je tendis le bras et lui pris la main. Elle ne chercha pas à s'échapper. « Il ne te méprise pas, Ruth. Il pense que tu ne...

– La dernière fois que je l'ai vu ? » Elle indiqua d'un geste sa nouvelle coupe de cheveux. « Il a dit que je ressemblais à une choriste de doo-wop. Que ce que je racontais ressemblait au journal intime de Che Guevara. Il m'a ri au nez.

– Il a certainement ri pour le plaisir de rire. Tu connais Jonah... » C'est au beau milieu de ma phrase que je me rendis compte de ce que je venais d'entendre. « Attends. Tu veux dire que tu l'as vu récemment ? » Elle détourna le regard. « Il ne me l'a jamais dit... Et toi, tu ne m'en as pas parlé ! » J'enlevai ma main de la sienne. Elle la rattrapa.

« Joey ! Ça a duré cinq minutes. Une catastrophe. Je n'ai rien pu lui dire. Il a commencé à me crier dessus avant même...

– L'un de vous deux aurait pu me le dire. Moi, je croyais qu'il t'était arrivé quelque chose. Que tu avais peut-être des ennuis, que tu étais peut-être blessée... »

Elle baissa la tête. « Je suis désolée. »

Je l'observai. La petite fille qui avait chanté *« Bist du bei mir »* aux funérailles de sa mère. « Ruth. Ruth. » Une syllabe de plus et c'en était fini pour moi.

Sans relever la tête, elle fouilla dans le fond de son cartable pour attraper son porte-monnaie. Payer et s'en aller au plus vite. Puis elle s'arrêta et lâcha : « Joey, viens avec nous. »

J'écarquillai les yeux en indiquant le sol de la main droite : *Maintenant ?* Je me tournai vers Robert. Son visage prit une expression qui signifiait quelque chose comme : *Quand donc, sinon maintenant ?* L'incendie – leur théorie à ce propos, notre dispute – n'était qu'une étape dans un programme plus vaste. « Venir… Où allez-vous ? »

Ruth éclata d'un vrai rire de contralto qui venait de loin. Elle s'essuya les yeux. « Toutes sortes d'endroits, mon frère. Dis un nom, c'est là qu'on va. »

Un sourire large comme un soleil s'étala sur le visage de Robert. « Tout est en marche. Tout ce qu'on veut, si on bosse assez dur. »

Je restai silencieux. L'espace d'une seconde je fus simplement heureux d'avoir retrouvé ma sœur.

« On a besoin de toi, Joey. Tu es intelligent, compétent, tu as fait des études. Des gens meurent à Chicago, dans le Mississippi. Mon Dieu, même ici, à Bedford-Stuyvesant. Des gens meurent partout parce qu'ils refusent de mourir à petit feu.

– Qu'est-ce que vous… ?

– On travaille à l'avènement du grand jour, frangin. C'est facile. On est partout.

– Vous faites partie d'une organisation ? »

Ruth et Robert échangèrent des regards. Ils procédèrent à une négociation instantanée, évaluèrent mon cas, et décidèrent qu'il était préférable d'opter pour la discrétion. C'était sans doute Robert qui l'avait suggéré, et ma sœur était d'accord. Pourquoi me faire confiance, après tout ? J'étais manifestement dans l'autre camp. Ruth tendit le bras par-dessus la table et me prit le coude. « Joey, il y a tellement de choses que tu pourrais faire. Tellement pour des gens comme nous. Pourquoi est-ce que tu… ? » Elle adressa un regard à Robert. Il ne volerait pas à son secours. J'étais reconnaissant envers cet homme ; au moins ne me jugeait-il pas. « Tu es empêtré dans le passé, frérot. Regarde ce que tu colportes. Regarde qui achète. Tu ne vois même pas. Comment est-ce que tu peux faire le jeu des bourgeois quand ton propre peuple ne peut même pas décrocher un boulot, ni même compter sur les lois pour être protégé ? Tu fais le jeu de la haute, celui des oppresseurs… » Elle baissa le ton. « Est-ce que c'est le monde dans lequel tu veux vivre ? Tu ne préférerais pas œuvrer à la suite ? »

Je me sentis vieux d'un million d'années. « C'est quoi, la suite, Ruth ?

– Tu ne sens donc rien ? » Ruth fit un geste de la main en direction de la vitrine derrière moi – le monde de 1967. Je dus résister pour ne pas me retourner et regarder. « Tout est en train de changer, ça bouge. On est en plein dedans. Des sons nouveaux, partout. »

J'entendis Jonah chanter *Dancin' in the Streets* en un falsetto funky. Je levai la tête. « Nous jouons beaucoup de musique moderne, tu sais. Ton frère est très progressiste. »

Le rire de Ruth fut cassant. « C'est fini, Joey. Le monde auquel tu as consacré ta vie a vécu. »

Je contemplai mes mains. J'étais en train de pianoter sur la table. À l'instant où je m'en rendis compte, mes mains s'immobilisèrent. « Qu'est-ce que tu veux que je fasse, à la place ? »

Ruth regarda Robert. L'avertisseur lumineux, à nouveau. « Il y a du pain sur la planche. »

Un sentiment terrible s'abattit sur moi. Je refusais de regarder les choses en face. « Vous n'êtes pas impliqués dans quoi que ce soit de criminel ? » Je l'avais déjà perdue. Je n'avais rien de plus à perdre.

Ma sœur eut un sourire crispé. Elle secoua la tête, pourtant ce n'était pas un geste de dénégation. Robert se jeta à l'eau en prenant un risque bien plus important que moi. « Criminel ? La question n'a pas de sens. Tu sais, ça fait tellement longtemps que la loi est contre nous. À partir du moment où la loi est corrompue, tu n'as plus à la considérer comme la loi.

– Qui décide de ça ? Qui décide quand la loi...

– C'est nous qui décidons. Le peuple. Toi et moi.

– Moi, je suis juste pianiste.

– Tu es ce que tu veux être, mec. »

Je m'appuyai au dossier. « Et toi, qui es-tu, *mec* ? »

Robert, sur le point de vaciller, me regarda, acculé. J'avais joué la colère ; en retour, j'eus la douleur. J'entendis ma sœur dire : « Robert est mon mari. »

Pendant un long moment, je fus incapable de produire le moindre son. Finalement, je réussis à articuler : « Félicitations. » Je ne trouvai aucune raison d'être content pour eux. J'aurais joué à leur mariage, toute la nuit, tout ce qu'ils auraient voulu. Tout ce que je pouvais faire à présent, c'était accepter la nouvelle. « C'est formidable. Depuis quand ? » Ruth ne répondit pas. Son mari non plus. Nous restâmes tous les trois, chacun à se tortiller sur place, chacun condamné à son propre enfer. « Tu avais l'intention de me le dire quand ?

– On vient juste de te le dire, Joe.

– Ça fait combien de temps qu'on est assis ici ? »

Ruth refusa de me regarder dans les yeux. Le regard de Robert croisa le mien, il murmura : « En fait, on n'avait pas l'intention de te le dire. »

Mon dos claqua contre le dossier. « *Pourquoi* ? Qu'est-ce que je vous ai fait ? »

Le visage de Ruth disait : *Et toi, qu'est-ce que tu as fait pour moi ?* Mais en voyant ma réaction, elle craqua : « C'est pas toi, Joey. On voulait pas que la nouvelle... remonte.

– *Remonte ?* Tu veux dire remonte jusqu'à Da ?

– À lui. Et... à ton frère.

– Ruth. Pourquoi ? Pourquoi est-ce que tu leur fais ça ? »

Elle se pelotonna contre son homme et lui passa le bras autour du cou. Il la serra contre lui. Mon beau-frère. Pour la protéger contre les mots que je pourrais prononcer. Contre tout ce que nous autres avions fait pour la faire suer. « Ils ont pris position. Je ne suis plus rien à leurs yeux. »

Tout paraissait forcé et erroné, dans cette déclaration. Le *mariage* de ma sœur, l'idée même, semblait condamné d'avance. « Ils vont vouloir savoir. Ils seront contents pour toi. » Ma voix ne flancha même pas.

« Ils trouveraient un moyen de nous insulter, moi et mon mari. Je ne leur donnerai pas ce plaisir. Tu n'as pas intérêt à leur dire. Ni même que tu m'as vue.

– Ruth. Que s'est-il passé ? À quoi tu joues ?

– Je ne joue à rien, frangin. Tout était déjà joué. À la naissance. » Elle posa le bras sur la table pour que je l'examine. Que j'aie une preuve physique sous les yeux.

« Comment peux-tu traiter Da comme ça, Ruth ? Cet homme est ton père. Qu'est-ce qu'il t'a... »

Elle tapota le cartable : le dossier en papier kraft. « Il était au courant. Il a lu tous ces rapports un mois après que ça s'est passé.

– Ruth, tu ne le *sais* pas avec cer...

– Il ne nous en a jamais dit un mot. Ni à l'époque, ni plus tard. Tout n'a toujours été qu'un accident. Le destin, et rien d'autre. Lui et sa prétendue femme de ménage...

– Mme Samuels ? Qu'est-ce que Mme Samuels a à voir...

– Ces deux-là, qui nous élevaient comme trois gentils mômes blancs ? Les races ? Quelles races ? Quelles couleurs ? L'interminable, et humiliante, et quotidienne... » Son corps se mit à trembler. Robert Rider posa la main dans le creux de son dos, et elle s'affaissa. Elle se coula dans les bras de son mari. Robert resta impassible, caressant patiemment ces cheveux en pétard, désespérément raides. J'avais envie de tendre le bras et de lui prendre la main. Mais ce n'était plus à moi de la consoler.

« C'était leur façon de faire, Ruth. Faire avancer le monde. Un raccourci vers le futur, en une génération. Un saut... au-delà des races.

– Il n'y a pas de raccourci, siffla-t-elle. Pas de futur. » J'attendis qu'elle aille au bout de sa pensée. C'était chose faite.

« Si Da avait pu penser une minute que quelqu'un... » Je n'étais pas sûr de ce que j'avais l'intention de dire. « Quoi qu'il nous ait dit, ou pas dit, au sujet de l'incendie, je suis certain qu'il s'efforçait d'honorer sa mémoire. »

D'un geste de la main, Ruth me fit taire. Elle en avait assez de moi et de ceux de mon espèce. Elle s'extirpa de l'étreinte de son mari, enfonça la main dans la pièce montée de ses cheveux, et se tamponna les yeux à l'aide d'une serviette de papier. Quand elle posa la serviette, elle s'était recomposé un visage humain. Elle était prête à affronter tous les obstacles du monde dont ses parents avaient oublié de lui parler. Elle attrapa son cartable, se leva et, s'adressant plus à son bracelet-montre qu'à moi : « Il faut que tu laisses tomber ce type, Joey.

– Ce type ? L'abandonner ?

– Il n'a rien fait d'autre que t'exploiter. Depuis le début.

– Da ? *M'exploiter*, moi ?

– Non, pas Da ! » Sa bouche se tordit, elle était au supplice. Elle refusait de prononcer son nom.

« Jonah ? » D'un geste de la main, j'indiquai le cartable, le dossier. « Jonah ne sait rien de tout cela. Il ne peut pas réfuter ta théorie si tu ne veux même pas...

– Jonah, articula-t-elle à la manière d'un présentateur radio en direct du Met, ne sait pas grand-chose de ce qui se passe en dessous de son perchoir. » Robert pouffa. J'étais à deux doigts de faire pareil. La petite Rootie avait toujours eu un remarquable talent d'imitatrice.

« Il fait ce qu'il peut. Ce qu'il fait de mieux au monde.

– Être blanc, tu veux dire ? » Elle me fit taire d'un geste avant que je puisse ouvrir la bouche pour contre-attaquer. « Tu n'es pas obligé de le défendre, Joey. Vraiment, pas obligé. Il a un petit secret ? Eh bien, c'est pas moi qui irai le crier sur les toits !

– Une voix comme ça pourrait nous être utile. » À la manière dont Robert avait dit cela, je compris : il s'était glissé sur la pointe des pieds à un de nos concerts. Il avait entendu chanter son beau-frère, et ce qu'il avait entendu l'avait sidéré. « Le monde est à feu et à sang. Tout le monde peut se rendre utile.

– C'est lui qui finirait par se servir de nous », dit Ruth. Elle le détestait. C'était tellement inimaginable que je ne songeai même pas à lui demander pourquoi. « Alors, frangin ? » Elle sortit son portefeuille et y pêcha quelques dollars. Je me demandai comment elle s'en sortait, financièrement. Je ne savais même pas comment mon beau-frère gagnait sa vie. « Tu as eu toutes les preuves sous les yeux. Les faits concernant ce qui nous est réellement arrivé. À toi de choisir.

– Ruth. Choisir *quoi* ? À t'entendre, on dirait qu'il s'agit d'une épreuve de force. » Elle me fixa en penchant la tête sur le côté, puis leva les sourcils. « Je suis censé choisir entre quoi et quoi ? Jouer du piano ou vous aider à sauver notre peuple ?

– Tu peux faire pencher la balance. Ou pas.

– Nom de Dieu. Tu ne veux même pas me dire où tu habites. Tu ne vas même pas me dire dans quoi tu es impliquée. Trafic de flingues, ou un truc dans le genre ? Explosion d'immeubles ? »

La main massive de Robert passa au-dessus de la table et atterrit sur mon poignet. Mais en douceur, avec assurance. Avec trop de grâce pour faire peur. Il aurait fait un superbe violoncelliste. « Écoute. Ta sœur et moi, on est maintenant au Parti.

– Au Parti ? Le Parti communiste ? »

Ruth ricana. Elle appuya les paumes de ses mains sur ses joues. « Irrécupérable. Ce garçon est irrécupérable. »

L'ombre d'un sourire apparut brièvement sur le visage de Robert. « *Panthers.* » Il se pencha en avant. « On travaille à l'installation d'une section à New York. »

Ruth avait raison. J'étais le bon Nègre au service du Blanc. Rien que d'entendre ce mot, ça me fichait la trouille. Je restai immobile un moment, à retourner le mot dans ma tête jusqu'à ce qu'il se désintègre. « Où est ton blouson en cuir noir ?

– Laissé à la maison. » Robert sourit, me lâcha le poignet et fit un geste de la main en direction de l'extérieur. « J'ai cru qu'il allait pleuvoir. »

S'était-elle radicalisée par amour, ou bien était-elle tombée amoureuse de lui surtout pour des raisons politiques ? « Vous allez tirer sur des gens ? » demandai-je à ma petite sœur.

J'avais formulé cette question comme une blague nerveuse. Ruth répondit : « C'est eux qui nous tirent dessus. » J'étais incapable d'articuler. Je ne pouvais même pas respirer sans trahir quelqu'un de ma famille.

Ma sœur vit mon malaise. Elle se raidit, prête à partir en guerre. Mais son mari s'interposa entre nous, d'une voix apaisante. « La terre, le fric, l'éducation, la justice et la paix. On ne parle de rien d'autre.

– Et le droit de se trimballer en public avec des armes à feu. »

Ruth rit. « Joey ! Dis donc, tu lis les journaux. Les journaux blancs, évidemment. Mais quand même. »

Robert opina. « On milite pour ça, ouais. On est bien obligés. La police nous veut les mains vides. Les Blancs veulent être les seuls à posséder des armes. Pour continuer à faire de nous ce qu'ils veulent. » Pour moi, c'était de la folie. Le stade terminal de la folie, aussi chronique que les rues de Watts. Et pourtant, hormis cette unique soirée de cauchemar, je savais que ma vie était un rêve bien plus fou, bien plus protégé. « Chacun a le droit de se défendre, me disait mon beau-frère. Tant que la police continuera à nous tirer dessus à volonté, moi je militerai pour ce droit. Ils ont le choix : les États-Blanchis d'Amérique ou bien les États-Punis par le feu. »

Ses paroles étaient dénuées de toute emphase. Le son se dissipa dans le brouhaha de la salle. Je vis ce que Ruth appréciait chez cet homme. Moi aussi, j'avais besoin de son approbation, et pourtant je ne le connaissais même pas. Ruth fit mine de le secouer. « Allons, Robert. Joey est trop occupé. Trop occupé pour s'intéresser aux faits. Trop occupé pour voir ce qui arrive.

– Ruth ! » J'appuyai les poings de toutes mes forces sur mes yeux. « Tu vas me tuer. Qu'est-ce que ça a à voir avec... ? » J'indiquai d'un geste son cartable.

« Avec la façon dont ta mère est morte ? Je me suis dit que ça t'aiderait à comprendre de qui tu es le fils. C'est tout. »

Je suis le mignard à ma moman. Je me forçai à parler lentement, en essayant de trouver le tempo. « Ma mère a épousé mon père. Ils nous ont élevés comme ils ont cru bon de le faire. Elle est morte dans un incendie. » *Ce n'est pas l'incendie qui l'a tuée.*

« Ta mère a été victime de ce qui, fort probablement, était un acte de haine raciale. Chaque jour, quelqu'un, quelque part, meurt comme elle est morte.

– Ta mère... » Je n'en pouvais plus. Notre mère n'appartenait ni à Ruth ni à moi. Nous l'avions tous deux perdue. Je contemplai Ruth une dernière fois. « Maman chantait Grieg méchamment bien. »

Elle ne répondit pas. Une drôle d'expression lui traversa le visage. Je la vis clairement, mais je ne sus la déchiffrer. Elle laissa trop d'argent sur la table, et tous deux s'en allèrent. Je voulus me lever et les rattraper. Mais j'étais coincé dans le box, inutile, ne croyant plus en rien.

Je ne dis pas à Jonah que je l'avais vue. S'il le devina, il se garda bien de m'en faire part. Je ne parlai pas de la fois où lui l'avait vue. Je ne fis pas la moindre allusion à cette rencontre en présence de Da. Ma loyauté vis-à-vis de Ruth était plus forte que tout ce que je devais à mon frère et à mon père – je l'avais déjà si terriblement trahie. Chaque fois que je parlais à mon père, désormais, je voyais un tas de photocopies extraites du rapport de police, enfouies dans les fichiers de ses souvenirs. Savait-il ce qu'elles contenaient ? Pouvait-il dire ce qu'elles signifiaient ? Je n'étais même pas capable de formuler les questions dans mon esprit. Alors comment pouvais-je espérer l'interroger ? Mais Da m'apparaissait sous un autre jour, maintenant, comme filtré à travers toutes les choses qu'il ne m'avait pas dites, qu'il eût ou non le loisir de m'en parler.

Cette année-là est devenue floue comme un souvenir d'opéra. Trois astronautes périrent brûlés sur la rampe de lancement. Un chirurgien d'Afrique du Sud plaça le cœur vivant d'un homme dans le corps d'un autre homme. Israël balaya en six jours la puissance des armées arabes rassemblées, et même mon antisioniste de père craignit que cette victoire éclair ne manifestât quelque présage biblique.

Une pièce de théâtre mettant en scène un boxeur noir du début du siècle qui embrassait sa femme blanche scandalisa encore plus le public que le véritable boxeur qui avait inspiré la pièce, un demi-siècle plus tôt. Tracy et Hepburn étaient confrontés à la perspective d'avoir un gendre noir. Un Noir vint siéger à la Cour suprême, et je me demandai si le mari de ma sœur en éprouvait la moindre satisfaction. La nomination de Marshall, même à mes propres yeux, paraissait mesquine, trop tardive. Dans l'année, soixante-dix émeutes différentes se propagèrent dans une dizaine de villes. Le pays basculait, et ce bouleversement tenait en deux mots seulement : *Black Power*.

Étrangement, Jonah adorait cette appellation. Il adorait le désarroi que cela semait parmi les rangs de ces bons Américains qui ne s'occupaient que de ce qui les regardait. Il y voyait un théâtre de la guérilla, tout aussi déstabilisant sur le plan esthétique que le meilleur de Webern ou de Berg. Il arpentait l'appartement en brandissant son poing revêtu d'un gant de golf marron foncé, et s'écriait « Mulâtre *Power* ! Mulâtre *Power* ! » avec moi pour seul auditeur.

Néanmoins, la musique de cette année-là résonne encore, joyeuse, folle d'amour et gorgée de soleil. La musique blanche devint noire, en dérobant la sainte colère du funk. Le son de Motown envahit même les villes épargnées par les émeutes récentes. Au même moment, le festival de Monterey propulsa la pop à une altitude que même mon frère ne pouvait décemment tourner en ridicule. Jonah rapporta à la maison le premier album de rock qu'il eût jamais acheté de sa poche. Les Beatles posaient sur la pochette en costumes de musiciens militaires edwardiens résolument kitsch, au milieu d'une distribution d'enfer. « Il faut que tu écoutes ça. » Jonah m'installa sous les deux moitiés de melon des écouteurs molletonnés et me fit écouter le dernier morceau, cette lente montée orchestrale cacophonique qui débouchait sur un accord majeur joué *forte* qui se dissipait vers l'éternité. « D'où leur est venue l'idée, selon toi ? Ligeti ? Penderecki ? La pop pille à nouveau le classique, comme quand Tin Pan Alley pillait Rachmaninov. »

Il me fit écouter le disque entier, tout en mettant en avant ses titres préférés. Du music-hall anglais au raga indien, des citations de sonates à des gouffres sonores à ce jour inédits. « C'est tripant, hein ? » J'ignorais où il avait appris ce mot.

L'année se scinda en traînées vaporeuses aussi enchevêtrées que les trajectoires des chambres à brouillard que Da étudiait. La mode devint folle. Robes safari, chemisiers cosaques, vestes d'aviateurs, velours victorien, minijupes en vinyle de l'ère spatiale couleur métal argenté, gilets Nehru, bottes de combat avec bas résilles, jupes-culottes et capes : un éclatement grandiose en mille lieux et mille époques, hormis la nôtre. Cinquante mille personnes envahirent le Mall pour protester contre la guerre, et sept cent cinquante mille défilèrent sur la Cinquième Avenue, à New York, en faveur de la guerre. Coltrane mourut, et le gouvernement US reconnut officiellement le blues en envoyant Junior Wells en tournée de conciliation en Afrique. Che Guevara et George Lincoln Rockwell moururent tous deux de mort violente. Jonah et moi vécûmes entre les hippies et les meurtres d'infirmières en série, entre décolonisation et défoliant, entre Twiggy et Tiny Tim, entre *Hair* et *Le Singe nu*.

Nous étions dans une chambre d'hôtel quelconque à Montréal ou Dallas, en train de regarder les nouvelles, histoire de ne pas complètement nous détacher de la surface du monde. En plein reportage – un lancement de fusée dans l'espace ou une émeute, un *love-in* ou un massacre collectif, l'autocouronnement d'un empereur ou une insurrection dans le tiers monde – et Jonah secouait la tête. « Qui a besoin d'opéra, Mule ? Pas étonnant que ce machin tombe en désuétude. Comment l'opéra peut-il sortir se mesurer avec ce cirque ? »

Nous assistâmes jusqu'au bout au spectacle de cette année tout en attendant que le Met appelle – ce qui, pour Jonah, signifierait la délivrance et, pour moi, une condamnation à mort. « Ça les inquiète que je n'aie jamais chanté avec un orchestre. » Il décida d'étoffer son CV en acceptant n'importe quel cachet de soliste avec orchestre symphonique. Il demanda à M. Weisman, décontenancé, de lui dégoter n'importe quoi, pourvu que ce soit avec une formation de musiciens. « J'ai du volume, vous le savez.

– Ce n'est pas une question de volume, fiston. » M. Weisman, dont la fille âgée de cinquante ans venait de mourir d'un cancer du sein, s'était mis à nous appeler ses fistons. « Il s'agit de te positionner. Faire en sorte que certaines personnes entendent ce que tu sais faire.

– Moi, je ferai tout ce que veut le public. Pourquoi leur faut-il une étiquette ? Est-ce qu'ils ne peuvent pas juste écouter ? »

Il ne supportait pas d'attendre pour trouver des jobs avec orchestre. « Ça n'en finit pas, Joey, nom d'une pipe ! Le filage, la première, le concert, etc. Non, il faut conserver la spontanéité. »

À Interlochen, il remplaça au pied levé le ténor qui devait chanter dans *Das Lied von der Erde* et qui avait attrapé la grippe. Le chef d'orchestre n'avait trouvé personne d'autre capable de monter sur scène dans un délai si court. Il fallut moins de cinq semaines à Jonah pour maîtriser les airs perfidement escarpés du ténor. « Je suis né en chantant ça, Joey. » J'assistai au spectacle parmi un public ému aux larmes. Da vint assister à la première. Il écouta son fils voguer ivre dans les vents silencieux de l'espace, et parodier la misère humaine : *Dunkel ist das Leben, ist der Tod.* « Sombre est la vie, est la mort. » Cette voix ne connaissait rien d'autre que sa propre flamme et changeait de cap avec une précision singulière, alimentée par un talent puisant aux extrêmes de la musique : *Was geht mich denn der Frühling an ? Laßt mich betrunken sein !* « Que peut signifier pour moi le printemps ? Laisse-moi à mon ivresse ! »

Les gens qui n'avaient jamais entendu parler de Jonah chanteur de *lieder* le découvrirent. Ils applaudissaient pour qu'il revienne sur scène interpréter la *Symphonie des Mille* en rappel. Le critique du *Detroit Free Press* le qualifiait d'« ange découvreur de planètes ». En vérité, ils avaient raison. Il n'était pas d'ici. Sa voix était constamment à la recherche d'un coin dans cette galaxie provinciale où il pourrait se poser pendant une ou deux éternités.

Juste avant Chicago et notre début à l'Orchestra Hall parut l'article désastreux dans *Harper's*, qui le traitait de laquais à la solde de la culture blanche. Jonah crut sa carrière terminée. Quand les gens de l'Orchestra Hall découvriraient l'article, ils résilieraient son contrat. Il n'arrêta pas de me relire le passage qui le concernait. «"Et pourtant il y a de jeunes Noirs étonnamment talentueux qui essayent encore de jouer le jeu de la culture blanche, alors même que leurs frères meurent dans les rues." C'est moi, mon gars, celui qui poignarde les autres dans le dos, et pas qu'un peu. Je te plante et je te laisse pour mort, si besoin est. »

L'Orchestra Hall ne résilia pas le contrat. Malgré notre dispute avant le concert au sujet de nos parents et d'Emmett Till, et malgré une crise d'étouffement juste une heure avant le concert, Jonah chanta comme jamais – Schumann, Wolf et Brahms – et provoqua le délire dans le public.

L'accusation du *Harper's* le rongeait. Il avait échappé à tout cela, sans même s'en rendre compte. Tous les gars de son âge, brisés, expulsés, menacés, tabassés, tués, pendant qu'il avait la voie libre du fait de son teint pâle. Tous ces hommes en captivité, réprimés, obligés de creuser les fossés de la civilisation, à encaisser les coups, pendant que lui était sur scène, à agiter des napperons fleuris, à immobiliser le temps. Il avait lu l'article et hoché la tête : était-ce réellement possible ?

Il annula deux semaines d'engagements, sous prétexte de grippe. En fait, il avait peur de se montrer en public. Il ne savait plus comment les gens percevaient son visage. Pourtant, il ne s'était jamais grandement soucié de la façon dont les autres le voyaient. La musique était le lieu où l'apparence perdait toute son importance, et où seul le son était roi. Sauf que voilà, quelqu'un prétendait le contraire : la musique était aussi insignifiante que pouvait l'être l'interprète. La façon dont les auditeurs appréhendaient un air dépendait beaucoup de celui qui se trouvait sur scène.

Au bout d'un certain temps, l'horreur inspirée par l'article du *Harper's* se mua chez Jonah en fascination. Il était stupéfait que l'auteur de l'article ait pris la peine de l'éreinter. Une telle attention le hissait à un niveau d'intérêt sans précédent ; il était acteur dans une dramaturgie plus vaste que toutes celles auxquelles il avait jusqu'alors participé. Un Noir « étonnamment talentueux » jouant le jeu de la culture blanche. Et *gagnant*. Il retournait la formule dans tous les sens. Puis, usant de l'art de la modulation où il excellait, il changea d'attitude. Après des jours et des jours à nier ce qui lui était reproché, Jonah prit le parti de s'en divertir.

Il revint au circuit des concerts, auréolé à présent de cette condamnation. Et quand M. Weisman appela, avec quelques offres sérieuses pour qu'il se produise comme soliste – avec orchestre ou chorale –, Jonah s'était fait une raison. Les gens sentaient venir l'opéra, et ils voulaient des billets. *Harper's* allait lui apporter la notoriété.

« Remercie Notre Seigneur Tout-Puissant de nous avoir apporté la révolution, Mule. Le mouvement nous ouvre des portes. Notre peuple en bénéficie. Ça va nous valoir un coup de fil du President Lincoln Center. » Il frotta mes cheveux coupés en brosse comme j'avais toujours détesté. « Hein, frangin ? Ça marche, la culture. Joie et élévation morale. Il faut bien que le Al Jolson des Noirs gagne sa croûte. »

Il se mit à lire au téléphone l'accusation du magazine à quiconque acceptait d'écouter. « Où est ta frangine au moment où on a besoin d'elle ? »

Il savait parfaitement ce qu'il en était. « Elle l'a vu. Je te parie tout ce que tu veux.

– Tu crois ? » Il paraissait content.

Il se demandait comment faire passer l'article à Lisette Soer, à János Reményi, et même à Kimberly Monera, qui, en un autre temps, avait voulu savoir s'il était maure. Je m'attendais à ce que la notoriété modifie sa voix. Je ne comprenais pas comment il pouvait monter sur scène, semaine après semaine, à ce point à cran et miné, tout en continuant de produire une perfection si soyeuse. Il chanta la *Neuvième* de Beethoven, à nouveau prévenu peu de temps à l'avance, avec l'orchestre symphonique des Quad Cities. À l'entrée du chœur – ce rêve discrédité de fraternité universelle, ces mêmes notes qu'il avait naguère gribouillées, de mémoire, sous la photographie de la nébuleuse nord-américaine accrochée au mur de notre chambre –, je m'attendis à ce que sorte de sa bouche un son hideux, qu'il braie un quart de ton trop haut, tremblant et impérial, comme ces pompeuses voix teutonnes de dindon gloussant que nous aimions tourner en ridicule quand nous étions enfants.

C'est exactement l'inverse qui se produisit. Il s'abandonna corps et âme à toute la corruption de ce classique. Seules la mort, la beauté et la feinte artistique étaient réelles. Ses notes se hissaient gracieusement au grand jour. Il avait forcé les portes de ce club très fermé, le paradis du grand art.

Pour le deuxième disque, il se mit en tête de faire un cycle de titres anglais – Elgar, Delius, Vaughan Williams, Stanford, Drake. Harmondial l'en dissuada. L'aura de suavité décadente qui collait à sa voix conférait aux morceaux une pureté monstrueuse, évoquant un enfant de chœur qui eût franchi toutes les étapes de la puberté, à l'exception de la dernière.

Le label voulait quelque chose de plus sombre, afin d'exploiter la controverse que suscitait Jonah. Ils choisirent le *Winterreise* de Schubert. C'était une œuvre pour hommes mûrs, à chanter lorsque l'interprète avait voyagé assez loin pour décrire en entier le voyage. Mais à peine avaient-ils formulé cette proposition, que Jonah l'accepta et signa.

Cette fois-ci, nous fîmes l'enregistrement à New York. Jonah voulait une patine plus âpre, plus évidente. Il avait chanté individuellement bon nombre de ces morceaux, à un moment ou à un autre. À présent, il les assemblait pour en faire une œuvre qui m'estomaque encore aujourd'hui. Au lieu de commencer le voyage dans l'innocence pour l'achever dans l'amertume de la passion, il ouvrit dans la légèreté ironique et finit très loin, nu, dépouillé, immobile, toisant le bord de la tombe.

Même aujourd'hui, je ne peux écouter l'ensemble d'une traite. En l'espace de cinq jours, à la fin de sa vingt-sixième année, mon frère sauta à pieds joints dans son propre avenir. Il envoya le message depuis l'année 1967, en direction d'une année où il ne serait plus capable de le décrypter. Faisant preuve d'une clairvoyance absolue, il annonça en chantant où nous allions, des choses qu'il ne pouvait savoir au moment où il les chanta, des choses que je ne comprendrais guère, même aujourd'hui, si son explication ne m'attendait pas, télégraphiée depuis un passé inachevé.

À ce moment-là, et pour deux ans encore, Jonah maîtrisait les choses. Il connaissait exactement la mission de chaque note au sein d'une phrase plus ample. Il savait l'inflexion précise de chaque chant du cycle, chaque nuance. C'était un ingénieur mécanicien implacable, bâtissant une passerelle pour l'hiver de la vie, il reliait la ligne de départ et le poteau d'arrivée avec quelques câbles suspendus et le tout formait un seul arc cohérent. Sa voix était plus assurée, mieux travaillée. Nous chantions dans notre ville, le soir, lorsque nous rentrions, nous filions au lit comme on regagne la terre ferme après une journée passée à cavaler dans les marécages. Il adorait le studio, les cabines en verre insonorisées qui l'isolaient du danger extérieur. Il aimait s'asseoir bien droit à la console, s'écouter chanter *via* les enceintes, écouter cet inconnu somptueux qu'il avait été quelques minutes auparavant.

Il en parla après une longue pause. « Tu te rappelles le signal du *Spoutnik*, il y a dix ans ? Et ce que je fais, là, ça sonnera comment, après ma mort ? »

Notre présent était scellé. Le message indiquant où nous allions n'arriverait jamais jusqu'à nous. Il paraissait de si belle humeur que je sentis que le moment était venu de poser la question. « Est-ce que tu ne t'es jamais dit qu'il y avait eu quelque chose d'étrange dans l'incendie ? » Plus de dix ans après les faits, et j'étais toujours incapable de nommer la chose.

Mais il ne lui en fallut pas davantage. « Étrange ? Quelque chose d'inexpliqué ? » Il se passa les deux mains sur le dessus du crâne. Ses cheveux noirs étaient assez longs pour qu'il y creuse des sillons. « Tout est inexpliqué, Joey. Il n'existe pas d'accidents gratuits, si c'est ce que tu insinues. »

Pendant vingt ans j'avais cru que le talent, la discipline et le fait de jouer selon les règles me garantiraient la sécurité. Je fus le dernier d'entre nous à le comprendre : la sécurité appartenait à ceux qui la possédaient. Jonah était assis, il sirotait de l'eau minérale avec un zeste de citron. J'avais enveloppé mes mains dans des serviettes chaudes, en bandage, comme si je m'étais blessé. Je me penchai en avant, cherchant une étincelle dans les yeux de Jonah. Nous nous étions trop éloignés l'un de l'autre pour pouvoir compter sur la bonne vieille télépathie de notre enfance. Sur scène, c'était encore possible ; mais d'ici un an ou deux, nous ne comprendrions plus rien à l'autre, hormis la musique. Cet après-midi-là, une dernière fois, il lut dans mes pensées.

« À une époque, j'y ai pensé tous les soirs, Joey. J'avais tout le temps envie de t'en parler.

– Pourquoi tu ne l'as pas fait ?

– Je ne sais pas. Je me disais qu'en te le demandant, je risquais que ça devienne réalité. » Il se massa la nuque, explora sous les oreilles, remonta sous le menton, travaillant de l'extérieur les cordes qui le faisaient vivre.

Son cou était foncé – la couleur masquait l'œuvre du temps sur lui. Personne ne pouvait dire, uniquement d'après cet indice, l'emprise que le temps avait sur lui. « Est-ce que c'est important, Joey ? Dans un sens ou dans l'autre ? »

Mes mains furent prises de tremblements, au point que j'en fis tomber les serviettes chaudes. « Est-ce que *quoi* ? Bon sang. Évidemment, que c'est important. » Il n'y avait rien de plus important. Meurtre ou accident ? Tout ce que nous pensions être, tout ce que ma vie signifiait, dépendait de ça.

Mon frère plongea les doigts dans l'eau citronnée et se frictionna le cou en laissant glisser quelques gouttes. « Écoute. Voilà ce que je pense. Ça fait douze ans que j'y réfléchis. » Sa voix était fluette, elle venait d'un endroit qui n'avait jamais connu le chant. « Tu veux savoir ce qui s'est passé. Tu crois que le fait de savoir ce qui s'est passé te dira... quoi ? À quelle sauce le monde te mangera ? Tu penses que si ta mère a été assassinée, si ta mère est *vraiment* morte par hasard... Supposons que l'incendie n'ait pas été fortuit. Supposons que des gens l'aient provoqué. Est-ce que ça apporte un élément de réponse ? Ce n'est même pas l'amorce de ce que tu as besoin de savoir. Pourquoi lui en voulaient-ils ? Parce qu'elle était noire ? Parce qu'elle était arrogante, parce qu'elle ne chantait pas ce qu'il fallait ? Parce qu'elle avait franchi la limite, épousé ton père ? Parce qu'elle ne courbait pas l'échine ? Parce qu'elle envoyait ses enfants mutants dans une école privée ? Était-ce un geste de menace, une manœuvre d'intimidation qui a dégénéré ? Savaient-ils seulement qu'elle était à la maison ? C'est peut-être Da qu'ils voulaient. C'était peut-être nous. Quelqu'un qui voulait aider le pays à retrouver sa pureté originelle. Tu veux savoir si c'était un dingue, un comité de quartier, un clan venu d'ailleurs, de vingt rues plus au nord ou plus au sud. Ensuite tu veux savoir pourquoi ton père n'a jamais... »

Il s'arrêta pour respirer, bien qu'il n'en eût guère besoin. Il aurait pu naviguer éternellement sur cette fontaine d'air.

« Ou disons que c'était la chaudière, rien que la chaudière. Personne n'a mis le feu, ce n'était la mission historique de personne. Pourquoi la chaudière ? Pourquoi habitions-nous cette maison et pas une autre ? Ils n'inspectent pas les chaudières dans les bons quartiers ? Comment serait-elle morte si elle avait vécu là-bas, dans un de ces quartiers branlants entre la Septième et Lenox ? Ils meurent du tétanos, là-bas. Ils meurent de la grippe. D'analphabétisme. Crèvent à l'arrière des bagnoles quand l'hôpital ne veut pas d'eux. Une femme comme Maman meurt dans ce pays, à son âge – il faut que ce soit la faute de quelqu'un. Qu'est-ce que tu as besoin de savoir ? Écoute, Joey. Est-ce que ça changerait ta façon de vivre si on fournissait avec certitude toutes les réponses à tes questions ? »

Je pensai à Ruth. Je n'avais rien à répondre à Jonah. Mais lui avait une réponse.

« Tu n'as pas besoin de savoir si quelqu'un l'a brûlée vive. Tout ce qu'il faut que tu saches, c'est si quelqu'un en avait l'intention. Et tu connais déjà la réponse à cette question. Tu la connais depuis – quoi, l'âge de six ans ? Donc quelqu'un a fait ce que tout le monde avait envie de faire. Ou peut-être pas. Peut-être que la mort de cette femme est indépendante de sa couleur de peau. Peut-être que ça arrive, des chaudières qui explosent. Tu ne sais pas, tu ne peux pas savoir, et tu ne *sauras* jamais. Voilà ce que ça signifie, d'être noir, dans ce pays. Tu ne sauras jamais rien. Quand ils te rendent la monnaie et qu'ils refusent le contact physique avec ta main ? Quand ils changent de trottoir plutôt que de te croiser ? Peut-être qu'ils avaient juste besoin de traverser la rue. Tout ce que tu sais avec certitude, c'est que tout le monde te déteste, les gens te détestent quand tu les prends en flagrant délit de mensonge, un mensonge au sujet de ce qu'ils ont toujours pensé d'eux-mêmes. »

Il fit ce mouvement caractéristique des chanteurs pour se décontracter, remontant les épaules tout en roulant la tête en arrière. Prêt à se remettre à l'enregistrement, à poursuivre sa vie. « J'ai fait parler Da à ce sujet, une fois. Dieu sait où tu étais, Joey. Je ne peux pas te garder à l'œil tout le temps. Avant de se marier, apparemment, il avait établi quatre possibilités nous concernant, comme un problème de logique : A, B, A et B, ni A ni B. Il n'aimait pas les catégories classiques. Car elles ne tiennent pas compte du paramètre *temps*. Que savait-il de nous ? Pas plus que ce qu'on sait de lui. Ni l'un ni l'autre n'aimaient que la race l'emporte sur tout le reste. N'est-ce pas comme ça que l'histoire nous a pigeonnés, dès le départ ? Ils estimaient tous les deux que la famille devait l'emporter sur la race. Ils étaient comme ça. Voilà pourquoi ils nous ont élevés de cette manière. Une noble expérience. Quatre choix, chacun étant préétabli. Sauf que même les choses préétablies sont appelées à bouger. »

Il se redressa, leva les bras au-dessus de la tête, les replia en arrière jusqu'à se toucher les omoplates : la base de ses ailes coupées. Lorsque j'écoute ce deuxième disque aujourd'hui, c'est ainsi que je le vois. Une lueur dans la prunelle, sur le point de se lancer dans un air symbolisant l'effondrement.

« N'empêche, tu sais quoi, Mule ? Ça n'arrive jamais. Les choses ne bougent pas. Les Blancs refusent de bouger, et les Noirs ne peuvent pas. Enfin, les Blancs déménagent quand les Noirs achètent une maison dans le quartier. Mais au-delà de ça, la race, c'est comme les pyramides. Plus ancienne que l'histoire, et faite pour survivre à l'histoire. Tu sais quoi ? Le fait même de penser qu'il y a quatre choix, c'est une plaisanterie. Dans ce pays, le choix ne figure même pas au menu.

– Ruth a épousé un *Black Panther.* » Ça aussi, d'une manière ou d'une autre, il le savait déjà. Peut-être le lui avait-elle dit quand ils s'étaient rencontrés. Il se contenta d'opiner. Je poursuivis, piqué au vif. « Robert Rider. Elle aussi en fait partie.

– Tant mieux pour elle. À chacun son art. »

Je tressaillis en l'entendant prononcer ce mot. « Elle a récupéré les rapports de police. Je veux dire, pour l'incendie. Elle et son mari... Ils sont persuadés. Ils disent que si le... que si Maman avait été blanche...

– Persuadés de quoi ? Persuadés de tout ce que nous savions déjà. Persuadés de savoir ce qui l'a tuée ? Tu ne sauras jamais. C'est ça, être noir, Mule, ne jamais savoir. C'est comme ça que tu sais qui tu es réellement. » Il se livra à un affreux petit numéro de claquettes, façon amuseur nègre. Quelques années plus tôt, j'aurais peut-être essayé de le raisonner, de le libérer de lui-même. À présent, je me contentai de détourner le regard.

« Si Maman et Da voulaient tous les deux une famille plus que... » La bile me remonta dans la gorge. « Nom d'une pipe, pourquoi est-ce qu'on n'a même pas notre famille ?

– Notre famille ? Tu veux dire celle de Maman ? » Il se tint immobile, scrutant le passé. Lui seul était assez âgé pour se rappeler nos grands-parents. « C'est pour ça que Ruth a mis les bouts, j'imagine.

– Ce n'est pas pour ça. »

Face à ma révolte, Jonah sourit. Ses mains jointes en forme de toit vinrent lui effleurer les lèvres. « Il y a eu une dispute. Tu te souviens, je te l'ai dit, Mule. On ne peut pas savoir. Ne l'ai-je pas dit ? La race l'emporte sur la famille. C'est plus fort que tout. Plus fort que mari et femme. Plus fort que frère et sœur... » Plus fort que les objets dans le ciel. Plus fort que le savoir. Et pourtant, il y avait une chose si petite qu'elle pouvait passer outre la couleur de la peau, sans qu'on s'en rende compte. Jonah passa son bras autour de mon épaule. « Allons, petit frère. On a du pain sur la planche. »

Nous retournâmes en studio et nous enregistrâmes « The Crow » en une seule prise – la seule fois de toute la session où nous atteignîmes du premier coup la perfection. Jonah réécouta inlassablement la bande *master*, en quête du moindre défaut. Mais il ne put en trouver aucun.

Une corneille m'a accompagné
Tandis que je quittais le bourg.
Jusqu'à maintenant, aller et retour,
Au-dessus de ma tête a volé.

Corneille, oh, étrange créature,
Laisse-moi en paix plutôt.
Attends-tu une proie ici, bientôt ?
Prendras-tu mon corps en pâture ?

Ma foi, on ne va guère plus loin
En ce voyage.
Corneille, sois-moi fidèle, je t'y engage
Jusqu'au caveau au moins.

Il conserva sa justesse de rayon laser, mais sa voix faisait fondre les notes, elle se glissait en elles avec quelque chose de Billie Holiday errant sur les lieux d'un lynchage. Il emmena les paroles jusqu'au fin fond de leur mystère.

Le soir où nous finîmes l'enregistrement, nous serrâmes la main aux techniciens puis retournâmes dans l'étrangeté de notre ville natale. *Midtown* brûlait, du combustible fossile. Nous descendîmes la Sixième Avenue à la hauteur des rues Trente et quelques, nous nous mêlâmes à la foule clairsemée encore présente à cette heure tardive. Dix rues plus loin, une sirène déchira l'atmosphère. J'attrapai Jonah. Je lui sautai pratiquement dessus.

« C'est juste un flic, Joey. Il pince un voleur à la petite semaine. »

J'avais un poids sur la poitrine, pire que le joueur d'orgue de Barbarie de Schubert. J'avais été conditionné. J'attendais le retour de manivelle, j'attendais qu'une autre partie de la ville s'enflamme. Je savais ce qui se passait chaque fois que l'on enregistrait la voix de Jonah pour la postérité. Nous fîmes tout le trajet à pied, des studios jusqu'au Village. Ce soir-là, il y eut à New York autant d'alarmes que n'importe quel autre soir. Je sursautai chaque fois, jusqu'à ce que l'amusement de mon frère se transforme en ras-le-bol. Arrivés à hauteur de Chelsea, nous étions en pleine dispute.

« Donc, Watts c'était ma faute ? C'est ce que tu penses ?

– Ce n'est pas ce que j'ai dit. Ce n'est pas ce que je pense. »

À la Quatrième Rue, il me planta là et ficha le camp. Je regagnai l'appartement et l'attendis toute la nuit sans fermer l'œil. Il ne réapparut que le lendemain. Le sujet était tabou. Plus jamais il ne me serait donné de lui poser des questions d'importance. Et jamais non plus il ne demanda comment j'avais été au courant, pour Ruth. Elle aussi était désormais un sujet tabou. Tous nos silences me laissaient un temps infini pour ressasser ce que j'avais dit à Jonah. Je me convainquis que je n'avais pas trahi Ruth. En fait, elle avait voulu que je parle à Jonah. Elle m'avait fait jurer que ça resterait un secret à la manière de Jésus interdisant à ses disciples de dévoiler qu'il faisait des miracles.

Chaque fois que l'on parlait des Black Panthers dans le journal, j'avais le sentiment dément qu'elle ou Robert figurerait parmi les victimes mentionnées en bas de page. Huey Newton, le fondateur du parti, fut arrêté pour avoir tué un agent de police à Oakland. Ruth était à peu près aussi proche de ce type que moi du président Johnson. Mais pendant deux semaines, je me dis que, d'une façon ou d'une autre, c'était elle qui avait appuyé sur la détente. *Chacun a le droit de se défendre. Tant que la police continuera à nous tirer dessus à vue.* Une partie d'un bâtiment administratif de l'État de New York, à Albany, s'effondra, à la suite du non-respect de certaines règles en matière de construction. Personne ne fut blessé, et aucun indice ne laissait supposer qu'il y avait derrière tout cela la moindre intention criminelle. Mais des politiciens nerveux tâchèrent de faire porter le chapeau à la cellule Black Panthers de New York, que Robert et Ruth Rider avaient contribué à mettre sur pied.

Le monde n'avait jamais eu beaucoup de sens pour moi, et encore moins ma vie. Mais maintenant, c'était du Meyerbeer sans les sous-titres. Ma sœur allait m'écrire. Elle et son mari, après être passés par une phase de militantisme, se rappelleraient d'où ils venaient. Ils iraient travailler au service du Dr King. Voilà en quoi consistaient le plus souvent mes fantasmes ; je n'osais y croire évidemment. Mais il y avait certains jours où, tandis que j'interprétais une musique précieuse, vieille d'un siècle, pour des richards adorant entendre deux Noirs qui se tenaient à carreau, je me disais que Ruth devait attendre une lettre de ma part.

M. Weisman appela Jonah un mois après que nous eûmes terminé l'enregistrement. Il avait reçu une offre du Met. Jonah apprit la nouvelle au téléphone, comme s'il avait su depuis le début qu'elle allait arriver. « Génial. » Même réaction que si on lui avait offert une ristourne de cinquante pour cent sur la prochaine facture du pressing. « Qu'est-ce qu'ils ont en tête ? »

Weisman le lui dit. Jonah répéta l'offre à haute voix, afin que j'entende. « Poisson, dans *Adrienne Lecouvreur* ? » Je haussai les épaules, je ne voyais pas du tout. L'opéra était une vitrine pour les sopranes particulièrement talentueuses. Postillons de diva : c'est ainsi que nous avions toujours qualifié le genre. Aucun de nous deux ne s'était jamais donné la peine d'en écouter. « Quel rôle ? » lança Jonah au téléphone, sa voix grimpant dans les aigus.

Le rôle, lui dit M. Weisman, importait peu. Mon frère, à l'âge de vingt-sept ans, allait chanter sur la même scène que Renata Tebaldi. Lui, chanteur de *lieder* n'ayant pratiquement aucune expérience avec orchestre, avait voulu percer dans l'opéra. Et le monde de l'opéra acceptait de lui donner une chance.

Jonah raccrocha et me demanda mon avis. Je ne pus lui être d'aucun secours. Nous prîmes *Les Plus Grands Livrets d'opéra du monde* sur l'étagère. Nous courûmes jusqu'au magasin de disques La Flûte magique, et achetâmes un disque petit budget d'un enregistrement remasterisé des années 1940, avec une distribution distinguée, et nous écoutâmes le tout d'une traite. La musique se tut. « Tu appelles ça un rôle ? »

Je ne sus pas trop par quel bout le prendre. « Il faut bien que d'autres gens aient la vedette, tu sais.

– Les autres gens ne savent pas faire ce que moi, je fais.

– Ils commencent ailleurs. Tu pourrais chanter à Santa Fe. Tu pourrais chanter au Lyric à Chicago, ou à l'opéra de Boston, ou de San Francisco.

– Il y a beaucoup de gens qui commencent à New York.

– Le City Opera, alors. Le truc, c'est que tu n'as *jamais* chanté d'opéra. Or, tu veux tout de suite être au top. Tu ne seras pas une vedette du premier coup.

– Pas besoin d'être la vedette. Seulement, je n'ai pas envie de jouer les hallebardiers.

– Alors, accepte le rôle et fais-le briller. Si tu te fais remarquer, on te proposera... »

Il secoua la tête. « Tu ne comprendras donc jamais ? Il n'y a pas d'avenir pour ceux qui se contentent de pareille merde. C'est ça la vie en société. Tu commences petit poisson, tu finis petit poisson : si tu ne te fais pas bouffer avant. Si on te voit servile, on te verra comme ça éternellement.

À qui appartiens-tu, Joey ? À cette putain de société, sauf si tu refuses. C'est tout ce qu'ils veulent : décider qui tu es, et quel type de menace tu représentes pour l'ordre établi. Dès l'instant où tu laisses quelqu'un te posséder, autant aller te foutre en l'air. Ta vie – ta vie à toi –, c'est bien la seule chose que tu sois en mesure de décider. »

Il demanda à M. Weisman de répondre au Met que Poisson n'était pas, à son avis, un rôle qui convenait à ses débuts lyriques. « Une putain d'insulte », dit-il à M. Weisman à l'autre bout du fil, cet homme de l'ancien monde, aux manières si dignes, dans son costume rayé de zazou. Jonah raccrocha. « Ils ont peur que ma voix soit trop pure. Ils ont peur que je n'arrive pas à remplir une grande salle avec mon petit organe pour *lieder*. Qu'est-ce que tu penses de ça, Joey ? Moi, je vais te dire. Ma voix est trop claire, et moi, je suis trop foncé. *Poisson*. Qu'ils aillent se faire foutre. »

En un sens, cette décision me réjouissait. Quiconque refusait une offre du Met n'aurait jamais une seconde chance. Nous allions pouvoir continuer à faire la seule chose que nous ayons jamais faite. À ceci près qu'il faudrait maintenant nous arranger pour que les tournées et les concerts nous rapportent de l'argent. Le concours de Naumburg approchait ; Jonah était capable de le remporter, s'il se concentrait un peu. Les occasions n'allaient pas manquer et j'étais prêt, si besoin était, à faire la plonge en plus des concerts.

Une fois de plus, Jonah avait vu juste. Le Met se manifesta de nouveau, et plus rapidement qu'il n'aurait pu l'imaginer. Il avait remporté son pari, le défi qu'il leur avait lancé avait piqué l'intérêt des hautes instances de la musique. Ils lui firent une proposition bien plus intéressante. Ses débuts éclatants, il allait les avoir. Ils le voulaient pour le devant de la scène. Le Met lui proposait le rôle principal dans un opéra tout nouveau de Gunther Schuller, intitulé *The Visitation*.

Nous avions rencontré Schuller une fois à Boston, quand nous étions enfants. Des années plus tard, Jonah avait connu une phase *Third Stream*, et son enthousiasme avait duré plusieurs semaines. Un tel opéra serait forcément captivant. Une première de ce type, sur la plus prestigieuse des scènes d'Amérique du Nord, supposait une créativité supérieure encore à ce que Jonah pouvait espérer. Il aimait les défis, il était servi.

« Vous avez dû sortir le grand jeu, avec ce Linwell, s'exclama M Weisman quand il appela pour transmettre la nouvelle offre du Met. Et d'ailleurs, qu'est-ce que vous lui avez chanté ?

– Ça parle de quoi, cet opéra ? »

Le livret, expliqua Weisman, était inspiré d'un conte de Kafka, transposé dans les bas-fonds des États-Unis contemporains.

« Et le rôle ? »

Mais M. Weisman ne savait rien du rôle. Il ne connaissait même pas le nom du personnage. Jonah comprenait-il bien ? C'était le rôle principal, pour la première d'une œuvre d'un compositeur majeur, une œuvre qui pendant une année entière avait électrisé le public de Hambourg.

Pourquoi diable toutes ces questions ? Un chanteur pouvait chanter comme un dieu vivant, enchaîner les triomphes dans des salles de taille respectable, dormir avec sainte Cécile en personne, une offre de ce niveau n'en resterait pas moins la chance de sa vie.

Mais Jonah voulait voir une partition avant de s'engager. Cela semblait être une précaution raisonnable. Quant à moi, après avoir lutté pendant des années contre le trac, je sentis poindre la terreur, à la simple idée que Jonah accepte quelque chose de cette ampleur devant tant de gens. J'espérais, d'une certaine façon, qu'en réclamant la partition il irriterait tellement les producteurs qu'ils retireraient leur proposition. Cela dit, au point où on en était, il se pouvait aussi que le pays entier s'effondre avant que la partition arrive.

Mais les États-Unis tinrent bon encore quelques semaines, et Jonah reçut son exemplaire de lecture de *The Visitation*. Nous passâmes deux jours merveilleux à le déchiffrer. À la fin du voyage, je devrai répondre de ce plaisir. Jonah était prodigieux à observer, enchaînant allègrement tous les airs tandis que je me lançais péniblement dans une réduction pour piano. Rien ne manquait, dans la partition : le sérialisme, la polytonalité, le jazz – un vrai cocktail de sons, bien frappé, purement américain. « Les Citations folles », déclara Jonah à un moment donné, alors que nous étions assis côte à côte au piano. « Comme nos parents faisaient à l'époque. »

Quant à l'histoire, Kafka mis à part, elle était aussi purement américaine. Un jeune étudiant jouisseur est arrêté et forcé de subir un procès surréaliste pour des crimes mystérieux qu'à sa connaissance il n'a pas commis. Il est déclaré coupable et lynché. L'homme n'est jamais nommé. Au fil de toute la partition, il est seulement identifié comme « le Noir ».

On lut jusqu'au bout, mais très vite nous avions compris. Aucun de nous deux ne ressentit le besoin d'en parler. Il avait probablement décidé avant la fin du premier acte. Nous poursuivîmes néanmoins sans que Jonah ne bronche. Je ne savais de quel côté penchait la balance. Lorsque nous eûmes terminé, il annonça : « Eh bien, Mule, nous y voilà.

– C'est de la bonne musique, dis-je.

– Ah ça, la musique est magnifique. Quelques vrais moments d'anthologie.

– Ça... ça pourrait être important. » J'ignore pourquoi je me donnais la peine de dire quoi que ce soit.

« *Important*, Mule ? » Il prit son temps, me flaira, se préparant pour la curée. « Important musicalement ? Ou important *socialement* ? » Il donna au mot une intonation qui n'était pas tout à fait du mépris. Le mépris eût trahi trop d'intérêt.

« C'est actuel.

– *Actuel* ? Qu'est-ce que ça veut dire, Mule ?

– Ça traite des droits civiques.

– Ah bon ? Je me disais bien que ça *traitait* de quelque chose.

– C'est sexy. » Le seul terme qui pouvait trouver en lui quelque écho.

« Certes. » Il hésitait manifestement, comme sur le point d'appeler M. Weisman pour lui demander qui lui donnerait la réplique. Puis toute notion de compromis s'effrita, et il fut à nouveau d'un seul bloc. « Pas question. Jamais de la vie.

– Jonah », fis-je pour calmer le jeu. Mais il était déjà parti à cent à l'heure.

« Suicide professionnel. Les Européens ont peut-être gobé ça tout cru. Mais ici, ça va être l'échec. Au final ça va apparaître comme...

– Un suicide ? L'occasion de chanter devant des milliers de personnes ? D'être chroniqué dans tout le pays ? Jonah, le public sait faire la différence entre le livret et l'interprète. S'ils n'aiment pas le spectacle...

– Ils n'aimeront pas. Je sais déjà ce qu'ils diront. Les gens ne payent pas rubis sur l'ongle pour voir et entendre ça. L'art ne peut pas battre ce pays à son propre jeu. L'art ne devrait même pas s'y frotter. »

Je ne demandai pas à quoi l'art était censé se frotter. Je ne cessai de m'interroger au sujet de Ruth, de ce qu'elle aurait dit de son frère incarnant « le Noir ». Qu'en penserait-elle, comparé à un Schubert pourtant plus criminel ? Rien de ce que Jonah ne chanterait n'aurait jamais le moindre impact sur la cause. Je me demandai quelle musique écoutaient les Black Panthers dans leurs voitures, dehors, dans la chaleur des rues, ou au lit, le soir. Assurément, Ruth et Robert, comme mon frère, savaient exactement, eux, à quoi l'art ne devait pas se frotter.

« Ça pourrait devenir quelque chose, lui dis-je. Quelque chose de bien. Tu pourrais faire... la différence. »

Il laissa échapper un soupir. « La différence ? La différence par rapport à quoi ? »

J'inclinai la tête. « Non, vraiment, Joey. La différence par rapport à qui ? Tu penses qu'il existe un seul mélomane qui changera d'avis à cause d'un *opéra* ? Ils ne viennent pas pour s'écouter eux-mêmes, Joey. Ils viennent pour le spectacle. Ils connaissent tout sauf eux-mêmes. C'est là que la pièce tombe à plat. Elle est trop bonne. Trop sérieuse. Elle surestime le public.

– Alors, tu insinues que s'ils te proposaient Rodolpho ou Alfredo...

– Ou Tristan. Oui, c'est ce que j'insinue. Qu'on me fasse chanter ce que j'ai passé ma vie à apprendre.

– Rodolpho ? Quand as-tu consacré une heure...

– Qu'on me fasse chanter les choses que je chanterai mieux que quiconque en ce bas monde. Des rôles qu'on confierait à n'importe quel autre ténor de mon envergure. Je blesse qui en faisant cela ?

– Qui blesses-tu en prenant ce rôle ?

– Quel rôle ? *Le Noir ?*

– Il y a une différence, Jonah.

– Assurément. Entre quoi et quoi ?

– Entre... se contenter d'une merde et faire des concessions à l'art. Entre décider de ta vie et obliger le monde à se plier à tes règles. » J'allais m'humilier devant lui, juste pour qu'il accepte un rôle que je n'avais même pas envie qu'il accepte. « Jonah, c'est bien. C'est bien de faire partie de quelque chose. De choisir d'être ceci ou cela. De rentrer à la maison, quelle qu'elle soit. D'être de quelque part.

– L'appartenance ? Faire partie des vedettes noires ? Une lumière pour mon peuple, tant que tu y es ? Un modèle ? » Sa voix était atroce. Il pouvait désormais chanter n'importe quoi. N'importe quel rôle, dans n'importe quel registre.

« Être autre chose que soi-même. »

Il hocha la tête, mais sans acquiescer. Je n'étais pas supposé parler tant qu'il n'aurait pas décidé de la meilleure manière de m'annihiler. « Pourquoi est-ce que le Met me propose ce rôle ? Je veux dire ce rôle-ci ? »

Tu ne sauras jamais. Voilà ce que signifie être « le Noir ». Je me jetai à l'eau. « Parce que tu es capable de le chanter.

– Je suis certain qu'ils ont plusieurs dizaines de vedettes dans leurs écuries, tout à fait capables de le chanter. Des hommes ayant une expérience lyrique. Pourquoi ne pas leur demander, à eux ? Ils font bien *Otello* en se passant le visage au charbon, non ? »

J'entendis une fillette minuscule, transparente, presque bleue, demander : *Vous êtes maures, tous les deux ?* Elle n'avait jamais existé. Nous l'avions inventée. « Accepterais-tu le rôle d'Otello si on te le proposait ? » Il faudrait alors aussi noircir le visage de Jonah, pour qu'il soit crédible.

« Je refuse d'être catalogué avant même d'avoir chanté une seule fois.

– On est toujours catalogué, Jonah. Toujours. C'est ainsi que fonctionne le cerveau humain. Cite-moi un chanteur qui n'incarne pas... personne, qui soit juste lui-même.

– Ça ne me dérange pas d'être un Nègre. Mais je refuse d'être le ténor nègre. » Il joua quelques accords au piano, quatre mesures qui évoquaient du Coltrane. Il aurait pu être un pianiste exceptionnel, s'il n'avait été si bon chanteur.

« Je ne comprends pas.

– Je ne veux pas être le Caruso de l'Amérique noire. Le Sidney Poitier de l'opéra.

– Tu ne veux pas être métis. » J'étais assis avec lui en haut des marches du métro, à Kenmore Square, à Boston. « C'est ce que tu veux dire.

– Je ne veux être d'*aucune* race.

– Ça... » J'allais dire : *C'est la faute de tes parents.* « Ça, il faut être un Blanc pur-sang, pour s'en tirer.

– Un “Blanc pur-sang ?” » Il rit. « Blanc pur-sang. Est-ce que c'est comme une soprane bien modulée ? » Notre salon était devenu une cage qu'il arpentait. Ç'aurait pu être un box en béton au zoo du Bronx, une couche de paille, un abreuvoir. Il se faisait les griffes sur les joints de mortier entre les briques du mur. Il aurait gratté jusqu'au sang si je ne lui avais saisi le poignet. Il retourna s'asseoir sur le banc du piano. À peine son corps effleura-t-il le bois qu'il se redressa immédiatement. « Joey, j'ai été un parfait idiot. Où sont les hommes ?

– Quels hommes ?

– Voilà. Je veux dire, nous avons Price, Arroyo, Dobbs, Verrett, Bumbry... toutes ces *femmes* noires qui arrivent des quatre coins du pays. Nom d'une pipe, où donc sont les hommes ?

– George Shirley ? William Warfield ? » Je peinai à en trouver d'autres, il fallait bien en convenir.

« Warfield. Étudions son cas. Voix sublime. L'opéra lui a fermé ses portes. Commence par chanter *Porgy*, et personne ne t'entendra plus chanter autre chose.

– Ce n'est pas dans la culture de ce pays. Un Noir, devenir chanteur d'opéra ? Admets que c'est une drôle d'idée !

– Ce n'est pas non plus dans la culture des *femmes*. Et elles ont déboulé de nulle part – de Géorgie, du Mississippi, de la Cent Onzième Rue. Elles raflent la mise, c'est sans commune mesure...

– Il y a toute la mythologie des divas. Qui ne fonctionne pas pour les hommes. Pense à toi lorsque tu étais à Juilliard. Question récitals, très bien. Mais personne ne t'a poussé à t'aventurer du côté de l'opéra.

– Exactement, exactement. C'est exactement ce que je veux dire. Et pourquoi ? La porte a été ouverte à coups de pied, l'homme ne la franchit pas. Les voilà sur scène, ce type blanc et cette femme noire, et que je t'embrasse, et que je roucoule, bon, c'est pittoresque, un peu désuet, de la pacotille de plantation – une vieille tradition. La même bonne vieille domination, sous un autre nom. Ensuite, il y a ce grand Noir et cette Blanche, et alors là ! Qui a laissé faire ça ? Coup de sifflet, qu'on arrête la pièce ! Tout revient à savoir qui baise qui et qui est...

– Jonah. » Je ne pouvais m'empêcher d'écarquiller les yeux. « Qu'est-ce que ça change ? Pourquoi as-tu besoin de ce rôle ? Tu as déjà fait carrière. Une carrière plus aboutie que n'en rêvent la plupart des chanteurs de n'importe quelle couleur. »

Il cessa sa déambulation, qui me donnait le tournis, et se planta derrière moi. Il posa les mains sur mes épaules. J'eus le sentiment que c'était la dernière fois qu'il faisait ça. « Il me reste quoi, Joey ? Une quinzaine d'années, peut-être, à être en possession de tous mes moyens ? » Le chiffre me choqua, une exagération insensée. Et puis je fis le calcul. « Je pensais juste que ce serait marrant de faire un peu de boucan avec d'autres gens. Un peu d'harmonie, tant que je suis encore en forme. »

Il déclina la proposition d'incarner *le Noir*. Il était celui qui avait dit non, tout en sachant parfaitement qu'on n'avait jamais droit à une troisième chance. Mais, s'il avait dit oui, il se serait sans doute retrouvé plus enchaîné encore. Ainsi, il gardait l'une de ses mains libres pour tenir ce qu'il croyait être le gouvernail.

Il eut raison sur toute la ligne. Le premier chanteur pressenti ayant refusé, le Met renonça à monter *The Visitation*. L'opéra s'installa néanmoins à New York, avec la distribution qui avait triomphé à Hambourg l'année précédente. Conformément aux prédictions de Jonah, les critiques new-yorkais s'en donnèrent à cœur joie : le livret fut taxé au mieux de manquer de pertinence, au pire de sentir le faux et le guindé. Si c'était les droits civiques qu'on voulait, il suffisait de lire les journaux ou de sauter dans un bus direction plein sud. Si on allait à l'opéra, c'était pour la passion et le sens du tragique. Les billets étaient trop chers pour toute chose autre.

La première américaine de *The Visitation* sur la côte Ouest se tint à l'Opéra de San Francisco. Le premier rôle fut confié au ténor Simon Estes. La pièce expressionniste fut donnée juste en face de l'endroit où avait eu lieu la fusillade entre Huey Newton et la police. Toute mise en scène d'une œuvre est un univers nouveau. San Francisco était plus éloigné de New York que Kafka ne l'était des droits civiques. Les critiques de la côte Ouest adorèrent le spectacle, et lancèrent M. Estes, qui était nettement plus noir que mon frère, dans une carrière distinguée, quoique singulière.

La carrière de Jonah ne stagnait pas pour autant. Seul le temps s'immobilise. Notre deuxième album sortit et, pendant les semaines qui suivirent, j'attendis en tremblant d'angoisse. Je me fichais des critiques ou des ventes ; je souhaitais que tout s'effondre et qu'on n'en parle plus. Jonah vit que j'étais à cran et se contenta d'en rire. « Qu'est-ce qui se passe, Joey ? Quels maléfices avons-nous lâchés sur le monde cette fois-ci ? »

Un mois passa, et rien ne se produisit. Notre petit tressaillement dérisoire n'avait pas provoqué de tremblement de terre. La commission Kerner publia son rapport sur la violence dans le pays. « Notre nation est en train de se scinder en deux sociétés, une noire et une blanche, séparées et inégales. » Mais, cette fois-ci, même les villes où notre disque se vendit bien restèrent paisibles.

Le magazine *Gramophone* publia une critique du nouveau disque, décrétant qu'un jeune homme aussi novice n'avait aucun droit de chanter le voyage hivernal de Schubert « tant qu'il ne serait pas à portée d'oreille de ladite saison ». Le chroniqueur n'était autre que le grand juge du talent vocal, Crispin Linwell. La chronique était d'une brutalité tellement irréelle qu'elle passa, dans les cercles musicaux, pour une querelle de rue. La controverse s'autoalimenta, et le disque fit l'objet de chroniques dans plus de grands quotidiens que je ne l'aurais jamais imaginé. Quelques protecteurs outragés de la culture mondiale se réfugièrent derrière le nom de Linwell, reprochant à l'interprétation de Jonah, au mieux de n'être pas assez mature, au pire de relever de l'effronterie. Quelques autres chroniqueurs, eux-mêmes trop jeunes pour savoir dans quoi ils mettaient les pieds, trouvèrent la relecture jouvencelle de Jonah aussi excitante que bouleversante. L'un des critiques, qui rendait compte autant de la polémique que du disque, fit valoir que Jonah Strom n'avait que quelques années de moins que Schubert lorsque celui-ci composa cette œuvre. Quand les commentateurs daignaient aborder le chant en lui-même, ils tournaient autour du terme « perfection », comme s'il s'agissait de quelque tiède réprimande.

Le premier à faire référence à la race fut un journaliste du *Village Voice*. Par sa vocation, le journal n'était pas le mieux placé pour traiter de Schubert. Le journaliste reconnaissait être un amateur de jazz qui ne pouvait écouter des *lieder* que sous l'emprise de substances chimiques. Mais la question, disait-il, ce n'était pas Schubert. La question, c'était que l'establishment culturel blanc essayait d'épingler un jeune chanteur noir de talent non pas parce qu'il était trop jeune pour chanter les maîtres, mais parce qu'il était trop arrogant. Le critique établissait la liste d'une demi-douzaine de chanteurs blancs tous plus jeunes que Jonah, qui s'étaient attelés à cette œuvre et n'avaient récolté que des lauriers.

Je montrai l'article à Jonah, m'attendant à ce qu'il soit furibond. Mais arrivé à la fin, il gloussa. « C'est lui ! Obligé. Le style intello ? Le coup du type qui ne peut écouter des *lieder* que lorsqu'il est défoncé ? » Je n'avais pas vérifié la signature. Jonah me tendit le journal. « T. West ! Qui d'autre cela peut-il être ? Le gars Thaddy. Cet enfoiré de Nègre blanc.

– Tu crois qu'on devrait l'appeler ? J'ai son numéro depuis déjà... un certain temps. » Une vieille promesse non tenue. Mais Jonah fit non de la tête, réticent, presque effrayé.

L'accusation de T. West braqua les lumières sur notre petit voyage d'hiver. Crispin Linwell était hors de lui : dans une réponse qui parut dans *Gramophone*, il nia formellement que la race ait la moindre influence sur la manière dont on pouvait percevoir n'importe quelle interprétation classique. Il avait travaillé avec des dizaines d'artistes noirs, et en avait même engagé un ou deux. Les journaux qui relayèrent la suite de la polémique tinrent généralement tous le même discours : dans la musique de concert, la question de la couleur de peau ne se posait tout simplement pas. Seul le talent comptait. Les monuments de la musique classique étaient daltoniens, ils ne s'embarrassaient jamais de telles futilités. Quiconque le méritait pouvait venir communier.

« C'est ce que croyaient ton père et ta mère », dit Jonah, tout en poursuivant sa lecture.

Un éditorial du *Chicago Defender* remerciait l'establishment culturel blanc d'être si indifférent à la couleur de peau : « Et ce doit bien être le cas puisque les élites culturelles arrivent à décréter, face au public, que la race n'est pas une question pertinente lorsqu'on traite de vérités éternelles. De fait, personne ne distingue trop les couleurs, lorsque les lumières sont tamisées. » Même cet éditorial ne parlait pas du chant de Jonah, hormis pour déclarer, de manière sibylline, que c'était une « source permanente d'étonnement ».

Pendant des semaines, notre album se vendit aussi bien que s'il était sorti chez une *major*. Nous reçûmes des lettres qui nous intimaient de nous en tenir à la musique de bamboula. Nous reçûmes des lettres – militantes, enthousiastes – de la part d'auditeurs sans visage et sans race proclamée, qui nous encourageaient à continuer d'insuffler de la vie au répertoire défunt, éternellement. Mais à ce stade des choses, qui sait comment le public percevait notre musique ? J'avais horreur de la notoriété, je continuais de croire qu'une fois que ce battage se serait calmé, nous pourrions revenir au royaume de nos concerts habituels. Jusqu'au dernier moment, je crus qu'un tel royaume existait.

Mais la controverse amorcée par Linwell parut aussi mettre un terme à notre malédiction. Je m'étais attendu à des émeutes, notre punition rituelle pour avoir de nouveau essayé d'arrêter le temps. Cette précieuse petite tempête, reprise dans des revues à faible tirage consacrées à un art mourant, c'était bien la seule émeute que notre enregistrement déclencherait, cette fois-ci. J'étais un beau nigaud. Je percevais toute l'étendue de ma vanité, cette vieille croyance animiste selon laquelle il fallait absolument que je marche en évitant les lézardes sur le trottoir, sinon le monde s'effondrerait.

Puis King fut assassiné. Il mourut sur le balcon du Lorraine Motel, à Memphis, à quelques rues de Beale Street, il venait juste d'achever son ascension. Cette voix de la réconciliation trouvait la seule issue qui lui fût permise. Il avait conduit une grève des éboueurs, et maintenant il n'était plus. *Combien de temps ? Pas longtemps*. J'entendis les nouvelles à la radio en faisant le ménage dans l'appartement. Le présentateur hébété intervint en plein temps fort de *Lucia di Lammermoor* de Donizetti. Il oublia de baisser progressivement le volume. Il arrêta la musique et jeta brutalement la nouvelle. Ensuite, il sembla ne plus savoir quoi faire. Impossible de revenir à Donizetti, quand bien même c'était l'un des compositeurs préférés du Dr King. Le silence dura si longtemps que je finis par me demander si l'antenne n'avait pas été coupée. En fait, l'animateur s'était simplement éloigné, passant dans la discothèque de la station afin de trouver le panégyrique approprié. Pour une raison qui ne regardait que lui, il choisit *David's Lamentation*, la complainte hantée de William Billings : « Mon fils Absalom, mon fils Absalom, que ne donnerais-je pour être mort à ta place ? »

J'éteignis la radio et sortis. C'était déjà le soir. Instinctivement, je marchai vers le nord. Les rues, inchangées, paraissaient si prosaïques, alors que la plupart des passants étaient sans doute déjà au courant. Je marchai au hasard, à la recherche de Jonah, pressé de lui annoncer la nouvelle.

À Memphis, les bombes incendiaires commencèrent à exploser une heure après l'assassinat. À la fin de la semaine, cent ving-cinq villes étaient en guerre. Les incendies à Washington firent des dégâts pires qu'en 1812. La bataille de la Quatorzième Rue nécessita l'intervention de treize mille soldats des troupes fédérales. La ville instaura un couvre-feu et la loi martiale fut proclamée. Le maire de Chicago ordonna aux forces de l'ordre de « tirer pour tuer ». Le gouverneur du Maryland décréta un état d'urgence prolongé, tandis qu'un quart de Baltimore était en flammes. À Kansas City, la police lança des bombes lacrymogènes sur une foule enragée par la décision de maintenir les écoles ouvertes pendant les funérailles du Dr King. Nashville, Oakland, Cincinnati, Trenton : des émeutes partout.

Quatre étés consécutifs de violence : c'était la révolution. Et Jonah et moi restions plantés là à regarder, comme installés dans une loge de balcon pour une représentation du *Requiem* de Verdi. Nos concerts à Pittsburgh et Boston furent annulés et jamais reprogrammés : nous étions les victimes d'un conflit avec lequel la musique n'avait absolument rien à voir. Comment un brin de chansonnette pouvait-il entrer en compétition avec la forme artistique la plus aboutie du pays ?

Pendant quelques mois, notre vie avait paru de plus en plus irréelle. Au point que je ne savais même plus à quoi le *réel* était censé ressembler. Jonah, lui, savait. « C'est parti. C'est au grand jour, maintenant. Du tribalisme pur et dur – voilà ce que veut le monde. Une croyance solide. Ça fait un million d'années qu'on se tue pour des histoires d'appartenances imaginaires. À ce stade des choses, pourquoi changer quoi que ce soit ? »

Mon frère n'avait jamais eu une vision compliquée de l'espèce humaine. Elle s'était encore simplifiée pour aboutir à la perfection d'un point unique. Les gens préféraient mourir pour une sécurité illusoire plutôt que vivre dans une peur stimulante. Il en avait assez vu. Jonah avait tourné le dos à tout le cadre temporel de la politique en ce bas monde, et il n'y avait plus moyen de le ramener sur terre. Chaque jour qui passait ne faisait que le conforter dans ses convictions. Aucun de nous ne savait comment vivre ici, au train où allait la vie.

Nous étions en route pour Storrs, dans le Connecticut, dans une Impala empruntée – tout juste assez clairs pour nous faire arrêter et fouiller en bonne et due forme –, lorsque Jonah, sur le siège passager, se pencha vers moi et me confia : « Je sais pourquoi ils l'ont tué.

– Qui ça, "ils" ?

– Ils l'ont tué parce qu'il était à fond contre le Vietnam.

– Le Viet... C'est grotesque. »

Il balaya d'un geste de la main l'espace qui s'ouvrait devant nous, tout le panorama de l'autoroute. Danger tous azimuts. « Ses attaques, l'année dernière. "L'Amérique est le plus grand pourvoyeur de violence au monde." On envoie des Noirs pour tuer des Jaunes. Enfin ! Trouve-moi un seul mec au pouvoir qui laisserait un prêcheur basané descendre en flammes leur mécanique. »

Je surveillai ma vitesse. « Tu es en train de dire que le gouvernement... La CIA... » Je me sentis tout bête, juste à prononcer ces lettres.

Jonah haussa les épaules. Il se moquait de savoir quel acronyme avait appuyé sur la détente. « Ils ont besoin de la guerre, Joey. C'est comme faire le ménage. Les forces du bien. Sécuriser le monde. Tous ensemble vers un monde meilleur. »

La peau de ma nuque se couvrit d'écailles. Il parlait comme tous les gens dans ce pays. Toujours grandiose, mon frère avait franchi cette dernière étape à contre-courant. D'une certaine façon, ses mots me rassuraient. Si lui aussi en était là, alors il n'y avait plus de conflit. Ruth pouvait revenir. Je pouvais lui dire ce qui était arrivé à Jonah. Nous allions de nouveau pouvoir nous retrouver, tous les trois, être ensemble comme jamais. Sans ennemi... hormis le monde entier. J'étais prêt à croire sur parole ce que l'un et l'autre voudraient bien me raconter.

La guerre ne m'inspirait pas de sentiments tranchés, si ce n'est que je tenais à l'éviter. Le choc sismique faisait des morts dans cent vingt-cinq villes à travers tout le pays. Chaque fois que nous faisions de longs trajets en voiture, Jonah cherchait à la radio les chansons les plus contestataires. Il tissait le *cantus firmus* d'un *Dies Irae* autour des mélodies, avec ce don du contrepoint qui avait subjugué nos parents lors de nos soirées musicales ; celui qui les avait convaincus de l'envoyer étudier en pension. Cette aisance fatale qui pesait sur toute sa vie. Et lorsque les trois ou quatre accords de funk ou de folk ne s'accommodaient pas à ses harmonies, il maudissait les arrangements balourds et menaçait de faire sauter le magasin de disques le plus proche.

Nous fûmes happés par la guerre. Tout et n'importe quoi se transforma en référendum sur la guerre. Festivals de l'amour, soirées fumette, *sit-in*, cartes de conscription brûlées, raouts de l'Upper West Side où se mêlaient militants radicaux et philanthropes impudents : tout devenait la guerre. Mon frère était assis à côté de moi sur un siège de Chevy rembourré, brodant ses contrepoints autour de ces paroles : « *There's something happening here.* » L'ordre ancien, à l'agonie, poussait son dernier soupir ; un espoir nouveau poussait ses premiers cris. Mon frère chantonnait *obbligato* par-dessus : « *Stop, hey : what's that sound ?* » Mais personne n'était capable de dire ce qu'était cet air, ni quel avenir il annonçait.

La guerre emporta Phillipa Schuyler. La petite fille prodige, le fruit d'une vigueur hybride, l'héroïne célébrée à l'occasion de la Journée Phillipa Duke Schuyler, elle dont les *Five Little Piano Pieces* comptaient parmi les premières œuvres que Jonah et moi avions apprises au piano, mourut à Da Nang. Le petit prodige musical fut brûlé vif lors d'un accident d'hélicoptère en zone de combat – elle revenait de Hué. Le pays avait aimé cette fille pendant un temps. Après quoi, la puberté faisant son œuvre, elle avait perdu son statut d'anomalie de la nature. La précocité étant dépassée, tous ceux que la vigueur hybride menaçait s'étaient retournés contre elle avec toute la force des pur-sang. Elle s'envola pour l'Europe, joua pour des têtes couronnées et des chefs d'État qui l'acclamèrent. Elle fit des tournées internationales sous le nom de Felipa Monterro, ambiguë par son métissage, sa nationalité, et son histoire. Elle publia cinq livres et écrivit des articles dans plusieurs langues. Elle devint correspondante de guerre. Et elle tomba du ciel, et mourut lors d'une mission humanitaire bâclée en venant au secours d'écoliers dont le village allait être envahi. Elle avait trente-sept ans.

Jonah fut anéanti en apprenant la nouvelle. Il avait aimé cette fillette, uniquement sur la foi de ses partitions et des récits de nos parents. Il s'était imaginé qu'un jour elle entendrait parler de lui, qu'ils se rencontreraient, qu'entre eux tout pouvait arriver. Moi aussi, je l'avais toujours pensé.

« Il ne reste plus que nous, maintenant, Mule », me dit-il. Plus que nous, et des dizaines de milliers exactement comme nous, que nous ne rencontrerions jamais.

En provenance de Hué et Da Nang – des villes qui ne figuraient sur aucun des atlas que nous possédions –, la guerre arrivait chez nous. À Columbia, ce qui avait commencé comme une manifestation organisée par les Students for a Democratic Society s'acheva par la proclamation d'une république populaire autonome, œuvre des jeunes qui avaient envahi, à la bibliothèque Low, le bureau du président. À l'autre bout du campus grand comme un timbre-poste, où travaillait notre père, la dernière révolution américaine en date se jouait en comité restreint. Une demi-douzaine de bâtiments furent occupés, assiégés, saccagés au cours de combats qui durèrent plus longtemps que la dernière guerre entre les Arabes et Israël.

Da n'avait pas à craindre pour son labo. Sa science, il l'avait toujours trimbalée dans sa tête. Pourtant, il ne parvint pas même à protéger cela. La bataille faisait rage à Morningside Heights depuis deux jours déjà, lorsqu'il franchit tranquillement la lisière sud du campus et remarqua au loin une perturbation. En empiriste distingué, il mena son enquête. Et en quelques minutes, il fut pris dans le chaos. En demandant à un millier de policiers d'évacuer les manifestants du campus, le président Kirk déclencha l'inévitable : gaz lacrymogène, jets de pierres, coups de matraque et corps valdinguant dans tous les sens. Da vit un agent frapper aux jambes un étudiant prostré, et il se précipita pour arrêter le carnage. Il se prit un coup de matraque en pleine figure et s'écroula au sol. Il eut de la chance que le policier survolté ne l'achève pas d'une balle.

L'une de ses pommettes fut complètement défoncée et il dut se faire opérer. Je n'avais aucun moyen de contacter Ruth, et je ne savais pas non plus si la nouvelle lui causerait la moindre inquiétude. Jonah et moi allâmes voir Da à l'hôpital après l'opération. Dans le couloir, une infirmière nous barra le chemin, jusqu'à ce que nous la convainquions que nous étions bien les fils de cet homme. Nous ne pouvions pas être ses fils, se disait-elle. Nous n'étions pas de la même couleur. Elle pensa peut-être que nous étions les voyous qui l'avaient expédié ici, venus achever le boulot.

Da était encore à moitié sous l'effet de l'anesthésie. Il nous vit à travers les bandelettes de gaze qui lui entouraient la figure. Il parut nous reconnaître, et essaya de s'asseoir dans le lit d'hôpital, pour chanter. Il porta une main affaiblie jusqu'à sa tête momifiée, et débita d'un ton monotone : « *Hat jede Sache so fremd eine Miene, so falsch ein Gesicht !* » *Le Mal du pays*, de Hugo Wolf, un morceau que Jonah avait coutume de chanter, avant même d'en comprendre les paroles. Chaque chose avait une allure si étrange, un visage si faux.

Jonah le salua. « Comment se porte la merveille-sans-les-joues ? Tu te sens mieux ? Que disent les toubibs ? »

La question amena Da à chanter de nouveau, du Mahler cette fois-ci :

Ich hab erst heut' den Doktor gefragt	Aujourd'hui j'ai enfin demandé au médecin.
Der hat mir in's Gesicht gesagt	Au visage il m'a lâché :
« Ich weiss wohl, was dir ist, was dir ist :	« Je sais bien ce qui t'arrive, ce qui t'arrive :
Ein Narr bist du gewiß ! »	Tu es assurément un niais ! »
Nun weiss ich, wie mir ist !	Maintenant je sais ce qui m'arrive !

Da chantait avec autant de grâce qu'un vol de mouettes en bord de mer. J'en eus des crampes à l'estomac. Jonah gloussa comme un dément. « Da ! Arrête. Arrête de bouger les mâchoires. Tu vas encore te ruiner le visage.

– Allons. Chantons. Faisons un petit trio. Où sont les contraltos ? Il nous faut des contraltos. »

Jonah l'encouragea franchement. Au bout d'un moment, Da s'apaisa. Il tendit le cou et dit « Mes fistons », comme si nous venions juste d'arriver. Il ne pouvait tourner la tête sans risquer de tout briser. Nous restâmes à son chevet jusqu'à ce que Jonah n'en puisse plus. Da se ragaillardit au moment où nous nous apprêtions à partir. « Où allez-vous ?

– À la maison, Da. Il faut qu'on répète.

– Bien. Il y a de la soupe froide dans le réfrigérateur. Du poulet de Mme Samuels. Et du *Mandelbrot* dans la panière, pour vous, les garçons. Vous aimez ça, hein, les garçons ? »

Nous nous regardâmes. J'eus beau essayer de le faire taire, Jonah lâcha quand même : « Pas cette maison-là. »

Da nous adressa un clin d'œil à travers ses bandages et balaya nos plaisanteries d'un geste de la main. « Dites à votre mère que je vais bien. »

Dehors, dans la rue, Jonah prit les devants. « Il est encore sous l'effet de l'anesthésie. Qui sait ce qu'ils lui ont filé ?

– Jonah.

– Écoute. » Sa voix m'arriva comme un poing en pleine figure. « S'il perd son boulot, là on pourra commencer à se faire du mouron pour lui. »

Nous marchâmes en silence jusqu'au métro. Enfin, il ajouta : « Je veux dire, pour ce genre de boulot, la folie n'est pas vraiment un handicap. »

Nous nous produisîmes à Columbus, à l'université d'État de l'Ohio, un tout petit auditorium aux murs de lambris sombre. Il ne pouvait y avoir plus de trois cents personnes ce soir-là, dont la moitié au tarif étudiant, venues voir de plus près l'objet de controverse. Nous aurions perdu de l'argent sur cette date, si nous n'avions eu des engagements également à Dayton et Cleveland. Jonah dut sentir quelque chose, l'intuition de ce qui allait fondre sur lui. Là, dans cette salle quelconque, face à un public ébahi, pendant une heure et dix minutes, il chanta comme aucun être vivant.

Une fois, quand j'étais petit, avant la mort de Maman, j'avais rêvé que je me tenais sur le perron devant la maison de Hamilton Heights. En me penchant en avant sans descendre l'escalier, je décollai, surpris de constater que je volais. J'avais toujours su voler, simplement j'avais oublié. Tout ce que j'avais à faire, c'était me pencher en avant et laisser faire. Voler était aussi facile que respirer, c'était plus facile que marcher dans le quartier où mes parents habitaient. Eh bien, c'est ainsi que Jonah chanta ce soir-là, au cœur de cet Ohio lointain, déboussolé. Il fondit sur les notes les plus réticentes depuis un point élevé du ciel, tel un martin-pêcheur attrapant un poisson d'argent. Ses attaques, tout comme la fin de ses phrases, furent d'une netteté incisive. La lisière de chaque note était fuselée ou bien étirée, au gré de ses exigences les plus profondes. Sa mélodie se cabrait, chatoyante : un colibri virant avec aisance, voltigeant, immobile, battant des ailes, fendant l'air, volant en arrière. Sa voix se déploya au maximum, avec toute l'immensité d'un rapace, tout de précision acérée, sans le moindre effort ou le moindre tremblement. Ses ornements, onctueux et fluides, et les notes qu'il retenait résonnaient comme la mer prise au piège d'un coquillage.

Ce n'était plus la technique qui lui imposait les notes qu'il pouvait ou ne pouvait pas produire. Il s'était approprié la palette complète du chant humain. Chaque racket dont il avait été victime lui fournissait matière à chanter, un piège d'où s'échapper. Il avait toujours su atteindre la note. Désormais, il savait ce que signifiaient les notes. Dans sa bouche, l'espoir tenait bon, la crainte se recroquevillait, la joie se déchaînait, la colère se retournait sur elle-même, la mémoire se souvenait. La rage de 1968 l'alimenta puis s'évanouit, surprise par la place qu'il lui avait accordée.

Les sons qu'il distillait dirent : *Arrêtez tout. Les voix sont acquises. Écoutons. Plus rien d'autre n'a d'importance.* Je devais me forcer à continuer de jouer. Je trébuchai tant bien que mal, emmené dans son sillage. Afin de lui rendre justice, pour être à la hauteur de ce que j'entendais, mes doigts devinrent d'une fluidité extraordinaire. Pendant un très bref instant, moi aussi je pus tout dire sur l'endroit d'où nous venions. En jouant ainsi, je n'aimais pas Jonah parce qu'il était mon frère. Je l'aimais – j'aurais donné ma vie pour lui, d'ailleurs, je l'avais déjà fait – parce que, en quelques moments immuables, appuyé dans le renfoncement du piano, il fut libre. Il se dépouilla de tout ce qu'il désirait, de celui qu'il voulait être, il se débarrassa de la funeste enveloppe du moi. Sa voix s'envola vers une indifférence sublime. Et, pendant un court moment, il en offrit à ses auditeurs la description la plus précise.

C'est ainsi que la musique s'échappait de lui. Une obsidienne transperçant la soie. La charnière la plus minuscule d'un triptyque en ivoire sculpté, gros comme une noix. Un aveugle perdu à un coin de rue dans une ville en hiver. Le rond de la lune offensée, accrochée aux branches d'une nuit sans nuage. Il s'appuyait sur les notes, incapable de gommer l'excitation que lui-même éprouvait, tant il était grisé par sa propre puissance créative. Et lorsqu'il termina, lorsque ses mains retombèrent à hauteur de ses cuisses, et que la boule de muscle au-dessus de la clavicule – ce signal que je guettais toujours, comme on épie la pointe de la baguette du chef d'orchestre – enfin se relâcha, j'omis de relever mon pied de la pédale forte. Au lieu de conclure avec netteté, je laissai voyager les vibrations de ce dernier accord et, tout comme la trace de ses mots dans l'atmosphère, elles continuèrent de flotter jusqu'à leur mort naturelle. Dans la salle, on ne sut si la musique était terminée. Les trois cents auditeurs du Middle West refusèrent de rompre le charme, de mettre un terme à la performance, ou de la détruire avec quelque chose d'aussi banal que des applaudissements.

Le public ne voulut pas applaudir. Il ne nous était jamais rien arrivé de semblable. Jonah se tenait dans un vide grandissant. Je ne peux faire confiance à mon sens du temps qui passe ; mon cerveau était encore baigné par des notes glissant langoureusement à mon oreille comme autant de mini-dirigeables à une fête aérienne. Mais le silence fut total, allant jusqu'à gommer les inévitables quintes de toux et autres craquements de sièges qui gâchent tout concert. Le silence s'épanouit jusqu'au moment où il ne pourrait plus se métamorphoser en ovation. D'un accord tacite, le public se tint coi.

Après un moment qui dura le temps d'une vie – peut-être dix pleines secondes –, Jonah se relâcha et quitta la scène. Il passa juste devant moi, encore assis au piano sans même jeter un regard dans ma direction. Après une autre éternité immobile, je quittai la scène à mon tour. Je le rejoignis derrière le rideau, il tripotait les cordes de l'arrière-scène. Mes yeux posèrent cette question brûlante : *Que s'est-il passé ?* Et les siens répondirent : *Qu'est-ce que ça peut bien faire ?*

Le charme qui s'était emparé du public choisit cet instant pour se rompre. Les gens auraient dû rentrer chez eux en faisant durer ce silence, mais ils n'en eurent pas la volonté. Les applaudissements commencèrent, hésitants, chétifs. Mais, comme pour compenser le retard au démarrage, ils se déchaînèrent bientôt. La norme bourgeoise était sauve, une fois de plus. Jonah résista à la tentation de revenir sur scène s'incliner. Il en avait assez de Columbus. Il fallut que je le pousse, puis que j'attende qu'il fasse un pas avant de le suivre, le sourire aux lèvres. Nous fûmes rappelés quatre fois, et il y en aurait eu une cinquième, si Jonah n'avait refusé. À la troisième, traditionnellement, nous offrions une friandise en guise de rappel. Ce soir-là, un rappel était impossible. Nous ne nous regardâmes pas une seule fois. Il me traîna jusqu'à la plate-forme de déchargement avant que quiconque ne vienne nous congratuler en coulisses.

Nous regagnâmes au trot la chambre qui nous attendait sur le campus. Cinq ans auparavant, nous aurions probablement gloussé sur tout le trajet, après un tel triomphe. Mais ce soir-là, la transcendance nous rendit sombres. Nous arrivâmes en silence au bâtiment d'accueil. La créature irréelle redevint mon frère. Il défit son nœud papillon et ôta sa ceinture de smoking avant même que nous entrions dans l'ascenseur. Une fois dans la chambre, il s'abandonna corps et âme au gin tonic et aux jacasseries télévisuelles. Pendant un moment, il avait plané au-dessus du bruissement de l'être. Puis il repiqua dedans tête la première.

Le monde auquel nous retournâmes lui aussi s'effondrait. Je ne savais plus distinguer la cause de l'effet, l'avant de l'après. Robert Kennedy fut assassiné. Qui savait pourquoi ? C'était la guerre – une guerre quelconque. Retour de manivelle. Impossible de garder trace du futur qui s'esquissait et des comptes qui se réglaient. Désormais, toutes les décisions cruciales seraient prises par des tireurs embusqués. Paris fut en ébullition, puis Prague, Pékin, même Moscou. À Mexico, deux hommes parmi les plus rapides au monde brandirent en l'air leurs poings noirs, sur les podiums des Jeux olympiques, dans un cri silencieux qui fit le tour du monde.

Vers la fin de l'été, ce fut au tour de Chicago. La ville ne s'était pas encore remise de l'opération « tirer pour tuer ». Nous devions nous produire le 18 août dans le cadre du festival d'été de Ravinia. Jonah eut l'intuition d'annuler. Peut-être était-ce à cause de la menace lancée par les hippies de verser du LSD dans les canalisations d'eau de la ville. Nous restâmes à New York et assistâmes au spectacle à la télévision. La primaire des présidentielles tourna au bain de sang. Cela s'acheva comme toutes les récentes batailles en notre faveur s'étaient achevées : six mille soldats aéroportés, armés jusqu'aux dents, des lance-flammes aux bazookas. « La démocratie en action, ne cessait de répéter Jonah à l'écran scintillant. Le pouvoir du vote. » Paralysé par sa propre impuissance, il observa le pays descendre dans l'enfer qu'il s'était choisi.

En octobre, il quitta le navire. Il vint me voir en agitant l'invitation qu'il avait reçue pour une résidence musicale d'un mois à Magdebourg, qui débutait avant Noël et se terminait après le nouvel an. « Joey, tu vas adorer ça. Le millième anniversaire de l'archevêché. La ville est tout excitée à l'idée de célébrer ce bref instant où elle fut au centre de la civilisation.

– Magdebourg ? Tu ne peux pas y aller.

– "Pas y aller" ? Qu'est-ce que tu veux dire par là, frangin ?

– Magdebourg, c'est en Allemagne de l'Est. »

Il haussa les épaules. « Vraiment ? »

Peut-être ai-je utilisé le terme « rideau de fer ». C'était il y a longtemps.

« Bon et alors, où est le problème ? Je suis invité. C'est une occasion exceptionnelle. Je serai presque un invité officiel de l'État. Leur service diplomatique, ou je ne sais comment ça s'appelle, m'obtiendra un visa.

– Le problème n'est pas de se rendre là-bas. Le problème, c'est de revenir ici.

– Et pourquoi, précisément, voudrait-on revenir ?

– Je ne plaisante pas, Jonah. Intelligence avec l'ennemi. Ils te harcèleront pour le restant de tes jours. Regarde ce qu'ils ont fait à Robeson.

– Moi non plus, je ne plaisante pas, Joey. Si ça pose problème de rentrer, eh bien, je ne veux pas rentrer. » Je ne pouvais supporter de le regarder dans les yeux. Je me détournai, mais il esquissa une petite pirouette malicieuse pour que son visage reste face au mien. « Oh, nom de Dieu, Mule. Ce pays déconne complètement. Pourquoi vivre ici, si on n'y est pas obligé ? Quels sont les choix qui s'offrent à moi ? Je peux rester ici et me coltiner des idiots, et si je me tiens à carreau assez longtemps, on me décernera un certificat d'artiste noir. Ou alors je peux partir en Europe et *chanter*. »

J'attrapai ses poignets au vol. « Assieds-toi ! Assieds-toi. Tu me donnes le tournis. » Je le pris par les épaules et le poussai sur le banc du piano. D'un index menaçant, je balayai le vide devant lui – école de dressage des interprètes. « C'est très bien, l'Europe. De tout temps, des musiciens... comme nous ont choisi cette voie. L'Allemagne ? Pourquoi ne pas y passer quelque temps ? Mais va à Hambourg, Jonah. Va à Munich, si tu dois y aller.

– Munich n'a pas proposé de me payer le voyage et de m'héberger, en plus d'honoraires confortables.

– Magdebourg te propose tout cela ?

– Joey. C'est l'Allemagne. *Deine Vorfahren, Junge* ! Ils ont inventé la musique. C'est toute leur vie. Ils feraient tout pour la musique. C'est comme... comme les armes à feu ici.

– Ils se servent de toi. Propagande de guerre froide. Tu seras celui qu'on exhibe pour montrer comment l'Amérique traite ses... »

Il partit d'un rire sonore et pianota une parodie de *L'Internationale* façon Prokofiev. « C'est moi, Joey. Traître à mon pays. Moi et le commandant Bucher. » Il leva la tête pour me regarder, les deux coins de sa bouche retroussés. « Arrête de jouer au gosse, mec ! Comme si les États-Unis ne s'étaient pas servis de nous, toute notre vie durant ? »

Les États-Unis lui avaient offert le rôle principal pour la création d'un opéra au Met. Néanmoins, il ne pouvait être artiste ici qu'en arborant le badge « différent ». La musique était censée être cosmopolite – passer librement les frontières. Mais c'était un sauf-conduit plus efficace pour pénétrer dans le dernier des États staliniens que pour se déplacer dans New York. Je le regardai, suppliant : moi, le pianiste d'accompagnement noir, l'Oncle Tom en nœud papillon et queue-de-pie, prêt à être exploité par n'importe qui – mais surtout par mon frère – pourvu que nous puissions continuer à vivre comme si la musique nous appartenait.

Il me frotta la tête, persuadé que cette humiliation rituelle nous unissait à la vie à la mort. « Viens avec moi, Joey. Allez ! Telemann y est né. Ça va être fabuleux. » Jonah détestait Telemann. *Le plus grand exploit de ce type est d'avoir refusé un boulot qu'il a fallu ensuite confier à Bach*. « Même si ce qu'on a gagné ces derniers mois ne le montre pas vraiment, il n'empêche qu'on vaut quelque chose, nous deux. Les gens payeront cher pour entendre ce qu'on fait. C'est subventionné par l'État, là-bas. Pourquoi est-ce que toi et moi, on n'en profiterait pas un peu, hein ? Nous sommes des descendants légitimes, après tout.

– À quoi tu penses, Jonah ?

– À quoi ? À rien du tout. Je dis, partons à l'aventure. On connaît la langue. Les indigènes seront médusés. De toute façon, ici, je ne risque pas de m'envoyer en l'air de sitôt. Et toi, Mule, tu n'as rien en vue, si ? Alors, allons voir ce que donnent les *Fräulein*, ces temps-ci. » Il m'examina assez longtemps pour voir l'impact produit par ses mots. Il ne lui était jamais venu à l'esprit que je puisse dire non. Il changea de tonalité, modulant plus vite et plus loin que le Strauss des dernières œuvres.

« Allez, Joey. Salzbourg. Bayreuth. Potsdam. Vienne. Partout où tu veux aller. On peut filer sur Leipzig. Faire un pèlerinage à Thomaskirche. »

Il paraissait anxieux. Je n'arrivai pas à comprendre pourquoi. S'il était assuré de l'accueil que lui réserverait l'Europe, pourquoi avait-il besoin de moi ? Et qu'avait-il l'intention de faire de moi, une fois qu'il commencerait à être sollicité comme soliste avec orchestre, et même – puisque c'était le but ultime qu'il s'était fixé – pour l'opéra ? Je levai la main. « Qu'est-ce que Da en dit ?

– Da ? » Cette syllabe sortit de sa bouche comme un rire. Il n'avait même pas songé à en parler à notre père. Notre père, l'homme le moins politique qui eût jamais vécu, un homme qui jadis avait vécu à moins de cent kilomètres de Magdebourg. Notre Da, qui avait fait le vœu de ne plus jamais poser le pied dans son pays natal. Je ne pouvais pas y aller. Notre père aurait peut-être besoin de moi. Notre sœur voudrait peut-être reprendre contact. Personne ne serait là pour s'occuper de toutes ces choses si je laissais mon frère m'emmener loin d'ici pendant des mois. Jonah n'avait pas de projet, et il n'en avait pas besoin. Il n'avait besoin de presque rien, sauf, pour des raisons qui m'échappaient, de moi.

Je me demandai dans quelle mesure il s'attendait à ce que je laisse tomber. Comme je ne fis aucun geste volontaire, il parut désorienté. Son air du gars sympa qui vous convoque sous les drapeaux fut brouillé par la panique, puis se réduisit à une seule question accusatrice : « Alors, qu'est-ce que tu en dis ?

– Jonah. » J'échappai à la pression de son regard et nous considérai tous deux, à une certaine distance. « Tu ne crois pas que tu m'as suffisamment trimbalé comme ça ? »

Une seconde passa sans qu'il m'entendît. Ensuite, tout ce qu'il entendit fut de la haute trahison. « C'est ça, Mule. Fais comme bon te semble. » Il s'empara de sa casquette et de sa veste en velours, et quitta l'appartement. Je ne le vis pas pendant deux jours. Il réapparut juste à temps pour notre concert suivant. Et trois semaines plus tard, il avait fait ses valises et était prêt à partir.

Il avait obtenu son visa, et un billet de retour *open*. « Quand reviens-tu ? » lui demandai-je.

Il haussa les épaules. « On verra comment ça se passe. » Nous ne nous étions jamais serré la main, et nous ne nous la serrâmes pas cette fois-ci. « Surveille tes arrières, Mule. Ne touche pas à Chopin. » Il n'ajouta pas : *Décide ce que tu veux faire de ta vie.* Ça, il s'en chargerait personnellement, comme toujours. Tout ce qu'il dit à cet égard fut : « Salut. Écris si tu trouves du travail. »

24

Août 1945

Delia est sur la ligne A, quand elle aperçoit le gros titre. Dans la rame, la ségrégation raciale est interdite par la loi, mais la loi est toujours à la traîne. La couleur de la rame change au gré des immeubles qui se trouvent au-dessus, à l'air libre. Sécurité, confort, calme – le froid réconfort de quartiers choisis et imposés. En ces derniers jours de guerre, la lisière entre ce que l'on choisit et ce qui vous est imposé se brouille facilement. Récemment, Delia a approché de près la limite incertaine entre ces deux notions – on finit par croire qu'on a choisi ce qui nous a été imposé ; et on doit défendre ses choix avec une telle ardeur qu'ils finissent par paraître imposés.

Mardi matin. David est à la maison avec les garçons. Elle sort vite, juste une minute, acheter un sac de glace pour le petit. Il est tombé de l'escalier, devant la maison, et s'est fait mal à la cheville. Il a poussé un seul cri, puis plus rien. Mais la cheville a terriblement enflé, elle est plus épaisse que son poignet à elle. Et il n'y a que le froid qui puisse soulager le malheureux.

Elle descend à la deuxième station. C'est là que se trouve la pharmacie qui acceptera de la servir. On la connaît, là-bas – Mme Strom, la mère des petits garçons. Deux stations – cinq minutes. Mais elle lit le gros titre en un clin d'œil. Trois lignes épaisses qui prennent toute la page. Elles ne sont pas aussi grosses que les titres de mai dernier, qui déclaraient la fin du calvaire en Europe. Mais elles jaillissent de la page en une explosion plus silencieuse encore.

Le type au teint d'ébène assis à côté d'elle est comme hypnotisé par les mots inscrits sous ses yeux, il secoue la tête, il voudrait les faire disparaître. La nuit a apporté une « pluie de ruines ». Une seule bombe s'est écrasée avec la force de vingt mille tonnes de TNT. L'équivalent de deux mille B-29. Elle essaye d'imaginer une tonne de TNT. Deux tonnes. Vingt... quelque chose comme le poids de cette rame de métro. Et puis dix fois ça. Puis dix fois ça, et encore dix fois ça.

Le regard de l'homme reste braqué sur le gros titre. Ses yeux repassent dans un sens puis dans l'autre, le texte l'oblige à un mouvement saccadé de la tête, comme un signe de dénégation. Il lutte, non pas avec les mots, mais avec les idées que ces mots sont censés exprimer. Les mots n'existent pas encore pour appréhender la réalité que ces mots ne font qu'effleurer. Elle lit en douce par-dessus les épaules agitées par les secousses de la rame. UNE NOUVELLE ÈRE. Le regard de l'homme ne dévie pas d'un pouce. LA VILLE A DISPARU SOUS UN NUAGE DE POUSSIÈRE IMPÉNÉTRABLE. Delia pense : cette ville-ci. LES SCIENTIFIQUES STUPÉFAITS PAR L'ÉCLAIR AVEUGLANT. UN SECRET TELLEMENT BIEN GARDÉ QUE MÊME SES ARTISANS IGNORAIENT LA FINALITÉ DU PROJET.

Ils ont appris la nouvelle hier soir à la radio. La confirmation de ce qu'on savait depuis longtemps à la maison. Mais l'histoire ne devient réalité pour elle que maintenant, alors qu'elle voit les mots imprimés, dans cette rame de métro où il n'y a que des Noirs. La JOURNÉE DE L'ÉNERGIE ATOMIQUE commence pour les gens qui sont dans ce métro semblable à celui d'hier. L'homme à la peau de jais, à côté d'elle, secoue la tête, il porte le deuil de dizaines de milliers de morts, tandis que pour le reste de la rame, la vie passe comme la veille. Une femme assise en face, coiffée d'un chapeau de soie rouge, s'inspecte les lèvres dans un miroir de poche. Le garçon au borsalino froissé, à sa gauche, examine son ticket de tiercé. Une fillette d'une dizaine d'années, qui n'est pas à l'école pour cause de grandes vacances estivales, remonte la travée en sautillant et trouve une étincelante pièce de dix *cents* qu'un malchanceux a fait tomber.

Silencieusement, elle crie à l'attention de toute la rame : *Vous ne voyez donc pas ? C'est terminé. Ça signifie que la guerre est finie.* Mais la guerre n'est pas finie, pas pour eux en tout cas. Elle ne le sera jamais. Ce n'est qu'un article de plus, imprimé sur une page usée qu'on tourne, car on finit toujours par tourner la page. LE MAJOR BONG PÉRIT DANS L'EXPLOSION D'UN AVION. LA VILLE DE KYUSHU RASÉE. LES CHINOIS POURSUIVENT LEUR INVASION SUR LA CÔTE. Encore une dépêche de guerre abrutissante, après une vie entière de guerre.

MÊME SES ARTISANS IGNORAIENT. Comment les journalistes peuvent-ils affirmer cela le lendemain de l'explosion ? Elle, elle savait. Cela faisait presque un mois qu'elle savait, depuis les essais secrets dans le désert. LES SCIENTIFIQUES STUPÉFAITS PAR L'ÉCLAIR AVEUGLANT. Elle sait très exactement à quel point les scientifiques sont stupéfaits, aveuglés par l'éclair de ce qu'ils ont fabriqué. Dans le nuage qui l'enveloppe, Delia manque presque son arrêt. Elle se précipite vers les portes qui sont déjà en train de se refermer. Elle remonte à la surface et se rend à sa pharmacie habituelle. Quelques instants auparavant, elle avait un but. Mais lorsque le pharmacien lui demande ce qu'elle veut, elle ne s'en souvient plus. Quelque chose pour son enfant malade. La blessure la plus bénigne qu'on puisse imaginer, et un remède plus bénin encore.

Un objet de couleur glaise fondue. En caoutchouc gris, solide, avec un bouchon dur de couleur blanche. Elle s'y cramponne pendant tout le trajet du retour, comme à un petit chien écorché sur ses genoux, moitié plus petit que son petit dernier, et deux fois plus résistant. Une fois rentrée à la maison, elle applique le sac sur la jambe blessée. Il fait chaud déjà, on a disposé le lit du blessé dans le décrochement de la fenêtre, le petit pied gonflé presque contre la moustiquaire. Le petit Joey ne comprend pas pourquoi sa maman veut lui imposer ce froid glaçant. Mais il supporte la torture avec un sourire qui voudrait l'absoudre.

Son mari, le scientifique stupéfait, la retrouve dans la cuisine, en train de récurer le fond d'une casserole. « Tout va bien ? »

Elle lâche le grattoir et s'agrippe au rebord de l'évier. Elle est de nouveau enceinte, elle en est au cinquième mois, les premières affres de la révolte du corps sont passées. C'est un vertige différent. « Tout va, dit-elle, comme d'habitude. »

Deux ans auparavant, quand Charlie était encore vivant, à l'époque où cela aurait pu protéger les siens, elle avait voulu cette bombe. Maintenant, elle veut juste récupérer son mari, juste récupérer le monde qu'elle connaît. Ces centaines de milliers de corps bruns. Parmi eux combien d'enfants, aussi petits ou plus petits que son JoJo ? Des centaines d'hommes sont impliqués : des scientifiques, des ingénieurs, des administrateurs. Il n'a pas pu apporter quoi que ce soit de décisif. Les autres auraient tout à fait pu se passer de lui. Il ne lui a jamais dit sur quel aspect il avait travaillé. Même maintenant, elle ne peut se résoudre à le lui demander.

Le soir, au lit, elle veut chuchoter : *Est-ce que tu savais ?* Évidemment qu'il savait. Mais ce que sait son David, ça, elle ne peut que le deviner. Il n'a jamais rien fait d'autre que jouer avec le monde, cette radieuse babiole hypnotique. Comme Newton, dit-il : ramasser de jolis coquillages sur la plage. L'œuvre de sa vie, choisie parce qu'elle était moins utile encore que la philosophie. Éviter les ennuis, échapper aux efforts de détection, expulsé quand même. *Les juifs et la politique ne font pas bon ménage.* Elle se rappelle son entretien avec cette société universitaire honorifique : « Êtes-vous un juif pratiquant ? » Il avait presque menti, par principe, uniquement pour les obliger à sortir de leur tanière. Ils avaient tout de même refusé son intégration, faisant valoir qu'ils « n'acceptaient pas les gens qui renoncent à la foi qui leur a été donnée ».

Elle le regarde se déshabiller, il suspend son pantalon froissé à une chaise, il expose sa blancheur choquante, qui est plus étrange encore que ce qu'elle soupçonnait avant qu'ils ne se marient. Plus étrange même que l'étrangeté des hommes. Elle partage sa chambre avec ce Blanc, cet homme, ce juif non pratiquant, cet Allemand. Mais le plus étrange, c'est la chambre qu'ils partagent.

La contribution de David à cette bombe ne peut avoir été décisive. On ne peut pas transformer un atome en vingt mille tonnes de TNT à partir de quelque chose d'aussi irréel que le temps. Il lui a expliqué comment il est devenu expert de manière fortuite : son talent inattendu lorsqu'il s'agit d'imaginer ce qui se passe à l'intérieur du plus petit noyau de matière. Et pourtant, elle ne voit toujours pas le rapport. Ses collègues ont fait en sorte qu'il reste dans les parages – à Columbia, Chicago, au Nouveau-Mexique, tous ces trajets ferroviaires épiques – la joyeuse mascotte qui résout les énigmes, rien d'autre. Celui qui aide les autres à trouver ce qu'ils cherchent.

Quatre mois auparavant, il a été titularisé, devenant ainsi le professeur qui a le moins publié de tout le département. Ses collègues ont contourné le règlement, ils lui ont obtenu la titularisation en se fondant essentiellement sur l'unique article qu'il a publié alors qu'il était encore en Europe, lequel, selon ses amis, devrait assurer sa notoriété pour des années. Elle a essayé de le lire, mais a glissé sur les pages comme sur les parois d'une montagne de verre.

Depuis son arrivée en Amérique, il n'a publié que deux articles. Et encore, il les a rédigés uniquement parce qu'il était cloué au lit par la mononucléose. L'œuvre américaine ne s'est tout simplement pas matérialisée. Les découvertes qui devaient logiquement affluer n'existent que dans son esprit.

Le département de la faculté lui a tout de même offert la sécurité à vie, pour des raisons avant tout égoïstes. Même ceux qui estiment que l'œuvre de David n'aboutira pas n'ont jamais tiré autant profit d'un collègue. D'abord, il y a les étudiants. Les timides, ceux qui ne parlent pas anglais, même lorsque l'anglais est leur langue natale. Ceux qui se montrent en public comme on escalade un échafaudage. Ceux qui portent la même chemise blanche à manches courtes et le même pantalon de coton, même au plus froid de l'hiver. Ils vénèrent cet homme et se pressent à ses conférences. Ils donneraient leur vie pour lui. Ils décrochent déjà des postes prestigieux – Stanford, Michigan, Cornell – et leurs travaux se nourrissent de la perspicacité de leur vénéré professeur.

« Quel est ton secret ? » lui a-t-elle demandé une fois. Elle aussi a des élèves.

David a haussé les épaules. « On ne peut rien enseigner à ceux qui ne sont pas doués. Et ceux qui sont doués n'ont pas besoin d'apprendre. »

La faculté aurait pu le garder uniquement pour la qualité de son enseignement. Mais il y a autre chose – quelque chose de bien plus important. Il rôde dans les couloirs du bâtiment avec un stylo-plume et, sous le bras, une partition de *Solomon*, attendant que les bureaux s'ouvrent au bruit de ses pas, et qu'on le fasse entrer. Ou alors il s'installe dans la cafétéria et parcourt sa partition, fredonnant jusqu'à ce qu'un collègue en panne s'affale à côté de lui pour lui faire part de la dernière équation sur laquelle il bute. Puis, pour le prix d'une tasse de café, il les conduit jusqu'à la réponse, en gribouillant le canevas sur une serviette en papier. Non pas qu'il *résolve* le problème. Hors de son pré carré, sa maîtrise des autres domaines est au mieux poussiéreuse. Il a peu de talents pour les équations, même s'il apprécie le jeu qu'ils ont tous baptisé « problèmes de Fermi » : quelle distance parcourt un corbeau au cours de sa vie ? Combien de temps faudrait-il pour manger tous les bols de céréales produits par un champ de maïs de cinquante hectares ? Combien de notes Beethoven a-t-il écrites dans toute sa vie ? Chaque fois qu'il l'importune avec des questions de ce genre, elle réplique : « Loin. » « Un bon paquet de jours. » « Juste assez pour qu'on les écoute. »

Mais pour le prix d'un café, il leur offre quelque chose d'invisible. Ils repartent en s'agrippant à la serviette magique. Ils observent les gribouillis avant qu'ils s'estompent, convaincus qu'avec un peu de temps eux aussi auraient fini par trouver. Mais c'est plus rapide ainsi, plus net, plus clair. Personne ne peut dire exactement comment travaille David. Rien de rigoureux. Il se contente de les déplacer. Il leur fait contourner l'espace récalcitrant jusqu'à ce qu'ils trouvent la porte cachée. Il gribouille sur la serviette blanche, s'appuyant davantage sur des images que sur des équations. Ce n'est pas vraiment du raisonnement, se plaignent ses collègues. Ils l'accusent de se projeter en avant dans le temps jusqu'au point où le chercheur a déjà résolu le problème, puis de revenir en arrière avec la description sommaire des solutions qui restent encore à trouver.

Ses images sont des traces aplaties qu'il rapporte de mondes à venir : des diablotins qui montent et descendent les escaliers. Deux queues qui serpentent devant un cinéma, attendant d'entrer par deux portes séparées. Des flèches en zigzag dont les pointes et les queues s'accrochent les unes aux autres pour former des écheveaux inextricables : la numérotation expérimentale étendue. Ensuite, ceux dont il arrive à démêler le travail viennent toujours l'importuner ; ils ont besoin de savoir comment il fait pour toujours finir par trouver le bon angle qui fait que tout coïncide.

« Il faut apprendre à écouter », dit-il. Si les particules, les forces et les champs obéissent à la courbe qui régit le flux des nombres, alors, ils doivent ressembler à des harmonies dans le temps. « Vous pensez avec vos yeux, c'est ça votre problème. Personne ne peut voir quatre variables indépendantes se déployer en surface dans cinq dimensions ou plus. En revanche, l'oreille aguerrie peut entendre les accords. »

Ses collègues n'y croient pas trop, pour eux ce n'est qu'une métaphore. Ils pensent qu'il cache quelque chose, qu'il dissimule quelque part sa méthode secrète, jusqu'à ce qu'elle révèle l'indice lumineux qu'il recherchait. À moins qu'il fasse cela pour les innombrables tasses de café gratuites.

Delia, pourtant, le croit, elle sait comment ça se passe. Pour aller de l'avant, son mari se guide à l'oreille. Les mélodies, les intervalles, les rythmes, les durées : la musique des sphères. Les autres lui apportent leurs impasses – des particules qui tournent à l'envers, des apparitions fantômes en deux endroits à la fois, des gravités qui implosent. Même lorsqu'ils décrivent leurs mystères inextricables, son David entend la richesse du contrepoint encodé sur la partition du compositeur. Voilà, se dit-elle, allongée au lit pendant qu'il se déshabille, comment il les a aidés à construire leur bombe. Son seul vrai travail a consisté à libérer les pensées des hommes qui ont conçu ce projet. Ce sont tous des gamins grisés par la performance pure. Le désir permanent d'explorer, de trouver du neuf.

Son mari défait le col de sa chemise et retire avec difficulté les manches. Les plis du tissu disparaissent sur le cintre improvisé. Elle remettra de l'ordre dans son armoire le matin, juste après son départ pour l'université. Il déambule dans la chambre, en tee-shirt et caleçon, les yeux remplis de la paix de cette soirée. La guerre est finie, ou le sera bientôt. Le travail peut reprendre, affranchi des politiques nuisibles, des épreuves de force avec le pouvoir, des maléfices attenants. Lui, le juif séculaire épris de connaissance, ne se serait jamais mêlé à ça volontairement. La vie peut enfin reprendre en toute tranquillité, à défaut de redevenir un jour comme elle était avant. Cet homme qui s'avance vers le lit à pas feutrés, c'est son mari, qui franchit une distance plus difficile à évaluer que n'importe quel problème de Fermi.

Elle veut demander : *Est-ce cela que tu avais imaginé ?* Un simple rouage dans le plus grand projet d'ingénierie ayant jamais existé. Rien. Elle veut lui demander ce qu'il a fait exactement, quelle partie de cette invention il a rendue possible. Mais il a parcouru la distance qui les séparait avant qu'elle ait trouvé le courage de parler. Il s'installe sur le lit de tout son poids et, exactement comme chaque soir, leurs deux couleurs de peau soudain côte à côte se révèlent mutuellement. Les yeux de David scrutent le plus grand des mystères. Il pose la main sur la partie du corps de sa femme devenue plus ample – c'est la troisième vie qui commence à cet endroit-là. Il murmure quelque chose qu'elle ne saisit pas, ce n'est ni de l'anglais ni de l'allemand, mais une langue bien plus ancienne, une des toutes premières bénédictions.

En ce mois d'août, il fait trop chaud pour la moindre caresse. Il la frictionne avec un peu d'alcool sur une serviette de coton qu'ils conservent sur la table de nuit. Pendant une minute, elle ressent une impression de fraîcheur. « Tu n'as pas eu de nausées aujourd'hui ? »

Comme elle ne lui ment pas, elle répond en s'adressant à la carte routière qui se dessine au plafond. « Un peu. Mais ce n'était pas le bébé. »

Il lui lance un regard. Est-il au courant ? Toujours la même question. Et personne ne peut lui fournir une réponse qui, enfin, n'en appellera pas d'autres. Il détourne son regard du ventre épanoui de sa femme. Il hisse les pieds sur le lit, enlève son maillot de corps, dénude cette poitrine qu'elle n'arrive toujours pas vraiment à cerner. Il s'allonge, les épaules sur les draps, le bassin décollé du matelas, comme un lutteur essayant de se dégager d'une prise. D'un geste fluide, il fait glisser son caleçon le long des jambes. Une dernière contorsion de poisson, et le voilà nu ; le sous-vêtement, tel un missile à la trajectoire molle, vient se poser sur la chaise. Combien de soirs l'a-t-elle vu se déshabiller ? Plus que de kilomètres parcourus par un corbeau en toute une vie. Combien de soirs lui sera-t-il encore donné ? Moins qu'il n'y a de notes dans un *allegro* de Beethoven.

Elle est allongée dans le lit, à vingt centimètres d'un homme qui a contribué à... à quoi ? À inaugurer une ère nouvelle. À aider ses amis béats, fascinés, à concevoir l'inconcevable, de façon à ce que cela existe en ce monde. Elle pourrait l'interroger et n'obtiendrait rien de plus qu'une confusion plus grande encore. Elle ne peut faire mieux que se couler tout contre lui. Tout être humain est une espèce distincte. Chacun d'entre nous est un moi impénétrable pour les autres. Comment cet homme a-t-il trouvé son chemin jusqu'à ce lit ? Et elle ? Après un peu plus de cinq ans de mariage, ils n'ont déjà plus aucun espoir de répondre à cette question. Encore moins de chances de dire où ils en seront dans cinq ans. Elle se projette – sa propre espèce solitaire – d'encore cinq années en avant dans cette ère nouvelle. Puis cinquante années de plus, et plus loin encore. Elle se voit stoppée, disloquée, elle se voit devenir quelque chose de nouveau. Elle comprend ce que cet homme impénétrable affirme si souvent avec insistance : « Tout ce que les lois de l'univers n'interdisent pas doit finalement advenir. »

Il est allongé nu à côté de sa nudité à elle. Sur le drap ; elle à moitié dessous. Elle n'arrive pas à dormir sans être couverte d'une façon ou d'une autre, même lorsque la nuit est terriblement chaude. Cent mille personnes ont disparu dans un éclair venu du ciel, et il lui faut un drap pour dormir. Elle aussi a voulu ce dispositif. Elle aussi lui a demandé de se dépêcher. Un maléfice suffisamment puissant pour mettre un terme au plus puissant des maléfices. Maintenant la guerre est finie et la vie recommence, sans qu'ils sachent pour l'instant ce qu'ils vont en faire. Maintenant la paix doit faire oublier les horreurs de la guerre. Maintenant le monde doit former un seul peuple. À défaut d'un peuple, des milliards de peuples.

La personne unique qu'est son mari s'étire de tout son corps. Il glisse les paumes derrière la nuque, les coudes pointent en avant comme la proue d'un navire, et son visage constitue la figure de proue. De profil, il paraît étrange, d'une autre espèce. Se serait-il aventuré dans ce mariage s'il avait su ce qui l'attendait ? Leur bataille incessante juste pour sortir de la maison, descendre dans la rue, faire les courses. Les fois où ils sont obligés de faire semblant d'être des étrangers, de vagues connaissances, un patron et sa domestique. Les attaques passives et la violence à demi-mots auxquelles il croyait échapper en venant dans ce pays. La guerre de basse intensité qu'aucun éclair aveuglant n'arrêtera jamais.

Elle n'aurait jamais dû le laisser faire, sachant toutes ces choses qu'il ignorait. Tout ce dans quoi elle l'a entraîné. Tout ce qu'elle a rendu impossible. Et pourtant, il y a les enfants, aussi inévitables que Dieu. Maintenant qu'ils vivent, le chemin paraît tout tracé depuis le début. Ses deux petits hommes, son JoJo, qui n'aurait pas pu ne pas être. Et cette troisième vie en route, qui dort en elle, douce et rebondie comme un tumulus indien : c'est déjà une histoire qui a toujours existé. Leur unique mission, à elle et à cet homme, est de garantir l'existence de ces trois êtres.

Son mari se tourne vers elle. « Qu'est-ce qu'on va faire pour leur scolarité ? »

Il lit dans ses pensées, comme il le fait chaque jour depuis qu'ils se sont rencontrés. Pour elle, c'est une preuve suffisante. Cette guerre est la leur, c'est celle à laquelle ils étaient destinés. L'école les tuera. Leurs leçons quotidiennes dans le quartier seront de la rigolade comparées à la cour de récréation. Son JoJo, comme ces illusions d'optique dans les magazines : blanc comme du papier dans un contexte donné, noir comme du carbone dans un autre. Déjà, ils n'appartiennent à aucun groupe. L'aîné a l'oreille absolue. Elle l'a déjà testé : infaillible. Il semble entraîner son frère dans son sillage. Ils jouent ensemble, font de la peinture, ils arrivent à tenir la mélodie même dans les canons les plus complexes. Ils s'adorent, adorent leurs parents, ne voient pas la différence de couleur entre eux. La brutalité de l'école mettra un terme à tout cela.

« On pourrait les scolariser à la maison. » Elle dit ce qu'elle a en tête, après avoir lu dans les pensées de David.

« On pourrait leur faire l'école nous-mêmes. Toi et moi, ensemble.

– Oui. » Elle lui cloue le bec. « À nous deux, on peut leur apprendre beaucoup. »

Il se rallonge tranquillement, satisfait de leurs projets. C'est peut-être le fait d'être blanc, le fait d'être un homme. Il se sent en sécurité, même en un jour comme celui-ci. En dépit de tout ce qui est arrivé à sa propre famille. En une minute, sa satisfaction mène aux choses habituelles : la soirée commence, il entonne un air. Elle ne peut pas dire ce que c'est. Son esprit ne l'a pas encore nommé, mais elle retient intérieurement la phrase. Quelque chose de russe : les steppes, les dômes bulbeux. Un monde aussi éloigné du sien que ce monde le lui permet. Et le temps que ce chant langoureux de la Volga arrive à la deuxième mesure, elle est au déchant.

C'est leur jeu, chaque soir, ils s'y prêtent plus souvent qu'ils ne font l'amour, et cela leur apporte tout autant de réconfort. L'un des deux commence ; l'autre harmonise. Trouve un accompagnement, même s'il n'a jamais entendu l'air, même quand l'air sort du grenier d'une culture moisie, et que personne ne songerait à le revendiquer. Le secret est dans les intervalles, il s'agit de trouver une ligne à moitié affranchie de la mélodie, et qui pourtant se trouve déjà en son sein. De la musique à partir d'une seule note, donnée pour parcourir des mesures qui se déploient.

Chantonner au lit : plus moelleux que l'amour, pas trop fort pour ne pas réveiller les deux enfants endormis. La musique ne dérangera pas le petit troisième, dans le ventre de Delia. Delia chante au diapason de cet homme qui a aussi peu d'idées de son passé à elle qu'elle n'en a de ces accords qui évoquent quelque fantôme tsariste. Toute la famille de David a disparu, sans rien laisser derrière pour l'aider à faire son deuil. Il a laissé son empreinte sur une bombe qui a emporté cent mille vies. C'est le mois d'août, il fait trop chaud pour se toucher. Mais une fois que les voix se sont tues, lorsqu'ils sont sur le point de s'endormir, aucun ange ne veillant sur eux, les phalanges de David effleurent le bas du dos de Delia et les doigts de Delia se posent, pour la demi-heure à venir, sur la cuisse de David, si étrange, si familière.

Le père de Delia écrit à David une longue lettre, commencée le lendemain de la seconde bombe et achevée trois semaines plus tard. « Cher David. » Leurs lettres débutent toujours ainsi. « Cher William. » « Cher David. »

> Cette nouvelle incroyable explique tout ce que vous n'avez pu me dire, ces deux dernières années. Cela m'a conduit à apprécier ce que vous avez dû si longtemps porter en vous, et je vous remercie de m'en avoir autant révélé.
>
> Je me joins au reste de l'Amérique pour louer la puissance, quelle qu'elle soit, qui a mis un terme à ce sinistre chapitre de l'histoire humaine. Croyez-moi, je sais que cela aurait pu encore durer longtemps si la science n'avait pas réussi à produire cette « bombe cosmique ». Je vous remercie, ne serait-ce qu'au nom de Michael. Mais il y a tellement d'autres choses qui m'échappent, au sujet de cette affaire, que je ressens le besoin de vous écrire pour obtenir des éclaircissements.

Delia regarde son mari lire, il plisse les yeux comme chaque fois qu'il bute sur des mots.

> J'accepte sans problème la première explosion. Elle me semblait politiquement nécessaire, triomphale au plan scientifique et morale-

ment justifiée. Mais la seconde n'est rien moins que barbare. Quel peuple civilisé pourrait défendre un tel acte ? Nous avons pris des dizaines de milliers de vies supplémentaires, sans même accorder à ce pays une chance de comprendre ce qui l'avait frappé. Et dans quel but ? Simplement, semble-t-il, pour faire montre d'une supériorité définitive, autrement dit la même volonté de domination mondiale à laquelle, me semble-t-il, nous voulions mettre un terme en participant à cette guerre...

David Strom regarde bouche bée la fille de son accusateur. « Je ne comprends pas. Il veut dire que je suis responsable de cela ? » Il tend la lettre à sa femme. Elle la lit rapidement. « Ce n'est pas à moi de m'exprimer à propos de cette bombe. Oui, j'ai travaillé pour le Bureau de recherche et de développement scientifique. Mais comme la moitié de nos scientifiques. Plus de la moitié ! J'ai un peu réfléchi à l'absorption des neutrons. Et j'ai aidé des gens à résoudre un problème en rapport avec l'implosion. J'ai travaillé davantage sur des mesures défensives en électronique, qui n'ont jamais été développées, que sur cet engin. »

Delia tend la main et effleure le bras de son mari. Quel effet ce contact peut-il avoir sur lui ? Les mots qu'il vient de prononcer la soulagent un peu ; ils suggèrent des réponses sans qu'elle ait à poser de questions. Mais maintenant, il y a cette lettre entre eux, une simple feuille de papier. La question de son père lui pèse sur la conscience depuis des semaines. Et son mari, elle le voit bien, ne s'est pas encore posé cette question. David lui reprend la lettre, et reprend sa pénitence au rythme d'un lecteur étranger :

> Ce pays doit savoir le danger qu'il y a à persévérer dans cette voie. Il comprend certainement comment cet acte sera perçu au regard de l'Histoire. Aurait-il lâché cette bombe sur l'Allemagne, le pays des Bach et autres Beethoven qui vous sont si chers ? L'aurions-nous utilisée pour annihiler une capitale européenne ? Ou bien cette arme a-t-elle été conçue depuis le début pour être utilisée contre des individus d'une autre couleur de peau ?

C'en est trop pour David. « Oui ! » s'écrie-t-il. Elle n'avait encore jamais senti une telle tension en lui. « Évidemment. Bien sûr que j'utiliserais ça contre l'Allemagne. Réfléchissez à ce que l'Allemagne a fait à tous les gens de ma famille ! Nous avons bombardé toutes les villes allemandes, de jour comme de nuit. Rasé toutes les cathédrales. Ç'a été la course contre la montre pour fabriquer cette bombe avant Heisenberg. *Alle Deutschen...*»

Elle opine et prend le coude de David au creux de sa main. Son père avait félicité David pour sa participation à l'effort de guerre, compte tenu du peu qu'il savait. Le médecin, également, appelait de tous ses vœux l'Amérique du futur, aussi vite que possible. Mais son père soutenait une cause invisible aux yeux de David.

> Sachez que je ne vous en veux pas, mais j'ai tout de même besoin de vous soumettre ces quelques réflexions. Vous avez vu de près ce sur quoi je ne peux que spéculer. J'avais en tête une victoire différente, une paix différente, qui eût mis un terme définitif à la suprématie. Nous luttions contre le fascisme, le génocide, tous les maux du pouvoir. Maintenant, nous avons rasé deux villes pleines de civils jaunes abasourdis... Peut-être ne comprenez-vous pas ma façon d'appréhender ces bombardements en termes de race. Il faudrait que vous passiez un mois à ma clinique, ou bien un an dans les quartiers voisins du mien, pour comprendre ce que je voulais que cette guerre détruise. J'espérais quelque chose de mieux de ce pays. Si c'est ainsi que nous avons choisi de mettre un terme à ce conflit, quels espoirs pouvons-nous nourrir pour les temps de paix ?
>
> Sans aucun doute, cette extraordinaire séquence d'événements vous apparaît sous un jour différent, David. C'est pour cela que je vous écris. Si vous pouviez m'expliquer ce que je n'ai pas réussi à comprendre, je vous en saurais gré.
>
> En attendant, sachez que je ne vous identifie ni à la suprématie, ni au pouvoir, ni à la barbarie, à l'Europe, à l'Histoire ni à quoi que ce soit d'autre. Vous êtes mon gendre, vous vous occupez de ma fille et de mes deux incroyables petits-fils, et pour cela, j'ai toute confiance en vous. Je vous souhaite une agréable fête du Travail à tous. J'ai hâte d'avoir de vos nouvelles en retour. Cordialement, William.

David termine et ne dit rien. Il *écoute* ; elle aimera toujours cela en lui. Toujours à tendre l'oreille, à guetter une pointe d'harmonie. Il attend d'entendre la musique qui réponde à sa place. « Je peux prendre le train. » Sa voix est une corde effilochée. « Aller le voir à Philadelphie.

– Ne dis pas de bêtises », lui dit-elle.

Elle essaye de le consoler et aboutit au résultat contraire.

« Mais il faut que je lui parle. Il faut que nous essayions de régler cela en tête à tête. Comment veux-tu que je le fasse par écrit, alors que rien de ce que je dois dire n'est dans ma langue ? »

Elle le prend dans ses bras. « Le médecin peut bien se fendre d'une consultation à domicile, s'il a envie de discuter. Quand est-ce qu'on l'a vu pour la dernière fois ? Il peut venir voir ses garçons et sentir le petit dernier. Ensuite, ces messieurs pourront boire du cognac et décider comment préparer au mieux l'avenir de la civilisation.

– Je ne bois pas de cognac. Tu le sais. » Elle ne peut s'empêcher de se moquer de sa mine piteuse. Mais son rire ne le déride pas.

Cette idée la séduit. Elle lance une invitation au moment où le Dr Daley hésite à aller assister à la grande conférence d'après-guerre organisée par l'hôpital Mount Sinai et Columbia sur les derniers développements en matière de sulfamides et d'antibiotiques. Mêler l'utile à l'agréable, l'idée plaît au médecin, qui a le sens de l'efficacité. Il arrive à la maison un soir de septembre. À peine a-t-il frappé que Jonah et Joseph sont debout et se précipitent vers la porte. Ils chantent « Grand-Papa » à tue-tête, toute la journée ils ont guetté l'arrivée de leur grand-père. Delia regarde dans le couloir juste au moment où ils déboulent, chacun essayant d'attraper la poignée pour ouvrir la porte. Joseph souffre encore de sa foulure à la cheville. Ou peut-être se l'imagine-t-elle. Elle a dans les mains une louche et une cuiller à jus pour le rôti, mais elle se débarrasse de tout ça en un éclair, et file jusqu'à la porte, à deux pas seulement derrière ses garçons.

À l'instant où son père pénètre dans la pièce, Delia lit sur son visage toute la violence qu'il a en lui. La première chose qui lui vient à l'esprit : *Cette bombe, cette question de morale dont il est venu discuter avec David*. Mais il s'est passé quelque chose, c'est tout récent. Il ne se penche pas pour prendre les enfants dans ses bras. Tout juste s'il les laisse s'accrocher à ses jambes. Enragé, il s'engage dans le couloir, il irradie la fureur.

Elle a déjà vu ça, plus de fois qu'elle ne veut bien s'en souvenir. La première fois, elle n'était guère plus âgée que Joseph. Sur la figure des enfants, la graine de l'arbre empoisonné : *Qu'est-ce qu'on a fait ?* Cette question à laquelle elle-même n'a jamais pu répondre. Désormais, c'est au tour de ses garçons de souffrir de cet héritage dont elle ne peut les protéger.

Son père s'approche d'elle, elle tente de l'étreindre. Il lui dépose une petite bise sur le menton. Elle sent qu'il s'efforce, avec la dernière trace de dignité qui reste si puissante en lui, d'étouffer cette colère et de l'avaler d'un coup, comme ces capsules de cyanure qu'on donne aux agents infiltrés pour le cas où ils se feraient prendre par l'ennemi. Elle sait qu'il n'en sera pas capable. Il luttera et échouera, d'une manière non moins spectaculaire que le monde a échoué pour lui. Entre-temps, elle ne peut pas demander, elle ne peut rien faire d'autre que jouer le jeu, faire preuve de gaieté et de bonne humeur en attendant que l'enfer éclate.

Il faut attendre la fin du dîner. Le repas en lui-même – de la dinde, des brocolis et du maïs à la crème – est courtois, quoique tendu. David ne remarque pas, ou alors il est plus perspicace que Delia ne l'a jamais supposé. Il s'enquiert de la conférence sur les sulfamides, et William répond en style télégraphique. William, en revanche, essaye de revenir sur le cafouillis de Potsdam et le programme de réhabilitation des taudis de Truman qui est un échec. David se contente de sourire, il en sait aussi peu sur l'un et l'autre sujet. Delia sent qu'ils s'efforcent tous deux de rester loin du Japon, de l'ombre atomique, de l'aube du nouvel âge cosmique. L'affaire dont la rencontre de ce soir était censée débattre.

Après la compote de pommes, les enfants quittent la table pour se retrouver à l'épinette. Le cadeau de mariage offert par le Dr Daley est sans nul doute leur jouet favori. Ils s'amusent avec des gammes en octaves. « Jouez-moi une jolie chanson du bon vieux temps, leur dit le Dr Daley. Vous pouvez faire ça, les garçons ? Jouer un petit air pour votre grand-papa ? »

Les deux garçons – quatre et trois ans – s'affalent sur le banc et jouent un choral de Bach : « *O Ewigkeit, du Donnerwort.* » Jonah se charge de la mélodie, évidemment. Joseph, de la basse. C'est comme ça que ça se passe : deux garçons découvrent le secret de l'harmonie, ils se régalent en transcendant la dissonance, cabriolent au-dessus du fouillis des lignes mélodiques en mouvement, s'ébattent au fil de la gamme transformée. « Ô Éternité, parole foudroyante ! Ô glaive qui transperce l'âme ! Ô commencement sans fin ! Ô Éternité, temps intemporel, Reçois-moi, si Tu le veux ! » Personne dans la pièce ne connaît les paroles. Ce soir, il n'y a que les notes. Les garçons tressent leurs mélodies, les poignets se heurtent, les mollets pendent dans le vide et se cognent, ils s'écartent du clavier dans le crescendo de la progression harmonique, puis ils ralentissent imperceptiblement le tempo et terminent. La musique est en eux. Juste en eux, ce florilège d'accords qui s'ouvre comme un chrysanthème. Ça les rend heureux, de jongler avec ces mélodies distinctes, qui néanmoins s'emboîtent l'une dans l'autre. D'introduire cette solution parfaite, dans une lumière qui n'appartient à personne.

Un soir, une vie s'élèvera qui n'aura aucun souvenir de son origine, qui aura oublié ce qui se sera passé en chemin. Ni vols, ni esclavage, ni meurtres. Quelque chose aura alors été gagné, et beaucoup aura été perdu, avec la mort du temps. Mais ce soir, on n'en est pas là. William Daley regarde ces petits garçons faire leurs acrobaties sur le choral. Ses yeux révèlent toutes les variations que la musique ne dit pas. Il secoue la tête, et chacun de ses mouvements de tête tente de nier la réalité. Les garçons pensent qu'il est content, voire même stupéfait, comme tous les adultes qui les ont jamais entendus. Ils descendent du banc et partent gaiement vers d'autres découvertes. William se tourne vers sa fille et la regarde fixement, comme il avait jadis regardé son fils Charles lorsqu'il avait joué des chansons de brave Nègre sur le piano droit du salon, à la maison. Le regard pénètre en elle, complice, accusateur. *Tout ce que tu veux.* N'était-ce pas la profession de foi ? *L'égale de n'importe quel maître. Les plus grands maîtres tu égaleras.* Le Dr Daley arrête soudain de secouer la tête.

« Qu'est-ce que vous allez *faire* d'eux ? » Il leur laisse peut-être le choix. Tout ce qu'ils veulent.

Delia se lève pour débarrasser la table. « David et moi avons décidé de leur faire l'école à la maison. » À la fin de la phrase, elle est presque dans la cuisine.

« Tiens donc !

– On y a réfléchi, Papa. » Elle revient à la table. « Où est-ce qu'ils auront un meilleur enseignement ? David sait tout ce qu'il y a à savoir en sciences et en maths. » Elle fait un signe en direction de son mari, qui baisse la tête. « Moi, je peux leur enseigner la musique et les arts.

– Tu vas leur apprendre l'histoire ? » Dans sa voix qui claque comme un fouet, il y a toute l'histoire à laquelle il fait allusion. Ses doigts se cramponnent au verre d'eau pour empêcher que sa fille ne le lui vole. « Où apprendront-ils qui ils sont ? »

Elle se coule à nouveau sur sa chaise, sans un bruit. Elle se fond dans ce rôle, comme M. Lugati lui a appris à se tenir sur scène. *Nous travaillons dur pendant d'innombrables répétitions, afin d'être bien en nous-mêmes, libres, pour cet unique concert.* Elle plonge en elle pour trouver cette colonne d'air. « Là où moi j'ai appris, papa. Là où toi tu as appris. »

Les yeux de William projettent des étincelles vert-de-gris. « Tu sais où j'ai appris qui je suis ? Où moi j'ai appris ? » Il se tourne vers David

– qui, lui, a appris ailleurs. Un crime impardonnable, Delia le voit. « Vous m'avez demandé comment s'était passée la conférence ? Vous voulez savoir comment s'est passée la *conférence* ? »

David cligne juste des yeux. Finis les sulfamides. Finis les antibiotiques.

« J'aimerais pouvoir vous le dire. Vous voyez, j'en ai manqué l'essentiel. J'ai été retenu en bas dans le couloir, d'abord par le flic de l'hôtel, et ensuite par une escorte policière, peu nombreuse mais efficace. Un léger malentendu. En effet, je ne pouvais pas être le Dr William Daley de Philadelphie, en Pennsylvanie, puisque le Dr Daley, lui, est un vrai médecin diplômé de la faculté, alors que, moi, je ne suis qu'un Nègre qui glisse sa tête crépue dans un symposium civilisé réservé aux professionnels de la médecine.

– Papa. On ne prononce pas ce mot dans cette maison.

– Tiens donc ! Tes garçons vont pourtant devoir l'apprendre, entre deux jolis petits hymnes à quatre mains. La définition du dictionnaire. Tu peux compter là-dessus. L'école à la maison ! »

Delia s'enflamme, les murs se resserrent sur elle. « Papa, tu... Je ne te comprends pas. Tu m'as élevée...

– Exact, mademoiselle. Je t'ai élevée. Nous sommes d'accord là-dessus. »

Elle voit son teint clair dans l'amande des yeux de son père. A-t-il oublié ? Croit-il qu'elle est *passée de l'autre côté*, qu'elle est devenue adepte d'un système aussi inacceptable que celui qu'on leur a imposé ?

« "Tu es une chanteuse, le cite-t-elle. Tu vas t'élever. Tu deviendras tellement bonne qu'ils seront *obligés* de t'entendre." »

Il projette brusquement les paumes en avant. *Écoute* ! « Ça fait cinq ans que tu as arrêté les études. Où en est ta carrière ? »

Elle esquisse un mouvement de recul, giflée en pleine figure.

« Elle a été très occupée, répond David. Elle est femme et mère de deux enfants. Avec un autre qui arrive.

– Et *vous*, votre carrière, comment va-t-elle ? Les obligations familiales ne vous ont pas empêché d'être titularisé, on dirait.

– *Papa*. » L'intensité de l'avertissement lui vient du fond de la gorge. Elle en est surprise elle-même.

Personne ne le remettra à sa place, pas deux fois dans la même journée. Il se tourne vers elle. « Je vais te dire, moi, où elle en est, ta carrière. Elle t'attend dans la ruelle, derrière la salle de concert. L'entrée réservée aux "gens de couleur". Barricadée de planches dans un avenir prévisible.

– Je n'ai pas vraiment passé d'auditions.

– Qu'est-ce que tu veux dire, "pas vraiment" ? Ou bien tu en as passé, oui bien tu n'en as pas passé.

– J'en passerai davantage quand les garçons auront grandi.

– Combien de temps dure une voix ? »

Il y a tant d'accusations qui lui pleuvent dessus d'un coup qu'elle ne les compte plus. Elle qui était le plus intelligent des bébés à la ronde n'est pas devenue avocate, ne s'est pas présentée au Congrès, n'est même pas devenue une musicienne de concert honorable. N'a pas fait avancer la Cause d'un cran. Tout ce qu'elle a fait, c'est élever deux petits garçons, et encore, apparemment, pas si bien que ça.

La voix de son père devient soudain grave ; elle ne l'avait encore jamais entendue descendre si bas. Le timbre s'enlise dans la terre glaise jaune de la Caroline de sa mère, un endroit où il n'a pas été depuis plus de quinze ans, sauf pour une visite à contrecœur. Laissez tomber le tabac, laissez tomber le coton : la terre est trop aride pour produire autre chose que de misérables haricots et des cacahuètes. Une terre trop pauvre pour payer son propre loyer. La voix de William ressemble à un pastiche parfait de son beau-père, celui que Delia n'a rencontré que trois embarrassantes fois dans cette vie. Sauf que l'humeur n'est pas au pastiche. « Ces gens te laisseront *jamais* chanter.

– Ils ont bien laissé Mlle Anderson chanter.

– Certes. Ils l'ont laissée chanter, là-bas, à la maison des maîtres, pour une soirée de divertissements. Faire deux pas de danse aussi, si elle en a envie. Du divertissement ! Des chiens qui font du vélo. Juste s'assurer qu'elle réintègre le quartier des moricauds, une fois son numéro terminé. »

Delia reste assise, les mains pétrifiées, sur la table à moitié débarrassée. Son père s'est métamorphosé en un vulgaire gangster de rue, cet homme qui a lu *Ulysse*, qui est en contact épistolaire avec des présidents d'université, qui a demandé à David de l'éclairer sur la théorie de la relativité spéciale. L'homme qui a passé sa vie d'adulte à soigner des malades. Viré de sa clinique, séparé de sa femme, jeté de ce quartier où depuis des années on le considère comme un dieu de la guérison, montré du doigt dans un couloir d'hôtel, et suspecté comme un voyou minable ou un toxicomane. Ce que le monde voit détruira toujours ce que cet homme brûle de lui montrer. Il n'y a pas de parade, il n'y a que cet effondrement qui, avec le temps, emporte tous les gens. L'identité.

Le Dr Daley s'avance jusqu'à l'épinette. Il joue de mémoire le choral des garçons. Il vient à bout des quatre premières mesures, assez proches de ce que le cantor rural de Leipzig avait écrit. Delia est choquée de voir qu'il est si bon. Il joue comme quelqu'un qui a perdu sa langue natale. Mais il joue. Elle ne l'a jamais entendu jouer autre chose que des bribes de Scott Joplin. « Les pleurs de ce bébé semblaient venir / De quelque part près de l'Arbre sacré. » Un petit boogie-woogie éreinté pour les funérailles de Charlie. Et maintenant ça. À l'oreille. Uniquement à l'oreille.

Les mains de William abandonnent ces accords luthériens en dents de scie, comme si le couvercle du piano venait de les mordre. « Tu sais ce que j'entends lorsque j'entends cette musique ? J'entends : "Maudit soit Canaan", j'entends : "Les Blancs, le bon clan ; les Noirauds, au cou le garrot ; les Noirs, au revoir." »

Delia lève ses yeux anéantis jusqu'à croiser le regard de son père. Elle fait un essai *piano*. En douceur, c'est plus difficile qu'en force, comme disait toujours Lugati. « Je suis navrée qu'il y ait eu des imbéciles à la conférence, papa. » *Raison de plus*, veut-elle ajouter, *pour les battre à leur propre jeu*.

« L'hôpital Mount Sinai. Ce ne sont pas des imbéciles. C'est l'élite. » Les yeux de William se perdent au loin, il envisage les punitions extrêmes qui ne lui ont pas encore été infligées. Tout se dérobe si facilement, il n'en voit pas le fond. Retenu et humilié une heure durant : ce n'est pas un tel châtiment. On peut en rire. On s'époussette, et on poursuit sa route. Mais si cela est possible, alors pourquoi ne pas se retrouver enfermé aux vestiaires, enchaîné au stand de cireur de chaussures à la gare de Penn Station, analphabète, interdit des bureaux de vote, tabassé pour avoir pris la mauvaise ruelle, pendu haut et court à un sumac ? Même la personnalité la plus opiniâtre doit endurer l'identité qu'on lui impose.

David, qui s'était jusqu'alors réfugié dans le silence comme sous un châle de prière, prend la parole. « J'ai réfléchi. Ce qu'on vous a fait aujourd'hui. C'est une erreur statistique. »

William réagit sans attendre. « Qu'est-ce que vous voulez dire ?

– Ce sont des hommes qui ne calculent pas du tic au tac. »

Le Dr Daley dévisage cet homme. Il se tourne vers sa fille, il ne saisit pas. Delia fait la moue. « Il veut dire du tac au tac.

– C'est ça, du tac-tac. Ils prennent des raccourcis, ils court-circuitent des étapes du raisonnement. Ils ne voient pas un cas spécifique, ils font seulement des paris en fonction de ce qu'ils croient que leur disent les probabilités. Ils pensent en termes de catégories. C'est ainsi que procède la pensée. Ça, nous ne pouvons rien y faire. Mais on peut changer leurs catégories.

– Au diable les probabilités. Ce n'est rien d'autre que de la haine animale. Deux espèces. Voilà ce qu'ils voient. Voilà ce qu'ils ont l'intention d'encourager. Et bon sang, c'est ce qui va finir par arriver. Ils ne voyaient pas mes vêtements. Ils ne m'entendaient pas parler. J'ai cité des chapitres entiers de la septième édition de cette connerie de manuel de médecine...

– Mon père m'a dit que ça arrivait. » *Spinto*, la voix de Delia navigue malgré la houle. Il suffit qu'elle résiste à la tempête. « Mon père m'a appris à vivre en dépit de cela. À faire en sorte que je sois trop importante pour qu'on me balaye comme ça d'une pichenette.

– Et que diras-tu à tes enfants ? »

Jonah choisit cet instant pour réapparaître. Et lorsqu'il est là, Joey n'est jamais loin derrière. Deux enfants qui s'aventurent dans les bois, s'enfoncent dans les fourrés vains de l'âge adulte. William Daley saisit l'aîné de ses petits-enfants par les épaules. Dans la lumière de la pièce, le teint beige de l'enfant est déconcertant. Quelque part entre *au cou le garrot* et *le bon clan*. Une note d'harmonica un peu flottante, ni dièse ni bémol. Entre deux : comme un rhéostat, l'imperceptible glissement d'un curseur radio, captant simultanément deux stations. Comme une pièce de monnaie s'immobilisant de manière saugrenue sur la tranche, avant que les lois de la statistique ne la condamnent à retomber sur une face ou sur l'autre. Il regarde ce garçon et voit une créature du monde à venir. Quelque chose lui revient, un aphorisme inutilisable qu'il a glané pendant qu'il perdait son temps chez Emerson. « Dans ce qu'il sera, tout homme contemple un ange en devenir. »

« Joseph, dit-il.

– Jonah. » Le garçon ricane.

Le docteur se retourne vers sa fille. « C'est infernal, pourquoi leur avez-vous donné le même nom ? » Il se tourne de nouveau vers le garçon : « Jonah. Chante-moi quelque chose. »

Le petit Jonah commence un long canon endeuillé. « *By the waters, the waters of Babylon. We laid down and wept, and wept for thee, Zion.* » Allez savoir la signification que les syllabes ont pour lui. Le petit Joey, d'un an le cadet, entend le début du canon et attend son tour, puis il entre dans la ronde, comme il le fait avec ses parents, soir après soir. Mais ce soir, aucun des deux parents ne se joint à eux, et le canon s'essouffle assez rapidement.

« Chantez-m'en une autre », ordonne Grand-Papa. Et les garçons, ravis de lui faire plaisir, entament un autre canon : *« Dona nobis pacem »*. William brandit l'index en l'air, et les interrompt avant que les trois mots ne soient prononcés. « Et notre musique à nous ? » Il regarde les garçons. Mais c'est leur mère qui répond.

« Mais quand a-t-elle été la nôtre, Papa ? » La nôtre : l'aristocratie noire, la soi-disant élite intellectuelle noire. Les plus méprisés des plus méprisés sur terre.

Il se lance dans la rhétorique. « Avant les Pèlerins, dit-il, tout en regardant toujours ses petits-enfants. Nous étions ici, avec notre musique.

– Je veux dire, quand est-ce que ça a été à toi ? À nous. À la maison. Quelle musique a jamais été à nous ? Moi, j'avais les chants sacrés de Maman, tout ce qui venait du livre de cantiques de son église. Et puis j'avais ta collection de 78 tours, “Apprenez vous-mêmes les classiques”. Avec Charlie, on allait en douce écouter les sonorités endiablées de New York et de Chicago. Tout ce qu'on n'avait jamais le droit d'écouter à la radio. “La meilleure façon de se faire traiter comme un sauvage, c'est de faire de la musique de sauvage.” Je savais quelle musique te faisait peur et quelle musique tu pensais devoir connaître. Mais à part quelques *ragtimes* du début du siècle que tu mettais quand tu croyais que personne ne t'écoutait – oh, ce que j'adorais, quand tu mettais ça ! –, je n'ai même pas su quelle musique tu *appréciais*. J'ignorais même que tu étais capable de... » Elle indique l'épinette, l'objet du délit.

« Tu veux que ces garçons chantent ? Tu veux que ces garçons aiment... Ce garçon. » Il indique le plus mat des deux. Il fend l'air de la main, il tâche de lutter contre cette effrayante prophétie qui s'impose à lui. Il ne peut assumer la déclaration qu'il va prononcer. « Ce garçon sera arrêté dans sa course, d'ici un quart de siècle. En pénétrant dans une salle de concert. On lui dira qu'il y a eu une erreur. Qu'il s'est trompé, que c'est dans la salle à l'autre bout de la ville qu'il doit aller. Ici, ce n'est pas de la musique comme ça qu'on écoute. Ce sont des œuvres complexes, pour un public cultivé. Il ne comprendrait pas.

– *Dein, was du geliebt, was du gestritten.* » Les paroles sortent de nulle part, de personne. « T'appartient ce que tu as aimé, ce pour quoi tu t'es battu. »

Le Dr Daley se retourne pour faire face au défi. Il y eut un temps où il aurait demandé d'où venaient les paroles. À présent il dit : « Qu'est-ce qui vous fait penser ça ? »

Delia se lève, comme pour le jour de la Résurrection. Elle glisse tel un fantôme jusqu'à son père. Avant qu'il puisse s'esquiver, elle est derrière lui, une main posée sur l'arrondi massif des épaules, l'autre suit les motifs de la calvitie, à la crête du crâne majestueux. « Qu'est-ce que tu aimes, Papa ? Quelle musique aimes-tu ?

– Quelle musique ? Quelle musique j'aime ? »

Elle opine, en une série de hochements de tête ; malgré les larmes, elle sourit. Elle entonne à voix basse les premières mesures de quelque chose. Prête à être de nouveau sa petite fille, il n'a qu'un mot à prononcer.

« Quelle musique ? » Il réfléchit tellement longtemps qu'il épuise le catalogue. « J'aimerais sincèrement que ce soit la question. » Il se laisse caresser par sa fille, mais seulement par distraction. « Tu as lâché tes enfants exactement entre les deux, non ? À mi-chemin. En plein *no man's land.* »

Elle baigne dans un calme surnaturel. « Nous étions déjà entre les deux, Papa. Nous avons toujours été entre deux.

– Pas toujours. »

Et là, elle commet une erreur : « Tout le monde est entre deux. Tout le monde est toujours à mi-chemin. » Elle croit prononcer les mots avec la voix de sa mère.

Mais son père se révolte avec une telle vigueur qu'effrayée elle retire ses doigts. Avec douceur et civilité, il rétorque d'une voix sifflante : « Non, ma petite chanteuse d'opéra à mi-chemin. Ce n'est pas le cas de *tout le monde.* Il y a des gens qui ne sont même pas ce qu'ils sont. Tu crois que parce que leur père est un homme blanc, le monde va...

– Un homme *blanc* ? s'esclaffe Jonah. Un homme ne peut pas être blanc ! Tu veux dire comme un fantôme ? »

William Daley, arrêté dans sa course, observe Delia. Le visage figé, il attend une explication. Mais, pétrifiée par ce *pianissimo*, par ce que ses mots ont fait, elle ne peut rien dire.

Le garçon s'amuse. « Comment est-ce qu'un homme peut être *blanc* ? C'est idiot.

– Chantez quelque chose pour votre grand-papa, dit leur mère. Chantez donc *This Little Light of Mine.*

– Qu'est-ce que tu leur apprends ? » La voix paternelle s'élève des entrailles de la terre et lui arrive en pleine figure. Une voix qui met un terme à la chanson. La voix de Dieu s'élevant pour demander à Adam et Ève ce qu'ils croyaient pouvoir dissimuler. Adam et Ève... il lui vient cette idée : ces deux-là devaient former un « couple mixte ». Sinon comment ? Quelle autre configuration aurait laissé un monde si haut en couleur ?

« Nous y avons réfléchi, Papa.

– Vous y avez réfléchi. Et à quoi votre *réflexion* a-t-elle abouti ? »

David sort du sous-bois en s'ébrouant. Il se penche en avant pour s'expliquer. Mais Delia lève la main pour l'arrêter. *Sois leur égale, donne ta propre explication.* « Nous avons décidé d'élever les enfants en dehors des considérations de race. »

Son père tressaille, il agite les oreilles, abasourdi. Quelque chose d'impitoyable lui infecte la tête. « Tu peux répéter ?

– D'ici un quart de siècle... » commence David. Les deux Noirs l'ignorent.

« Nous avons fait un choix. » Chaque mot semble trop mesuré, même pour Delia. « Nous refusons de leur imposer une couleur. Ce sont eux qui choisiront. » Tout ce qu'ils veulent. « Nous allons les élever en vue du jour où tous les gens seront au-delà de la couleur de peau.

– "Au-delà de la couleur" ? » Le médecin articule chaque mot, il les répète à voix haute, comme il répète à voix haute les symptômes de ses patients. « Vous voulez dire que vous allez les élever comme des Blancs. »

Les garçons ont perdu tout intérêt à la conversation, si tant est qu'ils s'y soient jamais intéressés. Ils trottinent jusqu'au piano pour jouer un autre choral. Delia intervient. « Pas maintenant, JoJo. Allez plutôt jouer dans votre chambre. »

Elle ne leur avait encore jamais demandé d'arrêter de faire de la musique. Jonah commence à frapper les touches à toute vitesse, il double le tempo, le quadruple, il s'empresse de terminer le choral avant que l'interdiction prenne effet. Son frère regarde, horrifié. Delia s'approche du banc, soulève le renégat, l'agite comme un balancier, puis le pose au sol et le fait galoper vers la chambre des garçons. Elle lui tapote le derrière pour faire bonne mesure. Et l'offensé hurle dans le couloir, suivi de son petit frère qui, par solidarité, crie aussi, et clopine en se souvenant de sa cheville qui lui faisait si mal.

Au-delà de la couleur. Ma mère dit ces mots à mon grand-père à la fin du mois de septembre de l'année 1945. J'ai trois ans. Comment puis-je espérer me souvenir ? Mon frère est à plat ventre à l'entrée de notre chambre, il épie le monde adulte, à l'autre bout du couloir. Il ne pense qu'à une seule chose : comment retourner à ce piano pour encore faire du bruit. Comment reconquérir le trône sonore qui régit le monde et l'installe, lui, Jonah, au cœur de l'amour.

Mes parents et mon grand-père sont réunis autour d'un globe de lumière, au centre d'une obscurité qui s'étend à l'infini. Ils devraient savoir à quel point leur cercle est restreint, à quel point il fait noir tout autour. Mais quelque chose les pousse en avant, quelque chose qui n'est pas eux mais qui se fait passer pour eux. Leur besoin les happe si totalement qu'ils se retournent les uns contre les autres pour éviter de perdre pied. Je les vois au bout du couloir : une boule de soufre en combustion dans un cercle noir sans limite.

Maman dit : *Il faut que d'une manière ou d'une autre on y arrive. Il faut que quelqu'un fasse le pas.*

Grand-Papa dit : *Au-delà de la couleur de peau ? Tu sais ce que ça signifie, au-delà de la couleur de peau ? Nous y sommes déjà. Au-delà de la couleur de peau signifie cacher l'homme noir. L'effacer. Que tout le monde prenne part à ce jeu de l'annihilation auquel le Blanc joue depuis...*

C'est la fin du monde. Jonah et moi savons déjà cela, tout en ne sachant presque rien. Mon frère va arriver en courant au milieu d'eux, il va les séduire en chantant une chanson, et tout redeviendra comme avant. Mais même Jonah est comme ensorcelé, il veut se venger. Sa blessure est intime, plus profonde que celle du monde. Réprimandé injustement alors qu'il jouait.

Grand-Papa dit : *Que crois-tu qu'ils apprendront à la minute où ils poseront le pied hors de la maison ?*

Maman dit : *Tout le monde sera mélangé. Personne ne sera plus rien.*

Grand-Papa dit : *Le mélange, ça n'existe pas.*

Da dit : *Pas encore.*

Grand-Papa dit : *Ça n'arrivera jamais. C'est soit l'un soit l'autre. Ils ne peuvent pas être la première chose, pas dans ce monde. Donc, c'est l'autre, ma fille. Tu le sais. Quel est ton problème ?*

Maman dit : *Il faut que les gens évoluent. Dans quel monde veux-tu vivre ? Il faut que les choses se transforment, qu'elles aillent dans une autre direction..*

Grand-Papa dit : *Les Noirs, on les transforme depuis le premier jour. Pour qu'ils aillent se faire voir ailleurs.*

Maman dit : *Les Blancs aussi. Il va falloir que les Blancs changent.*

Grand-Papa dit : *Les Blancs ? Changer ? Jamais, ou alors sous la menace des armes.*

Maman dit : *Si, ils y seront obligés.*

Et Grand-Papa lui répond : *Jamais. Jamais. Ce qui s'est passé ce matin, voilà tout l'avenir qui nous attend, nous autres.*

Et puis le véritable orage. Je n'arrive pas à me rappeler comment ça arrive, pas plus que je n'arrive à me souvenir de moi à cette époque. Ils parlent depuis longtemps. Jonah s'est endormi par terre, à l'entrée de notre chambre. Moi, je ne peux pas, évidemment, pas tant que les adultes se disputent si fort. Grand-Papa fait les cent pas dans la salle à manger, un géant en cage. Il frappe les murs de sa paume. *Au-delà de la couleur de peau, au-delà de ta propre mère. Au-delà de tes frères et sœurs, au-delà de moi !*

Maman, d'un calme mortel. *Ça ne veut pas dire ça, Papa. Ce n'est pas ce que nous sommes en train de faire.*

Et qu'est-ce que vous faites ? Qu'est-ce qu'il y a marqué sur le certificat de naissance ? Vous croyez pouvoir échapper à ça ?

Des mots encore, que je n'arrive pas à entendre, que je n'arrive pas à comprendre, dont je ne me souviens pas. Le ton monte entre les deux hommes. Pire que la colère. Des mots si durs qu'ils peuvent transpercer la peau. Ensuite, mon grand-père est devant la porte d'entrée. La porte est ouverte sur le mois de septembre, là devant eux, un néant béant et froid. *Jamais*, commence-t-il. Et comment peut-il poursuivre ? *C'est toi qui fais ce choix, pas moi. Au-delà de moi*, dit-il. Et Maman dit quelque chose, et Da dit quelque chose, et Grand-Papa dit : *Comment osez-vous ?* Et le voilà parti.

Je me souviens seulement de mes parents qui se retournent, la porte vient de claquer, ils tremblent tous les deux. Ils me voient en train de les regarder, debout dans l'encadrement de la porte, mon sac de glace à la main. Je le tiens en l'air, pour le cas où quelqu'un en aurait besoin.

Après cela, Maman est malade pendant une longue période. Elle est grosse, elle attend un autre bébé. Je la regarde manger, hypnotisé. Elle me voit en train de la regarder, elle sait ce que je pense, et elle essaye de sourire. Elle décide d'avoir un bébé, ensuite elle se met à manger pour deux. Et le bébé est là, dans son ventre, attrapant la moitié de la nourriture.

Nos vies ont été privées de quelque chose et je ne sais pas de quoi. Je pense que le bébé nous redonnera ce qui nous manque. C'est pour cela qu'ils voulaient l'avoir. Pour que la joie de Maman revienne, pour réparer ce qui s'est cassé.

Je demande ce que sera le bébé. *Qu'est-ce que tu veux dire ?* demandent-ils. *Tu veux dire un garçon ou une fille ?* Ils disent que pour l'instant personne ne peut savoir ce que sera l'enfant. Je demande : *Il n'est pas déjà quelque chose ?*

Oui, il est déjà quelque chose. Ils rient. *Mais on ne peut pas savoir. Il faut qu'on attende. Qu'on attende de voir ce qui va arriver.*

Nous attendons jusqu'à octobre, puis novembre, étranges territoires aux noms plus étranges encore. Je n'ai jamais été aussi malheureux. *Le bébé n'est pas encore là ? Il ne viendra jamais à la maison ?*

Demain, peut-être, disent-ils. *Il faut attendre jusqu'à demain.*

Et plusieurs fois par jour, je demande : *Est-ce qu'on est déjà demain ?*

Pendant des semaines, ce n'est jamais demain. Puis en un éclair, c'est hier. Tout date d'hier, tout est désormais trop loin pour être saisi. Et mon père est sur son lit de mort à l'hôpital Mount Sinai. Je ne veux savoir qu'une seule chose : ce qui s'est passé ce soir-là. Mais il est trop mal en point, trop abruti par les médicaments, rivé par la gravité – et ensuite, trop libre – pour se souvenir.

25

Chants d'un compagnon errant

Jonah quitta les États-Unis à la fin de l'année 1968. Dans les revues et journaux culturels, pas une brève ne fit état de son départ. Au moment où presque tous les autres artistes noirs, chanteurs, interprètes, peintres ou écrivains célébraient l'avènement d'une nation, mon frère, lui, abandonnait le pays. Il écrivit de Magdebourg : « Ils m'adorent, ici, Joey. » Ç'aurait pu être Robeson lors de sa première visite en Union soviétique. Tout ce qui se passait là-bas tendait à tourner en dérision ce qui se passait ici. « En Allemagne de l'Est, quand ils me regardent, ils voient un chanteur. Il aura fallu que je m'en aille pour mesurer le regard que les Américains portaient sur moi. C'est chouette de savoir l'effet que ça fait, pour un temps, d'être autre chose qu'un bronzé. »

À lire Jonah, le festival de Magdebourg était un camp d'entraînement militaire consacré à la culture. « Les conditions de vie sont un peu spartiates. Ma piaule me rappelle notre chambrée à Boylston ; si ne n'est qu'ici je n'ai pas à ramasser tes petites affaires. » De la part d'un individu dont j'avais lavé le linge aussi longtemps que nous avions vécu ensemble ! « La nourriture se compose de légumes récalcitrants tellement bouillis qu'ils en crèvent. Pour compenser toutes ces épreuves, heureusement, il y a un flux continu de charmantes mélomanes. C'est ça que j'appelle la culture. »

Il était impressionné par l'envergure de ce festival, par tous les chanteurs de classe mondiale que l'événement rassemblait. Plusieurs l'avaient franchement médusé. Mais c'était surtout le défi de chanter au sein d'un ensemble vocal qui semblait le stimuler. Il était le gamin qui toute son enfance avait joué au basket dans sa cour, et qui se retrouvait enfin sur le terrain. Il adorait se mettre en phase avec une dizaine d'autres musiciens, ne faire plus qu'un avec ces inconnus.

Les journalistes européens voulaient savoir pourquoi ils avaient dû attendre si longtemps avant d'entendre parler de lui. Il ne les dissuada pas de faire allusion au racisme américain dans leurs articles. Il eut des propositions pour jouer dans une dizaine de villes, dont Prague et Vienne.

« Vienne, Mule. Pense aux perspectives que ça ouvre. Plus de boulot qu'un cuistot dans une gargote de Fort Lauderdale pendant les vacances de Pâques. Il faut absolument que tu viennes. C'est mon dernier mot. »

Il fallut des semaines pour que sa lettre m'arrive, car j'avais déménagé. Je n'avais pas les moyens de rester seul dans notre appartement du Village. Je m'installai brièvement à Fort Lee chez Da, pour son plus grand plaisir, et à sa surprise, chaque soir, quand il rentrait dans le New Jersey et me trouvait encore là. Je l'entendais se déplacer dans la maison au milieu de la nuit, tout en bavardant avec maman, avec qui manifestement il était plus facile de discuter qu'avec son fils.

Je ne pouvais pas rester dans cette maison. Le bavardage nocturne de mon père avec une morte ne me dérangeait pas. Mais la suspicion que ma simple présence suscitait dans le quartier chic de mon père m'était insupportable. La police m'accorda une semaine avant de décider que je ne pouvais être le jardinier du physicien. La première fois qu'ils m'emmenèrent au poste et me fouillèrent, je n'avais pas de pièce d'identité, et mon histoire était des plus improbables : un pianiste classique au chômage ayant abandonné ses études à Juilliard, le fils noir d'un physicien allemand blanc qui enseignait à Columbia. Même après qu'ils eurent finalement accepté de faire venir Da au poste pour qu'il confirme mon histoire, je dus attendre toute la nuit avant d'être libéré. La deuxième fois, deux semaines plus tard, je me tenais prêt avec un portefeuille rempli de documents. Mais ils ne me laissèrent même pas passer un coup de téléphone. Ils me gardèrent toute la nuit et me relâchèrent le lendemain matin à neuf heures, sans explication ni excuses.

Je ne sortais plus de la maison. Pendant deux mois, je restai à l'intérieur pour répéter. Je fis savoir à toutes mes relations que Jonah était parti. Que je ne faisais rien et que j'étais prêt à jouer avec tout le monde, quelle que soit la paie. J'entendis Jonah me souffler : *Tu ne sais pas te vendre. Fais en sorte qu'ils t'entendent.*

En toute logique, j'aurais dû continuer à faire ce que j'avais toujours fait. Mais cela impliquait que je m'occupe de mon frère. Jonah et moi avions vécu pendant des années dans un isolement propice à la perfection. À présent, quel que fût le niveau de perfection que je pouvais espérer atteindre, il me manquait les contacts dont tout musicien a besoin pour survivre.

Je fis un certain nombre d'essais, pour voir. Rendez-vous était pris en studio de répétition, en ville, avec une *mezzo*-soprano ou un baryton confirmés. Lorsque je me présentais, le chanteur ou la chanteuse esquissait par réflexe un mouvement de repli embarrassé : *il doit sans doute y avoir erreur.* Ils faisaient des efforts faramineux pour déchiffrer la partition avec moi. C'était tout juste s'ils ne m'indiquaient pas où se trouvait le *do*.

Difficile de bien jouer, quand on a l'impression d'être un poisson sur des échasses. Et difficile de chanter quand tous les points de repère se dérobent. La plupart du temps, l'essai se terminait sur des congratulations mutuelles et une poignée de main gênée. Je jouai pour une soprano somptueuse, une sosie de von Stade, qui aima ce que je fis pour elle. Aucun pianiste d'accompagnement, dit-elle, ne lui avait apporté une telle sensation de liberté et de sécurité. Mais je sentis qu'elle réfléchissait à tous les problèmes liés au fait d'avoir à sillonner l'Amérique avec un Noir. Et, franchement, je ne me vis pas non plus sillonner l'Amérique à ses côtés. Nous prîmes congé avec enthousiasme. Elle retourna à sa carrière modeste mais lucrative, et moi je retournai chez moi, à mes nouilles froides et à mes chères études.

Je jouai pour Brian Barlowe, trois ans avant que quiconque entende parler de lui. Quand il chantait, on aurait dit le soldat romain au pied de la croix. Il avait cette même confiance en soi que Jonah avait eue jadis, la conviction profonde que le monde l'aimerait pour ce qu'il savait faire. Sauf que la confiance de Brian Barlowe était mieux placée que celle de Jonah. En comparant chacun au sommet de son art, j'aurais opté pour la voix de Jonah sans hésiter une seule seconde. Mais Barlowe était déjà intégré, on le situait facilement. Ses auditeurs n'avaient pas à réfléchir, les sons qui sortaient de sa bouche venaient confirmer ce qu'ils savaient déjà. Ils venaient assister à un récital de Barlowe, en ayant la conviction toujours plus forte que cette beauté leur revenait de droit.

Nous jouâmes ensemble trois fois sur une période d'un mois. Brian était pour le moins prudent, et il avait l'intention de chorégraphier son ascension vers la gloire avec une précision absolue. Chaque fois que je me présentai, je voulus absolument lui prouver que je pouvais lire dans son esprit et le rendre encore meilleur qu'il ne l'était. Mais lorsque Barlowe fut convaincu par mon jeu – et qu'il eut en outre constaté que le frisson de transgression que j'apportais mettrait une petite étincelle à son spectacle – lorsqu'il me fit une offre dont il était certain que je ne pourrais la refuser, je n'avais déjà plus le cœur à ça. Le plaisir de suivre Brian Barlowe autour du monde jusqu'au pinacle de la gloire n'était pas aussi intense que le plaisir de lui rendre ses partitions et de décliner son offre.

C'est alors que l'évidence m'apparut : il n'y avait que mon frère que je pusse accompagner. Lorsque je jouais pour d'autres, pour ceux qui faisaient de la musique sans craindre qu'elle leur soit confisquée, le morceau ne décollait jamais de la page écrite. Avec Jonah, un récital était toujours un vol qualifié. Avec les enfants d'Europe, c'était un achat à crédit. La joie de jouer s'était dissipée, même si la froide excitation des notes demeurait intacte.

Je développai deux gros ganglions, un sur chaque poignet : deux kystes pleins de fiel, rêches comme des stigmates. Faire du piano me devint insupportable. J'essayai tous les ajustements de posture possible, y compris penché sur le piano, en prenant un tabouret bas, mais rien n'y fit. Peut-être allais-je être obligé de faire une croix sur la musique, me dis-je. Pendant des semaines, je ne fis rien d'autre que manger, dormir, et m'occuper de mes poignets. Chaque fin de semaine, je passais au peigne fin les offres d'emploi. J'envisageai de devenir gardien de nuit dans des bureaux au sommet d'un gratte-ciel. Je ferais ma ronde une fois l'heure, avec ma lampe de poche, au milieu de salles désertes ; le reste du temps, je resterais assis à un minable bureau en bois, penché sur un tas de partitions Norton.

J'avais besoin de sortir de New York. J'appris par hasard qu'on cherchait des pianistes de bar à Atlantic City, pour la saison. Le fait d'être noir serait presque un avantage. Je me présentai dans un club qui avait passé une petite annonce : The Glimmer Room. Le bar semblait englué dans les fosses à bitume de La Brea – une véritable faille temporelle. Rien n'avait changé depuis Eisenhower. Les murs étaient couverts de photos promotionnelles signées par des comiques dont je n'avais jamais entendu parler.

Je passai une audition de cinq minutes avec un homme du nom de Saul Silber. Mes poignets m'incommodaient encore, et je n'avais pas improvisé depuis Juilliard, avec Wilson Hart. Mais M. Silber ne recherchait pas un Count Basie. La fréquentation du Glimmer Room avait constamment décliné depuis l'invention du transistor. Woodstock était un pieu en bois qui lui avait été enfoncé en plein cœur. L'endroit dépérissait encore plus vite que la ville elle-même. M. Silber ne comprenait pas pourquoi. Il voulait juste trouver un moyen d'endiguer l'hémorragie.

Cet homme avait une trogne de chou-fleur. « Joue-moi ce qu'écoutent les *kids.* » Il aurait pu être l'oncle de mon père, en mieux assimilé. Il avait l'accent – les intonations fantomatiques du yiddish passées au filtre de Brooklyn – que les enfants de Da auraient pu conserver, si Da était resté parmi les siens, et s'il avait eu des enfants différents. « Un machin bath, voilà par quoi tu pourrais commencer. »

J'attendis qu'il me cite un morceau, mais il se contenta de me faire un signe de la main pour que j'y aille, tenant son cigare dans le poing comme un chef d'orchestre brandit sa baguette. Je me lançai dans un *Sittin' on the Dock of the Bay* charpenté, une chanson que j'avais entendue à la radio dans la voiture, en venant. Puisque mon frère m'avait abandonné pour un autre pays, je pouvais désormais me permettre d'aimer ça. Je savourai la descente chromatique de la main gauche, jouant les octaves avec fougue. Au bout de quelques mesures, M. Silber grimaça et agita les mains pour que je m'arrête.

« Nan, nan. Joue-moi le truc qu'on entend partout. Celui avec le quatuor à cordes. » Il fredonna avec un sentimentalisme débordant les trois premières notes de *Yesterday*, en retard de trois ans, ou bien trente ans en avance. J'avais entendu la chanson des milliers de fois. Mais je ne l'avais jamais jouée. Là, au Glimmer Room, j'étais au sommet de mon art musical. J'aurais pu reproduire n'importe quel mouvement de n'importe quel concerto de Mozart à la première écoute, à supposer qu'il y en ait que je ne connaisse pas. Le problème avec les morceaux pop, c'est que lors des rares moments où je les recréais au piano, quand j'interrompais momentanément mes *études*, j'avais tendance à embellir les séquences d'accords. *Yesterday* bénéficia d'un traitement moitié basse continue baroque, moitié orgue de stade de base-ball. Je dissimulai mon indécision sous une rafale de notes de passage. M. Silber dut croire que c'était du jazz. Lorsque j'atteignis la note finale, j'eus droit à un sourire show-biz. « Je peux te donner cent dix dollars la semaine, plus les pourboires, et autant de *ginger ale* que tu veux à moitié prix. »

Ça semblait faire beaucoup d'argent, comparé à un boulot de plonge. Je ne pris même pas la peine de négocier. Je signai un contrat sans consulter qui que ce soit. J'avais trop honte pour le soumettre à Milton Weisman qui, dans un monde plus juste, aurait dû toucher son pourcentage.

Je louai un studio situé à deux pas du Glimmer Room. Je récupérai les affaires de l'appartement du Village entreposées au garde-meuble, et fis transporter le piano chez mon père. Il avait maintenant deux pianos, et personne pour en jouer. J'installai notre vieille radio AM à côté du lit, calée sur une station du hit-parade. Avec le salaire de mes deux premières semaines, je m'achetai une pleine corbeille de vinyles – pas une seule chanson antérieure à 1960. Et avec cela, je commençai mon éducation dans le domaine de la vraie culture.

Je jouais de huit heures du soir à trois heures du matin, avec dix minutes de pause toutes les heures. Les premières semaines, mes prestations furent approximatives. M. Silber me reprocha de jouer trop de Tin Pan Alley. « On en a soupé, de la musique de vieux. Basta, Gershwin. Gershwin, c'est pour les gens qui se blessent en jouant au palet, là-bas, au Nevele. Ici, il nous faut de la *nouveauté*, des trucs *dans le vent*. » Il esquissa un petit pas de danse qu'il prit à tort pour du *frug*. Si j'avais été capable de me lancer dans un assourdissant *Purple Haze*, je l'aurais fait, uniquement pour que M. Silber me supplie de lui jouer du Irving Berlin.

J'appris plus de mélodies en un mois que je n'en apprendrais jamais. Je pouvais écouter un album de funk, de folk ou de fusion un après-midi entier, et en donner le soir même une version raisonnablement fidèle. Mon problème, ce n'était jamais les notes. Mon problème consistait à jouer de manière aussi libre et décontractée que les originaux. Jusqu'à minuit, ce que je faisais était pathétiquement soigné. Mais je comptais sur la fatigue de fin de soirée pour m'aider à trouver un certain déhanché. Les morceaux que je jouais après minuit tendaient vers des harmonies qui, pour l'essentiel, échappaient au public. Je laissais les clients avides, fébriles et sourds d'oreille.

Il me fallut des mois au Glimmer Room avant de me rendre compte que ce que la plupart des gens attendaient de la musique, ce n'était pas de la transcendance, mais une simple compagnie : une chanson tout aussi empreinte de pesanteur que les auditeurs l'étaient, guillerette sous sa lourdeur écrasante. Ce que nous demandons finalement à nos amis, c'est de ne pas en savoir plus que nous. De toutes les chansons, seules les joyeusement amnésiques vivent pour l'éternité dans le cœur de leurs auditeurs.

J'avais une pause toutes les heures, et j'en profitais pour écouter la radio. Il fallait que je rattrape le temps perdu, j'avais deux vies de retard. Pendant que mon frère était à l'autre bout du monde, je passais mes journées à fredonner les airs à la mode. Après avoir réussi à prendre le dessus sur mon horloge interne et avoir percé les secrets du travail nocturne, je pus jouer jusque tard dans la nuit, ne craignant plus d'être entendu. Parfois, mon clavier semblait être en carton, comme ceux qu'utilisent en leçons collectives les professeurs de musique des écoles démunies. Même les soirs de grand calme, le Glimmer Room était si saturé de bruits de verres, de sifflements de réprobation, de sifflotements d'admiration à l'attention des filles, de rires rauques, de quintes de toux enfumées, de commandes des serveuses au bar, de la climatisation qui ne cessait de s'arrêter et de redémarrer, du brouhaha enivré des histoires sans queue ni tête, que, même en tendant l'oreille, à supposer qu'on fût pris de quelque nostalgie alcoolisée, on ne pouvait m'entendre. Je faisais juste partie du bruit de fond général. C'est ce que M. Silber recherchait. Il ne voulait même pas que j'utilise la béquille sur le demi-queue. Vautré sur mes touches, je doutais parfois que le moindre son sortît de mon instrument.

Malgré cela, je me sentais coupable si, d'un soir sur l'autre, je jouais une chanson dans la même version. On ne savait jamais ce que quelqu'un pouvait entendre de manière fortuite. Je dus réinventer toutes les antisèches du parfait pianiste de bar, en remontant jusqu'à l'époque de l'esclavage. Un *Misty* façon neige carbonique. Un *I Feel Good* légèrement dyspepsique. Un *Love Child* acceptant de renoncer à tout procès en paternité.

Le Glimmer Room était blanc, aussi blanc que cette station balnéaire à l'agonie qu'Atlantic City prétendait être. Mais, comme tout le reste de cette blancheur à l'agonie, le Glimmer Room refusait cette réalité. Le temps d'une soirée habillée au moins, les clients aisés voulaient sortir de leur longue maladie, se défaire de cette rectitude qui avait maintenu leurs dos si raides et préservé leurs droits pendant des générations. Ils voulaient passer une soirée qui sorte de l'ordinaire. En me voyant, ils avaient envie d'entendre le blues qui avait déserté les bastringues quinze ans plus tôt. Incapables de saisir la moitié des notes à cause du vacarme ambiant, ils croyaient pouvoir distinguer les accords de la *soul* authentique.

Je leur jouais ce que j'imaginais qu'ils voulaient. Mes seules ressources étaient un demi-queue désaccordé et un enseignement inachevé à Juilliard. Mais avec la musique, la trousse à outils est très réduite. Tout vient de partout. Il n'existe pas deux chansons qui soient plus éloignées l'une de l'autre que des demi-cousins nés d'un accouplement incestueux. Une tierce augmentée, une quinte augmentée, le bémol ajouté à une neuvième, une syncope qui traîne la patte, une croche à contretemps, et n'importe quel morceau bascule de l'autre côté. La musique en soirée dans un bar bruyant ne s'arrêtait pas à deux tons ; elle comprenait plus de nuances que la boîte à couleurs la plus délirante. Si les Supremes étaient capables de faire le petit livre d'Anna Magdalena Bach, alors même moi, je pouvais reprendre les Supremes.

Relégué dans un coin du Glimmer avec ma lampe de pupitre, un gobelet de *ginger ale* et une soucoupe pour les pourboires où traînaient quelques impudents billets de un dollar, je regardais défiler les semaines. Je souffrais moins des poignets et goûtais au réconfort de l'anonymat. Le grand ennemi, c'était deux heures du matin : je me heurtais alors à un mur, la cervelle déliquescente et les doigts gourds. J'étais en train de jouer un morceau d'un quintette de sixième zone persuadé d'avoir inventé la sixte, quand soudain je perdais complètement pied. Mes doigts continuaient machinalement, après que l'air m'eut échappé, puis je retombais, par un improbable jeu d'associations, du côté des études de Czerny, à moitié oubliées. Faute de disposer d'un nombre suffisant de chansons, je soumettais les accords d'un amour malheureux à des augmentations et des diminutions, des *stretti* et des inversions, comme s'ils s'étaient échappés du *Clavier bien tempéré*. J'allais pêcher de vieux morceaux de Schubert qui remontaient à l'époque de Jonah, et je les maquillais comme des succès du Top 40. Voilà comment je meublais mon set jusqu'à l'heure de la fermeture. Puis je rentrais à mon studio et dormais jusqu'à l'après-midi.

Lorsque mes cocktails de tonalités devenaient par trop étranges, Saul Silber me ramenait dans le droit chemin. « Joue ce que les *kids* veulent entendre. » Les *kids*, en l'occurrence, étaient des couples prospères, la trentaine bien tassée, en quête de glamour dans cette bourgade clinquante. « Joue donc des trucs chocolat. Des machins acajou. » Silber commandait de la musique comme un décorateur d'intérieur achetait des livres pour les bibliothèques des nouveaux riches : au mètre, selon la taille et la couleur des tranches.

Les « machins acajou » étaient trop riches pour que je leur rende justice. Mais parfois, à l'heure de la fermeture, lorsque les quelques derniers poivrots s'envoyaient une ultime tournée, je me lançais dans l'un des morceaux demandés par M. Silber, jusqu'à m'y perdre. J'y ajoutais des couches de contrepoints improbables jusqu'à ce que je revienne dans l'appartement de mon enfance d'avant l'incendie, à l'époque où mon père et ma mère mêlaient tous les airs et toutes les époques. J'avais la sensation d'être assis sur le banc, aux côtés de Wilson Hart, dans une salle de répétition de Juilliard, remontant le cours de généalogies enfouies. Et puis, un beau jour, tandis que mes doigts étaient sur le point de faire sécession de mes mains pour enfin retrouver la source de toute improvisation – l'esclave en fuite –, je levai la tête et l'aperçus. Assis dans son coin, le premier Noir à avoir jamais franchi le seuil du Glimmer Room pour autre chose que faire la plonge ou jouer du piano.

Il était plus corpulent que la dernière fois que je l'avais vu, presque dix ans plus tôt. Il avait le visage plus plein et plus triste mais, au vu de ses habits, il s'en était manifestement bien sorti. Un fin sourire triste aux lèvres, il était la seule personne dans cet endroit qui écoutait chacune des notes que je jouais. Je fus tellement surpris de le voir que je m'interrompis en plein milieu d'un accord, et poussai un cri, dans la bonne tonalité. Je décollai de mon banc. Wilson Hart, l'homme qui m'avait appris à improviser, s'était débrouillé pour retrouver ma piste, jusque dans cet endroit paumé. Il m'avait retrouvé là où moi-même j'avais réussi à me perdre.

Mes doigts se remirent en branle, bégayant de honte. Je lui avais jadis fait la promesse, dans une salle de répétition de Juilliard, de coucher par écrit toutes les notes qu'il y avait en moi. De composer quelque chose, de laisser une trace sur une partition. Et voilà où j'en étais, à gâcher mon talent avec une sébile sur le pupitre, à jouer dans un cabaret oublié dans un repli temporel, à me décomposer lentement. Mais Wilson Hart avait retrouvé ma trace. Il était venu écouter, comme si le temps n'avait pas passé depuis la dernière fois que nous nous étions assis pour improviser ensemble. Toutes ces notes étaient encore quelque part en moi, intactes. Tout ce que j'avais pu perdre allait me revenir, à commencer par cet homme que je n'avais pas remercié pour tout ce qu'il m'avait montré. Je ne laisserais pas passer ma chance une deuxième fois.

Mes mains, qui s'étaient envolées au-dessus des touches, atterrirent pile sur l'accord en suspension et le firent éclater. J'étais en train de dévider une version nonchalante de *When a Man Loves a Woman*, essentiellement parce que je pouvais le faire durer un bon quart d'heure : l'antidote parfait au morceau poids plume de Nancy Sinatra qu'un ivrogne avait réclamé avant de mettre les bouts. En reposant les doigts sur le clavier, je repris la chanson en main et la servis à mon vieil ami sur un plateau d'argent. Je fus Bach à Potsdam, Parker à Birdland : à partir de cette simple séquence d'accords, je pouvais tout faire. J'y incrustai tous les thèmes que Wilson et moi chérissions alors. Je jetai quelques notes de Rodrigo dans la trémie, de ce William Grant Still que Wilson aimait tant, et même des bribes des propres compositions de Wilson, sur lesquelles il avait si méthodiquement travaillé pendant les années où je l'avais connu. Je saupoudrai des citations que lui seul pouvait resituer. L'espace de quelques mesures, tout en maintenant cet *ostinato* aussi régulier qu'un battement de cœur – « *When a man loves a woman, down deep in his soul* » –, j'aurais pu prendre n'importe quelle mélodie pour qu'elle s'emboîte dans celle-ci, et la complète.

À l'autre bout de la pièce plongée dans la pénombre, Wilson dévorait mon numéro. Son sourire avait perdu sa tristesse. Ses longs bras se cramponnèrent à la table et, à un moment, je crus bien qu'il allait la soulever en l'air et la faire tourner en rythme. Il avait reconnu tous les messages que je lui avais subrepticement glissés. J'emmenai l'ensemble dans une dernière ligne droite hilarante, pour terminer sur une généreuse cadence plagale, un bon gros *amen* qui poussa mon vieil ami à secouer la tête de plaisir. Dans la pénombre du Glimmer Room, ses yeux me demandèrent : *Mais où donc as-tu appris à jouer comme ça ?*

D'un bond, je quittai mon banc et me précipitai vers lui. Ce n'était pas l'heure de la pause, mais M. Silber n'avait qu'à me remplacer par n'importe quel aficionado du Top 40. Tandis que je m'approchais, son mouvement de tête s'amplifia et, au fur et à mesure, je me rendis compte à quel point sa générosité m'avait manqué, cette espèce d'amour charitable qu'il éprouvait pour l'espèce entière – il était le seul homme avec qui je m'étais jamais senti totalement à l'aise. Plus la distance qui nous séparait diminuait, plus augmentait la perplexité de son sourire, un sourire qui ne disparut que lorsqu'il vit le mien s'effriter et se volatiliser. À la lueur de la bougie sur sa table, Wilson Hart s'éclipsa et devint un individu de Lahore ou de Bombay – un endroit où je n'avais jamais mis les pieds. Je m'arrêtai à trois mètres de lui, mon passé brisé devant moi. « Je... je suis navré. Je vous ai pris pour quelqu'un d'autre.

– Mais je *suis* quelqu'un d'autre, protesta le gars, dérouté, avec un accent impossible à situer. Et vous, vous jouez comme personne d'autre !

– Pardonnez-moi. » Je retournai penaud à l'abri de mon piano. Bien sûr, ce n'était pas Wilson Hart. Jamais Wilson Hart ne serait entré dans un club comme celui-ci, même pas par hasard. Il aurait été intercepté avant de franchir le seuil. Je me laissai retomber sur mon banc et entamai un *Something* brutal, humilié. Lorsque j'osai relever la tête, à la fin de la chanson, l'étranger était parti.

Peut-être n'avaient-ils jamais entendu de citations aussi folles, ou peut-être pensaient-ils à tort que j'étais en train d'*inventer* quelque chose ?

Toujours est-il qu'un petit groupe de clients se mit à réellement tendre l'oreille. Ils prirent l'habitude de s'installer aux tables proches du piano, et de se pencher en avant quand je jouais. Je crus tout d'abord que quelque chose clochait. Je m'étais habitué à propulser mes phrases musicales dans les recoins les plus lointains de la galaxie. Désormais, les gens s'étaient passé le mot. Je n'étais pas tout à fait certain d'apprécier le fait d'avoir un public. Cette écoute avide me rappelait trop le monde d'où je venais. J'en étais déconcerté.

Un soir, vers la fin de l'été, M. Silber me prit à part avant que je m'en aille. La saison s'achevait, et je n'avais rien prévu pour l'hiver à venir. Je me sentais incapable de quitter Atlantic City. J'étais même incapable d'envisager de chercher à nouveau du travail. Revenir à la musique que j'avais trahie était impossible. Je ressentais une lassitude infinie, bien plus pesante que mon corps. Pour la première fois depuis ma naissance, j'avais l'impression qu'il eût été plus simple de ne pas vivre du tout. M. Silber me prit par l'épaule en m'examinant. « Mon gars », me dit-il. Ou peut-être dit-il « mon garçon ». Il disait les deux. « Tu as un truc. » Il essayait d'adopter un ton d'approbation en tâchant de ne pas dévoiler son jeu. « Je sais que notre contrat portait seulement sur la haute saison, mais si tu ne t'en vas pas, on devrait pouvoir continuer à t'utiliser. »

Je ne m'en allais pas. Ni cette année ni jamais. Tout ce que je voulais, c'était qu'on m'utilise.

« Vu comment tu joues, on peut faire venir du monde toute l'année.

– Je suis à court d'idées, le prévins-je. Et puis je ne suis plus dans le coup.

– Tu sais les trucs que tu as joués, là ? Les trucs dingues ? Ta musique ? Contente-toi de laisser couler. Partout où l'esprit te conduira ! Invente au fur et à mesure ; ensuite ne change pas une seule note. Bon, je vais être obligé de te descendre à cent dollars, pendant la basse saison, bien entendu. » Mais prenant les devants, de crainte que je reprenne la route et ne rejoue plus au Glimmer Room, il me promit que le *ginger ale* serait dorénavant à discrétion, et pour toujours.

L'été s'acheva et les touristes disparurent. La ville se fit plus dure, se replia sur elle-même. Mais M. Silber avait vu juste : les gens continuèrent de venir en assez grand nombre au Glimmer Room pour soutenir la musique vivante. Je finis par retenir les visages des multirécidivistes. C'était des *résidents* d'Atlantic City : le concept paraissait infiniment triste, bien que je fusse l'un d'eux, désormais. Il arrivait parfois que les habitués m'approchent pendant les pauses. Ils parlaient en peu de mots, des mots prononcés avec soin, considérant à l'évidence que j'avais du mal à comprendre leur langue. Comme si, nécessairement, j'étais un héroïnomane chronique, toujours entre deux cures. Je fis de mon mieux, parlai à voix basse, et je truffais mes réponses de bribes d'argot *made in* Brooklyn. Marmonner fait toujours des miracles – c'est la garantie de l'authenticité.

Une femme se mit à venir tous les soirs de fin de semaine. Je la remarquai la première fois qu'elle vint, au bras d'un type à la tête de maillet qui mesurait dix centimètres de moins qu'elle. J'avais cessé de faire attention aux belles femmes au bout de quelques mois, mais celle-ci me séduisit. Elle avait cet air de fleur de serre meurtrie qui ne manquait jamais d'attirer l'œil de Jonah. J'avais envie de courir le chercher, de le faire revenir en Amérique grâce à une description alléchante de cette créature sculptée comme une figurine d'échecs. Elle avait un petit visage couleur barbe à papa impeccable, de hautes pommettes et un nez comme dans les magazines. Sa chevelure d'un noir brillant, raide, déconcertante, retombait en un casque coquin à la Prince Vaillant. Sa tenue vestimentaire était d'un autre temps, les couleurs dataient. Elle avait un goût pour les chemisiers blancs, les jupes vert chasseur au-dessus de collants sombres et de bottes de grand-mère.

Elle donnait l'impression d'être à côté d'elle-même, comme sur une photo encadrée. Peut-être était-elle venue à Atlantic City pour un concours de beauté, et puis n'était jamais repartie. Elle était peut-être la fille d'un pêcheur de praires, troisième génération, ou bien la descendante d'une famille de joueurs ruinés. Chaque soir, j'imaginais une hypothèse différente. Je me sentais devenir joyeux quand elle arrivait. Rien de plus. Simplement une sensation chaude et confortable de pouvoir jouer à ma guise, comme si le meilleur de la soirée pouvait maintenant commencer. Je fus bien content aussi quand le petit bonhomme à la tête de maillet arrêta de venir. Je n'aimais pas la façon qu'il avait de la piloter, de la pousser dans le bas du dos comme un gouvernail. Appelez ça du racisme, il n'empêche, je n'aimais pas qu'un type de son acabit aime ma musique.

Elle s'asseyait à une minuscule table pour deux, presque dans la cambrure du piano. Les hôtesses lui gardaient la place. Elle restait là, faisant durer pendant des heures un cocktail amer à base de liqueur d'*amaretto*. Des hommes venaient tenter leur chance avec elle, ils s'installaient à la petite table, en me tournant le dos. Mais elle se débrouillait toujours pour les faire partir au bout d'un quart d'heure. Elle voulait rester seule. Pas solitaire, mais en compagnie des chansons. Cela faisait des semaines que je l'avais remarqué. Même quand elle avait les yeux perdus dans le vide, et que ses cheveux noirs m'empêchaient de voir son profil, je le voyais bien. Elle chantait en même temps que la musique. Sur pratiquement toutes les chansons que je jouais, j'avais beau enfouir la mélodie, elle la retrouvait et la déterrait. Elle connaissait même les deuxièmes couplets.

Je la mis à l'épreuve, l'emmenant en virée sans même qu'elle s'en rende compte. Son répertoire était immense, plus vaste que le mien. J'apprenais parfois les morceaux l'après-midi même, juste avant de venir travailler. La femme aux cheveux de velours les connaissait déjà tous. Lorsque je glissais une version jazz traficotée de Schubert ou de Schumann – deux imposteurs de passage pour un soir dans cette salle enfumée –, elle écoutait, inclinait la tête, intriguée qu'il puisse exister un joli air qu'elle ne connaisse pas. J'étudiais les reprises qu'elle aimait, celles qui illuminaient son pâle visage. Elle chuchotait presque gravement sur *Incense and Peppermints*. Mais sur *The Shoop Shoop Song*, elle gigotait littéralement sur place. *Monday, Monday* la laissait rêveuse, tandis que *Another Saturday Night* l'électrisait littéralement. Il me fallut un certain temps pour découvrir le truc. Mais, à partir de ce moment-là, le schéma échoua rarement : sa passion musicale obéissait aux règles les plus simples du monde. Elle voulait du boogie-woogie avec les basanés.

Une fois que j'eus cerné ses chansons préférées, je les lui offris. Sans échanger un regard – car elle avait le chic pour regarder au loin chaque fois que je levais la tête –, je lui fis savoir que c'était pour elle que je jouais. Je me livrai à d'exhaustifs commentaires musicaux de sa soirée : je jouais *Respect* quand un type essayait de la draguer, *Shop Around* quand je la surprenais à regarder les hommes, *I Second That Emotion* quand il commençait à se faire tard et qu'elle étouffait un bâillement. Elle adorait mes plongées dans les années trente et quarante – Horne, Holiday, tout le répertoire de contrebande que M. Silber avait mis sur la liste des interdits. Elle restait là, immobile, sculpturale, articulant les paroles de chansons qui remontaient à l'année de ma naissance. Elle-même ne pouvait être née une minute avant 1950. Mais plus je remontais dans le temps, plus elle appréciait le voyage.

En procédant par élimination, je tombai finalement sur sa chanson de prédilection. Cela faisait environ trois mois que je jouais pour elle, peut-être une vingtaine de soirées en tout. Nous n'avions rien échangé de plus qu'un ou deux sourires accidentels, immédiatement effacés. Et pourtant, je savais que cela faisait des semaines qu'elle pensait à moi, peut-être pour la simple raison qu'il était rare que, moi, je ne pense pas à elle. Un destin s'offrait à nous et nous tournions autour de ce destin, cherchant un moyen de nous en saisir.

J'avais essayé de muscler mon jeu de main gauche pour imiter Fats Waller, mais le résultat était mitigé. En hiver, lorsque la clientèle devint nostalgique, M. Silber se montra plus tolérant vis-à-vis des vieilleries. Je pus me risquer à en jouer quelques-unes chaque soir sans m'attirer de réprimandes. Il ne me manquait que Jonah pour ressusciter les paroles grandioses d'Andy Razaf, le prince de Madagascar, et transformer mon petit coin de feu en brasier ardent. Je les chantais moi-même, à voix basse, ou bien je les regardais se former sur les lèvres de cette reine blanche des échecs au casque noir jais. « *Oh what did I do to be so black and blue ?* » Égrenant ce somptueux catalogue, j'en vins à *Honeysuckle Rose*. Mon arrangement était tellement gorgé de nectar, de pistils et d'étamines que, si par mégarde il avait tendu l'oreille, M. Silber n'aurait pas pu reconnaître la chanson. Mais l'effet sur ce public privilégié composé d'une seule personne fut électrique. Comment s'était-elle approprié la chanson, impossible à deviner. Mais, dès les premiers accords, elle se métamorphosa en la plus sensuelle des sirènes silencieuses. La chanson pénétra directement en elle, ce fut plus fort qu'elle. L'heure de la pause approchant, ce fut le moment qu'elle choisit pour me sourire en me regardant droit dans les yeux, les fossettes relevées un brin malicieusement, les lèvres annonçant : *Pas besoin de sucre ; tu n'as qu'à toucher ma corolle.*

La vôtre ? s'enquirent mes sourcils. Elle sourit, un peu timide et complètement terrifiée. *Oui, la mienne.*

D'un imperceptible mouvement de tête, je lui proposai de se lever et de venir chanter. Ma main droite partit sur un motif au clavier ; ma main gauche étant libérée, d'un geste de l'index, je lui fis signe d'approcher. Elle se montra du doigt, et j'opinai gravement. Elle indiqua le sol – ce drôle de geste réflexe pour dire *maintenant ?* J'opinai de nouveau, encore plus grave : *sinon, quand ?* Je tournai en improvisation autour de l'harmonie principale, faisant du remplissage sur deux mesures en attendant qu'elle trouve le courage de se lever. Je ne savais pas trop ce qui l'inquiétait. Elle portait une longue robe fourreau droite lie-de-vin, qui la moulait goulûment ; elle s'avança comme un poulain qui découvre pour la première fois qu'il a des jambes. Elle pénétra dans la cambrure du piano et se lança d'une voix de contralto suave, claire et robuste. « *Every honeybee fills with jealousy.* » Une friandise, ô Seigneur ! Ma *honeysuckle rose.*

Un ou deux amateurs de cocktails, surpris par le son de cette voix qui chantait, firent crépiter des applaudissements quand elle eut fini. Elle se fendit d'une rapide révérence, en rougissant, et jeta un regard alentour pour échapper à ce traquenard. Je me levai et lui tendis la main avant qu'elle déguerpisse. « Je m'appelle Joseph Strom.

– Oh ! Je sais !

– Vous savez ? Eh bien, moi pas.

– Pardon ? » Je fus choqué par sa voix lorsqu'elle ne chantait pas. Un nasillement du New Jersey qui passait totalement inaperçu quand elle chantait.

« Je ne sais pas qui *vous* êtes, je veux dire. »

Elle dégageait un parfum sucré difficile à situer. Elle rougit jusqu'à devenir de la couleur de l'hibiscus, et enroula une boucle de cheveux d'un noir infini autour d'un doigt tremblotant. C'est alors que Teresa Wierzbicki me dit son nom.

L'hiver s'était alors âprement installé ; la ville était morte. Mais nous commençâmes à nous promener ensemble au bord de l'Océan, comme au cœur du printemps. Elle avait passé son enfance pas loin de la ville, et travaillait la journée dans une usine de confiseries qui fabriquait une spécialité de la région : les caramels salés. Avec les fruits de mer, c'était ce qui avait permis à l'endroit de se développer. Elle était parfumée au caramel vingt-quatre heures sur vingt-quatre. Elle sortait du travail à cinq heures, nous nous retrouvions à six heures, nous promenions jusqu'à sept heures, et j'allais au travail à huit heures. Sans que nous l'ayons prévu, cela devint notre routine bihebdomadaire. Je ne me lassais pas de l'écouter, ni de la regarder bouger. Elle marchait en crabe, me dévisageant comme si elle craignait que je disparaisse, elle se mouvait avec un étonnement soyeux, maladroit.

J'essayai de l'emmener dîner une fois ou deux, mais elle ne semblait pas manger. Elle était intimidée avec moi. « Je déteste la voix que j'ai quand je parle », s'excusa-t-elle en s'adressant au sable sous ses pieds. « Parle, toi. J'adore quand tu parles. » Pour l'essentiel, Teresa voulait arpenter dans un sens et dans l'autre le rivage venteux et désert, maigre et pas assez habillée, penchée en avant pour lutter contre le vent, chantonnant constamment. Quant à moi, jamais je n'avais eu aussi froid, jamais je n'avais eu autant l'impression de me faire remarquer.

J'avais peur d'être vu avec elle. Cette ville n'était pas New York, et déambuler sur la plage, c'était aller au-devant des ennuis. En pleine saison, je me serais fait lyncher, Teresa aurait été renvoyée à ses escapades solo sur la plage, et M. Silber aurait été forcé de fermer boutique. À la morte saison, il y avait moins de gens concernés. Et pourtant, nous attirâmes suffisamment de regards venimeux pour concurrencer pendant plusieurs années l'élevage de serpents du New Jersey. C'était ce que mes parents avaient enduré chaque jour de leur vie. Il n'y avait pas assez d'amour en moi pour survivre à cela.

La seule fois où nous fûmes réellement accostés, par un type bedonnant entre deux âges qui semblait avoir peu à craindre de la menace que représentait le métissage, Teresa déversa un tel torrent d'invectives – une histoire de Christ sur la croix, de gonades et d'un crochet de boucher – que même moi, j'eus envie de prendre mes jambes à mon cou. Devant ces cris, l'homme recula, les bras en l'air. Nous nous éloignâmes, affectant la décontraction. J'étais si abasourdi que je ne pipai mot, jusqu'à ce que Teresa s'esclaffe.

« Mais, bon sang, où est-ce que tu a appris à faire ça ?

– Avant, ma mère était nonne », expliqua-t-elle.

Mais elle était innocente. Elle aurait pu se glisser sous la soutane du pape que je n'aurais pas changé d'avis. Nous ne nous touchions pas. Elle avait peur de moi. Je croyais savoir pourquoi. Mais je ne le savais pas, et il fallut des semaines avant que je m'en rende compte. J'étais inaccessible pour elle, une étoile dans le bol à punch renversé qu'était son firmament. Mon nom apparaissait dans les publicités du Glimmer Room, dans les journaux. Il y avait beaucoup de gens en ville qui savaient qui j'étais et m'avaient même entendu jouer. Mais, surtout, j'étais un vrai musicien, je lisais les notes, tout ça, j'étais capable de jouer, après une seule écoute, les chansons telles qu'on les entendait à la radio.

Terrie ne lisait pas la musique. Mais je n'avais jamais rencontré quelqu'un d'aussi musical. Elle écoutait les bluettes de trois minutes du hit-parade avec une solennité que la plupart des gens réservent à la pensée de leur propre mort. Un accord diminué au bon endroit pouvait lui transpercer les côtes et libérer son âme. La musique s'élevait du sol et pénétrait en elle par les pieds. Quand elle en était privée, même pour une courte période, elle devenait apathique. Le va-et-vient le plus insipide de la tonique à la dominante pouvait la ragaillardir.

Elle se nourrissait de chansons, et y puisait jusqu'à la dernière calorie. Dieu sait qu'il fallait bien qu'elle se nourrisse de quelque chose. Elle vivait de changements d'accords et des relents de son usine de confiserie. Elle cuisinait pour moi, dans son appartement, les week-ends. Elle passait tout le dimanche avec la radio de la cuisine allumée, préparant d'épaisses soupes à la crème ou des nouilles aux fruits de mer. Elle faisait les *linguini* à la sauce blanche et aux praires, comme on en servait en Atlantide avant que le continent disparaisse. Puis elle s'asseyait face à moi à la table branlante en carton, avec une bougie entre nous, mon assiette remplie à ras bord, la sienne avec un petit brin de quelque chose qu'elle remuait jusqu'à ce que le maigre aliment se volatilise.

Chaque fois que je lui rendais visite, il fallait que je me réhabitue à l'odeur. Le parfum de caramel salé, toutes les confiseries qu'elle fabriquait à la chaîne, s'était incrusté dans les meubles et sur les murs. Lorsque toute cette douceur concentrée m'étouffait, je suggérais une autre balade sur la promenade glaciale. Nous partions pour de longues virées dans sa Dodge, descendant jusqu'à Cape May ou bien remontant jusqu'à Asbury Park. Nous utilisions la voiture comme base radio mobile. La Dodge avait la radio à ondes moyennes, avec cinq boutons en forme de chewing-gum Chiclet qui, lorsqu'on appuyait fort dessus, faisaient sauter l'aiguille en plastique rouge sur ses cinq fréquences favorites. Elle aimait tenir le volant de la main droite tout en tripotant la radio de l'autre – en croisant les bras, comme pour une délicate sonate de Scarlatti – afin de trouver la bande-son idéale pour chaque paysage que nous traversions : country & western, rock'n'roll, rhythm & blues, ou, plus fréquemment, jazz enfumé, vieux de plusieurs décennies. Elle pouvait écouter n'importe quoi et l'apprécier, du moment qu'il y avait du sentiment. Et avec sa voix claire, fragile, elle arrivait à me faire aimer la plus banale des chansons.

Sa collection de disques était colossale, comparée à celle que Jonah et moi avions assemblée depuis notre enfance. Comme sa manière de conduire, ça partait dans toutes les directions. Sa méthode de classement était complexe et je tentai pendant plusieurs semaines de la comprendre. Lorsqu'enfin je baissai les bras et lui demandai, elle me répondit dans un rire honteux : « Ils sont classés au bonheur. »

Je regardai à nouveau. « Au petit bonheur ? »

Elle fit non de la tête. « Selon le degré de bonheur qu'ils me procurent.

– Vraiment ? » Elle opina, sur la défensive. « Est-ce qu'il leur arrive de changer de place ? » Je scrutai de plus belle, et tous les disques se mirent à constituer un hit-parade géant, trahissant à la perfection l'esprit de cette femme.

« Bien sûr. Chaque fois que j'en sors un pour l'écouter, je le remets à une autre place. »

Je l'avais vue faire, sans y prêter attention. Je ris, puis m'en voulus immédiatement en voyant l'effet de mon hilarité sur son visage. « Mais comment arrives-tu à retrouver ce que tu cherches ? »

Elle me dévisagea comme si j'étais insensé. « Quand j'aime une chose, je sais à quel point, Joseph. »

C'était vrai. Je la regardai faire. Elle n'hésitait jamais, ni pour trouver un disque ni pour le remettre à une autre place.

J'examinai le panorama de son bonheur un dimanche soir, pendant que Teresa préparait un jambon caramélisé dans la cuisine. La règle que j'avais pu observer au Glimmer Room s'illustrait sous mes yeux. Petula Clark était consignée au purgatoire, complètement à gauche, tandis que Sarah Vaughan trônait en position dominante sur la droite. Cette jeune femme se préoccupait peu de paillettes, de nouveauté et de légèreté. Ce qu'elle voulait était profond et enfumé ; plus c'était fumé, asséché, macéré, mieux c'était.

Je m'abîmai en de ténébreuses pensées. J'étais un imposteur dans cet appartement, où une femme induite en erreur me cuisinait un jambon. Je ne m'étais pas posé la question de savoir à quel jeu nous jouions tous les deux, tant elle s'était fait d'idées à mon sujet, et ce avant même que nos mains se frôlent. Je vis celui pour qui elle avait dû me prendre pendant toutes ces semaines, l'imposteur le moins crédible au monde, et je sus ce qui se passerait lorsqu'elle découvrirait qui j'étais vraiment.

J'inspectai la partie où étaient classés ses disques préférés, le summum de son panthéon personnel : de la musique qui avait été faite à quelques rues de là où j'avais habité, pendant que je consacrais mon enfance à Byrd et Brahms, cette Expérience Strom ingurgitée à forte dose. Elle adorait toute cette musique que je n'avais fait qu'effleurer au cours de ces quelques mois, à l'époque où Jonah ne tenait plus en place et où nous avions arpenté les clubs de jazz du Village, en quête de transgression facile. Teresa pensait que la musique m'appartenait, que j'avais ça dans le sang, que je la maîtrisais sur le bout des doigts, alors qu'en fait je ne faisais que pasticher des morceaux entendus sur disque, souvent l'après-midi même, avant d'arriver au club, que je me contentais de rejouer. Mon sentiment de la duper était tellement grand et mon amour-propre pesait si peu que, lorsqu'elle arriva dans le séjour les bras chargés du repas du dimanche, je lâchai : « Tu aimes la musique noire. »

Elle posa les plats sur une table dressée avec les moyens du bord. « Comment ça ?

– La musique noire. Tu la préfères... tu la préfères à... » À *ta propre musique*, voilà ce qui me venait à l'esprit. *Comment as-tu fait pour te l'approprier ?*

Teresa me regarda avec un air que je n'avais encore jamais vu sur son visage, un regard auquel j'avais eu droit de la part de commerçants, de contrôleurs et d'inconnus depuis que j'avais l'âge de treize ans, un regard qui savait que, lorsque viendrait l'heure de la révolution, je reprendrais tout ce qui m'avait été volé au fil des siècles. Elle s'approcha et examina sa collection comme cela ne lui était encore jamais arrivé. Elle resta debout, secouant la tête, arrimée à l'extrémité droite de sa collection de disques – son *Top of the Pops* personnel. « Mais tout le monde aime ces chanteurs. Ce n'est pas parce qu'ils sont noirs. C'est parce qu'ils sont les meilleurs. »

Pendant le repas, j'étais tellement agité que je ne pus rien avaler. Nous nous retrouvâmes installés face à face à la table à pousser nos palets de porc roses dans nos assiettes. Je ne pouvais pas demander ce que je voulais. Mais je ne supportais pas le silence. « Comment as-tu découvert ces vieux trucs ? Je veux dire, Cab Calloway ? Alberta Hunter ? On ne vous a donc pas prévenue, jeune fille ? On ne vous a pas dit qu'il ne fallait faire confiance à personne de plus de trente ans ? »

Son visage s'éclaircit, elle m'était reconnaissante de lui avoir posé une question facile. « Oh ! C'est mon *père.* » Elle avait prononcé le mot avec cette attention contrite que nous réservons à ceux qui ont commis l'erreur de jugement grossière de devenir nos parents. « Tous les dimanches matin de ma vie. La semaine n'était pas terminée qu'il était déjà en train de passer ses disques préférés. J'avais horreur de ça. Quand j'avais douze ans, je courais hors de la maison en criant. Mais il faut croire qu'on finit par aimer ce qu'on connaît le mieux, pas vrai ?

– Que lui est-il arrivé ?

– À qui ?

– Tu as dit "passait".

– Oh. Mon père ? » Elle considéra son assiette éclaboussée de nourriture. « Il passe toujours des disques. »

Et moi, j'avais l'impression que quelque chose ne passait pas. Teresa sentait que j'étais tendu. Je dirai toujours cela à propos d'elle. Elle arrivait à m'entendre, même quand je ne jouais pas. « Tu aimerais qu'on fasse un tour en voiture ? demanda-t-elle.

– Bien sûr. Pourquoi pas ? À moins que tu préfères écouter quelque chose ici ? »

Nous étions à contretemps l'un de l'autre. « Écouter quoi ?

– Ce que tu veux. Tu choisis. »

Elle s'approcha de la pile de disques et hésita. J'avais modifié son classement, pour toujours. Elle alla sur la droite et sortit un Ella Fitzgerald chantant Gershwin, Carmichael et Berlin, reprenant ainsi le magot aux pilleurs. Dans un craquement de vinyle, l'aiguille tomba sur une voix emportée en plein scat, comme si tous les êtres de la création récupéreraient leur dû le jour du Jugement. Elle ondula un peu en suivant le rythme, chanta en play-back, comme toujours. Elle ferma les yeux et posa les mains sur ses hanches, elle était son propre partenaire de danse. De temps à autre, un *pianissimo* involontaire sortait d'elle, tâchant de retrouver sa propre innocence éparpillée aux quatre vents.

Elle chanta pour elle-même, tout en dérivant vers le sofa usé couleur brique. Au bout d'une chanson, je vins m'asseoir avec elle. Cela la surprit. Elle se tint immobile. Elle n'avait jamais dit un mot sur le fait que nous ne nous touchions jamais. Je pense qu'elle serait restée avec moi éternellement, à portée de main, respectant cette distance implicite dont j'avais besoin, estimait-elle – mais pas un centimètre de plus. Elle laissa échapper un souffle vaste comme un ciel. « *Ah, dimanche.*

– *Peut-être lundi* », répondis-je en chantant, reprenant l'air et les paroles de *The Man I love*.

Teresa enchaîna : « *Peut-être pas.* » Elle se tourna vers moi, ramena les pieds sous elle, sur le canapé. Elle considéra ses cuisses, un peu de guingois, qui avaient la couleur délicate de la porcelaine tendre. Ses lèvres remuaient en silence, comme depuis si longtemps dans la pénombre du club, me tenant compagnie chaque soir. La chaleur de l'enregistrement s'échappait de sa bouche silencieuse. *Et pourtant, je suis sûre de le rencontrer un jour, mardi sera peut-être le jour de la bonne nouvelle.* Ma main droite descendit sur sa jambe, jouant l'accompagnement. Je fermai les yeux et improvisai. Des accords, je passai à une imitation libre, tout en prenant soin de rester dans une zone décente, entre le genou et l'ourlet remonté sur la cuisse.

Teresa retint sa respiration et devint mon instrument. Je jouai chaque note exactement comme si elle avait été réelle. Elle sentit ma première envolée vibrer dans sa peau. Je la vis réagir à mes grappes de notes. À peu près au moment de *nous construirons une maison pour deux*, je développai une ligne *obbligato* tellement juste que je fus surpris qu'elle ne figure pas dans l'original. À partir de *dont jamais je ne m'échapperai*, je fis une échappée un peu au-delà du raisonnable pour franchir l'octave de l'ourlet. Teresa se joignit à moi sur les deux derniers vers en une harmonie flûtée, une harmonie qu'elle avait chantée toute seule une centaine de fois, ici même, peut-être même avec quelqu'un d'autre, avant que j'apparaisse.

Lorsque la chanson s'acheva, ma main resta sur les touches muettes de sa jambe. Je ne sentais plus mes doigts, je ne pouvais les enlever. Les muscles de Teresa tressaillirent, pris d'une joyeuse terreur. Je sentis mes propres battements de cœur résonner jusque dans ma paume. Teresa se leva. Ma main, un fossile, se détacha d'elle. « J'ai quelque chose pour toi. » Elle traversa la pièce jusqu'au vaisselier couvert de bibelots. De derrière un éléphant indien sculpté, elle prit une enveloppe qui se trouvait là peut-être depuis des semaines. Elle me la rapporta et me la remit. Le nom *Joseph* figurait sur la face blanche, gribouillé en lettres rondes comme des ballons, enfantines. Je l'ouvris, les mains tremblantes, comme après les concerts cruciaux avec Jonah. Je dus me faire violence pour en extraire le contenu sans déchirer l'enveloppe. Teresa s'assit à côté de moi, tendit le bras et me frôla le cou du dos de la main. L'impression d'enfiler une nouvelle cravate en soie.

Je m'escrimai sur cette enveloppe jusqu'au moment où je crus qu'elle allait me la reprendre pour l'ouvrir. Je finis par retirer la carte qui se trouvait à l'intérieur. Ter l'avait faite elle-même. C'était un dessin humoristique représentant deux tigres qui se pourchassaient craintivement autour de ce qui ressemblait à un palmier. De la même écriture enfantine que sur l'enveloppe, il y avait marqué : « C'est oui pour moi si c'est oui pour toi. »

Elle aurait pu éternellement rester cachetée sur le vaisselier, à attendre que ma main vienne frôler la sienne, même accidentellement. Mais, le moment venu, elle était prête. Soudain, me rendant compte de toute la patience qu'il y avait dans cette prédiction dessinée de sa main, je me rassis droit sur le canapé et fondis en larmes. Elle me conduisit jusqu'à son lit et m'installa sous ces draps qui sentaient le caramel salé. Elle se débarrassa de ses vêtements et se tint là, offerte. J'étais incapable de détourner le regard. Assis au sommet d'un rocher à pic, je contemplai la surprise d'une vallée où serpentait une rivière. J'avais cru qu'elle serait crème, mousseline, porcelaine. Mais son corps – mince, penché, ondulant – était de toutes les teintes existantes. Je m'approchai d'elle, me guidant au toucher, le visage explorant chaque pouce de terrain, l'azur clair de ses veines au-dessous du cou, l'ocre brun de ses tétons, la traînée vert pois d'une contusion au-dessus de la hanche. J'étudiai goulûment cet arc-en-ciel qui se révélait au fur et à mesure. Mais elle fut de nouveau intimidée en voyant le plaisir que me procurait cette exploration, aussi se pencha-t-elle pour éteindre la lumière.

Durant toute la nuit elle me rendit à moi-même. J'étais au lit avec une femme. Je n'avais encore jamais entendu l'intégralité de la chanson, du début jusqu'à la fin. Je connaissais néanmoins quelques mesures, de quoi faire illusion. Je sentis les muscles derrière les cuisses se cabrer de surprise au contact de ma main. Nos peaux se pressèrent l'une contre l'autre, et même dans le noir, le contraste des teintes fut un choc. Elle fredonnait, la bouche sur mon ventre, sans que j'arrive à deviner la chanson. Sa bouche s'ouvrit en une expression de stupéfaction lorsque je la pénétrai. Sa gorge palpitante marquait une mesure infinie, et chacun de ses murmures était au diapason.

Ensuite, elle se cramponna à moi, sa découverte. « À ta façon de jouer. Je l'ai su. Rien qu'à ta façon de jouer.

– Il faudrait que tu entendes mon frère, lui dis-je, à moitié endormi. Un authentique musicien. Des comme lui, on n'en croise pas deux en une vie. »

Je perdis conscience et dormis d'un profond sommeil, tandis que les mains de Teresa faisaient fondre les crevasses de mon dos. Au réveil, elle planait au-dessus de moi telle Psyché, un verre de jus d'orange à la main. La chambre flamboyait. Elle était entièrement vêtue, elle avait ses habits pour l'usine de confiserie. Ma *honeysuckle rose*. Je lui fis de la place au bord du lit. « Je suis presque en retard. La clé est dans la boîte à musique de ma commode si tu en as besoin. »

Je pris sa main, comme elle se levait. « Il faut que je te dise quelque chose.

– Chut. Je sais.

– Mon père est blanc. »

Ce n'était pas ce qu'elle attendait. Mais sa surprise s'évanouit assez vite pour me surprendre. Elle leva les yeux au plafond. Solidarité des opprimés. « M'en parle pas. Le mien aussi. » Elle se pencha de nouveau et m'embrassa sur la bouche. Je sentis le goût de ses lèvres, tout en me demandant quel goût avaient les miennes.

« Est-ce que tu viens ce soir ? lui demandai-je.

– Ça dépend. Tu vas jouer des bons trucs ?

– Si tu chantes.

– Oh, fit-elle, en se dirigeant vers la porte. Je chanterai tout ce que tu voudras. »

Je m'habillai et fis le lit, tirai les draps sur nos traces encore fraîches. Je déambulai dans son appartement en joyeux criminel, me contentant d'observer ce nouveau monde. Je contemplai ses trésors accumulés, m'offrant une visite privée d'un musée ethnographique lointain. Sa vie : grenouilles en céramique, horloge en forme de soleil, savonnettes mauves et éponges, pantoufles aux yeux qui louchent cousus sur le dessus, un livre sur les granges pittoresques de l'Ohio, agrémenté de l'inscription : « Joyeux anniversaire de la part de tante Gin et oncle Dan. N'oublie pas que tu as promis de bientôt nous rendre visite ! » Chacun est un étranger pour les autres. La couleur de peau ne fait que rendre cela plus visible.

J'ouvris la penderie et observai sa garde-robe. Des jupons étaient suspendus à des crochets sur une des cloisons, des gaines noir et blanc, dont j'avais aperçu l'ourlet pointer sous ses robes, qui épousaient ses formes au point de les imiter. Je me rendis dans la cuisine, et me coupai des tranches du jambon de la veille pour le petit déjeuner. Je mangeai froid, de peur de salir une de ses poêles. J'étais souvent venu chez elle, mais jamais seul. Je savais ce que ferait la police si quelque voisin respectueux des lois indiquait ma présence ici. Le simple fait d'être chez cette femme si différente de moi signifiait une condamnation à perpétuité. Pour ma sécurité, mieux valait que je m'en aille. Mais je n'avais nulle part où aller, hormis retourner à ma vie.

Je m'approchai de sa collection de disques, c'était sans doute l'endroit le plus sûr dans cet endroit piégé. Il n'y avait pas un seul exemplaire de musique classique, excepté quelques pillages enthousiastes d'airs depuis longtemps dans le domaine public. Je partis des sommets de son classement, en quête d'un morceau à lui jouer au club, le soir même, quelque chose que je pourrais apprendre uniquement pour elle. Je passai un disque de Monk, et je compris que tout ce qui s'y trouvait était bien au-delà de mon pauvre talent d'imitateur. Oscar Peterson : j'éclatai de rire au bout de quatre mesures, hilare et démoralisé. Je mis un enregistrement « Hot Seven » d'Armstrong. Teresa l'avait tellement écouté qu'elle en avait presque gommé les sillons. Tout ce que je croyais savoir de cet homme et de sa musique s'effaça dans le fleuve sonore. Je choisis des gens que je ne connaissais que de réputation : Robert Johnson, Sidney Bechet, Charles Mingus. Je me laissai envahir par les chorus amples et affolants de Thomas A. Dorsey. Je découvris le coin où Teresa cachait son blues : Howlin' Wolf, Ma Rainey. L'harmonica de Junior Wells me hacha menu et me fit passer à travers ses lamelles. Au sommet de sa collection trônaient les très grandes dames ensorceleuses. Carter, McRae, Vaughan, Fitzgerald : en chacune, j'entendais Teresa tournoyer, pousser une lente complainte, se perdre dans une extase feinte, chaque soir, en rentrant à la maison après l'usine, seule dans le noir, à chanter jusqu'à ce que sa véritable image se mette à exister.

J'écoutai cette musique pendant plusieurs heures. Je changeai tellement vite les chansons qu'elles s'empilaient les unes sur les autres. L'intégralité étouffante du catalogue classique ne pouvait rien face à la profondeur et à l'amplitude de ce jaillissement. Un chœur d'alléluias massifs bouillonnait des haut-parleurs de Teresa, c'était un torrent qui emportait toutes les digues que le pays avait inventées pour le contenir. Ce n'était pas une musique. C'était des millions de musiques. Toutes ces chansons qui s'interpellaient, se hélaient et se répondaient, allaient et venaient dans cette fête célébrant la fin de toute célébration, jusqu'à l'aube d'une utopie nationale abolie. C'était la maison au bout de la longue nuit, accueillante, chaleureuse, ingénieuse et subversive. Et moi, je me retrouvais sur les marches, enfermé à l'extérieur, arrivé trop tard pour m'immiscer dans le bavardage de la fête, écoutant le son couler des fenêtres et illuminer les rues de toutes parts. De la ruelle, derrière la maison, j'entendais le jeu des voix à travers les volets. Je tendais l'oreille effrontément, et tant pis si je me faisais arrêter. J'étais emporté par un son qui, bien qu'étouffé par la distance, était plus vital et plus urgent, plus saturé de plaisir salvateur que tout ce que je jouerais jamais.

Dans cette allégresse de voyeur, une chanson dont le titre tenait en un mot, repérée sur un enregistrement de Cab Calloway et son orchestre daté de 1930, m'arrêta net dans mon élan. Je lus deux fois le titre, sortis le disque de sa pochette d'une main tremblotante, et parvins à poser le saphir sur la bonne plage sans trouer le vinyle. Calloway, dans une sorte de mauvaise imitation d'Al Jolson, poussait la complainte. La chanson s'intitulait *Yaller*.

> Les Noirs, les Blancs, j'apprends beaucoup,
> Tu sais ce que je suis, moi je sais ce que je suis pas,
> J'suis même pas noir, j'suis même pas blanc,
> J'suis pas comme le jour et j'suis pas comme la nuit.

Tout malheureux, coincé entre deux, je suis rien qu'un café-au-lait...

J'écoutai trois fois la chanson du début à la fin, l'apprenant par cœur comme si c'était moi qui l'avais composée. J'ignore ce qui m'a pris ce soir-là, mais je l'ai jouée au Glimmer, une fois Teresa arrivée. L'espoir n'est jamais plus stupide que lorsqu'il est à portée de main. Elle s'installa près du piano, toute resplendissante de notre nouveau secret. Elle était époustouflante dans une robe fourreau courte, marron, sans bretelles, que j'avais repérée dans sa penderie. Je glissai la chanson à la fin du dernier set, lorsqu'il ne restait plus qu'elle pour écouter. J'observai son visage, anticipant sa réaction. Ces lèvres qui, de toute la soirée, avaient articulé en play-back un morceau sur deux, ces lèvres qui avaient chantonné des paroles inintelligibles pendant que nous faisions l'amour, restèrent immobiles, pincées, exsangues, pendant tout le morceau.

À la fin du set, elle partit sans m'attendre. Mais elle revint le soir suivant, si timide et si embarrassée que j'eus envie de mourir. Je rentrai avec elle à son appartement. Nous n'avions que quelques heures avant qu'elle soit obligée de partir au travail. Nous nous allongeâmes une nouvelle fois ensemble, mais la chanson restait entre nous, comme un enfant mort-né. Le lendemain matin, après son départ, en regardant la collection de disques, je vis que le Calloway avait disparu.

Nous instaurâmes une tradition. Les soirs où elle venait au bar, je lui demandais de venir chanter au moins une chanson. Au début, cela irrita M. Silber au plus haut point. « Tu ne crois tout de même pas que j'ai assez d'argent pour payer deux musiciens le même soir ? » Je lui assurai qu'il obtenait précisément ce que les collègues de mon père jugeaient impossible dans ce petit coin d'univers : quelque chose de gratuit. Lorsque M. Silber vit combien les vieilles chansons mélancoliques de cette jeune fille nerveuse et émue plaisaient au public, il en rajouta une couche. « Mesdames et messieurs, se mit-il à annoncer, je vous demande maintenant d'accueillir le Duo musical du Glimmer Room ! »

Nous ne répétions jamais. Elle connaissait toutes les chansons par cœur, et moi, c'était d'elle que je tenais tous ces airs. J'arrivais à anticiper sur ce qu'elle allait faire et, dans les rares occasions où son enthousiasme fébrile menaçait de nous faire passer par-dessus bord, il était aisé de remettre notre esquif à flot. Ce n'était pas du Scriabine, après tout. Mais Teresa puisait dans une extase musicale que Scriabine n'avait pu que suggérer. Tout son corps palpitait en mesure. Sur la solide fondation de mes accords, elle se lâchait – sensuelle, torride, comme quelqu'un qui fait la fête pour la première fois. Sa tessiture était plutôt dans les graves, un grognement presque androgyne. Le public la dévorait sur place et, quand elle chantait, il y avait au moins deux types dans la pénombre qui se seraient damnés pour un petit supplément.

Un soir, elle était en piste, et chantait *You Really Got a Hold on Me* de Smokey Robinson, comme s'il s'agissait d'une substance interdite. Nous avions trouvé le cap, nous voguions allègrement, lorsque soudain notre coque heurta un récif, m'obligeant à lever la tête. Teresa retrouva la mesure presque immédiatement ; hormis le pianiste qui l'accompagnait, personne n'avait remarqué son petit cafouillage. Elle resta tendue jusqu'à la fin du morceau. Je trouvai l'origine de cette étrange tension dans la présence d'un homme d'un certain âge, entré au milieu de la chanson, qui s'était assis dans le fond. Un type au regard perçant que Teresa s'appliqua méticuleusement à éviter.

Ce n'était pas l'homme à la tête de maillet que j'avais vu la première fois avec elle. Mais c'était un autre Blanc, un type avec qui manifestement il s'était passé quelque chose – même le pianiste s'en était rendu compte. Teresa chantait : « *I don't like you, but I love you.* » Je suivais, gommant les dissonances vagabondes, me demandant si ses atermoiements m'étaient destinés ou bien si c'était pour cet autre type, que je n'avais encore jamais vu, et que je n'avais aucune envie de revoir. « *You really got a hold on me* », « Tu as vraiment prise sur moi ». Tous les démons que la musique était censée exorciser, toutes les choses qui avaient prise sur elle se retrouvaient dans la mélodie. Elle parvint tant bien que mal jusqu'au bout, soufflant la dernière phrase presque dans un murmure, sans oser lever la tête. Lorsqu'enfin elle s'y résolut, l'homme était debout. Il parut se pencher en avant et cracher, bien que rien ne sortît de sa bouche. Puis il prit la porte.

Teresa se tourna vers moi et dit quelque chose. Entre sa panique et les applaudissements, je n'entendis pas. Elle répéta : « *Ain't Misbehavin'.* » Ce fut la seule fois qu'elle me donna un ordre. J'entamai le morceau en infligeant à mes doigts une marche forcée. Mais c'était trop tard. Le type était parti. Maintenant que Teresa avait commandé la mélodie, il fallait bien qu'elle s'exécute. Elle chanta jusqu'au bout. Mais l'innocence de la chanson sortit comme pervertie de sa bouche.

Ensuite, elle m'attendit comme si rien ne s'était passé. Je supposai que c'était le cas : il ne s'était rien passé. Mais cela me rongea, et lorsqu'elle me demanda, à sa manière timorée et craintive, si je voulais venir chez elle, je répondis : « Je ne crois pas que tu en aies envie. »

Elle me dévisagea comme si je venais de lui faire un œil au beurre noir. « Pourquoi tu dis ça ?

– Je pense que tu as envie d'être seule. »

Elle n'en demanda pas davantage et s'en alla en silence. Ce qui suffit à me mettre en rogne. Elle revint au club quelques soirs plus tard, mais je l'évitai pendant les pauses, et pas une seule fois je ne lui demandai de venir chanter. Elle ne revint pas pendant une semaine. Je tins bon, j'attendis qu'elle appelle. Comme elle n'appelait pas, je me dis que les jeux étaient faits. On ne sait jamais. Personne ne sait jamais rien sur quiconque.

En arrivant au travail, la semaine suivante, je la vis qui m'attendait devant le club. Elle avait ses vêtements de l'usine de confiserie. Je l'aperçus de loin, si bien que j'eus le temps de me préparer, pour entrer sur le premier temps. « Tu n'es pas censée être au travail ?

– Joseph. Il faut qu'on parle.

– Ah bon ? »

Soudain, je devins le malotru qui nous avait agressés sur la plage glaciale, l'hiver précédent. Elle se recroquevilla sur elle-même et me jeta ses paroles à la figure. « Espèce de petit fils de pute prétentieux. » Elle m'attrapa par le paletot et me poussa. Puis elle prit appui sur la façade du club et se mit à sangloter.

Je m'interdis de la toucher. Je faillis en mourir, mais je tins bon. Je lui aurais tout donné, et pourtant, elle refusait toujours de me parler. La vertu me prenait à la gorge. J'attendis qu'elle reprenne son souffle. « Est-ce qu'il y a quelque chose que tu veux me dire ? »

Ce qui redéclencha ses sanglots. « À propos de quoi, Joseph ? À propos de *quoi* ?

– Je ne t'ai jamais rien demandé, Teresa. Il y a dans ta vie des histoires qui ne sont pas réglées ? Le moins que tu puisses faire est d'avoir la décence de m'en parler.

– "Pas réglées ? ..." »

Elle refusa de passer aux aveux. Je me sentis trompé – par elle, par les règles de la décence, par son joli brin de voix, par le paysage en arc-en-ciel. « Tu veux me parler du type ?

– Du type ? » Elle nageait en pleine confusion. Puis son visage soudain s'éclaircit. « Joseph ! Oh, mon Joe. Je croyais que tu savais. Je croyais...

– Quoi ? Croyais quoi ? Pourquoi, au moins, n'as-tu pas dit quelque chose ? À moins que ça fasse encore partie du grand secret indicible ?

– J'ai cru... Je n'ai pas voulu en faire... » Elle se figea, honteuse. Honteuse pour nous deux, je suppose. « C'était mon père. »

Je fis un bond sur place. « Ton père est venu t'écouter ?

– *Nous*, croassa-t-elle. *Nous* écouter. » Et il avait fichu le camp, dégoûté, avant qu'elle puisse le faire changer d'avis en lui chantant sa chanson préférée. Je ruminai en silence ce qu'elle venait de m'apprendre. Son père, qui lui avait fait écouter chaque dimanche une musique dont elle était tombée amoureuse, et qui maintenant la détestait pour cela. Son amant, qu'elle avait pris par erreur pour quelqu'un né dans cette musique. Ma propre musique du dimanche, qui n'aurait fait qu'aggraver le crachat invisible de l'homme. Un crachat qui m'était destiné, mais qui avait atteint sa fille.

Je m'appuyai contre les briques du Glimmer, à côté d'elle. « Est-ce que... Tu lui as parlé, depuis ? »

Elle ne put même pas secouer la tête. « Maman ne veut pas me le passer quand je les appelle. C'est tout juste si elle m'adresse la parole. Je suis allée chez eux, et ils – il est venu à la porte pour mettre la chaîne de sûreté. »

Elle s'effondra. Je la fis entrer dans le club vide et l'emmenai dans une arrière-salle où je pus lui passer un bras autour des épaules sans risquer de me faire arrêter. M. Silber entendit les sanglots de son précieux rossignol, et il s'empressa d'aller lui préparer une tasse de thé léger.

« Tu ne peux pas laisser faire ça. » Je lui caressai les cheveux, sans conviction. « La famille, c'est plus grand que... ça. Il faut vous réconcilier. Rien ne justifie une rupture aussi grave. »

Elle me regarda, elle avait le visage rouge, défait, mouillé. L'horreur s'y étalait, comme du vin renversé. Elle agrippa le haut de mon bras et le serra comme un garrot, en se pelotonnant contre ma poitrine. J'avais l'impression d'avoir écrasé un enfant avec ma voiture, et j'allais devoir passer le restant de ma vie avec ce souvenir en guise de pénitence.

Teresa ne retourna jamais cela contre moi, mais elle n'avait que moi. Moi et l'usine de caramels salés. Mes visites chez elle avaient un petit arrière-goût de charité. Nous nous trouvâmes à court de choses à nous dire, mais Teresa ne s'en rendit jamais compte. Elle était capable de sourire sans rien dire pendant si longtemps que j'en étais désemparé.

Son père se mit à m'obséder. Je glissai de menues questions à son sujet lors de nos conversations, à table. Cela l'irritait, mais je ne pouvais retenir ma curiosité. Où travaillait-il ? Il était réparateur en électroménager en ville. Où avait-il grandi ? Saddle Brook et Newark. Pour qui votait-il ? Pour les démocrates, depuis toujours, exactement comme mes parents. Elle se refermait comme une huître, avant que j'obtienne ce que j'avais besoin de savoir.

Nous nous trouvâmes à court de choses à faire ensemble, même dans les intervalles pourtant brefs où ni l'un ni l'autre ne travaillait. Je proposai que nous répétions un peu. Je pouvais lui donner quelques tuyaux. L'idée l'enchanta. Elle était insatiable. Elle voulut entendre tout ce que je savais sur la respiration, l'ouverture de la voix, la tessiture, toutes les bricoles que j'avais apprises de Jonah au fil des ans. « Le vrai chant. Le chant sérieux. » Elle avait le même appétit pour ces secrets professionnels que ses amies de l'usine pour les princes Charles et Rainier.

Je lui transmis ce que je savais. Mais tout ce que je lui appris la fit régresser. Elle chantait très bien quand elle m'avait rencontré. Mieux que bien : superbement. Elle rendait chaque mélodie vulnérable. Elle savait de quoi chaque chanson avait besoin. Elle charmait sans s'en rendre compte – avec fraîcheur, clarté, avec cette sensualité accidentelle, cette pétulance rythmique qui animait son corps et ne la lâchait pas tant que la chanson n'était pas terminée. Mais à présent, armée des leçons que je lui donnais, elle se mettait à avoir une voix bizarre : cabotine, lissée, arrondie. Je lui avais fait perdre son père. J'étais en train de lui faire perdre sa voix. Je lui avais probablement fait perdre les amis qu'elle avait eus avant de me rencontrer. Nous ne fréquentions personne, nous étions seuls l'un avec l'autre. Teresa ne dormit plus jamais d'une traite, la nuit, et elle ne mangeait plus que le strict minimum. J'étais en train de la tuer. Et je ne lui avais jamais rien demandé.

« Je veux consacrer plus de temps à mon chant, dit-elle. Peut-être que je devrais, tu sais, réduire mes heures de travail ? »

Entièrement ma faute. J'aurais dû m'en douter, ne pas me mêler de tout ça. Deux mois après que son père avait craché par terre au Glimmer, je la trouvai assise sur son canapé, en larmes. « Ils ont changé les serrures. Mes parents. »

Il y eut alors comme un déclic. La chanson qu'elle m'avait demandé de jouer lorsque le type avait quitté le club : c'était la préférée de son père. La chanson qu'elle reprenait en play-back, la chanson qui m'avait séduit en premier : les deux étaient signées du même duo. Les chansons de sa liturgie du dimanche matin, au cours du prêche paternel. « Comment t'appelait-il ? Ton père. Il avait bien un petit nom affectueux pour toi, non ? »

Elle ne voulut pas répondre. Dieu sait qu'elle n'était pas obligée.

Nous nous installâmes dans une étroite routine, suffisamment simple pour nous deux. Elle sacrifia son foyer à notre confort. Je me mis à faire attention à ce que je disais. Je lui avais dit que son pâté de viande à la sauce tomate était exquis. Du coup, j'y eus droit pendant trois semaines d'affilée. Un jour, je lui dis sans faire attention que le bleu clair était ma couleur préférée. Le samedi suivant, je la trouvai en train de repeindre la cuisine. Nous n'allions que rarement à mon appartement. Pour autant que je me souvienne, nous n'y passâmes jamais une seule nuit. Sans poser de questions, elle mit une croix sur tous les endroits où je ne l'emmenais pas. Je savais que c'était de la honte ; mais honte de quoi ? Je l'ignorais. Je l'aimais vraiment.

J'étais seul dans mon appartement, un après-midi de l'été 1970. On frappa à la porte, ce qui m'arrivait rarement, quelle que fût la saison. J'ouvris la porte, troublé, et il me fallut trois bonnes secondes pour reconnaître ma sœur et Robert, son mari, mon beau-frère, avec qui j'avais passé en tout quarante minutes de ma vie, trois ans auparavant. Je restai planté devant la porte, à les dévisager, hésitant entre la peur et la joie, jusqu'à ce que Ruth se racle la gorge. « Joey, tu peux nous laisser *entrer* ? »

Je leur souhaitai la bienvenue, submergé par l'émotion. J'étreignis Ruth jusqu'à ce qu'elle me supplie d'arrêter. Je ne cessai de répéter : « Je n'y crois pas ! » Ruth ne cessait de répéter : « Crois-y, mon frère. »

Robert demanda : « Croire quoi ? » Malgré le trouble, sa voix trahissait un certain amusement.

« Comment m'avez-vous retrouvé ? » Je me dis qu'elle avait dû reprendre contact avec Da. Ils se parlaient à nouveau. Personne d'autre n'aurait pu lui dire où j'étais.

« Te retrouver ? » Ruth adressa à Robert un rictus triste. Elle posa la main sur mon front, comme si j'avais la fièvre. « Retrouver, c'est facile, Joey. Te perdre, en revanche, c'est mon problème depuis toujours. »

Je ne savais toujours pas ce que je lui avais fait. Ça m'était égal. Elle était revenue dans ma vie. Ma sœur était là. « Quand êtes-vous arrivés en ville ? Où habitez-vous, ces temps-ci ? »

Leur silence me mit terriblement mal à l'aise. Ruth observa la cellule minuscule qui me servait d'appartement, terrifiée par quelque chose qui, elle en était certaine, allait jaillir d'un placard. « Habiter ? Ces temps-ci ? C'est drôle que tu poses la question. »

Robert s'assit sur la maigre chaise pliante de la cuisine, la cheville droite appuyée sur le genou gauche. « Est-ce qu'il serait possible que tu nous héberges ? Juste un ou deux jours. »

Ils n'avaient pas de bagages. « Évidemment. Tout ce que vous voulez, tant que vous voudrez. »

Je ne les assaillis pas de questions, et ils ne furent pas pressés de me donner des nouvelles. Leurs poursuivants, quels qu'ils fussent, n'étaient qu'à cinquante mètres derrière, dans la rue, de l'autre côté de l'autoroute. Je les vis échanger un regard silencieux. Ils n'étaient pas près de faire de moi un de leurs complices. « Assieds-toi, Ruth. Bon sang, ça fait plaisir de te voir. Allez, assieds-toi. Est-ce que je peux vous offrir quelque chose à boire ? »

Ma sœur m'attrapa les poignets comme une infirmière chaleureuse, souriante, tâchant de m'apaiser. « Joey, c'est juste nous. »

Robert, l'homme auquel ma sœur avait lié son destin, un géant que je ne connaissais ni d'Ève ni d'Adam, me fixait de ses yeux rayons X. Il semblait être tout ce que je n'étais pas : solide, substantiel, dévoué, plein de dignité. Son aura emplissait la pièce. « Ton show, ça marche ? »

J'inclinai la tête. « C'est de la musique. Je joue ce qu'on me demande. Et vous ?

– Hein ? » Il se mit les mains sur la tête, comme pour réfléchir à une question tout à fait inopinée. « Nous aussi. On fait ce qu'on nous demande.

– Huey a été libéré, d'après ce que j'ai lu », dis-je.

De la cuisine où elle était en train de tripoter les rideaux, Ruth lança : « Joey ! Comment est-ce que tu as trouvé le temps de lire ça ? Moi qui te croyais accaparé par ta boîte de nuit. »

Elle avait dû passer à proximité du club. Voir les affiches. « J'ai des maîtres éclairés. Ils me laissent lire les journaux pendant mes pauses.

– Huey a été libéré. Exact. » Robert me dévisageait en plissant les yeux, comme s'il jaugeait mon poids. « Mais tout ce que cet homme a essayé de mettre en place – tout le mouvement – part à vau-l'eau.

– Robert ! intervint Ruth.

– Qu'est-ce que ça change ? Ce truc est de notoriété publique. »

J'avais suivi ce qui s'était passé, en pensant à eux, justement. La fusillade à UCLA. Hampton et Clark, les deux organisateurs des Black Panthers, tués dans leur sommeil lors d'un raid illégal de la police. L'État du Connecticut avait intenté un procès à Bobby Seale pour avoir tué un informateur de la police. Le FBI se livrait à une guerre acharnée. Des centaines de Panthers abattus, jetés en prison, ou contraints de fuir le pays. Edlridge Cleaver à Cuba. J'avais longtemps pensé que Ruth et Robert, comme Jonah, étaient peut-être partis à l'étranger. En les voyant se réfugier ici, je regrettai que ce n'ait pas été le cas.

« Tu es au courant de la rafle de New York ? » La puissance du regard de Robert me cloua sur place.

« J'ai lu... D'après les journaux... » Je n'avais pas pu gober la version officielle. Vingt et un Black Panthers arrêtés, accusés d'avoir préparé un plan visant à faire sauter une série de bâtiments administratifs et à assassiner des dizaines de policiers. La cellule que ma sœur et son mari avaient contribué à mettre sur pied.

« Les journaux, mon pote. Il faut que tu te décides, ou tu es avec les journaux, ou tu es avec le peuple. » Il redressa la tête, aux abois, un as de la rhétorique vieux de mille ans, écœuré par le désastre que ce pays avait infligé à tout ce qui était humain. Je n'étais pas avec les journaux. Je n'étais pas avec le peuple. Je n'étais même pas avec moi-même. Je voulais être avec ma sœur.

« Je meurs de faim », dit Ruth.

Cette remarque fut comme un don du ciel. J'allais pouvoir me rendre utile. « Il y a un restaurant italien, juste au bout de la rue. »

Robert et Ruth me regardèrent, gênés par mon empressement. Robert fouilla dans sa poche et en sortit quatre billets froissés de un dollar. « Est-ce que tu pourrais nous rapporter quelque chose ? Peu importe ce que c'est, du moment que c'est chaud. »

Je lui fis signe de garder son argent. « Je reviens dans une minute avec la meilleure soupe aux palourdes que vous ayez jamais mangée. »

Sa gratitude m'accabla. « On te doit une fière chandelle, mon frère. »

Ses paroles me tournèrent dans la tête pendant tout le trajet jusqu'à l'Océan, aller et retour. À mon retour, je les surpris en pleine dispute. Ils s'interrompirent à la seconde où j'introduisis la clé dans la serrure. « Vous allez m'en dire des nouvelles », dis-je, passant pour un crétin, y compris à mes propres yeux. Mais Ruth était pleine de reconnaissance. Elle m'embrassa la main, puis me la mordit. Ils se ruèrent sur la nourriture. Leur dernier repas était manifestement un vieux souvenir. J'attendis qu'ils soient rassasiés. Puis j'essayai de faire parler Robert. Un élève ayant fréquenté Juilliard qui commence sur le tard son éducation.

Robert se prêta au jeu. Nous parlâmes de tout ce qui s'était passé depuis la dernière fois où je les avais vus, de la bataille des trois dernières années. Je défendis le principe de la résistance non violente. Robert ne me rigola pas au nez, mais il refusa d'encourager cet espoir. « Un petit groupe nous tient tous à sa merci au fond de la cale, ils surveillent les écoutilles avec des flingues. Plus ça durera, plus ils seront obligés de durcir leur position. »

Ma sœur agita les mains en l'air. « Pas seulement les gens qui sont au pouvoir. Il y a aussi les immigrants de la deuxième génération, qui sont coincés avec nous dans la cale. Le premier mot qu'ils apprennent quand ils posent le pied dans ce pays, c'est *Nègre*. Des gens qui n'ont rien et qui se retournent les uns contre les autres. On est en plein système *kapo*. »

J'écoutai, je me contentai d'écouter, incapable d'ajouter un mot. Lorsque les palourdes furent terminées, il y eut un moment d'accalmie.

« Joey, dit Ruth. Tu couches avec quelqu'un.

– Comment as-tu deviné ? » Je scrutai l'appartement à la recherche des indices qui m'avaient trahi : photos, messages, brosse à dents supplémentaire. Il n'y avait rien de tout cela chez moi.

« Tu as l'air en forme. En bonne santé. » Ruth paraissait soulagée. À l'instant où ma sœur prononça ces mots, je sentis que j'aimais Teresa plus que je ne l'avais aimée depuis qu'elle avait chanté avec moi la première fois. « Une Blanche ? »

Robert se leva et s'étira. « Écoute, ça suffit. Laisse-le souffler un peu.

– Quoi ? C'est une question légitime. Quand un type conduit une voiture toute neuve, tu lui demandes la marque et le modèle. »

Le regard de Robert croisa le mien. « C'est pas grave, mon frère. Moi, je couche bien avec une Allemande.

– Mon cher mari, si je la trouve, je vous bute tous les deux.

– Son père l'a reniée, dis-je. Le père de Teresa, je veux dire. » Ça paraissait tout à fait anecdotique, comparé à ce que Robert et Ruth devaient affronter.

Robert frotta la masse épaisse de sa coupe afro. « Pas de pot. On va voir si on peut pas la nommer membre honoraire.

– Teresa. » Ruth tenta de sourire poliment. « Quand est-ce qu'on la rencontre ? » Ma sœur avait envie de me rencontrer quelque part. De trouver un endroit dans ce monde, suffisamment grand pour que nous puissions y cohabiter.

« Quand tu veux. Ce soir.

– Peut-être à notre prochaine visite, dit Robert. Cette fois-ci, on n'est pas vraiment venus faire des mondanités. »

Ces mots les firent brusquement sortir de mon petit univers confortable, et tous deux redevinrent des fugitifs. Nous restâmes assis en silence, écoutant la circulation, au-dehors. Ruth finit par dire : « Ce n'est pas qu'on ne te fasse pas confiance, Joey.

– Je comprends », mentis-je. Il n'y avait guère que leur tempo que je comprenais, leur panique animale.

Robert joignit les mains et parla dans le bout de ses doigts. « Moins on en dit, mieux tu te porteras. » Il avait le ton d'un professeur d'université.

Ruth se cala sur son siège en soupirant. Ma petite sœur, désormais plus âgée que moi de plusieurs décennies, et qui s'éloignait à une allure de plus en plus vertigineuse. « Bon, et comment va le Caruso noir ? » Elle se crispa en posant la question.

« Qu'est-ce que je peux dire ? Il chante. Quelque part en Europe. En Allemagne, aux dernières nouvelles. »

Elle opina, elle en voulait davantage, mais elle ne voulait pas demander. « C'est probablement là-bas qu'il est le plus à sa place. »

Son mari se leva et regarda à travers les rideaux de la cuisine. « Moi, je partirais en Allemagne, tout de suite.

– Vraiment ?

– Sans hésiter. »

L'idée amusa Ruth. Elle lui roucoula quelques mots en allemand, tous les mots doux que Da avait jadis utilisés pour Maman.

« Il faut que j'aille travailler, dis-je. Gagner ma croûte, tout ça. » Je tendis les mains, pianotai dans le vide et me mis machinalement à chantonner *Honeysuckle Rose*.

« J'aimerais pouvoir t'entendre jouer ça, dit Ruth.

– Tu m'étonnes.

– Le petit Joey Strom, en train d'apprendre de quel côté la tartine est beurrée. »

Je la dévisageai, ses deux yeux bruns comme deux meurtrissures. « N'aie pas honte de moi, Ruth.

– Honte ? » Son visage se renfrogna. La maison était en feu à nouveau, et elle se tenait sur le trottoir gelé, à mordre le pompier. « Honte ? Toi-même, n'aie pas honte de moi !

– Oh ! Comment peux-tu... Tu te... Tu te consacres à des choses dont je n'aurais rien su si tu ne m'en avais pas parlé. »

Ma sœur se mordit l'intérieur des joues. Je crus un instant qu'elle allait éclater. Mais le spasme passa et elle se reprit. Cette fois-ci, elle ne m'offrit pas d'intégrer le Mouvement, ni ne suggéra que ce monde en guerre pourrait avoir besoin de quelqu'un de ma trempe. Mais elle tendit la main et posa une paume rose à plat sur ma poitrine. « Alors, qu'est-ce que tu joues ?

– Dis-moi ce que tu veux, et je t'en ferai une petite version. »

Elle sourit jusqu'aux oreilles. « Joey est un Noir.

– Uniquement à Atlantic City.

– La moitié d'Atlantic City est noire, dit Robert. Ils ne le savent pas encore, voilà tout.

– Si tu écoutes mon homme, toute l'Amérique est africaine. Allez, chéri. Fais-lui ta petite conférence. »

Robert sourit en entendant le mot qu'elle avait choisi. « Demain. Ce soir, j'ai besoin de me reposer. J'ai la cervelle en compote.

– Prenez mon lit, tous les deux. Je dormirai chez Teresa.

– Teresa. » Ma sœur rit. « Teresa quoi ? » Il fallut que j'épelle Wierzbicki pour elle. Ruth rit de plus belle. « Est-ce que ton père est au courant que tu te tapes une catholique ? »

Le lendemain, en rentrant de chez Teresa, j'achetai quantité de bière, de poulet, de pain frais et de magazines – autant de produits d'agrément que je n'avais jamais à la maison. Mais quand je pénétrai dans l'appartement, il était vide. Une demi-page de mon papier à musique était posée sur la table de la cuisine, couverte de l'écriture de ma sœur.

> Joey,
>
> On a dû partir. Crois-moi, c'est moins risqué comme ça. Ils sont à nos trousses, mieux vaut que tu ne sois pas plus impliqué que tu ne l'es déjà, simplement parce que tu es le frère de ta sœur. Ça nous a sauvé la vie que tu nous héberges. Et ça m'a fait plaisir de voir que tu n'étais pas complètement brisé. Du moins pour l'instant ! Robert dit que tu es un chic type, et moi, j'apprends à ne pas discuter avec mon mari, parce que, figure-toi, mon grand, il ne me laisse jamais gagner.
>
> Prends bien soin de toi, et on fera de même. Qui sait ? Si ça se trouve, on vivra tous assez longtemps pour se refaire ensemble un repas de palourdes.

La familia c'est la familia, pas vrai, vieux frère ?
Mieux vaut balancer ce message une fois que tu l'auras lu.

Elle n'avait pas signé. Mais tout en bas, comme une pensée après coup, elle avait ajouté : « Travaille ton frère au corps pour nous, d'accord ? »

Tout en tenant le message à la main, je le sentis se graver en moi. Après l'avoir lu, je ne l'ai pas détruit. Je l'ai laissé sur la table de l'entrée. La familia c'est la familia. Si un représentant de la loi s'introduisait chez moi, je voulais que le message soit facile à trouver. Je refusai de réfléchir à ce que ces deux-là avaient bien pu faire, quel prétendu crime, dans quel pétrin ils s'étaient fourrés. Nous étions nés dans l'illégalité. Le simple fait de demander que la loi change était criminel. Tout ce que je pouvais faire, c'était attendre qu'ils me redonnent des nouvelles, qu'ils refassent surface, où que ce soit, n'importe quand. J'allais devoir attendre longtemps.

Je n'ai jamais parlé à Teresa de leur visite. Je n'aurais jamais réussi à les présenter. J'aurais rebondi entre l'une et l'autre, protégeant l'une des attaques de l'autre, de la même façon que Jonah avait tenté de tromper ses deux professeurs de chant. Jamais je ne serais entier. Les parties dont j'étais constitué ne s'emboîtaient pas. Je ne voulais pas qu'elles s'emboîtent.

Juste après cette visite – suffisamment peu de temps après pour que mon cerveau tortueux imagine un lien entre les deux –, Da me fit suivre une lettre de Jonah. Première fois que j'avais de ses nouvelles depuis Magdebourg. Le lustre du communisme s'était écaillé. Il avait traversé l'Allemagne de l'Est – « Fait le pèlerinage de Leipzig sans toi, Mule » –, il avait chanté à Berlin – « Mais pas de *lieder* ; tu vois, je ne te fais pas d'infidélités ! » – puis était retourné à l'Ouest faire *Das Lied von der Erde* à Cologne. Il était ensuite allé jusqu'en Hollande où il avait décroché un prix prestigieux au concours des Hertogenbosch.

Pour la suite, je ne sais pas trop. Maintenant que toutes les portes s'ouvrent, j'ai l'impression que le monde est mon huître, comme on dit, ou plutôt ma moule de Zeeland. Personne n'a l'idée de cantonner ma voix à une catégorie autre que la *musique*, même si je dois admettre que je ne comprends que quarante pour cent de ce qui se raconte autour de moi, donc possible qu'on me traite de Prince des Ténèbres, pour ce que j'en sais. Je te dis, Mule, aux États-Unis, tu es prisonnier. Encore esclave, un siècle plus tard. Tu ne peux même pas soupçonner le joug qui pèse sur toi avant d'en être libéré. Tu veux savoir ce que ça fait de ne pas avoir les jambes entravées pour la première fois de ta vie ? Viens donc, avant que l'invasion globale de la culture américaine ne nous transforme en moricauds, même par ici.

Il donnait l'adresse d'une agence artistique à Amsterdam, où l'on pouvait toujours le joindre. La portée de « toujours » selon mon frère était toutefois assez limitée.

Dans l'enveloppe contenant la lettre de Jonah, Da en avait inclus une autre rédigée par ses soins. Il n'était pas venu de New York pour m'entendre jouer, et je l'avais dissuadé de le faire. Il n'avait aucune idée du répertoire que je jouais chaque soir – les hymnes surf, les apologies à peine voilées de la drogue, les chansons d'amour dédiées aux voitures, aux sèche-cheveux, et autres engins motorisés. Dans l'esprit de Da, j'étais un pianiste de concert. La lettre qu'il m'adressait était brève et factuelle. Il avançait dans son travail, le problème dont il se souciait depuis trois décennies. « Là où Mach rencontre la physique quantique, on doit être hors du temps ! » Des choses folles se produisaient de nouveau en physique, les choses folles qu'il avait prédites trente ans plus tôt. Des univers à fragmentation multiple. Des trous de vers. Rien, bien entendu, au sujet des choses folles qui laminaient ce monde-ci.

Dans le dernier paragraphe de sa lettre, presque comme une pensée qui lui était venue après coup, histoire d'étoffer sa trop brève missive, il ajoutait : « Je vais à l'hôpital dans deux jours pour subir une exploration. Ne t'inquiète pas. Mes symptômes sont trop déplaisants pour être décrits sur papier. Les médecins ont juste besoin de savoir ce qui se passe à l'intérieur, et pour cela il faut qu'ils m'ouvrent ! »

Le courrier m'arriva le lendemain de l'intervention. Je téléphonai à la maison, mais il n'y avait personne. Il ne mentionnait aucun autre contact, pas même l'hôpital où il devait être opéré. Je joignis Mme Samuels, qui me donna un numéro à l'hôpital. Je sus à sa voix qu'elle ne voulait pas être celle qui annoncerait la nouvelle. J'allai voir M. Silber pour obtenir un congé de deux jours.

« Et qui va jouer pour mes clients ? Tu veux peut-être que ce soit moi, le jazzman ? Tu veux que je fasse semblant de jouer comme Satchmo Paige ? »

Je ne parlai pas de mon père à M. Silber. Il suffisait que je dise *mon père est à l'hôpital* pour qu'il pense : *Gros Noir en train de mourir des complications d'un diabète de type 2*. Si je lui disais cancer du pancréas, il voudrait des détails. Je ne voulus pas de ça avec M. Silber. *Ton père, un juif ?* Je ne pouvais pas lui imposer cette parenté entre lui et moi.

En revanche, j'en parlai à Teresa. Elle voulait m'accompagner, même pour ce premier voyage. « Tu n'es pas obligée, dis-je. Mais je risque d'avoir besoin de toi à un moment donné. » Inutile de lui demander d'être patiente. Elle savait combien le temps était long. Elle avait passé sa vie entière à attendre.

À l'hôpital, j'eus droit au sketch habituel. *Son fils ?* Le chirurgien de Mount Sinai ne prit pas la peine de dissimuler sa surprise. Son incrédulité avait commencé bien avant, au moment de l'incision. « Ce cancer est à l'œuvre depuis longtemps. Des années, peut-être. » Cela semblait plausible. « Je n'arrive pas à comprendre comment quelqu'un a pu vivre avec ça si longtemps et ne se manifester que maintenant...

– C'est un scientifique, expliquai-je. Il n'est pas de cette planète. »

Je trouvai Da assis dans son lit ; en guise de bienvenue, il m'adressa un sourire penaud. « Il ne fallait pas faire tout ce voyage ! » Il agita les paumes vers moi, rejetant tous les diagnostics. « Tu as une vie à mener. Tu as ton boulot, là-bas, à Ocean City. Qui donc fera de la musique pour tes auditeurs ? »

Je passai deux jours avec lui. J'y retournai la semaine suivante, avec Teresa, cette fois. Elle fut une sainte. Elle m'accompagna une demi-douzaine de fois au cours des quatre mois qui suivirent. Rien que pour cela, j'aurais dû l'épouser. C'était en situation de crise qu'elle se révélait. Elle s'occupa de tout – de tous les détails du quotidien, dont je m'étais habituellement chargé pour Jonah, quand nous étions en tournée, et que je ne pouvais maintenant plus assumer. Elle n'était pas obligée de m'accompagner. N'était pas obligée d'être à mes côtés, pendant que je regardais mon père disparaître. Je lui avais déjà fait perdre le sien. Cela ne faisait que me paralyser davantage, de la voir insister de si bon cœur pour m'aider tandis que je perdais le mien.

Da l'appréciait énormément. Il adorait l'idée que j'aie trouvé quelqu'un – cet être si rayonnant en particulier. Au début, nos visites le culpabilisèrent. Mais petit à petit il y prit goût. Da quitta l'hôpital, rentra chez lui, et Mme Samuels s'installa dans la maison de Fort Lee, ainsi qu'elle l'avait déjà fait en rêve depuis de nombreuses années. Chaque fois que Teresa et moi venions, elle se faisait oublier. Cette femme, je ne l'ai jamais connue. Mon père et Mme Samuels se seraient peut-être mariés, si seulement l'un d'entre nous leur avait prodigué le moindre encouragement dans ce sens. Mais je ne voulais pas d'une belle-mère blanche. Et Da non plus n'aurait jamais pu franchir la ligne de conduite qu'il s'était fixée. Comment aurait-il pu expliquer à sa seconde femme qu'il tenait encore des conversations nocturnes avec sa première épouse ?

Terrie et moi étions à ses côtés lorsqu'il commença à vraiment décliner. Il dut percevoir notre présence vigilante comme une sentence. J'attendis jusqu'à ne plus pouvoir, en toute bonne foi, attendre davantage. Alors j'écrivis à Jonah, aux bons soins de l'agence artistique d'Amsterdam. Je ne pouvais pas dire « mourir » dans la lettre, mais j'essayai par tous les moyens de convaincre Jonah que c'était le moment de rentrer à la maison. Si la lettre devait le pourchasser sur les scènes d'Europe, cela risquait de prendre des semaines avant qu'il nous contacte. Je n'avais aucun moyen de retrouver Ruth, ni aucune idée de la façon dont elle prendrait la nouvelle.

Da appréciait notre compagnie, pour ce qu'elle valait. En fait, nous ne passions pas beaucoup de temps ensemble, lorsque Teresa et moi lui rendions visite. Dans la dernière ligne droite, il devint furieusement préoccupé. Il continua à travailler jusqu'à la fin, plus farouchement que je me rappelai l'avoir jamais vu travailler. La science était pour lui un moyen de rallonger ses jours désormais comptés. Il travailla jusqu'à être tellement abruti par les médicaments qu'il ne se rendait même plus compte qu'il était en train de travailler. Il essaya de m'expliquer ce qui était en jeu. Certaines semaines, il semblait désespéré. Il avait besoin de prouver que l'univers avait un sens de rotation préférentiel. Je ne pouvais même pas imaginer ce qu'une telle chose pouvait bien signifier.

Il avait besoin de prouver qu'il y avait plus de galaxies en rotation dans un sens que dans l'autre. Il recherchait une asymétrie fondamentale : plus de galaxies tournant dans le sens contraire des aiguilles d'une montre que dans l'autre sens. Il accumula de vastes catalogues de photos astronomiques et travaillait d'arrache-pied à des mesures avec crayon et rapporteur, estimant les axes de rotation et rassemblant ses données dans des tables colossales. Cette tâche était un marathon qu'il avait besoin de gagner. Il en fit chaque jour un peu plus, avec un peu moins de force.

Je lui demandai pourquoi il avait absolument besoin de savoir. « Oh, je pense que c'est déjà le cas. Mais en avoir la confirmation mathématique, ce serait merveilleux ! »

Je lui demandai le plus humblement possible : « Pourquoi est-ce que ce serait si merveilleux ? » Quel besoin pouvait-on avoir de quelque chose d'aussi terriblement éloigné ? J'ignore s'il entendit la note que j'y mis – le ressentiment que j'éprouvais à le voir vivre et mourir au rythme d'une autre horloge, dans un autre champ gravitationnel, ma colère à force de le voir écouter des sons issus d'un temps à venir, trop éloignés pour être entendus par des oreilles humaines. Son obsession aurait dû me paraître inoffensive. Il ne mettait personne en esclavage, n'exploitait la misère de personne. Mais il ne contribuait en rien à diminuer cette misère, il ne participait à la libération d'aucune âme. Maintenant que j'avais un élément de comparaison, je m'aperçus que mon père était l'homme le plus blanc au monde. Quant à savoir comment Maman avait pu concevoir de l'épouser, et comment tous deux avaient pu envisager de faire leur vie ensemble dans ce pays, c'est un secret qu'il emporterait dans la tombe.

Lorsque Teresa et moi montions chez Da, nous finissions par jouer aux cartes dans le séjour, pendant qu'il se consacrait à ses calculs désespérés dans son bureau. Pendant des heures, je demandai à ma sainte Polonaise de bien vouloir m'excuser, de mille façons obliques.

« Ça n'a pas d'importance, Joseph. Ça me fait tellement de bien, juste de voir où tu as grandi.

– Combien de fois t'ai-je dit où j'ai vraiment grandi ? Je préférerais avoir grandi en enfer plutôt qu'ici. »

Elle s'empressa de rectifier son erreur, mais trop tard. « Est-ce qu'on peut aller à New York ? Voir ton ancien... » Elle s'interrompit à mi-chemin, se rendant compte qu'elle ne faisait qu'aggraver son cas. Nous retournâmes à notre partie de *cribbage*, c'est elle qui m'avait appris ce jeu de cartes, elle avait l'habitude d'y jouer avec sa mère. Le jeu le plus triste, le plus blanc, le plus impénétrable que l'esprit humain eût jamais inventé.

Un soir, nous nous assîmes ensemble sous le globe d'une lampe, pour regarder les photos qui avaient survécu à l'accident de ma famille. Il y en avait une demi-douzaine, antérieures à l'incendie. Pendant un quart de siècle, elles étaient restées épinglées dans le bureau de mon père, à l'université. Maintenant elles étaient revenues à la maison, sauf qu'aucune personne figurant sur les photos n'aurait reconnu cette maison. Sur l'une de ces photos, on voyait un couple tenant un bébé. Un type râblé, coupe courte, et qui commençait déjà à perdre ses cheveux, se tenait à côté d'une femme mince dans une robe en tissu imprimé, la chevelure ramenée en chignon. Elle tenait un paquet dans une couverture duveteuse. Teresa fit planer un ongle au-dessus du nourrisson emmitouflé. « C'est toi ? »

Je haussai les épaules. « Jonah, probablement. »

Après une pause délicate : « Qui sont ces deux-là ? »

J'étais incapable de le lui dire. J'avais un vague souvenir de cet homme, mais ce souvenir provenait peut-être de la photographie elle-même. « Mes grands-parents. » Puis, pris d'une inspiration stupide : « Les parents de ma mère. »

Au bout d'un certain temps, mon père fut trop malade pour travailler. Certes, il s'isolait encore avec ses cartes du ciel et ses tables numériques, la tête penchée sur ses sinueuses équations, mais il n'avait plus la force de se lancer dans les calculs. Plus que blessé, il en était perplexe. Avec les médicaments, il se trouvait au-delà de la douleur. Ou peut-être était-il déconcerté par l'incapacité des faits à avancer à la même allure que la théorie.

« Alors ? fis-je. Est-ce que l'univers a un sens de rotation préférentiel ?

– Je ne sais pas. » Sa voix trahissait le même sentiment d'incrédulité que s'il avait découvert que lui-même n'avait jamais existé. « Il semble n'exprimer aucune préférence pour un sens plutôt que pour un autre. »

Vers la fin, il voulut chanter. Cela faisait des années que nous n'avions pas chanté. Je ne pouvais même pas dire quand nous avions chanté pour la dernière fois. Maman était morte. Jonah était devenu professionnel. Ruth avait laissé tomber avec une sorte de dégoût sa voix angélique. C'est ainsi que la musique familiale avait pris fin. Et puis un jour, au milieu du premier hiver de cette nouvelle étrange décennie, mon père mourant voulut rattraper le temps perdu. Il tira une liasse de madrigaux d'une des montagnes de paperasses couvertes de gribouillis dans son bureau. « Viens. On chante. » Il nous confia à chacun une partie.

J'adressai un coup d'œil à Teresa. Elle chercha du regard un endroit où disparaître. « Teresa ne lit pas la musique, Da. »

Il sourit de notre petite plaisanterie. Puis son sourire s'évanouit quand il comprit. « Comment est-ce possible ? Tu as dit qu'elle chantait avec toi ?

– Oui, elle chante avec moi. Elle fait tout à l'oreille. Par cœur.

– Vraiment ? » L'idée le réjouit au plus haut point, comme si cette éventualité ne l'avait jusqu'à maintenant jamais effleuré. L'une de ces révélations inopinées sur le lit de mort. « Vraiment ? C'est bien ! Nous allons apprendre cette chanson pour toi, par cœur. »

Je n'avais aucune envie de chanter en trio entre l'agonisant et la terrifiée. Moi aussi, j'avais perdu ma foi initiale en la musique. À nous trois, nous ne pouvions pas apporter à Da ce dont il avait besoin – en l'occurrence, entrevoir un monde disparu. La musique avait toujours été sa manière à lui de célébrer le caractère improbable de son évasion, c'était son Kaddish à la mémoire de tous ceux dont il aurait dû partager le destin.

« Qu'est-ce que tu dirais si T. et moi nous te chantions quelque chose ? Tout droit sorti du Glimmer Room, à Atlantic City !

– Ce serait encore mieux. » Sa voix s'étiolait, elle en était presque inaudible.

J'ignore comment elle fit, mais sainte Teresa releva le défi. Elle, au moins, croyait encore en la musique. Je m'assis au piano installé depuis des années à Fort Lee, sans que personne y touche. Et la fille de camionneur, la catholique blanche de l'usine de caramels salés, chanta comme une sirène. Je sortis de mon brouillard pour la rejoindre. Nous commençâmes avec *Satin Doll*, aussi éloigné qu'il était possible des airs de Monteverdi que Da avait choisis. Comme le créateur de la poupée de satin l'avait dit jadis, il n'y avait que deux types de musique. Et là, ce fut la bonne.

Da avait un teint de cendre et le rire dans ses yeux était figé. Mais lorsque Teresa et moi atteignîmes notre vitesse de croisière, quelque part vers le deuxième couplet, il s'illumina une dernière fois. Pour mon père, la musique avait toujours été la joie d'un univers composé – fabriqué, élaboré, complexe, les différents arcs d'un système solaire tournant dans un même espace, chaque arc étant tracé par la voix d'un élément proche. Mais le plaisir qui l'avait uni à sa femme avait été une chasse au trésor spontanée. Tous deux allèrent à la tombe en jurant que deux mélodies, quelles qu'elles soient, pouvaient être combinées – il suffisait pour cela de trouver le bon tempo et la bonne tonalité. Et ce credo – cela me frappa, tandis que Teresa et moi étions lancés dans le morceau d'Ellington – était aussi proche du jazz que des mélodies écrites depuis des milliers d'années, dans lesquelles puisait leur jeu.

Tandis que ma pâle fille aux caramels voguait sur la mélodie avec une douceur plus exquise que jamais, je forai dans un courant souterrain pour faire remonter à la surface quelques éclats, des motifs de Machaut à Bernstein, que je mêlai à mon accompagnement. Teresa dut entendre que la musique sur laquelle elle chantait tournait au bizarre. Mais elle continua sur sa lancée. Qui sait combien de ces citations Da saisit ? Les airs étaient là, incrustés ; ils s'emboîtaient à merveille. C'était tout ce qui comptait. Et au cours des sept minutes et demie pendant lesquelles ma compagne et moi fîmes durer le morceau, ma famille aussi fut présente au sein de notre musique.

Baby, shall we go out skippin' ? Prends la route, goûte à la liberté avant de mourir. Oui, disait la chanson, nomme ton extase. Même une mélodie écrite devait être réinventée, sur le vif, à chaque lecture. La petite cabriole swing du thème avait été chantée de toutes les manières imaginables, des millions de fois, avant que cette femme et moi l'entendions pour la première fois. Mais Teresa la chanta pour mon père d'une manière totalement inédite. Il n'y avait plus que cette rencontre unique entre nous et les notes. Ces notes au moins savaient qui était *mon peuple*, toutes ces vies vécues entre la création et l'écriture sur la partition. Nous parlons tous la langue de nos origines. Chante où tu es, même si le sol se dérobe sous tes pieds. Chante toutes les choses que cette vie t'a refusées. Personne ne possède la moindre note. Rien ne l'emporte sur le temps. Chante pour te consoler, disait la chanson, parce que personne d'autre ne le fera pour toi. *Speaks Latin, that satin doll.* Elle parle latin, cette poupée de satin.

Dans le meilleur des mondes, Da aurait écrit de la musique, au lieu de se contenter de l'apprécier. Mais mon père se révéla, *in extremis*, un public tout à fait décent. Il ne bougea guère, hormis en son for intérieur. Son visage s'ouvrit. Lorsque nous parvînmes au pont, il sembla prêt à rejoindre tous les points lumineux virevoltants qui figuraient dans son catalogue de galaxies. Nous terminâmes, Teresa et moi, souriant et martelant la cadence. Nous étions sortis de nous-mêmes pour pénétrer dans la mélodie. Da se dandina pendant encore deux ou trois mesures, selon une pulsation que nous autres, les vivants, n'avons pas le loisir d'entendre. « Ta mère adorait cette chanson. »

Cela me paraissait impossible. Je n'arrivais pas à remonter jusqu'à ce point. Je n'étais même pas certain que mon père avait reconnu le morceau.

L'état de Da empira, et je n'avais toujours aucune nouvelle de Jonah. Il me venait cent hypothèses par jour, chacune moins généreuse que la précédente. Vers le nouvel an, Da demanda si je savais où était Jonah. « Je crois qu'il chante Mahler à Cologne. » Plus la mort approchait, moins j'avais de réticence à mentir. À m'entendre, le concert avait lieu dans la semaine. Mon père nous avait dit une fois qu'il n'y avait pas de *maintenant*, maintenant.

« À Köln, tu dis ? Oui, bien sûr.

– Da ? Pourquoi “bien sûr” ? »

Il me regarda bizarrement. « C'est le berceau de ma famille.

– Vraiment ? dit Teresa. Vous avez de la famille en Allemagne ? On devrait aller leur rendre visite ! »

Je passai un bras autour d'elle, tuant gentiment tous ses rêves dans l'œuf. Je n'avais jamais su qu'elle voulait voyager. Nous n'avions jamais abordé la question.

Da, de son côté, voyageait, en remontant le temps, plus vite que la lumière. « La famille de mon père. Depuis des siècles en Rhénanie. La famille de ma mère, c'était des émigrants, vous savez. »

Moi, je l'ignorais. Mon ignorance était sans borne.

« Ils arrivaient de l'est. Je ne sais même pas comment on appelle cette région aujourd'hui. L'Ukraine, quelque part ? Les choses... n'étaient pas bonnes pour eux, là-bas. Alors ! » Il poussa un petit rire, le rire le plus sec qu'il eût jamais émis. « Alors : *Sie bewegen nach Deutschland.* »

Son horizon s'arrêtait à ses trois enfants. Cela, également, avait été son choix : conserver le passé en le faisant fusionner dans une autre dimension. Je me rendis soudain compte de tout ce que j'avais perdu. « Tu aurais dû nous en parler, Da. Au moins aux membres de notre famille. »

Ses yeux clignèrent un peu en envisageant l'éventualité que toutes ses équations aient été erronées. Son visage se figea devant sa propre colossale trahison. Puis, à la lisière de la mort, il redevint à nouveau lui-même. Il me tapota le bras. « Je te présenterai. Ils te plairont. »

Aucun médecin ne m'avait préparé à un déclin si abrupt. Da m'avait une fois demandé, des siècles auparavant : « Quelle est la vitesse du temps ? » À présent, je savais : jamais un glissement régulier de seconde en seconde. La vie de mon père lui filait brutalement entre les doigts. En l'espace de quelques jours, il passa des déambulations à la maison à son dernier lit tubulaire en métal, à l'hôpital Mount Sinai. J'envoyai en toute hâte un nouveau message à Amsterdam. « Si tu as l'intention de rentrer, c'est maintenant. » Je renvoyai Teresa à Atlantic City, en dépit de ses objections. Il fallait qu'elle conserve son boulot ; je lui avais déjà fait perdre tout le reste. Je devais encore demander certaines choses à Da, et cela ne pouvait se produire qu'à l'intérieur du cercle le plus restreint qui soit : un père et son fils.

J'abordai la question avec lui, un après-midi que le goutte-à-goutte de morphine le maintenait à peu près à flot, entre rigueur et improvisation, entre évasion et évanouissement. Il devait alors se rendre compte que je serais le seul de ses enfants à être présent à cette dernière étape.

« Da ? » J'étais assis à côté de son lit, sur un siège en plastique moulé, nous observions tous deux le mur en parpaing vert citron, à deux mètres de nous. « Ce soir-là ? Quand toi et... mon grand-père... »

Il opina – non pas pour me couper, mais pour m'éviter de le dire à haute voix. Son visage se chiffonna en quelque chose de pire que le cancer. Une vie entière à refuser d'en parler, et maintenant sa bouche s'ouvrait et se refermait, comme une truite sur le pont d'un bateau, suffoquant dans cette atmosphère vaste comme la mer. Il fit un tel effort pour trouver la première syllabe que je faillis lui dire de laisser tomber. Mais maintenant, le besoin était aussi fort pour l'un que pour l'autre. Plus fort que la nécessité de sceller un dernier moment d'intimité. Mon père m'avait fait perdre la famille de ma mère et n'avait jamais dit pourquoi. L'effort qu'il dut alors faire, sur son lit de mort, fut pire que ce qu'aucun sauvetage pouvait justifier. Je restai immobile, en jury impassible, attendant de voir comment il allait se trahir.

« Je... j'adorais ton grand-père. C'était un homme énorme. Non ? *Grosszügig*. Noble. Son esprit voulait tout embrasser. Il aurait fait un parfait physicien. » L'espace d'un instant, le visage ravagé de mon père retrouva du plaisir. « Je comptais à ses yeux, je crois. J'étais plus que le mari de sa fille. Nous discutions souvent, de beaucoup de choses, à New York, à Philadelphie. Il était tellement acharné, toujours prêt à se battre pour défendre le droit de ta mère à être heureuse, partout dans le monde. Le jour où nous lui avons dit que ton frère était en route, il a grogné. "Il est trop tôt pour faire de moi un grand-père !" Vous, les bébés, on vous emmenait à Philadelphie pour les vacances. Tout ce que nous faisions était bien accueilli. Oui, bien sûr, il y avait des problèmes avec – comment ? – l'*Übersetzung*.

– La traduction.

– Oui. Bien sûr. Mon anglais disparaît. Des problèmes de traduction. Mais il me connaissait. Il me reconnaissait.

– Et toi, tu le reconnaissais ?

– Ce qu'il ignorait à mon sujet, moi aussi je l'ignorais ! Il avait peut-être raison. Oui, peut-être. » Mon père se mit à rêvasser. Je crus qu'il voulait dormir. J'aurais dû l'obliger à dormir, mais je restai assis là. « Il remettait en question mon travail de guerre. Tu sais, j'avais résolu des problèmes pendant la guerre. J'avais aidé pour ces armes. »

J'acquiesçai. Nous n'en avions jamais parlé. Mais je savais.

« Il remettait ça en question. Il a dit que ces bombardements étaient aussi racistes que Hitler. J'ai dit que je n'avais pas travaillé sur les bombardements. Je n'avais strictement rien à voir avec ces décisions. J'ai dit que ces actes n'avaient rien à voir avec les Blancs et les Jaunes. Il a dit que tout – le monde entier – avait à voir avec le Blanc contre les gens de couleur. Seulement le Blanc ne le savait pas. J'ai dit que je n'étais pas blanc ; que j'étais juif. Il ne pouvait pas comprendre cela. J'ai essayé de lui dire la haine dont j'avais souffert dans ce pays, dont je n'avais jamais parlé à qui que ce soit. Nous lui avons dit que vous, les enfants, ne seriez pas blanc-contre-couleur. Ton grand-père était un esprit gigantesque. Un homme puissant. Mais il a dit que nous nous trompions, à vouloir élever ainsi nos enfants. Il disait que c'était un... *Sünde*.

– Péché. Que vous péchiez.

– Péché. *Ein Zeitwort* ?

– Oui, c'est un nom, aussi.

– Que nous péchions, à vous élever, vous les garçons, comme si blanc contre tous les autres, ça n'existait pas. Comme si nous étions déjà arrivés à notre propre futur. »

Je fermai les yeux. Le futur envisagé par mon père n'était pas de ceux dans lesquels l'espèce humaine risquait de tomber un jour. Si mon grand-père, si mon propre père... Les mots jaillirent hors de moi avant même que je les formule. « Ce n'était pas obligé que ce soit tout ou rien, Da. Vous auriez pu au moins nous dire... Nous aurions pu au moins être...

– Tu vois. Dans ce pays, ici même ? Tout est déjà tout ou rien. L'un ou l'autre. Rien ne peut être deux choses à la fois. Nous sommes aussi tous les deux coupables de ça, ta mère et moi.

– Nous aurions pu au moins en parler. En tant que famille. C'était toutes nos vies.

– Oui, bien sûr. Mais avec les mots de qui ? C'est ce que ton grand-père... ce que William voulait savoir. Nous avons essayé d'en parler, en tant que famille, ce soir-là. Mais une fois que ces choses ont été dites, une fois qu'on en est arrivés là... »

Il refaisait tout le chemin jusqu'à cet endroit. Le cancer n'avait pas réussi à faire apparaître la douleur sur son visage ; le souvenir maintenant s'en chargeait. J'étais de nouveau ce garçon qui épiait ses parents, tapi à la porte de ma chambre, assistant à l'écroulement de mon monde, à l'écroulement du monde de mon père, de ma mère.

« Il a dit qu'il y avait une lutte. Une lutte à laquelle nous – comment ? "tournions le dos". Ta mère et moi avons dit non ; cette lutte, c'était nous-mêmes. Cela : nous faisions de vous des enfants libres, libres de se définir. Libres de tout. »

La formule « ta mère et moi » ne semblait plus maintenant former un tout. Quant à « libres de tout », on aurait dit une sorte de sentence de mort.

Mon père était assis très droit dans son lit – ce genre de lit électrique que l'on peut régler dans n'importe quelle position, hormis la position confortable. Il parla en n'ouvrant quasiment pas la bouche, les yeux clos, confiné en un lieu où je l'avais banni. « Des choses atroces, on a dites, ce soir-là. Des choses terrifiantes. On a joué à : "À qui appartient la douleur ?", "Qui a souffert des pires dommages ?" Je lui ai dit que les Noirs n'avaient jamais été décimés comme les juifs. Il a dit que *si*. Je ne comprenais pas cela. Il a dit qu'aucune tuerie ne pouvait être pire que l'esclavage. Des siècles durant. Que les juifs n'avaient jamais été réduits en esclavage. D'un seul coup, je suis devenu sioniste. Mais si, j'ai dit, ils ont bel et bien été réduits en esclavage. Cela remonte à trop longtemps pour qu'on en tienne compte, il a dit. Il faut remonter à combien de temps pour que ça compte ? je lui ai demandé. Oui, combien de temps ? Quand est-ce que le passé est terminé ? Peut-être jamais. Mais qu'est-ce que cela avait à voir avec nous deux – cet homme et moi ? Rien. Nous étions supposés vivre maintenant, dans le présent. Mais nous n'arrivions tout simplement pas à y accéder. »

Je posai la main sur son épaule frêle qui pointait à travers la fine blouse d'hôpital. *Tu peux t'arrêter*, disait mon geste. *Tu n'es pas obligé de faire ça*. Mais Da comprit le contraire.

« Ta mère est restée silencieuse. Tout se détruisait devant ses yeux. Son père et moi avons assez parlé pour toute l'humanité. Il... Il m'a traité de membre de la race des assassins. Moi... j'ai cité ma famille. Mes parents et ma sœur dans les fours. Je me suis servi d'eux comme preuve. Preuve de quelque chose. La haine que je me suis attirée en étant pris pour quelqu'un que je n'avais jamais été.

– Je comprends, Da. » J'aurais fait n'importe quoi pour que cette boîte se referme.

« Lorsque William est parti ce soir-là, il a dit qu'il y était contraint. Il a dit que nous ne voulions pas que vous deux fassiez la connaissance de votre famille de Philadelphie. "Puisqu'ils ne seront pas noirs, ces garçons, eh bien, ils ne pourront pas avoir de famille noire." Ce qui a rendu ta mère furieuse. Elle a dit des choses regrettables. Tout ce que son père lui avait toujours enseigné, tout ce en quoi il croyait... Mais nous ne t'avons jamais dit ça. Nous n'avons jamais dit que vous ne seriez pas noirs. Seulement que vous seriez qui vous étiez : avant tout un processus. Plus important que tout. Cette idée, il a dit que c'était "le mensonge des Blancs".

– Un quart de siècle ? On ne coupe pas les ponts à cause d'une seule soirée. Parce qu'on a eu des mots. Dans toutes les familles, il y a de la colère. Dans chaque famille, il se dit des choses regrettables.

– Ta mère et moi, tous les deux, nous savions ce qui allait se passer. Votre avenir nous avait déjà parlé. Votre avenir nous avait construits ! Et nous obligeait à choisir. Nous pensions savoir ce qui vous attendait. Mais ton grand-papa... » Il se rembrunit. Des messages manquaient, disparaissaient, des messages non ouverts, non envoyés. « Ton grand-papa ne voyait pas cela. »

Il y avait quelque chose de plus fort que la famille, plus sauvage que l'amour, pire que la raison. Suffisamment grand pour tous les réduire en lambeaux et les laisser pour morts. Toute ma vie, cette chose m'avait cloué. Les infirmières à la solde de cette chose ne voulaient pas me laisser entrer dans cette chambre d'hôpital, ne pouvaient pas accepter que je sois le fils de cet homme mourant. Et pourtant, j'ignorais encore ce que cette chose exigeait de nous, j'ignorais comment cette chose avait pu devenir si réelle. « Alors c'est ça, Da ? La folie d'une soirée a déclenché une rupture permanente ? À cause de cette soirée-là, nous – Maman n'a plus jamais revu sa famille ?

– Eh bien, tu sais, c'est drôle. Je n'ai pas vu que cette soirée serait une rupture. Et William non plus. Pendant longtemps, je pensais qu'il reviendrait vers nous, que nous avions raison et qu'avec le temps il finirait par tomber d'accord avec nous. Mais lui aussi a dû nous attendre. Et chacun est resté sur son quant-à-soi. » Il ferma les yeux pour réfléchir. « En ruminant sa honte. C'est nous-mêmes que nous n'arrivions pas à trouver. Nous n'avions plus le cœur d'aller à la rencontre de nous-mêmes. C'est ça, la force d'être de quelque part. Après cela, après la mort de ta mère... » Je posai de nouveau ma main sur lui. Mais il avait déjà été déclaré coupable. « Après la mort de ta mère, je n'ai plus pu. La dernière chance était passée. J'avais trop honte pour même implorer le pardon du grand homme. Je leur ai appris la nouvelle, évidemment. Mais j'ai pensé... j'avais peur qu'elle soit morte à cause de moi. »

J'aurais hurlé : *Impossible*, sauf que sa propre fille avait dit la même chose. Il me regarda d'un air implorant. Je ne pouvais ni disculper ni condamner. Mais je pouvais peut-être faire quelque chose. « Da ? Je pourrais... les trouver. Maintenant. Leur dire.

– Leur dire quoi ? » Alors, il entendit ce que je demandais. Sa tête retomba sur l'oreiller. Tout ce qu'il savait sur le temps le portait à croire que seule notre perception séparait le futur du passé. Ses yeux clignotèrent, comme si notre famille était déjà ici, dans cette chambre aux murs verdâtres, toutes les fausses perspectives désormais redessinées. Puis ses lèvres se crispèrent, ses sourcils et ses joues s'effondrèrent, et son visage devint livide, déchu. Il secoua la tête. Et, dans ce mouvement, il laissa échapper le dernier filin par lequel la vie le retenait.

Après cela, il déclina très vite. Il alterna les périodes de conscience et d'inconscience. Nous ne parlâmes plus beaucoup, sauf pour échanger des considérations d'ordre pratique. Il annonça deux jours plus tard, le matin, en proie à une souffrance aveuglante : « Il y a quelque chose qui cloche. Nous avons fait une terrible erreur. Nous avons réduit toute la maison en petit bois pour le feu. » Ses yeux continuèrent de me regarder, mais ils étaient habités d'une incompréhension tellement animale qu'ils ne me connaissaient plus. Il était écartelé entre la maladie et la morphine. Le lacis de muscles autour de ses yeux indiquait qu'il entendait toutes sortes de sons, une musique pleine de gloire. Mais il ne pouvait pas franchir ce mur du son. Ses yeux implorèrent dans le vague, sans pouvoir se fixer sur un point précis, me demandant si je me rappelais. Sur son visage se lisait le soupçon horrifié qu'il avait inventé tout cela.

Je me souvins du jour où il nous avait emmenés à Washington Heights chercher cette substance magique, *Mandelbrot*. Le jour où il nous avait dit que tout objet dans l'univers se mouvait selon sa propre horloge. Je n'eus qu'à regarder brièvement son visage pour voir à quel point nos horloges respectives n'étaient plus synchrones. Au cours des cinq secondes que dura ce coup d'œil, des décennies furent happées dans le silence de son cri. Pendant mes quelques respirations, il eut le temps d'auditionner la totalité du répertoire disponible. Ou peut-être que, tandis que je me précipitais en avant, avec mon horloge qui bourdonnait devant lui, la sienne s'était déjà arrêtée, le laissant échoué sur le temps faible d'un concert en plein air sur ce Mall de son imagination.

Et puis, une dernière fois, le temps se remit en marche. J'étais assis à côté de son lit, en train de feuilleter un numéro vieux de six mois de

Forme & Santé, que l'hôpital laissait traîner dans les chambres comme autant de bons de souscription. Je pensais que ce serait peut-être pour aujourd'hui. Mais je m'étais fait la même remarque les trois matins précédents. Cela faisait une éternité que Da n'avait rien dit. Je lui parlai comme s'il était encore là, sachant que mes paroles devaient résonner pour lui comme des galaxies tournoyantes. J'étais là, avec mon magazine étalé sur la table roulante, en train de lire un article sur les souffrances de l'acné rosacée. J'avais une oreille tendue vers lui, guettant le moindre changement dans sa respiration. J'avais exactement la même sensation que pendant toutes ces années où j'avais accompagné Jonah, penché sur ma partition, à guetter le signe silencieux m'indiquant que le morceau s'apprêtait à partir vers des eaux inconnues.

Et puis cela se produisit. Da se pencha en avant et ouvrit les yeux. Il grogna quelque chose que je mis quelques secondes à comprendre. « Où est ma chérie ? » J'attendis, paralysé. Le tremblement allait l'achever, le briser à nouveau. Puis, sur un ton plus âpre, plus terrifié, il explosa : « *Wo ist sie ?* Où est mon trésor ? »

Je me levai pour l'apaiser et lui faire reposer la tête sur l'oreiller. « C'est bon, Da. Tout va bien. Je suis ici. C'est Joseph. »

Il me lança un regard étincelant de colère. Mon père, qui de toute sa vie ne s'était jamais mis en colère contre moi. « Est-ce qu'elle est à l'abri ? » Sa voix était celle d'un autre. « Il faut que tu me dises. »

Devant moi, deux vies entraient en collision, et je ne savais quel parti prendre. « Da. Elle n'est plus là. Elle... est morte. » Même à ce moment-là, je n'arrivai pas à dire *brûlée*.

« Morte ? » Sa voix suggérait un malentendu, probablement simple, qu'il n'arrivait pas à démêler.

« Oui. Ça va aller.

– Morte ? » Alors, tout son corps se cabra sous le coup de l'électrochoc. « Morte ? Mon Dieu, non ! Mon Dieu ! Ce n'est pas possible. Tout... » Il se mit à gesticuler, secoua ses bras criblés d'aiguilles et de sondes, et balança un pied hors du lit. Je fis le tour du lit avant qu'il ait bougé davantage et je l'immobilisai. Il s'écria : « Elle ne peut pas. *Das ist unmöglich*. Quand ? Comment ? »

Je repoussai sur le lit ses cinquante kilos décharnés. « Dans un incendie. Quand notre maison a brûlé. Il y a quinze ans.

– Oh ! » Il m'attrapa le bras. Tout son corps se relâcha, reconnaissant. « Oh ! Dieu merci. » Il reposa la tête sur l'oreiller, satisfait.

« Doux Jésus, Da ? Qu'est-ce que tu racontes ? »

Il ferma les yeux et l'ombre d'un sourire joua sur ses lèvres. Il agita sa main dans le vide jusqu'à ce qu'elle trouve la mienne. « Je veux dire ma Ruth. » Il reposa les épaules sur le lit. « Comment va-t-elle ? » Ces mots l'avaient épuisé.

« Elle va bien, Da. Je l'ai vue il n'y a pas longtemps.

– Vraiment ? » Le plaisir le disputait à l'irritation. « Pourquoi tu ne me l'as pas dit ?

– Elle est mariée. Son mari s'appelle Robert. Robert Rider. Il est… "Un grand homme. Un homme énorme." *Grosszügig.* »

Da acquiesça. « Je m'en doutais. Où est-elle maintenant ?

– Da. Je n'en suis pas sûr.

– Elle n'a pas d'ennuis ?

– Rien de grave. » Ma carrière de concertiste était terminée, mais j'avais appris à improviser.

Il eut une montée de morphine et partit à la dérive. Je crus qu'il s'était endormi. Mais au bout d'un moment il dit : « Californie. Peut-être elle est en Californie.

– Peut-être, Da. Peut-être en Californie. » Il acquiesça, apaisé. « Je m'en doutais. » Quand il rouvrit les yeux, ils étaient de sel. « Elle m'a renié. Elle a dit que son combat n'était pas le mien. » Son visage s'emplit de sel, comme si ce qui s'annonçait pouvait une nouvelle fois détruire tout ce qui avait déjà été détruit. Il avait du mal à respirer. Je tentai de l'apaiser, comme j'avais coutume d'apaiser Jonah lors de ses crises. « Quand tu la verras, il faudra que tu lui dises. Dis-lui… » Il luttait pour être clair, il attendit que ce message du passé le rattrape. Puis il ferma les yeux et sourit. « Dis-lui que la longueur d'onde est différente chaque fois que tu déplaces ton télescope. »

Par trois fois, il me fit promettre de le lui dire. Ce soir-là, sans avoir reparlé, mon père mourut. Ce fut un peu comme une hémiole, un changement de mesure. Un changement de tonalité impromptu. Dans tout morceau de musique digne de ce nom, il y a un moment où les accords sont propulsés vers l'avant, où l'air se resserre brièvement, jusqu'au silence infini, bien ordonné, au-delà de la double barre.

Da mourut. Il n'y eut ni râle de mort, ni relâchement des boyaux. Je lui dis qu'il pouvait partir. Au lieu de faire le petit pas suivant dans son avenir immédiat, il fit demi-tour pour retourner à jamais là où il avait déjà été. J'appelai les infirmières. Et ma propre trajectoire continua de s'éloigner de la sienne pour pénétrer dans un endroit inconnu.

Je pensais que la mort ne serait pas pareille, cette fois-ci, puisque je savais à l'avance. J'avais raison. Ce fut plus brusque. Maman n'avait jamais eu le loisir de disparaître, tant sa mort avait été instantanée. Elle ne mourut vraiment, pour moi, que lorsque l'homme qui papotait avec elle dans la cuisine, au milieu de la nuit, quinze ans après sa mort, l'eut rejointe. Da s'en était allé, emportant avec lui tout ce qui me liait à elle, tout ce qui me liait à nous. Lorsque sa vie prit fin, mon passé également prit fin. Tout était figé désormais, plus rien n'évoluerait. L'oiseau et le poisson peuvent tomber amoureux, mais leur seul nid possible est la tombe.

Je me retrouvai impuissant face aux dizaines de démarches et de corvées qu'impose la mort. L'hôpital m'aida ; ils avaient déjà vu cela auparavant, apparemment. Da ne m'avait rien dit de ce qu'il voulait. Il n'avait fait aucun préparatif en vue de l'inévitable. Jonah et Ruth n'étaient nulle part. L'incinération semblait être le plus simple. Comme pour Maman. C'était le choix le plus simple. Au moment où j'avais le plus besoin d'être en dehors de ce monde, d'être là-haut dans la carte des étoiles, parmi les galaxies en rotation, je fus ramené au sol de force pour prendre d'innombrables décisions concernant des choses dont je me contrefichais. Tout le monde avait besoin de signatures : l'université, l'État, le gouvernement fédéral, la banque, le quartier – toutes ces entités inquiètes que Da avait supportées toute sa vie, essentiellement en les ignorant.

Teresa m'aida à tenir le coup en appelant d'Atlantic City. Elle monta pour un long week-end. Elle semblait gagner en assurance et en efficacité au fur et à mesure que je m'effondrais. Tout ce qu'elle fit était autant que je n'avais pas à faire. « Tu t'y prends bien, Joseph. Tu fais ce qu'il faut. » Elle prodigua un flux régulier de conseils pratiques à l'héritier d'une famille qui avait toujours été l'ennemie jurée des questions pratiques. Elle resta à mes côtés pour prendre les millions de décisions définitives que la survie exige.

Après que j'eus fait les choix les plus irréversibles qu'exigeait la mort de mon père, Jonah téléphona. Sa voix était pleine de parasites et d'échos. « Joey. Je viens juste d'avoir ton message. J'étais parti. Je ne suis... plus avec l'ancienne agence.

– Putain, Jonah, tu étais où ?

– Ne sois pas grossier, Joey. Je suis en Italie. Je chante à la Scala. »

La seule nouvelle susceptible de racheter la mort de Da : mon frère avait suivi la voie pour laquelle nos parents nous avaient élevés. « La Scala ? Sérieux ? Pour chanter quoi ?

– Ça… ça n'a pas d'importance, Joey. Rien. Parle-moi de Da. »

C'est seulement alors que je ressentis le choc. Jonah n'était pas au courant. Moi qui pensais que la nouvelle serait en *lui*, comme la migration est dans l'oiseau. Il aurait dû savoir, à l'instant où cela s'était produit. « Il est mort. Il y a une semaine, mercredi dernier. »

Pendant un long moment, il n'y eut qu'une respiration et de la friture transatlantique sur la ligne. Dans un silence aussi long qu'un chant funèbre, Jonah rejoua cette vie. « Joey. Oh, mon Dieu. Pardonne-moi. » Comme si le fait d'avoir été loin avait provoqué ce qui s'était passé.

Je l'entendis au bout du fil, son souffle se fit plus court, il était au bord d'une grave crise de suffocation. Il cherchait un moyen d'arrêter ce qui avait déjà eu lieu. Lorsqu'il put parler à nouveau, il voulut des détails, tous les non-événements des derniers jours de Da. Il exigea de savoir tout ce que notre père avait dit. Tout ce que Da avait pu laisser derrière lui, quelque chose qui eût pu lui être destiné. Je n'avais rien. « Il a… il m'a fait promettre de transmettre un message à Ruth.

– Quoi ?

– Il a dit : "La longueur d'onde est différente chaque fois que tu déplaces le télescope."

– Qu'est-ce que c'est que ce baratin, Joey ?

– Il… un truc sur lequel il travaillait, je crois. Il était encore occupé. Ça a un peu aidé.

– Pourquoi Ruth ? Quel intérêt peut-elle bien… » Elle l'avait trahi de nouveau, en lui dérobant l'ultime message de Da.

« Jonah. Je n'en sais rien. Entre les médicaments et la maladie, il est parti bien avant de nous avoir quittés.

– Est-ce que Ruth est là ? »

Je lui dis que je n'avais eu aucune nouvelle d'elle depuis sa visite surprise. Il écouta, ne dit rien.

« Qu'est-ce que tu as fait du corps ? » Comme s'il s'agissait d'une pièce à conviction dont il fallait que je me débarrasse.

Je lui dis toutes les décisions que j'avais prises. Jonah ne broncha pas. Son silence était désapprobateur. « Que voulais-tu que je fasse ? Tu nous as tourné le dos. Tu m'as laissé me dépatouiller tout seul pendant que tu…

– Joey. Joey. Tu as très bien fait. C'est parfait. » Le chagrin sortit de lui par sanglots *staccato*. Presque un rire. Quelque chose venait de lui être enlevé, une absence qu'il regretterait à jamais. « Tu veux que je rentre ? » Ses mots s'agglutinaient. « Tu veux ?

– Non, Jonah. » Je voulais qu'il rentre, plus que tout au monde. Mais pas parce que je le lui demanderais.

« Je peux arriver d'ici la semaine prochaine.

– Ça ne servirait à rien. Tout est fait. Fini.

– Tu n'as pas besoin d'aide pour les trucs ? Que vas-tu faire de la maison ? » La maison du New Jersey où nous aurions tous pu habiter – dans un autre univers imaginé par Da.

« Le testament dit que la décision revient à la majorité de ses enfants. »

Quelque chose le chiffonnait. « Qu'est-ce que tu as l'intention de faire ?

– Vendre.

– Évidemment. À n'importe quel prix. »

Da se tenait là, gigantesque, entre nous. Notre père voulait que je demande. Quelque part, il voulait savoir. « Qu'est-ce que tu chantais à la Scala ? »

Le silence inonda la ligne. Il pensait qu'il était trop tôt pour revenir à cette vie-là. Mais j'étais désormais son seul lien. Moi et Ruth, qu'aucun de nous ne pouvait joindre.

« Joey ? Tu ne vas jamais me croire. J'ai chanté sous la direction de Monera. »

Le nom venait de si loin que je fus sûr que lui aussi devait être mort. « Mince alors. Il a su qui tu étais ?

– Un ténor américain au teint foncé...

– Est-ce que tu lui as demandé des nouvelles de...

– Ça n'a pas été nécessaire. Je l'ai vue. Elle est venue en coulisses le soir de la première. » Il marqua un temps d'arrêt, il se dépêchait, à présent. « Elle est... vieille. Adulte. Et mariée. À un homme d'affaires tunisien qui travaille près de Naples. C'est mon portrait craché. En plus mat. »

J'étais de nouveau son accompagnateur ; j'attendis la césure, cramponné au vide, jusqu'à ce qu'il prenne une inspiration qui nous fasse tous deux redémarrer.

« Elle m'a présenté ses excuses. En anglais, que son mari ne parle pas. "J'aurais dû t'écrire." Quel âge avions-nous, Joey ? Quatorze ans ? L'année où Maman... Le jour où Da... » Fallait-il qu'il se soit exercé sa vie entière pour ne pas rester sans voix. « Les vrais Noirs meurent de blessures par balles, pas vrai ? D'overdose. De malnutrition. D'empoisonnement par le plomb. Mais les sang-mêlé, Joey, de quoi meurent-ils ? Personne ne meurt d'engourdissement, si ?

– Et maintenant, qu'est-ce qui se passe ? Tu vas jouer d'autres opéras ? » Il y avait quelque chose en moi qui ne devait pas perdre le fil. Cette voix qui voulait toujours donner des nouvelles à Da, le rassurer.

« Mule ? » Il voyageait hors de mon atteinte, à une vitesse qui anéantissait toute possibilité de mesure. « L'opéra n'a rien à voir avec ce qu'on croyait. Absolument rien. Il a fallu que je me rende à la source, que j'aille sur place, en Italie. Auprès de ceux qui parlent la langue, de ceux à qui appartient l'opéra. L'opéra, c'est l'enfance d'un autre. C'est le cauchemar d'un autre. Je crois que je vais aller à Paris pour un bout de temps.

– En France ? » Le français était la langue qu'il chantait le moins bien. Il avait toujours ironisé sur la France. « Pour quoi faire ? Revenir aux *lieder* ? » Je m'efforçai de garder un ton neutre. Telle une ex-femme encourageant son mari à sortir avec d'autres femmes.

« J'en ai marre, Joey. Marre de chanter seul. À moins que tu... Où donc trouverai-je un autre accompagnateur avec qui je puisse communiquer par télépathie ? »

Je n'arrivai pas à savoir s'il me demandait ou non de le rejoindre. « Alors, qu'est-ce que tu vas faire ? » Je le vis chanter du Maurice Chevalier dans le métro parisien, tendant un feutre pour glaner des petites pièces.

« Il doit bien y avoir une vie au-delà de l'opéra et des *lieder*. Ta mère ne te l'a donc jamais dit ? Que chaque garçon serve Dieu à sa façon.

– C'est quoi, la tienne ? » Chaque réponse semblait plus assassine que la précédente.

« J'aimerais bien le savoir. Elle doit bien exister. » Il redevint silencieux, honteux d'avoir survécu. Je sentis qu'il s'apprêtait de nouveau à me demander de venir le rejoindre. Mais je n'eus pas le loisir de décliner son offre. Lorsqu'il reprit la parole, il ne s'adressait pas seulement à moi. « Joey ? Qu'on lui fasse une petite cérémonie. Juste nous ? Qu'on lui joue quelque chose de bien. Quelque chose du bon vieux temps.

– On l'a déjà fait. »

Je le sentis traverser : le coup de poignard de cette liberté qu'il avait tant recherchée. « Tu es certain de ne pas vouloir que je revienne ?

– Tu n'es pas obligé. » Je ne lui accordai pas davantage.

« Joey, pardonne-moi. »

Cela aussi, je le lui accordai.

Il me fallut plusieurs jours pour me rendre compte que je n'avais plus besoin d'aller à l'hôpital. Il n'y avait plus rien à faire, hormis fermer la maison de Da. Je sortis prendre l'air, je feuilletai les journaux, je me remis à jour, lus ce qui s'était passé pendant que je m'étais absenté dans la salle d'attente de la mort. La Garde nationale avait tué quelques étudiants. Le FBI arrêtait des prêtres qui aidaient les gens à brûler leurs ordres d'incorporation. J. Edgar Hoover lança un avertissement à la nation contre « toutes les organisations extrémistes de Noirs qui appellent à la haine ». Il voulait dire ma sœur et son mari – tous les éléments criminels qui sapaient mon pays.

Je voulais quitter Fort Lee au plus vite. Mais il fallait d'abord que je fasse l'inventaire de la maison. Les quelques objets qui avaient de la valeur, je les plaçai en garde-meuble. La garde-robe du paternel, inchangée depuis 1950, j'en fis un paquet pour l'Armée du Salut. Je vendis le piano que Da m'avait acheté, ainsi que les quelques meubles, et je déposai le liquide sur un compte, avec un certificat de dépôt pour Ruth et Robert Rider.

Je fouillai dans le désordre des dossiers de mon père à la recherche de l'adresse de la famille de ma mère. J'en trouvai une dans sa liste de contacts, une liasse de cartes retenues par un élastique épais. La carte, que mon père avait griffonnée à la main, était plus récente qu'elle ne le paraissait. Elle était cornée, avec des traces de doigts et assez tachée pour ressembler à un faux document d'époque. En haut, sur la double ligne rouge, se trouvait le nom DALEY. Au-dessous figurait une adresse avec une rue de Philadelphie. Il n'y avait pas de numéro de téléphone.

Je sortis la carte du paquet et la laissai sur la table de la cuisine. Je la regardai cent fois par jour pendant trois jours. Un coup de fil aux renseignements et, en deux minutes, je pouvais parler à ces gens de ma famille que je ne connaissais pas. *Bonjour, c'est votre petit-fils. C'est votre neveu. Ton cousin.* Ils me demanderaient : *Et tu habites où ? Comment vas-tu ? Comment se fait-il que tu parles comme ça ?* Que faire ensuite ? Je ne pouvais pas me servir de la mort de Da comme excuse pour reprendre contact. Leur fille était morte, et cela ne nous avait pas rapprochés. Chaque fois que je regardais l'adresse, je sentais la distance s'accroître à chaque année de ma vie. La brèche s'était tellement creusée que je ne savais plus de quel côté je me trouvais. Le gouffre était trop profond pour faire autre chose qu'en rester là.

Dans le paquet, il n'y avait pas de carte avec le nom STROM. Cela m'avait choqué, tandis qu'il agonisait, de l'entendre même évoquer sa famille. Il n'y avait personne de son côté à qui annoncer la nouvelle. Vous pouvez sauter dans le futur, nous avait-il souvent dit, pendant notre enfance. Mais vous ne pouvez pas renvoyer un message vers votre propre passé. Tout ce que je pouvais faire de la mort de Da, c'était la classer : en faire un message pour un moi ultérieur qui, lui, saurait quoi en faire.

Pour les autres biens qui se trouvaient dans la maison, je fus sans pitié. Rien ne m'émut particulièrement, jusqu'à ce que je tombe sur les documents professionnels de mon père. J'ignorais tout de ses récents travaux, hormis le fait qu'il avait besoin de prouver que l'univers avait un sens de rotation préférentiel. Après plusieurs jours à examiner les piles branlantes de documents dans son bureau, je me rendis compte que je n'arriverais jamais à m'en sortir tout seul. Contrairement à la musique, la physique avait une signification dans le monde réel, quel que fût son degré d'abstraction. Il n'avait rien publié de consistant depuis des années. Mais j'étais terrifié à l'idée que ces gribouillis et les tables de chiffres éparpillées dans son bureau puissent dissimuler quelque fragment de valeur.

J'appelai Jens Erichson, le plus proche ami de Da à Columbia, un physicien énergique qui se trouvait être un chanteur amateur. Il était à peu près de la même génération que mon père. C'était le collègue le mieux placé pour estimer la valeur des gribouillis indéchiffrables des derniers mois. Il me remercia chaleureusement au téléphone. « Monsieur Joseph ! Oui, bien sûr, que je me souviens de vous, ça remonte à des années, avant que votre mère... Je venais parfois chez vous pour des soirées musicales. » Il était enchanté d'apprendre que j'étais devenu musicien. Je lui épargnai tous les détails embarrassants.

Je me répandis en excuses. « Je ne devrais pas vous coller ça sur le dos. Vous devez avoir bien assez de travail comme ça.

– Ne dites pas de sottises. Si le testament ne précisait pas le nom d'un exécuteur testamentaire professionnel, c'est que David comptait sur moi. Ce n'est rien. Dieu sait qu'il a résolu une quantité de problèmes pour nous tous, au fil des ans. »

Nous convînmes d'un rendez-vous. Je le fis entrer dans le bureau. Il poussa un soupir lorsqu'il vit ce qui l'attendait. Il n'avait pas soupçonné une tâche d'une telle ampleur. Nous passâmes deux journées, tels des archéologues, à étiqueter et à mettre en carton les documents. Cette entreprise nécessita des gants, une balayette et un appareil photo tout-terrain. Le docteur Erichson emporta les cartons avec lui à l'université, sous le flot de mes remerciements empreints de mauvaise conscience. Je mis la maison en vente et rentrai à Atlantic City.

Je me présentai au Glimmer Room. Je ne fus guère surpris d'apprendre que M. Silber n'avait plus besoin de mes services. Il avait engagé un autre musicien, un blond roux du nom de Billy Land, qui avait appris à pianoter sur un Hammond B3, et qui pouvait jouer tout Jim Morrison et les Doors dans au moins trois tonalités différentes, parfois les trois simultanément. Tout le monde avait ce qui lui fallait. J'étais enfin libre. J'envisageai de demander à Teresa de me trouver un boulot à l'usine de caramels salés.

Le docteur Erichson m'appela au bout de trois semaines. « Il y a quelques éléments intéressants dans les documents. Avec votre permission, je les transmettrai aux gens que ça peut intéresser. Quant aux quatre-vingt-dix pour cent restants... » Il ne savait trop comment me l'annoncer. « Votre père vous a-t-il jamais parlé du concept de rotation galactique préférentielle ?

– Souvent, oui.

– Il tenait le concept de Kurt Gödel, de Princeton. » C'était le réfugié que mon père avait qualifié de plus grand logicien depuis Aristote. « Ces recherches remontent à un quart de siècle. Gödel a trouvé des équations compatibles avec la théorie de la relativité générale d'Einstein. Je ne sais trop comment vous dire... Elles permettent au temps de s'enrouler sur lui-même. »

Des échos de mon enfance remontèrent à la surface. D'anciennes conversations à table, extraites d'une vie antérieure. « Des boucles temporelles refermées sur elles-mêmes. »

Le docteur Erichson parut à la fois étonné et gêné. « Il vous en a parlé ?

– Ça remonte à des années.

– Eh bien, il y est retourné, sur la fin. Du point de vue mathématique, ça se tient. C'est spécial, mais assez simple. Une fois les postulats précisés, on arrive aux solutions des boucles temporelles de manière assez logique. Aux confins de la gravitation, la relativité générale autorise, du moins au plan mathématique, la possibilité d'entorses aux règles de causalité.

– Je ne comprends pas.

– Votre père explorait les courbes dans le temps. À l'intérieur de telles courbes, les événements peuvent se déplacer continuellement vers leur propre avenir tout en revenant sur leur propre passé.

– Le voyage dans le temps. »

Le docteur Erichson gloussa. « Tout voyage est un voyage dans le temps. Mais oui. C'est sans doute cela qu'il recherchait.

– Est-ce que cette idée tient vraiment ? Ou bien est-ce que c'est juste des chiffres ?

– Votre père estimait que toutes les équations que la physique autorise étaient, en un certain sens, réelles. »

Toutes les choses possibles doivent exister. C'est ce qu'il avait dit toute sa vie. C'était son credo, sa liberté. C'était la chose qui, avec la musique, l'émouvait le plus. Peut-être était-ce même pour lui de la musique. Tout ce que les nombres permettaient devait se produire, à un moment ou à un autre. Je ne savais comment demander. « Ces boucles sont-elles réelles ? Selon la physique, c'est réellement possible ?

– Toute physique qui enfreint la relation de causalité est erronée. Tous les scientifiques que je connais en sont convaincus. C'est la loi sur laquelle s'appuient toutes les autres lois. Toutefois, en ce qui concerne la relativité générale, ces équations s'appliqueraient effectivement, dans un univers où les galaxies auraient un sens de rotation préféré. Si c'est le cas, la relativité générale mérite d'être revue et corrigée. »

La carte des étoiles. Les tables interminables. « Qu'a-t-il découvert ? Qu'en a-t-il... conclu ?

– Eh bien. Je n'ai pas de temps à y consacrer. À première vue, il semble qu'il n'avait pas encore détecté de préférence. »

Un sens de rotation différent selon l'endroit où l'on se plaçait. « Mais si ç'avait été le cas ?

– Ma foi, les équations existent. Le temps se refermerait sur lui-même. Nous pourrions vivre nos vies éternellement. Nous replier sur nous-mêmes à l'infini.

– S'il n'a pas trouvé de sens de rotation préférentiel, cela signifie-t-il qu'il n'y en a pas ?

– Là, je ne peux pas répondre. Je n'ai pas le temps de me consacrer à cette question comme votre père. Pardonnez-moi.

– Mais s'il y avait un pari à faire ? »

Il réfléchit longuement à ce problème pour lequel nous n'étions pas faits, quelle que soit la vitesse. « Même avec une boucle temporelle refermée sur elle-même... » Il faisait partie du même groupe de gens que mon père : il avait besoin que les choses soient claires. « Même dans ce cas, vous ne pourriez revenir dans un passé donné qu'à condition d'y avoir *déjà* été. »

Je formai une image correspondant à ces mots, qui devint autre chose au moment même où je la concevais. Mon père avait eu besoin de trouver un moyen de revenir auprès de ma mère pour lui délivrer un message, pour faire dévier et corriger tout ce qui nous était arrivé. Mais dans l'univers du docteur Erichson, l'avenir était aussi fluctuant que le passé était figé.

« Pas de voyage dans le temps ?

– En tout cas, pas d'une manière susceptible de vous aider.

– Ce qui se produit est définitif ?

– Il semble que ce soit le cas.

– Mais il est possible de changer ce qui n'a pas encore eu lieu ? »

Il réfléchit un long moment. Puis : « Je ne suis même pas certain de savoir ce que signifie une telle question. »

26

Automne 1945

Elle se retourne et aperçoit son JoJo, le petit, sur le seuil de sa chambre, qui applique le sac de glace contre son entorse inguérissable. La porte d'entrée tremble encore, sous l'impulsion de son père. Delia Strom s'en détourne, vacillante, et son cadet est là, déjà handicapé par son altruisme, il observe cette chose même qui le foulera aux pieds. Il reste debout, il s'offre, terrifié, prêt à tout donner. Sacrifié pour quelque chose qui dépasse la famille. Quelque chose de plus fort même que le sang.

Elle attrape le garçon et l'étreint en sanglotant. Cela fait plus peur à l'enfant que ce qui vient de se passer. Maintenant l'aîné aussi est levé, il s'accroche à sa jambe et lui dit que ça va aller. David, l'homme qui résout des équations, se tient derrière elle, il regarde à travers la vitre de la porte, guettant une ombre qui se déplacerait dans la rue. Elle se tourne vers lui. Il a une main sur la poignée, il est prêt à pourchasser dans la rue le père de Delia. Mais il ne bouge pas.

Aucun des deux garçons ne demande où est son grand-papa. C'est peut-être déjà demain pour eux. C'est peut-être déjà la semaine prochaine. Grand-papa ici ; grand-papa parti. Ils sont encore pris au piège de l'éternel *présent*. Mais ils la voient pleurer. Ils ont entendu l'hostilité, même s'ils n'ont pas compris. Elle déjà est en train de les perdre, ils sont happés par cette chose plus grande qu'eux, cette « invention » qui les emmènera au loin. Déjà, ils ont été identifiés. Déjà, la séparation, déjà, l'entrée à part, le calcul qui déclenche la fragmentation.

« Rien », dit David en regardant par le carreau. Elle ne comprend pas ce qu'il entend par là. Le père de Delia l'a laissée avec cet homme, cet homme décoloré qui parle avec un accent, qui a aidé à fabriquer cette arme définitive d'un blanc si aveuglant. « Il n'y a rien. Viens. Nous allons tous au lit. Les ennuis attendront demain. *Darüber können wir uns morgen noch Sorgen machen.* »

La langue de Hitler. Durant toute la guerre, pas une seule fois cette pensée ne lui a effleuré l'esprit. Elle est restée à ses côtés et a chanté des *lieder* – des airs germaniques, des paroles en allemand – pendant quatre longues années, avec la peur d'être entendue et dénoncée par les voisins. Néanmoins, elle a veillé sur leurs chants à plusieurs voix, et s'est assurée du bon usage de cette musique. Tous deux ont salué cette guerre : guerre contre la suprématie de la race « pure », guerre contre le cauchemar final de la pureté. Ce que les Alliés ont tué à Berlin aurait dû périr ici aussi. Mais au pays, rien n'a péri. Rien, hormis l'ignorance entêtée de Delia. Son père est parti de chez elle en claquant la porte. Il est parti de chez elle parce qu'elle a oublié une guerre cent fois plus longue et plus destructrice, l'annihilation progressive d'un peuple. Il est parti de chez elle parce ce qu'elle était partie. *Tu as choisi ton camp. Choisi de quel côté tu voulais être.* Mais elle n'a rien choisi, rien si ce n'est le désir d'en finir avec la guerre, et de vivre la paix pour laquelle elle et les siens ont déjà payé tant de fois.

La paix n'existe pas. Les ennuis attendront demain. Le lendemain – *c'est déjà demain* –, ils ont tellement honte qu'ils n'osent même pas se regarder dans les yeux. David part travailler ; quant à savoir de quel travail il s'agit exactement, elle ne peut que le deviner. Il la laisse seule avec les deux enfants, tout comme son père à elle l'a laissée seule avec la famille qu'elle a faite. Seule avec deux enfants, à qui elle doit cacher tous ses doutes. Elle leur fait la lecture, dans des livres écrits par d'autres. Elle joue avec eux – petits camions en métal et jeux de construction issus des rêves architecturaux de quelqu'un d'autre. L'après-midi, ils chantent ensemble, rivalisant pour identifier les notes et les jouer. Si son père a raison, alors le monde entier, dans son erreur, a raison. Si son père a raison, il faut qu'elle commence à dire à ses enfants : *ceci* n'est pas à vous, ni *ceci*, ni *ceci*, ni *ceci*… Elle ne peut sacrifier ses enfants à ce lynchage par anticipation, ni aujourd'hui ni un autre jour. Mais si son père a raison, il faut qu'elle les prépare. S'il a raison, alors toute l'histoire, dans sa permanence, a raison ; on n'y échappe pas.

Mais la décision de son père ne fait que conforter Delia dans sa position. Elle ne cédera sur rien. Certes, bien sûr, elle leur apportera toute la chaleur nécessaire, elle se prêtera avec bienveillance au petit air joyeux des questions et des réponses, elle leur fera faire un plongeon dans cette rivière assez profonde pour y jouer toute la vie. Il faut qu'elle leur donne toutes les richesses auxquelles ils ont droit. Noir. *Américain*. Bien entendu, il faut qu'ils sachent le long chemin funeste parcouru par ces mots. Mais elle refuse qu'ils soient obligés de s'affirmer par la négative. Pas ce vieux message destructeur, comme quoi tout ce qui les concerne a déjà été décidé pour eux. Tout ce qu'elle peut leur donner, c'est le choix. Qu'ils soient aussi libres que quiconque, qu'ils soient libres de posséder, de s'attacher à n'importe quelle musique qui séduira leur oreille interne.

Mais peut-être son père a-t-il finalement raison. C'est peut-être seulement leur teint clair qui leur confère une petite marge de manœuvre. Avoir le choix, ce n'est peut-être qu'un mensonge de plus. Il existe des libertés qu'elle ne souhaite à personne. Elle emmène ses garçons dehors, vers l'ouest, vers le fleuve, vers l'espace vert le plus proche au milieu de toutes ces pierres, tous trois à découvert, sous le regard de tout le monde. Elle voit cette triade de nuances qu'ils forment dans les regards des gens, au parc. Son corps tressaille, comme toujours sous l'agression. Elle entend les voisins qualifier cette liberté qu'elle veut donner. *Se prennent pour qui ? Se croient plus malins ? Iront jusqu'où, comme ça ?* Mais qu'en est-il de l'autre famille de ses garçons, cette généalogie dont elle ne sait rien, nettoyée, effacée par ce monde qui ne souffre aucune complication ? Cette famille-là n'est elle pas tout autant la leur ?

Au parc, ses garçons escaladent une volée de marches en béton, comme si c'était le terrain de jeux le plus grandiose jamais construit. Chaque marche est une note qu'ils chantent à tue-tête en sautant dessus. Ils transforment l'escalier en un orgue géant, ils arpentent la gamme, sautent en tierces, martelant des airs simples. Deux autres enfants, blancs, voyant à quel point ils s'amusent, se joignent à eux ; ils montent et descendent la volée en hurlant joyeusement leurs notes à eux, jusqu'à ce que leurs parents viennent les chercher – leurs regards fuyants s'excusent auprès de Delia, l'enfance est une erreur universelle.

L'incident ne diminue en rien la joie de son JoJo. La séance d'escalade musicale se poursuit avec la même intense excitation. Elle peut leur dire maintenant ou bien attendre que les Blancs – et leur art de la simplification – s'en chargent plus tard. Voici le choix qui ne lui laisse aucun choix. Elle sait ce qui est le plus prudent, elle connaît la meilleure défense contre le pouvoir qui sinon les lynchera. À la première attaque, à la première syllabe haineuse chuchotée, on leur donnera d'office un nom. Ils souffriront plus que leur mère a jamais souffert, ils paieront surtout de ne pas être identifiables. Mais quelque chose en Delia a besoin de croire : un garçon apprend par cœur la première chanson qu'il entend. Et la première chanson – *la première* – n'appartient à personne. Elle peut leur donner un air qui soit plus fort que le fait d'appartenir. Plus robuste que l'identité. Une chanson singulière, un moi plus solide que n'importe quelle armure. Leur apprendre à chanter comme ils respirent, les chansons de tous leurs ancêtres.

Lorsque David rentre à la maison, elle le reconnaît à nouveau. À eux deux, ils constituent un tout. Tout son corps tremble de soulagement, comme si elle venait de s'extirper d'une congère où elle aurait été enfoncée jusqu'au cou. Elle se précipite au bout du couloir pour l'empoigner. Assurément, si deux personnes aiment la même chose, il doit y avoir un peu d'amour entre eux. Il la prend dans ses bras devant la porte, avant même d'ôter son chapeau. « Ce n'est pas définitif, dit-il. Nous repasserons tous une fois au même endroit. » Sauf qu'ils ne peuvent pas *repasser* à un endroit où ils n'ont jamais été. Pas au même endroit. Pas même une seule fois.

Après le dîner et le chant, après la radio et la lecture aux garçons, ils se mettent au lit. Ils se parlent jusque tard dans la nuit, après que les garçons se sont endormis. Cependant Delia sait que son JoJo entend quand même. Les mots de cette conversation vont directement se loger dans des rêves qui les contrarieront toute leur vie.

« Il m'en veut, dit David. Pourtant, je n'ai pas le sentiment d'avoir tort. Je n'ai fait que ce que mon pays m'a demandé de faire. N'importe qui aurait fait ça. »

Cela contrarie Delia. Son père aurait tort. Un des deux hommes doit présenter ses excuses à l'autre, même si c'est celui qui a été blessé. Précisément *parce qu*'il a été blessé. L'espace d'un instant, elle les déteste tous les deux, de ne pas l'avoir laissée en dehors de tout ça. « C'est à *moi* qu'il en veut », chuchote-t-elle en retour. Mais elle ne dit pas pourquoi. Cela, également, est une perte de confiance : penser que jamais David ne comprendra.

« Nous pouvons l'appeler demain. Expliquer qu'on s'est mal compris. Un *Missverständnis*.

– Mais non, souffle-t-elle. Vous ne vous êtes pas mal compris. » Elle sent le corps de son mari qui se crispe, la première trace de colère tournée contre elle, contre son désaccord. Personne n'est donc au-dessus de ce besoin de rédemption ?

« Mais alors, qu'est-ce que c'est ?

– Je l'ignore. Je m'en fiche. Tout ce que je sais, c'est que j'en ai marre. Je veux que tout ça soit terminé. »

La main de David glisse sur le drap et finit par la trouver. Il pense qu'elle parle de la dispute de la veille. De cette guerre privée. « Ça va se terminer. Obligatoirement. Comment est-il possible qu'une telle colère dure éternellement ? »

Il croit qu'elle veut dire *Rassenhass*. « Elle est déjà finie. »

Il l'écoute. À défaut d'autre chose. « Tu voudrais que ça se termine. Mais comment veux-tu que ça se termine ? Comment le monde devrait-il être, idéalement ? Je veux dire, d'ici mille ans ? D'ici dix mille ans ? Qu'est-ce que l'endroit idéal ? L'endroit que nous devons essayer d'atteindre ? »

Elle n'a jamais vraiment eu à le formuler, ni pour elle-même, ni pour qui que ce soit d'autre. Dans tous les endroits idéaux qu'elle commence à nommer, quelque chose de malfaisant se glisse déjà à l'intérieur. Elle a envie d'arrêter de parler, de se retourner et de s'endormir. Elle n'a aucune réponse. Mais il lui pose la question. C'est la conversation, les termes du contrat qu'ils doivent improviser.

« L'endroit idéal... L'endroit où je veux... Personne ne possède qui que ce soit. Personne n'a de droit sur quoi que ce soit. Personne n'a de compte à rendre à quiconque. Chacun décide pour soi et est unique. »

Elle ferme les yeux en serrant les paupières. Voilà le seul endroit où elle trouve quelque répit. Le seul endroit où elle peut vivre. Le seul endroit où elle puisse sereinement atterrir. Si c'est l'endroit idéal pour les mille ans à venir, pourquoi ne le serait-ce pas pour ses enfants ? Parce que la patience est synonyme de soumission, et parce qu'on a beau attendre, ça n'arrive jamais.

« Eh bien, c'est là que nous irons vivre, alors. Nous appellerons ton père demain.

– Il ne... comprendra pas.

– Nous l'appellerons. Nous lui parlerons. »

Quelle ignorance. Son père a raison : raison sur toute la ligne. C'est elle qui essaye de biaiser, qui essaye de tordre la vérité. Elle n'a pas le droit de l'appeler pour lui parler. Tout ce à quoi elle a droit, c'est une bonne réprimande.

« Souviens-toi de ce que nous avons vu, dit David. Souviens-toi de ce qui va arriver. »

Elle ne parvient plus à se décider : est-ce que ce qu'ils ont vu appartenait même à ce monde ? Non : c'est trop tôt pour cette vie-là, trop loin pour qu'aucun de leurs enfants ne l'atteigne un jour. Quelque chose ici-bas a besoin de la race. Un tribalisme ancestral, quelque chose dans l'âme qui se sent menacé par tout bouleversement, petit ou grand. Le jour où la violence les rattrapera, le jour où ses garçons rencontreront tous ces siècles de massacres, ce jour-là, ils la détesteront de ne pas leur avoir donné la caste que ce pays obsédé par les castes exige. Mais en attendant, elle va leur donner une identité – aussi illusoire ou maudite soit-elle. Et l'image remplacera la chose elle-même.

Elle ne les coupera pas de leur famille. « Nous appellerons demain », dit-elle. Mais le lendemain arrive, et elle n'appelle pas. La honte les paralyse, les souvenirs coupables. Elle ne pourrait supporter une nouvelle fois ces paroles, ces accusations qui la touchent au plus profond. Elle n'a d'autre réponse que ce pillage délibéré, ce saut criminel dans l'inconnu, ce raccourci pour gagner mille ans.

Le bébé arrive. *« Le bébé arrive »* : c'est le remède universel de son Joseph, sa réponse à toute chose. L'enfant s'est emparé de ce mystère, de cette vie nouvelle venue de nulle part. Il veut que Delia mange davantage, que le bébé arrive plus vite. Il veut savoir quel jour arrivera le bébé, et quand ce jour deviendra *aujourd'hui*.

Trois semaines passent, sans contact avec Philadelphie. Puis un mois. Cette même fierté implacable qui a permis à son père de survivre dans ce pays s'emploie à présent à survivre à sa fille. Elle ne peut pas le supporter, alors que le nouveau bébé est en route. Il se passe quelque chose d'horrible, quelque chose qu'alimente l'amour, quelque chose qu'elle n'arrive pas à définir en elle, ni en son père, une terreur aussi féroce que la terreur de se perdre soi-même, de sombrer.

Elle prend sur elle et finit par céder. Elle écrit à sa mère. C'est le premier recours de l'enfant : jouer sur le plus faible des deux parents. Il y a de la lâcheté dans cette lettre. Elle la tape à la machine et ne fait pas figurer l'adresse de l'expéditeur, de manière à ce que son père ne la jette pas à la poubelle sans l'ouvrir. Elle l'expédie du New Jersey, pour ne pas être immédiatement trahie par le cachet de la poste. Elle ment dès la première ligne : elle ne sait pas ce qui s'est passé, dit-elle, elle ne comprend pas. Elle dit à sa mère qu'elle a besoin de parler, qu'il faut essayer de recoller les pots cassés. « Où tu veux. Je vais venir à Philadelphie. Pas obligatoirement à la maison. Un endroit où l'on puisse parler. »

Elle reçoit une réponse. À peine plus qu'une simple adresse – Haggern's, une sandwicherie en bordure de son ancien quartier, où sa mère avait coutume de l'emmener lorsqu'elles allaient faire des courses, accompagnée d'une date et d'une heure. « Tu as raison. Pour le moment, à la maison, ce n'est pas une bonne idée. »

La phrase anéantit Delia. Elle est déprimée, jusqu'au moment de monter dans le train pour Philly. Maintenant ça se voit vraiment qu'elle en attend un autre, elle est énorme. Il faut qu'elle se réconcilie avec sa famille avant d'accoucher. Même si ce n'est pas avant plusieurs semaines, avec le poids qu'elle a pris, elle a l'impression qu'elle pourrait accoucher d'un instant à l'autre. Elle emmène les garçons avec elle dans le train – elle ne peut pas les laisser si longtemps chez Mme Washington. Sa mère voudra les voir. Avec eux, la rencontre sera plus facile.

Elle arrive chez Haggern's avec un quart d'heure d'avance. Elle est surprise en voyant sa mère entrer avec les jumelles. Elles viennent de faire des courses. Delia a l'impression incompréhensible qu'on lui appuie sur la poitrine. Sa mère a un air mystérieux, conspirateur. Mais le plaisir de voir ses petits-enfants est si fort que sa mine renfrognée disparaît.

Lucille et Lorene : cela fait donc si longtemps ? Quelques mois seulement, mais il y a du nouveau en elles, quelque chose d'adulte, une expression de sérieux dans les jupes longues et les blouses plissées, leur pas plus assuré. « Comment avez-vous grandi si vite, les filles ? Tournez-vous. Tournez-vous, que je vous regarde ! Où est-ce que vous avez pris cette silhouette, comme ça, du jour au lendemain ? »

Ses sœurs regardent Delia comme si elle les avait trahies. *Papa a dit quelque chose.* Mais elles observent également son ventre rond, et tout se mélange, la jalousie, la peur, l'espoir. Nettie Ellen s'installe dans le box en face de Delia et des garçons. Elle tend les bras et prend leur têtes pâles dans ses mains. Mais tout en les caressant, elle murmure à l'attention de sa fille : « Grand Dieu, mais qu'est-ce que tu es allée raconter à ton père ?

– Maman, ce n'est pas comme ça que ça s'est passé.

– Ça s'est passé comment, alors ? »

Delia se sent plus lasse et plus vieille que la terre entière. Embourbée, lente et sinueuse comme une rivière aux mille méandres. Mais traitée injustement, aussi. Trahie par ceux en qui elle avait une confiance inébranlable. Blessée par deux hommes qui la savent blessée. Cette horrible soirée : David et son père qui se lançaient des accusations à la figure : les Jeux olympiques de la souffrance. La supériorité morale que procure cette souffrance. Deux hommes incapables de comprendre combien ils sont proches l'un de l'autre. C'est eux qui devraient être assis dans ce box, l'un en face de l'autre. Et non pas cette bonne vieille alliance de dernier recours : les mères contre les hommes. Delia glisse un regard à sa mère, juste un rapide coup d'œil pour lui montrer que l'alliance tient toujours. « Il n'aime pas ma façon d'élever mes petits.

– Il aime pas que tu grattes ces léopards pour faire disparaître leurs taches.

– Maman », supplie-t-elle. Elle baisse les yeux.

« Les filles ? Emmenez donc vos neveux chez Lowie, à la machine à chewing-gums. » Elle pêche dans sa poche deux petites pièces, que ses petits-enfants donneront en pâture au bras mécanique distributeur de chewing-gum. Le même rituel préhistorique du samedi auquel elle se livrait avec Delia.

Delia se précipite sur son sac pour prendre sa mère de court. « Attendez, tenez. Tenez. Prenez ça. »

Les jumelles n'acceptent pas qu'on leur donne des pièces. « On n'est plus des gamines », dit Lucille.

Lorene lui fait écho : « Allons, Maman. On sait très bien ce qui se passe. »

Nettie Ellen adresse un geste de conspiratrice à l'adolescente. « Comme si je savais pas ! C'est pour tes petits neveux que je dis ça, il faut bien s'occuper d'eux. »

Les jumelles ne résistent pas. Elles s'emparent des garçons, comme elles faisaient pendant la guerre, lorsqu'elles les emmenaient faire le tour du pâté de maisons en poussette. Elles essayent d'impressionner leur grande sœur, de lui prouver à quel point l'amour doit être ardent. Delia et sa mère se retrouvent en tête à tête. Seules comme le jour où, dans le grenier aménagé en salle de chant, Delia avait pour la première fois parlé de l'homme qui avait conquis son cœur. Sa mère s'était magnifiquement comportée, une fois le premier choc passé. Quelle femme admirable, à qui le temps n'offre aucune raison de ressentir autre chose que de la méfiance. Tout le monde dans sa famille avait si bien réagi. Une femme noire, assez généreuse pour absorber tous les aléas.

« Je suis tellement fatiguée, Maman.

– Fatiguée ? Qu'est-ce qui te fatigue ? » La mise en garde est sans équivoque : *Moi, j'étais fatiguée avant que tu naisses. Je t'ai pas élevée pour que tu cèdes à la fatigue.*

« Je suis fatiguée de toujours avoir à réfléchir en termes de racisme, Maman. » L'oiseau et le poisson peuvent tomber amoureux l'un de l'autre. Mais le seul nid possible est *pas de nid*.

Une serveuse au teint bronze foncé s'approche pour prendre leur commande. Nettie Ellen commande ce qu'elle commande toujours à Haggern's, depuis l'aube des temps. Café, sans lait, et une part de tarte aux myrtilles. Delia commande un beignet au chocolat et un petit verre de lait. Elle n'en veut pas et ne peut pas le manger. Mais il faut bien qu'elle le commande. Chaque fois qu'elles sont venues ici, c'est ce qu'elle a commandé. La serveuse s'éclipse, et Nettie Ellen la suit des yeux. « Tu es fatiguée d'être une personne de couleur. Voilà de quoi tu es fatiguée. »

Delia envisage cette accusation comme elle essayerait un habit. Un uniforme de prison. Quelque chose avec des rayures. « Je suis fatiguée de tous ces gens qui croient savoir ce que ça signifie, être de couleur. »

Sa mère jette un regard alentour. Un adolescent en chemise et pantalon blancs, coiffé d'un petit képi en papier, façon infanterie, s'occupe du gril. Deux serveuses d'un certain âge, aux jambes maigres, prennent les frites sur le comptoir et les apportent aux tables en bois. Dans le box d'à côté, un jeune couple partage un soda. « Qui te dit ça ? Personne ici ne viendra te dire ce que ça signifie d'être de couleur. Y a guère que les *o-fay* qui croient savoir ça. »

Sa mère a prononcé le mot interdit. Jadis, lorsqu'elle avait douze ans, Delia s'était fait nettoyer la bouche au savon pour avoir prononcé ce mot. Quelque chose s'est brisé : les règles, ou bien sa mère. « Mes garçons sont... différents.

– Regarde autour de toi, ma fille. Tout le monde ici est différent. Être différent, rien de plus banal.

– Il faut que je leur offre la liberté d'être... »

Le visage de sa mère se crispe. « Me parle pas de liberté, je te prie. Ton frère est mort à la guerre – pour ce mot. Un Noir qui s'est battu pour que des gens dans d'autres pays obtiennent une liberté que lui n'aurait jamais eu dans son pays à lui, même s'il était revenu vivant.

– Il y a beaucoup de gens qui sont morts à la guerre, Maman. Des Blancs. Des Noirs. Des Jaunes. » L'autre famille de ses garçons.

« Pas ton mari. Ton mari... »

Elle s'interrompt, incapable de dire du mal du père de ses petits-enfants.

« Maman. Ce n'est pas ce que tu crois. »

Sa mère la fouille du regard. « Oh, comme si je savais pas. Rien n'est jamais comme je crois.

– La question n'est pas d'être pour ou contre. On ne retranche rien. On donne. On leur donne de l'espace, le choix, le droit de se faire une vie où qu'ils...

– C'est pour ça que tu as épousé un Blanc ? Pour faire des bébés à la peau assez claire pour faire ce que toi, t'as pas pu faire ? »

Delia sait pourquoi elle a épousé un Blanc. Elle sait précisément à quel instant elle s'est sentie unie à lui. Mais jamais, au grand jamais, elle ne pourra expliquer à sa mère ce qui s'est passé ce jour-là, sur le Mall, l'avenir qu'elle y a vu.

Sa mère regarde défiler les passants, dehors. « Tu aurais pu rester avec nous, chanter chaque jour pour Dieu et pour les gens qui ont besoin de L'entendre. Pourquoi avoir besoin d'une luxueuse salle de concert, où on peut pas bouger, où personne peut participer ? Y a tellement d'endroits pour chanter avec nous ; en une vie, tu n'en aurais pas fait le tour. Si tu veux chanter, y a plus d'endroits ici que là-haut, aux cieux. »

Les éloges que... la musique que j'ai étudiée... Chaque réponse que Delia envisage s'effondre sous son propre poids. Elle est sauvée par la serveuse, qui arrive avec la commande. La part de tarte de Nettie Ellen est encore tiède. La serveuse la pose devant elle. « Regardez-moi ça ! Cette tarte se cachait au fond du four. Se croyait trop bien pour sortir se faire grignoter.

– Vous l'avez goûtée ? demande Nettie Ellen.

– Oh ! Vous croyez que c'est comme ça qu'on traite le personnel, ici ?

– Allez donc vous prendre une part. Vous leur direz de mettre ça sur ma note. Allez-y !

– Merci mille fois, madame, mais faut que je surveille ma ligne. Mon homme aime bien que je sois toute mince. "Comme un bout de savon en fin de mois."

– Le mien est toujours à essayer de me faire grossir.

– Bah, dites donc. Il a un fils ?

– Oui, un. » Deux, naguère. « Mais va falloir que vous attendiez encore deux, trois ans avant qu'il sorte du four.

– Vous viendrez me chercher. » D'un signe de la main, la serveuse se retire, congédiant du même geste toute la folie du monde. « Je serai ici. »

Delia mourra de son exil. Elle a vécu ici autrefois. Ses garçons, eux, jamais ne vivront ici. Jamais ils ne connaîtront le culot jubilatoire d'une nation qui ne se laisse pas duper par la prétention. Une nation où il existe plus d'endroits pour chanter que là-haut, aux cieux. « Il faut que les gens de couleur prennent davantage d'importance, Maman. » C'est ce que son père lui a dit toute sa vie.

« Les gens de couleur, plus d'importance ? Les gens de couleur ont pas la place pour prendre plus d'importance. Les gens de couleur se sont fait réduire à ce qui est le moins important, au-dessous, y a rien. C'est le

Blanc qui est obligé de prendre toujours plus d'importance. Le Blanc a jamais eu de la place que pour sa pomme. »

Elles picorent en silence. Si seulement les enfants pouvaient revenir. Pour leur prouver à toutes les deux que rien n'a changé. *Ils sont toujours tes garçons. Toujours tes petits-enfants.*

« Blanc, c'est juste une seule couleur. Noir, c'est tout le reste. Tu vas les élever pour qu'ils aient le choix ? Ce n'est pas à toi de choisir. Ce n'est même pas à eux. Le choix, tout le monde le fera pour eux ! » Nettie Ellen pose sa fourchette. Elle se reflète dans l'œil de sa fille. « Ma propre mère. *Ma mère.* Son père était blanc. »

Ces mots ébranlent Delia. Pas tant le fait en lui-même, qu'elle avait fini par deviner dans les interstices de l'histoire familiale. Mais le fait que sa mère le dise, ici, à voix haute. Elle ferme les yeux. La douleur l'emmène très loin. « À quoi... à quoi ressemblait-il, Maman ?

– Ressemblait ? On n'a jamais posé un regard sur cet homme. Il est pas venu une seule fois nous montrer son visage. A même jamais aidé à payer pour l'éducation des enfants. Ça aurait pu être n'importe qui. Aussi bien, ç'aurait pu être le grand-père de ton homme. »

Delia est prise d'une épouvantable quinte de toux, un gloussement rauque.

« Non, Maman. Le grand-père de David... n'a jamais mis les pieds en Caroline.

– Te paye donc pas ma tête. Tu écoutes quand je te parle.

– Oui, Maman.

– Voilà ce que j'ai jamais compris. Si le Blanc est si terriblement puissant, comment se fait-il que quinze de leurs ancêtres égalent même pas un des nôtres ? »

Delia ne peut s'empêcher de risquer un sourire. « C'est exactement ce que je suis en train de dire, Maman. Jonah et Joey, la moitié de leur monde... Est-ce qu'ils ne viennent pas tout autant de...

– Vous avez des nouvelles de ses parents à lui ? »

David a écrit des centaines de lettres, a sondé des dizaines de morgues : Rotterdam, Westerbork, Essen, Cologne, Sofia, systématiquement toutes les archives allemandes de l'abîme. « Rien pour l'instant, Maman. On continue les recherches. »

Les deux femmes baissent la tête. « Ce sont des Blancs qui ont tué leurs grands-parents. Tu peux pas leur mentir à ce sujet. Prépare-les. C'est tout ce que dit ton père, ma fille.

– Ce ne sera pas toujours comme ça. Les choses sont en train de changer, même maintenant. Il faut qu'on commence à bâtir l'avenir. Il n'y a que comme ça que ça arrivera.

– L'avenir ! Il faut déjà tenir ici, dans le présent. On n'a même pas un présent où vivre. »

La fille détourne le regard. Elle contemple cette salle pleine de gens qui n'ont pas de présent. Elle ignore en vertu de quel miracle, mais lorsqu'elle entend ses garçons raconter leurs aventures minuscules, en chantant en canon et en chœur, elle trouve que le présent, ici, est assez grand pour y vivre.

En vertu de ce terrible droit du sang auquel sa mère a eu si souvent recours quand Delia était petite, elle lit dans les pensées de sa fille. « Ça m'a toujours été égal, ce que tu chantais, comme musique. Moi, je ne l'ai jamais comprise. Mais tout ce que tu chantais me convenait, du moment que tu chantais avec tout ce qui était en toi. Et tant que tu te prenais pas pour ce que tu n'étais pas. Tu vas leur dire de se définir comment ?

– Maman. C'est justement ça. On ne les oblige pas à se définir. Comme ça, ils n'auront jamais à dire d'une autre personne ce qu'elle est.

– Blancs ? Tu les élèves comme des Blancs ?

– Ne sois pas idiote. Nous essayons de les élever... au-delà des considérations de race. » Le seul monde stable où il soit possible de survivre.

« "Au-delà de", ça veut dire blanc. C'est les seuls qui puissent se permettre "au-delà de".

– Maman, non. Nous les élevons... » Ni comme des Noirs, ni comme des Blancs. Elle cherche le mot, et ne trouve que le mot *rien*. « Nous les élevons tels qu'ils sont. Eux-mêmes avant tout.

– Personne est précieux au point de se mettre comme ça en avant.

– Maman, ce n'est pas ce que je veux dire.

– Personne est bon à ce point. » Quatre longues mesures de silence. Puis : « Qu'est-ce que tu vas leur donner pour compenser tout ce que tu leur enlèves ? »

Et si c'était du vol ? Du meurtre ? Les enfants reviennent, et du même coup épargnent à Delia le besoin de trouver une réponse. Ils sont hilares, tous les quatre. Les filles font semblant d'être des bras mécaniques géants, et leurs neveux aux cris perçants sont les misérables boules de gomme. Nettie Ellen les rappelle à l'ordre d'un sévère froncement de sourcils.

« Grand-Mam', dit Jonah. Les taties sont folles ! »

Elle passe ses bras autour du garçon et lui caresse ses cheveux ni lisses ni crépus. « Comment ça, elles sont folles, mon petit ?

– Elles disent qu'un lézard, c'est rien qu'un serpent avec des pattes. Elles disent que chanter, c'est rien d'autre que parler, mais en plus vite. »

La serveuse vient voir si les enfants désirent quelque chose. En les regardant, elle tombe en arrêt. Delia voit la femme tiquer sur le teint de ses petits gars, cherchant Dieu sait quelle explication. La serveuse montre Jonah du doigt. « Je ne suis pas censée le servir, lui, si ? »

Nettie fait non de la tête. Delia baisse les yeux, en larmes.

Les enfants ont leur part de tarte. Pendant un quart d'heure encore, elle, sa mère, ses sœurs, et ses enfants, restent tous là, à bavarder, sans avoir besoin de nommer quoi que ce soit, hormis la personne qu'ils ont devant eux. Delia et sa mère se disputent pour payer la note. Elle laisse sa mère gagner. Elles sont sur le trottoir, devant Haggern's. Delia se mêle à ses sœurs, elle attend qu'on l'invite – *bien sûr, ma fille !* – à revenir dans la grande maison située à seulement quelques rues d'ici. La maison où elle a grandi, son foyer. Et là, dans l'agitation de la rue, dans un malaise grandissant, elle attend une éternité.

« Maman », commence Delia. Elle a la voix aussi nouée que pour son premier cours de chant professionnel. « Maman, j'ai besoin que tu m'aides. Fais en sorte que je me réconcilie avec mon père. »

Nettie Ellen l'attrape par les coudes, son assurance la rend virulente. « Tu peux revenir. D'ailleurs, tu n'es pas exclue. C'est juste un moment difficile entre vous deux. Il est écrit dans la Bible : "Ceci également passera." Appelle-le au téléphone et présente-lui tes excuses. Dis-lui que tu sais que tu as tort. »

Delia se raidit. C'est donc ça, le prix à payer, pour faire partie de la famille : ce qu'elle et son mari ont choisi, ce à quoi ils ont réfléchi, il faut que cela soit considéré comme une erreur. Elle a peut-être tort, tort dans tout ce qu'elle a décidé, tort pour chaque chose qu'elle a choisie, mais elle a raison lorsqu'elle revendique son droit à exister. Dans le seul monde souhaitable, toutes les chansons appartiennent à tout le monde. C'est ce que son père a défendu auprès d'elle il y a bien longtemps, et maintenant il voudrait lui faire dire qu'elle a tort ?

Leurs chemins se séparent. Nettie et les jumelles prennent la direction de la maison du médecin. Delia et les garçons retournent à la gare. Delia étreint ses sœurs avant qu'elles ne s'en aillent. « Bon, maintenant, arrêtez de grandir si vite. Je veux pouvoir vous reconnaître la prochaine fois. »

Elle essaye – essaye d'appeler son père. Elle attend encore une semaine, dans l'espoir que sept jours de plus rendront les choses plus faciles. Mais le coup de fil démarre de façon catastrophique et, à partir de là, les choses ne font qu'empirer. Alors, elle aussi, à son tour, dit des choses terribles au téléphone, des choses qu'elle ne se croyait pas capable de dire, des choses dont la seule utilité est de leur laisser des regrets éternels.

C'est pour bientôt. Elle veut se transformer en pierre. Elle a envie de rester allongée au lit et de ne plus jamais avoir à se relever. Il n'y a que les garçons qui l'aident à tenir le coup. Et puis ce coup d'œil vers le futur, en direction de l'enfant qui arrive pour leur tenir compagnie. Elle envoie une autre lettre à Nettie Ellen. Une fois de plus, de la mère à la fille.

> Maman,
>
> Le bébé arrive. Ce sera cette semaine ou la suivante. Si ça dure plus longtemps, je ne tiendrai pas. Celui-là, c'est un costaud. Tient de son grand-père, je suppose, et ça m'épuise. J'aimerais tant que tu puisses à nouveau m'aider, comme tu l'as fait avec Jonah et Joey. Ce serait tellement bien d'avoir une femme pour s'occuper des garçons. Tu sais comme les bonshommes sont empotés pour les choses importantes. David adorerait, lui aussi. Dis-moi ce que nous pouvons faire pour que cela soit possible. Ce serait moche que ton nouveau petit-enfant arrive sans que tu sois là ! Avec tout mon amour, Dee.

Elle a eu recours à toutes les manipulations possibles. Elle n'exclut rien de ce qui pourrait lui apporter la rédemption. Mais elle n'est pas prête pour la lettre qu'elle reçoit en réponse.

> Ma fille,
>
> Ça a pas été facile pour moi d'épouser ton père et d'avoir ses enfants. Peut-être que tu n'y as jamais songé. Lui et moi on venait de mondes différents, aussi différents que la situation où tu es allée te fourrer. Mais j'aimais cet homme, et je lui ai fait une promesse, conformément à ce que dit la Bible : « Ne me demande pas de te quitter, ni de cesser de te suivre, car où tu iras, j'irai. Et où ta maison sera, sera ma maison. Les tiens seront les miens et ton Dieu sera mon Dieu. Là où tu mourras, je mourrai, et là je serai enterrée. » Pour moi, il y a rien au-dessus de ça, alors me demande pas. Je comprends que tu doives faire la même promesse à toi-même et à ton mari. Je te bannis

pas, et tu sais que nous serons toujours prêts à te reprendre, quand tu le voudras et quand tu en auras besoin.

C'est signé : « Affectueusement, Mme William Daley. » À la fin de la lettre, Delia est prise de convulsions. Quand son mari la retrouve, l'accouchement a commencé. Il est obligé d'appeler une ambulance, il emmène la mère et la fille précipitamment à l'hôpital. Elle ne lui parlera jamais de la lettre. C'est la seule fois qu'elle lui cachera la vérité. Quand on lui dit que c'est une fille, elle répond : « Je sais. » Et quand son mari lui demande : « Comment allons-nous l'appeler ? » elle répond : « Elle s'appelle Ruth. »

27

Don Giovanni

Une bonne demi-douzaine d'endroits étaient prêts à m'engager à Atlantic City. C'était le début des années 1970, encore l'apogée de la musique *live*, même si l'on amorçait la pente descendante, et la musique que je jouais n'offensait personne d'autre que moi. Nous étions en guerre. Non pas le capitalisme contre le socialisme, les États-Unis contre le Vietnam, les étudiants contre leurs parents, l'Amérique du Nord contre le reste des continents connus. Je parle de la guerre de la consonance contre la dissonance, de l'électrique contre l'acoustique, de la partition contre l'improvisation, de la guerre du rythme contre la mélodie, la volonté de choquer contre la décence, les chevelus contre les vieilles barbes, le passé contre le futur, le rock contre le folk contre le jazz contre le *metal* contre le funk contre le blues contre la pop contre le gospel contre la country, noir contre blanc. Il fallait que chacun choisisse, et la musique était votre étendard. C'est aux stations de radio que vous écoutiez qu'on voyait qui vous étiez. Dans quel camp, demandait la chanson. Dans quel camp es-tu ? *Whose side are you on ?*

Le secret de la musique que j'avais jouée au Glimmer Room, c'était qu'elle ne prenait jamais parti. Ma survie professionnelle avait consisté à jouer une musique qui n'appartenait à personne. Chaque chanson que je jouais pouvait sans doute être affiliée à un genre et replacée dans l'une ou l'autre des factions en guerre. Mais je jouais avec un accent étrange, non patriote, que personne n'arrivait tout à fait à situer. Une fois que j'avais passé une mélodie à l'essoreuse de mon jeu autodidacte, et que je l'avais agrémentée de fragments issus de trois cents ans d'œuvres pianistiques oubliées, plus personne ne parvenait à l'identifier en vue de l'acclamer ou de la condamner.

L'idée de me remettre à jouer m'était insupportable. La maison de Fort Lee se vendit. Une fois les impôts payés, je répartis la totalité des actifs de Da sur trois comptes, un pour chacun de nous. Cela signifiait que, pour un nombre fini mais considérable de mois, je n'aurais pas à feindre quelque plaisir musical pour gagner ma vie. Teresa m'encouragea à l'oisiveté pour une période aussi longue que nécessaire. Elle crut que j'étais en deuil. Elle crut que c'était juste une question de temps avant que je me ressaisisse ; aussi fit-elle tout pour que je reprenne du poil de la bête. Sainte T cuisina, m'emmena dehors me balader et, d'un regard implacable, me protégea des gardiens de la race pure qui, sinon, n'auraient fait de moi qu'une bouchée.

Ces semaines ressemblèrent beaucoup à la vraie vie, si ce n'est que je me dérobais constamment. « Chérie ? » lui dis-je dans le noir, installé sur la moitié d'oreiller que je lui avais empruntée. Nous en étions au point où elle était capable d'identifier cet air dès la première note. « Il faut que tu te réconcilies avec ton père. Je n'en peux plus. J'ai ça sur la conscience. Il le faut. Il n'y a rien de plus important. »

Allongée sur le lit, à côté de moi, silencieuse, elle entendit ce que j'avais peur de dire. Nous savions tous deux que, pour que la réconciliation soit possible, il n'y avait qu'une solution. Elle avait tiré un trait sur son père, elle avait abandonné sa famille pour un idéal plus élevé. Un choix empreint de tant de bonté me redonnait presque vie. Si ce n'est que cet idéal plus élevé, c'était moi.

Elle m'acheta un petit piano électrique Wurlitzer. Il avait dû lui coûter deux ans d'économies accumulées grâce à son travail à l'usine de caramels. Il était dix fois moins bien que l'instrument que j'avais vendu pour quelques centaines de dollars à la mort de mon père. Elle vint chez moi le jour de la livraison, le visage tordu par la peur et l'excitation. « Je me suis dit que tu voudrais peut-être quelque chose pour répéter. Et pour travailler. Pendant que tu... tant que tu ne... »

Elle ne m'aurait pas blessé davantage en m'enfonçant un couteau en pleine poitrine. J'observai le piano, encore dans son emballage de livraison, le cercueil ouvert de la victime d'un lynchage. Impossible de le lui dire. Le petit machin était amputé des deux bras. Il n'avait que quarante-quatre touches, soit la moitié de ce qu'il me fallait pour que j'y croie. Même l'arrangement le plus simple se cognait immédiatement la tête au plafond. La résistance des touches faisait penser à une porte moustiquaire qui ne ferme plus. J'avais l'impression de jouer avec des moufles. Ça ressemblait moins à un piano que le Glimmer Room ne ressemblait aux salles de concert où Jonah et moi avions joué, jadis. Pendant que je regardais son cadeau, Teresa resta assise, voûtée, n'osant respirer, brouillée avec sa famille, son compte d'épargne à sec. Nous allions tous mourir pour cause de gentillesse impossible à rendre. Un *Love Supreme* mal placé.

« C'est formidable. Je n'arrive pas à y croire. Tu n'aurais pas dû. Je ne mérite pas ça. Il faut le renvoyer. » Une terrible expression passa sur son visage, comme si j'avais tué son chien. « Bien sûr qu'on va le garder. Allez, viens. Chantons. » Les doigts plombés, je plaquai quelques arpèges et me lançai dans *Honeysuckle Rose*. Exactement ce qu'elle avait espéré. C'était bien le moins que je puisse faire.

Ce petit machin noir et ratatiné devint ma pénitence. J'en vins à préférer jouer dessus plutôt que sur un véritable piano, à la manière d'une personne au dos abîmé préférant dormir par terre plutôt que sur un matelas. J'aimais en jouer sans brancher le courant. Les touches dégageaient un son étouffé et sourd, comme enfoui. J'avais envie de me ratatiner jusqu'à n'être plus qu'un spectacle de marionnettes minuscules. Si je devais jouer, plus ce serait petit, mieux ce serait.

En me faisant ce cadeau, Teresa ne voulait rien d'autre que me faire plaisir. C'est ce qui me détruisit. Elle croyait que ça me manquait de ne pas faire de piano, que j'avais besoin d'une bouée de sauvetage dans ma vie, pour ne pas sombrer. Avec le passé de travailleuse qu'elle avait, cette femme aurait dû me virer à coups de pied aux fesses. Mais du moment qu'elle pouvait m'aider à garder ma musique vivante, elle se fichait que je retourne un jour travailler. Nous avions notre piano. Pendant toute une période, nous chantâmes presque chaque soir, puisque je n'étais plus pris. Pour la première fois depuis l'enfance, je jouai juste pour jouer. Quand Jonah et moi étions en tournée, nous n'étions jamais seuls. Nous avions toujours des comptes à rendre, tout d'abord aux notes inscrites sur la partition, et puis ensuite aux gens présents dans l'auditorium. Même quand nous répétions, tournant autour du morceau en circuit fermé, d'autres oreilles s'immisçaient déjà pour écouter. Mais Teresa et moi étions seuls. Nous nous percutions l'un l'autre, mais malgré les erreurs et les approximations, nous arrivions tant bien que mal au bout, chacun laissant l'avantage à l'autre. Nous n'avions pas de partition pour nous soutenir ou nous entraver, pas d'oreille extérieure, pas de public vivant pour réagir. Personne n'était là pour écouter, à part l'autre.

Lorsque ça ne swinguait pas, elle s'assombrissait et se répandait en excuses. Elle chantait avec une sorte de bégaiement emprunté à Sarah Vaughan, qui elle-même avait emprunté le gimmick à Ella Fitzgerald, laquelle l'avait trouvé du côté de chez Louis Armstrong, qui lui-même l'avait attrapé au fin fond de l'école de chant de son orphelinat. Je suivais les phrases en me disant : *Elle n'y arrivera jamais*. Chaque fois que j'essayais de me mettre au diapason de ses hoquets, ça la rendait dingue. Elle était tout en rythme et en mélodie, un envol syncopé loin du reste de sa vie. Moi, j'étais tout en harmonie et en accords, à truffer chaque instant vertical de sixtes et de neuvièmes diminuées, accumulant plus de notes simultanées que la texture ne pouvait en supporter. Quoi qu'il en soit, nous faisions de la musique ensemble. Nos mélodies tournaient le dos au vaste monde, résolument ignorantes, et presque trop belles, certains soirs, occupées qu'elles étaient à ne plaire qu'aux deux personnes qui les créaient.

Quand Teresa était à l'usine, occupée à emballer des caramels, je lisais les journaux ou bien je regardais la télévision. Je ne répétais plus, je me contentais d'attraper une ou deux chansons, le soir, avant que Teresa ne rentre à la maison. Je pris le temps de m'informer sur ce qui s'était passé dans le monde, depuis la mort de Richard Strauss. La télévision brouilla mes journées jusqu'à ce que je ne sache plus combien de mois s'étaient écoulés. Je vis le procès de My Lai et l'effondrement de « la paix avec les honneurs ». Je vis Wallace se faire tirer dessus, et Nixon se faire réélire, puis partir en Chine. Je vis les Arabes et les Israéliens recommencer leur guerre éternelle, poussant le monde jusqu'à d'impensables extrémités. Je vis mourir le Biafra, et naître le Bangladesh, la Gambie, les Bahamas, le Sri Lanka. Je restai tranquillement assis quand une poignée de « pré-Américains » proclama la sécession en son pays reconquis, sécession qui dura soixante-dix jours. Et je ne ressentis rien d'autre qu'une sorte d'anesthésie honteuse.

Pendant un bref moment, ce fut *l'heure de la nation noire*, des hordes de gens se mirent à psalmodier, leurs voix tremblèrent, tant ils crurent que leur moment était arrivé. Puis, aussi vite que c'était apparu : plus de nation. De manière systématique, le gouvernement américain écrasa le Black Power. Newton et Seale, Cleaver et Carmichael : les leaders du mouvement furent jetés en prison ou bien expulsés du pays. Des scènes de la prison d'Attica furent divulguées, un enfer à la hauteur de celui de n'importe quelle nation. George Jackson fut tué par des gardiens de prison, à San Quentin. Il avait exactement l'âge d'Emmett Till, l'âge de mon frère. Le rapport officiel affirma qu'il était à la tête d'une révolte armée. Ses codétenus dirent qu'on lui avait tendu un piège et qu'on l'avait assassiné. La coordination des étudiants non violents (SNCC) explosa en mille morceaux, et les *Panthers* furent détruits par le programme Cointelpro (Counter Intelligence Program) du FBI. Quelque part dans ce territoire, ma sœur fugitive et Robert se cachaient parmi ceux qui avaient été doublement vaincus, tous ceux qui voulaient se réapproprier leur propre pays, ce pays qu'on leur avait volé. Tous ceux qui furent détruits dans le processus.

Quand je n'arrivais pas à m'abrutir d'informations, je papillonnais de sitcoms en jeux télé et autres feuilletons. Rien de ce dont Jonah et moi nous nous étions rendu coupables, au cours de nos années de concerts, n'arrivait à la hauteur du summum de la culture contemporaine, en tant que fuite pure et simple devant le cauchemar du présent. Armstrong mourut, puis ce fut le tour d'Ellington. Le cœur de ce qui aurait dû être la musique de mon pays se mit à battre à un autre rythme. La bande-son officielle passe-partout, qui prit sa place, envahissant toutes les niches culturelles comme une plante grimpante grignotant un véhicule à l'abandon, décréta que le rythme consistait à cogner fort sur le deuxième et le quatrième temps, et que s'agissant de l'harmonie, il suffisait d'oser ajouter de temps en temps une septième audacieuse à l'un des deux accords se battant en duel. Il n'existait plus aucun paysage sonore où je désirais vivre. Il était exclu d'envisager de jouer à nouveau en public.

« Est-ce que tu as déjà songé à composer ? me demanda Teresa un soir pendant que nous essuyions la vaisselle.

– Ça va, dis-je. Je peux trouver un boulot.

– Joseph, ce n'est pas ce que je demande. Je me disais juste que peut-être, avec tout ce temps, tu aurais quelque chose... »

Quelque chose en moi, qui mérite d'être couché sur le papier. Je compris enfin pourquoi j'avais la frousse de reprendre un boulot en night-club. J'avais la frousse que Wilson Hart apparaisse pour de bon, un jour où je serais en train de bricoler au piano, et qu'il demande à voir les partitions que je lui avais promis d'écrire. *Toi et moi, Mêl. Ils entendront notre musique, avant qu'on ait fichu le camp d'ici.* J'étais destiné à décevoir tous ceux que j'aimais, tous ceux qui pensaient qu'il y avait peut-être en moi quelque chose qui mérite d'être écrit.

La patience que me témoignait Terrie était plus dévastatrice que n'importe quelle agression à caractère racial. Le lendemain, je sortis m'acheter une boîte de crayons et un paquet de partitions vierges couleur crème. J'achetai du papier à musique avec des portées pour orchestre, du papier avec des portées à clé de sol et des systèmes de portées pour piano, du papier avec des portées isolées – tout ce qui pouvait paraître à peu près sérieux. Je n'avais pas la moindre idée de ce que j'étais en train de faire.

J'entassai les partitions vierges sur le piano électrique et étalai mes crayons bien en rang, chacun taillé si pointu qu'il en devenait une arme mortelle. L'excitation mal dissimulée de Teresa en apercevant tous les ingrédients qui allaient me servir pour composer me blessa plus que la mort de mon père.

Toute la journée, en attendant fébrilement que Teresa rentre à la maison, je fis semblant d'écrire de la musique. Des lambeaux de phrases rampaient çà et là, en grappes, sur l'épais papier crème, comme des araignées tissant leur toile dans les recoins de maisons estivales à l'abandon. Je griffonnai une série d'accords, enchaînant les motifs. Parfois, les accords entraient en collision pour esquisser des mélodies, chaque articulation étant grossièrement épelée. Parfois, il ne restait rien d'autre qu'une série de tétracordes sans valeur rythmique ni barre de mesures. Je n'écrivais pour aucun ensemble, pas le moindre instrument, pas même piano-voix. Mon public imaginaire venait de tous les horizons, et j'étais incapable de dire si j'écrivais des chansons pop ou bien d'épineuses abstractions académiques. Je n'effaçai jamais une note. Si une phrase se heurtait à un mur, je recommençais tout simplement ailleurs, sur une portée inutilisée. Quand une page était remplie, je la retournais et remplissais le verso. Puis j'en commençais une autre.

Ce furent les journées les plus longues de ma vie, plus longues, et de loin, que les journées à Juilliard en salle de répétition, plus longues, même, que les journées à l'hôpital au chevet de mon père. À un moment donné, je fis l'évaluation suivante : j'écrivais environ cent quarante notes à l'heure – deux accords parfait un tiers toutes les trois minutes. Parfois, l'action consistant à tracer une seule note pouvait m'absorber pendant la moitié d'un après-midi.

Mes gribouillis au graphite restaient obstinément raides. La marionnette refusait de s'asseoir et de parler. Mais, de temps en temps, à des intervalles gigantesques, toujours lorsque j'avais perdu trace de moi-même et oublié ce que je cherchais, quelque chose d'authentiquement musical faisait une apparition. Je me sentais alors courir au-devant de moi-même, au-delà de la phrase, sur la ligne suivante dont les accidents étaient déjà présents avant même que mon crayon ne les fixe. Tout mon corps exultait, emporté par cet élan, s'affranchissant de la chape de plomb que j'avais endurée pendant des années sans m'en rendre compte. J'étais submergé par un trop-plein d'idées et, paniqué, je passais à la sténographie pour ne pas perdre le fil. Pendant la durée de ce jaillissement, je possédais les douze notes de la gamme chromatique et je pouvais leur faire dire ce que la vie n'avait pu jusqu'alors que suggérer.

Mais ensuite, je commettais l'erreur de revenir en arrière et de jouer tout haut ces thèmes autopropulsés. Au bout de quelques accords, je commençais à entendre : tout ce que j'écrivais venait de quelque part. Avec une rythmique légèrement décalée ou atténuée, une tonalité modifiée ou bien altérée ici et là, mes mélodies reprenaient celles qui, par le passé, m'avaient absorbé puis laissé tomber. Tout ce que je faisais, c'était les habiller d'une dissonance progressive. Un chœur de Schütz que nous chantions à la maison, des éléments des funérailles de Maman, le premier des *Dichterliebe* de Schumann, celui que Jonah adorait, partagé de façon ambiguë entre majeur et mineur relatif, pour n'aboutir à aucune résolution. Il n'y avait pas l'ombre d'une seule idée originale en moi. Tout ce que je savais faire – et encore, sans le savoir –, c'était réanimer les motifs qui s'étaient emparés de ma vie comme on détourne un avion.

Lorsque Teresa rentrait à la maison, après le travail, elle s'efforçait maladroitement de cacher son excitation en voyant mon tas toujours plus important de pages griffonnées au crayon. Elle ne savait pas encore très bien lire les notes, et je n'avais pas beaucoup de musique à lui offrir. Parfois, avant même de quitter ses vêtements de l'usine à l'odeur saumâtre, elle venait au piano et me demandait : « Joue un peu pour moi, Joseph. » Je jouais quelques passages, sachant que jamais elle n'identifierait mes pillages. Mes gribouillages rendaient Teresa tellement heureuse. Les 120 dollars par semaine qu'elle gagnait suffisaient à peine à subvenir à ses besoins. Mais elle m'entretenait de gaieté de cœur, et continuerait ainsi éternellement, tant elle croyait que j'étais en train de fabriquer une musique nouvelle.

Notre fantasme d'une harmonie à deux voix recommençait chaque soir, nous tirant provisoirement d'embarras jusqu'au matin suivant. Parfois, nous ne trouvions rien de mieux à faire que de regarder la télévision. Des drames montrant des Blancs aux prises avec les difficultés de la vie rurale, à des kilomètres de toute civilisation, des années plus tôt. Des comédies avec des prolos à l'esprit étroit et les adorables propos détestables qu'ils tenaient. D'épiques rencontres sportives dont j'ai aujourd'hui oublié le dénouement. Le lot quotidien national des années 1970.

Teresa n'aimait pas regarder les informations, mais j'insistais. Elle finit par céder et accepta que nous regardions David Brinkley pendant le dîner. Mon sentiment que le monde touchait à sa fin s'estompa peu à peu, me laissant avec la conviction que la fin était déjà arrivée. Je succombai à la plus puissante des dépendances : le besoin d'être le témoin de choses gigantesques se produisant au loin. Je m'y consacrai avec le zèle d'un converti de fraîche date, ayant toute une vie protégée à rattraper. La télévision offrait la tourmente et la tension, toutes les révélations concentrées et violentes de l'art, à une échelle telle qu'en comparaison la musique que je bricolais paraissait insipide et sans intérêt.

Nous regardions la télé un soir, quand je reconnus Massachusetts Avenue, la partie située après la boutique où j'avais jadis acheté la gourmette pour Malalai Gilani en oubliant de la faire graver. Il me sembla un moment que le chemin que j'avais suivi jusqu'à ce soir-là était le morceau même que je voulais si désespérément écrire, celui que j'avais composé de mémoire pendant toutes ces heures passées dans les salles de répétition de Boylston. Teresa était la femme que Malalai était devenue, ou Malalai la fille que j'imaginais que Teresa avait jadis été. Bien sûr, la gourmette n'avait pas été gravée ; elle attendait d'être marquée par mon âge adulte.

La caméra s'avança dans Mass. Ave., le tunnel de ma vie se déroulant sur l'écran onze pouces de la télévision de Teresa. Puis, à la faveur d'un montage aberrant destiné à tromper ceux qui n'avaient jamais vécu là-bas, la caméra fit un saut impossible des Fens à Southie, de l'autre côté de Roxbury. Des enfants descendaient d'un bus. La voix de l'autorité télévisée invisible déclara : « Les enfants acheminés en bus pour leur première journée d'école ont été accueillis à coups de... » Mais la bande-son ne signifiait rien. Il n'y avait qu'à regarder : des pierres et des bâtons volaient, la foule était en furie. Teresa se cramponna à mon bras, tandis que les enfants accueillaient l'arrivée des bus par des : « Sales Nègres ! Sales Nègres ! » jubilatoires et éméchés.

Ces images ressemblaient à la scène primitive d'une bourgade tarée du Sud marécageux – une scène censée avoir disparu depuis belle lurette, bien avant la fin de mon enfance. J'en oubliai quelle année nous étions. Cette année-ci. Celle-là. Teresa fixait l'écran, elle avait peur de croiser mon regard, peur de regarder ailleurs. « Joseph, dit-elle – s'adressant davantage à elle-même qu'à moi. Joe ? » Comme si j'étais moi-même une explication. Pour elle, une Blanche d'Atlantic City qui observait cette scène. Une fille à qui son père avait expliqué pendant des années d'où venaient tous les ennuis. Dans ses yeux, je vis de quelle façon elle me percevait. Elle voulait que cet événement se termine, tout en sachant que c'était impossible. Elle voulait que je dise quelque chose. Elle voulait passer à autre chose, comme si tout commentaire était superflu.

Je montrai l'écran du doigt, encore tout excité d'avoir vu mon ancien quartier. « C'est là que je suis allé à l'école. La Boylston Academy of Music. La sixième rue à gauche. »

Je le savais depuis longtemps, mais il m'avait fallu des années pour l'admettre. C'était la guerre. Totale, en continu, sans solution. Tout ce qu'on faisait, disait ou aimait était soit dans un camp soit dans l'autre. Aux informations, les bus de Southie n'eurent droit qu'à quinze secondes. Quatre mesures d'*andante*. Puis M. Brinkley passa au reportage suivant – la crise du programme spatial. On avait l'impression que maintenant que l'homme avait marché sur la Lune une demi-douzaine de fois et rapporté plusieurs centaines de kilos de cailloux, il ne savait plus quoi faire de sa peau et ne savait plus où aller dans l'univers.

Ce soir-là, allongé à côté de Teresa, je la sentis se crisper de tout son long. Elle avait besoin de dire quelque chose, mais elle n'arrivait même pas à situer en elle ce besoin. Dans ce silence, nous n'étions pas de la même race. J'ignorais à quelle race j'appartenais. Tout ce que je savais, c'est que ce n'était pas la même que Ter.

« Dieu aurait dû faire davantage de continents, dis-je. Et les faire beaucoup plus petits. Le monde entier comme le Pacifique Sud. »

Teresa ne comprenait pas ce que je disais. Elle ne dormit pas cette nuit-là. Je sais – je suis resté éveillé, je l'ai entendue. Mais lorsque nous nous posâmes la question, le lendemain matin, nous répondîmes tous deux que nous avions bien dormi. Je cessai de regarder les informations avec elle. Nous nous remîmes à chanter et à jouer aux cartes, à travailler à l'usine et à plagier les plus grands morceaux du patrimoine mondial.

Une autre année s'effaça, et je n'avais toujours aucune nouvelle de ma sœur. Si Robert et elle se cachaient quelque part, c'était sans doute bien loin de mon Amérique. S'ils avaient refait surface sous des noms d'emprunt dans ces années soixante-dix déjà frappées d'amnésie, ils n'avaient pas pris le risque de m'en informer. À un moment donné, au fil de ces longs mois vides passés devant la télé, j'eus trente ans. Pour l'anniversaire de Jonah, l'année précédente, je lui avais envoyé une petite cassette de Teresa et moi interprétant *Old Age Is Creeping Up on You*, « la vieillesse te guette », une chanson de Wesley Wilson. Teresa faisait un Pigmeat Pete terrible, et moi je donnais le change dans la peau d'un petit Catjuice Charlie. Si Jonah reçut la cassette, je n'en entendis jamais parler. Peut-être jugea-t-il que c'était de mauvais goût.

Il écrivit. Pas souvent, et jamais de manière satisfaisante, mais il me tenait au courant de ce qui lui arrivait. Le récit me parvenait par miettes, sous forme d'articles de presse, de chroniques, de lettres et d'enregistrements pirates. J'eus même des comptes-rendus rédigés par d'anciens copains de classe envieux, restés dans le ghetto du classique. Mon frère poursuivait son bonhomme de chemin, il avançait dans ce monde qui, il le savait, un jour lui appartiendrait. C'était l'une des voix les plus vives de la nouvelle vague, un souffle de fraîcheur venu d'un coin inattendu, une étoile montante dans cinq pays différents.

Il vivait désormais à Paris, où personne ne remettait en cause son droit à interpréter n'importe quel morceau de musique vocale compatible avec sa tessiture. Personne ne remettait en cause le bien-fondé de sa démarche culturelle, hormis bien entendu au nom de critères nationaux. La réputation qui l'avait empoisonné aux États-Unis – comme quoi sa voix était trop propre, trop *claire* – perdait toute sa pertinence en Europe. Là-bas, ils n'entendaient que l'agilité de ses envolées. Ils lui proposaient un avenir somptueusement meublé, où il n'avait plus qu'à emménager. On disait qu'il chantait « sans effort », le plus beau compliment qu'on puisse vous faire en Europe. Le ténor que les années 1970 avaient tant attendu, disait-on. Pour eux, cela aussi était un compliment.

Maintenant qu'il n'avait plus ce handicap de la « clarté » à surmonter, Jonah chantait souvent comme soliste avec des orchestres. Les critiques adoraient sa manière de rendre aériennes et audibles les textures du XXe siècle les plus stratifiées et les plus complexes. Il chantait sous la baguette des chefs d'orchestre dont nous avions écouté les enregistrements toute notre enfance. Il interpréta *Das Unaufhörliche* de Hindemith avec Haitink et le Concertgebouw. Il chanta le ténor dans la troisième symphonie de Szymanowski – *Le Chant de la nuit* – avec Warsaw, en remplacement de Józef Meissner, qui était souffrant. Ce dernier ne laissa la doublure intervenir que deux fois avant de reprendre la partie. Les critiques français, toujours béatement friands de nouveautés, encensèrent l'œuvre encore peu connue, la qualifiant de « voluptueuse » ; quant au chanteur de plus en plus visible, il était qualifié de « flottant, éthéré et d'une beauté presque douloureuse ».

Mais la nouvelle œuvre de prédilection de Jonah était A *Child of Our Time*, l'oratorio de Michael Tippett, hanté par le spectre de la guerre, la réponse d'aujourd'hui à *La Passion selon saint Matthieu* de Bach. Si ce n'est que le protagoniste de Tippett n'était pas le Fils de Dieu, mais un garçon abandonné de toute divinité. Un juif, caché à Paris, dont la mère est tombée entre les mains des nazis, tue un officier allemand et déclenche de terribles représailles. Pour remplacer les chorals protestants de Bach, Tippett recherchait un matériau plus universel, plus apte à franchir les frontières musicales. Il le trouva par hasard, à la radio pendant la guerre : le chœur Hall Johnson interprétant des *negro spirituals*.

Jonah était né pour chanter cette œuvre hybride. Comment les Européens faisaient le lien entre lui et la musique – ce qu'ils en entendaient ou voyaient –, je l'ignore. Mais en l'espace de quelques années, mon frère chanta *A Child of Our Time* avec quatre chefs et trois orchestres – deux britanniques et un belge. Il l'enregistra en 1975 avec Birmingham. Ce qui fit sa renommée dans le monde entier, hormis dans son propre pays. Dans les liasses de coupures de journaux qu'il m'envoyait, souvent sans même la moindre note d'accompagnement, il était décrit comme une voix encore jeune, en pleine maturation, sur le point de se métamorphoser en ange séculier.

En 1972, il m'avait appelé de Paris, en larmes, à l'annonce de la mort de Jackie Robinson. « Mort, Mule. Rickey envoyait le pauvre bougre sur le terrain avec la consigne de taper dans la balle et rien d'autre. "Je veux un type assez courageux pour ne pas céder aux provocations." C'est quoi, ces conneries, Joey ? Il risquait d'être perdant à tous les coups, et le gars a *gagné*. » Je n'arrivais pas à comprendre pourquoi il appelait. Mon frère ne connaissait rien au base-ball. Mon frère détestait l'Amérique. « Qui est-ce qui cartonne, aujourd'hui, Mule ?

– Dans le chant, tu veux dire ?

– Mais non, en base-ball, triple buse. »

Je n'en avais pas la moindre idée. Les prouesses des Yankees n'étaient pas vraiment dans mon régime quotidien.

Jonah soupira, son souffle se répercuta avec un écho transatlantique décalé. « Mule ? *C'est marrant*. Il aura fallu que je m'installe ici pour réaliser à quel point je suis irrécupérable. Tu sais, toutes ces sornettes à propos de la Ville Lumière. Complètement surfait. C'est l'une des villes les plus arrogantes et les plus racistes que j'aie jamais connues. Comparé à New York, ici, on se croirait à Selma, Alabama. Ils exigent un acte de naissance avant de te vendre du fromage. Je me suis fait casser la figure par un type, dans le 13e. Une bonne trempe. T'en fais pas, frangin, c'était il y a six mois. Il m'a roué de coups de poing. M'a pété une molaire. Et moi je te le gifle comme un castrat après l'ablation des testicules, en me disant : *Pourtant il n'y a pas de problème noir, ici* ! Je pense à Josephine Baker, à Richard Wright, à Jimmy Baldwin. Je dis à ce gars : "Vous autres, vous nous *adorez*." En fait, à cause de mon accent et de mon teint basané, il a cru que j'étais algérien. C'est pour la révolution que j'ai eu droit à une correction. Bon sang, Mule. Une fois morts, on aura payé pour tous les crimes de la terre, à part les nôtres. »

Il me faisait son petit numéro. Mais qui d'autre aurait avalé ces bêtises ? Paris n'était ni mieux ni pire que n'importe quelle capitale. Ce qui le froissait, c'était la perte de ce qui aurait pu être une bonne planque. Il avait rêvé de se réinventer totalement, il avait rêvé d'une patrie qui lui aurait offert un laissez-passer permanent. Or, aucun continent compromis ne lui offrirait jamais cela.

« Je ne sais pas si je vais pouvoir vivre ici encore longtemps, Joey.

– Et où donc irais-tu ?

– Je pensais au Danemark, peut-être. Ils m'adorent, en Scandinavie.

– Jonah. Ils t'adorent en France. Je n'ai jamais vu des articles aussi dithyrambiques.

– Je ne t'envoie que les bons.

– Tu es sûr que c'est une bonne idée de quitter Paris, du point de vue professionnel ? Comment pourrai-je te joindre ?

– Du calme, mon gars. On garde le contact.

– Est-ce que tu as besoin de liquide ? Il y a toujours ta part... Ton compte avec l'argent de la maison...

– Je suis plein aux as. Fais travailler ce pognon, place-le en Bourse, je sais pas.

– L'argent est à ton nom.

– Parfait. Tant que je ne change pas de nom, ça roule pour moi. » Il partit dans un vif *accelerando* – « Tu me manques, mec » – et raccrocha avant que je puisse lui en dire autant.

Plus je composais, plus la supercherie devenait manifeste. Les notes que je gribouillais sur mes partitions n'allaient nulle part – sinon à reculons. Je ne pouvais pas éternellement profiter de la bourse artistique allouée par Teresa. Me sentant incapable d'exercer un travail honnête, je plaçai des annonces pour donner des cours de piano. Il me fallut un temps fou pour rédiger ladite annonce : « Pianiste de concert, ancien élève de Juilliard (je ne prétendis jamais avoir décroché le *diplôme*), spécial débutants... » Ce fut incroyable de constater l'effet qu'avait encore dans ce pays la formule « pianiste de concert », alors qu'il y avait bien longtemps que les concerts n'attiraient plus personne.

Parfois, les parents marquaient un temps d'arrêt en découvrant la personne qui se cachait derrière la petite annonce. Ils laissaient leur enfant prendre un cours, pour la forme. Puis ils me présentaient leurs excuses, en expliquant qu'en fait, le môme voulait plutôt apprendre le cornet. Je ne me formalisais jamais. Moi-même, je ne me serais jamais choisi comme professeur de piano. De toute façon, à présent, je ne voyais pas pourquoi quiconque se serait donné la peine d'étudier le piano. D'ici quelques années, nous serions tous remplacés par des synthétiseurs Moog. Au futur électronique, les meilleurs musiciens déclaraient déjà : *Ceux d'entre nous qui sont déjà morts te saluent.*

Je réussis néanmoins à attirer des élèves. Certains semblèrent même prendre plaisir à jouer. J'eus des gamins de huit ans issus de la classe ouvrière, qui chantonnaient en jouant. Des récidivistes d'âge mûr qui avaient simplement envie de jouer la *Valse minute* en moins de cent secondes avant de casser leur pipe. J'enseignai à des gens doués qui réussissaient en ne jouant qu'une heure par semaine et à des clients sérieux qui iraient dans la tombe avant d'arriver à jouer ces mélodies qui les titillaient pendant leur sommeil, sans cesse hors de portée de leurs doigts. Pas un seul de mes élèves ne se retrouverait sur une scène, hormis au tremplin annuel de son école. Eux ou leurs parents étaient encore les victimes de cette croyance périmée selon laquelle savoir jouer un peu de piano, c'était être un peu plus libre. Je tâchai d'adapter mon approche à chaque élève, de laisser chacun choisir son itinéraire à travers les siècles, parmi un répertoire plus qu'abondant. Un petit descendant classe moyenne du *Mayflower* s'enflamma pour la vieille méthode John Thompson de son père, se piquant de jouer tous les lents airs folk en un *prestissimo* endiablé. La fille de deux réfugiés hongrois venus dans le sillage de 56 gloussait en jouant *Mikrokosmos* de Bartók et grimaçait au moment des dissonances suaves du mouvement contraire, son oreille percevant un lointain écho ténu, qui n'appartenait même plus à la mémoire de ses ancêtres. Je n'eus aucun Noir. Les élèves noirs d'Atlantic City apprenaient le piano ailleurs.

Je tentais d'insuffler de la vie aux notes mortes. J'obligeais mes élèves à jouer à la vitesse d'un glacier, puis à doubler le tempo toutes les quatre mesures. Je m'installais sur le banc à côté d'eux, je prenais la main gauche et eux la droite. Puis nous intervertissions en reprenant au début. Je leur disais que c'était un exercice visant à développer les deux parties du cerveau, le clivage net entre les deux hémisphères requis pour arriver à l'autonomie de chaque main. J'essayais de leur faire sentir que chaque fragment de musique était une révolte naissante qui pouvait déboucher sur la démocratie ou bien rester lettre morte.

J'avais parmi mes élèves une jeune fille de première qui s'appelait Cindy Hang. J'eus beau le lui demander à plusieurs reprises, elle refusa de me dire son véritable prénom. Elle se disait chinoise – la réponse la plus évidente. Son père, un employé de banque de Trenton qui l'avait adoptée en même temps qu'un petit Cambodgien plus jeune qu'elle, disait qu'elle était hmong. Elle parlait un anglais chuinté *mezzo piano*, même si sa maîtrise de la grammaire était déjà bien supérieure à celle de ses camarades de classe autochtones. Elle parlait le moins possible, et si possible, pas du tout. Elle avait commencé tardivement le piano, quatre ans plus tôt seulement, à l'âge de treize ans. Mais elle jouait comme un chérubin meurtri.

Il y avait quelque chose qui me sidérait dans sa technique. Par pure gourmandise, je lui fis travailler des morceaux ridicules – Busoni, Rubinstein – des œuvrettes kitsch ou d'un sentimentalisme excessif que je n'avais pas le cœur de lui expliquer. Je savais qu'elles reviendraient quelques semaines plus tard, vibrantes comme jamais. Comme la Bible transposée dans le langage bourdonnant et cliquetant des baleines : une langue incompréhensible, étrangère, mais néanmoins reconnaissable. Ses doigts inventaient l'idée de structure harmonique à partir de rien. Elle écoutait avec les doigts, tel un perceur de coffre-fort qui tâte la serrure avec des gants. Elle caressait les touches, comme pour s'excuser par avance. Mais même son toucher le plus léger avait la force d'un réfugié déplacé par la violence organisée.

Chaque leçon avec Cindy Hang me laissait un sentiment de culpabilité. « Je n'ai rien à lui apprendre », disais-je à Teresa. Dire même cela, c'était une erreur.

« Oh, je parie qu'il y a tout un tas de chose que tu peux lui apprendre. »

D'une voix que je ne lui connaissais pas. Mais je refusais de tomber dans le panneau. « Tout ce que je lui enseignerai ne fera que détruire son jeu. Elle a un toucher absolument incroyable.

– Un toucher ? » On aurait dit que j'avais levé la main sur elle.

« Ter, ma chérie. Cette gamine n'a que dix-sept ans.

– Précisément. » Sa gorge se serra jusqu'à ne plus laisser filtrer le moindre son.

Les choses s'envenimèrent. Après les leçons de Cindy, je sentais que Teresa faisait un terrible effort pour garder son calme. « Comment ça s'est passé ? » demandait-elle. Et je répondais de manière tout aussi insignifiante : « Pas mal. » Je dressais mentalement une liste de morceaux que je ne pouvais demander à la jeune fille de travailler – *Liebesträume*, *La Sonate au clair de lune*, *Prelude to a Kiss*, n'importe quelle *Fantaisie*. Pendant ce temps, Cindy Hang travaillait avec de plus en plus d'ardeur, et jouait de manière de plus en plus époustouflante, en se demandant certainement pourquoi son professeur se montrait de plus en plus distant au fur et à mesure qu'elle progressait.

Je n'avais éprouvé aucun désir pour cette môme jusqu'à ce que Teresa le suggère. Puis, de la manière la plus insidieuse et progressive, elle se mit à m'obnubiler. Je la retrouvais la nuit, en rêve, nous faisions tous deux partie d'une déportation massive en temps de guerre, chacun devinant les besoins de l'autre tout en évitant les pesanteurs du langage terrestre. Je l'habillais en bleu marine, une robe qui lui tombait à mi-mollet avec de larges épaulettes, un ensemble passé de mode depuis quarante ans. Tout correspondait, hormis les cheveux, qui, dans mes rêves, bouclaient. Je posais l'oreille sous ses clavicules, au creux de cette ravine brune que je voyais lorsqu'elle était assise bien droit sur le banc et jouait pour moi. Lorsque mon oreille effleurait sa peau, le sang qui courait dessous bruissait comme un cantique.

La peau de Cindy Hang était parfaite – ce teint brun neutre qui était l'apanage de la moitié de l'espèce humaine. J'aimais cette jeune fille pour sa vulnérabilité, sa totale perplexité vis-à-vis de l'endroit où elle avait atterri, ses timides tentatives d'adaptation, perceptibles à chaque mouvement de ses doigts sur les touches. J'aimais les sons qu'elle produisait, elle semblait venir d'une autre planète – quelque chose que cette planète-ci jamais n'hébergerait. Pendant des semaines, je me dis qu'il n'y avait pas de problème. Mais j'attendais quelque chose de Cindy Hang, quelque chose que j'ignorais désirer, jusqu'à ce que la jalousie de Teresa m'indique l'évidence.

Nous jouâmes ensemble le Köchel 381, la *Sonate en ré majeur pour piano à quatre mains*, de Mozart. Je lui donnai le morceau à travailler uniquement pour avoir le loisir de m'asseoir à côté d'elle sur le banc. Il n'y a que quatre mesures profondes dans tout le morceau ; dans presque tout le reste, il suffit de faire tournoyer les notes. Mais j'avais hâte que nous y arrivions, cela me faisait plus envie que tout, rien d'autre ne m'importait autant. Cela me ramenait *da capo* à mes débuts. Nous jouâmes le deuxième mouvement ensemble, un peu trop lentement. Elle prit la partie aiguë et je la soutins. Mes lignes étaient pleines et déployées. Les siennes étaient une exploration d'une légèreté infinie, on eût dit un oiseau en train de fourrager. J'avais le sentiment de fendre la foule d'une fête foraine avec une môme joyeuse sur les épaules.

Une fois, nous jouâmes le morceau à la perfection. Sous nos doigts, la modeste composition accomplit le destin qui était le sien sur cette terre. Nous nous arrêtâmes, mon élève et moi, tous deux conscients de ce que nous venions de réussir. Cindy resta immobile sur le banc, à côté de moi, tête baissée, regardant le clavier, attendant que je la touche. Comme je ne bougeais pas, elle leva les yeux et m'adressa un pauvre sourire, désireuse à tout prix de me plaire. « On peut réessayer ? Depuis le début ? »

J'appelai son père. Je lui dis que Cindy était extrêmement douée, « une authentique musicienne », mais qu'elle avait atteint un tel niveau que je n'avais plus rien à lui apprendre. Je pouvais l'aider à trouver quelqu'un qui la ferait progresser. En fait, j'étais intimement persuadé que n'importe quel autre professeur détruirait ce qu'il y avait de plus étrange et de plus lumineux dans son jeu. Cette virtuosité intuitive et confuse de celui qui ne parle pas la langue du pays ne survivrait pas à sa première véritable leçon. Mais quel que soit l'effet qu'aurait sur elle un autre professeur, ce serait toujours mieux que ce qui se passerait avec moi si je lui donnais un cours de plus.

Le père de Cindy était trop dérouté pour formuler la moindre objection. « Est-ce que vous voulez lui parler ? Lui expliquer ça vous-même ? »

Je dus répondre quelque chose de tellement absurde que je ne m'en souviens pas. Je raccrochai sans avoir eu à lui parler. Pendant les mois qui suivirent, je n'en dis rien à Teresa. Si je lui en parlais, cela ne ferait que confirmer ses pires craintes. Lorsque je le lui racontai finalement, ce fut pour elle un coup terrible, elle ressentit toute la misère que seule la vérité peut apporter. Elle se traîna pendant deux semaines, essayant de réparer les pots cassés. « Tu devrais peut-être laisser tomber les cours, Joseph. Depuis que tu as commencé, tu n'as plus travaillé ta musique à toi. »

Je cessai de rêver à Cindy Hang, mais je continuai de songer à son jeu étrange, chirurgical, venu d'un autre monde. Entre ses doigts, les longues mélopées d'Europe devenaient méconnaissables. Plus jamais je n'entendis quelqu'un ayant un jeu de ce genre. C'était la seule de mes élèves qui aurait pu apprendre facilement à faire de la musique. Mais pour accéder à la vraie scène, il aurait fallu qu'elle sacrifie en chemin sa façon de jouer.

Pendant un certain temps, le fait d'avoir banni Cindy nous rapprocha, Terrie et moi, ne serait-ce que par la culpabilité que nous partagions. Teresa avait tant sacrifié pour vivre avec moi ; jamais je ne pourrais lui rendre la pareille. Cela me suivait à la trace comme un casier judiciaire. Chaque jour je devenais plus convaincu qu'elle ne pouvait pas se permettre de vivre avec moi. Elle voulait se consacrer entièrement à quelqu'un qui s'était totalement dédié à la chose qu'elle aimait le plus au monde. Elle voulait épouser un musicien. Ce n'était pas plus compliqué que ça. Elle voulait que je l'épouse. Elle pensait que le fait d'officialiser la situation, de signer les papiers, balaierait notre perpétuelle anxiété et ferait tomber les murs. *C'est mon mari*, pourrait-elle répondre aux caissières venimeuses, aux types qui nous suivaient dans la rue, l'air menaçant, aux voitures de police qui guettaient nos faits et gestes. *C'est mon mari*, dirait-elle, et ils n'y pourraient rien.

Parfois, le soir, dans le noir, encouragée par la proximité, elle remettait ça sur le tapis, à voix basse, et dépeignait pour moi un fantasme : une maison, un état souverain à nous, avec son propre drapeau et son hymne national, et peut-être un accroissement de population. Jamais je ne la contredis et, dans le noir, elle prit mon écoute bienveillante pour un acquiescement.

L'avenir entre nous étant flou, ma créativité musicale tendait vers zéro. Les heures passées loin du clavier étaient pires encore. Passer l'aspirateur pendant une demi-heure m'épuisait. Une course à l'épicerie prenait les proportions d'une ascension du mont Everest. *Peut-être devrions-nous effectivement nous marier*, songeais-je. *Nous marier et nous installer quelque part où nous puissions survivre.* Mais je ne savais pas comment m'y prendre. À moins que Teresa ne se charge de tout, s'occupe de toutes les démarches, et me prévienne quand tout serait terminé...

Inerte comme je l'étais, je me dis que la probabilité que je meure avant de pouvoir honorer la moindre promesse implicite finirait par l'emporter. J'avais passé la trentaine, seuil fatidique au-delà duquel on n'était plus digne de confiance. Teresa elle aussi approchait la trentaine, âge auquel une femme non mariée ne se mariera sans doute jamais. Cela aurait dû me sembler naturel. C'était ce que j'avais connu toute mon enfance : un conjoint de chaque couleur. Mais un quart de siècle avait détruit tout naturel en moi. Toutes les leçons prodiguées par ma famille se réduisaient à une seule : on ne survit pas au mariage avec quelqu'un d'une autre race.

Teresa considérait que j'étais à moitié blanc. Nous chantions ensemble et n'avions jamais le moindre problème. Elle croyait me situer. Elle me voyait besogner, essayer d'écrire de la musique blanche. Tout ce que je ne lui disais pas l'autorisait à penser cela. Une fois, elle s'enquit de la famille du côté de mon père. Elle voulait quelque chose à quoi se rattacher. « D'où sont-ils ?

– D'Allemagne.

– Je sais, gros bêta. Où en Allemagne ? »

Je n'avais pas de bonne réponse. « Ils ont vécu à Essen jusqu'à la guerre. Mon... père était de Strasbourg, à l'origine.

– À l'origine ? »

J'éclatai de rire. « Ma foi, à l'origine, ils venaient tous de Canaan, j'imagine.

– D'où ? » Je ne pus qu'effleurer ses cheveux. « Eh bien, où sont-ils tous, aujourd'hui ? » Pas une hésitation. Elle était si pure.

« Disparus. »

Elle réfléchit à ce qu'elle venait d'entendre. Les siens avaient coupé les ponts, mais elle savait où chacun se trouvait. Elle envoyait encore des cartes à tous les anniversaires de ses cousins, même si le taux de réponse s'était réduit à presque rien. « Disparus ? » C'est alors qu'elle comprit brutalement, et plus aucune explication supplémentaire ne fut nécessaire.

Elle demanda à en savoir davantage au sujet de la famille de Maman. Je lui dis ce que je savais : le grand-père médecin, sa femme et ses enfants à Philadelphie. « Quand pourrons-nous les rencontrer, Joe ? » Personne ne m'appelait Joe. « Je serais ravie de t'accompagner, quand tu veux. » Je ne pouvais même pas lui dire. Nous n'étions même pas assez proches pour être de deux espèces différentes.

Je me rendis compte par hasard de ce que je lui faisais endurer. Une fois par semaine, je fouillais encore dans sa collection et j'apprenais pour elle une chanson. Après dîner, je m'asseyais au Wurlitzer, improvisais des arpèges, puis me lançais dans une intro. Son grand jeu consistait à deviner le morceau pour être prête à chanter sur le premier temps du premier couplet. Elle y arrivait à chaque fois. Son visage s'éclairait, on aurait dit qu'on lui offrait un paquet-cadeau. Un soir d'avril 1975, nous tentâmes *There's a Rainbow Round My Shoulder*, une chanson dont, l'après-midi encore, j'ignorais tout. Terrie alla jusqu'à :

> Alléluia, les gens seront médusés
> Quand ils verront la bague en diamant
> Que ma petite chérie porte au doigt !
> Oui, monsieur !

Elle s'interrompit soudain dans un mélange de rires et de larmes. Elle vint vers moi et passa ses bras autour de mes épaules. Je fis l'idiot encore sur cinq notes façon camisole de force. « Oh, Joe, mon poussin. Il faut qu'on le fasse. Qu'on régularise la situation ! »

Je la regardai et lui dis, genre loulou des années 1930 : « Tout ce que voudra mon petit cœur. En quel honneur ne respecterais-je pas la loi ? » Elle parut aussi heureuse que si nous avions déjà accompli l'acte. L'intention seule semblait lui suffire.

Deux semaines plus tard, en fouillant dans ses disques à la recherche d'une autre pépite, j'aperçus un bout de papier qui dépassait d'une pile de livres sur son bureau. C'est la couleur qui avait attiré mon regard. Je m'emparai de la chose, un faire-part de mariage tracé à la main. Un grand arc-en-ciel s'étendait au milieu. Sur le haut de la page, le titre de la chanson était écrit à la main : « J'ai un arc-en-ciel autour de l'épaule ». À l'intérieur de l'arc-en-ciel, un extrait manuscrit de la chanson : « Et ça me va comme un gant. » Au-dessous, sur une série de lignes horizontales, Teresa avait écrit HEURE, DATE et LIEU, espaces qu'en toute confiance elle avait laissés vierges, en attendant de m'avoir joyeusement consulté. Un peu au-dessous, elle avait écrit : « Venez célébrer avec nous l'union de Teresa Maria Elisabeth Clara Wierzbicki et Joseph Strom. » Tout en bas, d'une main guillerette, elle avait ajouté : « Alléluia, nous nous aimons ! »

J'en fus bouleversé. Elle voulait qu'il y ait du monde, qu'on fasse une déclaration publique. J'aurais peut-être pu négocier pour que ce soit un mariage civil, dans la mesure où nous n'en avions parlé à personne. Mais un mariage avec invitations ? Impossible. À qui pensait-elle pouvoir envoyer des invitations ? Ma famille était morte et la sienne l'avait bannie. Nous n'avions aucun ami commun, aucun en tout cas qui serait venu à une telle cérémonie. Je me fis une idée du scénario qu'elle avait en tête : nous avançons dans l'allée centrale d'une église, en partie catholique, en partie africaine méthodiste épiscopalienne, en partie synagogue. Ses collègues polonais de l'usine d'un côté, mes contacts au sein des Black Panthers de l'autre, se dévisageant de part et d'autre de l'allée centrale. Et nous deux, face à l'assemblée, coupons des parts de pièce montée. Alléluia, sûr que les gens seraient médusés !

J'enfouis le projet inachevé sous ses livres, tel que je l'avais trouvé. Je ne lui en ai jamais parlé. Mais elle a su. À ma façon de me comporter avec elle, à ma façon d'être trop affectueux. J'étais sur le qui-vive, prêt pour le moment où elle me présenterait le faire-part terminé. *Tiens, j'ai fait ça pour toi*. Mais cet instant ne vint jamais. La célébration artisanale de Teresa disparut de son bureau pour être inhumée dans une malle secrète qu'elle n'ouvrait pour personne.

C'est à cette période que j'abandonnai toute velléité de composition. Je réunis mes partitions gribouillées au crayon et mis l'ensemble de côté une fois pour toutes.

Peu de temps après, j'eus des nouvelles de Jonah. Il n'était pas parti en Scandinavie. « Salut, vieux frère – commençait-il. Il se passe de grandes choses, ici. J'ai trouvé ma vocation. » Comme si le fait de chanter avec le London Symphony Orchestra et l'Orchestre philharmonique de Radio-France n'avait constitué qu'un galop d'essai.

> J'étais à Strasbourg à faire mon numéro de ténor pour la millionième interprétation de la toute-puissante NEUVIÈME, cette saison, une performance authentiquement tartignolle dans la nouvelle « Capitale de l'Europe », avec des solistes, un chef d'orchestre et des musiciens de plus de vingt pays. Pas tout à fait sûr du pays que j'étais censé représenter. On fonçait bon train dans la dernière ligne droite, quand soudain le grotesque de la situation m'est apparu. Toute ma vie, j'ai été ce bon petit soldat à la solde de l'impérialisme culturel dernière manière. *Alle Menschen werden Brüder* : tu parles, Charles. Laisse-moi rire. Sur quelle planète il vit, ce mec ? Pas la nôtre ; pas la Planète des Singes.
>
> J'ai terminé le concert sans problème mais, après ça, j'ai commencé à devenir allergique à tout ce qui était postérieur à 1750. J'ai annulé trois cachets, trois gros machins du XIXe siècle avec fanfreluches et tout le tralala. J'ai réussi à assurer dans une mise en scène à l'artillerie lourde de *La Création*, à Lyon, sans gerber mon goûter, mais c'était moins une... De retour à Paris, je suis tombé par hasard sur un groupe des Flandres, une dizaine de chanteurs, qui se produisaient au musée de Cluny. Je n'avais jamais rien entendu de tel. J'ai eu l'impression d'atterrir après un long voyage chaotique en avion, tu sais, le moment où tes oreilles se débouchent. Avec toutes ces prods de cent cinquante personnes pour salles gigantesques, j'en avais oublié ce que chanter signifie... Mille ans de musique écrite, Joey. Et nous, on s'est uniquement concentrés sur le dernier siècle et demi. On s'est cantonnés dans cette petite aile d'une demeure gigantesque... Mille ans ! Tu as une idée de la taille que ça fait ?

Suffisamment spacieux, à l'évidence, pour que mon frère s'y engloutisse.

Il m'a fallu un bout de temps pour purger ma voix de tous les trucs clinquants et autres artifices merdeux qu'on m'a fait gober ces dernières années. Mais me voilà finalement purifié. J'ai suivi ce groupe, le Kampen Ensemble, jusqu'à Gand, et, après une longue traversée du désert, j'ai enfin retrouvé un professeur digne de ce nom : Geert Kampen – un véritable maître, et l'une des âmes les plus musicales que j'aie jamais rencontrées. Je ne suis qu'une modeste pièce dans son petit collège, et nous sommes loin d'être le seul groupe à nous intéresser à cette musique. D'un seul coup, le passé devient d'une actualité brûlante. Il y a toute une école aux Pays-Bas, et il y en a même une qui s'est montée à Paris. Il se passe un truc. Toute une vague de gens réinventent la musique ancienne. Je veux dire la plus ancienne. Suffit que tu attendes un peu, Mule. Ce mouvement atteindra les States d'ici quelques années. Vous êtes tout le temps à la traîne, les gars, même lorsqu'il s'agit de remonter le temps ! Et une fois que ça aura déferlé, tu verras : la nostalgie ne sera plus jamais la même...

J'ai appris à ne pas parler français dans les magasins flamands, quoique l'allemand ne soit guère mieux accueilli. Même mon anglais ne convainc pas totalement les gens que je ne suis pas un travailleur turc « invité », comme ils disent, venu pour voler les pires boulots aux gens du cru. Nonobstant, je ne suis jamais plus en sécurité que quand je chante. J'ai réussi à récupérer ce que Paris avait de mieux à offrir et je l'ai ramené à la civilisation avec moi. Elle s'appelle Céleste Marin. Elle sait tout de toi, et nous attendons tous deux que tu veuilles bien ramener ta pomme ici. Tu feras la connaissance de ma nouvelle femme et tu entendras ma nouvelle voix. Tu ferais bien de te magner. Même le passé ne peut durer éternellement.

Je lus la lettre avec une panique grandissante. Arrivé à la moitié, j'eus envie de lui envoyer un télégramme. Mon frère avait atteint un succès tel que cela justifiait presque l'expérience inaboutie que nos parents nous avaient infligée. Et, sur le point de jouir d'une vraie reconnaissance, il s'était mis en tête de ficher le camp à nouveau pour grossir les rangs d'une secte. Le désastre qu'était ma vie perdait sa dernière occasion de salut. Tant que je m'étais sacrifié pour propulser Jonah, je pouvais considérer que je n'avais pas totalement perdu mon temps. Mais s'il plantait tout, alors là, j'étais vraiment fichu. Je commençai à lui écrire un mot, mais c'était impossible. Je n'avais rien à lui dire sinon : *Ne fais pas ça. Ne gâche pas ta chance. Ne fiche pas en l'air ta vocation. Ne te moque pas de Beethoven. Nom de Dieu, ne t'installe pas en Belgique. Par-dessus tout, n'épouse pas une Française.*

J'achetai quelques enregistrements du Kampen Ensemble, que je dus commander. Je les écoutai en cachette, lorsque Teresa n'était pas à la maison. Je les dissimulai, comme des magazines porno, là où j'étais sûr qu'elle ne les trouverait pas, même par hasard. Les disques saturés de cromorne avaient un certain charme désuet, comme lorsque l'on tombe sur un outil en fer forgé dans une échoppe poussiéreuse, un objet qui avait signifié la vie et la mort pour quelque fermier, jadis, mais qui, dans le monde d'aujourd'hui, n'a plus aucune fonction connue. Rien dans les fourrés du contrepoint complexe ne ressemblait, même de loin, à un air que l'on pût entonner. Les chanteurs travaillaient leurs voix jusqu'à aboutir à une sécheresse ultime, retenant leurs phrases jusqu'à ce que plus rien ne tremble ni n'enfle. Tout ce que nous avions le plus adoré en musique était tout juste suggéré, à peine incarné. Je n'arrivais pas à saisir ce qui fascinait tant Jonah. Il était comme un chef qui a percé à jour le secret de sauces aux mille nuances... et voilà qu'il renonçait à la cuisine pour retourner à la cueillette des baies et des noix. Cela semblait une fuite peu glorieuse. En même temps, j'étais un prof de piano de seconde zone qui donnait quinze heures de cours par semaine, un compositeur avorté, qui vivait des bonnes grâces d'une travailleuse en usine. À Atlantic City.

Seul pendant la journée, je me passais mes disques de contrebande. À la troisième écoute du premier disque du Kampen Ensemble, je repérai plus particulièrement une chanson de Roland de Lassus : *Bonjour mon cœur*. Je connaissais déjà cet air avant même qu'il ait été écrit. « Bonjour mon cœur, bonjour ma douce vie, mon œil, mon cher ami. » Et dans ce morceau, je m'entendis, au moment même où je l'avais entendu pour la première fois. Je remontai cette étroite colonne d'air à contresens, je remontai à une période antérieure à nos années de tournées, antérieure aux salles de répétition carcérales de Juilliard, antérieure à la chorale de chambre de Boylston, jusqu'à nos toutes premières soirées en famille, où chacun de nous trouvait sa place au sein du chœur. « Bonjour ma toute belle, mon doux printemps, ma fleur nouvelle. » Avec les quatre premières notes de la chanson, je me retrouvai devant la salle en pierre où pour la première fois j'avais entendu cet air. J'ai sept ans ; mon frère en a huit. Mon père nous a emmenés à la pointe nord de l'île, visiter un cloître médiéval, où des chanteurs dénouent l'écheveau stupéfiant de l'instant. « Mon passereau, ma gente tourterelle. Bonjour, ma douce rebelle. » Après coup, mon frère déclarera : « Tu sais, moi, quand je serai grand... Quand je serai une grande personne... Je ferai comme ces gens. »

J'ignorais à l'époque qui étaient « ces gens ». Je ne le savais pas plus maintenant. Je savais seulement que nous n'étions pas ces gens-là. En entendant la chanson, je fus pris d'une envie soudaine de retourner aux Cloîtres. Cela faisait des décennies que je n'y avais pas mis les pieds. Le fait de me trouver là-bas réveillerait sans doute quelque vieux souvenir, et m'indiquerait la direction vers laquelle nous nous acheminions alors, m'aiderait à comprendre ce qui arrivait à Jonah. Je demandai à Ter si elle avait envie d'aller à New York. Ses yeux s'illuminèrent comme des guirlandes.

« Tu es sérieux ? Manhattan ? Juste toi et moi ?

– Plus six millions et demi de tueurs en série potentiels.

– New York, New York. Mon homme et moi en virée en ville ! » Cela faisait une paye, semblait-il, que nous n'avions pas pris de vacances. Je l'avais attirée sous terre, dans le tréfonds de ma solitude, et elle m'avait suivi, au nom de la musique. Mais nous n'étions nulle part en sécurité, en fin de compte, pas même au cœur de la solitude. Surtout au cœur de la solitude. « NYC ! On va commencer par Bloomingdale's, et puis on descendra vers le sud. Et on ne s'arrêtera pas tant qu'on ne t'aura pas trouvé un costume.

– Mais j'ai déjà un costume.

– Un costume moderne. Un beau costume de concertiste, bien large en bas, et sans épingles à nourrice pour le faire tenir.

– Pourquoi donc aurais-je besoin d'un costume ? » En entendant ces mots, Teresa se replia sur elle-même, et la lueur dans son regard s'éteignit. « Il me faut d'abord des chaussures », dis-je et la petite lumière se ralluma un peu.

Je suggérai qu'après le shopping nous montions voir les Cloîtres. Teresa croyait qu'il s'agissait d'un stade. Ses sourcils se dressèrent quand je lui expliquai de quoi il s'agissait. « J'ignorais que tu étais catholique !

– Moi aussi. »

Nous passâmes la matinée à arpenter des magasins grouillant de gens – pour moi, un condensé de l'enfer sur terre. Comme toujours, Teresa essuya toutes les humiliations et offenses comme si de rien n'était, sauf en cas d'agression manifeste. « Ils s'habillent comment, les pianistes, sur scène, ces temps-ci ? Qu'est-ce qui se fait pour un concertiste, cette année ?

– Pas ça, en tout cas. » Je ne pus en dire davantage.

Sa frustration augmentait. Pressé d'arriver à Washington Heights, j'acceptai un pitoyable costard croisé marron qui n'aurait d'autre fonction que de pomper un peu plus ses économies. « Tu es sûr ? C'est bien, ça, tu crois ? Tu vas être à croquer, là-dedans, partout où tu joueras ! Je ne t'en dis pas plus, beau gosse. »

Nous laissâmes le costume pour les retouches, ce qui me donnait une semaine pour réfléchir à cet achat, et peut-être perdre seulement l'acompte. Nous prîmes la ligne A direction *uptown*. Pendant tout le trajet, accrochée à sa poignée, Teresa me chanta à l'oreille du Ellington et du Strayhorn, comme la pire des touristes tout juste débarquée en ville. Sentant les grimaces agacées des autres passagers, j'harmonisai *sotto voce*.

Les Cloîtres avaient été modifiés depuis ma dernière visite – des pierres avaient été enlevées, l'ensemble avait été réduit, les chapiteaux et les voûtes avaient été simplifiés. Teresa n'arrivait pas à assimiler cet ersatz médiéval, ce fourre-tout composé d'éléments disparates. « Tu veux dire que ce type s'est baladé partout pour racheter des monastères ?

– Les voies des Blancs sont impénétrables.

– Joseph. Ne fais pas ça.

– Fais quoi ?

– Tu sais très bien. Et puis d'abord, comment peut-on *acheter* un monastère ?

– Euh. Et comment est-ce qu'on *vend* un monastère ?

– Je veux dire, tu achètes un prieuré espagnol, et tu as droit à une abbaye portugaise à moitié prix ? » Je lui pressai la main jusqu'à ce qu'une lueur brille dans son regard. « Et ensuite, ils les ont reconstitués comme un énorme puzzle. Achète-m'en un, Joseph. Chouette alignement de colonnes. Ça aurait de l'allure dans le jardin, non ?

– Il faudrait d'abord qu'on ait un jardin.

– C'est parti. Je m'en occupe. Est-ce que je peux avoir une signature ? »

Elle adora la tapisserie de la licorne, et compatit avec la bête captive. « *Einhorn*, fis-je à voix haute.

– Qu'est-ce que tu dis ?

– Rien. »

C'était ma sortie en ville ; Teresa ne comprenait pas pourquoi je n'appréciais pas ces créations extraterrestres. Je parcourus les salles au pas de charge, en prêtant encore moins d'attention aux objets exposés que Jonah et moi ne l'avions fait un quart de siècle auparavant. Je pénétrai dans la froide salle en pierre où nous avions entendu nos chanteurs, ce jour-là, et je vis mon frère sauter de sa chaise pour toucher la jolie dame venue chanter pour nous. À part ça, pas de messager. Nous abandonnâmes ce trou temporel au bout d'une heure. Teresa était ravie ; moi, je me sentais plus apathique que je ne l'avais été depuis que j'avais eu des nouvelles de Jonah. Il était parti dans un monde dont je n'arrivais pas à trouver la clé.

« Marchons. » Teresa opina, enchantée par toutes mes suggestions. Nous traversâmes Fort Tryon Park. Je recherchai les deux garçons, de sept et huit ans, parmi les groupes de gens, le long des sentiers, mais je ne parvins pas à nous trouver au milieu de tant de leurres de la même couleur, qui parlaient tous espagnol. La vague de l'immigration dominicaine avait commencé ; d'ici une décennie, elle recoloniserait la pointe de l'île, tout comme un million de Portoricains avaient naguère colonisé Brooklyn et East Harlem, à l'époque de mon enfance. Les vieux juifs étaient encore là, ceux qui avaient refusé de s'installer plus au sud dans un quartier de réfugiés cubains. Des inconnus, qui jadis auraient salué mon père au premier coup d'œil, avaient à présent un mouvement de recul effrayé en m'apercevant. On lisait sur leur visage que, dans le quartier, ces choses-là n'avaient plus cours.

« Il y a une boulangerie par ici, dis-je à ma *shiksa* de bastringue, ma catholique polonaise. Quelque part, tout près d'ici. »

Mais je ne m'y retrouvais pas. Nous arpentâmes plusieurs rues dans un sens puis dans l'autre, tombâmes sur les escaliers en béton – totalement méconnaissables – puis nous revînmes sur nos pas jusqu'à ce que Ter en ait assez. « Pourquoi ne pas demander à quelqu'un ? »

Aborder un inconnu ? Jamais l'idée ne me serait venue à l'esprit. Nous demandâmes à un livreur. « La boulangerie Frisch ? » J'aurais pu aussi bien lui parler en provençal. « Dans tes rêves, peut-être. » Finalement, c'est une femme en tailleur argent, bracelet turquoise et quartz fumé, qui s'arrêta, sans doute davantage inquiète que prise de pitié. Elle se promenait dans sa plus belle tenue, comme si la ville n'avait pas lentement sombré dans l'enfer depuis la guerre. Elle fut surprise d'entendre que mon anglais était intelligible. Elle aurait pu être ma tante. Apprendre une telle nouvelle l'aurait tuée sur le coup.

« Frisch ? Frisch, là-haut, sur Overlook ?

– Oui, c'est ça ! C'est celui-là. » Je fis mine de m'éloigner, les paumes en l'air, le prototype du gars inoffensif.

Ma tante renifla. « Des bonnes indications, ça ne suffira pas. Ça fait des lustres que Frisch est fermé. Dix ans, avec de la chance. Qu'est-ce que vous cherchez, mon cher ? » Sa voix était chargée d'un lourd fardeau, c'était sa punition pour être venue sur cette terre de mixité.

Teresa, elle aussi, se tourna vers moi. Mais oui, qu'est-ce que tu cherches, à la fin ?

Tout gêné, j'avouai : « Du *Mandelbrot*.

– Du *Mandelbrot* ! » Elle m'examina pour voir comment j'avais pu découvrir ce mot de passe secret. « Pourquoi ne pas me l'avoir dit tout de suite, mon cher ? Pas besoin d'aller chez Frisch. Vous descendez la rue d'après, vous prenez à gauche. Et là, ce sera à un demi-pâté de maisons sur votre gauche. »

Je la remerciai de nouveau, avec un zèle proportionnel à l'inutilité de ses renseignements. Je pris Teresa par l'épaule et la menai dans la direction que ma tante avait indiquée.

« C'est quoi, le *Mandelbrot*, Joseph ? » Dans sa bouche, le mot se transformait en un vulgaire pain industriel.

« Du pain aux amandes. » On perdait beaucoup en traduisant.

« Du pain aux amandes ! Tu aimes le pain aux amandes ? Tu ne me l'as jamais dit. J'aurais pu t'en faire... » Teresa, le visage contrarié, hésitait à prononcer l'acte d'accusation. *Si seulement tu m'avais dit, si tu avais ramené ta petite amie à la maison et l'avais mise au lit avec nous.*

Nous trouvâmes la boulangerie. Rien à voir avec Frisch. Ce qu'ils vendaient sous le nom de *Mandelbrot* aurait tout aussi bien pu être du pain blanc à la cannelle. Nous nous assîmes sur un banc et picorâmes le pain. Notre journée à New York tirait à sa fin. Plus loin dans la rue, un type fouillait dans une corbeille métallique. Demain n'était qu'une lumière à l'horizon, qui se pressait à la rencontre d'hier. C'était la rue que Da nous avait fait emprunter, lorsqu'il nous avait expliqué que toutes les horloges de l'univers tournaient à leur propre rythme. Le même banc, bien que ce mot, *même*, semblât dénué de toute signification.

Nous n'avions rien mangé de la journée. Pourtant Teresa toucha à peine au pain, comme s'il s'agissait d'une hostie rance. Elle en déchira des morceaux et jeta des miettes aux pigeons, puis elle les maudit pour s'être agglutinés autour d'elle. J'étais assis à ses côtés, bloqué dans ma propre vie. Les garçons et leur père étaient passés devant nous, quand nous étions assis sur le banc, mais ils ne savaient pas encore comment nous voir. Je ne pouvais aller nulle part, à partir de ce lieu et de cet instant. Je me levai pour m'en aller, mais je ne pus marcher. Teresa s'agrippa à moi, m'obligea à rester sur place. « Joseph. Mon Joe. Il faut qu'on régularise la situation.

– La situation ? »

Une tentative pour briser toutes les pendules.

« Nous. »

Je me rassis. J'observai le type qui s'escrimait sur la poubelle, il dépliait un petit paquet brillant en aluminium. « Ter. On est bien. Tu n'es pas heureuse ? » Elle baissa les yeux. « Pourquoi est-ce que tu dis toujours "régulariser la situation" ? Tu as peur de te faire arrêter ? Tu as besoin d'un contrat pour m'intenter un procès, le cas échéant ?

– Rien à foutre de la loi. Je m'en branle de la loi. » Elle pleura, fit un effort pour que les mots franchissent le seuil de ses dents serrées. « Tu n'arrêtes pas de dire d'accord, mais il ne se passe rien. C'est comme ta musique. Tu dis que tu veux, mais tu ne veux pas. Moi, je n'arrête pas de t'attendre. On dirait que tu te contentes de tuer le temps avec moi. Tu te dis que tu vas trouver quelqu'un de mieux que tu auras vraiment envie d'épouser, que tu voudras vraiment rendre...

– Non. Absolument pas. Jamais, jamais, je ne trouverai quelqu'un d'autre qui... sera mieux que toi.

– Vraiment, Joseph ? Vraiment ? Alors pourquoi ne pas le prouver ?

– Qu'est-ce qu'on a à prouver ? L'amour, c'est une histoire de preuves ? » *Oui*, me dis-je, à l'instant même où je posais la question. *C'est exactement ça, l'amour*. Teresa posa la tête sur ses genoux et se mit à sangloter. Je lui caressai le dos en dessinant de grands ovales, comme un enfant qui s'exerce à tracer ses *o* en cursive. C'est Maman qui m'avait appris à écrire, mais je ne m'en souvenais pas. Je frictionnai le dos de Teresa agité de soubresauts, sentant ma main depuis un lieu distant et isolé.

Un homme en costume noir et feutre rond défraîchi, plus vieux que le siècle, passa en traînant les pieds. En entendant le danger, il accéléra imperceptiblement le pas. Puis, s'apercevant qu'il n'avait rien à craindre de notre tragédie, il s'arrêta. « Elle est malade, la fille ?

– Non, elle va bien. C'est juste du... *Leid*. » Il opina, plissa les paupières et dit quelque chose dans la langue de Da que je ne saisis pas. Tout ce que j'entendis fut la brutalité de sa réprimande. Le frottement de ses pieds reprit. Mais tous les vingt pas, il s'arrêta et regarda derrière lui. Pour voir s'il fallait appeler la *Polizei*.

Je n'ignorais pas que Teresa avait besoin de se marier, même si elle ne pouvait pas en parler. À partir du moment où elle serait mariée, sa famille se montrerait plus conciliante, et la réintégrerait peut-être dans ses rangs. En revanche, si nous décidions de maintenir le *statu quo*, nous ne ferions que confirmer leurs pires calomnies. Elle vivrait à jamais dans le péché avec un Noir profiteur qui ne se souciait même pas de lui offrir une bague.

Mais le mariage était impossible. C'était une erreur, je le savais pertinemment. Mon frère et ma sœur rendaient le mariage impossible. Mon père et ma mère aussi. Le mariage était synonyme de point d'ancrage, de reconnaissance, d'équilibre, de retour à la maison. L'oiseau et le poisson pouvaient tomber amoureux, mais le présent éparpillerait chaque brindille chipée ici ou là qu'ils pourraient assembler. J'ignorais à quelle race Teresa pensait que j'appartenais, mais ce n'était pas la sienne. La race l'emportait sur l'amour aussi sûrement qu'elle colonisait l'esprit amoureux. Il n'y avait pas de juste milieu. Mes parents avaient essayé, et le résultat, c'était ma vie. Je n'éprouvais en rien le besoin de reproduire ce schéma.

J'étais de retour à Boston, Kenmore Square, par une froide journée de décembre. Mon frère, banni pour avoir embrassé une fille d'une autre caste, le premier faux pas de sa vie, me disait que nous étions la seule race qui ne pouvait pas se reproduire. Je croyais qu'il avait perdu la boule. À présent, cela me semblait évident. De toutes les musiques que nous pourrions faire écouter à nos enfants, Teresa et moi, il n'existait pas une seule chanson qu'ils pourraient revendiquer de manière inconditionnelle, sans conteste, qu'ils pourraient chanter comme on respire. Teresa croyait être au-delà des questions de couleur de peau. Elle croyait avoir payé, déjà. Elle n'avait pas idée. Je n'avais aucun moyen de le lui dire. « Teresa. Ter. Comment veux-tu qu'on fasse ? »

Je n'étais pas sûr de ce que je voulais dire. Mais Teresa, elle, l'était. Elle redressa la tête. « "Comment veux-tu qu'on fasse ?" *Comment veux-tu qu'on fasse ?* » Ses mots étaient terribles, engourdis. Je crus qu'elle allait craquer. Je jetai un regard alentour, à la recherche de la cabine téléphonique la plus proche. « Comment veux-tu qu'on fasse pour rester ici ? » Son visage rouge de colère gîtait de droite à gauche, exprimant un refus si violent que mon premier réflexe fut de l'apaiser. Ses mots se mélangeaient follement. « Comment veux-tu qu'on *vive* ensemble ? Qu'on se *parle* ? » Elle fit mine de se lever, puis se laissa choir. Elle se détourna de moi, suffocante, ses lèvres se tordaient en silence. Ses bras étaient tendus devant elle, déchirant l'air de dégoût. Je traçai de grands *o* rassurants dans son dos jusqu'à ce que, dans un geste de furie, elle se retourne sur elle-même et me renvoie ma main à la figure. Je n'osai plus bouger. Que je m'approche ou que je m'éloigne, le désastre serait identique. J'avais la tête vide, je n'entendais plus rien, ne distinguais plus les couleurs. Si elle avait eu un couteau, cette femme s'en serait servi. Puis Teresa se calma. C'est ça, le temps. Da me l'avait expliqué, une fois. C'est ainsi que nous savons dans quel sens va le monde : toujours vers l'aval, de l'affolement à l'engourdissement.

Nous rentrâmes ensemble à Atlantic City, obéissant à une force qui se trouvait un cran en dessous du choix. Nous reprîmes la vie en commun, en une sorte de mouvement en suspens entre gens déjà morts. Nous n'abordâmes plus jamais le sujet du mariage, hormis en pensée, à chaque minute où nous étions en présence l'un de l'autre. Le temps poursuivit sa course aléatoire. Deux mois plus tard, sur cette pente inexorable, mon frère appela. Teresa décrocha. À la pause électrique qu'elle marqua après avoir dit « allô », je sus que c'était lui. La main tenant le combiné se mit à trembler, sous le coup de l'excitation : oui, c'était Teresa, oui, *cette* Teresa, et oui, elle savait qui il était – elle savait tout de lui, y compris où il était – et oui, son frère était là, et oui, non, oui, et elle gloussa, totalement charmée par le baratin flatteur qu'il improvisa. Elle me tendit le téléphone avec une douceur qu'elle n'avait pas manifestée depuis notre mortelle journée à New York.

« Elle a une jolie voix, Mule. Tu chantes avec elle ?

– Un truc dans le genre.

– Elle monte jusqu'où dans les aigus ?

– Comment vas-tu, Jonah ?

– Tu es certain qu'elle est polonaise ? À l'entendre, on ne dirait pas. Comment est-elle, physiquement ?

– À ton avis ? Comment va Céleste ?

– N'aime pas trop la Belgique, j'en ai peur. Elle trouve que ce sont tous des sauvages ici.

– C'est le cas ?

– Eh bien, ils mangent des frites avec leurs moules. N'empêche, ils déchiffrent comme personne. Je veux que tu viennes voir par toi-même.

– Quand tu veux. Tu as un billet d'avion pour moi ?

– Ouaip. Tu peux partir quand ? » Nous arrivâmes à l'une de ces grandes mesures *rallentando*, comme dans les *lieder* de la fin de la période romantique. Chacun devinait les pensées de l'autre, deux cibles mobiles dans le viseur du fusil. Ça, nous ne l'avions pas perdu. « J'ai besoin de toi, Mule.

– Est-ce que tu as idée de ce que tu es en train de me demander ? Tu ne te rends absolument pas compte. Ça fait des années que je n'ai rien joué de sérieux. » Je levai la tête, et vis Teresa. Trop tard. Elle tournait autour de la machine à café. Elle avait le visage défait. « En classique, je veux dire.

– Non, frangin. C'est toi qui ne sais pas ce que je te demande. Des pianistes, ici, il y en a à tous les coins de rue, ils vendent des crayons plaqués ivoire pour joindre les deux bouts. Ou alors ils sont au chômage, rétribués par la Maison des Arts. Je n'appellerais pas si j'avais juste besoin d'un malheureux pianiste.

– Jonah. Ne tourne pas autour du pot, dis-moi. Que ce soit rapide et sans douleur.

– Je forme un groupe *a cappella*. J'ai deux voix aiguës, quand tu les auras entendues, tu auras envie de mourir. Polyphonie médiévale et Renaissance. Rien de postérieur à 1610. »

Je fus pris d'une crise de rire. « Et tu veux que – quoi ? Que je vous fasse la compta ?

– Oh non. On engagera un authentique escroc, pour ça. Non, on a besoin de toi pour la voix de basse.

– Tu plaisantes. Tu sais à quand remonte la dernière fois que j'ai chanté ? Le dernier cours de chant que j'ai pris, c'était en deuxième année de fac.

– Exactement. Tous ceux que j'ai écoutés ont été sabotés à cause des cours qu'ils ont pris. Toi, au moins, tu n'auras rien à désapprendre. C'est moi qui te donnerai les leçons.

– Jonah. Tu sais bien que je ne sais pas chanter.

– Je ne te demande pas de chanter, Mule. Je te demande juste de faire la voix de basse. »

Il développa son argumentation. Il travaillait sur un style entièrement nouveau, tellement ancien qu'il avait disparu de la mémoire collective. Personne ne savait encore comment chanter ça ; tout le monde tâtonnait. La puissance, c'était fini – le vibrato, l'ampleur, la fougue, le brillant vernissé, tout l'arsenal de trucs pour remplir les grandes salles de concert, ou bien s'élever au-dessus de l'orchestre, il fallait mettre une croix dessus. Et pour remplacer tout cela, il avait besoin de légèreté, de clarté, de précision, de subtilité.

« L'impérialisme, c'est fini, Mule. On remonte à une époque antérieure à la domination. Nous apprenons à chanter comme des instruments anciens. Les orgues de la pensée divine.

– Hé, tu n'es tout de même pas tombé dans la religion ? »

Il éclata de rire et se mit à chanter : *« Gimme that old-time religion. »* Mais il chanta d'une voix aiguë et limpide, dans le style des conduits de l'école de Notre-Dame, vieux de quelque huit cents ans. « Ça me suffit.

– Tu es dingue, dis-je.

– Joey, je te parle mélange. Fusion. Abandon du moi. Respiration en groupe. Tout ce que nous avons cru que la musique était, quand on était mômes. Faire en sorte que cinq voix sonnent comme si une seule âme vibrait. Et moi je me dis : de tous ceux que je connais au monde, qui est celui qui voit le plus clair en moi ? Qui est celui avec qui je partage le plus de matériau génétique ? Quelle voix est la plus proche de la mienne ? Qui a plus d'esprit musical dans son petit doigt que n'importe qui dans tout son...

– Pas besoin de me cirer les bottes, Jonah.

– On ne discute pas avec ses aînés, ni avec plus sage que soi. Fais-moi confiance sur ce coup, Mule. Est-ce que je n'ai pas toujours su ce que je faisais ? » Là, je ne pus m'empêcher de rigoler. « Je veux dire, récemment. »

Il entra dans les détails. Ce qu'il voulait chanter ; comment trouver le meilleur tremplin pour ce nouveau groupe en devenir. « Est-ce que c'est viable ? demandai-je.

– Viable ? Tu veux dire est-ce qu'on peut gagner notre vie en faisant ça ?

– Oui. C'est ce que je veux dire.

– Tu as dit qu'on avait récupéré combien de Da ? »

J'aurais dû m'en douter : subventionnés, toute notre vie durant, par le décès de nos parents. « Jonah, comment est-ce que je pourrais ?

– Joey. Comment ne pourrais-tu pas ? J'ai besoin de toi. J'ai besoin de toi, sur ce coup. Si ce truc se fait sans toi, ça n'a pas d'intérêt. »

En raccrochant, je vis Teresa recroquevillée dans un coin, comme une vieille dame blanche en train de se faire cambrioler par un jeune type basané. Elle attendit que je lui explique ce qui se passait. J'en étais incapable. Même si j'avais su, j'en aurais été incapable.

« Tu vas le rejoindre, c'est ça ? Tu t'en vas là-bas ? » J'essayai de dire quelque chose. Ça commença comme une objection, et ça se termina par un haussement d'épaules. « Va te faire foutre, déclara sainte Thérèse, ma *honeysuckle rose*. Vas-y. Fiche le camp. Tu n'as jamais eu envie de moi. Tu n'as jamais voulu que ça marche entre nous. » Elle se pencha en avant, les sens aux aguets, à la recherche d'une arme. Teresa me hurla dessus, à pleins poumons, pour que le monde entier entende. Si nos voisins appelaient la police, j'irais en prison jusqu'à l'âge de quarante ans. « Depuis le début, j'ai tout fait pour toi, tout ce qui pouvait... » Sa voix se brisa. Je ne pouvais faire un pas vers elle. Lorsqu'elle releva la tête, les mots qu'elle prononça furent secs, morts. « Et toi, pendant tout ce temps, tu attendais qu'il t'appelle pour te proposer quelque chose de mieux. »

Soudain, la conviction entra en elle, le feu authentique de la performance. Elle se précipita vers l'étagère où se trouvaient ses centaines de disques et, avec cette force inouïe des mères qui soulèvent une voiture pour sauver leur enfant coincé dessous, arracha l'étagère du mur, et remplit la pièce qui avait été la nôtre d'un fatras de chansons.

28

Novembre 1945-août 1953

Rootie arrive. « C'est un miracle », dit Da. C'est évident, même pour moi. D'abord elle est pâle et laiteuse, comme une pomme de terre sans la peau. En l'espace de quelques semaines, elle devient brune, comme une pomme de terre avec de nouveau la peau. Rien ne reste de la même couleur bien longtemps. D'abord, Root est plus petite que le plus petit des violons, mais bientôt elle est trop grosse pour que j'arrive à la porter facilement. Exactement comme Maman était grosse avant que Ruth ne vienne au monde, et maintenant elle est redevenue petite.

Je demande à Maman si Root sera dans notre école. Maman dit qu'elle est déjà dans notre école. Maman dit que tout le monde est toujours à l'école. « Même toi ? » Cette idée me fait rire et me dérange. « Toi aussi, tu es encore à l'école ? » Elle sourit en secouant la tête, comme pour dire non. Mais ce n'est pas ça. Elle est en train de me dire le oui le plus triste que j'aie jamais entendu.

Jonah apprend plus vite que moi, mais quand je suis seul avec Maman, elle me dit que c'est parce qu'il a pris de l'avance au départ. Je fais de gros efforts, mais le résultat, c'est que mon frère fait encore plus d'efforts, juste assez pour conserver son avance sur moi. Chaque jour, nous faisons quelque chose de nouveau. Il y a des fois, même, où c'est aussi nouveau pour Maman. La petite Rootie est allongée à côté et se moque de nous. Da n'est pas là, il enseigne la physique à des adultes parce que tout le monde est toujours à l'école. Quand Da rentre à la maison, on joue encore à l'école jusqu'au dîner, et jusque dans la soirée où, pour finir la journée, on chante ensemble.

Mais même avant le chant à la fin de la journée, il y a des chansons. Des chansons sur les animaux et les plantes, les présidents, les États et les capitales. Des jeux de rythme et de mesure pour apprendre les fractions ; des accords et des intervalles pour les tables de multiplication. Des expériences avec des cordes qui vibrent pour le cours de sciences. On apprend les oiseaux d'après leur chant, et les pays d'après leurs hymnes nationaux. Maman a une musique pour chaque année du cours d'histoire. On apprend un peu d'allemand, un peu de français et d'italien grâce à des fragments d'aria. Un air pour toute chose, toute chose en chanson.

Nous allons dans les musées ou dans les parcs, nous ramassons des feuilles et des insectes. Nous passons des examens – des pages de questions sur du papier qui déteint, Maman dit que l'État en a besoin pour voir si on apprend autant que les autres garçons. Jonah et moi faisons ça à toute vitesse, en essayant de répondre au plus grand nombre de questions le plus vite possible. Maman nous fait revenir en arrière en chantant : « La course n'est point aux agiles. »

La vie serait un entraînement pour le paradis s'il n'y avait que ça. Mais il n'y a pas que ça. Lorsque les autres garçons de notre rue rentrent de l'école, Maman nous envoie dehors – « au moins une heure » – pour jouer. Les garçons nous cherchent toujours des noises, et nos châtiments sont toujours renouvelés. Ils nous bandent les yeux et nous tapent avec des bâtons. Ils se servent de nous comme poteaux de base-ball. Jonah n'est pas assez costaud pour oser refuser. Nous nous trouvons des cachettes dans les ruelles, inventant des histoires que nous raconterons à Maman une fois de retour à la maison. Nous passons l'heure à chanter en canon des chansons rigolotes et dissonantes, tout bas pour que nos tortionnaires n'entendent pas.

Maman a réponse à tout. Lorsque nous sommes ensemble chez le dentiste, à l'épicerie ou dans le métro, et que quelqu'un fait une remarque, ou bien nous jette un sale œil, elle nous dit : « Ils ne savent pas qui nous sommes. Ils nous prennent pour quelqu'un d'autre. Les gens sont dans un bateau qui prend l'eau. Ils ont peur de couler au fond. » Face à cette frousse, notre mère a une réponse. « Chantez mieux, dit-elle. Chantez davantage.

– Les gens nous détestent, lui dis-je.

– Ce n'est pas toi qu'ils détestent, JoJo. Ils se détestent eux-mêmes.

– On est différents, lui expliqué-je.

– Ce n'est peut-être pas ce qui est différent qui leur fait peur, mais plutôt ce qui leur ressemble. S'il s'avère qu'on est trop comme eux, alors qui seront-ils ? » Je réfléchis à ce qu'elle vient de dire, mais elle n'attend pas vraiment une réponse. Elle prend nos deux crânes dans le creux de sa main. « Les gens qui vous attaquent en disant que c'est impossible, en fait, ils ont peur que ce soit déjà possible.

– Pourquoi ? En quoi ça peut leur faire du mal ?

– Ils croient que toutes les bonnes choses sont comme des biens. Que si vous, vous en avez davantage, alors eux en auront moins. Mais tu sais quoi, JoJo ? N'importe qui peut créer plus de beauté, quand il le veut. »

Quelques mois plus tard : « Qu'est-ce qu'on fait s'ils nous attaquent ?

– Vous avez une arme plus forte que tout le monde. » Elle n'a pas besoin d'en dire plus, elle nous l'a dit si souvent. *Le pouvoir de votre propre chant*. Je ne la reprends pas. Je ne lui dis plus que je ne sais pas ce que ça signifie.

Je rentre à la maison un jour, la canine supérieure droite en moins : un grand de trois ans mon aîné m'a tapé dessus. Lorsqu'elle voit qu'il me manque une dent, elle s'écrie : « Tu grandis, dis donc, JoJo. Qu'est-ce que tu grandis vite. » Mais la nouvelle dent met un temps fou avant d'arriver. Je lui souris aussi souvent que je peux. Une fois, elle détourne le regard, en pleurs – je pense que c'est parce qu'elle a honte de son garçon à la denture en pointillé, honte de ce rire édenté. Il me faudra cinquante ans pour comprendre.

Pourquoi faut-il que nous allions dehors ? Voilà ce que nous voulons savoir, nous, les garçons.

Pourquoi ne pas rester à la maison, juste lire, écouter la radio, jouer à faire sauter des pièces de monnaie ? Ou sauter à la corde dans la cave, pour se dépenser, comme Joe Louis ? Chacun de mes parents lit dans les pensées de l'autre. Ils donnent toujours la même réponse à nos questions. Ils s'y préparent à l'avance. Ils savent quand l'autre a déjà pris sa décision, que ce soit oui ou que ce soit non.

« C'est pas juste, dans cette famille, dit Jonah. Pas une vraie démocratie !

– Si, c'en est une », lui dit Da. Ou Maman, peut-être. « Seulement la voix des grands compte double. »

L'un termine la phrase que l'autre a commencée, ou achève la phrase musicale que son conjoint a entamée. Parfois, comme ils fredonnent au petit déjeuner ou en faisant le ménage, ils tombent ensemble sur le premier temps d'une même chanson, un morceau que ni l'un ni l'autre n'a chanté depuis des semaines. Spontanément à l'unisson. Même tempo, dans la même tonalité.

Je demande à Da : « D'où est-ce qu'on vient vraiment, d'Allemagne ou de Philadelphie ? On parlait quelle langue avant d'apprendre l'anglais ? »

Il me dévisage pour voir ce que je demande vraiment. « Nous venons d'Afrique, dit-il. Nous venons d'Europe. Nous venons d'Asie, sachant que la Russie fait en réalité partie de l'Asie. Nous venons du Moyen-Orient, où sont apparus les premiers hommes. »

Alors Maman le réprimande. « C'était peut-être leur résidence d'été, chéri. »

Je connais dix noms : Max, William, Rebecca, Nettie, Hannah, Charles, Michael, Vihar, Lucille, Lorene. Je vois des photos de famille, mais pas tant que ça. Les mauvais soirs, quand Ruth est malade ou lorsque Maman et Da se sont disputés, j'envoie des messages à ces noms.

Jonah demande : « De quelle couleur était Adam ? » Il sourit d'un petit air satisfait, il sait qu'il enfreint la loi.

Maman lui adresse un regard de guingois. Mais le visage de Da s'illumine. « C'est une très bonne question ! Combien existe-t-il de questions où la science et la religion donnent exactement la même réponse ? Tous les peuples sur terre doivent avoir des ancêtres identiques. Si seulement la mémoire était un peu plus puissante.

– Ou un peu moins puissante, dit Maman.

– Imaginez un peu ! Ils sont apparus un jour, à un endroit donné.

– À part les étalons de Neandertal qui ont sauté par-dessus la barrière. »

Da se met à rougir, et nous, les garçons, on rit. On ne comprend pas, mais on devine que c'est une bêtise. « Avant ça, je veux dire. La première graine. »

Maman hausse les épaules. « Peut-être que celle-là a été apportée de l'extérieur par le vent, elle est peut-être entrée par la fenêtre.

– Oui, dit Da, un peu perplexe. Tu as probablement raison ! » Maman rit et lui assène un petit coup de coude, scandalisée. « Non, vraiment ! C'est plus probable que de penser qu'elle a poussé sur place. Compte tenu de la jeunesse de la terre, imagine la taille de l'extérieur ! »

Maman secoue la tête, elle retrousse la bouche d'un côté seulement. « Bien, les enfants. Votre père et moi avons décidé. Adam et Ève étaient petits et verts. »

Nous, les garçons, nous rions. Nos parents ont perdu la boule. Racontent n'importe quoi. Nous ne comprenons pas un mot de ce qu'ils disent. Mais Jonah a saisi quelque chose qui m'échappe. Il est plus rapide, étant parti avec une bonne longueur d'avance. « Des martiens ? »

Ma mère acquiesce gravement, c'est notre grand secret. « On est tous des martiens. »

Les peuples du monde : on les étudie en géographie, en histoire. Des dizaines de milliers de tribus, et pas une seule qui soit la nôtre. « Nous, on n'appartient à aucun peuple », dis-je à mes parents un soir, avant d'aller au lit. Je veux qu'ils sachent. Pour les protéger, après coup.

« Nous sommes notre propre peuple », dit Da. Tous les mois, il écrit des lettres qu'il envoie en Europe. Il cherche. Depuis des années.

Maman ajoute : « Vous êtes en avance sur tout le monde. Tous les trois, attendez un peu, et le monde entier sera à votre image. » Nous bricolons un hymne national à partir de morceaux volés ici et là.

« Est-ce que nous croyons en Dieu ? » je demande.

Et ils disent : « Que chacun croie à sa manière. » Ou quelque chose dans le genre, tout aussi inutile, tout aussi impossible.

Ma mère chante dans les églises. Parfois elle nous emmène, mais Da, jamais. La musique, c'est quelque chose qu'elle connaît, et pas nous. « D'où est-ce que ça vient ? demande Jonah.

– D'où viennent toutes les musiques. »

Déjà, Jonah ne prend plus cela pour argent comptant. « Et ça va où ?

– Ah, dit-elle. Ça remonte jusqu'au *do*. »

Nous nous tenons à côté d'elle, sur les bancs d'église, les mains sur le plat de ses hanches, nous ressentons les vibrations qui passent à travers sa robe, ces fondamentales qui sortent d'elle avec une puissance si limpide que les gens ne peuvent s'empêcher de se retourner pour regarder d'où cela vient. Nous allons dans des églises où tout le monde fait semblant de ne pas regarder. Nous allons dans des églises où le son est pure extase, encouragé et scandé de mille manières, repris et enroulé en une douzaine de codas non prévues. Nous allons dans une église où le chœur qui tonne, s'emporte et se gonfle de béatitude, donne des convulsions à la grosse dame devant nous. Elle se penche en avant, et je crois qu'elle fait semblant d'être malade. Je ris, et puis je me tais. Son corps se trémousse de gauche à droite, de droite à gauche, d'abord dans le temps, puis deux fois plus vite, puis à la triple croche. Elle agite les bras comme une sprinteuse, et sa poitrine décolle et se balance comme un contrepoids. Une fille, la sienne peut-être, s'agrippe à elle et tangue avec elle, sans cesser de chanter avec la musique qui s'élève du chœur. « Le jour arrive. Le jour arrive. Où tous les murs tomberont. » La femme à côté d'elle, qui ne la connaît pas, l'évente avec un mouchoir en disant : « Ça va ; tout va très bien », sans même regarder. Elle se contente de suivre la vague musicale.

Elle est peut-être en train de mourir. Ma mère voit à quel point je suis terrifié. « Elle va bien, JoJo. Elle va y arriver.

– Arriver où ? »

Ma mère hausse les épaules. « Arriver là où elle était avant de venir ici. »

Chaque église où nous allons a un son particulier. Ma mère chante dans chacune d'elles, elle glisse sur la vague, au-delà du rouleau des notes. Elle brille comme cet horizon lointain, où vont toutes les notes. Ce que tu aimes plus que ta propre vie finira par t'appartenir. Ce que tu finis par connaître mieux que le chemin de ta maison t'appartient.

Le soir, nous chantons. La musique nous enveloppe. Elle a beau venir de loin, elle nous offre sa protection limitée, ici même, dans notre rue. Il ne me vient jamais à l'esprit que cette musique ne nous appartient pas, qu'elle est le dernier sursaut du rêve de quelqu'un d'autre, un rêve abandonné et moribond. Chaque mélodie que nous entonnons se met à exister devant nous, le soir où nous la chantons. Son pays : l'épinette ; son gouvernement : les doigts de ma mère ; son peuple : nos voix.

Maman et Da arrivent à chanter des morceaux à vue, et pourtant, à les entendre, on croirait qu'ils les connaissent depuis la naissance. Une chanson d'Angleterre : *Come Again, Sweet Love Doth Now Invite*. Bien vite nous escaladons ensemble cette gamme – « à voir, entendre, toucher, embrasser, mourir » – nous montons marche après marche jusqu'au sommet ; nous jouons avec le « mourir » au zénith de la phrase en nous accordant les uns aux autres. Cinq phrases pétillantes, innocentes, qui font revivre les soirées courtisanes de l'époque où le morceau fut conçu, cette beauté festive financée par le commerce des esclaves.

Jonah adore ce morceau. Il en veut d'autres du même compositeur. Nous en chantons un autre : *Time Stands Still*. Et ce n'est qu'*aujourd'hui*, tandis que je consigne ces mots, un demi-siècle plus tard, que je réussis à remonter jusqu'à cette chanson. Je vois le jour et le lieu vers lesquels nous avons envoyé des signaux chaque fois que nous avons emporté avec nous ce morceau sur la route. J'entends ce que laisse présager ce premier déchiffrage. Car la prophétie ne fait que rappeler à l'avance ce que le passé dit depuis longtemps. Nous ne faisons jamais qu'accomplir le commencement.

« Le temps s'immobilise et contemple son visage. » Je contemple, et le temps s'immobilise. Le visage de ma mère, si doux à la lumière de cette chanson. Nous chantons un arrangement à cinq voix. Jonah nous le fait prendre si lentement que chaque note reste comme suspendue en l'air, une colonne brisée sur laquelle pousse du lierre. C'est ce qu'il veut : arrêter la mélodie dans son mouvement et la fondre en un unique accord.

Il ne veut pas que nous terminions. Mais lorsque nous terminons, l'espace d'un instant aussi bref qu'illusoire, il est aux anges, habité par ce sentiment de plénitude qu'exprime l'accord. « Tu aimes les anciens ? »

demande Da. Jonah fait oui de la tête, même s'il ne lui est jamais venu à l'esprit que certains de ces morceaux puissent être plus anciens que d'autres. Tous ont le même âge, comme nos parents : ils datent du jour juste après la création.

« Quel âge il a, ce morceau ? » je demande.

Notre père lance un regard au ciel. « Soixante-dix-sept Rootie trois quarts. »

Notre sœur pousse un cri de plaisir. Elle agite les mains en l'air. « Non, non ! » Elle applique la paume de sa main sur son menton, l'index sur la joue, le coude dans l'autre main, caricaturant la posture du penseur. Déjà elle est impressionnante, elle a l'art d'imiter poses et postures, elle saisit leur sophistication comme si elle les comprenait. « Je crois que... oui ! » Son doigt fend l'air, elle opine du chef, *eurêka*. « Soixante-seize Rootie trois quarts ! Sans compter la première Rootie.

– Combien de Maman ? »

Da n'a même pas à réfléchir. « Un peu plus de onze. »

Maman est offensée. Il veut la prendre dans ses bras, mais elle résiste. « Presque douze. »

Je ne comprends pas. « Quel âge a Maman ?

– Huit centièmes et demi de cette chanson.

– Et toi, tu fais combien ?

– Ah ! C'est une autre question. Je ne vous ai jamais dit l'âge de votre vieux papa ? » Si, il nous l'a déjà dit, un million de fois. Il a zéro an, il n'a pas du tout d'âge. Né en 1911 à Strasbourg, qui faisait alors partie de l'Allemagne, et qui se trouve aujourd'hui en France. Le 10 mars. Mais c'était pendant les heures qui furent à jamais perdues, quand l'Alsace capitula pour régler enfin ses pendules sur Greenwich. C'est la fable de sa naissance, le mystère de son existence. C'est ainsi que la vie d'un jeune garçon fut prise au piège du temps.

« Il n'y a même pas neuf Da, dit Maman moqueuse. Votre vieux papa est un bien vieil homme. Votre père n'a même pas eu neuf longues vies, et vous voilà à Dowland ! »

Mes parents ont des âges différents.

« Nan, dit mon père. On ne peut pas diviser par zéro ! »

Je ne demande pas combien de Jonah, combien de Joe.

« Finies les bêtises. » Maman est la reine suprême de tous les Strom américains, maintenant et à jamais. « Qui a laissé entrer toutes ces maths dans la maison ? Poursuivons avec le calcul. »

S'immobilise et contemple des minutes, des heures et des années, pour lui donner sa place. Notre père découvre que le temps n'est pas une corde mais une série de nœuds. C'est ainsi que nous chantons. Pas du début jusqu'à la fin, mais en nous retournant sur nous-mêmes, en harmonisant avec des bribes que nous avons déjà chantées, pour accompagner ces soirées à venir. C'est ce soir-là – ou ça pourrait tout à fait être ce soir-là – où Jonah perce le langage secret de l'harmonie en s'immisçant dans le jeu des citations improvisées de nos parents. Maman commence avec Haydn ; Da y applique une folle couche de Verdi. L'oiseau et le poisson, en quête d'une maison, tissent leur nid avec tout ce qui leur tombe sous la main. Et puis soudain, sans crier gare, Jonah ajoute avec une impeccable justesse sa version du *Absalon, fili mi* de Josquin. Ce qui lui vaut, à un âge si tendre, un regard effrayé de mes parents, plus effrayé que tous les regards d'inconnus auxquels nous ayons jamais eu droit.

Et plus tard, quand Einstein vient à la maison jouer du violon avec les autres musiciens physiciens, il lui suffit d'appuyer très légèrement sur la touche de la culpabilité pour que mes parents envoient leur garçon loin de la maison : « Cet enfant a un don. Vous ne vous rendez pas compte. Vous êtes trop proches. C'est impardonnable de ne rien faire pour lui. »

Ce que ma mère a donné pour lui, c'est sa propre vie. La chose impardonnable dont elle s'est rendue coupable, c'est le rythme régulier de son amour. « Cet enfant a un don. » Et d'après le grand homme à la crinière blanche, d'où le tient-il, ce don ? Chaque journée est mise à profit pour approfondir ce talent ; il en coûte à ma mère absolument tout ce qu'elle possède. Elle tire un trait sur son propre talent, sur ses propres progrès, sur sa propre justification. Mais c'est ça, aussi, être noir : vivre dans un monde de Blancs qui décrètent que vos efforts ne suffisent jamais, que vos voix ne sont pas satisfaisantes. Et qui vous disent d'envoyer le garçon loin de la maison, qu'il faut le vendre, là-bas il sera en sécurité, qu'il faut le laisser voler de ses propres ailes, le confier à ceux qui savent, le faire traverser ce fleuve par tous les moyens. Sans jamais vous dire sur quelle terre vous l'envoyez, là-bas, sur l'autre rive.

Peut-être en meurt-elle, de ne jamais poser de questions. De croire que l'ampleur du talent de son garçon lui a forcé la main. De croire à l'obligation de la beauté, victime consentante de la grande culture. Peut-être meurt-elle sans savoir qu'il n'existe pas de meilleure école que la sienne. Parce que voilà que son garçon, son aîné, vole les clés de la musique, de cette musique qui s'est refusée à elle. Je vois le regard que mes parents échangent alors, estimant le prix de l'expérience qu'ils ont conduite. Calculant le coût de leur union.

Et qu'en aurait-il été du talent de Ruth, si Maman avait vécu ? Ma sœur, à l'âge de quatre ans, est la plus vive de nous tous, elle saisit la mélodie la plus élaborée, elle la maintient haut et clair, indépendamment des intervalles qui changent autour d'elle. Bientôt, c'est une imitatrice de génie. Elle imite Da, elle imite Maman, elle dissèque avec une extraordinaire minutie les faits et gestes de ses frères. Elle singe la respiration asthmatique du postier. Elle bégaye sentencieusement à la manière du présentateur radio préféré de mes parents. Elle se dandine comme l'épicier du coin, jusqu'à ce que Maman, suffoquant de rire, la supplie d'arrêter. Ce n'est pas de la répétition de perroquet, c'est quelque chose de plus étrange. Root semble savoir des choses sur le mensonge humain que ses quelques années n'ont pas pu lui apprendre. Elle se glisse dans la peau des gens qu'elle incarne.

Mais ma sœur est plus jeune que nous d'une vie entière. Trois ans d'écart : un laps de temps assez long pour nous séparer et faire de nous des étrangers. Chacun d'entre nous est le fruit hasardeux d'un unique instant fragile. Dans quatre ans et demi, Maman sera en ce lieu où les années n'auront plus prise sur elle.

Sa mort nous envoie dériver dans le temps. À présent, j'ai presque deux fois l'âge de ma mère. Je suis passé par un trou de ver dans le temps, je me retourne pour voir à quoi elle ressemblait, éclairée dans la lumière de sa famille. Son visage s'immobilise et contemple tout ce qu'elle ne vivra pas assez pour voir. Maintenant ce visage est aussi jeune, aussi vieux que toutes les choses qui se sont arrêtées.

N'ayant aucun moyen de vérifier mes souvenirs, je ne peux me fier à rien. La mémoire est comme la préparation vocale. La note doit être placée mentalement avant que la voix ne s'en empare. Le son qui sort de la bouche a été déclenché bien en amont. Déjà elle se révèle à moi, dans ce regard qui met des années avant de me parvenir : sa terreur en entendant son fils prodige. C'est le souvenir que je projette en avant, l'idée que j'ai de cette femme, quand toutes les autres idées ont disparu depuis longtemps. Elle et mon père échangent un regard en voyant ce qu'ils ont fait – c'est un constat secret, terrible : *notre enfant est d'une race différente de chacun de nous.*

J'ai droit moi aussi à son regard, un regard que je place à côté du précédent. Un seul coup d'œil, si fugitif qu'il s'achève avant qu'elle ne me le lance. Mais impossible de s'y tromper. Cela se produit trois jours avant que je m'en aille rejoindre Jonah à Boston. Je suis en train de prendre ce que nous deux savons être ma dernière leçon avec elle. Nous travaillons sur le petit livre d'Anna Magdalena. La plupart des morceaux sont déjà trop faciles pour moi, mais je me garde bien de le dire. Même les grands pianistes continuent de jouer ces morceaux – c'est du moins ce que nous nous disons. C'est un carnet de famille, dit ma mère, quelque chose que Bach a écrit pour que sa femme ait une demeure dans la musique. C'est un album de famille, comme les Polaroids que mes parents conservent. Des cartes postales qu'on apprécie et qu'on garde en lieu sûr.

Da est à l'université. Ruth est par terre, à trois mètres du piano, elle s'affaire sur sa maison de poupée et sa famille en pinces à linge. Maman et moi tournons les pages de l'album. Nous sommes censés faire de l'histoire-géo – les pays en voie de développement – mais nous faisons l'école buissonnière, le temps passe si vite. Il n'y a personne pour nous réprimander. Nous jouons un bouquet de danses légères, nous les faisons durer, nous les modelons, jusqu'à atteindre la légèreté de la pluie dans le désert, qui se transforme en poussière avant de toucher les toits.

Nous passons aux arias, la partie du petit livre que nous préférons. Avec les arias, l'un de nous deux peut chanter, pendant que l'autre joue. Nous faisons le 37, « Willst du dein Herz mir schenken ». Maman chante, déjà elle est une créature d'un autre monde. Mais cela, je ne peux pas l'entendre d'ici, dans le seul monde où j'aie jamais vécu. Je commence le 25, mais nous n'avons pas encore atteint la troisième mesure que Maman s'arrête. Je m'arrête moi aussi pour voir ce qui cloche, mais d'un geste elle me fait signe de continuer à jouer. Root l'imitatrice se lève au-dessus de sa famille en pinces à linge, debout comme elle a vu Maman faire des milliers de fois, tenant la pose devant une pièce remplie de gens attentifs. C'est Maman en personne, trois fois plus petite. La voix de la petite Root figure l'âge adulte qui est déjà en elle. Elle se met à chanter le « Bist du bei mir » à la place de ma mère. Elle chante pour elle, elle endosse son rôle.

Ma sœur âgée de sept ans a appris phonétiquement l'enchaînement des mots allemands, juste en écoutant Maman chanter deux ou trois fois. Ruth ne comprend pas un mot de ce qu'elle chante dans la langue de son père. Mais elle chante en sachant où va chacun de ces mots. Elle chante le morceau que Maman et Da jouèrent dans le salon de mes grands-parents lors de la première visite de Da. *Ach, wie vergnügt wär' so mein Ende.* « Ah, comme ma fin sera plaisante. »

Je joue jusqu'au bout, et Rootie arrive à bon port. Maman reste immobile, les mains nouées devant elle, en chef d'orchestre. À la fin de la chanson, elle me regarde fixement, ébahie. Elle me demande une explication, à moi, la seule âme à portée. Puis elle s'approche de Ruth, émerveillée, elle roucoule, elle passe la main sur son visage, dans ses cheveux, elle est éblouie, elle n'en revient pas. « Oh, ma fille, ma fille. Tu sais donc *tout* faire ? »

Mais, pendant un moment, c'est moi qu'elle sonde. Da n'est pas là ; je suis le seul homme disponible. C'est peut-être moi – le moi qui la considère à présent, un demi-siècle plus tard – qu'elle recherche. Ses yeux sont animés d'une prophétie. Elle cherche dans mon regard une explication à ce qui va se passer. Elle l'a entendu dans la chanson de Ruth : elle entend ce qui l'attend. Dans son regard tourné vers le futur, paniqué, elle me fait promettre des choses que je ne peux lui garantir. Ses yeux me font faire ce vœu : il faudra que je m'occupe de tout le monde, de toute sa famille dévorée par le chant, quand je serai le seul à me rappeler ce présage des temps à venir. *Surveille cette fillette. Surveille ton frère. Surveille cet étranger incapable de surveiller quoi que ce soit de plus petit qu'une galaxie.* Elle me regarde droit dans les yeux, s'adressant à travers les années à mon moi futur d'adulte brisé, à moi qui suis la seule personne qui se tienne entre elle et la connaissance ultime. Elle entend les effets avant les causes, la réponse avant la question : sa propre fille est en train de lui chanter la seule chanson qui conviendra à ses funérailles.

Elle prépare mes valises pour Boston, où je vais rejoindre mon frère. Le jour du véritable départ, elle n'est que sourires attristés. Elle ne refait pas allusion à cet instant, même ses yeux ne la trahissent pas. Il me reste à penser que je l'ai inventé.

Mais j'étais là pour la répétition. Et là, de nouveau, avec Ruth, en concert. Et ici, encore, revenu pour faire un rappel, bien qu'aucune de mes performances n'ait jamais sauvé personne. Un demi-siècle après la mort de ma mère, j'entends sa cadence, ce jour-là. Ce n'est pas tant qu'elle anticipe ce qui va lui arriver, elle s'en *souvient*, plutôt. Car si la prophétie n'est que la musique du souvenir qui rejoint l'histoire établie, alors la mémoire contient nécessairement toutes les prophéties appelées ultérieurement à se réaliser.

29

Meistersinger

Il me retrouva à l'aéroport Zaventem de Bruxelles, tel un chauffeur de limousine venu chercher son client. Il brandissait un panonceau sur lequel figurait l'inscription PAUL ROBESON en lettres manuscrites. Sa grande tournée des capitales d'Europe n'avait pas arrangé son sens de l'humour.

À vrai dire, j'étais bien content qu'il me fournisse cet indice. Dans la cohue, je l'aurais sans doute loupé, s'il n'avait agité son carton stupide devant le monde entier. Il s'était fait pousser un petit bouc, à mi-chemin entre Du Bois et Malcolm X. Ses cheveux lui arrivaient presque aux épaules, des cheveux plus raides que je ne l'aurais imaginé. Il avait *forci*, et pourtant son poids n'avait pas changé depuis ses années à Juilliard. Une veste d'un vert marin brillant et un pantalon gris acier complétaient le tableau. Il paraissait plus pâle. Mais il faut bien dire qu'il vivait désormais dans un pays où le soleil annulait les apparitions plus souvent qu'une diva hypocondriaque. Il ressemblait au Christ tel qu'on aurait dû le dépeindre ces deux derniers millénaires : non pas un Scandinave en toge, mais un Sémite négligé, accroché à la lisière nord-est de l'Afrique, la frontière la plus anciennement contestée entre deux continents entrés en collision.

Il était plus excité de me voir que je ne m'y attendais. Il agitait sa pancarte en l'air tout en esquissant les pas d'une petite *allemande*. Je laissai tomber mes bagages à ses pieds et lui arrachai la pancarte des mains. « Mule, Mule. » Il me prit dans ses bras, me frictionna le cuir chevelu. « Nous y revoilà, frangin. » J'avais quelque chose à lui offrir. Mais j'ignorais quoi. Il s'empara de la plus grosse de mes valises et poussa un grognement en la soulevant.

« C'est ta faute, dis-je. Ils ont failli ne pas me laisser passer la douane, avec tout le beurre de cacahuète. »

Il renifla la valise. « Ah ! La contribution suprême de mon pays à la culture mondiale. Étalé sur une bonne baguette, on va se régaler, avec ce truc.

– J'ai été obligé de renoncer à la moitié de ma garde-robe pour faire de la place.

– De toute façon, il va falloir qu'on te resape, ici. » Il se moqua de mes habits. Je remarquai qu'en termes de coloris, les mâles alentour arboraient d'élégantes variantes plus vives des nuances verdâtres que Jonah avait sur le dos. Nous quittâmes la foule agglutinée dans la zone d'arrivée. « Ça s'est bien passé ? »

Je haussai les épaules. J'avais quitté Teresa en ayant l'impression d'avoir balancé les jambes hors du lit pour piétiner le colley qui montait fidèlement la garde à mon chevet. De la clavicule aux genoux, j'avais le sentiment d'avoir été gratté à vif avec du papier de verre. Avec ses talents d'infirmière, Teresa m'avait bichonné pendant toute la période d'anesthésie consécutive à la mort de mon père, pour que j'en arrive à ressentir ceci : une vertigineuse descente en toboggan au-dessus du néant jusqu'à l'autonomie totale. Tout ce sur quoi je posais le regard avait des allures funèbres. Même cet aéroport avait les couleurs blafardes d'une crucifixion gothique.

Au-dessus de l'Atlantique, dans l'avion, pris au piège au cœur d'un cumulus vaporeux, j'avais cru sentir ma peau s'en aller par plaques. Tout s'atomisait, le plateau escamotable, le livre de poche auquel je me cramponnais, le siège sous moi. Ma décision d'aller en Europe se refermait sur moi, comme la mer Rouge à l'envers. J'avais abandonné une femme qui m'était dévouée, pour me dévouer à nouveau à mon frère. J'avais fini par cesser d'espérer que ma sœur me contacte, et je ne lui avais laissé aucune adresse où me joindre. Après un tel départ, plus rien ne pourrait être à nouveau complètement positif. Je n'avais jamais eu autant le cafard de ma vie. Et je ne m'étais jamais senti aussi libre.

Jonah vit combien j'étais tremblant. J'ouvris la bouche pour répondre à ses questions, mais aucun mot distinct n'en sortit. Autour de nous, une épaisse fumée de cigarette, le remugle salé des bonbons au réglisse, des affiches pour des produits au prix fixé dans d'improbables monnaies, dont je ne pouvais que deviner l'usage, des bouts d'une langue opaque dans la sono de l'aéroport, des costumes en cuir et des robes pastel aux coupes déchiquetées et grotesques, tout tournoyait en une valse pour moi illisible. Je ne vivais nulle part. J'avais quitté ma compagne. Tout ce qui était correct et sûr, je l'avais brûlé. Personne ne pouvait me sauver de l'isolement qui m'avait toujours guetté, hormis mon frère, pourtant lui-même encore plus affranchi de toute attache. J'ouvris la bouche. Mes lèvres menacèrent de continuer à s'ouvrir jusqu'à s'envoler. Pas le moindre son.

« Elle ne va pas en mourir », dit Jonah. Il passa son bras autour de moi, et scanda un organum vibrant que je ne pus identifier. « Ne change pas ton argent ici. C'est du vol. Céleste attend dans la voiture. On est mal garés. Toute l'Europe est mal garée. Allez, viens. J'ai hâte que tu fasses sa connaissance. »

Il régnait cette odeur universelle de désinfectant que l'on retrouve dans tous les aéroports, avec ici une nuance mentholée. Des conversations venaient s'échouer sur nous, comme si un parterre de journalistes radio couvraient en direct la chute de Babel. Un bouquet de visages surnaturels, genre éoliennes avec chapeaux de paille, me firent penser *Hollandais*, jusqu'à ce que fuse une invective en portugais. Des contrebandiers basanés, aux fronts barrés de sourcils buissonneux, qui ne pouvaient être qu'albanais, se mirent à s'insulter dans un danois chantant. Des Turcs, des Slaves, des Hellènes, des Tartares, des membres de la tribu des Hiberniens : tous impossibles à distinguer. J'avais le sentiment d'être revenu à New York. Il n'y avait guère que les Américains que l'on reconnaissait à mille lieues. Même s'ils baragouinaient en lituanien, j'arrivais à reconnaître mes compatriotes. C'étaient ceux aux baskets blanches et aux autocollants J'AIME LA FRANCE collés sur leurs bagages.

Jonah me traîna à travers la zone d'arrivée, comme à travers un film de la Nouvelle Vague. *L'Europe*. J'aurais dû ressentir quelque chose, le choc d'une contrée que l'on reconnaît : j'avais passé ma vie dans les sauvages terres coloniales à recréer cet endroit. Mais non ; pas la moindre étincelle. Aussi bien, j'aurais pu avoir été parachuté au cœur de l'Antarctique. Un froid d'hôpital me remonta le long des jambes quand nous descendîmes l'escalier roulant. Nous sortîmes de l'aérogare. Les premières brises printanières des Flandres me fondirent dessus, et je crus que j'allais suffoquer. J'avais besoin de Teresa comme j'avais besoin d'air. Et je m'étais délibérément rendu à un endroit d'où je ne pourrais plus l'atteindre.

Nous traversâmes le parking. Jonah arrêta la circulation d'une main, comme Karajan imposant à toute la cavalcade du Philharmonique de Berlin un brusque *ritardando*. Des rangées de Peugeot et de Fiat étaient garées le long du trottoir, chacune d'une longueur n'excédant pas la largeur d'une vraie voiture. Devant nous, un père de famille, avec la cigarette pendue au bec, et une mère élégante au regard scrutateur faisaient monter leurs enfants pastel dans une auto plus petite que celles des Shriners au défilé du 4-Juillet. Cinq voitures miniatures plus loin, une femme ébène, en chemisier d'un blanc éclatant et jupe portefeuille rouge, était appuyée contre une Volvo verte. Je ne pus m'empêcher de la dévisager. L'ensemble – le rouge du péché, le blanc de la neige, le vert de la forêt et le brun-roux foncé de sa peau – évoquait le drapeau de quelque pays fraîchement libéré. Elle était d'une beauté à couper le souffle, bien plus noire que ce que je m'étais attendu à trouver en Belgique. Moi qui avais eu la naïveté de penser que je serais l'entité la plus voyante de ce côté-ci de l'Oural. Je souris en me rendant compte des cartes provinciales erronées que j'avais en tête. Quel que soit l'itinéraire que cette femme avait emprunté pour arriver ici, son trajet était au moins aussi improbable que le mien.

Nous continuâmes à traîner mes bagages en direction de la jeune femme, jusqu'à ce que j'aie le sentiment répugnant que Jonah s'apprêtait à la draguer, alors que sa compagne française l'attendait, tout près. Je poussai gentiment son épaule pour le faire dévier de sa course, mais il s'obstina. *Pas pour mon premier jour*, me dis-je. Quand nous fûmes à dix pas d'elle, la femme se tourna vers nous, nous étions trop près pour esquiver. Avant que je ne puisse plaider l'innocence, elle se fendit d'un sourire vertigineux. *« Enfin ! Enfin ! »*

Sans même poser ma valise, Jonah se confondit en excuses et lui dit en français : *« Désolé du retard, Céle. Il a eu du mal à passer la douane. »*

Elle répondit sur un débit si rapide que je ne pus distinguer un seul mot. Elle paraissait contente de me voir, mais énervée contre lui. Quant à Jonah, le monde entier l'amusait. J'étais quelque part entre les Açores et les Bermudes. Ma Céleste à la chevelure noisette, au chemisier à rayures et au chapeau de feutre mou glissa son joli cou dans une guillotine improvisée et me dit bonjour. Je m'avançai pour serrer la main de Céleste Marin, la seule Céleste au monde. Elle prononça des mots de bienvenue, mais le seul son que j'entendis fut celui de ses lèvres. *« Enchanté »*, marmonnai-je, pire que le pire larbin de chez Berlitz. Elle gloussa, m'attira à elle et m'embrassa quatre fois sur les joues, en alternance.

« Seulement trois fois en Belgique ! » La réprimande de mon frère était d'une justesse irréprochable, on eût dit une chanson impérieuse de Massenet. Après tant d'années à prendre des cours de chant, son oreille surdéveloppée lui permettait de passer pour un gars du cru. Céleste jura dans un langage fleuri. Ça, au moins, je comprenais. Mais lorsqu'elle se tourna vers moi et me posa une longue question, à laquelle je ne pouvais répondre ni par un *oui* ni par un *non* choisi à pile ou face, je ne pus

qu'incliner la tête, en une posture susceptible de passer pour de la sophistication, du moins l'espérais-je, et je me fendis d'un : *« Comment ? »*

Céleste ne cacha pas son désarroi. Jonah rit. « Elle te parle en anglais, Mule, espèce de métayer crépu. » Céleste envoya une nouvelle salve de jurons à destination de mon frère. Il gazouilla pour la tirer de sa mauvaise humeur. *« Encore une fois. »*

Averti à présent, je tendis l'oreille, et compris ce qu'elle me disait. « Quel effet ça fait de quitter votre pays pour la première fois ?

– Je n'ai jamais rien ressenti de comparable », lui assurai-je.

On enfourna les bagages dans le coffre et la voiture démarra. Céleste s'installa à l'avant sur le siège passager, et je me terrai sur le siège arrière. Tout au long des cinquante kilomètres d'une autoroute qui eût aussi bien pu être l'I-95, si ce n'est que la signalisation était écrite en trois langues, et que les bourgs aux toits de tuiles arboraient des flèches gothiques, mon frère me cribla de questions sur ce qui s'était passé récemment aux États-Unis. Questions auxquelles, pour la plupart, j'étais incapable de répondre. De temps à autre, Céleste se retournait pour me proposer du fromage ou des oranges. Lorsqu'elle regardait droit devant elle, je m'abandonnais dans son époustouflante chute de cheveux. Il me fallut trente kilomètres avant de rassembler suffisamment de français pour lui demander d'où elle venait. Elle dit un nom de ville – pour moi, sa réponse se composait juste de jolies syllabes. Je reposai ma question : Fort-de-France.

« Est-ce que cela est près de Paris ? » tentai-je à nouveau en français.

Mon frère faillit partir dans le décor. « Tout près, Mule. En Martinique. »

Par bonheur, nous arrivâmes assez vite à Gand. Les amis de Mijnheer Kampen leur avaient loué un pavillon, dont la dernière rénovation remontait au XVIIe siècle. « Cinquante biftons par mois. Ils veulent juste empêcher qu'elle soit squattée. Brandstraats, annonça Jonah. "La rue du feu". » Il parut prendre un certain plaisir à prononcer le nom. Il y avait juste assez de place pour y faire entrer un clavecin à deux claviers. Mais la baraque était tout en hauteur, trois étages en tout. Il était prévu que je m'installe tout en haut, dans le nid d'aigle, équipé d'un lit, d'un lavabo, d'une coiffeuse et de deux étagères de livres que je ne pouvais lire. Jonah me conduisit en haut de l'escalier et s'assit un moment.

« Elle est époustouflante, dis-je.

– J'ai remarqué.

– Que pense-t-elle de ton métier ?

– *Mon* métier ? Je ne t'ai pas dit ? C'est notre soprano lyrique. »

Je passai deux jours complets à dormir dans ce grenier. Lorsque je revins à la vie, nous chantâmes. Jonah m'emmena dans un entrepôt aménagé, initialement occupé par une maison de négoce, à deux cents mètres de Brandstraat, que le cercle de Kampen louait comme espace de répétition. Et là, mon frère me montra ce qui lui était arrivé. Il jeta son cardigan par terre, et laissa tomber les épaules, comme un cadavre se préparant pour des funérailles en mer. Il fit des mouvements d'assouplissements de la nuque – trois tours complets de la tête. Puis, tel le cygne d'argent, il libéra sa gorge silencieuse.

J'avais oublié. Peut-être n'avais-je jamais su. Il chanta dans cet entrepôt vide comme je ne l'avais jamais entendu chanter depuis l'enfance. Sa voix avait été brûlée jusqu'au dernier lambeau, purgée de toute impureté. Il avait enfin trouvé le moyen de transmuer toutes les bassesses pour retrouver l'essence première. Une partie de lui avait déjà quitté cette terre. Mon frère, la bête à concours, qui avait enregistré des *lieder*, le soliste avec orchestre, avait enfin trouvé comment dire non de manière retentissante. Il chanta Pérotin, que nous n'avions vu à l'école qu'en cours d'histoire, l'homuncule encore informe, précurseur de ce qui allait se produire par la suite. Mais, chez Jonah, tout se retrouvait inversé : il y avait davantage de sève dans le bourgeon que dans la fleur épanouie. Il avait trouvé la fraîcheur du *toujours*, du *presque*. Avec lui, ce grand pas en arrière sonnait comme un bond en avant. Toute l'invention de la gamme diatonique, tout ce qui avait eu lieu après la crise d'adolescence de la musique avait été une terrible erreur. Il se rapprochait du tube de bois ou de cuivre, au plus près de ce que la voix humaine permettait. Son Pérotin transformait l'entrepôt abandonné en crypte romane, le son d'un continent encore recroquevillé sur lui-même, et qui dormirait encore un siècle entier, avant l'expansion et le contact avec l'extérieur. Ses longues phrases modales tournoyèrent lentement pour éclater et se résoudre en aucune autre harmonie qu'elles-mêmes, indiquant un infini à portée de main.

Sa voix avait l'éclat de l'essence originelle. Il avait transcendé le symbole que les autres avaient fait de lui. Aux États-Unis, on lui avait reproché son teint trop foncé et sa voix trop claire. Ici, dans l'enceinte de la cité médiévale de Gand, la lumière et l'obscurité se perdaient dans des ombres plus longues. Sa voix revendiquait une chose à laquelle le monde avait renoncé. Quoi que cette musique eût jadis pu signifier, il l'avait transformée. Nos parents avaient tenté de nous élever au-delà de la notion de race. Jonah avait décidé de revenir par le chant à une période *antérieure*, pour s'insinuer dans ce moment qui précède la conquête, avant le commerce des esclaves, avant le génocide. Voilà ce qui arrive quand un garçon apprend l'histoire uniquement dans les écoles de musique.

Sa voix était celle de l'enfant avec qui j'avais naguère chanté, lorsque nous en étions aux premières mesures de nos vies. Mais sur le libre envol du petit garçon, il avait greffé un élan plus lourd que l'air, qui n'en était que plus enivrant, empli de la déchéance de l'âge adulte. Ce qui avait jadis été de l'instinct relevait désormais de l'acquis. Grâce à d'intenses assouplissements, sa tessiture avait gagné dans les aigus. Le temps était déjà en train de moudre sa voix, le ramenant à la terre et à l'amnésie. Avec le temps, toutes les voix s'usent, et cette usure se faisait déjà entendre alors qu'il était au summum de son art. Mais ses phrases paraissaient plus sûres encore, plus affinées, précises comme un radar – la soudaine lévitation d'un moine dans sa cellule.

Il me fit découvrir sa voix nouvelle, et du même coup exposa sa blessure sensible. On aurait dit qu'il avait échappé à un accident, pour en sortir transfiguré. Il ne chanta qu'une trentaine de secondes. Sa voix était si concentrée qu'elle pouvait aller partout, aucun endroit ne lui était inaccessible. Elle s'imposait d'elle-même, comme une déchirure dans l'air. Tout ce qui nous était arrivé, et tout ce qui ne nous arriverait jamais, me revenait, et je me mis à pleurer en me souvenant. Cette fois-ci, il ne se moqua pas de moi, il se contenta de rester là, les épaules tombantes, la tête penchée en avant, dans la direction où la musique s'en était allée. « À toi, Joey.

– Jamais. Jamais.

– Exactement. C'est *jamais* que nous recherchons. »

Il me brisa, toute la journée, et la suivante. Nous travaillâmes pendant des heures avant qu'il ne me laisse prononcer un mot. Il me dépouilla jusqu'à l'os, en me rappelant : « Laisse tout tomber. Tu ne sauras pas tout ce que tu portes tant que tu ne t'en seras pas déchargé. Laisse pendre ton squelette à partir de la base de ta tête. Tu savais le faire, il y a des années. Un bébé se tient avec plus de grâce que n'importe quel adulte. Ne fais pas d'effort », chuchota-t-il au-dessus du champ de bataille. « Tu *es* trop. Fais en sorte de n'être rien. Laisse aller. Laisse-toi couler dans ta propre carcasse. » Il me vida du plus profond de mon être jusqu'à ce que je ne sois plus qu'un tuyau vide. Que de travail il fallut pour fonctionner sans effort. Nous y passâmes des journées entières, jusqu'à ce que je ne l'entende plus, jusqu'à ce que je n'entende plus en moi qu'une voix qui répète : *Fais de moi un instrument de ta paix*.

Le troisième jour, il dit : « Souffle une note. » Je savais alors qu'il était inutile de lui demander quelle note. Il me tira de ma transe paisible pour me conduire à une simple vibration. « Le diapason de Dieu ! » Il visait seulement la solidité, la note tenue. Il me transforma en menhir solitaire, en pleine verdure, son fondement, sa basse, le roc sur lequel il pourrait construire de parfaits châteaux d'air.

Tout ce que je savais sur le chant était erroné. Heureusement, je ne savais rien. Jonah n'insista pas pour que j'oublie tout ce que j'avais appris en musique. Uniquement pour que j'oublie tout ce que j'avais appris depuis l'école à la maison.

Il me fit ouvrir la bouche et, à mon plus grand étonnement, le son fut au rendez-vous. Je tins la note sur quatre mesures d'*andante*, puis sur huit, puis sur seize. Nous arrivâmes à tenir des rondes pendant une semaine, et puis une autre, jusqu'à ce que je ne puisse plus dire depuis combien de temps nous y travaillions. Nos voix s'entrecroisèrent de façon cyclique, jusqu'à se fondre. Ma mission consistait à faire coïncider l'imprécision de ma couleur avec l'impeccable justesse de sa teinte. Il me fit parcourir toute ma tessiture, du plus aigu au plus grave. Je sentis chaque fréquence sortir de moi avec précision, formée et concentrée, une force de la nature. Nous tînmes des notes à l'unisson jusqu'au lendemain, sans interruption. J'avais oublié ce qu'était la félicité.

« Pourquoi es-tu étonné ? dit-il. Évidemment que tu sais faire ça. Dans une vie antérieure, tu le faisais tous les soirs. »

Je n'eus pas le droit d'assister aux répétitions du groupe. Il voulait que je ne pense à rien d'autre qu'aux notes pures et tenues. Lorsque Céleste ou les autres disciples de Kampen – une soprane flamande qui s'appelait Marjoleine de Groot, Peter Chance, un étonnant haute-contre britannique, ou Hans Lauscher, d'Aix-la-Chapelle – se réunissaient à l'entrepôt pour faire des essais de chant dans différentes configurations, j'étais renvoyé dans mon grenier pour méditer sur le *do* situé une octave au-dessous du *do* du milieu.

De temps en temps, Jonah me laissait faire une pause. Muni d'un plan touristique, je me lançais à la découverte de ma nouvelle ville. Jonah m'avait remis une feuille avec des informations écrites de sa main, à montrer aux gens du cru si jamais je venais à me perdre. « Fais gaffe. Ne va pas courir n'importe où. Pas un mot en turc. Ils te dérouilleraient jusqu'au sang, comme au pays. »

À cent pas de notre porte d'entrée, on aurait pu se trouver à n'importe quelle époque. Je me résolus à appréhender les Flandres, ainsi que le flamand, à la manière dont Jonah m'avait appris à appréhender ma propre voix. J'avalai les rues au hasard, errant en une cité qui n'avait fait qu'aller de mal en pis depuis 1540. Des fragments de Gand dépassaient de la masse encrassée du passé, des pépites que l'histoire avait oublié de dépenser avant de mourir. Je passai devant les maisons des confréries sur le Koornlei, et errai dans le musée de la torture du château Gravensteen. J'entrai par hasard dans la cathédrale Saint-Bavon pour me retrouver devant la plus grande œuvre d'art jamais peinte. Dans *L'Agneau mystique* qui se déployait sur trois fois ma hauteur, je perçus le silence mythique que mon frère voulait chanter.

Rien ici ne permettait que je me sente chez moi. Mais en Amérique non plus, je ne me sentirais plus jamais chez moi. J'avais simplement échangé l'inconfort de la citoyenneté contre la facilité du statut d'étranger résident. J'adoptai la tenue vestimentaire des autochtones, me débarrassai de mes chaussures de tennis, et ne parlai jamais à voix haute si on ne me le demandait pas expressément. À sept mille kilomètres et huit cents ans de distance, je vis à quoi j'avais dû ressembler, dans les yeux de mon pays d'origine.

Au bout de deux mois, nous essayâmes un chant, *« O ignis spiritus paracliti, vita vite omnis creature »* de l'abbesse Hildegarde : « Ô feu de l'esprit consolateur, vie de la vie de toute créature. » Jonah entonna et je me joignis à l'unisson. Nous effaçâmes le chant immobile. Puis nous nous engageâmes dans un canon de mille ans d'âge. Jonah voulait revivre la naissance de la musique écrite, tendre vers l'extrême de ce que nous n'étions pas, une chose qu'en mille ans nous n'aurions jamais dû être capables d'identifier. Mais l'identification se produisit, *à l'identique*. Il avait besoin que je réponde à son chant, que nos voix fusionnent en une source unique, afin de ranimer, en ce lieu étranger, notre ancienne et authentique télépathie. Après les années passées en tournées, nos esprits étaient encore capables de se rencontrer sans qu'un seul mot soit prononcé. Nous tournions aussi serrés que des poissons en banc, non pas moi avec lui ou lui avec moi, mais nous deux comme un seul homme.

Au piano, mes doigts obéissaient généralement à ma tête. Mais ma voix, beaucoup plus proche du cerveau, en était rarement capable. Parfois

Jonah se débarrassait de moi comme on éjecte, dans la cour de récréation, le gamin en queue de farandole. Mais notre callisthénie me remit à la bonne cadence, la cadence immobile de l'envolée stellaire de l'abbesse Hildegarde : *vita vite omnis creature.*

Et c'est ainsi qu'un beau jour, des années avant le moment où ça aurait dû raisonnablement se produire, je retrouvai une voix. Le chanteur que j'avais été au début de ma vie revenait d'entre les morts. Jonah était allé me repêcher au fond de moi, quasi intact. « Comment le savais-tu ? Comment pouvais-tu être sûr que j'étais encore là ?

– Avant, tu chantais. Tout le temps. Dans ta barbe. Au piano.

– Moi ? Jamais. Tu mens.

– Je te dis, Joseph. Je ne mens plus. Je t'ai toujours entendu. »

Peu importait comment il savait, ou ce qu'il croyait avoir entendu. J'arrivais à chanter. Je faisais l'affaire : une version plus foncée de son matériau génétique, assez solide pour porter la basse. Quand enfin je fus prêt – confirmant objectivement ce qu'il avait entendu intérieurement –, Jonah fit intervenir Céleste. Pour la première fois depuis nos années d'études, mon frère et moi fîmes de la musique avec quelqu'un d'autre.

Je n'étais pas plus proche de Céleste que je ne l'avais été sur le parking de l'aéroport, le jour où ils étaient venus me chercher. Elle et mon frère avaient une relation qui ne peut exister qu'entre deux personnes ne se comprenant pas. Ils parlaient tout le temps, mais jamais de la même chose en même temps. Lorsque nous étions tous les trois, le français fusait trop vite pour que je parvienne à retrouver les syllabes élidées. Puis Céleste s'adressait à moi dans un anglais si joyeusement artisanal que tout ce que je pouvais faire, c'était acquiescer en disant silencieusement une prière. Le soir, dans notre pavillon ancien, je les entendais faire l'amour, trois étages plus bas. Ils chantaient l'un pour l'autre, comme une lamentation de Penderecki, comme Reich, Glass, les nouveaux minimalistes, la dernière coqueluche des cercles éclairés. Leurs voix s'élevaient en noires glissantes, qui culminaient en intervalles dissonants tenus, puis retombaient en appoggiatures. Ils s'efforçaient de se transformer en une nouvelle espèce et, pour cela, ils avaient besoin d'un nouveau chant de séduction.

J'avais donc entendu Céleste Marin chanter, avant que nous chantions ensemble. Cette fille des élites commerciales des Caraïbes – des générations de magnats du rhum de sang mêlé – chantait avec un abandon tout antillais. Mais je n'étais pas prêt pour nos trios du XIVe siècle français. Lorsque nous fîmes tous trois notre première tentative pour harmoniser, je m'interrompis au bout de huit notes. Sa voix *était* celle de Jonah, celle qu'il avait eue, soprano, à la période qui avait précédé sa mue irréversible. J'ignorais à quoi la voix de Céleste avait pu ressembler à l'époque où elle fréquentait le Conservatoire de Paris, avant qu'elle ne rencontre Jonah, mais à présent elle évoquait davantage un Jonah au féminin que Ruth ou Maman.

Nous tentâmes une pièce de Solage, *Deceit Holds the World in Its Domain.* Nous filâmes jusqu'au bout, comme portés par un délice grandissant. La dernière note se mourut, des grains de poussière en suspension dans la légèreté de la lumière. Je n'étais plus moi-même. Cela faisait des siècles que je n'avais ressenti un tel sentiment d'élévation, une telle peur. Ce soir-là, je ne pus dormir, sachant ce que nous avions entre les mains. Jonah, non plus, n'arrivait pas à trouver le sommeil. Je l'entendis gravir l'escalier en bois jusqu'à mon nid de corneille. Il entra dans ma chambre sans frapper et s'assit dans le noir au pied de mon lit. « Bon sang, Joey. On y est. On a touché au but. » Je le vis, en ombre chinoise, frapper dans le vide comme un adolescent se retrouvant seul, le ballon à la main, dans la zone de but. « Toute ma vie. Toute ma vie, j'ai attendu ça. » Mais il était incapable de dire en quoi « ça » consistait.

« Et les autres ? » J'étais pris d'une sorte d'appétit. J'étais prêt à les pousser sur le bas-côté plutôt que de les laisser nous ralentir d'une mesure.

Jonah rit dans l'obscurité. « Tu vas voir. »

Et effectivement je vis, la semaine suivante, quand les six voix sélectionnées par Jonah se retrouvèrent pour une séance de déchiffrage. Cela faisait deux ans que les autres chantaient ensemble au sein de diverses formations, à fourbir leurs armes. Ils avaient testé leurs voix unies sur les publics de villes fantômes gothiques des Pays-Bas, de France et d'Allemagne. Ils savaient ce dont ils étaient capables ensemble, et avaient du mal à garder le secret pour eux. Mais cinq sixièmes, c'est aussi proche de la perfection que n'importe quelle autre fraction. Chaque nouvelle voix transforme un groupe et le fait recommencer de zéro.

Je me rendis à cette première répétition laminé par le trac. Ces gens possédaient un monde que je n'avais qu'entr'aperçu de loin. Ils avaient passé leur vie à chanter ; j'étais un pianiste convalescent. Les langues dans lesquelles nous chantions étaient leurs langues maternelles ; moi, c'était à force de phonétique et de prières que j'en venais à bout. Mon frère risquait sa réputation avec moi. Tout coïncidait pour que je me casse proprement la figure. Tout ce dont je disposais, c'était d'un fragment de prophétie, les jours traversés pour arriver jusque-là.

Nous déchiffrâmes une chanson de Dufay – *Se la face ay pale* – puis la plus ancienne des parodies de messe, fondée sur le même air. J'avais l'impression d'entrer par effraction dans un tombeau scellé depuis un demi-millénaire. Dix ans plus tard, la quête enragée d'authenticité pousserait jusqu'à prohiber toute voix féminine. Mais, pour un bref instant, nous crûmes avoir le futur en ligne de mire et le passé nettement identifié.

Lorsque le corps se libère de son enveloppe, il s'élève. Combien de gens, pris au piège dans le courant du temps, ont l'impression, parfois juste un instant, d'être sortis du courant pour grimper sur les berges ? Jonah prit le ténor et les femmes s'élevèrent, trois petits pas et un saut en apesanteur, égratignant la clé de la voûte la plus haute. Leur assurance me donna des forces, et les notes s'envolèrent de la page, sans que j'aie grand-chose à faire hormis les repérer.

Le mélange était tellement serré que chaque nouvelle harmonie imitative ressemblait à la même voix revenue sur elle-même. Je me tenais devant la glace d'une loge où j'éclatais en mille morceaux, en une multitude de sociétés. De temps en temps, nos mélodies s'effondraient pour revenir à l'unité qui les avait enfantées. L'univers, Da l'avait jadis prouvé pour sa plus grande satisfaction, pouvait être décrit par un seul électron, voyageant aller-retour sur un chemin infiniment noué, dont les formes qui en résultaient, en reliant les points les uns aux autres, constituaient toute la matière existante.

Quand nous eûmes fini, le silence que nous avions suscité résonna comme une cloche. Peter Chance, qui chantait comme un ange de Van Eyck, mais qui parlait comme un Anthony Eden prépubère, sortit un crayon et procéda à de menues réprimandes. « Quelqu'un serait-il prêt à prendre un pari modeste sur notre avenir ? »

Céleste réclama la traduction auprès de Jonah. Marjoleine, tout sourire s'en chargea, car Jonah s'abîmait dans la contemplation des poutrelles du toit, il exultait. Nous nous regardâmes comme les musiciens savent le faire, de guingois, mais en voyant tout, chacun de nous étant terrifié à l'idée d'essayer de nouveau. Nous avions envie de poser les partitions et de décamper, afin de préserver à jamais ce moment. Jonah redescendit sur terre et sortit une autre messe de son classeur. « On essaye le Victoria ? »

Le Victoria alla encore plus loin que Dufay, en dépit de toutes les notes loupées. Le flux sonore de notre tentative initiale laissa la place à un galop d'essai en groupe. Les cieux dardaient leurs signaux par intermittence, comme une station FM dans la tempête. Mais, en chacun de nous, le message était clair. Nous nous détendîmes soudain, cabriolant, gigotant sur place. J'étais leur homme. Mon frère avait vu juste. Quand les notes cessèrent, Hans Lauscher fixa l'arête de son nez et déclara : « Vous êtes engagé. Combien demandez-vous de l'heure ? » Son accent me choqua : le fantôme de celui de mon père.

Céleste me remercia à profusion dans son argot des îles. Marjoleine, avec toute l'exubérance que son climat natal l'autorisait à manifester, me passa son bras de Flamande autour de l'épaule et me tapota comme si je venais de placer un but de la tête dans un match de qualification contre les Pays-Bas. « Tu ne peux pas savoir combien de basses on a déjà essayées ! De bonnes voix, en fait, mais qui ne nous convenaient pas. Pourquoi est-ce que tu n'es pas venu plus tôt ? Nous aurions gagné beaucoup de temps. » Je regardai Jonah. Il souriait sans la moindre gêne, aussi satisfait de sa duplicité que de la brillante intuition qu'il avait eue.

La fusion de six fortes personnalités en une seule ne se fit pas en un jour. La délicate danse des tensions négociées obéissait à son propre langage musical. Nous eûmes nos doses quotidiennes d'éclats et de crises de nerfs réparés. Nous répétions derrière des pupitres noirs placés en rond, tous en chaussettes, à l'exception de Hans le délicat. Il nous arrivait de nous enregistrer sur un vieux magnétophone à bandes ; ensuite nous nous allongions tous les six sur le dos à même le parquet de la scène de notre entrepôt, en chefs d'orchestre de nos vies antérieures, chantant nos encouragements à l'unisson de cet enregistrement fossilisé.

Nous étions un ballet sous-marin synchronisé. Dix mains évoluaient dans le vide, dessinant des notes rétives, frémissant comme un champ de blé dans le vent des Flandres. Céleste et Marjoleine, particulièrement, avaient besoin de danser, l'arc de la musique et la ligne de leurs muscles se croisant et s'entrelaçant. Peter Chance, qui avait passé ses années d'enfant de chœur au King's College, puis était resté à Cambridge quand sa voix avait mué, se réjouissait de la liberté nouvelle que le groupe lui offrait. Hans Lauscher se contentait de remuer les épaules, ce qui, pour un Rhénan, était presque *Le Lac des cygnes*. Même Jonah, qui avait jadis intimé à Maman de cesser de gigoter quand elle chantait, et qui, durant ses années de *lieder*, avait tenu à rester d'une immobilité cadavérique dans la courbure du piano, s'assouplissait maintenant. Il fléchissait les genoux et se penchait en avant jusqu'au sommet de sa phrase, prêt à s'élever jusque dans des espaces vides et à poursuivre son ascension. La musique sert à nous rappeler que le temps où nous disposons d'un corps est très bref.

Quand nous avancions à plein régime, Jonah nous bénissait. Arrimés à sa voix omnipotente de ténor, nous pouvions nous transporter n'importe où, courir tous les risques. Mais quand nous nous trompions, retombant sur terre, tel Icare, en une boule de feu, il perdait très vite patience. Alors, six ego meurtris passaient des heures à essayer de réinsuffler de la vie dans la satanée carcasse.

Nous étions comme une communauté, ou une église naissante : chacun selon ses capacités. Hans était un puits de science teutonne, une bibliothèque d'incunables ambulante, au même titre que Vienne ou Bruxelles. Peter Chance, qui avait étudié l'histoire de la Renaissance à King's College, faisait autorité en matière de pratique de la scène. Céleste était notre professeur d'articulation : elle adoucissait nos voyelles, les refermait, les décontractait, tout en resserrant notre intonation et les textures polyphoniques. Marjoleine était notre expert linguistique, elle commentait la signification et explicitait les accentuations, quelle que fût la langue dans laquelle nous chantions. Je me chargeais des analyses structurales ; à moi de trouver la manière la plus heureuse de juxtaposer les valeurs de notes longues et les passages rapides, ou de faire ressortir les subtiles ondulations rythmiques.

Mais Jonah était notre maître à tous. Son visage, notre point de convergence, était habité d'une volonté inflexible. Les années pendant lesquelles nous avions été séparés ne suffisaient pas à expliquer l'étendue de ses connaissances. Ma seule hypothèse était que tout cela, il ne l'avait pas *appris*. Il s'en souvenait, il faisait renaître un monde défunt, comme s'il lui avait toujours appartenu. Grâce à Kampen, il avait acquis la compréhension d'un idiome ancien. Une semaine de déchiffrage d'un morceau suffisait pour qu'il trouve le meilleur moyen de faire sonner ses échos singuliers. Il arrivait à saisir l'univers caché de toute œuvre, il trouvait la mesure propre à chaque voix, il faisait jouer le texte, l'harmonie et le rythme des voix les unes par rapport aux autres, révélant le message qui n'existait que dans la tension entre elles. Il nous guidait à travers une forêt de contrepoints jusqu'à ces moments de convergence que la vie lui avait refusés.

Il façonna le groupe comme un *kyrie*. Il repoussa à plus tard notre première apparition scénique. Lorsqu'enfin nous nous produisîmes, nous étions prêts depuis des mois. Chaque vocaliste alla travailler en dehors du groupe. Marjoleine s'occupait de trois chœurs d'église. Céleste brailla des chœurs dans nombre d'hymnes pop européens à la radio. Hans et Peter chantaient et enseignaient tous deux. Jonah accepta plusieurs engagements : il donna quelques concerts de musique ancienne, en particulier avec Geert Kampen, dont le Kampen Ensemble – des vieux de la vieille, maintenant – était notre étoile polaire. Mais nous six, ensemble, nous nous retenions le temps d'une dernière mesure encore, réticents à l'idée de laisser échapper ce moment où nous étions les seuls à connaître tout notre potentiel.

Nous chantâmes pour Kampen dans le chœur de Saint-Bavon. La cathédrale était déserte, à l'exception de quelques touristes éberlués. Nous eûmes le sentiment de chanter pour Josquin en personne. Quand nous eûmes terminé, M. Kampen resta assis dans la stalle du chœur, sa tignasse blanche retombant sur son front. Je crus qu'une de nos interprétations l'avait offensé. Il se contenta de rester assis cinq pleines mesure *lento*, jusqu'à ce que, derrière ses minuscules lunettes de grand-mère, pointe une larme. « Qui vous a appris ça ? demanda-t-il à Jonah. Certainement pas moi. » Et malgré les protestations horrifiées de mon frère, il proclama : « Maintenant, il faut que vous m'appreniez. »

Voces Antiquæ fit ses débuts au Flanders Festival de Bruges et enchaîna avec le Holland Festival d'Utrecht. Nous commençâmes avec le XVe siècle – Ockeghem, Agricola, Mouton, Binchois, un assortiment hétéroclite de styles régionaux. Mais notre morceau fétiche était la messe de Palestrina *Nigra sum sed formosa*, une petite plaisanterie entre Jonah et moi. C'est un truc spécifique aux Daley-Strom ; vous ne pouvez pas comprendre. Jonah insista pour que nous fassions tout de mémoire. Il voulait du danger. Les solistes jouent tout le temps sans partition. Mais s'ils s'égarent, ils peuvent se rattraper aux branches, et hormis le petit malin du quatrième rang, qui suit sur la partition de poche, personne ne le remarquera. Avec les ensembles, la carte mémorielle de chaque musicien doit être identique. Celui qui s'égare n'a aucun moyen de refaire surface.

La musique écrite ne ressemble à rien d'autre – c'est un index du temps. L'idée est tellement bizarre qu'elle en est presque miraculeuse : des instructions figées indiquent comment recréer la simultanéité. Comment produire un flux, à la fois en mouvement et instantané, à la fois volume et débit. Pendant que *toi*, tu fais ceci, *toi*, *toi* et *toi*, vous faites autre chose. La partition ne définit pas réellement les mélodies elles-mêmes ; elle précise les espaces entre les points en mouvement. Et le seul moyen pour savoir en quoi consiste une œuvre est de la recréer. Ainsi, nos performances rejoignaient ces innombrables cérémonies de mariage, naissance et funérailles où cet atlas des instants présents en mouvement se déployait toujours.

Dans les lignes universelles esquissées sur ces partitions, Jonah atteignit enfin son moment d'expiation et de plénitude. Ses six voix étaient prises dans un même mouvement circulaire, en une synchronie débridée, chacune suscitant les autres en leur apportant l'espace nécessaire. Nous chantâmes le Palestrina, un morceau qui, pour user du genre d'estimation approximative dont Da raffolait, avait été joué environ cent mille fois. Ou nous fîmes revivre le manuscrit de Mouton que Hans Lauscher avait découvert, lequel n'avait pas donné lieu à la moindre interprétation musicale depuis sa première représentation, il y a cinq cents ans. Dans les deux cas, nous donnâmes une interprétation bien différente de toutes les précédentes.

Voilà pourquoi Jonah insistait pour que nous laissions tomber la sécurité de la partition. Nous vivions, mangions et respirions au rythme des instructions écrites, jusqu'à ce qu'elles disparaissent, jusqu'à ce que nous recomposions nous-mêmes l'œuvre avec une plus grande fraîcheur, lors d'une deuxième interprétation. Il voulait que nous entrions sur scène, que nous ouvrions nos bouches et que les notes soient juste là, comme un médium possédé par l'âme avec laquelle il entre en contact. Il nous fit commencer de toutes les manières possibles dans nos habits de tous les jours, comme si nous venions de nous rencontrer par hasard dans la rue. C'était encore l'époque où l'on se produisait sur scène avec des cravates noires. Cela faisait des années que Jonah portait des costumes de pingouin. Pour lui, le plus grand choc possible était l'ordinaire. Nous nous contentions d'apparaître, aussi impromptus que le don des langues. Nous étions là, déployés sur le plancher, aussi éloignés que possible les uns des autres, comme un problème de physique à n corps. Ce qui créait un espace maximum entre les voix, et toute la profondeur requise. Cela rendait le mélange, la justesse des attaques et la projection de la voix d'autant plus difficiles à réussir, et chaque soir nous frôlions le désastre. Mais cet espace nous transformait en six solistes formant par hasard un monocristal.

Les sons que nous produisions étincelaient comme le meilleur rempart contre toutes les autres monnaies dévaluées. Jonah voulait que chaque intervalle soit honoré. Toute suspension résolue triomphait comme une tragédie évitée ; tout faux mouvement était la dérive d'une âme en souffrance ; chaque tierce « picarde » ouvrait sur une vie au-delà de celle-ci. Un journaliste de *De Morgen*, encore ébranlé par ce qu'il avait entendu, exprima la plus forte réserve qui nous fût adressée : « En tout état de cause, le sentiment divin en vient à saturer les sonorités. Trop de sommets ; pas assez de vallées. »

Même cette pique était empreinte de gratitude. Partout, ne serait-ce que pour un moment, les gens voulurent être sauvés. Notre brusque popularité fut une surprise pour tout le monde, sauf pour Jonah. En un an, tout festival européen bénéficiant de subventions voulut nous programmer. Dans ce monde agonisant des plus sélects, nous incarnions le goût du jour. Notre enregistrement des messes de Palestrina chez EMI – un label qui aurait pu acheter et vendre cent fois Harmondial – remporta deux prix et se vendit suffisamment pour payer le loyer de Brandstraat jusqu'au siècle suivant.

Mille ans de musique jusqu'alors négligée refaisaient partout surface en même temps, dans une dizaine de pays. Pas seulement notre groupe : Kampen, Deller, Harnoncourt, Herreweghe, Hillier. Le désir de refaire le passé avait eu un effet boule de neige. Certes, les conservateurs avaient défendu depuis des décennies une musique défunte, et chacun promouvait sa nouvelle version d'une histoire annihilée. Mais pendant tout ce temps le public n'avait jamais considéré ces reprises du passé comme autre chose que du papier peint exotique. Notre nouvelle génération de chanteurs était plus acérée, bénéficiait d'une aura plus forte, et fut davantage soutenue par les recherches musicologiques. Mais cela ne suffit pas à expliquer pourquoi, pendant quelques années, le *Creator Spiritus* fut si près de ressusciter.

« J'ai une théorie, dit Hans Lauscher dans un hôtel à Zurich.

– Attention, prévint Marjoleine. Un Allemand avec une théorie. »

Jonah leva la main, tel un arbitre. « Du calme, messieurs dames. Nous sommes en Suisse. Territoire neutre. »

Hans esquissa un sourire théorique. « Pourquoi un tel engouement pour une musique disparue qui ne peut avoir de sens pour qui que ce soit ? J'accuse l'industrie du disque. Épuisement capitaliste par saturation du marché. Combien de *Requiem* de Mozart peut-on encore faire ? Combien d'*Inachevée* de Schubert ? Plus on nous gave, plus on a d'appétit. Il faut constamment donner de la nouveauté aux acheteurs.

– Même si c'est de l'ancien, dit Peter Chance.

– Toute musique est contemporaine », dit Jonah. Et c'est comme ça qu'il voulait que nous chantions : comme si le monde jamais n'abandonnerait cet instant précis.

Je nous revois tous les six après un concert au castello di San Giorgio, à Mantoue, bien après minuit, par un chaud mois de mai. Les lumières de la ville mettaient en valeur la silhouette enchantée du château et du palais ducal. Nous débouchâmes sur une place, inchangée depuis que la cour des Gonzague avait découvert le madrigal. Nous traversâmes cette fantasmagorie intacte, comme nous eûmes parcouru une scène. « Quelle veine ! s'exclama Céleste. On a vraiment de la veine !

– Effectivement, reprit Peter Chance en écho. Nous sommes suprêmement vernis. » Comme toujours, j'étais le seul à avoir du mal à comprendre leur anglais.

« Comment en sommes-nous arrivés là ? demanda Marjoleine. J'ai appris l'opéra. Il y a encore quelques années à peine, je ne connaissais rien d'antérieur à Lully. » Elle se tourna vers Hans, notre érudit en matière de manuscrits.

Il brandit les deux mains en l'air. « Je suis luthérien. Mes parents se retourneraient dans leur tombe s'ils apprenaient que je chante des messes en latin. C'est toi ! dit-il en pointant un doigt sur mon frère. C'est toi qui nous a corrompus. »

Jonah regarda la place éclairée par la lune de Gonzague, dont il avait évoqué ce soir même l'inconstance en chanson. « Pas ma faute. Je ne suis qu'un pauvre petit *Black* de Harlem. »

Peter Chance émit un drôle de bruit, mi-gloussement, mi-coup de sifflet de censeur. Dans le clair de lune, il secoua discrètement la tête en direction de Céleste, un geste que tout le monde pouvait décrypter. Jonah avait retourné en dialecte américain l'incrédulité du choriste de Cambridge. Et là, sur la piazza Sordello, dans la douceur du clair de lune, il y eut comme un déclic, qui retentit dans cinq langues

« Tu te paies notre tête ? » Chance sonnait plus Oxbridge que jamais. « Ce n'est pas possible, tu *plaisantes* ! »

– Vous ne saviez pas ? Vous ne saviez pas ! » Entre l'amusement et la déconfiture.

« Ma foi, je savais que... que tu avais des ancêtres, bien sûr. Mais... tu n'es pas *noir*, pour l'amour du ciel.

– Ah bon ?

– Eh bien, pas comme, disons...

– Nous avons fait le décompte, se vanta Céleste. Apparemment j'ai autant d'arrière-grands-parents blancs que ces messieurs ici présents. »

Peter me scruta. Moi aussi, j'étais en train de le trahir. « Et combien, exactement ? »

Jonah ricana. « Eh ! c'est ça, d'être noir, tu vois. Difficile de dire *exactement*. Mais plus de blancs que de noirs.

– C'est bien ce que je veux dire. Comment peux-tu prétendre que tu es... vu ta couleur...?

– Bienvenue aux États-Unis.

– Mais nom d'une pipe, nous ne sommes *pas* aux États... » Peter Chance tombait des nues. Tout secoué, il demanda : « Vous en êtes *sûrs* ?

– Est-ce que nous en sommes sûrs, Joseph ? » Le sourire de Jonah était une paisible mer des Sargasses.

Je repensai à une soirée perdue, la dernière fois que j'avais vu mon grand-père. « C'est ce qui est inscrit sur nos certificats de naissance.

– Mais je croyais... J'avais le sentiment que vous étiez... *juifs* ?

– Allemands », dit Hans. Appuyé contre un mur rustique, il examinait un fil de sa manche. J'étais incapable de dire combien de catégories avaient été lancées sur la table.

Jonah opina. « Pensez à Gesualdo. À Ives. C'est un idiome moderne. Totalement archaïque. *C'est la mode de l'avenir* », ajouta-t-il en français.

Céleste l'attrapa par le dessous du bras. Elle émit un claquement de langue, en signe de lassitude. « *C'est presque banal*, dit-elle en français.

– *C'est la même chose* », proposai-je. J'en mourrais, à force de jouer à ma façon le jeu des Blancs. À ma façon bien à moi.

Nous restâmes tous les six sous l'arcade du palais ducal. Peter Chance nous considérait déjà d'un autre œil. Jonah avait envie de dire quelque chose qui ferait éclater le groupe et ficherait en l'air tout ce qu'il avait construit. Mais il avait déjà mis le feu à tous les autres endroits où il aurait pu vivre. Je crus que les autres, gênés, allaient s'éclipser sur la pointe des pieds, que chacun irait rejoindre les siens. Mais ils tinrent bon. Sur la *piazza*, Jonah faisait penser à un duc sur le point de souhaiter bonne nuit à ses courtisans. « Je propose que ce boom de la musique ancienne soit la faute des Anglais et de leurs satanés enfants de chœur.

– Pourquoi pas ? » Hans Lauscher saisit sa chance au vol. « Ils ont eu entre les mains les certificats de propriété du monde entier, à un moment ou à un autre.

– Un complot britannique, enchérit Marjoleine. N'ont jamais été capables de chanter avec du vibrato. »

La conversation de cette soirée ne changea rien, en tout cas rien de visible. Les Voces Antiquæ continuèrent de chanter ensemble, de manière plus incroyablement synchronisée que jamais. De l'Irlande à l'Autriche, nous eûmes droit à ce qui passait pour de la gloire dans les cercles de la musique ancienne. Nous y étions condamnés. Ce que Jonah avait besoin de trouver dans ce son translucide, plein d'échos, c'était l'anonymat, échapper au fer rouge, larguer les amarres, s'éloigner le plus possible du regard des autres. Mais pour la dernière fois, la musique n'exauça pas son souhait.

Depuis que je m'étais installé en Europe, je ne m'étais pas tenu au courant de ce qui se passait aux États-Unis. Je ne suivais plus les informations, et encore moins ce qui se faisait en musique. Je n'avais pas le temps, vu le travail que je devais fournir afin de ne pas être un boulet pour les autres. Le peu que j'entendis confirma mes craintes : là-bas, les choses devenaient plus étranges que je ne pouvais l'imaginer. L'appétit de police et de répression devenait aussi insatiable que le goût pour la drogue et le crime. Je lus dans un magazine wallon qu'un Américain avait plus de chances d'aller en prison que d'assister à un concert de musique de chambre.

Dans un hôtel à Oslo, je fus attiré par le gros titre d'un journal anglais : QUATORZE MORTS À MIAMI AU COURS D'ÉMEUTES RACIALES SUITE À L'ACQUITTEMENT DES POLICIERS. Je savais de quoi les policiers avaient été acquittés, avant même de lire l'article. Le journal datait d'un mois, ce qui ne faisait qu'ajouter à l'horreur. Depuis, il avait pu arriver pire, et quand j'en entendrais parler, il serait trop tard. Jonah me trouva dans le couloir. Je lui montrai l'article. Lui tendre un journal, c'était comme offrir à Gandhi une pile de magazines érotiques. Il lut en opinant et en bougeant les lèvres. Je l'avais oublié : mon frère remuait les lèvres en lisant.

« On est partis depuis moins longtemps qu'on pourrait le croire. » Il replia proprement le journal en trois dans le sens de la hauteur. « Mais nous sommes attendus à la maison, c'est quand on veut. »

Deux soirs plus tard, à Copenhague, je compris pourquoi il m'avait fait traverser la planète pour le rejoindre. Nous étions au milieu de l'Agnus Dei de la *Messe à cinq voix* de Byrd, disséminés sur toute la scène, chantant avec autant de chaleur que les étoiles éparpillées dans les nuages gazeux de la nébuleuse du Crabe. Il envoyait un message à d'autres créatures qui ne comprendraient jamais l'espace qu'il y avait entre nous. Pour cela, il avait besoin de moi. J'étais censé apporter à cet ensemble monastique une touche d'audace. Jonah nous avait engagés pour livrer une bataille visant à faire honte à la honte, pour voir quelle musique – celle du passé resplendissant ou la sirène stridente du présent – survivrait à l'autre.

On gagnait de l'argent, mais Jonah ne voulut pas quitter Brandstraat. Au lieu de déménager, il dépensa une fortune pour rénover la bicoque, qu'il remplit de gravures sur bois et d'instruments d'époque dont nous ne savions pas jouer. Les crises d'angoisse et autres difficultés respiratoires qui l'avaient tracassé pendant des années avaient pratiquement disparu. Toute sa terreur de jeunesse, dont ces maux étaient la réminiscence, avait été surmontée.

Voces Antiquæ utilisait deux photos promo, toutes deux noir et blanc. Dans la première, une astuce d'éclairage nous conférait à tous à peu près le même teint. La seconde nous parachutait sur toutes les latitudes, d'une Céleste Marin équatoriale jusqu'à un Peter Chance en mal de soleil, au cercle polaire. La plupart des magazines diffusaient la seconde, jouant sur le côté « Nations unies » du groupe. Une publication bavaroise dit de notre musique qu'elle était « impériale sacrée non romaine ». Un critique britannique survolté inventa le terme de « polytonalité polychromale ». Journaleux et publicistes embrayèrent : notre identité multiethnique prouvait l'attrait universel et transcendant de la musique classique occidentale. Ils ne notèrent jamais que les antécédents de notre musique étaient aussi moyen-orientaux et nord-africains qu'européens. Jonah s'en fichait. Il avait un son qui lui était propre, un son qui s'affinait au fil des mois, gagnait en limpidité et échappait de plus en plus aux étiquettes.

Un jour d'hiver 1981, lui et Céleste rentrèrent à la maison en gloussant comme des écoliers tombés sur le dictionnaire des mots tabous. Elle avait sur la tête une guirlande de pâquerettes immaculées que sa chevelure transformait en floraison de serre tropicale. « Joseph Strom Ier, me salua Jonah. Nous avons un secret.

– Que tu meurs d'envie d'annoncer à la terre entière.

– Peut-être. Mais est-ce que tu devines, ou tu veux un indice ? »

Je le regardai, je n'arrivais pas à y croire. « Votre secret. Est-ce qu'il se célèbre avec du Mendelssohn ?

– Dans certains pays. »

Céleste s'avança d'un air coquin et m'embrassa. « Mon frère ! »

Cela faisait quatre ans que je chantais avec elle, nous avions parcouru dix pays ensemble, et pourtant elle me semblait encore plus éloignée que la Martinique.

Ils partirent en voyage de noces au Sénégal : des vacances dans leur pays d'origine imaginé. « C'est sidérant, disait sa carte postale envoyée de Dakar. Mieux que Harlem. Partout où tu regardes, des visages plus noirs que le tien. Je ne me suis jamais senti aussi à l'aise de ma vie. » Il n'empêche, ils en revinrent secoués. Quelque chose se produisit pendant ce voyage, dont ils ne parlèrent jamais. Ils avaient visité une prison envahie par la mousse sur la côte, ancien théâtre de la traite des Noirs. C'est là que jadis la marchandise était entreposée. Ce que Jonah avait recherché en Afrique, il l'avait trouvé. Il n'était pas près d'y retourner.

Nous enregistrâmes deux autres disques. Nous remportâmes des prix, des bourses, et des concours. Nous animâmes des ateliers, jouâmes en direct à la radio, fîmes même quelques apparitions à la BRT, la NOS et sur la RAI. Tout cela était irréel. Je ne vivais que pour la musique, je prenais seulement soin d'être à l'heure pour les trains et les avions. Au fil des mois de travail, ma voix de basse s'était améliorée, elle était devenue plus simple, plus fluide.

J'atteignis cet âge où c'est votre anniversaire toutes les six semaines. J'eus quarante ans, et je ne le sentis même pas passer. Je fus frappé par le fait que j'avais consacré l'essentiel de mes années de trentenaire à mon frère, comme jadis je lui avais donné mes vingt ans. Jonah avait parié sur mon retour au chant, et nous avions fait de ce pari un succès. Je ne serais jamais une basse transcendante ; je m'y étais mis des lustres trop tard. Mais j'étais devenu la pierre angulaire de Voces Antiquæ, et notre musique était le fruit de nos six voix conjuguées. Pourtant, tout en atteignant mon summum en termes vocaux, je sentais ma voix se désagréger, concert après concert, accord après accord. Si l'on se penche sur les sorts peu enviables, celui des chanteurs n'est pas aussi cruel que celui des basketteurs. Mais l'éternité que nous fabriquons chaque soir pendant cinquante minutes ne dure, si le vent nous est favorable, qu'une vingtaine d'années.

Je m'aperçus avec stupéfaction que j'étais en Europe depuis plus de cinq ans. Au cours de la première année, j'avais appris ce que signifiait être américain. Au cours des deux suivantes, j'appris à dissimuler cette identité. Puis, à un moment donné, je franchis une ligne invisible, et je fus incapable de dire à quel point j'avais dérivé par rapport à mon point de départ. Pendant tout ce temps, nous ne mîmes pas les pieds sur notre propre continent. Il n'y avait pas assez de dates pour justifier une tournée, et nous n'avions aucune autre raison de revenir. Le pays avait nommé un acteur à la barre, qui avait proclamé l'aube d'une nouvelle ère pour l'Amérique et faisait une sieste presque tous les après-midi. Nous ne pourrions plus jamais y retourner.

Je pouvais désormais suivre la conversation dans cinq langues et me débrouiller dans trois, sans compter l'anglais et le latin. Lorsque nous étions en tournée, je faisais du tourisme, puisque je n'étais plus obligé de passer chaque heure de veille à vocaliser.

Visiter des monuments en ruine devint mon passe-temps préféré. Parfois, je fréquentais des femmes. Dans les moments de solitude insupportable, je pensai aux années où j'avais vécu avec Teresa. Alors, le fait d'être seul me semblait bien assez complexe. J'étais un homme de quarante ans vivant dans un pays qui m'acceptait comme travailleur immigré, avec mon frère âgé de quarante et un ans et sa femme de trente-deux ans, qui me traitaient comme leur fils adoptif.

Tout ce que j'avais lui appartenait. Mes plaisirs, mes anxiétés, mes réussites, mes échecs : tout cela était à mon frère. Il en avait toujours été ainsi. Les années passeraient, et je travaillerais toujours pour lui. Et puis, un beau jour, j'eus besoin d'un projet secret, sous peine de disparaître complètement dans son sillage. La nature du travail importait peu. Tout ce qui comptait, c'était que ce travail reste invisible aux yeux de mon frère, irrécupérable, et qu'il ne puisse le parrainer.

Cette fois-ci, mes fournitures furent plus modestes. Je me mis à transporter à travers toute l'Europe un simple cahier A4 relié en toile, à huit portées vierges par page. Lors des longs périples en train pour nous rendre aux lointains concerts, dans les hôtels et les loges, pendant ces temps morts de quinze ou trente minutes qui ravagent la vie d'un homme de scène, je glanais en moi les mélodies qui méritaient d'être couchées sur le papier. Ce n'était pas de la composition. Je fus davantage un voyant, un médium, notant ce que l'au-delà lui dictait. Je voltigeais avec mon crayon sur les lignes vierges de mon grand cahier, et j'attendais. Ce n'était pas tant l'apparition d'une idée que la révision d'un souvenir que j'attendais.

Exactement comme lorsque j'avais essayé de composer, aux États-Unis, tout ce que j'écrivais était un morceau de mes jeunes années, juste assez modifié pour être méconnaissable. En étudiant assez longtemps ce que j'avais noté, je retrouvais toujours la source enfouie, qui se dérobait tout en aspirant à être retrouvée. Si ce n'est qu'à présent, au lieu de me sentir misérable, comme à Atlantic City lorsque j'avais découvert cela, je ressentais un soulagement intense à regarder ces proies s'échapper. En l'espace de trois après-midi de relâche, j'œuvrai sur un passage assez long, et ce n'est qu'une fois que j'en fus libéré que je reconnus une des fantaisies de chambre de Wilson Hart, celle qui m'avait frappé comme étant une refonte de *Motherless Child*. Je lui avais juré de retranscrire un jour ce qu'il y avait en moi, et je ne réussissais qu'à réécrire ce qui autrefois avait été en lui.

Mais les gribouillages étaient de moi, et cela devait suffire. Mon cahier se remplit de fragments flottants, disparates, chacun réclamant une révision urgente qu'il n'obtiendrait jamais. Ces airs épelaient l'histoire de ma vie : pour moitié telle que les choses m'étaient arrivées, pour moitié comme j'aurais aimé que les choses se passent. Je savais qu'aucune de ces pièces ne deviendrait jamais le mystère auquel elle aspirait. Tout ce que je pouvais espérer, à force de tâtonnements, c'était arriver à faire enfin sortir ces chansons de leurs cages.

Jonah me vit souvent en plein travail. Un jour, il me demanda même : « Alors, c'est quoi, toutes ces cachotteries, Joseph ? Travail ou loisir ?

– Des trucs, lui dis-je. Inachevés.

– Tu nous composes une bonne messe vieille de mille ans qu'on pourra chanter ?

– On n'est pas assez bons », dis-je. Je fus ainsi assuré qu'il ne reviendrait pas à la charge.

Dans le monde où nous vivions, notre avenir était fixé et nous n'y pouvions rien. Mais le passé était infiniment malléable. Nous étions au cœur d'un mouvement qui ne cessait de réviser l'histoire. Chaque mois apportait une nouvelle révolution musicale, redéfinissant constamment le point d'origine de la musique. La moitié de ces révolutions étaient difficilement justifiables, et les experts les houspillaient avec la même furie que pour un débat préalable à un traité sur les missiles antibalistiques. Voces Antiquæ avait une longueur d'avance concernant les derniers développements d'une pratique scénique séculaire. Chaque voix chantait une mélodie trois cents ans après – et cinq ans avant – que ce soit à la mode. Jonah appliqua ce son éthéré à tout ce qui daignait rester immobile suffisamment longtemps. Il souscrivait pleinement à la théorie explosive de Rifkin selon laquelle Bach voulait que sa musique fût chantée à raison d'une voix par partie. Jonah ne jurait que par le rendu sonore ; aucune masse de documents dans un sens ou dans l'autre ne pourrait altérer sa conviction.

Il voulait interpréter les six motets de Bach – seulement nous et une paire de carillonneurs pour compléter cette extravagance à huit voix, *Singet den Herrn ein neues Lied*. Les autres – Hans en particulier – étaient contre cette idée. Cette musique était postérieure d'un bon siècle au dernier morceau que nous avions chanté, et se situait très loin du champ que nous maîtrisions. Notre manque de témérité horripilait Jonah. « Allons, bande d'idiots. Un chef-d'œuvre mondial qui n'a pas été chanté correctement depuis deux cent cinquante ans. Je veux entendre ça au moins une fois avant de mourir, d'autant que ce n'est pas du second choix, genre tank Sherman avec une chenille en moins.

– C'est du Bach, objecta Hans. D'autres personnes se le sont déjà approprié. Les gens connaissent ces œuvres sur le bout des doigt.

– Ils *croient* les connaître, c'est tout. Comme ils croyaient connaître Rembrandt, jusqu'à ce qu'on fasse disparaître les couches de saleté. Allons, "chantons au Seigneur une chanson nouvelle". Johnny Bach, entendu pour la première fois. »

Cela devint le slogan de notre projet, celui avec lequel EMI fit la promotion de notre disque. Si la légitimité de notre interprétation était discutable, notre dextérité la justifiait. Ce qui se passe avec Bach, c'est qu'il n'a jamais écrit pour la voix humaine. Il envisageait un médium moins rigide pour diffuser son message. Ses voix sont totalement indépendantes. Une dimension supplémentaire se dégage entre les lignes harmoniques. La plupart des interprétations aspirent à la majesté et finissent en gadoue. Voces Antiquæ aspirait à la légèreté et se retrouvait en orbite. La marge de manœuvre du groupe, même lancé à grande vitesse, était sidérante. Nous faisions entendre un contrepoint que même Hans n'avait jamais entendu. Chaque note était audible, même celles enterrées dans ce fourmillement d'inventivité. Nous flirtions avec le vertige, et nous nous coulions dans le passage des dissonances. Nous ramenions ces motets à leurs racines médiévales, et les poussions en avant vers le radicalisme de leurs enfants romantiques. À la fin, personne ne pouvait dire de quel siècle ils dataient.

Notre disque connut la notoriété dès le jour de sa sortie. Il déclencha une guerre fort venimeuse, compte tenu du faible enjeu et du petit nombre de gens concernés. Ce ne fut certes pas *Le Sacre du printemps*. Mais il ne passa pas inaperçu. La nouveauté avait perdu sa capacité à choquer ; seul l'ancien pouvait encore déconcerter les gens. Nous fûmes critiqués pour avoir émasculé Bach, et nous eûmes droit à des louanges pour avoir décapé un monument qui n'avait pas été rafraîchi depuis fort longtemps. Jonah ne lut pas une seule critique. Il estimait que nous nous en tirions bien, voire magnifiquement. Néanmoins, il n'était pas satisfait. Il avait souhaité que cette musique livre ses secrets. Mais si cela devait se produire un jour, ce ne serait que longtemps après notre mort.

Nous partîmes en tournée avec nos motets, mais au bout d'un certain temps, nous retournâmes à nos racines. Nous ressuscitâmes la Renaissance dans toutes les bourgades d'Allemagne. Nous chantâmes à Cologne, Essen, Göttingen, Vienne – toutes les villes dont Da nous avait parlé. Mais aucun membre de notre famille ne vint jamais du public après un concert pour se faire connaître. Nous chantâmes dans la chapelle du King's College, un retour au point de départ pour Peter Chance, et une première ahurissante pour les frères Strom. Jonah frôla le torticolis à force d'admirer la voûte en éventail, si remarquable qu'aucune photo ne peut en altérer la beauté. Ses yeux se mouillèrent et ses lèvres se retroussèrent amèrement. « Le lieu de naissance de tout le tralala anglican. » Il était en pèlerinage dans un lieu qui jamais ne serait le sien.

Nous passâmes cinq jours en Israël. J'imaginais que nos messes de la Contre-Réforme et nos chansons de courtisans paraîtraient bien absurdes dans ce monde où la guerre faisait constamment rage. Mais on ne nous laissa pas une seule fois quitter la scène sans plusieurs rappels. Miracles de la mémoire. Elle pouvait saisir n'importe quel colifichet balayé par le vent et le tresser avec le reste du nid. À Jérusalem, lors du dernier concert de la tournée, nous chantâmes dans un auditorium futuriste aux garnitures boisées, qui aurait pu aussi bien se trouver à Rome, à Tokyo ou à New York. Le public était bigarré : deux sexes, trois confessions, quatre races, une dizaine de nationalités, et autant de raisons d'écouter le chant de la mort que de sièges dans la salle.

De mon emplacement au bord de la scène, je repérai une femme au deuxième rang, dont le corps portait les messages d'un État vieux de soixante ans, et dont le visage était un inventaire de l'efficacité de la collectivité. Au bout de quatre accords du *Kyrie* de Machaut que nous chantions en premier, l'évidence me sauta aux yeux : c'était ma tante. La sœur de mon père, Hannah, la seule de sa famille dont la mort pendant la guerre n'avait pas été confirmée. Elle et Vihar, son mari bulgare, étaient passés dans la clandestinité avant ma naissance, et la piste s'arrêtait là. Mon père, en empiriste opiniâtre, n'avait jamais pu se résoudre à la déclarer morte. À l'aune de l'Histoire, Hannah était une particule si infime qu'on ne pouvait retracer son chemin. L'Holocauste avait annihilé tous les liens. Néanmoins, la tante Hannah était là, réapparue grâce à notre concert. Elle avait dû voir les affiches annonçant notre tournée. Elle avait vu le nom, son nom à elle, deux hommes dont l'âge et l'origine correspondaient... Elle était venue au concert, avait acheté une place assez près de la scène pour pouvoir scruter nos visages et y déceler un lien familial. Sa ressemblance avec Da était troublante. Rien, ni le temps, ni le lieu, ni même le gouffre horrifiant entre leurs itinéraires respectifs, rien ne pouvait effacer leur lien de parenté. Elle ressemblait tellement à Da, je savais que Jonah s'en rendrait compte, lui aussi. Mais tout au long de la première moitié du concert, son visage ne révéla rien. Entre cette inconnue familière qui scrutait mon visage, et mon frère qui refusait de me regarder dans les yeux, je dus faire appel à toute mon expérience pour continuer à chanter.

Je coinçai Jonah lors de l'intermède. « Tu n'as rien remarqué ?

– J'ai remarqué que tu papillonnais.

– Tu ne l'as pas vue ? Une femme grisonnante, assez forte, au deuxième rang.

– Joseph. Il n'y a que des femmes assez fortes et grisonnantes, au deuxième rang.

– Ta tante. » Si j'avais perdu la tête, je tenais à ce que mon frère le sache.

« Ma tante ? » Il porta les doigts à la poitrine, et fit le calcul. « Impossible. Tu en es conscient ?

– Jonah. Tout est impossible. Regarde-nous. »

Il s'esclaffa. « Certes, certes. »

Nous reprîmes. À la première mesure de silence partagé, je le surpris à lorgner. Il m'adressa un bref regard périphérique. *Si notre tante existe sur cette terre, ça ne peut être qu'elle.* Elle, de son côté, nous transperçait d'un regard au scalpel. Elle ne me quittait des yeux que pour dévisager Jonah. Lorsque nous revînmes sur scène pour saluer, elle me fixa avec un regard qui excluait que l'on puisse un jour oublier : *Strom, mon garçon. Tu as cru que* jamais *je ne te retrouverais ?*

Ce soir-là, une file interminable de gens vinrent nous féliciter. Des dizaines et des dizaines de personnes continuant de savourer l'heure immobile qu'ils venaient de vivre, et qui essayaient, en restant auprès de nous et en nous serrant la main, de retarder un tant soit peu leur retour au mouvement. Je n'arrivais pas à me concentrer sur les compliments. Je lançais des regards dans la foule, sur le point de retrouver une famille, même réduite et lointaine. Mon excitation n'était que de la terreur n'ayant pas encore imaginé sa propre fin.

Les gens se dispersèrent peu à peu, et je la vis. Elle se tenait en retrait, elle attendait que ça se calme. J'attrapai Jonah et le poussai avec moi en direction de cette femme, la chair de notre chair, me servant de lui comme d'un bouclier. Elle sourit comme nous nous rapprochions d'elle, dardant un rayon de joie qui ne demandait qu'à se fixer.

« Tante Hannah ? *Ist es möglich ?* »

Elle répondit en russe. Dans un sabir empruntant à plusieurs langues, nous parvînmes tous trois à nous comprendre. Elle ne connaissait le nom Strom que par nos enregistrements. Elle ferma les yeux lorsque nous lui racontâmes notre histoire, lorsque nous lui expliquâmes pour qui nous l'avions prise. Ses yeux fermés étaient les yeux de mon père.

« Cette tante à vous, j'en ai connu des milliers comme elle. J'étais avec elles. » Elle inspira, puis rouvrit les yeux. « Mais maintenant je suis ici. Ici pour vous le dire. »

Chaque muscle de son visage était un muscle de notre visage. Nous insistâmes, il devait bien y avoir un lien de parenté : des noms de villes, ce que nous savions des racines russes de notre grand-mère, n'importe quoi pour établir un lien. Elle sourit en secouant la tête. Cette façon de secouer la tête, c'était du Da tout craché. Je le reconnus dans ce tremblement. Le chagrin juif. Un chagrin si grand qu'il ne donnait jamais de réponse quand on abordait la question des parents, se contentant de nous préserver de ce chagrin.

Son anglais était limité, et l'allemand lui donnait des frissons. Le peu de russe que nous savions provenait de Rachmaninov et de Prokofiev. Mais ses mots étaient clairs comme le silence : *Vous êtes des nôtres, pour toujours. Pas selon la loi, mais la loi n'est qu'un détail administratif. Vous pourriez vous convertir. Vous joindre à nous. Réapprendre, même pour la première fois.* « Vous savez, nous dit-elle en guise d'au revoir, si vous cherchez de la famille dans cette salle, la moitié des gens sont de votre famille. »

Fin juillet 1984, nous chantions au palais des Papes, au festival d'Avignon, lorsque ma famille me retrouva. L'information fut transmise par notre agent à Bruxelles, lequel avait reçu un télégramme de Milton Weisman, notre ancien agent. M. Weisman allait mourir l'année suivante, sans jamais avoir possédé ni fax ni entendu parler de courriel. Milton Weisman : le dernier homme du monde civilisé à envoyer des télégrammes.

Le télégramme était glissé à l'intérieur d'une enveloppe, que l'on avait fait suivre jusqu'à notre hôtel en Provence. Je le reçus à la réception en même temps que la clé de ma chambre, pensant qu'il s'agissait d'un contrat que j'avais oublié de signer. Je ne le lus pas avant d'être dans ma chambre.

> Mauvaises nouvelles de la maison. Votre frère a été tué. Appelez votre femme dès réception du présent. Regrets. N'en veuillez pas au porteur de ce message. Cordialement. Milton.

Je le relus, et le sens m'échappa encore plus qu'à la première lecture. L'espace d'un fol intervalle, ce fut vraiment Jonah qui était mort, dans un monde parallèle qui venait d'entrer en collision avec le mien, remplaçant celui dans lequel j'avais eu bêtement confiance. Puis ce ne fut plus Jonah, mais un autre frère que je n'avais jamais connu. Puis ce ne fut même plus moi, mon frère, ma femme, mais une autre famille Strom, prise au piège derrière une vitre insonorisée, cognant dessus en silence, horrifiée.

J'allai jusqu'à la chambre de Jonah et Céleste, au bout du couloir. Mes mains tremblaient tellement que je dus m'y reprendre à deux fois pour frapper à leur porte. Jonah ouvrit et lut immédiatement sur mon visage. Je ne pus rien faire d'autre que lui jeter le message dans les mains. Je le suivis dans sa chambre. Jonah posa le télégramme sur son lit, sans le quitter des yeux. Il leva les paumes en l'air. « Ce type est bien plus vieux qu'à l'époque où on travaillait avec lui. Ça doit être ça.

– "N'en veuillez pas au porteur de ce message" ? »

Jonah opina, acquiesçant sur un aspect que je n'étais même pas conscient d'avoir soulevé. « Eh bien, appelle.

– Appeler qui ? Ma *femme* ? » Mais je savais à qui Milton Weisman faisait allusion. Il appartenait à une autre époque, c'était un homme de moralité. Sa façon de nommer les choses était aussi datée que la musique qu'il défendait. Il n'avait pas joint de numéro de téléphone. Il s'était dit que je m'en souviendrais.

Je restai quelques minutes assis sur le lit de Jonah, les yeux fermés, le combiné dans la main, en une parodie de prière, essayant de me rappeler le numéro de téléphone d'Atlantic City, ce numéro que j'avais jadis connu aussi bien que les changements d'accords de *Honeysuckle Rose*. La mémoire exige qu'on oublie tout, en particulier l'espoir de se souvenir. Ce furent mes doigts qui finalement composèrent le numéro, encore inscrit dans mes muscles, de la même façon que certains morceaux de piano vivaient encore au bout de mes doigts, longtemps après que j'avais tout oublié d'eux. Un cliquetis caractéristique retentit au bout de la ligne, qui annonçait les États-Unis. Des couleurs enfouies en moi remontèrent à la surface en même temps que la tonalité. Je les savourai – Coltrane, la glace extra-crémeuse, l'édition dominicale du *New York Times*, un accent de la côte Alantique. J'étais comme un ivrogne en train de baver devant la vitrine d'un magasin d'alcool.

Il n'y avait plus d'abonné à ce numéro. Une opératrice à l'accent espagnol m'en donna un autre. Je composai l'autre numéro, le courage commença à me manquer. C'est alors qu'elle décrocha. Pendant un instant, je l'avais appelée pour lui dire que je serais en retard pour le petit déjeuner. La mémoire musculaire, aussi, ne s'arrête pas tant que les muscles fonctionnent. Je m'entendis dire : « Teresa ? » Une seconde plus tard, avant que je puisse dire quoi que ce soit, je m'entendis reposer la question. Ma voix me revint avec un décalage affolant : le temps qu'il fallait au mot pour faire la boucle depuis l'Europe jusqu'à l'espace, puis se rendre en Amérique, remonter jusqu'au satellite de communication et redescendre à nouveau à la surface de l'Europe. Un canon à l'unisson.

Il ne lui en fallut pas davantage. Elle eut de la peine à prononcer les syllabes de mon nom, et elle n'y parvint pas vraiment. Elle finit par émettre un drôle de « Jo-ey ! » étouffé. Le surnom dont elle ne m'affublait que rarement – elle m'aimait trop pour cela. Elle éclata de rire, mais cette petite musique aussi se brisa rapidement, et devint sur-le-champ périmée.

« Teresa. Ter. Je viens de recevoir un message très étrange. De la part de Milton Weisman… » Je pouvais à peine parler, distrait par l'écho de ma propre voix qui me revenait comme un contrepoint affolé, imitant mes propres paroles.

« Joseph, je sais. Je lui ai dit de t'écrire. Je suis navrée. C'est tellement horrible. »

Ses mots étaient pure dissonance. Je n'arrivais pas à en trouver la tonalité. Je dus m'obliger à attendre, afin que nos paroles ne se percutent pas dans l'écho du satellite. « Mais quoi ? Son télégramme ne précisait… »

Je la sentis se figer. Elle manœuvrait comme un énorme cargo se retournant pour venir me repêcher. « C'est ta sœur. Elle m'a appelée. C'est *moi* qu'elle a appelé. Elle devait se rappeler mon nom de la fois où… » De la fois où je n'avais pas fait les présentations. L'idée d'avoir enfin des nouvelles d'une femme que Teresa avait voulu aimer la faisait maintenant pleurer.

« Ruth ? » En entendant cette syllabe, Jonah bondit de son fauteuil. Il s'approcha et se pencha vers moi. Je contins ses ardeurs d'un mouvement de paume. « Que s'est-il passé ? Est-ce que... ?

– Son mari, sanglota Teresa. C'est terrible. Il paraît qu'il a été... Il n'a pas survécu, Joseph. Il n'est pas... Il n'a jamais... »

Robert. La vague de soulagement – *Ruth vivante* – fit place à l'horreur. *Robert mort*. Le coup de fouet me cloua le bec, je ne pouvais plus respirer. Teresa reprit la parole avant que je me remette à écouter. Elle expliqua quelque chose qu'il faudrait par la suite me réexpliquer à plusieurs reprises. Aujourd'hui encore. Elle entra ensuite dans les détails – des détails qui ne pouvaient que lui échapper, et qui se révélèrent tout aussi inutiles à ma compréhension.

Je dus certainement l'interrompre. « Est-ce qu'il y a moyen que je la contacte ?

– Oui. » Tout excitée, honteuse. Elle faisait enfin partie de la famille. « Elle m'a donné un numéro, au cas où... Une minute. » Et pendant les quelques secondes qu'il fallut à Teresa pour trouver son carnet d'adresses, je vécus toutes les vies que la mienne m'avait refusées. Je restai assis à patienter, interdit. Robert Rider était mort. Le mari de ma sœur – tué. Ruth, de nulle part, voulait que je sache. Elle avait remonté ma piste jusqu'à cette femme qui saurait toujours où me trouver, la femme avec qui le fidèle Joseph était sûr de rester éternellement. Sauf que, depuis des années, j'avais condamné cette femme à l'oubli.

Au cours des secondes pendant lesquelles j'attendis que Teresa revienne, elle devint à mes yeux infiniment vulnérable, infiniment bonne. Je l'avais blessée au-delà de l'imaginable, et voilà comment elle était : heureuse, le moment venu, de pouvoir me venir en aide. Toutes les bonnes choses se dispersaient. Plus la mort dévorait, plus elle était vorace. On ne tire rien de rien ; une poignée de semaines. Ce qu'on a de mieux se brise, ou bien on s'en débarrasse stupidement. Teresa reprit le téléphone et me lut le numéro. Je le notai, à l'aveuglette. J'avais oublié qu'il y avait tant de chiffres dans un numéro de téléphone américain. Teresa rectifia les chiffres que j'avais mal notés, et ce fut terminé.

« Je t'aime », lui dis-je. En retour, j'eus droit au silence. Cela ne faisait pas partie des paroles qu'elle était susceptible de prononcer. « Teresa ?

– Je... je suis navrée, Joseph. Je ne les ai jamais rencontrés. Je le regrette. Je suis aussi désolée que s'il avait été... » Quand elle reprit, ce fut avec un naturel forcé. « Est-ce que tu es au courant que je me suis mariée ? » Je ne pus même pas m'exclamer. « Eh oui, mariée ! À Jim Miesner. Je ne sais pas si vous vous êtes déjà rencontrés, tous les deux. » Le type à tête d'obus avec qui elle venait dans mon bar, avant moi. « Et j'ai la plus belle petite fille au monde ! Elle s'appelle Danuta. J'aimerais tant que tu la rencontres.

– Quel... Quel âge a-t-elle ? »

Elle marqua un temps d'arrêt. Les satellites n'y étaient pour rien. « Cinq ans. En fait, bientôt six. » Elle se tut, sur la défensive. Mais il faut bien que s'accomplisse le destin de chacun. « Je... je me suis réconciliée avec ma famille. Avec mon père. Tu avais raison à propos de tout ça. »

Je pris congé, poli jusqu'à l'hébétude. Je me relevai, chancelant. Jonah me regardait, il attendait. « C'est Robert.

– Robert.

– Robert Rider. Ton beau-frère. Il s'est fait tirer dessus par un policier, il y a un peu plus d'un mois. Pendant une arrestation. Il y a eu un cafouillage. Je... je n'ai pas compris tous les détails. »

Les épaules de Jonah se crispèrent. Quels détails ? La mort s'était occupée de tous les détails. Sur son visage, je lus l'étendue de son bannissement. Ruth avait essayé de me contacter. Les appels, les messages : uniquement pour moi. Pas une seule fois elle n'avait essayé de le contacter, lui. « Comment va-t-elle ?

– Teresa ne sait pas.

– Je veux dire Teresa. » Il fit un geste des doigts indiquant sa poitrine : *allez, donne*. Je ne compris pas ce qu'il voulait jusqu'à ce que je baisse la tête et voie le numéro de téléphone froissé dans ma paume. Je le lui tendis. « Préfixe régional 215. C'est où, ça ? »

Un endroit où je n'avais jamais vécu. Il fit mine d'attraper le téléphone. Je secouai la tête. J'avais besoin de temps. Le temps nécessaire pour rassembler tout le temps qui venait de se désagréger.

Ce soir-là, nous chantâmes. Compte tenu de ma concentration, je courais à la catastrophe. Mais nous parvînmes tout de même à survivre, portés par la pratique. Nous fîmes le Josquin le plus lent de l'histoire. Dans le public, les gens qui n'étaient pas scandalisés et ne s'ennuyaient pas à cent sous de l'heure, se fondirent dans le plancher de l'auditorium et s'enfoncèrent dans les failles de l'espace. Quel qu'en fût le verdict, personne ne réentendrait jamais une telle interprétation.

Allongé dans mon lit ce soir-là, je songeai à Ruth. Notre sœur avait été formidablement en avance sur nous. Elle avait sauté dans l'avenir bien avant que Jonah et moi n'ayons accepté le présent. Elle avait vu ce qui se tramait. Elle était au cœur du cauchemar avant que ses frères aînés ne s'éveillent de leur rêve. Je m'étais toujours imaginé que la souffrance de Ruth provenait de ce qu'elle était trop claire de peau pour mériter les pires blessures de la race. Ce soir-là, dans un hôtel bondé d'Avignon où la plupart des clients me croyaient originaire du Maroc, je compris finalement. En matière de couleur de peau, les pires blessures ne font pas de discrimination.

Jonah non plus n'arrivait pas à dormir. Ce n'était pas à cause de Josquin. À trois heures du matin, je l'entendis faire les cent pas dans le couloir devant ma porte, il hésitait à frapper. Je l'appelai, et il entra, comme pour un rendez-vous. « Pennsylvanie », dit-il. Je me contentai de cligner de l'œil dans l'obscurité. « Préfixe régional 215. La partie est de la Pennsylvanie. » J'essayai de faire coïncider cette information avec ma sœur. La dernière hallucination de Da l'avait envoyée en Californie. C'est là que je l'avais toujours imaginée. Jonah ne s'assit pas. Il alla à la fenêtre et tira le rideau. À l'horizon, le palais des Papes brillait comme un énorme manuscrit gothique enluminé. « J'ai réfléchi. » Il ramena les mots de cet après-midi des années en arrière. « Elle doit avoir raison. Ruth doit avoir raison. Je veux dire, à propos de... l'incendie. Ce n'est pas possible autrement. »

Il regarda par la fenêtre, contemplant toute la violence qu'il avait si longtemps et si superbement niée. Jonah n'avait rencontré Robert que par mon intermédiaire. Les détails de la mort de Robert restaient pour nous aussi obscurs que le mystère divin. Mais cette mort était la confirmation du fait central de nos vies, que nous avions maintenu aussi abstrait que l'art auquel nous nous consacrions. Nous avions vécu comme si, dans notre pays d'origine, le meurtre n'était pas une constante. Nous avions trouvé refuge dans les salles de concert, en un sanctuaire qui nous protégeait du bruit véritable du monde. Mais trente ans plus tôt – la durée d'une vie –, longtemps avant que nous sachions comment déchiffrer cette histoire, une haine aléatoire nous avait dispersés aux quatre vents. Tandis que Jonah prononçait ces mots, cela devint soudain une évidence. Et, tout aussi évident : quelque chose en moi l'avait toujours cru.

Il resta longtemps debout sans rien dire. Je n'avais rien à lui dire non plus. Mais Jonah était mon frère. Nous avions, à un moment ou à un autre, tout joué ensemble. À défaut de connaître autre chose, nous nous connaissions mutuellement. Il m'avait appris – et je le lui avais appris également – que toute musique vivait et mourait dans les pauses. Vers quatre heures du matin, il dit : « Appelle-la. » Il n'avait pas quitté la pendule des yeux, en pensant au décalage horaire, il avait attendu le tout dernier moment avant qu'il soit impoli d'appeler.

D'un bond, je sortis du lit, enfilai une robe de chambre et m'assis, un téléphone à la main. Je lui tendis l'écouteur, mais il refusa. Ce n'était pas lui qu'elle avait appelé. Je composai le numéro, avec application, comme si je faisais mes gammes. À nouveau la tonalité américaine, suivie de son écho transatlantique. Entre les sonneries, j'écartai un millier de formules introductives. *Rootie. Root. Mlle Strom. Mme Rider.* Riant, en deuil, la suppliant de me pardonner. Rien ne semblait réel. *Ruth. C'est Joseph. Ton frère.*

Puis le déclic du combiné que l'on décrochait sur cet autre continent, un grain de voix qui réduisit à néant tout ce que j'avais pu préparer. Au lieu de ma sœur, un vieillard. « Allô ? » Un homme qui semblait avoir cent ans. Je fus pétrifié en entendant sa voix, pire que le trac avant de monter sur scène. « Allô ? Qui est à l'appareil ? Qui est-ce ? » Au bout du fil, dans la pièce derrière lui, des voix plus jeunes demandèrent s'il y avait quelque chose qui clochait.

Les formules auxquelles j'avais pensé s'effondraient toutes. « Docteur Daley ? » demandai-je. Quand il eut acquiescé d'un grognement, je dis : « C'est votre petit-fils à l'appareil. »

30

La visitation

Jonah resta suspendu à mon coude pendant toute la conversation avec Philadelphie. Mais il refusa de prendre le combiné quand je le lui tendis. Discourir sans partition le terrifiait. Il voulait que je le préserve de l'endroit d'où nous venions. Mon grand-père me passa Ruth. Elle voulut me raconter ce qui était arrivé à Robert, mais n'arriva pas à commencer. Sa voix était au-delà de la colère, au-delà de la chaleur, au-delà du souvenir. Au-delà de tout, sous le choc. Le mois écoulé depuis la mort de son mari ne l'avait pas aidée à prendre du recul. Les années n'y feraient rien.

Elle articula vaguement deux phrases. Puis elle me repassa notre grand-père. William Daley ne comprenait pas bien auquel des deux frères de Ruth il avait affaire. J'avais très envie de le rencontrer, lui dis-je. « Jeune homme. J'ai eu quatre-vingt-dix ans il y a six semaines. Si tu veux me rencontrer, tu ferais bien de sauter dans le prochain avion. »

Je dis à Jonah que j'avais envie d'y aller. À l'idée de rentrer, le visage de Jonah se tordit, mi-tentation, mi-dégoût. « Tu ne peux rien réparer, Joey. Tu le sais, non ? Tu ne peux pas réparer ce qui est déjà arrivé. » Mais il me poussait d'une main tout en me retenant de l'autre. « Non, évidemment. Vas-y. Il faut que l'un d'entre nous y aille. C'est Ruth. Elle a réapparu. » Il semblait penser que je pourrais au moins réparer les choses qui ne s'étaient pas encore produites.

J'achetai un billet d'avion *open*. Ruth avait réapparu. Mais elle n'avait jamais vraiment disparu. C'est nous qui étions partis.

Mon oncle Michael vint me chercher à l'aéroport de Philadelphie. Il ne fut pas difficile de le repérer dans la foule. Lui aussi me repéra immédiatement. Quoi de plus facile ? Un garçon métis entre deux âges, l'air désorienté, regardant tout autour de lui, excité et embarrassé. Je m'avançai vers lui, portant mes deux valises devant moi comme des enfants délinquants. Mon oncle s'approcha, aussi fébrile que je l'étais, mais les mains vides. Après une seconde d'hésitation, il me prit par les épaules avec une grâce étrange et merveilleuse. *Je te connais pas. Je sais pas pourquoi. Mais on va y arriver.*

Ça l'amusait de voir à quel point deux parfaits inconnus peuvent être mal à l'aise l'un avec l'autre. Nous étions des étrangers l'un pour l'autre, nos liens familiaux dataient d'une autre vie. « Tu te souviens de moi ? » Stupéfait, je me souvenais de lui. La dernière fois que je l'avais vu, j'avais treize ans, ç'avait duré en tout quatre minutes. Il y a un tiers de siècle, aux funérailles de ma mère. Plus remarquable encore : lui se souvenait de moi. « Tu as changé. Tu es devenu... » Il claqua des doigts, cherchant dans sa mémoire.

« Plus âgé ? » suggérai-je. Il tapa dans ses mains et pointa l'index sur moi : *Bingo*.

Il prit l'une des valises et nous empruntâmes le long couloir qui conduisait au parking. Il me demanda comment s'était passé le voyage, comment était l'Europe, comment se portait mon frère. Je lui demandai des nouvelles de Ruth – en vie ; du Dr Daley – lui aussi, remarquablement. Michael me parla de sa femme et de ses enfants, de son travail. Chef du personnel à l'université de Pennsylvanie. « Ce boulot de chauffeur, je le fais uniquement en extra, quand des gens de la famille reviennent d'entre les morts. » Il me toisa de pied en cap, émerveillé devant les mystères de la génétique. Nous nous ressemblions davantage que chacun ne pouvait l'accepter. Il semblait douter que son neveu fût vraiment blanc.

Sa voiture était vaste comme le *Hindenburg*. Ainsi est affecté le sens des proportions de quiconque a passé des années dans un petit pays étranger. Michael démarra, tandis qu'un éclat exubérant émanait du tableau de bord. Ce n'était que du binaire, mais à un volume que j'avais oublié, avec une section rythmique plus musclée que la répression séculaire. Cela faisait des lustres que je n'avais rien écouté de tel. Comme embarrassé, Michael se pencha et coupa le son.

« Je t'en prie. Ne coupe pas pour moi.

– Juste du bon vieux R&B. Ça me fait du bien. C'est mon église à moi. J'écoute ça quand je suis seul.

– C'est sublime.

– On pourrait croire qu'un type qui a la cinquantaine bien tassée a passé l'âge pour ça.

– Pas avant la mort.

– *Amen*. Et encore.

– Avant, je jouais ce genre de trucs. » Il me regarda, incrédule. « À Atlantic City. Tout seul, tu sais, au piano. Avec la soucoupe pour les pourboires. Genre “Liberace fait des reprises de Motown”. Pendant les vacances, les vieux émigrés d'Europe de l'Est en raffolaient. »

Michael toussa si fort que je crus qu'il allait falloir que je prenne le volant.

« Les gens sont bizarres. »

Il siffla. « Aucun doute là-dessus. Y a pas plus bizarre. » Il remit la radio, mais en diminuant le volume. Chacun y trouva son plaisir. Le temps d'arriver au centre-ville, nous étions déjà en train d'harmoniser. Michael s'époumonait en *falsetto*, et moi je marquais les changements à la basse. Il sourit en entendant mes notes de passage. La théorie peut vous aider, quand vous manquez de *soul* – du moins dans les tonalités les plus simples.

Nous quittâmes la voie rapide. Après des années passées à baisser la tête à Gand, j'étais impressionné par la taille des immeubles les plus modestes. Nous approchions de sa maison d'enfance. Michael devint morose. « Pas fastoche. Dans le centre de Philly, les fruits de la croissance, on n'en a pas vraiment vu la couleur. La moindre usine a fichu le camp off-shore. Ensuite, c'est notre faute si on deale du crack. »

Je nageais en plein brouillard. Je ne pouvais même pas lui demander des explications.

Michael regarda par la vitre, il vit son ancien quartier avec mes yeux. Son visage trahissait son désarroi. « Tu aurais adoré cette rue. Tellement chouette, à l'époque. Aujourd'hui, c'est méconnaissable. Ça fait cinq ans qu'on essaye de convaincre le toubib de décamper. Il refuse de déménager. Il tient absolument à mourir au milieu de cette monstruosité. Il veut rester pour le déclin et la chute, jusqu'à ce que la maison s'effondre autour de lui ou jusqu'à ce que son corps cède, on verra ce qui arrivera en premier. Qu'est-ce qui arriverait à Maman si on vendait la maison à des inconnus ?

– Maman ? » Ma grand-mère. Nettie Ellen Daley. « Est-ce qu'elle n'est pas...

– Oh si. Complètement. Il y a deux ans. Le toubib n'a pas encore tout à fait réalisé. Un emmerdeur de première, faut que je te prévienne. Mes sœurs et moi, on vient cinq fois par semaine. Les infirmières s'épuisent les unes après les autres. »

La rue, en effet, était dans un sale état. Même les vieilles bâtisses les plus imposantes étaient mortes sans héritiers. Nous ralentîmes pour nous engager dans l'allée d'une grande maison qui semblait lutter à contre-courant de l'atmosphère alentour. Michael éteignit la radio en montant vers le garage. Il me surprit en train de sourire. « Vieille habitude.

– Pas sa musique de prédilection ?

– Faut pas le lancer là-dessus. » Nous étions encore à plusieurs mètres de la maison. « Il a l'ouïe fine à ce point ?

– Doux Jésus, oh oui ! Il faut bien que tu te tiennes ça de quelqu'un, pas vrai ? »

J'étais encore sous le choc de cette pensée quand une silhouette traversa la pelouse à notre rencontre. Une beauté sculpturale, à la fois pleine et fluide, un ton plus pâle que dans mes souvenirs. Je sortis de la voiture sans m'en rendre compte. Michael resta au volant, nous eûmes droit à notre minute. Je me rapprochai d'elle, elle avait les yeux baissés. Elle ne voulait pas me regarder. Alors je pris ma sœur dans mes bras.

Ruth refusa de s'abandonner totalement à cette étreinte. Mais elle me donna plus que je n'avais espéré, et je la tins contre moi plus longtemps que je ne l'avais jamais fait. Trois pleines secondes : c'était suffisant. Elle s'échappa de mes bras pour me regarder. Elle portait une tunique rouge et un serre-tête vert et noir censé évoquer l'Afrique – même moi je savais ça. « Ruth. Laisse-moi te regarder. Où étais-tu pendant tout ce temps ?

– En enfer. Ici. Dans ce pays. Et toi, Joseph ? » Elle avait un regard profond, brisé. Ses bras étaient croisés d'une drôle de façon. Elle ne m'avait pas vu depuis plus longtemps que moi je ne l'avais vue.

« Tu m'as manqué. » C'était presque psalmodié.

« Pourquoi revenir maintenant, Joey ? Chaque semaine, des Noirs se font descendre. Pourquoi n'as-tu pas attendu que... ? »

Pour toi, Ruth. Je suis revenu pour toi. Sinon je ne serais pas revenu.

Un jeune gars, du cours moyen peut-être, se matérialisa sur la pelouse à côté de nous. Je ne l'avais pas vu approcher, et son apparition soudaine me fit peur. Il avait la peau foncée, plus proche de Michael que de Ruth ou moi. Michael sortit de la voiture, et je me tournai vers lui. Profitant de cette diversion, je montrai du doigt le garçon.

« C'est le tien ? »

Michael rit. « Tu es coincé dans l'escalator, mon pote. Tu es dans une bulle hors du temps. Ma fille aînée en a un qui a presque cet âge-là !

« Le mien, dit Ruth.

– Je suis pas à toi », lui dit le garçon.

Ma sœur soupira. « Kwame. Voici Joseph. Ton oncle. » Le garçon me dévisagea comme si nous conspirions pour l'exclure de l'héritage. Il s'abstint de dire : *« C'est pas mon oncle. »* Ce n'était pas nécessaire. Ruth soupira de nouveau. « Oakland. Voilà où on était. En Californie. » Le mot me remonta le long de la colonne vertébrale comme une prophétie. « On organisait la communauté. On travaillait.

– Et ensuite les flics ont buté mon père », dit Kwame.

Je posai la main sur son épaule. D'un haussement, il m'obligea à l'enlever. Ruth posa la main à l'endroit où j'avais posé la mienne, et il la toléra, sans y croire pour autant. Ruth conduisit son enfant à l'intérieur, et Michael et moi leur emboîtâmes le pas.

Le père de ma mère attendait à l'intérieur, juste à côté de la porte. Ses cheveux coupés en brosse étaient d'un blanc Niagara. Il se tenait comme un poteau indicateur de haute marée sur une plage, et l'air ambiant disait à quel point ç'avait été un grand bonhomme. Il portait un costume gris métal. Tout le monde s'était mis sur son trente et un pour l'occasion, sauf moi. Il pencha la tête en arrière, afin de me voir dans la partie inférieure de ses lunettes à double foyer. « Jonah Strom.

– Joseph », dis-je en lui tendant la main.

Mon objection le contraria. « Je ne comprends toujours pas pourquoi il a fallu qu'elle vous donne le même nom. Enfin, peu importe. *Es freut mich, Herr Strom.* » J'avais beau me recroqueviller sur place, il me serra la main. *« Heiben Sie wilkommen zu unserem Haus. »*

Je restai bouche bée. L'oncle Michael ricana en montant mes bagages à l'étage. « Te laisse pas impressionner. Ça fait trois jours qu'il s'entraîne.

– Il peut aussi te réserver un hôtel et changer ton argent », dit Ruth.

Le Dr Daley menaça de déclencher le Sturm und Drang. *« Sie nehmen keine Rücksicht auf andere. »* Un peu plus de trois jours d'entraînement.

Ruth lui passa le bras autour du cou. « C'est bon, Grand-Papa. Ce n'est pas un étranger. Il est des nôtres. »

Du couloir sur ma droite parvint un cri. Un son surprenant : la plainte d'une créature totalement dépendante de l'inconnu. Ruth fila vers le cri presque avant que je l'entende. Elle se glissa dans la pièce du bout en marmonnant comme si elle parlait toute seule. Quand elle revint, elle tenait dans les bras un bébé de six kilos environ, qui gigotait et battait des mains pour essayer de se libérer et trouver la sécurité ou la mort.

« C'est mon fils aussi, dit Ruth. Lui, c'est le petit Robert. Cinq mois. Robert, voici ton oncle Joey. Je ne t'avais pas encore parlé de lui. »

Michael m'installa dans une chambre à l'étage. « C'était celle de mon frère. On va mettre Kwame dans l'ancienne chambre des jumelles. » Je violais un sanctuaire. Mais il n'y avait pas de place ailleurs. « Dors, me dit mon oncle. Tu en as probablement besoin. » Puis il s'en alla regagner ses propres pénates.

Ruth vint voir si j'étais bien installé. Elle avait le petit Robert dans les bras, qui, de temps en temps, me donnait des petits coups du bras pour vérifier que j'existais bien. Ma sœur lui parlait sans cesse, parfois des mots, parfois des bouts de chansons. Elle s'interrompit juste pour me demander : « Toi, ça va ?

– Maintenant, oui. »

Elle secoua la tête en regardant son bébé, mais c'était à moi qu'elle s'adressait. « Tu veux que je t'apporte quelque chose ?

– Tu l'appelles Grand-Papa. »

Petit Robert me regardait fixement. Sa mère refusait d'en faire autant. « Oui. Kwame aussi. Ça fait des années qu'on l'appelle comme ça. » Puis elle leva les yeux : *Ça te pose problème ?* « Il a dit que vous l'appeliez comme ça, avant.

– Ruth ?

– Pas maintenant, Joey. Peut-être demain. D'accord ? »

Alors elle se détendit, comme si un tendon venait d'être sectionné. Elle se voûta, comme si le bébé avait enflé jusqu'à être devenu terriblement lourd. Elle s'installa au pied du lit. Je m'assis à côté d'elle et posai le bras dans son dos. Je n'arrivais pas à savoir si cela lui faisait plaisir ou pas. Elle se mit à sangloter, et ses muscles tressaillirent en rythme. Un tremblement, plus doux que le frémissement des branches contre un toit en hiver. Ce n'est que lorsque le petit Robert se mit à pleurer, lui aussi, qu'elle se résolut à utiliser des mots.

« C'est une histoire tellement vieille, Joey. Tellement vieille. » Son calme était forcé. Elle aurait pu parler de n'importe quoi. Toute nausée humaine était ancienne.

« La plaque d'immatriculation était mal accrochée. Il roulait sur Campbell, un jeudi soir. Même pas très tard – dix heures moins vingt-cinq. Même pas dans un quartier particulièrement difficile. Il rentrait après une réunion. Il essayait de faire construire un foyer. Il n'arrêtait pas de travailler. J'étais à la maison avec Kwame et... » Le visage tordu, elle souleva le petit Robert. J'exerçai une pression de la main sur ses épaules : demain, ça irait. Ou jamais.

« Deux agents l'ont obligé à se garer sur le bas-côté. Un Blanc, un Hispanique. Parce que la plaque arrière n'était pas bien fixée. La veille, Robert m'avait dit qu'il allait la réparer. Il est sorti de la voiture, il sortait toujours quand il se faisait arrêter par la police. Il voulait toujours que les gars se rendent compte. Il est sorti de la voiture pour leur dire qu'il était au courant pour la plaque. Eux aussi, ils savaient tout au sujet de la plaque d'immatriculation. Ç'a été dit à l'audience. Ils ont lancé une recherche pendant qu'ils l'obligeaient à se garer sur le côté. Et donc, ce que ces deux flic ont vu, c'était un ex-Panther, un costaud patibulaire avec un casier judiciaire, qui sortait de sa voiture et s'approchait d'eux. Robert avait toujours son portefeuille dans la poche avant de son manteau. N'aimait pas s'asseoir sur sa fortune, comme il disait. Il a mis la main à sa poche pour attraper son portefeuille, et les deux flics ont foncé à l'abri derrière les portières, ils ont sorti leurs flingues et lui ont hurlé de ne plus bouger. Il a sorti la main de son manteau pour les lever en l'air. Je le sais. Il savait exactement... »

Ruth me tendit le bébé. Elle leva les mains en l'air d'une bien étrange manière. Nulle part où les mettre. Elle plaça ses mains autour de sa tête en appuyant, obligeant ce qui lui restait de cerveau à se remettre en place.

« Pourquoi faut-il que je raconte ça ? Tu savais avant que je te le dise. Vieux comme le monde. C'est le refrain le plus ancien de tout ce livre de cantiques taré. » Ses mots étaient pâteux, étouffés. Je tendis l'oreille. « Tu ne pourras rien faire de ta vie, mais ce pays fera de toi un cliché. L'emblème étincelant de ceux de ton espèce. »

Le petit Robert se mit à pousser des cris perçants. Je n'avais aucune idée de ce que je devais faire. Cela faisait vingt ans que je n'avais pas eu un bébé dans les bras. Je le secouai sur un rythme en pointillé, et ça s'arrangea un peu. Je chantonnai une lente partie de basse profonde. Émerveillé, mon neveu posa la main sur ma poitrine. Il sentait la note se former à cet endroit, et ses gémissements se transformèrent en un rire surpris. En entendant cela, Ruth revint à elle. Elle se leva et fit des petits cercles autour du lit. Petit Robert couina, la main sur mon torse, il en voulait encore.

« Le truc, Joey, c'est qu'ils ne l'ont pas tué. S'ils l'avaient tué, il y aurait peut-être eu un soulèvement, même à Oakland. Ils ont fait exactement ce que des années d'entraînement leur avaient appris. Ils ont visé les jambes avec des balles antiémeute en caoutchouc, et ont réussi à lui briser la rotule droite. Il a été cloué au sol, et il est resté par terre à hurler. Dès que la douleur le lui a permis, il s'est mis à les maudire en invoquant l'histoire américaine. Ils avaient certainement envie de lui coller une balle en métal dans le crâne, simplement parce qu'il avait l'audace d'appeler les choses par leur nom. L'ambulance est arrivée. Vingt-deux minutes trente après avoir reçu l'appel. On l'a installé sur le billard et on l'a opéré du genou. Selon l'autopsie, il est mort de complications dues à l'anesthésie. »

Elle s'arrêta, et me reprit Petit Robert des bras. Il se remit à geindre en tendant les bras vers ma poitrine. Il était prêt à plonger tête la première hors de ses bras, pour avoir une chance de sentir à nouveau ces vibrations. Il fallut que Ruth se mette à fredonner pour qu'il se calme. Je tendis l'oreille. Manque de pratique, un peu enrouée. Mais pleine comme l'océan sous l'attraction de la lune.

« Il n'est pas mort suite à des complications, Joey. Il est mort suite à des simplifications. Simplifié à mort. » Le dernier mot fut avalé, presque un silence. « Il y a eu une audience, mais pas de procès. Deux semaines de suspension pour l'un, trois semaines pour l'autre. Aucune inculpation. Mesure de précaution justifiable en situation à haut risque. Autrement dit, zone de guerre. Tout le monde le sait. Tout Nègre qui s'approche des policiers en mettant la main dans sa poche de manteau... »

Sa voix s'éteignit. Si quelqu'un lui avait mis une arme entre les mains, elle aurait pu sortir dans la rue et s'en servir, sans viser, sans émotion. Ruth prit son bébé et le fit tourner machinalement dans la chambre de notre oncle défunt, chantonnant pour cet enfant qui avait besoin d'elle.

« Tout le monde le sait. La chanson et la danse les plus anciennes qui soient. On ne l'entend même plus, tellement c'est en nous. Pas du lynchage, tu vois ? Juste de l'autodéfense. Pas un meurtre ; un accident. Pas raciste ; juste une réaction malheureuse que son identité a déclenchée dans... Raconte-moi une autre histoire, Joey. Une qui ne transforme pas tout le monde en... L'un des flics m'a envoyé une lettre de condoléances en recommandé.

– Lequel ?

– C'est important ? Le Blanc. C'est important ? Rien de... rien de cela ne serait arrivé si... » Dans un autre monde. « Qu'est-ce que tu veux savoir d'autre, Joey ? Qu'est-ce que tu veux que je te dise d'autre ? » Elle cessa de marcher de long en large et me fit face, telle une bibliothécaire devant un élément perturbateur. Quoi d'autre ? À propos de la mort de Robert, à propos de Robert, à propos des policiers, à propos de l'audience, à propos d'Oakland, à propos de la loi, à propos du plus ancien cantique qui soit, le cantique des cantiques qui l'emporte sur tous les autres ? *Comment peux-tu chanter ? Comment peux-tu chanter cette musique ?* « Demande-moi. Je connais chaque détail. Tous les événements que je n'ai pas vécus en direct. Je suis prise dedans, Joey. Prise au piège. Qu'est-ce que tu veux que je fasse de ça ? Qu'est-ce tu veux que je te dise ? »

Je crus qu'elle était en train de craquer. Puis je me rendis compte que ce n'était pas à moi qu'elle parlait. Ces deux dernières questions étaient pour son fils qui, niché dans la saignée de son bras, se contentait de me sourire en essayant de vocaliser.

Ruth se tourna vers moi, hébétée. « Toi, dors. » Les mots me marquèrent au fer rouge, comme une accusation. Il était trop tard maintenant pour que je change mes habitudes, à une heure si tardive.

Dormir était tout bonnement impensable. Allongé dans mon lit à 2 heures du matin, je me retournai cent fois avant que l'aiguille des minutes fasse un tour. Je n'arrivais pas à me situer : au premier étage, me retournant dans le lit, au cœur d'une maison dont l'image proscrite avait gouverné ma vie sans qu'une seule fois je ne sois parvenu à composer cette image. Quand enfin je réussis à m'endormir, mon sommeil fut plein de sirènes et de coups de feu.

Je descendis à 5 h 30, incapable de rester une minute de plus dans ce cercueil capitonné. J'avais besoin de m'asseoir, là, avant que tous les autres ne reviennent à la vie et ne me volent mon retour dans ce foyer perdu depuis si longtemps. En descendant, je vis Jonah dévaler l'escalier derrière notre oncle Michael, suivi d'un garçon qui n'avait pas encore quatre ans et qui essayait de ne pas se laisser distancer. Un géant se tenait en bas de l'escalier et criait : *On ne court pas dans la maison !* La maison avait rapetissé comme un fœtus dans le formol. Seul subsistait le contour de l'escalier, et le son de nos folles courses.

Je n'étais pas le premier réveillé. Le Dr Daley était assis à la table de la cuisine, penché sur le journal d'hier. Il était en chemise et cravate, différentes de celles de la veille. Il leva la tête en entendant le bruit de mes pas dans l'escalier. Il m'attendait, quelle que soit l'heure. Il m'observa de son siège, son visage exigeait de savoir ce qu'il fallait penser d'un gâchis aussi phénoménal. Qui apprenait aux gens à jeter ce qu'ils avaient le plus peur de perdre ?

« Une tasse de café ?

– S'il vous plaît.

– Comment le prends-tu ?

– Je... »

L'esquisse d'un sourire amusé apparut au coin de sa bouche. « *Milchkaffee ? Halb und halb ?*

– Quelque chose dans le genre. »

Il me fit asseoir et m'apporta le café, exactement comme je l'aimais, à croire qu'il m'avait vu le préparer. La couleur de la main de ma sœur. Le Dr Daley s'assit en face de moi et replia soigneusement son journal en quatre. « Veux-tu entendre ma définition de la vie ? Évidemment que tu veux l'entendre. Harcèlement et café, jour après jour. Bien. Commençons par le commencement. Tu as parlé à ta sœur ?

– Brièvement.

– Donc, tu sais ce qui t'attend ici, à la maison. » J'acquiesçai, mais je ne savais rien. Tout ce que j'entendais, c'était ce mot, *maison*. Il se tut un court instant, faisant un panégyrique qu'il avait trop souvent eu à faire dans sa vie. Il serra les lèvres et revint à l'invivable. De retour au monde extérieur. « Bien. Ton père. »

Il me fallut une longue gorgée avant de comprendre qu'il me posait une question. « Je... Mon père ?

– Oui. David. Comment va-t-il ? » Il ne voulait pas me regarder. Nous ignorions tout les uns des autres.

« Allez savoir », fis-je. Et je ne pus en dire davantage.

Mon grand-père leva la tête. Ma réponse lui permit de faire son diagnostic. Son menton remonta un tout petit peu puis retomba. « Je vois. Il y a combien de temps ?

– Dix ans. Pardon – douze. Presque treize. 1971.

– Je vois. » Il pressa les mains sur son visage. Il avait survécu à tout. « Ta sœur voudra savoir. N'est-ce pas ?

– Je n'en suis pas sûr. Compte tenu de tout le reste. »

Il me dévisagea, livide. « Bien sûr, qu'elle voudra savoir ! Crois-tu qu'une semaine a passé sans qu'elle pense à lui ? »

Je ressentis ce que cela avait dû signifier d'être l'enfant de cet homme. Nous restâmes un long moment assis. Je bus à petites gorgées ; il fulminait. Finalement, il grogna : « "Allez savoir." » Il opina. La formule que j'avais utilisée lui tira un sourire narquois. « Ton frère ? »

Mon frère. J'avais passé une bonne partie de ma vie à répondre à cette question. « Il va bien. Il est content de vivre en Belgique. Il chante de la musique ancienne. »

Mon grand-père ne prit pas la peine de bouger la tête. *Je n'ai pas de temps à perdre avec tes bêtises. Je pose une question simple. As-tu l'intention de répondre, oui ou non ?* « Reverrai-je l'aîné de mes petits-enfants avant de mourir ou pas ? »

Je sentis le sang me monter à la tête. « Avec Jonah, c'est pareil... Allez savoir. »

Grand-Papa eut un rictus mécontent. « Toujours à la recherche de sa liberté. Déjà, quand il n'avait que six mois, je m'en souviens encore. Il trouve, selon toi ? »

Il y avait une once de désapprobation dans son ton, mais pas de condamnation. J'avais ma petite idée sur la question. « Il faut que vous l'entendiez chanter. » La seule réponse possible.

Le Dr Daley se leva et prit ma tasse vide. Je me levai pour l'aider, mais il me fit signe de rester où j'étais. « Il semble bien que ce n'est pas dans cette vie qu'il me sera donné de vivre cette expérience. » Il lava ma tasse et, les mains tremblantes, la plaça sur l'égouttoir, à côté de la sienne. « J'ai plus d'une fois voulu raconter à ta sœur ce qui s'était passé entre nous. Oui, la folie foncière qui gouverne tous les peuples. Mais attention. Nous y avons apposé notre propre sceau. Ton père et moi. Tes parents... »

Il revint s'installer sur la chaise sur laquelle il s'était assis pour prendre son petit déjeuner tout au long du demi-siècle écoulé. La même table, alors qu'alentour, tout le reste de l'existence changeait.

« Tes parents croyaient avoir trouvé un moyen d'échapper à la règle. La règle du passé. » Il regarda dehors le gazon printanier en essayant de s'imaginer ce qu'ils avaient vu. « Ils voulaient un endroit où il y ait autant de catégories que de cas particuliers. Pourtant, c'est bel et bien *ici-bas* qu'ils ont dû vous élever. » Sa voix était inquiète, elle courait contre la montre. « Ils voulaient un endroit où chacun aurait eu sa propre couleur. » Il secoua la tête. « Mais c'est ça, être noir. Il n'existe pas de couleur de peau qui n'y soit déjà. Vous n'étiez pas moins noirs que nous. Votre mère aurait dû le savoir. »

Nous entendîmes des pas dans l'escalier, et ma sœur fit son entrée dans la cuisine. Elle avait Petit Robert dans les bras, et quelque chose de beaucoup plus lourd sur les épaules. Elle portait la même tunique et le même serre-tête vert et noir d'Afrique occidentale que la veille. Ma sœur la veuve. Elle avait le visage encore fripé. « Ce gamin m'a empêchée de dormir. » Fort à propos, le bébé se mit à gazouiller de plaisir. Comment pouvaient-ils vivre, l'un et l'autre ?

« Ils sont là pour ça. » Notre grand-père, qui avait travaillé toute sa vie comme médecin de famille, se leva pour faire du café à Ruth. Cela semblait un vieux rituel. Il déclara à mon attention : « Je n'ai rien fait pour arranger les choses. »

Ruth n'avait pas besoin d'un résumé. Elle avait écouté du haut de l'escalier. Elle fit non de la tête. « Tu n'y es pour rien, Grand-Papa. Ils vivaient dans un rêve. C'est Maman qui a épousé un Blanc. Elle a choisi sa voie.

– J'ai été trop fier. Ta mère l'a toujours dit. » Il se figea. « Je veux dire, ta grand-mère. » Il apporta à Ruth son café – noir, avec une petite cuiller de sucre. « J'avais peur. Peur de me laisser engloutir dans leur idée. Cette vertu tendancieuse. Peur de...

– De tout le délire taré de la blanchitude, l'interrompit Ruth. Ils ont le cerveau cramé. Tous autant qu'ils sont.

– Surveille ton vocabulaire.

– D'accord, Grand-Papa. » Elle inclina la tête devant cet homme de quatre-vingt-dix ans, comme une enfant de neuf ans.

« Votre grand-mère a payé cher mes principes. Je lui ai fait perdre sa fille, ses petits-enfants. Je n'ai jamais eu le loisir de vous voir devenir... »

Ruth se leva et lui échangea le bébé contre une tasse de café. Elle prit la tasse et but à petites gorgées. Puis elle fit chauffer des flocons d'avoine et prépara des fruits écrasés pour Petit Robert. « Ce n'est pas toi qui l'as fabriquée, Grand-Papa. » Le vieillard porta la main à sa tête pour dévier les mots de leur trajectoire. « Grand-Mère a été avec toi jusqu'au bout.

– Et moi, j'étais avec qui ? » Le Dr Daley ne posait la question à personne en particulier. « L'hypodescendance. Tu connais le terme ? » Je fis oui de la tête. J'étais l'enfant de ce terme. « Ça signifie qu'un enfant issu de parents de castes différentes appartient nécessairement à la caste inférieure. »

D'une main, Ruth tenait la petite cuiller qui servait à enfourner la nourriture dans la bouche de Petit Robert, tandis que l'autre s'agitait dans le vide. « Ça signifie que le Blanc ne peut pas protéger sa propriété acquise par le vol, ne peut pas faire la différence entre le maître et l'esclave, sans jouer la carte de la pureté du sang. Pureté, tu parles. Pure invention, oui. Une goutte ? Une seule goutte, en remontant aussi loin que possible ? Aucun Blanc en Amérique ne répond à ce critère. »

Il réfléchit un moment. « Hypodescendant, ça signifie que nous sommes censés accueillir tous les autres. Tout le reste.

– *Amen*, dit Ruth. Quiconque n'est pas taré pour cause de consanguinité est noir.

– Tout le monde. Tous les métis, les quarterons, les huitièmes de quarterons. Nous aurions dû vous accueillir parmi nous.

– Ne t'accuse pas des erreurs des autres. »

Il ne l'entendit pas. « Nous tous ! Vous croyiez être les seuls, tous les trois ? » Il me suppliait du regard, comme si seul mon assentiment pouvait rectifier cette erreur de longue date. « Vous croyez avoir été les premiers au monde à vivre cela ? Votre grand-mère, à moitié blanche. Ma famille. En ligne directe des reins du propriétaire esclavagiste. Le nom de ma famille. La race entière. Un coup d'œil suffit. Ça fait trois cents ans que les Européens vivent en nous. Je me suis toujours demandé ce que l'Amérique serait devenue si la règle de la seule goutte avait fonctionné dans l'autre sens. »

Ruth lui intima le silence. « Grand-Papa, tu deviens enfin sénile.

– Une nation puissante. À la hauteur du mythe qu'elle se fait d'elle-même.

– Ce ne serait plus les États-Unis. Bon sang, ça c'est sûr. »

Le Dr Daley regarda sa petite-fille nourrir son arrière-petit-fils, une âme trop accaparante et trop curieuse pour survivre au monde. « J'ai laissé cette folie briser ma famille.

– Ils ont aussi brisé la mienne », dit Ruth.

Nous restâmes assis en silence. Seul le bébé avait le cœur à émettre le moindre son. Bientôt, même lui saurait. Pour lui, tout était écrit avant même qu'il ne sache prononcer son nom : son père, sa grand-mère, une ligne brisée qui remontait jusqu'à la nuit des temps. Je ne pouvais pas rester ici. Je ne pouvais pas retourner dormir douillettement en Europe. J'avais été élevé dans l'idée que chacun pouvait inventer sa propre vie. Mais toutes les vies que je pouvais m'inventer seraient toujours mensongères.

Ruth avait atteint ce futur avant moi. Elle savait depuis longtemps qu'un jour, il faudrait que je la rattrape. « Il y a un truc drôle à propos de l'histoire de la seule goutte. Si blanc plus noir donne noir, et si le taux de mariages mixtes se situe un peu au-dessus de zéro chaque année... » Les yeux de Ruth se lançaient dans le type de conjecture que son père avait jadis adoré. La loi du vieil esclavagiste était à présent la seule arme de ses victimes. Le noir était la flèche du temps, la bouillonnante tribu qui prenait de l'ampleur, tandis que la pureté choisissait son suicide de privilégié. « Il n'y a qu'à suivre la courbe. Ce n'est qu'une question de temps avant que tout le monde en Amérique soit noir.

– Je croyais... » Ma voix me rendit malade. « Je croyais que tu étais contre les mariages entre Noirs et Blancs.

– Mon chou, je suis contre *quiconque* épousera un Blanc. Les mariages mixtes, c'est le méli-mélo assuré. Mais tant que les gens sont assez fous pour essayer, moi, je suis assez folle pour en être la bénéficiaire. » Elle regarda notre grand-père. Il faisait de grands mouvements de la tête, implacablement résigné. « Quoi ? Ce calcul te pose problème ?

– Marchera pas. » Ce fut la seule fois qu'il prit une telle liberté avec les règles de la grammaire. « Dès qu'ils verront la tournure que ça prend, ils abrogeront la règle. »

Un bruit de tonnerre éclata, comme pour confirmer les paroles du médecin. Mon neveu Kwame apparut dans l'escalier, une boîte argentée à la main, et sur les oreilles deux bidules doublés mousse, reliés par un fil. Des vibrations s'échappaient de lui, des sons syncopés que j'étais incapable de situer ou de mettre en notes. Sous le rythme, il y avait un sermon lancinant, cadencé. La pulsation brassait l'air alentour. Je suffoquai en me demandant quel effet ça produisait à l'intérieur de sa tête.

Grand-papa fit signe à son arrière-petit-fils d'enlever les écouteurs et d'éteindre la cassette. Le garçon s'exécuta dans un éclat de protestations venimeuses qu'aucun adulte ne pouvait comprendre ou interpréter. Le médecin se leva, tel un prophète de l'Ancien Testament. « Si tu veux te mettre la cervelle en bouillie, écrase-toi donc la tête contre les murs.

– Respecte ma musique, répondit Kwame. Ça décape les oreilles.

– Si tu veux devenir sourd, enfonce-toi des bâtons dans les oreilles. Tu appelles ça de la musique ? Il n'y a même pas de notes. Ce n'est même pas sauvage. » Notre grand-père se tourna vers Ruth pour qu'elle le soutienne.

« Oh, Grand-Papa ! On en a déjà discuté cent fois. C'est notre musique. Ça fait partie de notre ancienne culture. Dans la grande tradition des *dirty dozens*, les insultes rituelles.

– Qu'est-ce que tu y connais, aux *dozens* ? » Ruth blêmit, et le vieil homme lui tapota le bras. « Ne m'en veux pas. Je sais. Tu l'as appris au même endroit où je l'ai appris. Il existe un prophète qui fait tout pour sauvegarder notre héritage culturel. »

Ruth poussa un cri. « Ne t'en fais pas pour ce qui est de la sauvegarde de notre héritage ! Tous les petits Blancs des cinq continents en veulent un bout.

– Y mordent à notre hameçon, dit Kwame. Kiffent trop notre son. Peuvent pas suivre, les Blancs-becs, on cartonne trop impec ! »

Il balançait la tête de droite et de gauche, animé d'une sorte de fierté tout en souplesse. Son petit frère riait en tendant les mains vers lui. Kwame retourna sous les écouteurs, et ce fut comme s'il disparaissait. Ruth, couverte de bouillie de bébé, passa un bras autour de notre immaculé grand-père. Il accepta les taches. « Tu es pire que mon propre père. Il m'embêtait tout le temps avec ma musique. Je me suis juré que je ne ferais jamais subir ça à aucun de mes enfants.

– Il faisait ça, vraiment ? demandai-je incrédule. Il te tarabustait à cause de la *musique* ? »

Elle grogna, comme sous l'effet d'un coup de fouet. « Tout le temps. James Brown. Aretha. Tout ce qui avait la moindre puissance. Tout ce qui pouvait m'être utile. Il voulait que je suive votre voie, sa voie à lui. À ton avis, pourquoi est-ce que la rue déteste vos mélodies, Joey ? »

Pour la même raison que ces mélodies avaient jadis été pour la rue synonyme de salut – parce qu'elles ne servent à rien. Notre grand-père grogna, lui aussi, le *subito* doux d'un vieux gospel, en se rappelant les vieilles sentences, la confiance trahie, les serments bafoués. Il examina sa propre pierre tombale et y lut les choses qu'il avait dites à sa fille, inscrites dans le granite. Il prit Ruth par le poignet et lui lança un regard désemparé. « Qu'est-ce que c'est que cette musique pour laquelle chacun devrait sacrifier sa vie ? »

« Quand est-il mort ? » demanda Ruth, tard dans la journée.

Je crus, l'espace d'une folle pulsation, que nous avions échangé nos vies. « Quand ? Peu de temps après que je t'ai vue pour la dernière fois. J'ai essayé de te joindre par tous les moyens.

– Tu n'as pas pensé au moyen le plus évident. » Elle le faisait juste remarquer, elle m'aidait à rattraper le passé. Les larmes de Ruth étaient discrètes et lointaines, ce n'était une consolation pour personne. Elle pleurait sur son sort, et se fichait que j'entende. Tous ses deuils se rassemblaient. Un long moment s'écoula avant qu'elle reprenne la parole. « Il avait la mémoire courte, ce salopard. Tu crois qu'il a compris un jour ce qu'il nous avait infligé ? »

Je ne sentais pas le besoin de me bagarrer pour protéger l'identité de mon père. Je n'étais même plus capable de le faire pour moi.

« De quoi est-il mort ? » Je dus rester silencieux plus longtemps que je ne le crus. « J'ai le droit de savoir. Il peut y avoir des conséquences pour mes fils.

– Cancer. »

Elle tressaillit. « Quel genre ?

– Pancréas. »

Elle acquiesça. « Nous aussi, on meurt de ça.

– Il y a un peu d'argent. Je l'ai déposé sur un compte à ton nom. Aujourd'hui, ça doit faire un bon petit pécule. »

Elle se débattait. La répugnance d'un côté, la nécessité de l'autre : jamais je n'aurais imaginé que l'un et l'autre occupaient une telle place en elle. Elle semblait acculée. Elle n'arrivait pas à décider ce qui lui revenait de droit et ce à quoi elle avait renoncé. « Plus tard, Joseph. Attends un peu.

– Il t'a laissé un message. » Cela faisait dix ans que je n'y avais pas pensé. « Quelque chose que j'étais censé te dire. »

Ruth se replia sur elle-même, comme si j'étais en train de la martyriser. Je l'apaisai d'un geste. Je ne me sentais pas particulièrement investi d'une mission, ni dans un sens ni dans l'autre. Je voulus juste lui dire, et en finir.

Elle appuya les paumes sur ses tempes, elle m'en voulait terriblement de la troubler comme cela. Elle serra les poings en une dernière contre-attaque avant capitulation. « Laisse-moi deviner. "Je sais que tu es une fille vraiment chouette. Tout est pardonné."

– Il m'a dit de te dire que la longueur d'onde est différente chaque fois qu'on déplace son télescope.

– Qu'est-ce que c'est que cette salade ? Tu peux me dire ce que je dois faire avec ça ? » Elle avait voulu un autre message, sans le savoir. Celui-ci ne la rendait que plus brutalement orpheline.

« Il n'allait pas bien, Ruth. À la fin, il racontait toutes sortes de choses. Mais il m'a fait jurer de te dire cela, si jamais l'occasion se présentait. »

Les dernières paroles de Da étaient trop opaques pour pouvoir être méprisées. Elle ne pouvait pas partir en guerre contre quelque chose d'aussi anodin. « Décidément, il n'aura jamais su comment me parler. » Elle ne lutta pas contre les pleurs. « Jamais.

– Ruth. Je ne peux pas m'empêcher de penser... à Robert. » Elle s'exclama, pleine d'une ironie amère. *Tu ne peux pas t'empêcher ?* « Pardonne-moi. Je peux te poser une question ? »

Elle haussa les épaules. *Tu ne me poseras aucune question que je ne me sois déjà posée.*

« Qu'est-ce que vous faisiez tous les deux, à New York ? »

Elle me regarda, décontenancée. « Qu'est-ce qu'on *faisait* ?

– Quand vous êtes venus chez moi à Atlantic City. Vous aviez des ennuis. Quelque chose clochait vraiment. La police vous recherchait. »

Son regard s'éteignit, elle était trop lasse pour seulement exprimer du dégoût. « Tu ne comprendras donc jamais, hein ? » La voix pleine de pitié. « Mon frère.

– Tu as dit que les policiers avaient vérifié sur ordinateur la plaque d'immatriculation de Robert. Et qu'il... »

Ma sœur prit une inspiration, pour essayer de me faire de la place. « On s'occupait d'un refuge pour les gamins du quartier. Voilà ce qu'on *faisait*. On leur faisait chanter "Black Is Beautiful" au petit déjeuner. Tout le reste est signé J. Edgar Hoover. Il nous a transformés en menace numéro un contre la sécurité du pays. Des agents du FBI nous appelaient au milieu de la nuit, et menaçaient de répandre notre cervelle sur le bitume. Disaient qu'ils nous enverraient en prison jusqu'à la fin de nos jours. Nous étions déjà en prison, Joey. C'est ça notre crime. Ça leur bouffait la conscience, ce qu'ils nous ont fait. Voilà ce qu'on faisait à New York. Et c'est ce qu'on a continué de faire à Oakland. Jusqu'à ce qu'ils mettent la main sur Robert et qu'il meure dans un de leurs hôpitaux. »

Ce fut la dernière question blanche que je lui posai.

La maison de mon grand-père était un territoire ouvert, qu'aucun emploi du temps ne venait troubler. La vie avait un but à Catherine Street, mais pas d'allure imposée. La famille se réunit le deuxième soir. Mon oncle Michael arriva avec la plus grande partie de sa famille : sa femme, ses deux filles, et les enfants de mes cousins. Je fis la connaissance de mes deux tantes Lucille et Lorene, de leurs maris, et de plusieurs de leurs enfants et petits-enfants. J'étais une curiosité : l'enfant prodigue, le caméléon. Pendant un moment, tout le monde jeta vers moi des coups d'œil furtifs. Mais dans une famille de cette taille, aucune nouveauté ne garde la vedette bien longtemps. Ils furent aux petits soins avec moi, écoutèrent le peu que j'avais à dire sur mon compte, puis reportèrent leur attention sur le Dr William, le patriarche, ou Petit Robert, le dernier-né du clan.

Après leur passage à Atlantic City, Ruth et Robert étaient souvent venus ici, en quête d'un endroit où se cacher. « Il n'y avait qu'à chercher dans l'annuaire, Joey. Rien de plus facile. Tu aurais pu le faire n'importe quand. »

Il y avait une ambiance bon enfant chez les Daley, l'entrain de gens regroupés dans un abri antiaérien et qui tenaient bon grâce à une gaieté précaire. Lorsqu'au moins trois d'entre eux se trouvaient dans la même pièce, il y avait de la musique. Lorsque le seuil décisif était atteint, chacun se mettait à chanter. Après une période de chaos négocié – *laisse-moi cette voix, trouve-t'en une autre. Comment ça, ta voix ? Je prenais cette voix quand tu n'étais même pas encore né* – le chœur du tabernacle Daley se lançait dans sa singulière harmonie à cinq voix et demie.

Je me joignis à eux ici et là, baragouinant en scat ou improvisant des mélismes en latin de cuisine, quand je ne connaissais pas les paroles. Ma basse de musique ancienne trouvait assez bien sa place parmi les richesses chantées de si bon cœur, personne ne la remarquait. Personne ne se mettait en avant, mais personne ne s'effaçait non plus. La famille obligea même le Dr Daley à se joindre à un ou deux chœurs, avec son grondement de nonagénaire. Personne n'était dispensé de chant : à chacun sa voix, pour célébrer les louanges de son choix.

Michael joua du vieux sax ténor de Charles ; le fantôme de son frère était encore présent dans chaque clé. Le fils aîné de Lucille, William, jouait de la guitare basse avec autant d'agilité que s'il s'était agi d'un luth. Le piano du boudoir était à la disposition de presque tous, et il n'était pas rare de voir sur le clavier quatre, six, parfois huit mains en même temps. *Qu'est-ce que tu croyais ? Tu croyais tenir ça de qui ?* Je me contentais de suivre une ligne enfouie au milieu du reste, et je n'avais pas trop de mes dix doigts pour surnager. Personne ne me demanda de jouer en solo, ou du moins de prendre plus de solos que quiconque.

Le piano était un champ de mines. Une demi-douzaine de touches, y compris le *do* du milieu, avaient un son voilé, chevrotaient ou tout simplement restaient enfoncées. « Ça fait partie du jeu, expliquait Michael. Il faut faire du boucan tout en évitant les nids-de-poule. » J'étais au beau milieu d'un gigantesque refrain improvisé lorsque je m'interrompis pour m'apercevoir que ce clavier était celui sur lequel ma mère avait appris à jouer.

Tant que la maison était pleine de membres de la famille qui chantaient, Ruth semblait à peu près apaisée, plus apaisée en tout cas que je ne l'avais vue depuis la mort de Maman. Au cours de cette première soirée épatante, elle s'allongea sur un canapé, un fiston brutal sous un bras, un bébé heureux dormant sur un coussin, et son mari tombé au champ d'honneur assis à côté d'elle. Ainsi en sécurité, elle produisit un déchant qui me donna envie d'arrêter de chanter une bonne fois pour toutes. Je m'approchai d'elle. Elle ouvrit les yeux et sourit. « Voilà pourquoi on est revenus ici.

– Parle pour toi », corrigea Kwame.

Malgré les écouteurs sur les oreilles, aucun mot ne lui échappait.

« Ça fait combien de temps que vous êtes ici ?

– Cette fois-ci ? Juste après que Robert... » Elle regarda autour d'elle, puis se massa le front avec la paume, tâchant de faire fuir à nouveau le cauchemar. « Ça fait combien de temps ? »

Mes tantes Lucille et Lorene étaient responsables de la chorale de l'Alliance Béthel, l'église où elles, leurs parents et leurs enfants, s'étaient tous mariés, l'église où ma mère avait été baptisée et où ils avaient tous appris à chanter. Au grand désespoir de leur père, et pour la plus grande joie de leur mère, elles avaient choisi l'église plutôt que le droit, qu'elles avaient pourtant étudié. Lucille jouait de l'orgue et du piano, et Lorene dirigeait la chorale, en bonne partie composée de leurs propres enfants. Le deuxième dimanche après mon arrivée, Ruth décida que nous irions les écouter. « Nous tous », prévint-elle à l'attention de son fils, de son grand-père et de son frère.

C'est le Dr Daley qui protesta le plus. « Laissez-moi mourir en paix, en païen impie.

– Il a raison, dit Kwame. On va se battre. Païens du monde entier, unissez-vous.

– Je n'y ai jamais mis les pieds pour ta mère. Jamais mis les pieds pour ta grand-mère.

– Eh bien, tu iras pour moi, dit Ruth.

– Alors je m'assoirai à côté de ce jeune homme ici présent, et nous parlerons de Nietzsche et Jean-Paul Sartre. »

Je n'eus pas le courage de lui dire que le juif athée que j'étais avait chanté dans plus d'églises catholiques au cours des cinq dernières années que le plus pieux des paroissiens n'en fréquente en toute une vie.

À l'église, je n'étais pas le plus clair de peau. Même dans notre moitié d'église. L'Alliance Béthel prêchait l'Évangile : la couleur fait partie de l'équation, mais ce n'est pas la seule variable. Ruth me surprit en train de regarder une rouquine de la chorale, aussi pâle qu'un mannequin préraphaélite. « Oh, c'est une Noire, mon frère.

– Comment le sais-tu ?

– Les Noirs savent toujours.

– Va te faire voir, ma chérie. »

Ma sœur retint un sourire narquois. « Pas de gros mots à l'église, Joey. Attends qu'on soit sur le parking. En fait, non seulement elle est noire ; mais elle est de ta famille. Ne me demande pas exactement comment. Une lointaine cousine. »

Avec les Daley, la chorale ressemblait à une authentique fête afro-américaine, ce qui n'était pas une surprise. Mais il fallut que j'attende l'hymne pour comprendre pourquoi j'étais là. Il s'agissait de *He Leadeth Me*, ce vieux cheval de bataille du XIXe siècle, dont la voix de soliste était chantée par une jeune femme à la coiffure afro compacte, de plusieurs années ma cadette. Le premier couplet fut interprété de manière assez classique, conformément à la partition de l'ancien livre méthodiste des cantiques. Mais la soliste était si brillante, que même Kwame, occupé à parfaire sa signature graffiti sur chaque centimètre d'un bulletin paroissial froissé, en attendant d'y aller à la bombe dans tout Oakland, leva la tête pour voir qui chantait avec tant de panache.

À partir du deuxième couplet, j'étais presque debout. La fille avait un coffre capable d'épuiser toutes les réserves de l'Alaska. La NASA aurait pu utiliser sa justesse pour guider les satellites. Elle fit faire la pirouette à la mélodie boitillante au bout de ses doigts étirés, la fit passer entre ses jambes et dans le dos, puis la fit flotter au-dessus de sa tête. Chaque son dans les éclaboussures de son chant était un joyau unique. Je me tournai vers Ruth en quête d'explication, mais elle regardait droit devant elle, d'un petit air ironique, feignant ne pas m'avoir remarqué.

La voix s'épanouit par vagues successives, ôtant couche après couche, jusqu'à ce que la lumière devienne plus intense. Pendant ce temps, la chorale ajoutait de l'ampleur au refrain : « *He leadeth me. He leadeth me.* » Puis changement de tonalité : « *He leadeth me.* » Le fondement gospel établi pour la soliste formait un socle dur comme pierre, duquel n'importe quelle louange pouvait être lancée. Elle monta jusqu'à l'ionosphère de l'ouïe, les yeux embrasés, s'élevant dans l'humilité du délice absolu, et l'âme ne pouvait guère aller plus loin dans la connaissance de sa propre amplitude. Je n'arrivais pas à croire qu'elle improvisait avec tant d'assurance ces sidérantes voltiges aériennes. Et pourtant je ne pouvais imaginer que des explosions d'une telle fraîcheur aient pu être écrites à l'avance.

Le cantique crût en vagues successives ininterrompues. Les mains se levèrent autour de nous. J'étais submergé, incapable de retenir la beauté qui passait. Je regardai le Dr Daley, avec une seule question sur les lèvres : *c'est qui ?* Il opina gravement. « C'est le bébé de Lorene. » Je ne pouvais épouser cette femme ; nous étions cousins germains. « C'est Dee. »

Je me retournai vers ma sœur en entendant le nom. Le long périple qui l'avait amenée ici avait brisé son sourire en mille morceaux.

« Mon Dieu. Quelle voix. Elle mérite les meilleurs profs. »

Ma sœur siffla suffisamment fort pour que le banc de devant entende : « Espèce de trou du cul. Tu crois peut-être que c'est du talent spontané sorti de la jungle ? Elle a *déjà* les meilleurs profs possibles. Tu n'entends pas ?

– Qui ? Où ?

– Ils sont tous fous d'elle. À Curtis. »

Après l'office, nous fîmes la queue pour rencontrer le phénomène. Ma cousine Delia me reconnut en nous voyant arriver. Je suppose que ce ne devait pas être difficile de me repérer. Avant que Ruth ne puisse faire les présentations, la jeune fille lui fit signe de se taire. Elle me dévisagea. « Tu as un sacré toupet ! » Un groupe de fidèles se retourna pour voir ce qui se passait. « Tu viens ici, comme si de rien n'était. Il va falloir répondre de tes actes. »

La liste de mes péchés se forma dans mon esprit. J'étais prêt à y apposer ma signature et à accepter n'importe quelle peine. Je sentis la chaleur qui émanait de cette femme. Ruth et le Dr Daley se tenaient légèrement en retrait, tels des huissiers silencieux. Je savais ce que j'avais fait. Ma famille l'avait su bien avant moi. Je n'avais d'autre choix que de recevoir calmement la terrible sentence.

« Qui a eu l'idée de chanter Bach comme ça ? »

Il me fallut une moitié de choral avant de me sentir un peu soulagé. Puis encore quelques mesures avant de pouvoir répondre : « Oh ! À chacun son Bach. » Elle avait encore la mine renfrognée, et secouait la tête de colère. « C'était trop petit pour vous ? » Ç'avait été notre transgression la plus grave : une voix par ligne mélodique. En pensant que les cieux accéderaient peut-être à cette requête personnelle.

Ma cousine fulminait, comme Carmen. « Tu me dois une voiture.

– Je... une voiture ? » Mon chéquier était déjà prêt.

« J'étais au volant avec vos petits motets dans la radiocassette. Grillé le feu rouge au coin de la Seizième Rue et de Arch. La gloire ! Je ne m'étais même pas rendu compte que j'étais au milieu d'un croisement jusqu'à ce qu'une Ford Escort m'arrive dessus à neuf heures et me coupe les ailes. *Chante au Seigneur un chant nouveau*, c'est ça ?

– Exactement.

– Eh bien, vous vous y êtes pris comme il faut. Umm-*hmm*. C'était au poil ! »

Il me fallait des lustres pour saisir les choses les plus simples. « Tu as bien aimé ? Ça t'a plu ?

– Tu me dois une voiture. Une Dodge Dart solide et fiable d'un joli rouge. »

À part les musiciens, tout le monde vous dira que tous les silences se ressemblent. Mais le silence de Ruth, sur le chemin du retour, se transforma peu à peu en une nouvelle chanson.

J'entendis Delia chanter Bach peu après. Elle se produisait à l'autre bout de la ville en soliste, pour une *Messe en si mineur* avec les meilleurs choristes de Philadelphie. Jonah n'aurait peut-être pas apprécié le côté grandiose et somptueux. Mais en entendant cela, même lui aurait été transporté. Le *Laudamus Te* de Delia recelait tout l'enchantement que ce luthérien écrivant en latin y avait mis. Chaque note était impeccable, exactement fidèle à la partition. Et néanmoins, ça swinguait, ça déménageait, ça y allait comme au dernier jour de la création, le jour sans lendemain. Car il n'y a pas de lendemain. Jamais. Cette œuvre sidérante, d'un autre monde, avait trouvé quelqu'un digne de la célébrer. *Les louanges sont les louanges*, disait la voix de ma cousine. *La musique est la musique. Ne laisse personne te dire le contraire.*

Deux soirs plus tard, je l'entendis chanter la *Bachiana brazileira* n° 5 de Villa-Lobos. L'œuvre s'était depuis longtemps métamorphosée en une sorte de caricature, un monument trop joué et devenu aussi inécoutable que le Rodrigo adoré de Wilson Hart, tué par trop d'amour. Mais avec les phrases sinueuses et éthérées de Delia Banks, elle me charma à nouveau, tant cette musique était mystique, possédée, sensuelle : une seule interminable séquence étirée à partir d'une seule respiration. Ce n'est même pas que je ne l'avais jamais entendue correctement. Je ne l'avais tout simplement jamais entendue. Son interprétation surpassait allègrement les dizaines d'enregistrements que je connaissais. Or, cette interprétation ne serait jamais enregistrée.

Nous nous retrouvâmes tous les deux pour déjeuner, presque clandestinement, dans la gargote où ma mère et ma grand-mère s'étaient rencontrées en secret. « Des fantômes partout, dit Delia. On a de la chance qu'ils aiment partager. »

Je ne savais comment lui dire toute ma joie. « Tu aurais pu... Tu peux choisir la vie que tu veux. » Les temps avaient changé. Ou devraient changer pour cette jeune femme. « Tu peux faire la carrière internationale de soliste que tu veux. » Je savais qu'il y avait beaucoup d'appelés et peu d'élus, et pourtant je savais aussi que j'exagérais à peine. On pouvait passer une vie entière à traquer la musique et n'entendre qu'une seule fois une voix aussi exceptionnelle. J'étais le proche parent de deux de ces êtres exceptionnels.

Ma cousine m'offrit un radieux spécimen de son sourire de scène, ce sourire grâce auquel elle se mettait le public dans la poche avant même de chanter. « Merci, Votre Honneur. Pour une âme perdue, vous dites de bien douces choses.

– Je suis sérieux.

– Je sais que tu l'es. » La serveuse arriva, Delia et elle échangèrent de délicieuses vacheries. Lorsqu'elle s'en alla, ma cousine me regarda en secouant la tête. « Tu as déjà chanté à Salzbourg ?

– Plusieurs fois. Un endroit superbe. Tu adorerais.

– Je sais. J'ai vu le film. Tu sais, celui avec la bonne sœur qui virevolte ? Tu as déjà chanté au festival d'art lyrique d'Aix-en-Provence ?

– Nous y avons remporté un prix. » À l'instant où je répondis, je compris : Delia était déjà au courant.

« Es-tu heureux ? » Là aussi, elle connaissait la réponse. « Demande-moi si je suis heureuse. Demande-moi le genre de carrière que je veux. J'ai déjà tout ce qu'il me faut, cousin. J'ai mon église. Qui donc aurait besoin d'une scène plus grande ? Il y a tous ces gens avec qui j'adore chanter, qui sculptent le son et m'emmènent toujours plus haut. Chaque morceau qu'on fait devient le nôtre, quel que soit le bureau de poste par lequel il a transité. J'ai un répertoire suffisamment étoffé pour m'occuper pendant deux vies. Une courte et une longue. »

Je me fis rusé et vertueux en même temps. « C'est une obligation morale... Pourquoi cacher cette lumière ? Tu te dois de faire partager ton art au plus grand nombre. »

Delia réfléchit à ces mots que je venais de prononcer. Ils la troublaient, le diable s'était faufilé dans le Jardin. « Non. Ça n'a rien à voir avec le plus grand nombre. Es-tu heureux ? Tu ne pourras rendre personne heureux si tu ne l'es pas toi-même. »

Son regard laser me transperçait, et ce qu'elle voyait en moi l'inquiétait. Il fallait que je passe à l'offensive, avant qu'elle ne m'achève. « Tu as peur ? »

L'idée l'amusa. « De qui ? »

J'aurais pu lui dresser toute une liste : tous les gens qui vous en voulaient à mort parce que vous voyagiez avec le seul passeport qui vous avait été délivré. Elle savait ce qu'il en coûtait – les risques étaient à la fois insidieux et évidents –, même lorsqu'il s'agissait juste de chanter dans sa ville. L'esquive pouvait ne pas être de la peur. Ce pouvait même bien être le contraire de la peur. « Simple préférence, alors ?

– Oh, je chanterai tout morceau sublime qui se présentera sur mon pupitre.

– Mais exclusivement de la musique religieuse. »

Delia jouait avec la salière et le poivrier. « Toute musique est religieuse. Toutes les bonnes parties, en tout cas. » C'était vrai : même son sensuel et langoureux chant de sirène portugais avait séduit au nom d'un amour plus élevé.

« Eh bien, j'ai entendu ce que tu as infligé à ce blanc-bec allemand provincial. Donc, je sais que la question n'est pas de posséder la culture.

– Oh, mais si. » À l'instant où elle prononça ces paroles, cela me parut évident. Pas de culture sans possesseurs, sans possédés.

« Tu es anti-Europe ? » Taré, impérial, hégémonique, et prêt à tout pour plaire aux anges éternels.

«"Anti-Europe" ? » Delia leva les yeux au ciel. « Ça me paraît difficile. Encore que l'Europe m'ait coûté cher en voitures, mon trésor. Non, on ne peut pas être anti-Europe sans être obligé d'amputer plus que le corps ne peut en supporter. Dans tout ce que nous chantons, il y a des notes blanches qui circulent. Mais c'est toute la beauté de la situation, mon cousin. Comme ça, on construit un petit pays, ici, à partir de vols réciproques. Ils viennent par chez nous, piquent tout ce qu'on a. Nous, on se faufile dans leur quartier, en pleine nuit, on repique un petit quelque chose qu'ils n'étaient même pas conscients de posséder et qu'ils ne peuvent même plus reconnaître ! Comme ça, il y en a plus pour tout le monde, et le monde est moins uniforme. » Elle secoua la tête. Un grondement *mezzo* dépité sortit de sa poitrine. « Non. On peut pas être anti-Europe quand tout le monde fait partie de l'Europe. Mais faut être pro-Afrique, pour la même raison. »

Assurément, son église l'aimait trop pour la garder cachée. « Des milliers de gens pourraient t'entendre. Des centaines de milliers.

– Autant que pour ton frère ? » Elle regretta aussitôt.

« Tu pourrais changer la façon de penser des gens.

– Changer ! Tu attends encore de la musique qu'elle nous soigne ? Bach ? Mozart ? Les nazis les adoraient aussi. La musique n'a jamais guéri quiconque. Regarde ta pauvre sœur. Regarde son mari. Essaye de voir ça en musique. Est-ce qu'il y a un seul air que tu puisses lui chanter pour la réconforter, maintenant ? Une seule chanson qui puisse faire quelque chose pour elle, qui ne se ratatinera pas et ne crèvera pas lamentablement ? »

Il n'était pas trop tard pour que j'apprenne un métier. Gagner honnêtement ma vie. J'étais encore capable de taper à la machine. Taper à la machine et faire du classement pour un cabinet d'avocats spécialisés dans les bonnes œuvres. J'inspirai, pris ma voix de basse de l'époque Voces Antiquæ – déjà de l'histoire ancienne. « C'est l'auditeur qui fait la chanson.

– Ta sœur. *Pour* elle. Pour *elle*. »

Je cherchai ce en quoi je croyais. « Peut-être chantons-nous pour nous-mêmes.

– Ça, c'est le minimum. Sans ça, il ne se passerait rien. Mais il ne se passerait rien s'il n'y avait que ça. On a besoin d'une musique qui vibre pour tout le monde. Qui fasse chanter les gens. Pas d'un public !

– La radio grandes ondes.

– Ce n'est pas un argument.

– Le gospel s'adresse à tout le monde ? » J'avais une autre liste pour elle, si elle en voulait.

« À tous ceux qui ont des oreilles pour entendre.

– C'est bien la question. Nos oreilles n'entendent que les sons que les gens ont l'occasion de connaître.

– Oh, les gens savent bien. Écoute. Dès que c'est beau, ça raconte ce qui nous est arrivé. Ma foi, cite-moi un peuple à qui il soit arrivé plus de choses qu'à nous.

– Nous ?

– Oui, mon cousin. »

Ces mots érodaient ceux qui attendaient au fond de ma gorge. Je n'avais d'autre recours que celui qui me faisait le plus honte. « Je suis avide. J'ai envie d'entendre... » Tous ces vieux chevaux de bataille impliqués, complices, compromis. Elle pouvait leur apporter le salut. Seule une voix noire en était capable à présent. « Je veux entendre... cette musique transformée. » Qu'elle soit enfin ce qu'elle avait toujours prétendu être.

Delia considéra un instant cette pensée, les yeux brillants. Mais j'étais le diable, je la mettais au défi de transformer les pierres en pain. « Cousin, cousin. Il y a quelque chose qui t'échappe. J'ai mon Église. Mon Jésus.

– Ne vient-il pas d'Europe ? »

Elle sourit. « Le nôtre vient d'un peu plus au sud. Écoute-moi. J'ai mon travail. J'ai *le nôtre*. Tu comprends à quel point c'est formidable ? Je ne te reproche pas de vivre ta vie. Tu as grandi à l'époque où on croyait encore que le seul moyen d'obtenir ce qu'ils avaient, c'était de copier ce qu'ils faisaient. On est nous, on ne sera jamais eux, et en quoi ça pose problème ? C'est tout aussi énorme – plus énorme encore, compte tenu de notre histoire. Pourquoi tu besognes tant pour quelque chose que tu ne peux pas sauver, et qui ne veut pas l'être ? »

Pour la raison même qui fait qu'on chante quoi que ce soit. Je regardai autour de moi dans le restaurant. Tous les teints imaginables. Personne ne s'inquiétait de savoir que j'étais là, ni ne s'intéressait outre mesure à mon désarroi. Je regardai ma cousine. La couleur nationale se situait dans une moyenne quelque part entre nous deux. « Tu veux dire séparés mais égaux.

– Exact. Où est le problème ? Des cultures différentes, un statut d'égalité.

– Un statut d'égalité avec la culture dominante ?

– Ils dominent seulement ceux qu'ils peuvent dominer.

– J'avais cru comprendre qu'avec la séparation, il n'y aurait jamais...

– Il y a une grosse différence, maintenant. Maintenant, c'est nous qui faisons ce choix. »

Mais si c'était impossible de chercher des accords en dehors de nous, impossible de trouver une gamme, un air qui résonnât au-delà de cette époque et de ce lieu... J'aspirais à autre chose qu'à ce moment inventé et cette différence forcée, j'aspirais à autre chose qu'à cette trêve circonspecte qui se faisait passer pour la paix que nous avions toujours cherchée. J'essayai de tout mon être. Je retournai ses mots dans tous les sens, plus qu'il y avait de manières de les retourner. « Tu veux dire que tu ne peux chanter que ce que tu es ? »

Le café arriva. Le temps que la serveuse reparte, elles avaient eu le temps de se plaindre de leurs petits copains, et s'étaient échangé recettes et numéros de téléphone. Puis nous fûmes de nouveau seuls. Delia enveloppa de ses mains sa tasse, dont elle retirait de la chaleur et un plaisir vaste comme l'horizon. « Où en étions-nous ? Non, non. Je pense que c'est plutôt quelque chose du genre : on ne peut être que ce qu'on chante.

– Ma sœur aurait pu être chanteuse. Elle avait une voix capable de convertir n'importe qui.

– Joseph Strom ! » Je relevai soudain la tête. Un instant, elle fut ma mère, réprimandant un petit garçon de neuf ans. Ses yeux étaient humides. Elle secoua la tête, horrifiée. « Écoute-la, pour une fois. Écoute. »

C'est ce que je fis. Tôt ou tard, j'aurais fini par comprendre. Je me joignis à Ruth pour sa promenade habituelle dans le quartier. Nos tantes et oncles lui avaient dit qu'elle était folle de risquer sa vie ainsi. Ils répugnaient à circuler en voiture, vitres remontées, dans le voisinage. Ses balades du soir plongeaient Grand-Papa dans des accès de colère. Qu'elle balayait d'un geste. « Je suis plus en sécurité ici qu'à poireauter devant Independence Hall. Je fais plus confiance au pire accro au crack qu'à n'importe quel policier de ce pays. »

La plupart des voisins étaient dehors sur leur perron, à vivre en public, comme à Gand, et comme bien peu d'Américains au-dessus du seuil de pauvreté vivaient. Ma sœur saluait tous ceux que nous croisions, en les appelant parfois par leurs noms. « J'aime penser à Grand-Maman et Grand-Papa qui se promenaient par ici quand ils étaient jeunes.

– Est-ce qu'il t'arrive parfois de penser aux parents de Da, Ruth ? Je ne veux pas me bagarrer avec toi. Je ne suis pas... C'est juste que je... »

Elle étira les bras sur les côtés et opina. « J'ai essayé. Je ne peux même pas... Tu sais, je suis friande de récits de survivants. J'ai vu tous les documentaires réalisés sur l'Holocauste. Il faudrait être mort pour avoir une mémoire suffisante. Quand je pense... à nos autres grands-parents ? Je me dis que les tenants de la suprématie de la race blanche les ont eus, eux aussi.

– Et pourtant ils étaient blancs.

– Ils n'étaient pas blancs. Ils n'étaient même pas de la même espèce. En tout cas, pour les gens qui faisaient marcher les fours. On a été envoyés avec eux, du moins le peu d'entre nous qui se trouvaient là-bas.

– "Nous" ? »

Elle entendit et acquiesça : « Je veux dire l'autre partie de nous. »

Il fallait être déjà mort pour survivre à un tel héritage. Nous passâmes un alignement de bâtisses vieilles d'un siècle, désormais aménagées en pièces à louer. Ruth fredonnait. Je n'arrivais pas à distinguer la chanson. Lorsque les paroles du petit air qu'elle fredonnait furent audibles, elle parut parler à quelqu'un de l'autre côté de la rue. « Écoute, Joey. C'est facile. C'est la question la plus facile au monde. S'ils viennent et commencent à nous parquer comme du bétail, de quel côté vas-tu te retrouver ?

– C'est tout vu.

– Mais on est déjà parqués, Joey. » D'un geste des mains, elle embrassa tout le quartier. « Là, maintenant, ils sont en train de nous parquer. Ils continueront de nous parquer jusqu'au dernier jour. »

J'essayais de la suivre. Lorsqu'elle se remit à parler, elle me tira de mes souvenirs de Da et de son catalogue de l'espace.

« Tu aurais dû épouser cette nana blanche, Joey. Je suis sûr qu'elle était gentille.

– Est. Est gentille. Mais moi, je ne le suis pas.

– Incompatibilité ? » Je l'observai. Sa bouche se tordit en une moue de sympathie.

« Incompatibilité.

– Tu prends deux personnes. »

J'attendis la suite. Avant de me rendre compte que c'était tout. « Deux personnes. Exactement.

– Maman et Da auraient été obligés de divorcer. Si elle avait vécu.

– Tu crois ? » Ce que nous racontions au sujet de leur histoire n'avait plus d'importance pour eux.

« Évidemment. Regarde les statistiques.

– Les nombres ne mentent jamais », fis-je avec notre vieil accent allemand.

Elle se crispa et sourit en même temps. Une vigueur hybride. « Robert et moi étions incompatibles. Mais ça fonctionnait.

– Et ses parents ? »

Ruth me regarda, tout en voyant des fantômes. « Tu n'as jamais su ? Ton propre beau-frère ? » Elle m'en voulait, elle s'en voulait. « Je ne t'ai jamais dit ? Bien sûr que non ; quand aurais-je pu ? Robert a été élevé dans une famille d'adoption. Des Blancs. Qui ne faisaient ça que pour le chèque des allocations. »

Nous traversâmes deux rues. Deux fois, on nous aborda pour nous demander de l'argent, la première pour retirer une voiture du mont-de-piété, afin de conduire une femme à l'hôpital ; et la seconde pour dépanner un type, en attendant qu'une décision de sa banque soit annulée par décision du juge. Les deux fois, ma sœur m'obligea à donner cinq dollars.

« Ils vont juste s'acheter de la picole ou de la dope, avec, dis-je.

– Ah ouais ? Et toi, tu t'apprêtais à sauver le monde, avec cet argent ? »

Un jardin sur trois était un cimetière pour caddies de supermarché, machines à laver, et Impalas dépouillées qui finissaient leur parcours sur quatre parpaings. Une bande de gamins de l'âge de Kwame jouaient au basket dans un terrain vague, ils dribblaient entre les morceaux de verre et utilisaient les bidons d'essence pour leurs feintes, avant d'envoyer le ballon dans un panier qui semblait avoir été fabriqué à partir d'une vieille antenne télé. Chaque centimètre carré de béton était garni de guirlandes de graffitis, les signatures élaborées de ceux à qui l'on empêchait de mettre leur nom sur quoi que ce soit d'autre. Il y avait dans ce pâté de maisons une telle densité de pauvreté que même ma sœur ne pouvait s'y identifier. Les fourneaux du progrès étaient occupés à brûler tout le carburant.

Le rêve dans lequel mon frère et moi avions été élevés, quel qu'il fût, était mort. *Les années* 80 : incroyables, pour moi. L'espoir était retombé plus bas qu'au début, à l'époque où l'espoir n'était même pas encore permis.

Mes années en Europe m'ouvraient les yeux sur ma patrie d'origine. Trois mois auparavant, avec Voces, nous avions effectué une tournée autour de l'Adriatique, et nous chantions un vieux texte monastique en latin : « Apprends-moi à aimer ce que je ne peux espérer connaître, apprends-moi à connaître ce que je ne peux espérer être. » J'étais là, marchant avec ma sœur dans Philadelphie en ruine, priant pour être ce que je ne connaissais pas, essayant de connaître ce que je ne pouvais aimer. Toute chanson qui n'entendait pas ce massacre était un mensonge.

Ma sœur voyait son propre paysage. « Il faut que nous contrôlions nos quartiers. Ça ne résoudra rien, évidemment. Mais ce sera un début. »

Toujours un autre début. Et un début après ça. « Ruth ? » Je voulais bien regarder toute la misère autour de moi, mais je ne voulais pas regarder ma sœur. « Combien de temps as-tu l'intention de rester ici ?

– Tu es encore à l'heure des Blancs, hein ? » Je me raidis. Puis je sentis son bras se glisser sous le mien. « C'est drôle... Mon Oakland, tu sais ? Eh bien, ça ressemble beaucoup à ici.

– Tu pourrais déménager. »

Elle secoua la tête. « Non, je ne pourrais pas, Joey. C'est là-bas qu'il a fait tout son travail. C'est là-bas... qu'il est mort. » Nous marchâmes en silence, passant le dernier coin de rue avant de retrouver la maison de Grand-Papa. Ruth s'arrêta et lâcha : « Comment veux-tu que je m'y prenne, Joey ? J'en ai un de dix ans qui a pris le chemin de l'enfer, et un petit bout de six mois dont le père a été assassiné.

– Qu'est-ce que tu racontes ? Kwame a des ennuis ? »

Elle secoua la tête. « Tu resteras un musicien classique jusqu'à la tombe, pas vrai ? Un petit Black de dix ans qui a des ennuis. Imagine un peu ! » Je m'écartai d'elle, et c'est alors qu'elle explosa, agitant les mains de toutes parts. Elle les ramena sur son visage, comme une pluie de cendres. « Je peux pas. Je peux pas. J'y arriverai jamais. »

La première chose qui me vint à l'esprit – que Dieu me vienne en aide – fut de me dire : *Arriver où ?* Je me rapprochai d'elle et posai les mains sur ses épaules. Elle les rejeta. Ses larmes cessèrent aussi rapidement qu'elles étaient venues. « D'accord. D'accord. Évitons la crise. Juste une mère noire sans mari. On est des millions comme ça.

– Combien d'entre vous ont des frères ? »

Ruth me serra le bras en un garrot frénétique. « Tu ne sais pas, Joey. Tu n'en as pas la moindre idée. » Elle me sentit tressaillir, et resserra encore son emprise. « Ce n'est pas ce que je veux dire. Je veux dire ce qui nous est arrivé, depuis que tu es parti. Dans le pays entier, c'est la ruine. C'est comme subir un raid aérien qui dure la vie entière. Pour un garçon, un petit garçon... » Elle me communiqua son frisson. Plus jamais je ne me sentirais en sécurité. « Tu n'as pas remarqué ça, chez lui ? Vraiment, tu n'as pas remarqué ?

– Kwame ? Non. Disons que, qu'il s'habille... comme un délinquant en herbe. »

Elle poussa un aboiement de douleur amusée et donna une gifle dans le vide. « Tous les gamins s'habillent comme ça, maintenant. Et la moitié des adultes aussi.

– Et j'ai remarqué qu'il détestait les flics.

– Ça tombe sous le sens. C'est la prime au survivant. »

Nous nous arrêtâmes devant la maison de notre grand-père. Je le vis à l'intérieur tirer un rideau blanc pour nous regarder. Dr Daley : le médecin de famille assiégé dans le quartier où il avait jadis pratiqué. D'un geste violent, il nous fit signe d'entrer. Ruth acquiesça mais leva le doigt en l'air, pour négocier trente secondes supplémentaires. Ne voyant pas d'urgence immédiate, il laissa retomber le rideau et se retira.

Ruth se pencha vers moi. « Kwame n'est pas comme Robert. Il a autant de ressentiment qu'en avait Robert. Sauf que Robert avait toujours un plan de rechange. Il essayait toujours de réagir. Une campagne en faveur d'un meilleur système éducatif, une manifestation. Kwame a la rage au ventre, mais pas une seule réponse. Robert lui serrait la vis, il le mettait au défi. Il lui disait : « La meilleure chose à faire quand tu es en colère, c'est de faire un truc qui leur échappe. » Quand Kwame explose, je fais ce que Robert faisait. Je le fais asseoir avec une feuille de papier et des crayons de couleur. Ou je le mets devant une boîte de peinture. Kwame est capable de faire – oh ! les trucs les plus dingues. Mais depuis... Les dernières fois que j'ai essayé de le faire asseoir... »

C'est alors que le garçon apparut à la fenêtre, il nous observait. À travers la vitre, et malgré les lourdes pulsations dans ses écouteurs, il nous entendait parler de lui. La furie et l'apathie se disputaient son regard. Ma sœur répondit au regard de son fils ; elle lui sourit malgré la panique. Mais que cacher à un enfant qui a déjà vu la mort ? Elle se retourna et m'attrapa juste en dessous du col. « Ça fait combien, Joey ? Ma part des... économies ? »

Le tiers de l'héritage qui revenait à Ruth avait généré des intérêts cumulés depuis plus d'années que son fils n'en avait vécu. C'était bien dérisoire, comparé à l'expérience cumulée du garçon, mais ça faisait tout de même une somme rondelette. Je lui donnai un estimatif. Le visage de ma sœur se livra à un calcul sceptique. « On a un peu de côté aussi, Robert et moi. Et Grand-Papa propose sans cesse – la part que Maman n'a jamais touchée. Nous pourrions obtenir un cofinancement. Il y a des organismes – pas des mille et des cents, mais ils existent. C'est tout ce que souhaitait Robert. C'était le projet auquel il s'accrochait avant que... Il a tellement travaillé dessus que j'ai les grandes lignes en tête. »

Je n'osais pas lui demander de s'expliquer plus clairement. Elle reprit depuis le début, tout en me conduisant vers la porte. « Joseph Strom. Est-ce que ça te dirait de donner des leçons de musique à ton neveu ? »

J'augmentai la pression en sentant sa main qui résistait. « Ruth. Pas de blague ! Qu'est-ce que je pourrais... Il me mangerait tout cru. »

Elle rit et secoua la tête en m'entraînant vers la porte. « Oh, Kwame, c'est de la rigolade, mon petit vieux. Attends un peu de te retrouver avec une salle de classe pleine de mômes de dix ans ! Attends un peu que Petit Robert se mette sur les rangs. »

C'est ainsi que je mis le cap sur Oakland avec ma sœur et ses fils. Ce fut aussi facile que de se laisser tomber. Lorsque Ruth me décrivit l'école de Robert, je compris que, depuis un certain temps, je cherchais une bonne raison pour ne pas retourner en Europe. Quelque chose de suffisamment important à ériger contre le naufrage du passé. Rien d'autre ne me réclamait. Mon seul problème était d'annoncer la nouvelle à Jonah.

Nous l'appelâmes de Philadelphie, juste avant de partir. J'eus du mal à le trouver chez lui, à Gand. Lorsqu'il entendit ma voix, Jonah fit comme si cela faisait des semaines qu'il avait poireauté à côté du téléphone. « Bon sang, Mule. Je crevais à petit feu. Que se passe-t-il ?

– Pourquoi est-ce que tu n'as pas simplement appelé, si tu voulais de nos nouvelles ?

– Ce n'aurait pas été ce que j'appelle avoir de vos nouvelles, si ?

– Je pars en Californie. Ruth monte une école.

– Et tu vas...

– Enfoiré. Je vais être prof pour elle. »

Il réfléchit un moment. Ou alors c'était le décalage transatlantique. « Je vois. Tu quittes le groupe. Tu vas tuer Voces Antiquæ? » La cote de la musique ancienne était loin d'avoir atteint son sommet, et déjà des voix sublimes et sans vibrato jaillissaient de partout. J'avais toujours été le maillon faible de l'ensemble, l'amateur arrivé en dernier. C'était l'occasion pour mon frère de me remplacer par une basse authentique, quelqu'un ayant appris, quelqu'un qui serait à la hauteur des autres et les hisserait jusqu'à cet ultime stade de la reconnaissance internationale qui nous avait jusqu'alors plus ou moins échappé. Ma défection ne serait pas une grande perte. Pas de quoi prendre le deuil. Il avait juste besoin de me faire savoir à quel point je l'avais trahi.

« Bon, eh bien, on aura fait un bon bout de chemin. » C'était la voix du passé antérieur. Il semblait à des années-lumière, pressé de raccrocher et de se mettre à auditionner mes remplaçants. « Alors, comment va ta sœur ?

– Tu veux lui parler ? »

Depuis le plan de travail de la cuisine, où elle feignait ne pas entendre, Ruth fit non de la tête. « Je ne sais pas, Joey, fit Jonah. Est-ce que, elle, a envie de me parler ? »

Ruth me maudit à voix basse quand je lui tendis le téléphone. Elle prit le combiné comme s'il s'agissait d'une matraque taillée dans l'os. Sa voix était étroite et sans relief. « JoJo. » Au bout d'un certain temps : « Ça fait une paye. Ça y est, tu es vieux ? » Elle écouta, sans bouger. Puis elle se redressa sur son siège, sur la défensive. « Ne commence pas. Ne... non. » Après une autre pause, elle dit : « Non, Jonah. C'est ce que *toi*, tu devrais faire. Putain, c'est ce que toi, tu devrais faire. »

Elle tomba dans un autre silence attentif, puis tendit le téléphone à Grand-Papa. « *Hallo. Hallo ?* s'écria-t-il. *Dieses ist mein Enkel ?* »

Les mots me déchirèrent. Ce fut encore pire pour Ruth. Elle s'approcha et me chuchota, de manière à ce que l'Europe ne puisse entendre : « Tu es sûr ? Tu avais du travail. Peut-être que ta place est là-bas. »

Elle voulait juste que je dise quelque chose. Elle ne supportait pas l'autre conversation. Nous parlâmes dans un bourdonnement, pour noyer Grand-Papa, tout en tendant tour à tour l'oreille. Lui et Jonah discutèrent pendant trois ou quatre minutes, de tout, de rien – précipitant des décennies en quelques centaines de mots. Grand-Papa questionna Jonah à propos de l'Europe, de Solidarité, de Gorbatchev. Dieu seul sait quelles réponses Jonah inventa. « Quand donc rentres-tu à la maison ? » demanda Grand-Papa. Ruth s'efforça de parler par-dessus ces mots, comme pour les effacer. Mais c'est l'une des particularités des sons : même lorsqu'ils sont émis tous en même temps, aucun n'annule les autres. Ils s'empilent les uns sur les autres, même si aucun accord n'arrive à soutenir l'ensemble.

Il y eut un silence, puis Grand-Papa monta à la charge, furieux. « Tu ne sais pas de quoi tu parles. Tu retardes. Reviens écouter. Dans ce pays, maintenant, toutes les chansons et toutes les danses sont métissées. » Ruth et moi cessâmes de jouer aux sourds. Elle me regarda fixement, mais avant que je puisse seulement hausser les épaules, notre grand-père était lancé. « Tu te prends pour un traître, là-bas ? Tu n'es rien d'autre qu'un éclaireur envoyé en reconnaissance. Un agent double... Ma foi, appelle ça comme tu veux. Cite-moi une œuvre immortelle qui ne serait pas meilleure si elle était chantée par le petit personnel ? Ce petit monde que tu es allé explorer sera balayé par le noir, dès qu'on aura décidé de s'y intéresser un tout petit peu. *Sie werden noch besser sein als im Basketball.* »

Ruth me lança un regard interrogatif. Je me sentis moi-même en train de ricaner amèrement. « Comme au basket, traduisis-je. Mais mieux. »

Chacun improvisa un au revoir et mon grand-père raccrocha. « Un type intéressant, ton frère. Il ignorait que l'Union soviétique avait un nouveau chef. » Il pouffa, et ses épaules semblèrent se désolidariser du reste du corps. « Je ne suis pas tout à fait sûr qu'il ait jamais entendu parler de basket, non plus.

– Qu'est-ce qu'il t'a dit ? demandai-je à Ruth

– Il m'a dit que je devrais voyager. Que ça m'éviterait de ressasser le passé. »

Toute la famille se rassembla pour notre départ. Mon oncle Michael, mes tantes Lucille et Lorene, la plupart de leurs enfants et de leurs petits-enfants – je ne connaissais pas encore tous les prénoms. Ils se réunirent le soir précédant le voyage pour nous souhaiter bon vent. Nous chantâmes. Que faire d'autre ? Delia Banks était là, sa voix était aussi ample qu'un châtaignier en fleur, et aussi délicate que des œillets de poète. Elle ne chanta pas en solo, hormis une envolée aérienne de douze mesures. Les airs s'emboîtèrent, se chevauchèrent, se répondirent, se prirent eux-mêmes pour sujet. Les Daley se livrèrent aussi au jeu des Citations folles, tiré d'un autre puits, où l'eau était plus froide et plus fortifiante. *D'où crois-tu que ta mère tenait ça ?* Il n'y avait pas de tristesse dans cet adieu. Nous nous retrouverions ici l'année prochaine, et la suivante, nous et tous nos morts, tout comme nos morts s'étaient retrouvés ici sans nous au fil des années précédentes. Et si ce n'était pas ici, alors cette septième diminuée retentirait ailleurs.

Tard ce soir-là, après que le dernier cousin fut parti, Grand-Papa monta dans la chambre de son fils défunt, la chambre où j'avais dormi pendant des semaines. Il avait à la main un carré de papier raide et brillant. Il s'assit dans l'ancien fauteuil de son garçon, à côté du lit où je m'étais étendu. Je fis mine de me redresser, mais il m'intima de rester comme j'étais.

« Ta sœur a récupéré la plupart des affaires. Je lui ai donné ce que j'avais, il y a plusieurs années. J'ignorais que tu viendrais. Mais j'ai trouvé ça pour toi. » Un Polaroid de mon frère et moi en train d'ouvrir les cadeaux de Noël, une photo que Da avait prise et donnée aux Daley. Et une photo plus ancienne, prise avec un Brownie, d'une femme qui ne pouvait qu'être ma mère. Impossible de détacher mon regard. Je l'absorbai en de longues bouffées, je suffoquais, j'avais besoin d'air. C'était le premier coup d'œil neuf auquel j'avais droit depuis l'incendie. Sur le minuscule cliché noir et blanc, une jeune femme – bien plus jeune que je ne l'étais maintenant – à la peau de couleur incertaine mais aux traits assurément africains, regardait l'objectif. Son sourire était pâle, elle voyait sur la pellicule exposée tout ce qui allait lui arriver. Elle portait une robe qui lui arrivait à mi-mollet avec épaulettes, le summum de la mode dans les années précédant ma naissance.

« De quelle couleur est la robe ? » m'entendis-je demander de très loin dans le temps.

Il me dévisagea. Il vit à quel point j'avais besoin de savoir, et cela menaçait de le tuer. Il essaya de parler mais n'y arriva pas.

« Bleu marine », lui dis-je.

Il resta immobile un moment, puis opina. « C'est exact. Bleu marine. »

Nous prîmes congé de Grand-Papa. Il ne voulut pas que nous fassions comme si nous nous reverrions un jour dans cette vie. Ruth dit au revoir à notre grand-père comme s'il était la somme de tous ces gens à qui elle n'avait jamais eu le loisir de faire ses adieux. Et c'était le cas. Il sortit sur le devant de la maison, comme nous montions dans la voiture, soudain il fut plus frêle que ses quatre-vingt-dix ans. Il prit ma main. « Je suis content de t'avoir rencontré. Prochaine vie, à Jérusalem. »

Mon grand-père avait raison : toutes les musiques d'Amérique s'étaient colorées. Notre trajet à travers le continent nous en apporta la preuve. La voiture me ramena à l'époque où Jonah et moi avions sillonné les États-Unis et le Canada. Le pays était devenu incroyablement plus grand, entre-temps. Le seul moyen de traverser un territoire aussi grand était encore la radio. Dans chaque signal que nous parvenions à capter – y compris les stations country & western à la dérive dans les Grandes Plaines – il y avait au moins une goutte noire venue éclabousser le reste. L'Afrique avait fait à la chanson américaine ce que les « missiés » des anciennes plantations avaient fait à l'Afrique. Si ce n'est que, cette fois, le parent avait la garde de l'enfant.

Ruth et moi conduisîmes à tour de rôle, en nous occupant l'un après l'autre du petit Robert. « Avec toi, c'est presque facile, dit-elle. À l'aller, ç'a été l'enfer.

– J'ai aidé, Maman, cria Kwame. J'ai fait de mon mieux.

– Mais oui, mon chéri. »

Il revenait au conducteur de choisir la station, même si le besoin de Kwame d'un *beat* de basse écrasant l'emporta le plus souvent. Il aimait que les rythmes ressemblent à la torture chinoise de la goutte d'eau, que les accords soient injectés de force dans le canal auditif.

« Comment ça s'appelle ?

– Hip-hop », dit Kwame, donnant à ces deux syllabes une ondulation que je n'aurais spontanément jamais trouvée.

« Je suis trop vieux. Trop vieux même pour écouter d'une oreille. »

Ma sœur se moqua de moi. « Tu es né trop vieux. »

Le pays s'était aventuré dans des territoires musicaux qui me dépassaient. Je ne pouvais les supporter qu'à petites doses. De temps en temps, pendant ce marathon de trois jours en forme de cours de rattrapage, je craquai et retombai dans mon ancien vice. La marée du présent – la musique dont les gens avaient vraiment usage et dont ils avaient vraiment besoin – était montée si haut qu'il ne restait plus que quelques rares îles du souvenir émergées. Lorsque je réussis à trouver une station classique, j'eus le droit à un flot continu des *Quatre Saisons* de Vivaldi et de l'*Adagio pour cordes* de Barber. Bientôt il ne resterait plus qu'une dizaine d'œuvres issues du dernier millénaire de musique écrite, compactées dans des anthologies « séduction », « cadeaux canulars » ou « augmentez le QI de votre bébé ».

« Est-ce que ça fait de mon peuple une minorité opprimée ? demandai-je à Ruth.

– On en reparlera quand ils se mettront à te tirer dessus. »

La culture, c'était tout ce qui survivait à son propre feu de joie. Ce à quoi on pouvait s'accrocher quand plus rien d'autre ne fonctionnait. Jusqu'au jour où même cela ne fonctionnait plus.

Quelque part après Denver, alors que j'étais au volant, je tombai par hasard, sur une station que l'on captait bien, sur un chœur qu'en l'espace de trois notes j'identifiai comme étant celui de la *Cantate* 78 de Bach. Je jetai un œil sur la banquette arrière où mon neveu se tortillait et se trémoussait. Une expression traversa son visage, même pas suffisamment concernée pour être du mépris. Cette musique pouvait bien venir de Mars, ou de plus loin. C'était à ce garçon, et à des centaines comme lui, que j'étais maintenant censé enseigner la musique.

Le chœur d'ouverture se dissipa. Je savais ce qui venait ensuite, même si cela faisait une éternité que je n'avais pas écouté l'œuvre. Deux temps de silence, et puis ce duo. « *Wir eilen mit schwachen, doch emsigen Schritten.* » Mon frère, à l'âge de dix ans, l'âge de Kwame, avait vite gravi les échelons de ces notes aiguës, tout à son euphorie de découvrir sa propre voix. Le soprano, cette fois-ci, était un autre garçon perdu dans le temps, aussi brillant que mon frère l'avait été, aussi ivre de notes. La voix la plus grave, un haute-contre, s'anima dans ce jeu du chat et de la souris harmonique, rajeuni par cette course après un garçon que lui aussi avait jadis dû être. Ils étaient tous deux haut perchés dans les aigus, limpides et vifs comme la lumière. Je regardai Ruth, pour voir si ça lui rappelait des souvenirs. Évidemment, c'était impossible. Les garçons s'envolaient, la musique était bonne, et ma vie se recourbait sur elle-même. Je volai moi-même au fil de ces notes, me précipitant vers ce qu'elles voulaient que je retrouve, jusqu'à ce que le gyrophare rouge dans mon rétroviseur m'arrête dans mon élan. Je baissai la tête pour regarder le compteur : cent quarante-cinq kilomètres à l'heure.

Le temps que je me gare sur le bas-côté et que le véhicule de patrouille vienne se coller juste derrière nous, Ruth était hors d'elle. « Ne sors pas de la voiture, crissa-t-elle. Ne sors pas. »

Kwame se recroquevilla sur le siège arrière, appuyé contre la portière, prêt à bondir pour arracher le pistolet de la main du flic. Petit Robert se mit à pleurnicher, comme si cette terreur avait réellement commencé dans le ventre de sa mère. Ma sœur s'efforça de le calmer et de le tenir en place.

« Ça y est, dit Kwame. On est morts. »

La voiture de police derrière nous relevait la plaque d'immatriculation, le prédateur jouant avec sa proie. Lorsque l'agent sortit de la voiture, nous retînmes tous trois notre respiration. « Dieu merci, dit Ruth, qui n'était pas croyante. Oh, Dieu merci. » C'était un Noir.

J'abaissai ma vitre et lui remis mon permis de conduire avant qu'il n'ait le temps de me le demander. « Vous savez pourquoi je vous ai arrêté ? » Je fis oui de la tête. « Cette voiture est à vous ?

– À ma sœur. » J'indiquai Ruth d'un geste. D'une main elle tenait le bébé ; de l'autre, étendue en travers du siège, elle retenait Kwame.

L'agent tendit le doigt. « C'est qui ? »

Je regardai ce qu'il montrait du doigt : la radio, la *Cantate* 78 qui n'était pas terminée. Sous le coup de la panique, j'avais oublié que la radio était allumée. Je regardai l'agent et souris comme pour m'excuser. « Bach.

– Évidemment. Je veux dire, qui chante ? »

Il prit mon permis et retourna à sa voiture. Deux perpétuités plus tard, il revint et me le rendit. « Vous avez mieux à faire avec vos cent vingt dollars ? »

Kwame comprit la question avant moi. « Construire une école. »

L'agent opina. « La prochaine fois, ne dépassez pas l'allegro. »

Trente kilomètres plus loin sur l'autoroute, Ruth éclata d'un rire saccadé. Les nerfs. Elle ne pouvait plus s'arrêter. Je crus qu'il allait falloir que je m'arrête. « Ah, vous, les blancs-becs. » Elle inspira entre deux sanglots hystériques. « Ils vous laissent repartir à tous les coups. »

31

Deep river

Ainsi file le temps : comme un gamin survolté, mort de trouille pour son premier concours musical amateur. Un coup d'œil au public, là-bas, au-delà de la rampe, et tous les mois de pratique au métronome disparaissent presto en cavalcade. Le temps n'a pas le sens du tempo. Pire que Horowitz. Les indications sur la partition ne signifient rien. J'arrivai à Oakland, et ma vie se mit à battre sur un rythme deux fois plus rapide.

Je m'installai au premier étage d'une maison tarabiscotée et délabrée, à dix rues de chez ma sœur, près de l'autoroute. Je pouvais me rendre à pied à Preservation Park en vingt minutes. Mais la nuit, par temps clair, je pouvais également voir l'étoile du berger à l'œil nu. De Fremery Park était bien plus proche. Les cours d'autodéfense des Black Panthers n'étaient plus que de l'histoire ancienne, mais les rassemblements avaient encore lieu, aussi intemporels que les crimes qu'ils dénonçaient.

Je parcourais East Bay tel un personnage masqué à une soirée costumée au quatrième acte. Les premières semaines, en traversant de nuit mon nouveau quartier pour rentrer à la maison, je ressentis toutes les terreurs que mon pays avait imposées à ma conscience. Je vis à quoi je ressemblais, comment je m'habillais, l'impression que je donnais, et comment je me déplaçais. Jamais je n'avais été aussi voyant, même en Europe. Même moi, je me serais repéré comme étant le type à dégommer.

Mais, en fin de compte, personne ne voit les autres. C'est notre tragédie et c'est ce qui, en définitive, nous sauvera peut-être. On ne se guide que d'après les points de repère les plus grossiers. Prenez à gauche, à « perplexité ». Continuez tout droit jusqu'à atteindre « désespoir ». Arrêtez-vous à « oubli total », faites demi-tour, et vous y êtes. Au bout de six mois, je connaissais le nom de tous mes voisins. Au bout de huit, je savais ce qu'ils attendaient du monde. Au bout de dix, je savais ce que j'attendais d'eux. Cela aurait pu prendre plus de temps, mais j'étais né dans le club des outsiders. L'unique surprise concernant Oakland fut de constater à quel point la notion d'outsider était répandue et si bien partagée.

Depuis le début, le spectacle que Jonah et moi donnions avait été blanc : notre rôle le plus difficile à rendre crédible et digne d'être écouté.

Maintenant, c'était un autre concert : la soirée en bas de l'immeuble, pour ceux qui n'ont rien, où on vous laissait entrer si vous vous donniez la peine de venir.

Oncle Michael donna des nouvelles avant que l'année ne s'achève. Le Dr Daley était mort dans son sommeil, juste avant son quatre-vingt-onzième anniversaire. « La seule chose qu'il ait jamais faite qui n'ait pas nécessité de travail », écrivit Michael.

> Quant à moi, rien de ce que je fais ne sera plus jamais sans effort. J'ai l'impression d'avoir douze ans et d'être complètement démuni. Son époque se termine avec lui. Maintenant, nous sommes tous à la dérive... Lorene dit qu'il a attendu de faire la connaissance de ses petits-enfants qui manquaient à l'appel... Nous vous épargnerons toutes les surprises trouvées en fouillant dans ses affaires. En mourant, on dévoile tout. Mais il y a une chose qui va vous intéresser. Tu te souviens du bureau en acajou où il travaillait, Ruth ? On voulait le garder, avec les autres meubles qui méritent d'être conservés. En déplaçant le bureau du coin, on a trouvé un classeur jaune, coincé contre le mur. C'était tous vos articles de presse, Joseph, tous les articles à propos de toi et de ton frère. Il les a mis de côté pendant des années, pour que Maman ne les trouve pas. C'est resté caché tellement longtemps qu'il a oublié...
>
> Si vous ne vous êtes pas encore pendus, j'ai gardé le plus terrible pour la fin. J'ai aidé les filles à vider les placards de Maman, il y a deux ans, à sa mort. Elle aussi avait conservé un classeur d'articles de presse caché. Des souvenirs secrets. On ne l'a jamais dit à Papa. Vous voyez comment ça se perpétue, les querelles de famille. Est-ce que les Blancs aussi s'infligent ça ?

La lettre me fit l'effet d'une opération du poumon. Un homme et une femme, unis pendant des décennies, qui avaient constitué leur propre nation : séparés par l'expérience de mes parents. Il ne restait plus personne pour se faire pardonner. Je n'avais personne auprès de qui expier, hormis moi-même. Après avoir lu la lettre, je restai au lit une bonne partie du week-end, incapable de me lever. Mais quand, finalement, je fus debout, je sentis que j'avais besoin d'un vrai travail.

Et Ruth m'en trouva un. Elle avait arraché à l'académie une dizaine de professeurs parmi les plus compétents de la baie de San Francisco – tous étaient de vieilles connaissances. Ils n'attendaient qu'elle ; eux aussi étaient victimes de l'enseignement contemporain, au même titre que les laissés-pour-compte les plus endurcis. Il y avait dans cette équipe tellement d'expérience accumulée que la théorie ne risquait pas de venir s'y nicher. Ils firent jaillir des sommes d'argent de sous les pierres et de sous les matelas des veufs. Rien ne les rebutait : demandes de bourse improbables, aumône auprès de la ville, ventes de charité et, bien sûr, l'extorsion traditionnelle. Un important don anonyme, sans contrepartie, nous permit d'obtenir une dotation permanente. Nous nous installâmes dans un ancien magasin d'alimentation, pour un loyer à peine plus cher que le coût de l'assurance et des taxes. L'école élémentaire du Nouveau Jour – de la maternelle jusqu'au CE2 – ouvrit en 1986, et obtint toutes les accréditations en trois ans. « Les quatre premières années sont décisives », dit Ruth. Les frais de scolarité étaient proportionnels aux revenus des familles. Bon nombre des parents s'en acquittaient sous forme de travail volontaire.

Elle me prit à l'essai, jusqu'à ce que j'obtienne les diplômes requis, comme tous les autres. J'enseignais pendant la journée, et je prenais des cours le soir. J'obtins une maîtrise d'enseignement musical pendant que Ruth terminait son doctorat. Pas une semaine ne passa sans que ma sœur m'étonne. Jamais je n'avais imaginé contribuer à la réalisation d'un projet dans le monde réel. Jamais il n'était venu à l'idée de Ruth de faire autre chose. « C'est une petite chose. Une fleur qui pousse à travers le béton. Elle ne brisera pas le bitume. Mais ça prépare le terrain. »

J'appris plus au cours de mes quatre premières années d'enseignement au Nouveau Jour qu'au cours des quarante années qui avaient précédé. Tout ce qui arrive à un air lorsqu'il revient au *do*. En fin de compte, il semblait qu'il me restait du temps pour goûter des sons qui n'étaient pas les miens, pour étudier leurs gammes et leurs rythmes, les hymnes nationaux de tous les pays où je n'avais pu me rendre, compte tenu de mon lieu d'origine. Au Nouveau Jour, nous eûmes une idée qui était la simplicité même. Il n'y avait pas différents publics. Il n'y avait pas différentes musiques.

Nous enseignions des mots, de la phonétique et des cadences de phrases. Des nombres, des schémas et des formes rythmiques. On parlait et on criait. Chants d'oiseaux et vibrations ; des airs pour planter et des airs pour être protégé ; des prières du souvenir et de l'oubli, des bruits pour toutes les créatures vivantes, pour chaque invention sous le ciel et pour tous les objets qui tournoyaient dans ce ciel. Tous les sujets se répondaient *via* les notes dans le temps. On faisait les tables de multiplication en rap. On déclamait les verbes irréguliers. Il y avait des sciences, de l'histoire, de la géographie, ainsi que tout autre cri formulé, qu'il soit de douleur ou de joie, ayant jamais figuré sur un bulletin scolaire. Mais on n'enseignait pas un cri distinct des autres qui se serait intitulé « musique ». Juste des chansons partout, chaque fois qu'un enfant tournait la tête. Les mathématiques occultes d'une âme qui ignore qu'elle est en train de compter.

« Je ne cherche pas à faire des miracles, me dit Ruth. Je veux seulement avoir plus de gamins sachant lire correctement qu'on a de familles au niveau de vie moyen. »

Nous n'avions pas beaucoup d'argent pour les instruments. Ce qui nous manquait, nous le fabriquions. Nous avions des tambours métalliques et des harmonicas de verre, des guitares à base de boîtes à cigares et des carillons faits main. Nous écrivions nos propres arrangements, que chaque nouvelle vague d'enfants apprenait. Chaque année apportait sa moisson de compositeurs, de chœurs, de *prime donne* et d'accompagnateurs compétents. Mes mômes criaient pour moi presque comme ils l'auraient fait si je n'avais pas été là. Je ne faisais rien d'autre que leur donner de la place.

Ruth me mit une fois au défi. « Joey, laisse-moi t'emmener dans un magasin de disques. On dirait que l'année où tu es parti en Europe, tu as arrêté d'écouter...

– Plus de place, Ruth. Mes partitions sont saturées.

– N'importe quoi. Tu vas adorer ce qui se fait en ce moment. Et tes mômes seront très...

– Je t'arrête tout de suite. Le marché est le suivant. » Elle vit que je tremblais et me prit le bras. Je baissai le ton de plusieurs décibels. « Voilà ce que je peux faire pour toi. Je donne à ces mômes quelque chose que personne au monde ne leur donnera. Personne d'autre au monde, à part moi. »

Elle me caressa le bras, tout aussi effrayée que je l'étais. « Tu as raison, Joey. Je suis navrée. C'est toi, le prof de musique. Et je ne suis pas flic. » Ce fut la seule fois qu'un différend concernant le programme nous opposa.

J'aurais alors pu me marier. La photo de Maman que Grand-Papa m'avait donnée était encadrée sur une étagère pleine de textes pédagogiques sur la musique. La femme avec qui j'avais passé ma vie, le fantôme qui m'avait empêché d'épouser Teresa, était rentrée à la maison. Je vivais à présent entouré de femmes qui avaient connu les mêmes expériences que ma mère, qui elles aussi avaient passé des auditions, mais qui ne s'étaient pas arrêtées en chemin ; des femmes susceptibles de me sortir des cauchemars que je n'étais même pas conscient de faire, des femmes dont les vies partagées auraient pu coïncider avec la mienne. Mais je n'avais pas le temps de fréquenter une femme et de lui faire la cour. Tout mon temps allait aux enfants et à leurs chansons.

Je travaillais encore plus pour Ruth que je n'avais travaillé pour Jonah. Ma tâche m'absorbait complètement et, pour la première fois de ma vie, je me consacrai à un travail qui n'aurait pas été fait si je ne m'y étais pas collé. Cela aurait dû suffire ; j'avais désormais tout ce qui manquait à ma vie en Europe. Pourtant cela ne suffisait pas. Quelque chose en moi avait encore besoin de s'échapper. L'endroit d'où je venais se mourait, faute de coïncider avec le lieu où je vivais.

Je n'étais pas le seul à être échoué dans le présent immédiat. Mon neveu Kwame ne fréquenta jamais l'école du Nouveau Jour. Lorsque l'établissement fut mis en route, il était trop âgé. Je ne le voyais qu'une ou deux fois par mois, en venant déjeuner chez Ruth le dimanche. La vérité, c'est que Ruth donnait tant d'elle-même à ses fleurs de bitume que son propre garçon vint grossir les rangs des enfants sans surveillance après l'école. Entre onze ans et treize ans, il doubla de volume. Sa voix dégringola dans les graves jusqu'à traverser le plancher, et devint si épaisse que j'avais du mal à le comprendre. Il commençait à me faire peur, rien qu'à sa façon de parler et de se tenir. Oakland le chercha, le trouva et résolut la question de la mort de son père. Il fut libéré par le rythme : la magie dont il est la promesse. Il revêtit les couleurs de la rage, en apprenti criminel, des mètres de voilure flottante noire en guise de tee-shirt, un jean mille fois trop grand et une casquette à l'effigie des Dodgers, dont la visière était rabattue sur sa nuque massive. Ou, plus tard, un bas sur la tête. Il fendait l'air de ses doigts écartés, tendus comme des baguettes, façon rappeur. Il ne lui manquait plus qu'un flingue à canon court.

J'essayai de lui donner des leçons de piano. Ce ne fut même pas un désastre. J'étais son oncle, quoi que cela pût signifier. Il sentait trop la présence du fantôme de son père pour me manquer de respect de manière frontale. Mais ma musique n'avait aucune valeur à ses yeux.

Pour lui, j'étais tellement à côté de la plaque qu'il ne pouvait même pas me débiner. Les mains de mon neveu couvraient une dixième sur le clavier – magnifique. Mais dix minutes de piano par semaine, c'était au-delà de ses forces. Autant demander à quelqu'un de porter une pierre partout où il va, juste pour contribuer au salut de son âme.

Chaque leçon nous obligeait à avancer un peu plus à découvert. « Ce truc, là, ça joue "Dopeman" ? Ça joue "Fuck da Police" ? »

Il ne m'aurait pas comme ça. Je m'étais déjà fait avoir, il y avait bien longtemps. « Ça joue tout ce que tu veux. Il suffit d'être assez bon pour le maîtriser. »

Qu'est-ce qui nous possède ? Qu'est-ce que nous pouvons posséder ? Kwame essaya de cogner sur les touches son rap impossible à transcrire. C'était comme faire de la sculpture à la truelle. Les résultats ne le rendirent que plus furieux. Il apporta un disque, pour qu'on travaille dessus. Pour me contrarier, en fait. « Ça, tu vas aimer. Wreckin' Cru. Un vieux truc. Ils utilisent encore des claviers. »

Je regardai la date. Vieux de dix-huit mois. Il me passa un morceau avec un riff de synthétiseur bancal. Je le reproduisis pour lui, note pour note. Cela me vida littéralement.

« La vache », s'exclama Kwame tout bas, sur un ton monocorde et dénué d'affect.

Plus par curiosité que pour l'impressionner, je réessayai le riff, mais cette fois-ci gonflé à bloc, martelé, assorti d'une bonne basse continue baroque. Puis je tâchai de le fuguer. J'échantillonnai l'échantillonneur. Le système entier fonctionne sur la base du pillage. *Dis-moi ce qui n'a pas encore été pillé ?*

Quand j'en eus fini, mon neveu me dévisagea en secouant la tête. « Tu sais que tu assures ?

– Grave ! »

Certes, il jouait un rôle, mais ce n'était pas du bidon – ce fils « gangsta » d'une titulaire de doctorat. Il adoptait le style qui le servait au mieux. Au moins Kwame brûlait-t-il de la flamme de la colère, cette flamme qui m'avait toujours fait défaut. Nous traversons nos vies en jouant notre propre rôle. Noir, c'est ça et c'est pas ça. D'ici dix ans, cette musique lui échapperait aussi. Tous les mômes blancs aisés de Vancouver à Naples l'écouteraient.

Ses deux oncles avaient jadis chanté ce pillage, un vieil air décharné aux paroles plus vieilles encore. Nous l'avions interprété à La Haye, dans une ancienne maison de négoce qui avait amassé des fortunes grâce au commerce triangulaire : *il nous reste ce que nous aimons.* Kwame rappa pour moi : des morceaux qui parlaient de tuer la police ou les Coréens, de remettre les femmes à leur place. Quand j'attirai son attention sur les paroles, il se contenta de ricaner. Je n'étais pas sûr qu'il sache ce que ça voulait dire. Moi, en tout cas, je ne comprenais pas. Mais son corps savait, dans chaque ondulation de ces rythmes sinueux et cinglants : c'était le seul espace qu'il avait pour vivre.

Il arrivait aux leçons avec les yeux rouges, le corps lourd, les muscles du visage apathiques mais amusés par tout ce que les Blancs possédaient. Ses vêtements dégageaient une odeur doucereuse et âcre de corde brûlée qui me rappela les virées de mon frère au Village, un quart de siècle plus tôt. Jonah avait eu sa période d'expérimentation, lui aussi, puis il était passé à autre chose. Kwame, me dis-je, ferait pareil. J'envisageai d'en parler à Ruth. Mais cela aurait détruit le peu de confiance qui s'était établi entre son fils et moi.

Ruth vint me voir chez moi, assez tard, un soir de l'hiver 1988, traînant Robert derrière elle. L'enfant n'avait que quatre ans, mais il était déjà assez futé pour deviner ce que les adultes avaient vraiment en tête quand ils gazouillaient à son intention. Il était debout près de Ruth, tirant sur ses genoux, essayant de la faire rigoler. Elle ne le sentait même pas.

« Joey, ce môme a bousillé ma voiture. Encastré le pare-chocs dans un poteau téléphonique, à deux rues de la maison. Son voyou de copain, Darryl, était à côté de lui sur le siège passager, avec une bouteille de bière ouverte. Dieu sait où ils sont allés voler ça.

– Rien de cassé ?

– Rien de cassé jusqu'à ce que je lui mette la main dessus. Il a de la chance qu'on les ait retrouvés avant la police. » Elle faisait les cent pas dans mon minuscule salon. Je la connaissais suffisamment pour savoir qu'il était inutile d'essayer de la consoler. Tout ce qu'elle voulait, c'était une oreille vivante. « Il me file entre les doigts. Mon aîné est en train de me filer entre les doigts.

– Mais non. Tu connais les enfants, Ruth.

– Il a commencé à me filer entre les doigts quand Robert s'est fait tuer.

– C'est juste un truc de gosses. L'époque est à la rébellion. Avec l'âge il passera à autre chose. » Elle secoua la tête, elle me cachait quelque chose. « Dis-moi », fis-je.

Elle se tordait sur place. « Te dire quoi ?

– Ce que tu ne veux pas me dire. »

Elle expira profondément, et s'installa entre moi et son fils cadet. « Il a commencé à... m'insulter. » Elle dut faire un effort pour que sa voix ne flanche pas. Elle regarda le petit Robert qui, ayant saisi le message, partit jouer dans ma chambre. Ruth se pencha vers moi. « Nous nous sommes disputés. Il m'a traitée de "blanche". Blanche ! "Ce que tu peux être blanche, bonne femme. Un petit accrochage. Le nigga va pas se prendre la tête pour une vieille caisse." D'où ça vient ? Ce gamin a quatorze ans et il me balance ses gènes à la figure ! Il me déteste parce que je l'ai contaminé. »

Elle était prise de tremblements comme si elle gelait. Je n'avais rien à lui offrir. Aucune consolation, même lointaine. « Attends, dis-je. Attends encore deux ans. Seize ans, dix-sept ans. Quand ça va vraiment commencer.

– Oh, non, Joey. Non. S'il fait pire que ça, je vais en mourir. »

Elle n'en mourut pas. Et pourtant, Kwame y mit du sien. Tandis que l'école de Ruth décollait – remportant des prix, décrochant des subventions, faisant l'objet d'un reportage à la télévision régionale –, son fils adolescent, lui, courait sous ses propres couleurs. Je n'eus même pas droit à la moitié des histoires ; Ruth avait honte de me raconter. Je ne vis plus Kwame. Il avait cessé de venir à ces leçons de piano qui nous faisaient enrager tous les deux. Six semaines plus tard, Ruth me demanda comment se passaient les leçons.

Kwame se fit tatouer TOUS LES MOYENS SONT BONS en travers du ventre. Il sculpta des formes géométriques dans ses cheveux coupés en brosse et portait un tee-shirt avec MA MUSE EST inscrit derrière, et MALADE sur le devant. Il rentrait à la maison avec des notes en chute libre, des farandoles d'absences non excusées. Plus Ruth faisait d'efforts pour le comprendre, plus il s'enfermait.

Jusqu'au jour où Kwame et quatre copains – dont son copilote Darryl – se firent prendre dans les toilettes du collège avec assez d'amphétamines flottant au fond de la cuvette pour tuer un cheval de course. Quant à savoir lesquels étaient les chanteurs principaux et lesquels étaient les choristes, ce n'était pas clair. L'argument de Ruth, lorsqu'elle vint témoigner au collège, consista à dire que ce dont son fils avait le plus besoin, c'était d'une vraie discipline, ce qui ne serait nuisible ni à lui ni à son école. Mais lorsque, pour sa propre défense, Kwame cita des paroles d'Ice Cube, le principal opta pour l'expulsion.

Ruth lui trouva un établissement privé qui acceptait les élèves mis à l'épreuve. Une pension, comme les établissements fréquentés par ses oncles des siècles auparavant, mais avec un programme sensiblement différent. Celui-ci offrait un enseignement strictement professionnel. Ruth n'avait pas les moyens d'y envoyer Kwame, même avec ma participation financière. Mais en le laissant dehors elle courait à la banqueroute.

« Chaque soir, me dit-elle, c'est la même chose. Je rêve que quelqu'un en uniforme lui colle la tête par terre avec un flingue. »

Le nouvel établissement sembla avoir sur lui un effet bénéfique. Lorsque je revis Kwame, je le sentis plus léger, moins à cran, moins à fleur de peau. Il continuait de cisailler l'air autour de lui, les avant-bras repliés, les doigts pointés vers les aisselles en une attitude défensive. Mais son humour était plus vif, et il n'hésitait pas à faire de lui-même la cible de ses sarcasmes. Lui et deux amis montèrent un groupe qui s'appelait N Dig Nation. Kwame rappait et s'occupait des platines. « Je fais les uns et deux. » Ses rythmiques étaient si denses et hachés que je ne pouvais pas les retranscrire, et encore moins les taper dans les mains. Le groupe jouait pour des rassemblements électriques de lycéens, et le public venait de plus en plus nombreux, de plus en plus hypnotisé.

À chaque anniversaire et chaque Noël, j'envoyais une carte à Jonah et Céleste. J'écrivis quelques vraies lettres, où je lui parlais de notre aventure : l'inépuisable énergie de Ruth, les difficultés de Kwame, les jeux pédagogiques que j'avais mis en place, la nouvelle moisson de génies en cours préparatoire, l'assortiment d'instruments de percussion que nous avions réussi à acheter pour ma classe. Je ne fis pas allusion à ma vacuité persistante. J'envoyai tout à Brandstraat. Pendant un an, je n'eus aucune nouvelle en retour. Je n'étais même pas sûr qu'il vivait encore en Europe.

Il m'appela en mars 1989. Juste après minuit. Je décrochai et entendis retentir le grand cor du troisième mouvement de la *Cinquième* de Beethoven. Au bout de quatre notes, j'étais censé faire mon entrée à la tierce au-dessous. Je restai silencieux. Je me contentai de l'écouter chanter encore deux mesures. Il se tut et lâcha sur un ton réprobateur : « Quelle honte, quelle honte ! La prochaine fois, on te donnera une mesure de plus pour que tu puisses entrer.

– Ou alors tu essayeras un autre morceau, dis-je, encore à moitié endormi. Quoi de beau, frangin ?

– Tu es un mec au poil, Joey. OK, j'ai quelques lettres de retard. Du coup, c'est moi qui appelle ! Voilà ce qu'il y a de beau.

– Qui est mort ?

– Tous ceux que je connais ou qui comptaient pour moi. On débarque aux États-Unis. Le groupe.

– Sérieux ? Toi ? Ici ?

– Je t'appelle à l'avance, comme ça tu ne pourras pas te plaindre.

– Voces Antiquæ fait sa première tournée nord-américaine.

– Ça fait des années qu'on aurait pu la faire. Tout est une question de *timing*. Est-ce que tu as aimé le Gesualdo ? » Mon silence fut si long que nous sûmes tous deux à quoi nous en tenir. « Tu ne l'as pas acheté. Tu ne l'as même pas cherché en magasin de disques ? Et le truc d'avant ? Roland de Lassus ? Les recueils de hockets ? »

Je pris une inspiration. « Jonah. Lassus ? Hockets ? Pas là où j'habite. Pas dans mon quartier.

– Qu'est-ce que tu veux dire ? Tu vis dans la baie de San Francisco, non ? Ils ne vendent pas de disques à Berkeley ?

– J'ai été très occupé. Ce boulot de prof, c'est comme deux carrières à plein temps. Je suis incapable de te dire à quand remonte la dernière fois où je suis allé ailleurs qu'à l'école, à l'épicerie ou au Lavomatic. En fait, je suis même incapable de te dire à quand remonte la dernière fois que je suis allé au Lavomatic. Berkeley, pour moi, c'est Zanzibar.

– Mais enfin ! Tu enseignes la musique, non ?

– C'est un domaine immense, tu sais... Bon, parle-moi de cette tournée. Je n'arrive pas à y croire : tu vas enfin donner à tes compatriotes une nouvelle chance de t'apprécier.

– Douze villes, huit semaines. » Il était vraiment blessé, et faisait tout pour que cela ne s'entende pas. « Je suppose que je dois m'estimer heureux qu'il reste encore douze villes aux États-Unis pour programmer nos vieilleries, pas vrai ?

– Quand tu dis ça, tu comptes Dallas et Fort Worth comme deux villes différentes, hein ?

– On joue dans ton petit bled début juin.

– "Mon petit..." Pas possible.

– Comment ça "pas possible" ? Tu crois que je ne sais pas où on est programmés ?

– Je te dis que ça m'étonnerait que vous veniez chanter à Oakland.

– Oakland, San Francisco. C'est du pareil au même, non ? »

Mon rire éclata comme si j'avais avalé de travers une gorgée de thé bouillant. « Tu viendras voir, je te ferai visiter. Bon, comment ça va, dans le groupe ? Comment va Céleste ? » Cette fois-ci, c'est son silence à lui qui en dit long. Avec un temps de retard, je demandai : « Depuis combien de temps ?

– Voyons voir. Courant de l'année dernière. Ça va. Consentement mutuel. Comment dit-on ? À l'amiable.

– Que s'est-il passé ?

– Tu sais ce que c'est, ces mariages mixtes. Ça ne marche jamais.

– Est-ce qu'il... y avait quelqu'un d'autre, dans l'histoire ?

– Ça dépend ce que tu entends par "dans l'histoire". » Il me raconta par le menu. Kimberly Monera, le fantôme blond anémique et exsangue, avait repris contact avec lui. Avec un enfant basané dans les bras, son mariage tunisien en miettes, le célébrissime paternel qui l'avait reniée, elle avait déboulé en Europe du Nord. Elle avait retrouvé Jonah pour lui dire que, pendant toute sa vie ruinée par la musique, elle n'avait cessé de penser à lui, lui seul et personne d'autre. « Je n'ai pas levé le petit doigt, Joey. Je ne l'ai même pas touchée, si ce n'est pour lui faire faire demi-tour et la renvoyer en Italie, avec une tape amicale sur les épaules en guise d'au revoir.

– Je ne comprends pas.

– Tu crois que moi, je comprends ? » Il avait la voix de ses quatorze ans. « À partir du moment où je l'ai renvoyée... plus rien.

– Comment ça, "plus rien" ?

– Je veux dire que je n'ai plus *rien* ressenti. Zéro. Anesthésie totale. Je ne voulais même plus regarder Céleste. Je ne voulais même plus m'asseoir dans la même pièce qu'elle. Je ne lui en veux pas d'avoir mis les bouts. Et ce n'était pas seulement elle. Dormir, manger, boire, jouer, chanter : tout ce qui auparavant était source de plaisir. Envolé.

– Combien de temps ça a duré ?

– Combien de temps ? Quelle heure est-il, là ? »

Je fus pris de panique, comme si ma mission était encore de faire marcher le spectacle. « Mais tu enregistres encore. Tu montes encore sur scène. Tu t'apprêtes à commencer ta tournée américaine.

– C'est drôle. Trouve les disques. Écoute. Va savoir pourquoi, ça a fait des merveilles sur ma voix. »

Je me sentis à nouveau happé dans son orbite. Il fallait que je résiste. « Envoie-m'en un. Bon sang, tu as mon adresse. Envoie-m'en un, et j'écouterai. »

Il demanda des nouvelles de Ruth, puis de ses neveux. Je lui donnai une version courte. Lorsqu'il raccrocha, je me sentis happé par la torpeur qui l'avait englouti. Nos mondes ne communiquaient plus, nos radars ne captaient plus les signaux de l'autre. Son spectacle à San Francisco aurait pu avoir lieu sans que j'en entende parler, même en passant.

Trois semaines plus tard, un paquet de disques arriva. À l'intérieur, il y avait un message bref. « Je demande qu'on vous envoie des billets. Pour vous quatre, ou ceux à qui vous les refilerez. On se voit en juin. »

La photo de la pochette du Gesualdo me choqua. L'équipe au grand complet du Voces Antiquæ reconstitué, saisie en plan américain, se tenait debout devant le portail d'une église gothique. Ils étaient tous blancs. À cette distance, tous sans exception. Je réussis à sortir le disque de son emballage plastique et à le poser dans le lecteur. Mais je ne pus me résoudre à l'écouter.

Je suppliai Ruth : « Accompagne-moi. Pas pour lui. Pour moi. Quand est-ce que je t'ai demandé un service pour la dernière fois ?

– Chaque semaine tu me demandes quelque chose, Joseph. Tu me demandes plus de matériel que mes professeurs de science.

– Je veux dire, pour moi. »

Elle prit la pochette du Gesualdo. Ses mains tremblaient, comme s'il était capable de la rejeter même à travers cet objet. Ses yeux parcoururent la photo du groupe. Sa bouche se tordit un peu. « Lequel est Jonah ? Je plaisante... » Elle sortit la pochette intérieure et lut le premier paragraphe. La cadence des mots la mit en colère, et elle me rendit le disque.

« Qu'est-ce que tu en dis ? Juste histoire d'entendre. »

Sa voix était en lambeaux. « Demande aux garçons. »

Un vrai CD dans un vrai boîtier cristal : Kwame fut intrigué.

« J'ai un oncle dans un groupe ? Ça tue ! Vas-y, frangin, mets-le. Laissons le frangin faire son truc. » Mon neveu ne tint pas jusqu'à la première hémiole. « Oh, putain, c'est blême ! »

Petit Robert, à côté de lui, couina de plaisir. « Ouiii ! Y a un butin blême ! » Je me tournai vers lui. Il sourit d'un air satisfait et se claqua une main sur la bouche.

Je retournai voir Ruth. « Alors, qu'est-ce qu'ils ont dit ? » demanda-t-elle. Pendant un moment, elle sembla espérer un avis favorable.

« Qu'ils préfèrent attendre le clip. »

Elle leva les mains en l'air. « Tu t'attendais à quoi, Joe ? Pas notre monde !

– Notre monde, il est partout où on va.

– Ils ne veulent pas de nous, là-bas. Alors on n'a pas de temps à perdre avec ça.

– Ça ne peut pas être les deux à la fois, Ruth. Ceux qui décident, ça ne peut pas être à la fois eux et nous. » Elle ne broncha pas. « Il a envie que tu viennes. Il a envie qu'on y soit tous. »

Je sortis les billets que Jonah avait envoyés. Elle les regarda sans y toucher. « Quarante-cinq dollars ? Est-ce qu'on ne peut pas juste empocher le liquide à la place ? Pense à tous les tickets-repas...

– Ruth ? Fais ça pour moi ! Ça me démange. »

Elle envisagea de m'accompagner. Sérieusement. Mais toute la tristesse de ma vie était bien peu de chose, comparée à ce qui pesait encore sur elle. Elle eut un vague sourire, mais ce sourire ne m'était pas destiné. « Est-ce que tu nous imagines, Robert et moi, mettre nos beaux habits pour assister à un spectacle comme ça ? Pas sans un sac à main rempli de bombes fumigènes, mon chéri ! » Puis, sans me regarder, me pardonnant mes offenses : « Vas-y si tu veux. Je pense que tu devrais. » Je pivotai sur mes talons, prêt à m'en aller. « Il peut toujours venir nous faire une petite visite, s'il a envie. »

Le vendredi du concert, je traversai seul la baie pour me rendre à la Grace Cathedral. Je connaissais trop bien l'usage pour essayer de contacter Jonah avant le concert. Bien sûr, lui ne me contacta pas. Je m'installai incognito dans la nef, imitation Île-de-France, étonné que tant de gens viennent assister à l'événement. Tout au long de ma vie de musicien classique, le public avait été composé de mécontents et d'agonisants. Essentiellement d'agonisants. Ou bien l'art appartenait réellement à une époque perdue, ou bien il y avait certains êtres humains qui s'éveillaient un jour vieux, perclus, avec le désir désespéré d'apprendre un répertoire plus lourd que le reste de l'existence, avant que la mort nous enlève à toutes nos tribus. Une musique presque aussi vieille que la mort elle-même, une musique qui n'avait jamais été la leur, une musique qui n'appartenait plus à personne. En effet, que peut signifier la notion d'appartenance, pour les morts ?

Mais ce public-ci était jeune, plein de vie, manucuré – au fait des dernières nouveautés. Dans l'excitation d'avant le concert, j'écoutai deux couples installés derrière moi comparer les vertus des Tallis Scholars et du Hilliard Ensemble, comme on comparerait deux bourgogne gouleyants. Je ne pouvais pas suivre leurs références discographiques. J'avais été absent trop longtemps. Je me retournai sur mon siège pour observer la foule de plus en plus nombreuse. Il n'y avait guère plus de douze visages noirs présents. Mais bien sûr, c'était un décompte auquel personne ne pouvait se livrer d'un simple coup d'œil.

La salle se tut et le groupe fit son entrée d'un pas nonchalant. Les applaudissements m'abasourdirent. L'église était remplie de fans, des gens qui avaient attendu des années pour goûter cette décoction. Montée de panique : je n'étais pas en tenue. Je ne connaissais pas le programme. Si je montais sur scène, j'allais me couvrir de honte. Une seconde plus tard, ô bonheur, j'étais de nouveau personne.

Les six voix – dont deux inconnues de moi – prirent leurs marques sur la scène, apparemment au hasard. Ils étaient vêtus de manière plus seyante que nous ne l'avions été à l'époque. À part cela, ils cherchaient toujours à provoquer le même choc simple et chorégraphié. Mon frère s'arrêta et tourna la tête pour regarder dans le public. Les autres semblaient empreints d'un calme insondable. Ils restèrent ainsi pendant un moment terriblement long, comme nous-mêmes sans doute naguère, prenant leur respiration, concentrés. C'est alors que les premières quintes se matérialisèrent, cristallisées.

Ils furent tous les six plus que sublimes. Mais Jonah flotta au-dessus de la scène. Il chanta comme quelqu'un au-delà de la tombe, qui aurait réussi à revenir un dernier instant, afin de revêtir encore une fois l'enveloppe de la chair. Dans la cathédrale, ils étaient tous enfoncés sur leurs bancs. Mon frère m'avait révélé la source de cette perfection, quand nous nous étions parlé au téléphone. Il puisait dans le pur pouvoir voluptueux de l'indifférence, tous ces sons qui seront exquis lorsque nous serons au-delà.

Après la deuxième salve d'applaudissements, il parut me voir, à une dizaine de bancs de la scène. Mais le sourire était trop ténu, même un professionnel n'aurait pu l'identifier avec certitude. Pendant tout le reste du spectacle, il ne donna aucun autre signe qu'il ressentait autre chose qu'une grâce désincarnée. Il avait non seulement dépassé la questions de la race. Il avait dépassé le fait d'être quoi que ce soit, tout simplement.

Mon impatience me gâcha un peu la seconde moitié de ce programme superbe. Plus la musique était délicieuse, plus je m'en voulais de rester assis à écouter. Au deuxième rappel, le *In manus tuas* de John Sheppard, je me repassai mentalement chacune de toutes les menues trahisons que j'avais jamais commises. Le public applaudit avec une telle frénésie que le groupe fit encore deux rappels.

Le temps de trouver la file des auditeurs venus féliciter les chanteurs, j'étais une épave. Jonah fit un bond lorsqu'il m'aperçut. Mais, comme il s'approchait, la lumière qui éclairait son visage se ternit un peu. « Tu es tout seul ? Désolé, Joey. Ce n'est pas ce que je voulais dire.

– Évidemment que je suis tout seul. On l'est toujours, non ?

– Ils n'ont pas voulu venir ? » Cela semblait confirmer ses pires craintes.

Tous les mensonges que nous nous étions racontés me vinrent à l'esprit. Je les lui épargnai tous.

Nous étions entourés d'une meute de gens envieux, qui voulaient juste se tenir à proximité de ces chanteurs qui s'étaient libérés de toutes les chaînes et étaient capables d'émettre des sons dont les autres gens ne pouvaient que rêver. Toutes les têtes alentour nous épièrent en prenant l'attitude caractéristique de ceux qui écoutent, tout en faisant semblant de ne pas écouter. Jonah me regarda droit dans les yeux. « Pourquoi ? Pourquoi n'a-t-elle pas voulu venir ? Combien de temps... » Je levai les paumes, implorant. Il pinça les lèvres. « Bien. » Il posa la main sur mon épaule et me conduisit vers les autres voix antiques. « Alors, qu'est-ce que tu as pensé du Taverner ? Est-ce que tu as jamais entendu quelque chose d'aussi proche de Dieu ? »

Et puis il y eut les autres. Hans Lauscher me salua avec une affection gênée. Marjoleine de Groot jura que je paraissais plus jeune que quand j'étais parti. Peter Chance me donna une tape dans le dos. « Ça remonte à quand ? »

Je souris du mieux que je pus. « Au moins 1610. »

Chacun voulait que ces retrouvailles se terminent le plus vite possible. Jonah devait retourner s'occuper de ses fans. Il était la grâce en personne. Il signait des programmes et souriait pour les photographes en présence des plus généreux donateurs. De parfaits inconnus voulaient l'inviter à des dîners extravagants, le présenter à des célébrités, organiser des fêtes en son honneur. Il s'agissait d'un travail de groupe où les individualités étaient reléguées au second rang, mais, même sans avoir d'oreille, on entendait bien d'où provenait la magie. Les nobliaux de la génération silicium voulaient que mon frère les aime, comme eux déjà l'aimaient. Resté à ses côtés, j'observai Jonah charmer ses admirateurs, tel un guérisseur accompli. Il était minuit passé quand nous nous retrouvâmes seuls.

« Tu m'avais promis une visite de ton bled, dit Jonah.

– Pas à cette heure-là. C'est un coup à se faire descendre. Viens dire bonjour à Ruth. Demain matin. »

Il fit non de la tête. « Elle n'en a pas envie.

– C'est elle qui n'en a pas envie ? Ou c'est toi ? Il faut bien que quelqu'un fasse le premier pas, Jonah. »

Il posa les mains sur ma poitrine. « Dis donc, tu as gagné du coffre. » Son sourire disparut devant mon silence. Il retira sa main. « Je ne peux pas. Je ne peux pas m'imposer à eux.

– Passe à l'école lundi. Tu rencontreras les élèves. Elle y sera. Ce sera facile.

– J'aimerais bien. Mais on repart demain. » Sauvé par le gong.

« Passe au moins dans la matinée. Pas de piège. Je te paye le petit déjeuner.

– Entendu. Fais-moi un plan. »

Il vint chez moi. Le temps que j'ouvre la porte, il avait réussi à se composer une mine normale. « On a connu pire, lui rappelai-je.

– En fait, c'est mieux que là où j'habite actuellement. Céleste a gardé la maison de Brandstraat. » Il s'extasia sur toutes les choses typiquement américaines de ma cuisine – beurre de cacahuète, épis de maïs, céréales pour le petit déjeuner. « Regarde-moi ça ! » Il prit une boîte de flocons d'avoine en carton avec l'image de deux petits métis. PAQUET JUMEAU, pouvait-on lire à côté de leurs visages souriants.

« Le métissage est à la mode, lui dis-je.

– Ç'a été notre problème, Mule, il y a un million d'années. On n'a pas eu le bon marketing ! »

Après avoir changé d'avis cent fois, je l'emmenai là où je prenais habituellement mon petit déjeuner. Nous nous y rendîmes à pied. Jonah observa les pâtés de maisons qui s'effritaient ou au contraire s'embourgeoisaient, qui s'élevaient glorieusement vers le ciel ou bien succombaient à une guerre livrée porte à porte, une guerre qu'il avait passé sa vie à éviter. Il marchait à côté de moi en hochant la tête. Je lui fis les commentaires d'usage – qui s'était fait expulser, qui s'était fait arnaquer, qui s'était fait arrêter. Mes voisins firent signe de la main ou lancèrent un salut amical de début de week-end. Je répondis sans faire les présentations.

« Ça me rappelle l'ancien quartier, dit Jonah.

– Quel ancien quartier ?

– Tu sais. Hamilton Heights. Notre enfance ? »

Je m'arrêtai, bouche bée. « Ça n'a rien à voir avec New York. Impossible d'imaginer plus éloigné de notre enfance !

– Je sais, Joseph. Ça ne signifie pas que ça ne peut pas m'y faire penser. »

Chez Milky, ce fut le carnaval habituel du samedi matin. Les parents de mes élèves, mes collègues, mes voisins, le personnel et les habitués :

tout le monde demanda des nouvelles de Ruth et des garçons, ce que donnaient les récents projets d'agrandissement de l'école, comment j'allais et, bon sang, qui était cet étranger ? Milky en personne vint nous saluer – pyjama chinois de soie verte, avec un caban de la marine par-dessus. « Ton frère, tu dis ? On n'embrouille pas un embrouilleur, Joe Strom. »

Une fois que nous eûmes réussi à nous glisser dans un box, je pus enfin respirer. Jonah me sourit de l'autre côté de la table couverte de lino. « Eh ben, mon colon. Tu es plus connu que moi. » Il insista pour commander exactement la même chose que moi. « Ce soir, c'est Denver. Les Alpes. Tel que c'est parti, je vais avoir du mal à respirer. »

Pendant tout le petit déjeuner, il voulut que je lui parle de ses neveux. Je lui dis ce qu'il en était : le rap de Kwame en guerre contre le monde entier, tapant sur les barreaux de sa cage. Petit Robert qui lisait, écrivait et surtout calculait à la vitesse de la lumière. Jonah acquiesçait, et en réclamait davantage.

En sortant, nous ne pûmes échapper au rituel des au revoir. À présent, le drôle d'étranger au tee-shirt repassé et au pantalon en toile à plis faisait partie des habitués, et tous mes amis le pressèrent de revenir la semaine prochaine.

« J'y serai, mentit Jonah de but en blanc. Vous pouvez me mettre de côté la même chose. » Milky et compagnie rigolèrent, et moi, j'en voulus à mon frère. En deux semaines, lui aussi aurait fait partie des meubles.

« Viens chez Ruth, dis-je une fois que nous fûmes dehors.

– Impossible. Je dois retrouver le groupe à l'aéroport dans cinquante minutes.

– Tu n'y seras jamais.

– Je changerai l'heure de ma montre. » Nous reprîmes ma rue ; Jonah était absorbé dans ses pensées. « Donc, ça va, pour toi ? Alors voilà ? C'est tout ce dont tu as besoin ? »

Je fis oui de la tête, j'étais prêt à lui mentir. Ruth, l'école, mes élèves : ils occupaient pour moi une place considérable. Mais, en vérité, ce n'était pas tout ce dont j'avais besoin. Il me manquait quelque chose que je ne pouvais même pas nommer. Quelque chose dans mon passé attendait l'autorisation. Il y avait une mélodie en moi qui avait besoin d'être couchée sur la partition, celle que j'avais jadis promis à Will Hart d'écrire. Mais je ne savais plus dans quelle direction pointaient mes notes. J'avais laissé passer l'occasion de les composer.

Nous nous arrêtâmes sur le trottoir devant mon immeuble. Je regardai mon frère, ses vêtements frissonnaient dans la brise. En fait, ça n'allait pas pour moi. Pas du tout. Je travaillais de nouveau pour quelqu'un d'autre. Quelqu'un d'autre de la famille qui exerçait son ascendant sur moi. Mais je n'avais pas l'intention de donner à Jonah la satisfaction d'entendre cela. « Ouaip, dis-je. Et voilà. Que demander de plus ?

– Qu'est-ce que tu leur enseignes ? À tes cours moyens ? Quel genre de musique ?

– De la maternelle au cours élémentaire. Je leur enseigne tout.

– Tout, tu dis ?

– Tu sais bien. Les choses importantes. Les notes dans le temps.

– Quel genre de tout ? » Il m'avait à l'œil. Je ne pouvais pas esquiver. Il regarda sa montre, déjà il s'échappait.

« Je leur donne ce qui est à eux. Leur musique. Leur identité.

– Qu'est-ce qui est à eux, Joey ? Si tu dois le leur donner... Tu leur donnes *leur* musique ? Leur *identité* ? Identique à quoi ? La seule chose à laquelle on soit identique, c'est à soi-même, et encore, seulement les bons jours. Des stéréotypes. Voilà ce que tu leur donnes. Personne n'est quelqu'un d'autre. Leur musique, c'est tout ce que personne ne peut leur donner. Et pour trouver ça, bonne chance. »

Il n'était pas encore totalement mort. Le contrat de vente de son âme avait été signé et paraphé, mais il n'avait pas encore été mis à exécution. Je l'attrapai par le coude. « *Maestro*. Du calme, d'accord ? Je leur demande de m'apprendre les chansons qu'ils connaissent. Je les échange contre quelques vieux airs. Des trucs que personne d'autre ne connaît. Je leur donne toutes sortes de sons – un petit *crescendo* gospel, un petit blues des familles, voire une petite bêtise des Pères Pèlerins, de temps en temps. À eux ? Pas à eux ? Qui diable suis-je pour le dire ? Ce n'est que de la musique, nom de Dieu. »

Je lui fis signe de monter un moment chez moi. Jonah remua la tête. Il jeta un regard alentour. « Incroyable, Joey. Tu ressembles à un gars du cru. Vraiment, tu ressembles à un local. Tu te souviens, on a dit de Jonah Strom qu'il était le Fischer-Dieskau noir ?

– Personne ne t'a jamais appelé comme ça, Jonah. C'est de toi, ça.

– En tout cas, tu es devenu le Joseph Strom noir. » Il serra mes épaules et retourna à sa voiture de location. Il y avait de la fierté ; il y avait de la jalousie. Pas encore mort. Sur les sept péchés capitaux, ça en faisait au moins deux. « T'en fais pas, vieux frère. Je ne dirai rien à personne. »

Je ne pus m'empêcher de regarder les critiques de New York, là où se terminait la tournée de Voces Antiquæ. Ce fut leur heure de célébrité, ou tout du moins leur quart d'heure de gloire. Les critiques new-yorkais ne tarirent pas d'éloges, chacun déclarant à sa façon que c'était ce qu'il avait attendu depuis si longtemps. Jonah m'envoya la coupure du *Times* – « Du neuf dans l'*ars antiqua* » – de peur que je le loupe. Le critique disait qu'il était probablement la voix masculine la plus limpide en musique ancienne, tous pays confondus. Aucune allusion à la couleur, hormis la couleur vocale. Il avait agrafé sa carte de visite au coin de l'article élogieux et gribouillé : « Salutations chaleureuses, signé le meilleur soliste noir. »

Enfin, la justification si longtemps recherchée. Il était adulé par tous ceux qui savaient écouter, ayant mis au point un son unique, qui ne revendiquait rien d'autre que ce qu'il était. Mais nous savions tous deux que la chaleur de cet « art neuf » provenait d'un astre déjà éteint.

Et pourtant, son aventure prit un dernier tour imprévu. Maintenant qu'il ne représentait plus que lui-même, il appartenait à tout le monde, il ne s'appartenait plus. Il devint la sensation du moment, et tout un chacun put interpréter sa musique. La renommée est une arme de dernier recours que la culture utilise pour neutraliser les fugitifs. Quelques mois après que son groupe fut passé à New York, leur enregistrement de Gesualdo remporta un Grammy. En décembre de l'année 1990, ils se virent décerner la très oxymoronique distinction de « meilleurs interprètes de musique classique de l'année ». Je tombai même sur une affiche d'eux, qui ressemblait à une photo de suspects de la police, dans un magasin de musique du centre d'Oakland où je m'étais rendu pour acheter des maillets.

Le coup de grâce vint six mois plus tard, trois mois après que Rodney King eut commencé à être vu tous les soirs en train de se faire tabasser, sur une cassette vidéo fantôme. Ruth apparut un matin dans le placard à balais qui me servait de bureau, agitant le dernier numéro d'*Ebony*. « Je n'arrive pas à y croire. Je ne peux pas *supporter*. » Elle jeta le magazine sur mon bureau, elle était toute tremblante. Elle serrait les lèvres pour s'empêcher de pleurer. J'ouvris à l'article annoncé en couverture : « 50 leaders pour l'Amérique de demain. » Je passai la liste en revue, des scientifiques, des ingénieurs, des physiciens, des athlètes et des artistes, en tâchant d'estimer le pouvoir offensif de chacun. Je parcourus le tableau entier avant de tomber sur lui. Je levai les yeux, mon regard croisa celui de ma sœur. Elle était en larmes. « Comment, Joey ? Dis-moi comment ? » Elle frappa du pied. « C'est pire que les *minstrels* noirs qui divertissaient les Blancs. »

Il fallut que je regarde à nouveau cette page incroyable. « J'ignore comment. Il n'est même pas *en* Amérique, ce bâtard. Au moins il est enfoui à la quarante-deuxième place, là où il ne fera de mal à personne. »

Elle laissa échapper un couinement terrifiant. Il me fallut deux secondes pour décider que c'était un *rire*. Maniaque. Elle tendit les mains. « Rends-le moi. Il faut que je le montre à mes fils. »

Je dînai avec eux ce soir-là lorsqu'elle leur montra. « Quelqu'un de votre famille, dit-elle. J'ai connu ce garçon, il n'était pas plus grand que vous. Vous voyez jusqu'où on peut aller, en faisant un peu d'effort ? Regardez toutes les vedettes avec qui il est. Toutes les belles choses accomplies.

– La moitié sont blancs, en réalité », déclara Kwame.

Ruth le regarda droit dans les yeux. « Quelle moitié ? Dis-moi.

– Tous ces blancs-becs technocrates. Regarde cet enculé de sa mère : il sait même pas qu'il est fils de Nathan. PDG ? Tu parles, Pédégé bounty, oui !

– *Pédégé bounty ?*

– Bounty : chocolat à l'extérieur, tout blanc à l'intérieur.

– Lui ? » dit le petit Robert, en montrant du doigt tout en faisant un petit sourire. « Lui, il est vraiment blanc ?

– Qu'est-ce qui fait qu'ils sont blancs ? s'enquit Ruth sur un ton de défi.

– Ça, dit Kwame, en condamnant en bloc le magazine entier. Ce baratin d'homme des cavernes. Toutes les conneries diaboliques du pouvoir blanc.

– Et si je te disais que la moitié des Blancs ont du sang noir et ne le savent même pas ?

– Je dirais que tu débloques. Que tu dérailles grave avec tes enfants. »

Sa mère me lança un appel silencieux. « Elle a raison, dis-je. Pour être blanc, il faut le prouver en remontant jusqu'aux origines. Qui peut faire ça ? »

Mon neveu me jaugea : complètement taré, irrécupérable. « C'est du bidon. Tu sais même pas de quoi je cause. »

Petit Robert leva les deux bras en l'air. « Toute la race humaine a commencé en Éthiopie. »

Kwame coinça la tête de son frère en une clé de bras et lui frictionna le cuir chevelu à l'indienne jusqu'à ce que le garçon de sept ans hurle de plaisir. « Tu l'as dit, petit haricot. Tu es tout ça à la fois. Tu es mon Top 50 pour demain, tout en un. »

Robert était le genre d'enfant pour qui l'école de Ruth avait été inventée. Il avalait d'une bouchée les matières enseignées chaque jour, médusant ses camarades de classe hébétés. Dès qu'il s'agissait d'apprendre, il était aux anges. Les histoires le laissaient béat de plaisir. « C'est vrai ? voulait-il savoir, à propos de tous les livres lus au cours des séances de lecture. C'est déjà arrivé ? »

Il reprenait le rôle de sa mère, imitant les voix des uns et des autres, penchant la tête et plissant les yeux comme le plus ridicule des adultes. Il construisit un robot ambulant en Lego qui, pendant une demi-heure, tint tout le cours préparatoire en arrêt. Les maths étaient son bac à sable. Il résolvait des puzzles logiques que l'on donnait deux classes au-dessus de la sienne. Sans rien d'autre que des jetons de poker et une carte du monde, il inventa des jeux de commerce complexes. Il adorait dessiner. L'histoire le rendait maladivement attentif ; il ne savait pas encore que ces récits étaient déjà terminées. Il pleura en entendant parler des bateaux, de l'enfermement dans les soutes, des ventes aux enchères, des familles détruites. Pour Robert, tout ce qui s'était passé était encore en train d'arriver, quelque part.

Mais il ne réussissait que lorsqu'on ne faisait pas attention à lui. Dès l'instant où on s'intéressait de trop près à lui, il se regardait faire et échouait. L'éloge que le monde fait d'un enfant noir est porteur d'une surprise annihilante. Toute mon enfance, je l'avais su. Il suffisait que Robert entende dire qu'il s'apprêtait à faire quelque chose de remarquable pour se confondre en excuses. Il voulait seulement qu'on l'apprécie. Être spécial, c'était être dans l'erreur. Dans ma classe, il étincelait comme l'aurore boréale. Sa voix servait de point de repère à toute la section d'alto. Mais chaque fois que ses camarades émerveillés se moquaient de son talent, il s'éteignait pendant plusieurs semaines.

Pour un exposé à présenter en classe sur le musicien de son choix, il apporta le numéro d'*Ebony*, qui datait de plusieurs mois, mais qu'il n'avait pas oublié. Pendant qu'il parlait, la classe chahuta et je ne fis qu'empirer les choses en leur demandant de se taire. Tous ces Noirs qui faisaient l'avenir – cinquante en tout. Et l'un d'eux était prétendument l'oncle de Robert, qui avait changé l'avenir d'une musique vieille de mille ans. Un frère noir, lui avait dit sa mère, pouvait tout faire. Robert parla avec cet élan de fierté déjà criblé par la gêne et le doute.

Deux semaines après son exposé, il entra dans ma classe avec une liasse de feuilles couvertes d'une éruption de hiéroglyphes tracés à l'encre de couleur. « C'est à moi. C'est moi qui ai écrit ça. » Il s'empressa de m'expliquer le système de notation élaboré qu'il avait mis au point, permettant de décrire les changements subtils de hauteur de son et de durée, une notation qui conservait beaucoup de ce qui se perdait avec les portées standard. Il avait écrit des parties indépendantes, pensant non seulement en termes de mélodies sur l'horizontale, mais aussi en une série de structures verticales. Ses accords tenaient la route – ils se prolongeaient, se répétaient et retournaient sur eux-mêmes avant de revenir à la tonique. Son frère avait vendu le petit clavier électrique que je leur avais donné pour se faire un peu d'argent de poche. Ruth n'avait pas d'autre instrument à la maison. Robert n'avait donc pas seulement inventé un système de notation à partir de rien ; il avait également transcrit tout son travail d'harmonie à l'oreille.

« Comment est-ce que tu t'y es pris ? D'où est-ce que ça *vient* ? » ne pus-je m'empêcher de lui demander.

Il haussa les épaules et se recroquevilla, gêné par mon admiration. « C'est venu de moi. Je l'ai juste... entendu. Tu trouves que ça ressemble à quelque chose ?

– Il faut qu'on voie. Nous allons le jouer. » L'idée le rendit agréablement malade. « C'est pour quoi ? » Il resta planté là, dérouté par ma question. « Je veux dire, pour quels instruments ? »

Il haussa les épaules. « Je ne pensais pas à des... instruments.

– Tu veux que ce soit chanté, alors ? » Il opina. La première fois qu'il y pensait. « Tu as des paroles ? »

Il fit non de la tête et balaya l'air de la main. « Pas de paroles. Juste de la musique. » Des paroles chantées auraient empoisonné l'ensemble.

Il montra à la classe comment lire sa notation, et nous interprétâmes l'œuvre à la réunion de l'école. Robert fit le chef d'orchestre. Tant que dura sa musique, son âme grimpa sur un éclair jaune moutarde dans un ciel d'un bleu glacial. Cinq groupes vocaux se répondirent, exactement comme l'indiquaient ses notes, en se percutant et en se mêlant. Son contrepoint chahuteur venait d'une autre orbite jusqu'alors invisible. La musique dans sa tête l'empêcha d'entendre le brouhaha du gymnase. Mais au moment où le morceau s'acheva, le bruit fondit sur lui.

Dans le déchaînement des applaudissements, Robert eut du mal à reprendre sa respiration. Il écarquilla les yeux, en quête d'une issue de secours. Les gamins sifflèrent et le huèrent, pour le taquiner. Il se courba et fit tomber le pupitre du chef d'orchestre. L'assemblée explosa de rire. Je crus qu'il allait étouffer sur place. Chaque muscle de son visage se tendait pour dire : *Rien de spécial. Rien qui sorte de l'ordinaire.* Il tressaillit et brava toute l'admiration qu'on lui vouait en sautant sur place pour voir par-dessus les têtes de ses camarades, essayant de traquer la seule opinion qui importait à ses yeux : celle de son frère adoré.

Sur ce, Kwame s'avança de sa démarche pesante dans un jean qui lui tombait sous la ceinture. Il avait sauté une journée à son école pour être présent. Ses bras dessinaient ces mouvements tournants saccadés que je n'arrivais pas à décoder, mi-éloge, mi-dérision. Il plissa un côté du visage. « T'appelles ça comment ? »

Robert fut à la torture. « Je l'appelle "Légende".

– Quelle légende ? Tu te prends pour une légende ? Pas de gun, pas de fun. Et puis d'abord, t'es dans quel camp ? » Aucun des deux garçons ne m'accorda un regard. Ni l'un ni l'autre ne pouvaient se le permettre.

Je crus que le petit allait s'effondrer, là, devant toute l'école du Nouveau Jour assemblée. Kwame aussi le vit. Il donna une petite tape sur le nez de son cadet pétrifié. « Hé. Dis, *hé*. C'est d'équerre. Ça dépote. Prochaine fois que Dig est là, tu viens marner avec mes potes. On verra comment tu te débrouilles avec le vrai G-funk. »

Maintenant que Kwame était en dernière année du lycée technique, son groupe avait fini par occuper l'intégralité de son horizon. Ils étaient arrivés à une sorte d'excellence, et si leurs paroles m'échappaient totalement, je ne pouvais nier que leurs morceaux bouillaient d'une énergie palpitante. Il n'avait aucune autre flèche à son arc. Ruth essayait de ne pas trop se laisser distancer, elle faisait en sorte qu'il soit responsable, tout en l'épaulant sans qu'il s'en rende compte. « Et après l'école, tu y penses ?

– Commence pas, maman.

– Je commence pas. Je t'aide à y voir plus clair.

– Moi et la Nation. On peut cartonner. Je parle pas juste blé. Juste cartonner.

– Tu veux rapper, alors trouve-toi des concours entre rappeurs. Il faut que tu trouves un truc qui te fasse tenir en attendant de devenir le meilleur. »

En privé, elle me fit cette confidence : « Bon Dieu, je peux te dire que si je n'étais pas dans l'éducation, je lui collerais une raclée jusqu'à ce qu'il rentre dans le droit chemin. »

Au mois d'août, à Brooklyn, une des voitures du cortège d'un rabbin hassidique grilla un feu rouge, percuta un autre véhicule, fit une embardée sur le trottoir et tua un garçon guyanais de l'âge de Robert. Pendant trois jours, Crown Heights fut à feu et à sang. Kwame et N Dig Nation écrivirent un long rap qui rejouait la folie ambiante de tous les points de vue possible. Le titre s'intitulait *Black Vee Jew*. Le morceau participa-t-il de l'événement ? Le révéla-t-il ? Avec l'art, on ne sait jamais.

« Ton grand-père était juif, lui dis-je. Tu es un quart juif.

– Je t'entends. C'est mortel. Tu penses quoi de ce titre, oncle frangin ? »

Le texte était ce qu'il était, il n'empêche, le groupe eut droit à sa première diffusion radio – une vraie radio, sur toute la baie. Kwame en fut tout enivré. « Mieux que tout ce que tu peux toper avec de l'oseille. » Dans le groupe, chacun empocha cinq cents dollars. Avec sa part Kwame acheta du matériel audio neuf.

Fin septembre, Ruth m'appela, hors d'elle. Les trois membres de N Dig Nation avaient été arrêtés pour avoir cambriolé un magasin de musique de West Oakland. Ils s'étaient fait la malle avec plus d'une vingtaine de CD. « Ils vont l'achever. Pour eux, ce n'est qu'un bout de bidoche. Ils vont le tuer, et personne ne le saura. » Il me fallut un quart d'heure pour arriver à la calmer, et je lui donnai rendez-vous au commissariat où Kwame était en garde à vue. Ruth s'effondra de nouveau en entrant, quand elle vit son fils menotté.

« On chourait rien du tout », nous dit Kwame. Il était assis derrière la rambarde en métal où étaient entreposées les armes ; une ecchymose lui couvrait une partie du visage, côté mur, quand les flics l'avaient immobilisé. La peur de la mort le rendait fanfaron. « Juste une petite virée en caisse. »

Je crus que Ruth allait le tuer de ses mains. « Tu vas parler la langue que je t'ai apprise !

– On lui achète tout le temps des trucs, à ce type. La porte était grande ouverte. On allait juste écouter un coup et ensuite lui rapporter les skeuds.

– Des disques ? Tu as volé des *disques* ? Mais c'est du suicide...

– Des CD, maman. Et on en a volé aucun.

– Mais qu'est-ce qui t'a pris de vouloir voler des *disques* ? »

Il la regarda avec une incompréhension telle que c'en était presque de la pitié. « On est en pleine ascension. Faut qu'on balourde not' science. Qu'on nique ceux qui nous niquent. Tu vois ce que je veux dire ? »

Au tribunal, Ruth fut impeccable. Elle réclama une peine susceptible de sauver une vie et non pas la gâcher. Mais le juge étudia de près ce qu'il appelait les « antécédents » de Kwame, et il décida que la meilleure façon de servir la société était de mettre à l'écart cette menace juvénile pendant deux ans. Il insista sur le fait que le cambriolage était un délit sérieux, alors que Kwame répétait : « Y a pas eu effraction. » La propriété était au cœur de la société, poursuivit le juge. Le vol était un crime qui revenait à détruire ce cœur. Pendant qu'on lisait sa sentence, Kwame marmonna juste assez fort pour que j'entende : « C'est un fils de Nathan, ce type. C'est un homme mort, je te dis même pas. »

Deux jours plus tard, ma sœur fit ses adieux à son fils qui partait pour la prison. « Ton père a été une fois en prison. Tu te souviens pourquoi. Alors, qu'est-ce que tu vas faire ? Voilà ce qu'on veut savoir. » Elle pleurait en parlant, elle pleurait pour tout ce qui était arrivé à son garçon, en remontant aux générations d'avant sa naissance. Kwame ne put relever la tête suffisamment longtemps pour croiser le regard de sa mère. C'est elle qui lui releva la tête. « Regarde-moi. *Regarde-moi*. Tu n'es pas tout seul au monde. »

Kwame acquiesça. « Entendu. » Sur ce, il lui fit au revoir d'un signe de la main.

Une fois seule avec moi, Ruth explosa. « Quand un ado blanc va en taule, ça s'inscrit au crayon sur son CV, à la rubrique jeunesse désinvolte. Une péripétie dont on rigolera plus tard. Quand un ado noir va en prison, c'est un coup fatal. Un jugement qu'on porte sur la race entière. Un trou dont il ne ressortira jamais. C'est ma faute, Joseph. C'est moi qui l'ai plongé là-dedans. Je n'étais pas obligée de les élever dans cette marmite. J'aurais pu les installer dans une banlieue résidentielle somnambule.

– Pas ta faute, Ruth. Ne te flagelle pas pour un demi-millénaire...

– Tu vois ce qu'il a fait à Robert. Son grand frère va être le héros de sa vie. Un modèle, le rôle exemplaire sur mesure. Ce môme invente dans sa chambre des règles d'arithmétique complètement nouvelles sur les doigts de ses mains. Il apprend tout seul la géométrie plane. Mais il sera incapable de compter correctement jusqu'à vingt si son frère le regarde de travers. Il ne veut pas être ce qu'il n'est pas censé être. Et pourtant, ce gamin pourrait faire tout ce qu'il veut. *Tout ce qu'il veut...* »

Nous entendîmes tous deux au même moment, à l'instant où les mots sortirent de sa bouche. Ruth me regarda, les narines épatées. « Son fils a quitté le pays et son petit-fils est en prison. » Puis sa gorge se creusa et elle poussa un cri. « Qu'est-ce qu'on a fait à notre mère, Joey ? »

Robert était en CE2 à l'école du Nouveau Jour ; il poursuivrait bientôt son cursus ailleurs. Il arriva à cet âge où il ne fallait surtout pas que Ruth l'encourage en quoi que ce soit. Chaque fois qu'elle l'encourageait ou le félicitait, il laissait tomber. Il remplissait, par exemple, une page blanche de journal de formes géométriques surprenantes, sans y accorder d'importance. Qu'elle vienne à accrocher l'œuvre au mur, *illico* il la déchirait et la brûlait.

« Je vais le perdre, Joseph. Le perdre plus vite que Kwame.

– Tu n'as pas perdu Kwame. » Kwame avait d'ailleurs commencé à suivre des cours de dessin industriel en prison.

Nous allions le voir presque tous les week-ends. « Ici, c'est pour les gogos », me dit-il. Il découvrait cela avec une certaine incrédulité. « Tu sais quoi ? Ils ont construit cette prison pour nous. Et ensuite, ils nous ont fabriqués pour qu'on aille dedans. Pas pour moi, mon oncle. Une fois que je m'en serai sorti, cette taule pourra bien pourrir, et mon histoire avec. » Chaque fois, au moment de se dire au revoir, Kwame et sa mère se livraient à un petit rituel. *Combien de temps ? Pas longtemps. Rendez-vous dans le nouveau monde ancien.*

Début 1992, Jonah écrivit pour dire qu'il passerait fin avril chanter au festival de Berkeley. Voilà à quel point les distances s'étaient réduites. Je lui répondis par courrier sur une des cartes postales dont nous nous servions pour nos collectes de fonds : « C'est *moi* qui suis venu t'écouter la dernière fois. » Et sous l'adresse de l'école, j'écrivis la date de son concert, l'heure, 13 h 30, et le numéro de ma salle de classe.

Ma classe n'avait pas particulièrement besoin d'un public. Il n'y avait pas de public, tout le monde faisait partie de la chorale. Nous continuions de travailler notre partition, sans tenir compte de qui voudrait bien se présenter tel ou tel jour. J'étais professeur de musique en école primaire. Je vivais pour ça, et c'était exactement ainsi que mes gamins chantaient. Et pourtant, j'avais donné à Jonah l'heure et le numéro de salle de ma meilleure classe – de vrais as de la voltige, avec parmi eux son neveu, Robert, qu'il n'avait jamais rencontré. Je leur annonçai que nous aurions peut-être la visite de quelqu'un. Le simple fait de leur dire ça me parut déplacé.

Je fis tout pour que ce jour soit le plus ordinaire possible. Aucune chance qu'il vienne : je m'en étais assuré en choisissant la date. Il ne faisait jamais rien dans l'après-midi, quand il chantait le soir. Mais si, par miracle, il faisait l'effort de venir, nous étions prêts. Notre musique allait le méduser.

Le temps de me préparer pour ce cours de l'après-midi, je fus pris d'un trac plus violent que cette crise qui avait failli jadis nous coûter le premier concours important de Jonah. Rien n'échappe aux enfants, et les miens laissèrent échapper des explosions taquines, toutes chantées, bien entendu, conformément au règlement de la classe. Je les fis revenir sur terre en commençant par notre traditionnel échauffement de gammes. « *I'm still standing* » jusqu'au plus haut de leur tessiture, ce qui les faisait rigoler chaque fois, puis redescente en douceur dans les graves. Mon frère ne vint pas. Il ne pouvait pas venir. En dehors de la salle de concert, il ne restait plus rien de lui. Il avait disparu dans la perfection. Mon corps commença à ressentir le soulagement de ne pas avoir à le rencontrer ce jour-là.

Nous commençâmes nos exercices habituels. Non pas *malgré tout*. Non pas *quand même*. Nous n'avions personne à impressionner et nous nous régalions : c'est tout ce qu'on a vraiment, quand tout est déjà réglé. Nous suivîmes les étapes habituelles conduisant à l'extase quotidienne. Nous commençâmes par poser la pulsation de base – ce que mon père avait appelé, des années plus tôt, « les lois du temps ». Deux gamins aux tam-tams nous fournirent un *groove* implacable, qui tiendrait jusqu'à l'extinction des feux. Sur cette couche rythmique venue du Burundi, nous déployâmes un long cycle décontracté à 24 temps, avec une autre demi-douzaine de musiciens aux percussions – ils auraient été ravis de faire ce métier jusqu'à la fin de leurs jours, voire un peu plus longtemps.

Une fois la machine lancée, nous nous mîmes à décortiquer quelques mélodies. Mes gamins connaissaient l'exercice. Ils l'avaient fait suffisamment souvent pour arriver à ce que l'école élémentaire peut considérer comme la perfection. Installé au piano, je dirigeai au doigt : je désignai une fillette en survêtement vert menthe, les cheveux nattés façon rangs de maïs ; elle sourit, elle s'était choisie avant même que je lui fasse signe.

« À quoi tu penses quand tu te réveilles ? » Je lançai la question par-dessus la transe des pulsations cycliques. La fillette, Nicole, ma balise, était prête.

> Le petit déjeuner est prêt et
> Je vais manger comme une reine !

C'était un peu chaotique, mais la rythmique tenait bon. Elle partit en solo, puis se stabilisa dans son propre cycle. Nous prîmes sa note comme tonique et y installâmes notre camp de base. Je montrai du doigt un autre de mes préférés du premier rang, Judson, un garçon dégingandé et impatient dont les baskets tapant par terre étaient grosses comme sa poitrine. « À quoi as-tu pensé hier soir en t'endormant ? » Judson savait déjà.

> Mon ami, j'ai couru
> dans un long tunnel d'argent,
> plus vite que tout le monde.

Ils tournèrent l'un autour de l'autre, trouvèrent leurs entrées, harmonisant notes et syncopes pour que l'ensemble coïncide. J'en fis rentrer quelques autres dans ce registre. « Pour toi, quel est l'endroit le plus sûr au monde ? »

> Il y a un endroit sur la colline
> au bout de ma rue
> d'où je peux
> tout voir.

« Qu'est-ce que tu as vu en venant à l'école ? Quand es-tu le meilleur ? Qui seras-tu à cette heure-ci, l'année prochaine ? » Je les fis entrer en coupant une phrase ici, en en faisant ressortir une autre là, en les faisant accélérer ou ralentir, de manière à ce que la sauce prenne. Une demi-douzaine de chanteurs se tinrent ainsi en équilibre dans le vide, accrochés les uns aux autres, se métamorphosant constamment tout en restant inchangés. Je les amenai *diminuendo* au silence, puis en fis démarrer cinq autres. Je jouai au piano la nouvelle tonique, et hissai un groupe à la dominante. *Tes cinq mots préférés. Le samedi après-midi de rêve. Ton nom si ton nom était différent.* Je leur fis signe d'alterner : un-cinq, cinq-un.

Puis on passa aux changements de tonalité. J'appuyai sur une touche et désignai trois chanteurs qui transposèrent leur phrase ailleurs sur la gamme. À l'âge de huit ans, ils savaient encore : à chaque endroit où nous allons correspond une note.

Les membres du chœur eurent un sourire satisfait, mais ce sourire ne m'était pas destiné. Leurs bouches béaient, on eût dit des poissons dans un aquarium – il y avait quelque chose derrière mon épaule. Tout en gardant la mesure, je me retournai. Jonah se tenait dans l'encadrement de la porte, lui-même bouche bée. Une véritable leçon vivante : comment ouvrir la gorge assez grand pour exprimer le ravissement. Je ne pus m'interrompre pour le saluer ; j'avais des notes plein les mains. Il me fit signe de me retourner et de maintenir cette plume en équilibre, dans le souffle de Dieu.

Je ramenai au silence les deux premiers groupes et les conduisis à l'écart, tout en en préparant un troisième à entrer dans la relative mineure. *La plus grande peur que tu aies jamais eue. Cinq mots que tu ne veux surtout pas entendre.* Je fis virevolter mon doigt en l'air, à la recherche de quelqu'un pour chanter *Ce qui te pèse le plus*, pour finalement désigner Robert. Deux mesures suffirent. Lui aussi m'attendait.

Mon papa est mort
et mon frère est en prison.

Quel est le point zéro du changement ? L'endroit du temps où le temps commence ? Pas le « big bang », ni même le « little bang ». Ce n'est pas lorsqu'on apprend à scander son premier air. Ni ce premier *maintenant* qui se retourne sur lui-même. Tous les moments partent de cet instant où l'on voit comment tous doivent se terminer.

Robert déroula le fil et fit des boucles et des boucles, jusqu'à plonger dans la pulsation de base. Un nuage passa sur la chorale, mais notre chant avait déjà anticipé ce changement de lumière. J'avais maintenant tous les accords nécessaires pour aller partout où les notes voudraient bien nous porter. J'accentuai et effaçai des lignes mélodiques, je fis monter le volume puis diminuer de nouveau, ralentir puis accélérer, hacher les notes et les étirer, je cueillis un solo et assemblai des quatuors, je déplaçai l'ensemble librement d'une tonalité à l'autre.

Mon papa est mort
Et j'ai couru.
Jusqu'à cet endroit sur la colline.
Où le petit déjeuner est prêt et d'où je peux tout voir,
Mais mon frère est en prison.

Ils savaient comment ça fonctionnait. Ils avaient cessé de se soucier de cet adulte étrange, ils ne le remarquaient même plus. Nous restâmes dans le *crescendo*, à faire tourner nos rondes préférées, revenant, chaque fois que nous allions trop loin, à un « *I'm still standing* », lancé en chœur par l'ensemble de la chorale. Je faisais tout ce que je pouvais, tout ce que chacun de mes élèves m'avait appris sur le fonctionnement de la musique. J'étais honteux d'avoir tant besoin de l'impressionner. Comme si la joie avait besoin de se justifier, ou pouvait justifier quoi que ce soit. Et ma honte me poussa à faire monter toutes mes voix plus haut dans les aigus.

Nous nous élevâmes plus haut que jamais. Nous nous engouffrâmes en nous-mêmes, et je remuai les eaux, déclenchant une dernière grande marée avant de revenir au niveau de la mer. Mais tandis que nous franchissions une ultime fois la crête de la vague, j'entendis comme un tintement de cloche. Une attaque dont seuls les éléments naturels étaient capables. Je n'y étais pour rien ; ce carillon était hors de la tessiture de mes élèves, mais il vint s'incruster dans leurs harmonies déployées – des notes tellement tenues qu'elles en étaient presque arrêtées. Il me fallut un instant, une éternité, pour le situer : mon frère chantait Dowland. Le morceau datait d'une autre vie. Les mots d'hier :

L'oiseau et le poisson peuvent tomber amoureux.

Je me retournai pour regarder, mais Jonah me fit de nouveau signe de rester assis. Il vint se placer au bout du dernier rang de la chorale. Il libéra une vibration sonore pareille à un gong. Mais mes gamins savaient quand ils faisaient quelque chose de bien. Je continuai à diriger, et ils poursuivirent de plus belle. Je lançai un regard furtif à Jonah. J'eus droit en retour à un froncement de sourcil, comme à la grande époque. Et ce fut l'envolée.

Partout où j'amenai ma classe, il trouva le moyen de suivre. Cette fois-ci, je l'obligeai à lire dans *mes* pensées. Je le forçai à m'accompagner. Des bribes de feux follets, de poèmes amoureux, de chants d'un enfant mort, de *Dies irae*, de chants miséricordieux en mille fragments : il les intégra dans le chœur, modifiés par tout ce qu'ils harmonisaient. Il leur offrit de quoi jouer. Sa voix était comme un scalpel de lumière, clair, acéré, inévitable ; il avait passé sa vie entière à la perfectionner. Même les enfants ressentirent cette puissance. Toujours les huit mêmes mots, en *scat* si nécessaire, comme s'il était né pour eux.

Nous tournoyâmes sur un courant d'air ascendant, dérivant au fil des tonalités. Sa voix, parmi les voix de mes enfants, était comme un phare dans la nuit. Nous aurions pu rester là-haut pendant des années, si nous avions pu éviter l'accident. En se glissant dans la salle de classe, Jonah n'avait pas refermé la porte. Si bien que chaque envoi de « *I'm still standing* » – *un peu plus fort maintenant* ; *un peu plus doux maintenant* – se déversa en dehors de la salle de classe, et libre à quiconque passant dans le couloir de se l'approprier. Je ne me rendis pas compte de la perturbation que nous occasionnions jusqu'à ce que le chœur derrière moi se joigne à ma classe.

Le professeur d'histoire-géographie, venu gravement réclamer le silence, resta chanter. La prof de maths du cours préparatoire invita tout le monde à taper dans les mains. Des gamins se pressèrent dans la salle jusqu'à ce qu'il n'y ait plus que des places debout. Pas un seul ne fut simple auditeur. Plus le chœur prit de l'ampleur, plus il attira de monde. C'est alors que, l'espace d'une mesure, notre montagne sonore diminua ; ce n'est pas moi qui en avais donné le signal. Dès la levée du temps, je sus de quoi il retournait. Je la vis dans l'encadrement de la porte, avant même de me retourner : la directrice de l'école.

J'ignore ce que Ruth entendait. Son visage ne trahissait rien. Mais ses gamins étaient là, qui chantaient, c'était la dernière fois qu'ils étaient petits, et son frère était là, qui chantait pour elle : la première fois depuis qu'ils étaient petits. Chaque son dans toute sa densité restait intact au sein de l'accord changeant. Auquel s'ajouta une mélodie *obbligato*. Qui savait d'où provenait cet air ? Elle l'avait inventé. Improvisé. Les paroles, en revanche, on les lui avait données :

Mais où construiront-ils leur nid ?

La voix de Ruth me transperça comme la mort. Refus, lamentation : la seule réponse à l'optimisme persistant de son frère aîné. J'eus la même impression que quand je l'avais entendue à Philadelphie. Une infinie dépossession. Sa voix, même brisée, était encore assez belle pour prouver que le rêve de musique n'avait jamais été plus que cela.

Les unes après les autres, je fis revenir les voix à la tonique. Les cycles rythmiques se turent, la pulsation se dénoua et la salle explosa, s'applaudissant elle-même. Les gamins se déchaînèrent de toute part, une révolte spontanée décrétant le reste de l'heure fête nationale. Un attroupement se forma autour de Jonah. « Comment vous avez fait ça ? » l'assiégea Judson. En guise de réponse, Jonah lâcha un éclair de Monteverdi.

Dans la salle en fête, ma famille se replia sur elle-même. Robert se glissa aux côtés de sa mère – coupable, pris en flagrant délit. Ruth se rapprocha furtivement de moi, comme si, de toutes les personnes présentes, j'étais celui qui pouvait lui offrir la sécurité. « Robert, dit Ruth au garçon, prise de cette même peur lasse avec laquelle elle avait éconduit l'oiseau et le poisson sans leur avoir trouvé de maison, c'est ton oncle.

– Je sais », marmonna le garçon. Dans son excitation, il essayait d'éviter les yeux de tous les adultes. Il me montra du doigt. « Ton frère. »

Puis Jonah nous rejoignit. « Vous avez entendu ça ? Est-ce que vous avez *entendu* ? » Il s'approcha pour prendre sa sœur dans ses bras.

Ruth recula. « Non ! Trop longtemps. Tu ne peux pas simplement... » Elle perdit le contrôle de sa voix. Mais elle refusa de pleurer.

Robert se raidit, prêt à la protéger. Jonah effleura le bras de Ruth, une consolation qui ne coûtait rien. Puis il se retourna pour me lancer une claque sur l'épaule. « Tu es un génie. Le von Karajan de la musique. Ça, c'est ce que j'appelle se servir d'une baguette. » Il considéra la silhouette modèle réduit qui lui arrivait à la taille. Il fut frappé par la ressemblance. « Mon petit neuv', dit-il, en explorant l'étendue de son propre étonnement.

– Qu'est-ce que c'est que ça ? demanda Robert, toujours friand de devinettes. Un peu comme un neveu ? »

Jonah opina sobrement. « Beaucoup comme un neveu. » Il leva la tête et regarda Ruth. « Incroyable. Il est beau.

– Qu'est-ce qu'il y a d'incroyable ? » Froide comme le souvenir.

« Rien. C'est moi qui ai une chance incroyable. »

Robert fit une grimace. « Ta voix fait de drôles de trucs. »

« C'est le fait que je sois là. Que je te voie. »

Ruth détourna brusquement la tête. « Tu as forci », dit-elle. Elle regarda de nouveau. Jonah écarta les bras et observa son corps. « Je veux dire... » Elle indiqua sa propre gorge.

« On ne dit pas forci. On dit enrichi.

– Pourquoi es-tu ici ? Pourquoi es-tu revenu ? »

La chorale enfantine quitta la classe à contrecœur pour assister au cours suivant. Mes élèves. Jonah courut jusqu'à la porte pour leur taper dans les mains. Cela lui fit gagner un peu de temps. Il revint et s'adressa à Robert en jetant un regard circulaire dans la salle. « Regardez-moi ça ! Je ne me doutais pas du tout. Alors, c'est ton école !

– L'école de ma maman, dit Robert.

– Ton école », dit Ruth à son fils. En larmes à présent. Mais c'était bien sa voix.

« Fantastique, dit Jonah. Je ne me suis pas autant amusé à chanter depuis... » Il regarda Robert. « Depuis l'époque où j'étais toi. Tu as entendu ce que ça donnait ? C'est ça. Ça va marcher. Les gens n'ont jamais rien entendu de tel. »

Ruth rit, incrédule. « Peut-être pas vous autres.

– Je suis sérieux. Quel *son* ! On pourrait y arriver. Mettre ce machin en place. Jouer partout. Je te le dis. C'est de ça que les gens ont besoin. »

Ruth secoua la tête, sa bouche crispée lui tirait le visage jusqu'aux oreilles. « Ça existe depuis toujours, les gens ont toujours fait ça.

– Pas moi.

– Exactement.

– Ruth. Je suis venu. Je te le demande. Tu ne peux pas me laisser en plan.

– Tu nous a quittés.

– Tu as ton travail », dis-je.

Il écarta mon objection. « Nous sommes en pilote automatique depuis presque deux ans. C'est quasi terminé, l'Antiquité. La musique des cieux a fait son temps. J'ai besoin de quelque chose de plus proche.

– Toi ? » Je cherchai à déceler la pointe d'ironie, mais il était sérieux. « Tu ne peux pas abandonner. C'est un art en péril. Si toi, tu abandonnes, qui donc le maintiendra en vie ?

– N'aie crainte. La musique de concert occidentale est en de bonnes mains. Des millions de Coréens et de Japonais s'en occupent. »

Ruth éprouva alors elle aussi ce que j'avais ressenti. Le puits sans fond dans lequel il était tombé. Ma sœur tenait son fils par les épaules, devant elle, comme une armure. Elle tendit les bras par-dessus Robert et prit la nuque de Jonah au creux de sa main. « Il y en a qui meurent comme ils sont nés.

– Tout le monde », dis-je.

Jonah sourit. Sa sœur lui adressait la parole. Le touchait. Peu importait ce qu'elle disait, peu importaient les piques qu'elle lui envoyait.

« Neuv'? » Jonah posa les yeux sur Robert. La cour d'appel du futur. « Tu veux chanter avec moi ?

– Ma maman dit que tu es un pays à toi tout seul. Que tu vis selon tes propres règles.

– Où est-ce que tu as entendu ça ? dit Ruth. Jamais de la vie je...

– Tu as déjà été hors la loi ? »

Jonah contempla son image en chair et en os à l'échelle un demi. « Tout le temps. Moi et ton oncle JoJo, là ? On les a tous arnaqués. Des hors- la-loi de première. On a enfreint des lois dont tu as même jamais entendu parler. »

Robert me lança un regard sceptique. Mais ses doutes se dissipèrent quand il vit que la mémoire me revenait. « Déjà allé en prison ? »

Jonah fit non de la tête. « Ils nous ont jamais attrapés. On a été dans le journal quelquefois, principaux suspects. Mais ils nous ont jamais rattrapés. » Il fit un signe au garçon, pour lui faire jurer que ça resterait entre eux.

« Tu as déjà tué quelqu'un ? »

Jonah réfléchit. Obligé d'avancer à découvert. « Deux fois. Poussé une femme dans un four, une fois. Je n'étais pas beaucoup plus vieux que toi. »

Le garçon lança un regard inquisiteur à sa mère. Ruth porta la main à sa lèvre tremblotante. Robert me regarda, j'étais le dernier rempart du bon sens. J'indiquai d'un geste de la main la salle désertée. « Il va falloir que je fasse un peu de rangement. »

Ruth sortit à grand-peine de ses pensées. « Et moi, j'ai une école à faire tourner. Quant à toi, jeune homme, tu ne devrais pas être quelque part ? Mme Williams, en maths ? Hmm ?

– Tu sais ce que tu devrais faire, aussi ? » Je l'entendis dans la voix de Jonah. Il se raccrochait désespérément aux branches. « Prendre un nom africain. Comme ton frère. »

La mère et le fils en restèrent pantois. Ruth dévisagea son frère aîné. « Qu'est-ce que tu y connais en noms africains ? » *Comment es-tu au courant, pour son frère ?*

« Oh, je t'en prie. Je suis allé plusieurs fois en Afrique. En tournée. Sénégal, Nigeria, Zaïre. Ils nous adorent, là-bas. Nous sommes plus populaires à Lagos qu'à Atlanta. » Il prit son neveu par les épaules. « Moi, je vais t'appeler Ode. Un bon nom du Bénin. « Ça signifie "né en route". »

L'enfant lança un regard scrutateur à sa mère. Ruth leva la main. « S'il le dit.

– Que signifie Kwame ?

– Aucune idée. Ode est le seul que je connaisse. C'est comme ça qu'ils m'ont appelé, la dernière fois que j'y étais.

– Ode ? répéta Robert, sceptique.

– OK, dit son oncle.

– Ode », fit Robert en pointant le doigt sur moi. Pigé ?

J'indiquai d'un geste que je n'y voyais pas d'objection. « Ça ne me dérange pas. À partir de maintenant. Jusqu'à ce que tu me dises d'arrêter. »

Terriblement en retard, il se dépêcha d'aller à son dernier cours de la journée. Laissés à l'abandon, les adultes se turent. Ruth et Jonah échangèrent quelques regards lourds de sens, chacun essayant farouchement d'enjamber une vingtaine d'années. Nous raccompagnâmes Jonah jusqu'au parking, où il revint à la charge :

« Allons. Oiseau & Poisson Inc. Qu'est-ce que vous en dites ? Fabriquer une nouvelle espèce ? C'est dans les vieux pots qu'on fait les meilleures confitures. Chantons au Seigneur un chant nouveau. Ce serait génial pour les gamins. Un super-enseignement. Ça pourrait être la meilleure chose qui arrive à ton école.

– Comment est-ce que ça pourrait apporter quoi que ce soit à cette école ? » Même le scepticisme de Ruth paraissait d'ordre administratif. J'observai ma sœur dans les yeux écarquillés de Jonah.

Il la regardait ; la confusion entre eux ne pouvait être dissipée. « Allons. Le classique descend dans la rue. Faites de votre bébé un être plus à la page et plus intelligent. Il y a un marché tout prêt. Le pays n'attend que ça. »

Elle inclina la tête et la secoua, interloquée par la distance qui les séparait. Elle ne put s'empêcher de laisser échapper un petit rire moqueur. « Qui n'attend que ça ? Tu le penses sérieusement, hein ? » Elle leva les yeux au ciel. « Oh, mon Dieu. Par où je commence ? »

Il lui rendit son sourire, désemparé. « Commence par choisir tes meilleurs gamins et laisse-moi nous trouver un promoteur.

– Mais où est-ce que tu vis ? Tu n'as donc pas d'yeux pour voir ?

– Mes yeux sont assez médiocres. Mes oreilles, en revanche, sont extraordinaires.

– Dans ce cas, écoute, bon sang. *Écoute*, pour une fois.

– J'ai écouté. C'est bien, Ruth. Mieux que "soit l'un soit l'autre". Mieux que l'identité. La vigueur hybride. »

Face à un cas si désespéré, elle baissa les épaules. Il voulait que ce soit une capitulation. Mais il vit ce que c'était. En un instant, il sut : c'était pour ce chœur qu'il s'était exercé toute sa vie. Et d'une certaine manière, le travail de toute sa vie – sa volonté intransigeante, son besoin de liberté, toujours tendu vers un but invisible, écrit nulle part, cette façon d'avancer note par note pour parfaire sa propre mélodie – était précisément ce qui l'empêcherait toujours d'intégrer cette chorale polytonale..

Quand il parla, ce fut comme un enfant, brisé et mis à nu. « Réfléchis-y. Rien ne presse. Je vais gamberger là-dessus. Je t'appelle avant qu'on parte pour LA. »

Ruth aurait pu l'achever avec un monosyllabe du plus petit calibre. Mais elle ne le fit pas. Jonah se tenait devant elle. « Vingt ans. Pourquoi ? » Elle se mordit la lèvre et secoua la tête – elle ne disait pas non à sa question, mais à lui tout entier. Il opina. « La prochaine fois, on n'attendra pas aussi longtemps. » Il la prit dans ses bras, elle se laissa faire et resta accrochée lorsqu'il voulut se dégager. Il ne me prit pas dans ses bras ; nous, ça ne faisait que trois ans. À la place, il me fourra dans la main un article qu'il avait découpé dans le *New York Times* de la veille. Le 24 avril : « Comment le temps a-t-il commencé ? Des scientifiques rapportent d'importantes découvertes. »

– Il faut que tu lises ça, Joey. Un message que Da nous envoie d'outre-tombe. »

Jonah monta dans sa voiture et disparut. Ruth agita un peu la main, une fois qu'il fut trop loin pour voir. Elle n'éprouva même pas le besoin de reparler du projet de Jonah. Nous étions l'avenir de notre frère. Mais lui n'était pas notre avenir.

Il ne nous appela pas avant de partir à LA. Il fut pris dans le tourbillon du spectacle. Selon tous les professionnels, le festival de Berkeley fut une conquête. L'avant-dernier jour d'avril, lui et Voces Antiquæ prirent l'avion pour Los Angeles. Leur avion fut l'un des derniers à atterrir à l'aéroport de LAX, avant que les événements n'entraînent l'annulation de tous les atterrissages prévus.

C'est Ruth qui, la première, appela, ce mercredi soir. Elle parla si doucement au téléphone que je crus qu'il y avait un problème sur la ligne. « Joey, répéta-t-elle. Joey. » Je fus persuadé que l'un des garçons était mort. « Ils les ont libérés. Tous les quatre. Aucune charge n'a été retenue. Frappé cinquante-six fois, filmé en vidéo. Le monde entier a pu voir, et c'est comme s'il ne s'était rien passé. C'est pas possible. Même ici. »

Avec l'article du *New York Times* que Jonah m'avait remis, c'était la première fois depuis des mois que je relisais la presse. J'avais laissé tomber l'actualité. Les nouvelles n'étaient rien d'autre à mes yeux qu'une blague cruelle. Rien d'autre que l'illusion qu'il se passait encore des choses. J'avais mis une croix dessus. Toutes les nouvelles d'importance, pour moi, avaient trait à l'école du Nouveau Jour. J'en avais même oublié que le verdict concernant Rodney King devait tomber. Lorsque Ruth m'annonça l'acquittement, je ne fus pas surpris par la suite : je l'avais déjà entendue, mot pour mot, bien avant.

À présent j'étais de nouveau happé par l'actualité. Ruth était encore au bout du fil, j'allumai ma télé. Une vidéo prise d'hélicoptère montrait ce que je crus tout d'abord être King. Mais c'était un autre homme, de l'autre couleur, tiré hors de sa camionnette et lapidé en direct pour les caméras. « Tu vois ce qui est en train de se passer ? » lui demandai-je. Quelque chose en moi voulait qu'elle ait mal. Tuer son autocomplaisance, jusqu'à ce que son électrocardiogramme soit aussi plat que le mien. « Tu vois où ça nous mène, ces histoires d'appartenance ?

– Ça ne finit jamais », répéta ma sœur dans le combiné. Mais c'était en train de finir.

Au Nouveau Jour, la télévision resta allumée pendant toute la journée du jeudi, dans la salle des professeurs. Personne ne fit vraiment cours. Nous vînmes constamment regarder. Même pas horrifiés. Simplement abasourdis, happés dans ce lieu qui nous réclamerait toujours. Des panaches de flammes zébraient l'horizon de la ville à l'agonie, les incendies échappaient à tout contrôle. La police se retira, abandonnant les rues à toutes sortes de pilleurs. La Garde nationale tenait sur ses positions, mais ne pouvait avancer, faute de munitions. Les magasins s'enflammèrent comme des copeaux dans un four céramique. Le bilan des victimes s'aggrava. Une des enseignantes de CE2 alluma un téléviseur en classe, estimant que ce serait instructif. Elle éteignit cinq minutes plus tard. Trop instructif. Ce fut la débâcle totale, et le deuxième jour, tandis que la nuit tombait, l'enfer se propagea si vite qu'on eût dit que c'était le fruit d'une volonté délibérée.

Ruth refusa de rentrer seule à la maison. Elle insista pour que je reste manger avec elle. Tandis que nous dînions, tout espoir se calcinait. « Qu'est-ce qu'ils font ? demanda mon neveu. Qu'est-ce qui se passe là-bas, ils font la guerre ? » Pendant tout le dîner, ma sœur suivit les informations en se mordant la lèvre. Je ne l'avais jamais vue refuser de répondre aux questions de Robert.

« Où est ton frère ? demanda-t-elle. Bon sang, pourquoi est-ce qu'il ne nous appelle pas ? » Je me gardai bien de lui dire qu'il était allongé par terre à South Central, qu'il déchiffrait la partition céleste. Moi aussi, je laissai la question de Ruth sans réponse.

Il appela, avec des réponses, dans la nuit du vendredi, à 2 h 40. Je devais rêver, parce que j'étais en train de lui parler avant même d'entendre le téléphone sonner. Il semblait électrisé, sur le point de faire une énorme découverte. « Joey ? Mule ? Je suis ici. Je suis de retour. » Il me fallut quelques instants pour me rendre compte qu'il était en état de choc. « Tu comprends ce que ça veut dire ? De retour en plein cœur des choses. J'ai entendu tout le truc, enfin, jusqu'à ce qu'ils me chopent l'oreille. Chaque mélodie. Dis-lui, il faut qu'elle le sache. »

Je m'extirpai du sommeil et essayai de le calmer. « Jonah. Dieu merci, tu es sain et sauf. C'est bon, maintenant. Ils l'ont dit ce soir aux informations. Les choses reviennent à la normale.

– La normale ? Ça, c'est normal, Joey. » Hurlant : « *Ça* !

– Jonah. Écoute-moi. Ça va. Tu es à l'hôtel ? Reste à l'intérieur. L'armée...

– À l'intérieur ? *À l'intérieur* ? Tu n'as jamais rien pigé, hein ? Espèce d'idiot ! » J'entendis son état de dénuement. Pendant toute la vie que nous avions vécue ensemble, il m'avait pris pour un idiot. Et il avait eu raison. Mais il fonçait en avant, incapable de nous attendre. Il avait du mal à respirer. « Je suis au milieu de tout ça depuis hier après-midi. J'y suis allé, Mule. J'ai cherché ce que j'étais censé faire. J'ai fait tout ce que je sais faire. Je me suis posté à un coin de rue en flammes et j'ai essayé de monter un chœur improvisé de "Got the whole world in his hands". Il faudra que tu lui dises, qu'elle le sache. Elle a tort. Elle se trompe sur mon compte. Ne la laisse pas penser ce qu'elle pense. » Sa voix vibrait – il venait de donner le concert de sa vie. Il revenait à la leçon ancienne que son professeur et amante lui avait jadis donnée : *Si tu n'est pas capable d'être quelqu'un d'autre, en plus de toi-même, ce n'est même pas la peine de songer à monter sur scène.*

« Je lui dirai, Jonah. » Je fus obligé de répéter, jusqu'à ce qu'il se calme suffisamment pour parler intelligiblement.

« Ils ont annulé le concert, gloussa-t-il. Je suppose que le public de la musique ancienne a eu peur de sortir pour le Jugement dernier. Les Européens ont flippé. Pris au piège dans le pays de leurs pires cauchemars. Ils se sont barricadés dans l'hôtel. Moi, il a fallu que j'y retourne, Joey. C'était toi et moi, le soir de l'enregistrement de notre premier disque. » La courbe de sa vie lui demandait d'en retrouver la trace, là, quelque part dans les rues en feu.

Il s'était jeté au cœur de la violence, il se dirigeait vers la note de détresse maximale, avec pour seul radar ses oreilles surentraînées. « Tu étais comment ? demandai-je.

– Comment ? Comme moi ! » Il lui fallut un moment ; il était encore secoué. « Pantalon de toile et une chemise vert bleu de chez Vroom et Dreesmann. Je sais : du pur suicide. Oh, dessous, un tee-shirt bien noir, avec marqué dessus : L'ART NE ME FAIT PAS PEUR. La limousine n'a pas voulu m'emmener au-delà de l'autoroute 10. J'ai dû faire les trois derniers kilomètres à pied. Peux pas me souvenir de tout. Je suis à l'ouest, Joey. Cette foule. Tu te rappelles. J'ai déraillé. Je me suis enfoncé dans la mer. Ma première leçon de chant. Dim, dam, dom. Il n'y avait rien. Rien d'autre que des feux. Un *Götterdämmerung* avec deux milliards de dollars de budget. Mule. Moi qui croyais que l'opéra était le cauchemar de quelqu'un d'autre. Je n'avais pas compris que ce quelqu'un d'autre, c'était moi.

« J'ai juste suivi la fumée. Je t'ai cherché partout. Je me suis retrouvé dans un centre commercial en flammes. Il n'y avait plus une seule vitre debout alentour, le verre étincelait comme de la colophane. Au croisement, des morceaux de béton gros comme la paume volaient. Pas pu dénombrer les forces en présence. Latinos, Coréens, Noirs, Blancs en uniforme. J'étais peut-être bien en train de chanter. Debout au milieu des feux croisés. Je me suis pris un pavé de la taille de mon talon de chaussure au coin de la figure. M'a défoncé la tempe. J'ai claqué des doigts, d'un côté de la tête puis de l'autre. Sourd de l'oreille gauche. *Moi*, Joey. J'entends que dalle ! Écoute ! » Il passa le téléphone sur son autre oreille. « T'as entendu ? Rien !

« À ce moment-là, je me ressaisis. Je me mets à courir. Du sang dégouline de mon oreille défoncée. M'auront pas deux fois. Je me dis que je suis hors de danger, non ? Vont pas me courir après. Qui sait de quelle couleur je suis ? Je suis personne. Plus en sécurité que depuis... Il y a quelque chose qui me pousse en avant, comme du Brahms. Comme si ça recommençait, pour l'éternité. Je ne suis pas revenu pour rien. De l'autre côté de la rue, au bout du pâté de maisons, des mômes sont en train de piller une quincaillerie, ils en sortent les bras pleins. Tu te souviens ? Des perceuses. Un établi. Une scie électrique. Ils me voient là, les bras ballants. *On tape du matos, fais pas la fine bouche, enculé de ta mère.* L'un d'eux s'arrête et je me dis qu'il va m'étaler. Me tirer dessus. Il s'arrête et me file un pot de peinture avec une poignée de pinceaux. Comme s'il était Dieu, et que tout ça, c'est pour moi. Je veux le payer. Payer pour le magasin mis à sac. Il se contente de crier et de me rire au nez.

« Comme si c'était ma vocation, Joey. J'étais hors de moi ! J'ai commencé à me balader et à marquer les gens. À commencer par moi. Je me suis pris pour l'ange du Seigneur, à faire des marques sur tous les gens que je croisais. La Pâque juive. Tout le monde allait finir marron clair. En tout cas, c'était l'idée. Il y a quelqu'un qui n'a pas voulu que je le peinturlure. M'a balancé contre un mur, m'a renversé dessus toute la peinture qui restait. Ensuite, sans transition, un agent me plaque le cou au sol avec sa matraque. Ils me jettent dans un van blindé et m'emmènent au poste. Là ils prennent ma déposition. J'aurais dû leur mentir. Leur dire que j'étais quelqu'un d'autre. Putain, ils ont même pas voulu me coffrer. Je n'ai même pas été capable de me faire arrêter. Ils gardent des milliers de gens pour violation du couvre-feu, et moi, ils me relâchent. Trop de vrais criminels. Tu chantes *quoi* ? Tu habites *où* ? Et ils m'ont cru. Se sont dit que personne ne pouvait inventer un truc aussi dingue. Et ils m'envoient à l'hosto ! Qu'ils aillent se faire voir. Je ne suis pas resté. Je suis revenu direct et je t'ai appelé. »

Il me fit promettre à nouveau de tout raconter à Ruth, demain matin à la première heure. Je lui dis d'aller à l'hôpital et de se faire ausculter l'oreille dès que nous aurions raccroché. Et de m'appeler dès qu'il aurait vu un médecin.

« Un médecin, Joey ? Ils sont tous sur la brèche. Pour de vrais trucs. La mort, etc. Pas pour l'oreille abîmée d'un étranger. » Il suffoqua. À l'autre bout de la ligne médiocre, il eut une crise d'étouffement. Celle dont toutes les crises d'angoisse de sa jeunesse depuis le début n'avaient été que la réminiscence.

Comme je l'avais fait si souvent par le passé, je lui parlai jusqu'à ce qu'il se calme. Je le fis marcher dans sa chambre d'hôtel. Une fois un peu apaisé, il voulut discuter jusqu'au bout de la nuit. Je lui répétai d'appeler un médecin, mais il ne voulut pas raccrocher. « Dis-lui, Joey. Qu'elle sache que j'y étais. Dis-lui que c'est fini pour personne. Que tout le monde va ailleurs. La prochaine fois. La prochaine fois. »

Je réussis enfin à le faire raccrocher. « Un médecin, Jonah. Ton oreille. » J'essayai de dormir, en vain. Dans mes rêves éveillés, les carapaces à l'intérieur desquelles nous étions enfermés se craquelaient comme des chrysalides, et le liquide que nous étions remontait à l'air libre, comme une pluie à l'envers.

Hans Lauscher le trouva le lendemain matin, peu après dix heures. Jonah n'était pas descendu au petit déjeuner. Il était allongé sur son lit, tout habillé sur le couvre-lit. En voyant le filet de sang séché sur l'oreiller, Hans pensa qu'il avait dû faire une hémorragie. Mais mon frère avait simplement cessé de respirer. La télévision de sa chambre d'hôtel était allumée, branchée sur la chaîne d'informations locales.

32

Requiem

Nous enterrâmes Jonah à Philadelphie, dans le cimetière de famille. Un mois plus tard, Ruth et moi prîmes l'avion pour chanter à l'occasion de ses funérailles européennes. La cérémonie se tint à Bruxelles, dans une demi-douzaine de langues, toutes chantées. Il n'y eut pas de panégyrique, pas de commémoration, uniquement de la musique. Des dizaines de personnes chantèrent, des gens avec qui Jonah avait travaillé au cours des dernières années de sa vie. Notre morceau était le plus récent en date, et c'était assurément le plus animé. Ruth chanta « *Bist du bei mir* », ce petit air de Bach que Bach n'a pas composé :

> Si tu es à mes côtés, j'irai joyeux
> rejoindre ma mort et mon repos.
> Ah, comme ma fin sera plaisante,
> avec tes mains chéries fermant
> mes yeux fidèles.

Nous chantâmes comme si nous n'avions plus fait de musique depuis les funérailles de notre mère. Comme si nous étions les découvreurs fébriles de la musique, les premiers à être tombés par hasard sur cet art. Comme si nous risquions de ne plus jamais revenir à la tonique. Comme si la tonique s'enfuyait au loin, un *do* toujours en mouvement. Comme si, avant la fin, tout le monde devrait posséder toutes les chansons. Ruth chanta comme elle se souvenait de lui, hors de toute censure. Et il fut présent dans sa voix.

C'était la première fois que ma sœur voyageait à l'étranger. Elle grimpa au sommet du mont des Arts, le Kunstberg, s'émerveillant des choses les plus banales. Pendant un long moment, elle ne comprit pas le sentiment qui l'envahissait. Puis, au milieu de la Grand-Place, nous entendîmes un couple noir, clair de peau, aux traits anguleux, s'extasier en portugais devant l'hôtel de ville.

« Personne n'a la moindre idée d'où je viens. Tout le monde se fiche de savoir comment je suis arrivée ici. Les gens n'essayent même pas de deviner. Je pourrais être n'importe qui. » Cette liberté vertigineuse la terrifiait. « Il faut qu'on rentre en Amérique, Joey. » Notre utopie infernale, ce rêve du temps. La chose pour laquelle le futur avait été inventé, pour être cassé et reconstruit.

« L'Allemagne, c'est loin ? » Je lui répondis, et elle secoua la tête, déstabilisée. « La prochaine fois. »

Petit Robert se présentait à tous les étrangers sous son nom africain. Il était tout excité qu'on lui demande s'il venait du Congo. Dans l'avion pour San Francisco, il papota avec le personnel de bord à la fois en français et en flamand.

Notre père pensait que le temps ne s'écoule pas ; il est. Dans un tel univers, nous sommes faits de tout ce que nous avons été et de tout ce que nous serons jamais. Mais alors, dans un tel univers, *qui sommes-nous*, sinon toutes ces choses ?

Donc, je suis au bord du bassin aux mille reflets avec mes deux neveux. Nous avons laissé leur mère au Smithsonian, en dépit de ses objections. « Je ne vois pas pourquoi je ne peux pas me balader comme ça dans la foule, à côté de toi. Je ne dirai pas un mot.

– On en a déjà parlé un million de fois, répète son aîné. Tu m'as promis, avant qu'on parte.

– Dans quelle mesure cette manifestation peut-elle prétendre à l'unité si les femmes doivent rester à la maison ?

– Les femmes ne doivent pas rester à la maison. Les femmes peuvent aller où elles veulent dans la capitale de notre nation. Pourquoi est-ce que tu ne passes pas voir Howard ? Ton grand-papa n'a-t-il pas...

– Maya Angelou sera là. C'est une femme. Elle va faire un discours.

– Maman. Tu as promis. Accorde-nous... juste ça. »

Nous ne sommes donc que nous trois, les trois hommes, sur le Mall. Je vais être découvert et renvoyé à la maison. D'un moment à l'autre, mes neveux me demanderont d'aller les attendre dans la chambre d'hôtel.

Kwame se tient dans cette foule énorme, effrayée par sa propre splendeur. Malgré la température clémente d'octobre, il frissonne. Il vacille sur ses jambes, comme une paillotte sur la plage, un jour de grosse marée. C'est son projet à lui, son expiation, son plan d'évasion, et il mise sur le fait que tout va bien se passer. N'empêche, il est sidéré par le nombre de gens qui eux aussi ont misé sur cette journée.

Il a réussi à rester dans le monde libre pendant deux années entières. Une amende pour excès de vitesse par-ci, une éviction de son appartement par-là, mais fini l'esclavage. « C'est terminé, me dit-il. Ce moi est mort. » Ça fait deux ans qu'il est sorti et, pendant cette période, il a eu quatre boulots et joué avec trois nouveaux groupes différents. Les boulots sont devenus plus durs et la musique sensiblement plus mélodique. Il y a deux mois, il a commencé à travailler comme soudeur. Lorsqu'il a décroché ce poste, il m'a dit : « Je vais le garder un certain temps, celui-là, oncle JoJo. » Je n'en doute pas, lui ai-je dit.

Il se tient dans les remous de la foule, il parle à un inconnu, un type au teint cuivré qui a presque mon âge et arbore un sweat-shirt University of Arizona, avec un fils plus jeune que Robert. « Je suis pas sûr d'être fan du bonhomme, dit l'inconnu sur un ton d'excuse.

– Personne n'est fan du bonhomme, le rassure Kwame. Ce type incite à la haine. Mais tout ce mouvement le dépasse.

– Est-ce que tu savais que Farrakhan avait une formation de violoniste classique ? » C'est moi qui dis cela, au risque d'irriter Kwame. Une insulte et un hommage. En souvenir de toutes les choses qui disparaissent.

« Arrête ! Sans déconner ? » Les deux hommes s'en amusent – tout ce mélange de dignité et de ridicule.

« Comment peut-on jouer du violon avec un nœud papillon si énorme ? » C'est la dernière chose que prononce notre ami inconnu avant que la foule ne l'engloutisse.

Kwame regarde l'homme disparaître en tenant la main de son fils. Soudain, mon neveu se souvient, il se sent fautif et lance : « Robert !

– Ode, lui répond une voix furibarde, à deux mètres derrière lui.

– Comme tu veux, frangin. Mais t'éloigne pas, t'entends ?

– Je t'entends », répond le garçon de onze ans sur un ton renfrogné. Mais seulement parce que son frère est le chef.

Kwame est un dieu aux yeux du garçon, et l'aîné n'y peut rien. Quand Kwame est allé en prison, le petit Robert a inventé des jeux à base de nombres complexes, des systèmes entiers de calcul. Quand il est revenu, son petit frère ne voulait rien d'autre que dévaler la pente derrière lui jusqu'à la damnation. « L'école, c'est pour les bêtas », lui a dit l'enfant. Résolu, fier et aussi astucieux que le dieu qu'il a pris pour modèle. « Pour les bêtas et les nègres domestiques.

– Qui t'a dit ça ? Tu donneras à ce Nègre des champs l'adresse du patron. Va falloir qu'on cause un peu. »

Mais le garçon prenait chaque parole de son frère comme un rite initiatique, un test pour voir s'il était vraiment cool. « Tu te fiches de moi. Si tu aimes tant que ça l'école, comment ça se fait que tu y sois plus ? » *Si tu aimes les Blancs à ce point, comment se fait-il que tu aies un casier judiciaire ?*

« Referme pas tes bouquins trop vite, petit haricot. Arrête de faire le nigaud. Ton père. Ton père a fait des études de maths, Haricoti. Tu savais pas ? » *Et ton grand-père. Tu crois tenir ça de qui ?*

Le petit frère s'est contenté de hausser les épaules. La montée en puissance mondiale de la culture hip-hop démontre la futilité de toutes ces hypocrisies. Ça, c'était avant. Maintenant, les choses sont différentes.

« Haricoti. C'est grâce à toi que je vais avancer. Finies, les grandes ambitions ? »

Ode s'est contenté de sourire, il a vu clair dans la manigance de son frère. Il n'y avait rien de plus grand à ses yeux. Rien de plus grand que son ex-malfrat de frère.

C'est la pénitence de l'aîné de mes neveux, la raison pour laquelle nous sommes ici. Il ne nous aurait pas fait prendre l'avion jusqu'à Washington, n'aurait même pas traversé la rue pour quelque chose d'aussi fumeux que « l'affirmation de soi », si ce n'avait été pour son frère. Kwame n'a pas besoin de s'affirmer. Nous sommes ici uniquement pour Robert, qui menace toutes les deux minutes de disparaître dans la foule, pour aller là où il y a vraiment de l'action.

Je me retourne pour regarder, tout au bout du grand bassin, les marches du monument commémoratif. La femme qui avait chanté sur ces marches, à défaut de pouvoir chanter à l'intérieur, est morte il y a deux ans, en avril, au moment où Kwame est sorti de prison. Une contralto interprétant des bribes de Donizetti et de Schubert a changé la vie de mes neveux. Non, ce n'est pas ça. Son concert impromptu ne les a pas changés. Il les a faits.

Kwame suit mon regard à travers le Mall. Mais il ne peut pas voir le fantôme. À la vue du Lincoln Memorial, les traits de mon neveu se crispent. « Ce mec avait la haine des Nègres. Pourquoi on le vénère encore ? Libéré les esclaves ? L'enfoiré, il a rien libéré du tout.

– On verra », dis-je. Kwame me regarde comme si j'avais fini par perdre la boule. Je lui secoue l'épaule. « Entre un blanc-bec raciste et un pasteur antisémite, que choisir ? Que veux-tu qu'ils fassent, les frangins ? »

Les frangins sur notre droite nous lancent un regard. Ceux devant nous se retournent, en souriant.

Le podium s'anime, c'est l'heure des grands discours. Dans un instant, Kwame et Robert vont demander à s'avancer, juste un peu, sans moi. On se comprend tacitement : *Ne le prends pas mal, oncle frangin, mais toute cette histoire de guérison, c'est pas vraiment pour toi.* Mais j'ai beau m'y préparer, dans cette vie, cette requête ne viendra pas.

Les journaux feront le décompte – deux cent mille personnes, au maximum. Mais si ce sont des hommes, pourquoi pas un million ? Pourquoi pas des dizaines de millions ; des vies à l'infini. Je n'avais encore jamais assisté à un rassemblement si énorme. Je m'attendais à ressentir de la claustrophobie, de l'agoraphobie, l'étouffement du bon vieux trac avant de monter sur scène. J'ai seulement une impression d'immensité temporelle ; les choses se rejoignent enfin elles-mêmes. Ce sentiment enfle, étrange et magnifique et souillé, comme tout ce qui est humain, mais à une bien plus grande échelle.

Je ne peux pas dire ce que mes neveux voient. Leurs visages ne traduisent que de l'excitation. Un million, pour eux ce n'est rien. Ce n'est rien, à l'échelle du monde qui leur a été transmis : les écrans géants, les concerts monstres en son *surround*, les émotions globales que leur monde diffuse au quotidien. Mais peut-être en sont-ils au même point que moi, subjugués par cette tentative improbable de rassembler un million d'hommes, cette volonté de rédemption. Peut-être comprennent-ils aussi que la ressemblance l'emporte sur les différences, tout cela par pure terreur. Sans mélange, pas de mouvement. Voilà ce que veut dire le pasteur avec son million d'hommes, en dépit de ce qu'il croit raconter. Qui peut se contenter d'être seulement égal à lui-même ? Tant que nous ne viendrons pas de tous les endroits où nous avons été, nous n'atteindrons pas notre but.

Kwame tend le cou pour voir le podium et observer les haut-parleurs. Robert – Ode –, lassé par tous ces discours, se trouve un copain de son âge. Ils se jaugent d'un coup d'œil et s'avancent dans le creux entre les gens pour se montrer les mouvements qu'ils savent faire. Les célébrités, chanteurs et autres poètes se succèdent, puis cèdent la place au pasteur. Il cajole la foule. Il évoque Moïse, Jésus, Mahomet. Il n'épargne ni Lincoln, ni les Pères fondateurs, et Kwame ne peut que l'acclamer. Tous les prophètes ont leurs défauts, dit-il. Il dit que nous sommes plus divisés aujourd'hui que nous ne l'étions la dernière fois que nous nous sommes tous réunis ici. Il se met à radoter, à invoquer de douteuses coïncidences numérologiques. Mais tous les chiffres se réduisent à deux, au bout de la longue division.

« Nous sommes donc ici aujourd'hui, en ce moment historique. » Le son se déploie, étriqué, métallique, perdu dans l'espace infini qu'il faut remplir. « Nous sommes ici pour tous ceux qui n'ont pas pu venir aujourd'hui. Nous sommes ici pour le sang de nos ancêtres. »

Les gens tout autour de nous lancent des noms. Une immense église. Mes neveux connaissent déjà ce rituel, d'une autre manière. « Robert Rider », s'écrie Kwame. Sa voix se brise, non pas parce qu'il se rappelle, mais parce qu'il n'y arrive pas. « Delia Daley », ajoute-t-il. Il pourrait remonter plus loin.

« Nous sommes ici pour le sang de ceux qui ont péri au cours du Passage du Milieu... au cours des luttes fratricides... »

Les gens autour de nous déclinent les noms de leurs morts. Comme il me sait à ses côtés, mon neveu ajoute : « Jonah Strom. »

L'idée est tellement folle que je suis obligé d'en rire. Transfiguré par la mort : les débuts de mon frère à l'opéra, enfin. Puis j'entends le petit Robert se vanter auprès de son nouveau camarade : « Mon oncle est mort dans les émeutes de Los Angeles. » Et je me dis que, d'une certaine manière, c'est ce qui s'est passé. Le dernier concert d'une longue vie passée à se chanter soi-même.

« Vers une union plus parfaite. » Le pasteur ne sait pas de quoi il parle. L'union détruira tous ses appels à la loyauté, si la loyauté ne nous détruit pas avant. Je me tiens au milieu de cette masse d'un million d'hommes, à un milliard de kilomètres de distance, souriant comme l'idiot que je suis, comme mon frère l'avait toujours su. Un vieux juif allemand me l'a prouvé, il y a des lustres : le mélange nous indique le sens dans lequel avance le temps. J'ai vu le futur, et c'est un bâtard.

Kwame choisit cet instant pour me murmurer à l'oreille : « Ce type vaut que dalle. Suffit d'avoir un petit peu de jugeote, ça crève les yeux. Y a qu'une seule solution. Tout le monde aura un peu de sang de toutes les provenances. Qu'est-ce que ça peut foutre ? Moi, je dis allons-y, faisons ça, qu'on en finisse. »

Je secoue la tête et lui demande : « Selon toi, tu tiens ça de qui ? »

Le pasteur est parti pour battre un record. Mais la foule est là pour l'aider. Nous agitons les mains en l'air. Nous donnons de l'argent par poignées. Nous embrassons des inconnus. Nous chantons. Puis cet homme qui a suivi une formation classique de violon nous dit : « Rentrez chez vous. Retournez à la maison pour œuvrer à cette expiation... Rentrez chez vous. » Ça se termine comme tous les glorieux changements avortés du passé, et de tous les passés à venir. À la maison : le seul endroit où retourner quand il n'y a plus d'autre endroit où aller.

Mais notre garçon a d'autres destinations en tête, des destinations plus lointaines. Les discours cessent et la foule se replie sur elle-même ; c'est l'étreinte. Kwame m'attire dans ses bras, en une sorte de promesse maladroite. Nous nous écartons l'un de l'autre, embarrassés, et nous regardons autour de nous, à la recherche de Robert. Mais il a disparu. Nous voyons le camarade avec qui il jouait tout à l'heure, mais le garçon n'a aucune idée de là où Robert a bien pu aller. Kwame le secoue, il crie presque, et l'enfant effrayé se met à pleurer.

Mon neveu plonge dans son pire cauchemar récurrent. Et le mien. C'est lui qui a fait ça. Lui qui a amené son frère ici, le grand frère protecteur, dans l'idée de défaire l'influence qu'il exerce sur lui. Il a fait taire Ruth et ses mises en garde. « Il ne peut rien lui arriver », lui a-t-il mille fois promis. Au milieu de cette foule énorme, il n'a pas quitté le garçon d'une semelle. Et là, au premier moment d'inattention, nous avons perdu l'enfant, comme s'il avait attendu l'occasion pour prendre sa liberté.

Kwame ne tient plus en place. Il court dans tous les sens, se précipite sur toute silhouette lui arrivant à la taille, il pousse des types au passage. Au début, j'essaye de ne pas le perdre. Mais soudain, je m'arrête, envahi d'un sentiment de paix tellement fabuleux que je crois qu'il va m'être fatal. Je sais où Robert est allé. Je pourrais le dire à Kwame. J'ai l'œuvre entière sous les yeux, la partition se déploie, il n'y a qu'à la déchiffrer, le cycle entier est là, intact. L'œuvre que j'ai écrite, l'œuvre qui a commencé à m'écrire avant même ma propre naissance. L'hymne à ce pays en moi, luttant pour venir au monde.

J'essaye de le dire à mon neveu, mais je ne peux pas. « Pas de panique, lui dis-je. Restons groupés. Il ne doit pas être loin, quelque part. » En fait, je sais exactement où il est. Aussi près qu'une promesse à un ami oublié de longue date. Aussi près que la trace d'une mélodie qui s'impose enfin à moi, et me supplie de la composer.

« Putain, ferme-la ! s'écrie Kwame. Faut que je réfléchisse. » Mon neveu n'arrive même pas à s'entendre. Il fait défiler toutes les options qui obscurcissent son cerveau paniqué. Il envisage tous les scénarios, persuadé qu'en définitive, c'est toujours le pire qui arrive aux gens comme nous. Il a perdu son frère parmi un million d'hommes en train de se disperser. C'est sa punition finale, pour tout ce qu'il a fait, et tout ce qu'il n'a pas encore fait.

Et alors son frère émerge des enfers, juste là, devant nous. Il dévale les marches du Lincoln Memorial. Il nous fait signe malicieusement, comme si son escapade avait été préméditée, pas plus de cinq minutes. En vérité, ça n'a pas dû être beaucoup plus long. Pour Kwame, ça a duré une peine de prison supplémentaire. La perpétuité.

Le soulagement se mue en rage. « Putain, t'étais où, Haricoton ? Qu'est-ce que t'essayes de me faire, là ? » À cran, orphelin de père. À la merci de n'importe quel passé. Il giflerait le môme, si je n'étais pas là.

Disparue, l'expression de grande aventure qu'il y avait sur le visage de Robert. Il contemple l'endroit d'où il vient. Il hausse les épaules et replie les bras sur sa poitrine, en guise de bouclier. « Nulle part. Juste là, je discutais. Rencontré des gens. » La question qui lui brûlait les lèvres se meurt sans avoir été posée. Kwame aussi, tête baissée, entend déjà toutes les promesses qu'il vient de faire se moquer de lui, aussi vaines que toute musique.

« Alors ? » Ruth nous accueille, prête à entendre toutes nos histoires. « Comment vous avez trouvé ça ? Ça a été incroyable ? »

Nous restons tous trois silencieux, chacun pour des raisons qui lui sont propres.

« Allez. Racontez-moi. Qu'est-ce qu'ils ont dit ? Est-ce que c'était tout ce que vous...?

– Ruth », je l'avertis.

L'aîné pose le menton sur le dessus de la tête de sa mère et fond en larmes.

Ode attend le voyage du retour, au-dessus du continent, pour poser la question. Et ce n'est pas à nous qu'il la pose, mais à sa mère. Nous arrivons à l'aéroport au crépuscule et, pendant tout le vol, il fait nuit noire. Nous nous élevons au-dessus de la couche nuageuse, il n'y a rien d'autre au-dessus de nous que l'obscurité. Kwame, installé à côté de moi, de l'autre côté de l'allée centrale, écrit une chanson sur la manifestation. Besoin de marquer le coup. Il a le morceau entier dans la tête. Il me tend les écouteurs de son lecteur CD. « Écoute-moi ce truc. Nouveau groupe de LA. Écoute un peu la basse, c'est de la bombasse. »

En deux notes, je retrouve la source. « *Cantus firmus* grégorien. » Le Credo qui avait déjà mille ans d'âge quand Bach l'a repris.

« Sans déconner ? » Une étincelle brille dans ses yeux, il essaye de capter mon regard. « Cet enfoiré a samplé un truc mortel. » Il reprend les écouteurs, et tape sur ses cuisses un rythme décousu, envoûtant. La panique de la journée n'est déjà plus qu'un vieux souvenir. Toutes les notes changent à nouveau. « Moi et ma bande, on va s'y mettre, ça va pulser. »

Ça aussi, c'est toujours vrai. « La mienne aussi », lui dis-je. Le morceau est en moi, prêt à être couché sur le papier – ce même morceau qui, il y a bien longtemps, m'a composé. Ma « bande » est en moi, ça va enfin pulser. Et la première pulsation, comme toujours, prendra la forme d'un bond *en arrière*.

Petit Robert est assis à côté du hublot, sa mère est à côté de lui. De l'Ohio jusque dans l'Iowa, il gigote sur place, il tord le cou pour essayer de voir quelque chose à travers la vitre. Mais il ne voit rien d'autre qu'une paroi noire opaque.

« Qu'est-ce que tu regardes, mon chéri ? »

Il se fige, tout honteux d'être pris sur le fait.

« Qu'est-ce que c'est ? Tu vois quelque chose là-haut ?

– Maman, on est à quelle altitude ? »

Elle n'en sait rien.

« On est à quelle distance de Mars ? »

Elle n'a jamais pensé à se poser la question.

« Combien de temps ça prendrait… ? Maman ? »

Il ne lui avait pas posé autant de questions depuis l'âge de sept ans. Elle voit l'ancien amour des maths qui tâche de se ranimer en lui. C'est un signal. Elle se prépare pour la question suivante, priant pour ne pas sécher sur toutes.

« Maman, une longueur d'onde, c'est comme une couleur, hein ? »

Elle en est presque sûre. Elle opine lentement, prête à improviser si nécessaire.

« Mais le son, c'est une longueur d'onde, aussi ? »

Elle opine plus lentement encore cette fois-ci. Mais c'est encore oui.

« Tu penses qu'il y a quoi, comme longueurs d'onde – sur les autres planètes ? »

Le visage de Ruth se crispe. La réponse, gardée si longtemps en elle, remonte laborieusement à la surface. Ma sœur entend les mots, des mots que j'avais oubliés depuis des années. Des mots qui attendaient que le passé les rejoigne. Elle se redresse sur son siège, on dirait qu'elle s'apprête à arrêter l'avion, à faire demi-tour, à sauter en parachute sur le Mall. Pas de temps à perdre. « Mais où est-ce que tu as entendu… ? Qui est-ce qui… ? »

Elle sent son fils se recroqueviller dans son armure, et elle se tait. Un rire blessé, une mélodie inachevée. Quelqu'un marche vers elle, qu'elle croyait enterré. Bien sûr. Le message était pour lui, pour son enfant. Pas au-delà de la couleur ; mais *dans* la couleur. Non pas *soit l'un soit l'autre*, mais *l'un et l'autre*. Et d'autres « et » à l'infini. Dans quel autre endroit un garçon comme lui pourrait-il vivre ?

Elle se penche sur lui et essaye de le dire. « Plus de longueurs d'onde qu'il n'y a de planètes. » Sa voix part dans tous les sens, elle ne trouve pas le ton juste. « Une longueur différente chaque fois que tu déplaces ton télescope. »

33

Ô toi

L'enfant est perdu, il se précipite dans un sens puis dans l'autre au milieu de la foule indifférente, sur le point de hurler. Un garçon de la même couleur qu'elle. Il court dans un sens, s'arrête, paniqué, puis repart dans l'autre sens. La foule n'est pas hostile. Seulement ailleurs.

Son Allemand, cet étranger qui ne comprend rien à rien, et à qui elle vient juste de dire adieu, lui lance : « Quelque chose ne va pas ? » Et le garçon manque de prendre ses jambes à son cou, et de se perdre pour de bon.

« Ça va aller. » Une voix parle en elle, très ancienne. « On ne te fera pas de mal. »

Alors il vient les voir. Comme si sa mère ne l'avait jamais mis en garde contre les inconnus. Il vient les voir, frappé par quelque chose de tellement étrange que c'est plus fort que lui. Elle ne peut imaginer ce qui fait naître un tel étonnement sur le visage du garçon. Et puis elle finit par comprendre, bien sûr.

Il demande d'où elle vient. « De pas loin », lui dit-elle, tout en devinant la question qu'il a vraiment en tête.

« Mon frère a disparu.

– Je sais, mon grand. Mais on va t'aider à le retrouver. »

Il lui dit son nom. Un nom qu'elle n'avait jamais entendu. Elle demande à l'enfant de leur montrer à quel endroit il a perdu son frère. Mais le garçon est complètement dérouté par les longues files de gens de Washington qui s'éloignent, la foule qui se disperse et sa peur grandissante. Il les emmène quelque part, change d'avis, les emmène ailleurs.

La jeune femme en oublie son propre sentiment d'égarement. Elle marche d'un pas incertain, elle est encore dans les nuages, sous le charme surnaturel de Mlle Anderson. Elle reste imprégnée de sa musique, comme une toile d'araignée qu'elle essaye d'épousseter mais dont elle ne peut se débarrasser. Il y a quelque chose d'impérieux entre elle et cet homme, ils viennent de partager quelque chose et elle ne veut pas s'en approcher, même pas en pensée. Pas un lien, mais un amour commun du répertoire. Pas une force, mais cette voix qui les a fait tous deux vibrer. Mais ce n'est pas tout : il l'a entendue chanter en même temps que la cantatrice, toute seule, à voix haute, et il a pris cela comme un don, une donnée acquise. Le choc que cela représente, d'être considérée juste une fois ni comme d'une autre espèce, ni comme tout à fait identique. D'être entendue simplement comme quelqu'un capable de chanter les notes justes. Quelqu'un qui a le droit et le devoir de produire ces notes.

Elle est contente qu'ils aient ce garçon. L'urgence de la situation les retient ensemble encore un peu. Ils se sont déjà dit au revoir. L'ignorance de l'Allemand est un continent vaste comme ce doux pays de liberté qui lui nie toute possibilité de compréhension, et qui s'étend, infranchissable, devant eux. Elle ne peut pas être celle qui lui expliquera. Qui lui dira dans quel guêpier il vient de se fourrer, les guerres qui l'attendent, remplaçant celles auxquelles il vient d'échapper. La liste de ce qu'ils ne pourront jamais savoir l'un de l'autre est plus longue que l'infini. Comme toujours, la curiosité doit être étouffée au berceau. Mais l'espace de ces quelques instants, ils ont en commun ce garçon égaré.

L'Allemand fascine cet Ode. Il y a quelque chose qu'il ne peut pas saisir, et qui met un terme à tous ses questionnements. « Et toi, t'es d'où ? » demande-t-il, et l'homme répond du tac au tac : « New York.

– Ma maman est de New York. Tu connais ma maman ?

– Ça ne fait pas très longtemps que j'y suis. »

Le garçon marche entre eux, il leur donne la main. La peur le rajeunit. Il a tellement peur qu'on ne lui donnerait pas plus de sept ans. Il parle de manière saccadée, il est incompréhensible.

« J'aimerais beaucoup vous revoir », dit David par-dessus la tête du garçon.

Elle le craignait, elle le savait. Elle avait espéré que ça ne se produirait pas, tout en espérant que ça arrive. « Pardonnez-moi, dit-elle, incapable d'en faire autant. C'est impossible. » Elle a envie de dire : *C'est une loi de la matière, comme celles que vous étudiez. Rien à voir avec vous ou moi. C'est la physique du monde auquel nous appartenons. La notion certitude la plus simple.*

Mais le physicien ne répond pas. Il indique le mémorial où résonne encore le chant de Mlle Anderson. « C'est là-bas que nous devons aller. Nous pourrons voir tout le monde, et réciproquement. Sous la statue de cet homme. »

Ode est choqué qu'il ne connaisse pas Lincoln. Delia est choquée que le garçon traite l'Émancipateur de raciste. David Strom est trop dérouté pour être choqué par quoi que ce soit.

Ils s'installent sur les marches. Sa mission à elle consiste à repérer un Noir paniqué à la recherche d'un membre égaré de sa famille. Sa mission à lui est de rassurer le garçon. Tâche dont il s'acquitte avec une facilité déconcertante. Car l'homme y prend autant de plaisir que le garçon. Au bout d'une minute, ils parlent étoiles et planètes, fréquences et longueurs d'onde, des distances tellement grandes qu'aucun message ne peut les traverser et être décrypté, une matière si dense que l'espace s'y engloutit, des endroits où les règles de la longueur et de la profondeur se plient et se tordent dans le miroir déformant du Créateur. Elle entend l'homme dire au garçon : « Chaque chose en mouvement a sa propre horloge. » Puis elle l'entend revenir sur ce qu'il a dit. Le temps n'existe pas, dit-il, le temps est juste un changement inchangé, ni plus ni moins.

Le garçon est tellement fasciné que, pendant une minute, il en oublie qu'il est perdu. Des millions de questions enfantines lui viennent à l'esprit – l'audace subversive des vaisseaux spatiaux, la vitesse de la lumière, l'espace courbe, le déploiement de l'espace-temps, les messages gelés qui se libèrent. Comment ? Où ? Qui ? Elle les observe tous les deux, occupés à préparer des voyages vers d'autres dimensions. Elle entend en elle ses propres préjugés : *Qu'est-ce qu'il a, ce petit Noir, à perdre son temps avec des choses comme ça ?* Mais ensuite : *Est-ce que les Blancs possèdent aussi les cieux, comme ils possèdent* O mio Fernando *?*

Le garçon commence à avoir des idées saugrenues. Elle entend l'homme répondre, non pas à coups d'*impossible*, mais avec le même *peut-être* en suspens avec lequel il a écouté l'impossible contralto. De la même façon qu'il a écouté Delia elle-même : d'abord les notes, l'air ensuite. Elle fronce les sourcils : *Évidemment que le temps n'existe pas. Évidemment que le changement est permanent. La musique sait cela, chaque fois. Chaque fois qu'on se met à chanter.*

Il est assis sur les marches, dans son costume froissé, il bavarde avec le garçon. La chose la plus simple au monde. La plus naturelle. Et la mine du garçon s'éclaire, il s'émerveille, pose ses questions, franchit les obstacles. Elle le voit ainsi dans les années à venir – des garçons assis à une table, des questions et des réponses. Et puis elle ne le revoit plus. Son cœur se serre, se referme sur une mort tellement réelle qu'elle n'y peut rien.

Le garçon sursaute, inquiet, il en oublie sa joie : « Comme se fait-y que vous êtes ensemble, vous deux ? Vous êtes pas au courant, pour les Noirs et les Blancs ? »

Elle est au courant. De l'autre côté du Potomac, à quelques centaines de mètres de là où ils sont assis, l'amour entre un homme blanc et une femme noire est un crime pire que le vol, pire qu'une agression, puni aussi durement qu'un homicide involontaire. David Strom interroge Delia du regard, la priant de lui expliquer – la version officielle des adultes. Elle n'a aucune explication à lui fournir.

Le garçon la dévisage, incrédule. Elle devrait savoir. « L'oiseau et le poisson peuvent tomber amoureux. Mais où vont-ils construire leur nid ? »

Là, c'est l'Allemand qui sursaute, un choc au-delà du réflexe. « Où as-tu entendu ça ? » Le garçon blottit ses mains sous ses aisselles, apeuré. « C'est un dicton juif.

– Comment as-tu appris ce dicton ? »

Le garçon hausse les épaules. « Ma maman le chantait. Mon oncle.

– Tu es juif ? »

Delia laisse échapper un rire, avant que l'horreur ne le brise. Les yeux de cet homme réclament une explication. Elle pourrait renoncer à sa vie maintenant ; facilement.

Le scientifique n'arrive pas à comprendre. « C'est un dicton juif. Ma grand-mère disait ça. Ma mère. Elles voulaient dire que les gens ne doivent jamais... Elles pensaient que le temps... »

Mais elle sait ce qu'elles pensaient. Elle connaît le peuple de cet homme – pas besoin de mots. Tout se lit sur son visage : l'extinction dont ils ont essayé de se protéger avec cet interdit et ce même interdit qui a fini par les tuer.

Il est émerveillé. « Comment peux-tu savoir ça, sans... C'est remarquable. Vous aussi ? »

Tout se lit sur le visage de cet homme et de cette femme : un danger si grand qu'il a imposé un interdit. Aucune menace n'est plus grande que l'extinction du fait de la promiscuité. La menace qui a contraint la voix du siècle à chanter dehors. La menace que représente l'acte de chanter. Nous ne craignons pas la différence. Ce que nous craignons le plus, c'est de nous perdre dans la ressemblance. Voilà ce qu'aucune race ne peut supporter.

Elle se souvient de tout, de tout ce qui doit leur arriver. La musique est partout en elle. Maintenant, c'est juste dans sa tessiture : *mon pays, ô toi ; ô toi*. Elle connaît ce garçon. Il lutte pour accéder à l'existence, et il leur demande de poursuivre dans cette voie.

« L'oiseau et le poisson peuvent faire un poiseau. Le poisson et l'oiseau peuvent faire un oisson. » Il psalmodie ces mots, les scande sur un rythme qui galope désespérément. Un continent émerge. Des notes syncopées dans le temps. Tout ce qu'il veut, c'est continuer à jouer. Toutes les combinaisons possibles. Qu'il continue de chanter jusqu'à exister, et mette ainsi en route mon morceau, ma chanson.

Cette pulsation turbulente, possédée, secoue l'homme blanc. Lui aussi reconnaît le garçon. Qui d'autre ? Quoi d'autre ? L'inévitable le pénètre avec toute la force de la découverte. « L'oiseau peut faire son nid sur l'eau. »

Ma mère contemple la vaste étendue devant eux. « Le poisson peut voler. » Elle baisse les yeux et pique un fard.

« Vous rougissez ! » s'exclame mon père. Il est déjà en train d'apprendre.

« Oui. » Ma mère approuve. Elle est d'accord, et plus encore. « Oui. Nous avons ça, aussi. »

Table

Collection LOT 49
dirigée par Claro & Hofmarcher

Dès les années soixante, la fiction américaine a vu ses formes et son écriture prendre des chemins et se lancer des défis pour le moins singuliers. Des écrivains aussi différents que William Gaddis, Thomas Pynchon, William Burroughs, etc., ont bâti alors des œuvres souvent ambitieuses, parfois monstrueuses, toujours dérangeantes et jubilatoires. Qu'en est-il aujourd'hui de cette explosion novatrice ?

La collection LOT 49 – ainsi baptisée en hommage au roman de Pynchon, *Vente à la criée du Lot 49* – a pour ambition de publier les écrivains d'aujourd'hui qui, complices ou héritiers de cet âge d'or, bouleversent à leur tour la donne du langage et l'équilibre chimiquement instable de la narration – sans oublier certains de leurs précurseurs injustement négligés.

Souhaitant laisser le « champ libre » à ces nouveaux iconoclastes, LOT 49 se voudrait, à raison de trois ou quatre textes par an, le vivier chahuteur de ces futures « baleines blanches » de la fiction contemporaine de langue anglaise.

Parus en lot 49

Nicholson Baker
Contrecoup
traduit de l'anglais (États-Unis)
par Claro

Brian Evenson
Contagion
traduit de l'anglais (États-Unis)
par Claro

Mark Leyner
Mégalomachine
traduit de l'anglais (États-Unis)
par Claro

Richard Powers
Trois fermiers s'en vont au bal
traduit de l'anglais (États-Unis)
par Jean-Yves Pellegrin

Curtis White
Souvenirs de mon père mort devant la télé
traduit de l'anglais (États-Unis)
par Bernard Hoepffner

À paraître

William T. Vollmann
Les Fusils
traduit de l'anglais (États-Unis)
par Claro

Mis en pages par DV Arts Graphiques à Chartres
Imprimé en France par Normandie Roto Impression s.a.s., 61250 Lonrai
Dépôt légal : juillet 2006
Suite du premier tirage : novembre 2006
N° d'édition : 489/06 – N° d'impression : 063010
ISBN 978-2-7491-0489-8